In einem Roman mit großen Figuren, farbigen Dialogen und vor dem Tableau der Rassenunruhen der letzten Jahrzehnte Amerikas erzählt Richard Powers die Geschichte einer Familie mit zwei Hautfarben – die eines vor den Nazis geflüchteten jüdischen Wissenschaftlers und einer Afroamerikanerin. Ihre Ehe wäre in vielen Staaten der USA noch ein Verbrechen, doch in New York fühlen sie sich sicher. Sie vertrauen ganz auf den amerikanischen Traum, dass sich jeder selbst neu erfinden kann. Mit Hilfe der Musik bauen sie ein Nest, das alle Dissonanzen der Welt fernhalten soll. Und es scheint zu gelingen: Der älteste Sohn wird ein gefeierter Tenor und Liedsänger, der mittlere begleitet ihn am Klavier, und einzig die Tochter durchschaut, dass sich nur Weiße leisten können, über die Hautfarbe hinwegzusehen, und schließt sich den Black Panthers an.

»Eine magische Symphonie der Worte, wobei jedes Instrument, jede Geige und jede Bratsche, dem Ganzen verpflichtet bleibt. Richard Powers ist einer der gewaltigsten Erzähler seiner Zeit.«
Ulrich Sonnenschein, Frankfurter Rundschau

»Fast achthundert Seiten hat dieses Buch, und keine Seite ist zu viel.«
Thomas Steinfeld, Süddeutsche Zeitung

»Wir wüssten in der gegenwärtigen jungen europäischen Literatur schon Franzen und Eugenies nur wenige an die Seite zu stellen. Aber Powers geht über beide noch ein gutes Stück hinaus.«
Andreas Isenschmid, Sonntagszeitung

Richard Powers, 1957 geboren, studierte Physik, arbeitete als Programmierer, bis er mit 32 seinen ersten Roman nach einer Fotografie von August Sander schrieb: ›Three Farmers On Their Way To A Dance‹. Seither entstanden 8 weitere Bücher, auf deutsch erschienen ›Galatea 2.2‹ (FTV 14276), ›Schattenflucht‹ (FTV 15382) und ›Der Ende der Erinnerung‹ (FTV 17457). Seine Bücher wurden mehrfach ausgezeichnet, seine Beiträge erschienen in der »New York Times«, »Esquire«, »Times« und »Harper's«.

Unsere Adresse im Internet: www.fischerverlage.de

Richard Powers

DER KLANG
DER ZEIT

Roman

Aus dem Amerikanischen von
Manfred Allié und Gabriele Kempf-Allié

Fischer Taschenbuch Verlag

13. Auflage: Februar 2009

Veröffentlicht im Fischer Taschenbuch Verlag,
einem Unternehmen der S. Fischer Verlag GmbH,
Frankfurt am Main, Oktober 2005

Die Originalausgabe erschien 2003 unter dem Titel
›The Time Of Our Singing‹ bei Farrar, Straus & Giroux, New York
© 2003 by Richard Powers
Für die deutsche Ausgabe:
© 2004 S. Fischer Verlag, Frankfurt am Main
Gesamtherstellung: CPI – Clausen & Bosse, Leck
Printed in Germany
ISBN 978-3-596-15971-0

Irgendwo in einem leeren Saal singt mein Bruder noch immer. Seine Stimme ist noch nicht verhallt. Nicht ganz. Wo immer er sang, ist etwas zurückgeblieben, etwas wie Vertiefungen, wie Rillen in den Wänden, die nur darauf warten, dass ein künftiger Phonograph sie wieder zum Leben erweckt.

Mein Bruder Jonah steht reglos an den Flügel gelehnt. Er ist gerade einmal zwanzig. Die sechziger Jahre haben eben erst begonnen. Noch liegt das Land im letzten Schlaf seiner trügerischen Unschuld. Niemand hat von Jonah Strom gehört, niemand außer unserer Familie. Dem, was von ihr übrig ist. Wir sind nach Durham in North Carolina gekommen, in den alten Konzertsaal der Duke-Universität. Jonah hat die Endrunde eines landesweiten Gesangwettbewerbs erreicht, von dem er später behaupten wird, er habe nie daran teilgenommen. Er ist allein auf der Bühne, ein wenig rechts von der Mitte. Zur Seite geneigt, als suche er Rückhalt in der geschwungenen Flanke des Konzertflügels, seiner einzigen Zuflucht. Er beugt sich nach vorn, schweigend, gekrümmt wie die Schnecke eines Cellos. Die linke Hand stützt sich auf die Kante des Flügels, in der rechten hält er einen Brief, den es längst nicht mehr gibt. Er grinst, kann selbst kaum glauben, dass er hier ist, dann holt er Luft – und singt.

Eben noch hockt der Erlkönig auf meines Bruders Schulter und flüstert verführerisch vom Tod. Im nächsten Augenblick tut sich eine Falltür auf, und mein Bruder ist anderswo; ausgerechnet Dowland zaubert er hervor, eine hinreißende kleine Frechheit für die Ohren dieses verblüfften Liederpublikums, das gar nicht merkt, wie es ihm ins Netz geht:

Time stands still with gazing on her face,
Stand still and gaze for minutes, hours, and years to her give place.
All other things shall change, but she remains the same,
Till heavens changed have their course and time hath lost his name.

Zeit steht still, schau ich in ihr Gesicht,
Steh still und schau, Minute, Stund und Jahr, sie schwindet nicht.
Wenn alles auch vergeht, bleibt sie doch ewiglich,
Bis der Planeten Lauf sich kehrt und Zeit heißt nicht mehr Zeit.

Zwei Strophen, und das Lied ist zu Ende. Stille liegt über dem Saal. Sie schwebt über den Reihen wie ein Ballon am Horizont. Zwei Taktschläge, in denen selbst Atmen ein Verbrechen wäre. Dann gibt es nur eins, was diesen Bann bricht: Applaus. Dankbare Hände setzen die Zeit wieder in Gang, der Pfeil nimmt seinen Flug wieder auf und bringt meinen Bruder auf den Weg zu seiner Bestimmung.

So sehe ich ihn, auch wenn er danach noch ein Dritteljahrhundert zu leben hat. Das ist der Augenblick, in dem die Welt ihn entdeckt, der Abend, an dem ich höre, wohin seine Stimme unterwegs ist. Ich selbst bin auch auf der Bühne, sitze an dem zerkratzten Steinway mit den abgegriffenen Tasten. Ich begleite ihn, versuche mit ihm Schritt zu halten und nicht der Sirenenstimme zu lauschen, die mir zuflüstert *Lass die Finger ruhen, dein Boot zerschellen an der Tasten Riff, und stirb in Frieden.*

Zwar mache ich keine schlimmen Patzer, aber der Abend zählt nicht zu den Höhepunkten meiner musikalischen Laufbahn. Nach dem Konzert bitte ich meinen Bruder noch einmal, er soll mich gehen lassen und sich einen ebenbürtigen Begleiter suchen. Wieder lehnt er ab. »Ich habe schon einen Begleiter, Joey.«

Ich bin mit ihm auf der Bühne. Aber ich bin auch unten im Saal, da, wo ich bei Konzerten immer sitze: In der achten Reihe, links, gleich neben dem Gang. Von meinem Platz aus kann ich mich spielen sehen, kann das Gesicht meines Bruders studieren – nah genug, um alles zu sehen, und doch weit genug ab, dass mich der Anblick nicht um den Verstand bringt.

Eigentlich müssten wir vor Lampenfieber wie gelähmt sein. Der Raum hinter der Bühne ist ein einziges blutendes Magengeschwür. Musiker, die ihre gesamte Jugend mit der Vorbereitung auf diesen Augenblick zugebracht haben, malen sich jetzt aus, wie sie den Rest ihrer Tage damit zubringen werden zu erklären, warum sie in der entscheidenden

Sekunde scheiterten. Der Konzertsaal füllt sich mit Neid und Missgunst, Familien, über Hunderte von Meilen angereist, müssen mit ansehen, wie ihr ganzer Stolz auf die hinteren Ränge verwiesen wird. Nur mein Bruder hat keine Angst. Er hat seinen Preis schon gezahlt. Dieser öffentliche Wettbewerb hat nichts mit Musik zu tun. Musik, das sind die Jahre des gemeinsamen Singens im schützenden Schneckenhaus unserer Familie, bevor diese Schale zerbrach und zu Asche verbrannte. Jonah gleitet durch die Angst hinter der Bühne, durch die unterdrückte Übelkeit in den Garderoben, als sei das alles nur die Generalprobe für eine längst abgesagte Aufführung. Auf der Bühne, mitten in diesem Meer aus Panik, wirkt seine Ruhe elektrisierend. Die lässige Hand auf dem schwarzen Lack des Flügels betört die Zuhörer, nimmt den Klang seiner Stimme vorweg, noch ehe er den Mund aufmacht.

Ich sehe ihn an diesem Abend seines ersten öffentlichen Triumphs, aus vier Jahrzehnten Abstand. Das Gesicht ist noch weich um die Augen, da wo das Leben später seine Spuren eingravieren wird. Das Kinn bebt ein wenig bei Dowlands Viertelnoten, doch die Töne sind makellos rein. Er neigt den Kopf nach rechts, als er zum hohen C ansetzt, als weiche er zurück vor den verzückten Zuhörern. Ein Schauder huscht über sein Gesicht, ein Blick, den nur ich erkenne, von meinem Platz hinter dem Flügel. Die Hakennase, die vollen braunen Lippen, die markanten Wülste über den Augen – beinahe mein eigenes Gesicht, nur leidenschaftlicher, ein Jahr älter, einen Ton heller. Der verräterische Ton: der dunkle Schatten unserer Schande.

Der Gesang meines Bruders will die Guten erretten und die Bösen in den Tod treiben. Mit seinen zwanzig Jahren kennt er beide schon sehr genau. Das ist es, was seine Stimme zum Klingen bringt, was seine Zuhörer ein paar Sekunden lang den Atem anhalten lässt, bevor sie die Kraft zum Applaudieren finden. Sie hören den Abgrund, den diese schwerelose Stimme überbrückt.

Das Jahr ist ein verschwommenes Schwarzweißbild, eingefangen von den lauschenden Ohren der Zimmerantenne. Die Welt unserer Kindheit – diese rationierte Radiowelt des großen Kriegs gegen das Böse – wird zum bunten Kodakbild. Ein Mensch fliegt ins All. Astronomen empfangen pulsierende Signale von künstlichen Himmelskörpern. Weltweit spielen die Vereinigten Staaten mit dem Feuer. Berlin kann jeden Augenblick in Flammen aufgehen. Südostasien ist ein Schwelbrand, nur Rauchkringel steigen aus den Bananenblättern auf. Zu Hause staut sich eine Welle von Neugeborenen hinter den Glasscheiben der Säuglingsstationen von Bar Harbor bis San Diego. Unser hutloser, junger Präsident spielt Football auf dem Rasen des Weißen Hauses. Spione, Beatniks und technische Neuerungen aller Art überschwemmen das Land. In Montgomery, Alabama, brennt schon seit fünf Jahren eine Lunte, deren Feuer ich erst fünf Jahre darauf sehen sollte. Und in Durham, North Carolina, lassen sich siebenhundert ahnungslose Menschen in einen Berg entführen, der sich von Jonahs Stimme auftut.

Bis zu diesem Abend hat niemand außer uns meinen Bruder singen hören. Jetzt ist das Geheimnis heraus. Als der Beifall losbricht, sehe ich hinter dem hastig aufgesetzten Lächeln ein Zaudern auf dem rostbraunen Gesicht. Er blickt sich um, sucht einen Schatten jenseits des Rampenlichts, in den er abtauchen kann, doch es ist zu spät. Mit unsicherem Grinsen und einer einzigen, oft geprobten Verbeugung nimmt er sein Urteil an.

Noch zweimal holen sie uns mit ihrem Applaus zurück; beim zweiten Mal muss Jonah mich mit Gewalt auf die Bühne zerren. Dann verkünden die Preisrichter die Gewinner in den einzelnen Sparten – drei, zwei, eins –, als sei die Duke-Universität Cape Canaveral und dieser Wettbewerb der Start einer weiteren Mercury-Kapsel, als sei Amerikas neue Stimme ein weiterer Shepard oder Grissom. Wir stehen hinter der Bühne, die anderen Tenöre umringen Jonah; sie hassen ihn schon jetzt und überhäufen ihn mit Lob. Ich bezwinge den Impuls, auf diese Gruppe einzureden, ihnen zu versichern, dass mein Bruder nichts Besonderes ist, dass alle Bewerber gleich gut gesungen haben. Die anderen werfen Jonah verstohlene Blicke zu, studieren sein nicht einstudiertes Auftreten. Sie analysieren seine Strategie für die nächste Runde. Erst der effektvolle Auftakt mit Schubert. Dann der linke Haken mit Dowland, dieser schwebende, lang gehaltenen Ton über dem hohen A. Das, was sie niemals sehen können, weil sie nicht genug Abstand haben, hat meinen Bruder längst mit Haut und Haaren verschlungen.

Mein Bruder steht in seinem schwarzen Abendanzug im Gewirr der Schnüre hinter der Bühne und mustert die ansehnlicheren unter den Sopranistinnen. *Steht still und schaut.* Er singt für sie, private Zugaben, nur in seiner Phantasie. Alle wissen, dass er gewonnen hat, und Jonah müht sich, es herunterzuspielen. Die Preisrichter rufen seinen Namen. Unsichtbare Menschen jubeln und pfeifen. Für sie ist er der Sieg der Demokratie, wenn nicht Schlimmeres. Jonah dreht sich zu mir um, zögert den Augenblick hinaus. »Joey. Bruder. Es muss doch eine anständigere Art geben, sein Geld zu verdienen.« Er bricht ein weiteres Gesetz, als er mich mit auf die Bühne zerrt, um den Preis entgegenzunehmen.

Und sein erster öffentlicher Triumph eilt mit Riesenschritten der Vergangenheit zu.

Danach schwimmen wir in einem Meer kleiner Freuden und gewaltiger Enttäuschungen. Gratulanten stehen Schlange, um die Gewinner zu beglückwünschen. Eine alte, gebeugte Frau berührt Jonahs Schulter; sie hat Tränen in den Augen. Ich staune über meinen Bruder, denn er spielt weiter seinen Part, als sei er wirklich das ätherische Wesen, das sie nach seinem Auftritt in ihm sieht. »Hören Sie niemals auf mit dem Singen«, sagt sie, dann zieht ihre Pflegerin sie hastig weiter. Ein paar Gratulanten später ein stocksteifer Oberst im Ruhestand, bebend vor Erregung. Sein Gesicht ein Schlachtfeld der Feindseligkeit, so sehr aus der Fassung, dass er es selbst nicht zu fassen vermag. Ich spüre seinen gerechten Zorn, lange bevor er uns erreicht, die Wut, die wir bei Leuten seines Schlages schon allein dadurch auslösen, dass wir uns in die Öffentlichkeit wagen. Er wartet, bis er an der Reihe ist, die Zündschnur seines Zorns wird immer kürzer, genau wie die Schlange der Gratulanten. Vorn angekommen, geht er zum Angriff über. Ich weiß schon vorher, was er sagen wird. Er mustert das Gesicht meines Bruders wie ein unschlüssiger Anthropologe. »Was *seid* ihr Jungs eigentlich?«

Die Frage, mit der wir groß geworden sind. Die Frage, die keiner von uns Stroms je verstanden hat, geschweige denn beantworten konnte. Ich habe sie schon so oft gehört und bin doch jedes Mal sprachlos. Jonah und ich sehen uns nicht einmal an. Wir sind daran gewöhnt, zu tun, als sei nichts geschehen. Ich will etwas sagen, die Wogen glätten. Aber der Mann wirft mir einen Blick zu, und ich spüre, dieser Blick ist das Ende meiner Jugend.

Jonah hat seine Antwort; ich habe meine. Aber er ist der, der im Rampenlicht steht. Mein Bruder holt Luft, als seien wir noch oben auf der Bühne, die kleine Nuance im Atmen, die mich in die Tasten greifen lässt. Einen winzigen Augenblick lang hat es den Anschein, als wolle er »Fremd bin ich eingezogen« anstimmen. Doch dann schmettert er seine Antwort wie ein Buffo in der komischen Oper:

> *»I am my mammy's ae bairn,*
> *Wi' onco folk I weary, Sir ...«*

> »Meiner Mutter Sohn bin ich,
> Fremde Menschen mag ich nicht ...«

Sein erster Abend in der Welt der Erwachsenen, doch er ist noch ein Kind voller Übermut, weil er gerade zu Amerikas neuer Stimme gekürt worden ist. Seine Solo-Zugabe erregt allgemeine Aufmerksamkeit. Jonah ignoriert die Köpfe, die sich nach ihm umdrehen. Es ist 1961. Wir sind in einer bedeutenden Universitätsstadt. Man wird nicht wegen Übermuts aufgehängt. Hier hat man schon seit mindestens einem halben Dutzend Jahren niemanden mehr wegen Übermuts gehängt. Mein Bruder lacht, als er den Vers von Burns zum Besten gibt, er glaubt, er könne den Oberst mit acht Takten Humor zum Schweigen bringen. Der Mann wird aschfahl. Sein Körper spannt sich und zuckt, am liebsten würde er Jonah packen und zu Boden stoßen. Aber die Schlange eifriger Bewunderer schiebt ihn weiter und zum Bühnenausgang hinaus, wo ihn, wie der prophetische Blick auf dem Gesicht meines Bruders längst verkündet, der Schlag treffen wird.

Das Ende des Defilees bilden unser Vater und unsere Schwester. So sehe ich sie, von der anderen Seite eines Lebens. Noch unsere, noch eine Familie. Pa grinst wie ein gestrandeter Einwanderer, und genau das ist er ja auch. Nach einem Vierteljahrhundert in diesem Land rechnet er offenbar immer noch damit, dass man ihn verhaftet. »Wenn man dein Deutsch hört, könnte man meinen, du wärst ein Polacke. Von wem hast du deine Aussprache gelernt? Eine Schande!«

Jonah hält unserem Vater die Hand vor den Mund. »Psst, Pa. Um Himmels willen. Erinnere mich dran, dass ich mich nie wieder mit dir in der Öffentlichkeit blicken lasse. ›Polacke‹ ist ein Schimpfwort.«

»›Polacke‹? Du spinnst. Wie sollen sie denn sonst heißen, Bub.«

»Ja, Bub.« Ruth, unsere Stimmenimitatorin, trifft den Ton täuschend echt. Sie ist erst sechzehn, aber am Telefon hat sie sich schon mehr als einmal erfolgreich für ihn ausgegeben. »Wie sollen sie denn sonst heißen, die Leute aus der Polackei?«

Wieder zuckt die Menge zusammen; dieser Blick, der so tut, als sei nichts gewesen. Wir sind ein einziger Verstoß gegen alles, was ihnen heilig ist. Aber hier, im Kreise der klassisch Gebildeten, lächeln sie tapfer in Dur. Sie drängen weiter zu den anderen Gewinnern, lassen uns noch einen letzten Augenblick lang allein, ein letztes Mal geborgen in unserer kleinen Nation. Vater und ältester Sohn tanzen zu den letzten Tönen des Schubert, die noch in dem leeren Konzertsaal widerhallen. Ihre Schultern berühren sich. »Glaub mir«, sagt der Ältere zum Jüngeren. »Ich habe im Leben schon ziemlich viele Polacken kennen gelernt. Beinahe hätte ich ein Mädchen aus der Polackei geheiratet.«

»Dann wäre ich ein Polacke geworden?«

»Ein Beinahe-Polacke. Ein kontrafaktischer Polacke.«

»Ein Polacke in einem Paralleluniversum?«

Sie plappern drauflos, kleine Witze über seinen Beruf. Ein Possenspiel für die eine, deren Namen heute keiner von uns nennen wird, die Frau, der wir jede Note des gewonnenen Wettbewerbs darbringen. Ich blicke hinüber zu Ruth, wie sie im Rampenlicht steht, beinahe kastanienbraun – die Einzige, die auf dieser Welt die Züge unserer Mutter bewahrt. Meine Mutter, die Frau, die mein Vater beinahe nicht geheiratet hätte, eine Frau, die mehr und länger Amerikanerin gewesen war als alle, die an diesem Abend im Konzertsaal saßen.

»Du warst auch gut, Joey«, beteuert meine kleine Schwester. »Ehrlich. Wirklich klasse.« Ich umarme sie zum Dank für ihre Lüge, und sie strahlt, ein Juwel. Wir schlendern zurück zu Pa und Jonah. Wieder vereint, die überlebenden vier Fünftel des stromschen Familienchors.

Aber Pa und Jonah brauchen niemanden. Pa hat sich den Erlkönig vorgenommen und Jonah übernimmt die Begleitung, geht in die Tiefen seiner Dreieinhalb-Oktaven-Stimme und versucht sich an etwas, das die linke Hand auf nicht vorhandenen Klaviertasten spielt. Er summt die Begleitung, die er gern von mir gehört hätte. Wie es gespielt werden sollte, in einem himmlischen Traum-Ensemble. Ruth und ich treten hinzu, wir können nicht anders, und übernehmen die Zwischenstimmen. Leute lächeln im Vorübergehen, aus Mitleid oder Scham, nur scheinbar zwei verschiedene Dinge. Doch Jonah ist der aufgehende Stern dieses Abends, für den Augenblick über jede Kritik erhaben.

Die Konzertbesucher werden behaupten, sie hätten ihn gehört. Sie werden ihren Kindern von dem Abgrund erzählen, der sich auftat, davon, dass der alte Konzertsaal auf einmal keinen Boden mehr hatte und sie in einem luftleeren Raum hingen, von dem sie gedacht hatten, die Musik sei dazu da, ihn zu füllen. Aber die Person in ihrer Erinnerung wird nicht mein Bruder sein. Sie werden erzählen, wie sie beim ersten Ton dieser magischen Stimme die Köpfe hoben. Doch die Stimme in ihrer Erinnerung wird nicht die seine sein.

Die wachsende Gemeinde seiner Zuhörer wird zu Jonahs Konzerten pilgern, sie werden die Eintrittskarten teuer handeln und seine Karriere verfolgen, auch noch in den letzten Jahren nach unserer Trennung. Kenner werden seine Platten aufspüren und die Stimme auf der Scheibe fälschlich für die seine halten. Die Stimme meines Bruders ließ sich nicht aufzeichnen. Er hatte etwas gegen alles Dauerhafte, wollte sich nie festlegen lassen, eine Abneigung, die aus jeder Note klingt, die er je aufgenommen hat. Er war ein umgekehrter Orpheus: Blickst du *voraus*, wird alles, was du liebst, vergehen.

Es ist 1961. Jonah Strom, Amerikas neue Stimme, ist zwanzig. So sehe ich ihn, vierzig Jahre später, acht Jahre älter als mein älterer Bruder je werden wird. Der Saal hat sich geleert, doch mein Bruder singt noch immer. Er singt bis zum letzten Takt, bis alle Bewegung zum Stillstand kommt, bis er in die Finsternis der Fermate eintaucht, ein Junge, der für eine Mutter singt, die ihn längst nicht mehr hören kann.

Diese Stimme war so rein, sie hätte Staatsoberhäupter zur Umkehr bewegen können. Doch wenn sie sang, wusste sie sehr genau, wer da neben ihr herritt. Und wenn es je eine Stimme gab, die eine Botschaft in die Vergangenheit schicken konnte, um zukünftiges Unglück zu verhindern, noch bevor es geschah, dann war es die Stimme meines Bruders.

WINTER, UM 1950

Aber im Grunde hat nie jemand diese Stimme wirklich gekannt, der nicht zur Familie gehörte und nicht mit ihr an jenen Winterabenden der Nachkriegszeit zusammensaß und sang, als Musik das letzte Bollwerk gegen die Welt draußen war, gegen die immer größere Kälte. Sie wohnten in der einen Hälfte eines dreistöckigen, in einem halben Jahrhundert zu Schokoladenbraun verwitterten Sandsteinhauses im nordwestlichsten Winkel von Manhattan, einem heruntergekommenen Viertel, wo Hamilton Heights in Washington Heights überging und wo die Häuserzeilen so bunt gemischt waren wie ihre Bewohner. Sie wohnten zur Miete, denn David Strom, der Flüchtling, traute der Zukunft nie so weit über den Weg, dass er sich mehr Besitz zugestand, als in einen immer bereitstehenden Koffer passte. Selbst seine Stelle an der Physikalischen Fakultät der Columbia-Universität war etwas so Wunderbares, dass sie ihm mit Sicherheit genommen würde, von den Antisemiten, den Antiintellektuellen, der sich immer weiter ausbreitenden Willkür oder der Wiederkehr der Nazis, die er tagtäglich erwartete. Dass er sich leisten konnte, ein halbes Haus zu mieten, selbst in dieser Gegend, in der gescheiterte Existenzen strandeten, schien David ein unfassbares Glück, wenn er an das Leben zurückdachte, das ihn dorthin geführt hatte.

Delia, seine aus Philadelphia stammende Frau, hatte sich nie daran gewöhnen können, dass sie zur Miete wohnten; es war ihr so fremd wie die abstrakten Theorien ihres Mannes. Sie hatte nie anderswo gewohnt als im Haus ihrer Eltern. Aber auch Delia Strom, geborene Daley, vergaß nie, dass die gnadenlosen Fanatiker dieser Welt durch jede Ritze kommen würden, um ihnen ihr Glück zu nehmen. Und so tat sie alles, womit sie ihrem Mann, dem Flüchtling, den Rücken stärken konnte, und machte aus der stromschen Hälfte des alten Steinhauses eine Festung. Und nichts gab so viel Sicherheit wie die Musik. Die erste Erinnerung aus ihrer Kindheit war bei allen drei Geschwistern die gleiche: Sie hörten ihre Eltern singen. Musik war ihr Mietvertrag, ihre Besitzurkunde, ihr unveräußerliches Recht. Eine jegliche Stimme bezwinge die Stille nach ihrer Bestimmung. Und die Stroms bezwangen die Stille, auf ihre eigene Art, jeden Abend, gemeinsam, in einer Kaskade wirbelnder Töne.

Erste Melodien wehten schon durchs Haus, bevor die Kinder wach waren. Ein paar Takte Barber aus dem Badezimmer kollidierten mit *Carmen* aus der Küche. Beim Frühstück summten alle durcheinander, eine vielstimmige Rangelei. Gesang bestimmte selbst die Schulstunden, denn die Eltern unterrichteten die Kinder selbst: Delia brachte ihnen Lesen und Schreiben bei, David lehrte sie Rechnen, bevor er nach Morningside zu seiner Vorlesung über die allgemeine Relativitätstheorie aufbrach. Taktangaben illustrierten die Bruchrechnung. Jedes Gedicht hatte seine Melodie.

Am Nachmittag, wenn Jonah und Joey von ihren Zwangsausflügen zum Spielplatz bei St. Luke's zurückkehrten, fanden sie ihre Mutter am Stutzflügel, wo sie, die kleine Ruth auf dem Schoß, mit ihren Gospels aus dem engen Wohnzimmer ein Lager an den Ufern des Jordans machte. Eine halbe Stunde im Trio endete regelmäßig mit rituellen Kabbeleien zwischen den Jungen, dem eifersüchtigen Ringen darum, wer als Erster die Mutter für sich allein haben durfte. Für den Gewinner begann eine Stunde schönster Klavierduos, der Verlierer des Tages brachte die Schwester nach oben und las ihr vor, oder sie spielten Karten ohne Regeln.

Klavierstunden mit Delia waren für den mit Lob überhäuften Schüler binnen Minuten vorbei, dauerten jedoch ewig für den, der wartete, dass er an die Reihe kam. Wenn der Verlierer anfing, von oben jeden Patzer aufzuzählen, machte Delia auch aus diesen Zwischenrufen ein Spiel. Die Jungs mussten von oben Akkorde bestimmen oder Intervalle ergänzen. Sie ließ sie von den entgegengesetzten Enden des Hauses einen Kanon singen – »By the Waters of Babylon« –, und jeder Bruder spann seine eigene Melodie um die ferne Stimme des anderen. Wenn bei dem Benachteiligten die Grenzen der Geduld erreicht waren, holte sie ihn dazu, einer sang, den anderen setzte sie ans Klavier, und von oben kamen die eigenwilligen Harmonien der kleinen Ruth, die sich nach Kräften mühte, in die Geheimsprache ihrer Familie einzustimmen.

Delia war so begeistert von den Tönen, die ihre Jungen hervorbrachten, dass es den beiden manchmal Angst machte. »Ach, JoJo, ihr zwei! Was für Stimmen! Ihr müsst auf meiner Hochzeit singen!«

»Aber du bist doch schon verheiratet«, rief Joey, der Jüngere. »Mit Pa!«

»Ich weiß, mein Schatz. Kann ich mir nicht trotzdem wünschen, dass ihr auf meiner Hochzeit singt?«

Sie liebten sie zu sehr, die Musik. Wenn es um Sport ging, zuckten die Jungs nur mit den Schultern, und auch die Komiker und Radiodetektive, die schleimigen Monster aus der zehnten Dimension, die Laiendarstellungen der Gemetzel von Okinawa und Bastogne, die in der Nachbarschaft veranstaltet wurden, verloren jeden Reiz, wenn sie stattdessen bei ihrer Mutter am Stutzflügel sitzen konnten. Selbst am späten Nachmittag, wenn die Rückkehr des Vaters nahte und Delia sich um das Abendessen kümmerte, konnte sie die beiden nur mit Gewalt aus dem Haus drängen, wo sie sich von neuem von anderen Jungen quälen lassen mussten, die das grausame Handwerk des Jungenseins besser beherrschten als sie; Jungen, die die beiden Stroms unerbittlich die eigene Verwirrung spüren ließen.

Beide Kriegsparteien im Viertel hielten sich an diesen beiden Verirrten schadlos, mit Worten, Fäusten, Steinen – einmal sogar mit dem Hieb eines Baseballschlägers quer über den Rücken. Wenn die Jungs aus dem Viertel sie ausnahmsweise nicht als Torpfosten oder Zielscheiben beim Hufeisenwerfen benutzten, dann machten sie sich lustig über die linkischen Stroms. Sie verhöhnten Joey, weil er so sanft war, drückten Jonahs Nase, die ihnen nicht passte, in den Dreck. Die beiden Strom-Jungen wurden nicht gern Tag für Tag daran erinnert, dass sie anders waren. Oft gingen sie gar nicht zum Spielplatz, sondern versteckten sich in der Gasse einen halben Häuserblock entfernt, vertrieben einander mit dem Summen von Terzen und Quinten die Angst, bis genug Zeit vergangen war und sie wieder nach Hause stürmen konnten.

Das Abendessen war ein Chaos aus Worten, Scherzen und Streichen, die allabendliche Fortsetzung der Liebesgeschichte von Strom und Daley. Wenn Delia kochte, war ihr Mann aus der Küche verbannt. Für sie war die Art, wie er aus den Töpfen stibitzte, eine Schande für Gott und

Natur. Sie sperrte ihn aus, bis auch die letzte geniale Kreation für den Auftritt bereit war – Hühnereintopf mit glasierten Möhren, Braten mit Süßkartoffeln, die kleinen Wunder, die sie in den Minuten vollbrachte, die sie von ihren anderen Vollzeitbeschäftigungen stahl. David erzählte im Gegenzug von den neuesten bizarren Entwicklungen, die es bei seiner surrealen Arbeit gab. Professor für Phantommechanik, spottete Delia immer. Pa, begeisterungsfähiger als alle seine Kinder, erzählte die unglaublichsten Sachen, von seinem Bekannten Kurt Gödel zum Beispiel, der entdeckt hatte, dass sich in Einsteins Feldgleichungen geschlossene zeitartige Kurven verbergen. Oder von der Vermutung Hoyles und Bondis und Golds, dass neue Galaxien in Lücken zwischen den anderen entstehen, wie Unkraut, das aus den Ritzen des brüchigen Universums sprießt. Für die Jungs, die ihm zuhörten, schien die ganze Welt aus deutschsprachigen Flüchtlingen zu bestehen, die, an allen Enden der Welt vor den Nazis in Sicherheit gebracht, drauf und dran waren, Raum und Zeit aus den Angeln zu heben.

Delia schüttelte den Kopf über den Unsinn, der in ihrem Haus als Tischgespräch galt. Die kleine Ruth ahmte ihr Kichern nach. Aber die Jungs, beide noch keine zehn, überboten sich gegenseitig mit Fragen. War es dem Universum egal, in welche Richtung die Zeit floss? Plätscherten die Stunden wie ein Wasserfall? Gab es nur die eine Art von Zeit? Wechselte die Zeit manchmal das Tempo? Wenn die Zeit gekrümmt war, würde die Zukunft dann irgendwann wieder bei der Vergangenheit anlangen? Ihr Vater war besser als die verrückten Wissenschaftscomics, besser als *Astounding Stories* und *Forbidden Tales*. Er kam von einem Ort, der viel weiter fort war, und die Bilder waren noch viel unglaublicher.

Nach dem Essen wurde gesungen. Rossini beim Geschirrspülen, W. C. Handy beim Abtrocknen. Am Abend krochen sie durch zeitartige Löcher, fünf Kurven, die sich im wirbelnden Raum ineinander woben, jede davon gekrümmt, sodass sie am Ende wieder bei ihrem Anfang ankam. Bach-Choräle gehörten immer dazu, und Jonah gab den Ton an, der Junge mit dem magischen Ohr. Oder sie versammelten sich um den Stutzflügel und versuchten sich an einem Madrigal, griffen ab und zu in die Tasten, um ein Intervall zu bestimmen. Einmal sangen sie mit verteilten Rollen an einem einzigen Abend eine ganze Gilbert-and-Sullivan-Operette. Nie wieder sollte es so lange Abende geben.

An solchen Abenden hätte man denken können, die Eltern hätten die Kinder zu ihrer eigenen Unterhaltung in die Welt gesetzt. Delias Sopran huschte durch die hohen Register wie ein Blitz am westlichen Himmel.

Davids Bass machte mit deutscher Innigkeit wett, was ihm an Eleganz fehlte. Der Ehemann bot der Gefährtin Halt für jeden Höhenflug. Aber beide wussten, was ihre Ehe brauchte, und schamlos ließen sie von den Jungen die Zwischenstimmen übernehmen. Und immer krabbelte die kleine Ruth dazwischen, ließ sich auf den Wogen der Melodien schaukeln, reckte sich auf die Zehenspitzen, damit sie die Notenblätter sehen konnte, die die anderen studierten. Und so lernte auch das dritte Kind der Familie Noten lesen, ohne dass jemand es ihm beibrachte.

Wenn Delia sang, dann sang sie mit ihrem gesamten Körper. So hatte sie es, auch in Philadelphia noch, von Generationen von Müttern gelernt, die es nicht anders aus den Kirchen Carolinas kannten. Wenn sie die Stimme erhob, schwoll ihr die Brust wie der Blasebalg einer Orgel, in die der Heilige Geist gefahren war. Ein Tauber hätte ihr die Hände auf die Schultern legen können und hätte jeden Ton gespürt, seine Finger hätten vibriert wie eine Stimmgabel. David Strom hatte diese Freiheit seit 1940, seit sie geheiratet hatten, von seiner amerikanischen Frau gelernt. Der ungläubige deutsche Jude hüpfte nach inneren Rhythmen, sang seine Gebete so frei, wie seine Urgroßväter, die Kantoren, es getan hatten.

Der Gesang schlug die Kinder in den Bann, sie waren süchtig nach diesen musikalischen Abenden wie die Nachbarn nach ihren Radios. Singen war ihr Baseball, ihr Flohhüpfen, ihr Mensch-ärgere-dich-nicht. Und wenn ihre Eltern dann auch noch tanzten – getrieben von verborgenen Mächten wie die Gestalten in einer Ballade –, dann war das das erste große Geheimnis ihrer Kindheit. Die Strom-Kinder machten mit, drehten sich im Takt von Mozarts »Ave verum corpus« genauso wie zu »Zip-a-Dee-Doo-Dah«.

Die Eltern müssen gehört haben, welche Veränderungen damals mit der Musik vorgingen. Sie müssen das manische Pulsieren gespürt haben – als hätte die halbe Welt plötzlich ihren Rhythmus gefunden, die Erkennungsmelodie zum Leben. Der Swing hatte schon vor langem die Carnegie Hall erobert, der Ungestüm war längst salonfähig. Downtown in den knisternden Bebop-Clubs loteten Parker und Gillespie Abend für Abend die Krümmung des Raum-Zeit-Kontinuums aus. Ein weißer Arbeiterjunge aus einem schwarzen Viertel im moskitoverseuchten Mississippi sollte binnen kurzem den geheimen Puls der schwarzen Musik für alle Welt zum Swingen bringen und für alle Zeiten die blutleeren Foxtrott tanzenden Spießer hinwegfegen. Niemand, der damals dabei war, kann diese Veränderungen nicht bemerkt haben, nicht einmal zwei Leute, die so fernab von allem lebten wie der Physiker, der

Flüchtling aus Europa, und seine Frau, die Sängerin, die Arzttochter aus Philadelphia. Nicht dass sie nicht auch die Gegenwart geplündert hätten. Er hatte seine rhythmische Ella, sie ihren volltönenden Ellington. Niemals verpassten sie am Samstag die Übertragung aus der Metropolitan Opera. Aber am Sonntagmorgen wurde im Äther nach Jazz gefischt, während David wagenradgroße Omelettes mit Champignon und Tomate buk. In der stromschen Singschule standen die jungen Wilden gleichberechtigt neben der tausendjährigen Parade von Harmonie und Invention. Fingerschnippen sorgte bei Palestrina erst für den richtigen Schwung. Und Palestrina war ja schließlich auch einmal ein Revolutionär gewesen, einer, der die Welt über den Haufen warf.

Jedes Mal, wenn die Stroms ihre Lungen füllten, führten sie dies musikalische Gespräch fort, über die Zeiten hinweg. In der Musik hatten alle ihre Laute Sinn. Wenn sie sangen, waren sie niemandes Ausgestoßene mehr. Jeden Abend, an dem sie die Stimmen erschallen ließen – der Klang, der David Strom und Delia Daley in diesem Leben zusammengebracht hatte –, betraten sie eine heilere, hellere Welt.

Kein Monat verging, ohne dass Delia und David sich ihrem liebsten öffentlichen Flirt hingaben, einem verrückten Spiel mit musikalischen Zitaten. Die Kandidatin setzte sich auf den Klavierhocker, und rechts und links drückte sich ein Kind an sie. Sie saß da, verriet nicht das Geringste, das wellige schwarze Haar war die perfekte Tarnkappe. Mit langen rostbraunen Fingern drückte sie die Tasten und lockte eine einfache Melodie hervor – etwa das langsame, von den Holzbläsern gespielte Spiritual der Symphonie »Aus der Neuen Welt«. Der Herausforderer hatte dann zwei Wiederholungen lang Zeit für seine musikalische Antwort. Die Kinder sahen gespannt zu, wenn Delias Melodie sich entfaltete, warteten, ob Pa gegen die Uhr eine passende zweite hineinflechten konnte, bevor ihre Mutter den Schlussstrich erreichte. Wenn nicht, machten die Kinder sich in falschem Deutsch über ihn lustig, und seine Frau durfte sich eine Strafe ausdenken.

Er versagte selten. Ehe sich der Kreis von Dvořáks gestohlenem Volkslied geschlossen hatte, hatte er schon eine Möglichkeit gefunden, wie er Schuberts Forelle bachaufwärts dagegen anschwimmen ließ. Damit war nun wieder Delia am Zug. Eine Strophe Zeit blieb ihr, ihrerseits ein Zitat zu finden, das in den neuen Rahmen passte. Eine kurze Überleitung, schon tummelte sich die Forelle im Swanee River.

Die Regeln wurden großzügig gehandhabt. Themen konnten verlangsamt werden bis fast zum Stillstand, und erst wenn die Zeit reif war, wechselte die Tonart. Oder Melodien rasten so schnell vorbei, dass sie zu einzelnen Tönen verschmolzen. Die Melodielinien fächerten sich auf zu langen Choralvorspielen, voll gestopft mit wechselnden Vorzeichen, oder die Phrase endete auf einer anderen Kadenz – alles war erlaubt, solange noch eine Spur der Melodie blieb. Die Worte konnten die originalen sein, aber auch die *Fa-la-la*s der Madrigale oder Blödsinn aus Reklamespots, solange irgendwann im Lauf eines Abends jeder Sänger ihre traditionelle Nonsensfrage unterbrachte: »Doch wo, aber wo, bauen sie ihr Nest?«

Das Spiel stiftete die wildesten Mischehen, verkuppelte Liebespaare, die selbst der Halbblut-Himmel misstrauisch beäugte. Ihre *Altrhapsodie* zankte sich mit seinem geknurrten Dixieland. Cherubini schmetterte mitten hinein in einen Cole Porter. Eine unheilige Ménage à trois aus Debussy, Tallis und Mendelssohn. Nach ein paar Runden waren die Knoten aus Akkorden so dick, dass sie von ihrem eigenen Gewicht zu Boden gingen. Wechselgesang endete in übermütigem Grölen, und wer dabei vom Karussell geschleudert wurde, warf dem anderen vor, er hätte ihn mit unfairen Harmonien hinuntergeschubst.

Bei einem solchen Spiel, beim Melodienwettstreit an einem kalten Dezemberabend des Jahres 1950, bekamen David und Delia Strom zum ersten Mal eine Ahnung davon, was sie in die Welt gesetzt hatten. Der Sopran begann mit einer langsamen, üppigen Melodie, Haydns *Deutschem Tanz Nr. 1* in D-Dur. Darüber legte der Bass ein wackliges »La donna è mobile«. Das Ganze war so albern und so absurd, dass ein erwidertes Grinsen genügte, und die Ungeheuerlichkeit ging in eine zweite Runde. Doch bei dieser Reprise löste sich etwas aus dem Durcheinander, eine Melodie, die von keinem der beiden Eltern stammte. Der erste Ton kam so klar und rein, dass die zwei Erwachsenen einen Moment lang brauchten, bis sie begriffen, dass das keine aus den beiden Echos entstandene Geisterstimme war. Sie sahen erschrocken zuerst einander, dann ihren älteren Sohn Jonah an, der ohne eine einzige falsche Note Josquins *Absalon, fili mi* sang.

Die Stroms hatten das Stück einige Monate zuvor vom Blatt gesungen und dann als zu schwer für die Kinder beiseite gelegt. Dass der Junge es komplett behalten hatte, war für sich schon ein Wunder. Und als es Jonah gelang, die Melodie in die beiden einzupassen, die schon im Umlauf waren, da spürte David Strom wieder die Erregung, die er zum ersten Mal empfunden hatte, als sich die Stimme seines Jungen über den doppelten Eingangschor von Bachs *Matthäuspassion* erhoben hatte. Beide Eltern hielten abrupt inne und starrten den Jungen an. Das Kind starrte verlegen zurück.

»Was habt ihr? Habe ich was falsch gemacht?« Das Kind war noch nicht einmal zehn. Das war der Tag, an dem David und Delia Strom begriffen, dass ihr Erstgeborener ihnen bald genommen würde.

Jonah brachte den Trick seinem kleinen Bruder bei. Joseph steuerte vom folgenden Monat an seine eigenen verrückten Zitate bei. Von da an improvisierte die Familie ihre hybriden Schöpfungen im Quartett. Die kleine Ruth weinte; sie wollte mitspielen. »Ach, Kleine!«, sagte ihre Mutter. »Nicht traurig sein. Du wirst schneller in der Luft sein als alle anderen. Nicht mehr lange, und du kannst fliegen.« Sie gab Ruth Kleinigkeiten zum Üben – die Melodie aus der Texaco-Reklame oder »You Are My Sunshine« –, während die anderen dafür sorgten, dass Joplin-Rags und Fetzen aus Puccini-Arien sie in friedlicher Eintracht umtanzten.

Sie sangen fast jeden Abend miteinander, übertönten das ferne Dröhnen des Verkehrs auf der Amsterdam Avenue. Für beide Eltern war es das Einzige, was sie an das Zuhause erinnerte, das sie verloren hatten. Niemand hörte sie außer ihrer Vermieterin Verna Washington, einer rüstigen kinderlosen Witwe, die in der anderen Hälfte des Brownstone wohnte und die gern an der Mittelwand lauschte, damit sie ein wenig von der überschäumenden Fröhlichkeit abbekam.

Die Sicherheit, mit der die Stroms sangen, war etwas Körperliches, etwas Angeborenes, es war die Augenfarbe der Seele. Beide Eltern brachten musikalische Gene mit: er den Mathematikerverstand für Rhythmus und Spannungsbögen, sie die Tonsicherheit der Sängerin, zielstrebig wie eine Brieftaube, und die Farbigkeit, so fein wie die Flügel eines Kolibris. Keiner der beiden Jungen wäre auf die Idee gekommen, dass es etwas Besonderes war, wenn ein Neunjähriger mit der Selbstverständlichkeit, mit der er atmete, vom Blatt singen konnte. Sie brachten eine Melodie so mühelos auf die Welt wie ihre vergessenen Vettern auf die Bäume kletterten. Man musste ja nur den Mund öffnen und die Stimme herauslassen; man machte mit den Tönen einen Ausflug hinunter zum Riverside Park, dahin, wo ihr Vater an einem sonnigen Sonntagnachmittag manchmal mit ihnen spazieren ging: hinauf, hinunter, Kreuz, b, lang, kurz, East Side, West Side, quer durch die Stadt. Jonah und Joseph mussten nur einen Blick aufs Notenblatt werfen, die Notenköpfe der Akkorde gestapelt zu winzigen Totempfählen, und schon hörten sie die gesamte Melodie.

Manchmal kamen Besucher ins Haus, stets zum gemeinsamen Musizieren. Alle zwei Monate wurde das Quintett zum Kammerchor, verstärkt durch Delias Gesangschüler oder Soprankolleginnen aus dem

Kirchenchor. Physiker von Columbia und aus dem City College kamen nach Feierabend mit ihren Instrumenten und machten aus dem Heim der Stroms ein kleines Wien. Einmal an einem turbulenten Abend hörte ein alter Geigenspieler aus New Jersey mit weißer Mähne und mottenzerfressenem Pullover, der sich mit David auf Deutsch unterhielt und Ruth mit unverständlichen Scherzen ängstigte, Jonah singen. Anschließend schimpfte er Delia Strom dermaßen aus, dass sie am Ende in Tränen aufgelöst war. »Das Kind ist begabt. Sie hören gar nicht, wie begabt es ist. Sie sind zu nahe daran. Es ist unverzeihlich, dass Sie nichts für ihn tun.« Der alte Physiker bestand darauf, dass der Junge die beste Ausbildung bekommen müsse, die zu haben sei. Nicht einfach nur einen guten Privatlehrer. Er müsse eintauchen in die Welt der Musik, damit das geradezu beängstigende Talent, das in ihm stecke, zur vollen Größe geweckt werde. Er werde Geld für ihn sammeln, drohte der große Mann, falls es daran scheitere.

Aber es lag nicht am Geld. David hatte Einwände: Keine Musikschule könne ihm so viel bieten wie seine Mutter. Delia weigerte sich, den Jungen einem Lehrer zu überlassen, der vielleicht seine Eigenart nicht verstand. Der Strom-Familienchor hatte seine eigenen Gründe, warum er seine Engelsstimme nicht hergeben wollte. Aber sie wagten nicht, sich dem Mann zu widersetzen, der das bizarre Geheimnis der Zeit enträtselt hatte, das Geheimnis, das sie gehütet hatte, seit es überhaupt Zeit gab. Einstein war Einstein, auch wenn er Geige spielte wie ein Zigeuner. Er redete so lange, bis die Stroms sich in das Unvermeidliche fügten. Als das neue Jahrzehnt begann und die so lange versprochene Zukunft Wirklichkeit werden sollte, machten Jonahs Eltern sich auf die Suche nach einer Musikschule, die das Talent, vor dem sie sich fürchteten, ans Licht bringen konnte.

Einstweilen ging der Unterricht zu Hause weiter. Nie konnten die Kinder genug bekommen, und die Schulstunden des Tages gingen nahtlos in den Chorgesang und die musikalischen Spiele des Abends über. Delia kaufte für das Zimmer der Jungen einen Phonographen, so groß wie ein Nähmaschinenschrank. Abend für Abend schliefen die Jungen zum Klang der neuartigen Langspielplatten ein, Platten mit Aufnahmen von Caruso, Gigli und Gobbi. Kleine, blecherne, kreideweiße Stimmen stahlen sich durch diese elektrische Pforte ins Zimmer, schmeichelten *Klarer, voller, dynamischer als je zuvor.*

Und einmal, während der Gespensterchor ihn in den Schlaf sang, sagte Jonah seinem Bruder voraus, wie es kommen würde. Er wusste, was ihre Eltern vorhatten. Er prophezeite genau was geschehen würde.

Sie würden ihn fortschicken, gerade, weil er genau das getan hatte, was die Familie sich am meisten von ihm wünschte. Sie würden ihn für alle Zeiten verstoßen, nur weil er gesungen hatte.

DAS GESICHT MEINES BRUDERS

Das Gesicht meines Bruders war ein Schwarm Fische. Sein Lächeln ein Gewimmel von hundert verschiedenen Dingen. Ich habe ein Foto aus meiner Kindheit – eins der wenigen, die der Einäscherung entgangen sind. Darauf sitzen wir beide auf dem alten geblümten Sofa in unserem Wohnzimmer und packen Weihnachtsgeschenke aus. Seine Augen sind überall zugleich, wollen alles erfassen: Sein eigenes Geschenk, ein dreifach ausziehbares Teleskop; mein Geschenk, ein Metronom; Ruthie, die neugierig sein Knie umklammert; unseren fotografierenden Vater, ganz vertieft in den Versuch, die Zeit festzuhalten; Mama, gerade jenseits des Bildrands; den zukünftigen Betrachter, der hundert Jahre später einen Blick auf diese Weihnachtsidylle wirft, wenn wir alle längst tot sind.

Mein Bruder hat Angst, er könne etwas verpassen. Angst, dass der Weihnachtsmann die Geschenke vertauscht hat. Angst, mein Geschenk könne schöner sein als das seine. Mit der einen Hand hält er Ruth, damit sie nicht fällt und sich den Kopf an der Tischkante stößt. Mit der anderen greift er hastig nach oben und streicht sich die Stirnlocke glatt – die Haare, die unsere Mutter ihm so gerne gebürstet hat –, damit sie auf dem Foto nicht bis in alle Ewigkeit hoch steht wie ein selbst gebastelter Angelköder. Er tut alles, dass es ein gutes Bild wird, das gibt er unserem Vater durch sein Lächeln zu verstehen. Sein Blick huscht voller Mitleid zu unserer Mutter, die für immer ausgeblendet bleibt.

Das Foto ist eine der ersten Polaroid-Aufnahmen. Unser Vater liebte geniale Erfindungen, und unsere Mutter liebte alles, was Erinnerungen festhielt. Das Schwarzweißbild ist ausgebleicht – so sehen die späten vierziger Jahre jetzt überall aus. Ich kann dem Hautton meines Bruders auf der Fotografie nicht trauen, kann nicht ermessen, wie er damals auf andere gewirkt hat. Meine Mutter war die hellste unter ihren Geschwistern, und mein Vater ein blasser europäischer Jude. Jonah lag genau dazwischen. Die Haare schon eher wellig als gelockt, und ein winziges bisschen dunkler als rot. Die Augen braun; zumindest das hat sich nie verändert. Die Nase ist schmal, die Wangen hoch und schlank. Woran mein Bruder am ehesten erinnert, ist ein bleicher, asketischer Araber.

Sein Gesicht, das ist die Tonart E, die Tonart für *schön*; es ist das Gesicht, das ich auf der ganzen Welt am besten kenne. Es sieht aus wie Vaters wissenschaftliche Zeichnungen, ein offenes Oval mit vertrauensvoll blickenden halben Mandeln als Augen: Ein Gesicht, das für mich immer der Inbegriff eines Gesichts bleiben wird, mit diesem Ausdruck von ansteckender Freude, ein bisschen überrascht, die Haut straff über den runden Knochen gespannt. Ich habe dieses Gesicht geliebt. Ich habe mir immer vorgestellt, dass ich so aussehen könnte, wäre ich frei.

Schon damals hatte er das aufmerksame Misstrauen, die unschuldige Wachsamkeit. Seine Züge werden schärfer, von Monat zu Monat. Die Lippen werden schmaler, die Augenbrauen ziehen sich zusammen. Die Nase wirkt strenger, die Wangen werden hohl. Doch selbst viel später noch hatte er manchmal diesen offenen Blick, die Mundwinkel hochgezogen, bereit zum Scherzen, sogar mit seinen Mördern. Ich habe ein ausziehbares Teleskop zu Weihnachten bekommen. Und du?

Eines Abends nach dem Beten, fragte er unsere Mutter: »Woher kommen wir eigentlich?« Er kann damals nicht älter als zehn gewesen sein; er war beunruhigt, weil Ruth so anders aussah als wir beide. Sogar mich betrachtete er mit Besorgnis. Vielleicht konnte man den Schwestern in der Klinik ebenso wenig trauen wie dem Weihnachtsmann. Er war in einem Alter, in dem er den Farbunterschied zwischen Mama und Pa nicht mehr für Zufall halten konnte. Er sammelte Beweise, und die Last war erdrückend. Ich lag in meinem Bett, direkt neben dem seinen, und wollte ganz schnell noch ein paar Seiten in meinem Cosmic-Carson-Comic lesen, bevor das Licht ausgeschaltet wurde. Doch ich hielt inne, um Mamas Antwort auf die Frage zu hören, die mir selbst nie in den Sinn gekommen war.

»Wo ihr hergekommen seid? Ihr Kinder?« Wenn eine Frage sie unerwartet traf, wiederholte Mama sie erst einmal. Damit gewann sie zehn Sekunden. Wann immer etwas Ernst wurde, wurde ihre Stimme leise, *piano*, und nahm den butterweichen Mezzoton an. Sie rutschte ein wenig auf der Matratzenkante hin und her, wo sie saß und ihn streichelte. »Ich bin froh, dass ihr das fragt. Ihr seid alle drei ein Geschenk der Glückseligkeit. Bruder Wunder hat euch gebracht.«

Jonahs Gesicht zuckte misstrauisch. »Wer soll das sein?«

»Wer das sein soll? Wieso seid ihr so neugierig? Habt ihr das von mir oder von eurem Vater? Bruder Wunder heißt Glück-selig-keit. Selig ist sein mittlerer Name.«

»Und Wunders Bruder? Hat der auch einen Namen?«

»Schmuel«, antwortete mein Vater, *a tempo*, von der Tür her.

»*Schmuel* Wunder?«

»Sicher. Warum denn nicht? Die heißen ja nicht umsonst Wunder.«

»Jetzt aber ehrlich, Pa. Woher kommen wir?«

»Eure Mutter und ich haben euch in der Tiefkühltruhe vom A & P gefunden. Wer weiß, wie lange ihr da gelegen habt. Dieser Mr. Wunder behauptete, ihr gehörtet ihm, aber er konnte keine Quittung vorweisen.«

»Bitte, Pa. Die Wahrheit.«

Wahrheit war ein Wort, mit dem unser Vater niemals Scherze trieb.

»Ihr kommt aus dem Bauch eurer Mutter.«

Darauf konnten wir zwei nur hilflos lachen. Unsere Mutter warf die Arme in die Luft. Ich sehe es noch vor mir, wie sich ihre Muskeln spannten, selbst heute noch, wo ich doppelt so alt bin wie sie damals. Mit erhobenen Armen sagte sie: »Jetzt haben wir den Salat.«

Vater setzte sich. »Früher oder später muss es sein.«

Aber von Salat war dann nicht mehr die Rede. Jonah hatte das Interesse verloren. Sein Lachen klang angestrengt, dann starrte er vor sich hin und schnitt Grimassen. Er glaubte ihnen – was immer es Verrücktes war, was sie ihm erzählen wollten. Er legte Mama die Hand auf den Arm. »Ist ja egal. Ich will gar nicht wissen, wo wir herkommen. Solange wir nur alle von derselben Stelle kommen.«

Alle waren begeistert von meinem Bruder, als er in seiner ersten Musikschule vorsang. Genau wie ich es vorausgesagt hatte, ganz gleich, was mein Vater von Prophezeiungen halten mochte. Die Schule – unter denen, die aufs Konservatorium vorbereiteten, eine der zwei angesehensten der Stadt – lag in Midtown, an der East Side. Ich weiß noch, dass Jonah, als er schon in dem viel zu großen burgunderroten Blazer steckte, Mama fragte: »Wieso willst du denn nicht mit?«

»Ach, Jo! Natürlich würde ich gern mitkommen. Aber wer soll denn hier bleiben und auf die kleine Ruth aufpassen?«

»Die kann doch auch mitkommen«, protestierte Jonah, obwohl er damals schon wusste, wohin wir gehen konnten und wohin nicht.

Mama antwortete nicht. Sie umarmte uns im Flur. »Bye-bye, JoJo.« Der Name, bei dem sie uns beide zusammen rief. »Blamiert mich nicht.«

Wir drei Männer bestiegen das erste Taxi, das für uns hielt, und ließen uns zur Schule fahren. Dort angekommen, verschwand mein Bruder im Gewimmel der anderen Kinder, kam aber im Saal noch einmal zu uns, kurz bevor er singen sollte. »Joey, du würdest mir nicht glauben, wie es da zugeht.« Sein Gesicht war ehrlich entsetzt. »Da sind ein paar

Jungs, die sehen aus, als hätte Ming von Mongo sie höchstpersönlich durch die Mangel gedreht.« Er versuchte zu lachen. »Da ist so ein Dicker, mindestens achte Klasse, der kotzt sich am Waschbecken die Seele aus.« Sein Blick wanderte über den Orbit des neu entdeckten Pluto hinaus. Kein Mensch hatte ihm je gesagt, dass Musik etwas war, das einem den Magen umdrehen konnte.

Nach zwanzig Takten »Down by the Salley Gardens« a cappella hatte mein Bruder die Preisrichter in der Tasche. Später, in dem muffig grünen Gang, kamen zwei von ihnen zu meinem Vater herüber, um mit ihm zu besprechen, wie es weiterging. Während die Erwachsenen sich über die Einzelheiten verständigten, zog Jonah mich hinter die Bühne. Man konnte noch riechen, wo der größere Junge sich übergeben hatte, es roch aus dem Becken, süß und stechend, halb Küche, halb Klo.

Das offizielle Urteil kam vierzehn Tage später. Unsere Eltern gaben den langen mit Maschine beschrifteten Umschlag an Jonah, der ihn aufgeregt öffnete. Doch als mein Bruder schon nach den ersten beiden Sätzen aufgab, nahm Pa den Brief. »›Zu unserem Bedauern müssen wir Ihnen mitteilen, dass wir Ihrem Sohn trotz seiner beeindruckenden Stimme im kommenden Herbst keinen Platz anbieten können. Der Kurs ist bereits überbelegt, und die Arbeitsbelastung des Lehrkörpers macht es unmöglich …‹«

Pa stieß einen kleinen unglücklichen Laut aus und sah Mama an. Ich hatte schon öfter gesehen, wie sie sich diesen Blick zuwarfen, draußen, wenn wir unter anderen Leuten waren. Mit zehn hatte ich damals schon begriffen, was dieser Blick bedeutete, aber ich verbarg es vor ihnen. Unsere Eltern sahen sich an, und jeder hatte nur den einen Gedanken, die Verzweiflung des anderen zu vertreiben.

»Als Sänger bekommt man nicht immer den Part, den man sich wünscht, Jonah«, sagte Pa sanft. Mama blickte nur zu Boden; sie hatte ihren Part schon bekommen, in der ältesten Musikstunde, die es gab.

Mit Hilfe eines Kollegen an der Musikalischen Fakultät von Columbia zog Pa Erkundigungen ein. Er kehrte mit halb verdrossener, halb verwunderter Miene heim. Er ging und wollte es Mama erzählen. Mama hörte ihm zu, hielt aber nicht in den Vorbereitungen für den Lammeintopf inne, den es zum Abendessen geben sollte. Mein Bruder und ich schlichen uns zur Küche, duckten uns rechts und links neben die Türpfosten und lauschten wie feindliche Spione. Erwachsene Männer waren für weniger als das auf dem elektrischen Stuhl gelandet.

»Sie haben einen neuen Leiter«, erklärte Pa.

Mama schnaubte. »Neuer Leiter, alte Leier.« Sie schüttelte den Kopf wie jemand, der alles, was die Welt noch zu sagen hatte, längst kennt. Sie klang anders. Ärmer irgendwie. Älter. Provinzieller.

»Es ist nicht das was du denkst.«

»Nicht –«

»Nein, es liegt nicht an dir. An mir!« Fast hätte er gelacht, aber das Lachen blieb ihm im Halse stecken.

Pa setzte sich an den Küchentisch. Er stieß einen entsetzlich erschöpften Seufzer aus, einen, den er niemals herausgelassen hätte, wenn er gewusst hätte, dass wir horchten. Es folgte etwas, das beinahe wie ein Kichern klang. »Eine Musikschule ohne Juden! Was für ein Wahnsinn! Wie kann man klassische Musik unterrichten ohne Juden?«

»Das geht genauso leicht wie Baseball ohne Farbige.«

Auch die Stimme meines Vaters hatte sich verändert. Sie klang älter, rauer. »Irrsinn! Genauso gut hätten sie ihn dafür ablehnen können, dass er Noten lesen kann.«

Mama legte ihr Messer ab. Mit dem Handgelenk strich sie sich das Haar aus der Stirn. Mit der anderen Hand hielt sie den Ellbogen umklammert. »Wir haben unseren Krieg für nichts geführt. Für weniger als nichts. Wir hätten nie anfangen dürfen.«

»Was bleibt einem solchen Land noch?« Vaters Worte waren wie ein Schrei. Jonah und ich zuckten zusammen, als hätte er uns geschlagen. »Was glauben sie denn, was das für ein Chor wird?«

An jenem Abend ließ mein Vater, der in all den Jahren nie auf einem Formular »jüdisch« angekreuzt hatte, der sein ganzes Leben dem Beweis gewidmet hatte, dass das Universum keine Religion brauchte, keine außer der Mathematik, uns sämtliche phrygischen Volkslieder singen, die ihm aus der Zeit, die zu vergessen er sich so sehr mühte, noch im Gedächtnis geblieben waren. Er übernahm von meiner Mutter den Platz am Klavier und entlockte ihm die klagende Melancholie, die sich in jenen Akkorden verbarg. Wir sangen in der Geheimsprache, in die Pa manchmal verfiel, wenn er in die Straßen nördlich der unseren ging, dem engen Verwandten des Englischen aus einem fernen Dorf, einem verschrobenen Dialekt, den ich beinahe verstand. Selbst im rasenden Tempo machten diese Harmonien, in denen die verminderten Sexten und Sekunden aufblitzten, aus Liebesliedern an ein hübsches Gesicht ein Schulterzucken angesichts der Blindheit des Schicksals. Mein Vater imitierte eine flinke, näselnde Klarinette, und wir anderen stimmten ein. Selbst Ruth machte mit, mit dem gespenstischen Talent, mit dem sie jeden Laut sofort nachahmte.

Unsere Eltern nahmen die Suche nach der richtigen Schule wieder auf. Nach dieser ersten Erfahrung wurde Mama härter. Sie würde ihren Erstgeborenen nur an einen Ort in ihrer Nähe lassen, in oder um New York, so nahe an zu Hause wie nur möglich. Und nur Musik und dies neu gefundene Selbstbewusstsein ließen zu, dass er überhaupt fortging. Pa, der Empiriker, ließ kein Kriterium gelten außer der Leistung der Schule. So handelten sie den grässlichen Kompromiss aus: Boylston Academy, ein Internat, das aufs Konservatorium vorbereitete, oben in Boston.

Den Namen, den die Schule sich damals machte, verdankte sie ihrem Direktor, dem großen ungarischen Bariton János Reményi. Meine Eltern hatten einen Artikel in der *New York Times* gelesen, in dem Reményi erklärte, die Gesangausbildung in den Vereinigten Staaten sei ein Trauerspiel. Das war natürlich das, was ein Land, das sich als größte Kulturnation der Nachkriegszeit empfand, am wenigsten hören wollte, und zum Lohn unterstützte es den Ankläger nach Kräften. Pa und Mama müssen wohl gedacht haben, einem Ungarn würde es nichts ausmachen, woher wir kamen. Es schien eine beinahe sichere Wahl.

Diesmal fuhren wir alle zusammen zum Vorsingen, die ganze Familie. Wir hatten einen prachtvollen Hudson gemietet, mit Stromlinienkarosserie. Meine Mutter saß hinten, zusammen mit mir und Ruth. Sie saß immer hinten, wenn wir mit dem Auto fuhren, und Pa saß immer am Steuer. Das sei sicherer für Ruthie, sagten sie. Jonah erklärte mir, sie machten es so, damit die Polizei uns nicht anhielt.

Jonah hatte Mahlers »Wer hat dies Liedlein erdacht?« vorbereitet, aus *Des Knaben Wunderhorn*. Mama begleitete ihn und polierte schon Wochen vorher an ihrem Klavierpart, bis er glitzerte. Sie trug ein plissiertes schwarzes Seidenkleid, das die Schultern betonte, und sah damit noch größer und schlanker aus, als sie ohnehin war. Sie war die schönste Frau, die die Preisrichter je in ihrem Leben erblicken würden. János Reményi selbst war einer der drei Prüfer. Vater zeigte ihn uns, als wir in den Saal kamen.

»Der?«, fragte Jonah. »Der sieht aber überhaupt nicht wie ein Ungar aus!«

»Und wie sehen Ungarn aus?«

Jonah zuckte mit den Schultern. »Glatzköpfig irgendwie.«

Nur eine Hand voll Sänger kam an jenem Tag zum Vorsingen, diejenigen, die es durch die strenge Vorauswahl geschafft hatten. Mr. Reményi rief von seiner Liste den Namen Strom auf. Mama und Jonah gingen den Gang hinunter zur Bühne. Eine Frau trat ihnen entgegen, bevor sie an die Treppe kamen. Sie fragte Mama, wo der Klavierbegleiter sei. Meine Mutter holte tief Luft und setzte ein Lächeln auf. »Ich begleite.« Sie klang matt, doch kompetent.

Der Angriff musste sie aus der Fassung gebracht haben. Sie nahm das Vorspiel schneller als bei den tausend Proben zu Hause. Ich hatte das Lied so viele Male gehört, ich hätte es rückwärts singen können. Aber bei dem Tempo, das Mama jetzt vorgab, hätte ich den Einsatz verpasst. Jonahs Einsatz war natürlich perfekt. Er hatte schließlich ungeduldig gewartet, dass der Höhenflug begann.

Ich sah, wie die Prüfer sich Blicke zuwarfen, als Jonah sich höher und höher aufschwang. Aber sie ließen ihn zu Ende singen. Noch nicht einmal zwei Minuten, und sein Vortrag war Geschichte. In der Kehle meines Bruders wandelte das Lied sich zum schelmischen Mythos. Es erzählte von einer Welt ohne Mühen, einer schwerelosen Welt. Des Knaben Wunderhorn, endlich einmal von jemandem gesungen, der tatsächlich noch ein Knabe war.

Eine Prüferin wollte applaudieren, aber ein Blick von Reményi ließ sie mitten in der Handbewegung erstarren. Der Direktor machte sich ein paar Notizen, nahm seine Brille ab, hob die Augenbrauen und sah meinen Bruder an. »Mr. Strom.« Verwirrt blickte ich meinen Vater an. Dessen Augen waren auf Reményi geheftet. »Können Sie mir sagen, was dieses Lied bedeutet?«

Pa beugte sich vor und pochte immer wieder mit der Stirn an die Lehne der Sitzreihe vor ihm. Auf der Bühne faltete Mama die Hände im Schoß ihres schönen Kleides und betrachtete sie. Wenn Jonah sang, war das Vertrauen meiner Eltern grenzenlos. Aber das gesprochene Wort war nicht ganz so sehr seine Stärke.

Jonah war gern bereit, diesem Ungarn zu helfen, wenn er etwas nicht verstand. Er blickte hinauf zu den Scheinwerfern, als könnten sie ihn zur Antwort inspirieren. »Na ja … es fragt danach, wer es geschrieben hat.« Mit einem verlegenen Seufzer schob er den schwarzen Peter dem Dichter zu.

»Sicher, gewiss. Das ist der Titel. Aber was steht *in* dem Gedicht?«

Die Miene meines Bruders hellte sich auf. »Oh! Das meinen Sie! Also …« Vaters Kopf bewegte sich immer schneller. Die sechsjährige Ruthie auf seiner anderen Seite wurde unruhig und summte vor sich hin. Er ermahnte sie zur Ruhe, etwas, das er sonst nie tat. »Es ist ein Haus in den Bergen«, erklärte Jonah. »Und am Fenster steht ein Mädchen.«

»Was für ein Mädchen?«

»Eine Deutsche?«

Alle drei Richter räusperten sich.

»Ein geliebtes Mädchen«, sagte Reményi. »Ein *fein's lieb's Mädel.* Jetzt weiter.«

»Sie wohnt nicht da. Und dann ist was mit ihrem Mund. Damit kann sie zaubern irgendwie. Tote zum Leben erwecken.« Man konnte in seinen Augen sehen, wie ihn das beschäftigte: Zombies, Vampire, lebende Leichname. »Und da sind noch drei Gänse, die haben das Lied im Schnabel ...«

»Das genügt.« Reményi wandte sich an meine Mutter. »Sehen Sie? Kein Lied für kleine Jungs.«

»Aber doch!«, rief mein Vater aus der Tiefe des Saals.

Reményi blickte in unsere Richtung, aber in dem dunklen Auditorium konnte er uns nicht sehen, und sein Blick ging mitten durch uns hindurch. Er wandte sich wieder an Mama. »Das ist ein Lied für eine reife Stimme. So etwas sollte er nicht singen. Das kann nicht gut werden, und es könnte sogar seine Stimmbänder schädigen.«

Meine Mutter saß zusammengesunken auf der Klavierbank, erdrückt von der Summe ihrer Fehler. Sie hatte dem großen Mann mit der Kunst ihres Sohnes imponieren wollen, und mit einem Fingerschnippen hatte der große Mann ihr Lämpchen gelöscht. Am liebsten wäre sie in den Klavierkasten gekrochen und hätte sich an den schärfsten, höchsten Saiten in kleine Scheiben geschnitten.

»In zwanzig Jahren vielleicht, dann werden wir Mahler anständig lernen, das Kind und ich. Wenn wir beide noch am Leben sind.«

Pa bekundete mit einem Husten seine Erleichterung. Mama auf der Bühne richtete sich wieder auf, entschlossen, doch weiterzuleben. Ruth begann zu plappern, und ich bekam sie nicht mehr still. Mein Bruder stand oben im Rampenlicht, zupfte sich am Ellbogen und hatte anscheinend von dem ganzen Drama gar nichts mitbekommen.

Draußen auf dem Gang kam Jonah auf mich zugehüpft. »Ich glaube, der mag einfach keine Musik.« Aber in seinen Augen sah ich Mitleid. Er wollte mit diesem Mann arbeiten, wollte ihm das Glück des Gesangs verstehen helfen.

Wir spazierten über das Schulgelände, besahen uns diesen pseudo-italienischen Palazzo zwischen Back Bay und Fens. Pa unterhielt sich mit einigen von den Schülern, unter anderem mit einem Diplomatensohn, mit dem er Deutsch sprach. Alle standen felsenfest zur Schule und ihren Lehrmethoden. Ein paar ältere Schüler hatten schon Erfolge bei Wettbewerben im Land und in Europa zu verzeichnen.

Jonah zerrte mich ins Haus, erkundete neugierig alle erdenklichen Ecken, und sah gar nicht, wie misstrauisch man uns beäugte. Unsere

Mutter stolperte vor sich hin wie in Schuhen aus Blei, als sei sie unterwegs zu ihrer eigenen Beerdigung. Jeder neue Beweis, dass dies der richtige nächste Schritt im Leben ihres Sohnes war, machte sie in ihrem eigenen zehn Jahre älter.

Unsere Eltern verhandelten mit den Schulvertretern, und Jonah und ich unterhielten derweil die kleine Ruth, ließen sie die Spatzen mit Brotkrümeln füttern oder mit Kieselsteinen die vorwitzigen Eichhörnchen verjagen. Unsere Eltern kehrten zurück, und Jonah und ich fragten nicht, warum sie so niedergeschlagen aussahen. Zu fünft machten wir uns auf zu dem gemieteten Hudson und der langen Fahrt nach Hause. Aber als wir schon die Auffahrt hinuntergingen, hörten wir hinter uns jemanden rufen.

»Verzeihung, bitte.« Maestro Reményi stand im Eingang der Akademie. »Haben Sie noch einen Moment Zeit?« Wie schon beim Vorsingen blickte er durch Pa hindurch, als sei er gar nicht da. »Sie sind die Mutter des Jungen?« Er sah Mama lange ins Gesicht, dann Jonah, als suche er den Schlüssel zu einem Geheimnis, das größer war als das Rätsel Mahlers. Mama nickte und wich dem Blick des großen Mannes nicht aus. János Reményi schüttelte langsam den Kopf, als sein Verstand das Beweismaterial verarbeitete. »Brava, madame.«

Diese zwei Worte waren, was die Musik anging, die größte Anerkennung, die meine Mutter in ihrem ganzen Leben bekam. Fünfzehn Sekunden lang durfte sie den Triumph spüren, auf den sie verzichtet hatte, als sie meinen Vater heiratete und uns Kinder aufzog. Während der ganzen Fahrt nach Hause, auf der Jonah vorn auf dem Sitz vor sich hinsummte, prophezeite sie: »Du wirst unendlich viel von diesem Mann lernen. Ganze Welten.«

Jonah bekam seinen Platz an der Boylston Academy of Music und ein Stipendium dazu. Doch zu Hause in der Geborgenheit von Hamilton Heights kamen die Bedenken. »Ich könnte noch so viel von dir lernen, Mama«, setzte er seinen Hieb an die empfindlichste Stelle. »Ich kann mich hier besser konzentrieren, ohne die vielen anderen Kinder.«

Mama antwortete mit ihrer Geschichtslehrerstimme. »JoJo, Schatz. Du bist begabt. Das ist ein Geschenk. Höchstens einer unter tausend Jungen –«

»Weniger«, sagte Pa und kalkulierte es in Gedanken.

»Einer unter Millionen kann auch nur von dem träumen, was du bekommst.«

»Und wen interessiert das?«, sagte Jonah.

Er wusste, dass es ein Wendepunkt in seinem Leben war. Mama hielt ihn fest, fasste ihn am Kinn, damit er zu ihr aufblickte. Mit einem einzigen Wort hätte sie ihn umbringen können. »Jeden Menschen.«

»Du hast eine Verpflichtung«, sagte Pa eindringlich. »Du musst deine Gabe pflegen und der Natur für ihr Geschenk etwas zurückgeben.«

»Was ist mit Joey? Der spielt viel besser Klavier als ich. Und er kann auch leichter vom Blatt singen.« Wie ein kleines Kind: *Der war's, nicht ich.* »Wenn ihr mich da hinschickt, dann muss Joey mit. Ich will nicht auf eine Schule, wo Joey nicht hinkommt.«

»Du bist der Pfadfinder«, sagte Mama. Sie musste wissen, wie groß die Angst in ihm war. »Du gehst voraus, und ehe du dich versiehst, kommt er nach.«

Jetzt, zu spät, mussten unsere Eltern einsehen, dass sie uns zu viel zu Hause gelassen hatten. Der Hausunterricht war ein wissenschaftliches Experiment gewesen, und das Ergebnis waren zwei Gewächshausblüten. Sie sprachen darüber, leise, als sie sich hinter ihrer Schlafzimmertür zum Schlafengehen zurechtmachten und glaubten, wir könnten sie nicht hören.

»Meinst du, wir haben sie zu sehr behütet?« Pa klang unsicher, als wisse er nicht, wie er die Frage stellen solle.

»Ein solches Kind kann man nicht nach draußen lassen, so wie die Welt ist.« Die alte Vorstellung, diejenige, die sie zusammenhielt: Dass sie eine Seele großzogen und schützen mussten, die zu gut für diese Welt war.

»Aber vielleicht hätten wir trotzdem … Die beiden haben keinen einzigen richtigen Freund.«

Die Stimme meiner Mutter wechselte in ein höheres Register. »Sie kennen andere Jungen. Sie verstehen sich mit den besseren.« Aber ich konnte heraushören, dass sie sich eigentlich etwas anderes wünschte. Ihr Plan war nicht aufgegangen, und irgendwie lag es an uns. Ich wäre gern hineingegangen und hätte ihnen erzählt, wie sie mit Steinen nach uns warfen, welche Wörter sie riefen, all die Gemeinheiten, die wir für uns behielten, damit unsere Eltern sich keine Sorgen machten. Feigling. Halbblut. Ich hörte, wie Mama die Schildpattbürste auf den Toilettentisch fiel, hörte das unterdrückte Schluchzen.

Und ich hörte Pa, wie er sie in den Arm nahm, wie er sich entschuldigte. »Sie haben einander. Sie werden andere kennen lernen, die sind wie sie. Wenn sie die richtigen finden, werden sie auch Freunde haben.«

Ein Bekannter von Pa vom Mathematischen Institut von Columbia, ein Oboist, lag ihm schon länger in den Ohren, er solle uns für die lutherische Gemeinde der Universität singen lassen. Doch unsere Eltern hatten immer abgelehnt. Mama ging mit uns in die Kirchen in unserem Viertel, wo unsere drei Stimmen im allgemeinen Gospelgesang aufgingen. Ansonsten hatten sie uns von der korrumpierenden Welt der öffentlichen Auftritte abgeschirmt. »Meine Jungs sind Sänger«, sagte sie, »keine dressierten Seehunde.« Woraufhin Jonah jedes Mal zu bellen anfing und die Unterseiten seiner Flossen applaudierend aneinander schlug.

Aber jetzt fanden unsere Eltern, die Lutheraner könnten Jonah auf den größeren Schritt des kommenden Herbstes vorbereiten. Auftritte in der Kirche sollten uns immun machen gegen die gefährlicheren Viren der Außenwelt. Unsere ersten Ausflüge zu den Chorproben waren Expeditionen in unbekannte Länder. Donnerstags abends fuhren Pa, Jonah und ich mit der Linie 2, der Seventh Avenue Local, hinunter nach Morningside Heights; zurück nahmen wir ein Taxi, und mein Bruder und ich zankten uns regelmäßig darum, wer vorn neben dem Fahrer sitzen und sich auf Pseudo-Italienisch mit ihm unterhalten durfte. Bei den ersten Proben starrten uns alle an. Aber Jonah war eine Sensation. Der Chorleiter ließ sich immer wieder neue Vorwände einfallen, nur um meinen Bruder allein singen zu hören.

In dem Chor gab es eine Reihe von talentierten Amateuren, gebildete Akademiker, deren größte Seligkeit es war, zweimal pro Woche in die Welt der verlorenen Harmonien einzutauchen. Ein paar kräftige Stimmen und einige Berufsmusiker, die ihre Mitgliedschaft im Chor als Dienst an der Allgemeinheit verstanden, trugen ihr Scherflein dazu bei. Zwei Wochen lang sangen wir nichts weiter als die blutlosen Kirchenlieder des protestantischen Nordens. Schon in so jungen Jahren hatten Jonah und ich nicht viel übrig für diese langweiligen, vorhersehbaren Melodien. Zu Hause in Hamilton Heights trieben wir unsere Späße mit den Texten – »O Jesus, mein Käse, o Käse, Erlöser.« Sonntags aber waren wir mit Feuereifer bei der Sache und sangen sogar die banalsten Melodien, als hinge unser Seelenheil davon ab.

Eine der echten Altistinnen des Chors, eine ausgebildete Sängerin namens Lois Helmer, fasste von dem Augenblick an, als seine Stimme zum ersten Mal auf der muffigen Chorempore erscholl, ihre eigenen Pläne mit meinem Bruder. Für sie war er das Kind, das sie ihrer bescheidenen Sängerkarriere zuliebe nie gehabt hatte. Mit Jonahs glockenheller Stimme konnte sie die Anerkennung erlangen, die ihr selbst bisher versagt geblieben war.

Miss Helmer hatte ein Organ, das die Pfeifen der Kirchenorgel mühelos übertönte. Aber sie musste in einem Alter sein – Jonah schätzte sie auf 101 –, in dem ihre eigenen Orgelpfeifen bald den ersten Rost ansetzen würden. Bevor dies geschah und sie verstummen ließ, wollte sie ihr Können an einem ganz persönlichen Lieblingsstück beweisen, dem nach ihren Begriffen noch nie eine Aufführung gerecht geworden war. In Jonahs glasklarem Sopran hatte sie endlich das Instrument ihrer Erlösung gefunden.

Damals konnte ich es noch nicht wissen, aber Miss Helmer war ihrer Zeit gut zwanzig Jahre voraus. Lange bevor die rasende Entwicklung der Plattenindustrie zur Geburtshelferin der Alten Musik wurde, vertraten sie und ein paar andere Sänger mit ähnlich reinen Stimmen in einem Meer des Vibrato die Ansicht, dass für Musik aus der Zeit vor 1750 Präzision wichtiger war als »Wärme«. Damals galt überall die Devise »Je größer, desto besser«. In Bethlehem, Pennsylvania, gab es noch Jahr für Jahr die gigantischen Aufführungen der Bach-Passionen mit Tausenden von Mitwirkenden, Kirchenmusik im Atomzeitalter, wo die schiere Masse eine schwerfällige spirituelle Energie freisetzte. Im Gegensatz dazu war Miss Helmer überzeugt, dass Gott aus der komplexen Polyphonie gern die einzelnen Stimmen heraushörte. Je schlichter die Linie, desto größer die Erhebung. Denn Energie war auch Leichtigkeit hoch zwei.

Ihr Leben lang hatte sie das wunderbare Duett aus der Kantate Nummer 78 singen wollen, als Beweis dafür, dass das Kleine schön war und Leichtigkeit alles. Aber nie hatte sie eine Sopranistin getroffen, deren Vibrato weniger als einen Viertelton umfasste. Dann hörte sie die ätherische Knabenstimme, vielleicht die erste seit Bachs Thomasschule in Leipzig, die dem jubilierenden Ton gerecht werden konnte. Sie sprach mit Mr. Peirson, dem Chorleiter, einem anämischen Anhänger des Andantes, der im Glauben lebte, er könne sich ein ruhiges Eckchen im lutherischen Fegefeuer sichern, wenn er nur die Zeitmaße beachtete und seine Zuhörer nicht vor den Kopf stieß. Mr. Peirson zögerte, und er kapitulierte erst, als Lois Helmer drohte, ihre Stimme fortan in den Dienst der Episkopalkirche zu stellen. Mr. Peirson räumte für die Aufführung das Podium, und Lois Helmer trieb in Windeseile einen guten Cellisten auf, der den pulsierenden Violone-Part übernahm.

Eine zweite große Idee beseelte Miss Helmer: Musik und Text sollten aufeinander bezogen sein. Albert Schweitzer vertrat diese Ansicht schon seit Jahrzehnten und hatte bereits von der Wortmalerei bei Bach gesprochen, noch bevor Einstein – der Geigenspieler, der dem Leben meines Bruders die entscheidende Wendung gab – die universelle Zeit aus den Angeln hob. In der alltäglichen Praxis jedoch hatte Bachs Musik, unabhängig vom Text, immer die gleiche klebrig-zähe Patina, die man von den Gemälden alter Meister kannte, die goldene Dämmerung, die Museumsbesucher für vergeistigt hielten, obwohl es in Wirklichkeit nichts als Schmutz war.

Miss Helmers Bach würde genau das tun, was im Text stand. Wenn das Duett mit den Worten »*Wir eilen mit schwachen, doch emsigen Schritten*« begann, dann *würden* sie auch eilen. Sie drangsalierte die Continuospieler, bis sie das Tempo erreichten, das ihr vorschwebte, ein Drittel schneller als das Stück sonst gespielt wurde. Sie beschimpfte die verblüfften Musiker bei den Proben, und Jonah genoss jeden einzelnen Fluch.

Er selbst stand natürlich bereit, im Sturmschritt durch die Arie zu eilen, mit der Leichtigkeit des Lichts. Wenn Jonah sang, selbst bei den Proben, wenn er seine Stimme erhob vor Leuten, die nicht so waren wie wir, dann schämte ich mich, als verrieten wir das Geheimnis unserer Familie. Er folgte dieser Frau Schritt für Schritt, Phrase für Phrase, ein Wunderkind, das bereitwillig lernt, was der Dompteur ihm beibringt, bis die lockere, spielerische Nachahmung schließlich in perfekten Gleichklang mündete, als hätten beide ein Mittel gefunden, das Gespenst ihres eigenen Echos einzufangen und wieder mit ihm zu verschmelzen.

Am Sonntag der Aufführung standen Jonah und ich ganz vorn am Geländer der Empore, beide im schwarzen Blazer und roter Fliege – Pa hatte seine gesamten topologischen Kenntnisse mobilisiert, um sie zu binden. Wir reckten uns auf unserem Ausguck und beobachteten das ruhelose Hin und Her der Gemeindemitglieder in den Bankreihen – wie glänzende Käfer unter einem umgedrehten Stein sahen sie aus. Pa, Mama und Ruth kamen spät und suchten sich einen Platz ganz hinten, da wo sich niemand durch ihre Anwesenheit belästigt fühlen konnte.

Das Lied kam nach der Lesung. In den meisten Wochen ging dieser Augenblick spurlos vorüber, ein Stückchen spirituelle Tapete, das die Kunden der göttlichen Gnade kurz begutachteten und wieder beiseite legten. Doch in dieser Woche klang die hüpfende Cello-Begleitung so energisch, dass sich selbst die, die längst eingedöst waren, freudig erschreckt in ihren Bänken aufrichteten.

Aus acht munteren Takten erhebt sich der Sopran, ein strahlender Krokus, der über Nacht den wintermüden Rasen erobert hat. Ein einfacher Kunstgriff setzt die Melodie in Bewegung: Auf das ruhende *Do* im unruhigen Auftakt, folgt zu Beginn des nächsten Takts ein nach Auflösung drängendes *Re*. Einmal in Schwung gebracht, klettert der Sopran immer weiter empor, im Wettlauf mit seinem eigenen Spiegelbild im Alt. Dann stürmen beide Stimmen scheinbar unvermittelt den gleichen, unumgänglichen und doch überraschenden Abhang hinunter, erhellt von vereinzelten Sonnenstrahlen und gleißendem Licht. Die verschlungenen Linien wachsen über sich hinaus, verschmelzen mit ihren Verfolgern, unbändige Freude, erreichen auf kunstvoll verschlungenen Pfaden den vorgezeichneten Ort.

Acht Cellotakte, dann erklang Jonahs schwerelose Stimme aus der Tiefe der Kirche. Er sang so mühelos wie andere reden. Seine Stimme zerschnitt die dumpfe Düsternis des Kalten Krieges und traf die Morgengemeinde wie ein Hieb. Dann setzte Lois ein; die messerscharfe Klarheit der Knabenstimme war ihr ein Ansporn, und ihre Stimme hatte einen Glanz, wie sie ihn seit ihrer eigenen Konfirmation nicht mehr erreicht hatte. Wir eilen mit schwachen, doch emsigen Schritten. Ach höre. Ach höre!

Doch wohin eilten wir? Dieses Geheimnis vermochte ich mit meinen neun Jahren nicht zu lüften. Sie eilten, um diesem Jesu zu helfen. Andererseits erhoben wir unsere Stimmen und baten um seine Hilfe. Soweit ich verstand, widersprach das Lied sich selbst, war so gespalten wie mein Bruder; man konnte nicht sagen, wer wem half. Irgendwer hatte die englische Übersetzung verdorben, und dem Original konnte ich nicht folgen. Mama sprach nur Gesangstunden-Deutsch, und Pa, der kurz vor dem Krieg geflohen war, machte sich nie die Mühe, uns mehr von seiner Sprache beizubringen als das, was wir zum gemeinsamen Singen am Klavier brauchten.

Doch das Deutsche verhallte in dem Lichtstrahl, der über der Gemeinde lag. Die Stimme meines Bruders überspülte die Bänke der Betuchten, und Jahre der blassen nordischen Beherrschtheit schmolzen in diesem Klang dahin. Die Leute drehten sich um, trotz Jesu Gebot, sie sollten glauben, ohne zu sehen. Lois und mein Bruder segelten Seite an Seite, ihre feinen Ornamente drangen mitten ins Herz der kunstvoll verschlungenen Melodie. Sie überholten einander und wichen sich aus, ein melancholischer Hinweis auf die Kranken und Irrenden, dann liefen sie strahlend den heimischen Hafen an, einen Hafen, der in drei weiteren Modulationen immer tiefer in die Ferne des sich öffnenden Raums rückte. Zu Dir. Zu Dir. Zu Dir. Selbst Mr. Peirson konnte seine bebende Unterlippe nur mit Mühe ruhig halten. Nach der ersten Strophe gab er den Versuch ganz auf.

Als das Cello sein letztes *da capo* gespielt und der stimmgewaltige Zweierbob die letzte Steilkurve genommen hatte, endete das Lied da, wo alle Lieder enden: in vollkommener Stille. Ein paar ergriffene Zuhörer begingen sogar die schlimmste aller lutherischen Sünden und applaudierten in der Kirche. Das Abendmahl an diesem Tag war schal im Vergleich.

Im allgemeinen Chaos nach dem Gottesdienst hielt ich Ausschau nach meinem Bruder. Lois Helmer küsste ihn. Er warf mir einen warnenden Blick zu, und ich wagte nicht einmal zu kichern. Er ließ Miss Helmer gewähren; sie drückte ihn an sich, dann ließ sie ihn los. Sie wirkte erschöpft und zufrieden, wie jemand der sein Lebensziel erreicht hat. Als sei sie schon tot.

Unsere Familie trottete hinaus auf die Straße, wollte sich wie üblich unauffällig davonmachen. Aber sie hatten meinen Bruder schon entdeckt. Wildfremde Leute kamen und umarmten ihn. Ein alter Mann – der seinen letzten Sonntag auf Gottes Erde erlebte – betrachtete Jonah lange mit einem wissenden Blick und hielt seine Hand, als wolle er sie nie wieder loslassen. »Das war der schönste Händel, den ich in meinem ganzen Leben gehört habe.«

Wir entwischten ihm, und im Laufen prusteten wir los. Zwei Damen fingen uns im Flug. Sie hatten uns etwas Großes mitzuteilen, ein Geheimnis, das sie eigentlich nicht verraten durften, aber sie konnten nicht anders. Sie waren wie Mädchen in unserem eigenen Alter. »Junger Mann«, sagte die Größere von beiden. »Wir wollten nur sagen, was für eine Ehre es für uns ist, dass ... dass eine Stimme wie die deine in unserer Kirche singt.« *Wie die deine.* Was war das für ein Osterei, das wir suchen sollten? »Ich kann dir gar nicht sagen ...« Die Stimme klang belegt. Ihre Freundin legte ihr eine weiß behandschuhte Hand auf den Arm und machte ihr Mut. »Ich kann dir gar nicht sagen, wie viel mir das bedeutet, mir persönlich, dass ein kleiner Negerjunge etwas so Wunderbares singt. In unserer Kirche. Für uns.«

Die Stimme brach, Tränen traten ihr in die Augen. Mein Bruder und ich grinsten uns an. Jonah wandte sich lächelnd an die Damen, verzieh ihnen ihre Unwissenheit. »Oh, Ma'am, wir sind keine richtigen Neger. Nur unsere Mutter!«

Nun waren die beiden Erwachsenen an der Reihe, Blicke zu wechseln. Die mit den Handschuhen fuhr Jonah über den roten Haarschopf. Sie traten einen Schritt zurück und sahen sich an, die Augenbrauen gehoben, fassten sich am Arm, rangen um die rechte Antwort. Doch das war der Augenblick, in dem Pa, der genug von Menschenmengen und

Christen, selbst den akademisch gebildeten, hatte, zurück ins Kirchenschiff kam, um uns zu holen.

»Jetzt kommt schon, ihr zwei. Bevor euer alter Herr noch ganz verhungert.« Es war ein Satz, den er aus einer der Comedyshows im Radio aufgeschnappt hatte, die er so vergötterte, »Baby Snooks« oder »The Aldrich Family«. »Bringt euren alten Daddy nach Hause zum Mittagessen. Sonst ist es aus mit ihm.«

Die Damen wichen zurück wie vor einem Gespenst. Ihre Welt brach in sich zusammen, schneller als sie sie wieder erbauen konnten. Ich wandte den Blick ab, schämte mich genauso wie sie. Pa winkte Jonahs Bewunderern zu, eine Geste der Entschuldigung, dass er ihn entführte. Eine einzige lässige Handbewegung des Physikers genügte, und all ihre so hart erarbeitete Großzügigkeit und Toleranz löste sich in Luft auf.

Die ersten drei Taxis, denen wir auf dem Broadway Zeichen gaben, hielten für uns nicht an. Auf der Fahrt im vierten summte Mama die ganze Zeit Bachs jubilierende kleine Melodie vor sich hin. Wir Jungs saßen rechts und links von ihr, Ruth hatte sie auf dem Schoß. Pa saß vorn. Sie trug ein schwarzes Seidenkleid, mit kleinen weißen Lämmchen bedruckt, so winzig, dass man sie für Punkte halten konnte. Auf dem Kopf hatte sie ein keckes Hütchen mit einem schwarzen Netz, das sie wie einen halben Schleier vors Gesicht zog – »eure Mutter hat wieder ihre Jarmulke auf«, sagte Pa. Sie war schöner als jeder Filmstar, so schön, wie Joan Fontaine gerne sein wollte. Sie fuhr in einem Taxi den Broadway hinunter und sang, umgeben von ihrer glücklichen Familie, sie war schwarz, noch immer jung, und fünf Minuten lang frei.

Aber mein Bruder war in Gedanken anderswo. »Mama«, fragte er. »Du bist doch Negerin, oder? Und Pa ist ... so eine Art Jude. Was sind wir denn dann, ich und Joey und Ruth?«

Meine Mutter hörte auf zu singen. Ich hätte Jonah am liebsten ins Gesicht geschlagen und wusste nicht, warum. Mama blickte in die Ferne, zu dem, was jenseits der Klänge liegen musste. Pa rutschte auf dem Sitz hin und her. Auf diese Frage und auf jede einzelne, die darauf folgen würde, warteten sie seit Jahren. »Ihr macht eure eigene Rasse auf«, erklärte unser Vater. Ich fand, es klang, als schösse er uns hinaus in den eisigen Weltraum.

Ruth, auf dem Schoß unserer Mutter, lachte dem strahlenden Tag ins Gesicht. »Joey ist ein Nee-ger. Und Jonah ist ein Ger-nee.«

Mama blickte ihr kleines Mädchen mit einem zerknitterten Lächeln an. Sie schlug ihren Schleier zurück und hielt Ruthie in die Höhe. Sie stupste sie mit der Nase in die Brust und summte dazu weiter die bachsche Melodie. Mit zwei starken Bärenarmen schloss sie uns beide in die Umarmung ein. »Ihr seid, was ihr in eurem Innersten seid. Was ihr sein müsst. Ein jeglicher diene Gott auf seine Weise.«

Aber das war nicht die ganze Wahrheit. Auch Jonah hörte das. »Aber was *sind* wir? Ich meine, in Wirklichkeit. Wir müssen doch irgendwas sein.«

Sie seufzte.

»Nun sag schon.« Er wand sich aus ihrer Umarmung. »Was sind wir?«

Sie ließ uns frei. »Ihr zwei Jungs.« Sie presste es zwischen den Lippen hervor, langsamer als die spröde Predigt, die wir in der Kirche gehört hatten. »Ihr zwei, ihr seid einzigartig.«

Der Taxifahrer muss ein Schwarzer gewesen sein. Er fuhr uns bis vor unsere Tür.

Mehr sagten unsere Eltern zu dem Thema nicht, jedenfalls nicht bis zum Ende des Sommers. Wir gingen wieder mit Mutter in die Kirchen in unserem Viertel, wo alle Stimmen Teil der einen, großen Stimme waren. Der August ging zu Ende, und Jonah machte sich für den Aufbruch bereit. Unsere Musikabende verloren den Schwung. Die Akkorde klangen schwach, und keiner hatte mehr den Mut zum Kontrapunkt.

Manchmal hörten wir abends durch die Schlafzimmertür, wie Mama vor dem Spiegel saß und weinte, und Pa redete, wollte eine Antwort finden. Jonah mühte sich, die beiden zu trösten. Er sprach davon, wie gut Boston für ihn sein würde. Er würde zurückkommen und wunderbar singen, und dann würden sie froh sein, dass sie ihn geschickt hatten. Er versicherte ihnen, wie glücklich er sein würde. Er erzählte ihnen alles was sie hören wollten, mit einer Stimme, die sie zur Verzweiflung gebracht haben muss.

OSTERN 1939

An diesem Tag begeht eine Nation ihre eigene Totenfeier. Nach dem Regen der vergangenen Nacht ist die Luft kalt und klar. Der Sonntag erhebt sich rot und protestantisch über dem Potomac. Die bleicheren Verwandten des Lichts kratzen an den Prachtbauten der Hauptstadt, sie schärfen die Konturen der Regierungsgebäude im Federal Triangle, verwandeln Sandstein in Marmor, Granit in Schiefer, und lassen sich nieder auf der spiegelnden Fläche des Tidal Basin, Wasser auf der Suche nach Ausgleich. Die Farben dieses Sonnenaufgangs sind pure Ashcan

School. Der frühe Morgen taucht jeden Mauersims in Magenta, und von Stunde zu Stunde werden die Farben intensiver. In der Erinnerung aber sehen wir diesen Tag für alle Zeiten in Schwarzweiß, den langsamen Schwenk der Movietone-Kamera, begleitet vom Wochenschaukommentar.

Arbeiter sind auf der Mall zugange, über die der Aprilwind die bunten Seiten einer Comiczeitung weht. Sägeböcke und Absperrkegel begrenzen die gesetzlose Weite des öffentlichen Raums. Staatliche Bautrupps – nach Rasse getrennt – legen letzte Hand an die Tribüne auf den Stufen des Lincoln Memorials. Eine Hand voll Organisatoren lässt den Blick über die spiegelnde Wasserfläche gleiten und schließt Wetten ab, wie viele Menschen sich bei diesem zum Jubelfest umfunktionierten Begräbnis einfinden werden. Die Massen, die in drei Stunden über sie hereinbrechen, werden ihre kühnsten Erwartungen übertreffen.

Grüppchen von Neugierigen beobachten die letzten Vorbereitungen. Die Nachricht liegt schon länger in der Luft – die Ankündigung dieses verbotenen Konzerts. Amerikanischer Traum und amerikanische Wirklichkeit beziehen Stellung, und die Geschosse werden sich in der Luft über den Köpfen der Zuhörer treffen. Das betagte Staatsschiff, der Rumpf von Unrat verkrustet, ging gestern Abend ächzend in der Marinewerft von Washington vor Anker, und jetzt, an diesem Ostermorgen des Jahres 1939 – während sich östlich des Scott Circle und nördlich der Q-Street, bis hinauf in die Vorstädte in Maryland schon die Massen sammeln und Kirchengemeinden sich noch in ihren Wechselgesängen die alte Geschichte von der Auferstehung vorerzählen –, halten ganze Stadtviertel den Atem an und warten, ob sie am heutigen Tag den Untergang dieses löchrigen alten Kahns miterleben werden, eine ordentliche Seebestattung mit allem was dazugehört.

»Wie lang?«, fragt das Kirchenlied. »Wie lang bis zu dem Tag?« Letzten Freitag noch wagte kein Lied mehr als ein *bald*, und kein Sänger dachte etwas anderes als *nie*. Doch an diesem Morgen ist, als niemand hinsah, ein Wunder geschehen, der Stein vom Grab gerollt, die römischen Statthalter liegen zerschmettert am Boden, und der Engel verkündet seine Botschaft, sein Flügel streift das Jefferson-Denkmal, und er sagt *jetzt*, er singt das Lied von der Erlösung in C-Dur.

Drüben an der Pennsylvania Avenue suchen rosige Kinder auf dem Rasen des Weißen Hauses Ostereier. Drinnen, im Oval Office, trifft der wortgewandte Präsident mit seinen Redenschreibern letzte Vorkehrungen für das neueste Plauderstündchen am Kamin, die Botschaft an eine Nation, die immer noch hofft, dass sie den Flammen entgehen kann.

Mit jeder väterlichen Radioansprache klingen die Beschwichtigungen hohler. »Gewalt«, verkündet der alte Mann den um den Kamin Versammelten, »ist ein Albtraum, aus dem die Demokratie uns wecken muss.« Eine freundliche Lüge, die jene, die noch nie nordwärts über die 14. Straße hinausgekommen sind, vielleicht sogar überzeugt. Aber an diesem Ostersonntag sucht Roosevelts Ansprache über die Zuspitzung der Krise vergeblich nach einem Publikum. Heute sind die Radios der Nation auf einen anderen Sender eingestellt, sie hören eine Stimme, die weiter trägt. Heute sendet Radio America ein neues Lied.

Demokratie steht heute Nachmittag nicht auf dem Programm. Die Glocke der Freiheit wird nicht erklingen in der Constitution Hall. Dafür haben die Daughters of the American Revolution gesorgt. Die Daughters of the American Revolution haben ihre Türen vor Marian Anderson verschlossen, der größten Altistin des Landes, vor kurzem erst zurückgekehrt von einer triumphalen Europatournee, gefeiert in Österreich, vom norwegischen König mit einem Trinkspruch geehrt. Sibelius umarmte sie und erklärte: »Mein Raum ist nicht hoch genug für Ihre Stimme!« Sogar in Berlin waren mehrere Auftritte vorgesehen, bis ihr europäischer Agent den Behörden gestehen musste, dass Miss Anderson leider nicht ganz, nicht hundert Prozent arisch sei. Der große Sol Hurock, Konzertagent vieler internationaler Künstler, hat sie unter seine Fittiche genommen, überzeugt davon, dass ihm das Wunder des alten Europa auch hier in der Heimat gelingen wird. Im vergangenen Jahr hat er Miss Anderson auf eine Amerikatournee mit siebzig Liederabenden geschickt, die längste Konzertreise dieser Art, die es je gegeben hat. Und diese Sängerin hat man nun von der besten Bühne der Hauptstadt verbannt.

Was ist das für eine Revolution, die die Töchter, verschanzt in ihrer strahlend weißen Säulenhalle, verhindern wollen? »Ausgebucht bis zum Ende des Winters«, lässt die Direktion den Agenten wissen. »Und für das Frühjahr.« Die Agentur schickt eine neue Anfrage, für einen anderen Künstler, einen hundert Prozent arischen. Und bekommt ein halbes Dutzend Termine zur Auswahl.

Hurok informiert die Presse, obwohl die Geschichte ja alles andere als neu ist. Genauer gesagt ist es die älteste Fortsetzungsgeschichte des Landes. Die Presse bittet die Daughters um eine Stellungnahme. Ist es Prinzip oder war es nur ein unglücklicher Zufall? Die Töchter der amerikanischen Revolution antworten, dass es in der Stadt Tradition sei, dass Leute wie Miss Anderson nur in bestimmten Konzertsälen aufträten. Die Constitution Hall gehöre nicht zu diesen Sälen. Die Töchter hätten es sich zum Prinzip gemacht, die örtlichen Gepflogenheiten zu respektieren. Wenn sich die öffentliche Meinung ändere, könne Miss Anderson jederzeit dort singen. Irgendwann in der Zukunft. Oder kurz danach.

Der *Daily Worker* ist in seinem Element. Künstler machen ihrer Empörung Luft – Heifetz, Flagstad, Farrar, Stokowski. Aber Amerika kümmert sich nicht um diese ausländischen Stimmen. Tausende von Unterschriften auf einer Petition bleiben wirkungslos. Und dann platzt die Bombe. Eleanor Roosevelt, die Mutter der Nation, verlässt deren Töchter. Sie kündigt ihre Mitgliedschaft bei den Daughters of the American Revolution auf. Von einem Tag auf den anderen kappt die Frau des Präsidenten ihre Wurzeln und erklärt, für *diese* Republik hätten ihre Ahnen nicht gekämpft. Die Geschichte macht Schlagzeilen, nicht nur hier, auch im Ausland. Miss Anderson wechselt *attacca* vom Kunstlied ins dramatische Opernfach. Aber ihre Altstimme ist der einzige ruhende Punkt im Sturm der nationalen Erregung. Den Reportern antwortet sie, sie wisse weniger über die Angelegenheit als jeder Einzelne von ihnen. Ihre Gelassenheit ist wie ein sanfter Lufthauch, aber er reicht aus, um in der alten Asche ein neues Feuer zu entfachen.

Seit dem Ende des Bürgerkriegs haben alle Präsidenten die Rassentrennung geduldet. Jetzt wird ein Liederabend zum Prüfstein für das Ansehen der Regierung. Die hohe Kultur zieht mit wehenden Fahnen in die Schlacht, und es geht nicht mehr nur um einen weiteren Tritt, den man dem geschundenen Neger versetzt, sondern auch um Schubert und Brahms. Die First Lady, die ehemalige Sozialarbeiterin, schäumt vor Wut. Sie bewundert Miss Anderson schon seit langem und hat sie schon drei Jahre zuvor zu einer Privatvorstellung eingeladen. Jetzt verwehrt man der Frau, die im Weißen Haus gesungen hat, den Auftritt auf einer öffentlichen Bühne. Eleanors ad hoc gegründetes Protestkomitee sucht nach einem anderen Veranstaltungsort, doch die Schulbehörde verweigert die Genehmigung für ein Konzert in der Central High School. Die Central High School steht nicht zur Verfügung für diese Sängerin, die von *Variety* zur drittgrößten Künstlerin des Jahres gekürt worden ist. »Wenn wir einen solchen Präzedenzfall schaffen, verliert die Behörde die Achtung und das Vertrauen der Bürger und untergräbt ihre eigene Autorität.«

Walter White, der Präsident der NAACP, einer Organisation, die sich für die Belange der Farbigen einsetzt, eilt ins Kapitol und unterbreitet die einzig mögliche Lösung, eine Lösung, die so unerhört ist, dass sie tatsächlich die drohende Katastrophe verhindern und ins Gute wenden kann. Harold Ickes, der Innenminister, stimmt sofort zu. Der Minister hat die ideale Bühne. Die Akustik ist schrecklich und die Bestuhlung ein Skandal. Aber das Fassungsvermögen! Miss Anderson wird unter freiem Himmel singen, zu Füßen des Großen Befreiers. Es gibt keine Zuflucht hier auf Erden.

Der Plan dringt an die Öffentlichkeit und löst eine Flut von Drohbriefen aus. Leute reißen in dem Park, in dem das Konzert stattfinden soll, die Kirschbäume aus und zimmern Kreuze daraus, die sie auf den Rasen des Weißen Hauses stellen. Aber jeder Mensch muss für sich beweisen, was er wert ist. Der texanische Zweig der Töchter bestellt telegraphisch zweihundert Karten. Aber Ickes und Eleanor haben noch einen Trumpf in der Tasche. Der Eintritt für dieses improvisierte Sonntagskonzert ist frei. Das ist ein Preis, den das Land versteht, ein Preis, der einen Besucheransturm garantiert, ein Ansturm, der die Töchter der amerikanischen Revolution erbleichen lässt. Selbst die, die nicht wissen, was *meno* und *molto* ist, die Aida nicht von Othello unterscheiden könnten, wollen an diesem Ostersonntag auf der Mall sein.

Zehntausende pilgern nach Washington, jeder aus seinen eigenen Gründen. Manche kommen des Nervenkitzels wegen. Andere hätten ein Vermögen dafür bezahlt, das Phänomen zu sehen, das Europa im Sturm erobert hatte. Musikliebhaber sind dabei, die die Stimme dieser Frau schon verehrten, lange bevor die Macht des Schicksals sich ihrer bemächtigte. Und viele kommen, weil sie einfach nur ein Gesicht wie das ihre dort oben auf den Marmorstufen sehen wollen, weil sie dabei sein wollen, wenn diese Frau dem Übelsten, was die weiße Welt ihr entgegenschleudern kann, die Stirn bietet und triumphiert.

Drüben in Philadelphia, in der Union Baptist Church an der Fitzwater und Martin Street, dem Gotteshaus, in dem Marian Anderson einst zum ersten Mal ihre Stimme erhoben hatte, ist dies die Stunde der Erlösung, die Stunde der Belohnung für eine Gemeinde, der es niemals um Anerkennung gegangen war. Im eigens eingerichteten Frühgottesdienst an diesem Morgen des Aufbruchs flicht der Pfarrer Miss Anderson in seine Osterpredigt ein. Er spricht von dem Lied eines Lebens, das sich unaufhaltsam emporschwingt und dem Grabe entsteigt, auch wenn das mächtige Reich es noch so gern tot und begraben sähe. Das weite Halbrund der Bankreihen geht begeistert mit und besiegelt jedes Wort mit einem vielstimmigen Amen. Der Kinderchor jubiliert, wie man es seit den Tagen von Klein Marian nicht mehr gehört hat, und der Klang steigt hinauf zu den geschnitzten Dachbalken.

Die Botschaft ist gut, und die Gemeinde erhebt sich wie einst der

Tote im österlichen Grab. Im besten Sonntagsstaat drängen sich die Schäflein aufgeregt vor der Kirche und warten auf die Busse, schwelgen in Erinnerungen an die ersten Auftritte der angehenden Sängerin, an die Wohltätigkeitskonzerte, die Münzen, die man sammelte: Gesangstunden für Marian, damit unser Volk eine Stimme hat.

Die Busse füllen sich mit Gesang in allen Tonlagen, vielstimmige Brückenschläge zwischen der Wildnis und dem Lande Kanaan. Die Sänger schmettern leidenschaftlich ihre Choräle, lassen sich hinreißen vom Rhythmus der Gospels und versuchen sich beherzt an vierstimmigen Kirchenliedern. Sie singen einen bunten Strauß von Spirituals, darunter auch Marians Lieblingsstück »Trampin'«. »I'm trampin', I'm trampin', trying to make heaven my home.« Die Praktischeren, die nicht auf die himmlische Heimat warten wollen, singen »trying to make a heaven of my home« und wollen den Himmel schon hier auf Erden erschaffen. Aber dies eine Mal liegen die beiden Glaubensrichtungen allen irdischen Schismen zum Trotz ganz nah beieinander, zwei Stimmen in ein und demselben Lied.

Delia Daleys Adoptivgemeinde ist ohne sie unterwegs ins Gelobte Land. In ihrer einsamen Qual spürt sie den Augenblick, in dem sie aufbrechen, spürt, wie die Wasser sich teilen, und sie bleibt am Ufer zurück. Weil sie vom Frühdienst im Krankenhaus nicht fortkann, musste sie sogar schon auf den Sonnenaufgangsgottesdienst verzichten. Sie steht im Schwesternzimmer und bettelt um ein Almosen, eine Stunde nur, wenigstens eine halbe. Die rotgesichtige Feena Sundstrom zuckt mit keiner Wimper. »Jeder hätte gern am Ostersonntag frei, Miss Daley, auch unsere Patienten.«

Sie überlegt, ob sie trotzdem früher gehen soll, aber der schwedische Dragoner würde sie ohnehin am liebsten vor die Tür setzen, nur weil sie sie einmal schief angesehen hat. Ohne das Geld, das sie im Krankenhaus verdient, kann Delia das letzte Jahr ihrer Gesangausbildung in den Wind schreiben. Sie würde wieder ihren Vater bitten müssen, damit sie es wenigstens bis zur Abschlussprüfung schafft, und der würde es genießen. Seit vier Jahren muss sie sich jedes Semester von neuem den Spruch anhören. »Darf ich dich vielleicht an die ökonomischen Realitäten erinnern? Du hast doch sicher schon von der Party gehört, die die Herren für uns veranstalten. Eine Party namens Wirtschaftskrise. Die Hälfte von uns ist arbeitslos. Damit haben sie auch noch den letzten Neger erledigt, der ihnen bisher durch die Lappen gegangen war. So sieht es aus. Und da denkst du, du kannst Sängerin werden! Schau dich doch mal um, was es hier zu singen gibt!«

Als sie ihrem Vater sagte, dass sie nicht mit der Baptistengemeinde nach Washington fahren könne, strahlte der Doktor beinahe. Als sie allerdings hinzufügte, dass sie auf eigene Kosten per Zug folgen werde, war er sofort wieder der übliche alttestamentarische Patriarch. »Und wie verträgt sich dieser Luxus mit deiner Finanzlage? Oder zauberst du jetzt mit der Kraft des Gesanges volle Kassen herbei?«

Jemandem wie ihm zu sagen, dass *ihr* das ja auch gelingt, das kann sie sich sparen. Dass Miss Anderson mit ihrem Gesang mehr verdient als 99 Prozent von »unseren Leuten« und als die meisten Weißen dazu. Ihr Vater würde nur wiederholen, was er ihr endlos predigt, seit sie auf die Gesangschule geht: Im Vergleich zur Welt der klassischen Musik geht es unter Berufsboxern wie auf einem Kindergeburtstag zu. Ein Kampf bis aufs Messer. Nur die Skrupellosesten überleben.

Doch bisher hat Delia Daley überlebt – mit ihrer eigenen Art von Skrupellosigkeit. Skrupellos gegenüber sich selbst, ihrem Körper, den Stunden, die ein Tag hat. Ein Vierjahresmarathon rund um die Uhr, über jede Hürde, und sie wird weiterlaufen, so lange, bis sie am Ziel ist. Ihr Vater soll sehen, welche Kraft der Gesang hat.

Aber heute fühlt sie sich alles andere als kräftig, die Marathonläuferin droht zu stolpern. Die Frühschicht ist schlimmer als Mord, ein Urteil ohne Berufung. Die Mühseligen und Beladenen – die ja, wie Jesus sagt, stets unter uns sind, von denen es aber diesmal zu Ostern besonders viele zu geben scheint – liegen in ihrem eigenen Dreck und warten, dass sie kommt, um sie sauber zu machen. Zweimal braucht sie Hilfe, um Patienten aus dem Bett zu heben, damit sie die Bettwäsche wechseln kann. Dann lässt die schwedische Nightingale sie die Toiletten im Westflügel putzen, denn diese Frau weiß genau, was für ein Tag heute ist. Feena die Faschistin steht hinter ihr, während sie arbeitet, und lamentiert über die Faulheit der Farbigen. »Tja, so seid ihr nun mal. Als Letzte zum Dienst, als Erste nach Hause.«

Um das Maß voll zu machen, beschweren sich drei Patienten hintereinander, weil sie das Frühstück abräumen will, obwohl sie noch in ihrem Gummiomelette stochern. So ist Delia fast eine ganze unbezahlte Stunde zu spät mit der Arbeit fertig, die zehn Minuten, die Feena auf sie einredet, mitgezählt. Im Laufschritt geht es nach Hause, damit sie sich waschen und ein anständiges Kleid überziehen kann, und dann muss sie sich sputen, dass sie noch rechtzeitig zum Bahnhof kommt. Die Fahrkarte kostet so viel wie eine Woche Kantinenessen.

Zu Hause nimmt der Albtraum seine Fortsetzung. Ihre Mutter besteht darauf, dass sie zum Osteressen bleibt. »Zuerst isst du ein

Stück von meinem Braten und ein paar Löffelvoll Gemüse, damit du was Ordentliches im Magen hast. Gerade wenn du aus dem Haus gehst.«

»Mama. Bitte. Nur dieses eine Mal. Ich verpasse noch das Konzert. Ich muss den frühen Zug erwischen, sonst ist alles vorbei, bevor ich überhaupt –«

»Unsinn«, winkt ihr Vater ab. »So was dauert ewig. Hast du schon mal erlebt, dass bei unseren Leuten ein Konzert zum angekündigten Zeitpunkt beginnt? Wann soll es überhaupt losgehen?« Dieselbe Leier bekommt sie jede Woche zu hören, wenn er sie zur Chorprobe bei den Baptisten fahren soll. Immer wieder gibt er ihr mit seinen Scherzen zu verstehen, wie bitter enttäuscht er von ihr ist.

Es hätte ihm nicht genügt, wäre sie nur für schwarze Verhältnisse erfolgreich gewesen. Sie, William Daleys Erstgeborene – *ein klügeres Baby hat's nie gegeben, ob schwarz oder weiß* –, sollte die beachtlichen Höhen, die er selbst erklommen hatte, noch weit hinter sich lassen. Sie sollte Medizin studieren. Wie er. Sollte Kinderärztin werden, Internistin vielleicht. Sie hätte alles werden können, wäre sie nicht so halsstarrig gewesen. Ihren Vater überflügeln können. Hätte Jura studieren können, die erste farbige Frau überhaupt. Sie wäre so gut gewesen, damit hätte sie ihre Aufnahme erzwungen. Ja, weiß der Himmel, sie hätte für den Kongress kandidieren können.

Den Kongress, Daddy?

Warum nicht? Sieh dir unsere Nachbarin an, Crystal Bird Faucet. Die sitzt jetzt im Lokalparlament – dabei bist du schneeweiß im Vergleich zu ihr. Die schafft es noch bis nach Washington, wart's nur ab. Wer soll uns denn voranbringen, wenn nicht die Beste von uns? Und die Beste, darauf bestand er, war sie. Einer musste doch der Erste sein. Warum nicht sein kleines Mädchen? *Du machst Geschichte. Was ist denn Geschichte anderes als das Unmögliche, das man möglich macht?*

Das ist das grenzenlose Vertrauen, das sie aus der Bahn geworfen hat. Ohne ihn hätte sie nie gesungen. Als kleines Mädchen zu sehr verhätschelt. Du kannst werden, was du willst. Tu, was du tun willst. Die sollen nur versuchen, dich aufzuhalten. Und als sie zu singen begann: *Du klingst wie die Engel, von den Toten erwacht – wenn die sich noch mit jemandem wie uns hier unten abgeben würden. An einer Stimme wie deiner könnte die kranke Welt gesunden.* Wie hätte sie einer solchen Versuchung nicht erliegen sollen?

Aber als er erfuhr, dass sie das Singen zum Beruf machen wollte, änderte sich sein Ton. *Singen ist nur der Trostpreis. Singen ist ein hübscher*

Schnickschnack, der warten muss, bis man anständige Kleider hat. Kein Mensch hat je einen anderen mit einem Lied befreit.

Jetzt wo sie im väterlichen Haus am Festtagstisch mit der weißen Decke steht, spürt Delia die Nachtschicht, die Schmerzen in ihren Schultern. Sie sieht ihren jüngeren Geschwistern zu, wie sie das gute Geschirr aufdecken. Die werden noch schwer zu kämpfen haben, bis sie sich das Erwachsenenleben erobert haben. Genauso viel Druck von innen wie von außen.

Die Mutter beobachtet ihren Blick. »Es ist Ostern«, sagt Nettie Ellen. »Da wirst du doch wohl mit deiner Familie zu Mittag essen. Du sollst schließlich ein Beispiel für deine Geschwister sein. Kein Wunder, dass sie glauben, sie können sich alles erlauben. Sie glauben, sie müssen es nur machen wie du und müssen sich an keine Regel halten.«

»Ich habe Regeln, Mutter. Mein ganzes Leben besteht nur aus Regeln.« Sie spricht nicht weiter. Sie weiß, welche Sorgen ihre Mutter sich macht. Die Maßlosigkeit ihres Mannes wird seinen Kindern zum Verhängnis werden. Wenn sie aus dem Haus gehen, werden sie etwas lernen, eine lange, große Lektion, die für alle gleich ist. Darauf sollte er seine Kinder vorbereiten, ihre Illusionen dämpfen, statt dass er sie willentlich zur Zielscheibe macht.

Delia, das schlechte Beispiel, setzt sich zum Essen. Sie erstickt fast, so schlingt sie den glasierten Schinken hinunter. »Der ist gut, Mama. Großartig. Das Gemüse, die roten Rüben – alles perfekt. Das beste Osteressen aller Zeiten. Aber jetzt muss ich los.«

»Immer mit der Ruhe. Es ist Ostern. So viel Zeit hast du schon noch. Ein ganzes Konzert, da kannst du doch ein Lied oder zwei verpassen. Es kommt noch dein Lieblingsnachtisch.«

»Vorher fährt mein Lieblingszug nach Washington.«

»*Long gone*«, singt Bruder Charles den alten Spiritual in dem kieksenden Tenor, dessen stolzer Besitzer er seit vergangenem Jahr ist. »*Long gone. That train that's gonna save ya? Long gone.*« Michael macht mit, steuert die Parodie einer Operndiva bei. Lucille bricht in Tränen aus, denn sie ist sicher, dass Delia, auch wenn sie das Gegenteil noch so sehr beteuert, umkommen wird, wenn sie allein nach Washington fährt. Lorene stimmt ein, denn immer ist sie diejenige, die zu Ende führt, was ihre Zwillingsschwester beginnt.

Der Doktor setzt seinen strengen Blick auf, der stets für häuslichen Frieden sorgt. »Wer ist denn diese Frau, dass du vom Ostermahl mit deiner Familie aufspringen musst und –«

»Daddy, du Heuchler.« Sie wischt sich den Mund mit der Serviette und starrt ihn an, bis er den Blick senkt. Er weiß besser als jeder andere, wer diese Frau ist. Er weiß ganz genau, was dieses Mädchen aus Philadelphia aus eigener Kraft geleistet hat. Schließlich hat er es Delia Jahre zuvor selbst erzählt und hat ihr die Augen damit geöffnet: *Diese Frau ist unsere Botschafterin. Unsere letzte, beste Hoffnung, mit der wir den Weißen zeigen werden, dass auch wir etwas bedeuten. Du willst auf die Musikschule gehen? Dann hast du hier deine erste Lehrerin, die beste, die du bekommen kannst.*

»Heuchler?« Die Gabel, die der Vater zum Munde führt, hält auf halbem Wege inne. Sie ist zu weit gegangen, hat zu sehr aufgetrumpft. Nun wird der Doktor sich erheben, die Rechtschaffenheit in Person, und wird ihr verbieten zu fahren. Aber sie blickt ihm fest ins Gesicht, die einzige Hoffnung. Und plötzlich heben sich die Mundwinkel zu einem Lächeln. »Kleines, von wem hast du solche Wörter denn erst gelernt? Hast du vergessen, wer sie dir beigebracht hat?«

Delia geht zu ihm hin ans Kopfende des Tisches und küsst ihn auf die schon recht kahle Stirn. Mit Schmollmund summt sie *»Lift Every Voice and Sing«*, die Hymne des schwarzen Amerikas, gerade so laut, dass er es hören kann. Sie umarmt ihre Mutter, die es mit mürrischer Miene geschehen lässt, und schon ist sie aus dem Haus, unterwegs zum Bahnhof zu einer neuen musikalischen Pilgerfahrt. Sie unternimmt solche Fahrten schon seit Jahren, seit dem Tag, an dem sie im Radio eine Übertragung hörte, die ihr Leben veränderte. Sie hat schon Ausflüge in die Colorado Street gemacht, wo Miss Anderson als junges Mädchen lebte, und zu ihrem zweiten Haus in der Martin Street. Ist durch die Flure der South Philly High spaziert und hat sich ausgemalt, wie die junge Marian dort zur Schule ging. Hat sich als Baptistin ausgegeben, zur Schande ihres ungläubigen Vaters und zum Entsetzen ihrer methodistischen Mutter, nur damit sie Woche für Woche in die Kirche ihres Idols zur Chorprobe gehen kann, zur Gemeinde der Frau, die ihr gezeigt hat, was sie mit ihrem Leben anfangen kann.

Die letzten zwei Jahre hat dies stattliche Gesicht, ein gerahmtes Illustriertenbild, Delia von ihrem Schreibtisch aus angesehen, eine stille Erinnerung daran, was sich mit Gesang erreichen lässt. Das hatte sie in dem tiefen Fluss der Lieder gehört, der fünf Jahre zuvor dem Lautsprecher ihres Radios entströmt war, und dann noch einmal im vergangenen Jahr, als der Sonnenstrahl von Miss Andersons leider so kurzem Konzert in Philadelphia sie beschienen hatte. Nach diesem Vorbild, eingebrannt in ihrem Gedächtnis, hatte sie ihre eigene Mezzostimme geformt. Heute will sie noch einmal die Trägerin dieser Stimme leibhaftig sehen. Marian

Anderson muss nicht einmal singen, damit dieser Ausflug in die Hauptstadt sich für sie lohnt. Es genügt schon, wenn sie einfach nur *da* ist.

Auf der Zugfahrt macht Delia Daley ihre stillen Stimmübungen, formt in Gedanken die Tonfolgen. »Der Ton entsteht nicht in der Kehle«, ermahnt Lugati sie Woche für Woche. »Der Ton entsteht in unseren Gedanken.« Sie lässt die Noten von Schuberts »Ave Maria« Revue passieren, den Anderson-Standard, der auch für heute auf dem Programm steht. Es heißt, der Erzbischof von Salzburg habe um ein *da capo* gebeten. Es heißt, in einem Saal, in dem einige der besten Musiker Europas zusammengekommen waren, habe sie ein Spiritual gesungen, das diese Menschen unmöglich begreifen konnten, aber die Zuhörer *hätten* begriffen. Und kein Einziger traute sich zu applaudieren, als der letzte Ton verklungen war.

Wie fühlte sich das an, wenn der Ton frei auf der Luftsäule schwebte, wenn er darauf tanzte und der kleinsten Regung des Geistes folgte? Das Öffnen der Stimme, der Ansatz – all die technischen Dinge, die Lugati, ihr geduldiger Lehrer, ihr die letzten Jahre immer und immer wieder eingeschärft hat –, aus all dem kann sie nicht halb so viel lernen wie aus dieser Fahrt nach Washington. Miss Anderson, das ist für sie die Freiheit. Jemand wie sie kann alles erreichen.

Die Hauptstadt fröstelt in der Aprilkälte. Sie hat so viel von den Kirschbäumen gehört, schon als sie aus dem Zug steigt, in der Union Station, hält sie danach Ausschau. Die Kassettendecke wölbt sich über ihr, eine zerbröckelnde neoklassizistische Kathedrale für den Gott des Massenverkehrs, der sie auf ihrem Weg klein und unsichtbar werden lässt. Sie bewegt sich zwischen den Menschenmengen mit angespannten, ängstlichen Schritten, wartet nur darauf, dass jemand ihr das Recht streitig macht dort zu sein.

Washington: Jedes Schulmädchen in Philadelphia, das ein bisschen Glück hat, macht einen Ausflug dorthin; aber Delia hat erst in ihrem zwanzigsten Jahr zum ersten Mal einen Grund für eine solche Fahrt. Vom Bahnhofsportal aus schlägt sie den Weg nach Südwesten ein. Sie wirft einen Blick auf Howard, die Universität, auf die ihr Vater gegangen ist und auf die sie seinen Wünschen nach ebenfalls gegangen wäre, damit etwas aus ihr wurde. Zu ihrer Linken erhebt sich das Kapitol und sieht in Wirklichkeit noch unechter aus als auf den Tausenden von Bildern, denen sie schon immer misstraut hat. Das Haus, das nun, nach einer ganzen Generation, auch Menschen ihrer Hautfarbe wieder offen steht. Sie kann den Blick gar nicht mehr davon abwenden, ein Fels in der Brandung. Um sie herum erwacht das Land zum Frühling, sie schwimmt mit im Strom der Menschen, kichert vor sich hin, auch wenn sie sich immer wieder zum Stillschweigen ermahnt.

Die ganze Stadt ist ein Postkartenpanorama. Als bewegte man sich mitten in einem zerfledderten Sozialkundebuch für weiße Erstklässler. Zumindest am heutigen Tag mischen sich auf den denkmalgesäumten Alleen die Rassen. Die Gruppe aus ihrer Baptistengemeinde wollte sich einen Platz vorn links suchen, an der Treppe zum Lincolndenkmal. Aber schon als sie in die Constitution Avenue einbiegt, sieht sie, wie aussichtslos es ist, sie zu finden. Bei diesen Massen, so dicht gepackt, so ekstatisch, gibt es kein Durchkommen.

Delia Daley blickt hinaus auf das wogende Feld von Menschen. Nie im Leben hätte sie sich vorgestellt, dass es so viele Menschen überhaupt geben kann. Ihr Vater hat Recht: Die Welt ist böse, sie ist zu groß, als dass sie für jemanden sorgen könnte, nicht einmal für ihr eigenes Überleben. Delia drosselt ihr Tempo, als sie sich in die meilenlange Kolonne einreiht. Als seien alle, die jemals aus dem Süden geflohen waren, an diesem Tag zurückgekehrt. Es läuft ihr kalt den Rücken hinunter. Eine solche Menschenmasse könnte sie zu Tode trampeln, ohne es überhaupt zu merken. Aber was am anderen Ende des Gedränges winkt, ist das Risiko wert. Sie atmet tief ein, zwängt ihr Zwerchfell nach unten – Atemstütze, Appoggio! – und stürzt sich in die Menge.

Sie hatte etwas ganz anderes erwartet, eine Zusammenkunft von Musikfreunden, wie ein Konzertabend, nur größer. Was heute gesungen werden soll, ist ja nicht gerade Cotton Club und auch nicht Rudy Vallee. Seit wann mobilisiert der italienische Kunstgesang ganze Armeen? Im Strom der Massen schwimmt sie durch die abgesperrte 14. Straße, in den Schatten des großen Obelisken des Washingtondenkmals, der größten Sonnenuhr der Welt, ein Schatten so groß, dass keiner die Zeit daran ablesen kann. Dann hat der Wal sie verschluckt, und sie hört nur noch den gewaltigen Herzschlag des gestrandeten Tieres.

Hier drängt etwas zum Leben, und was hier ungeduldig im Mutterschoß strampelt, ist größer als Musik. Etwas, wofür zwei Monate zuvor niemand auch nur einen Namen gehabt hätte, wird hier geboren, macht seine ersten, verblüfften Atemzüge. Gleich neben Delia marschiert in dieser Heerschar ein Mädchen, die Haut so dunkel wie ihr Bruder Charles – ein Mädchen im High School-Alter, auch wenn, ihrem Gesicht nach zu urteilen, die High School ein unerfüllter Traum ist –, und sie dreht sich in alle Richtungen, blickt jedem ins Auge, der bereit ist, sie anzusehen, ein Blick der Befreiung, auf die sie ein ganzes Leben lang gewartet hat.

Delia taucht tiefer ein in den Strom, und ihre Kehle wird frei, die Beklemmung löst sich, wie ein Wimpel sich aufrollt. Das Öffnen der Stimme, das Lugati ihr schon seit Monaten beizubringen versucht. Eine Pforte tut sich auf, ein Gefühl durchströmt sie – und plötzlich weiß sie, dass sie die richtige Wahl getroffen hat. Die Angst schwindet, die alten Fußfesseln, von denen sie nicht einmal wusste, fallen ab. Jetzt sind sie auf dem richtigen Weg, sie und ihr Volk. Beide werden sie erkennen, dass es nur eine Richtung gibt, und die ist vorwärts. Am liebsten würde sie einen Luftsprung machen und laut juchzen, wie so viele rundum es schon tun, ganz egal was die Weißen dazu sagen. Das ist kein Konzert. Es ist ein Erweckungsgottesdienst, eine landesweite Taufe, und am Ufer des Flusses schlagen die Wellen der Erwartung hoch.

In dieser Menschenmenge fühlt sie sich sicher, eine angenehme Art von Sicherheit. Das schiefergraue Kleid aus Kammseide, das sich auf den Konzerten in Philadelphia immer so gut macht, ist hier fehl am Platze, viel zu elegant, der Saum gerade einmal fünf Zentimeter über dem Boden. Doch jeder, der sie ansieht, sieht sie mit Freuden. Sie geht an Leuten vorbei, die auf Maultierwagen von den Tabakfeldern gekommen sind, und an anderen, die Aktienpakete von General Motors im Stahlschrank haben. Zu ihrer Rechten hat sich ein Grüppchen in Overalls eng zusammengedrängt, eingeschüchtert von so viel Öffentlichkeit. Zwei gebeugte Alte im Sonntagsstaat drängeln vorbei, wollen ganz nach vorn und die Bühne sehen. Delia mustert die Überzieher, Capes, Wettermäntel, Pelerinen, die ganze Skala von mottenzerfressen bis hoch elegant, runde, ovale, eckige, U-Boot-Ausschnitte, alle Schulter an Schulter.

Ihre Lippen formen die Worte, die Kehle liefert die Töne: Alle Täler sollen erhöht werden. Ein glatzköpfiger, zahnlückiger Mann, bleich wie ein Gespenst, verloren in seinem viel zu großen grauen Sommeranzug, im gestärkten blauen Hemd und einer mit den Sehenswürdigkeiten der Hauptstadt bedruckten Krawatte, hört, wie sie laut singt, was sie doch nur in Gedanken singen wollte. »Gott segne dich, Schwester!«, sagt der Gespenstermann. Mit einem Neigen des Kopfes nimmt sie den Segen entgegen.

Die Menge wird immer dichter. Sitzplätze gibt es längst keine mehr, die Leute drängen sich entlang der spiegelnden Wasserfläche bis hinunter zum West Potomac Park. Der Fußboden dieser Kirche besteht aus Rasen. Die Säulen ihres Schiffs sind junge Bäume. Darüber wölbt sich als Kuppel der Osterhimmel. Je näher sich Delia an den Fleck in der Ferne heranarbeitet, das Klavier, den Strauß von Mikrofonen, vor dem ihr Idol singen soll, desto dichter drängen sich die Menschen. Die Energie all dieser Erwartung packt sie, erhebt sie, trägt sie unwillkürlich weiter, bis sie hundert Meter flussaufwärts, am Tidal Basin, wieder zu Boden kommt. Sie schwimmt in einem Meer von Kirschblüten. Sie locken mit ihrem betörenden Duft, ein Schneesturm von Blütenblättern umwirbelt sie, weckt den Geist jedes Osterfests, an dem sie sich verheißungsvoll entfaltet haben.

Und die Farbe dieser strömenden Menschenmasse? Sie hat gar nicht darauf geachtet. Sonst geht sie nie an einen öffentlichen Ort, ohne dass sie sorgfältig den durchschnittlichen Farbton abschätzt, der Gradmesser für ihre Sicherheit. Aber diese Menschenmenge schillert wie ein bis zum Horizont reichendes Band aus Pannesamt. Nie zuvor ist sie Teil einer Menschenmenge gewesen, in der die Rassen sich so unbekümmert mischten, einer Menschenmenge so groß, dass ihr Land kaum hoffen kann, diesen Auflauf zu überleben; sie sind gekommen, um das seit Jahrhunderten überfällige Ende der Negersitze in den Bussen, der Negerränge im Theater zu feiern. Schwarz und Weiß sind in Massen gekommen, jeder hilft dem anderen, jeder wartet, dass ein Klang die Leere füllt, die er in seinem Inneren spürt. Niemand kann vertrieben werden vom unendlichen Parkett dieses Konzertsaals.

Weit im Nordwesten, eine Meile in Richtung Foggy Bottom, ist ein Mann unterwegs zu ihr. Achtundzwanzig, aber sein zerfurchtes Gesicht wirkt ein ganzes Jahrzehnt älter. Sein Kopf dreht sich in alle Richtungen, die Augen hinter der schwarzen Hornbrille mustern unablässig das Leben ringsum. Die schiere Tatsache, dass er am Leben ist und etwas so Unerhörtes mit ansehen kann, spottet jeder Wahrscheinlichkeit.

Er kommt zu Fuß von Georgetown, wo zwei alte Freunde aus seinen Berliner Tagen ihn aufgenommen haben – sodass er sich kein Zimmer suchen musste, ein Akt der Realpolitik, dem er wohl kaum gewachsen gewesen wäre. Er ist am Vorabend mit dem Zug aus New York gekommen, wo er das vergangene Jahr im Schutze der Columbia-Universität verbracht hat. Gestern war David Strom noch in Flushing Meadows, wo die Weltausstellung Gestalt annimmt, »Die Welt von morgen«. Heute in Georgetown ist er zu einer Parade der Welt von gestern erwacht. Aber nun gibt es nur noch das eine, einzige *Jetzt*, jede Infinitesimale im Dreieck seiner Schritte aufgehoben in der Zeit, in der Theorie unendlich.

Er ist auf George Gamows Einladung in der Stadt und soll an der Washington-Universität einen Vortrag über Milne und Diracs doppeltes Zeitmaß halten: Für seine Begriffe pure Phantasie, aber so schön und faszinierend wie die Wahrheit. Drei Monate zuvor war er schon einmal in der Stadt, auf dem Physikerkongress, zu dem Bohr die Koryphäen ihrer Zunft zusammengerufen und auf dem er das Gelingen der Kernspaltung bekannt gegeben hatte. Nun kehrt David Strom zurück, um dem immer größer werdenden Stoß unendlich kurioserer Theorien ein paar persönliche Anmerkungen hinzuzufügen.

Aber etwas anderes an dieser Reise ist ihm wichtiger: Er will noch einmal die Sängerin hören, die es als einzige Amerikanerin mit den größten Europäern aufnehmen und mit ihrem Gesang das Gewebe von Raum und Zeit zerreißen kann. Alles andere – der Besuch bei den Freunden in Georgetown, der Vortrag an der Universität, der Besuch der Library of Congress – ist ein Vorwand. In Gedanken ist er in der Vergangenheit. Mit jedem Schritt in Richtung Mall schiebt er die letzten vier Jahre zurück, legt den Tag wieder frei, an dem er diese unglaubliche Stimme zum ersten Mal hörte. Den Ton hat er noch so genau im Ohr, als lese er ihn von der Partitur: 1935, im Wiener Konzerthaus, wo Toscanini verkündete, dass es eine Stimme wie diese nur einmal alle hundert Jahre gebe. Strom weiß nicht, mit welchem Zeitmaß der Maestro misst, aber Toscaninis hundert Jahre kommen ihm entschieden zu kurz vor. Die Altistin sang Bach – »Komm, süßer Tod.« Als sie an die zweite Strophe kam, war Strom bereit.

Heute ist Ostern, der Tag, an dem nach christlicher Vorstellung der Tod überwunden wurde. Bisher hat Strom nur wenig Beweismaterial für diese Theorie gesehen. Für seine Begriffe sieht es eher so aus, als stünde dem Tod ein furioses Comeback bevor. Strom kann es sich nicht erklären, aber schon dreimal hat der Engel des Todes ihn verschont. Selbst der überzeugteste Determinist kann es nur eine Laune des Schicksals nennen. Zuerst dass er, als das Beamtengesetz am Horizont erschien, seinem Mentor Hanscher nach Wien gefolgt war und Berlin verlassen hatte, nur Tage bevor der Reichstag brannte. Dann die Habilitation. Der Eindruck, den er auf der Tagung zur Quantenphysik in Basel gemacht hatte und der ihm eine Einladung zu Bohr nach Kopenhagen bescherte, wenige Monate bevor Wien sämtliche Juden – ob gläubig oder nicht – aus der Fakultät entfernte. Dass er mit dem Empfehlungsbrief von Hanscher davongekommen war, dem kürzesten und doch großzügigsten, den je ein Mensch geschrieben hatte: »David Strom ist Physiker.« Und schließlich, vor gerade einmal einem Jahr, das Asyl in den Vereinigten Staaten, auf der Grundlage eines einzigen wissenschaftlichen Aufsatzes, dessen Bestätigung zehn Jahre früher gekommen war, als zu erwarten, angetrieben von einer kosmologischen Konstellation, wie sie höchstens alle zwei Leben vorkam. Dreimal, nach Davids eigener Zählung, hatte ihn ein Schicksal gerettet, das noch blinder schien als alle Theorie.

All das ist für ihn der Beweis für einen Riss im Raum-Zeit-Gefüge, den keine Theorie überbrücken kann. Vier Jahre zuvor hat er glücklich Konzerte in Europa besucht, als erklänge der ganze Kontinent noch in einer einzigen gemeinsamen Tonart. Jetzt, bei diesem neuerlichen Konzert, alte Musik in einem neu gefundenen Land, klingt nichts mehr wie es war. Zwischen Exposition und Reprise liegt eine quälende Durchführung, zerrissen, atonal, ungenießbar. Seine Eltern in Rotterdam versteckt. Seine Schwester Hannah mit ihrem Mann Vihar auf der Flucht, in der Hoffnung, die Hauptstadt von dessen Heimatland zu erreichen, Sofia. Und David ein Ausländer mit Bleiberecht im Land wo Milch und Honig fließen.

Die Zeit mag ihre Quantenstruktur noch enthüllen, so diskontinuierlich wie die Noten einer Melodie. Vielleicht kann man sie vor- und zurückdrehen, von subatomen Chrononen transportiert, so diskret wie der Stoff, aus dem die Materie ist. Tachyonen, in Bereichen oberhalb der Lichtgeschwindigkeit – Phantasien, die nicht einmal Einstein ganz ausschließt – bombardieren womöglich unser Leben mit der Kunde von allem, was ihm noch bevorsteht, doch wir, langsamer als das Licht, können die Botschaften nicht lesen. David Strom hätte nicht hier sein sollen, nicht frei, nicht am Leben sein sollen. Und doch ist er hier. Er ist unterwegs durch Washington, will eine Göttin singen hören, unter freiem Himmel.

Strom biegt in die Virginia Avenue und erblickt die Menschenmassen. Nie zuvor ist er so vielen so nahe gekommen. In Europa hat er sie nur in den Wochenschaufilmen gesehen – die Begeisterten auf den Sportveranstaltungen, die Heerscharen, die sich drei Jahre zuvor versammelt hatten, um mit anzusehen, wie Hitler dem nichtarischen Übermenschen die Goldmedaille verweigerte. Die Massen, die er jetzt sieht, scheinen unendlich, aber sie sind fröhlicher und anarchischer. Musik allein kann dafür nicht verantwortlich sein. Hinter solchen Volksmassen muss ein größeres Libretto stecken. Bis zu diesem Augenblick hat Strom keinen Begriff davon gehabt, zu welcher Art Konzert er unterwegs ist. Die Zusammenhänge begreift er erst, als er sie vor sich sieht.

Diese Mauer aus Menschen verschlägt ihm den Atem. Der Schimmer von Zehntausenden von Leibern, die Menschheit in ihre Atome gespalten, ein elektrostatisches N-Körper-Problem, das kein Mathematiker je lösen wird. Die Unergründlichkeit der Physik wird zur Panik, und er ergreift die Flucht. Er hastet die Virginia Avenue zurück in die Sicherheit von Georgetown. Aber mehr als ein paar Dutzend Meter kann er nicht zurück, dann hört er wieder die Stimme in seinem Inneren. Komm, süßer Tod. Er bleibt auf dem Bürgersteig stehen und lauscht. Was kann ihm die Auslöschung schon anhaben? Welch besserer Klang sollte ihm das Ende bringen?

Er kehrt zurück zu der vorandrängenden Masse, macht sich die Panik in seiner Brust zunutze, wie es auch ein erfahrener Sänger getan hätte. Er atmet tief ein und stürzt sich in den Mahlstrom. Die geballte Faust in seinem Inneren löst sich, weicht einem Glücksgefühl. Keiner hält ihn an und will seinen Ausweis sehen. Keiner weiß, dass er Ausländer ist, Deutscher, Jude. Keiner nimmt überhaupt wahr, dass er da ist. Ein Fremder unter Fremden.

Einen Moment lang bricht die Sonne durch und strahlt über dem buntesten Land der Erde. David Strom ist in ein Monumentalgemälde geraten, sozialer Realismus, unter die Massen eines Kreuzzugs und weiß nicht einmal wofür – eine Masse, die auch in diesem Jahr wieder wartet, dass der Mythos Wirklichkeit wird. Wo sonst auf der Welt haben so viele über einen so langen Zeitraum hinweg so fest darauf vertraut, dass schon bald etwas Großes und Gutes geschehen wird? Aber heute könnte sich die Erwartung dieser Bewohner der Neuen Welt erfüllen. Er schüttelt den Kopf und arbeitet sich weiter zur improvisierten Bühne vor. Vielleicht werden die Prophezeiungen doch noch wahr, wenn denn noch jemand da ist, der ihre Erfüllung erlebt. Europa steht wieder in Flammen. Auch hier arbeiten die Waffenschmieden Tag und Nacht. Aber das ist der Weltbrand von morgen. Das heutige Feuer hat einen anderen Schimmer, und seine Wärme und sein Licht ziehen Strom magisch an.

Er bewegt sich im Takt mit den Leibern ringsum, reckt sich, damit er etwas sehen kann. Monumentale Gebäude säumen diesen gewaltigen Konzertsaal – State Department, Federal Reserve Bank –, weiße Türstürze und Säulen, Wahrzeichen einer alles beherrschenden Macht. Er ist nicht der Einzige, der steht und staunt. Obwohl er gerade einmal ein Jahr in Amerika ist – überlegt Strom –, fiele es ihm leichter, dies Land als »sein Land« anzusehen als der Hälfte der Menschen, die hier versammelt sind, Menschen, die schon in der zwölften Generation in diesem Lande sind, doch keiner von ihnen aus freien Stücken.

Hunderttausend Füße schieben sich an diesem Apriltag über die Wiese. Er kommt an einem Prediger vorbei, der eine schweinslederne Bibel in die Höhe hält, an drei kleinen Kindern auf einer Apfelsinenkiste, einem Trupp blau uniformierter Polizisten mit blitzenden Messingknöpfen, genauso benommen von den Massen, unter denen sie Ordnung halten sollen, wie die Massen selbst, an drei breitschultrigen Männern in Filzhüten und schwarzen Anzügen, bedrohlich aussehenden Gangstern, allerdings schwer behindert von den klapprigen Fahrrädern, die sie neben sich herschieben.

Von den vorderen Rängen ertönt ein Ruf. Strom blickt auf. Aber das Ereignis ist schon vorbei, als die Schallwelle ihn erreicht. Der Ton, im Gegensatz zum Jetzt des Lichts, pflanzt sich so langsam fort, dass er ebenso gut still stehen könnte. Miss Anderson hat die Bühne betreten, mit ihrem finnischen Pianisten. Die Würdenträger auf der hastig gezimmerten Tribüne erheben sich. Ein halbes Dutzend Senatoren, eine größere Anzahl Kongressabgeordnete, darunter ein einziger einsamer Neger, drei oder vier Kabinettsmitglieder und ein Richter des Obersten Gerichtshofs applaudieren, jeder aus seinen ganz persönlichen Gründen.

Der Innenminister tritt vor das Bouquet von Mikrofonen. Die Leute rund um Strom werden unruhig, vor Stolz, aber auch vor Ungeduld. »Es gibt Menschen« – die Stimme des Staatsmanns hallt über das gewaltige Amphitheater –, »die zu furchtsam oder zu gleichgültig sind« – nur das Echo lässt ahnen, wie groß die Kathedrale ist –, »die Fackel zu ergreifen, die Jefferson und Lincoln einst erhoben ...«

Herr im Himmel, lasst die Frau endlich singen. Oder in der Sprache, die er auf der Zugfahrt gelernt hat: *Jetzt halt endlich die Klappe, Mann. Mach die Fliege.* Da wo Strom herkommt, geht es beim Singen vor allem darum, dass das Geplapper der Menschen aufhört. Aber hier schwingt der Minister seine Reden. Strom arbeitet sich noch ein Stückchen weiter vor, und so dicht gepackt die Menge vor ihm auch ist, bleibt doch immer noch eine kleine Lücke, in die er hineinschlüpfen kann.

Dann hebt Miss Anderson zu singen an, eine Königin ohne Allüren, im langen Pelzmantel zum Schutz vor der kühlen Aprilluft. Ihr Haar ist wie eine Jakobsmuschel, die beiderseits die Wangen einrahmt. Sie wirkt ätherischer als Strom sie in Erinnerung hatte. Sie steht ruhig da, als könne das Leben ihr längst nichts mehr anhaben. Doch diese Ruhe täuscht, das spürt Strom über die Köpfe von Tausenden hinweg. Er hat dieses Beben schon mehrfach erlebt, von einem Parterreplatz in der Wiener Staatsoper aus oder durchs Opernglas von den Studentenplätzen in den Konzerthallen von Hamburg und Berlin. Doch hier unter diesem Denkmal kommt das Beben so unerwartet, dass Strom zunächst nicht weiß, wie er es deuten soll.

Er dreht sich um und betrachtet die Masse, überlegt, was sie von oben sieht. Die Menschenmenge erstreckt sich so unermesslich über den Park, dass der Schall einen ganzen Herzschlag lang brauchen wird, bis er die hintersten Hörer erreicht. Er versucht die Zahl zu schätzen, aber er gibt es auf. Die Zahl der Menschen ist so unendlich wie die Zahl der Gründe, die sie hierher geführt hat. Strom blickt zurück zu der Sängerin allein dort oben auf ihrem Golgatha, und jetzt weiß er, was dieses Beben bedeutet. Die Stimme des Jahrhunderts *fürchtet sich.*

Die Angst, die sie überkommt, hat nichts mit Lampenfieber zu tun. Sie hat im Laufe ihres Lebens zu hart an sich gearbeitet, um jetzt an ihren Fähigkeiten zu zweifeln. Ihre Stimmbänder werden sie nicht im Stich lassen, nicht einmal bei dieser schweren Prüfung. Die Musik wird vollkommen sein. Aber wie wird man sie aufnehmen? Vor ihr erstreckt sich ein Meer von Körpern, eine Armee von Seelen, so weit das Auge reicht. Sie stehen dicht an dicht, rings um die spiegelnde Wasserfläche, eine undurchdringliche Masse, bis hinüber zum Washington-Denkmal. Und von dieser Heerschar der Hoffnungsvollen geht eine Sehnsucht aus, so gewaltig, dass sie sie verschlingen wird. Sie ist gefangen am Grunde eines Ozeans der Hoffnung und ringt nach Luft.

Seit dem Tag, an dem die Idee Gestalt annahm, hat sie sich gegen diesen Auftritt gesträubt. Aber der Lauf der Geschichte lässt ihr keine Wahl. Sie steht nicht mehr nur für sich selbst – einmal zum Sinnbild erkoren, ist das ein Luxus, der unmöglich für sie geworden ist. Sie hat nie für die Sache gekämpft, außer durch das Leben, das sie Tag für Tag führt. Die Sache hat sich ihrer angenommen und ihre Lieder in eine andere Tonart übertragen.

Das eine Konservatorium, an dem sie sich vor langer Zeit beworben hatte, wies sie ohne eine Chance zum Vorsingen ab. Der einzige Kommentar zu ihren künstlerischen Fähigkeiten lautete: »Wir nehmen keine Farbigen.« Es vergeht kaum eine Woche, wo sie ihre Zuhörer nicht damit schockiert, dass sie Strauß oder Saint-Saëns singt. Seit ihrem sechsten Lebensjahr arbeitet sie an der Entwicklung einer Stimme, die sich nicht einfach mit den Worten »schwarzer Alt« beschreiben lässt. Jetzt ist ganz Amerika auf den Beinen und will sie hören. Dafür hat das Verbot gesorgt. Von nun an wird Farbe immer das Leitmotiv ihres größten Triumphs sein, der Grund weswegen man sich ihrer erinnert, wenn ihre Stimme längst verhallt ist. Sie hat diesem Schicksal nichts entgegenzusetzen, nichts als den Klang ihrer Musik. Sie öffnet die bebenden Lippen und macht sich bereit, ihre Stimme ganz Farbe, das Einzige, wovon zu singen sich lohnt.

Aber in der Zeit, die sie braucht, um diesen ersten Ton zu formen, gleitet ihr Blick über das Publikum und findet kein Ende. Sie sieht die Bilder, die auch die Wochenschaukamera sieht: 75 000 Konzertbesucher, der größte Menschenauflauf, den Washington seit Lindbergh erlebt hat, das größte Publikum, das je zu einem Solokonzert gekommen ist. Millionen werden ihren Auftritt im Radio verfolgen. Millionen werden ihn auf Platte oder im Kino hören. Ehemalige Töchter und Stieftöchter der Republik. Die, die als Eigentum eines anderen zur Welt gekommen sind, und die, die ihre Eigentümer waren. Alle Gruppen, jede mit ihrer selbst bemalten Fahne, alle, die Ohren haben, werden hören.

EINE LEKTION IN TOLERANZ FÜR DIE NATION, wird die Wochenschau verkünden. Aber Nationen sind unbelehrbar. Was immer dieser Tag an Toleranz aufgeboten hat, wird den Frühling nicht überdauern.

In der Ewigkeit, die der ersten Note vorausgeht, spürt sie, wie eine ganze Armee von Leben zu ihr hindrängt. Alle, die ihr jemals Mut zum Singen gemacht haben, sind gekommen. Ronald Hayes steht irgendwo in der Menge. Harry Burleigh, Sissieretta Jones, Elizabeth Taylor-Greenfield – die Geister all derer, die ihr vorangegangen sind, finden sich ein, um an diesem kühlen Ostertag wieder die Mall entlangzuspazieren. Blind Tom ist da, der blinde Sklave, der seinem Besitzer ein Vermögen einbrachte, weil er zur Verblüffung seines Publikums die schwersten Stücke aus dem Klavierrepertoire nach dem Gehör spielen konnte. Joplin ist hier, die Fisk Jubilee Singers und die Hampton Singers, Waller, Rainey, King Oliver und Kaiserin Bessie, ganze Gospelchöre, alle, die jemals auf den Feldern gesungen oder den Blues gespielt haben, *jugbands, gutbucketers, hollerers, field callers* – all die namenlosen Genies, die ihre Rasse hervorgebracht hat.

Ihre Familie ist da, ganz vorne, wo sie sie sehen kann. Ihre Mutter starrt hinauf zu Lincoln, dem finsteren, stummen Titanen, entsetzt über die Bürde, die ihre Tochter für das gesamte Land tragen muss, jetzt und für alle Zeit. Ihr Vater ist ihr sogar noch näher, er ist in ihr, in Gestalt seiner Stimmbänder, die den weichen Bass dieses Mannes in sich tragen, eines Mannes, der verstummte, bevor sie ihn wirklich kannte. Sie hört ihn noch immer, wie er sang, »Asleep in the Deep«, wenn er sich für die Arbeit fertig machte, immer nur die erste Zeile, unendlich zärtlich, auch wenn er die Strophe niemals zu Ende brachte.

Die gewaltige Menge, ihre Anziehungskraft, lässt den ersten Ton zerspringen. Das Tempo verlangsamt sich, von Allegro zu Andante zu Largo. Ihr Verstand arbeitet fieberhaft und teilt die Noten in der Einleitung ihres ersten Stücks; Achtel wird zu Viertel, Viertelnote zur halben, halbe Note zur ganzen, und die ganze Note unendlich. Sie hört sich einatmen, und der Atemzug weitet sich zum Stillstand. Sie macht die Note fertig für die Reise, aber die Zeit bleibt stehen und hält sie fest, reglos.

Als der winzige Flügel seine Melodie anstimmt, öffnet sich vor ihr ein Loch. Sie blickt hindurch und kann die kommenden Jahre sehen, als läse sie einen Eisenbahnfahrplan. Der schmale Streifen Bundesterritorium ist ein Sinnbild der langen Reise, die vor ihr liegt. Der heutige Tag verändert nichts. Heute in vier Jahren wird sie vor dem Bahnhof von Birmingham, Alabama, sitzen und warten, dass ihr Klavierbegleiter, ein deutscher Flüchtling, ihr ein Sandwich bringt, während deutsche Kriegsgefangene aus Nordafrika den Wartesaal bevölkern, den sie nicht betreten darf. Man wird ihr die Schlüssel von Atlantic City überreichen, wo sie vor ausverkauften Häusern auftritt, aber ein Zimmer kann sie nicht buchen in dieser Stadt. In Springfield, Illinois, wird sie bei der Premiere von *Der junge Mr. Lincoln* singen, aber den Zutritt zum Lincoln-Hotel wird man ihr verwehren. Alle künftigen Demütigungen sieht sie voraus, jetzt und für alle Zeit, sie schweben über dieser endlosen Menge von Bewunderern, jetzt, da der Augenblick für ihren Einsatz kommt.

Die Töchter der amerikanischen Revolution werden ihren Irrtum bereuen, aber die Reue kommt zu spät. Nichts kann das Unrecht dieses Tages ungeschehen machen. Sie muss ihn durchleben, muss für alle Zeiten hier draußen im Freien stehen und im Mantel singen, gratis. Ihre Stimme wird untrennbar mit diesem Ort verbunden sein. Sie wird für immer zum Sinnbild, gegen ihren Willen, und nicht für die Musik, die sie zu der ihren gemacht hat.

Diese Gesichter – Tausende und Abertausende – recken sich ihr entgegen, Osterblumen, die das Vergangene hinter sich lassen wollen und die Frühlingssonne suchen. Die bis zu diesem Nachmittag in hoffnungsloser Hoffnung verharrten, drängen sich jetzt an den Ufern des Jordan: zu viele für nur eine Überfahrt. Es werden immer mehr, selbst in diesem Augenblick noch, wo sie hinaus zu den äußersten Rändern blickt. Im Konvexspiegel von 75 000 Augenpaaren sieht sie sich selbst, verschwindend klein am Fuße gewaltiger Säulen, eine winzige dunkle Bittstellerin zwischen den Knien eines steinernen Riesen. Das Bild ist vertraut, ein Schicksal, das sie schon kannte, bevor sie es durchlebte. Ein Vierteljahrhundert später wird sie wieder hier stehen und die Stimme erheben, vor einer Menschenmenge, die dreimal so groß sein wird. Und wieder wird diese hoffnungslose Hoffnung sie überfluten, dieselbe Wunde, die einfach nicht heilen will.

Am Ende einer Weltlinie sieht sie, wie binnen zwanzig Minuten das Publikum die Bühne stürmen und sie erdrücken wird, 75 000 Erweckte, die der Erlösung ein paar Schritte näher sein wollen. Menschen, die ihr Lebtag mit den billigen Plätzen vorlieb nehmen mussten, werden auf die Bühne drängen, die jetzt ganz ihnen gehört; die Befreiung wird sie zu sich selbst treiben, zu einer Stimme, die vollkommen frei ist, und sie werden sie zu Tode trampeln. Sie sieht, wie das Konzert auf eine Katastrophe zusteuert, eine Massentragödie der Sehnsucht. Dann blickt sie einen anderen der vielen verzweigten Pfade dieses Tages hinunter und sieht, wie Walter White sich erhebt und an die Mikrofone tritt, wie er die Menge zur Ruhe mahnt. Seine Stimme spaltet die Masse wieder in ihre Atome, bis es nur noch viele einzelne Menschen sind, die ihr nichts Schlimmeres antun können, als sie zu lieben.

Ozeane entfernt von dieser Menge versammeln sich noch größere Massen. Sechs Stunden weiter, sechs Zeitzonen östlich von hier, wird es bereits dunkel. Auf den Plätzen und Märkten, in den alten Theatervierteln, wo sie aufgetreten ist, auf den Bühnen, die sie nicht engagieren wollten, ertönen Stimmen. Sie sieht die einzig verfügbare Zukunft der Welt, und die Gewissheit verschlingt sie. Sie wird nicht singen. Sie kann nicht. Sie wird an diesem ersten Ton hängen bleiben und zugrunde gehen. Die Türen fallen ins Schloss, eine nach der anderen, bis sie nur noch einen Ausweg hat: Sie muss kehrtmachen und weglaufen. Sie wirft einen panischen Blick zurück zu der Brücke über den Potomac, auf die andere Seite des Flusses nach Virginia, der einzige Fluchtweg. Aber es gibt keine Zuflucht. Keine Zuflucht hier auf Erden.

Ein mädchenhaft lyrischer Sopran in ihrem Inneren stimmt sein bestes Schutz- und Trutzlied an. *When you see the world on fire, fare ye well, fare ye well*. Wenn die Welt in Flammen steht, dann steh auf, dann steh auf. Sie greift zum Allheilmittel der bühnenerprobten Sängerin. Den Blick fest auf ein bestimmtes Gesicht richten, die Menge auf eine einzelne Person reduzieren, eine Seele, die bei dir ist. Dann kann nichts passieren.

Weit hinten in der Menge, eine Viertelmeile entfernt, findet sie ihr Ziel, das Gesicht, für das sie singen wird. Ein junges Mädchen, ein Mädchen, das aussieht wie sie in jüngeren Jahren, Marian an dem Tag, an dem sie Philadelphia verließ. Diese Seele erwidert ihren Blick, singt selbst schon sotto voce. Das Mädchen beruhigt sie. In der erstarrten Fermate vor ihrem Einsatz ruft sie sich noch einmal das Programm des Konzerts ins Gedächtnis. »Gospel Train« und »Trampin'« und »My Soul Is Anchored in the Lord«. Aber davor kommt Schuberts »Ave Maria«. Und vor dem Schubert »O mio Fernando«. Später wird sie sich nicht erinnern, dass sie auch nur ein einziges aus diesem bunten Strauß von Liedern gesungen hat. Es wird sein, als habe ein Phantom an ihrer Stelle auf der Bühne gestanden, als sei sie gar nicht dabei gewesen. Viel später erst wird sie lesen, wie sie gesungen hat; wird aus Zeitungsausschnitten erfahren, wie es war, lange danach, wenn alles längst vorüber ist.

Doch vor dieser Gedächtnislücke kommt erst noch »America«. Die Zeit beginnt zu schmelzen. Das Klavier setzt wieder ein, spielt die letzten einfachen Akkorde, eine Tonfolge, die allen, die in diesen Breiten geboren sind, in Fleisch und Blut übergegangen ist, eine vollkommene Kadenz, so selbstverständlich wie das Atmen. Alles was sie hört, als die kurze Einleitung wieder a tempo einsetzt, ist das Geräusch ihrer eigenen Lungen. Für einen kurzen Taktschlag, so weit wie der menschenübersäte Horizont, vergisst sie den Text. Jahrelange Vertrautheit blockiert die Erinnerung. Wie wenn man den eigenen Namen vergisst. Oder die Zahlen von eins bis zehn. So bekannt, dass man sich nicht mehr erinnert.

Wieder schwappt die Menge nach vorn, eine große Welle, die sie überspülen und ertränken will. Diesmal lässt sie es zu. Vielleicht bringt sie das Vergessen. Aber die Zeit richtet alles. Ein Lichtschein, ein Wegweiser in diesem schwellenden Ozean der Dunkelheit, eine Dunkelheit, entstanden aus dem Gefühl der Zusammengehörigkeit. Einen Augenblick lang, hier, jetzt, an den Seiten der spiegelnden Wasserfläche, in einem gewaltigen Bogen von der Säule des Washington Monument über den Sockel des Lincoln Memorials bis hinunter zu den Ufern des Potomac, nimmt ein Staat Gestalt an, ad hoc, spontan, revolutionär, frei – eine Idee, eine ideale Nation, die ein paar Takte lang, zumindest im Lied, all das ist, was sie zu sein behauptet. Das ist der Ort, den ihre Stimme erschafft. Der Ort aus dem Text, der ihr endlich wieder einfällt. Das süße, flüchtige *thee*. Of *thee* I sing. *Dir* gilt mein Lied.

MEIN BRUDER IN ALT HEIDELBERG

Im Herbst 1952 begann Jonah seine Ausbildung an der Boylston Academy of Music. Bevor er aufbrach, schärfte er mir ein, dass ich nun für das Glück unserer Familie verantwortlich sei. Ich blieb in diesem Jahr zu Hause, der schwierigere von beiden Parts, übernahm stets den Abwasch, damit meine Mutter es leichter hatte, spielte mit Ruth, tat, als verstünde ich es, wenn mein Vater beim Abendessen mit hingekritzelten Zeichnungen Minkowski erklärte. Mehr Gesangschüler kamen ins Haus, und Mama sprach davon, dass sie selbst wieder Stunden nehmen wolle. Nach wie vor sangen wir gemeinsam, aber nicht mehr so oft wie früher. Wenn, dann waren es Sachen, die wir schon kannten. Es schien nicht richtig, dass wir etwas Neues einstudierten. Vor allem Mama wollte nicht, dass wir lernten, wenn Jonah nicht mitlernen konnte.

Dreimal kam Jonah in seinem ersten Jahr nach Hamilton Heights zu Besuch, das erste Mal zu Weihnachten. Unsere Eltern sahen anscheinend keine großen Veränderungen an ihm; es war, als sei er nie fort gewesen. Mama hätte ihn am liebsten mit Haut und Haaren verschlungen, schon als er die Treppe heraufkam. In der Tür nahm sie ihn in die Arme und ließ ihn gar nicht wieder los, und Jonah ließ sie gewähren. »Du musst uns alles erzählen«, sagte sie, als sie ihn schließlich freigab. »Wie geht es in der Schule?« Selbst ich, hinter ihr im Flur, spürte den wachsamen Ton, die Anspannung.

Aber Jonah wusste, was sie brauchte. »Och, das ist schon in Ordnung. Man lernt eine Menge. Aber nicht so viel wie hier bei uns.«

Mama atmete tief durch und scheuchte ihn in das nach Ingwerkeksen duftende Wohnzimmer. »Gib den Leuten Zeit, Kind. Es wird schon noch besser.« Sie und mein Vater warfen sich ihren Entwarnungs-Blick zu, aber Jonah und ich sahen es beide.

Die wenigen Tage, die er bei uns war, waren die glücklichsten des Jahres. Mama machte ihm Bratkartoffeln mit Speck, und Ruth überhäufte ihn mit Bildern, die in den Wochen seiner Abwesenheit entstanden waren, alles Porträts nach dem Gedächtnis. Er war ein Held, der aus der Schlacht heimkehrte. Das gesamte Repertoire musste aufgefrischt werden. Beim Singen mussten wir anderen uns zwingen, dass wir nicht horchten, ob seine Stimme sich verändert hatte.

Über Weihnachten nahmen wir uns den ersten Teil des *Messias* vor. In den Osterferien kam der Zweite an die Reihe. Ich sah, wie Jonah Pa musterte, als er den Text studierte. Selbst Pa bemerkte die verstohlenen Blicke. »Meinst du, ich könnte nichts Christliches singen? Wenn die Musik es will, bin ich Christ. Weißt du eigentlich, dass Leute, die stottern, es niemals beim Singen tun? Haben sie dir das beigebracht in deiner Schule?«

Jonah drängte, ich solle mit ihm nach Boylston kommen. Das sei meine Entscheidung, sagte Mama. Ich solle nichts tun, was ich nicht wirklich wolle. Sich mit zehn Jahren zwischen diesen beiden Dingen entscheiden zu müssen, das war der Tod. Jetzt wo Jonah fort war, hatte ich Mamas Unterricht fast für mich; nur mit Ruthie musste ich noch teilen. Mein Klavierspiel wurde täglich besser. Das Grammophon und die Sammlung italienischer Tenöre waren mein ganz persönliches Reich. In Terzetten durfte ich die höchste Stimme singen. Beim Zitatespiel war ich der aufsteigende Stern. Außerdem war ich mir auch sicher, dass ich die Aufnahmeprüfung in Boylston nicht bestehen würde. Mama lachte nur über meine Skrupel. »Woher willst du das wissen, wenn du es nicht versuchst?« Wenn ich es versuchte und durchfiel, war es zumindest nicht mehr meine Schuld; es würde mich von der Bürde befreien – ein Mehrfaches meines Körpergewichts –, dass ich, ganz egal was ich tat, jemanden damit unglücklich machte.

Ich übertraf mich selbst beim Vorsingen. Außerdem hörten die Prüfer wahrscheinlich auch wohlwollend zu, denn die Schule wollte meinen Bruder nicht verlieren. Vielleicht hofften sie auch, dass ich werden würde wie er, mit ein paar Jahren Ausbildung. Was immer die Gründe sein mochten, ich bekam meinen Platz. Sie verschafften meinen Eltern sogar ein Stipendium, wenn auch kein so großzügiges wie bei Jonah.

Als ich meine Entscheidung gefällt hatte, brachte ich es Mama und Pa so schonend wie möglich bei. Sie schienen überglücklich. Bei ihren Juchzern brach ich in Tränen aus. Mama drückte mich an sich. »Ach, Schatz. Ich bin so froh, dass mein JoJo jetzt wieder mit dir zusammen ist. Ihr zwei könnt euch gegenseitig beschützen in der Fremde. Dreihundert Meilen weit fort.« Eine ehrliche Hoffnung, nehme ich an. Aber sie hätte es besser wissen müssen.

Sie waren gewiss überzeugt, dass der Unterricht zu Hause zu unserem Besten war, dass er uns stark fürs Leben machen würde. Aber schon bevor Jonah fortgegangen war, noch in New York, hatten wir gesehen, dass es Lücken in diesem Lehrplan gab. Schon sechs Häuserblocks von unserm Haus in Hamilton Heights, bei den pädagogischen Nachmittagsausflügen, wurde uns klar, wie sehr alles, was wir lernten, an der Wirklichkeit vorbeiging. Die Welt war kein Madrigal. Die Welt war ein Johlen. Aber schon von jungen Jahren an verbargen Jonah und ich die Verletzungen vor unseren Eltern, taten, als gebe es die Prüfungen, die die Welt uns auferlegte, nicht, und sangen, als sei die Musik alles, was wir an Panzer brauchten.

»Es ist besser in Boylston«, versprach Jonah mir hinter der geschlossenen Schlafzimmertür, wo, glaubten wir, unsere Eltern uns nicht hören konnten. »Da bekommen diejenigen Prügel, die *nicht* singen können.« Wenn man ihn reden hörte, konnte man denken, es seien die ersten Treppenstufen zum Paradies, und das absolute Gehör sei der

Schlüssel, der einem in diesem Reich jede Pforte öffnete. »Hundert Kinder, und jedes davon hätte am liebsten den schwierigsten Part.« Im Grunde wusste ich, dass es ein Köder war, denn er hätte mich dort oben nicht nötig gehabt, wenn es wirklich so gewesen wäre. Aber anscheinend brauchte mein Bruder mich mehr als meine Eltern mich brauchten, und so kam er und lockte: *Komm mit mir.*

»Ihr zwei Jungs«, sagte Mama und versuchte zum Abschied zu lächeln. »Ihr zwei, ihr seid einzigartig.«

Nichts, was er mir erzählt hatte, hatte mich auf diese Schule vorbereitet. Boylston war ein letztes Bollwerk der europäischen Kultur, der Kultur, die sich gerade zehn Jahre zuvor wieder einmal bei lebendigem Leibe verbrannt hatte. Es war aufgemacht wie die Choralschola einer Kathedrale und pflegte Kontakte zum Konservatorium jenseits der Fens. Die Kinder wohnten in einem fünfstöckigen Gebäude rund um einen Innenhof, in einem Haus, das, genau wie Mrs. Gardners ein Stückchen den geschlängelten Fenway hinunter, ein italienischer Palazzo werden wollte, wenn es einmal groß war.

Alles an Boylston war weiß. Im Augenblick, in dem mein Koffer seinen Platz im Juniorschlafsaal fand, wusste ich, was die Jungen, die mich anstarrten, sahen. Nicht dass meine neuen Kameraden entsetzt gewesen wären; die meisten hatten ja schon ein Jahr mit meinem Bruder verbracht. Aber der honiggelbe Ton meines Bruders hatte sie nicht auf mein Milchkaffeebraun vorbereitet. Sie standen wie eine Kalksteinmauer, sahen mich an, verständigten sich über mich, als ich mit meinem Vater, der den Arm um mich gelegt hatte, den langen krankenhausartigen Schlafsaal durchquerte. Ich hatte nicht gewusst, wie die Welt der Weißen war – wie konzentriert, wie schwerfällig, wie anmaßend –, bis ich in diesem Saal meinen Koffer auspackte und ein Dutzend Jungen gaffte und sehen wollte, was für Fetische hervorkamen. Erst als Pa sich verabschiedet hatte und sich wieder auf den Weg zum Südbahnhof machte, begriff ich, wo mein Bruder dieses letzte Jahr verbracht hatte.

Und erst als ich aus dem Schlafsaal gestolpert kam und wieder mit Jonah zusammen war, sah ich, wie sehr ihn das Jahr an diesem mythischen Ort in Wirklichkeit verändert hatte. Ein ganzes Jahr, allein und ungeschützt, hatte er unter einer Schülerschar gelebt, deren einziger Gedanke die panische Furcht war, sie könne sich an diesem Aussätzigen anstecken. Als er mit mir durch die Gänge ging, verlegen jetzt, weil ich sah, wie es dort zuging, bemerkte ich ein Hinken, ein Schlurfen, das von diesen zwölf Monaten geblieben war und das ich zu Hause nicht gesehen hatte. Er sprach nie über die Zeit, die er allein dort verbracht hatte, nicht einmal Jahre später. Aber ich habe mich auch nie getraut zu fragen. Ihm war nur eines wichtig, und das wollte er mir zu verstehen geben: Die anderen bedeuteten für uns nichts und würden niemals etwas bedeuten. Er hatte seine Stimme gefunden. Etwas anderes brauchte er nicht.

Mein Bruder führte mich durchs Haus, zeigte mir die geheimnisvolleren Winkel – die holzvertäfelten Flure mit ihren muffigen Spinden, die Lastenaufzüge, die Chorprobensäle mit ihren gespenstischen Echos, die Abzweigdose, hinter deren Deckel man in etwas Stockfinsteres blicken konnte, von dem er schwor, es sei der Mädchenschlafsaal der siebten Klasse. Seinen großen Coup hob er sich bis zum Schluss auf. Heimlich, verstohlen stiegen wir einen verborgenen Aufgang hinauf, den er in Stunden einsamen Spiels entdeckt hatte. Er führte auf ein Dach, von dem aus man die Victory Gardens überblicken konnte, eine Errungenschaft der Heimatfront, die auch in Friedenszeiten überlebt hatte. Mein Bruder richtete sich heroisch auf, ganz Sarastro. »Joseph Strom, in Anerkennung deiner Kunst und zum Lohn für deine großherzigen Taten nehmen wir dich auf in unsere Gemeinschaft der Gleichen und laden dich ein zur Teilnahme an all unseren Geheimtreffen im Heiligtum. Tritt ein!«

Mit einem »Wo?« verdarb ich die weihevolle Stimmung. Die Burg der Ordensritter erwies sich als eine Gerätekammer aus unverputztem Stein. Wir drückten uns hinein, zwei Jungs zu viel, und hielten unsere Versammlung, der sogleich mangels Tagesordnungspunkten die Puste ausging. Da saßen wir, zwei Gleiche in der Ordensburg, denen nichts anderes übrig blieb, als wieder hinaus zu den ahnungslosen Massen zu gehen.

Im Speisesaal rief in der ersten Woche ein blonder Knabe, ebenfalls Neuankömmling: »Habt ihr zwei etwa schwarzes Blut? Meine Eltern sagen, ich darf mit niemandem essen, der schwarzes Blut hat.«

Jonah stach sich mit der Gabel in den Finger, bis es blutete. Er hielt den Finger in die Höhe und deutete mit einer Bewegung Rituale an, von denen der Blondschopf lieber nichts hören wollte. »Iss damit«, sagte er und wischte einen roten Fleck auf die Serviette des Jungen. Der ganze Tisch war begeistert. Als der Aufseher kam, schworen alle, es sei ein Unfall gewesen.

Mir blieb der ganze Betrieb unverständlich. Ich konnte mit diesen Jungen mit ihren austauschbaren Namen nichts anfangen, weder mit ihrem schlaffen, bleichen Äußeren noch mit ihrer lässig-verächtlichen

Art, ich fand mich in dem labyrinthischen Gebäude mit seinen wimmelnden Kindern nicht zurecht, und vor allem machte mir das zu schaffen, was an meiner neuen Existenz am unerwartetsten war: Mein Bruder – der einzelgängerischste, selbstgenügsamste Junge, der mir je begegnet war – hatte gelernt, die Gesellschaft anderer zu überstehen.

Ich war nach Boston gegangen, weil ich dachte, ich müsse Jonah retten. Er hatte unseren Eltern weisgemacht, dass er mit Begeisterung auf die Schule ging, und es war wichtig, dass unsere Eltern ihm das glaubten. Ich wusste, dass es anders war, und opferte mich, um ihn aus seinem einsamen Elend zu befreien. Ich brauchte nur Tage, bis ich sah, dass es genau umgekehrt war: Das ganze Jahr über hatte mein Bruder Pläne geschmiedet, wie er *mich* retten würde.

An den ersten Abenden ging ich mit einem entsetzlich schlechten Gewissen zu Bett. Dass ich diesen Betrug nicht gewollt hatte, spielte keine Rolle; ich hatte ihn trotzdem begangen. Aber binnen weniger Wochen hatte ich das Gefühl, dass es, wenn man schon ins Exil musste, schlimmere Orte gab als Boylston. Ich erkundete das Gebäude, machte Ausflüge in die Fens, ging zu kurzfristig anberaumten Sitzungen in die Ordensburg, und nach einer Weile kam ich mir eher wie ein von der menschlichen Gesellschaft Verschonter, als wie ein Ausgestoßener vor. In jenen letzten Tagen meiner Kindheit lernte ich, wo mein Platz war in der Welt.

So wie wir aufgewachsen waren, trauten wir der Musik eher als dem Wort. Ich hatte geglaubt, der mehrstimmige Gesang sei ein persönliches Ritual unserer Familie. Doch hier, in diesem fünfstöckigen Parnass in einer Schleife des Charles River, begegneten Jonah und ich zum ersten Mal anderen musikalisch gebildeten Kindern. Ich musste mich anstrengen, dass ich mit meinen Klassenkameraden mithielt, musste mich sputen, dass ich all die Sätze in unserer gemeinsamen Geheimsprache lernte, die sie schon kannten.

Wenn die Schüler von Boylston meinen Bruder hassten, dann hatten sie bessere Gründe dafür als die Rasse. Sie waren aus dem ganzen Land zusammengekommen, jeder seiner außerordentlichen musikalischen Begabung wegen, die ihn aus der Masse der anderen herausragen ließ und ihn zu etwas besonderem machte. Und dann kam Jonah und brachte sie in ihren Höhenflügen jäh zum Absturz; verwundet, flügelschlagend, lagen sie am Boden. Die meisten hätten ihm wohl am liebsten ein Kissen auf seine Sopranlippen gedrückt, oben in dem lang gestreckten Saal, in dem die Chorknaben der mittleren Jahrgänge schliefen. Hätten zugedrückt, bis selbst seinen unerschöpflichen Lungen die

Luft ausging. Doch mein Bruder hatte eine Art, immer wieder selbst von seinen Leistungen überrascht zu sein, und das gab seinen Gefährten das Gefühl, dass sie eigentlich eher Komplizen als Konkurrenten waren.

Was sie als seine Unerschrockenheit erkannten, erschreckte sie. Kein anderer scherte sich so wenig um die Folge seiner Taten, kein anderer sah so wenig den Unterschied zwischen Lob und Tadel. Von ihm stammte die Idee, dass wir aufs Dach kletterten und von dort oben Haydns *Schöpfung* im Scatgesang deklamierten. Die Leute blieben auf dem Bürgersteig stehen, und das Impromptu hätte wohl mit einem strengen Tadel geendet, hätte der *Globe* nicht einen amüsierten Artikel darüber gebracht. In den Pausen der Chorproben stimmte er ein »Star-Spangled Banner« in Moll an oder organisierte ein irrwitziges »Row, Row, Row Your Boat«, bei dem jede neue Kanonstimme einen halben Ton höher einsetzte als die vorhergehende. Abenteuerliche Dissonanzen waren sein Lieblingsstreich, und so lernte er seinen Ton zu halten, auch bei den komplizierteren Melodien, die noch kommen sollten.

Mit den Jungen, die mithalten konnten, debattierte er stundenlang über die Meriten der großen Tenöre. Jonah hielt Caruso hoch, den er über alle Herausforderer der Gegenwart stellte. Mein Bruder war überzeugt davon, dass seit jenem goldenen Zeitalter die Kunst des Singens einen Niedergang erlebt hatte, seit ihrem Höhepunkt kurz vor unserer Geburt. Die anderen stritten sich mit ihm, bis sie aufgaben, bis sie ihn Perversling, Irren oder Schlimmeres nannten.

János Reményi, Boylstons Direktor, glaubte, er könne verbergen, dass er ihn bevorzugte. Aber nicht einmal Kinder konnte er damit täuschen. Jonah war der einzige Schüler, den Reményi beim Vornamen nannte. Jonah sang stets an prominenter Stelle bei den monatlichen Konzerten der Schule. Bei den Proben kam jeder einmal mit den spektakulären Soli an die Reihe, aber für die Aufführung ließ Reményi sich meist eine künstlerische Rechtfertigung dafür einfallen, warum eine bestimmte Partie von jemandem mit exakt Jonahs Stimmfarbe gesungen sein sollte.

Die meisten dieser Kinder hatten gewiss ihre Phantasien, dass sie meinen Bruder hinaus auf den Spielplatz zerrten und ihn kopfüber ans Klettergerüst hängten, bis ihm die Lungen zum Halse herauskamen. Und wenn Jonah einfach nur eine außergewöhnliche Stimme gehabt hätte, hätten sie es vielleicht auch getan. Aber selbst das unerbittlichste Sonnenlicht bleicht das Gelb einer Blume nicht aus. Wir verabscheuen nur die, von denen wir glauben, dass ihr Platz rechtmäßig uns gehören sollte. Jonahs Stimme stand so hoch über ihnen, dass er unerreichbar für den Hass seiner Mitschüler war, und so lauschten sie nur, erstarrten in der Gegenwart dieses fremdartigen Wesens, ließen es geschehen, dass dieser Feuervogel kam und ihr Vogelhäuschen plünderte.

Wenn Jonah sang, überkam János Reményi eine Trauer. Der Mann schien von seligem Schmerz erfüllt. In Jonah hörte Reményi alles, was er in jüngeren Jahren beinahe selbst gewesen wäre. Wenn mein Bruder sang, dann füllte der Saal sich mit verlorenen Hoffnungen, und jeder Zuhörer dachte an all die Orte, an die ihn sein Pfad niemals führen würde.

Im Laufe der Zeit akzeptierten die anderen mich als Jonahs Bruder. Aber der verwirrte Ausdruck auf ihren Gesichtern blieb. Ich weiß nicht, was sie mehr beschäftigte: Meine dunklere Hautfarbe, meine lockigeren, weicheren Züge oder die Stimme, die einfach nicht abheben wollte. Ein paar kleine Sensationen brachte auch ich zustande. Ich konnte besser vom Blatt singen, als selbst Schüler aus der achten Klasse. Und mein Gespür für Harmonie, das ich in langen Nachmittagen mit Mama am Klavier entwickelt hatte, gab mir eine sichere, wenn auch widerstrebend gewährte Zuflucht.

Boylston galt zwar als vollwertige Schule, aber in Wirklichkeit wurde kaum anderes als Musik gelehrt. Das meiste, was sonst noch im ersten Jahr unterrichtet wurde, hatte ich schon gründlicher von meinen Eltern gelernt. Trotzdem musste ich alles noch einmal neu mitmachen. Die Uhr im Schulzimmer, in dem der Grammatikunterricht stattfand, folterte mich. Erst wenn der Sekundenzeiger eine ganze Runde absolviert hatte, rückte der Minutenzeiger mit einem trockenen Ploppen einen Skalenstrich weiter in Richtung Erlösung vor. In der Zeit zwischen zwei solchen Sprüngen blieb er unbeweglich, und jeder Fortschritt schien unvorstellbar. Langeweile schloss die Zeit in Bernstein ein. Beharrlich hielt der Minutenzeiger sich fest, verweigerte jede Regung, auch wenn ich ihn mit all meiner geistigen Energie zu bewegen versuchte. Die Grammatikstunde wurde gewalzt, bis sie dünn wie Papier war und so weit wie die Welt. Bevor Miss Bitner das sich immer weiter verzweigende Diagramm, mit dem sie uns den Aufbau eines Satzes verbildlichen wollte, zu Ende zeichnete, hatte ich die nächsten sechs Jahrzehnte meines Lebens in allen Einzelheiten durchmessen und die Gesichter meiner Enkelkinder erschienen vor meinem inneren Auge.

Ohne unseren Vater, der aus der ganzen Welt ein Abenteuer machte, beschränkte Jonahs und meine geistige Tätigkeit sich auf die Musik.

Nach ein paar Monaten fiel es uns schon schwer, die Denksportaufgaben zu bewältigen, die wir zu Hause mühelos beim Abendessen gelöst hatten. Unser Lehrer in Naturwissenschaften kannte Vaters Arbeiten und behandelte uns mit einem geradezu Angst einflößenden und gänzlich unverdienten Respekt. Ich musste für zwei schuften und für Jonah die Rechenaufgaben mitmachen, damit die Ehre unserer Familie gewahrt blieb.

Die Schüler von Boylston hätten meinen Bruder zum König gekrönt, hätte er nur ein klein wenig mehr ausgesehen wie sie. Die Größeren, die in der Schule den Ton angaben, versuchten ihn für Sinatra zu interessieren. Sie hockten heimlich zusammen und lauschten, wenn vom Lehrkörper keiner in der Nähe war, der verbotenen Unterhaltungsmusik. Jonah tat die munteren Backfischmelodien mit einem einzigen Lächeln ab und schnalzte herablassend mit der Zunge. »Himmel, wer hört sich denn so was an? Entwickelt man so eine Tonfolge? Die Melodie kann ich euch hersingen, bevor er überhaupt angefangen hat!«

»Aber die Stimme! Die ist doch Spitze, oder?«

»Hört sich an, als ob er mit Hustensaft gurgelt.«

Die aufmüpfigen Vorstadt-Chorknaben hielten mitten im Fingerschnippen inne. »Was ist mit dir los, Mann?«, schnauzte einer ihn an. »Mir ge*fällt* diese Musik.«

»Die Melodien sind einfältig und trivial.«

»Aber die Band. Die Arrangements. Der *Rhythmus* ...«

»Die Arrangements hören sich an, als kämen sie aus einer Fabrik für Feuerwerkskörper. Der Rhythmus – na ja, munter ist er. Das gebe ich zu.«

Also sprach ein Zwölfjähriger, jedes seiner Urteile todernst. Die Jungs versuchten es mit Eartha Kitt. »Ist das nicht eine Negerin?«, fragte ich.

»Was willst *du* denn hier? Raus mit dir!« Alle sahen mich strafend an, Jonah eingeschlossen. »Du denkst aber auch, jeder wäre ein Neger.«

Sie versuchten es mit Sängern, die noch mehr »hip« waren als Sinatra. Hillbilly, Rhythm and Blues. Aber jede Platte, die sie ihm vorspielten, erntete ein vernichtendes Urteil. Jonah verzog das Gesicht und hielt sich die Ohren zu. »Dieses Schlagzeug, das tut ja weh. Das ist schlimmer als die Kanonen, die die Boston Pops für die *1812-Ouvertüre* abfeuern.«

Für jemanden, dessen Halsmuskeln so ungeheuer beweglich waren, war er ein linkisches Kind. Mit dem Fahrrad kam er nie richtig zurecht, nicht einmal auf breiten Straßen. Wenn die Schule uns zum Baseball zwang, stand ich hilflos im linken Außenfeld und versuchte die niedrigen Bälle zu erwischen, ohne dass ich meine Finger in Gefahr brachte, aber Jonah trottete weit nach hinten auf die rechte Seite des Spielfelds und sah zu, wie die hohen Bälle direkt vor seinen Füßen zu Boden gingen. Er hörte sich Übertragungen im Radio an – zumindest so weit hatten seine Kameraden ihn gebracht. Oft machte er während der Sendung seine Stimmübungen. »Da kann ich lernen, das Zeitmaß zu halten, wenn die anderen aufgeregt hin- und herrennen.« Wenn die Nationalhymne kam, sang er die verrücktesten Harmonien dazu. Es klang wie Strawinsky.

Diese verwöhnten Jungen, die die Kultur so selbstverständlich als die ihre ansahen, die nie auch nur mit einem Menschen einer anderen Rasse gesprochen hatten, waren bereit, uns die Hand zu reichen, solange sie die Spielregeln bestimmen durften. Wir konnten unseren Klassenkameraden ihre verzweifelte Hoffnung bestätigen, dass das, was sie am meisten fürchteten – die Armeen von anderen in den Vierteln, in die man nicht fuhr, die Fremden, die jedes Wort aus ihren Mündern verhöhnte –, am Ende gar nicht anders war als sie selbst: dass die anderen genauso gern Wiener Sängerknaben aus sich machen ließen, wenn sie nur ein bisschen Erziehung und ein bisschen Glück hatten. Wir waren die singenden Wunderkinder, die farbenblinden Botschafter unserer Kultur. Erben einer langen Vergangenheit, Verkünder ewiger Zukunft. Was wussten wir schon?

Football würdigte er keines Blickes. »Löwen und Gladiatoren. Wieso sehen Leute zu, wenn andere sich gegenseitig umbringen?« Aber er selbst war ja der größte Killer. Er liebte Brett- und Kartenspiele, nutzte jede Chance, einen anderen zu bezwingen. Bei Marathon-Monopolysitzungen setzte er dermaßen die Daumenschrauben an, dass Carnegie vor Neid erblasst wäre. Er trieb uns nicht in den Bankrott, sondern lieh uns immer weiter Geld, nur damit er uns noch mehr abnehmen konnte. Im Damespiel war er so perfekt, dass keiner mehr mit ihm spielen wollte. Meistens fand ich ihn in den Übungsräumen im Keller, wo er endlos seine chromatischen Tonleitern sang und dazu auf dem Klavierdeckel eine Patience legte.

Es gab ein Mädchen. Schon in der Woche meiner Ankunft zeigte er mir Kimberly Monera. »Wie findest du die?«, fragte er mit einem so herablassenden Ton, dass es wie eine Aufforderung war, selbst etwas Verächtliches zu sagen. Sie war ein anämisches Kind, beängstigend bleich. Ich hatte noch nie so etwas gesehen, höchstens bei den Albinomäusen mit ihren roten Augen. »Ich finde, sie sieht aus wie der Zuckerguss auf einer Torte«, sagte ich. Das war gerade grausam genug, und er quittierte es mit einem Schnauben.

Kimberly Monera war gekleidet wie das kränkliche Kind eines Adligen der Belle Époque. Ihre Lieblingsfarben waren Lindgrün und Terrakotta. Alles Dunklere ließ ihr Haar wie Watte aussehen. Sie ging so stocksteif, als hätte sie einen unsichtbaren Stoß Bücher auf dem Kopf. Anscheinend fühlte sie sich nackt, wenn sie ausging und keinen breitkrempigen Hut aufhatte. In Gedanken sehe ich sie auch Handschuhe mit winzigen Knöpfen tragen, aber ich glaube, das ist eine Erfindung von mir.

Ihr Vater war Federico Monera, der dynamische Operndirigent und noch dynamischere Komponist. Er war ständig zwischen Mailand und Berlin und der amerikanischen Ostküste unterwegs. Ihre Mutter, Maria Cerri, hatte auf dem Kontinent in der Rolle der Madame Butterfly Triumphe gefeiert, bevor Monera sie für sein Nachwuchsprogramm engagierte. Dass das Mädchen nach Boylston auf die Schule kam, galt als Ehre für alle. Aber Kimberly Monera hatte für ihren Status zu büßen. Man konnte sie nicht einmal einen Paria nennen. Die normalen, verschüchterten Durchschnittsschüler fanden sie so bizarr, dass sie sich nicht einmal über sie zu lachen trauten. Kimberly bewegte sich wie unsichtbar durch die Gänge der Schule und ging jedem aus dem Weg, bevor er auch nur auf sechs Schritt an sie heran gekommen war. Schon für diese Art, wie sie allen auswich, mochte ich sie. Das Interesse meines Bruders war anderer Art.

Sie sang mit einem seltenen Gespür für die Musik. Aber ihre Stimme hatte man lange vor der Zeit zu einer Erwachsenenstimme gemacht. Die Koloraturen, die sie sang, klangen für ein Mädchen ihres Alters und ihrer Größe unnatürlich, ja grotesk. Sie waren das genaue Gegenteil jener unbeschwerten Freude am Singen, die unsere Eltern in uns geweckt hatten. Lange Zeit fürchtete ich, allein ihre Stimme könne Jonah vertreiben.

Eines Sonntagnachmittags sah ich die beiden auf der Treppe zum Haupteingang sitzen. Mein Bruder und ein bleiches Mädchen zusammen auf einer Treppenstufe: Ein Bild, so verblasst wie alle Farbfotos aus den Fünfzigern. Kimberly Monera sah aus wie ein Becher neapolitanische Eiscreme. Ich fand, ich sollte ein Stückchen Pappe unterschieben, damit ihr Taft nicht auf den Stufen schmolz.

Ehrfürchtig hörte ich zu, wie diese Ausgestoßene für Jonah sämtliche Verdi-Opern aufzählte, alle siebenundzwanzig von *Oberto* bis *Falstaff*. Selbst die Entstehungsjahre kannte sie allesamt. So wie sie davon schwärmte, schienen diese Opern Sinn und Zweck aller menschlichen Kultur. Ihr Akzent, jede einzelne Silbe mit der Zunge gerollt, kam mir italienischer vor als alles, was wir je von Schallplatten gehört hatten. Anfangs dachte ich, sie wollte nur prahlen. Dachte, mein Bruder hätte sie dazu angestachelt. Zuerst hatte sie sogar abgestritten, dass sie überhaupt etwas über Verdi wisse, hatte meinen Bruder reden lassen, hatte gelächelt über all die kleinen Fehler, bis sie Gewissheit hatte, dass sie Jonah ihr Wissen anvertrauen konnte, dass er nicht die Gefahr war, die andere Schüler für sie gewesen wären. Und dann hatte sie losgelegt und aus beiden Rohren gefeuert.

Als Kimberly Monera zeigte, was sie konnte, hatte Jonah sich zu mir umgedreht und mich angesehen: Wir waren Hinterwäldler, Amateure. Wir hatten keine Ahnung. Unsere armselige Privatausbildung reichte nicht einmal halbwegs aus für die große Welt der internationalen Kunst. Seit dem Tag, an dem unsere Eltern uns den Plattenspieler geschenkt hatten, hatte ich ihn nicht mehr so in Panik gesehen. Kimberlys Beherrschung des Repertoires ließ bei Jonah alle Alarmglocken schrillen. Den ganzen Nachmittag lang fragte er das arme Mädchen aus, zerrte sie an ihren weißen Haaren zurück, wenn sie aufstehen und gehen wollte. Und das Schlimmste war, dass Kimberly Monera sich all seine Grausamkeiten gefallen ließ. Hier saß sie mit dem besten Knabensopran der Schule, dem Jungen, den der Direktor von Boylston beim Vornamen nannte. Es muss ihr unendlich viel bedeutet haben, dieser kleine Fetzen selbstsüchtiger Freundlichkeit.

Ich saß zwei Treppenstufen über ihnen und sah zu, wie sie ihre Geiseln austauschten. Es war ihnen beiden lieb, dass ich dort saß, alles im Blick behielt und sie warnte, wenn ein alltäglicheres Kind sich näherte. Als der Quell ihrer Gelehrsamkeit versiegte, spielten wir zu dritt Zitateraten. Es war das erste Mal, dass jemand, der nicht älter war als wir, uns dabei schlug. Jonah und ich gruben tiefer und tiefer in der Erinnerung an unsere Familienabende und fanden trotzdem nichts, was die pastellfarbene Monera nicht binnen zwei Takten erkannte. Selbst wenn sie etwas noch nie gehört hatte, konnte sie fast immer die Herkunft bestimmen und erriet den Komponisten.

Ihr Geschick nahm mir den Mut, und meinen Bruder machte es wütend. »Das ist nicht fair. Du weißt es überhaupt nicht. Du rätst nur.«

»Es ist nicht geraten«, sagte sie. Schon da bereit, für ihn aufzugeben, was sie wusste.

Er schlug mit der Hand auf die Stufe, halb wütend, halb auftrumpfend. »Das könnte ich auch, wenn meine Eltern weltberühmte Musiker wären.«

Ich starrte ihn an, entgeistert. Er begriff gar nicht, was er da gesagt hatte. Ich beugte mich vor, fasste ihn an der Schulter und wollte ihn daran hindern, dass er Schlimmeres sprach. Mit diesen Worten verletzte er die Natur – wie Bäume, die nach unten wuchsen, oder Feuer am Meeresgrund. Etwas Schreckliches würde geschehen, eine Strafe für dieses Vergehen. Ein Studebaker würde gleich auf den Bürgersteig schleudern und würde uns zermalmen, gerade da, wo wir saßen und spielten.

Aber das Einzige, was an Strafe kam, war ein Beben in Kimberly Moneras Unterlippe. Sie vibrierte, ein bleicher, blutloser Regenwurm auf Eis. Am liebsten hätte ich hingefasst und sie festgehalten. Jonah bemerkte es gar nicht und bedrängte sie weiter. Er würde nicht locker lassen, bis sie ihm den Zaubertrick verraten hatte. »Wie kannst du wissen, von wem ein Stück stammt, wenn du es noch nie gehört hast?«

Ihr Gesicht gewann die Fassung zurück. Ich konnte sehen, wie der Gedanke sich formte, dass sie ihm doch noch nützlich sein konnte. »Nun, als Erstes schließt man aus dem Stil, von *wann* es stammt.«

Ihre Worte waren wie ein Schiff, das am Horizont auftauchte. Es war ein Gedanke, der Jonah genau genommen noch nie gekommen war. Auch wenn er noch so sehr im Fluss der Noten schwamm, auch wenn die Harmonien noch so sichere Ufer bildeten, waren sie doch verankert in der Zeit. Mein Bruder ließ die Hand über das Eisengeländer gleiten. Jetzt, als ihm das aufging, schämte er sich für seine Einfalt. Die Musik selbst, nicht nur ihre Rhythmen, gehorchte den Gesetzen der Zeit. Ein Stück war das, was es war, nur durch all die Stücke, die vor ihm und die nach ihm entstanden waren. Jedes Lied besang den Augenblick seiner Entstehung. Alle Musik redete miteinander, unablässig.

Es war ein Faktum, das wir nie von unseren Eltern gelernt hätten, nicht in einem ganzen Leben gemeinsamen Gesangs. Unser Vater wusste mehr als jeder andere Mensch über das Geheimnis der Zeit; das Einzige, was er nicht wusste, war, wie man in der Zeit lebte. Seine Zeit bewegte sich nicht, sie war eine Ansammlung von Augenblicken, von denen jeder Einzelne im Jetzt still stand. Für ihn hätten die tausend Jahre westlicher Musik allesamt erst gestern Morgen geschrieben sein können. Mama sah es genauso; vielleicht war es das, was die beiden zusammenhielt. Unsere verrückten Melodienspiele gingen ja davon aus, dass zu jedem Ton des Augenblicks die gesamte Musikgeschichte als Kontrapunkt zur Verfügung stand. An einem Abend in Hamilton Heights sprangen wir vom Organum zum Atonalen ohne auch nur eine Spur der Jahrhunderte, die dazwischen ihres blutigen Todes gestorben waren. So wie wir aufgewachsen waren, schien das Leben ein Takt ohne

Anfang und ohne Ende. Aber nun hatte dies pastellfarbene Eiscreme-mädchen eine Schleuse geöffnet, und die Töne bewegten sich in der Zeit.

Die Schnelligkeit, mit der Jonah das alles verstand, war phänomenal. An diesem einen Nachmittag, als er in Khakihosen und rotem Flanell-hemd auf der Treppe der Boylston-Akademie neben der bleichen Kimberly in ihrem steif-eleganten Taftkleid saß, lernte er mehr als in seinem gesamten ersten Jahr auf der Schule. Auf einen Schlag begriff er, was die zeitlichen Zuordnungen, die wir ja vom Hören her längst kannten, be-deuteten. Jonah verschlang alles, was das Mädchen anzubieten hatte, und wollte immer noch mehr. Und sie machte weiter, bis sie nicht mehr konnte. Kimberly wusste so viel über Musiktheorie, dass es selbst bei einem älteren Kind unglaublich gewesen wäre. Sie konnte Dinge beim Namen nennen, Dinge, die mein Bruder wissen musste und die Boyls-ton viel zu langsam preisgab. Am liebsten hätte er dieses Mädchen aus-gepresst, bis sie jeden Tropfen Musik, den sie in sich hatte, preisgegeben hatte.

Wenn sie Melodien sang, die wir erraten sollten, war mein Bruder gnadenlos. »Jetzt sing doch mal vernünftig. Wie sollen wir denn hören, was das ist, bei einer ganzen Oktave Vibrato? Du hörst dich an, als hät-test du einen Außenbordmotor verschluckt.«

Wieder zeigte die Unterlippe ihr beängstigendes Tremolo. »Ich *singe* vernünftig. Du kannst nur nicht vernünftig *zuhören*!«

Ich raffte mich auf und wollte fliehen, zurück ins Haus. Schon da liebte ich dieses Mädchen aus fernen Zeiten, aber ich war der Sklave meines Bruders. Für mich war bei dieser ganzen Geschichte ein früher Tod die einzige Hoffnung. Ich hatte nicht vor dazusitzen und zu war-ten, bis die Katastrophe kam. Aber ein einziger Blick von meinem Bru-der ließ meine Beine einknicken. Er packte Kimberly an beiden Schul-tern und sang seinen besten Caruso, die Rolle des Canio im *Bajazzo*, bis hin zu dem irren theatralischen Lachen. Sie konnte nicht anders, sie musste lächeln.

»Ach, Chimera! Das war doch nur ein Witz, stimmt's, Joey?« Ich nickte so eifrig, dass mir schwindlig davon war.

Kimberly strahlte, als sie so unvermutet zu einem Spitznamen kam. Ihre Züge hellten sich auf, wie Beethovens Gewitterwolken mit einem einzigen Akkord verschwanden. Sie würde ihm alles verzeihen, immer. Das wusste er schon damals.

»Chimera. Gefällt dir das?«

Sie lächelte, doch so dezent, dass noch ein Nein daraus werden konnte. Ich wusste nicht, was eine Chimäre war. Und Jonah und Kimberly auch nicht.

»Schön. Dann nennen wir dich von jetzt ab alle so.«

»Nein!«, rief sie erschrocken. »Nicht alle.«

»Nur Joey und ich?«

Sie nickte, nur eine Andeutung. Ich habe sie nie bei diesem Namen genannt. Kein einziges Mal. Der Name gehörte meinem Bruder, ihm allein.

Kimberly Monera blickte uns mit zusammengekniffenen Augen an, ein wenig berauscht von ihrem neuen Titel. »Ihr zwei, seid ihr Mohren?« Sprach ein mythisches Geschöpf zum anderen.

Jonah sah mich fragend an, doch ich hob wehrlos die Hände. »Das kommt«, antwortete er, »drauf an, was das ist.«

»So richtig weiß ich das auch nicht. Früher gab es sie in Spanien, und dann sind sie, glaube ich, nach Venedig gegangen.«

Jonah sah mich an und schnitt eine Grimasse. Mit dem Zeigefinger machte er kleine kreisende Bewegungen an seinem Ohr, damals das Zeichen für jene abenteuerlichen Windungen des Geistes, die unsere Schulkameraden »bescheuert« nannten.

»Sie sind ein dunkleres Volk«, erklärte sie. »Wie Othello.«

»Fast schon Abendessenszeit«, sagte ich.

Jonah beugte sich vor. »Chimera? Das habe ich dich schon immer fragen wollen. Bist du ein Albino?«

Das Lachsrosa, das sie daraufhin annahm, sah gespenstisch aus.

»Weißt du, was die sind?«, fuhr mein Bruder fort. »Die sind ein helleres Volk.«

Das Wenige, was Italien ihr an Farbe mitgegeben hatte, wich aus Kimberlys Gesicht. »Meine Mutter war früher auch so. Aber die ist später dunkler geworden!« Sie betete die Lüge nach, die sie von ihren Eltern seit dem Tag ihrer Geburt zu hören bekam, dabei wusste sie längst, dass sie nie wahr werden würde. Wieder begann ihr Körper zu beben, und wieder rettete mein Bruder sie aus dem Feuer, das er selbst entfacht hatte.

Als wir endlich aufstanden, um ins Haus zurückzugehen, blieb Kimberly Monera mitten im Schritt stehen, die Hand in der Luft. »Irgendwann wisst ihr alles, was ich über Musik weiß, und noch mehr dazu.« Die Prophezeiung machte sie unendlich traurig, als sei sie bereits am Ende ihrer gemeinsamen Wegstrecke angelangt, als habe sie sich schon jetzt der Unersättlichkeit geopfert, mit der Jonah alles verschlang, um daran zu wachsen, die erste von vielen Frauen, die ausgelaugt von der Liebe zu meinem Bruder ins Grab gingen.

»Unsinn«, sagte er. »Bis Joey und ich dich eingeholt haben, bist du doch schon ganz oben.«

Sie waren zwei seltsame Gefährten, zusammengebracht von nichts als dem Verständnis füreinander. Und selbst für diesen stillschweigenden Bund hasste unsere Kinderstadt sie. Es war ein ungeschriebenes Gesetz, dass Jungs sich nicht mit der fremden Welt der Mädchen einließen, außer in den kurzen, unvermeidlichen Kontakten mit Schwestern oder Gesangpartnerinnen. Es ging nicht an, dass der beste Sänger der Schule sich, auch wenn er noch so dubioser Abstammung war, mit dieser unnahbaren Prinzessin des Grotesken einließ. Lange glaubten Jonahs Klassenkameraden, dass er sich insgeheim über Kimberly lustig mache, um sie dann vor aller Augen bloßzustellen. Als das Spektakel ausblieb, wollten sie ihn mit Spott in ihr Lager zurückholen. »Arbeitest du jetzt für den Tierschutzverein?«

Mein Bruder lächelte nur. Isoliert, wie er selbst war, begriff er gar nicht, was er riskierte. Es war ja gerade diese Sorglosigkeit, der er die Höhenflüge seines Knabensoprans verdankte. Wenn das einzige Publikum, für das zu singen sich lohnte, die Musik selbst war, dann kannte eine Stimme keine Skrupel.

Wir waren Kimberlys Mohren, ein Stein des Anstoßes für ganz Boylston. Einmal fand er einen Zettel: »Such dir ein Negerliebchen.« Wir lachten über die Kritzelei und warfen sie fort.

Als unsere Eltern uns zu den Weihnachtsferien abholten, wieder in einem chromblitzenden Leihwagen – Mutter wie immer auf dem Rücksitz, zum Schutz gegen Verhaftung oder Schlimmeres –, kam Jackie Lartz und sagte uns in dem fast schon entvölkerten Aufenthaltsraum Bescheid. »Euer Vater und eure Kinderfrau sind hier, und ein Kleines von ihr.« Seine Stimme hatte jene kindliche Schärfe: ein halb schüchternes, halb herausforderndes *Widersprich doch, wenn du dich traust.* Mein ganzes Leben habe ich mit der Frage verbracht, warum ich mich nicht getraut habe. Warum ich nicht widersprochen habe. Die Gründe, die mein Bruder hatte, sind mit ihm ins Grab gegangen. Aber was immer wir an Sicherheit erlangen, was immer an Auseinandersetzung vermeiden wollten, fest stand, dass wir in diese Ferien ein gutes Stück weiser fuhren, als wir angekommen waren.

Mama verwöhnte uns die ganze Woche lang. Ruthie wich uns nicht mehr von der Seite, aus Furcht, wir könnten abreisen, bevor sie uns all ihre Abenteuer der vergangenen vier Monate erzählt hatte. Sie machte mich nach, meinen stolzierenden Gang, die lächerliche Gelehrsamkeit, die sich in meine Stimme geschlichen hatte. Pa wollte alles genau wissen, alles was ich in Boylston gelernt hatte, alles was ich getan hatte, als er nicht dabei war. Ich versuchte ihm zu berichten, und trotzdem kam ich mir vor, als belöge ich ihn durch das, was ich ausließ.

Als wir nach Boston zurückkehrten, wussten wir zumindest, was uns erwartete. Doch wenn wir zwei durch unsere Mohrenfarbe gebrandmarkt waren, dann zeichnete die Tochter des berühmten Dirigenten ein Makel, der beinahe ebenso schlimm war. Sie stand für das Ausgestoßensein der Albinos überall auf der Welt. Die herrschende Kaste, die blutleer und schwachköpfig geworden war. Selbst ihre altklugen Mitschüler mieden sie. Sämtliche Verdi-Opern mit dreizehn, in chronologischer Reihenfolge: Auch der gelehrigste Schüler dieser Schule musste zugeben, dass das abstrus war.

Aber gerade dieses Abstruse liebte mein Bruder an ihr. Kimberly Monera bestätigte ihm etwas, das er schon lange vermutet hatte: Das Leben war seltsamer als jedes Libretto. Im Winter nach unserer Rückkehr brachte sie ihm das Partiturlesen bei und zeigte ihm, wie man all die kunstvoll verwobenen Klangfäden auseinander hielt. Zum Valentinstag bekam er von ihr seine erste eigene Partitur, ein schüchtern, verstohlen zugestecktes Geschenk, in Goldfolie eingepackt: Brahms' *Deutsches Requiem*. Er hatte es immer auf dem Nachttisch neben seinem Bett liegen. Abends, wenn das Licht im Saal gelöscht war, fuhr er mit dem Finger über die erhabenen Notenlinien und versuchte, die Töne darauf zu ertasten.

»Es ist entschieden«, eröffnete Jonah mir an einem kalten Märzabend mit drei Vierteln meines ersten Boylston-Jahres hinter mir. Unsere Eltern hatten János Reményi eben davon abgehalten, Jonah zum Vorsingen bei Menotti anzumelden, der für die NBC-Fernsehaufnahme seiner Oper einen Amahl suchte; sie träumten noch immer von einem halbwegs normalen Leben für ihr so anomales Kind. »Wir haben uns alles überlegt.« Aus seinem Portemonnaie holte er ein Bild, das Kimberly ihm geschenkt hatte: Ein kleines Mädchen im Schürzenkleid, aufgenommen vor der Mailänder Scala. Der sichtbare Beweis für den Bund fürs Leben. »Chimera und ich wollen heiraten. Sobald sie alt genug ist, dass sie nicht mehr die Einwilligung ihres Vaters braucht.«

Nach diesem Tag hatte ich ein schlechtes Gewissen, wenn ich Kimberly Monera auch nur ansah. Und wenn ich es doch einmal tat, wandte sie stets den Blick ab. Ich konnte sie nicht mehr lieben, konnte nicht mehr wider alle Vernunft hoffen, dass die Welt oder einer von uns vielleicht doch anders war als wir nun einmal waren. Aber ein wenig Stolz spürte ich auch über unsere neue, geheime Gemeinsamkeit. Nun gehörte sie zu unserer kleinen Nation, unserer eigenen Rasse. Der Tag würde kommen, an dem sie mit unserer Familie sang. Wir würden sie mit nach Hause nehmen und sie Mama und Pa vorstellen, und dann würden wir ihr zeigen, wie man auch singen konnte, entspannt und mit Schwung.

Jonah und Kimberly zelebrierten ihre Verlobung mit der tödlichen Ernsthaftigkeit, die man nur in so jungen Jahren und beim ersten Mal kennt. Ihr Pakt machte uns drei zu Verschwörern. Keiner durfte das Geheimnis wissen außer uns, aber es war ein so großes Geheimnis, dass uns der Kopf davon schwirrte. Allerdings sahen, nachdem Jonah mir das Verlöbnis offiziell mitgeteilt hatte, er und Kimberly sich noch seltener als die wenigen Male, die sie zuvor zusammen gewesen waren. Er kehrte zu unserer Ordensburg auf dem Dach zurück, Kimberly zu ihren einsamen Partiturstudien. Die Schule tat ihr Möglichstes, beide zu ignorieren. Ihr großes geheimes Verlöbnis ging in den Untergrund. Sie war ihm versprochen, und das war damit geklärt. Denn wenn zwei ahnungslose Dreizehnjährige sich ewige Liebe geschworen hatten, was konnten sie dann noch tun?

MEIN BRUDER ALS HÄNSEL

Hielt der Knabensopran sich etwa auch für einen Weißen? Noch war das Wort ihm ebenso fremd wie seine Bedeutung. Zugehörigkeit? Was sollte Jonah Strom mit etwas anfangen, das mit ihm nichts anzufangen wusste? Sein Ich brauchte kein Meer, in das es münden, kein Sammelbecken, in dem es verströmen konnte. Er war der Junge mit der Zauberstimme; frei wie ein Vogel und wandelbar wie das Licht, glaubte er, der Glanz seiner Begabung werde ihm wie ein Diplomatenpass stets alle Türen öffnen. Rasse war ein Ort, an dem er sich nicht auskannte, keine brauchbare Koordinate, keine Himmelsrichtung. Seine Leute, das war seine Familie, seine Kaste, er selbst. Der schillernde, nicht zuzuordnende Jonah Strom, der Erste aus der großen Zahl von Ein-Mann-Nationen, die die zukünftige Welt bevölkern sollten.

»Geh weg von mir, geh weg von mir. Ich bin der stolze Hans!« Er ist der Einzige, der nicht sehen kann, wie er wirkt, da oben auf der Bühne, in seinem Trachtenanzug aus Polyester – bügelfreie Lederhosen und Kniestrümpfe, auf dem Kopf eine Zipfelmütze aus grünem Filz. So stellt sich die akademisch geschulte Kostümbildnerin aus bester Familie die grimmsche Märchenwelt vor dem Holocaust vor. Ein bernsteinfarbenes, ägyptisch anmutendes Kind, ein gerade frisch von Bord gegangener Puertoricaner, mitten in diesem rheinischen Meisterwerk ewiger Kindheit. Ein schwarzes, jüdisches Zigeunerkind mit dunkelrotem Lockenschopf steht in einer armseligen Sperrholzhütte – Armut aus dem Bilderbuch – und singt: »Arbeiten? Brrr. Wo denkst du hin?« Doch wenn er singt: Wenn der schlaue Hänsel singt! Dann achtet keiner mehr auf solche Misstöne, und alle lauschen nur noch gebannt dem Klang seiner Stimme.

Er sieht seine eigenen Arme und Beine aus dem Phantasiekostüm herausragen. Aber er sieht nicht, wie wenig das Kostüm zu ihm passt, wie ungeheuer der Widerspruch ist, den er dem Publikum zumutet. Das Kostüm sitzt gut; die Hosenträger ziehen die Hose im Schritt stramm in die Höhe. Beim Tanzen vermischt sich die Reibung des Stoffs mit der Anziehungskraft seiner Gretel, die ihm geduldig die Tanzschritte beibringt. Seine Partnerin bei diesen Auftritten ist Kimberly Monera, das erste Objekt der Sehnsucht für meinen Bruder. »Mit den Füßchen tapp tapp tapp.« Ihre Blondheit ist wie ein Sog. »Mit den Händchen klapp klapp klapp. Einmal hin, einmal her, rund herum, es ist nicht schwer!«

Die Macht, die seine Schwester-Partnerin über ihn hat, die Wärme, die seinen Atem beflügelt, durchströmt ihn die ganzen drei Akte lang und gibt seiner Stimme Kraft. Blinder Eifer von einer solchen Intensität, dass er allen Wechselfällen der Bühne trotzt. Begierig saugt er auf, was seine Schwester ihn lehrt; sie legt den Grundstein für seinen lebenslangen Hang zu allem Kleinen und Leichten und Hellen. Und als seine Gretel, seine entzückende Tanzlehrerin, in einem seltenen Anflug von Lampenfieber ins Stocken gerät, ist er zur Stelle und gibt ihr den Mut zurück, den sie ihm verliehen hat.

Es hätte auch eine andere Blondine sein können. Aber es ist die Chimäre, mit der er sich in diesem nächtlichen Wald zur Ruhe legt, in diesem geschlossenen Zirkel spürt er zum ersten Mal den Zauber. Sie ist seine Waldkönigin; er hält ihre bleiche Hand, und sie tröstet ihn auf der finsteren Bühne der Kindheit, die das Ich noch nicht erkennt.

In dem Wald lauert Gefahr. Das müssen die pflichtvergessenen Eltern in jeder Aufführung neu entdecken, nachdem sie ihre ahnungslosen Kinder an den verwunschenen Ort geschickt haben, wo sie das Böse mit eigenen Augen sehen. Eine Knusperhexe, die Kinder in einen eigens dafür errichteten Ofen steckt, verbirgt sich im Dickicht und wartet nur darauf, dass man sie entdeckt. Sie ist das Verhängnis, dem die Bühneneltern das Geschwisterpaar ausliefern, Abend für Abend, und jedes Mal tun sie, als hätten sie keine Ahnung.

Kinder, Kinder?, fragt der Wald. Habt ihr denn keine Angst? Manchmal, wenn die Kuckucksrufe im endlosen Raum widerhallen, spürt der schlaue Hänsel die Furcht, die seine Gretel erbeben lässt. Der zarte Flaum auf ihren Armen ist feucht vor Angst, einer Angst, die köstlicher ist als alles, was ihm jemals danach begegnen wird. Der Junge nimmt ihr die Angst mit den Fingerspitzen, berührt einfach ihren feuchten Arm. Ihr Entsetzen zieht ihn magisch an. Wie eng sie sich aneinander schmiegen müssen, verirrt unter diesen Bäumen, die Beeren aus ihren Körbchen längst aufgegessen, wenn sich Dunkelheit über ihre kindliche Verlassenheit senkt und kein Weg mehr weiterführt, nur noch tiefer hinein. Sie sieht ihn nicht an, blickt hinaus in die Dunkelheit des Saales, heftig atmend, eingeschnürt in das blumenbestickte weiße Mieder ihres Dirndlkleids, und wartet auch an diesem Abend auf den seltsamen Schmerz, auf jede neue zufällige Berührung.

Im geheimnisvollen Nachtlicht – eine blaue Scheibe liegt über dem starken Bühnenscheinwerfer – wirkt der kleine Araber in Lederhosen durchaus glaubwürdig. Der Zauber der Bühne lässt den bernsteinfarbenen Jungen und seine blonde, anämische Schwester einander ähnlich werden, die Dämmerung bricht ein und verwischt die Unterschiede. Sie knien in der Dunkelheit, suchen Zuflucht im Gebet, einer Form von Magie, die schon längst zum Ritual erstarrt war, als die Kunde von dem jüdischen Jesus erstmals in diese nördlichen Wälder drang. Die zitternde Gretel faltet die Hände und drückt sie an die winzigen Knospen ihrer Brüste. Ihr Bruder kniet an ihrer Seite, und seine Hand liegt in der Senke in ihrem Kreuz. Unsichtbar für die Augen des Publikums lässt er sie an manchen Abenden südwärts wandern, über den Hügel, der sich ihr entgegenwölbt. Abends will ich schlafen geh'n, vierzehn Engel um mich steh'n. So nimmt mein Bruder Abschied von seiner Kindheit, mit einer Reihe von Bühnenauftritten. Schlafend im Wald, an ein blondes Wesen geschmiegt, umringt von Schutzengeln. Zwei zu meinen Häupten, zwei zu meinen Füßen. Welche Farbe haben die Engel? Keiner kann es sagen, hier im Dämmerlicht. Jahre später, als wir uns die Zeit vor einem Konzert in einem Antwerpener Kunstmuseum vertreiben, entdeckt er die Wesen, die ihn damals beschützten: Mit Flügeln in allen erdenklichen Farbtönen schweben sie in der farblosen Luft.

Nur in der Oper brauchen die Engel eine Haut. Nur in der Oper und in der Phantasie. Einer der vierzehn Sänger, die diesen Schirm aus Engeln bilden, ist Hänsels Bruder. Zusammen mit den anderen spinnt er einen Kokon der Sicherheit um diese beiden Unschuldigen. Ich bin der dunkelste von allen, ein Ärgernis, so fehl am Platze in meinem wallenden weißen Gewand wie mein Bruder in seiner Lederhose. Ich kann mein eigenes Gesicht nicht sehen, aber ich weiß, wie es wirken muss. Ich sehe den Misston in den Augen der Engelschar: ein lächerlicher Eindringling, der Sendbote eines verlorenen Stammes.

Der Junge legt sich zur Ruhe unter dem schützenden Schild, den wir Engel über ihn breiten, als sei es ein universelles Privileg der Kindheit: ein Spaziergang im Wald, behütet von einem Chor, der das Duett der Verirrten aufgreift und mit satten, kräftigen Harmonien fortführt, selbst dann noch, als er und seine Gretel zitternd vor Anspannung längst so tun, als ob sie schlafen. Der Wald und seine gestohlenen Beeren gehören ihm; Abend für Abend kann er sich mit diesem Mädchen ungestraft in der Finsternis verlieren. Doch die Rache folgt auf dem Fuße, im letzten Akt. Die Mutter aus dem ersten Akt, der harte Mezzosopran, von Armut gezeichnet und aus Not dazu getrieben, ihre tanzenden Kinder aus dem Haus zu jagen, kehrt zurück, diesmal in der Rolle der Kinder fressenden Hexe.

Der schlaue Hans tut was er kann, um unsere wirklichen Eltern von unserem Operndebüt fern zu halten. Er will sie beschützen, vor den Fallstricken der Aufführung. Vielleicht schämt er sich seines Aussehens, seiner Rolle. »Es ist gar nicht so toll«, sagt er. »Eigentlich nur was für Kinder.« Aber unsere Eltern würden sich diese Premiere um nichts in der Welt entgehen lassen. Natürlich müssen sie kommen und mit eigenen Augen sehen, was ihre Kinder so treiben. Pa bringt den Fotoapparat mit. Mama sieht aus wie eine Königin, in ihrem kobaltblauen Kleid und dem Lieblingshut mit Federschmuck und Schleier. Sie hat etwas mit ihrem Gesicht angestellt, trägt selbst eine Art Bühnen-Make-up. Sie riecht wie ein Baby.

An dem Abend, an dem sie kommen, leuchtet das Knusperhäuschen mehr als sonst: zuckersüße Versuchungen, ein Kindertraum vom Himmel. Aber heute, wo seine Eltern im Publikum sitzen, verschlägt es dem kleinen Hans den Appetit. Er sieht ihre Silhouetten trotz des grellen Rampenlichts, dieses Paar, das sich in der Öffentlichkeit nicht berühren darf. Er sieht seine echte Schwester mit ihren krausen Haaren, schockiert von dieser Zuckerschönheit, die Augen weit aufgerissen angesichts des verwunschenen Waldes, die Hand sehnsüchtig oder abwehrend ausgestreckt.

Hänsels echte Mutter muss still sitzen und zusehen, wie die Geschichte alle Mütter in Hexen verwandelt. Sein Vater muss stillhalten und zusehen, wie diese deutsch singende Hexe versucht, sein dunkles

Kind einzufangen und es in den Ordnung schaffenden Ofen zu stoßen. Der Junge sucht Trost bei seiner Gretel, aber heute wagt er nicht, ihre dirndlgeschnürte Taille zu berühren. Trotzdem muss er bei ihr bleiben, seiner Bühnenschwester, seiner albinoweißen Waldgefährtin, auch wenn seine Erregung die arme Kimberly noch so sehr aus der Bahn wirft. Als seine Verzweiflung das Mädchen schließlich überwältigt und sie eine große Terz zu tief einsetzt, ist der schlaue Hans zur Stelle und summt sie zurück auf den rechten Weg.

Als all die verzauberten Lebkuchenkinder aus ihrem starren, ewig gleichen Albtraum erlöst sind, als die Hexe in ihrem eigenen Ofen schmort und die reumütige Familie sich einträchtig um ihre Asche versammelt, fällt der Fluch der Rolle von ihm ab. Zum ersten Mal verbeugt er sich ohne seine Mütze, zeigt aller Welt seine lockigen, dunkelroten Haare. Etwas verfinstert seine Miene, seine Augen. Aber er beugt sich der blonden Begeisterung und schultert die Bürde der liberal gesinnten Zuneigung.

Hinterher suche ich meinen Bruder. Er ist außer sich vor Entrüstung und stürmt durch die Garderobe. Er reißt sich los von den Bewunderern hinter der Bühne. Er wartet nicht auf mich. Mein Bruder Hänsel stürzt aus dem Foyer in die schützende Obhut unserer Eltern, seine Arme wedeln entschuldingend, er spricht von Verbesserungen, Erklärungen, Veränderungen, neuen Versuchen. Aber unsere Mutter beugt sich herunter und schließt uns beide in die Arme. »Oh, meine Jungs. Mein JoJo!« Das beschwichtigende Lächeln meines Vaters beruhigt die Vorübergehenden, kein Grund zur Besorgnis. »Ihr seid so begabt! Ich will, dass ihr auf meiner Hochzeit singt. Ihr müsst auf meiner Hochzeit singen.« Sie kann uns einfach nicht loslassen. Das ist ihr musikalischer Triumph, wenn auch nicht der, für den sie einst gearbeitet hat. »Oh meine Jungs, mein JoJo. Ihr wart so wunderschön!«

IN TRUTINA

Als die nächsten Sommerferien bevorstanden, teilt Jonah unserem Vater mit, er müsse uns nicht abholen kommen. Wir könnten die Fahrt von Boston nach New York mit dem Zug machen. Wir seien alt genug, es sei einfacher und billiger. Gott weiß, wie diese Bitte auf unsere Eltern gewirkt haben mag oder was sie hineinlasen. Ich weiß nur noch, wie aufgeregt Mama war, als wir ausstiegen und auf dem Bahnsteig im Grand Central standen. Immer wieder packte sie mich im Wartesaal bei den Händen, drehte mich im Kreis und musterte mich, als sei ich anders geworden, eine Veränderung, die ich selbst nicht sah.

Ruthie wollte auf meine Schultern. Aber sie wuchs schneller als ich, und ich konnte sie höchstens noch ein paar Schritte weit schleppen. »Du wirst ja immer schwächer, Joey. Was hat die Welt mit dir angestellt?« Ich lachte, und sie wurde zornig. »Ehrlich! Das sagt Mama immer. Wer weiß, was die Welt alles mit euch anstellt.«

Ich blickte meine Eltern fragend an, aber die hatten nur Augen für Jonah, mussten ihn trösten, weil er sein Buch, die besten Opernplots aller Zeiten, im Zug liegen gelassen hatte.

»Du sollst mich nicht auslachen.« Ruthie schmollte. »Sonst wirst du als Bruder gefeuert.«

Den Sommer über sangen wir wieder zusammen, zum ersten Mal seit einem halben Jahr. Wir waren alle besser geworden, aber am dramatischsten war die Veränderung bei Ruth. Sie meisterte die kompliziertesten Melodien, folgte jeder Notenlinie, hatte schon nach ein paar kurzen Anläufen Rhythmus und Tonhöhe gefunden. In früherem Alter als beide Brüder hatte sie die musikalischen Hieroglyphen entschlüsselt. Sie schien anders geworden, verzaubert irgendwie. Sie wirbelte durch die Wohnung, lachte vor Glück, dass sie ihre Brüder wieder bei sich hatte. Aber sie brauchte uns nicht mehr, kam gar nicht mehr auf den Gedanken, mir von der Million Entdeckungen zu erzählen, die sie in meiner Abwesenheit gemacht hatte. Ich war befangen neben ihr. Ein Jahr Trennung, und wir hatten verlernt, wie man unter Geschwistern miteinander umging. Sie schauspielerte für mich, machte jeden nach, dessen Namen ich nannte, von Pas verrücktesten alten Kollegen bis hin zu ihrer geliebten Vee, unserer Vermieterin. Sie drehte sich um, verbarg das Gesicht in den Händen, und wenn sie uns dann wieder ansah, war sie um hundert Jahre gealtert. »Das sollst du nicht tun!« Mama erschauderte. »Das ist doch krank, so was!« Also tat Ruthie es erst recht. Ich lachte jedes Mal neu.

Das wieder vereinte Strom-Familienquintett grub seine alten Schätze aus, das fast schon vergessene Repertoire. Jetzt, da Ruth Vollmitglied war, konnten wir Byrds Messe für fünf Stimmen endlich singen, wie sie gedacht war, ließen die Vorhalttöne in dem zarten *Agnus dei* schweben, als wollten wir sie für alle Zeiten vor dem Verrat der Auflösung bewahren. Meine Familie wollte ja nicht mehr, als dass jeder seinen Teller aufs Stöckchen bekam und dass alle gleichzeitig in der Luft waren. Die Tempi gab jetzt Jonah vor. Er hatte immer ein Dutzend Erklärungen dafür, warum manches langsamer und manches schneller sein, wo eine Melodielinie an-, wo sie abschwellen sollte. Um die Tempoangaben der Komponisten kümmerte er sich nicht. »Wen interessiert das denn, was sich ein Blödmann vor Jahrhunderten dabei gedacht hat? Wieso sollen wir auf ihn hören, nur weil er das Ding geschrieben hat?« Pa war da ganz seiner Meinung. Die Noten hatten sich unseren Wünschen zu fügen und nicht umgekehrt. Auf Jonahs Anweisung machten wir Klagelieder zu Freudentänzen, Tänze zu Totenklagen, und die einzige Rechtfertigung war der Puls seines eigenen inneren Ohrs.

Er ließ uns etliche von Kimberlys Schätzen singen. Meine Eltern machten jeden Spaß mit, so abwegig er auch war – nur swingen musste es. Aber Jonah war nicht damit zufrieden, dass er einfach nur das abendliche Programm bestimmte. Er wollte Dirigent sein. Er tadelte Pas Technik, Korrekturen, die direkt aus János' Munde kamen. Pa lachte ihn nur aus und machte sich auch weiterhin sein Vergnügen, wie er es wollte.

Eines Abends gegen Ende des Sommers, kurz bevor Jonah und ich nach Boylston zurückkehrten, unterbrach er Mama mitten in einer Phrase. »Du bekommst einen klareren Ton und musst dich nicht so mit dem *passaggio* mühen, wenn du den Kopf still hältst.«

Mama legte ihr Notenblatt aufs Spinett und starrte ihn wortlos an. Wir hatten immer gesungen, *weil* es Bewegung war. Wer sang, der durfte tanzen. Wozu sollte es sonst gut sein? Meine Mutter sah meinen Bruder einfach nur an, und er hielt dem Blick mit Mühen stand. Die kleine Ruth stieß einen Klagelaut aus, ließ ihr Blatt flattern, wirbelte wie ein Derwisch, alles Versuche, die Anspannung zu vertreiben. Das Gesicht meines Vaters war bleich geworden, als habe sein Sohn ihm eine Beleidigung an den Kopf geworfen.

Einen Moment lang spürte meine Mutter Einsamkeit. Ihr Schweigen hielt nicht einmal Jonah aus. Aber der Augenblick, in dem er es noch hätte zurücknehmen können, war vorbei. Unsere Mutter blickte ihm forschend ins Gesicht, als frage sie sich, was sie da in die Welt gesetzt hatte. Schließlich lachte sie, aber die Lippen blieben hart. »*Passaggio*? Was weißt du schon über *passaggio*? Ein Junge, der noch nicht mal im Stimmbruch ist!«

Er wusste nicht einmal, was das Wort bedeutete. Nur ein weiterer Fetzen Alchemie, den er bei dieser Monera aufgeschnappt hatte. Mama sah ihn an, über die Kluft, die er zwischen sie gebracht hatte, starrte das fremde Kind an, bis Jonah nachgab und den Blick senkte. Dann streckte sie den Arm aus und fuhr ihm durch das rotbraune Haar. Als sie wieder sprach, war die Stimme leise und brüchig. »Du singst dein Lied, Kind. Und ich singe meins.«

Beim nächsten Madrigal waren sämtliche Köpfe in Bewegung, und Jonahs am allermeisten. Aber wir tanzten nie wieder mit derselben Selbstvergessenheit. Nie mehr ganz ohne Beklommenheit, jetzt wo wir wussten, wie unser Tanz in den Augen der Akademie aussah.

Als wir im August nach Boylston zurückkehrten, hatte die Schulleitung uns zusammen in ein Zimmer gesteckt, ein Viererzimmer, das wir mit zwei älteren Jungs aus dem Mittelwesten teilten. In der Regel schliefen die jüngeren Schüler in großen Schlafsälen in der obersten Etage, und die kleineren Zimmer darunter waren den älteren Jahrgängen vorbehalten. Aber wir zwei hatten dies schöne musikalische Eden in Unordnung gebracht. Einen Jungen hatten die Eltern schon von der Schule genommen, in zwei weiteren Fällen drohten sie damit, falls ihre Kinder weiterhin mit uns in einem Raum schlafen müssten. Es war das Jahr des Falls *Brown vs. Erziehungsbehörde von Topeka*, das Jahr, in dem angeblich die Rassentrennung in den Schulen fiel. Aber an Sozialkundeunterricht bekamen wir nicht viel mit.

Was immer sie sich davon versprechen mochten, Boylston behielt uns. Vielleicht gab Jonahs Talent den Ausschlag. Vielleicht malten sie sich aus, wie es sich im Laufe der Jahre für sie auszahlen würde, wenn sie jetzt nicht nachgaben. Niemand sagte Jonah und mir je, wie groß die Zerreißprobe war, vor die wir die Schule stellten. Das war auch nicht nötig. Unser ganzes Leben verstieß ja gegen die Regeln. Vom ersten Tag an hatten wir ein Tabu gebrochen.

Sie steckten uns in einen Verschlag mit Earl Huber und Thad West, zwei höheren Semestern, von denen jeder mehr Widerspruchsgeist hatte als wir beide zusammen. Keiner von beiden wäre je auf eine solche Schule gekommen, hätten nicht einflussreiche Eltern im Hintergrund die Fäden gezogen. Thads und Earls Familien hatten sich mit den Zimmergefährten ihrer Söhne einverstanden erklärt: Wir würden dafür sorgen, dass die beiden mit ins Rampenlicht kamen. Für Thad und Earl selbst waren die beiden Strom-Jungen prachtvolle Außenseiter, ein dunkler Fleck auf der weißen Weste des klein karierten Boylston, ihre Lizenz zur offenen Rebellion.

Unser neues Zimmer war nicht mehr als eine Schuhschachtel, aber mir kam es vor wie ein Kontinent, der erforscht sein wollte. Die beiden zweistöckigen Betten ließen gerade noch Platz für zwei winzige Schreibtische und zwei Zedernholzschränke mit Schubladen. Als wir eintrafen, fanden wir Thad und Earl erwartungsvoll in ihren Kojen ausgestreckt, zwei kecke Gefangene, gespannt auf ihre schwarzen Zellengenossen. Aber schon mit den ersten Worten, die ich sprach, enttäuschte ich sie so sehr, dass ich die Scharte nie wieder ganz auswetzen konnte.

Sie kamen beide aus einer Industriestadt in Ohio und waren mythische Gestalten für mich, wie Assyrer oder Samariter: Jungs wie aus Zeitungsreklamen oder Hörspielen im Radio, hellblond, adrett, unkompliziert, mit lauter Stimme so tief wie das Dröhnen eines Traktors auf endlosem Feld. Ihre Hälfte des Zimmers war voll gestopft mit Flugzeugmodellen, Bierdeckelsammlungen, Sportwimpeln und einem Vargas-Pin up, das man in einer raschen Handbewegung zum Baseballer Bob Feller umdrehen konnte, wenn es an der Tür klopfte.

In unserer Hälfte gab es nur ein Wandregal mit Taschenpartituren und einen vollständigen Satz des illustrierten Sammelwerks *Große Komponisten*. »Das ist alles?«, fragte Earl. »Das nennt ihr zwei Inneneinrichtung?« Verlegen hängten wir noch ein Foto auf, das Pa uns mitgegeben hatte, der Nordamerikanebel, eine verschwommene Schwarzweißaufnahme aus dem Palomar-Observatorium. Als offizielles Begrüßungsständchen legte Thad das Finale von Beethovens Neunter auf, den Plattenspieler bis zum Anschlag aufgedreht. Sie waren ein schlechter Einfluss auf uns, in jeder Beziehung außer der einen, in der sie es gern gewesen wären. Jonah griff zu einem roten Kugelschreiber und kritzelte auf den Bildrand unter der Sternenwolke die Noten des gesamten Chorals. Wir sahen in der Partitur nach. Er hatte nur zwei unbedeutende Fehler gemacht.

Earl und Thad träumten von einem Leben als Jazzmusiker, ebenso sehr getrieben von dem Wunsch, ihre Familie und die Welt der Weißen zu ärgern, wie von ihrer fingerschnippenden Liebe zum Rhythmus. Sie sahen sich als Agenten, weit hinter den feindlichen Linien der klassischen Musik. »Schwöre mir«, sagte Earl immer. »Wenn ich jemals etwas Französisches vor mich hinsumme, gib mir den Gnadenstoß.«

Earl und Thad unterhielten sich in etwas, das sie für authentischen Greenwich-Village-Slang hielten, aber nach so vielen Stationen der stillen Post hörte es sich eher nach Greenhorn als nach Greenwich an. »Noch schnurrt das Kätzchen, Strom Eins, schnurrt wie ein Puma«, sagte Earl zu Jonah. »Guatemala-Banane, Handelsklasse A. Aber warte nur ab, schwarzer Freund. Bald geht's über den Jordan, kann jede Minute soweit sein. Dann hören wir dich krächzen.«

»Wie ein Rabe«, gab Thad den Beat dazu.

»Was meinst du, Strom Zwo?« Earl sah mich nie an, wenn er mit mir sprach. Ich brauchte den halben September, bis ich begriff, wer Strom Zwo war. Earl lag in seiner Koje, trommelte auf den Oberschenkeln wie auf einem Schlagzeug, schlug in die Luft nach dem imaginären Becken, ahmte, die Zunge an die Schneidezähne gedrückt, täuschend echt das Zischen der Jazzbesen nach. »Hm, Kleiner? Was meinst du, übersteht unser Mann den Sturz über die Niagarafälle?« Earl genoss seinen Status als tiefste Stimme der Schule – zwei volle Töne tiefer als alle anderen. »Seht euch doch mal um. Wie viel hoffnungsvolle Dreizehnjährige vom letzten Jahr sind denn noch da? Verdammt wenige, Freunde. Verdammt wenige.«

»Da hat er Recht«, fügte Thad, der nie einen Einsatz verpasste, mit seiner nagelneuen Tenorstimme hinzu.

Jonah schüttelte den Kopf. »Ihr zwei seid so voller heißer Luft, irgendwann fliegt ihr an eine Hochspannungsleitung und explodiert.«

»Da hat er auch Recht«, bestätigte Thad.

Jonah mochte seine Zimmergenossen – die schlichte jugendliche Freude daran, dass jemand anders war; eine Freundschaft, die verkümmert, sobald man sich nicht mehr sieht. Er lachte über ihre Pseudo-Hipstersprüche. Aber er wusste besser als jeder andere, dass sein Stimmbruch bevorstand. Die ersten Guerillaangriffe der Pubertät hatte er klar und ungebrochen überstanden, und nichts deutete auf die kommende Katastrophe hin. Aber unablässig dachte er an den Tag, an dem es mit seiner Stimme zu Ende sein würde. Er ging nicht mehr in die Sonne, trieb keinen Sport, aß nur noch Birnen und Haferflocken und auch davon nur wenig, ließ sich jeden Tag neue Gegenmittel einfallen in dem verzweifelten Versuch, das Unaufhaltsame aufzuhalten.

Einmal riss er mich mitten in der Nacht aus tiefem Schlaf. In meiner Verwirrung dachte ich, es sei jemand gestorben.

»Joey, wach auf«, flüsterte er leise, damit Earl und Thad nicht erwachten. Er schüttelte mich an der Schulter, bis ich die Augen aufschlug. Etwas Entsetzliches musste geschehen sein. »Joey, kannst du dir das vorstellen? Aus meinen Eiern wachsen Härchen. Ich kann sie fühlen, zwei Stück!«

Er führte mich ins Bad und zeigte mir die Entwicklung. Eher als an die Haare erinnere ich mich an sein Entsetzen. »Es ist soweit, Joey.« Seine Stimme war heiser, belegt. Nur diese paar Augenblicke blieben ihm noch, seine letzten klaren Worte, bevor er sich zum Werwolf wandelte.

»Du könntest sie ausrupfen.«

Er schüttelte den Kopf. »Das hilft nichts. Ich habe davon gelesen.

Dann wachsen sie nur noch schneller.« Er sah mich an, mit flehendem Blick. »Wer weiß, wie wenige Tage mir noch bleiben?«

Wir kannten beide die Wahrheit. Darüber, wie eine Knabenstimme nach dem Stimmbruch klingen würde, konnte man so gut wie nichts voraussagen. Aus der prachtvollsten Raupe schlüpfte eine Motte. Die größten Tenöre hatten mit einem hoffnungslosen Krächzen begonnen. Aber aus manch vollendetem Knabensopran war nichts als Mittelmaß geworden. Nach János Reményis umstrittener Methode sangen die Jungen unter fachkundiger Anleitung auch durch den Stimmbruch weiter, bis die Stimme ihre endgültige Gestalt gefunden hatte. Ich versuchte ihm Mut zu machen. »Sie behalten dich noch für mindestens ein Jahr, ganz egal was passiert.«

Jonah schüttelte nur den Kopf, wie ein Verurteilter. Mit weniger als Vollkommenheit wollte er nicht leben.

Tag für Tag fragte ich ihn mit Blicken, und Tag für Tag antwortete er mit einem resignierten Schulterzucken. Er sang weiter, erreichte den Höhepunkt seiner Kunst, als die Flamme schon zu verlöschen begann. Jeden Lehrer konnte man seufzen hören, wenn Jonah sang, denn alle wussten, dass das Ende nahe war.

Das Ende kam beim Berkshire-Festival. Serge Koussevitzky war einige Jahre zuvor gestorben, und ein lebenslanger Freund des Dirigenten lud nun die Boylston-Akademie zur Teilnahme an einem großen Gedenkkonzert ein. Zu Ehren des verstorbenen Vorkämpfers für die Neue Musik ließ Reményi uns einige Auszüge aus Orffs *Carmina Burana* einüben. Damals, in einem Klima der Schauprozesse, hätte er dafür, dass er seine Schüler die lasterhaften Lieder mittelalterlicher Mönche singen ließ, deportiert werden können. Aber Boylston war schon seit Jahren eine Bastion der orffschen Lehrmethoden. Und niemand, fand Reményi, konnte Orffs Hymnen an Fortuna besser singen als diejenigen, deren Schicksal eben erst begann. Er heuerte einige Musiker aus Harvard sowie ein paar Erwachsenenstimmen an, und auf ging es nach Tanglewood.

Ich schaffte die Aufnahme in den Chor. Wahrscheinlich nahmen sie mich, um Jonah bei Laune zu halten. Reményis Besetzung war ein Meisterstück. Den trunkenen Abt der Kukanier gab er an Earl Huber, der ihn mit der Großspurigkeit eines Baseballspielers sang, der sich zum Beatpoeten berufen fühlt. Das Lied von dem Mädchen im engen, roten Kleid, das wie eine Rosenblüte ist, ging an Suzanne Palter aus der siebten Klasse; sie kam aus Batesville, Virginia, und hatte immer eine Bibel unter dem Kopfkissen, damit sie sie abends, wenn die Lichter aus waren, küssen konnte. Latein war Latein, und Suzanne sang ihre schamlose Verführung mit solch ahnungsloser Reinheit, dass selbst Reményi rote Ohren bekam.

Für Jonah hatte János die klaren Linien von »In trutina« ausgewählt, jene Summa unentschlossenen Zweifels:

In trutina mentis dubia	Auf des Herzens unentschiedner
fluctuant contraria	Waage schwanken widerstreitend
lascivus amor et pudicitia.	Scham und liebendes Verlangen.
Sed eligo quod video,	Doch ich wähle, was ich sehe,
collum iugo prebeo	Biete meinen Hals dem Joch,
ad iugum tamen suave transeo.	Trete unters Joch, das doch so süß.

Bei den Proben stieg Jonah unter János' Leitung zu den unglaublichsten Höhenflügen auf. Sie nahmen das Stück mit der Hälfte des angegebenen Tempos. Jonah schwebte hinein, stand über dem Orchester wie ein regloser Eisvogel. Es war zwei Jahre vor dem Sputnik, aber das lange, langsame Fließen der Melodie war wie etwas, das aus dem Weltall kam. Jeder Sänger sagt einem: Je weicher der Ton, desto schwerer ist es. Lauthals zu singen ist leichter als verhalten zu singen. Aber irgendwie hatte mein Bruder es von frühester Kindheit an verstanden, leise Klänge hervorzubringen, die nach mehr klangen als bei anderen die lauten. Und mit diesem atemberaubenden Talent zum *piano* sang er »In trutina«.

Jonah traf bei jeder Probe den richtigen Ton außer bei der Generalprobe, wo die fremden Instrumentalisten, die nicht ahnten, was sie erwartete, so sehr die Ohren aufsperrten, dass sie aus dem Takt kamen. Wir vom Chor wussten, wenn wir es bis zu Jonahs Nummer schafften, dann waren wir über den Berg. »In trutina« war der eine sichere Gewinner in unserem allzu ehrgeizigen Programm, der perfekte, fast stille Höhepunkt, den nur die Musik erklimmen kann.

Zu dem Gedenkkonzert kamen mehr berühmte Musiker in den Berkshires zusammen als je einer von uns gesehen hatte. Fast das ganze Bostoner Symphonieorchester war da, dazu etliche Solisten und Komponisten, die Koussevitzky – durch die Aufträge und Engagements, die er ihnen mit allen erdenklichen Tricks besorgte – vor dem Hungertuch bewahrt hatte. Als die Gäste im Saal Platz nahmen, kam Earl Huber gelaufen und packte Jonah am Arm. »Da ist Strawinsky! Strawinsky sitzt da draußen im Publikum!« Aber ich fand, der Mann, den er uns zeigte, sah eher wie unser Klempner zu Hause aus als wie der größte Komponist des Jahrhunderts.

Selbst die gestandenen Profis, die mit uns auf die Bühne sollten, waren nervös bei so viel Prominenz. Jonah und ich blieben zusammen in den Kulissen, bis wir an der Reihe waren. Er konnte nicht begreifen, was Lampenfieber war. Es machte ihm Angst, wenn er es an mir sah. Er selbst fühlte sich nie sicherer als wenn er den Mund öffnete und Töne herauskamen. Aber dort auf der Bühne des Berkshire-Festivals lernte auch er, was Schrecken war.

Reményi dirigierte die Einleitung zu »In trutina« in dem getragenen Tempo, in dem sie es einstudiert hatten. Jonah begann seine Melodie, als sei es etwas, das ihm gerade erst eingefallen sei. Am Ende der ersten Strophe ritt er auf einer Woge des Zweifels – Lust und Laster im tosenden Wettstreit.

Und genau diesen Augenblick suchte sich seine Stimme aus und brach, wie eine Welle auf einen Felsen schlägt. Keiner von uns hatte in der ersten Strophe auch nur ein Kratzen gehört. Aber als er zum »*Sed eligo quod video*« einsetzte, kam der nächste Ton nicht. Ohne zu überlegen setzte er eine Oktave tiefer an, mit nur einem Sekundenbruchteil der Unsicherheit. Er hatte die erste Strophe als Sopran ausklingen lassen, in der zweiten kehrte er als junger Tenor zurück.

Die Wirkung war atemberaubend. Für die wenigen im Publikum, die Latein konnten, gewann das Gedicht eine Tiefe, die es nie wieder in einer anderen Aufführung bekommen würde. Später fragten etliche Reményi, wie er auf diese geniale Idee gekommen sei.

Niemals mehr sollten wir das hohe D hören, das Markenzeichen meines Bruders, so schwerelos schwebend, als habe die Erde keine Macht über ihn. Nie wieder der unschuldige Aufstieg in luftige Höhen, der erste raue Ton der Ekstase, der Aufschrei des blanken Entzückens, als habe er erst im selben Augenblick entdeckt, was Höhepunkt bedeutete und wie er sich dazu bringen konnte, wann immer er wollte. Auf der langen Busfahrt zurück nach Boston, neben mir im Dunkel, sagte Jonah: »Na Gott sei Dank, das wäre überstanden.« Und lange Zeit dachte ich, er meine das Konzert.

Delia Daley war hellhäutig. In den Augen ihres Landes heißt das: nicht weiß. In Amerika sagt man »hell« und meint »dunkel, nur weniger«. Offenbar war ihre Mutter sogar noch heller. Bei den Daleys sprach man nicht davon, woher diese helle Haut kam. Sie kam aus der üblichen Quelle. Drei Viertel aller amerikanischen Neger haben weißes Blut in den Adern – und nur die wenigsten aus freien Stücken. Das galt auch für Delias Mutter, Nettie Ellen Alexander, Dr. William Daleys strahlende Gefährtin, mit der er das große Los seines Lebens gezogen hatte. Er lernte sie unten in Southwark kennen, in dem Stadtviertel, in dem seine Familie ursprünglich auch gewohnt hatte. »Ursprünglich« nicht ganz im eigentlichen Wortsinn. Aber nach den Maßstäben des menschlichen Erinnerungsvermögens hatten die Daleys dort immerhin so lange gewohnt, dass es tatsächlich etwas wie ein Ursprung war.

William selbst war der Urenkel eines befreiten Haussklaven namens James. Dessen Besitzerin, die in Jackson, Mississippi, ansässige Erbin Elizabeth Daley, hatte nach dem Tod ihres millionenschweren Ehemannes im Jahre 1843 ein Offenbarungserlebnis, das sich fast, aber doch nicht ganz, mit dem des Saulus auf dem Weg nach Damaskus messen konnte. Wieder zur Besinnung gekommen, stellte Elizabeth fest, dass sie Quäkerin geworden war. Sie erfuhr die Wahrheit aus erster Hand von der Gesellschaft der Freunde: Wenn sie Menschen in Unfreiheit hielt, würde ihrer Seele im Jenseits all das widerfahren, was sie hier und jetzt so achtlos den Körpern ihrer Leibeigenen zufügte.

Daraufhin verteilte Elizabeth Daley den Landbesitz ihres Gatten ebenso rasch, wie dieser ihn zusammengerafft hatte. Sie verschenkte den Großteil des Besitzes an die zahlreichen unfreiwilligen Teilhaber, deren Arbeit er seinen Reichtum verdankte. Bis auf einen Einzigen nahmen die befreiten Sklaven der Daleys allesamt ihren unverhofften Gewinnanteil und machten sich auf nach Kap Mesurado – Christopolis, Monrovia – in jene Diaspora in der Diaspora, gegründet von der American Colonization Society. Von der Rückkehr nach Afrika erhoffte man sich die Lösung aller Probleme – von Sklaven und von Sklavenhaltern gleichermaßen. Man exportierte die eigenen Sorgen kurzerhand zu den Kru und Malinke und löste eine Lawine der Vertreibung damit aus.

Zurück blieb nur ein einziger Haussklave, und der war hellhäutig. Fast so hell wie sein früherer Besitzer. James Daley zog es nicht in die Ferne. Er konnte sich ausmalen, dass Fast-Schwarz in Liberia auch nicht viel besser sein würde als Fast-Weiß in seiner unfreiwilligen, einzigen Heimat. Also wählte er die kürzere Reise und begleitete Elizabeth nach Philadelphia, an den Ort von William Penns nicht ganz geglücktem Experiment in brüderlicher Liebe.

Elizabeth setzte James eine bescheidene Leibrente aus. Sie behandelte ihn in fast jeder Hinsicht wie einen eigenen Sohn und übte damit auf ihre Weise Rache am Geist seines Vaters. James hatte wohl den familientypischen Geschäftssinn geerbt, denn er verstand es, seinen fairen Anteil am Kapital der Daleys Gewinn bringend einzusetzen. James hätte Elizabeth niemals verlassen, hätte sie ihn nicht unablässig gedrängt. Sie bestand darauf, dass er ein Handwerk erlernte. Also begann er eine Lehre bei einem schwarzen Friseur mit weißer Kundschaft, nicht weit vom Stadtzentrum. Die Arbeit war lang und schlecht bezahlt, aber gemessen an seinen bisherigen Erfahrungen im Erwerbsleben fand James sie geradezu lächerlich einträglich. Elizabeth weinte, als er seine Lehre abschloss. Sie starb kurz nachdem James im Viertel Silk Stocking einen eigenen Laden eröffnet hatte, wo er betuchten Weißen die Haare schnitt.

Damals gab es in der Stadt noch so wenig Schwarze, dass die Weißen nicht beunruhigt waren. Und James hatte von klein auf gelernt, weißen Ängsten die Spitze zu nehmen. Seine Stammkunden blieben ihm treu und gaben sogar Trinkgeld. Er kehrte weder in den Süden noch an andere Stätten seiner Sklavenvergangenheit zurück, nur nachts, im Dunkel, wenn die Arbeit die Erinnerungen nicht mehr vertrieb. Die ganze Nacht lang hörte er das Klagen an den Wassern von Babylon.

Als die meisten seiner Rasse noch unfrei waren, arbeitete James Daley schon auf eigene Rechnung, seine einzige Rache an denen, die ihn einst für sich hatten arbeiten lassen. Von früh um sieben bis abends um neun schnitt er Haare. Nach Ladenschluss erledigte er Botengänge und war oft bis Sonnenaufgang mit seinem Karren unterwegs. Er lebte bescheiden, weil seine Söhne es einmal besser haben sollten. Er schmiedete die Jungen im Feuer seines Willens. *Ihr seid frei bespuckt zu werden,* lehrte er sie. *Frei betrogen zu werden. Frei geschlagen zu werden. Frei in die Falle gelockt und bei jeder Gelegenheit hintergangen zu werden. Frei zu entscheiden, was man mit solcher Freiheit anfängt.* Der eiserne James und seine stählernen Söhne schlugen Angreifer in die Flucht, verschanzten sich, eroberten sich eine Nische im Leben und bauten das Geschäft weiter aus. Nach unsicheren Anfängen warf es, solange James lebte, Jahr für Jahr seinen bescheidenen Gewinn ab.

Daleys Frisiersalon behauptete seine Stellung, nur wenige Minuten vom Ufer des Delaware entfernt. Anfangs gab es nur einen Friseursessel, später kam noch ein zweiter hinzu. Von klein auf wussten die Söhne, es war ihnen bestimmt, glatte, hellblonde Haare zu schneiden. Die Haare ihrer Freunde oder Verwandten durften sie in ihrem eigenen Laden nicht schneiden, durften sich nicht einmal gegenseitig frisieren, allenfalls nach Ladenschluss, bei heruntergelassenen Jalousien. Sie durften mit dem weißen Mann sprechen, ihn sogar berühren, solange sie eine Schere in der Hand hielten. Sobald sie am Abend die Schere beiseite legten, galt die kleinste Berührung als Übergriff.

James' zweiter Sohn, Frederick, arbeitete noch mehr als sein Vater. Er trug den Kopf so hoch, dass er – als wolle er den Himmel erstürmen – seinen eigenen Sohn Nathaniel zum Studieren ins Nachbarstädtchen Oxford schickte, wo er das neu gegründete College für Farbige besuchte, das Ashmun Institute, das schon bald in Lincoln University umbenannt werden sollte. Nathaniel finanzierte sein Studium durch Gesang in einem Gospelquartett. Als er zurückkehrte, bewegte er sich auf eine Art und Weise, die sein Vater nicht verstand und sein als Sklave aufgewachsener Großvater nicht einmal bemerkte.

Das College heilte die Doppelnatur der Daleys nicht; im Gegenteil: Es vertiefte die Kluft. Nathaniel erreichte seinen Abschluss im Sturmschritt, sprach von Medizin, der Kunst des Heilens – davon, dass dies jahrhundertelang die Domäne der Barbiere gewesen sei, damals, als Barbiere auch Zahnärzte und Chirurgen waren. »Ärzte im kurzen Kittel«, belehrte er seine Brüder, und wurde gnadenlos ausgelacht. Aber er blieb dabei, und sie verstummten. »Das waren wir früher. Das haben wir gemacht. Das werden wir auch wieder tun.«

Als der eiserne James starb, konnte er kaum begreifen, einen wie weiten Weg er zurückgelegt hatte. Doch bevor er sein irdisches Dasein beendete, erlebte er noch, wie sein Enkel aus dem familieneigenen Frisiersalon eine kleine Apotheke machte. Das war Jahrzehnte vor der Great Migration, der massenhaften Zuwanderung ehemaliger Sklaven in den industriellen Norden; damals konnten die Daleys sich im Zug noch hinsetzen, wo sie wollten, sie konnten in Warenhäusern einkaufen, die ihre Dollars gerne nahmen, und sogar ihre Kinder auf weiße öffentliche Schulen schicken. Rasse war noch nicht ganz das, was sie einmal werden sollte. Die Kunden der Daley-Apotheke gehörten beiden Rassen an, und alle wussten sie gute Arzneien zu vernünftigen Preisen zu schätzen. Erst als die Flut aus dem Süden einsetzte, spaltete sich die Kundschaft und sollte gespalten bleiben.

Nathaniel Daley verschaffte der Familie ein gesellschaftliches Ansehen, das kein schwarzer Daley je gekannt hatte. Er sicherte sein Geschäft mit den gleichen legalen Tricks wie die versierten Weißen, genau die Weißen, die hin und wieder vorbeikamen, um ihm ein wenig die Flügel zu stutzen. Die Zeit verging, und die Apotheke trotzte allen Unbilden. Beinahe glaubten die Daleys, sie seien Mitspieler in einem fairen Spiel.

William, der Urenkel, setzte zu einem Höhenflug an, der selbst Nathaniels kühnste Hoffnungen übertraf. Er wagte sich vor nach Washington, in die Bastion an der Grenze zum alten Süden, und begann ein Studium an der Howard-Universität. Als er knapp ein Jahrzehnt später zurückkehrte, war er Doktor der Medizin und ein verbrieftes Mitglied der geistigen Elite des Landes. Er sprach nie von den Jahren dazwischen, die ihn zweimal an den Rand des psychischen Zusammenbruchs geführt hatten. Am Medizinstudium scheiterten selbst Leute, die nicht auf Schritt und Tritt mit Rassenschranken zu kämpfen hatten. Aber William bewältigte den Stoff, kannte schließlich jeden Muskel, jede Ader und jeden einzelnen Nerv, aus dem sich der gottgleiche Körper eines jeden Menschen zusammensetzt.

Dr. William Daley beendete seine praktische Ausbildung an just dem Negerkrankenhaus, in dem die Mitglieder seiner Familie seit Generationen als Musterpatienten gelitten hatten. Ein schwarzer Arzt: Allen verwunderten und erschrockenen Blicken begegnete er mit kühler Gelassenheit. Mehr noch: Wie Dutzende seinesgleichen in der Stadt kämpfte er um eine ordentliche Anstellung an der Einrichtung, an der er Sklavendienste leistete. Erfolg, sagte er immer, war nur eine Frage unermüdlicher harter Arbeit. Aber manchmal, wenn er nachts ins Grübeln geriet, fand selbst William die Luft in diesen neuen Höhen Schwindel erregend dünn.

Zwar hatte James schon lange den Schleier durchschritten, hinter dem keine Farbe mehr zählte, aber Frederick erlebte noch mit, wie sein Enkelsohn in einem gemischten Wohnviertel im siebten Bezirk, südlich vom Stadtzentrum, eine bescheidene Praxis eröffnete. Das war der Ort, wo ein Mädchen namens Nettie Ellen Alexander über ihn hereinbrach wie eine Naturgewalt, und er erlag diesem Ansturm wie die Stadt Johnstown der verheerenden Flutwelle des Jahres 1899. Er hatte weder nach ihr gesucht noch war er auf ihr Kommen vorbereitet. Ganz unvermittelt tauchte sie auf und brachte sein Leben durcheinander, gerade einmal zwanzig Jahre alt, hinreißender als alles, was er je bewusst wahrgenommen hatte, ganz gleich welcher Hautfarbe. In den acht langen Studienjahren hatte er außer in Anatomiebüchern keine Frau angesehen. Und als er jetzt ganz unvermittelt auf dieses Mädchen stieß, hätte er am liebsten gleich am ersten Nachmittag alles Versäumte auf einen Schlag nachgeholt.

Nettie strahlte ihn an, obwohl sie ihn doch gar nicht kannte. Ließ die perfekten Elfenbeinzähne blitzen, als ob sie sagen wollte: *Wird aber auch Zeit, dass du kommst.* Lächelte ihn an, *weil* sie ihn nicht kannte, aber genau wusste, dass sie ihn bald besser kennen würde. Ein ganzes Geflecht von Gesichtsmuskeln geriet in Bewegung, spannte sich zum Ausdruck der Freude, ihn zu sehen, trieb seinen eigenen hilflosen Mund zur einfältigen Antwort. Miss Alexanders Grinsen brachte einen Schwarm Silberfische in seinem Inneren zum Aufruhr. Muskeln, die er aus keinem Anatomiebuch kannte, zuckten schlimmer als die des Toten auf dem Seziertisch, belebt von dem voltaschen Scherz, dessen die Anatomiestudenten überall auf der Welt nie überdrüssig wurden.

Jahre des Medizinstudiums, und doch hätte er den Zustand nicht beschreiben können, in den er geraten war. Von jetzt an dachte er an ihren Brustkorb, wenn er den anderer abklopfte. Die Rundung ihres Schulterblatts hätte ein Bildhauer dreißig Jahre lang formen, schleifen und polieren können und hätte ihre Vollkommenheit doch nicht erreicht. Der Dornfortsatz ihres sechsten Halswirbels war wie eine Knospe, aus der ein Flügelpaar wachsen würde. Bei jedem Atemzug dieser Frau schmeckte William Himbeergeist, obwohl sie schwor, dass sie nie einen Tropfen anrühre.

Sie war von einem Lichterkranz umgeben, selbst im alexanderschen Wohnzimmer, wo die beiden saßen, im Dunkeln, denn Netties Vater hatte die Lampen gelöscht – eine Sparmaßnahme, die ihm half, sich von Monat zu ärmlichem Monat weiterzuhangeln. Ihre Augen ließen William an Glühwürmchen denken, an schimmernde Tiefseefische, die schon so lange im Dunkel lebten, dass sie sich ihre eigenen Lampen gebaut hatten, bei deren Licht sie das Lebensnotwendige fischten. Der Doktor fand ihr Glühen unergründlich, und was sie zum Glühen brachte, wusste er nicht.

Aber auch bei Tage war Nettie hell. Manchmal machte ihre helle Haut ihm Angst. Er war beklommen, es brachte ihn aus dem Gleichgewicht. Er spürte, wie Leute sich umdrehten und ihnen nachsahen – *Die zwei? Ein Paar? –*, wenn sie zusammen ausgingen. Er glich ihre Hautfarbe mit Gelehrsamkeit aus, und jeder Besuch bei ihr entwickelte sich zum akademischen Vortrag. Der Gedanke, seine eigene Doppelnatur mit einer zweiten Zwiegestalt zu vereinen, schreckte ihn. Er redete sich ein, dass ein gelblicher Ton nicht das Geringste zu bedeuten habe. Redete sich ein, dass es nicht auf den Hautton ankomme, sondern auf die Nuancen der Seele. Die Frau war hellhäutig, das war nicht zu leugnen, aber das kam von dem Licht, das sie in sich trug.

Er verwirrte ihn, dieser Goldton. Ob es ihre Hautfarbe war, ihr welliges Haar, ihre Haltung, ihre Rundungen, ihr Gang, oder ob es etwas Subtileres, weniger Greifbares war – Nettie Ellen war die eine, die für William aus der Menge herausstach, die Krone, auch wenn er erst begriff, dass er nach ihr gesucht hatte, als sie strahlend vor ihm stand, fast in Reichweite seiner bebenden Hände.

Doch Monat um Monat schreckten diese Hände zurück, wagten es nicht, etwas so Wunderbares wirklich zu fassen. Was, wenn er es falsch verstand? Was, wenn das Licht seiner Liebsten auf jeden strahlte und nicht nur auf ihn? Was, wenn die Wärme, die Nettie ihn spüren ließ, eher Spott war als Begehren? Die Saat des Glückes, die sie in ihm aufkeimen ließ, hätte Beweis genug sein sollen. Aber andererseits durchbohrte diese Jägerin doch jedes wehrlose Wild mit den Pfeilen ihrer Augen.

In ihrer Nähe war William ernsthaft wie nie. Er verehrte sie mit einer Andacht, die fast schon etwas von Trauer hatte. Denn Würde, stellte er sich vor, war das eine, was er ihr bieten konnte und woran kein anderer Mann dachte. Er allein in ganz Philadelphia konnte den Wert dieser Frau ermessen, den Preis dieser seltenen Perle. Seine Besuche waren wie Gottesdienste, sein Gesicht vor Verehrung starr.

Nettie kam der Mann wie eine finstere Regenwolke vor, nur ohne Donner und Blitz. Sie durchlitt eine vier Monate während Werbung, die so steril war wie ein Sprechzimmer. Er schleppte sie zu Vorträgen, in Museen, und stets fügte er seinen eigenen erbaulichen Kommentar hinzu. Er ging mit ihr spazieren, jeden Zoll des Fairmont Parks, beide Flussufer, fesselte sie mit guten Vorsätzen, bis sie bettelte, dass sie Karten spielten, und sich rächte, indem sie immer häufiger gewann.

Aber für William war die Herzdame eine Königin. Er fand Würde selbst in der Art, wie sie sich mit wieherndem Gelächter einen Slapstickfilm ansah. Er beschrieb ihr seine Praxis, die Arbeit, die er jetzt tat und die er zu tun hoffte, schwärmte von der gesünderen Zukunft, die die moderne Medizin den leidgeprüften Bewohnern von Southwark und Society Hill bringen konnte, wenn nur die Armen und Unwissenden ihre Furcht davor überwanden und ihr die Türen öffneten.

Anbetung braucht einen Tempel, und Williams Tempel war das Wohnzimmer von Netties Eltern. Es war ein Raum, der nur so überquoll von Chintz und Kristallschalen und Ohrensesseln, die so flächendeckend mit Schondeckchen belegt waren, dass William schließlich den Wink verstand und nicht mehr ganz so viel Pomade benutzte. Wenn er kam, verschwanden Netties Eltern in den hinteren Bereichen des Hauses, und nur ein kleiner Bruder blieb als Anstandshüter zurück, von dem William sich mit Bonbons und Lakritz freikaufte. Dann wurde der Raum zu ihrer Bühne, ihrem Vortragssaal, ihrem spirituellen Oldsmobile, William hielt seine feierlichen Reden, und Nettie grinste dazu, als verstünde sie, was der Mann sagte.

Eines Abends hielt er einen Vortrag über Dr. James Herricks kürzlich erschienene klinische Beschreibung der Sichelzellenanämie – auch wieder eine Plage, unter der Schwarze besonders zu leiden hatten –, als Nettie sich schließlich über das Backgammonbrett lehnte, das als einzige Barriere zwischen ihnen stand, und den guten Doktor fragte: »Willst du mich denn überhaupt nicht in den Arm nehmen?« Es war ein einfacher, praktischer Gedanke; der Abend war kalt, Netties Eltern sparten Kohle. Wozu sollte denn ein Verehrer gut sein, wenn er einen nicht einmal warm hielt?

Der Doktor hatte mitten im Satz innegehalten, er hing in der Luft, sein Mund so rund wie der Opal an seiner Krawattennadel. William Daley, Erbauungsprediger, war vor Verblüffung starr. So musste denn die Frau übernehmen und tat, was getan werden musste, sie lehnte sich noch weiter vor und drückte das M ihrer Oberlippe auf das erstarrte O.

Nachdem Nettie dem Burschen erst einmal klargemacht hatte, worum es ging, wurde aus dem gemessenen Schritt seiner Werbung ein strammer Galopp. Dr. William Daley und Nettie Ellen Alexander heirateten noch im selben Jahr. Danach war die Last der Vorträge gleichmäßiger zwischen ihnen verteilt. Sie befeuerte seinen Redefluss mit gezielten Fragen. Die Tiefe und Bandbreite ihres Wissens erstaunte den Doktor immer wieder neu.

Jetzt wo er ihn an Land gezogen hatte, war William stolzer denn je auf seinen Fang. Die frisch gebackene Ehefrau richtete das Haus in der Catherine Street her, ein Haus mit einem massiven Turm mit Erkerfenstern, und machte sich zum Mittelpunkt des Haushalts, ein Muster an Tüchtigkeit. Um die Zeit, als der Krieg in Europa zu Ende ging, übernahm sie die Buchführung. Und nicht minder tüchtig machte sie sich daran, den Haushalt zu erweitern. Ihren prachtvollen Erstgeborenen James verlor sie, überließ ihn vor der Zeit dem lieben Gott, der in Seinem unerforschlichen Ratschluss nach dem Waffenstillstand die ganze Welt mit der Grippe überzog, einer Krankheit, die im Viertel der Daleys mit ganz besonderer Heftigkeit wütete.

Die jungen Eheleute verschanzten sich gegen den Verlust, klammerten sich aneinander. Doch der Tod des kleinen James forderte von jedem von beiden seinen Tribut. Nettie wurde vielleicht nicht gerade verhärmt, aber doch verschlossen. Dann kam Delia mit ihren starken Lungen, deren jeder Schrei ein Glück war, der ganze Trost ihrer Mutter. Nach einer langen, ängstlichen Zwischenzeit, die William und Nettie so unterschiedlich deuteten, dass sie aufhörten darüber zu reden, kam dann der weitere Nachwuchs in rascher Folge: Charles, Michael und als Letzte die Zwillinge Lucille und Lorene.

Gegen den Willen ihres Vaters nahm Nettie die Kinder mit in die Kirche. Jeden Sonntag putzte sie sie heraus und zerrte sie in die Sonntagsschule. Lange vor ihrer Ehe wusste sie, dass Williams freidenkerische Art sich immer wieder einmal in einer dummen Bemerkung über die Religion Luft machen würde, und damit musste sie leben. Kein Kind von ihr würde im Unglauben, als selbst bestimmter Wilder aufwachsen. Mutter und Kinder gingen zum Gottesdienst, der Vater blieb zu Hause und arbeitete. An Feiertagen musste allerdings selbst er sich in Schale werfen und dabei sein. Er stand zwischen den Gläubigen, sang mannhaft, sprach sogar das Glaubensbekenntnis mit und räusperte sich nur an den kritischen Stellen.

Nettie arbeitete als Sprechstundenhilfe in der Praxis und schleuste den endlosen Strom der Bedürftigen durch sein Sprechzimmer. Die Frau eines erfolgreichen Mannes, und hellhäutig dazu: Eine Kombination, die sie bei der Not leidenden Nachbarschaft nicht gerade beliebt machte. Aber sie brauchte nur den Mund aufzumachen und ein paar honigsüße Worte zu sagen, schon blieben alle daran kleben.

Sie buk für die Patienten ihres Mannes. Sie machte mit ihm Hausbesuche bei seiner Gemeinde, half mit ihrer eigenen Variante der Gesprächstherapie an den Krankenbetten der vier umliegenden Bezirke. Sie hielt die Verbindung zwischen Arzt und Patienten, sie war die Mittlerin. Sie merkte sich für ihn die vielen Namen. »Tu, was Dr. Daley dir sagt«, flüsterte sie ihnen hinter seinem Rücken zu. »Aber außerdem machst du noch warme Wickel. Das kann weiß Gott nicht schaden, und vielleicht hilft es ja.« Das Ansehen des Doktors stieg, und er schrieb es seinem unermüdlichen Streben zu, bei den neuesten medizinischen Entwicklungen Anschluss zu behalten. Allerdings war er der Einzige, der das so sah.

Sie vergötterte ihren Mann, aber sie trieb ihn auch an. Im Grunde war beides das Gleiche. »Ich kann nur staunen über dich, William C. Daley«, sagte sie einmal, als sie ihm spätabends ein Schlafmittel brachte. »Was liest du denn jetzt schon wieder? John Dewey, *Die menschliche Natur.* William James, *Die Vielfalt religiöser Erfahrung. Die So-und-Soologie des Alltagslebens.* James Joyce, *Ojesses.* Meine Güte. Ein schönes schwarzes Schiff da zwischen den ganzen weißen Eisbergen. Pass bloß auf, dass du keinen davon rammst, sonst gehst du unter mit Mann und Maus.«

Er sprang von seinem Stuhl auf, die Empörung in Person. »Ich bin nicht *schwarz*, genauso wenig wie du. Meine Schuhsohle, die ist schwarz. Die Kohle, die wir Monat für Monat zu Wucherpreisen kaufen, die ist schwarz. Sieh mich doch an, Frau. Sieh in den Spiegel. Sieh jeden unserer Brüder, unsere ganze verstoßene Rasse an. Siehst du da *Schwarz*?«

»Ich sehe Leute, die ein großes Geschrei machen. Das sehe ich.«

»Es sind die anderen, die uns zu Schwarzen machen. Die anderen wollen wissen, wie man sich fühlt, wenn man ein *Problem* ist.« Denn neben all dem trügerischen weißen Eis hatte er auch einen hellhäutigen Mann gelesen, du Bois. »Die Welt will, dass wir schwarz sind. Wie können wir denn da unsere eigene Farbe überhaupt sehen?«

Sie tat es mit einer Handbewegung ab. Wie immer, wenn dieses Thema aufkam, schüttelte Nettie nur den Kopf über die Ideen, mit denen ihr Mann sich abgab. »Ich denke mir, jeder ist der, der er sein will. Und ganz egal was das ist, Dr. Daley, für mich bist du einzigartig.«

In dem langen Crescendo, das aus den Zwanzigern die wilden Zwanziger machte, vollbrachte Dr. Daley wahre Wunder. Jeder, den er anrührte, erwachte wieder zum Leben. Der Erfolg seiner Praxis sprach sich herum. Neue Patienten kamen in solchen Scharen, dass er gegen Netties Wunsch noch am Sonntag Hausbesuche machte. Er hatte Glück und schuldete genau im richtigen Augenblick sein Haus um. Selbst mit fünf Kindern, selbst mit den vielen bedürftigen Patienten, denen er nie eine Rechnung stellte, wuchs sein Bankkonto ständig. Seine Ausbildungskosten, die Kredite, die er für die Gründung der Praxis aufgenommen hatte, waren abbezahlt. Er zeichnete Staatsanleihen. Seine Frau führte die Bücher und den Haushalt mit der alten Sparsamkeit der Alexanders. Als einzigen Luxus leistete William sich einen Chrysler-Sechszylinder, frisch vom Fließband.

Und trotzdem raste das Land in einem solchen Tempo, dass er es nie einholen konnte. Der weiße Mann hatte manchen versteckten Zugang, wo nicht einmal ein Türsteher gebraucht wurde, um die Neger draußen zu halten. Dr. Daley sah sich den Finanzrummel genauer an – die Spiele, die die Reichen mit ihrem Vermögen veranstalteten, nicht das beharrliche Ansparen von sauer verdientem Geld, das bisher seine Welt gewesen war. Die Antwort lag offen zutage, jeder, der sich die Mühe machte, konnte sie sehen: Aktien. Das Land schluckte Wertpapiere, als wären sie Medizin. Jeder ungehobelte Sohn eines irischen Immigranten kannte das Geheimnis: Amerika musste man kaufen. Und schließlich machte Dr. Daley es genauso. Er tat es gegen die empörten Proteste Netties und später ohne ihr Wissen. Aktiengeschäfte waren unendlich viel einfacher als das Handwerk des Arztes. Eigentlich war überhaupt nichts dabei. Man kaufte. Der Preis stieg. Man verkaufte. Mit dem Gewinn kaufte man etwas Neues, Größeres. Der Zug blieb immer in Fahrt, man konnte auf- und abspringen, wie man wollte.

Der tägliche Kampf ums Auskommen wich nach und nach einer Sorge ganz anderer Art. 1928 spielte er mit dem Gedanken an den neu auf den Markt gekommenen De Soto, erwog sogar den Kauf eines Ferienhäuschens auf dem Land.

»Ein *Ferien*haus?« Nettie Ellen lachte. »Auf dem *Land*? Wo die Farbigen zu Zehntausenden vom Land in die Stadt fliehen, und wir sind schon hier?«

Seine Frau tadelte ihn für seinen unredlich erworbenen Wohlstand, der immer weiter wuchs. Eines Abends im folgenden Frühjahr, auf einem Spaziergang durchs Viertel, überkam ihn wie aus dem Nichts die Erkenntnis, dass das Spekulieren mit Aktien – das er inzwischen im großen Stil betrieb – unrecht war. Nicht in dem Sinne, den seine Frau anführte, die ihm vorhielt, dass Glücksspiel gotteslästerlich sei. Schließlich hatte ihr Gott unter allen Spielen das älteste, riskanteste gewagt. Nein, das Geldverdienen durch Spekulation, das begriff William jetzt, war unrecht aus zwei unwiderlegbaren Gründen. Zunächst einmal musste jeder Gewinn in diesem Spiel der Verlust eines anderen sein, und Dr. Daley wollte keinem anderen Menschen etwas wegnehmen, nicht einmal einem Weißen. Selbst wenn er nichts weiter stahl als die gute Gelegenheit, konnte kein Glück darauf liegen. Denn einem Menschen seine Chancen zu nehmen war die größte Sünde von allen.

Zum Zweiten aber hatte keiner in Gottes großem Würfelspiel das Recht, sich einen Vorteil zu verschaffen außer durch seiner Hände Arbeit. Nur wer im Schweiße seines Angesichts sein Brot verdiente, hatte es redlich verdient. Jede andere Art von Gewinn war nichts als Ausbeutung und Sklaventreiberei in anderer Form. An jenem Abend, als er durch die Straßen des Viertels spazierte und seinen Nachbarn zuwinkte, die im Schaukelstuhl auf der Veranda saßen, schwor William nicht nur den Börsen ab, sondern auch den Banken, Sparkassen, Kreditanstalten, allen, die damit lockten, dass man Gewinn ohne Gegenleistung bekam.

Noch in derselben Woche machte er seinen Aktienbesitz zu Bargeld, kaufte einen feuersicheren Geldschrank und bewahrte von da an seinen Wohlstand in Form von Banknoten darin auf. Im Herbst des Jahres brach das ganze Kartenhaus der Spekulation zusammen, und er fand sein eigenes Haus als Einziges, das stehen geblieben war, in einem Trümmerfeld.

Die schwersten Schläge hob die Krise sich für die Schwarzen auf. Binnen zwei Jahren war die Hälfte der farbigen Arbeiterschaft von Philadelphia ohne Einkommen. Als das Arbeitsbeschaffungsprogramm der WPA kam, erhielten Farbige, wenn sie überhaupt eine Stelle bekamen, nur einen Bruchteil der weißen Löhne. Mit der Arbeitslosigkeit zeigte das weiße Amerika deutlicher denn je sein Gesicht. Die Zahl der Lynchmorde verdreifachte sich. Sie legten Herndon in Ketten, die Scottsboro Boys verschwanden nach einem fingierten Prozess hinter Gittern. Harlem brannte, Philly käme als Nächstes an die Reihe. Catherine Street stand auf der Kippe, und von da würde es weitergehen bis nach Southwark.

Immerhin blieb die Medizin ein krisensicheres Geschäft, so arm die Patienten auch waren. Sie bezahlten mit Gemüse und Eingemachtem, mit Besorgungen und kleinen Arbeiten. Je weiter die Deflation des Tauschhandels fortschritt, jeder Monat verzweifelter als der vorherige, desto länger reichte das Geld im Safe. William und seine fassungslose Nettie sahen sich um und stellten fest, dass sie auf einer geschützten Klippe lebten, von der sie hinunterblickten auf die Zerstörung ihrer Welt.

Die Kinder würden aufs College gehen – so wie es seit zwei Generationen ein Privileg der Daleys war und so wie Nettie Alexander es für sich erträumt hatte, ohne Hoffnung, dass es jemals wahr werden würde. Ihre Kinder wurden groß mit den frommen Sprüchen der Unterdrückten: *Wie viel wir schon erreicht haben, obwohl sie uns lebendig begraben. Wie viel wir noch erreichen könnten, mit nur ein klein wenig mehr Raum zum Leben.*

Mit solch banger Hoffnung wuchs Delia heran. Williams erstes Kind, das am Leben blieb, war sein ganzer Stolz, seine Religion. »Du bist mein Pionier, Schatz. Ein farbiges Mädchen, das alles lernt, was es überhaupt zu lernen gibt, ein farbiges Mädchen, das wie im Traum durchs College geht, das einen Beruf ergreift, das ein Beispiel abgibt für das ganze Land. Was ist denn falsch an dieser Vorstellung?«

»Gar nichts, Daddy.«

»Gar nichts, ganz genau. Wer soll uns aufhalten?«

»Niemand«, antwortete Delia jedes Mal mit einem Seufzen.

Sie konnten ihr verbieten, in der Stadt ins Franklin-Kino zu gehen und sich *Steamboat Willie* oder *Skeleton Dance* anzusehen. Sie konnten sie in den Saal für Schwarze stecken oder sie wieder nach Hause schicken. Sie konnten ihr verbieten, zehn Straßen weiter eine Limonade im Drugstore zu kaufen. Sie konnten sie verhaften, wenn sie die unsichtbare Grenze zur weißen Welt überschritt. Aber kein Mensch konnte sie davon abhalten zu sagen, was ihr Vater gerne hören wollte.

»Du wirst Berge versetzen«, hämmerte er ihr ein. »Oder etwa nicht?«

»Oh doch, das werde ich.«

»So soll es sein, mein kluges Kind. Jetzt sag mir, gibt es etwas, was dein Volk nicht kann?«

Es gab nichts, was ihr Volk nicht konnte. Keine Woche verging ohne neuen Beweis. In manchem übertrafen die Neger ja schon die Europäer, denn der eine füllte sein Haus vom Dachboden abwärts, der andere brachte seine Möbel aus dem Keller herauf. Nicht einmal in Ansätzen hatten Neger bisher gezeigt, was sie konnten. Die Zeit würde offenbaren, welche Talente sie hatten. Sie würden die Zukunft zum Swingen bringen.

»Was wirst du sein, wenn du groß bist, mein Kind?«

»Alles, was ich sein will.«

»Du sagst es, Schatz. Hat dir eigentlich mal jemand gesagt, dass du genau wie dein alter Herr aussiehst?«

»Puh, Daddy. Noch nie.«

Aber fünf richtige Antworten von sechs möglichen waren ja auch nicht schlecht.

Mit dreizehn lastete die Zukunft ihrer Rasse schwer auf den Schultern des Kindes. Nur ihre Mutter konnte Delia noch trösten. »Lass dir Zeit, Liebes. Versuch nicht alles zu wissen. Kein Mensch kann alles wissen, keiner wird das je, nicht bis zum Jüngsten Tag, wo Sachen auf den Tisch kommen, die niemand gewusst hat. Auch dein Vater wird da noch staunen, beim Jüngsten Gericht.«

Das Mädchen hatte Musik im Blut. So viel Musik, dass es den Eltern Angst machte. Zur Feier von Delias Geburt hatte Dr. Daley für das Wohnzimmer ein Klavier angeschafft, ein Zeichen des Wohlstands und ein übermütiger Dank an seine Vorfahren, denen er musikalische Gaben darbrachte, wenn der letzte Patient nach Hause gegangen war. Seine kleine schwarze Perle kletterte auf den Hocker und suchte sich auf den Tasten Melodien zusammen, noch bevor sie das ABC konnte.

So ein Kind musste Klavierstunden bekommen. Die Eltern fanden einen Lehrer mit Collegeabschluss, der auch die Kinder der besseren Familien des Viertels unterrichtete. Der Lehrer schwärmte dem Vater vor, dass seine Tochter besser sei als jedes weiße Mädchen ihres Alters. Nicht lange, dachte William, dann würde sie auch besser sein als ihr Lehrer mit Collegeabschluss – nur eine Frage von ein paar Jahren.

An jedem siebten Tag packte Delias Mutter ihre fünf Kinder und schleppte sie wie einen Sack Flöhe zur Kirche der Bethelgemeinde, dem Mittelpunkt ihrer musikalischen Welt. Einmal in der Woche wurde ekstatisch die Liebe Gottes und die Kraft des Glaubens beschworen, und dieser Lobgesang weckte in Delia die Freude am Gesang. Singen, das war etwas, was einem Menschen Lebenssinn geben konnte. Wer sang, der fing etwas an mit seinem Leben, der hatte mehr Leben als jeder, der nicht sang.

Delia kannte keine Hemmungen. Sie warf den Kopf in den Nacken und traf jede Note am Himmel wie ein Scharfschütze die Tontauben. Sie sang mit einer solchen Inbrunst, dass die Gemeinde die Köpfe nach dem Teenager reckte, obwohl sie doch eigentlich himmelwärts blicken sollten.

Der Chorleiter fragte, ob sie ihr erstes Solo singen wolle. Delia zögerte. »Mama, was meinst du? Es gehört sich nicht, oder? Wenn man sich so zur Schau stellt?«

Nettie Ellen schüttelte den Kopf und lächelte. »Wenn die Leute kommen, um dich zu hören«, sagte sie, »dann hast du keine Wahl. Du musst die Fackel emporhalten, die Gott dir in die Hand gibt. Das Licht hast du ja nicht aus eigener Kraft. Da darfst du es nicht unter den Scheffel stellen.«

Das war genau die Antwort, die das Mädchen hören wollte. Als Probe sang sie vor der versammelten Schülerschaft der Sonntagsschulen. Sie studierte einen der *New Songs of Paradise* ein, ein Werk des berühmten Komponisten Mr. Charles Tindley von der Methodistischen Episkopalkirche gleich nebenan: »*We'll Understand It Better By And By*«. Sie legte alle Zurückhaltung ab, zog sämtliche Register. Hie und da hoben Hände sich in die Höhe; halb hielten sie sich noch zurück, halb gaben sie schon nach, überwältigt von dem Erlebnis. Nach diesem großen Triumph hielt Delia Ausschau nach etwas Ernsterem. Der zweite Chorleiter, Mr. Sampson, stieß auf ein Stück namens »Ave Maria« von einem Mann namens Schubert, einem Weißen, der schon lange tot war.

Delia spürte, wie ihr beim Singen die Herzen der ergriffenen Gemeinde zuflogen. Mit ihrer Stimme gab sie diesen Seelen ein Zuhause, sie hielt sie so reglos in der Schwebe wie die Noten selbst, hoch oben am sicheren Ort, fast schon der Gnade nah. Die Zuhörer atmeten mit ihr, ihre Herzen schlugen in ihrem Takt. Ihr Atem reichte selbst für die längste Phrase. Die Zuhörer waren in ihr und sie in ihnen, bis das Stück vorüber war.

Ans Ende gekommen, atmeten alle gemeinsam aus, und es klang wie ein einziger großer Seufzer, ein einziges Bedauern, dass sie diese Zuflucht wieder verlassen mussten. Die Freude, die Delia in sich spürte, als die letzte Note verklang, war größer als jedes Vergnügen, das sie bis dahin gekannt hatte. Ihr Herz pochte so laut, dass aller irdische Applaus nur ein Echo davon schien.

Nach dem Gottesdienst stand sie neben dem Pastor an der Kirchentür, noch immer erschüttert, und die Musik klang noch in ihr fort. Leute, die sie nur vom Sehen kannte, packten sie, umarmten sie, schüttelten ihr die Hände; sie hatte sie allesamt mitten ins Herz getroffen. »Drei verschiedene Leute haben mir gesagt, ich werde unsere nächste Marian«, erzählte Delia ihrer Mutter auf dem Rückweg.

»Jetzt hör mir mal zu, Fräulein. Hochmut kommt ... Merk dir das. Hochmut kommt vor dem Fall, und zwar so schnell, dass du's erst merkst, wenn du schon auf der Nase liegst. Und glaub mir, du kannst tausendmal öfter fallen als du wieder auf die Beine kommst.«

Delia versuchte gar nicht, etwas darauf zu antworten. Es war nicht leicht, ihre Mutter zu ärgern, aber wenn es einmal geschehen war, dann konnte man sich für den Rest des Tages weitere Verhandlungen sparen. »Du bist nicht unsere nächste Irgendwas«, brummte Nettie Ellen, bekämpfte den bösen Blick, als sie in die Allee einbogen. »Du bist unsere erste Delia Daley.«

Delia fragte ihren Vater, was es mit dieser Marian auf sich hatte.

»Die Frau ist die Krone unserer Kultur. Das strahlendste Licht, das wir seit langem entzündet haben. Die Weißen sagen, wir haben keinen Sinn oder kein Gefühl für des Beste an ihrer Musik. Diese Frau zeigt ihnen, dass sie Dummköpfe sind, wenn sie das sagen. Diesseits der Hölle haben die Weißen keinen Sänger, der es mit Marian aufnehmen kann, und schon gar nicht diesseits des Mississippi. Hörst du mir noch zu, Tochter? Ich dachte, du willst das wissen.«

Die Tochter wollte mehr als wissen. Und sie schwebte schon meilenweit über dem kleinen Vortrag ihres Vaters. Jahre. Sie hatte ihre Vorstellung von dieser Stimme schon fertig, bevor sie sie zum ersten Mal hörte. Und als sie dann endlich im Radio zu hören war, da klang die echte Miss Anderson nicht nur *wie* ihre Vorstellung, es *war* ihre Vorstellung.

»Du willst singen?«, fragte ihr Vater nach der Übertragung. »Da hast du deine Lehrerin. Die Frau musst du studieren.«

Und das tat Delia. Sie studierte alles, verschlang unersättlich jeden Krümel Musik, den sie bekommen konnte. Sie lernte alles, was der erste lokale Gesanglehrer zu lehren hatte, und forderte einen neuen. Sie wurde Mitglied in der Philadelphia People's Choral Society, dem besten Negerchor der Stadt. Sie ging in die Union Baptist Church, der musikalische Magnet des schwarzen Philadelphia, sang dort jeden Sonntag und atmete die Luft, die Miss Anderson geatmet hatte, hatte Teil an dem, was ihr Flügel verliehen hatte.

Es war ein schwerer Schlag für ihre Mutter. »Du gehst jetzt zu den Baptisten? Was hast du denn auszusetzen an deiner eigenen Kirche? Wir haben immer zur afrikanisch-methodistischen Episkopalkirche gehört.«

»Es ist derselbe Gott, Mama.« Für Menschenohren jedenfalls nahe genug dran.

Zu spät begriff William Daley, was für ein Feuer er in seiner Tochter entfacht hatte. Vergebens versuchte er zu löschen. »Du hast die Pflicht, etwas aus dir zu machen, Kind. Du hast Fähigkeiten, die du noch überhaupt nicht entdeckt hast. Du musst etwas Anständiges lernen.«

»Singen ist doch anständig.«

»Sicher, Singen ist eine gute Sache. Aber verdammt nochmal, das ist doch etwas, was man tut, wenn man seine richtige Arbeit getan hat.«

»Das *ist* richtige Arbeit, Daddy. Meine Arbeit.«

»Es ist nicht genug. Davon kann man nicht leben.« Der lange beharrliche Aufstieg der Daleys drohte rings um ihn zusammenzustürzen. »Sei doch vernünftig. Mit Singen kann man genauso wenig seinen Lebensunterhalt verdienen wie mit Dominospielen.«

»Ich kann meinen Unterhalt mit allem verdienen, Daddy.« Sie fuhr ihm durch das Wenige, was ihm an Haaren blieb. Er war ein schnaubender Stier, und trotzdem streichelte sie ihn. »Mein Papa hat mir beigebracht, dass mir alles, was ich anfange, gelingen wird.«

Der Kampf wurde Ernst. Er erklärte ihr, dass er ihr kein Geld für den Gesangunterricht geben werde. Also nahm sie in ihrem letzten High School-Jahr eine Stelle als Pflegerin im Krankenhaus an. »Ein Dienstmädchen«, sagte William. »Ich hatte gehofft, dass kein Kind von mir je wieder solche Arbeit tun muss.«

Er versuchte es mit allen rhetorischen Mitteln. Aber er brachte es nicht über sich, ihr den Weg, den sie eingeschlagen hatte, zu verbieten. Kein Daley sollte jemals wieder einen Herrn über sich haben, auch nicht den eigenen Vater. Ob sie aus ihrem Leben etwas machte oder ob sie es wegwarf, musste seine Tochter selbst entscheiden. Ein Teil von ihm – ein winziges, lästiges Sandkorn – war beeindruckt, dass Fleisch von seinem Fleische mit solch fliegenden Fahnen ins Unglück rannte, stur wie ein verzogenes Kind aus reichem, weißem Hause.

Sie bewarb sich um Aufnahme in das angesehene Konservatorium der Stadt. Die Schule lud sie zum Vorsingen ein. Delias Lehrer und Chorleiter taten alles, um sie gut vorzubereiten. Sie feilte an den Kirchenliedern, die ihre beherrschte, tragende Stimme besonders gut zur Geltung kommen ließen. Als spektakuläre Ergänzung lernte sie eine Arie, »Sempre libera« aus *La Traviata*. Sie lernte sie nach Gehör von einer alten Grammophonplatte, und wo der Text nicht zu verstehen war, riet sie, wie es heißen musste.

Delia sang lieber a cappella statt dass sie riskierte, dass ein eifriger, aber unzuverlässiger Begleiter ihr alles verdarb. Die Prüfer würden es als Zeichen von Selbstvertrauen aufnehmen, als kalkuliertes Risiko. Ausgebildete Sänger würden zweifellos den Kopf schütteln über ihre technischen Schwächen. Aber Delia konnte an purem Ton wettmachen, was ihr an Schliff fehlte. Die lang gehaltenen hohen Noten waren ihr Ass im Ärmel. Sie entlockten ihr das Äußerste, und noch nie war ein Publikum, dem sie sie vorgesungen hatte, unbeeindruckt geblieben, ausgenommen ihre kleinen Brüder, diese unwissenden Wichte. Sie war zu jeder Prüfung bereit, selbst zum Singen vom Blatt, obwohl sie wusste, dass das ihre schwächste Seite war.

Sie erwog und verwarf ein halbes Dutzend Kleider – zu förmlich, zu unauffällig, zu aufreizend, zu sackig. Sie entschied sich für ein dunkelblaues mit Trompetenärmeln und weißem Besatz an Manschetten und Kragen: klassisch, aber mit einem Hauch von Eleganz. Sie sah so gut aus, dass Nettie Ellen, auch wenn sie noch so sehr schimpfte, ein Foto von ihr darin machte. Delia erschien eine halbe Stunde zu früh an der Akademie, strahlte jeden an, der zufällig durchs Foyer schlurfte, denn man konnte ja nie wissen, welcher von ihnen Leopold Stokowski war. Als sie sich der Empfangsdame näherte, setzte sie ein selbstsicheres Lächeln auf. »Ich heiße Delia Daley. Ich habe einen Termin zum Vorsingen um viertel nach zwei.«

Sie hätte die steinerne Statue des Komturs sein können, die in Don Giovannis Wohnzimmer gepoltert kam. Die Rezeptionistin zuckte zusammen. »Zwei Uhr ... fünfzehn?« Sie schob Papiere hin und her, als suche sie etwas. »Haben Sie eine schriftliche Bestätigung?«

Delia zeigte ihr den Brief, doch ihre Arme waren zu Blei geworden.

Das darf doch nicht wahr sein. Doch nicht hier. Doch nicht in diesem Tempel der Musik. Der Verstand sprintete vor, suchte nach Erklärungen, doch ihre Vernunft blieb zurück in dem schwarzen Körper, dem Stein des Anstoßes.

Sie reichte ihr den Brief, musste ihre tauben Finger zwingen, dass sie ihn hergaben. Die Empfangsdame blätterte in einem dicken Aktenordner, ganz höfliche Geschäftigkeit. »Würden Sie einen Moment Platz nehmen? Ich bin gleich wieder da.« Sie entschwand im Stakkatoschritt über den Korridor der wirbelnden Töne. Sie kehrte mit einem stämmigen, fast glatzköpfigen Mann mit Hornbrille zurück.

»Miss Daley?« Lachfältchen. »Ich bin Lawrence Grosbeck, stellvertretender Dekan und Professor für Gesang.« Er bot ihr nicht die Hand. »Bitte verzeihen Sie uns. Sie hätten längst benachrichtigt sein sollen. Sämtliche Plätze in Ihrem Fach sind vergeben. Außerdem werden wir wohl demnächst eine Lehrkraft im Sopran verlieren. Sie sind ... Sie ...«

Die Wut spürte sie zuerst im Bauch, dann breitete sie sich in Wellen aus. Das Fieber machte sich in ihren Wangen breit, ihren Augenlidern, es rauschte in ihren Ohren. Überflüssige Manieren, ein sinnloser Selbsterhaltungstrieb, rangen den Impuls nieder, die Gewalt, die ihr angetan wurde, mit Gewalt zu vergelten. Am anderen Ende des Flurs quälte sich die Sopranistin, die vor ihr an der Reihe war, durch ihr einstudiertes Stück. Am Tisch der Empfangsdame zeigte die Sopranistin, die nach ihr kam, ihre Papiere. Noch immer strahlte Delia den Mann an, diese wuchtige, uneinnehmbare Festung. Sie lächelte, hoffte immer noch, dass sie ihn für sich gewinnen könnte, obwohl sie doch längst verschämt das Haupt gesenkt hatte.

Der Dekan wusste, dass alles rund um ihn seiner Behauptung widersprach. »Sie, Sie sollen natürlich gern ... trotzdem für uns singen. Wenn das ... Ihr Wunsch ist.«

Sie kämpfte den Drang nieder, ihn zu verfluchen, ihn und seinesgleichen für alle Zeiten. »Ja, ich singe gern. Für Sie.«

Ihr Scharfrichter führte sie den Korridor hinunter. Sie folgte ihm, benommen, mit ungelenken Schritten. Heimlich fuhr sie mit dem Finger an den holzvertäfelten Wänden entlang, von denen sie geträumt hatte. Nie wieder würde sie sie berühren. Ihr wurde weich in den Knien, sie streckte die Arme aus, um das Gleichgewicht zu halten. Sie blickte von oben an sich herunter: Man konnte sehen, dass sie am ganzen Leibe bebte. Sie lag in einer Schneewehe begraben in einer Januarnacht, zitternd vor Kälte, und wollte nicht einsehen, dass sie längst erfroren war. All ihre Arbeit war vergebens gewesen. Und gerade hatte sie sich bereit erklärt, ihren Feinden noch eine weitere Gelegenheit zu verschaffen, bei der sie sich über sie lustig machen konnten.

Als sie den Raum für ihre sinnlose, schon vorab verurteilte Probe betrat, verlor sie auch die letzte Kontrolle über ihren Körper. Vier weiße Gesichter starrten sie von jenseits eines langen, mit Papieren bedeckten Tisches an, Gesichter wie Zifferblätter, jedes eine reglose Maske höflichen Erstaunens. Der Dekan sagte etwas zu ihr. Sie konnte ihn nicht hören. Ihr Gesichtskreis engte sich auf einen Fleck vor ihren Augen ein, gerade zwei Köpfe breit. Sie versuchte sich das Stück, das sie vorbereitet hatte, ins Gedächtnis zu rufen und wusste nicht mehr, was es war.

Dann kam der erste Laut. Zögernd fand ihre Stimme zu ihrer alten Kraft zurück. Ihr Gesang ließ die Prüfer innehalten, das Rascheln mit Papieren hörte auf. Der Ton stimmte nicht. Sie musste mit anhören, wie sie die Tonhöhe, die sie in jeder Probe gehalten hatte, nicht traf. Trotzdem sang sie mit allem, was sie in sich hatte, bei diesem großen Auftritt ihres Lebens. Ihr Gesang war mächtiger als die Macht, mit der die anderen sie beschämen wollten, und die Richter zogen die Schultern ein. *Dieses Lied, genau dies.*

Dies eine Mal klang die Verdi-Arie wie die Anklage, die sie war, der Fluch, der unter der überschäumenden Hymne an die Lebenslust verborgen lag. Als Delia zu Ende gesungen hatte, antworteten die Richter mit Schweigen. Sie folgten stur ihrer Routine und gaben ihr als Aufgabe für das Singen vom Blatt eine Arie aus Händels *Acis and Galatea*, »As When the Dove Laments Her Love«, »Wie's Täubchen klagt«. Delia sang es perfekt, hoffte noch immer auf eine Wendung des Schicksals, und lächelte bis zur letzten Note.

Endlich sprach Dekan Grosbeck. »Danke, Miss Daley. Möchten Sie noch etwas singen?«

Aber sie hatte sich verausgabt, keine Zugabe mehr parat. Sie überlegte, ob sie »I've Been 'Buked« singen sollte, »Ich bin verstoßen, bin verachtet«, aber den Triumph würde sie ihnen nicht gönnen. Als sie den Raum verließ, nach wie vor alle Plätze für Sopranschülerinnen besetzt, sah sie, wie einer der Prüferinnen, einer schmalen weißen Frau etwa so alt wie ihre Mutter, die Tränen kamen, vor Rührung und vor Scham.

Sie stolperte durch die Straßen der Stadt, zurück nach Hause. Ihr Vater saß im Arbeitszimmer in seinem roten Maroquinledersessel und las.

»Sie haben mich abgelehnt, bevor ich überhaupt den Mund aufgemacht hatte.«

Über das Gesicht ihres Vaters lief jede hilflose Empörung seines Volkes wie ein Trupp Wanderarbeiter über ein Feld: Die abgewehrten Petitionen, die abgewiesenen Anklagen, die demütigenden Revisionsverfahren – ein Jahr später, zwei Jahre später, die Urteile widerrufen mit immer demselben Refrain. Er erhob sich aus seinem Sessel und kam auf sie zu. Er fasste sie an den Schultern und blickte ihr fest ins Gesicht, die letzte Lektion der Kindheit, zu hartem Stahl geschmiedet in dem Feuerofen, in dem sie nun beide gemeinsam standen.

»Du bist Sängerin. Du wirst deine Stimme ausbilden. Du sorgst dafür, dass du so verdammt gut wirst, dass sie nicht anders *können* – dass sie dir zuhören *müssen*.«

Delia hatte den Qualen des Nachmittags getrotzt. Jetzt, unter dem fürsorglichen Blick des Vaters, brach der Widerstand zusammen. »Wie denn, Daddy? Wo?« Und die Flammen des härtenden Feuers züngelten um sie.

Er suchte so lange, bis er eine Musikschule fand, die bereit war, sie anzuhören. Keine hervorragende, aber eine anständige. Er kam mit ihr zum Vorsingen und stand mit geballten Fäusten dabei, als sie sang, als sie bestand, ein Stipendium bekam. Den Rest des Schulgelds steuerte er bei, obwohl sie auch ihre Arbeitsstelle behielt, für die zusätzlichen Gesangstunden, deren Notwendigkeit er nicht einsah. Er kam zu jedem ihrer Konzerte und war stets auf den Beinen und applaudierte, bevor der letzte Ton verklungen war. Aber Vater und Tochter wussten, auch wenn sie es sich nie gegenseitig eingestanden, dass sie nun niemals die Ausbildung bekommen würde, die ihr Talent zur vollen Größe entwickelt hätte, von den Sphären, von denen sie träumte, ganz zu schweigen.

A TEMPO

Der schlaue Hänsel ist im Stimmbruch, seine Stimme ist gefallen und wird sich nie wieder emporschwingen. »Dinge gehen zu Bruch«, sagt Pa. »Das ist der Zeitpfeil. Da kannst du sehen, wie die Melodie verläuft. Etwas zerbricht, und aus dem Gestern wird das Morgen. Vorher Sopran, dann Tenor. Grundlegendes physikalisches Prinzip!«

Das ist das Credo unseres Vaters. Selbst wenn sich alles verändert, bleibt die Zeit immer gleich. »Wachsende Unordnung: Das ist das Maß der Zeit. Nicht nur, dass eine Mahlzeit nie umsonst ist, sie wird auch jeden Tag ein bisschen teurer. Das einzig verlässliche Gesetz im Kosmos. Alles andere gilt irgendwann nicht mehr. Doch wer nicht an den Zweiten Hauptsatz der Thermodynamik glaubt, der ist verloren. Der Name ist nicht treffend. Er steht nicht an zweiter Stelle. Er ist nicht einfach ein Satz über die Natur. Er *ist* die Natur.«

In diesem Glauben werden wir erzogen. »Dinge fallen herunter und zerbrechen. Die Unordnung nimmt zu. Daran sieht man, in welcher Richtung wir in der Zeit unterwegs sind. Es ist keine Frage von Materie oder Raum. Es ist das Prinzip, das Zeit und Raum Gestalt gibt.« Wer kann deuten, was dieser Mann uns sagt? Er lebt in einer eigenen Welt. Wir wissen nur eins: Wer dieses Gesetz bricht, wer gegen den Zweiten Hauptsatz der Thermodynamik verstößt, der kann nicht leben. Genau wie man von Fremden keine Süßigkeiten annehmen darf. Oder immer erst rechts und links schauen muss, bevor man die Straße überquert. Wie die Warnung aus Kriegszeiten, dass ein unbedachtes Wort Schiffe versenken kann – ein Gesetz, das ich erst wirklich verstehen werde, als meine Schiffe alle längst ausgelaufen sind.

Aber der unerschütterliche Glaube unseres Vaters wankt. All seine Wissenschaft verbirgt eine tiefe Verunsicherung, die ihn Tag und Nacht quält, wie Gottes Buchhalter, der nicht schlafen kann, solange die Konten nicht ausgeglichen sind. »Im Herzen dieses wunderbaren Systems ein Fehler. Eine Schande ist das. Hilf mir, Jüngele!« Aber ich kann nichts für ihn tun. Die Unstimmigkeit macht ihn mit jedem Tag ein bisschen verrückter. Die Schande ist sein eigener Zeitpfeil und zeigt ihm, in welche Richtung er sich bewegt.

Eines Abends, als ich über Weihnachten zu Hause bin, sehe ich, wie er wieder damit ringt. Hier hockt er in seiner Höhle und brütet über einem Stück Papier mit einem Gitternetz aus blauen Quadraten. Mit Bildern übersät, wie ein Comic. »Woran arbeitest du?«

»Woran ich arbeite?« Er braucht immer einen Augenblick, bis er aus der Versenkung auftaucht. »Ich arbeite an gar nichts. Dieser Mist hier arbeitet an mir!« Er flucht gern, wenn Mama außer Hörweite ist. »Weißt du was ein Paradox ist? Das hier ist das größte Scheißparadox der ganzen Menschheit.« Ich fühle mich schuldig, verantwortlich. »Die Mechanik, deren Gültigkeit absolut ist, sagt, die Zeit kann sich in beide Richtungen bewegen. Aber die Thermodynamik, deren Gültigkeit noch viel absoluter ist …« Er schnalzt mit der Zunge und fuchtelt mit der Hand wie ein Verkehrspolizist. »Einstein will die Uhr töten. Die Quantentheorie kommt nicht ohne sie aus. Wie können beide Theorien wahr sein? Im Augenblick – und wer weiß schon, was das ist! – verstehen sie nicht einmal das Gleiche unter *Zeit*. Das sieht schlecht aus, mein Joseph. Kannst du dir vorstellen. Streit in der Öffentlichkeit. Die schmutzige Wäsche der Physik. Keiner redet drüber, alle wissen es!«

Er lässt den Kopf hängen, beugt sich beschämt über sein blaues Millimeterpapier. Spielt den Clown für mich und leidet doch. Die Welt ist voller Fallstricke. Die Russen haben die Bombe. Wir sind im Krieg mit China. Juden werden als Verräter hingerichtet. Universitäten verweigern ihm die Teilnahme an Kongressen. Seine Ehe stempelt ihn in zwei Dritteln der Vereinigten Staaten zum Verbrecher. Aber das hier ist für meinen Vater die wahre Krise, die Krise des *Zeitgeists*: dieser Fehler, dieser Fleck auf der weißen Weste der Wissenschaft, der gesamten Schöpfung, für die die Wissenschaft die Buchhaltung macht. Dieser Fehler stellt für ihn die Zeit auf den Kopf.

Unsere Familie steht ebenfalls Kopf. Jonahs Stimme ist eine Oktave tiefer. Sie liegt gebrochen am Boden eines Brunnenschachts. Und meine steht schwankend am Rande desselben Abgrunds. Wir sind wieder zu Hause; es müssen unsere zweiten Sommerferien sein. Pa ist in tiefer, doch leutseliger Finsternis versunken. Meine kleine Schwester sitzt in seinem Arbeitszimmer und teilt seine rastlosen Qualen, sein Millimeterpapier, seine Zeicheninstrumente, streicht sich mit der Hand über das Kinn und runzelt die Stirn, als sei sie tief in Gedanken versunken. Mama macht sich über ihn lustig, und das tut mir weh, weil Pa so sichtlich leidet. Irgendwo in seiner Beweiskette steckt ein schrecklicher Fehler.

»Wieso glaubst du noch daran, wenn es dich so quält?«

»Es ist Mathematik«, schnaubt er. »Hier geht es um Zahlen, nicht um Glauben.«

»Dann ändere die Zahlen. Zwinge sie, auf dich zu hören.«

Pa holt tief Atem. »Genau das tun sie eben nicht.«

Ich leide Höllenqualen. Meine Eltern streiten nicht einmal. Es ist viel schlimmer. Um zu streiten, müssten sie sich verstehen. Aber unser Pa versteht die Welt nicht mehr. Er ist zu dem Schluss gekommen, dass es Zeit überhaupt nicht gibt.

»Zeit wofür?«, will ich wissen.

Er schüttelt den Kopf, verzweifelt. »Überhaupt. Für alles.«

»Na so was.« Mama lacht, und Pa windet sich bei dem Laut. »Wo mag sie bloß hingekommen sein, die Zeit? Vor einer Minute war sie doch noch da.«

Pa sagt, die Zeit existiert nicht. Und Bewegung gibt es offenbar auch nicht. Nur mehr oder weniger Wahrscheinliches, Dinge in bestimmten Konfigurationen, Tausende, Abermillionen von Dimensionen, statisch und unwandelbar. Wir sind es, die ihnen eine bestimmte Ordnung geben.

»Wir spüren einen Fluss. Aber in Wirklichkeit gibt es nur den Ozean.« Und mein Vater ist am Grunde dieses Ozeans. »Es gibt kein Werden. Es gibt nur das *Sein*.«

Mama winkt ab und geht ins Wohnzimmer putzen. »Nimm's mir nicht übel. Ich kann den Dreck nicht länger warten lassen. Lass es mich wissen, wenn du das Universum wieder in Gang gebracht hast.« Sie kichert am Ende des Flurs, und ihr Lachen geht unter im Dröhnen des Staubsaugers.

Ich bin allein mit Pa in seinem Arbeitszimmer, aber ich kann ihn nicht trösten. Er zeigt mir die unwiderlegbaren Berechnungen. Alles bis ins Kleinste aufgezeichnet, wie die Taschenpartitur einer ganzen Symphonie. Was er sagt, scheint eher für eine unsichtbare Prüfungskommission bestimmt als für den einen unglückseligen Studenten in seinem Hörsaal. »In der Mechanik kann der Film rückwärts laufen. In der Thermodynamik nicht. Man würde es sofort merken, wenn man gegen den Strom der Zeit schwämme. Aber bei Newton wäre das nicht so. Und bei Einstein auch nicht!«

»Dann lass sie einfach nicht ins Wasser«, schlage ich vor.

Er zeigt auf eine winzige Gleichung in dem polyphonen Chaos seiner Aufzeichnungen. »Das ist die zeitlose Wellenfunktion von Schrödinger.«

Er meint nicht *zeitlos*. Wer weiß, was er meint?

»Das ist alles was wir haben. Die einzige Verbindung zwischen dem Universum und den subatomaren Teilchen. Das Einzige was den machschen Prämissen genügt. Die Funktion, die das außerordentlich Große mit dem außerordentlich Kleinen verbindet.«

Anscheinend ist es wichtig, dass die Sache sich bewegt. Aber die Wellenfunktion des Universums steht still. Die Partitur bleibt für immer in der Schwebe, ein stationärer Zustand, es gibt keine Bewegung vom ersten bis zum letzten Takt, außer in einer imaginären Aufführung. Das Stück ist überall bereits vorhanden. Das abendliche Musizieren in unserer Familie hat ihn zu dieser Erkenntnis gebracht. Musik, so sagt sein Idol Leibniz, ist eine okkulte Rechenaufgabe, bei der die Seele sich nicht bewusst ist, dass sie zählt.

»Wir sind es, die Abläufe erschaffen. Wir erinnern uns an die Vergangenheit und sagen die Zukunft voraus. Wir haben das Gefühl, dass die Dinge sich in eine bestimmte Richtung entwickeln. Wir erfinden eine Ordnung des Vorher und Nachher. Anderwärts ...«

»Anderer*seits*, Pa.« Ich kann es nicht lassen. Immer muss ich sein Englisch verbessern.

»Andererseits wissen die Zahlen nicht …« Er hält inne, verblüfft. Doch dann setzt er neu an, kehrt zurück zu den Seiten voller Formeln und Symbole. »Die Gesetze der Planetenbahnen sagen nichts darüber, ob sie sich im Uhrzeigersinn bewegen oder dagegen. Die Jahreszeiten könnten genauso gut Sommer, Frühling, Winter und Herbst sein, und wir würden es nicht merken. Ob der Schläger den Ball nach vorn schleudert oder der Ball den Schläger nach hinten, läuft aufs Gleiche hinaus. Das verstehen wir unter einem berechenbaren System. Einer deterministischen Welt. Die Zeit verschwindet, eine überflüssige Variable. Auch bei Einstein. Eine einzige Gruppe von umkehrbaren Gleichungen macht für uns den Ozean zum Fluss. Setzt man für einen beliebigen Augenblick einen Wert ein, so kennt man die Koordinaten aller anderen Augenblicke, davor *und* danach. Wir sagen, dass die Gegenwart die Zukunft bestimmt. Aber ist das nicht ein komischer Gedanke?«

Ich lache.

»In mathematischer Hinsicht, meine ich. Genauso gut könnte man sagen, dass die Gegenwart die Vergangenheit bestimmt hat. Es ist ein und derselbe Weg, gleich, in welche Richtung man ihn geht.« Die Finger seiner rechten Hand beschreiben einen Kreis auf der linken Handfläche. Dann tauschen die Hände die Rollen. »Und das heißt nicht, dass das Schicksal vorherbestimmt ist. Auch der Gedanke ist viel zu tief in der Vorstellung vom Fluss der Zeit verankert.«

Er beschäftigt sich auch noch mit anderen, weniger widerspenstigen Dingen. Er löst tausend ungelöste Probleme, für wichtige Abhandlungen, auf denen sein Name nirgendwo auftaucht, allenfalls in der Danksagung. Er sorgt dafür, dass seine Kollegen auch dann noch Ergebnisse veröffentlichen, wenn sein eigener Quell längst versiegt ist. Die Kollegen kommen aus dem Staunen nicht heraus, sie stehen so tief in seiner Schuld, dass sie sich niemals davon befreien können. Sie sagen, er arbeitet nicht einfach weiter an den Problemen, die sie ihm vorlegen. Er springt in die Zukunft und sieht dort die Lösung. Von da arbeitete er sich zurück ins Hier und Jetzt.

»Du könntest ein Vermögen verdienen«, sagen sie ihm.

»Ha! Wenn ich Botschaften aus der Zukunft empfangen könnte, wäre Geld das Letzte, womit ich meine Zeit vergeuden würde!«

Mama sagt, er kann nur die Probleme seiner Kollegen lösen, nicht seine eigenen. »Ach, Lieber! Die, die dir wichtig sind, die kannst du nicht knacken. Oder sind dir am Ende nur die wichtig, die du nicht knacken kannst?«

Und nie ist er auf die Idee gekommen, sich einmal Gedanken zu machen, was die Zeit mit uns anstellt, mit unserer Familie. In seinem Arbeitszimmer ringt er mit dem Versuch, die Zeit abzuschaffen. Aber die Welt wird uns allen fünfen vorher den Hals umdrehen, wenn sie nur irgend kann. Seine Partitur aus Formeln quält ihn mehr als jede Beleidigung, die er je erleiden musste. Er studiert seinen Stapel Notizen, wie er die Briefe studiert, die aus Europa kommen, die endlosen, nie antwortenden Antworten auf die offenen Fragen, die er immer wieder neu stellt und neu verschickt, Jahr für Jahr an immer andere Auslandsadressen. Er hat seine ganze Familie verloren. Mutter, Vater, seine Schwester Hannah, ihren Mann, der nicht einmal Jude war. Niemand kann Pa sagen, ob sie noch am Leben sind. Keiner will derjenige sein, der ihm sagt, dass sie tot sind.

Mama sagt, sie hätten uns längst gefunden. Wenn die deutschen Behörden, an die er schreibt, nicht wissen, wo sie sind, dann ist das eindeutig genug. Aber Pa sagt: »Wovon wir nicht sprechen können, darüber müssen wir schweigen.« Und mehr sagt er nicht.

In Europa, erzählt er mir, laufen Pferderennen verkehrt herum. Zuerst zahlt man seinen Gewinn ein, stelle ich mir vor, dann wartet man, bis die Pferde am Start angekommen sind, und ist gespannt, wie hoch der Einsatz wird. Der Gedanke macht mir Spaß: Jonah und ich mit ihm drüben in Europa, bevor er überhaupt her nach Amerika gekommen ist und Mama kennen gelernt hat. Da würde sie Augen machen. Ich muss lachen bei dem Gedanken, dass wir all die verloren gegangenen Verwandten von Pa kennen lernen könnten, und sie uns, noch bevor wir überhaupt geboren sind, bevor sie alle da endeten, wo, wenn wir Mama glauben, sie mit Sicherheit enden mussten.

Aber diese Art Sicherheit ist für die Antworten, die er braucht, nicht genug. Ein weiterer Brief kommt, in dem nichts drinsteht außer bürokratischen Floskeln. Er schüttelt den Kopf, dann setzt er sich hin und schreibt eine weitere hoffnungslose Anfrage. »Die Heimat von Heisenberg«, sagt er. »Von Schrödingers Katze.« Im selben Arbeitszimmer erklärt er mir ein Jahr darauf: »Es gibt keinen Zugang zur Vergangenheit. All unsere Vergangenheit steckt in der Gegenwart. Wir haben nichts als Aufzeichnungen. Die Grundlage für die Historiker der nächsten Generation.«

Er hält den Kopf schief, wenn er die Bilder betrachtet, die er gezeichnet hat, diejenigen, mit denen er die Zeit abschaffen will. Er sucht nach Fehlern in dem Beweis, den er, wie er fürchtet, eben erbracht hat. Er murmelt etwas von Poincaré, vom Theorem der Wiederkehr, von einem isolierten System, das in ewig gleichen Wiederholungen immer wieder in seinen Ursprungszustand zurückkehrt. Er spricht von Everett und Wheeler, davon, wie das ganze Universum sich mit jedem Akt des Betrachtens in Kopien seiner selbst aufspaltet. Manchmal vergisst er, dass ich da bin. Fünf Jahre darauf sitzt er noch genauso an seinem Tisch. Ich bin inzwischen auf dem College. Mama hat ihren Staubsauger für alle Zeiten abgestellt, sie wird nie wieder sauber machen. Ich stehe hinter Pa, massiere ihm die gebeugten Schultern. Er summt gedankenverloren, ein Zeichen der Dankbarkeit, doch in Moll. Den Zahlen nach zu urteilen existiert die Zeit vielleicht doch. Er ist sich nicht sicher. Schon gar nicht, ob das ein Grund zur Freude wäre.

Seine Gedanken geraten immer weiter in Unordnung, er unterscheidet nicht mehr zwischen Unsinn und Tiefsinn. Sein Universum zieht sich zusammen, die Zeit läuft rückwärts, so lange bis es an einem Jüngsten Tag ganz in sich zusammenstürzt. Die Gravitationstheorie birgt Geheimnisse, die selbst ihr Entdecker sich nicht hätte träumen lassen. Geheimnisse, die andere noch auf Jahre hinaus nicht ergründen werden. Er aber sieht sie voraus. Er skizziert die Quantengravitation, so wie sie irgendwann einmal aussehen muss. Zählt all die gekrümmten Dimensionen auf, die wir brauchen werden, um in den vieren zu überleben, in denen wir uns jetzt schon nicht zurechtfinden.

Wenn etwas zu Bruch geht, bekommt der Fluss eine Richtung. Stimmbruch. Vertrauensbruch. Unterbrochene Schaltkreise. Zerbrochene Familien. Ob sie nun existiert oder nicht: Die Zeit hat Überstunden eingelegt.

Er entwickelt ein privates System; wie in Trance, verloren im Nirgendwann, jongliert er mit Variablen in einem derart komplexen, weit gestreuten System, dass er gar nicht erst versucht, es mir zu erläutern. »Augustinus sagt, ihm war klar, was Zeit ist, solange er nicht darüber nachdachte. Aber im Augenblick, in dem er mit dem Nachdenken begann, war es mit der Klarheit vorbei.«

Er sieht mich an, die Verwirrung steht ihm im Gesicht geschrieben: Diese fröhliche Trauermiene, die Tunnel der Augenhöhlen, die sich mit jedem Augenblick, den er durchschaut hat, tiefer eingegraben haben. Er steht auf der anderen Seite eines Abgrunds, zwischen uns sein unauflösbares Paradox. Mit den vier knochigen Fingern der rechten Hand fährt er sich über die Stirn, genauso unbewusst, wie er es an jedem Tag seines Lebens bestimmt hundertmal getan hat. Seine Augen leuchten bei dem Gedanken an die unlösbaren Rätsel eines jeden Tages. Wenn die Zeit tatsächlich noch existiert, dann als Resonanz dieser stationären

Wellengleichung. Die Leben, die er noch leben muss, sind schon in ihm, ebenso real wie die, die er bisher gelebt hat.

»Eine Krümmung im Konfigurationsraum«, sagt er. Ich kann nicht sagen, ob er sie entdeckt oder verloren hat oder ob er sich darauf fortbewegt. »Die Zeit muss man sich wie eine Vielzahl von Akkorden vorstellen. Kein Nacheinander von Akkorden. Ein gewaltiges polytonales Knäuel, in dem sich die gesamte horizontale Melodie zusammenballt.«

Es ist kaum Zeit vergangen – nicht der Rede wert. Ich sehe hinunter auf das Profil dieses Mannes, den gewölbten Schild seiner Stirn, die Nase wie ein Schiffsbug, das massige Kinn, das mir so vertraut ist wie mein eigenes. Er hat kaum noch Haare auf dem Kopf, die Haut um die Augen ist bleich und schlaff. Aber *eine* Überzeugung hält sich hartnäckig in den Falten seiner Lider: Die Tempora sind eine Täuschung. Das ganze unselige Trio ist nicht mathematisch belegbar. Die Gegenwart ist eine falsche Spur, Vergangenheit und Zukunft sind beide in ihr enthalten. Nichts als drei verschiedene Schnitte durch die gleiche Landkarte. *War* und *Wird-sein*: Feste, bestimmbare Koordinaten auf der Ebene des beweglichen *Ist*.

Ich gehe auf die dreißig zu. Ich weiß nicht, wo meine Schwester ist. Mein Bruder hat mich verlassen. Jede größere Stadt Amerikas hat in Flammen gestanden. Das neue Haus ist ein vorstädtischer Albtraum von der Stange, in dem keiner von uns je gewohnt hat. Pa sitzt in seinem Arbeitszimmer und beugt sich tief über immer neue Zeichnungen. Er arbeitet fieberhaft an der einen Aufgabe, die er für mich lösen muss. Aber wie immer kann er die Fragen, die ihm wirklich wichtig sind, nicht beantworten. Er sagt: »Es gibt keine Rassen. Rasse gibt es nur dann, wenn man die Zeit einfriert, wenn man für den eigenen Stamm einen Nullpunkt definiert. Wer die Vergangenheit zum Ursprung erklärt, lässt der Zukunft keinen Spielraum. Rasse ist eine abhängige Variable. Ein Weg, ein veränderlicher Prozess. Wir alle bewegen uns auf einer gekrümmten Kurve, die zusammenbrechen und uns alle neu erschaffen wird.«

Wir zwei können unmöglich verwandt sein. Niemand, der mich oder meine Familie kennt, könnte so etwas sagen. Und all die, die es ihm sagen könnten, sind nicht mehr da. Mama ist tot. Jonah ausgewandert, Ruth lebt im Untergrund. An mir bleibt es hängen, ganz allein an mir. Ich muss meinen Vater an all das erinnern, was er vergessen hat, seit er in meinem Alter war, an all die klaren, offensichtlichen Dinge, die er im Laufe der mathematischen Zeit aus den Augen verloren hat. Seine zerbrochene Familie. Woran sie zerbrochen ist. Die Frau, die er geheiratet hat. Warum er sie geheiratet hat. Ihr gemeinsames Experiment. Die große Wahrscheinlichkeit, dass er sein eigenes Experiment nicht überleben würde.

Aber ich begreife einfach nicht, was er mir sagen will. Ich beuge mich hinab und drücke die Stirn an seine Schulter. Ich lege ihm die Hand auf die Brust und will ihn hindern, dass er ganz an jenen Ort ohne Wiederkehr geht, an dem er schon halb zu Hause ist.

Er liegt auf seinem letzten Bett, dem letzten vor der langen Ruhe. In einem Krankenhaus in Manhattan, nur zehn Minuten per Taxi von dem Arbeitszimmer, wo er nie wieder arbeiten wird. Er redet von der Vielzahl von Parallelwelten. »Das Universum ist ein Orchester, das sich bei jedem Tonintervall in zwei vollständige Ensembles aufspaltet, und jedes spielt fortan ein eigenes Stück. So viele vollständige Universen, wie es Noten hier in diesem gibt!«

Ich brauche einen Beweis, dass er ganz bei sich ist, in seiner lächelnden, verbrauchten Hülle. Einen Beweis, dass er nicht unsere ganze Zukunft – oder schlimmer noch: unsere Vergangenheit – verspielt hat für etwas so Unbedeutendes wie Arithmetik.

»Ha!«, schnaubt Pa, schubst meinen Kopf von seiner Schulter, und ich ziehe erschrocken die Hand zurück. Er hat etwas gefunden, eine Unstimmigkeit, die er bisher übersehen hat, das Geheimnis, das alle Asymmetrien aufhebt. Oder doch nur einen unerträglichen Schmerz im Leib.

Ich warte bis zu einem Tag, an dem es ihm nicht ganz so schlecht geht, und frage: »Hast du jemals entschieden, wer gewinnt?«

Er weiß, was ich meine: Mechanik oder Thermodynamik. Relativitätstheorie oder Quantentheorie. Das Ganz-Große oder das Ganz-Kleine. Der Fluss oder der Ozean. Strömung oder Stillstand. Das Problem, an dem er sein Lebtag gearbeitet hat. Das Problem, das ihn selbst in diesen letzten Stunden noch beschäftigt. Er versucht zu lächeln, aber er braucht alle Kraft für die eine Silbe: »Wann?«

»Am Ende.«

»Ach! Mein Joseph!« Sein ausgemergelter gelber Arm will mir einen aufmunternden Klaps in den Nacken versetzen. »Wenn es keinen Anfang gibt, wie kann es dann ein Ende geben?« Ich verliere noch den Verstand. Schon das Zusammenspiel seiner Schultermuskeln ist so unfassbar, dass es sich mit keiner noch so komplexen Gleichung beschreiben lässt.

Ich werde ihm nie näher sein als jetzt. Er sieht mich direkt an, weiß genau, was ich von ihm will, doch er gibt mir keine Antwort. Er ist auf alles vorbereitet. Freut sich sogar über die Verwirrung, die er gestiftet hat. Alle Einsätze stehen. Die Ergebnisse werden bekannt gegeben. Irgendwo ist unsere Zukunft längst real, auch wenn wir noch nicht ahnen können, *wie* real; dazu stecken wir viel zu tief in der trügerischen Gegenwart. Er zuckt nochmals mit den Schultern, fuchtelt mit der Hand wie ein Dirigent. Seine Augen lachen über die Welt. Sein Blick fragt: *Wie möchtest du denn, dass es ausgeht? Was machst du, wenn es anders kommt?*

»Ein *totes* Rennen«, sagt er. »Kopf an Kopf. Nur das Zielfoto kennt den Sieger.«

Wir durchleben ein Knäuel von Augenblicken, so statisch wie das Foto. Es geht ihm nicht besser. Ärzte huschen vorbei, forschen beklommen nach Daten, versuchen den Ausgang mit allen Tricks zu beeinflussen, aber das Rennen ist längst gelaufen. Pa wird mich verlassen, und ich werde für immer im Dunkeln tappen. Zumindest da bin ich mir sicher. Die Welt wird mich auf jede nur erdenkliche Weise in Unwissenheit halten.

»Weißt du, was Zeit ist?« Seine Stimme ist so leise, dass ich glaube, ich hätte es mir nur eingebildet. »Zeit ist das Mittel, mit dem wir verhindern, dass alles zugleich passiert.«

Ich antworte, wie er es mich vor langer Zeit gelehrt hat, im Jahr meines Stimmbruchs: »Weißt du, was Zeit ist? Zeit heißt einfach nur, dass eine bescheuerte Sache nach der anderen passiert.«

AUGUST 1955

Das Ende eines langen Sommers. Der Junge ist vierzehn, ein freundliches Kind mit offenem, runden Gesicht. Niemand auf der ganzen Welt strahlt mehr Selbstvertrauen aus. Er marschiert in einem Eisenbahnwagen Richtung Süden mit schwungvollen Schritten den Gang entlang, als sei das jedermanns gutes Recht. Er blickt aus dem Fenster und sieht, wie sich die Welt von der Fensterscheibe abrollt und in Gegenrichtung verschwindet. Er ist in einer großen Stadt im Norden aufgewachsen. Er hält sich für frei.

In der Tasche seiner adretten Hose steckt ein Foto vom letzten Weihnachtsfest: Ein frisch gebackener Teenager an der Seite seiner stolzen Mutter. Auf dem Bild trägt er die Haare kurz, wie alle Jungen in seinem Alter. Das nagelneue Festtagshemd, blütenweiß und konzertfein, hat noch die Kniffe aus dem Laden. Unter den gestärkten Pfeilspitzen des Hemdkragens schaut eine neue Krawatte hervor, mit einem goldenen

Streifen in der Mitte. Sein Gesicht strahlt, ein Dreiviertelmond, bei dem der Erdschatten nur den äußersten rechten Rand verdunkelt. Er blickt voller Selbstvertrauen in die Welt, als sei er dazu auserlesen, bei einer feierlichen Hochzeit dem Brautpaar die Eheringe voranzutragen. Das ganze Leben liegt vor ihm. Seine kindliche Schönheit macht ihn glücklich; vielleicht ist es auch umgekehrt, und das Glück macht ihn schön.

Die Mutter auf dem Schwarzweißfoto trägt Blau. Ihr Kleid hat einen weißen Spitzenkragen und weite Rüschenärmel. Die Kette um ihren Hals blitzt festtäglich. Die lockigen Haare sind hoch gesteckt. Sie legt ihrem Sohn die rechte Hand um die Schultern. Der Junge blickt direkt in die Kamera, aber die Frau lächelt in die Ferne, über den Rand des Fotos, an ihrem Jungen vorbei, die weichen, rot geschminkten Lippen ein wenig geöffnet. Ihre Augen funkeln, denn sie denkt an die Weihnachtsüberraschung, die sie für später am Nachmittag geplant hat.

Das ist das Foto, das der Junge in der Geldbörse bei sich trägt, als er in dem Zug nach Süden mit großen Schritten den Gang entlanggeht. Ein zweites Exemplar steht zu Hause in der Stadt bei seiner Mutter auf dem Büffet, in einem silbernen Bilderrahmen, ihr Andenken an das wunderbare Weihnachtsfest vor acht Monaten. Sie hat den Jungen zu Verwandten nach Mississippi geschickt, ein paar Tage Ferien auf dem Land, bevor die Schule wieder anfängt.

Noch ehe der Junge sein Ziel erreicht, hat er den Zug im Sturm erobert. Wildfremde Mitreisende wünschen ihm alles Gute, als er in einem winzigen Deltastädtchen namens Money aussteigt. Schon auf dem Bahnsteig umringt ihn eine Horde von Jungs, und sie schließen sofort Freundschaft. Er kommt ihnen vor wie ein Wesen von einem anderen Stern. Die Kleidung, das Auftreten, seine Art zu sprechen: So wie er sich in ihrer Mitte bewegt, voller Selbstvertrauen und immer zu einem Scherz oder einer Aufschneiderei bereit, hat er nichts auf der Welt mit seinen Blutsverwandten gemein. Außer dem Blut.

Seine Mutter hat ihm eingeschärft, er soll sich anständig benehmen, in der Fremde. Aber jetzt, in der Fremde, weiß er nicht mehr, was das heißt. Diese Provinzstadt ist träge und unkrautüberwuchert und leicht in Erstaunen zu versetzen. Wo immer er auftaucht, auf diesen von der Hitze aufgeweichten Teerstraßen, scharen sich die Jungen um ihn; sie lechzen nach Sensationen, auch wenn sie es bis zu seiner Ankunft nicht wussten. Sie nennen ihn »Bobo«. Sie wollen, dass er eine Vorstellung gibt. Bobo soll für sie singen, populäre Gassenhauer, entfernte, städtische Verwandte ihrer eigenen Musik, die sie kaum wieder erkennen.

Sie wollen Geschichten aus der Stadt hören, je abwegiger desto besser. *Da wo ich wohne,* sagt Bobo, *ist alles anders. Wir können tun und lassen was wir wollen. In meiner Schule? Da gehen Schwarze und Weiße in eine Klasse, im gleichen Klassenzimmer. Reden miteinander, sind Freunde. Ehrlich, ohne Quatsch.*

Die Vettern aus dem Süden lachen ihn aus, den Spinner.

Da. Seht doch selbst, Bobo zeigt ihnen ein Foto von seinen Schulfreunden; er hat es in der Geldbörse, zusammen mit dem Weihnachtsfoto. Den Jungs aus dem Delta bleibt das Lachen im Halse stecken. Sie sind starr vor Staunen. Sie können nicht wissen, dass der Oberste Gerichtshof in diesem Frühjahr entschieden hat, dass dieser Irrsinn – *umgehend und mit dem gebotenen Nachdruck* – überall eingeführt werden soll. Sie haben nicht gehört, dass die Männer, die in Jackson, der Hauptstadt des Staates Mississippi, das Sagen haben, sich in diesem Sommer stolz erhobenen Hauptes zu Gesetzesbrechern erklärt haben. Für die Jungs auf der staubigen, unkrautüberwucherten Straße in Money ist all das weiter weg als der Mond.

Schaut mal hier, sagt der Junge namens Bobo. Er zeigt mit dem Daumennagel auf ein Mädchen. Zerbrechlich, blond, anämisch – auf ihre kränkliche Weise fast schon schön. Für die Jungen, die sich um das Foto drängen, ist es das Gesicht eines fremden Lebewesens. Mit so etwas kann man doch nicht reden, genauso wenig wie man durchs Feuer gehen kann. *Seht ihr die?,* fragt Bobo seine ländliche Jüngerschar. *Das ist meine Freundin.*

Der Bursche ist völlig übergeschnappt. Obwohl er ihr Weltbild schon an so mancher Stelle ins Wanken gebracht hat, schenkt ihm seine Publikum keinen Glauben. Bobo und diese Strohpuppe: Das verstößt gegen alles, was heilig ist. Es verstößt gegen die Gesetze der Schwerkraft. Welche Stadt – selbst da oben im Norden – würde zulassen, dass dieser schwarze Junge einem solchen Mädchen so nahe käme, dass er mehr als nur ein Wort der Entschuldigung murmeln könnte?

Du Lügner. Du willst uns verarschen. Für wie blöd hältst du uns eigentlich?

Bobo lacht einfach nur. *Wenn ich's euch doch sage, das ist meine Freundin. Über so was macht man doch keine Witze.*

Die Zuhörer können ihn nicht einmal verspotten. Wozu sollen sie sich diesen Blödsinn überhaupt anhören? Das Foto, das Mädchen, das Wort *Freundin* – das sind doch Hirngespinste; er will sie einfach nur herausfordern. Nicht mal im Norden ist so etwas möglich. Der Junge hat ein brennendes Streichholz in der Hand und eine Stange Dynamit im Mund. Er will sie allesamt in Schwierigkeiten bringen. Die anderen weichen vor dem Foto zurück wie vor Rauschgift, Pornographie oder Diebesgut. Und aus dem gleichen Grund kommen sie auch wieder näher und sehen es sich noch einmal ganz genau an.

Sie stehen auf der Straße vor dem staubigen Backsteinbau von Bryants Lebensmittel- und Fleischmarkt, insgesamt zwanzig Jungs zwischen zwölf und sechzehn Jahren. Es ist ein schwüler Sonntag Ende August, heißer als alles, was ein Mensch ersinnen kann, und trockener als ein staubbedecktes totes Muli. Der Junge und sein Vetter sind in die Stadt gekommen, weil sie eine Kleinigkeit essen wollen, in einer Pause zwischen den endlosen Gottesdiensten, bei denen der Großonkel des Jungen predigt. Die Menge, die er angelockt hat, will mehr sehen. Das Foto des weißen Mädchens macht die Runde. Auch wenn sie insgeheim fürchten, es könne doch etwas Wahres dran sein, sind sie sicher, dass der Stadtjunge nur angibt.

Du Spinner, du kannst uns viel erzählen.

Tja. Der Junge lacht. *Ihr seid ja nur neidisch. Sieht sie nicht gut aus auf diesem Bild? Und in Wirklichkeit ist sie noch viel hübscher.*

Komm, mach uns nichts vor. Mal ehrlich. Wieso schleppst du ein Foto von einem weißen Mädchen mit dir herum?

Und der Junge mit dem runden Engelsgesicht – der Junge, der das ganze Leben noch vor sich hat – grinst voller Selbstvertrauen.

Das treibt die anderen schier zum Wahnsinn. *Du denkst wohl, du bist was Besonderes, weil du mit weißen Frauen redest? Warum gehst du nicht hier in den Laden und sprichst die Bryant an, die Kaufmannsfrau. Frag sie doch mal, ob sie heute Abend schon was vorhat.*

Der Junge aus dem Norden setzt sein unwiderstehliches Lächeln auf. Genau das hatte er ohnehin vor. Er nickt diesen Bauerntrampeln zu, öffnet die Ladentür und verschwindet unter der Coca Cola-Reklame auf dem hölzernen Vordach.

Der Junge ist vierzehn. Es ist das Jahr 1955. Die Tür fällt hinter ihm ins Schloss, ein argloses Kind bei einer Mutprobe. Er kauft für zwei Cent Kaugummi von der weißen Frau. Beim Hinausgehen ruft er ihr etwas zu, zwei Worte – »Bye, Baby.«. Möglicherweise pfeift er auch: eine hastig gestohlene Trophäe, die er seinen Freunden draußen vorweisen kann, weil sie ihn dazu herausgefordert haben, weil er ihnen beweisen will, dass er sein eigener Herr ist. Er stürmt zur Tür hinaus, doch statt ausgelassener Heiterkeit erwartet ihn blankes Entsetzen. Die anderen starren ihn bloß an und wünschen inständig, dass er das Geschehene ungeschehen macht. Die Menge läuft wortlos in alle Himmelsrichtungen auseinander.

Vier Tage später kommen sie und holen den Jungen, nach Mitternacht, wenn die Zeit das Innerste nach außen kehrt und die Kräfte des Tages wie ein Traum sind. Sie dringen ein in das Haus des Predigers Mose Wright, Emmets Großonkel. Sie sind zu zweit, brutal, rücksichtslos. Einer ist kahlköpfig und raucht Zigaretten. Der andere hat ein verkniffenes, hageres Gesicht, das nur zwei Dinge kennt: Wut und Essen. Sie wecken den alten Prediger und seine Frau. Sie wollen den Jungen, den Niggerjungen aus Chicago, das Großmaul. Die Männer haben Gewehre. Der Junge ist ihnen sicher. Nichts auf der Welt kann sie aufhalten. Sie benehmen sich wie Gesetzeshüter und verstoßen doch gegen jedes Gesetz. Die eiskalte Zielstrebigkeit der Zeit nach Mitternacht.

Die Großtante des Jungen fleht um Gnade. *Er ist doch noch ein Kind. Und nicht von hier. Was weiß der schon, der Junge? Er will doch niemandem etwas Böses.*

Der Glatzkopf versetzt ihr mit dem Gewehrkolben einen Schlag an die Schläfe. Die beiden Weißen überwältigen den alten Mann. Sie packen den Jungen. So macht man das hier. Der Junge gehört ihnen.

Bobo – Emmett – bleibt als Einziger ruhig. Er kommt aus Chicago, der großen Stadt im Norden. Er hat sich nichts zuschulden kommen lassen. Er fällt nicht herein auf diese hinterwäldlerischen Drohgebärden, diese beiden Verrückten mit ihrem Schmierentheater, die ihre Nummer im einzigen Licht abziehen, bei dem man ihnen ihre Rolle abnimmt. Sie können ihm nichts anhaben. Er ist vierzehn; er ist unsterblich.

Die beiden Weißen führen Emmett ab, den Arm hinter den Rücken gedreht, marschieren mit ihm davon durch das nächtliche Gras. Er versucht sich aufzurichten, gerade zu gehen. Der mit dem verkniffenen Gesicht rammt ihm das Knie in die Leiste, und der Junge krümmt sich. Er schreit auf, und der Verkniffene schlägt dem Jungen sein Gewehr über den Schädel. Die Haut über Emmetts Auge platzt auf, eine klaffende Wunde. Sie binden ihn zusammen wie ein Kalb und werfen ihn auf die Pritsche ihres Pick-up. Der Verkniffene fährt, der Glatzkopf sitzt hinten und drückt dem Jungen den Stiefel ins Gesicht.

Stundenlang fahren sie ihn über die schlaglochübersäten Straßen, unablässig schlägt er mit dem Kopf auf die metallene Ladefläche. Der Junge muss ja erst einmal einsehen, wie ungeheuerlich sein Verbrechen ist, bevor er anständig bestraft werden kann. Sie halten an und ziehen ihm mit der Pistole eins über, prügeln ihn von den Beinen bis hinauf zu den Schultern, damit der Gerechtigkeit Genüge getan ist.

Was hast du denn geglaubt, mit wem du da sprichst? Die entscheidende Frage. Die ganze Nacht hindurch, während der Junge sich in einen stöhnenden Klumpen Blut verwandelte, haben sie sich Mut dafür gemacht. *Hast du keine Augen im Kopf? Hast du vielleicht gedacht, das ist eine schwarze Schlampe da in dem Laden?* Die Augen des Verkniffenen, schlaffe Schildkrötenlider, erwachen zum Leben. *Das ist meine Frau, Niggerjunge. Meine Frau. Keine billige schwarze Hure.*

Er genießt jedes Wort – *Schlampe, Hure, Nigger, weiß, Frau* –, und jeden neuen Satz der Lektion untermalt er mit einem Schlag des Gewehrkolbens. Er arbeitet unermüdlich, und trotzdem verschwindet der Makel der Untreue nicht. Er zieht den Jungen aus, schlägt ihn vor die nackte Brust, auf Schultern, Füße, Beine, Geschlecht. Jedes Stück dieses Fleisches, das sich gegen die Regeln aufzulehnen wagte, muss seine Überlegenheit spüren.

Wir haben nie Ärger mit unseren Niggern gehabt, bevor du Unruhestifter aus Chicago hier aufgetaucht bist und sie aufgehetzt hast. Kennst du denn überhaupt keine Regeln? Hat dir nie jemand beigebracht, was man tut und was nicht?

Der Junge antwortet schon lange nicht mehr. Aber selbst das Schweigen empfinden sie als Trotz. Die beiden Männer – der Ehemann der befleckten Frau und sein Halbbruder – nehmen sich seinen nackten Leib vor: auf der Lastwagenpritsche, vor der Lastwagenpritsche, Schläge, Frage, Schläge, geduldige Lehrer, die nur ein wenig spät mit ihrer Unterrichtsstunde dran sind.

Bereust du, was du getan hast, Junge? Nichts. Wirst du je in deinem Leben noch einmal eine solche Dummheit machen? Weiterhin nichts. Sie suchen nach Zeichen des Nachgebens in seinem Gesicht. Aber inzwischen ist von dem klugen, schelmischen Oval des Weihnachtsfotos nicht mehr viel übrig. Das Schweigen des Jungen treibt die Weißen in jene Ruhe, die jenseits der Tobsucht liegt. Sie drücken ihm den Lauf in die Ohren, den Mund, die Augen.

Später erzählen sie es, in allen Einzelheiten, der Zeitschrift *Look*, verkaufen ihre Beichte für ein paar Dollar. Sie wollten ihn nur einschüchtern. Aber die Sturheit des Jungen, der nicht bereit ist, seine Fehler einzusehen, lässt ihnen keine andere Wahl. Sie werfen ihn wieder auf den Wagen und fahren hinaus zu Milams Farm. Sie suchen im Schuppen und kommen mit der großen Spindel einer Baumwollentkörnungsmaschine hervor. Bryant, der Ehemann mit dem verkniffenen Gesicht, will sie in den Lastwagen wuchten. Sein Halbbruder Milam hält ihn auf.

Roy, was zum Teufel machst du denn da?

Roy Bryant blickt zu Boden und lacht. *Da hast du Recht, J. W. Blöd von mir. Kommt davon, wenn man sich die Nacht um die Ohren schlägt.*

Sie zwingen den Jungen, sie aufzuladen. Bobo, der kaum mehr als die Spindel wiegt. Emmett, den die Weißen schon fast bewusstlos geschlagen haben. Er strauchelt unter dem ungeheuren Gewicht des Stahls, aber es gelingt ihm, ihn ohne Unterstützung in den Wagen zu wuchten.

Du weißt, womit du das verdient hast, nicht wahr, Junge?

Noch immer kann der Junge nicht glauben, was geschieht. Das Drama ist zu grob, die Spindel zu theatralisch. Nur seine Phantasie wollen sie foltern, seinen Widerstand mit Einschüchterung brechen. Aber dieses schwere Stück zu stemmen, das war schlimmer als alles, was sie ihm bisher angetan haben.

Bryant und Milam zwingen ihn, sich auf die Ladefläche zu legen, nackt, neben das Stück Metall. Sie fahren ihn wieder in den Wald, ans Ufer des Tallahatchie. Auf diesen letzten zwei Meilen zieht die gesamte Geschichte der Menschheit vor dem inneren Auge des Jungen vorüber. Seine Gedanken stürzen in sich zusammen; er bringt kein Wort mehr heraus, mit dem er den Lebenden verzeihen könnte. Das Gesetz hat sich gegen ihn verschworen. Vierzehn, zum Nichts verdammt. Selbst Gott gibt ihn auf.

Eine mondlose Nacht, der Himmel voller Sterne. Sie parken den Wagen weit ab von der Straße, in einem Gebüsch am Ufer. Selbst jetzt – erzählen die Weißen der Zeitschrift, die ihnen ihre Beichte abkauft – selbst jetzt wollen sie ihm ja nur geben, was er verdient hat. Sie drohen ihm, sie werden ihm die Spindel mit Stacheldraht um den Hals binden. Bryant redet eindringlich auf ihn ein. *Verstehst du, Junge? Verstehst du, dass du uns dazu zwingst, das zu tun?*

Till sagt kein Wort. Er ist an einem Ort, wo ihn solche Appelle nicht mehr erreichen.

Milam zeigt auf die schwarze Wasserfläche. *Da werfen wir dich rein, Junge, wenn du uns nicht sagst, dass du gelernt hast, wie man eine weiße Frau behandelt.*

Der Junge zeigte keinerlei Anzeichen von Reue, werden sie der Illustrierten später sagen. Er weigerte sich, seinen Fehler zuzugeben.

Milam wühlt in den blutbesudelten Kleidungsstücken, während sein Halbbruder die Predigt hält. Er will sehen, was so ein schwarzer Junge für Unterhosen trägt. Er durchsucht Tills Taschen. Er reißt die Geldbörse auf und findet das Foto.

Roy. Milams Stimme ist wie Metall. *Sieh dir das an.*

Das Foto wandert von Hand zu Hand, im Schein der Taschenlampe. Ein harmloser Gegenstand. Er rüttelt an den Grundfesten des Universums. Bryant geht mit dem Foto zum Ufer und hält es dem Jungen vor das zerschundene Gesicht. *Wo hast du das her, Junge?*

Von dem Jungen ist nicht mehr viel übrig, deshalb bekommt er keine Antwort. Dem Schweigen folgt eine neue Runde der Brutalität.

Wem hast du das gestohlen? Du solltest uns lieber gleich alles sagen. Sofort.

Sie könnten ebenso gut eine Antwort vom Erdboden verlangen, in den sie ihn hineinprügeln. Die Zeit zerfließt wie der Straßenteer im August. Die Fragen schwellen an, und jedes Wort birgt in seinem Kern eine brutale Ewigkeit. Sie schlagen ihn mit einem Schraubenschlüssel. Jeder Schlag ist endlos.

Wer ist dieses Mädchen? Was hast du mit ihr gemacht, du Scheißnigger?

Emmet kehrt zurück von einem Ort, von wo er besser nicht entkommen wäre. Das Haus ist niedergebrannt, und es würde ihm jetzt auch nicht viel nützen, selbst wenn sie ihn am Leben ließen. Das Leben, das sie in ihrer Gewalt haben, bedeutet ihm nichts. Alle Vernunft ist zum Stillstand gekommen. Aber irgendwie kommt er zurück, findet das zerschmetterte Gehirn, den eingedrückten Kehlkopf.

Das ist meine Freundin.

Sein Verbrechen ist schlimmer als Vergewaltigung, schlimmer als Mord. Ein Schlag ins Gesicht der gesamten Schöpfung. Die Weißen tun, was sie tun müssen – sie handeln ohne Zorn, ohne Hysterie, ohne Hintergedanken. Das Töten ist ein tief sitzender Reflex, noch elementarer als Notwehr. Sie jagen dem Vierzehnjährigen eine Kugel durch den Kopf, wie einem tollwütigen Tier. Ein verzweifelter Schutzmechanismus zur Sicherung ihrer Art.

Mit einem Stück Stacheldraht binden sie der Leiche die Spindel um den Hals. Dann werfen sie den toten Körper in den Fluss, wo er nie wieder jemanden bedrohen kann. Sie kehren zurück in den Schoß ihrer Familien, deren Sicherheit sie in dieser Nacht verteidigt haben.

Als der Junge nicht nach Hause kommt, wendet Mose Wright sich an die Behörden, doch die denken nicht daran, etwas zu tun. Aber er ruft auch die Mutter des Jungen an, und die alarmiert die Chicagoer Polizei. Auf den Druck von außen hin setzen sich die örtlichen Gesetzeshüter in Bewegung. Die Polizei von Money verhaftet die beiden Männer, die aussagen, sie hätten den Jungen mitgenommen und ihm ordentlich Angst eingejagt, aber danach hätten sie ihn wieder laufen lassen.

Am dritten Tag taucht die versenkte Leiche wieder auf. Sie verfängt sich im Angelhaken eines weißen Jungen, der zunächst glaubt, er habe ein urzeitliches Wasserungeheuer gefangen. Nachdem es den toten Körper an Land gezogen hat, braucht das angelnde Kind einige Augenblicke, bis es erkennt, dass sein Fang ein menschliches Wesen ist. Durch die brutalen Schläge ist jeder Zoll bis zur Unkenntlichkeit entstellt. Selbst Mose Wright kann seinen Großneffen erst identifizieren, als er den Siegelring von Emmets verstorbenem Vater entdeckt, den der Sohn immer an seinem schlanken Finger trägt.

Der Sheriff will den Toten so rasch wie möglich unter die Erde bringen. Aber Emmets Mutter widersetzt sich der Polizei und besteht darauf, dass die Leiche ihres Sohnes nach Chicago überführt wird. Wider Erwarten überwindet sie alle Hindernisse und setzt ihren Willen durch. Die Leiche kehrt mit dem Zug zurück nach Norden. Obwohl die Behörden angeordnet haben, dass der Sarg nicht mehr geöffnet werden darf, muss Emmets Mutter noch einen letzten Blick auf ihren Sohn werfen, gleich auf dem Bahnhof von Chicago. Entgegen der Order schaut sie in den Sarg und bricht ohnmächtig zusammen. Als sie wieder zu sich kommt, ist sie fest entschlossen, dass die Welt sehen soll, was sie ihrem Jungen angetan hat.

Die Welt würde lieber den Blick abwenden, aber das gelingt ihr nicht. In der Illustrierten *Jet* erscheint ein Foto, und das wird überall in der schwarzen Presse nachgedruckt – und nicht nur da. Auf dem Bild trägt der Junge wieder sein weißes Weihnachtshemd, frisch gestärkt, die schwarze Jacke darüber. Diese Kleidungsstücke sind das einzige Anzeichen dafür, dass das Foto ein menschliches Wesen zeigt. Dass der Beerdigungsunternehmer, der den Leichnam ankleiden musste, das überlebt hat, grenzt an ein Wunder. Das Gesicht ist eine geschmolzene Gummimaske, ein Stück verrottetes Gemüse, aufgeschwemmt und entstellt. Die untere Hälfte eine einzige konturlose Masse. Das Ohr ist abgesengt. Wo einmal Nase und Augen waren, kann man nur noch vermuten.

Das ist das Foto, dessentwegen unsere Eltern sich schließlich streiten, die beiden, die sich sonst niemals stritten, so viel Anlass es auch geben mochte. Für ein Kind, das im häuslichen Frieden groß geworden ist, ist jedes böse Wort schieres Entsetzen. Ein Junge so alt wie wir ist tot. Der Gedanke verwirrt mich, mehr nicht. Aber unsere Eltern streiten sich deswegen. Und das mit anzuhören ist wie ein Sturz in den Abgrund.

»Tut mir Leid«, flüstert die eine Stimme. »Kein Kind in diesem Alter sollte so etwas sehen dürfen.«

»Dürfen?«, antwortete die andere. »*Dürfen*? Wir müssen sie *zwingen*, es anzusehen.«

Die Worte gehen hin und her, leise wie das Zischen zweier Sensen. Das sind nicht meine Eltern, die beiden, die das Wort *Hass* nicht einmal über die Zunge bringen, wenn es in einem Liedtext vorkommt.

Auch Jonah hört ihn, den messerscharfen Ton dieses Wortwechsels. Zwar wird er noch anderthalb Jahre lang der brave Sohn bleiben, aber die Krise stürzt ihn in Verzweiflung. Er bringt die flüsternden Stimmen zum Verstummen, mit dem einzigen Mittel, das ihm einfällt. Meine Eltern streiten über das Foto, also geht er zu der Zeitschrift und sieht es sich an.

Und so verstummt der Streit, sinkt wie ein ins Wasser geworfener Stein. Jetzt sind wir wieder eine Familie, betrachten gemeinsam das Bild, jedenfalls wir vier Großen. Ruth, da sind meine Eltern sich einig, ist zu klein dafür. Wir sind allesamt zu klein, um so etwas zu sehen, sogar mein Vater. Aber wir sehen es uns trotzdem an, gemeinsam. Das will ja die Mutter des Jungen – des Jungen auf dem Foto – damit bezwecken.

»Ist das echt?«, frage ich. »Ist das wirklich passiert?« Mir wäre es lieber, sie stritten sich wieder, mir wäre alles lieber als das. »Das ist ein Mensch?« Ich sehe nur eine makabre Gummimaske, zwei Monate zu früh für Halloween. Meine Mutter antwortet nicht. Sie starrt wie in Trance auf das Foto, hält Zwiesprache mit dem Unsichtbaren, stellt dieselbe Frage. Aber sie fragt nicht nach dem Jungen auf dem Bild.

Meine Mutter weint. Mir fällt nichts ein, aber ich muss etwas sagen. Damit sie nicht fortgeht. »Ist das ein Verwandter von dir?«, frage ich. Möglich wäre es. Wir haben eine Menge Verwandte auf der mütterlichen Seite, die wir überhaupt nicht kennen, auch wenn Pa und Ma immer sagen, dass wir sie eines Tages sicher noch kennen lernen. Mama antwortet nicht. Ich versuche es von neuem. »Sind das Freunde –«

Sie winkt ab, stumm, gebrochen, bevor ich zu ihr durchdringen kann.

Ich frage meinen Vater. »Kennen wir diesen Jungen, oder was ist damit?«

Aber auch er hat nur ein abwesendes »Ach, sei still, Junge« für mich.

Nachts erscheint es mir, dieses Ding, das angeblich ein Junge ist. So viele Nächte hintereinander, dass ich es gar nicht mehr zählen kann. Er liegt da in seinem Sonntagsstaat, dem makellos gestärkten Hemd, und oben, wo sein Gesicht sein sollte, der groteske Pilz. Dann setzt er sich auf. Sein Leib knickt in der Mitte ein, und sein Gesicht kommt auf mich zu. Er steht auf, er will zu mir, der zerschmetterte Mund lächelt, er will freundlich sein, will mir etwas sagen. Ich versuche zu schreien, aber mein eigenes Gesicht ist nun ebenfalls zur Gummimaske geworden, genauso gestaltlos wie das seine. Schweißgebadet wache ich auf, mit einem matten Stöhnen, einem Laut, der eher nach einer Kuh als nach einem Menschen klingt. Mein Bruder, im Bett über mir, wird davon wach. »Jetzt schlaf schon!«, schnauzt er mich an. Was mir fehlt, fragt er nicht.

Das Begräbnis des Jungen in Chicago bewegt die ganze Nation. Pa fragt meine Mutter, ob sie dabei sein will. »Wir könnten doch zusammen hinfahren. Seit Fermi tot ist, bin ich nicht mehr an der Universität von Chicago gewesen. Ich könnte uns eine Einladung besorgen. Dann wären wir mittendrin in der South Side.«

Mama lehnt ab. Sie hat ihre Gesangschüler, und Ruth kann nicht in der Schule fehlen. Aber auch mit dreizehn weiß ich schon, was es wirklich ist: Sie kann nicht am Arm eines Mannes, der so weiß ist wie mein Vater, zu diesem Begräbnis gehen; nicht zu diesem.

Zehntausend Leute kommen, um einen Jungen zu betrauern, den höchstens hundert davon gekannt haben. Jeder hat sich eine Grabrede zurechtgelegt, summt ein ganzes Gesangbuch aus lauter Erklärungen. Der arme Junge, die degenerierten Hinterwäldler, die entsetzliche Vergangenheit des Landes: Das ist das Begräbnis, zu dem das weiße Amerika sich einfindet. Aber das schwarze Chicago, das schwarze Mississippi, die Freunde der Mutter (der Frau, die vorige Woche noch die Mutter des Jungen war) holen ihren schwarzen Anzug aus dem Schrank – es bleibt nicht einmal Zeit, ihn zu bügeln – und stimmen wieder ihre alten Klagelieder an, denn etwas anderes haben sie nicht.

Während des ganzen Gottesdienstes bleibt der Sargdeckel offen. Die Leute ziehen vorbei und werfen einen letzten Blick oder vorletzten oder vorvorletzten. Die Menschen versammeln sich von neuem, nun wieder in Mississippi, als Bryant und Milam vor Gericht stehen. Alle drei Fernsehsender, damals noch in den Kinderschuhen, sind dabei, und auch die Wochenschauen sorgen dafür, dass ihre Zuschauer Zeuge werden, abgestoßen und doch gebannt.

Ein schwarzer Kongressabgeordneter aus einem nördlichen Bundesstaat lässt es sich nicht nehmen, persönlich zu dem kleinen Gerichtsgebäude in Sumner zu kommen. Der Gerichtsdiener verweigert ihm den Zutritt. *Der Nigger hier sagt, er wär im Kongress.* Schließlich müssen sie ihn doch einlassen, aber er bekommt nur einen Platz hinten bei der Presse und der Hand voll farbiger Zeugen, die gesetzlich vorgeschrieben ist.

Im Gerichtssaal herrscht eine Gluthitze. Selbst der Richter kommt in Hemdsärmeln. Die Beweislage ist eindeutig. Die Rillen, die die Spindel in einer Entkörnungsmaschine zurücklässt, sind unverwechselbar, und die Spindel, die jemand Emmett Till mit Stacheldraht um den Hals gebunden hat, gehört zu der Maschine, die nach wie vor in J. W. Milams Scheune steht. Der Staatsanwalt fragt Mose Wright, ob er jemanden im Gerichtssaal sieht, der mit der Entführung seines Großneffen zu tun hatte. Der vierundsechzigjährige Prediger erhebt sich, allein gegen alle Macht der Welt, und zeigt mit dem Finger auf Milam. Es ist ein Finger, der einen großen Bogen beschreibt, wie die Hand Gottes, die mit strafendem Fingerzeig den ersten Menschen schuf. »Er da.« Zwei Worte, der erste Schritt in eine unumkehrbare Zukunft.

Die Verteidigung ist so verschlagen, wie die Staatsanwaltschaft offen war. Die Leiche, die vom Flussgrund auftauchte, sei zu entstellt gewesen, um sie zu identifizieren, zu verwest für einen Toten, der nur drei Tage im Wasser gelegen habe. Den Siegelring könnten Negerfreunde aus dem Norden der geschundenen Leiche angesteckt haben, Leute, die Unruhe stiften wollten an Orten, an die sie nicht gehörten. In Wirklichkeit sei der Junge womöglich noch am Leben, verstecke sich irgendwo in Chicago, eine Verschwörung gegen ein paar Männer, die nichts weiter getan hätten als ihre Frauen zu verteidigen. Während des ganzen Prozesses sitzen die Angeklagten bei ihrer Familie, rauchen Zigarre und blicken mit blasierter Miene in die Runde.

Wenn Bryant und Milam schuldig sind, wendet der Verteidiger sich an die Geschworenen, *was ist dann noch geblieben von unserem Land der Freiheit, der tapferen Heimstatt?*

Die zwölf weißen Geschworenen beraten sich eine Stunde und sieben Minuten lang. Sie hätten nicht so lange gebraucht, erzählt einer von ihnen einem Reporter, wenn sie nicht noch ein Päuschen gemacht und sich eine Limonade gegönnt hätten. Das Urteil wird verkündet: Unschuldig in allen Punkten der Anklage. Milam und Bryant haben kein Unrecht getan. Sie kommen frei und kehren zu Frau und Familie zurück. Das ganze Verfahren dauert gerade einmal vier Tage. Die Zeitungen bringen noch ein letztes Bild: Die Mörder und ihre Kumpane, wie sie im Gerichtssaal ihren Triumph feiern.

Von diesem Prozessausgang hören Jonah und ich nichts. Wir sind wieder zurück in der Geborgenheit unseres Konservatoriums, gewöhnen uns an unsere neue Stimmlage, lernen die tiefen Stimmen in einer großen Chorfantasie, die davon singt, dass alle Menschen Brüder werden. Wir sind ganz versunken in unser eigenes improvisiertes Leben und tragen nun selbst Fotografien in unseren Brieftaschen mit uns herum. Wir verdrängen den Jungen, das Albtraumbild, das man nicht vergessen kann, zu entstellt, als dass es etwas anderes sein könne als eine missratene Tonfigur. Wir fragen unsere Eltern nicht, wie der Prozess ausgegangen ist, und wir sprechen nicht davon. Denn mehr noch als vor dem Verbrechen müssen sie uns vor dem Urteil schützen.

Erst als Erwachsener erfahre ich, wie es damals ausging, in einem Alter, das Emmett Till nie erreicht hat. Ein Kind kommt um, das andere überlebt nur dadurch, dass es nicht hinsieht. Was hatten sie uns denn sonst an Schutz zu bieten, unsere Eltern, die uns schutzlos der Welt auslieferten, als sie uns zeugten? Denn in einem Land wie diesem, wo sollte da Sicherheit sein?

Eines allerdings, darüber komme ich nicht hinweg. Es ist zwölf Jahre später, 1967. Jonah und ich sind in einem Zimmer im elften Stock des Drake-Hotels in Chicago, ein Dutzend Jahre zu spät für das Begräbnis. Ich sitze am Fenster und versuche vergebens, jenseits der Feuerleitern einen Blick auf das zu erhaschen, was im Stadtplan »Magnificent Mile« heißt. Mein Bruder liegt auf dem Bett, vor Aufregung wie gelähmt. Für den Abend steht sein Debüt in der Orchestra Hall auf dem Programm.

Endlich sind wir aus der Wildnis von Saskatchewan heraus, fort von den Konzertscheunen in Kansas, wo das Wasser von der Decke tropft. Jonah strahlt wie ein Meteor an dem, was vom Himmel der klassischen Musik geblieben ist. Einer der »Hand voll Sänger unter dreißig« ist er laut *High Fidelity*, »die uns den Liedgesang mit neuen Ohren hören lassen«. Und die *Detroit Free Press* nannte ihn »einen Tenor wie ein himmelstürmender Engel, der zu uns zurückkehrt mit der Botschaft von einem schönen und fremden Ort«. Er hat bei einem kleinen Label eine erfolgreiche Platte aufgenommen, eine zweite ist geplant. Es heißt, dass er einen langfristigen Vertrag mit einer der großen Firmen unterzeichnen werde, vielleicht sogar mit der Columbia. Wenn er nicht gerade anfängt zu rauchen, ist ihm die große Karriere so gut wie sicher.

Aber der Triumph zeigt auch zum ersten Mal seine Schattenseite. Ein führender Intellektueller, von dem Jonah noch nie gehört hatte, ist gerade in einer Zeitschrift über ihn hergefallen. Es ist nur eine beiläufige Bemerkung in *Harper's*, kein Ort, an dem es ihm groß Schaden zufügen kann. Jonah liest mir die Stelle so oft vor, dass wir sie schließlich beide auswendig können. »Und doch gibt es bemerkenswert begabte junge Schwarze, die immer noch der Kultur des weißen Mannes nachlaufen, selbst jetzt noch, wo ihre Brüder in den Straßen sterben.« Der Intellektuelle nennt einen angesehenen Tänzer, einen Pianisten, der international Karriere macht, und Jonah Strom. Von mir ist natürlich nicht die Rede, genauso wenig wie von tausend anderen nicht ganz so begabten, doch treuen kleinen Brüdern.

Was er uns vorwirft, stimmt. Tatsächlich sterben Menschen in den brennenden Straßen. Newark ist ein Inferno. Detroit steht in Flammen. Vom elften Stock des Drake sieht es zwar noch nicht wie ein Bürgerkrieg aus, aber zu spüren ist es überall, und mein der Kollaboration beschuldigter Bruder ist geradezu süchtig danach. In jeder Stadt, die wir im Sturm nehmen, in jedem pastellfarbenen Hotelzimmer, sehen wir uns die ratlosen Nachrichtensendungen an – Straßenschlachten ohne Ton –, Jonah singt seine Tonleitern dazu, und ich mache stumme Fingerübungen auf der Tischplatte.

Es ist August, genau wie damals bei Till, nur zwölf Jahre später. Auch jetzt sieht wieder die ganze Nation zu und möchte gern glauben, dass das Schlimmste überstanden ist. Alles sieht anders aus, aber nichts hat sich verändert. Ein Schwarzer ist Richter am Obersten Gerichtshof. Aber mehr Schwarze sitzen im Gefängnis, sind eingekesselt in brennenden Städten, sterben in den Dschungeln Asiens. Der Fernsehschirm des Drake zeigt einen Kameraschwenk über eine Geschäftsstraße, ausgebrannte Backsteinhäuser Block um Block. Mein Bruder hält mitten im Arpeggio inne, drei Noten vor dem üblichen Hoch seiner Skala.

»Kannst du dich noch an diesen Jungen erinnern?«

Seit jenem Tag sind wir fast doppelt so alt geworden. Meine Albträume sind vorüber, und wir haben nie wieder über das Foto gesprochen. Und soweit ich mich erinnerte, hatte ich auch nicht mehr daran gedacht. Aber das, worüber unsere Eltern sich gestritten hatten, die vergebliche Hoffnung, dass sie uns schützen könnten, hat in uns weitergearbeitet. Ich weiß sofort, wen er meint.

»Till«, sagt mein Bruder, im gleichen Moment, in dem ich »Emmett« sage. Mein Bruder wird still, scheint in Gedanken zu rechnen. Ich kann mir ausmalen, was er denkt. *Es gab eine Zeit, da war ich genauso alt wie dieser Junge. Jetzt bin ich sechsundzwanzig, und er ist immer noch vierzehn.*

Das Dutzend Jahre seit dem Tod dieses Jungen liegt vor uns wie ein leerer Konzertsaal, zehn Minuten bevor der Vorhang aufgeht. Ich blicke zurück auf dieses Jahr, das Jahr, das ich nicht sehen konnte, als es noch Gegenwart war. Jetzt, mit zwölf Jahren Verspätung, begreife ich, worum meine Eltern sich damals gestritten haben. Ich höre meine Mutter schluchzen, wie sie weint um diesen Jungen, den sie gar nicht kannte. Auf dem stummen Hotelfernseher schwenkt die Kamera nun eine Häuserzeile entlang; es könnte gut Lenox sein, nur ein paar Blocks von dem Haus entfernt, in dem wir großgeworden sind.

»Sie wollte nicht, dass wir das sehen. Wir sollten es nicht wissen.«

Mein Bruder starrt mich an. Das erste Mal seit über einer Woche, dass er mir ins Gesicht blickt. »Was sollten wir nicht sehen?«

»Das Bild.« Ich mache eine Bewegung in Richtung Fernsehschirm, wo Polizisten mit Schlagstöcken und zähnefletschenden Schäferhunden sich einen Weg durch die brüllende Masse bahnen. »Sie wollte nicht, dass es uns wehtut, wenn wir sehen, was sie ... mit ihm gemacht haben.« Ich schnaube. »Und wehgetan hat es.« Jonah sieht mich an, als käme ich von einem anderen Stern. Ich kann nicht glauben, dass ihm dieser Gedanke niemals gekommen ist. »Vor ... allem anderen war sie immer zuerst unsere Mutter. Eine Mutter, die ihre Kinder behütet.« Mein Bruder schüttelt den Kopf, leugnet es. Ich komme ins Stocken, rede umso hektischer weiter. »Und dann dein Vater, der Wissenschaftler: ›Was soll das heißen, zu jung? Das ist eine Tatsache, das müssen sie wissen.‹«

»Deine Erinnerung ist vollkommen verdreht.«

Ich spüre, wie ich rot werde wie von einer Ohrfeige. Ich würde ihn anflehen, betteln. Aber zugleich ballen sich meine Fäuste. Ich habe mich geopfert als sein Begleiter, habe mein ganzes Leben dafür eingesetzt, dass die Welt draußen ihn nicht verletzt. Seit einem Vierteljahrhundert trage ich meinen Bruder auf meinen Schultern. Und ich bin ja erst fünfundzwanzig. »*Meine* Erinnerung? Jonah, du Haufen Kacke. Du weißt doch überhaupt nicht mehr –«

»Versuch nicht zu fluchen, Muli. Das wird noch schlechter als dein Chopin.«

»Aber was willst du sagen? Meinst du, sie hatte einen anderen Grund? Meinst du, sie war –«

»Du siehst es falsch herum. Pa war das. Wir sollten ja nicht mal hören, dass es überhaupt etwas zu streiten *gab*. Unsere Träume sollten rein bleiben, rein wie die Musik. Er wollte sich einreden, dass der Junge ein Unfall war, ein Ausrutscher der Geschichte. Würde nie wieder vorkommen. Du und ich und Ruthie? Unsere Generation? Wir würden ganz von vorn beginnen. Und was wir nicht wussten, konnte keine Narben hinterlassen.«

Ich schüttele den Kopf, weise das alles weit von mir. Genauso gut könnte er mir erzählen, wir seien Adoptivkinder.

»Jetzt hör mal zu. Mama war wütend. Sie hat ihm gesagt, er hätte nicht die leiseste Ahnung, wie es in der Welt aussieht. Ich höre sie noch schluchzen. ›Ganz egal für was du diese beiden Jungen hältst, für die Welt sind sie schwarz.‹ Wir müssten bereit sein, hat sie gesagt. Wir müssten wissen, wozu die Leute fähig sind.« Jonah blickt auf den Fernsehschirm, dann zum *Harper's*-Artikel, den er immer griffbereit auf dem Nachttisch hat. »Pa wollte ihr weismachen, dass es so etwas nur im Süden gebe, dass es nichts weiter als ein paar räudige Hunde seien. Unser Vater war das, der gesagt hat, es würde uns nur schaden, wenn wir das Bild ansähen.«

Ich kann es nicht glauben. Die Leute, von denen er da spricht, die kenne ich nicht. Meine Mutter hätte das nicht zu meinem Vater gesagt. Mein Vater hätte nie solchen Unsinn geredet.

»Weißt du, was draus geworden ist? Wie die Sache ausgegangen ist?« Jonah sieht mich an, lächelt, macht eine wegwerfende Handbewegung. »Mit den Killern, meine ich.«

Mein Bruder, der sonst nie liest, hat hinter meinem Rücken etwas gelesen. Vielleicht hat er es auch aus dem Fernsehen, aus einer Sendung über die Bürgerrechtsbewegung spätabends auf einem öffentlichen Kanal, wo keiner Anstoß daran nimmt und alle braven Bürger, ich zum Beispiel, längst im Bett sind.

»Den Weißen. Den Mördern. Sie haben ihr Geständnis einer Illustrierten verkauft, ein paar Monate nach dem Freispruch. Gerade frisch aus dem Gerichtssaal, und schon erzählen sie dem ganzen Land, wie sie es angestellt haben, wie sie den Jungen umgebracht haben. Noch schnell ein paar Scheinchen dazuverdient, Taschengeld. Der Junge ließ ihnen keine andere Wahl, wie man hört. Natürlich können sie nach dem Freispruch kein zweites Mal angeklagt werden.« Im Licht des Hotelzimmers sieht Jonah fast wie ein Weißer aus. »Hat dir das damals zugesetzt? Das Bild?«

»Wochenlang Albträume. Weißt du das nicht mehr? Ich habe so sehr gestöhnt, dass du wach geworden bist. Du hast mich immer angebrüllt, ich soll die Schnauze halten.«

»Ehrlich?« Er zuckt mit den Schultern, vergibt mir in einer Geste, dass ich ihn geärgert habe. »Wochen nur? Mir ist er jahrelang erschienen. Vierzehn, genau das Alter. So würde es kommen. Mich würden sie auch noch holen. Ich war als nächster dran.«

Ich sehe ihn an und kann es nicht glauben. Mein furchtloser Bruder, der die ganze Welt um den Finger gewickelt hat. Mein Bruder wirft sich aufs Bett. Er spreizt die Finger an beiden Händen, als wolle er den Sturz auffangen. Schließt die Augen. Das Bett ist wie ein Trampolin. »Ein klein wenig kurzatmig, Muli. Ich glaube, ich kriege einen Anfall.«

»Jonah! Nicht heute Abend. Komm hoch.« Ich rede mit ihm wie mit einem kleinen Kind, einem ungezogenen Welpen. Ich gehe mit ihm durchs Zimmer, langsam, entspannt, massiere ihm den Rücken. »Einfach weiteratmen. Ganz ruhig.«

Ich gehe mit ihm ans Fenster. Der Lärm der Hochbahn, das träge Treiben des Geschäftsverkehrs unten entspannen ihn ein wenig. Jonah fasst sich. Er lässt die Schultern sinken. Er atmet wieder. Er versucht es mit einem Grinsen, den Kopf in den Nacken gelegt. »He, was soll das, Mann? Musst du mich denn überall betatschen?«

Er windet sich, bis ich ihn loslasse, dann dreht er meinen Arm, um einen Blick auf meine Uhr zu werfen. Er selbst trägt natürlich nie eine. Nichts, was ihn ablenken, nichts, was ihn herunterziehen könnte, lässt er an seinen Leib.

»Liebe Güte, wir kommen noch zu spät«, sagt er, als sei ich derjenige, der getrödelt hätte. »Vergiss nicht, unser großer Abend.«

Er sagt es mit einem bitteren Künstlerlächeln, schon auf dem Weg ins Badezimmer, wo sein Abendanzug in der feuchten Luft hängt. Es folgt das übliche Ritual: Heiße Tücher in den Nacken, Abreiben mit Eukalyptus und Zitronenscheiben, Stimmübungen, während er seine weiße Schleife bindet. Ich ziehe die Vorhänge vor und kleide mich im Zimmer um, zwischen den Betten. Jonah ruft unten an, fragt, wo seine Schuhe bleiben, und als der Page sie bringt, glänzen sie wie zwei Obsidianspiegel. Er gibt ihm ein unverschämt hohes Trinkgeld, und der Mann macht sich verlegen und ärgerlich davon.

Dann kommt unser Debüt in der Orchestra Hall mit Liedern von Schumann, Hugo Wolf und Brahms. Die Kultur des weißen Mannes. Lampenfieber und zu viel Proben machen uns ein wenig beklommen. Jonah glüht an diesem Abend, das Glühen eines todgeweihten Schwindsüchtigen. Das Chicagoer Publikum – alles Leute von der North Side und aus den Vororten – spürt, dass etwas Großes geboren wird.

Später, nach dem Schubert als Zugabe, haben wir das Gefühl, dass wir uns mehr als nur gut geschlagen haben, fassen uns an den Händen und gehen hinaus in den donnernden Applaus, zwei Brüder, deren gemeinsame Vergangenheit an diesem Tag zu Ende geht.

Mit vierzehn hatte sein Lachen, zumindest für meine Ohren, noch nicht die bitteren Untertöne. Ich hätte geschworen, dass er damals glücklich war, in Boston im ummauerten Garten unserer Musikschule. Glücklich oder zumindest geschäftig, beschäftigt mit dem Beweis, dass er Menschen jeder Hautfarbe verzaubern konnte. Und am wichtigsten war nun, dass er János Reményi verführte. Das Lob des Ungarn bedeutete Jonah in diesen High School-Jahren mehr als selbst das Lob seiner Eltern. Und Reményi nahm die Herausforderung an. Als Jonah den Stimmbruch erst einmal hinter sich hatte, war es János' ehrgeizigstes Ziel, aus dem jungfräulichen Sopran einen mannhaften Tenor zu machen.

Die meisten jungen Männer verbringen ganze Monate im Stimmbruch, in denen ihre Stimme die unberechenbarsten Sprünge in alle erdenklichen Richtungen macht, hin- und herzischt wie ein Feuerwehrschlauch, wenn niemand stark genug ist, ihn zu halten. Jonah trat ein in dieses Purgatorium der Stimme. Hormone begannen zu fließen und hatten seine Stimmbänder schwellen lassen, und er kämpfte, dass er in der neuen Tonlage die alte Beherrschung wieder fand. Binnen erstaunlich kurzer Zeit blitzte im Schmelztiegel der Pubertät zwischen all der Schlacke das Erz der Jugend wieder auf, und gemeinsam läuterten sie es zu einem großen Klumpen aus purem Gold.

Seine eigene Karriere hatte Reményi längst an den Nagel gehängt und trat nur noch dann und wann bei nostalgischen Veranstaltungen auf. In den Dreißigern war er regelmäßiger Gast in Bayreuth gewesen, hatte an drei aufeinander folgenden Abenden den Wotan ohne einen einzigen Patzer gesungen. Als Oberkommandeur von Walhalla, als brutaler Herrscher über die gebeutelten Zwerge, feierte er seine Erfolge. Aber nach der Sudetenkrise fuhr er nicht mehr nach Deutschland. Später gab er nur ausweichende Antworten, wenn man ihn danach fragte, und die Musikpresse sah ein persönliches Opfer darin, obwohl 1938 die Zivilcourage schon sehr spät gekommen wäre.

Den Krieg hindurch blieb Reményi in Budapest und sang in unverfänglichen Werken wie Ferenc Erkels *Bánk Bán* oder Dohnányis *Turm des Wojwoden*. Als die Konzertsäle des Landes im Bombenhagel untergingen, wandte er sich der Lehre zu. Nach dem Krieg versuchte er an seine Opernkarriere anzuknüpfen und reiste durch das zerstörte Italien, doch sein Temperament – zu behäbig für Belcanto, zu düster für Buffo – brachte ihm in der Presse von Neapel und Mailand nur Spott ein. Er blieb noch lange genug im alten Europa, um zu sehen, wie alliierte Infanteristen aller Rassen in erbeuteten Walkürenhelmen und Brundhildengewändern durch Bayreuth zogen, selbst einen in seinem eigenen Wotankostüm sah er. In aller Eile organisierte er seine Evakuierung, ließ sich von der Flutwelle, die Ende der vierziger Jahre nach Amerika schwappte, mitspülen und gründete die Boylston-Akademie, finanziert von reichen Amerikanern, deren kulturelle Minderwertigkeitskomplexe er geschickt für sich nutzte. Wenn er bei Festreden zu Spenden für die Schule aufrief, brachte er Tausende von Dollars zusammen, einfach nur mit der Andeutung, dass die USA auf der weltweiten Kulturolympiade in der Disziplin Sangeskunst nicht einmal eine Bronzemedaille errängen.

In Boylston war Reményi in seinem Element, wieder ganz Wotan. Die Schüler waren ganz auf ihn fixiert: *János hat mich zum Vorsingen für den Kammerchor bestellt. János hat mir ein Kompliment für meine C-Dur-Tonleiter gemacht.* Von Angesicht nannten wir ihn alle »Sir«, keiner hätte sich getraut, ihn anders anzusprechen. Aber in der Geborgenheit der Mensa waren wir mit ihm per du.

Er gab seine Stunden in einem feudalen Arbeitszimmer in den Tiefen des zweiten Stockwerks. Der Fußboden war mit Seidenteppichen aus Täbris ausgelegt und an den Wänden hingen anatolische Kelims, sodass kein Schüler auf Unterstützung durch die Resonanz des Raumes hoffen konnte. Während des Unterrichts saß er im Ohrensessel an einem Biedermeiersekretär. War etwas musikalisch zu illustrieren, so ging er an einen der beiden Bechstein-Flügel, die sich in der Ecke des Raumes aneinander schmiegten.

Wenn ich an der Reihe war, raschelte er mit Papieren und unterzeichnete Formulare. Manchmal kam ich ans Ende einer Etüde, und er arbeitete noch minutenlang weiter, ehe er es bemerkte. Wenn er dann auftauchte, kommandierte er »Weiter, weiter«, als hätte ich aus Trotz aufgehört zu spielen. Ihn kümmerten nur die Sänger, und auch da nur diejenigen, deren Stimme eine große Karriere versprach. Mich nahm er zur Kenntnis, weil ich wichtig für das Wohlergehen meines Bruders war. Vielleicht sah er mich auch als medizinisches Rätsel. Wie konnte das gleiche Erbgut beim einen Genie und beim anderen nur Mittelmaß hervorbringen? Einen Moment lang blickte er zweifelnd, dann trug er mir etwas Neues auf und kehrte zu seinen Papieren zurück.

Jonahs Unterricht war der Einzige, für den Reményi eine Ausnahme von seinem Fünfzig-Minuten-Raster machte. Mein Bruder verschwand in Reményis Allerheiligstem und blieb stundenlang fort. Ich verging fast vor Sorge. In seiner Zimmertür gab es eine drahtverstärkte Glasscheibe, eine Vorsichtsmaßnahme an den Unterrichtsräumen seit einem Zwischenfall mit einem damaligen Mitglied des Lehrkörpers und einer frühreifen Fünfzehnjährigen. Wenn ich mich aus ein wenig Abstand auf die Zehenspitzen reckte, konnte ich unentdeckt einen kleinen Ausschnitt von dem sehen, was drinnen vor sich ging.

Der Lehrer auf der anderen Seite der Glasscheibe war ein Unbekannter. János stand da, fuchtelte mit erhobenen Armen und produzierte mit den Lippen einen Schwall von Stakkato-Triolen; er dirigierte, als stünde er im Orchestergraben und hätte das gesamte Met-Orchester vor sich. Jonah machte ihn nach, die Brust vorgereckt, ein stolzer Krieger. Durch das Glas kam es mir vor wie ein Puppentheater, dessen lebensgroße Figuren das Duett von Papageno und Papagena aufführten.

Wie ein Dompteur bändigte János die neue Stimme meines Bruders. Er zeigte dem jungen Mann, wie er sein Instrument öffnete, wie er sich seine Kraft aneignete. Alles was Jonah an Tonhöhe verlor, würde er um ein Vielfaches an Farbe und Wärme hinzugewinnen. Der Stimmbruch war wie ein Zufallsfund beim Renovieren, wo unter bröckelndem Putz der schönste Marmor zum Vorschein kommt. Die entwaffnende Unschuld seiner hohen Töne, derentwegen seine alten Zuhörer immer wieder fast vor Scham vergangen waren, wichen nun den vieldeutigeren Höhen des erwachenden Erwachsenenlebens.

Vor ihm lagen Jahre des Schweißes und der harten Arbeit. Aber von allen seinen heranwachsenden Schülern, versicherte ihm János, habe Jonah am wenigsten zu verlernen. Der Junge sei zu ihm gekommen, sagte er gern, als noch Musik in ihm war und bevor jemand die Chance gehabt habe, das Talent zu zertrampeln. Aber die Wahrheit ist: Es gibt keine Einheit zwischen uns und der Musik. Nichts in unserer Natur braucht etwas so Überflüssiges wie Gesang. Der Gesang ist ein Gewand, das wir uns selbst anlegen müssen, uns hineinwickeln wie in das kalte, schwarze Firmament. Teils kam Jonahs Wohlklang von seinen mächtigen Lungen, seinen elastischen Stimmbändern, dem Widerhall in den Höhlen seines Kopfes. Aber im Mittelpunkt seiner Kunst stand etwas, das erlernt war. Und nur ein einziges, frevlerisches Paar gab es, das ihm so viel beigebracht haben konnte, wie er wusste.

Jonahs Talent hätte sich unter fast jedem Lehrer entwickeln können. Als er seine Energie erst einmal nicht mehr für die Motetten unserer Familienabende brauchte, sog er wie ein Schwamm alles in sich auf, was er aus anderen an Wissen herausbekommen konnte – wobei er zugleich noch in fröhlicher Unbefangenheit das, was er anderen stahl, schlecht machte. Jonah nahm von allem nur das Beste – von Reményi die Erfahrung, von Kimberly Monera die Zartheit, von Thad und Earl die Ideale der Avantgarde, von mir das Gefühl für Harmonie –, bis er sich all das vollkommen zu Eigen gemacht hatte. Aber später war Jonah überzeugt, dass er seine Reise ganz allein unternommen habe, und hatte all seine Weggefährten tatsächlich vergessen.

Die Stimme des jungen Mannes erhob sich aus der Asche der Knabenstimme. Schon nach wenigen Monaten konnte János hören, welches Wunder sich da entwickelte. Das Rohmaterial dieses Jungen – die Frucht früher Einflüsse – ließ eine Zukunft erahnen, die Reményi selbst niemals erreicht hatte. Die Frage war nur, wie weit über seine eigenen Fertigkeiten hinaus ein Lehrer etwas vermitteln konnte. Solange Jonah brav blieb, ging alles gut. Sein Unterricht bei Reményi machte gute Fortschritte, und mit einer Hand stieß der Meister meinen Bruder hinaus ins Leben, mit der anderen hielt er ihn unbewusst fest.

Jonah ließ dem Mann seine Begeisterung und teilte sie sogar manchmal mit ihm. Ich ging auf Zehenspitzen an dem Zimmer vorbei, erhaschte kurze Blicke auf die beiden bei ihren geheimnisvollen Übungen, die harte Arbeit eines Lehrers, den ich nur als jemanden kannte, der mit Papieren raschelte. Ich sah János, wie er sich auf die Knie fallen ließ, um das Sinken des Kehlkopfs zu demonstrieren, sah, wie er die Finger spreizte, als trage er einen Baseballhandschuh, und die Töne auffing, die Jonah schleuderte, und wie er mit den Armen eine Röhre formte, durch die Jonah seine dreißigsekündigen Pianissimi fädelte.

Ganz besonderen Wert legte der Rektor von Boylston auf die Tongebung. Nur Jonah hatte einen Begriff davon, was er mit dem Wort überhaupt meinte. Einmal saß ich beim Gemeinschaftskundeunterricht, fünfzig Schritt den Gang hinunter von dem Raum, in dem Reményi mit meinem Bruder übte, und hörte ihn brüllen: »*Zum Donnerwetter! Tanzen sollst du den Ton lassen, er soll auf deinem Atem schweben, wie ein Ball auf einem Wasserstrahl.*« Es klang eher nach einem Fluch als nach einer Anweisung. Meine Mitschüler sahen mich mitleidig an, ließen die Köpfe hängen, als sei jeder Tadel für Jonah ein Tadel für uns alle. Dann hörten wir einen lang anhaltenden, hohen Forte-Ton, wie kein Jugendlicher ihn je hervorgebracht hatte. Und der Ungar brüllte, noch lauter: »*Genau! Das ist es!*«

Aber selbst in seiner Begeisterung war dieser Mann zurückhaltend. Die meiste Zeit gab er sich kühl und sachlich. Seine Lehrmethode war archaisch und revolutionär zugleich. Er ließ meinen Bruder Tonleitern von Conone singen und gleich darauf die vertracktesten Übungen Garcías: Triolen, Quartolen, Arpeggien. Er ließ ihn schnelle, wortreiche Passagen mit zwei Fingern zwischen den Zähnen singen. Von da an nahm Jonah nie wieder die Zunge für selbstverständlich. János ließ ihn Legato-Melismen singen wie die Sforzati eines Maschinengewehrs. Jonah musste jeden Ton haargenau treffen, sonst hatte er die ganze Folge noch einmal von vorn zu beginnen. Lehrer und Schüler arbeiteten zusammen daran, schufen diese kleinen Sensationen und verloren sich beide in der Begeisterung des Wettstreits.

Unser Wotan war der Überzeugung, dass kein Schüler die Kunst der Gesangtechnik meistern könne, wenn er nicht auch in der Kultur insgesamt gebildet sei. Zu Beginn des Winterhalbjahrs 1955 predigte er es uns in der Aula. »Das Singen ist eine höhere Form des Sprechens, in einer Sprache, die über allen menschlichen Sprachen steht. Aber wenn ihr in den Worten des Kosmos reden wollt, dann müsst ihr mit irdischen Worten üben. Wenn ihr bereit sein wollt, die *Missa solemnis* oder die h-Moll-Messe zu singen – diese Höhepunkte westlicher Kunst –, dann müsst ihr europäische Dichtung und Philosophie lesen, so viel ihr nur könnt.« Reményis transzendentaler Humanismus erleuchtete unseren Himmel wie eine Nova. Wir konnten nicht wissen, dass, genau wie eine Nova, der Stern, der so hell strahlte, schon tot war.

János Reményis Freimaurermanier schadete Jonah weniger als andere, unnatürlichere Methoden es vielleicht getan hätten. Auch wenn noch so viel vom Ton die Rede war, wusste Reményi doch, dass er der Stimme meines Bruders am besten dienen konnte, wenn er ihr einfach freien Lauf ließ. Der Junge war sein Golem, sein amerikanischer Adam, seine Tabula rasa aus der Philosophie der Aufklärung, ein Samenkorn, das in seinem Gewächshaus wachsen würde. Gerade erst hatte Europa sich um alles gebracht, was es besessen hatte, seine Rokoko-Opernhäuser waren verbrannt, als die Hochkultur zum vorerst letzten Mal in Flammen aufging. Aber hier, an diesem bezaubernden klösterlichen Ort fernab von allem, wo der Begabteste unter den Novizen alles übertraf, was Reményi in der Alten Welt unterrichtet hatte, konnte der selbst nicht mehr junge Bassbariton noch einmal die Erhabenheit spüren, und da kümmerte ihn die Hautfarbe seines Schülers nicht.

In jenem Jahr fand zum ersten Mal der Gesangwettbewerb der Schule statt. János bestand darauf, dass Jonah unter den Älteren antrat. Er wählte das Stück für meinen Bruder aus – Händels »Süße Stille« – und wollte auch den Klavierbegleiter auswählen. Aber Jonah weigerte sich, ohne mich aufzutreten. Als die erste Runde vorüber war, warfen auch die Gladiatoren, die mit der wildesten Entschlossenheit in den Ring gestiegen waren, das Handtuch.

Eine Woche darauf bemalte jemand unsere Zimmertür. Es war ein gut vorbereiteter nächtlicher Überfall – anders hätten die Künstler es nicht machen können. Ihr Werk war ein groteskes Porträt, wulstige Lippen, Kraushaar, ein Bastard aus der Kilroy-Familie, für den man zähneknirschend Alimente zahlte. Die Künstler mussten wohl Angst vor ihrem eigenen Voodoozauber bekommen haben, denn die Bildunterschrift bestand nur aus einem *N*, einem *I* und einem zittrigen *G*. Ausgeführt war das Werk in rotem Nagellack.

Thad entdeckte das Porträt bei der Rückkehr vom Frühstück. »Heiliges Murmeltier!«

Earl entfuhr nur ein ehrfurchtsvolles »Wow!«

Jonah und ich sahen es beide im selben Augenblick. Jonah reagierte schneller. Er lachte hysterisch. »Was meint ihr, Jungs? Realistisch? Impressionistisch? Oder doch eher kubistisch?«

Er und Thad trieben Nagellack auf und malten eine Baskenmütze und eine Sonnenbrille dazu und eine selbst gedrehte Zigarette, die ihm an der üppigen Lippe klebte. Sie nannten ihren Beatnik Nigel. Nichts hätten unsere beiden Zimmergenossen aufregender finden können: Ein wenig Nigger steckte auch in ihnen, und die Randale kam ihnen gerade recht.

Erwachsene kamen mit steinernen Mienen, hoben die Tür aus den Angeln und setzten eine jungfräuliche ein. Jonah tat enttäuscht. »Nigel verlässt uns. Nigel zieht hinaus in die Welt.«

»Nigel hat genug von dieser Klitsche«, fügte Thad hinzu. »Da draußen, da macht er *richtige* Musik.« Draußen in der Musikszene, von der er und Earl träumten.

Noch lange später wachte ich nachts manchmal auf und hörte ein Scharren an der Tür.

In gewissem Sinne schien János sogar stolz darauf, dass sein junger Star nicht weiß war. Es war eine Dissonanz, die es umso aufregender machte, der Welt etwas so Seltenes, so Unerhörtes zu präsentieren. Wie die meisten Vorkämpfer der westlichen Kultur tat Reményi gern, als gebe es etwas wie Rassenunterschiede gar nicht – von Riesen, Zwergen und Walküren einmal abgesehen. Er konnte die Vertracktheit eines *Parsifal* leichter begreifen als die Demütigungen, die unsere Mutter in Kauf nehmen musste, damit sie überhaupt europäische Musik singen durfte. János Reményi hatte keine Ahnung davon, wie es in seiner Wahlheimat wirklich aussah, genauso wenig wie die übrigen weißen Fakultätsmitglieder. Für ihn gehörte die Musik – seine Musik – allen Rassen, allen Zeiten, allen Orten. Sie sprach jeden Menschen an und tröstete jede Seele. Das war der Mann, der bis 1938 den Wotan gesungen und nichts von der kommenden Götterdämmerung geahnt hatte.

Alles drehte sich um die eine, alles beherrschende Idee: Ein Einzelner bildete seine Stimme nur dadurch, dass er sich dem Weltgeist öffnete. In den Ruinen dieses vom Bombenhagel zerstörten Glaubens schulte Reményi meinen Bruder. Aber im Herbst 1955 machte sich ein neuer Zug im Wesen meines Bruders bemerkbar, etwas, das sein Lehrer im Keim erstickt hätte, hätte er es gesehen.

Mit Jonahs Stimmbruch begann auch die Wand zwischen ihm und Kimberly Monera zu bröckeln. Als er erst einmal zum Tenor transponiert war, lag die Antwort auf das ratlose *Was nun?*, das die beiden vor ihrer Pubertät getrennt hatte, auf der Hand. Auch Kimberly hatte dieser eine Sommer so verändert, dass sie kaum wieder zu erkennen war. Als sie zurückkehrte, strahlte sie. Sie hatte die Ferien in Spoleto verbracht, wo ihr Vater im Sommer residierte. Und irgendwie hatte sie dort singen gelernt. Aus dem linkischen Albino war im zweiten Akt ein Schwan geworden.

Ihre Formen hatten sich dermaßen verändert, dass sie selbst erschrocken gewesen sein muss. Noch im Frühjahr war sie schmal und unterentwickelt gewesen, doch nun hatte die neu gefundene Kraft den Körper sichtlich gerundet. Im Kurs zur Musikgeschichte saß ich hinter ihr und fragte mich, warum ihre Mutter ihr keine größeren Kleider kaufte. Unter diesem zu eng gewordenen Kokon machte ihre neue Haut sich bereit für die Welt. Durch die straff gespannten hellgrünen oder taubenblauen Blusen starrte ich das schmale Band ihres Büstenhalters an, die drei kleinen Erhöhungen, wo die Häkchen saßen, Meisterwerke der Ingenieurskunst. Wenn sie die Beine in ihren Nylonstrümpfen übereinander schlug, hörte ich Finger, die über die Saiten einer Violine fuhren.

In ihrer Gegenwart spielte Jonah den Beschützer, war ganz der einfältige Kavalier. Die einsame Eintracht unseres Dachstubenclubs existierte nicht mehr. Earl und Thad wollten ihn aushorchen. Doch Jonah, seiner Chimera treu und über Nacht weise geworden, sagte nichts. Aber gerade Nichts war die beste Grundlage für wilde Spekulation.

Das machte ihm Spaß, und sein viel sagendes Grinsen leuchtete noch im Dunkeln. »Was hast du denn wieder getrieben, Strom Eins?«

»Gar nichts. Nur geübt.« Die Federn des Kanaris noch im Mundwinkel, auch wenn er sie rasch fortwischte.

»So, so, Strom Eins. Geübt. Kann mir schon vorstellen, was.«
Jonah kicherte. »Singen, was sonst?«

»Hast du einen Treffer gelandet?« Earl erwachte aus seinem Koma.
Zu dem Thema konnte er die ganze Nacht lang reden.

»Ge*landet*?« Thad tat empört. »Huber, du Irrer. Ist das hier etwa ein
Mann, der danebenwirft? Stürmt aus dem Mittelfeld vor, und der erste
Wurf sitzt. Der zweite blind, und wieder ins Ziel. Nach einem Fehlwurf
hält er die Flanke ...«

»Ihr seid doch alle bescheuert.« Jonah sah mich an, eine Warnung,
dass ich die Klappe halten solle. »Idioten, einer wie der andere.«

»He, das ist cool«, findet Earl.

An Halloween entwischte Jonah uns, war den ganzen Abend über
verschwunden. Erst nach Mitternacht kam er zurück. Ich weiß nicht,
wie er durch den abendlichen Appell gekommen war. Lange nach
Schlafengehenszeit kratzte er an der Tür, und wir ließen ihn ein. Er war
benommen und sprach kaum ein Wort. »Mach ja dem Mädel keine
Schande, Strom«, ermahnte Earl Huber ihn.

Jonah hielt sein Starren aus. »Du hast doch überhaupt keine
Ahnung, wovon du redest.«

Thad schaltete sich ein. »Mann, Strom Eins, wir sind deine treuen
Vasallen, deine Schildknappen. Jedes Wort von dir ist uns Befehl. Ich
flehe dich an. Wie ist es?«

Mein Bruder zog sich die schwarzblaue Schulhose aus. »Wie ist *was*?«

»Strom, Mann, tu uns das nicht an. Du bringst uns noch um.«

»Es ist ... einfach unbeschreiblich.«

Sie warfen sich in ihren Betten zurück, strampelten und johlten.

Mein Bruder hob die Hand und gebot Schweigen. »Es ist vollkommener, ein ununterbrochener ... es ist wie Wagner.«

Ein Name, den wir früher nicht in den Mund genommen hätten.

»Na Gott sei Dank!«, rief Thad. »Dann verpasse ich ja nichts. Kann
ich nicht ausstehen, das Gedudel.«

»Es ist, als ob du beim Wichsen auf jemanden spritzt«, erklärte Earl,
»und der spritzt auf dich.«

Jonah schoss das Blut ins Gesicht, und jetzt war seine Farbe eindeutig
genug. Wenn er ihr ein Leid antat, würde ich ihn umbringen. Würde
meine Finger um seine Goldkehle legen und sie für immer zum Verstummen bringen.

Keiner wusste, was sie in den wenigen Augenblicken, die sie für sich
hatten, taten, aber was immer es war, Kimberly blühte auf davon. Selbst
Thad West fiel ihre Wandlung auf. »Wird das so eine Art Operette,

Strom Eins? Ich meine, was zum Teufel? Sieh sie dir an. So hat sie doch vor Halloween nicht ausgesehen.«

Jonah ließ sich nicht ködern. Die Chimäre war jetzt kein Thema für unsere Sticheleien mehr. Er und seine Auserwählte machten sich unsichtbar, tauchten in einer verborgenen Nebenhandlung unter, wo sie die Modulation zu E-Dur erwarteten, das Sonnenlicht, das aus den Ausgestoßenen die neuen Herren machen würde.

Dann erwischte ein Lehrer sie, im Rosengarten in den Fens. Sie saßen auf dem Rasen hinter den Spalieren, über eine Partitur gebeugt – Massenets *Werther*. Aber was genau sie im Augenblick der Entdeckung getan hatten, darüber wurde bald endlos spekuliert. Noch Tage später kamen Mitschüler und wollten, dass ich ihre abstrusen Wetten entschied.

Nach dem Skandal verfiel Kimberly wieder in ihre übliche Lethargie, überzeugt davon, dass sie beide von der Schule geworfen würden. Aber auch der Lehrkörper konnte sich nicht vorstellen, dass die beiden den angeblichen Verstoß tatsächlich begangen hatten. Sie erhielten nicht einmal einen Tadel.

Kimberly war so verschüchtert, dass sie ihrem Vater schon vorsorglich nach Salzburg geschrieben und den Vorfall aus ihrer Perspektive geschildert hatte. Der große Dirigent tat es mit einem Lachen ab. »*Sempre libera*«, antwortete er und kritzelte ein paar Noten der Arie auf improvisierte Notenlinien am Rand. »Wähle dir deine Gefährten klug und achte darauf, dass sie zu schätzen wissen, was du ihnen an kleinen Vergünstigungen gewährst. ›*Di gioia in gioia, sempre lieta!*‹« Sie zeigte Jonah den Brief und verpflichtete ihn feierlich zur Verschwiegenheit. Mir erzählte Jonah es trotzdem, ich zählte nicht.

János tadelte meinen Bruder für den Massenet, der nicht auf dem Lehrplan stand. Die Standpauke war kühl und hochmütig; wahrscheinlich begriff Jonah nicht einmal, wie streng sie gemeint war. Wenn Reményi zu einem seiner Dirigate in die Stadt fuhr, nahm er Jonah nun mit. Er sorgte dafür, dass mein Bruder beschäftigt war.

Nicht lange nach dem Vorfall im Rosengarten schlug mein eigenes Stündlein. Thad West sorgte dafür. »Diese Malalai Gilani, die macht dir schöne Augen, Strom Zwo.«

»Da hat er Recht, mein Kleiner«, fügte der getreue Earl hinzu. »Das tut sie.«

Ihre Worte waren eine Anschuldigung, eine Polizeiaktion, die nur Unschuldige traf. »Da kann ich nichts für. Ich habe ihr ja nicht mal Hallo gesagt.«

»Oh doch, Strom Zwo, du hast sie verzaubert. Das ist wissenschaftliche Tatsache.«

Ich wusste nichts über das Mädchen außer dem, was alle wussten. Sie war das schwärzeste Kind an der Schule, schwärzer als Jonah und ich zusammen. Ich habe nie erfahren, woher sie kam – von irgendwo aus einem der mythischen Länder zwischen Suez und dem Reich der Mitte. Die ganze Schule legte es darauf an, uns zu verkuppeln – zwei dubiose Fremdlinge, vor denen man Ruhe hatte, wenn sie sich umeinander kümmerten.

Das Mädchen hatte eine solide Altstimme, so klar wie der Klang eines Glockenspiels im Winter. Es war geradezu unheimlich, wie sie den Takt halten konnte, sie verpasste nie ihren Einsatz, selbst in noch so schwierigen zeitgenössischen Werken. Es war die Art von Stimme, die einem ganzen Ensemble Rückhalt gab. Und nun hatte sie ein Auge auf mich geworfen. Morgens lag ich in meinem Bett, gelähmt von dieser Verantwortung.

Von dem Moment an, in dem meine Zimmergenossen mir die Augen öffneten, war offensichtlich, dass Malalai Gilani und ich uns füreinander interessierten. Bei Chorproben, bei Fahrten zu Auftritten, in der einen Unterrichtsstunde, in der ich mit ihr zusammen saß, entstand allmählich ein Pakt zwischen uns, auch wenn wir kaum mehr als einzelne, leicht zu leugnende Blicke tauschten. Aber mit einem einzigen solchen Blick unterschrieb ich einen Kontrakt mit ihr, in meinem eigenen Blut.

An dem Tag, an dem ich mich unter dem Druck meiner Genossen in der Mensa neben sie setzte, schien sie mich anfangs gar nicht zu bemerken. Ihre ersten Worte waren: »Das musst du nicht.« Ein Mädchen von vierzehn Jahren. Damit war ich an sie gebunden, fester als mit Ketten.

Wir unternahmen nie etwas zusammen. Sie blieb immer für sich. Einmal, auf der Fahrt zu einem Auftritt in Brooklyn, saßen wir im Schulbus nebeneinander. Aber auf der kurzen Fahrt ernteten wir so viel Spott, dass wir den Fehler nie wieder machten. Wir redeten nicht miteinander. Anscheinend vertraute sie der englischen Sprache nicht, außer in Filmen und in der Musik. Es dauerte Wochen, bevor wir uns – kurz und feucht – auch nur an den Händen fassten. Und doch waren wir ein Paar nach allen geltenden Maßstäben.

Einmal sah sie mich entschuldigend an. »Weißt du, eigentlich bin ich gar keine Negerin.«

»Ich auch nicht«, antwortete ich. Leichter misszuverstehen. Die Schule wollte ja nichts weiter als ihre Ruhe vor uns.

Ich fragte, von wo sie komme. Sie wollte es mir nicht verraten. Mich hat sie nie gefragt – nach meinem Zuhause, meiner Familie, meinen Haaren, danach, wie ich nach Boylston gekommen war. Das brauchte sie nicht. Sie wusste es längst, besser als ich.

Sie las die seltsamsten Dinge – Artikel über das Haus Windsor, über Tennisstars und Elite-Colleges. Sie liebte Modezeitschriften, Frauenzeitschriften, Filmzeitschriften. Sie studierte sie verstohlen, hielt den Kopf, als sei sie erstaunt über alles, was sie dort fand, wollte alles wissen über diese so unglaublich fremde Kultur. Sie konnte die Küche der Zukunft in allen Einzelheiten beschreiben. Sie schwärmte für die Szene in *High Noon*, in der Gary Cooper ein wenig zu zittern begann. Sie erzählte mir, wie gut ich aussähe, wenn ich mein Haar länger wachsen ließe und es dann mit Haarcreme frisierte.

Ava Gardner faszinierte sie. »Sie hat Negerblut«, erklärte Malalai. Das war die Zeit, als Hollywood ein Musical mit farbigen Charakteren inszenieren konnte, aber nicht mit farbigen Schauspielern. Mein Vater war überzeugt, dass die Zeit still stand. Allem Anschein nach hatte er Recht.

Thad und Earl ließen nicht locker. »Was will sie von dir, Strom Zwo?«

»Will?«

»Du weißt schon. Habt ihr darüber gesprochen? Was erwartet sie?«

»Was redet ihr denn da? Sie wird doch schon rot, wenn wir uns auf dem Flur begegnen.«

»M-hm«, sagte Thad. »Und was verrät uns das?«

»Zeit für ein Heim zu zwein«, stimmte Earl ihm zu und sang die Silben wie einen synkopierten Bebop.

»Besser, du suchst dir einen anständigen Job, Strom Zwo. Kommt ja einige Verantwortung auf dich zu.«

Kurz vor Thanksgiving kaufte ich in einem Drugstore in der Massachusetts Avenue ein Armband für Malalai Gilani. Ich studierte alles, brauchte Stunden, bis ich mich für eine schlichte Silberkette entschieden hatte. Sie kostete vier Dollar und elf Cents – mehr als ich je in meinem Leben für etwas bezahlt hatte, außer für meine geliebten Taschenpartituren und eine Plattenkassette mit Beethovens Klavierkonzerten.

An der Kasse zitterten meine Hände so sehr, dass die Kassiererin lachen musste. »Mach dir keine Sorgen, Junge. Sobald du zur Tür raus bist, weiß ich nicht mehr, dass du da warst.« Noch jetzt, nach einem halben Jahrhundert, höre ich ihre Stimme.

Ich schob den Tag, an dem ich es Malalai überreichte, hinaus. Zuerst musste ich es meinem Bruder erzählen. Aber auch nur die Sprache auf

Malalai Gilani zu bringen schien schon wie Verrat. Ich wartete bis zu einem Abend, an dem Thad und Earl nicht da waren; sie waren im Common Room zu einem Jazzkonzert. Jonah und ich saßen allein in unserer Zelle. »Hast du schon überlegt, was du Kimberly zu Weihnachten schenkst?«

Jonah fuhr hoch. »Weihnachten? Was haben wir denn für einen Monat? Himmel, Joey. Musst du mir so einen Schrecken einjagen?«

»Ich habe die Tage ein Armband gekauft ... für Malalai.« Ich blickte auf und wartete nur, was als Strafe kommen würde. Kein anderer konnte die Größe meines Verrats ermessen.

»Malalai?« Ich sah mein enttäuschtes Gesicht, gespiegelt in seinem. Er zuckte mit den Schultern. »Lass mal sehen.«

Ich reichte ihm das weiße Schmuckkästchen, ein eckiges Ei. Er blickte hinein, verzog keine Miene. »Ist doch prima, Joey. Das wird ihr bestimmt gefallen.«

»Meinst du? Es ist nicht zu ...?«

»Das ist perfekt. Genau das Richtige. Aber pass auf, dass euch keiner sieht, wenn du es ihr gibst.«

Es dauerte noch Tage, bis ich mein Präsent endlich überreichte. Ich schleppte es mit mir herum wie eine Sträflingskette. Ich begegnete ihr auf dem Schulhof, noch lange vor dem Feiertag, aber es war mit Abstand die beste Chance, die ich bekommen würde. Eine unsichtbare Hand würgte mich. Es war eine Aufregung, schlimmer als jedes Lampenfieber. »Ich habe dir ... was gekauft.«

Sie nahm es aus meinen zitternden Händen mit einem Gesicht auf halbem Wege zwischen Freude und Furcht. »So was hat mir noch keiner geschenkt.«

»Du weißt doch noch gar nicht, was es ist.«

Malalai öffnete das Kästchen, mit entsetzlich atemloser Erwartung. Sie stieß einen kleinen Schrei aus, als sie das Silber blitzen sah. »Das ist wunderschön, Joseph.« Das erste Mal, dass sie meinen Namen gesagt hatte. Halb war ich stolz, halb verging ich vor Scham. Sie hielt das Armband in die Höhe. »Oh!«, sagte sie. Und da wusste ich, dass ich es verdorben hatte.

Ich nahm das Schmuckstück. Ich fand, es sah makellos aus, genau wie im Drugstore.

»Da steht kein Name drauf.« Sie senkte den Blick, mein Blitzkurs in Intimität. »Es ist doch ein Freundschaftskettchen. Da gehört ein Name dazu.«

Auf den Gedanken war ich nie gekommen. Und die Verkäuferin

hatte nichts gesagt. Mein Bruder hatte nichts gesagt. Ich war ein armseliger Trottel. »Ich ... ich wollte erst sehen, ob es dir gefällt. Bevor ich
deinen Namen draufschreiben lasse.«

Sie lächelte, auch wenn sie sich bei meinen Worten wand. »Nicht
meinen Namen.« Wahrscheinlich hatte sie es aus den Illustrierten. Sie
wusste mehr über mein Land, als ich jemals wissen würde. Mein Name
sollte mit Ketten an sie gebunden sein bis zum Jüngsten Tag. Und ich
hatte nichts getan. Nichts Falsches.

Malalai legte sich das blitzende Band um ihr fast schwarzes Handgelenk. Sie spielte mit dem leeren Namensfeld, dessen Bestimmung nun
so offensichtlich war, sogar für mich.

»Ich lasse es noch gravieren.« Das Geld konnte ich mir von Jonah leihen, zumindest für J-O-E.

Sie schüttelte den Kopf. »Mir gefällt es, wie es ist, Joseph. Das ist
schön so.«

Sie trug ihr namenloses Armband wie einen Juwel. Für die anderen
Mädchen war es nur mehr Anlass zum Spott: ein leeres Freundschafts-
band. Malalai muss geglaubt haben, ich wollte nicht, dass man sie mit
meinem Namen am Arm sieht. Aber selbst so war das Band schon mehr
Vertrautheit, als sie sich je an einem solchen Ort erhofft hatte. Zwischen
uns änderte sich nicht viel. Zweimal konnten wir es einrichten, dass wir
nebeneinander saßen, einmal in der Aula und einmal beim Festtagses-
sen. Ihr genügte das stillschweigende Einverständnis. Wenn wir miteinander redeten, fiel mir nie etwas anderes ein als Musik. Sie mochte die
Musik genauso wie jeder anderer Schüler von Boylston, aber sie beschäftigte sie doch nicht ganz so sehr wie Filme oder Zeitschriften oder
die Küche der Zukunft. Sie hatte es lange vor mir begriffen: Die klassische Musik machte einen nicht zum Amerikaner. Ganz im Gegenteil.

Dann kam der Tag, an dem es mir herausrutschte, nach einer ihrer
sanften Vertraulichkeiten – etwas darüber, wie wunderbar sie das
1950er Nash-Rambler-Cabrio finde. Ich lachte über sie. »Wie bist du
bloß jemals an einen Ort wie Boylston gekommen?«

Ihre Hand fuhr zum Mund, als wolle sie die Bemerkung zurückstop-
fen. Aber meine Frage stand im Raum, und sie konnte sie nur als Spott
verstehen. Sie weinte nicht; sie floh, bevor sie so tief sank. Für den Rest
des Halbjahres ging sie mir aus dem Wege, und ich tat auch meinen Teil
dazu. Ende Dezember, vor Beginn der Ferien, schickte sie mir den weißen Sarkophag mit dem namenlosen Armband zurück. Dazu eine
Schallplatte, *Die Musik Zentralasiens*, mit einer Notiz: »Die sollte für
dich sein.«

Die Schule veranstaltete ihre übliche Reihe von Weihnachtskonzerten. Diese Konzerte waren für Boylston das, was für andere Schulen Abschlussprüfungen waren. Jonah und Kimberly waren mit prominenten Soli die Stars dieser Auftritte, ich ruderte als Galeerensklave. János Reményi verschaffte uns Termine in den Schulen der Umgegend – Cambridge, Newtown, Watertown, sogar im Süden der Stadt und in Roxbury. Kinder in unserem Alter saßen in abgedunkelten Sporthallen, verfolgten unsere Musik so sprachlos, wie sie ein Orchester aus Äffchen bestaunt hätten, die mit einer Hand die Drehorgel kurbelten und mit der anderen den Hut lüpften. Am Ende kam stets eine Dankesrede des Schuldirektors, und viele fühlten sich bemüßigt, darin auch ein Wort über Jonah zu sagen, ihn als Beispiel für die Toleranz zwischen den Rassen herauszustellen. Aber dann kapitulierten sie doch vor unserem Nachnamen, Jonahs unerklärlicher Farbe, und alles endete in Sprachlosigkeit.

Vor unserem Auftritt in Charlestown – das erste Mal, dass wir auf der »falschen« Seite des Bostoner Hafens waren – herrschte im Chor das übliche aufgeregte Gewimmel, aber János entdeckte mich doch. Ich dachte, er wolle mich für zwei Patzer tadeln, die ich am Vorabend in Watertown gemacht hatte. Ich hatte mir schon zurechtgelegt, wie ich ihm versichern würde, dass etwas so Unverzeihliches nicht wieder vorkommen werde.

Aber Reményi war nicht meiner Sangeskunst wegen gekommen. »Wo ist dein Bruder?«

Er sah mich wütend an, als ich antwortete, das wisse ich nicht. Kimberly Monera war ebenfalls verschwunden. János stürmte genauso schnell davon, wie er hereingekommen war, sein Gesicht verbissen, als dirigiere er ein Fortissimo. Er schien fest entschlossen, die Katastrophe zu verhindern, bevor sie überhaupt begann. Aber dazu hätte man ein Tempo gebraucht, das nicht einmal János vorlegen konnte.

Über die Schmach meines Bruders kursierten mehr Gerüchte, als es Opernbearbeitungen von Dumas gab. János habe seinen Lieblingsschüler und die Tochter des großen Dirigenten hinter den Kulissen gefunden, wo sie unter ihren Kleidern aneinander herumgemacht hätten. Er habe sie aus der Requisitenkammer gezerrt, im fortgeschrittenen Stadium des Knutschens. Sie waren in einer ungenutzten Garderobe, nackt, und wollten es gerade im Stehen machen.

Davon, was *es* war, hatte ich ja nur verschwommene Vorstellungen, gewonnen aus dem, was bei Puccini-Matinees hinter der Bühne vorging. Als Jonah wieder erschien, gab mir sein erster Blick zu verstehen, dass ich ja nicht wagen solle zu fragen. Ich wusste nur, dass alle drei Hauptakteure nach einem stürmischen Terzett im dritten Akt von der Bühne gestürmt waren, János wütend, Kimberly am Boden zerstört, mein Bruder beschämt.

»Dieser Bastard«, zischte Jonah, keine anderthalb Meter von unseren aufgeregt tuschelnden Schulgenossen. Ich erstarrte, als ich das Wort aus seinem Munde vernahm. »Den mache ich fertig.«

Was Reményi zu ihm gesagt hatte, verriet er mir nie, und ich habe auch nicht mehr gefragt. Ich wusste ja nicht einmal, was sie meinem Bruder zur Last legten. Aber ich wusste, dass ich ihn im Stich gelassen hatte. Unser Leben lang hatten wir uns gegenseitig vor der Welt draußen beschützt. Und jetzt war ich selbst einer von draußen.

Das Konzert von Charlestown war keine unserer Glanzleistungen, auch wenn die Zuhörerschaft, alles Schüler, unseren Ton für Jubilieren hielt. János strahlte, verneigte sich, und mit jener leichten Handbewegung, als schwinge er eine Sichel, ließ er auch den Chor seine Verbeugung machen. Irgendwie brachte Kimberly ihr Solo hinter sich. Als Jonah sich zu den Schnörkeln erhob, die wir ihn alle hundertmal hatten singen hören, schoss es mir plötzlich durch den Kopf, das Zeitlupenbild von jemandem, der einen Unfall kommen sieht: Das wird seine Rache. Er musste ja nur einfach den Mund halten. Gewaltfreier Widerstand. Das kleine Ritardando, das er gern seinem Einsatz vorausschickte, die leichte Pause, die das Publikum aufblicken ließ und bei dem selbst unser Dirigent einen Moment lang den Atem anhielt, würde einfach weitergehen, ein Bann, der das gesamte Reich der Zuhörerschaft in Schlaf versetzte.

Beim Gedanken an Jonahs Coup geriet ich in Panik; ich zählte die Taktschläge, teilte und unterteilte sie weiter. János wartete einfach, dass das schier endlose Zögern vorüber war, hielt in der Bewegung des Dirigierens inne, war nicht einmal blass geworden. Jonah blickte ihn weder an, noch sah er absichtlich fort. Er verharrte einfach in seinem vollkommenen Schweigen, hing an dieser Kante über dem Abgrund, dem Nichts.

Dann kam der Ton. Der Schleier zerriss, und mein Bruder sang. Die vertraute Melodie holte mich vom Ende der Welt zurück. Keiner im Publikum hatte sich etwas dabei gedacht – alle waren nur umso gespannter gewesen. János war zur Stelle, griff Jonah unter die Arme, und genau am Ende seiner tonlosen Kadenz kam der Einsatz des Chors.

Als das Stück zu Ende ging – eines jener seichten Potpourris englischer Volkslieder, die für das Amerika der fünfziger Jahre der Inbegriff sentimentaler Festtagsstimmung waren –, hatte sich längst der ganze Chor von seiner Energie anstecken lassen, Jonahs trotziger Funken hatte unseren Ehrgeiz geweckt, und beim Schlussakkord tobte der ganze Saal.

János legte seinem Wunderkind den Arm um die Schultern und drückte ihn vor aller Augen an sich, der Beschützer dieses Jungen, und die Idee eines Zerwürfnisses war so abwegig wie der Gedanke, dass der Teufel seine Seele holen kam.

Jonah lächelte, verneigte sich, ließ sich die Umarmung des Meisters gefallen. Aber als er dem applaudierenden Publikum schließlich den Rücken zukehrte, suchten seine Augen die meinen. Und was er mir mit seinem Blick zu verstehen gab, war unmissverständlich: *Du hast gehört, wie nahe ich schon war. Ein Kinderspiel. Irgendwann ist er dran.*

Ich hielt Ausschau nach ihm in dem Menschengewimmel nach dem Konzert. Die Schüler aus Charlestown kamen ganz nahe an ihn heran, sie wollten sehen, ob er echt war, sein Haar berühren, sie wollten Freunde sein. Und Jonah beachtete sie überhaupt nicht. Er packte mich am Handgelenk. »Hast du sie gesehen?«

»Wen?«, fragte ich. Er schnalzte ärgerlich mit der Zunge, und schon war er fort. Ich lief ihm nach, durch den ganzen Saal. Immer wieder lief er nach draußen zu den wartenden Boylston-Bussen, dann stürmte er wieder in die Schule wie ein Feuerwehrmann, der entweder einen Orden erringen oder den Tod in den Flammen finden wird. Ein Mitschüler sagte uns schließlich, er habe gesehen, wie jemand Kimberly in János' Wagen fortgebracht habe.

Jonah suchte die ganze Schule nach ihr ab. Er war noch immer auf der Suche, als der Dienst habende Lehrer kam und »Licht aus« befahl. Jonah lag im Dunkeln da, verfluchte János, verfluchte Boylston, Worte, die ich weder aus seinem noch sonst einem Mund bisher gehört hatte. Er warf sich hin und her, bis wir schon überlegten, ob wir ihn mit dem Betttuch festbinden sollten.

»Das überlebt sie nicht«, sagte er immer wieder. »Sie wird vor Scham sterben.«

»Ach was«, ließ Thad sich von der anderen Seite der schwarzen Kammer vernehmen. »Sie will doch wissen, wie's weitergeht.« Die beiden Jazzer weideten sich an dem Drama. Jonahs Auftritt war die große Sensation. Hier spielte die Musik. Oper für die neue Generation. Juke und Jive, dass die Fetzen flogen. Nigel und die Blondine. Gab es irgendwo ein besseres Programm?

Als der Morgen kam, war Jonah nur noch ein Nervenbündel. »Sie hat sich irgendwo verkrochen und wird sich etwas antun. Und diese Gestalten merken nicht einmal, dass sie weg ist!«

»Antun? Was denn?«

»Joey«, stöhnte er. »Tu doch nicht *noch* dümmer als du bist.«

Am nächsten Nachmittag tauchte sie wieder auf. Wir saßen in der Mensa, als sie kam. Jonah war nur noch ein Wrack, er wäre aufgesprungen und zu ihr hingelaufen, dem Ein und Alles seiner jungen Jahre. Die Augen der ganzen Schule waren auf die beiden gerichtet. Kimberly ging durch den Saal und würdigte unseren Tisch keines Blickes. Sie suchte sich einen Platz so weit ab von uns wie nur möglich.

Mein Bruder hielt es nicht aus. Er ging zu ihr hin, egal wie die Folgen sein mochten. Sie fuhr zusammen, duckte sich, als er noch meterweit fort war. Er setzte sich, wollte mit ihr reden. Aber was immer sie sich zwei Tage zuvor bedeutet haben mochten, stand jetzt in einem anderen Libretto.

Im Sturmschritt kam er zurück. »Lass uns hier verschwinden«, sagte er, mehr zu sich als zu mir. Er floh nach oben. Ich stolperte hinterher. »Ich bringe den Bastard um. Das schwöre ich.« Die Drohung war ein Opernrequisit, ein dünner Bühnendolch aus Blech. Aber von meinem Platz oben im zweiten Balkon sah ich das silberne Mordinstrument schon bis zum Heft in der Brust seines Mentors verschwinden.

Mein Bruder brachte János Reményi dann doch nicht um. Und János Reményi erwähnte den Vorfall nie wieder. Das Unheil war abgewendet, der Anstand blieb gewahrt, mein Bruder hatte einen Dämpfer erhalten. Reményi ließ ihn einfach nur noch mehr Phrasierungsübungen von Concone singen.

Jonah stellte Kimberly nach. Einmal spätnachmittags bekam er sie zu fassen. Sie saß in einem Sessel im Aufenthaltsraum für die Älteren und las E. T. A. Hoffmann. Sie wollte davonlaufen, als sie ihn sah, aber auf sein Drängen blieb sie doch. Er setzte sich neben sie und fragte mit Flüsterstimme: »Erinnerst du dich noch an unser Versprechen?«

Sie schloss die Augen und atmete aus dem Bauch heraus, so wie János es ihnen beiden immer einschärfte. »Jonah. Wir sind doch noch Kinder.«

Und von dem Augenblick an waren sie keine mehr.

Er hätte seine ganze Kunst hergegeben, um das zurückzubekommen: die heimliche Verlobung der Kinderzeit, das gemeinsame Musikhören und Singen vom Blatt, die Zeit, die sie über Partituren verbracht hatten, die Pläne für ihre gemeinsame Welttournee. Aber jetzt hatte sie die Tür für ihn versperrt, und zwar wegen etwas, das die Erwachsenen ihr gesagt hatten. Etwas, das sie bis dahin nicht bedacht hatte. Noch einmal hörte sie ihm zu, aber nur aus Gefälligkeit. Sie ließ sogar zu, dass er ihre marmorweiße Hand fasste, auch wenn sie seinen Druck nicht erwiderte. Für die blasse, weiße, europäische Chimera war all die Süße der ersten Liebe, waren all ihre gemeinsamen Entdeckungen nun befleckt vom Erwachsensein.

»Was willst du damit sagen?«, fragte er. »Dass wir jetzt nicht mehr zusammen sein können? Nicht mehr miteinander reden, uns nicht mehr berühren dürfen?«

Sie wollte nicht antworten. Und er wollte nicht hören, was sie nicht sagte.

Er quälte sie. »Wenn das, was wir tun, unrecht ist, dann ist die ganze Musik unrecht. Die Kunst. Alles was du liebst ist dann unrecht.«

Sie würde sich von diesen Worten eher töten, als sich umstimmen lassen. Etwas in Kimberly war zerbrochen. Etwas hatte einen Misston in das Duett gebracht, das sie insgeheim in einem leeren Konzertsaal einstudiert hatten. Zwei Wochen vorher hatte sie noch geglaubt, es sei die große Premiere ihres Lebens. Jetzt sah sie das Stück zum ersten Mal von der anderen Seite, vom Zuschauerraum aus, und verriss ihren eigenen Part.

Jonah schlich durch die Schule wie ein verhätschelter Hund, der plötzlich Prügel für das Kunststück bekam, das man ihm beigebracht hatte. Jede Bewegung war langsam und vorsichtig, als habe der Ausgang seiner ersten Generalprobe ihn für alle Zeit entmutigt. Wenn ihm das genommen werden konnte, dann gehörte ihm nichts. Am allerwenigsten die Musik.

Als die Woche zu Ende ging, war Kimberly Monera fort. Sie hatte ihre Sachen gepackt und war verschwunden. Ihre Eltern hatten sie mitten im Schuljahr von der Schule genommen, ein paar Tage vor Beginn der Weihnachtsferien. Mein Bruder erzählte es mir in einem irrsinnigen, kichernden Falsett. »Sie ist fort, Joey. Für immer.«

Drei Tage lang schlief er nicht, glaubte, es sei nur eine Frage von Minuten, bis er von ihr hörte. Dann war er überzeugt, dass sie ihm längst geschrieben hatte, dass die SA-Männer der Schule ihre Briefe abgefangen und vernichtet hatten. Das imaginäre Beweismaterial drehte er so lange zwischen den Fingern, bis nichts mehr davon übrig war. Mit jeder Wiederholung kamen zu seinen Erklärungen neue Ausschmückungen hinzu. Von mir wurde erwartet, dass ich mir jedes dieser Ornamente anhörte.

»János muss ihr irgendwelche Lügen über mich erzählt haben. Die

Schule hat an ihren Vater geschrieben. Wer weiß, was in diesem Brief an Gemeinheiten über mich stand, Joey. Es ist eine Intrige. Die Maestri und die Schulmeister mussten sich zusammentun und sie von hier fortschaffen, bevor ich sie vergifte.« Jonah quälte sich sogar mit der Frage, ob Kimberly womöglich selbst darum gebeten hatte, dass sie fortkam. Er tauchte ganz in seine Wolke von Spekulationen ein. Ich brachte ihm jede Klatschgeschichte, die ich zu hören bekam. Doch alle meine Gaben tat er als nutzlos ab. Aber je weniger ich für ihn tun konnte, desto mehr wollte er mich um sich haben, ein stiller Zeuge für seine immer wilderen Spekulationen.

Ende Dezember trug er uns ins Ausgangsbuch ein und gab als Grund den Besuch einer Fotoausstellung im Museum of Fine Arts an. Es war ein kalter Tag. Er trug seinen grünen Cordmantel und dazu eine schwarze Pelzmütze, die ihm bis in die Augen reichte. Ich kann mich nicht mehr erinnern, was ich anhatte. Nur an die schneidende Kälte erinnere ich mich. Er ging neben mir her und sagte kein Wort. Schließlich landeten wir am Kenmore Square. Er wies mir einen Platz auf dem Rinnstein am U-Bahn-Eingang an. Die Kälte von den Treppen kroch in meine Hosen, und durch die Unterwäsche hindurch spürte ich sie auf meiner Haut.

Jonah kannte keine Kälte. Jonah glühte. »Du weißt, worum es hier geht, nicht wahr, Joey? Du weißt, warum sie dafür gesorgt haben, dass wir uns nicht mehr sehen?« *Du weißt es.* Und ich wusste es. »Die einzige Frage ... die einzige Frage ist: Hat *sie* es entschieden?«

Aber auch da wusste ich die Antwort. Sie hatte zu ihm gehört. Gemeinsam hatten sie die Partituren studiert, hatten einander geholfen, ihre Talente zu entwickeln. Nichts hatte sich geändert, nur dass man sie in der Requisitenkammer erwischt hatte. »Jonah. Sie wusste doch ... wer du bist. Vom ersten Tag an. Sie hat doch Augen im Kopf.«

»Ein Mohr, meinst du? Sie konnte sehen, dass ich ein Mohr bin?«

Ich wusste nicht, wem sein Zorn galt: mir, Kimberly oder sich selbst. »Ich meine ja nur. Es ist nicht so als ob sie ... es nicht gewusst hätte.« Das Eis unter mir brannte wie Feuer.

»Ihr Vater wusste es nicht. Solange ihr Vater glaubte, der Wunderknabe von Boylston sei ein harmloser kleiner Weißer, gönnte er ihr ihre Sandkastenliebe. Sie sollte sich amüsieren. *Sempre ...*«

Er klang alt. Die Erkenntnis war in der Nacht, während ich schlief, wie eine Krankheit über ihn gekommen. Ich legte ihm den Arm um die Schulter. Er merkte es gar nicht, und so zog ich ihn wieder zurück. Ich wusste nicht mehr, ob es richtig war, ihn zu berühren. Alle Gewissheiten gingen in diesem Albtraum des Erwachsenwerdens unter. »Jonah. Das weißt du doch nicht. Du kannst doch nicht einfach davon ausgehen, dass das der Grund war.«

»Natürlich war er das. Was soll es denn sonst gewesen sein?«

»Ihr Vater wollte nicht, dass sie ... dass ihr beiden ...« Ich brachte es nicht fertig zu sagen, was ihr Vater nicht gewollt hatte. Und was ich ja auch nicht gewollt hatte.

»Er hat ihr einen übermütigen Brief geschrieben. Sie soll das Leben genießen.«

»Vielleicht dachte er ... wusste er nicht, wie ...« *Wie weit* wollte ich sagen.

»Joey. Spiel doch nicht immer den Blödmann.«

Ich wandte den Blick ab, sah hinüber zur Straßenkreuzung, dem Stand des Zeitungsverkäufers am Geländer des U-Bahn-Schachts, dem Imbiss auf der anderen Seite der Beacon Street, das Fenster mit billigem Weihnachtsschmuck dekoriert. Es hatte angefangen zu schneien. Vielleicht schneite es auch schon länger.

»So schnell, wie sie verschwunden ist, kann es nichts anderes gewesen sein. Nur eine Sache gibt es auf der Welt, bei der die Leute so durchdrehen. János muss mit Monera telefoniert haben. Hat ihm erzählt, was hier los ist. Die hehre Tochter des großen Dirigenten lässt sich mit einem kleinen braunen Mischlingsjungen ein. Das darf nicht sein.«

Ich hatte stets von der Eigenwilligkeit meines Bruders profitiert, seine Sorglosigkeit war meine Sicherheit gewesen. Die Leute in ihrer Blindheit existierten nur zu seiner persönlichen Unterhaltung. Er hatte schon immer seine festen Vorstellungen davon gehabt, wie andere ihn sahen. Jede zweideutige Bemerkung, jede verhohlene Sehnsucht, ihn zu lynchen, war von ihm abgeprallt – jede Demütigung bis auf diese. Jetzt war mein Bruder vom Fieber geschüttelt, die Impfnarbe unserer Kindheit brannte.

»Sieh uns doch an, Joey!« Das waren die Töne einer Stimme, die schon verstummt war, bevor seine eigene überhaupt auf der Welt gewesen ist. »Was tun wir denn hier, wir zwei Schießbudenfiguren? Weißt du, was wir sein sollten?«

Mit seinen Worten stieß er mich zwischen die Füße der Menschenmenge, die unablässig aus der Tiefe des Schachts hervorquoll. Wir waren Heimatlose. Von nun an würden wir hier auf dieser Treppe leben, es gab keine Wärme, keine Geborgenheit mehr, zu der wir zurückkehren konnten. Alles, was ich an Gewissheit gekannt hatte, löste sich auf, so schnell wie die Schneeflocken auf dem Gesicht meines Bruders.

»Wir sollten richtige Neger sein. Wirklich schwarz.« Seine Lippen waren blau vor Kälte, Worte wie Eidotter. »Rabenschwarz. So schwarz wie die schwarzen Tasten auf dem Klavier. So schwarz wie der Bursche da drüben.« Mit dem Daumen spannte er einen imaginären Hahn und nahm mit dem Finger einen Mann ins Visier, der eben über die Straße kam. Ich fasste seine Hand. Er drehte sich zu mir um, lächelte. »Meinst du nicht auch, Joe? Das wäre so einfach, so eindeutig. Schwarz wie Äthiopien in der Nacht.« Er sah sich um, hätte am liebsten mit dem ganzen Kenmore Square einen Streit vom Zaun gebrochen. »Dann hätten wir gewusst, woran wir sind. Dann hätten unsere verlogenen weißen Freunde uns zu Tode prügeln können. János wäre nie auf den Gedanken gekommen, mich in seine bescheuerte Schule zu holen. Keiner hätte mich ausnützen wollen. Ich müsste für niemanden singen.«

»Jonah!« Ich stöhnte, hielt mir die Ohren zu. »Was sagst du denn da? Dass ein Schwarzer nicht *singen* darf?«

Er lachte wie ein Irrsinniger. »Weiß schon, was du meinst. Aber nicht ohne Tanzen. Und nicht der Dreck, den wir jetzt singen müssen.«

»Dreck, Jonah? *Dreck?*« Alles, was wir geliebt hatten. Alles, womit wir groß geworden waren.

Jonah konnte nur lachen. Er hob die Hände, das unschuldige Opfer. »Du weißt doch, was ich sagen will. Wir wären nicht ... wo wir jetzt sind.«

Wir saßen in unserem irrealen Unterschlupf, kehrten der Masse den Rücken. Um unsere Füße sammelten sich Schneewehen. Mein Verstand raste. Wir mussten bleiben, wo wir waren. Außer klassischer Musik kannte ich nichts. »Echte Schwarze ... viel schwärzere Leute singen die Sachen, die wir singen.«

»Sicher, Joey.«

»Sieh dir Robeson an.«

»Sieh du ihn dir an, Joey. Ich habe genug gesehen.«

»Was ist mit Marian Anderson?« Die Frau, die, wenn man den Erzählungen glauben wollte, unsere Eltern zusammengebracht hatte. »Jetzt hat sie es sogar in die Met geschafft. Die Tür ist offen. Bis wir soweit sind ...«

Jonah zuckte mit den Schultern. »Die größte Altistin des zwanzigsten Jahrhunderts. Und sie werfen ihr einen Knochen hin, eine kleine Nebenrolle fünfzehn Jahre nach ihrer besten Zeit.«

Ich stürmte voran, auch wenn ich den Weg nicht mehr sah. »Was ist mit Dorothy Maynor? Mattiwilda Dobbs?«

»Bist du fertig?«

»Es gibt noch mehr. Viel mehr.«

»Wie viele sind viel?«

»Eine ganze Menge«, sagte ich, das Wasser nun bis zum Halse. »Camilla Williams. Jules Bledsoe. Robert McFerrin.« Ich hätte mir die Aufzählung sparen können. Er kannte die Namen ja alle; alle, die uns jemals Mut gemacht hatten.

»Nur weiter.«

»Jonah. Überall schaffen Schwarze den Durchbruch in der klassischen Musik. Diese Frau, die im Fernsehen gerade *Tosca* gesungen hat.«

»Price.« Da musste er doch lächeln vor Vergnügen. »Was ist mit ihr?« Er schlang mir den Arm um die Schulter. »Sieh dir uns beide an. Zwei Hälften von nichts. Auf halbem Wege nach Nirgendwohin. Wir beide, Joey. Hier draußen mitten im …« Er machte eine Handbewegung, die den ganzen lang gestreckten Platz umfasste, die Menschen, die durch den Schnee hasteten. »Wir wären besser dran gewesen. Die Leute wollen doch nichts haben, wovon sie nicht mal –«

»Sie wollte dich.« Ich brachte es nicht über mich, den Namen des bleichen Mädchens zu sagen. »Sie wusste, wer du bist … sie wusste, dass du kein Weißer bist.«

»Tatsächlich? *Tat*sächlich? Da war sie ja ein gutes Stück weiter als ich.«

»Quäl dich doch nicht, Jonah. Du weißt nicht, was war. Vielleicht haben sie sie aus einem ganz anderen –«

»Sie hätte geschrieben.« Wütend über meine Vertrauensseligkeit. »Joey. Weißt du, woher das Wort *Mulatte* kommt?«

Ich überlegte lange, bevor ich antwortete. »Du hältst mich für einen Dummkopf, nicht wahr? Du denkst, ich bin ein Idiot, der immer nur lieb Kind sein will.« Ich wollte mich aufrichten, aber ich konnte nicht. Meine Beine waren steif wie die einer Statue. Mein Hosenboden war an der Treppenstufe festgefroren. Als ich mich schließlich losgeschaukelt hatte und hochwollte, hielt er mich fest. Er sah mich mit großen Augen an, verblüfft darüber, wie viel ich in all den Jahren schweigend erduldet hatte.

»Ich denke nichts dergleichen, Joseph. Ich habe nur das Gefühl, deine Eltern haben dich in einer Traumwelt groß werden lassen.«

»Ulkig. Genau das Gleiche habe ich gerade über *deine* Eltern gedacht. Dann erzähle es mir. Woher kommt das Wort?« Das Wort, das ich hasste, ganz gleich, welcher Herkunft es sein mochte.

»Es ist Spanisch und heißt soviel wie Maultier. Weißt du, warum sie uns so nennen?«

»Kreuzung aus einem Pferd und … was weiß ich.«

»Stadtjunge.« Er griff nach meiner Kappe und zog sie mir über die Augen. »Sie nennen uns Maultiere, weil wir uns nicht fortpflanzen können. Und da ist was dran. Ganz egal, wen man heiratet –«

»Du hättest sie nie geheiratet, Jonah. Es war nur ein Spiel. Von Anfang an hat keiner von euch geglaubt, dass es wahr werden könnte … Nur ein kleines Singspiel, an dem ihr zwei euch versucht habt.« Das Ende allerdings von fremder Hand verfasst.

Nie zuvor hatte ich ihm widersprochen. Ich blieb reglos sitzen, wartete auf den Todesstoß. Aber er hatte mich gar nicht gehört. Mit resignierter Stimme redete er weiter. »Du und ich, Muli. Wir zwei, wir sind einzigartig.« Das hatte unsere Mutter immer zu uns gesagt. Ihr Stolz, das heimliche Band, das uns all die Jahre zusammengehalten hatte. »Zwei bescheuerte Bären auf Rollschuhen, das sind wir.«

Zu meiner Linken blieb ein Mann stehen. Ich sah zu ihm auf und erblickte einen Polizisten, der zu uns herunterstarrte. Der Name auf seiner Dienstmarke kam mir italienisch vor. Er war genauso dunkel wie wir beide. Aber um Hautfarbe geht es ja auch nicht.

Der schwarze Italiener sah uns finster an. »Ihr haltet hier den Verkehr auf, Jungs.«

Jonah betrachtete den Mann, ganz konzentrierte Aufmerksamkeit, als hätte er einen Takt- und keinen Schlagstock in der Hand und würde gleich eine Arie singen.

Ich nickte benommen für uns beide.

»Dann seht mal zu, dass ihr weiterkommt, und zwar pronto. Bevor ich euch mit aufs Revier nehme.«

Jonah sprang auf und landete perfekt auf den Füßen. »Ich kann mich nicht bewegen«, jammerte ich. Ich war tatsächlich festgefroren. Ich musste sitzen bleiben und allmählich erfrieren, wie ein tragischer Held bei Jack London.

»Hörst du nicht?«, schnauzte der Beamte mich an. »Bist du taub?« Dunkler als Oliv. Vielleicht ein türkischer Vorfahr irgendwo in der Ahnenreihe. Er packte mich an der Schulter und zog mich auf die Füße. Dabei verdrehte er mir so grob den Arm, dass ich, wäre ich mein eigener Enkel gewesen, ihn dafür hätte verklagen können.

Jonah tanzte dem Polizisten etwas vor. »Ich bin ein mulatto bel canto castrato mit meinem legato smorzato.« Ich schob ihn fort, aber er zwängte sich wieder nach vorn, fuchtelte dem Polizisten mit dem Finger vor der Nase herum. »Das ist mein obbligato motto, Otto.«

»Na dann, Gesundheit.« Der Mann verzog keine Miene und wandte sich ab. Er hatte schon größere Irre gesehen. Jede Arbeitsstunde: der Abgrund der menschlichen Krankheit an jeder Straßenecke seiner Streife. Er drohte uns vage mit dem Handrücken. »Haut bloß ab, ihr Herumtreiber.« Wir stolperten davon, meine Beine noch steif von der Winterkälte. Als wir schon hundert Meter fort waren, rief er uns noch »Frohe Weihnachten« nach. Ich wollte ihm danken für seine Milde und erwiderte den Gruß.

Mein eines Bein fühlte sich an wie Beton. Ich rief Jonah zu, er solle langsamer machen. Wir nahmen den Yawkey Way, am Baseballstadion vorbei. Im Frühherbst konnten wir von unserem Zimmer in der Schule die Rufe von den ärmlichen Tribünen hören. Jetzt stand alles verlassen da, im Winter nichts als ein armseliger Slum.

Jonah war immer zwei Schritte voraus, die Hände in den Taschen. Jedes Wort produzierte eine gefrorene Dampfwolke. »Ich mache mir Sorgen um sie, Joey. Ihre Eltern … Ihr Vater hat womöglich …«

Ich hätte ihm gern gesagt, weswegen sie fort war, aber vor allem anderen war ich sein Bruder.

Bis wir wieder am Konservatorium ankamen, waren wir beide dick mit Schnee bedeckt. In den Straßen hier am Rande der Fens herrschte das dämmrige, graue, verwaschene Licht von Luftschutzbunkern. Autos fuhren auf dem glitschigen Untergrund nur noch mit halbem Tempo. Die Schule war erst zu sehen, als wir schon durch das Tor gingen.

Alles schien angespannt, merkwürdig still. Mitschüler verdrückten sich von den Gängen, als sie uns kommen sahen. Einen Moment lang waren wir tatsächlich die Unberührbaren, die mein Bruder beschrieben hatte. Ein Junge, den wir nicht kannten, verkündete uns: »Ihr kriegt Ärger. Die suchen überall nach euch.«

»Wer?«, fragte Jonah. Aber der Junge zuckte nur mit den Schultern und wies zur Bürotür. Seine Augen leuchteten bei dem Gedanken, dass Jonah Strom mit seiner Engelsstimme jetzt gleich vom Himmel stürzen würde.

Wir schüttelten unsere Schneekruste ab und begaben uns zum Büro. Ich wollte laufen; je schneller wir alles gestanden, desto gnädiger fiel die Strafe vielleicht aus. Aber nichts konnte Jonah dazu bewegen, anders als in seinem üblichen Tempo durch den Flur zu gehen. Als wir eintraten, schreckten selbst die Erwachsenen vor uns zurück. Irgendwie waren wir auf diesem kleinen Spaziergang weitergekommen als sie, an einen Ort, für den sie nicht bereit waren.

»Wo habt ihr gesteckt?«, fuhr der stellvertretende Direktor uns an. »Wir haben die ganze Schule auf den Kopf gestellt.«

»Wir waren ordnungsgemäß abgemeldet«, antwortete Jonah.

Der Direktor war so sehr aus der Fassung, dass er es dabei bewenden ließ. »Euer Vater wartet auf euch. Er ist oben in eurem Zimmer.«

Wir sehen uns an, ein Blick, der uns festnagelt, wo wir stehen. Wir nehmen die Treppe im Laufschritt, zwei Stufen auf einmal. Mein Bruder gewinnt immer mehr an Vorsprung, Absatz um Absatz, immer noch bei Puste, als ich schon längst keuche. Er könnte stehen bleiben und fünfzehn Sekunden lang das hohe A halten, mühelos.

Oben angekommen, japse ich nach Luft. Mein Bruder stürmt schon den Flur hinunter. Ich folge und höre noch, wie er Pa fragt: »Was ist passiert? Wieso bist du hier?« Er hat eine Vermutung. Jetzt klingt auch er atemlos, aber vor Anspannung.

Der Mann, der da auf Earl Hubers Bett sitzt, ist nicht unser Vater. Der dort sitzt, ist eingesunken, zusammengefallen, eher Penner als Mathematiker und Physiker. Seine Haut ist fahl. Unter seinem Pullover, der nicht zum Hemd passt, sieht man, wie schwer er atmet. Er blickt zu mir auf, ein entsetzlicher Hilfeschrei der Stimme des Blutes. Aber dieses Gesicht habe ich zum Glück nie in meinem Leben gesehen. Hinter der Hornbrille, der mächtigen Stirn, sind alle Muskeln erschlafft. Unser Vater sieht uns mit etwas an, das er für ein Lächeln hält. Ein beschwörendes, ein flehendes Lächeln. Ein Lächeln, das sich in mir breit macht, von mir Besitz ergreift, mich vertreibt aus meiner Kindheit.

»Na, ihr zwei? Wie geht es?« Sein deutscher Akzent ist stärker denn je, als hätte er einen Kloß im Mund. Ich bin heilfroh, dass wir allein sind, keine Zimmergenossen aus Ohio, denen wir das erklären müssen.

»Pa?«, fragt Jonah. »Ist alles in Ordnung?«

»Ordnung?«, fragt unser Vater, der Empiriker. Wie soll man Ordnung messen? Ordnung ist eine Maßeinheit, die sich mit der Größe des Messenden wandelt. Er atmet ein. Er öffnet den Mund, um ein Wort zu sagen. Aber das Cluster von Konsonanten bleibt ihm im Halse stecken, sie hängen an dieser Kante wie ein Selbstmörder, der jeden Moment springen wird und der doch hofft, dass ihn jemand ins Haus zurückholt. »Es gab ein Feuer ... eine Explosion. Alles ist ... verbrannt. Sie ist ...« Ein Wort nach dem anderen probiert und verwirft er. Und dazu lächelt mein Vater noch immer, als könne er sich irgendwie doch noch mit dem abfinden, wofür er nicht einmal einen Namen hat.

»Was ist mit ihr?«, brüllt Jonah. »Wo hast du es gehört?«

Mein Vater sieht seinen Erstgeborenen an. Er hält seinen Kopf schief, genau wie der verblüffte Hund, der die Stimme seines Herrn aus dem

Grammophon vernimmt. Mit ausgestreckter Hand versucht er die Verwirrung zu zerteilen. Aber die Hand, zu klein für alles, sinkt wieder in den Schoß. Noch immer lächelt er. Überall und immer ist nur die Gegenwart. Er nickt dazu. »Eure Mutter ist tot.«

»Oh«, sagt mein Bruder. Und den entscheidenden Sekundenbruchteil zu spät schlägt seine Erleichterung in Entsetzen um.

APRIL – MAI 1939

Mit dem Zwei-Uhr-Zug war sie wieder zurück in Philly. Noch in derselben Nacht. Was sollte da schon groß geschehen sein bei ihrer Reise nach Washington? Und doch schlich sie sich ins Haus wie eine Verbrecherin, ein Geheimnis auf der Seele, tiefer als der Potomac. Und nach vier Stunden, in denen sie kein Auge zugetan hatte, schleppte sie sich aus dem Bett zum Unterricht, und danach kam die Arbeit im Krankenhaus, wenn sie nicht vorher tot umfiel.

Ihre Mutter erwartete sie in der Küche, die Frage auf den Lippen, obwohl ganz Philadelphia die Antwort längst kannte. So viele Radios waren eingeschaltet gewesen zu den Übertragungen des Abends, es war ein Wunder, dass die Stadt nicht den Äther leer gefischt hatte. Jede Zuhörerin hatte in dieser Stimme ihre eigene, ganz persönliche Marian gehört, als sie von den Stufen dieses so öffentlichen Ortes sang.

»Na, wie war dein Konzert?«, fragte Nettie Ellen, als hätte Delia selbst auf der Bühne gestanden. Etwas in dieser Frau wusste es mit einer Gewissheit, als wäre es schon Geschichte: Wenn ihre Tochter am Abend zuvor dem Verhör entgangen war, dann würde es ihr jetzt, an diesem Montagmorgen, kein zweites Mal gelingen.

»Ach, Mama. Das größte Konzert aller Zeiten. Das ganze Land war da – zehnmal mehr als bei Jesus mit seinen Fischen und Brotlaiben. Und Miss Anderson hat sie alle gespeist, mit noch weniger als er.«

»M-hm. Es war also gut, mit anderen Worten?« Nettie Ellen hatte jede Note von diesem mitreißenden Konzert gehört, tief über das Röhrenradio im Wohnzimmer gebeugt, hatte gehört, wie klar und rein diese Stimme durch alles Knistern und Rauschen zu ihr kam. Auch sie hatte den Kloß in ihrem Hals gespürt, den bitteren, beißenden Geschmack der Hoffnung – der *neuen* Hoffnung, so dumm sie auch war, nach all den Toten, die den Weg zu diesem Tage säumten. Noch bevor ihre Tochter aus den Federn war, hatte sie schon die Schlagzeilen des Tages gelesen, gleich nachdem der Zeitungsjunge sie in den brennenden Dornbusch geschleudert hatte: AMERIKA BEGEISTERT VON DER SCHWARZEN STIMME. Nettie hatte keine Zeit für Amerika. Sie steckte bis zu den Handgelenken in der Teigschüssel, knetete die Mischung aus Mehl und Ei. Sie schlug mit einer Energie auf den Teig ein, die für ihre Tochter Bände sprach. Nichts außer dem Jüngsten Tag hätte als Entschuldigung genügt, wenn eine junge Frau erst um zwei Uhr nachts nach Hause kam, nach Hause geschwebt kam, als stünde die ganze Welt plötzlich Kopf.

Aber die Gesetzlose war ihr fremd geworden, mit einem Male fügsam und scheu. »Ach, Mama. Ich habe keine Zeit für Brötchen.« Nettie sah sie wütend an, und Delia konnte nicht anders, sie half beim Backen. In ihrem übernächtigten Taumel holte Delia sogar die Kleinen aus dem Bett, sorgte dafür, dass sie in ihre Schuluniformen schlüpften, und ihre Mutter knetete weiter und prügelte den Teig für seine Zähigkeit.

Das Geheimnis wuchs zwischen ihnen, zu unergründlich für ein Frühstück bei Brötchen und Bratensoße. Nicht dass Nettie Ellen noch groß Erklärungen gebraucht hätte. Fünfundsiebzigtausend Liebhaber der Sangeskunst alle an einem Ort, da würde ja wohl einer darunter sein, der dafür sorgte, dass Delia Zeit und Raum vergaß. Es stand ihr im Gesicht geschrieben: Das Mädchen war die Gefangene der Liebe. Seufzte vor sich hin wie ein Huhn auf dem Bratspieß. Deckte den Tisch wie in Trance, verteilte das Besteck, als lege sie Blumen auf ein Grab.

Nettie Ellen wartete schon seit einer ganzen Weile darauf, hatte sich gewappnet für den Zauber, der aus ihrem ältesten Kind einen anderen Menschen machte. Sie wusste, dass es irgendwann kommen würde, so plötzlich wie der Frühling – im einen Augenblick das Gras kahl und zerrupft, im nächsten voller Krokusse, gelb wie die Essenz der Sonne. Wie immer würde es die letzte, große Prüfung eines selbstlosen Mutterlebens sein: Wie sie all ihre Fürsorglichkeit ablegen und zulassen musste, dass ihr eigen Fleisch und Blut ihr fremd wurde.

Nettie hatte sich stets vorgenommen, dies letzte elterliche Opfer von sich aus zu bringen, bevor das Kind sie dazu zwang. Aber was sie nicht vorausgesehen hatte, war der alberne Umstand, dass ihre eigene Tochter Hemmungen vor ihr hatte, als hätte Nettie nicht jahrelang den Körper dieses Mädchens versorgt – krank, nackt, bedürftig –, als wüsste eine *Mutter* nicht, wozu der Leib eines Mädchens da ist. Alberne Scham, damit hatte sie gerechnet, aber dieses angstvolle Glühen im Verborgenen, das verstand sie nicht.

Charles und Michael kamen in die Küche gestürmt, munter und quicklebendig von dem tiefen Schlaf, den Delia nie wieder finden sollte.

Sofort fingen sie mit ihren unermüdlichen Frühstücksalbereien an, trällerten ihr etwas vor, reckten Nasen und Finger in die Luft. Die große Schwester drückte einfach nur ihre kurz geschorenen Köpfe an sich, einen in jeder Hand, und sah sie an, als wolle sie sich die Gesichter einprägen, bevor sie sich von der Klippe des Vergessens stürzte. Das jagte den beiden einen Riesenschrecken ein, und sie setzten sich ohne ein weiteres Wort an den Tisch.

Es folgte der Auftritt von Lucille und Lorene, makellose Schleifen, glänzende Schuhe, alles in zweifacher Ausführung. Auch beim Anblick ihrer adretten kleinen Schwestern kämpfte Delia tapfer die Tränen nieder. Alle zusammen senkten Netties Kinder über Tellern und Tassen die Häupter zum Gebet. Delia war an der Reihe und sprach: »Wir danken dir, Gott, für all das Gute.« Die Silben rumpelten durch die Küche, polternde Wagons auf den Schienen der düsteren Vorahnung. Während ihre Tochter das Tischgebet sprach, bewegten Netties Lippen sich lautlos zu ihrer eigenen heimlichen Beschwörung. Ein einziger Ausflug, und ihr Kind war ihr für immer fremd geworden? Aber selbst früher, als sie noch gar nichts zu verbergen hatte, hatte Delia sich nie zu einer Auskunft zwingen lassen.

Als der Segen gesprochen war, hob Nettie den Kopf und musterte ihre zum Zombie gewordene Heilige. Und über dem dampfenden Brötchenberg sah sie eine Art Erscheinung. Ein Phantom, kaum eine Sekunde lang. Eine ganze Familie schien an diesem Tisch zu sitzen, das Bild blitzte auf und war wieder fort. Ein Halbrund von Gesichtern, alles Fremde und doch so vertraut wie die, die hier beisammen waren, so vertraut wie die eine, die ihr gegenübersaß. Es waren Gespenster; Gesichter und Namen, die sie nicht kannte, und doch schienen sie irgendwie zu ihr zu gehören, wenn auch aus der Ferne. Anfangs zwei oder drei. Und als Nettie genauer hinsah, wurden es mehr. Und bis das Bild verschwamm und verblasste, waren es schon mehr, als sie zählen konnte. Mehr als je in ihre schon jetzt zu volle Küche gepasst hätten.

Meine Nachkommen. Die Erkenntnis traf sie mit solcher Heftigkeit, kein Zweifel konnte möglich sein. *Meine Enkelkinder, die zu Besuch kommen.* Aber ein dicker, undurchdringlicher Nebel von Jahren stand zwischen ihr und ihnen, sie waren undeutlich, unhörbar, unerreichbar.

»Mama?«, fragte etwas, und sie stürzte zurück ins Jetzt. »Mama?« Die erste Frage jedes Kindes, das keine andere Antwort will als *Ich bin da.* Ihre Hände fühlten sich klebrig an von der Hitze. Der Teller unter der rasselnden Tasse füllte sich mit Flüssigkeit, so braun wie ihre Haut. Sie zitterte wie die alte Frau, die sie eine Sekunde zuvor gewesen war.

»Jetzt esst schon auf«, sagte sie und tat, als habe sie den Schrecken ihrer Ältesten gar nicht bemerkt. Schließlich hatte Delia den ganzen Morgen nichts anderes getan als ihr Angst einzujagen. Da war es nur gerecht, wenn sie jetzt auch ein wenig abbekam. »Seht, dass ihr fertig werdet. Die Zeit bleibt nicht stehen, nur damit ihr trödeln könnt.«

Die Kinder sprangen auf, als sie ihren Vater die Treppe herunterkommen hörten. Der Doktor erschien, in prachtvollem Sergeanzug, das frisch geplättete Hemd darunter so weiß, dass es schimmerte wie ein Stoff aus alter Zeit. Mit seiner bronzetönenden Stimme, einer Stimme, bei der es Delia immer wieder kalt den Rücken hinunterlief – *Erschallet, Trompeten!* –, verkündete er: »Scheint, dass sie einen großen Sieg für uns errungen hat. Unsere Miss Anderson.«

»Sie war einfach vollkommen, Daddy. Als sänge Gott höchstpersönlich, am Vorabend des ersten Tags.«

»Willst du wohl den Mund halten«, brummte Nettie. »Keine lästerlichen Worte an meinem Tisch.«

William nickte. »Gutes Konzert also? Alles, was wir uns erhofft hatten?«

Jede Hoffnung war weit übertroffen worden, ja im Nachhinein schien es, als habe man viel zu wenig erwartet. »Ein gutes Konzert.« Delia schüttelte den Kopf und kicherte. »Gutes Konzert.« Sie war weit fort, in den Konzerthäusern Europas. Wien, Berlin und noch weiter. »Ich glaube, es hat mein ganzes Leben verändert.«

Die strahlende Miene des Doktors verfinsterte sich. Er nahm seinen Platz am Kopfende des Tisches ein, wo wie von Zauberhand ein Gedeck vor ihm erschien. »Was meinst du damit, Kind, ›ich glaube‹? Wenn es dein Leben verändert hätte, dann *wüsstest* du es doch, oder?«

»Und ob sie das weiß.« Nettie Ellen feuerte ihre Salve von der Spüle aus, wo sie, den Rücken zu ihnen, das Schlachtfeld aufräumte, das die Kinder hinterlassen hatten. Dr. Daley ließ den Blick von Frau zu Tochter schweifen. Delia konnte nur tun, als sei nichts, und hinter dem wenigen an Gebüsch in Deckung gehen, das die Eltern ihr noch ließen.

Der Doktor machte sich über sein Frühstück her. Dampf stieg von der braunen Brötchenkruste auf, der Duft der Bratensoße ließ ihm das Wasser im Mund zusammenlaufen. Wie jeden Morgen breitete er die Zeitung aus. Sein Gesicht blieb unbewegt, als er die folgenschwere Schlagzeile sah. Wie die Brötchen zerlegte er auch die Nachrichten in kleine, gut verdauliche Bissen. Er verzehrte den Bericht über das Epoche machende Konzert mit dem gleichen Appetit, mit dem er Hitlers

Bruch des Münchner Abkommens aufnahm und die Ansprüche auf Danzig. Er nahm den ersten Bund der Zeitung auseinander und breitete jeden Bogen vor sich aus, und dann überflog er die Berichte bis zum letzten Artikel auf der letzten Seite.

»Offenbar war unsere Hauptstadt nicht ganz vorbereitet auf den Ansturm vom gestrigen Abend.« Es war an niemand Speziellen gerichtet oder an alle in Hörweite. »Was meinst du, ist es der Anfang von etwas?« Er sah seine Tochter an. Delia senkte den Blick, auffällig schnell. »Können wir glauben, dass sie es jetzt endlich gehört haben?«

Delia blickte ihrem Vater ins Gesicht. Sie wartete auf die Frage. Aber anscheinend hatte er sie schon gestellt. Sie versuchte zu nicken, nur eine angedeutete Kopfbewegung, als wolle sie sagen, dass sie verstanden habe.

Er schüttelte den Kopf und machte sich daran, den ursprünglichen Zustand der Zeitung wieder herzustellen. »Wer weiß schon, was wirklich geschehen muss? Bis jetzt hat nichts geholfen. Warum soll man es nicht mit Singen versuchen, wie in alten Zeiten? Obwohl wir ja auch schon eine Menge gesungen haben.«

Auf diesen Kommentar des Doktors hin begann Nettie Ellen, noch immer am Spülstein, selbst zu summen, für ihren Mann das Zeichen, dass er zusehen und sich seinerseits anstrengen solle, das tägliche Brot zu verdienen. Auf dem Weg nach draußen warf William seiner Tochter noch einen Blick zu: Wohlwollend, anerkennend, als sei der Triumph des Vorabends ihr eigener gewesen.

Der Doktor machte sich zu seiner Praxis und den ersten Patienten des Tages auf den Weg. Und damit blieb nur noch das älteste Duo zurück, das es gab: Mutter und Tochter, die sich stillschweigend belauerten, horchten, abwogen, sich duckten, wussten, bevor etwas gesagt war. Nettie spülte, und Delia stand daneben und trocknete ab. Wie es sich gehörte. Wenn man es einfach trocknen ließ, blieben Streifen zurück. Wenn man sein Geschirr ordentlich versorgen wollte, dann musste man es abtrocknen, mit Tuch und Händen.

Sie waren fertig. Beide kramten weiter, räumten auf. »Ich muss los«, sagte Delia. »Sonst komme ich zu spät zum Unterricht.«

»Keiner hält dich auf.«

Delia hängte das Geschirrtuch auf den Halter. Ihre Hände schienen zu sagen: *Na dann eben nicht.* Sie ging in Richtung Tür und kam immerhin bis zum Herd. »Ach, Mama.« Die Beichte war einfacher, die Worte kamen müheloser, als sie je gedacht hatte.

Ihre Mutter kam auf sie zu, streckte die Hand aus und strich ihr die

Haare aus dem Gesicht. Haar, dessen Locken ihnen beiden nun ganz anders vorkamen.

»Mama? Wie lange hat es gedauert, bis … Wie schnell hast du es gewusst?«

Ihre Mutter fasste Delia bei den Schultern. Sie konnte nicht mit ansehen, wie das Kind zitterte. »Lass dir Zeit, Liebes. Was lange währt, wird endlich gut.«

»Ja, Mama, ich weiß. Aber wie lange? War da etwas Bestimmtes, nach dem du … Gewissheit hattest?«

Die Tochter sah sie mit einem schiefen, gequälten Lächeln an. Es war ein Blick, der vor dem Auge ihrer Mutter wieder die Besucher erscheinen ließ. Enkel, Urenkel, die sich bei jedem neuen Blick vermehrt hatten. Sie drängten sich allesamt um Nettie Ellen Daley, mit einem Male die älteste Frau in ganz Amerika.

»Wann ich bei deinem Vater Bescheid gewusst habe? Kind, ich weiß ja bis heute nicht, was ich eigentlich an dem Mann finde.«

Delia atmete tief durch. Sie hatte nichts falsch gemacht. Nichts Schlimmes war geschehen. Ohne jeden Grund machte sie sich zum Nervenbündel. Sie regte sich grundlos auf, wegen nichts. Aber in dem seltenen Augenblick des vergangenen Abends, umgeben von einer Menschenmenge, die alle Rekorde brach, näher an einem historischen Ereignis, als gut für sie war, da hatte sich etwas in ihr verändert. Eine alte Barriere war gefallen. Trunken von der göttlichen Miss Anderson, der Stimme des Jahrhunderts, der Feder, die auf einer Luftsäule schwebte, war Delia auf ihre eigene Reise gegangen, war für kurze Zeit in einem Riss im Gewebe der Töne verschwunden. Eine Öffnung hatte sich aufgetan und sie und diesen unbekannten Deutschen hineingezogen. Gemeinsam waren sie in die Zeit eingetaucht, einen Korridor ohne jede Dimension hinunter an einen fernen Ort, den man, bisher jedenfalls, nicht einmal die Zukunft nennen konnte.

Jetzt, in der mütterlichen Küche, schämte sie sich, weil es jedem anderen vorkommen musste, als hätte sie all das erfunden. Nichts war geschehen. Sie war nirgendwohin gereist. Aber ein Mann war da gewesen, der sie auf dieser Reise ins Nirgendwo begleitet hatte. Das konnte sie sich doch nicht eingebildet haben. Seine Augen waren, als sie sich verabschiedet hatten, ja schon voller Erinnerung daran gewesen.

Als der Nachmittag kam und sie im Krankenhaus die Betten bezog, hatte Delia den Traum schon hinter sich gelassen. In der Gesangstunde am nächsten Tag lag er so weit zurück, dass er ihr schon wieder ins Gesicht starrte. Lugati erzählte ihr wieder von der Atemstütze, dem Appoggio, jenem An- und Entspannen der Bauchmuskeln, das nur ein Anatom wirklich begreifen konnte. »Man kann eine Stimme verschleißen«, schärfte Lugati ihr ein. »Wenn Sie sie falsch belasten, ist es in zehn Jahren mit Ihrer Kunst vorbei. Aber richtig damit umgegangen, wird sie ein Leben lang halten.«

Und bei diesen Worten war der Deutsche wieder da, neben ihr. Sie standen wieder in Washington auf der Mall. Der richtige Umgang. Und das hielt, wie es halten musste.

Noch im Laufe der Woche bekam sie Post von ihm. Er fragte, ob er nach Philadelphia kommen dürfe. Delia schrieb ihm ein Dutzend Antwortbriefe, doch nur einen schickte sie ab. Sie trafen sich vor der Independence Hall – auf neutralem Grund – und tauchten wie zuvor in Washington in einer gemischten, gleichgültigen Menge unter.

Fremde drehten sich nach ihnen um. Aber keiner war so fremd wie er. Wieder erhaschten sie wie durch einen Riss einen Blick auf die unerreichbare Zukunft. Wieder waren sie kurz davor, in diese Zukunft einzutreten. Je stärker ihre Gefühle, desto größer die Zweifel. Das Wiedersehen mit dem Mann war kurz, Glück verheißend und verrückt. Aber mehr als ein heimliches Treffen vor der Independence Hall war ausgeschlossen. Das musste auch er begreifen.

»Wann sehen wir uns das nächste Mal?«, fragte er.

»Überhaupt nicht«, antwortete sie und klammerte sich an seinen Arm wie an eine Rettungsleine.

Als er sich verabschiedet hatte, fühlte sie sich wieder leer und wie eine Verbrecherin. Es machte ihr Mut, wie rasch sie seinen Akzent vergaß, wie schwer es ihr fiel, sein Bild heraufzubeschwören. Im Licht ihrer Erinnerung erschien sein fremdartiges Gesicht bernsteinfarben, weniger bleich. Sie würde ihn nicht wieder sehen. Ihr früheres Leben würde zu ihr zurückkehren, einfach, offensichtlich und mit einem klaren Ziel.

Sie fuhr zu einem Treffen nach New York. Ihren Eltern erklärte sie, sie hätte einen Termin zum Vorsingen – die erste nennenswerte Lüge, die sie ihnen je erzählt hatte. Binnen eines Monats wurden die Lügen immer größer. Ihr Geheimnis wuchs, obwohl sie versuchte, es im Keim zu ersticken. Wenn sie nicht beichtete, würde sie sich in diesem Doppelspiel verlieren. Sie musste das Unrecht wieder gutmachen, so gut, wie es ihr manchmal vorkam, wenn sie zusammen waren, die alleinigen Hüter dieses langen Weges außerhalb der bekannten Dimensionen, die ersten Besucher in einer Welt, in die sie auf einer geheimnisvollen Abkürzung gelangt waren, quer über das weite Feld der Zeit. Er kannte ihre Musik. Er liebte ihren Gesang. In seiner Gegenwart war sie sie selbst.

Sie wollte ihrer Mutter alles erzählen. Doch Scham oder Zweifel verschlossen ihr den Mund. Ein- oder zweimal nahm sie Anlauf, flüchtete sich dann aber doch in ein anderes Thema. Sobald sie versuchte, ihr Geheimnis in Worte zu fassen, verwandelte es sich in etwas Schlechtes. Wie eine vollkommene Frucht begann es zu faulen, sobald es der Luft ausgesetzt wurde. Nach einigen Wochen sah Delia ihrer Mutter nicht mehr in die Augen. Die Lüge fand Eingang in ihren Alltag, hinterließ ihre Spuren auf Dingen, die überhaupt nichts mit dem Mann zu tun hatten. Über jedes noch so unschuldige Kommen und Gehen breitete sich der Mantel der Heimlichtuerei. Selbst die jüngeren Geschwister scheuten vor ihr zurück.

Ihre Mutter wartete schweigend auf ihre Rückkehr. Delia spürte ihre Geduld, ihre Fürsorglichkeit, das unheimliche Wissen, das typisch mütterliche Vertrauen auf ihr Gefühl. Und mit diesem Vertrauen schreckte sie die Tochter ab.

Sie blieb freundlich, bis die Freundlichkeit ihnen beiden die Luft zum Atmen nahm. Eines Abends stieg Nettie zu der kleinen Dachkammer hinauf, die Delia als Probenraum diente. Sie übte mit erzwungener Leichtigkeit eine chromatische Tonfolge an der oberen Grenze ihres Stimmumfangs. Als sie das Klopfen hörte, hielt sie inne. Die Mutter stand mit gefalteten Händen vor der Tür, als hielte sie eine Kaffeetasse oder ein Gebetbuch. Eine Viertelminute lang sahen sie sich schweigend an.

»Sing ruhig weiter. Tu einfach, als wäre ich nicht da.«

Sie stand krumm wie ein Fragezeichen, vorzeitig gealtert, die Schultern gebeugt unter der Last von hundert Jahren unbeantworteter Fragen.

»Mama« war alles, was das Mädchen sagen konnte.

Nettie Ellen betrat die Dachkammer und setzte sich. »Lass mich raten. Er hat kein Geld.«

Delias heimliches Leben sprang aus der Deckung, aufgescheucht aus dem Unterholz. Zorn flammte auf, die Empörung der Schuldigen. Dann löste sich Wut in Tränen auf, und sie fühlte sich so erleichtert wie schon seit Wochen nicht mehr. Sie konnte mit ihrer Mutter reden. Die Kluft vielleicht überbrücken, mit Worten.

»Nein, Mama. Arm … ist er eigentlich nicht. Es ist … schlimmer.«
»Er geht nicht in die Kirche.«

Delia senkte den Kopf. Der blanke Fußboden wurde zum Ozean, in dem sie zu ertrinken drohte. »Nein.« Sie schüttelte nur ein einziges Mal den bleischweren Kopf. »Nein, er geht nicht in die Kirche.«

»Na, davon geht die Welt nicht unter.« Eine Art kehliges Glucksen, ganz hinten im Rachen. Nettie Ellens Antwort auf alles, womit man Nachsicht haben musste. »Du weißt doch, mit deinem Vater hatten wir da auch immer unsere Sorgen, und es sieht nicht so aus, als ob er sich plötzlich doch noch aufrafft und fromm wird.«

Nettie lächelte ihre Tochter an, amüsiert über die eigene Langmut. Aber ihr Lächeln wurde nicht erwidert. Delia blieb stumm, ihr ganzer Körper ein einziges Flehen: *Frag weiter. Bitte bitte, frag weiter.*

»Er ist nicht von hier, stimmt's? Woher kommt er denn?«

Die panische Angst in den Augen ihrer Mutter ließ Delia keine Chance zur Ehrlichkeit. »New York«, sagte sie und sackte noch weiter in sich zusammen.

»New York!« Ihre Mutter begrüßte diesen Aufschub der Katastrophe mit einem törichten Hoffnungsschimmer. »Dem Himmel sei Dank. New York ist einfach. Nach New York kann man zu *Fuß* gehen. Ich dachte schon, du sagst Mississippi.«

Delia zwang sich zu einem Lachen. Die nächste Lüge.

Ihre Mutter hörte es sofort. Das absolute Gehör, das sie Delia vererbt hatte. »Spann mich nicht auf die Folter. Du musst es mir sagen. Allein komme ich nie drauf. Was kann schon so schlimm sein an diesem Mann? Hat er drei Beine oder was? War er schon fünfmal verheiratet? Spricht er kein Englisch?«

Ein furchtbares, tonloses Kichern: »Ja, das auch.«

Nettie Ellen riss den Kopf in die Höhe. »Wieso? Was spricht er *denn*?«

Dann ein Blick. Mit weit aufgerissenen Augen. Die längst überfällige Erkenntnis. Kummer, Angst, Verständnislosigkeit, Stolz, das ganze Spektrum: Das weiße Licht ungläubigen Entsetzens war in alle Farben des Regenbogens gebrochen. Die Frage, derentwegen sie eigentlich hier in die Dachkammer gekommen war, starb auf ihren Lippen. Die Frage *Liebst du ihn wenigstens?*, war plötzlich sinnlos.

»Willst du damit sagen, er ist keiner von uns?«

Die volle Wucht dieser so einfachen, so wahnwitzigen Tatsache. Die Last von Jahrhunderten hob sich von Delias Schultern. Jahrhunderten voller Bosheit und Schlimmerem, voller unbeantworteter Fragen. Sie spürte die lang gesuchte Stütze, die ihrer Stimme Kraft verlieh. Die Vergangenheit war ein Albtraum, den die Lebenden abschütteln mussten. Die Zeit war reif für die Welt – den richtigen Umgang mit der Welt.

»Das stimmt, Mama. Er ist ... nicht ganz einer von uns.«

Und in den Jahrhunderten, die sie plötzlich trennten, gehörte auch sie nicht mehr dazu.

Wir fuhren mit Pa nach Hause. Ich sage »nach Hause«, aber das Haus war nicht mehr da. Wir standen vor dem ausgebrannten Gebäude, starrten den Raureif auf dem schwarzen Stein an. Ich stand in dem Trümmerhaufen und suchte den Ort, an dem ich groß geworden war.

Anfangs glaubte ich, wir seien eine Straße zu weit im Süden. Die beiden Eingänge rechts und links von unserem Haus waren rußgeschwärzt. Unseres sah aus, als hätte sich ein Artilleriegeschoss hineinverirrt. Holz, Stein, Ziegel und Metall – Sachen, die nicht aus unserem Haus kommen konnten – lagen durch- und übereinander. Trotzdem waren alle – unsere Nachbarn, unsere alte Hauswirtin Mrs. Washington, selbst Mrs. Washingtons Jack-Russell-Terrier – lebendig herausgekommen. Alle außer meiner Mutter.

Wir standen so lange vor der Ruine, dass wir fast erfroren wären. Ich konnte den Blick nicht abwenden. Wir suchten nach dem kleinen Spinett, um das wir uns immer zum Singen versammelt hatten, aber nichts in dem Trümmerhaufen ähnelte ihm auch nur. Jonah und ich drückten uns aneinander, stampften mit den Füßen, stießen Atemwolken aus. Wir standen da, bis die Kälte und die Sinnlosigkeit selbst für uns zu viel waren. Schließlich führte Pa uns fort, und wir kehrten nie wieder dorthin zurück.

Ruth kam nicht mit zu diesem letzten Blick. Sie hatte ihren schon hinter sich. Ruthie war die Erste von uns gewesen; sie war nach Hause gekommen und hatte das Haus in Flammen vorgefunden. Der Schulbus konnte nicht in die abgesperrte Straße, und sie war an der Ecke ausgestiegen. Erst als sie sich einen Weg durch die Feuerwehrleute bahnte, konnte sie sehen, welches Haus brannte. Die Männer hatten die brüllende Zehnjährige mit Gewalt von dem Feuer wegzerren müssen. Sie wehrte sich heftig und biss einen von ihnen in die Hand, dass es blutete.

Auch als sie mich sah, brüllte sie. »Ich wollte sie rausholen, Joey. Ich wollte ins Haus. Aber sie haben mich nicht reingelassen. Sie haben sie verbrennen lassen. Ich hab's gesehen.«

»Ruhig, Kind. Deine Mutter war lange tot, als du zum Haus kamst.« Pa meinte es gewiss als Trost.

»Sie hat gebrannt da drin«, beharrte Ruthie. »Sie stand in Flammen.«
Meine Schwester war ein anderer Mensch geworden. Das älteste Kind
auf Erden. Ihr Atem ging keuchend. Sie fuhr plötzlich zusammen, er-
schrak vor etwas, das keiner von uns sah. Ich legte den Arm um sie, und
sie merkte es nicht einmal.

»Ruhig. Kein Mensch kann in so einem Feuer sein und noch etwas
spüren.« Pa hatte zu lange in der Welt der Zahlen und Fakten gelebt. Er
konnte sich nicht vorstellen, dass für ein zehnjähriges Mädchen eine
solche Wahrheit vielleicht nicht gut war.

»Ich habe sie gehört«, sagte Ruthie, aber nicht zu uns. »Sie haben
mich festgehalten. Sie haben mich nicht zu ihr gelassen.«

»Der Heizer ist explodiert«, erklärte Pa.

»Der was?«

»Der Kocher«, sagte Pa. Er hatte das Wort vergessen. In jeder Sprache.

»Der Heizkessel«, übersetzte ich.

»Die Gasleitung wahrscheinlich. Das Gas ist explodiert. Deshalb kam
sie nicht mehr heraus, obwohl es helllichter Tag war.«

Diese Erklärung passte am besten zum Zustand der Trümmer. Noch
Wochen später explodierten Dinge in meinen Träumen. Sogar bei Tage.
Dinge, vor denen ich nicht davonlaufen konnte, für die ich nicht einmal
einen Namen hatte.

Wir zogen in eine winzige Wohnung in Morningside Heights, die ein
Kollege meinem Vater überließ, bis wir eine neue Bleibe gefunden hatten. Wir lebten wie Flüchtlinge, angewiesen auf die Almosen anderer.
Selbst unsere Klassenkameraden aus Boylston schickten uns Pakete mit
abgelegten Kleidern, weil sie nicht wussten, was sie sonst tun sollten.

Mein Vater organisierte einen Gedenkgottesdienst. Es war das erste
und letzte größere gesellschaftliche Ereignis, das er ohne die Hilfe unserer Mutter geregelt bekam. Es gab keinen Sarg bei dieser Totenfeier,
keinen Leichnam, den man noch begraben konnte. Meine Mutter war
bereits eingeäschert worden, auf Weisung eines anderen. Zusammen
mit ihr waren auch alle Bilder verbrannt, die wir von ihr hatten.
Freunde kamen mit dem Wenigen, was sie an Erinnerungsstücken besaßen, und stellten sie zu ihrem Gedächtnis auf der Anrichte am Eingang auf: Zeitungsausschnitte, Gemeindebriefe, Konzertprogramme –
mehr Andenken an meine Mutter, als ich je wieder sehen sollte.

Ich hätte nie gedacht, dass der kleine Saal, den wir gemietet hatten,
voll würde, aber bald war kein einziger Platz mehr frei. Auch mein Vater
hatte es falsch eingeschätzt und musste noch Klappstühle kommen las-

sen. Ich war verblüfft, dass meine Mutter überhaupt so viele Menschen gekannt hatte, und noch mehr, dass sie alle an diesem trüben Sonntagnachmittag mitten im Winter gekommen waren. »Jonah?«, fragte ich ein paar Mal leise. »Jonah, woher kommen all diese Leute?« Er sah sich um und schüttelte den Kopf.

Manche waren um meines Vaters willen gekommen. Ich erkannte etliche seiner Kollegen von der Universität. Hie und da bedeckte eine Jarmulke einen schon kahlen Schädel. Selbst Pa hatte eine Zeit lang eine auf. Andere kamen Ruth zuliebe, Kinder aus ihrer Schule, Nachbarn, die wir nie richtig gekannt hatten, die aber Freunde von Ruth waren. Die meisten allerdings waren gekommen, um Abschied von meiner Mutter zu nehmen: ihre Gesangschüler, die Mitstreiter aus ihrem Kirchenchor, eine große Zahl von höchst unterschiedlichen Freunden. In meinem Kinderverstand hatte ich Mama immer für eine Fremde in einem fremden Land gehalten. Aber sie hatte sich in ihrem Exil eingerichtet, die Türen weit aufgemacht und gut darin gelebt.

Wir saßen ganz vorne, auf den Ehrenplätzen. Ich drehte mich um und warf einen verstohlenen Blick auf Mutters Trauergemeinde. Meine Augen wanderten über das Farbspektrum. Sämtliche Nuancen, die ich je gesehen hatte, waren in diesem Raum vertreten. Die Gesichter hinter meinem Rücken leuchteten in allen Schattierungen, ein Farbenspiel so flirrend und vielfältig wie die Steinchen eines lichtgesprenkelten Mosaiks. Und jeder Ton unverwechselbar und einmalig. Jedes Gesicht aus einem anderen Holz geschnitzt: hier Mahagoni, dort Nussbaum oder Kiefer. Kupferne und bronzene Verzierungen, ein pfirsichfarbener Akzent, Intarsien aus Elfenbein oder Perlmutt. Der eine oder andere scharfe Kontrast: Schneeweiß wie das Mehl in einer Backstube oder kohlschwarz wie der Maschinenraum auf dem Ozeandampfer Geschichte. Doch in der breiten Mitte des Spektrums drängten sich alle nur denkbaren Brauntöne nebeneinander auf den Klappstühlen des vollbesetzten Saals. Erst durch das Nebeneinander gaben sie sich zu erkennen; Taupe zeigte mit dem Finger auf Bernstein; Ocker wurde zum Kronzeugen gegen Gelbbraun; Rosa und Rotbraun und Teak straften alle Namen Lügen, die man ihnen jemals gegeben hatte. Sämtliche Mischungen von Honig bis Tee, von Kaffeebraun bis Cremefarben – Rehbraun, Fuchsrot, Ebenholz, Fahlbraun, Goldbraun, Schwarzbraun, Beige: Ich hatte keine Worte für all diese Töne. Tannennadelbraun. Tabakbraun. Farbtöne, die bei Tageslicht womöglich kaum zu unterscheiden waren – Kastanienbraun, Zimtbraun, Terrakotta –, hoben sich im Halbdunkel dieses engen Raumes deutlich von ihren Nachbarn ab.

Afrika, Asien, Europa und Amerika waren aufeinander geprallt und hatten dieses Kaleidoskop der Farben hervorgebracht. Einst hatte jede Weltgegend ihre eigene Hautfarbe. Jetzt gab es ein Vielfaches davon. Wie viele Abstufungen waren für das menschliche Auge erkennbar? Diese vieltönige, vielstimmige Symphonie traf auf ein stocktaubes Publikum, das nur Tonika und Dominante heraushörte und sich selbst damit ziemlich schwer tat. Aber all diese Zwischentöne auf der chromatischen Tonleiter waren um meiner Mutter willen gekommen, und viele der dazwischen liegenden Mikrotöne ebenfalls.

Das war mein verstohlener, verbotener Blick nach hinten. Neben mir saß Jonah und reckte den Hals, rutschte unruhig auf seinem Stuhl herum und musterte unverhohlen das Publikum, als ob er jemanden suche. Schließlich befahl ihm Pa mit ungewohnt strenger Stimme: »Lass das sein und sitz still.«

»Wo ist Mamas Familie?«, fragte Jonah, wieder mit kindlicher Sopranstimme. Zahllose Kratzer auf seinem Gesicht zeugten von dem Versuch, sich zu rasieren. »Sind sie das? Sind sie hier? Heute *müssen* sie doch einfach kommen, oder?«

Pa befahl ihm erneut zu schweigen, sprach Deutsch mit ihm. Die Worte schwebten orientierungslos durch den Raum, auf der Suche nach all den Orten, an denen er irgendwann einmal gelebt hatte. Er sprach schnell, vergaß dabei ganz, dass seine Söhne eine andere Muttersprache hatten. Aus dem Wenigen, was ich verstand, reimte ich mir zusammen, dass es in Philadelphia wohl einen eigenen Gottesdienst geben würde, damit dort alle teilnehmen konnten und nicht die weite Fahrt auf sich nehmen mussten. Jonah verstand auch nicht mehr als ich.

Mein Vater trug die selbe Art von zweireihigem, grauem Anzug wie bei seiner Hochzeit, und schon damals waren solche Anzüge seit Ewigkeiten aus der Mode gewesen. Er musterte seine Knie mit dem gleichen fassungslosen Lächeln wie in dem Augenblick, in dem er uns eröffnet hatte, dass unsere Mutter tot war. Ruth saß neben Pa, zupfte an den Ärmeln ihres schwarzen Samtkleids und flüsterte leise vor sich hin, die Haare wirr und struppig.

Ein wohlmeinender, doch überforderter Pfarrer erzählte die Lebensgeschichte meiner Mutter, von der er keine Ahnung hatte. Dann traten Freunde ans Pult und retteten, was nach dieser Grabrede noch zu retten war. Sie erzählten von ihren Mädchenjahren, Geschichten, die ich nie gehört hatte. Sie gaben ihren Eltern Namen, eine Herkunft. Sie erweckten ihre Brüder und Schwestern zum Leben, erinnerten sich an das dreigeschossige Haus in Philadelphia, eine Familienfestung, die ich mir als eine ältere, aus Holz gebaute Variante unseres eigenen Brownstones vorstellte, in dem sie verbrannt war. Die Redner überboten sich im Lobpreis dessen, was sie am meisten an ihr geliebt hatten, und es hätte nicht viel gefehlt, dann hätten sie sich darüber gestritten. Für den einen war es ihre Anmut, für den Nächsten ihr Humor. Ein Dritter nannte ihren unerschütterlichen Glauben daran, dass auch das Schlimmste in uns zur Besserung fähig war. Keiner sprach über das, woran er wirklich dachte. Dass Leute sie angespien hatten in öffentlichen Gebäuden, dass sie ihr Drohbriefe geschrieben hatten, sie gedemütigt hatten Tag für Tag. Keiner sprach von Feuer, von Explosion, davon, wie sie bei lebendigem Leibe verbrannt war. Kam einer ins Stocken, riefen die anderen ihm neue Stichworte zu, stimmten in die Refrains ein wie bei den Kirchenliedern, die meine Mutter einst gesungen hatte. Ich saß ganz vorn, nickte bei jedem Kommentar, lächelte, wenn Lächeln angebracht schien. Ich hätte es ihnen allen erspart, hätte jeden Einzelnen gebeten, doch sitzen zu bleiben, einfach nichts zu sagen, wenn es in meiner Macht gestanden hätte.

Einer ihrer Gesangschüler, ein Bassbariton namens Mr. Winter, erzählte, wie die Akademie, an der sie sich seinerzeit beworben hatte, ihr die Aufnahme verweigerte. »Keine Gesangstunde verging, in der ich nicht diese armseligen Schwachköpfe dafür gesegnet habe, dass sie Mrs. Strom auf einen anderen Weg brachten. Wenn ich heute über sie Gericht sitzen könnte, würde ich sie zu einem halben Tag Strafe verurteilen. Nur einen halben Tag lang sollten sie sich anhören, welche Töne aus der Kehle dieser Frau kamen.«

Dann war mein Vater an der Reihe, ein paar Worte zu sprechen. Keiner erwartete es von ihm, aber er bestand darauf. Er erhob sich, mit schlotternder Hose und wehenden Rockschößen. Ich versuchte ihn im Aufstehen zurechtzuzupfen, was einen unwillkürlichen Lacher durch die ganze Trauergemeinde laufen ließ. Ich wäre am liebsten im Boden versunken. Ich hätte all unsere Leben hergegeben, um sie wieder lebendig zu machen, und mich mit Freuden als Erster geopfert.

Mein Vater ging ans Pult. Er neigte den Kopf. Er lächelte, doch er sah sein Publikum nicht an; der fahle Strahl ging in ferne Galaxien. Er nahm seine Brille ab und putzte sie mit dem Taschentuch, so wie er es immer tat, wenn er von etwas gerührt war. Und wie jedes Mal verschmierte er sie nur noch mehr. Einen Moment lang kniepte er mit den Augen, halb blind, ein aufgedunsener, pochierter Weißfisch, der verloren in dieser See aus echten Farben schwamm. Wie hatte meine Mutter darüber hinwegsehen können?

Pa setzte seine Brille auf, und sofort war er wieder unser Pa. Die dicken Gläser waren so schwer, dass er den Kopf zur Seite neigte. Die erhobene Seite des Gesichts verzog er zu einem entsetzlichen Grinsen. Er fuchtelte mit der rechten Hand, wie er es oft tat, wenn er einen seiner Vorträge über Relativitätstheorie mit einer lustigen Geschichte über Uhren in fahrenden Zügen begann oder über Zwillinge, die in Raketen beinahe mit Lichtgeschwindigkeit flogen. Er schüttelte den Kopf noch einmal und öffnete den Mund. Es kam nur ein Krächzen heraus. Die Stimme, die Tausende Male die kompliziertesten Muster gemeistert hatte, in all den mehrstimmigen Liedern, die er mit ihr gesungen hatte. Und jetzt verpasste er den Einsatz.

Endlich nahm das erste Wort die Hürde des Kehlkopfs. »Es gibt ein altes jüdisches Sprichwort.« Das war nicht mein Vater. Mein Vater stand draußen, umtost von einem entsetzlichen Sturm. »Das Sprichwort heißt: ›Der Vogel und der Fisch können sich verlieben …‹«

Wieder nur das Krächzen, das Rascheln von trockenem Schilf an einem Flussufer. Er hielt so lange inne, dass schließlich selbst meine Verlegenheit verging, sich mit aller anderen Anspannung im Raum in Stille auflöste. Noch einmal hob mein Vater den Kopf. Dann murmelte er eine Entschuldigung und setzte sich wieder.

Wir sangen: Der einzige Teil des Programms, der ihr vielleicht gefallen hätte. Mr. Winter trug »Herr Gott Abrahams« aus Mendelssohns *Elias* vor. Die beste von Mutters Amateurschülerinnen versuchte sich an Schuberts »Ave Maria«, Miss Andersons Markenzeichen, das meine Mutter seit Mädchentagen nicht mehr gesungen hatte, so sehr hatte sie es geliebt. Die junge Sängerin konnte keinen Ton über dem zweiten E halten, ihr Vibrato war brüchig vom Schmerz, und trotzdem würde sie bei diesem Lied der Vollkommenheit nie wieder so nahe sein.

Eine nach der anderen, erst einzeln, dann in Gruppen, sangen die Stimmen, mit denen meine Mutter einst gesungen hatte, nun ohne sie. Sie sangen Arien aus *Aida*. Sie sangen russische Kunstlieder wie tönende Aquarellmalerei. Sie sangen Spirituals, die einzige Volksmusik, die aus vier, fünf, sogar sechs verlorenen und verirrten Stimmen immer wieder zu ihren Harmonien zurückfand. Sie standen auf, sangen spontan einen Gospelsong, die paar Schnipsel Seelenheil, die sie kannten.

Einen kurzen, flüchtigen Moment lang hörte ich es noch einmal, unser Spiel mit den verrückten Zitaten – das nie endende Liebeswerben meiner Eltern und die erste Gesangschule ihrer Kinder. Nur dass hier der Kontrapunkt zum Stillstand gekommen war und sie alles nacheinander sangen. Die Vielstimmigkeit löste sich auf, Akkorde wurden zu

Tonketten. Aber etwas von der alten melodischen Vielfalt blieb doch. Und was blieb, war meine Mutter. Sie stammte von mehr Orten ab, als selbst ihre Kinder mit ihrem abenteuerlich gemischten Blut je erreichen konnten, und jeder von diesen so widersprüchlichen Orten hatte seine eigene Erkennungsmelodie. Früher hatten die Stränge miteinander gewetteifert, wollten alle gleichzeitig gehört werden. Jetzt gaben sie die Rangelei auf, stellten sich an und kamen einer nach dem anderen, zurückhaltend geworden im Angesicht des Todes, und jeder ließ dem anderen gern den Vortritt in der langen Ahnenreihe der Zeit.

Mein Vater versuchte gar nicht erst zu singen. Dafür war er zu klug. Aber stumm blieb er auch nicht. Er hatte ein dreiminütiges Quodlibet zu Papier gebracht, ein Dokument unserer alten Gesangabende, der Abende, die uns damals unendlich vorgekommen und die doch mehr als nur zu Ende gegangen waren. In die drei Minuten packte er alles, was sich nur irgend auf die Ausgangssequenz beziehen ließ. In jedem Universum, das wir uns vorstellen konnten, konnte er dieses Stück nicht in den wenigen Tagen seit ihrem Tod komponiert haben. Aber wenn er es im Voraus geschrieben hatte, dann musste es für genau diesen Anlass gewesen sein.

Er hatte es für fünf Stimmen gesetzt, als seien noch immer wir fünf die Sänger. Genauso gut hätte er eine Arie für Mama schreiben können. Ein Quintett aus Freunden und Schülern, das sich spontan zusammengefunden hatte, übernahm unseren Part, und wir saßen im stummen Publikum. Bei der Kürze der Probenzeit war ihr Gesang ein Wunder. Sie setzten die Bestandteile von Pas irrwitzigem Pastiche wieder zusammen und machten mit ihrer Virtuosität ein heiteres Abschiedslied daraus. Hätten sie gewusst, was dieses Stück in Wirklichkeit war, so hätten sie es niemals singen können: Das Abendgebet unserer Familie, der Dank für eine Gabe, von der wir glaubten, dass sie uns für immer gehörte.

Es war ein Bravourstück, das Pa da gelungen war, eine musikalische Rekonstruktion. All unsere alten Zitatenspiele waren tot und verbrannt, so vollständig vernichtet wie jedes Familienalbum. Und hier kam nun plötzlich eines, das doch erhalten war: Es war eine Collage, die wir tatsächlich einmal an einem Abend gesungen hatten, höchstens ein paar Zufälligkeiten waren anders. Irgendwie hatte Pa den Namen, so vertraut, dass er nicht zu retten war, darin bewahrt. Er transkribierte nur, hätte dieses Stück niemals alleine schreiben können. Sie war da als sein Kontrapunkt, steuerte Melodie um Melodie dazu bei. Note für Note holte er sie zurück aus dem Grab. Ihr »Balm in Gilead« übertönte seinen Cherubini. Ihre brahmssche *Altrhapsodie* zankte sich mit seinem geknurrten Klezmer. Debussy, Tallis, Basie: Sie machten aus der Collage einen eigenen, kurzlebigen Staat, einen, in dem kein Gesetz die Mesalliance, die Rassenmischung verbot. Das war die einzige Komposition, die Pa jemals aufschrieb, sein Versuch einer Antwort auf die mörderische Frage, wo der Fisch und der Vogel ihr unmögliches Nest bauen sollten.

Dann hatten mein Bruder und ich unseren Auftritt. Als das Quodlibet seinem überraschenden, doch logischen Ende zusteuerte, warf ich ihm einen Blick zu. Sein Gesicht war ein Wespennest. Er wollte diesen Auftritt nicht, er wollte nicht vor dieser Zuhörerschar singen. Nicht für sie singen. Nicht jetzt und nicht später. Aber es musste sein.

Das Klavier in dem gemieteten Saal klang dumpf und verstimmt. Die Stimme meines Bruders war spröde und widerwillig. Er hatte auf einem Lied bestanden, das er nicht mehr singen konnte, eine ganze Kindheit zu hoch für seine jetzige Stimme. Ich hatte mit allen Mitteln versucht, ihm die Idee auszureden. Aber Jonah blieb hart. Er wollte den Mahler singen, den er und Mama einst zusammen einstudiert hatten. »Wer hat dies Liedlein erdacht?«

Das sollte sein Gedenklied für sie sein. Zwei Jahre nachdem ihr gemeinsamer Auftritt ihm den Platz in der Akademie verschafft hatte, hatte Jonah sie gebeten, ihn doch lieber nicht zu den Ferien abzuholen. Jetzt war der Quell all seiner Liebe und all seiner Scham gestorben, bevor er den Bann aufheben konnte. Daran würde er tragen bis ans Ende seiner Tage. Nicht einmal Gesang konnte das wieder gutmachen.

Zwei Tage zuvor war er auf die absurde Idee gekommen, das ganze Lied im Falsett zu singen, in der ursprünglichen Sopran-Stimmlage von *Des Knaben Wunderhorn*, wie ein grotesker Kontratenor, der das Unmögliche versucht und die Zeit umkehren will. Ich machte ihm klar, wie absurd es klingen würde. Wir transponierten es eine Oktave tiefer, und damit ließ es sich, abgesehen von der unauflösbaren Dissonanz – den unschuldigen Worten in der Stimmlage des Verstoßenen –, bewältigen. Was hatte das feine, liebe Mädel in dem hohen Haus schon mit der kühlen, vernünftigen Schwarzen aus Philadelphia gemein, bei lebendigem Leibe verbrannt mit noch nicht einmal vierzig? Aber das Mädchen in dem Lied, das war Mama. Wollte ein anderer etwa bestimmen, wie ihre Söhne sie zu sehen hatten? Der Tod macht alle Rassen gleich. Mehr denn je war sie jetzt dieses Mädel und würde nun für alle Zeit hinausblicken auf die grüne Heide.

Unser Haus war verbrannt und unsere Mutter war tot. Aber wir hatten keinen Leichnam als Beweis. Ich war zu jung, um zu glauben, was ich nicht sah. Mir kam die ganze Versammlung eher wie eine Chorprobe vor, wie die Vorbereitung für das große Fest zu ihrer Wiederkehr. Wer hatte das Liedlein erdacht? Erst als das Mädel in den Bergen die Züge meiner Mutter annahm, konnte ich es wirklich sehen. Und nur in der schroffen Märchensprache meines Vaters reimte sich *wund* auf *gesund*:

> Mein Herzle ist wund,
> Komm, Schätzle, mach's g'sund!
> Dein' schwarzbraune Äuglein,
> Die hab'n mich verwund't!

> Dein rosiger Mund
> Macht Herzen gesund.
> Macht Jugend verständig,
> Macht Tote lebendig …

> Wer hat denn das schön schöne Liedlein erdacht?
> Es haben's drei Gäns' übers Wasser gebracht.
> Zwei graue und eine weiße!
> Und wer das Liedlein nicht singen kann,
> Dem wollen sie es pfeifen! Ja.

Ich suchte auf den Tasten dieselben Akkorde zusammen, die sie einst gesucht hatte, drückte sie, wie ihre Finger sie gedrückt hatten. Irgend-wie mogelte Jonah sich durch das Lied, erfand die Töne beim Singen. Ich stand ihm zur Seite, Takt für Takt. Keiner nahm mehr wahr, dass er eine Oktave tiefer sang. Er sang, wie andere nur in Gedanken singen. Seine Stimme kam zu den Noten wie eine Biene zur Blume, selbst er-staunt über die Präzision ihres Fluges: hell, klar, traumhaft sicher und verloren. In anderthalb Minuten war alles vorbei.

Was für Stimmen! Ihr zwei, ihr müsst auf meiner Hochzeit singen. Sie hat nie begriffen, wie sehr dieser Scherz mich erschreckte. *Ich weiß, ich bin schon verheiratet. Kann ich mir nicht trotzdem wünschen, dass ihr auf meiner Hochzeit singt?* Vielleicht würde sie sich das selbst im Tod noch wünschen. Vielleicht war dies die Hochzeit, an die sie gedacht hatte.

Ihre schwarzbraunen Augen hätten uns gesund machen können, ver-ständig. Hätten uns alle wieder lebendig machen können, wäre sie nicht als Erste zu den Toten gegangen. Wer kann schon sagen, weshalb sie dies hübsche kleine Lied so sehr mochte? Es gehörte ja nicht zu ihr. Es kam aus einer anderen Welt. Die Welt, in der sie leben musste, wollte nicht zulassen, dass sie es sang. Mamas drei Gänse – zwei graue und eine weiße – brachten das Lied übers Wasser zu ihr, an den Ort, wo sie nie daheim war.

Noch ein zweites Mal trat ich als Begleiter auf, bei der letzten Gesangdarbietung, die den Gedenkgottesdienst abschloss. Während all der Reden und Lieder hatte Ruthie auf ihrem Stuhl neben Pa gesessen, an ihren Strümpfen gezupft, an ihren Schuhsohlen gezogen, als wolle sie ihre Mutter herausfordern, aus dem brennenden Haus zu kommen, ihr einen Klaps auf die unartigen Hände zu geben. Tagelang nach dem Feuer war Ruth weinend zu Bett gegangen und nachts schreiend aufgewacht. Sie verschluckte sich an ihrer Spucke, so heftig fragte sie, wo Mama sei. Erst als ich ihr sagte, das wüssten wir nicht, hörte sie auf zu weinen. Nach einer Woche hatte meine Schwester sich bereits abgekapselt, wälzte das Geheimnis in der Geborgenheit ihres Panzers immer und immer wieder um. Die Welt belog sie. Sie wusste nicht warum, aber keiner wollte ihr erzählen, was wirklich geschehen war. Es war eine Aufgabe, die die Erwachsenen ihr gegeben hatten, eine Prüfung, und sie war ganz auf sich gestellt.

Schon bei dem Gedenkgottesdienst grübelte Ruth über dieses Geheimnis nach. Sie saß auf dem Stuhl, zupfte die Fäden aus dem Saum ihres Kleides, wälzte das Beweismaterial um. Zu Hause, am helllichten Tage, alle kamen davon, nur eine nicht. Ruth kannte Mama. So etwas wäre Mama nie passiert. Während des ganzen Gottesdienstes hielt Ruthie insgeheim Zwiesprache, beriet sich beim Nachmittagstee mit ihren in Rauch aufgegangenen Puppen. Von Zeit zu Zeit schrieb sie sich mit dem Zeigefinger etwas in die Handfläche, unauslöschliche Notizen an sich selbst auf dem vorbereiteten Pergament, all die Dinge, die sie niemals vergessen durfte. Ich beugte mich vor und wollte hören, was sie flüsterte. Immer wieder sagte sie mit kaum hörbarer Stimme: »Ich sorge dafür, dass sie dich finden.«

So grausam es gewesen sein mag, hatten wir uns die Darbietung unserer Schwester für den Schluss aufgehoben. Ruth war das Beste, was wir an Erinnerung an Mama noch hatten, auf der ganzen Welt dasjenige, was ihr am ähnlichsten war. Schon mit zehn zeichnete sich ab, dass sie dieselbe Stimme bekommen würde. Ruth hatte alle Anlagen – eine Klarheit des Tons, die sich mit Jonahs messen konnte, Mamas Timbre, eine Phrasierung, die über alles hinausging, was ich zustande brachte. In einer anderen Welt hätte sie uns als Sängerin alle hinter sich gelassen.

Sie sang das Lied, das jeder angehende Sänger lernt, von Bach und doch nicht von Bach, eine Melodie, wie man sie sich einfacher kaum vorstellen konnte, so einfach, dass selbst Bach sie nicht ohne Hilfe zustande gebracht hatte. Das Lied stand im Notenbüchlein seiner Frau, wo sie sich aufschrieb, was sie im Unterricht bei ihm gelernt hatte. Ruth hatte es von Mama gelernt, ganz ohne Unterricht.

> Bist du bei mir, geh ich mit Freuden
> Zum Sterben und zu meiner Ruh.
> Ach, wie vergnügt wär so mein Ende,
> Es drückten deine lieben Hände
> Mir die getreuen Augen zu!

Ruth sang, als seien wir zwei die beiden letzten Menschen auf der ganzen Welt. Ihr Ton war nicht laut, aber klar wie ein Glockenspiel. Ich ließ den Fuß vom Pedal und drückte die Tasten ganz behutsam, sodass der Ton nicht mit dem Druck meiner Finger, sondern beim Loslassen kam. Ihre lang gezogenen Noten schwebten über meinen Modulationen wie Mondlicht über einem führerlos treibenden Boot. Ich durfte nicht zuhören oder doch nur so viel, dass ich immer im Kegel ihres Lichtes blieb.

Das einfachste Lied der Welt, so selbstverständlich und so geheimnisvoll wie das Atmen. Wer weiß, was die anderen hörten? Ich bin mir nicht einmal sicher, ob Ruthie die Worte verstand. Ursprünglich mochten sie an Gott gerichtet sein, aber Ruth schickte sie an eine andere Adresse.

Wir kehrten auf unsere Plätze zurück, und der ganze Saal schwieg. Nie wieder sang Ruth in der Sprache ihres Vaters, nie wieder sang sie die von ihrer Mutter so geliebten europäischen Lieder in der Öffentlichkeit. Bis sie schließlich nicht anders konnte.

Zum Abschluss sangen noch alle zusammen »On that Great Gettin'-Up Morning«, »Wenn der Morgen der Auferstehung kommt«. Der Song stand nicht auf dem Programm, aber er fügte sich an, als gehöre er dazu. Die Freunde meiner Mutter sangen ihn in strahlendstem, hoffnungsvollstem Dur. Ein einziger Blickkontakt genügte, und das Tempo war gefunden. Stimme um Stimme kam hinzu, alle schmetterten, was das Zeug hielt, denn alle wussten, dass sie nur dies eine Mal zusammen sangen. Die Improvisationen wurden immer freier, und ich blickte hinüber, um zu sehen, was Jonah für ein Gesicht dazu machte. Die verquollenen Augen schienen zu sagen: »Wenn du willst, dann los.«

Anschließend gab es noch Sandwiches für alle, und unsere Gäste widmeten sich dem Essen mit einem Appetit, für den ich sie allesamt hasste. Die wenigen Kinder, die dabei waren, versammelten sich um Ruth, die hin- und hergerissen war zwischen Mitmachen und Verweigerung. Jonah und ich hielten die Stellung, sahen den Leuten zu, wie sie lächelten und sich an der Gesellschaft freuten. Wenn jemand kam und uns sein Beileid aussprach, dankte Jonah ihm mechanisch, und ich erwiderte den Leuten, dass sie doch nichts dazu könnten.

Ein Mann kam zu uns. Beim Gottesdienst hatte ich ihn nicht gesehen. Für uns war er nicht anders als die anderen Erwachsenen. Er war Anfang dreißig, zehn Jahre älter als gut für jeden war. Seine Hautfarbe schien mir perfekt, Gewürznelke mit einem Hauch Zimt. Er kam auf uns zu, zögernd, doch selbstbewusst und aufmerksam, mit rot verweinten Augen. »Ihr habt's drauf«, sagte er. Seine Stimme brach. »Ihr zwei, ihr habt Groove.«

Er versuchte zu lächeln, aber es gelang ihm nicht. Ständig sah er sich im Raum um, fluchtbereit. Ich verstand nicht, warum jemand, den ich noch nie gesehen hatte, so erschüttert vom Tod meiner Mutter war.

»Ist das gut oder schlecht?«, fragte Jonah.

»Das ist großartig. Besser könnt ihr gar nicht sein. Merkt euch, dass ich es gesagt habe.« Er beugte sich herab, bis die rot geweinten Augen auf unsere Höhe kamen. Er sah uns versonnen an. »Du«, sagte er zu Jonah und zeigte anschuldigend mit dem Finger auf ihn. »Du klingst wie sie. Aber du.« In Zeitlupe machte er eine Vierteldrehung zu mir. »Du *bist* wie sie. Und ich meine nicht die Hautfarbe.«

Der Mann richtete sich wieder auf und blickte zu uns herab. Ich spürte Jonahs Wut, noch bevor ich sie hörte. »Woher wollen Sie das denn wissen? Kennen Sie uns überhaupt?«

Der Mann hob beschwichtigend die Handflächen. Sie sahen genau wie meine aus. Und sie hätten nicht anders ausgesehen, wäre er weiß gewesen.

»He, he, bleib cool, Mann.« Er klang, wie Thad und Earl liebend gern geklungen hätten. »Ich weiß es eben. Das ist alles.«

Auch Jonah hörte es. »Waren Sie ein Freund von ihr oder was?«

Zur Antwort sah der Mann uns nur an. Sein Kopf ging hin und her, ein langsames Kopfschütteln. Er staunte über uns, und ich wusste nicht warum. Er konnte nicht glauben, dass es etwas wie uns gab, aber er fand es wunderbar, komisch sogar. Er legte uns beiden die Hände auf den Kopf. Ich ließ ihn gewähren, Jonah schüttelte ihn ab.

Der Mann trat einen Schritt zurück, noch immer kopfschüttelnd, voll trauriger Verwunderung. »Ihr zwei, ihr swingt. Lasst euch von keinem was anderes erzählen.«

Wieder blickte er sich im Raum um, als fürchte er, dass jemand ihn fasste, oder vielleicht auch, als hoffe er darauf. »Grüßt euren Pa von mir. Von Michael, okay?« Dann kehrte er der Trauergesellschaft den Rücken und verschwand.

Wir fanden unseren Vater, wie er für zwei seiner Columbia-Kollegen Feynman-Diagramme auf Servietten zeichnete. Sie diskutierten über die Umkehrbarkeit der Zeit bei kollidierenden Elementarteilchen. Es schien obszön, dass sie über etwas anderes redeten als über Mamas Tod. Aber vielleicht hätte Pa, wenn wir ihn gefragt hätten, geantwortet, dass sie doch genau darüber redeten.

Jonah fiel ihnen ins Wort. »Pa, wer ist Michael?«

Unser Vater wandte sich von den Kollegen ab, sah uns mit leerem Ausdruck an. Wir beide waren einfach nur die nächsten, für die er ein Rätsel lösen sollte. »Michael?« Er wusste nicht, was für ein neues Elementarteilchen das war. Er sah uns an, erinnerte sich, wer wir waren. Etwas machte Klick. Er schien erschrocken und freudig erregt, beides zugleich. »Hier?« Jonah nickte. »Ein großer Mann? Ungefähr eins neunzig?« Wir sahen einander an, erschrocken. Jonah zuckte mit den Schultern. »Ein gut aussehender Mann? Feine Züge? Ein Ohr ungefähr so?«

Pa zog an seinem rechten Ohrläppchen und ahmte den Knick nach, der uns beiden aufgefallen war. Kein Wort von der zimtfarbenen Haut. Das Erste, was ein anderer gefragt hätte. Unserem Vater kam das gar nicht in den Sinn.

»Ja?«, fragte er. »Ist er das?« Immer noch glücklich, immer noch ängstlich. »Wo ist er?«

Jonah zuckte noch einmal mit den Schultern. »Weg.«

»Er ist gegangen?« Pas Gesicht war wieder so bleich wie an dem Tag, an dem er nach Boston gekommen war, um uns zu sagen, dass Mama tot war. »Er ist nicht mehr hier?«

Es war eine blödsinnige Frage, aber ich nickte. Etwas war schief gegangen, und Jonah und ich waren schuld daran. Ich nickte, hoffte, dass das half. Aber Pa sah mich überhaupt nicht. Unser Vater war nie so recht zu Hause in seinem Körper. Er war zu behäbig für seine behände Seele. Wenn er ging, dann polterte er neben sich her wie ein zu schwer bepackter Koffer. Aber dies eine Mal lief er. Er rannte so schnell, dass alle Gespräche in seinem Kielwasser ins Schaukeln kamen. Jonah und ich mussten uns anstrengen, dass wir mithielten.

Pa kam nach draußen, auf die Straße, wäre auch durch die Fußgängerscharen weitergelaufen. Er kam bis zur ersten Querstraße. Ich war einen halben Häuserblock zurückgeblieben und betrachtete ihn aus der Ferne. Es war ein Viertel, in das er nicht gehörte. Selbst in einem so breiten Spektrum fiel er noch aus dem Rahmen.

Pa gab sich geschlagen und machte kehrt, kam zu uns zurück. Aus dem kleinen gemieteten Saal schlug uns das Stimmengewirr entgegen. Zu dritt gingen wir wieder hinein, und alles verstummte. Pa blickte in die Runde und versuchte trotz allem zu lächeln.

»War das jemand, den wir kennen, oder was?«, fragte Jonah.

»Er hat gesagt, ich sehe aus wie Mama.« Ich klang wie ein Kind.

»Ihr seht beide aus wie eure Mutter.« Er sagte es, ohne uns anzusehen. »Ihr alle drei.« Er nahm die Brille ab und wischte sich die Augen. Dann setzte er die Brille wieder auf. Das Lächeln, das ungläubige Grinsen, das sanfte Kopfschütteln vergingen. »Ach, meine Jungs«, sagte er. Er wollte *mein JoJo* sagen, aber er brachte es nicht über die Lippen. »Ach, Jungs. Das war euer Onkel.«

FRÜHJAHR 1949

Ich bin sieben Jahre alt, als unser Vater mich in das Geheimnis der Zeit einweiht. Wir sind auf der Treppe von der 189. Straße zur Overlook Terrace, auf halbem Wege zu unserem nächsten Etappenziel, der Bäckerei Frisch. Ein Sonntag im Frühjahr 1949, irgendwann in der Osterzeit.

Mein Bruder Jonah ist acht. Er nimmt die Treppe wie ein Panzer, immer zwei Stufen auf einmal, während ich mich mühsam emporquäle. Damals ist Jonah noch um ein Viertel größer als ich. Er stürmt davon, als wolle er mich in dieser fernen Vergangenheit zurücklassen. Wahrscheinlich würde er das auch tun, wenn Pa uns nicht zusammenhielte, an jeder seiner weißen Hände einen Jungen.

Unser Vater hat sich zeit seines Lebens mit der Zeit beschäftigt. Er hat schon daran gearbeitet, als mein Bruder noch nicht auf der Welt war. Ich kann gar nicht genug bekommen von dieser Idee: Jonah ein Nichts, nicht einmal ein Staubkörnchen, und mein Vater schon an der Arbeit; er vermisst uns nicht einmal, weil er garnicht weiß, dass er bald Gesellschaft bekommt.

Aber jetzt, in diesem Jahr, sind wir hier bei ihm. Zusammen unternehmen wir diese beschwerliche Pilgerreise zur Bäckerei Frisch, bleiben stehen, weil wir außer Atem sind. »Um uns selbst einzuholen«, sagt Pa.

Jonah hat sich, wer immer das sein mag, längst eingeholt; er zerrt an Pas Arm wie ein Hund an der Leine, denn er wittert Abenteuer auf dem Gipfel dieses gepflasterten Hügels. Ich bin außer Atem und brauche eine Verschnaufpause. All das liegt ein halbes Jahrhundert zurück. In der Zwischenzeit ist der Tag brüchig geworden, wie eine Schachtel alter Ansichtskarten aus den Rocky Mountains, die beim Frühjahrsputz zutage kommt. Alles woran ich mich jetzt erinnere, muss zur Hälfte erfunden sein.

Wir begegnen Leuten, die meinen Vater von früher kennen, aus der Zeit, als er noch hier gewohnt hat. »Bevor ich eure Mutter getroffen habe.« Der Klang dieser Worte ängstigt mich. Mein Vater grüßt einige der Passanten mit Namen. Er begrüßt diese Fremden, als habe er sie gestern noch gesehen. Die Leute – älter als der Mond und die Sterne – behandeln ihn kühl, irgendwie distanziert, aber Pa merkt es nicht. Ein abschätziger Blick auf uns, mehr brauchen sie nicht zur Erklärung. Schon damals sehe ich all die Dinge, die Pa nicht wahrhaben will.

Unser Pa sieht seine alten Nachbarn mit bestürzter Zielstrebigkeit die Bennett Avenue entlang davoneilen. Der Krieg ist seit vier Jahren zu Ende. Aber selbst jetzt scheint er nicht zu begreifen, wie wir alle davongekommen sind. Frühjahr 1949, er und seine Jungen haben auf der Treppe zur Overlook Terrace auf halbem Weg eine Pause eingelegt. Er schüttelt den Kopf, denn er weiß etwas, was keiner seiner früheren Nachbarn aus Washington Heights glauben würde, jetzt nicht und auch nicht, wenn ein Leben lang Sonntag wäre. Alle sind tot. All die Namen, die für mich nicht mehr sind als Legenden – Bubbie und Zadie und Tante – all die, die wir nie gekannt haben. Alle weg. Und alle immer noch lebendig, in Pas Kopfschütteln.

»Meine Jungs.« In seinem deutschen Akzent reimt sich *boys* auf *voice*. Er lächelt, betrübt über das, was er uns zu sagen hat. »Das *Jetzt* ist nur eine raffinierte Lüge.« Wir hätten nie daran glauben dürfen, sagt er. Ein Zwillingspaar hat diese alte Illusion zerstört. Seltsamerweise tragen die Zwillinge unsere Namen, obwohl mein Bruder und ich ganz und gar keine Zwillinge sind. »Ein Zwilling, nennen wir ihn Jonah, verlässt die Erde vierzig Jahre zuvor, mit einer Rakete, die sich fast mit Lichtgeschwindigkeit bewegt. Joey, der andere Zwilling, bleibt daheim auf der Erde. Jonah kommt zurück, und – darauf kommt ihr nie: Die Zwillingsbrüder sind nicht mehr gleich alt! Die Zeit ist für sie unterschiedlich schnell vergangen. Joey, der Bruder, der zu Hause bleibt, ist jetzt so alt, dass er der Großvater seines Bruders sein könnte. Aber unser Jonah, der Junge in der Rakete, der ist in die Zukunft seines Bruders gereist, ohne je seine eigene Gegenwart zu verlassen. Wenn ich's euch sage: Jedes Wort ist wahr.«

Pa nickt, und ich sehe, er meint es ernst. Das ist das Geheimnis der Zeit, das keiner erraten, keiner glauben will, nur dass einem nichts anderes übrig bleibt als es zu glauben. »Jeder Zwilling hat sein eigenes Tempo. Jedes bewegliche Objekt im Universum ist sein eigenes Metronom.«

Es muss ein schöner Tag gewesen sein, denn an die Witterung erinnere ich mich nicht. Schönes Wetter verschwindet im Laufe der Zeit. Schon damals erscheint uns die Welt unzeitgemäß. Der Krieg ist vorbei; allen, die nicht tot sind, steht die Welt offen. Mit acht und sieben Jahren warten mein Bruder und ich auf all die Umwälzungen, die dem Planeten neues Leben einhauchen sollen und uns endlich eine Heimat geben. Rolltreppen, mit denen man zur Overlook Terrace gelangt, ohne einen Fuß zu rühren. Bildtelefone, die man am Handgelenk trägt. Schwebende Häuser. Pillen, die sich in jedes gewünschte Nahrungsmittel verwandeln, allein durch die Zugabe von Wasser. Musik auf Knopfdruck, wo immer man will. Diese Stadt aus Backstein und Eisen ist etwas, woran ich mich im hohen Alter erinnern werde, mit dem gleichen kopfschüttelnden Lächeln der Befremdung, in das mein Vater sich flüchtet, hier in diesem fremden Land, in diesem falschen Jetzt.

In Jonahs Augen sehe ich ein Abbild meiner eigenen Ungeduld. Dieser ganze Ort ist rückständig, unmodern. Raumschiffe gibt es noch gar nicht, außer dem einen, das diese Zwillinge benutzt haben, um die Zeit zu spalten. Wir wissen längst, wie diese Raumschiffe aussehen werden und zu welchen Planeten wir mit ihnen reisen werden. Wir wissen bloß nicht, wie lang die Reise dauern wird.

Ich sehe Pa an und frage mich, ob er das, wovon er erzählt, noch erleben wird: Raumschiffe, die mit Lichtgeschwindigkeit durch das Weltall fliegen. Unser Vater ist unvorstellbar alt. Er ist gerade achtunddreißig geworden. Er hat unheimliches Glück, dass er so lange lebt. Gott muss von seiner Arbeit gehört haben, von den Uhren, die unterschiedlich ticken, und muss unserem Pa eine Uhr mit einer ganz besonderen Antriebsfeder gegeben haben.

Wir erreichen das obere Ende der Treppe, den Bürgersteig der Overlook Terrace. Wir gehen nach links, zur Bäckerei Frisch, vorbei an einem Abfallkorb, an den ich mich besser erinnern kann als an den gestrigen Tag. Vor dem Papierkorb liegt ein toter Vogel. Wir können nicht mit Sicherheit sagen, was für ein Vogel es ist, denn er hat einen schokoladenbraunen Überzug aus Ameisen. Wir gehen weiter, vorbei an der Bank mit der abblätternden Farbe, auf der ich eines Nachts ein Vierteljahrhundert später in einem Washington Heights, das ich nicht mehr wiedererkenne, dem liebsten Menschen, der mir je begegnet ist, sagen werde, dass ich ihn nicht heiraten kann. Heute hat ein älterer Mann – so um die zwanzig – die Bank ganz für sich. Er hat einen Arm über die Rückenlehne gelegt, und seine Schultern weisen in die Ewigkeit. Er trägt eine gestreifte Mütze und einen dicken, butzligen Anzug. Ich sehe den Mann an und erinnere mich. Er mustert uns ebenfalls; sein Blick wandert verwirrt von den Söhnen zum Vater und wieder zurück, die gleiche Verwunderung, die wir überall hervorrufen – außer zu Hause. Doch bevor er sich umdreht, um eine abfällige Bemerkung zu machen, zerrt Jonah Pa wie ein Blindenhund über die Straße, hin zur Bäckerei Frisch und zu weiteren Erklärungen.

Mit jedem Schritt, den er sich von mir entfernt, verlangsamt sich Jonahs Uhr. Aber gerade das macht ihn nur noch ungeduldiger. Jonah läuft und bremst, Pa trödelt und beschleunigt. Er redet immer noch so, als ob wir ihm folgen könnten. »Versteht ihr, das Licht rast immer mit der gleichen Geschwindigkeit an einem vorbei. Egal ob man auf es zuläuft oder in derselben Richtung unterwegs ist. Etwas muss also schrumpfen, damit die Geschwindigkeit gleich bleibt. Deshalb kann man nicht sagen, *wann* etwas geschieht, ohne dass man zugleich sagt *wo*, auf welchem Bild des Films.«

So redet er. Er ist ein bisschen übergeschnappt. Daran merken wir, dass er unser Pa ist. Wenn er diese sonntägliche Straße entlangblickt, sieht er nichts, was nicht in Bewegung ist. Jeder bewegliche Punkt ist das Zentrum eines dahinrasenden Universums. Zollstöcke schrumpfen, Gewichte werden schwerer, die Zeit fliegt zum Fenster hinaus. Er stolpert in seinem eigenen Tempo dahin. Ich will, dass er keinen von uns loslässt. Aber der Unterschied ist zu groß. Jonah fliegt und Pa kommt nicht nach; schon bald wird Pas Zeit so schnell laufen, dass wir ihn an die Vergangenheit verlieren. Eigentlich braucht er uns nicht. Er braucht überhaupt kein Publikum. Er ist bei Bubbie und Zadie, seiner Schwester und ihrem Mann, und überlegt, wie er sie zurückholen kann.

Ich versuche ihn zum Lachen zu bringen, auf ihn einzugehen. »Je schneller du gehst, desto langsamer vergeht für dich die Zeit?«

Aber Pa hebt nur den Kopf und freut sich über meine dumme Bemerkung.

Ein Auto rast vorbei, schneller als Jonah. »Bei diesem Auto geht die Uhr falsch. Zu langsam?«

Unser Vater lacht leise, eine liebevolle, doch abschlägige Antwort. Er sagt nicht: *Bei niedrigen Geschwindigkeiten ist der Unterschied minimal.* Für ihn ist der Unterschied gewaltig. »Nicht zu langsam. Langsamer als deine. Aber schnell genug für sich selbst!«

Ich besitze keine Uhr. Aber ich spare mir die Mühe, ihn daran zu erinnern. Er wird mir eine zu Weihnachten schenken, später im selben Jahr. Und er wird mir einschärfen – so eindringlich, dass ich nicht sagen kann, ob es ein Scherz ist –, dass ich sie niemals zurückdrehen darf.

»Der Fahrer dieses Wagens«, sagt er, obwohl das Auto längst verschwunden ist, »altert langsamer als du.«

»Und wenn wir alle schnell fahren würden …«, fange ich an. Mein Vater beobachtet, wie ich mit dem Problem ringe, und nickt mir aufmunternd zu. »Dann würden wir länger leben?«

»Länger als wer?«

Er fragt mich. Eine echte Frage. Aber es kann nur eine Scherzfrage sein. Schon suche ich nach der scherzhaften Antwort.

»Vergiss nicht, dass die Uhr für uns, in unserem persönlichen Zeitrahmen, kein bisschen langsamer geht.« Er sagt das, als wisse er, dass ich diese Botschaft erst Jahre später verstehen werde. Ich bin Empfänger und Bote zugleich; er erwartet, dass ich mir die Botschaft selbst überbringe, an einen Ort weit weg von diesem Jetzt. »Wir können nicht in unsere eigene Zukunft reisen«, sagt er meinem zukünftigen Ich. »Nur in die Zukunft der anderen.«

Ich blicke die Straße entlang, auf diesen zähflüssigen Brei aus beweglichen Zeiten. Das ist wirklich zu verrückt. Uhren und Zollstöcke weicher als Karamell. Lauter klebrige Zeitfragmente, die verschieden schnell dahinfließen, wie aufgeregte Chorsänger, die sich nicht auf ein Tempo einigen können. Wenn das Jetzt wirklich so fließend und unberechenbar ist, wie können wir uns dann überhaupt lang genug hier treffen, Pa und ich, um miteinander zu reden?

Jonah ist weg, verschwunden hinter einer Ladentür, die wohl zu Frischs Bäckerei gehört. Ich habe einen Albtraum am helllichten Tag: Ich sehe mich um die Ecke biegen und den Laden betreten, fünfzig, hundert Jahre alt, älter als Pa, aber erst als Jonah mich entsetzt anstarrt, weiß ich, wie alt ich geworden bin.

»Je schneller man sich bewegt, desto schwieriger wird es mit dem Messen.« Pa singt diese Worte. Er bewegt den Kopf beim Gehen hin und her wie ein Dirigent. »Bei nahezu Lichtgeschwindigkeit ist es sogar ganz extrem. Weil das Licht noch immer mit Lichtgeschwindigkeit an einem vorbeirast!« Er macht eine rasche Handbewegung durch den neuerdings gekrümmten Raum.

»Und wenn man noch mehr beschleunigt, sodass man schneller ist als das Licht…«, hebe ich an, fasziniert von dem Gedanken, man könne auch rückwärts reisen.

»Man kann sich nicht schneller bewegen als mit Lichtgeschwindigkeit.« Sein Unmut ist nicht zu überhören. Ich habe einen Fehler gemacht, ihn verärgert. Ich verziehe das Gesicht. Aber Pa bemerkt es nicht. Er ist irgendwo anders, misst mit einem schrumpfenden Zollstock, der gegen null tendiert.

Jonah erwartet uns in der Bäckerei. Er hat für ziemliche Aufregung gesorgt, doch als wir eintreten, verstummen alle. In dem Laden verwandelt Pa sich in einen Ausländer. Er redet mit Mr. Frisch in einer Sprache, die nur entfernt an Deutsch erinnert, und ich kann nur erahnen, worüber sie sich unterhalten.

»Warum sind sie nummeriert?«, flüstere ich.

»Nummeriert?«, fragt Pa, dieser Mann der Nummern und Zahlen. Ich berühre seinen Arm, um zu zeigen, was ich meine. Pa sagt, ich soll still sein, was er sonst nie tut. »*Scha!* Frag mich das ein andermal, nächstes Jahr um diese Zeit.«

Dabei hat er gerade erklärt, dass es das nicht gibt: *nächstes Jahr um diese Zeit.*

Mr. Frisch stellt mir eine Frage, die ich nicht verstehe.

»Der Junge spricht unsere Sprache nicht«, sagt Pa. Dabei kann ich sehr gut sprechen.

»Er spricht nicht! Wie können Sie das zulassen? Mir soll es gleich sein, was sie sind. Wie sie aussehen. Aber wie *erziehen* Sie diese Kinder?«

»Wir erziehen sie nach bestem Wissen und Gewissen.«

»Professor. Wir werden immer weniger«, sagt der Bäcker. »Überall wollen sie uns ausrotten. Und in diesem Punkt ist es ihnen fast schon gelungen. Unser Volk braucht jeden Einzelnen. Spricht die Sprache nicht!«

Wir nicken und winken zum Abschied, Mr. Frisch ist wieder ausgesöhnt. Unter dem Arm trägt Pa einen unbekannten magischen Stoff, Mandelbrot. Das ist etwas, was Mama nicht machen kann. Nur bei Frisch gibt es das originale Mandelbrot, das Pa immer gegessen hat, bevor er in die Vereinigten Staaten kam.

Für Jonah und mich sieht es aus wie ein gutes gesüßtes Brot, kaum den langen Weg nach Norden wert. Für Pa kommt es aus einer anderen Dimension. Eine Zeitmaschine.

Wir bergen unseren Schatz in einer fettigen Tüte, tragen ihn hinauf zum Fort Tryon. Mein Vater kann sich kaum beherrschen. Noch ehe wir uns auf einer der Bänke niederlassen, die den gewundenen Pfad durch den Park säumen, hat er bereits zwei Stückchen genascht. Wir haben die Bank ganz für uns. Andere Leute sitzen auch auf Bänken, aber nie neben uns. Pa fällt das nicht auf. Er ist beschäftigt. Wenn er die magische Substanz in den Mund steckt, sieht sein Gesicht aus, als rase es dem Stillstand entgegen.

»Das ist es«, ruft er aus, und die Krümel fliegen durch die Gegend wie gerade erst entstehende Galaxien. »Dasselbe Mandelbrot, das ich immer esse, wenn ich in eurem Alter bin.«

Bei der Vorstellung wird mir ganz schwummrig: mein Vater in meinem Alter.

»Genau dasselbe!« Die Begeisterung verschlägt meinem Vater die Sprache. Mandelbrot, dieser wertvolle Stoff, den man nur in Deutschland, Österreich und bei Frisch an der Overlook Terrace bekommt, wandert in seinen Mund und verwandelt ihn. »Oh. Oh! Als ich so wie ihr …«, hebt Pa an, doch die Erinnerung lässt ihn verstummen. Er legt die Hand auf den Magen, schließt die Augen und schüttelt in ungläubiger Dankbarkeit den Kopf. Ich sehe, wie ein kleines Kind – ich selbst – das Brot vertilgt, das in diesem Augenblick in seinen Mund wandert. Genau dasselbe.

Pa ist noch das Kind, das ich schon fast nicht mehr bin. Sein Verstand arbeitet mit einer solchen Geschwindigkeit, dass seine Uhr beinahe stehen bleibt. Kein Tag, an dem er uns nicht doppelt so viele Fragen stellt wie wir beantworten können. Es ist anstrengend. *Ist es möglich, dass die Zeit auch eine Masse hat? Hat sie Nahtstellen, wie die Fugen in einer Ziegelmauer? Kommt womöglich irgendwann eine Zeit, zu der das Wasser bergauf fließt?* Über solchen Gedanken löste er sich auf wie ein Stück Zucker im heißen Tee der eigenen Ideen.

»Jeder Mensch, der in Bewegung ist, hat seine eigene Uhr?«, frage ich, obwohl ich die Antwort kenne. Aber die Frage bewirkt, dass er sich nicht von der Stelle bewegt. Sorgt dafür, dass er sein Mandelbrot isst und für den Augenblick außer Gefahr ist.

Pa nickt, und prompt verfehlt der nächste Bissen den Mund.

»Und keiner merkt, dass seine Uhr falsch geht?«

Er schüttelt den Kopf. »Es gibt keine falsch gehenden Uhren. Wenn ihr aneinander vorbeikommt, denkt jeder, die Uhr des *anderen* gehe falsch.« Sein Finger beschreibt eine Korkenzieherspirale in der Luft, sein Kürzel für *verrückt*. Die Geste, mit der die meisten Menschen *ihn* beschreiben würden.

»Jeder denkt, der andere bewegt sich zu langsam?« Der Gedanke ist so abenteuerlich, da kann man nur lachen.

Jonah liebt die Idee. Er kichert und jongliert mit drei Bällchen aus zusammengepapptem Mandelbrotteig, ein kleines Sonnensystem. Pa klatscht in die Hände und verteilt dabei Krümel in alle Richtungen. Sämtliche Tauben der fünf Stadtteile fallen in einem großen Schwarm über uns her. Jonah schmettert ein hohes H, der Freudenschrei der Kindheit. Die Tauben ergreifen die Flucht.

Wenn Pa es ernst meint, ist das Universum unmöglich. Alles wirbelt durcheinander, jedes Stückchen nach seinem eigenen Zeitmaß. Ich greife nach dem Arm meines Vaters. Der Boden unter meinen Füßen wird weich wie Pudding. Wochenlang plagen mich Albträume – ich sehe schlaffe Gestalten vor meinen Augen in die Höhe schießen und zusammenschrumpfen, höre ihr vielstimmiges Wehklagen, so klebrig zäh wie die Stimmen aus dem Plattenspieler, wenn Jonah und ich Münzen auf den Plattenteller fallen lassen. Ich spüre, dass ich verrückt werde, und alles wegen dieses Lieblingsexperiments meines Vaters: Kann man den Verstand eines Menschen, der noch nicht der Idee der absoluten Zeit verhaftet ist, so weit befreien, dass er die Relativität akzeptiert?

»Aber wenn nun jeder nach seiner eigenen Uhr lebt …?« Meine Stimme versagt. Mein Mut ergreift die Flucht, aufgescheucht wie die Tauben. »Wie spät ist es dann, in Wirklichkeit?« Ich klinge wie mein eigenes verängstigtes Kind, ein kleiner, schiffbrüchiger Junge, der nicht über die erste zeitlose Frage hinauskommt: *Ist jetzt schon morgen?*

Pa strahlt. »Du hast es erfasst, Jüngele. Ich hab's gewusst. Es gibt jetzt kein allgemein gültiges Jetzt mehr. Und es hat auch nie eins gegeben!«

Wie zum Beweis dieser wahnwitzigen Behauptung, führt er uns an den äußersten Rand der Insel Manhattan zu einem versteckten Tal in den Heights. Dort liegt hinter einem Kranz von Bäumen verborgen ein altes Kloster. »The Cloisters«, sagt Pa. Dahinter der noch ältere Fluss, auch wenn er ihn nicht erwähnt. Wir quetschen uns seitwärts durch ein Loch in der Zeit und reisen sechshundert Jahre in die Vergangenheit.

»Hier ist das fünfzehnte Jahrhundert. Und wenn wir dort langgehen, kommen wir ins vierzehnte.« Pa zeigt auf die Jahrhunderte wie auf Orte. Ich verliere die Orientierung, so wie Mama manchmal, wenn wir in die U-Bahn gehen und auf dem falschen Bahnsteig landen. Wenn die Vergangenheit älter ist als die Gegenwart, dann muss die Zukunft jünger sein. Und wir müssen alle rückwärts gehen, mit jedem Jahr, das vergeht.

»Das hier ist kein echtes Gebäude. Es ist ein schönes großes … ähm?«

Pa verschränkt die Hände und ringt nach dem Wort. »Ein zusammen-gewürfeltes Puzzle. Stückwerk von verschieden alten Orten. Zerlegt in der Alten Welt, nach New York gebracht und hier wieder aufgebaut. Vereint zu einem Museum, eine Art Inventar. Ein Wörterbuch unserer Vergangenheit!«

Er sagt »unsere«, aber das liegt daran, dass er in der englischen Spra-che nicht zu Hause ist. Wir müssen immer raten, was er wirklich meint. Das ist nicht *unsere* Vergangenheit. Kein Amerikaner, den ich kenne, hat jemals einen Fuß hierher gesetzt, es sei denn aus Versehen. Es kommt mir vor, als müsse jeder Punkt auf der Erde ein Diorama sein, ein lebendes Bild, so wie die, die Jonah und ich mit Mama nachstellen: Apollo reicht Orpheus seine erste Lyra, oder Händel an seinem Schreib-tisch, wie er in einundzwanzig Tagen den *Messias* schreibt. Jeder Punkt sein eigenes Jetzt, sein eigenes Nie.

»Hier sind fünf verschiedene Klöster aus Frankreich versammelt«, sagt Pa. Er zählt sie auf, und die Namen entschwinden in die leere Zu-kunft.

»Wie haben sie die Sachen hierher gekriegt?«, will ich wissen.

Mein Bruder versetzt mir einen Stoß. »Stein für Stein, du Dämel.«

»Wie sie sie gekriegt haben?«, fragt Pa hämisch grinsend. »Reiche Amerikaner haben sie *gestohlen.*«

Ein Aufseher wirft uns einen bösen Blick zu, und Jonah und ich zer-ren Pa eilig den Gang hinunter in Sicherheit. Wir gelangen in einen Ar-kadenhof, in dessen Mitte ein Garten liegt. Er erinnert mich an einen Ort, an die Schule, in der ich Jahre später leben werde. Jeder Bogen ruht auf zwei Steinsäulen. Jede Säule ist gekrönt von steinernen Weinranken, seltsam schlangenartigen Schlaufen und Windungen, geheimnisvollen Kreaturen im dichten Laub. Einige dieser Figuren tun Dinge, die kleine Jungs eigentlich nicht sehen sollten und die Erwachsene nicht bemer-ken. Jonah und ich flitzen im Eiltempo rund um den Innenhof und ki-chern über die verbotenen Botschaften, die Steinmetze, die schon seit sieben Jahrhunderten tot sind, uns übermitteln. Rings um uns her gibt es Dutzende von brutalen Gemälden auf Holztafeln. Wir sind in einer in Stein gemeißelten Kindergeschichte gelandet, in der grausamen Ju-gend der Welt.

Pa zügelt unsere Erregung, legt jedem von uns eine Hand auf die Schulter und rettet so Europas kostbare Kinderbilder vor unserem Un-gestüm. Auf dem Weg in unser künftiges Dasein werden wir noch durch viele Museen ziehen, durch manche schneller, durch andere langsamer – Museum of Modern Art, Indianermuseum, jüdisches Museum, Metropolitan, Cooper-Hewitt, die Ruhmeshalle für Große Amerikaner – werden viele Ausstellungsstücke interessiert, pflichtbewusst oder gelangweilt betrachten. Aber aus irgendeinem Grunde fesselt dieses Museum Jonah noch mehr als der riesige Rodelschlitten aus Dinosaurierknochen unten an der einundachtzigsten Straße. Er steht vor einer Ritterrüstung, als wolle er sie für eine persönliche Fehde anlegen. Ich weiß nicht, was er sieht – phantastische Begebenheiten mit Königen und Katapulten und unerschrockenen Drachentötern, eine Gutenachtgeschichte für kleine Jungs. Er kichert, bereit, irgendwo in den Kulissen der Zeit zu verschwinden, wo keiner vor ihm je gewesen ist.

Pa schiebt uns weiter. Dem Druck dieser Hand gebe ich immer nach. Wir betreten einen abgedunkelten Raum, grau und kalt, das steinerne Herz eines Märchenschlosses, herausgeschnitten und an diesen Ort verpflanzt, hier an die Spitze unserer Insel. »Seht ihr das Bild?«, fragt Pa. Er zeigt auf einen Vorhang aus schwerem Stoff, der die gesamte Breite der Wand einnimmt, einen riesigen grünen Teppich mit Blumenmuster. Ich suche das Bild auf dem Riesending, aber zwischen den Pflanzen verbergen sich Millionen von Bildern.

»Was ist das? Was seht ihr?« Pa wartet mit glücklicher Miene auf meine Antwort. »Ein Einhorn, ja? Wie sagt man auf Englisch?«

»*Unicorn*«, sagt Jonah. Das Wort steht überall auf den Hinweistafeln. Aber Pa liest sie nicht.

»*Unicorn? Uni-corn!*« Das Wort fasziniert ihn.

Das Tier ist weiß und riesengroß, so groß, dass es das ganze Bild ausfüllt. Pa legt den Kopf in den Nacken und schaut. Er starrt auf einen Punkt jenseits des Einhorns, hinter dem Wandteppich, jenseits der Wand, an der es hängt. Er nimmt die Brille ab und beugt sich vor. Er murmelt etwas Unverständliches auf Deutsch. Dann fragt er: »Woraus ist das Bild?«

Jonah schaut auch. Aber für ihn ist das Antworten nicht so wichtig wie für mich. Mein Auge fährt Achterbahn. Der Wandteppich ist so groß, dass man ihn nicht auf einmal erfassen kann. Ich kann die Teile nicht zusammensetzen, kann sie, weil ich so klein bin, gar nicht alle sehen. Das Einhorn sitzt in einer Art Gefängnis hinter einem runden, dreistufigen Zaun, den es leicht überspringen könnte, wenn es wollte. Um den Hals trägt es einen verzierten grünen Gürtel; er sieht aus wie etwas, das Mama zum Kirchgang anziehen könnte. Was ich für einen Springbrunnen gehalten habe, ist in Wirklichkeit der Schweif des Einhorns. Ein gespenstisches Wesen, das in der Luft tanzt, entpuppt sich als der Bart des Tiers. Es sitzt oder liegt oder bäumt sich auf; ich kann es nicht erkennen. Das Horn ist offenbar so lang wie der gesamte Körper. Hinter ihm steht ein Baum, um den Buchstaben schweben – ein A und ein D, oder ein A und ein umgedrehtes E. Möglicherweise die Initialen des Einhorns.

Dann sehe ich sie: die Kette. Das eine Ende der Kette ist an dem Baum befestigt, das andere am Halsband des Einhorns. Das Halsband ist kein Schmuck, sondern eine Fessel, und das Einhorn ist gefangen, für immer gefangen. Der Körper ist voller Wunden, Messerstiche, die ich anfangs übersehen habe. Gewirktes Blut tropft über seine Flanken.

»Es ist gefangen. Die Menschen haben es erwischt. Es ist ein Sklave.« Ich sage Pa, was auf dem Bild ist, aber er ist nicht zufrieden.

»Ja, ja. Es sitzt in der Falle. Sie haben es überlistet. Aber *woraus* ist das Bild?«

Ich spüre, wie mir die Tränen kommen. Ich stampfe mit dem Fuß, doch ein Blick von Jonah lässt mich innehalten. »Ich weiß nicht. Ich weiß nicht, was du meinst. Was willst du denn wissen?«

»Sieh ganz genau hin.« Er gibt mir einen kleinen Schubs. Ich mache einen Schritt nach vorne. »Noch näher.«

»Pa!« Ich bin schon wieder den Tränen nah. »Wenn mich der Aufseher erwischt.«

»Was soll der dir schon tun? Du bist nicht sein Sklave! Und wenn er dir etwas will, dann kriegt er es mit mir zu tun!«

Ich gehe so nah heran, wie ich mich traue, rechne jeden Augenblick damit, dass ich erwischt und bestraft werde. Man wird uns alle drei für immer in Ketten legen, uns einsperren in einem alten grauen Steinverlies.

»Gut so, mein Joseph. Nun, woraus ist das Bild?« Ich weiß immer noch nicht, was er von mir hören will, verstehe die Frage nicht. Also gibt Pa die Antwort selbst: »Knoten, Jüngele. Das Bild besteht aus Knoten, genau wie die Bilder, in denen wir leben. Winzige Knoten im Teppich der Zeit.«

Ich bin mir ziemlich sicher, dass Teppich nicht das Wort ist, das er meint. Einen Augenblick lang sehe ich, was er sieht. Jedes Jetzt, jede einzelne Bewegung auf dieser Erde, ist ein kleiner bunter Faden. Doch wenn man einen Punkt findet, von wo aus man das Ganze überblicken kann, verbinden sich all diese Fäden im Gewebe der Zeit zu einem Bild, gefesselt und blutend in einem Garten.

Jonah verliert das Interesse an Pas Vorträgen. Uhren, Knoten, Zeit, Einhörner – über all das ist mein Bruder längst hinweg, schon auf dem Sprung in seine eigene Zukunft. Er zieht weiter in einen anderen Raum, und Pa und ich müssen ihn suchen. Er vollführt einen kleinen Tanz vor einem goldenen Notenständer in Gestalt eines Adlers. Auf dem Ständer liegt aufgeschlagen ein Buch mit uralter Notenschrift. Sie haben kaum etwas mit den Noten gemein, die ich zur gleichen Zeit wie die Buchstaben lesen gelernt habe. Es sieht vollkommen anders aus als alles, was wir je gesehen haben. Es gibt keine Taktstriche, und es sind weniger Notenlinien. Jonah starrt die Noten an, summt wild entschlossen vor sich hin. Aber er bringt keine Melodie zustande. »Ich verstehe das nicht. Das ist Blödsinn.«

Pa lässt uns beide noch eine Weile rätseln, bevor er uns den Schlüssel reicht. Oder eben nicht, weil diese Musik aus einer Zeit ohne Notenschlüssel, ohne Tonarten stammt. Er erklärt uns das Geheimnis der Töne in der Zeit. Die Takte, die man in jenen fernen Zeiten zählte, als der Puls der Welt noch in einem anderen Rhythmus schlug. Die Tondauer, bevor Takte existierten.

Wir drei stehen in dem kalten steinernen Raum und psalmodieren. Das Wort kenne ich noch nicht, aber das Singen fällt mir so leicht wie Atmen. Wir stehen eng gedrängt in diesem Pastiche aus zusammengestohlenen Klosterstücken, amerikanische Beutekunst, gefangen in einem Teppich der Zeit, so unentwirrbar wie ein verfilzter Pullover. Ein Jude und seine zwei hellbraunen Söhne singen »Veni, veni«, Europas Weckruf, mit dem es sich ansporrnte zur Eroberung des Planeten. Wir singen leise, aber doch deutlich zu hören, lassen uns auch nicht abhalten von den Leuten, die nach und nach in den Raum kommen. Ich spüre ihre Missbilligung. Wir sind zu ungehemmt in diesem Museum der guten Sitten. Aber mir ist es gleich, was sie denken, solange nur der musikalische Faden sich spannt und wir drei ihn weiter aufrollen können, uns einspinnen darin. Als wir das Ende des Pergaments erreicht haben, halten wir inne und sehen uns um. Leute sitzen auf Holzstühlen, Stuhlreihen für ein Konzert. Manche blicken uns vorwurfsvoll an. Aber Pa strahlt, wuschelt unser üppiges Haar. »Jungs! Jetzt wisst ihr, wie man das machen muss. Der Klang der Zeit.«

Er führt uns zur ersten Stuhlreihe, und wir setzen uns. Deswegen sind wir hier. Das magische Mandelbrot war nur eine Etappe auf dem Wege, Brennstoff, damit wir es bis hierher schafften. Von Anfang an waren wir auf dem Weg zu diesem unverhofften Konzert gewesen, dieser gestohlenen und wieder aufgebauten Ruine der Geschichte.

Ein Sonntag im Frühjahr 1949. Die Welt ist älter als ich mir je ausgemalt habe. Aber jedes Jahr, das sie durchgemacht hat, steckt noch irgendwo in einem arkadengesäumten Hof. Der Raum, in dem wir hier sitzen, riecht nach Moos und Moder, nach Lack und Schellack, nach Sachen, die zu lange in Taschen voller Flusen gesteckt haben, brüchiges Papier, das wieder zu den Fasern wird, aus denen es einst entstand. Ich bin nicht Teil der Gegenwart dieses Raums, auch wenn ich jetzt darin sitze. Nur durch ein Wunder (eines, das Pa mir nicht erklärt) kann ich das alles sehen. Jeder Flecken dieser Erde hat seine eigene Uhr. Manche sind bereits in der Zukunft angekommen. Andere noch nicht. Jeder Ort verjüngt sich in seinem eigenen Tempo. Es gibt kein Jetzt und wird nie eines geben.

Nun, da er weiß, dass ein Konzert bevorsteht, wird mein Bruder ruhig. Vor meinen Augen altert er, und bald sitzt er braver, gerader, aufmerksamer da als jeder Erwachsene. Aber noch im selben Augenblick, in dem die Sänger den Raum betreten, springt er von seinem Stuhl auf und applaudiert begeistert. Alle Sänger kommen in Schwarz. Ihre Bühne ist so klein, sie sind fast zum Greifen nah. Jonah beugt sich in seiner Begeisterung vor und berührt eine der Sängerinnen, und die Frau erwidert seine Berührung. Alle lachen, auch die Sängerin, dann drückt Pa Jonah zurück auf seinen Stuhl.

Es wird still, alles Trennende ist aufgehoben. Die Stille weicht dem Einzigen, was auf sie folgen kann. Es ist das erste öffentliche Konzert, an das ich mich erinnere. Nichts, was ich bisher gesehen habe, bereitet mich auf dieses Erlebnis vor. Es durchdringt mich ganz, erschafft mich neu. Ich sitze im Mittelpunkt einer Weltkugel des Gesangs, die mir den Weg zu mir selbst weist.

Mit sieben kann ich noch nicht wissen, dass ein Mensch froh sein kann, wenn ihm so etwas ein einziges Mal im Leben geschieht. Ich unterscheide Dur von Moll, ich merke, wann jemand falsch singt. Aber noch fehlt mir die Erfahrung, gewöhnliche Schönheit vom Außerordentlichen zu scheiden. Ich werde nach diesem Gesangensemble mein Leben lang suchen – auf Schallplatten, Tonbändern, Laserscheiben. Ich werde zu Konzerten gehen und hoffen, dass das Erlebnis noch einmal kommt, und enttäuscht davonziehen. Ich werde immer auf der Suche sein nach diesen Stimmen und finde sie doch nie, außer in der Erinnerung, der ich nicht trauen kann.

Ich könnte den Namen des Ensembles herausfinden, könnte im Archiv des Museums nachforschen nach diesem Sonntagskonzert vor fünfzig Jahren, zwei Jahrzehnte bevor mehr als nur ein kleines Häuflein historisch Gesinnter auf den Gedanken kam, das erste Jahrtausend europäischer Musik wieder zu beleben. Ich könnte nachforschen, was aus den Sängern geworden ist: Jedes Jahr, das wir durchleben, wird irgendwo gespeichert, vielleicht nicht mehr in der Schreibstube eines Klosters, aber doch in einem stählernen Aktenschrank und auf Computerchips. Aber was ich herausfände, würde nur die Erinnerung zerstören. Für das, was ich dort an jenem Tag gehört habe, gibt es keine Namen. Wer kann sagen, wie gut die Sänger wirklich waren? Für mich waren sie wie Engel.

Am Anfang ein Ton so strahlend wie die gleißende Sonne. Ein Ton wie das Blut, das durch meine Adern pulst. Die Frauenstimmen beginnen allein, mit einer Note so weit und so dimensionslos wie mein Vater die Gegenwart beschreibt. *Kyyy*, erklingt es aus den gespitzten Lippen – fast wie der Freudenlaut, den die kleine Ruth immer ausstieß, bevor wir sie zum Sprechen animieren konnten. Der Laut eines einfachen Wesens, verblüfft durch den eigenen Lobgesang, ehe es sich zur Ruhe begibt. Sie singen zusammen, für einen letzten Augenblick tief verbunden, bevor die Schale aufbricht und alles geboren wird.

Dann *riii*. Die Note teilt sich und wird zu ihrer eigenen Begleitung. Die größere Frau singt scheinbar tiefer, doch sie hält nur den Ton, während die kleinere an ihrer Seite eine große Terz höher geht, das erste Intervall, das jedes Kind, gleich welcher Hautfarbe, singen lernt. Vier Lippen formen den Vokal, ein Gebilde aus Luft, älter als der, der es dorthin gesetzt hat.

Mein Körper weiß genau, welche Noten als Nächstes kommen, auch wenn mir noch die Worte fehlen, sie zu beschreiben. Die Oberstimme steigt eine reine Quinte, schwingt sich auf von dem Lager der tieferen Note. Die beiden Stimmen bewegen sich wie die weichen Knorpel in meiner Brust; bei dem strahlend hellen *eee* dehnen sich meine Rippen und entfernen sich voneinander, um dann in einem Unisono wieder zu verschmelzen.

Ich höre die Krümmung des Raums in diesen beiden Stimmen, wie sie voneinander wegstreben, wie jede still steht, während die andere sich bewegt. Lang, kurz-kurz, lang, lang: Sie umkreisen einander und kehren zurück, wie ein windgebeutelter Ast, der sich wieder mit seinem Schatten vereint. Sie nähern sich dem Ausgangston von verschiedenen Seiten, dem gemeinsamen Punkt, wo sie sich wider alle Wahrscheinlichkeit erneut vereinen müssen. Doch unmittelbar bevor sie am Ende ihrer Reise wieder zusammentreffen, gerade als sie mit den Lippen das wieder gefundene Zuhause berühren, tauchen die Stimmen der Männer aus dem Nichts, bilden Zweiergruppen und wiederholen das Spiel von Trennung und Wiedervereinigung, nur eine reine Quarte tiefer.

Weitere Stimmen lösen sich, bilden ein Echo und machen sich allein auf die Reise. *Eee-leee. Eee-leee-iii!* Jetzt sind es sechs Stimmen, die die Melodie aufgreifen und variieren, jede nach ihrem eigenen Plan, synkopiert und versetzt, und doch immer mit einem Auge auf die anderen Artisten in der Luft; nicht die kleinste Unsicherheit, kein Zusammenstoß mit einem der vielen beweglichen Ziele. Ein auf das Wesentliche reduzierter, einfacher Gesang und doch ein wahres Klangfeuerwerk. Die zum Leben erwachte Luft ist erfüllt von einem Sternschnuppenschauer aus gestaffelten Einsätzen; überall höre ich die erste Phrase in all ihren Variationen. Komplexe Harmonien bauen sich auf, vergehen und entstehen anderswo neu, jede Melodie preist Gott auf ihre eigene Weise, und alles verbindet sich zu etwas, das für mich wie Freiheit klingt.

Die Zuhörer rings um mich her fühlen sich zurückversetzt in ihre Vergangenheit. Erst wenn ich viel älter bin, werde ich verstehen, wie diese Luftbrücke sie an die Zeit vor der Berliner Blockade denken lässt, als sie in ihren Betten lagen und nichts von der Atombombe ahnten, als sie sich versteckt hielten vor den Behörden, die alles nummerierten, damals, als noch nicht alle tot waren, als das Einhorn noch nicht in seinem Blumenbeet angekettet war, eine Zeit vor diesem Jetzt, das es nie gegeben hat, auch wenn noch so viele Zuhörer ihm am liebsten entfliehen möchten. Ich selbst werde nicht zurückversetzt. Im Gegenteil. Diese Musik schleudert mich vorwärts, beinahe mit Lichtgeschwindigkeit, und ich schrumpfe und werde langsamer, bis ich an genau dem Punkt zum Stillstand komme, wo all meine zukünftigen Ichs landen.

Jahre sind vergangen, seit ich zuletzt im Norden von Manhattan war. Ich sage *vergangen*, obwohl mein Vater mir schon vor so langer Zeit, als mein Verstand noch formbar war, eingeschärft hatte, auf solche Worte nicht hereinzufallen. Frischs Bäckerei ist fort, in ihr eigenes KZ verschleppt; ersetzt durch eine Videothek oder einfach nur einen Laden, dessen Rollläden schon so lange heruntergelassen sind, dass ihn gar keiner mehr anders kennt. Als ich das letzte Mal dort war, vor fünf oder sechs Jahren, war das Viertel wieder im Umbruch, diesmal von jüdisch zu dominikanisch – die nächste Flutwelle von Immigranten, die sich an das unerreichbare Ufer spülen ließ. Vierzigtausend Einwanderer von der Insel richteten sich in ihrer neuen, hoffnungslosen Nation ein, zu Füßen von Fort Tryon, von dem sie hofften, dass es die Kolonie vor dem wohlhabenden Jersey beschützen könne wie vor dem Elend der Bronx.

Und unterhalb der Festung, ganz an der Spitze der Insel: der zeitlose falsche Garten. Nur ein einziges Mal bin ich noch in den Cloisters gewesen, seit Jonah Ende der sechziger Jahre dort sang. Der Anblick betrübt mich: Das Sammelsurium von billig gekauften romanischen und gotischen Bruchstücken, das künstliche Paradies einen Steinwurf weit von dem Viertel, wo vierzigtausend Dominikaner verzweifelt versuchen, im Inferno New York am Leben zu bleiben. Jetzt, da die Welt zu ewiger Jugend verdammt ist, muss die Mittelaltercollage den Leuten älter denn je vorkommen. Es kommen noch immer Besucher, die Verstörten, die Todkranken, diejenigen, die aus den Trümmern ihres städtischen Albtraums hervorkriechen und einen kleinen Blick davon erhaschen wollen, wie die Welt vor dem Zusammenprall der Kontinente war, als die Kunst uns alle noch als Einheit sah.

Wir gehen zurück zur 191. Straße, und von da nehmen wir die Untergrundbahn. Ich weiß nicht mehr, wie wir von den Cloisters hierher gekommen sind. Ein Stück in meiner Erinnerung fehlt, Szenen, die in der Endfassung des Films herausgefallen sind. Das Konzert ist vorüber, aber die Töne werden immer noch lauter in meinen Ohren. Auch jetzt wieder, genau wie in dem Musikstück selbst. Kaum haben die klaren, hohen Stimmen die Melodie ausgebreitet, schon greift der Bass sie auf und schmückt sie aus.

Für den Rückweg nehmen wir eine andere Route. Einen Moment lang gerate ich in Panik. Dann bin ich fasziniert, dass Süd und Ost an exakt die gleiche Stelle zurückführen kann wie Nord und West. Jonah lacht über mich, aber Pa nicht. Für ihn ist das genauso wenig selbstverständlich. »Der Raum ist kommutativ. Es spielt keine Rolle, in welcher Reihenfolge man die Bewegungen ausführt. Aber ich habe keine Ahnung, warum das so ist!«

Wir kommen an einem Haus vorbei, mit dem etwas nicht stimmt. »Was ist das, Pa?« Ich bin froh, dass Jonah fragt. Ich traue mich nicht.

Pa bleibt stehen und sieht es sich an. »Das ist eine *Schul*. Eine Synagoge. Genau wie die, die ich euch auf der Hundert –«

Pa merkt es nicht. Aber diese Synagoge ist anders als die, die er uns gezeigt hat. Ich versuche zu lesen, was da an die Tür geschmiert steht, aber sie haben so gründlich geschrubbt, dass es fast nicht mehr zu sehen ist. Ich frage Pa, aber er hilft mir nicht, es zu entziffern. Sein einziger Kommentar lautet: »Christian Front. Wer hätte gedacht, dass solche Leute heute wieder aus ihren Löchern hervorkommen?«

»Pa hat *heute* gesagt«, lästere ich, und Jonah greift den Spott auf. Aber Pa verzieht nur kurz die Miene. Er fasst uns jeden an einer Hand und marschiert weiter. Er achtet genau auf den Bürgersteig, als sei er zu dem Schluss gekommen, dass die Fugen darin doch gefährlicher sind, als er dachte.

Als wir einen Häuserblock entfernt sind, sagt er: »Hitler nannte es ein jüdisches Komplott.«

»Was hat er so genannt?«, fragt Jonah. »Und was ist ein Komplott?«

»Die Relativität.«

»Was ist Relativität?«, frage ich.

»Jüngele! Das, wovon wir reden! Die Uhren, die alle unterschiedlich gehen.«

Für mich ist seither eine Ewigkeit vergangen. Aber ich möchte, dass er weiterredet, am liebsten für immer. Also frage ich: »Warum?«

»Warum was?«

»Na, was du gerade gesagt hast, Pa.« Aber *gerade* bedeutet nicht gerade für meinen Vater, den Professor für fließende Zeit. »Wieso hat Hitler gesagt, dass es jüdische Uhren sind?«

»Na, weil das *stimmte*!« In seinen Augen blitzt ein schelmischer Stolz auf, eine Regung, die man nur selten dort sieht. »Die Juden waren die Einzigen, die darauf gekommen sind, dass alles, was wir über Raum und Zeit für selbstverständlich halten, in Wirklichkeit überhaupt nicht so ist! Die Juden waren überall und haben sich die Welt angesehen. Das ärgerte Hitler. Er konnte niemanden neben sich leiden, der klüger war als er.«

»Pa war ein Verschwörer! Er hat gegen Hitler gekämpft!«, ruft Jonah. Pa zischt, er soll leise sein.

Ich kann noch nicht beurteilen – ich kann nicht *mehr* beurteilen –, ob Pa es ernst meint. Ich weiß ja nicht einmal, wovon er redet, außer der Sache mit Hitler. Hitler, das weiß ich, was das ist. An den schrecklichen Nachmittagen, an denen Jonah und ich aus dem Haus verbannt werden und mit den Jungs des Viertels spielen müssen, spielen wir immer nur Krieg – Normandie, Bastogne, der Übergang über den Rhein. In den Köpfen von kleinen Jungs geht der Weltkrieg weiter, sie spielen immer noch Sieger, vier Jahre nachdem die Erwachsenen es aufgegeben haben. Sie brauchen einen Hitler, und das sind immer die Strom-Jungen. Einer muss Onkel Adolf sein, der andere spielt seine schwachköpfigen Offiziere. Wir zwei können das am besten, weil wir den ulkigen Akzent haben, wir sterben gut und liegen so lange so still, dass die anderen schon Angst bekommen. Wir liegen still bis zu dem Tag, an dem unsere Spielgenossen sich den Fall von Berlin vornehmen und uns in Brand stecken. Danach dürfen wir eine ganze Weile zu Hause bleiben.

Wir spazieren wieder die Overlook Terrace entlang, und mein Vater nickt immer neuen Passanten zu. Zwanzig Häuserblocks und sechzehn Jahre fort – je nach Uhr – liegt der Audubon-Ballsaal, wo Malcolm X sterben wird. Schon jetzt führt eine ganze Million Lebenslinien dorthin. Schon jetzt geschieht dieser Mord – hier in diesem Block, dem nächsten, eine Meile weiter, in fernen Gefängnissen. Jahrzehntelang wird das Gewebe der Fäden, die zum Mord führen, immer dichter, und mein eigener Faden ist ein Teil davon.

Wir nehmen die U-Bahn-Treppen, steigen hinab zum stinkenden Mittelpunkt der Erde, zu dem Geruch von Erbrochenem, Zeitungspapier, Zigarettenstummeln und Urin. Pa hält wieder einen seiner Vorträge, über Spiegel und Lichtstrahlen und Leute in entgegenkommenden Zügen, Zügen, die uns binnen Sekunden nach Berlin bringen könnten. Auf dem Bahnsteig ist eine Prügelei im Gange. Pa führt uns sicher vorbei und redet ununterbrochen weiter.

»Ich war schon vier Jahre auf der Welt«, sagt er, »vier ganze Jahre, bevor zum ersten Mal jemand Raum und Zeit als Einheit begriff. *Vier ganze Jahre* war ich auf der Welt, bevor jemand sah, dass die Schwerkraft die Zeit krümmen kann! Dazu brauchten sie die Juden!« Die Familie, von der er uns so wenig erzählt hat. Alle tot.

Jahre vergehen. Mehr als dreißig davon. Ich stehe auf dem Frankfurter Bahnhof. Wir sind auf Tournee mit Voces Antiquae. Jonah sieht einen Stand und schickt mich los, Mandeln kaufen. Und erst da geht mir auf: Ich habe ja den magischen Stoff, aus dem das Mandelbrot gebacken wird, mein ganzes Leben lang gekannt. Man kann ihn überall kaufen, und er kostet nicht mehr als Jahre.

Wenn es kein einzelnes Jetzt gibt, dann kann es auch kein einzelnes Damals geben. Und doch gibt es diesen Sonntag im Frühjahr 1949. Ich bin sieben. Alle, die ich liebe, sind noch am Leben, alle außer denen, die schon vor meiner Zeit gestorben waren. Wir sitzen beisammen auf den harten U-Bahn-Sitzen, Jonah und ich und Pa zwischen uns.

»War es ein Vergnügen, Jungs?« *Boys* gereimt auf *choice*. »Hat es euch gefallen?«

»Pa?« Nie wieder habe ich Jonah so verträumt erlebt, so weit fort. Er ist mit einer Rakete unterwegs und lässt diesen rückständigen Planeten hinter sich. Aber als er zurückkommt, ist die ganze Welt vergangen, und er ist als Einziger noch da. »Pa, wenn ich groß bin?« Man kann nicht sagen, dass er um Erlaubnis fragt, aber doch etwas in dieser Art. Stellt sicher, dass keiner später sagen kann, er hätte es nicht gewusst. »Wenn ich groß bin?« Er deutet in die Richtung, aus der wir kommen, zu den Cloisters, die mit jedem Schritt weiter hinter uns zurückbleiben. »Dann will ich das machen, was die Leute da gemacht haben.«

Die Antwort meines Vaters verblüfft mich, allerdings damals noch nicht so sehr wie heute. Heute, nach einem halben Jahrhundert, verstehe ich sie überhaupt nicht mehr. Jeder Blutsverwandte von ihm, wir ausgenommen, ist tot, umgebracht wegen Teilnahme an der Relativitätsverschwörung. Auch er sollte eigentlich tot sein, aber er ist noch da. Ein Dutzend Jahre Immigrant, und schon ist er ein waschechter Amerikaner geworden. »Ihr zwei«, antwortet er und grinst, das Einzige, was er dazu sagt. »Ihr könnt alles werden, was ihr werden wollt.«

MEIN BRUDER ALS ORPHEUS

Das Feuer hat sie nicht umgebracht, sagte Pa.

»Sie hätte lange vorher das Bewusstsein verloren. Ihr müsst bedenken, wie schnell so ein Feuer den Sauerstoff verbraucht.« Lange, bevor die Flammen sie berührten, hätte das Feuer sämtliche Luft aus unserem Haus gesaugt gehabt. »Und dann noch die Explosion.« Der Heizkessel, die Zeitbombe. »Sie wäre ohnmächtig gewesen.« Deswegen war sie auch nicht aus dem Haus gekommen. Mitten am Tag, stark und geistesgegenwärtig, wie Mama war, und trotzdem kommt sie als Einzige um.

Sie kann nichts gespürt haben, das wollte Pa sagen. Er wollte uns trösten. Gewiss, das Feuer hatte sie verbrannt. Nichts außer verkohlten Knochen, außer Asche und dem Ehering war geblieben. Was Pa an Trost zu bieten hatte, war weit weniger: Das Feuer hatte sie nicht *umgebracht*. Sie war schon tot, als sie verbrannte.

Trotzdem erinnerte er uns immer wieder daran, immer wenn er das Gefühl hatte, dass wir eine Erinnerung nötig hatten. *Das Feuer hat sie nicht umgebracht.* Jonah hörte dann: Schon tot, bevor die Feuerwehr überhaupt da war. Ich hörte: Erstickt, die Lungen ringen nach Luft, genauso schlimm, als wenn sie verbrannt wäre. Ruthie hörte: Noch am Leben.

Lange Zeit taten wir vier gar nichts. Zeit war für uns nur eine weitere gesichtslose Leiche, bewusstlos von der Explosion. Wir müssen fünf Monate lang in der kleinen Wohnung gehaust haben, die der Kollege meines Vaters uns überlassen hatte. Ich habe nicht gespürt, wie die Zeit verging, obwohl ich mir jeden Tag von neuem sicher war, dass ich irgendwann zwischen Mittag und Schlafengehenszeit vor Altersschwäche sterben würde. Wir sangen nicht mehr, jedenfalls nicht mehr alle zusammen. Ruth summte vor sich hin, schimpfte ihre Puppen aus und ermahnte sie zur Ruhe. Manchmal legte Pa eine Schallplatte auf. Jonah und ich verbrachten lange Nachmittage vor dem Radio. Radiohören kam uns nicht ganz so sündhaft vor, es war etwas von außen Auferlegtes, nichts, was wir aus eigenem Antrieb taten.

Nach einer Weile kehrte Ruth in die Schule zurück. Am ersten Tag brüllte sie, weigerte sich, die Wohnung zu verlassen. Aber wir drei Männer blieben hart. »Es muss sein, Ruth. Hinterher fühlst du dich besser.« Als hätten wir nicht gewusst, dass Besserfühlen das Letzte war, was sie wollte.

Jonah weigerte sich rundheraus, nach Boston zurückzukehren. »Da gehe ich nicht mehr hin. Nicht für alle Privatstunden der Welt.« Pa zuckte nur resigniert mit den Schultern. Und so kehrte ich natürlich auch nie zurück. Auf den Gedanken, dass ich allein gehen könnte, kam keiner.

Pa nahm seine Lehrtätigkeit in Columbia wieder auf, nach einer Zeit, die für ihn eine Ewigkeit gewesen sein muss. Jonah schäumte vor Wut. »Das war's also? Alles wieder normal? Er marschiert zur Arbeit, als wäre nichts geschehen?«

Aber an der Art, wie er die Schultern hängen ließ, wenn er zur Tür hinausging, sah ich, dass nichts normal war. Ihm war nichts mehr geblieben außer seiner Arbeit. Und vom Augenblick von Mamas Tod an hatte sogar seine Arbeit sich verändert. Die Zeit, dieser massive Block aus Ewigkeiten, diese umkehrbare abhängige Variable, hatte sich gegen ihn gewandt. Er wusste nicht mehr, wie viel noch übrig war. Vom Augenblick des Feuers bis zu seinem eigenen Tod widmete er sein Leben ganz der Suche nach der Zeit und der Hoffnung, sie zu überwinden.

Wir lebten in dem engen, geliehenen Apartment, bis dem Eigentümer nichts anderes übrig blieb, als es zurückzufordern. Wir zogen uns recht planlos in ein anderes, kaum größeres zurück, ebenfalls in Morningside Heights. Wir waren so unsichtbar dort, wie wir nur werden konnten, in einer Straße, die genau auf der Grenze zwischen Schwarz und Weiß lag. Keiner Linie eigentlich, sondern einer Reihe von Wellen, die immer in Bewegung war. Denn die Universität stand wie ein gewaltiger Fels in der Brandung des im Umbruch begriffenen Viertels, der brodelnden Vielfalt der Völker, die kein Mathematiker hätte berechnen können. Vom Geld der Versicherung kaufte Pa neue Möbel, hellblaues Geschirr, das Mama sicher gefallen hätte, und ein neues Spinett. Er versuchte sogar, unsere Notensammlung zu rekonstruieren, aber das war ein aussichtsloses Unterfangen. Nicht einmal zu viert hätten wir ein Inventar der Stücke zusammengebracht, die wir besessen hatten.

Ruthie kam auf eine andere Schule, auf eine, auf der genau wie bei ihr die Farben fast fünfzig zu fünfzig verteilt waren. Sie schloss Freundschaften – fast jede Woche kam eine neue Nationalität hinzu. Aber nach Hause brachte sie nie jemanden mit. Sie schämte sich für ihre drei Männer, die dort hausten, als gebe es kein Morgen und erst recht kein Gestern für sie.

Anfangs kam Pa meist am Nachmittag nach Hause. Aber der Wunsch, sich in die Arbeit zu verlieren, gewann bald die Oberhand gegenüber dem Streben, mit uns unseren Verlust zu verarbeiten. Er stellte eine Frau an, Mrs. Samuels, die den Haushalt versorgte und auf Ruth aufpasste, wenn sie um halb vier nach Hause kam. Das einzige Instrument, das Mrs. Samuels beherrschte, war die Hammondorgel, und so gab es keine Musikstunden mehr. Pa hat sie gewiss für ihre Zeit gut bezahlt, aber ich glaube, im Grunde tat sie es aus Liebe. Sie wäre gern die Freundin seiner Kinder gewesen.

Jonah verbrachte ganze Tage über seinem Notizbuch und schrieb. Manchmal waren es Worte, manchmal Noten auf dem linierten Papier. Er schrieb einen langen Brief auf einem ganzen Sortiment von Bögen und schickte ihn nach Europa, nach Italien, mit exotischen Luftpostmarken frankiert. »Dann kann sie nicht sagen, sie hätte nicht gewusst, wo sie mich erreichen kann«, sagte er. Meine eigenen Briefe schrieb ich nur in Gedanken, denn einen Ort, an den ich sie schicken konnte, hatte ich nicht.

Wenn er nicht schrieb, hörte Jonah sich Baseballreportagen an, Krimiserien, Hörspiele, all die Sendungen, die er in seiner Kindheit nicht gehört hatte. Er hatte sogar einen Lieblingssender, auf dem er Bigbandmusik hörte, wenn er sich anders nicht vom Nachdenken abhalten konnte. Mir gestattete er immerhin, dass ich mir samstags die Übertragungen aus der Met anhörte, und war selbst dabei, auch wenn er tat, als höre er nicht zu.

Wenn Ruthie am Nachmittag aus der Schule kam, las ich ihr etwas vor oder ging mit ihr in einer ungefährlichen Ecke des Parks spazieren. Ich war ja in den letzten beiden Jahren nur ein paar wenige Wochen mit meiner Schwester zusammen gewesen. Sie war eine Fremde, ein überdrehtes kleines Mädchen, das mit sich selber redete und sich in den Schlaf weinte, weil wir ihr das Haar nicht so bürsten konnten wie Mama. Wir haben es versucht. Wir waren alle überzeugt, dass es genauso war wie früher, alle außer Ruth.

Manchmal setzte ich mich mit ihr ans Klavier, so wie Mama einst mit mir. Ruth lernte alles, was ich ihr gab, schneller als ich es seinerzeit gelernt hatte. Aber ihr Fingersatz war nie zweimal der gleiche. »Bleib doch mal an einer Stelle«, sagte ich.

»Warum?« Sie verlor schnell die Geduld mit dem Instrument, und die meisten Unterrichtsstunden endeten im Streit. »Das ist doch blöd, Joey.«

»Was ist blöd?«

»Die Musik hier.« Und dann legte sie mit der Parodie einer Mozart-Sonatine los, eine brillant improvisierte Burleske. Sie verachtete sie, verspottete sie mit ihren Noten, die Musik, mit der wir groß geworden waren. Die Musik, die ihre Mutter getötet hatte.

»Und was ist blöd daran?«

»Das ist so *ofay*.«

»Was heißt *ofay*?«, fragte ich Jonah am Abend, als Ruth außer Hörweite war.

Mein Bruder zögerte nie länger als eine Achtelnote. »Das ist Französisch. Heißt soviel wie *up to date*. Dass jemand weiß, wie was gemacht wird.«

Ich fragte Pa. Er machte eine strenge Miene. »Wo hast du das gehört?«

»Aufgeschnappt.« Belog meinen eigenen Vater. Alle Offenheit in unserem Leben war mit unserer Mutter gestorben.

Mein Vater nahm die Brille ab. Ohne sie war er so gut wie blind. Eine blinzelnde, hilflose Flunder auf dem Eis. »Hört man das immer noch?«

»Manchmal«, bluffte ich weiter.

»Das soll man nicht sagen. Das ist Kellerlatein.«

Ich prustete laut los. Dafür hätte ich eine Ohrfeige verdient. »Küchenlatein.«

»Dann eben Küchenlatein. Es ist schwarzer Slang. Ein abfälliger Ausdruck für einen Weißen.«

Ich stellte Ruth nicht zur Rede. Aber wir spielten auch keinen Mozart mehr. Meine Schwester war noch nicht einmal elf, noch mindestens ein Jahr bis zum Ende der Kindheit. Aber schon jetzt hatte sie sich verändert. So viele gemeinsame Wochen hatte ich gebraucht, bis ich begriff, dass die kleine Ruthie zusammen mit Mama untergegangen war.

»Was möchtest du lernen?«, fragte ich. »Wir können alles üben, was du willst.« Es war ein Angebot aus grenzenloser Unwissenheit. Hätte ich auch nur die leiseste Ahnung gehabt, was alles an Musik gespielt wurde – wie das swingte, stampfte, sich bog und hüpfte, wie es schmeichelte, kitzelte, wie die Töne gereizt wurden bis über das Tonale hinaus, wie zitiert, gestohlen, beschlagnahmt und rückerstattet wurde, all die Tonleitern und Töne, die sich aus den gerade einmal zwei Tongeschlechtern, die meine Musik kannte, machen ließen –, hätte ich auch nur ein einziges Mal die Grenzenlosigkeit der Phantasie ermessen, die mich umgab, dann hätte ich meiner kleinen Schwester nicht einmal mehr einen C-Dur-Akkord beibringen können.

»Keine Ahnung, Joey.« Ruths linke Hand spazierte über die Tasten, spielte einen Bass im Trabertempo. »Was hat denn Mama gern gespielt?«

Es war erst ein paar Monate her. Sie konnte es nicht vergessen haben. Und sie konnte auch nicht glauben, die Erinnerung spiele ihr einen Streich.

»Sie hat alle Musik gemocht, Ruth. Das weißt du doch.«

»Ich meine, was außer ... weißt du, bevor ihr dieses ...«

Ich selbst übte mindestens vier Stunden am Tag und nahm auch bald wieder Unterricht. Musik war jetzt kein Spiel mehr und würde auch nie wieder pures Vergnügen sein. Aber ich hatte ja nichts anderes. Ein Schüler meiner Mutter, Mr. Green, unterrichtete mich. Alle vierzehn Tage gab er mir einen neuen Satz einer Beethovensonate zu üben und überließ mich dann mir selbst. Bei den wöchentlichen Sitzungen mühte ich mich, ihn nicht zu rasch zu überflügeln.

Ich lernte kochen. Andernfalls hätten wir wohl alle Skorbut oder Rachitis bekommen – Krankheiten des neunzehnten Jahrhunderts, die ein paar Häuserblocks nördlich und östlich von uns nach wie vor wüteten. Ich hatte irgendwo gelesen, dass Spinat und Kartoffeln mit ein wenig Hackfleisch alles an Nährstoffen boten, was der Körper brauchte. Mamas sämtliche Rezepte, mit Füllfederhalter auf Karteikarten geschrieben und in einer grünen Blechschachtel auf der Küchenfensterbank aufbewahrt, waren verbrannt. Alles, was ich zustande brachte, war nur ein schwacher Abglanz all der Festmahle von ihrem Herd. Aber meine Gäste wussten, dass sie nur die Wahl zwischen dem und Haferflocken hatten.

Der Monat, in dem unsere Mutter starb, war auch der Monat, in dem Rosa Parks sich weigerte, ihren Sitzplatz aufzugeben. Während ich unsere Mahlzeiten kochte und meine kleine Schwester in ihre gemischtrassige Schule ging, beendeten fünfzigtausend Menschen in Montgomery ihren einjährigen Busstreik. Die Bürgerrechtsbewegung hatte sich formiert. Das Land, in dem ich geboren war, steuerte auf eine Krise zu. Aber ich hörte kein Wort davon. Pa muss die Entwicklungen aufmerksam verfolgt haben. Aber auch wenn er uns noch so viel beim Abendessen erzählte: Dieses Thema kam niemals auf.

Jonah verbrachte seine Tage in fiebernder Passivität. Er hörte Radio. Er ging spazieren oder er saß, an den Tagen, an denen er unseren Vater auf den Campus begleitete, reglos in der Musikbibliothek von Columbia. Er versuchte durch bloßen Stillstand in die Vergangenheit zurückzukommen. Jahre später sagte er in einem Interview, das seien die Monate gewesen, die ihn zum erwachsenen Sänger gemacht hätten. »In diesem halben Jahr Schweigen habe ich mehr über das Singen, erfahren als ich je von einem Lehrer gelernt habe, weder vorher noch nachher.« Außer von der Lehrerin, von der er sogar das Schweigen gelernt hatte.

Pa konnte uns nicht ewig zu Hause lassen. »Kommt, Jungs. Die Welt ist nicht untergegangen, noch nicht jedenfalls. Wenn ihr nicht bei mir Physik lernen wollt, müsst ihr euch eine andere Schule suchen.«

Das war das letzte Mal, dass Jonah sich ein *du musst* gefallen ließ. »Ja zum Teufel, Muli. Jack Robinson spielt nicht mehr. Sie haben den ›Shadow‹ eingestellt. Da können wir auch genauso gut zurück in den Knast gehen.«

Er entschied sich für Juilliard – die Schule, die näher am Zuhausebleiben war als jede andere. In Juilliard würde er beinahe wieder ganz eintauchen, in das Einzige, was wir beide konnten. Pa vermittelte Jonah Gesangstunden bei einem Lehrer an der Musikalischen Fakultät von Columbia, und einen Monat vor den Aufnahmeprüfungen stürzte er sich wieder in die Arbeit. Vielleicht stimmte es ja wirklich, dass er vieles durch Schweigen gelernt hatte. Juilliard nahm ihn auf Anhieb in den Vorkurs auf.

An dieser landesweit führenden Schule für Berufsmusiker gab es nicht einmal für einen so herausragenden Sänger wie Jonah Privilegien. Er konnte nicht seine Zusage davon abhängig machen, dass ich ebenfalls genommen wurde. Der Druck lastete also ganz und gar auf mir. »Wenn sie dich nicht nehmen, gehe ich auch nicht«, sagte Jonah unmittelbar vor meiner Prüfung. Ich bin sicher, es war als Aufmunterung gemeint.

Ich ging hinaus zum Vorspielen, und die Zukunft meines Bruders lastete auf meinen Schultern, so schwer, dass ich mich bis fast auf die Tasten hinunterbeugte. Ich stolperte durch den ersten Satz von Opus 27, Nr. 1, Läufe wie aus ranziger Butter. Ich konnte es hören, wie ich meinen Bruder und mich zu lebenslanger Untätigkeit in der muffigen Wohnung unseres Vaters verdammte. Nach dem Vorspielen ging ich zur Toilette nebenan und übergab mich, wie Jahre zuvor die Jungs, über die Jonah sich gewundert hatte. Unsere musikalische Erziehung war schneller und umfassender gewesen, als unsere Eltern sich je vorgestellt hätten. Ich war froh, dass Mama nicht mehr mit ansehen musste, wo ich gelandet war.

Meine Zulassung kam zusammen mit einer zweiseitigen Mängelliste in roter Tinte. Als Letztes stand, doppelt unterstrichen, ein einziges Wort: »Haltung!« Jonah ließ mich das nie wieder vergessen. Jedes Mal, wenn wir uns zu Tisch setzten, schnauzte er mich mit diesem Wort an, mit deutschem Akzent gesprochen. Wir gingen den Bürgersteig entlang, und er packte plötzlich meine Schultern und zog sie zurück. »Haltung, Herr Strom! Nicht! So! Krumm!« Er hat nie begriffen, dass es sein eigenes Gewicht war, das mir die Schultern niederdrückte.

Gebrandmarkt mit der Zulassung in roter Tinte, folgte ich meinem Bruder nach Juilliard. War Boylston ein Vorposten in der Provinz gewesen, war Juilliard das Rom der Musik. Man musste nur einen Korridor hinuntergehen, und aus den Türen ertönten in phantastischer Kakophonie drei Jahrhunderte westlicher Musikgeschichte. Jonah und ich waren wieder Kinder geworden, standen auf der untersten Sprosse einer Leiter der Erfahrung, die sich vor uns bis ins Unendliche erstreckte.

Zu dem Schulgebäude an der Claremont Avenue ließ es sich bequem zu Fuß gehen, wir konnten zu Hause wohnen bleiben, und das war eine ungeheure Erleichterung für mich. In der eigenen Welt der Musik waren wir niemandes »Frage«, niemandes Skandal, niemandes Wegbereiter. Eigentlich beachtete uns kaum jemand. Wie man aussah, spielte dort überhaupt keine Rolle. Was zählte, war, wie man klang.

Unsere Mitschüler brachten uns tüchtig ins Schwitzen. Es mochte schon stimmen, dass Jonah in sieben Monaten Schweigen mehr über das Singen gelernt hatte als bei jedem Lehrer nach unserer Mutter. Aber über die Welt der Profimusiker lernte er binnen zwei Wochen in deren nordamerikanischer Kapitale mehr, als er jemals wissen wollte. Die eigentliche Schulbildung wurde noch mehr vernachlässigt als in Boston. Das war uns nur recht. Wir waren schließlich wegen anderem dort. Dem Einzigen, wozu wir beide noch den Mut hatten.

Jonah blieb nicht lange im Vorkurs. Sobald es möglich war, schubsten seine Lehrer ihn die Leiter hinauf. Und er war bei weitem nicht der Jüngste, der das Studium aufnahm. In der Schule drängten sich die Wunderkinder, und manche hatten mit sechzehn – dem Alter, in dem Jonah hinzustieß – schon das gesamte Programm absolviert. Aber wohl keiner war schlechter auf einen frühen Eintritt ins Erwachsenenleben vorbereitet als er.

Er begann im Jahr von Little Rock, drei Jahre nach Brown vs. Topeka, dem Fall, der angeblich das Land revolutioniert hatte. Wieder studierten Jonah und ich gemeinsam Pressefotos – neun Jugendliche werden im Schutz der Fallschirmjäger des 101. Regiments zur Schule gebracht, damit auch sie etwas über Thomas Jefferson und Jefferson Davies lernen können –, und wir schlendern, als sei nichts dabei, durch die Portale unseres Konservatoriums und lernen Sonatensatz. Jeden Tag sah ich verstohlen in der Schulbibliothek die Zeitungen an. Jugendliche in unserem Alter auf ihrem Schulweg durch die wütenden Massen, immer nur einen Schritt vom Aufgeknüpftwerden entfernt, springen sie die von Soldaten mit aufgepflanzten Bajonetten gesäumte Treppe hinauf, Soldaten, die, allesamt weiß, ihre Befehle selbst nur erfüllen, weil sie mit vorgehaltener Pistole gegeben werden. Armeehubschrauber landen auf dem Fußballfeld, bauen eine Vorpostenlinie auf. Gouverneur Faubus ruft die Nationalgarde, widersetzt sich gerichtlichen Anweisungen, marschiert gegen die Bundestruppen und spricht im Fernsehen von einem Aufstand: »Wir sind ein besetztes Land.« Und General Walker antwortet: »Je schneller der Widerstand gebrochen ist, desto schneller wird an den Schulen Normalität einkehren.« Das ganze Land stand bereit, nach hundertjähriger Pause den Bürgerkrieg wieder aufzunehmen, ein Krieg um neun Schüler meines Alters, und ich mühte mich derweil mit Chopin-Etüden und Jonah eroberte Britten im Sturm.

Mein Land war das Konservatorium, Arkansas nicht mehr als ein ferner Albtraum. Ich weiß nicht, wie Jonah über Little Rock dachte. Wir sprachen nur einmal darüber, als wir zusammen vor Pas erstem Schwarzweißfernseher saßen, die Nachrichten sahen und auf eine Kriminalserie warteten, die den nächsten Sommer nicht überdauern sollte. Auf dem Bildschirm drängte sich ein magerer weißer Teenager mit Bürstenhaarschnitt an ein schönes Mädchen mit Sonnenbrille und flüsterte eine unhörbare Drohung. Jonah saß neben mir im Dunkeln und sagte: »Wenn er sie anfasst, wird er es büßen.«

Wir lebten wie die Fürsten in unserer schönen neuen Welt. Jeden Nachmittag ein kostenloses Konzert, höchster Kunstgenuss vor meist leeren Häusern. Alle paar Wochen – so oft wir Pa die Erlaubnis zum Ausgehen abringen konnten – nutzten wir die Gelegenheit und hörten zum Schülerpreis eine Symphonie, wenn nicht gar eine Oper.

Ich studierte und übte, jeder Tag war für mich acht Stunden zu kurz. Zum ersten Mal machte ich Bekanntschaft mit einem Repertoire, das so sagenumwittert war, dass ich kaum wagte, die Noten zu spielen. Unter Anleitung meines Lehrers George Bateman lernte ich Opus 27, Nr. 1, noch einmal neu, diesmal richtig. *Das Wohltemperierte Klavier* war mein täglich Brot. Ich arbeitete mich durch einen großen Teil des ersten

Buches, hielt mich bei den schwierigen Fugen aber an die sicheren Tempi.

Mr. Bateman war ein gefragter Begleiter. Wegen seiner zahlreichen Auftritte ließ er die Hälfte der Stunden ausfallen. Im Unterricht wirkte er zerstreut und unaufmerksam. Aber er hatte ein höllisch scharfes Gehör und konnte mit zwei Fingern seiner linken Hand Dinge tun, zu denen ich mit meiner gesamten Rechten nicht fähig war. Wenn er eine lobende Bemerkung fallen ließ, zehrte ich wochenlang davon.

Er verstand es, seine Kritik so geschickt in einem solchen Lob zu verstecken, dass ich oft gar nicht merkte, wie schneidend sie war. Ich spielte ihm Chopins Mazurka in a-Moll vor. Das Wichtige daran ist der feine, punktierte Rhythmus – eine Beschwingtheit, die tanzen muss, ohne zu hüpfen. Ich schaffte die erste Wiederholung ohne Zwischenfall. Dann kam der triumphierende Übergang nach C-Dur – die vorhersehbarste plötzliche Aufheiterung der Welt. Mr. Bateman, der mit geschlossenen Augen dasaß, vielleicht sogar eingedöst war, sprang auf. »Halt!«

Ich riss die Hände von den Tasten, erschrocken wie ein Hund, wenn er einen Klaps mit der Zeitung bekommt, die er brav für sein Herrchen geholt hat.

»Was war das gerade?« Ich wagte nicht den Blick zu heben. Als ich es tat, fuchtelte Mr. Bateman mit den Armen. »Mach das nochmal!« Ich tat wie geheißen, halb gelähmt vor Unsicherheit. »Nein, Nein«, sagte er, und es klang merkwürdig aufmunternd. »Spiel so wie beim ersten Mal.«

Ich spielte das Stück genau so, wie ich es immer spielte. Jedes Mal verdüsterte eine Gewitterfront Mr. Batemans Miene. Doch schließlich verzogen sich die Wolken. »Das ist es! So ist es schön! Wer hat dir das beigebracht?« Er fuchtelte wild mit den Armen, vertrieb frohgemut einen Schwarm lästiger Fakten. »Sag es mir nicht. Ich will's gar nicht wissen. Mach nur einfach weiter so und vergiss, was ich dir sonst noch sage.«

Noch Tage später fragte ich mich, ob ich nicht doch vielleicht eine Begabung hatte, von der ich nichts ahnte. Ich wusste, worum es Mr. Bateman ging: Er wollte, dass ich nicht mit den Fingern spielte, sondern mit dem Gefühl, nicht mit dem Kopf, sondern mit dem Herzen. Als er meine Interpretation einer kleinen Schumann-Fantasie als »brillant« bezeichnete, glaubte ich einen ganzen Nachmittag lang, ich könne Berge versetzen. Sobald ich nach Hause kam, würde ich Mama erzählen, was Mr. Bateman gesagt hatte. Doch dann fiel es mir wieder ein, und die Freude über meinen Erfolg verwandelte sich in eine tiefere Verbitterung als die, die ich bei ihrem Tod empfunden hatte. Alles war sinnlos. Meine verkrüppelte Melodie schleppte sich durch so viele unvorbereitete Akkorde, dass ich dachte, ich müsse vor Scham versinken. Ich war der erbärmlichste Junge auf der ganzen Welt. Wie konnte ich jubeln, so rasch, nachdem mir jeder Grund zum Jubeln hätte vergehen sollen? Wie konnte ich so schamlos weiterwachsen, wo doch Mama nun auf immer zum Stillstand verurteilt blieb?

Dies bleischwere Gefühl der Sinnlosigkeit fiel von mir ab, wenn ich übte. Ich hasste mich nach wie vor, wenn ich vergaß, was geschehen war, selbst wenn es nur für eine Minute war. Ich weiß nicht, wie Jonah überlebte. Wir sahen uns nicht oft, seitdem er ins College übergewechselt war. Er brauchte mich weniger. Doch wenn wir abends zusammen durch Morningside Heights nach Hause schlenderten, ließ er seine Unterrichtsstunden Revue passieren und war ärgerlich, dass ich nicht dabei gewesen war und alles selbst miterlebt hatte. Am Wochenende, wenn wir uns in dem Musikladen an der 110. Straße herumtrieben, konnte er immer noch wegen nichts und wieder nichts aus dem Häuschen geraten; dann schmetterte er plötzlich das Hornmotiv aus dem dritten Satz von Beethovens Fünfter und erwartete, dass ich mit der zweiten Hornstimme genau zum richtigen Zeitpunkt einsetzte, im Takt, eine Terz tiefer als er, gerade so als sei nie jemand gestorben.

Juilliard war so groß, dass selbst Jonah unbedeutender wirkte. In den Cafés rund um die Schule herrschte ein einziges Stimmengewirr, die Vereinten Nationen der Musik. Vor unserem Eintritt in Juilliard hatten wir uns mit neckischen Dittersdorf-Duetten begnügt, jetzt spielten wir in den mittleren Rängen einer internationalen Symphonie der Tausend.

Unter den Studenten gab es sogar ein paar Neger. Richtige Neger. An dem Tag, als ich meinen ersten sah – einen breitschultrigen, emsig wirkenden Studenten aus den höheren Semestern mit Sonnenbrille und einem Packen Noten unter dem Arm –, hätte ich ihn beinahe begrüßt wie einen lange verloren geglaubten Vetter. Er warf mir aus dem Augenwinkel einen Blick zu und rief: »He, Soldat.« Dazu salutierte er locker mit zwei Fingern, als gehörten wir, allem Anschein zum Trotz, derselben Einheit an. Die Weißen waren sich nie sicher. Sie hielten uns für Inder oder Puertoricaner. Sie sahen nie genau hin. Die Schwarzen wussten immer Bescheid, aus einem ganz einfachen Grunde: Weil ich ihren Blick erwiderte.

Bei unserer zweiten Begegnung blieb der Mann stehen. »Du musst Jonah Strom sein.« Ich korrigierte ihn. »Heiliger Himmel. Dann gibt es also zwei von eurer Sorte?« Er kam unüberhörbar aus dem Süden und war noch schwerer zu verstehen als János Reményi. Er sang Bass, hieß Wilson Hart und hatte an einem schwarzen College in Georgia, einem Staat, auf den ich bislang noch nie einen Gedanken verwendet hatte, eine Ausbildung als Lehrer gemacht. »Der einzig mögliche Job für einen schwarzen Bass, dachte ich.« Ein Professor hatte ihn bei einem Besuch singen hören und hatte ihn überredet, es sich anders zu überlegen. Wilson Hart war noch immer nicht überzeugt.

Selbst wenn er sprach, hörte ich die ungeheure Resonanz seiner Stimme. Aber Wilson Hart hatte einen Traum: Er wollte mehr als nur singen. »Soll ich dir sagen, was ich tun würde, wenn wir in einer besseren Welt lebten?« Er öffnete die Mappe, die er immer unter dem Arm trug, und breitete die cremefarbenen, mit Bleistift beschriebenen Notenblätter vor mir aus, einfach so auf dem Flur. Ich studierte die Noten, Noten, die dieser Mann geschrieben hatte. Auch wenn sie irgendwie unfertig waren und sich an Bekanntes anlehnten, sah man doch das Talent.

Er wollte *komponieren*. Ich konnte es kaum fassen, wie ich zu meiner Schande gestehen muss. Ja, weil er zu der gleichen Rasse gehörte wie meine Mutter. Aber vor allem, weil er *lebte* und hier mit mir redete. Ich betrachtete mein eigenes Leben. Komponieren war mir nie in den Sinn gekommen. In jeder Minute strömte neue Musik in diese Welt, an allen Ecken. Wir konnten mehr tun, als sie nur wiederzugeben. Wir konnten unsere eigene Musik schreiben.

Wilson Hart musterte mich wie ein Spion Gottes. »Sie fragen dich dauernd, wieso ein Schwarzer sich für so was interessiert?«

»Wir sind Mischlinge«, antwortete ich.

Kaum hatte ich das Wort ausgesprochen, schleuderte er es mir zurück. »Mischlinge? So wie in Mischmasch?« Er sah mich im Boden versinken. »Ist schon gut, Bruder. Kein Gaul auf der Welt, der ein Vollblut ist.«

Wilson Hart war der erste Mensch, mit dem ich aus eigener Kraft Freundschaft geschlossen hatte. Er lächelte mir vom anderen Ende eines langen Flurs zu und saß neben mir in vollen Konzertsälen. »Jetzt hör schon endlich auf mit deinem Mr. Hart. Der einzige Mensch, dem ich je gestatten werde, mich Mr. Hart zu nennen, ist Mrs. Hart, wenn ich sie irgendwann finde. Für dich, Mr. Mixed, bin ich Will.« Wenn er mir auf dem Flur begegnete, klopfte er auf seine Mappe mit frisch geschriebenen Noten. Es war unsere private Verschwörung, diese Kaskade neuer Noten. *Du und ich, Mix. Sie werden unsere Musik hören, bevor wir aus diesem Laden hier raus sind.* Die Freude darüber, dass er mich als seinen Weggefährten auserwählt hatte, quälte mich mehr als jeder Gedanke an unsere Rasse.

Schließlich lernten Will und Jonah sich kennen – auch wenn ich gar nicht so erpicht darauf war, sie einander vorzustellen. Sie waren wie Feuer und Wasser. Jonah war mit der Avantgarde aufgeblüht, der Explosion und der Eindämmung der neuen Freiheit. Als Jonah zum ersten Mal die Wiener Schule hörte, hätte er die Aufrührer am liebsten zusammengetrieben und exekutiert. Beim zweiten Mal rümpfte er nur die Nase. Als er zum dritten Mal zuhörte, schlug aus der schwelenden Bedrohung der westlichen Kultur eine Flamme so hell wie der Morgenstern. Der Zeitpfeil wies für Jonah nun unerbittlich in die Zukunft, zur seriellen Musik oder deren paradoxem Zwilling, der Aleatorik.

Jonah sah sich Wilson Harts Kompositionen an, sang einige Melodien vom Blatt mit einer Stimme so mächtig wie die Instrumente, für die sie geschrieben waren. Allein dafür hätte Will ihm alles gezeigt, was er je komponiert hatte. Aber am Ende seiner bravourösen Darbietung warf Jonah die Hände in die Luft. »Will, Will! Was soll nur all diese *Schönheit*? Du bringst uns ja um mit so viel Harmonie, Mann. Schleppst uns im Alleingang zurück ins neunzehnte Jahrhundert. Was hat denn das neunzehnte Jahrhundert je für dich getan, außer dich in Ketten gelegt?«

Ich saß dazwischen, wartete auf den Weltuntergang. Aber der Streit machte den beiden Spaß.

»Das hier hat nichts« mit dem neunzehnten Jahrhundert zu tun«, sagte Will und sammelte seine zerstreuten Truppen. »Das ist euer erster Blick auf das *Einundzwanzigste*. Ihr habt nur noch nicht gelernt, es zu hören.«

»Aber ich *habe* das schon gehört. Ich kenne die Melodien auswendig. Es klingt wie ein Copland-Balett.«

»Ich würde meinen kleinen Finger dafür geben, wenn ich ein Copland-Balett schreiben könnte. Der Mann ist ein Meister. Hat ja auch mit eurer Katzenjammermusik angefangen. Aber die war ihm schnell langweilig.«

»Copland ist schon in Ordnung, wenn man Schnulzen mag.«

Ich betete zu Mamas Geist, dass er kommen und ihm den Hintern versohlen möge; besser wäre es gewesen, sie hätte es zu Lebzeiten getan.

»Und ich Dummkopf denke, Musik ist zum Vergnügen da.«

»Sieh dich doch um, Mann. Die Welt steht in *Flammen*.«

»Das ist wahr. Und wir bräuchten einen schönen großen Ozean, um die Flammen zu löschen.«

»Du studierst bei Persichetti?«

»Mr. Persichetti ist ein Schüler von Roy Harris, genau wie unser Rektor Mr. Schuman.«

»Aber Persichetti hat das alles weit hinter sich gelassen. Die Zeit der Folk- und Jazzsammler ist vorbei. Er hat mehr zu sagen als das. Da kannst du doch nicht stehen bleiben. An die Arbeit, Wilson! Du sollst Boulez hören. Babbitt. Dallapiccola.«

»Meinst du, ich hätte nicht schon Stunden damit vergeudet? Wenn ich Krach hören will, kann ich mich an den Times Square stellen, da gibt's genug davon. Wenn ich Zufall will, kann ich auf Pferde wetten. Gott hat uns gesagt, wir sollen etwas *machen* aus dieser Erde. Wir sollen *aufbauen*, nicht alles niederreißen und vor die Hunde gehen lassen.«

»Aber diese Musik *baut* auf. Hör dir doch Stockhausen an. Varèse.«

»Polizeisirenen kann ich jeden Abend vor meinem Zimmerfenster hören.«

»Mach dich doch nicht zum Sklaven der Melodie, Mann.« Jonah hörte das Wort, das er da sagte, gar nicht.

»Wir haben die Melodie nicht ohne Grund erfunden, Bruder Jon. Weißt du, was das Beste war, was Varèse jemals getan hat? Er hat William Grant Still auf den richtigen Weg gebracht. Und das ist ein Komponist, der weiß, was Klang heißt. Habt ihr euch mal gefragt, warum kein Mensch die Musik dieses Mannes spielt? Warum ihr nicht mal *gewusst* habt, dass es einen schwarzen Komponisten gibt, bevor ihr euch mit mir eingelassen habt?«

Jonah grinste mich verschwörerisch an. Beide zerrten sie an mir, spannten mich straff wie das Seil beim Tauziehen.

Wenn Jonah nicht da war, missionierte Will bei mir. »Ich habe mir jahrelang die stocktauben Herren angehört, die dein Bruder so mag. Da gibt's nichts Neues zu hören, Mix. Und mit Sicherheit nicht die Freiheit, die Bruder Jon sich von da erhofft. Glaub mir. Mit fliegenden Fahnen wird unser Bruder zu uns zurückkommen, mit zugehaltenen Ohren, wenn er erst mal das Gequietsche und Geschepper leid ist.«

Will zeigte mir jede neue Komposition – aufgedonnerte klassische Kadenzen, die mit Swing und Cool flirteten, andächtige Gospelzitate begraben unter dem Ansturm dvořákscher Blechbläser. Er ließ mich schwören, dass ich niemals die Melodie aufgeben würde nur um eines falschen Begriffs von Fortschritt willen. »Versprich mir etwas, Mix. Versprich mir, dass du eines Tages die Noten aufschreibst, die du in dir hast.« Es schien mir ein unverfängliches Versprechen. Ich war mir sicher, dass bestenfalls ein halbes Dutzend Takte hervorkommen würde.

Er schwärmte für alles Spanische. Ich weiß nicht, woher diese Vorliebe kam. Sancho und der Don auf seinem Klepper. Trockene Hügellandschaft. Will würde hinfahren, sobald er das Geld für die Reise beisammen hatte. Und wenn es für Spanien nicht reichte, dann wenigstens Mexiko oder Guatemala – jeder Ort, der nach Mitternacht zum Leben erwachte und in der Mittagssonne schlief.

»Ich muss da mal zu Hause gewesen sein, Bruder Joe. In einem früheren Leben.« Nicht dass er das Geringste über das Land gewusst hätte oder auch nur ein einziges Wort Spanisch sprach. »Meine Leute waren ein Weilchen zu Besuch da unten. Ein paar Jahrhunderte vielleicht. Die Spanier sind die besten Neger nördlich von Afrika. Die Deutschen wüssten überhaupt nicht, was sie mit so viel Seele anfangen sollten; sie könnten sie nur einsperren.« Seine Hand flog an die sündigen Lippen. »Hör nicht auf mich, Mix! Jedes Volk hat seine Vorstellungen davon, was diese Welt wirklich will.«

Wilson Hart wollte die Meerenge von Gibraltar überspannen, wollte Afrika und die iberische Halbinsel wieder vereinen. Er hörte das eine im anderen, wo ich überhaupt keine Verbindung erkannte. Das Wenige, was ich auf Juilliard über afrikanische Musik lernte, bestätigte nur, dass sie vollkommen anders als die unsere war. Aber Wilson Hart gab nie auf, immer wieder sollte ich die Verwandtschaft hören, den Rhythmus, der so verschiedenartige Rhythmen verband.

Oft fand ich Will in einer der Kabinen neben der Bibliothek, über einen Plattenspieler aus den Fünfzigern mit einem Tonarm so groß wie eine Affenpfote gebeugt, wo er sich Albéniz oder de Falla anhörte. Einmal packte er mich bei einem solchen Besuch und wollte mich nicht wieder loslassen. »Genau das Paar Ohren, nach dem diese Musik verlangt.« Ich musste mich setzen und mir ein komplettes Gitarrenkonzert anhören, von einem Mann namens Rodrigo.

»Na?«, fragte er, als der dritte Satz triumphierend in den Hafen einlief. »Was hörst du, Bruder Joe?«

Ich hörte verstaubte, archaische Tonalität, die gern verborgen hätte, wie lächerlich jung sie noch war. Sie setzte sich hinweg über alle historischen Bemühungen zum Aufbrechen der Konsonanz. Die Sequenzen waren so traditionell, dass ich jede schon zu Ende gedacht hatte, bevor sie überhaupt begonnen hatte. »Mitreißend ist es.« Etwas Besseres fiel mir nicht ein.

Er machte ein enttäuschtes Gesicht. Es war etwas Bestimmtes gewesen, das ich hören sollte. »Was hast du über den Mann erfahren, der es so mitreißend gemacht hat?«

»Außer dass er aus Nordafrika kommt?«

»Mach dich ruhig lustig über mich. Aber sag mir, was du über ihn weißt, jetzt da er dir alles verraten hat.«

Ich zuckte mit den Schultern. »Ich geb's auf.«

»Blind vom dritten Lebensjahr an. Hast du das nicht gehört?«

Ich schüttelte den Kopf, konnte nichts gegen seine Enttäuschung tun.

»Nur ein Blinder kann so etwas schreiben.« Will legte die rechte Hand auf seine eigene geschlossene Mappe. »Und ließe Gott mich etwas zustande bringen, was auch nur ein Zehntel so schön wäre, würde ich mit Freuden –«

»Will! Das darfst du nicht sagen! Nicht einmal im Scherz!« Ich glaube, ich habe ihm einen Schrecken eingejagt.

Ich fragte Jonah, ob er das Stück kannte. *Concerto de Aranjuez.* Er schnaubte schon abfällig, bevor ich den Titel zu Ende gesprochen hatte. »Durch und durch reaktionär. 1939 geschrieben! Da war Berg schon drei Jahre tot.« Als wären die echten Pioniere den anderen in allem voraus, sogar im Sterben. »Mann, was stellt dieser Will mit dir an? Wenn das so weitergeht, pfeifst du Schlager aus dem Radio, bevor wir aus diesem Kasten hier raus sind. Musik und Wein, Joseph. Je weniger Ahnung man davon hat, desto süßer mag man sie.«

»Und wie viel Ahnung hast du von Wein?«

»Überhaupt keine. Aber ich weiß, was mir schmeckt und was nicht.«

Jonah hatte Recht. Will Hart lebte in der suspekten Grauzone der Schule. Für Juilliard bestand die Welt nach wie vor aus der schmalen Raute zwischen London, Paris, Rom und Berlin. Musik, das waren die großen deutschen B's, die Namen, die in die Marmorsockel gemeißelt waren, der alte Traum vom Großreich, vor dem unser Vater geflohen war. Die ernste Musik Nordamerikas – auch Wills Lieblinge Copland und Still – galt hier bestenfalls als Ableger der europäischen Tradition. Dass dieses Land sehr wohl eine eigene Musik hatte – eine, die sich spektakulär alle drei Jahre neu erfand, ein Bastard der Kirchenlieder und Spirituals, der Sklavengesänge und Arbeitslieder, der verschlüsselten Fluchtpläne, des hemmungslos rhythmischen, trunkenen Grölens eines Leichenbegängnisses in New Orleans, in Baumwollballen flussaufwärts verschifft nach Memphis und St. Louis, verwandelt zu Bluesharmonien, vor denen auch die Mächtigen nicht die Ohren verschließen konnten, im Norden wieder aufgetaucht, wo er als mitreißender Ragtime die Bahntrassen Chicagos eroberte und dann über Nacht (die längste, schwärzeste Nacht der Seele, die es in der improvisierten Geschichte aller Zeiten je gegeben hat) den Jazz hervorbrachte samt seiner unzähligen halbblütigen Nachfahren, einen ganzen glitzernden Savoy-Saal voller Kinder, die singend hinauszogen, bis jedes Stück Weiß unter ihren stampfenden Füßen zerstob, amerikanisch, *amerikanisch*, was immer das bedeuten mochte, eine Musik, die die ganze Welt erobert hatte, als die Akademiker gerade einmal nicht hinsahen –, das hatte sich in diesen europaseligen Hallen noch nicht herumgesprochen.

Jonahs Freunde waren weiß, und meine Freunde waren, von Will abgesehen, seine Freunde. Nicht dass mein Bruder sich bewusst Weiße ausgesucht hätte. Das war nicht nötig. Die Suzuki-Methode war gerade einmal zehn Jahre alt, und es würde noch Jahre dauern, bis die Welle der asiatischen Einwanderer die Vereinigten Staaten traf. Die Hand voll nahöstlicher Schüler war auf dem Umweg über England und Frankreich gekommen. Noch war Juilliards kosmopolitische See kaum mehr als ein Planschbecken.

Mein Bruder ging gern zu Sammy's, einem Café gleich nördlich der Schule. Jonah hatte dieses Lokal ausgesucht, weil er, anders als seine neuen Freunde, wusste, wo er sich hinsetzen und hoffen konnte, dass er bedient wurde. Zur Kneipe gehörte eine Seeburg-Jukebox mit allen Finessen, bei der man für fünf Cent zusehen konnte, wie der kleine Greifer die Platten aus dem Ständer holte und auf den Plattenteller legte. Die hoch intellektuellen Studenten taten natürlich, als fänden sie das Ding grässlich, obwohl sie begierig alles verschlangen, was ihnen an Populärkultur serviert wurde. Nach den Gesangstunden fiel ein halber Chor bei Sammy ein und verzog sich in eine der hinteren Ecken. Jonah führte das große Wort unter seinen Sängerkollegen, und seine Freunde rückten immer zusammen, damit der kleine Bruder auch noch unterkam. Die sonst so ätherischen Künstler konnten bei Sammy stundenlang zusammensitzen und eine Art musikalischen Hahnenkampf veranstalten. Wer schaffte die höchste Note? Wer den profundesten Bass? Wem gelangen die schönsten Übergänge? Es war schlimmer als die Fernseh-Quizshows, die sie sich alle heimlich ansahen, und genauso abgekartet. Die Jurymitglieder waren zwar nie so indiskret, dass sie sich einander eine Rangliste zuwiesen, und sie urteilten auch nur über Sänger, die gerade nicht dabei waren. Aber im ständigen Beurteilen und Klassifizieren konnte doch jeder seinen eigenen Platz in der Hackordnung bestimmen.

Der Clown dieser Gruppe war ein Bariton mit unbestechlichem Gehör, Brian O'Malley. Ein paar geträllerte Sechzehntel reichten, und die anderen wälzten sich am Boden. Es gab nichts, was er nicht imitieren konnte, vom Bass bis zum Koloratursopran, und niemals musste er erklären, wer gerade die Zielscheibe seines Spottes war. Seine Zuhörer lachten laut, auch wenn sie wussten, dass sie als nächste an der Reihe sein konnten, wenn sie den Raum verließen. Die Hände züchtig vor der Brust gefaltet, gab Brian einen schaurigen Don Carlos oder eine Lucrezia Borgia zum Besten, nahm die vertraute stimmliche Eigenart eines Freundes und ließ sie durch den Verstärker laufen, bis sie entsetzlich klang. Danach hörten wir das unglückliche Opfer nie wieder wie zuvor.

O'Malleys Talent beschäftigte mich. Einmal fragte ich Jonah in der 116. Straße, wo wir relativ sicher vor ihm waren: »Ich verstehe das nicht. Wenn er jeden nachmachen kann bis auf den letzten Pickel, wieso hat er dann ...«

Jonah lachte. »Wieso er keine eigene Stimme hat?« Als Einziger unter den Juilliard-Gesangstudenten hatte O'Malley eine Stimme so ohne jede Eigenart, dass nichts zu parodieren blieb. »Er will so wenig Angriffsfläche wie möglich bieten. Er wird schon noch Karriere machen, wart's ab. Er wäre ein guter Fra Melitone. Oder Don Pasquale oder etwas in dieser Art.«

»Aber nicht seiner Stimme wegen«, sagte ich entsetzt.

»Natürlich nicht.«

Jonah konnte stundenlang dabeisitzen und der Clique beim Punkteverteilen zuhören. Ihr Wunsch, alles zu bewerten, war ebenso groß wie die Sehnsucht nach Musik. Für diese Athleten in der Ausbildung waren die beiden Dinge ein und dasselbe. Der Gesang war ein Wettbewerb: der Höchste, der Schnellste, der Schwerste – eine Olympiade für die Seele. Wenn ich sie hörte, hätte ich mich am liebsten in einem Probenraum eingeschlossen und wäre erst wieder herausgekommen, wenn ich das Gebrüll eines Rachmaninow beherrscht hätte. Aber wenn mein Bruder unter seinen Freunden war, blieb ich lieber bei ihm, und wir beide schaukelten gemeinsam auf schwerer See. Jonah fand sich in ihrem Jargon zurecht, als spräche er ihn von Kindheit an. »Haynes' fünf Mitteltöne, die sind wirklich perfekt« oder »Thomas' Portamenti, eine Braut in jedem Hafen.« In den Ohren der anderen waren seine Kommentare immer nur ein unschuldiges Staunen. Niemals hörte es sich an, als urteile er verächtlich über jemanden.

Was sein eigenes Ansehen anging, so wussten auch Jonahs Verächter, dass sie eine doppelläufige Flinte brauchten, wenn sie leichtsinnig genug waren, ihn aufs Korn zu nehmen. Es kam vor, dass ich Mitschüler in den hinteren Reihen des abgedunkelten Auditoriums sagen hörte, sein Ton sei zu rein, er singe zu mühelos, zu leicht, tue, als sei keine körperliche Anstrengung dabei, nichts von der Anspannung, der die besten

Tenöre ihre Wirkung verdankten. Und ich zweifle nicht, dass die Leute bei Sammy's an Winterabenden, wenn wir nach Hause gegangen waren, Schlimmeres über ihn sagten. Aber solange wir mit den anderen über unseren Limonaden saßen, kommentierten sie ihn nur mit einem ungläubigen Kopfschütteln. Sie entschieden, wer der Beste, Klarste, Hellste des Nachmittags gewesen war. »Und dann ist da noch Strom«, pflegte O'Malley schließlich zu sagen. »Eine Klasse für sich.«

Einmal, kurz bevor ich selbst ebenfalls zu den College-Kursen aufstieg, saßen wir bei Sammy beisammen. Das Gespräch kam auf Jonah, der sich damals gerade seinen ersten Schubert aneignete, die *Schöne Müllerin*, und die Vehemenz, mit der er diesen Angriff auf die weiße Weiblichkeit führte, erfüllte O'Malley mit ehrfürchtigem Staunen. »Wenn einer von uns berühmt wird, dann ist es Strom hier. Das steht fest. Der Junge schafft es bis ganz nach oben. Wir werden an seinen Rockschößen hängen, bis er uns abschüttelt. Und dann werden wir von da, wo wir liegen bleiben, seinen Aufstieg verfolgen. Er kommt, e-her ko-hommt, der sta-ha-ha-ha-harke Held!«

Mein Bruder steckte die zusammengerollte Papierhülle seines Strohhalms in die Nase und blies sie dem Kritiker entgegen.

»Du denkst, ich mache Witze, was?«, sagte O'Malley. »Wenn er nicht unter die Räder kommt, wird unser Junge hier das berühmteste Halbblut aller Zeiten. Die nächste Leontyne Price für unsere ehrwürdige Schule.«

Der aufregendsten neuen Stimme des Landes hatte man eben nach einem halben Jahrzehnt ihr Operndebüt gestattet, in San Francisco. Die ganze Schule jubelte über die ehemalige Schülerin, die Schlagzeilen machte. Doch als O'Malley nun den Namen nannte, geriet der ganze Hintertisch bei Sammy's ins Wanken, und das Lachen wollte nicht recht zünden. Jonah hob die Augenbrauen. Er öffnete den Mund, und heraus kam ein absurdes Falsett. »O mein Sopran braucht Öl, mein Schatz, geölt werden muss mein Sopran.« Ein leichtes Aufatmen ging durch die Gruppe. Dann neue, forcierte Heiterkeit.

Wir machten uns auf den Rückweg, und ich sagte kein Wort. Er spürte mein Schweigen und hielt ihm stand. Wir waren schon den halben Weg bis zur Kathedrale St. John's gegangen, bis ich den Bann brach.

»Halbblut, Jonah?«

Er zuckte nicht einmal mit den Schultern. »Sind wir doch, Muli. Ich jedenfalls. Du kannst natürlich sein, was du willst.«

Die größten Talente in Juilliard verstanden sich als farbenblind – jener Kuhhandel, den die hohe Kultur veranstaltet, damit ihr keiner einen Vorwurf machen kann. Mit fünfzehn wusste ich noch nicht, was *farbenblind* alles bedeuten konnte. In Juilliard waren alle Rassenfragen viel zu gut unter Verschluss gehalten als dass ein Misston daraus werden konnte. Von ein paar kleinen Ausnahmen wie den netten Strom-Jungen abgesehen, war die Negerszene anderswo. Rassenkrawalle gab es nur im Süden. O'Malley präsentierte uns seinen perfekt getroffenen Gouverneur Faubus: »Was in Gottes Namen geschieht in diesen Vereinigten Staaten von Amerika?« Die Freunde meines Bruders zeigten rechtschaffene Empörung bei jedem Verbrechen gegen die Menschlichkeit, und jedes davon geschah, wie es im Folksong hieß, fünfhundert Meilen von zuhaus.

»O mein Volk«, legte O'Malley los. »Wer bin ich?« Er bedeckte ein Ohr mit der gekrümmten Hand, drückte das Kinn auf die Brust und sang in Pseudo-Russisch mit der tiefsten Stimme, die er zustande brachte. Wir brauchten ein paar Takte, bis wir »Ol' Man River« erkannten. Die Blicke, die O'Malley warf, um seine Wirkung zu prüfen, dauerten nie länger als eine Achtelnote. Einer der bedeutendsten Männer des Landes lebte in politischem Hausarrest, war gezwungen, zu seinen europäischen Zuhörern über das Telefon zu singen, und hier sitzt O'Malley und macht einen dummen Witz darüber. In seinem besten Phi Beta Kappa-Akzent spricht der Rutgers-Absolvent Robeson: »Mr. Hammerstein der Zweite, Sir. Nie käme es mir in den Sinn, Sie zu kritisieren, Sir, aber in Ihren Texten scheint mir doch an einigen Stellen die Syntax dubios.«

Die Ader an der Schläfe meines Bruders pochte; ich sah, wie er mit sich rang, wie er am liebsten den ganzen Tisch umgeworfen hätte und nie zurückgekehrt wäre. Nicht weil O'Malley einen Schwarzen verspottete, sondern weil er Robeson verspottete. Niemand durfte sich über einen solchen Mann lustig machen. Einen Moment lang dachte ich, er werde die ganze Bande zum Teufel schicken und sich wieder dem einsamen Studium echter Musik zuwenden. Aller Augen mühten sich, ihn nicht anzusehen. Jonah lachte. Hart, aber er war dabei. Mit jeder anderen Antwort hätte er nur verlieren können.

Im Grunde war die Rasse eine Nebensache. Die Hüter des guten Gesangs sparten sich ihre Munition für eine realere, allgegenwärtigere Gefahr: die Klasse. Ich brauchte Jahre, bis ich hinter das Geheimnis des Punktesystems im Sammy's kam, und wäre mir nicht sicher, ob Jonah es jemals durchschaut hat. Ich weiß noch, wie er einmal einem einstimmigen Urteil widersprach, das auch mich in Erstaunen versetzt hatte. »Moment. Ihr würdet Paula Squires als Mélisande engagieren, aber nicht Ginger Kittle als Mimi?«

Die Kritiker waren gnadenlos. »Vielleicht wenn La Ginger sich zu einer winzig kleinen Namensänderung bereit fände ...« – »Ihre Diphthonge allerdings, unnachahmlich. Dieses *Yeah*. Damit könnte sie in Peoria singen.« – »Und die Synthetikstoffe, die sie immer anhat. Jedes Mal, wenn sie über das hohe B hinausgeht, warte ich, dass ihre Bluse in einer Stichflamme verpufft.« – »Miss Kittle ist ja in ihrer Generation die wahre *Verkörperung* der Mimi. Stets glücklich tot im vierten Akt.«

Jonah schüttelte den Kopf. »Seid ihr denn alle taub? Sicher, sie ist nicht vollkommen. Aber die Squires steckt sie doch allemal in die Tasche.«

»Wenn sie nicht gerade ihre *Hände* drin hat.«

»Aber *Paula Squires*?«

»Jonah, mein Junge, du wirst das schon noch verstehen. Wenn du reifer wirst.«

Wir wurden beide reifer. Ich verbrachte meine Tage in einem Zustand permanenter sexueller Erregung, den ich als freudige Erwartung missverstand. Alles Gerundete oder Geschwungene, jeder Hautton von Zitronengelb bis Schokoladenbraun machte mich verrückt. Die Vibrationen des Klaviers, die sich über meinen Fuß vom Pedal übertrugen, waren oft schon zu viel für mich. Die Funken begannen als unschuldiges Glimmen, ein einziges Wort von einem weiblichen Wesen konnte sich zu langen Phantasien davon entwickeln, wie ich sie aus Gefahren errettete, wie ich mich opferte und glücklich mein Leben für sie gab, der einzige Lohn, der für mich denkbar war. Eine Woche oder zwei konnte ich mich zurückhalten, konzentrierte mich auf alles Reine – den mittleren Satz von Beethovens fünftem Klavierkonzert, meine Mutter, die uns mitten im Sturm auf der Eighth Avenue umarmte, Malalai Gilani, unsere Gesangsabende zehn Jahre zuvor. Aber auch wenn ich der Versuchung Widerstand leistete, wusste ich, dass ich ihr schließlich erliegen würde. Geduldig, gespannt wartete ich, bis ich allein in der Wohnung war. Die Wut darüber, dass ich nachgab, machte die Lust nur noch stärker. Jedes Mal, wenn ich mich befriedigte, kam es mir vor, als hätte ich Mama ein weiteres Mal zum Tode verurteilt, hätte alles Gute, das sie an mir gepriesen hatte, jedes Lob und jede Prophezeiung verraten. Jedes Mal schwor ich mir, mich zu bessern.

Vielleicht kam Jonah besser mit seinen Begierden zurecht – nur ein weiteres Drängen, das ihn vorantrieb. Vielleicht fand er eine willige Nymphe, die ihn berührte, wann und wo er es brauchte. Ich wusste es nicht. Er erzählte mir nicht mehr von den Entwicklungen seines Körpers, auch wenn ich immer erfuhr, wer gerade sein neuester Schwarm war. »Muli, dieses Mädchen musst du sehen. Du wirst Augen machen. Marguerite! Carmen!« Aber jedes Mal erwies sich das Objekt seiner Begierde als die Unauffälligkeit in Person. Ich überlegte, ob er sich über mich lustig machte. Alles was er an Schönheit in ihnen sah, lag jenseits meines sichtbaren Spektrums. »Na, ist das nicht die tollste Frau, die du je gesehen hast?« Ich brachte immer ein eifriges Nicken zustande.

Sein Körper war ein Seismograph. Selbst wenn er nur im Zuschauerraum eines Konzertsaals saß, war es eine sportliche Übung. Altistinnen hatten es ihm besonders angetan. Wann immer eine im Umkreis von dreißig Metern auftauchte, reckte er den Hals wie das Periskop eines U-Boots. Zum ersten Mal in seinem Leben war Singen ein Mittel zum Zweck. Er sang wie ein Windhund, der sich von der Leine losgerissen hat, hetzte durch Morningside und hob sein Bein an jedem Hydranten, der lange genug still hielt.

Ich hasste ihn dafür, dass er Kimberly verriet, und wusste doch, dass dieser Hass absurd war. Da stand ich, allein in meinem ganz privaten Sturm der Hormone, und legte Hand an mich beim Gedanken an alles was Beine hatte. Aber ich wollte, dass mein Bruder die Erinnerung an die Vergangenheit bewahrte, und dazu gehörte auch unser weißes Gespenst. Hier in New York schien uns der pseudoitalienische Innenhof von Boylston nur noch billiges Operettendekor. Ich hatte meine jungen Jahre verbracht wie die poliokranken Kinder, die man in Illustrierten sah, gefangen in einer eisernen Lunge, künstlich am Leben gehalten. All das war mit dem undichten Heizkessel explodiert. Ich brauchte etwas aus unserer verschwundenen Vergangenheit, an das ich mich halten konnte, und wenn es nur ein anämischer Geist war.

Jonah flirtete mit sämtlichen Gesangstudentinnen in Juilliard. Und sie flirteten ausnahmslos zurück, denn sie fühlten sich sicher angesichts der Abwegigkeit seines Verlangens. Seine Stimme verdrehte selbst die blondesten Köpfe. Es war Ende der fünfziger Jahre, und für eine zwanzigjährige Studentin dieser Eliteschule war er der Inbegriff des Verbotenen, zumal von ihm keinerlei Gefahr drohte. Undenkbar.

Ich fand für jede seiner neuen farblosen Göttinnen ein paar freundliche Worte, brachte für sie die gleiche Begeisterung auf wie für seinen Gesang, selbst wenn sein Repertoire mir immer fremder wurde. Der einfache Weg von der Tonika zur Dominante und zurück war Jonah mittlerweile zu langweilig. Nur noch, wenn die Musik Ecken und Kanten hatte, versprach sie ihm eine echte Herausforderung. Übermäßige Quarten und die anderen Intervalle des Teufels, abenteuerlich neue Notenschriften, Polyrhythmik, Mikrotöne; im Grunde war es nichts als der Wunsch, sich weiterzuentwickeln, aber das ist ein Wunsch, für den die Welt selten Verständnis aufbringt.

Jonah verkehrte immer mehr in einer avantgardistischen Gruppe, die von den konventionelleren Gesangstudenten den Spitznamen »*Serial Killers*« erhielt, nach der von ihnen so sehr verehrten seriellen Musik. Die Killers trugen ihren Namen mit Stolz; sie verneigten sich vor dem Altar des adoptierten Schutzheiligen aller Unerbittlichen, Schönberg, heilig gesprochen in dem Augenblick, in dem er einige Jahre zuvor ausgerechnet in Los Angeles gestorben war. Sie erklärten alles außerhalb der Zwölftonreihe für bloßen Zierrat, und das war weit schlimmer als schön.

Lange träumten die Serienmörder davon, zur ersten vollständigen Aufführung von *Moses und Aron* nach Zürich zu reisen. Als diese Seifenblase zerplatzte, schworen sie sich, die Oper selbst für eine konzertante Aufführung einzustudieren. Jonah war Aaron, das redegewandte Sprachrohr seines sprachgestörten Bruders. Er war noch keine zwanzig; trotzdem bekam er im Handumdrehen die schwierigste Musik in den Griff. Er meisterte die komplexen neuen Tonsysteme mit der gleichen Leichtigkeit, mit der er als Kind die schlichten diatonischen Freuden erlernt hatte. Bei ihm klang die Atonalität so unbeschwert wie Offenbach.

Jonah lockte für die Aufführung sogar Pa aus seiner Wohnung. »*Moses und Aron? Geschichten von den Erzvätern?* Da erziehe ich meine Kinder zu guten, gottesfürchtigen Atheisten, und das ist der Dank?« Aber die Aufführung gefiel ihm sehr. Den ganzen Abend über nickte er beifällig zur Neufassung einer Geschichte, die er uns nie erzählt hatte. Er strahlte über die geradezu überirdische Sicherheit, mit der sein Sohn inmitten einer Kakophonie von Zeichen und Wundern den Ton hielt.

Ich habe Schönberg nie verstanden. Ich meine nicht nur das unvollendete Opernlibretto über das unlösbare Rätsel des göttlichen Willens. Ich meine die Musik. Ich konnte sie nicht fühlen. Pa erging es kaum besser. Er hänselte Jonah auf dem gesamten Heimweg. »Weißt du, was Strawinsky gesagt hat, als er zum ersten Mal den *Pierrot* hörte?«

»Ich kenne die Geschichte, Pa.«

»›Ich wünschte, die Frau würde den Mund halten, damit ich die Musik hören kann!‹ He, du solltest lachen, Jüngele. Das ist witzig.«

»Beim ersten Mal habe ich gelacht, Pa. Vor hundert Jahren. Ruth hat sich nicht blicken lassen«, fuhr Jonah mit erzwungener Nonchalance fort.

»Sie kommt jetzt ins komische Alter«, erklärte Pa.

Jonah schnaubte. »Wann fängt das komische Alter an?«

»Das komische Zeitalter? So etwa 1905«, witzelte ich.

»Sie schämt sich. Es ist ihr peinlich, wenn sie mich auf der Bühne sieht, mit Theaterschminke im Gesicht. Wie ich mich zum Hofnarren der Elite mache.«

In seiner Stimme schwang eine Note mit, die ich noch nie gehört hatte. Pa winkte ab, als seien seine Befürchtungen unbegründet. »Das Mädchen ist gerade mal zwölf.« Aber Jonah hatte Recht. Ruth blieb jetzt immer häufiger zu Hause, so oft sie konnte, war lieber mit ihren Freundinnen zusammen als mit ihrer Familie. Sie hatte Ohren für andere Dinge – andere Stimmen, andere Melodien.

Nicht lange nach dem Schönberg hörten Pa, Jonah und ich per Zufall im Radio die Übertragung eines schwachen Signals aus dem Weltraum. Das erste menschliche Ding, das der Oberfläche der Erde entflohen war, sendete seine Signale dorthin zurück. Ich dachte an die Sternenkarte, das einzige Dekorationsstück, mit dem Jonah und ich das verschlossene Zimmer unserer Kindheit in Boylston verschönert hatten. Wir hockten zusammen um das Familienradio und hörten das regelmäßige Piepsen, das erste Wort von *da draußen*, die erste Botschaft aus der Zukunft.

Für Jonah war es genau das Gegenteil. Seine Ohren waren auf ganz andere Frequenzen ausgerichtet, die bahnbrechende Vergangenheit, in die alle Signale über kurz oder lang einmünden würden. »Joey. Hörst du das? Schönbergs Streichquartett Nummer zwei. Es passiert, Bruderherz. Und zu unseren Lebzeiten! ›Ich fühle Luft von anderem Planeten.‹«

»›Ich fühle Luft von anderem Planeten‹«, murmelte Pa vor sich hin, gefangen in einer fernen Umlaufbahn der Erinnerung.

Das piepsende Metronom aus dem Äther lockte Ruthie aus ihrem Zimmer. »Ein Signal aus dem Weltall?« Das Gesicht meiner Schwester ist erfüllt von Angst und Hoffnung. Rasch legt sie eine Hand seitlich neben die Augen, um ihr Blickfeld zu begrenzen. Ich wusste, was ihr durch den Kopf ging. »Das kommt von irgendwo anders?«

Pa lächelte. »Von dem ersten Satelliten im Weltall.«

Ruth winkte ab, ungehalten über seine Begriffsstutzigkeit. »Aber da draußen ist jemand? Und sendet …«

Pa formulierte die Korrektur seiner Korrektur. »Nein, Kind. Nur wir. Allein und im Gespräch mit uns selbst.«

Ruth zog sich wieder in ihr Zimmer zurück. Ich wollte ihr folgen, aber sie machte mir die Tür vor der Nase zu.

Das Piepsen aus der Umlaufbahn im Weltraum bestärkte Jonah in seiner Rebellion. Abends studierte er neue Notenschriftsysteme, bat mich um Hilfe bei der Entschlüsselung dieser Hieroglyphen, selbst wenn seine Lehrer ihn Salonmusik aus der Belle Époque üben ließen. In der Zukunft, die seine progressive Musik erschuf, war alles in das gleiche blendend helle Licht getaucht. Wenn die Zeit reif war, würde er frei sein, würde von seiner Umlaufbahn im Weltraum, aus dem endlosen Vakuum Signale zur Erde senden.

Ich hörte ihn in der Schule, wie er, einige Übungsräume von mir entfernt, schwerelos seine chromatischen Tonleitern emporschwebte. Meine eigenen Übungsstunden waren mühsamer, erdgebundener. Mr. Bateman gab mir Griegs *Lyrische Stücke*. Jedes Mal, wenn ich meinem Lehrer etwas vorspielte, korrigierte er meine Finger, Handgelenke, Ellenbogen. Mein Körper kam mir vor wie eine Verlängerung des Klaviers, als reiche der Schlag dieser flinken Hämmerchen bis in das komplexe Geflecht meiner Muskeln.

Ich arbeitete systematisch an den *Lyrischen Stücken*, alle zwei Wochen eins, jeden Nachmittag ein paar Dutzend Takte. Ich wiederholte eine Phrase so lange, bis sich die Noten unter meinen Fingern auflösten, wie ein Wort, das, wenn man es oft genug sagt, wieder zum reinen, sinnfreien Klang wird. Ich teilte zwölf Takte in zweimal sechs und immer so weiter, bis nur noch ein einziger übrig war. Diesen einen Takt spielte ich: zögernd, suchend, noch einmal von vorn, erst leise, dann mezzo, dann Note für Note nacheinander. Ich experimentierte mit den Einsätzen, machte meine Hand zur Pleuelstange, die die Noten anschlug wie eine Maschine. Ich verminderte die Anspannung und spielte einen Akkord wie ein perlendes Arpeggio. Beim nächsten Mal drückte ich die Tasten so behutsam herunter, dass nichts zu hören war und die Töne erst erklangen, wenn ich sie wieder losließ. Danach konzentrierte ich mich auf den Bass, dann wieder auf meine Hände, wie sie die verborgenen inneren Harmonien aus dem Gewirr heraustreten ließen wie ein Zauberlehrling.

Worauf es ankam, war Kraft und Kontrolle. Tempo und Spannweite. Ich musste die Intervalle aufbrechen und erweitern, das Zentrum des Körpers von den Fingern hinauf in den Arm verlagern, den Arm strecken wie ein Falke im Flug. Ich spielte die Noten rubato oder verschmolz sie zu einem fließenden Legato. Ich ließ die Phrase sanft ausklingen oder brachte sie zu einem jähen Abschluss, oder ich trat das Pedal und ließ die Töne laut erschallen. Ich verwandelte den Stutzflügel in ein Cembalo mit zwei Manualen. Spielen, Stopp, anheben, zurück, wiederholen, Stopp, anheben, eine Zeile zurück, eine Phrase zurück, zwei Takte zurück, einen halben, den Doppelschlag, die Überleitung, die Note, eine winzig kleine Nuance beim Einsatz. Mein Gehirn verlor sich in einem Zustand vollkommener Leere, gepaart mit höchster Erregung. Ich war wie eine Pflanze, die dem Sonnenlicht Blüten abringt, wie Wellen, die an den Küsten eines Kontinents nagen.

Ich spielte stundenlang und bewegte mein Rückgrat dabei nicht eine Handbreit. Dann stand ich auf, lief in meinem Übungsraum im Kreis wie ein Wolf in seinem Zoogehege, ging den Flur entlang, hielt den Kopf unter den Wasserstrahl des Trinkbrunnens. Die Korridore waren erfüllt von einem wunderbaren Lärm. Rings um mich her vermischten sich abgerissene Fetzen von Melodien wie zu einer Symphonie von Ives. Ein paar Takte Chopin prallten auf Bruchstücke von Bachschen Inventionen. Ein Ostinato von Strawinsky verband sich mit Schnipseln Scarlatti. Mühsame Schwerarbeit ließ hie und da eine Musik entstehen, die phantastischer war als alles, was ich je in einem Konzertsaal gehört hatte, Fragmente, so wunderschön, dass es mich in tiefe Verzweiflung stürzte, wenn sie mittendrin plötzlich abbrachen. Die Gänge dieses klösterlichen Clubhauses hallten wider von einer überdimensionalen Neuauflage des alten Spiels, das meine Eltern einst gespielt hatten: Kirchenlieder schmiegten sich an Jahrmarktsklänge; hoch romantische Liebesschwüre rangelten mit strengen Fugen; Begräbnisse, Hochzeiten, Taufen; Schluchzen, Flüstern, Rufen: Bei dieser Party redeten alle durcheinander, und kein Ohr konnte den Knoten entwirren.

Dann kehrte ich für weitere zwei Stunden zurück in meinen Käfig und widmete mich wieder dem Zerlegen und Zusammenfügen. Mein Körper drohte zu versagen, mein Gehirn wäre am liebsten für immer ins Koma verfallen. Die Monotonie war nervtötend, betäubend, zermürbend, bedrückend, anregend, berauschend, verzehrend, vollkommen. Es war ein Gefühl wie Liebe, wie ein läuterndes Feuer. Ich war ein Kind am Strand, das mit einem Sieb den unendlichen Sanddünen zu Leibe rückt. Durch schiere Willenskraft, durch die bloße hämmernde Wiederholung, konnte ich alle Unreinheiten der Welt verbrennen, alles Hässliche, alle Äußerlichkeiten, bis nichts mehr blieb als geschliffener, schwereloser Glanz. Mit mikroskopisch kleinen Schritten näherte ich mich an etwas an, das ich nicht sehen konnte, etwas Klares und Unveränderliches, reine Form und reineres Vergnügen, eine erlösende Erinnerung, Musik, einen kurzer Blick auf ein künftiges Ich.

Doch selbst diese konzentrierte Flamme konnte nicht den jugendlichen Körper wegbrennen, der das Feuer nährte. Ich saß und rollte den

Stein eine halbe Stunde lang bergauf, ehe ich einsah, dass der Stein mich niederwalzte. Wenn jede Taste sich anfühlte wie Morast, suchte ich Ablenkung – bei Jonah, häufiger noch bei Wilson Hart.

Wenn er mit seinen Gedanken nicht im staubigen Spanien war, verbrachte auch Will seine Tage in einem Übungsraum. Aber er übte nie so viel, wie er sollte. Er hatte einen herrlichen, kraftvollen Bass, der die Resonanzräume in Brust und Kopf sprengte. Doch auf den Tonleitern kam er öfters ins Straucheln. Auch ohne große Anstrengung hätte er mit seiner Stimme jederzeit eine Anstellung als Lehrer an einem College wie dem, das er wegen Juilliard verlassen hatte, sicher gehabt. Im besten Fall hätte er alle Bühnen diesseits und jenseits der Mason-Dixon-Linie erobern können. Aber Bestform erreichte er nur die Hälfte der Zeit.

Wills Laster war der Wunsch, selbst Musik zu *schaffen*, nicht nur der Botenjunge für andere zu sein. Er ließ seine wunderbare Stimme erklingen, doch dann erwies sich das Klavier in der Ecke des Probenraums als zu große Versuchung. Ich ertappte ihn eines Tages dabei, wie er an dem arbeitete, was nicht seine Arbeit war: Er saß am Klavier, rings umgeben von den belastenden Indizien einer neuen Partitur. »Du solltest Komposition studieren, weißt du das?«

Irgendwie muss er meine Bemerkung in den falschen Hals bekommen haben. »Ja, das weiß ich.« Doch dann verzieh er mir meine Unwissenheit und spielte unvermittelt eine Passage aus dem mittleren Satz des Gitarrenkonzerts von Rodrigo, eine Melodie, so traurig, dass sie meine Dummheit vergessen ließ. Er rutschte auf der Bank zur Seite. »Komm her. Wir spielen was zusammen.«

Ich saß zu seiner Linken und wartete auf Anweisungen. Ich wartete vergebens. Will spielte weiter, entlockte dem Thema des spanischen Komponisten alles, was es über das Gefühl des Verlassenseins zu sagen gab. Er spielte ohne Noten, und doch bewegten sich seine Hände mit schlafwandlerischer Sicherheit. Einige Takte lang saß ich reglos an seiner Seite, bis Will mir durch ein Nicken das Offensichtliche zu verstehen gab: Ich sollte die Bässe übernehmen und dabei meinen Weg ebenso erspüren wie er.

Mein Fluch ist ein nahezu perfektes musikalisches Gedächtnis. Einmal Hören, gepaart mit meinem Gefühl für die Regeln der Harmonie, und ich finde den Weg zu fast jedem verlorenen Akkord. Ich hatte das Stück von Rodrigo nur das eine Mal gehört, als Will es mir vorspielte. Aber es war immer noch da, heil und unversehrt. Mit Wills Hilfe hatte ich es schnell wieder vor Ohren, wenn nicht gar Note für Note vor Augen.

Will lachte, als unser Zusammenspiel schließlich Gestalt annahm. »Ich wusste, du kannst es, Bruder Joe. Ich wusste, du hast es im Blut.« Solange er nicht erwartete, dass ich mich mit ihm unterhielt, lief alles wie am Schnürchen. Wir meisterten die Wechsel der Tonarten und machten uns schließlich auf den Rückweg zum Anfang und zur Wiederaufnahme des Themas. Plötzlich warf Will den Kopf in den Nacken und sagte: »Auf geht's, Mix.« Und ehe ich wusste, wie mir geschah, verließen seine Finger den sicheren Boden und ergründeten verborgene Regionen. Sie befreiten die lange, melancholische Melodie von allen Fesseln und entlockten ihr ungeahnte Tiefen.

Ich sah seine Bewegungen und hörte genau, was er spielte: Töne und Akkorde, die nicht in der Partitur standen und doch dort hätten stehen können, in einer Welt ohne Mittelmeer. Im Kern war es noch immer Rodrigo. Doch der blinde Romantiker hätte niemals solche Akkorde schreiben können. Die Musik, die unter Wills Händen entstand, konnte das väterliche Erbe nicht verleugnen, aber er lenkte die getragene Troubadourweise in andere Bahnen, weg von der Iberischen Halbinsel und hin zu unfreiwilligen Atlantiküberquerungen in ferner Vergangenheit. Er forderte diese nur scheinbar alte Melodie heraus, wie ein nicht anerkannter Halbbruder, der eines Tages an die Haustür klopft, die gleiche Nase, die gleichen Augen, das gleiche Kinn. Du kennst mich nicht, aber … Ein Mischling. Mischmasch. Kein Gaul auf der Welt, der ein Vollblut ist.

Meine Finger waren stocksteif. Ich hörte genau, was Will tat, noch bevor es soweit war. Aber ich konnte trotzdem nicht mit ihm Schritt halten, kam immer erst an, wenn Will mich längst im Kielwasser seiner Harmonien zurückgelassen hatte. Ich kannte die Art von Musik, die er machte. Man konnte nicht in diesem Land leben, ohne sie mit jedem Atemzug aufzunehmen. Aber ich hatte nie die Regeln gelernt, die Gesetze der Freiheit, die diese Improvisationen in Gang hielten, die sie retteten vor dem keimfreien Tod der Erstarrung.

Ich spürte, wie ich mich in erbärmliche Klischees flüchtete. Meine linke Hand suchte Halt an der sicheren Vorlage und hatte mit Wills Spiel so viel zu tun wie eine Minstrelshow mit einem Spiritual. Er öffnete die Pforten der Iberischen Halbinsel und befreite jeden Mohren, den es je dorthin verschlagen hatte, und ich trieb hilflos in der Meerenge von Gibraltar und hielt verzweifelt Ausschau nach einer Sandbank oder einem Stückchen Holz, an dem ich mich halten konnte. Seine widersprüchlichen Intervalle loteten dunkle, geheimnisvolle Tiefen aus. Bei mir waren es einfach nur Dissonanzen. Fehler.

Will lachte mir über die Wellen seiner Improvisationen hinweg zu. »He, wo bleibst du? Steht mir denn keiner bei?« Er dachte, ich würde nach ein paar Takten mitspielen. Als das nicht geschah, verfinsterte sich seine Miene. Überrascht verlangsamte er das Tempo. Seine Enttäuschung machte es mir noch schwerer, den Zugang zu finden.

Ich nahm allen Mut zusammen und stürzte mich in die Fluten, griff nach jedem bisschen Theorie, das ich je aufgeschnappt hatte. Ich dachte mich in die Modulationen hinein. Ein paar Phrasen lang lebte ich auf. Will spielte eine Sequenz, die ich begriff; ich gab die Sicherheit der versetzten Synkopen auf, mit denen ich mich bis dahin irgendwie durchgemogelt hatte, und wagte mich hinaus zu ihm auf die offene See. Ich ließ mich von ihm mitziehen, und wir spielten tatsächlich zusammen, glitten gemeinsam ein paar Fuß hoch über den Wellen. Ich weiß nicht, wie lange wir so dahinsegelten – vielleicht nur ein Dutzend Takte lang. Aber es geschah wirklich. Und ein tiefes Grollen aus Wills Kehle war unsere Begleitmusik. Über der allumfassenden Traurigkeit der Melodie ertönte ein weiches, gedämpftes Lachen, »Das ist es, Mix. Na los, sag's mir!«

Will gab keine Ruhe, er drängte mich weiter hinaus in die eiskalte Strömung, bis ich das Ufer nicht mehr sah. Er spielte verhalten, wartete, dass ich die Führung übernahm. Er übergab mir das Steuer. Und wie bei einem unerfahrenen Lotsen, der sein Schiff durch die gefährlichsten Untiefen gelenkt hat und jetzt in alle Richtungen nur noch den offenen Horizont sieht, wich auch bei mir die Begeisterung einem Gefühl der Panik. Ich kam nicht weiter, trat auf der Stelle, bis Will wieder übernahm. Aber er war noch nicht fertig mit mir. Er machte einen behutsamen Vorstoß, und eine Folge von dreißig Sekunden langen Noten machte mir deutlich, wie weit er die Segel gerefft hatte, um mir das Überleben möglich zu machen. Schnipsel von vertrauten Melodien schwammen an die Oberfläche seiner Bouillabaisse, Anklänge an Kirchenlieder, die ich instinktiv erkannte, Melodien, über die ich alles wusste, nur nicht, wie sie hießen. Er führte uns mit Siebenmeilenstiefeln auf eine Rundreise durch das unterirdische Amerika, zu den Flüssen, die gerade erst anfingen, sich mit dem Hauptstrom zu vermischen – zu der Musik, vor der ich mein Lebtag auf die andere Straßenseite ausgewichen war, sobald sie sich auch nur in der Ferne zeigte.

Von Zeit zu Zeit kam auch Aranjuez wieder zum Vorschein und kämpfte um einen Platz an der Sonne. Alles, was wir gemacht hatten, die freien Zitate, das willkürliche Wandern, war nur Vorbereitung für die musikalische Reise durch die Harmonien, die in diesem ursprünglichen Material verborgen lagen. Aber das Spanien, das wir erschufen, wurde von dem gleichen Bürgerkrieg erschüttert, vor dem Rodrigo geflohen war, um sein Stück zu schreiben. Will häufte Akkord auf Akkord, erweiterte seine Palette von überraschenden Intervallen. Er war sicher, dass ich mich befreien, dass ich einen Weg zu neuen Melodien finden konnte, indem ich mich zurückdachte, zurück zu den Vorfahren, die das Geheimnis dieses Fluges entdeckt hatten. Will bahnte mir einen Weg, Note für Note, sicher, dass ich es an seiner Seite schaffen konnte. Sein Glaube an mich war schlimmer als der Tod.

Ich strauchelte, suchte Zuflucht bei billigen Banalitäten, klimperte Hintergrundmusik wie ein Barpianist in der Bourbon Street, der zwölf Takte lang Septakkorde aneinander reiht und damit Touristen glücklich macht. Jedes Stückchen Technik, das ich je gelernt hatte, kettete mich nun an den Richtblock. Ich war ihm ein Klotz am Bein. Er konnte mit zwei Händen mehr ausrichten als wir zusammen mit vieren. Mir fielen nur noch fadenscheinige Lückenbüßer ein. Meine Riffs versiegten. Ich ließ alles in einem langen Diminuendo verklingen und gab auf.

Will brachte das Stück als Solist zu Ende, und mit einem Einfallsreichtum, der noch größer war als beim Aufbruch, kehrte er zur Ausgangstonart zurück und ließ seine Finger heimkehren nach Aranjuez. Er sah mich an. »Du kannst es nicht einfach so spielen? Du brauchst es vor dir, die Noten auf dem Papier?« Es war freundlich gemeint, aber mit jedem Wort machte er meine Verlegenheit nur noch schlimmer. Mein Gesicht glühte. Ich konnte ihm nicht in die Augen sehen. »Mach dir nichts draus, Bruder Joe. Manche brauchen die Noten, und manche wissen nicht mal, wie die Noten heißen.«

Er griff wieder in die Tasten. Die Akkorde waren leise hingetupfte Kommentare, seine neuesten Reflexionen über das Thema.

Ich wollte ihn zum Aufhören bringen. »Wo hast du das gelernt?«

Will lächelte, aber er lächelte eher seine Hände an als mich. Seine Finger krabbelten über die Tasten wie Welpen in einem Körbchen. Er schien selbst überrascht, welche Freiheiten sie sich erlaubten. »Ach, überall und nirgends, Mix. Irgendwie lernt man das.«

Irgendwie hätte ich es lernen können. Lernen sollen.

Er ließ ein Stakkato von Akkorden los, eine Parodie der ersten Takte der Waldstein-Sonate, damals gerade mein Peiniger. Will Hart sah mich überrascht an. Ich hatte mein Erbe verspielt. Wenn ich alles spielte, was Beethoven von mir hören wollte, dann musste ich doch auch selbst etwas spielen können? Dabei wusste ich nicht einmal, was er überhaupt damit meinte. Aber die Töne, die er freigesetzt hatte, klangen noch in meinen Ohren nach, stellten das Material, von dem sie herkamen, in den Schatten. »Warum ... komponierst du keine solche Musik?«

Er starrte mich an. »Ja was denkst du denn, was wir zwei da gerade gemacht haben?«

»Ich meine, warum schreibst du es nicht auf? Hältst es fest, statt einfach nur ... Ich meine nicht statt ... Zu den anderen dazu?« Seine niedergeschriebenen, akademischen Kompositionen wirkten welk, wie Treibhauspflanzen im Vergleich zu der Musik, die ihm gerade spontan eingefallen war. Wenn jemand tat, was er gerade getan hatte, aus dem Nichts heraus die aufregendsten Töne erschuf, warum vergeudete der seine Zeit mit braver Schulmusik, die kaum eine Chance hatte, dass sie auch nur ein einziges Mal erklang?

»Manche Sachen sind zum Aufschreiben da. Und manche dazu, dass sie einen vom Aufschreiben befreien.«

»Was du da gerade gemacht hast, das war besser als das Stück selbst.«

Er verzog nur die Miene bei der Blasphemie. Kein Mensch war besser als der blinde Spanier. Und schon wieder hetzte er los, durch eine kunstvolle Tonsequenz, die ich erst nach ein paar Augenblicken als überhitzten und dann wieder ausgekühlten Qintenzirkel erkannte. Er hob die Hände und überließ mir die Klaviatur. Ich legte die Hände auf die Tasten, obwohl ich doch wusste, dass es nichts nützen würde. Alles, was ich in den Fingern hatte, waren Griegs *Lyrische Stücke*. Weichgezeichnete Studioporträts aus dem Nordeuropa des neunzehnten Jahrhunderts.

»Ich kann das nicht.« Er hatte mich ertappt. Mich bloßgestellt. Ich legte die Finger auf die Tasten, aber ich drückte sie nicht.

Mit der linken Hand packte er mich im Nacken, als sei das der Grundton für seinen nächsten stürmischen Akkord. »Schon in Ordnung, Bruder Joe. Ein jeglicher diene Gott auf seine Weise.«

Ich zuckte zusammen bei den Worten, aber inzwischen war ich alt genug, nicht zu fragen, wo er sie gelernt hatte. Er hatte sie irgendwo aufgeschnappt, genau wie meine Mutter: überall und nirgends.

Von da an nahm ich mir jeden Tag am Ende meiner Übungen, wo eine weitere Wiederholung der Tageslektion mir eher geschadet als genützt hätte, ein paar Minuten. Zehn Minuten – ein Gebet an mich selbst, eine Übung, mit der ich mir einprägen wollte, wie Wilson Hart Musik aus dem Nichts geschaffen hatte. Meine Finger begannen sich zu bewegen, ohne dass Noten sie leiteten. Aber die schwierigsten Töne vom Blatt fielen mir leichter als der simpelste Bluesakkord.

Ich erzählte Jonah davon. »Du musst dir anhören, wie Will Hart improvisiert. Nicht von dieser Welt.« Und selbst mit solchem Lob wurde ich meinem Freund noch nicht gerecht. Etwas in mir wollte sie beide schützen, wollte sich verbergen, wo keiner noch mehr von mir verlangen konnte.

»Wundert mich gar nicht. Wieso hängt er eigentlich nicht mit den Jazzern rum?«

Jonah hätte es damals nicht gehört, selbst wenn er wirklich zum Zuhören gekommen wäre. Er war zu sehr mit seiner eigenen musikalischen Verwandlung beschäftigt. Einmal kam er zu mir, die Lässigkeit selbst. »Die Kurse für das nächste Semester sind verteilt worden. Schuman will, dass ich bei Roberto Agnese studiere. *Schuman*, Muli. Der Rektor dieser Anstalt. Ich dachte, der weiß gar nicht, dass es Undergraduates überhaupt gibt.«

Agnese, der altgediente Tenor, gehörte zu den angesehensten Gesanglehrern der Schule. »Das ist großartig, Jonah. Die Weichen sind gestellt.« Aber wohin die Reise gehen sollte, davon hatte ich keine Ahnung.

»Da gibt's nur einen Haken, mein Lieber. Dein großer Bruder hat auch eine Anfrage von Mr. Peter Grau erhalten.« Von Grau, dem Star an der Met, der jedes Jahr nur eine Hand voll der vielversprechendsten Schüler annahm.

»Mach keine Witze. Wie das?«

»Er *kam zu mir und fragte mich*.« Die Pointe einer zotigen Geschichte. Wir kicherten über den Irrwitz, unsere alte verschworene Zweiergemeinschaft erwachte zum Leben. »Er muss wohl denken, dass ich doch noch nicht ganz unbelehrbar bin.« Mein Bruder, der mit siebzehn Jahren mehr wusste als jemals später im Leben.

»Meine Güte. Und was machst du jetzt?«

»Ja, was *kann* ich denn machen? Ich kann doch zu keinem von beiden nein sagen.«

»Du willst zu beiden gehen?«

Jonah bestätigte es mit einem irren Bühnenlachen.

Er litt Höllenqualen. Woche für Woche ging er zuerst zum einen, dann zum anderen der beiden großen Männer, arbeitete doppelt so viele Stunden wie vorgesehen, versuchte sich zu erinnern, welcher Lehrer ihm welche Anweisung gegeben hatte. Keinem von ihnen verriet er, dass es einen Rivalen gab. Das Ganze entwickelte sich wie eine lächerliche französische Farce, und Jonah hastete von einem Probenraum zum nächsten, verwischte die Spuren, wechselte seinen Ton je nachdem, welcher Wochentag war, gab sich als Anhänger zweier Ansätze, die sich gegenseitig ausschlossen. »Mir geht's bestens, Muli. Ich muss nur durchhalten bis zum Semesterende. Nur noch ein paar Wochen. Dann überleg ich mir was.«

»Kein Mensch kann das durchhalten, Jonah. Das schaffst du nicht.« Er strahlte. »Meinst du? Ein hübsches Sanatorium hoch oben auf einem Berg?«

In spiritueller Hinsicht waren seine beiden Mentoren exakte Gegenpole. Bei Agnese drehte sich alles um das Spüren, um die Körperlichkeit des Klangs, seine Hände modellierten das Kinn, bewegten die Lippen meines Bruders, seine neapolitanische Fülle ein einziges Feuerwerk aus Kummer und Begeisterung. »Der Kerl drückt mir beim Singen auf den Bauch. ›Na los, Strom. Alles kommt von da unten, von tief drinnen.‹ Perverser. Als ob ich in der Grundschule wäre.«

Grau, am anderen Ende des Spektrums, ließ den Körper in einer Wolke des Gedankens verschwinden. Nicht im Traum hätte er daran gedacht, Jonah zu berühren. Er hielt so weit Abstand, wie das Studio erlaubte, blieb reglos, sprach mit leiser Stimme. »Spüren Sie, wie das Gewicht des Kopfes sich nach hinten verlagert und wie der Kopf sich hebt. Nein! Nicht drücken. Sie müssen ihn mit Ihren *Gedanken* bewegen. Jetzt lassen Sie Ihren Kehlkopf sinken. Nein, nicht mit den Muskeln! Denken Sie ihn nach unten. Die Muskeln dürfen Sie gar nicht mehr wahrnehmen. Sie müssen ein Geist Ihrer selbst werden, ganz erfüllt von der Macht des Nicht-Tuns.«

Musiker sprechen von Seligkeit, aber das ist ein Wort, das ein Uneingeweihter nur missverstehen kann. Seligkeit gibt es nicht, nur Kontrolle. All die orphische Gymnastik, die beide Gesanglehrer von Jonah forderten, hinterließ ihre Spuren in seinem Nervensystem, hakte sich fest an jeder Gefühlsregung, die Jonah je verspürt hatte. Beide Lehrer waren überzeugt, dass eine bestimmte Muskelstellung identisch war mit dem Gefühl, das sie produzierte. Das Symbol brachte die Sache hervor, und die Möglichkeit, den Prozess umzukehren, durch schiere Muskelbewegung das ganze Spektrum menschlicher Gefühle zu erzeugen, war das Größte, was ein Künstler leisten konnte.

Aber wie diese Macht zu erringen war, da waren seine beiden Mentoren entschieden unterschiedlicher Meinung. Agnese stürmte durchs Atelier, flatterte mit seinen mächtigen Flügeln und rief: »Klang ist Bewegung! Lassen Sie Ihre Oberlippe schwingen! Der Ton muss vorn vor Ihren Zähnen schweben. Das hat nichts mit Ihrem Gehirn zu tun. Der Ton färbt den Vokal. *Aa-ee-ii-oo-uu!* Wir müssen ihr Jubilieren hören!

Liebe! Verzweiflung! Größe!« Grau stand reglos da, ganz Vergeistigung, sinnend. »Spannen Sie Ihre Beine beim Einatmen. Entspannen, wenn der Ton ansteigt. Lassen Sie sich auf der Luftsäule tragen. Denken Sie den Ton, bevor er entsteht, singen Sie, schon lange bevor er in Ihre Kehle gelangt, singen Sie in Gedanken!«

Bei Roberto Agnese hatte mein Bruder seine erste Chance, eine berühmte Rolle einzustudieren. Agnese zögerte eine Weile und entschied sich schließlich für Donnizettis *Liebestrank* – für den armen, dunkelhäutigen Nemorino, für die hinreißende Kavatine, für die eine berühmte, heimliche dicke Träne auf der Wange der Angebeteten im Dunklen. Jonah nahm die Herausforderung an, schrieb in die teure Partitur mit Bleistift die Zeichen für seine Interpretation.

Dann kam Peter Grau auf den Gedanken, ihm dieselbe Rolle anzubieten. Verzweifelt wandte Jonah sich an mich. »Es *gibt* ein höheres Wesen, Joey. Und Er hat es auf meinen Mulattenarsch abgesehen!«

Er konnte sich kein zweites Exemplar der Noten leisten. So musste er jeweils vor einer Stunde beim einen Lehrer die Anmerkungen des anderen ausradieren und ersetzte sie durch die Zeichen des anderen, sorgfältig abgeschrieben bis auf den kleinsten Krakel. Er war wie ein Plagiator, machte einen Fehler nach dem anderen, hoffte, dass man ihm auf die Schliche kam. Es war eine heroische Arbeit. Jede Wiederherstellung der Partitur kostete ihn eine halbe Nacht.

Die »Heimliche Träne« des einen Lehrers war das genaue Gegenteil der Träne des anderen. Agnese wollte sie feucht und schmachtend. Grau wollte sie so trocken wie die Sahara im Winter. Agnese wies Jonah an, er solle die erste Note jeder Phrase schmettern und dann wie ein Raubvogel eine Quinte tief hinabstoßen und den Rest der Melodie mit den Krallen packen. Grau forderte einen präzisen Einsatz, dann ein beständiges Anschwellen. Für den Italiener sollte er den Schmerz der gesamten Menschheit hineinpacken. Der Deutsche hieß ihn stoisch der Absurdität unserer Existenz trotzen. Jonah wollte nur mit dem Leben davon kommen.

Sie setzten ihm zu, bis er litt wie Joanne Woodward in *Eva mit den drei Gesichtern*, dem Oscar-gekrönten Film aus dem Vorjahr um eine Frau mit multipler Persönlichkeit. Bald wusste Jonah nicht mehr, wer was von ihm verlangt hatte. Er konnte mitten in einer Note von einer Interpretation zur anderen wechseln, wenn er auch nur das kleinste Zucken in den Augenbrauen des jeweiligen Lehrers bemerkte. Dann kam die Woche, in der Mr. Grau sich vorbeugte und sich die Bleistiftanmerkungen meines Bruders ansah. »Was ist denn das, Sostenuto, *an dieser Stelle*? Das habe ich aber mit Sicherheit nicht so gesagt.«

Jonah murmelte etwas über den Scherz eines Freundes und griff beherzt zum Radiergummi.

»Wer würde auf *so* eine Idee kommen, an *dieser* Stelle ein Sostenuto!« Jonah schüttelte den Kopf, entsetzt bei dem bloßen Gedanken.

»*Sie* werden doch nicht glauben, dass man es besser so singen sollte?« Jonah machte ein empörtes Gesicht.

»Aber warum eigentlich nicht? Versuchen Sie es doch einmal.«

Wendig wie er war, nahm mein Bruder es sogleich in Angriff und gab sich alle Mühe zu verbergen, dass er es so eingeübt hatte, für jede zweite Sitzung in den vergangenen drei Wochen.

»Hmmm.« Grau runzelte die Stirn. »Gar nicht uninteressant.«

Als Agnese ihn an derselben Stelle unterbrach und ihm – nur so zum Spaß – vorschlug, es doch einmal stakkato zu singen, wusste Jonah, dass sein Schwindel aufgeflogen war. Eine Woche lang straften seine Lehrer ihn mit antiphonischem Schweigen. Mein Bruder entschuldigte sich bei beiden.

Grau legte den Kopf schief. »Was haben Sie denn gedacht, wen Sie mit so etwas täuschen können?«

Agnese lachte. »Dachten Sie, diese ›Heimliche Träne‹ in Stereo sei, wie Sie Amerikaner sagen, Zufall gewesen?«

Mein Bruder fragte nicht, wie schnell sie seinen Trick durchschaut hatten. Aber so zerknirscht, wie er es nur zustande bringen konnte, erkundigte er sich: »Warum?«

»Sehen Sie es als Ihre Erziehung in Sachen Aufführungspraxis an«, sagte Grau. »Glauben Sie uns: Von jetzt an werden diese Dinge Sie mehr Tränen kosten als jede Arie von Donizetti.«

So endete der Versuch meines Bruders, zwei der besten Lehrer der Schule hinters Licht zu führen. Für kurze Zeit machte die Eskapade Jonah zum Brando des Konservatoriums. Draußen war die Jugendbewegung in Gang gekommen, nahm Anlauf zur Eroberung der Welt. Doch für uns in unseren schallgeschützten Probenräumen waren falsche Tempi nach wie vor die größten vorstellbaren Verbrechen. Wir hatten nicht den geringsten Begriff von der Welt, in der wir lebten. Bei Sammy's wurde verstohlen über Marihuana und Heroin getuschelt, mächtige Drogen, die nach allem, was man hörte, die Jazzmusiker im Village schizophren und die Unterschicht von Harlem zu Killern machte. Sie wälzten das Problem stundenlang. »Wenn es einen besser spielen ließe, eine Zeit lang, und dann brächte es einen um. Würdest du es nehmen, für deine Kunst?«

Greifbarer war die Grenzüberschreitung beim Sex. Überall blühten

Gerüchte, dass es mit der Hand gemacht wurde, mit dem Mund sogar, in dunklen Kabinetten, so klein, dass es nur Stehplätze gab. Eine unschuldige Flötistin – schlank, blond, der Schwarm aller Männer – musste die Schule verlassen, und der phantasievollen Spekulation über die Umstände waren keine Grenzen gesetzt. Ein Hauch von Verruchtheit wehte durch die Hallen, die Spur einer zerbrochenen Parfümflasche, die auch noch so viel Ammoniak nicht vertreiben konnte. Die Freunde meines Bruders wurden nicht müde zu diskutieren, welche der Gesangstudentinnen mit ihren diversen Techniken am besten ihre Bedürfnisse befriedigen könnten – das Tremolo der Koloraturen, das Rund der Altistinnenlippen … wir waren Kinder, wie dieses Land sie nie wieder sehen wird. Lange über das Alter hinaus, in dem die, die uns einst in Hamilton Heights drangsaliert hatten, ihre ersten Gefängnisstrafen verbüßten, hatten Jonah und ich uns eine Naivität bewahrt, die wir für Sünde hielten. Aber als die Zeit für echte Sünden kam, hatten wir alle Vorteile des Spätzünders.

Mit seiner neuen, längst sicher gewordenen Stimme bekam Jonah fast jede Rolle, die er sich wünschte. Es blieben noch zwei Jahre College, aber schon jetzt sang er bei den Produktionen der Abschlussklasse. Wenn ein Part nach Leichtigkeit und Klarheit verlangte, war das Vorsingen pure Formalität. Er hatte eine komische Ader – der Page aus dem achtzehnten Jahrhundert, dessen Übermut nur noch von seinem rührenden Eifer übertroffen wird. Er sang einen Bachschen Evangelisten, der die Hälfte der Agnostiker im Saal beinahe zur Frömmigkeit bekehrte, zumindest den einen Abend lang. Er lernte schauspielern. Mit neunzehn beherrschte er schon den vernichtenden Überraschungsschlag, die Art, das Publikum einzulullen, bis die Leute glaubten, sie sähen das Leben eines *anderen* armen Schluckers, und dann, als werfe er einen unsichtbaren Hebel um, zeigte er ihnen, wessen Geschichte es in Wirklichkeit war.

Er sang unersättlich. Er nahm alles an, was seit dem Krieg entstanden war. Er konnte sich die Premieren aussuchen, denn nur die wenigsten anderen waren erpicht auf die Strapaze, eine neue Technik einzustudieren, mit der sie dann nur ein einziges Mal auftraten. Aber genauso sang er französische Petitessen, die er schon als Sechsjähriger beherrscht hätte. Es gab nichts, was er an der Claremont Avenue nicht sang, von keltischen Volksliedern bis zu ostkirchlichen Monodien, und dazwischen Sturm und Drang, Buffo-Arien, Schmachtfetzen aus der Renaissance. Er machte keinen Unterschied zwischen einem Requiem und einem koketten Couplet. Er brachte die Steine zum Weinen und ließ unschuldige Tiere vor Scham vergehen: Orpheus, wie Peri, Monteverdi, Gluck, Offenbach, Krenek und Auric ihn sich vorgestellt hatten.

In den frühen Jahren des Lebens hört man alles, was man hört, zum ersten Mal. Nach einer Weile füllt sich das Ohr, und das Gehör kehrt von der Zukunft in die Vergangenheit zurück. Was man noch Neues hören kann, ist weit weniger als das, was man schon gehört hat. Die Schönheit von Jonahs Stimme kam daher, dass sie diese Entwicklung umkehrte. Mit jeder neuen Phrase, die aus seinem Munde kam, befreite er seine Zuhörer von alten Noten, und sie wurden jünger dadurch.

Zu seiner Gesangprüfung fand sich tatsächlich Publikum ein. Er bestand darauf, dass er mich als Begleiter bekam. Wir probten die Stücke, größtenteils deutsche Kunstlieder aus dem neunzehnten Jahrhundert, wochenlang. Er nannte die melodramatischen Standardnummern »Ohrnarkose«. Bei der Generalprobe gaben wir Schuberts »Irrlicht« aus der *Winterreise* noch den allerletzten Schliff. Ich war bis in die Mitte der zweiten Strophe gekommen, des beinahe nihilistischen

> Bin gewohnt das Irregehen,
> 's führt ja jeder Weg zum Ziel:
> Uns're Freuden, uns're Leiden,
> Alles eines Irrlichts Spiel!

Plötzlich höre ich Jonah singen:

> Pepsi-Cola ist die Masche,
> Pepsi-Cola ist der Clou.
> Einen Nickel für die Flasche,
> Und du fühlst dich frisch im Nu!

Noch während er die letzten Worte sang, schlug ich den Klavierdeckel zu. »Verdammt nochmal, Jonah, was zum Teufel machst du da?«

Er sah mein Gesicht und musste laut lachen. »Joey, das ist doch nur eine blöde Schulprüfung. Wir dürfen uns davon nicht verrückt machen lassen.«

Ich war mir sicher, er würde den Gag auch bei der Prüfung bringen, wenn nicht mit Absicht, dann als einstudiertes Versehen. Aber er sang die Worte, wie sie im Text standen, ein alter Mann, doppelt so alt wie unser Vater, der aus bitterer Erfahrung weiß, dass jeder Pfad schließlich am selben Wasser endet und jede Freude und jeder Schmerz nur ein Irrlicht ist, das am anderen Ufer des unüberwindlichen Flusses funkelt. Er bestand die Prüfung mit Auszeichnung.

Ein paar Tage darauf veranstaltete der Zirkel, der sich bei Sammy's traf, eine kleine Party für ihn. Mein Bruder gehörte noch immer zu diesem Grüppchen, genoss das Gefühl der Freiheit, das sie ihm gaben. Ich hatte mich angewidert abgewandt. Ich spielte lieber tausend weitere Male die Coda meiner neuesten Beethovensonate, als dass ich mir auch nur noch einmal die abschätzigen Bemerkungen über meine Mitstreiter anhörte.

Aber Jonah hatte mich gebeten, mich bei dieser Feier blicken zu lassen. Als ich eintraf, war Brian O'Malley bereits in voller Fahrt, so wie ich ihn fast unsere gesamte Studienzeit hindurch gekannt hatte. Als er mich sah, wandte sich sein Spott sogleich dem Thema Rasse zu, wie so oft, wenn ich in der Nähe war. Der Beweis für O'Malleys liberale Einstellung. Zu unserer Unterhaltung mimte er den Dorftrottel hinter einem Drugstore-Tresen in einem Kuhnest in Carolina: »Sieht ja aus, als ob ihr hier 'ne Weile sitzen bleiben wollt, Leute. Wie wär's mit 'ner kleinen Erfrischung? 'türlich müsst ihr sie draußen trinken. Aber wenn ihr fertig seid, könnt ihr wieder reinkommen.«

Ich blickte mit einem abwesenden Lächeln zum Fenster hinaus, tat mein bestes, seinen Humor zu ertragen. Auf der anderen Straßenseite tauchte hinter einem Lieferwagen eine Frau auf und ging Richtung Norden. Sie trug ein marineblaues dreiviertellanges Kleid mit weiten Trompetenärmeln, schon seit Jahrzehnten aus der Mode. Ihr Haar war ein samtschwarzes Vogelnest. Nur einen einzigen Blick erhaschte ich von ihrem Gesicht. Es war genau der Farbton, nach dem zu suchen ich längst aufgegeben hatte. Jetzt wo ich sie dort sah, allein, unterwegs nach Norden, frei zu sein, was sie sein wollte, da wusste ich, dass sie erschienen war, damit ich sie entdeckte.

Ich stolperte beim Aufstehen und verdarb O'Malley die Pointe. Mit einer hastigen Entschuldigung stürmte ich los. Ich sah sie auf dem Bürgersteig. Sie segelte davon, ein schönes blaues Boot in der Strömung des Spätnachmittags. Ich folgte ihr über den Broadway und bog hinter ihr rechts in die La Salle Street ein. Sie ging weiter nordwärts, die Amsterdam Avenue hinunter, hundert Meter vor mir her. Ich versuchte näher heranzukommen, aber sie ging so schnell, ich fürchtete schon, sie liefe vor mir davon.

Ich verfolgte sie weiter, jetzt auf Höhe des City College, aber mehr und mehr hatte ich das Gefühl, als sei ich gar nicht mehr wirklich da. Ich sah mich von oben, einen Teenager, der einer wildfremden Frau nachlief. Mit jedem Schritt schämte ich mich mehr. Was ich hier tat, tat ich nicht aus Begierde; es war ein einfacherer Impuls, ein Bedürfnis, wie ich es noch nie im Leben verspürt hatte. Eine Frau, die ich besser kannte als mich selbst, ging durch Claremont, das Viertel um meine Schule, und suchte nach mir. Sie konnte ja nicht wissen, dass ich gleich an der Straßenecke in einem Café saß, in der Gewalt von Dummköpfen. Sie hatte die Suche nach mir aufgegeben. Jetzt musste ich retten, was noch zu retten war.

Die Gebäude rechts und links von mir schlossen sich zu einem Tunnel zusammen. Ich spürte die Luft auf meiner Haut nicht mehr. Ich feuerte mich an, von meilenweit oben. Ich war meine eigene Marionette, die Hauptfigur in meinem Leben, in einer Geschichte, die sich mir gerade erst enthüllt hatte. So lebendig, so gegenwärtig hatte ich mich seit frühesten Kindertagen nicht mehr gefühlt, seit unseren musikalischen Familienabenden. Alles war gut. Alle Melodien würden am Ende zu einer wunderbaren Schlusskadenz zusammenfinden. Jeder Mensch im Gewimmel dieser Straße hatte eine Note beizusteuern.

Aber bei alldem sah ich mein Lotsenboot vor mir auf den Wellen tanzen, der Gang streng und entschlossen. Solange ich sie im Blick behielt, war mir alles andere egal. Ich kam nahe genug heran, dass ich ihren Nacken unter dem perfekt fallenden Haar erkennen konnte. Einen Moment lang packte mich in dem zunehmend schwächer werdenden Spätnachmittagslicht die Panik. Ihre Haut schien sich zu verändern, eine Tarnung wie bei einem Chamäleon. Die getönten Fensterscheiben bei Sammy's hatten mich getäuscht. Das Gefühl langer Bekanntschaft schwand. Dann drehte sie sich um und blickte in meine Richtung. Nun war ich mir wieder so sicher, dass ich beinahe gerufen hätte. Sie stammte von meiner Insel, der Insel, von der ich geglaubt hatte, ich lebte darauf ganz allein.

Sie bog nach rechts, und ich folgte, mir nun meiner Sache sicher; aber ich übersah eine Querstraße. Ich kam in ein Viertel, in dem ein Krieg tobte, und die Kämpfer erstarrten, als ich vorüberhastete. Zwei muskelstrotzende Männer sahen mich von einem Hauseingang aus finster an. Jeder in dem ganzen Viertel erkannte mich sofort als Fremden. Aber das blaue Kleid vor mir tauchte tiefer ein in diese zerstörten Straßen, schwebte wie ein Engel über einem Schlachtfeld.

Zwei weitere Male bog sie ab, ich immer hinter ihr. Eine Bewegung in der Nähe lenkte mich ab. Als ich wieder nach vorn blickte, war die Frau in dem blauen Kleid fort. Sie musste in einem Hauseingang verschwunden sein. Ich suchte alles ab, aber ich fand sie nicht mehr. Ich stand wie benommen an der Straßenecke und wartete, dass das Schicksal kam und mich holte. Leute drängten sich an mir vorbei, ungeduldig, teilnahmslos. An einer Haltestelle hundert Meter vor mir spien Busse ihre Passagiere aus. Alles um mich herum wurde feindselig, das Viertel roch meine Angst, es spürte, dass ich kein Recht hatte, dort zu sein. Aus allen Richtungen kamen die Menschen auf mich zu, und ich ergriff die Flucht.

Die Straßen, durch die ich zurückfloh, kamen mir feindseliger vor als jene, durch die ich gekommen war. Ich wandte mich zu früh nach Westen und kam in eine Straße, die nach einem Häuserblock diagonal durch das Gittermuster wieder nach Norden führte. Ich blieb stehen, wandte mich um, ging ein paar Schritte, wandte mich wieder um, verwirrt. Ich lief eine lange, heruntergekommene Allee entlang. Mein Körper übernahm, und ich hastete zurück zur, wie ich hoffte, Amsterdam Avenue.

Plötzlich war ich gar nicht mehr in New York. Die Leute um mich her stammten nicht von hier, sie bewegten sich zu langsam für 1960. Ich kann nicht sagen, wie lange ich dort stand. Die Zeit war aus den Fugen. Ich war unterwegs in den Straßen einer Stadt, die ich nicht wieder erkannte, unter Menschen, die nicht zu mir gehörten, an einem Tag, den ich mit keinem von ihnen gemeinsam hatte.

Ich verfluchte mich dafür, dass ich sie verloren hatte. Ich spürte die Gegenwart der Frau noch so sehr, ich war mir sicher, dass ich sie wiederfinden würde, sobald es mir bestimmt war. Ich wusste jetzt, wo sie wohnte, welche Straßen sie nahm, wie sie sich bewegte. Das konnte nicht meine einzige Chance gewesen sein. Ich war achtzehn Jahre alt. Und ich hatte bis zu diesem Augenblick gewartet, mich zu verlieben, in ein Bild, das noch flüchtiger war als Musik.

Jonah fiel über mich her, als ich nach Hause kam. »Was zum Teufel sollte das, da in dem Lokal?« Ich brauchte eine Weile, bis ich mich überhaupt erinnerte: mein Aufbruch bei Sammy. »War das nötig, dass du mich bloßstellst vor den ganzen Leuten?« Er wollte eine Antwort. Ich hatte keine.

»Hör zu, Jonah. Ich habe gerade die Frau gesehen, mit der ich den Rest meines Lebens verbringen werde.«

»Ach?« Der Schauspielunterricht zahlte sich aus. »Dein ganzes Leben? Wann fängt das an?«

»Ich meine es ernst.«

»Sicher meinst du das ernst. Der kleine Joe ist doch kein Witzbold. Weiß die Frau es schon?«

Am nächsten Nachmittag ging ich wieder mit zu Sammy und von da an zwei Wochen lang jeden Tag. Ich ließ das Schlimmste über mich ergehen, was die hohe Kultur zu bieten hatte. Jonah hielt es für eine Bußübung und belohnte mich mit lobenden Worten. Aber ich hielt meine Wache, so gleichmäßig und so notwendig wie Essen und Schlafen. Sie musste einfach zurückkommen. Es konnte doch nicht sein, dass das Schicksal sie mir nur dies eine Mal vor die Nase gehalten hatte und sie dann für immer verschwinden ließ. Heute Nachmittag, morgen, spätestens bis Monatsende ...

Als sie sich nicht wieder blicken ließ, wurde ich reizbar. Aus Ungeduld entstand Verwirrung. Nach einer Woche versuchte ich die Route wiederzufinden, die ich in Richtung Norden gegangen war, zwischen Häuserblocks, die ich nicht wiedererkannte. Ich ging nicht mehr zu Sammy, ich tat überhaupt nichts mehr, saß nur noch in einem Probenraum, gelähmt, der letzte hartnäckige Poliofall, infiziert von einem einzigen Blick auf dieses Mädchen, von dem ich nicht einmal den Namen erfahren würde.

Nachdem er meine Qualen einen ganzen Monat lang beobachtet hatte, glaubte er mir. Eines Abends fragte er ganz unvermittelt: »Wie sah sie aus?«

Ich schüttelte den Kopf. »Du würdest sie sofort erkennen. Wenn du sie siehst, weißt du, dass sie es ist.«

So endete für mich der Traum der fünfziger Jahre, bevor ich selbst daraus erwachen konnte. Um uns herum, in New York und weiter fort, änderten sich Tonart und Takt, als habe die neue Ziffer tatsächlich auch eine neue Zeit mit sich gebracht. Mit dem neuen Jahrzehnt begann mein Erwachsenenleben. Überall flammten Revolutionen auf, nur nicht in meinem Bruder und mir. Mit dem Umspringen der Kalenderzahl wurde aus der Schwarzweißwelt eine farbige. Und als müsse es in der Natur einen Ausgleich dafür geben, wurden Jonah, Ruth und ich von Farbigen zu Schwarz und Weiß.

Der kahlköpfige General räumte den Platz für den hutlosen Jungen mit dem vollen Haar. Die Großmächte manövrierten sich an den Rand des nuklearen Abgrunds, jede von beiden bereit zum Untergang ohne Wimpernzucken. Schwarze Studenten zogen in weiße Institutionen ein. Ich verbrachte nun weniger Zeit in meinem bombensicheren Übungskeller und mehr draußen an der Oberfläche, wartete, dass die marineblaue Frau mit der perfekten Hautfarbe mich holen kam, bevor die Welt in Atompilzen aufging.

Die ganze Nation – der weiße Teil jedenfalls – sah sich Mitch Millers

Fernsehshow zum Mitsingen an, wo am unteren Rand des Bildschirms die Textzeilen mit einem darüber hüpfenden Punkt erschien. Die Leute sangen wirklich mit. Vielleicht nicht in New York, aber drüben jenseits des Hudson und von da an westwärts im ganzen Land: Sie saßen vor ihren Fernsehgeräten und sangen laut, ein Chor von Millionen, alle vereint und doch jeder für sich in seinem Wohnzimmer, wo keiner den anderen hören konnte, in einem letzten großen gemeinschaftlichen Gesang, bei dem noch einmal die ganze Nation in einer gemeinsamen Tonart erklang.

Lenny Bruce trat in der Carnegie Hall auf und brachte eine Nummer, die für alle Zeiten der Liebling meines Bruders bleiben sollte. Jonah kaufte es sich als Schallplatte, seine erste Comedy-Scheibe, und spielte sie so oft, dass sie am Ende ganz abgeschabt war. Er prägte sich mit seinem perfekten Gehör genau den Tonfall ein und lachte bei den Kadenzen, ganz egal, wie oft er es hörte:

Stellen Sie sich vor, Sie haben die Wahl, ob Sie eine schwarze Frau oder eine weiße heiraten, zwei Mädels, gleich alt, gleiches Einkommen ... Sie tun alles, was zu so einer Ehe dazugehört – die Küsse und Umarmungen und die heißen Sommernächte in einem schmalen Bett ... fünfzehn Jahre ... fünfzehn Jahre lang küssen und umarmen Sie diese schwarze, tiefschwarze Frau, oder Sie küssen und umarmen die weiße, strahlendweiße Frau ... Überlegen Sie es gut, weil nämlich die weiße Frau Kate Smith ist. Ganz recht, »God Bless America«. Und die schwarze ist Lena Horne.

Jonah spielte es mir vor und sprach die letzte Zeile mit. »Kapiert, Kleiner? Eigentlich geht's bei der ganzen Sache überhaupt nicht um Rasse. Es geht darum, wer hässlich ist! Und da sollten wir doch einfach losziehen und alle Hässlichen aufhängen, hm?« Aber nur unter uns gab Jonah diese Nummer zum Besten. Gut dreißig Jahre lang – die zugleich auch dreißig schlechte Jahre waren – erzählte er diesen Witz keinem anderen, nur mir.

Unten im Village brachte die Musik Fünflinge zur Welt. Aus der heimtückischen Seeburg-Jukebox bei Sammy, aus den Schnipseln, die uns aus dem Radio zuflogen, wenn wir die Met-Übertragung suchten, aus den Klängen, die auf der Straße zu hören waren, erfuhren auch wir es schließlich. Seit Jahren braute sich da etwas zusammen. Und nun plötzlich wollte Jonah es hören. Wir machten uns auf den Weg *downtown*, hörten uns zwei progressive Jazz-Sets an, die uns beinahe die Ohren wegpusteten, und kehrten nach Hause zurück. Jonah tat, als ginge ihn das alles nichts an. Aber im nächsten Monat wollte er wieder hin.

Wir entwickelten eine Routine, bei der wir alle zwei Wochen einen der angesehenen Clubs besuchten. Ich war eigentlich zu jung für den Eintritt, aber die Türsteher kannten den hungrigen Musikerblick und drückten ein Auge zu. Eine Woche ging es ins Village Gate, die nächste ins Vanguard. Die Größen des Jazz versammelten sich im Gate, die Folkies trafen sich gegenüber im Bitter End: zwei verschworene Gemeinschaften, die nichts verband außer der Straße dazwischen. Den unglaublich intensiven Vanguard-Sound gab es schon seit Jahren, die Blueswelle war aus dem Süden darüber hinweggeschwappt, und was geblieben war, war in der Großstadt kühl und weltläufig geworden. Die alten Stammgäste erzählten uns, dass wir das Beste schon verpasst hätten. Die wahren Götter wandelten nicht mehr auf Erden, und was 1960 zu hören war, sei nichts als ein Echo. Aber für Jonah und mich war es die Luft eines Planeten, der jünger war als Schönberg, eine Atmosphäre, die sich weit besser atmen ließ.

Damals hörte ich noch nicht, wie weit in die Vergangenheit dieser Klang der Zukunft reichte. Einst hatte er unser Haus erfüllt, war am Sonntagmorgen aus dem Radio gekommen. Wann immer wir eins von Pas kunstvoll-experimentellen Omelettes gegessen hatten, war es zu Jazzmusik gewesen. Der Klang hatte nie wirklich zu uns gehört, nicht so wie die Sachen, die wir jeden zweiten Tag sangen. Nie unser Zuhause; eher ein windschiefes Ferienquartier, das man im Sommer für zwei Wochen am Strand mietete. Unsere Eltern hatten sich den Jazz angehört. Nur Jonah und ich waren abtrünnig geworden. Unsere Besuche im Village sahen wir nicht als Rückkehr – wir waren überzeugt, dass wir an einen Ort geraten waren, an dem wir noch nie gewesen waren.

Pa wollte nicht, dass wir die ganze Nacht unterwegs waren. Er hatte den Anschluss an uns verloren, war ganz in seine Arbeit versunken, und nur ab und zu tauchte er auf, schnappte Luft und versuchte, seinen Kindern ein Vater zu sein. Er blieb lange genug oben, dass er uns einschärfen konnte, bis Mitternacht hätten wir zu Hause zu sein – zu früh, um die Sachen zu hören, von denen die Kenner in ehrfürchtigen Tönen redeten. Diese Leute kamen immer erst am frühen Morgen auf die Bühne. Die Musiker, die zählten, spielten noch – berauscht von Stoffen, von denen wir nicht einmal die Namen kannten –, wenn Jonah und ich uns schon zum nächsten Tag am Konservatorium schleppten. Wir hätten uns über Pas Sperrstunde hinwegsetzen können, ohne dass er es bemerkt hätte. Aber wir hielten uns immer daran, blieben bis zur letzten möglichen Minute. Jonah trank ein Bier oder zwei und bediente sich dazu von meinem Sodawasser. Wenn wir dann schließlich in Richtung Norden zogen, torkelten wir wie Betrunkene, Jonah bleich von dem Dunkel, dem Rauch, dem Staunen, so blass wie ein Semit, der sich in diese schwarzen Straßen verirrt hatte. Und stets versuchte er beklommenen zu erklären, was er da gehört hatte.

»Die besten Sachen stehlen sie von der Avantgarde der Dreißiger. Paris, Berlin.« Die Vorstellung beruhigte ihn. Aber nach allem, was ich gelesen hatte, hatten die Europäer *ihre* besten Sachen in New Orleans und Chicago gestohlen. Der Vampir der Musik geisterte durch die Jahrhunderte und war nicht im Mindesten wählerisch, wessen Adern er aussaugte. Alles, was Blut in sich hatte, war diesem Untoten recht, jede Transfusion, die ihn ein weiteres Jahr auf den Beinen hielt.

Ich fand es wunderbar, wie die Jazzer mit ihren Instrumentenkoffern durch die Straßen zogen, wie sie nach der nächsten Ecke Ausschau hielten, an der sie ihre Trompeten und Saxophone auspacken und ein paar Minuten spielen konnten, immer auf der Suche nach Gleichgesinnten, nichts anderes im Sinn als Musik. Ihr Antrieb war die reine Lebensfreude, die Freude am Vorankommen. Es gab keinen tieferen Sinn für ihre Töne, keinen Anfang, kein Ende, kein Ziel außerhalb der Musik, und selbst an denen, die sie ansahen, sahen sie im Grunde vorbei. Sie wollten spielen, alles andere zählte nicht.

Einmal hörten wir Coltrane. Er spielte in einem Raum, der kaum mehr war als ein Wohnzimmer, in einer Straße wie aus der Spielzeugkiste, auf einer Bühne so groß wie ein Käsesandwich. Er hatte in der Gasse nebenan gestanden, an seinen Saxophonkoffer gelehnt, als der Drummer und der Klavierspieler des Abends sich eine Zigarette genehmigten. Sie drängten 'Trane oder er hatte gerade nichts anderes vor – da gab es widersprüchliche Gerüchte –, und so saßen Jonah und ich mit den Ohren in dem großen aufwärts gebogenen Schalltrichter, hörten die Klappen auf den Tonlöchern und ließen uns eine Runde Zitateraten vorspielen, die unsere Fähigkeiten bei weitem überstieg.

Bei all meiner Ausbildung in Tonsatz und Harmonielehre konnte ich nicht einmal ein Drittel von dem begreifen, was das Zufallsquartett an jenem Abend spielte. Aber das war Musik, wie sie früher gewesen war, als meine Eltern mir zum ersten Mal Musik gezeigt hatten. Musik, die nur für sich da war. *Music for a while.*

Ich beobachtete Jonah gern, wenn die großen Sänger des Village auf die Bühne kamen. Besonders eine hatte es ihm angetan, eine Frau aus den Südstaaten namens Simone, die ihre Karriere in Juilliard, als Klavierschülerin von Carl Friedburg, begonnen hatte. Ihre Stimme war rau, aber sie drang damit an unbekannte Orte vor. Seine andere Göttin, ebenfalls schwarz, kam wie Mama aus Philadelphia, und ihr Scatgesang war furioser als jedes Pizzicato von Paganini. Jonah saß da wie in Trance, vorgebeugt, mit offenem Mund, bereit, auf die Bühne zu springen und mitzumachen. Manchmal musste ich ihn wirklich am Kragen festhalten. Zum Glück habe ich das getan, denn auf dem langen Rückweg – als wir beide nördlich der 59. Straße in das obligatorische »Take the A-Train« ausbrachen – hörte ich, wie leblos seine Kunstliedstimme, seine lautstarke Präzision auf jeder Bühne südlich der 14. geklungen hätte.

Seine Wärter in Juilliard hatten keine Ahnung davon, dass er in den frühen Morgenstunden mit der Halbwelt von Manhattan flirtete. Nach seinem Konzerterfolg hatte mein Bruder das Diplom so gut wie in der Tasche. Die Mentoren überlegten, wie es mit ihm weitergehen sollte. Agnese wollte, dass er weiterstudierte, *attacca*, ohne Pause zum Atemholen. Grau, der meinen Bruder erbarmungsloser liebte, schlug vor, dass er hinaus in die Welt gehen und sich einen Begriff von der Brutalität des Musikbetriebes machen sollte, von den Qualen der Suche nach Engagements – das einfachste Mittel, seiner Stimme, die noch immer ein jugendliches Timbre der Unschuld zeigte, zur Härte des Erwachsenen zu verhelfen.

Die Achse Rom–Berlin verständigte sich auf eine Europareise. Sie unterbreiteten Jonah ihre Pläne. Wenn Jonah einen symbolischen Beitrag selbst beisteuerte, konnten sie ihm ein Stipendium verschaffen, kostenlose Unterkunft und einen hoch angesehenen Lehrer in Mailand. Italien war die Heimat des Gesangs, das Mekka eines jeden Sängers, die Traumwelt, mit deren Bildern einst Kimberly Monera die kindliche Phantasie meines Bruders betört hatte. Vier Jahre lang hatte er die Sprache studiert und konnte mit der Leichtigkeit des Einheimischen Dinge auf Italienisch sagen wie »Ewige Liebe – das ist der Fluch unseres Blutes!« oder »Nicht einmal die Gleichgültigkeit der Götter wird mich aufhalten«. Keine Frage: Die Pilgerfahrt zum gelobten Land des Gesanges war sein nächstes Ziel. Offen war nur, wann er aufbrechen würde.

Als mein Bruder nach Juilliard gegangen war, hatte er nichts weiter gesucht als eine Ablenkung von seinem Kummer. Und jetzt machte er Pläne für die Reise nach Mailand ausschließlich als Alternative zu der Aussicht, auf ewig in Claremont hängen zu bleiben. Auch Pa war überzeugt, dass es der richtige nächste Schritt war. »Ich wünschte, ich könnte mitkommen, Sohn.« Ruthie kaufte von dem Geld, das sie mit Babysitten verdiente, einen italienischen Sprachkurs auf Schallplatten, damit sie in den Wochen vor dem Aufbruch in der Sprache seines neuen Landes mit ihm plaudern konnte. Aber nach ein paar Runden, in denen Jonah immer wieder ihre Aussprache bemäkelte, war sie die Sache leid, und der Sprachkurs landete auf unserem Stapel mit Opernplatten.

Gleich nach dem Examen sollte Jonah aufbrechen. Am Abend vor der Zeugnisverleihung kam er in die Küche und half mir beim Abwasch. Er sah verklärt aus, besser gelaunt, als ich ihn seit Wochen gesehen hatte. Ich schrieb es dem nahen Aufbruch zu.

»Fahr du für mich, Muli. Ich bleibe noch ein Weilchen hier.« Ich lachte. »Ehrlich.« Meine Mundwinkel spannten sich. Ich wartete, dass er mit der Sprache herausrückte. »Ehrlich, Joey. Ich fahre nicht. Du weißt, warum. Du weißt Bescheid, Bruderherz. Die letzten Jahre waren doch wirklich die Hölle, oder? Für uns beide. Du hast das von Anfang an durchschaut, als ich noch werweißwas glaubte, als ich getan habe ...«

»Jonah. Du musst fahren. Es ist alles geplant. Sie haben sich so viel Mühe gegeben.«

»Damit ein Negerjunge auch mal den Vatikan sieht.«

»Jonah. Das darfst du nicht. Du kannst doch eine solche Chance nicht einfach wegwerfen.«

»Was werfe ich denn schon weg? Verdammt, *die* werfen *mich* weg. Alle haben ihre Pläne für mich, nur ich nicht. Stell dir doch vor, was ich wäre, nach einem halben Jahr Europa. Ihr Almosenempfänger. Ihre gute Tat. Meinen Gönnern für immer verpflichtet. Tut mir Leid. Kann ich nicht machen, Joey.«

Er wandte den Blick ab, wich mir aus. Ein Muskel in seiner Wange zuckte, hundert Beats pro Minute. Zum ersten Mal im Leben hatte mein Bruder Angst. Vielleicht nicht davor, dass er versagte: Das wäre noch eine Erleichterung gewesen. Er fürchtete sich vor dem, was aus ihm würde, wenn die Frage, was er war, von anderen beantwortet würde.

Seine Lehrer tobten. Sie hatten ihre Beziehungen für ihn spielen lassen, und ihr Schützling machte sich einfach davon. Agnese war es nicht gewohnt, dass jemand seine Großzügigkeit ausschlug. Er setzte meinen Bruder vor die Tür und sprach kein Wort mehr mit ihm. Grau, der langfristigere Planer, ließ ihn Platz nehmen, machte ihn noch ein paar Minuten länger zum Gefangenen und ließ sich erklären, was er stattdessen tun wolle.

Jonah warf die Hände in die Luft. Er war gerade im rechten Alter, ein geschlüpfter Erwachsener, an dem der Kokon der Jugend noch klebte. »Ich dachte, ich singe ein wenig.«

Grau lachte. »Und was haben Sie die letzten vier Jahre über getan?«

»Ich meine ... für Menschen singen.«

Das Lachen wurde schärfer. »Menschen, im Unterschied zu Lehrern?«

»Menschen im Unterschied zu Leuten, die dafür *bezahlt* werden, dass sie zuhören.«

Mr. Grau lächelte vor sich hin. Er faltete die Hände vor dem Gesicht und sagte mit der Tonlosigkeit des Schauspielers: »Unbedingt. Dann sollten Sie sehen, dass Sie Ihre Menschen finden.« Kein Segen, kein Fluch. Einfach nur: Geh und sieh zu, was daraus wird.

Pa war so verwirrt, wie ich ihn noch nie gesehen hatte. Er schüttelte nur immer wieder den Kopf, wartete, dass alles sich aufklärte. Dann machte die Enttäuschung sich breit. »Wenn du nach dem Abschluss weiter hier wohnen willst, musst du dir Arbeit suchen.« Jonah hatte nicht einmal einen Begriff, was das Wort überhaupt bedeutete. Er tippte einen lächerlichen Lebenslauf und bewarb sich auf Stellen für ungelernte Arbeitskräfte – Kaufhäuser, Restaurants, selbst bei der Hausverwaltung von Columbia. Aber er brachte genug von seinen kulturellen Vorlieben unter, dass jeder Interessent sofort abwinkte.

Er beschloss, es doch als Sänger zu versuchen. Doch ein gewöhnliches Vorsingen war ihm nicht genug. Er studierte die Musikpresse, forschte nach, wo es Chancen für ein Debüt gab. Er fand einen Wettbewerb, der wie für ihn geschaffen war. Er kam mit der Ausschreibung zu mir. »Das machen wir, Muli.«

Er hielt mir die Zeitung unter die Nase. Amerikas neue Stimme: Ein landesweiter Wettbewerb für junge Sänger, die noch nicht professionell aufgetreten sind. Der ausgesetzte Preis war astronomisch. Da schien es nur vernünftig, dass wir es versuchten. Die erste Runde fand erst in Monaten statt, kurz vor dem vorgesehenen Termin für meine eigene Abschlussprüfung.

»Ich bin dabei, Bruder. Lass mich wissen, wann es losgeht.«

»Ja, warum nicht gleich?«

Da wusste ich, welche Pläne er für mich hatte. Ich hob beschwichtigend die Hände. »Mein Unterricht. Meine Prüfung.« Mein Diplom. Mein Leben.

»Jetzt komm schon, Muli. Wir haben doch das ganze Programm beisammen. Du bist der einzige Begleiter, der mich kennt. Der meine Gedanken lesen kann.«

»Wen haben wir als Lehrer?«

In Jonahs Augen zeigte sich das manische Glitzern, das man sonst nur beim Singen sah. »Niemanden. Du bist mein Lehrer, Joey. Da kommt doch gar kein anderer infrage, nur ein Blutsbruder. Der Einzige, bei dem ich mich darauf verlassen kann, dass er gnadenlos ist. Denk doch nur, wie das wirken wird. Wir kommen aus dem Nichts und spazieren mit dem Preis davon.«

»Jonah. Ich muss mein Examen machen.«

»Liebe Güte, für wen hältst du mich? Ich werde doch deiner Ausbildung nicht im Wege stehen. Einem Jungen wie dir.«

Mein Examen habe ich nie gemacht, aber zumindest der Form nach kann man wohl sagen, dass er mir nicht im Wege stand.

Er ging zu Pa und erklärte ihm, wir bräuchten einen Raum zum Üben. »Wieso übt ihr nicht hier? Hier sind nur eure Schwester und ich. Wir kennen euch doch.«

»Das ist es ja gerade, Pa.«

»Was spricht gegen zu Hause? Ihr habt eure Musik immer zu Hause gemacht, seit ihr klein wart.«

»Wir sind aber nicht mehr klein, Pa.« Pa sah mich an wie einen Verräter.

Jonah setzte noch eins drauf. »Und das hier ist nicht unser Zuhause, Pa.« Unser Zuhause war verbrannt.

»Wieso übt ihr nicht in der Schule?«

Jonah hatte die Details seines Abgangs von Juilliard für sich behalten. »Wir brauchen Privatsphäre, Pa. Es soll nicht jeder wissen, was wir vorhaben.«

»Das ist doch auch nur ein Vorspielen, Jungs. Ihr habt eure Erfahrung.«

Aber es war mehr als ein Vorspielen. Es sollte unser Einstieg in das mörderische Rennen des Musikbetriebes sein. Jonah wollte an diesem Wettbewerb nicht einfach nur teilnehmen. Er wollte ihn gewinnen.

Das Einzige, was Pa verstand, war, wie ernst es Jonah war. Als Ruth zu Bett gegangen war, setzte er sich mit uns an den Küchentisch. »Wir haben ein wenig Geld bekommen, als eure Mutter …« Er zeigte uns Papiere. Jonah tat, als lese er sie. »Es ist kein Vermögen. Aber es wäre genug für den Anfang. Eure Mutter hätte es so gewollt; sie hat fest daran geglaubt, dass ihr es könnt. Aber merkt euch: Wenn es aufgebraucht ist, kommt nichts mehr nach. Ihr müsst sicher sein, dass ihr das Richtige damit tut.«

Selbstzweifel waren nie Jonahs Sache. Er fand ein Studio, zehn Blocks von unserer Wohnung entfernt, am Rande von Harlem. Für eine beträchtliche Summe mietete er einen Flügel und ließ ihn in das Studio schaffen. Mir kam das alles sehr gelegen: Das Zimmer lag nur wenige Straßen von der Stelle, wo ich die Frau gesehen hatte, mit der ich meine Zukunft verbringen würde. In jeder Pause konnte ich an der Ecke stehen, an der sie verschwunden war, und warten, dass sie wieder auftauchte.

Nicht dass Jonah viele Pausen vorgesehen hätte. Er ging davon aus, dass wir, wenn wir uns häuslich eingerichtet hatten, praktisch unsere ganze Zeit mit üben verbringen würden. Er beschaffte einen kleinen Kühlschrank und zwei alte Pfadfinderschlafsäcke. Bis zu den ersten Wettbewerbsrunden im Herbst wollte er ohne Unterbrechung arbeiten.

Ich hatte nach wie vor Unterricht bei Mr. Bateman. Für Jonah konnte die Tatsache, dass ich noch immer zum selben Lehrer ging, nur bedeuten, dass ich nichts lernte. Ich musste mich entscheiden: Jonah oder meine Ausbildung. Mr. Bateman war der beste Lehrer, den ich je haben würde. Aber Jonah war mein Bruder und vielleicht das größte musikalische Talent meines ganzen Lebens. Wenn *er* Mama nicht wieder lebendig machen konnte, welche Hoffnung hatte ich dann?

Ich bat um Beurlaubung. Mr. Bateman erzählte ich, es handele sich um einen Notfall in der Familie. Er unterschrieb, ohne Fragen zu stellen. Wilson Hart war der Einzige, dem ich reinen Wein einschenkte. Mein Freund schüttelte nur den Kopf, als er von unserem Plan erfuhr. »Weiß er eigentlich, was für ein Opfer er von dir verlangt?«

»Ich glaube, er sieht es als Chance.«

Mein Freund brauchte all seine Großmut, um mich nicht zu verurteilen, um nicht zu sagen, was er hätte sagen sollen. »Kommt mir mehr wie ein Glücksspiel vor.«

Schlimmer als ein Glücksspiel. Aber so war es nun einmal mit dem Singen. Eins wussten Will und ich genau: Der Einsatz bei diesem Spiel war so hoch, dass ich nicht mehr in die Schule zurückkehren würde, ganz gleich, wie es ausging.

»Hör mir gut zu, Mix. Die meisten Menschen –« Wilson Hart streckte die Hand aus und fasste mich am Kinn. Ich ließ zu, dass er meinen Kopf anhob. Seine Finger streiften meinen Adamsapfel. Ich überlegte, ob ein Blinder die Rasse seines Gegenübers durch Berührung erkennen konnte. »Die meisten Menschen würden für einen Bruder wie dich einen Mord begehen.«

Er wollte, dass ich mich neben ihn setzte und mit ihm spielte, solange ich noch in der Gegend war. Schließlich könne man nicht wissen, wann ich das nächste Mal vorbeikäme. Wir spielten eine vierhändige Version der Kammerfantasie, an der er gerade arbeitete, ein beunruhigend harmonisches, sepiagetöntes Stück, voll mit Melodien, die ich hätte erkennen müssen und doch nicht erkannte. Jonah hätte es reaktionär genannt. Aber Jonah brauchte ja nichts davon zu erfahren.

Diesmal überließ Will mir den oberen Part. Ich beobachtete das Gesicht meines Freundes in den Pausen. Die Komposition brach schließlich ab, mit der überraschenden Einführung eines neuen Themas, einem getragenen Motiv, das nicht ganz »Motherless Child« war, vielleicht aber davon abstammte, irgendwo in der langen Ahnenreihe der elternlosen Generationen. Das Lied zerbrach uns unter den Fingern, unvollendet. Wir hingen in der Luft über den Tasten und lauschten all den Dingen nach, an die es uns erinnert hatte, als wir noch zu beschäftigt waren zum Hören.

Nach einem Schweigen, wie es vielsagender kaum hätte sein können, begann ich wieder zu spielen. Ich ließ das erste Thema aus seiner Exposition wieder aufleben. Dabei sah ich demonstrativ nicht auf das Notenblatt. Sobald das Motiv sich entfaltet hatte, hätte ich, selbst wenn ich es gewollt hätte, ohnehin keine Noten mehr gehabt. Will Harts Melodie strömte durch meine Arme über die Handgelenke in meine Hände und bis in die Fingerspitzen. Dann setzte sie zum Flug an, und ich folgte ihr, immer gerade noch in Hörweite. Ich merkte, wie Will neben mir vor Überraschung tief Luft holte, als ich anfing, frei über seine Fantasie zu phantasieren. Dann stieß er die gleiche Luft in einem tiefen, schallenden Lachen wieder hervor, einem Lachen, das ihm in die Fingerspitzen fuhr und zur Freiheit drängte. Will nahm Anlauf und sprang auf den fahrenden Zug, den Zug, den ich entführt hatte. Er schüttelte nur verblüfft den Kopf, als ihm aufging, womit ich meine Wochenenden verbracht hatte.

Als sich die erste Überraschung gelegt hatte, flogen wir Seite an Seite dahin. Unsere Seelen erkundeten Taktarten, die die Melodie auf dem Blatt nicht zu erproben gewagt hatte. Will frohlockte über die Veränderung seit unserem letzten gemeinsamen Ausflug. Er wollte innehalten und mich aufziehen, aber unsere Hände ließen es nicht zu. Ich köderte ihn mit kleinen Bravourstückchen, Rufen, auf die er einfach antworten musste. Aber er stellte mich auch auf die Probe und lockte mich tief in den Schatten jeder Idee, mit der ich ihn verblüffte. Wo ich seinen Einfällen nichts Ebenbürtiges entgegenzusetzen hatte, schmückte ich sie immerhin mit kontrapunktischen Schnörkeln aus meinen Etüden, Hände voller Blumen für die Vase, die er mir reichte.

Mit seinen Akkorden schuf er eine solide Basis, und ich tat mein Bestes, um darüber ein Netz aus neuen Tönen zu weben. Für eine Weile, zumindest so lange wie unsere vier Hände in Bewegung blieben, teilten die gebändigte Musik der Notenblätter und die unbändige Musik der freien Improvisation sich den Platz hinter dem Ofen.

Ich steuerte uns zu einem bravourösen Bebop-Finale mit einem gestohlenen Altsaxophon-Riff, den ich im Gate gehört hatte. Will lachte so herzhaft über meine musikalische Taufe, bei der ich mit Haut und Haaren in die Fluten eintauchte, dass seine linke Hand nur mit Mühe die Tonika fand. Zum Schluss fehlte nur noch ein Trommelwirbel, und den vollführten wir im Stehen unisono auf dem Klavierdeckel.

»Nicht dass du mich jetzt vor den Kadi schleppst, Will«, sagte ich, als wir wieder zu Atem gekommen waren. »Ich habe nirgendwo auf deiner Partitur ein Copyright-Symbol gesehen.«

»Wo um alles in der Welt hast du das gelernt, Mix?«

»Na, du weißt schon. Mal hier, mal da. Überall und nirgends.«

»Mach dass du wegkommst! Raus hier!« Er schickte mich weg, so als ob ein Rausschmiss die einzige Sicherheit bot, dass ich wiederkommen würde. Aus der Ferne rief er mir nach: »Und nicht vergessen: Du hast es mir versprochen.« Ich drehte mich um und sah ihn verständnislos an. Schon vergessen. Er machte eine Bewegung, als ob er etwas aufschrieb. Komponierte. »Eines Tages musst du alles zu Papier bringen.«

Als sich der Sommer dem Ende zuneigte, regierte Jonah mit eiserner Hand. Wir verließen die Wohnung jeden Morgen, wenn Ruthie zur Schule ging, und kehrten erst so spät zurück, dass wir ihr nicht einmal mehr Gute Nacht sagen konnten. Sie beklagte sich, weil sie uns gar nicht mehr sah, aber Jonah lachte nur. Häufig schickte er mich nach Hause und ließ Pa ausrichten, dass wir über Nacht im Studio blieben, um an einer besonders schwierigen Passage zu feilen.

Wir fanden unseren Rhythmus. Jonahs Arbeitswut war größer als die verfügbare Zeit. »Der Mensch hat Bedürfnisse«, köderte ich ihn. »Der Mensch muss essen.«

»Was sollen wir denn sonst den ganzen Tag über machen?«

»Du hast noch nie in deinem Leben so hart gearbeitet.«

»Ich arbeite gern für mich, Joey. Das hat mehr Zukunft.«

Wir tauchten ganz tief ein, in die Tiefen, die die Musik ergründen muss. Wir gelangten an Orte, die noch völlig unberührt waren. Wir arbeiteten so lang und zu so ungewöhnlichen Zeiten, dass die Tage zerflossen. Jonah wollte nicht, dass ich eine Uhr trug. Er verbannte alles, was tickte und mehr Erinnerungsvermögen hatte als ein Metronom.

Kein Radio, keine Schallplatten, keine Zeitungen, kein Signal von der Außenwelt. Nur unsere ständig anwachsende Liste von Notizen auf kanariengelbem Notizpapier, das Wandern der Sonnenstrahlen über die Bodendielen, die ewigen Sirenen und die gedämpften Geräusche aus den Wohnungen unter uns ließen erkennen, dass die Jahreszeiten noch in Bewegung waren.

Harlem umfing uns. Unsere Geräusche gingen unter in den gleichgültigen Überlebensschreien auf der Straße vor unserem Fenster. Manchmal klopften Nachbarn an die Wände oder schlugen an die Tür, weil sie es nicht mehr aushielten. Dann übten wir pianissimo. Länger als das Metronom zu sagen vermochte, waren wir ganz und gar aus der Welt.

Jonah war besessen von der Idee des Stimmansatzes, den verschwindend geringen Unterschieden, die unser winziger gemieteter Raum hörbar machte. Wir glätteten die Kanten an den äußersten Enden seines Stimmumfangs. Wir unterhielten uns in Tonfolgen, formten, variierten und imitierten. Vor meinen Augen erlangten Jonahs hohe Noten eine Wendigkeit, die es mit der Präzision meiner Tasten aufnehmen konnte.

Wir waren zu jung für einen solchen Alleingang. In jeglicher Hinsicht bestens ausgebildet, waren wir doch ganz und gar unwissend. Große Sänger singen ihr Leben lang und brauchen trotzdem einen Lehrer, der sie anhört und führt. Aber Jonah, der kaum je vor Publikum aufgetreten war, bereitete sich auf den ersten wichtigen Wettbewerb seines Lebens vor und hatte niemanden, der ihn korrigierte, niemanden außer mir.

Wir gingen uns gegenseitig auf die Nerven. Ich sollte sein schärfster Kritiker sein, aber sobald ich etwas an ihm auszusetzen hatte, zischte er. »Hör sich bloß einer den Klavierspieler an!« Drei Tage darauf machte er genau das, was ich ihm vorgeschlagen hatte, so als sei es ihm gerade erst eingefallen. Wenn mir ein Patzer unterlief oder mir eine Passage nicht gleich gelang, zeigte er mit einer solchen Leidensmiene Nachsicht, dass sich mir schon bei der kleinsten punktierten Note alles zusammenzog.

Manchmal brachte ich keine vier geraden Noten zustande. Aber hin und wieder wurde mein Spiel auch zum Spiegelbild seiner eigenen Interpretation, oder es brachte eine innere Bewegung zum Ausdruck, die er noch nie zuvor gehört hatte. Dann trat Jonah hinter mich, legte mir mit einem atemberaubenden Würgegriff den Arm um die Schultern und sagte: »Wer außer dir, Bruder? Wer könnte mir all das geben, was du mir gibst?«

Die Stunden vergingen, eine endlose, unbewegte Fläche. An manchen Tagen kam es uns vor, als seien Wochen verstrichen, ehe die Dunkelheit uns auf den Heimweg schickte. Andere Tage verschwanden binnen einer halben Stunde. Abends, wenn wir beide noch ganz benommen waren vor Erschöpfung, gab Jonah sich gesprächig. »Schau dir uns beide an, Joseph. Da sitzen wir nun also auf unseren vierzig Morgen. Die beiden Mulis sind frei.«

Wir waren nicht die Einzigen, die sangen. Nur die Einzigen, die es hinter verschlossenen Türen taten, ohne Publikum. Von allen Seiten stürmten Melodien auf uns ein, auf unseren Erlkönig und unseren Dowland. *Don't forget who's walking you home. Who's coming for you, now, when you're all alone. Soft and clear like moonlight through the pines. Just an old and sweet song keeps Georgia on my mind. Darlin' please. Only you. Something you know, and something you do. Come on, baby, let's do the twist. Take me by my little hand and go like this. Takes more than a robin to make the winter go. You got what it takes, Lord don't I know. Come on, baby, now, I'm needing you. Just an old sweet song, the whole night through.*

Ich hörte diese Musik insgeheim, sogar wenn Jonah seine bodenlosen Luftsäulen balancierte. Jede Note, die in unsere Wohnung drang, zeigte, was wir in Wirklichkeit waren: Ein ausgestorbener, flugunfähiger Vogel oder das lebende Fossil, das man vor Madagaskar aus den Tiefen des Ozeans gezogen hatte. Pa hatte uns eingeschärft, dass das Versicherungsgeld alles war, was wir hatten, danach gab es nichts mehr. Genau wie die Zeit floss auch das Geld nur in eine Richtung: fort. Wenn wir bei diesem Wettbewerb auf die Nase fielen, war es aus mit uns. Wenn wir am Ende mit leeren Händen dastanden, würden wir merken, dass andere den Ton angaben. Wes Brot ich ess, des Lied ich sing, davon würden auch wir dann ein Liedlein singen können.

Unsere Träume waren verrückter als die wildesten Hirngespinste der Jugend, wir waren schlimmer als jeder Zehnjährige, der auf einem Trümmergrundstück hinter dem abbruchreifen Mietshaus seinen Baseballschlag übt. Schlimmer als der kindliche Schnulzensänger, der in eine abgesägte Parkuhr singt wie in ein Mikrophon, er selbst der nächste Sam Cooke, seine Freunde die nächsten Drifters oder Platters. Jonah kannte nicht den Unterschied zwischen einem Außenseiter und einem todsicheren Tipp. Singen war das, was er am besten konnte. Singen war besser als alles, was die Welt ihm zu bieten hatte, besser als jede Droge, als jedes Beruhigungsmittel. Es war in seinem Körper und in seinem Blut, wie Insulin. Auf den Gedanken, dass er auch etwas anderes tun könnte, war er nie gekommen. Die Lust am Fliegen war viel zu groß bei ihm.

Unsere Vorbereitung war ermüdend, langweiliger als alles, was ich je erlebt hatte. Manchmal saß ich zwanzig Minuten lang schweigend und vollkommen reglos da, während Jonah eine kleine Unebenheit in einer Appoggiatura ausbügelte. Manchmal ging ich in solchen Fällen nach draußen und stand an der Ecke oder wanderte um ein paar Häuserblocks, immer in der Hoffnung, dass ich der Frau mit dem marineblauen Kleid begegnete. Dann kam Jonah hinter mir hergelaufen und schleppte mich zurück, wütend über meine Fahnenflucht.

Manchmal sank er in tiefe Mutlosigkeit wie in einen Brunnenschacht, und nichts brachte ihn wieder empor. Er war überzeugt, dass jede Note, die er sang, alter Kuhmist war. Manchmal stellte er sich in eine Ecke und sang. Er legte sich auf die hölzernen Fußbodendielen, flach auf den Rücken, und sang empor zur Decke. Alles, um die zweihundert Muskelgruppen, die sich beim Singen bewegten, in Einklang zu bringen. Er blieb liegen, auch wenn ich schon aufgehört hatte zu spielen, erdrückt vom Ozean der Atmosphäre. »Muli. Hilf mir. Wie hieß es doch gleich?«

»Ihr zwei Jungs, ihr könnt alles sein, was ihr sein wollt.«

Neuerdings litt er bisweilen an Atemnot. Ausgerechnet er mit seinen Lungen des Äolus. Mitten in einer Es-Dur-Tonleiter krampfte sein Hals sich plötzlich zusammen wie bei einem allergischen Schock. Ich brauchte drei Takte, bis ich begriff, dass es keine Alberei war. Ich brach mitten in einem Leitton ab und lief zu ihm hin, ging mit ihm im Zimmer auf und ab, massierte ihm den Rücken, redete ihm gut zu. »Brauchst du Hilfe? Soll ich einen Arzt rufen?« Aber wir hatten kein Telefon und hätten nicht einmal gewusst, wo wir anrufen sollten.

Er streckte den Arm aus und schlug den Takt wie der Dirigent eines Amateurorchesters. »Mir fehlt nichts.« Seine Stimme klang, als käme sie unter einem Eisberg hervor. Zwei weitere Runden durchs Zimmer, und er atmete wieder. Er ging zum Klavier und spielte eine kleine Kadenz, die meinen unterbrochenen Leitton auflöste. »Liebe Güte, was war das?«, fragte ich. Aber er wollte nicht darüber reden.

Zehn Tage darauf kam es ein zweites Mal. Beide Male überwand er den Anfall binnen kurzem, und seine Stimme war klarer denn je. Ein Belag hatte sich gelöst, von dem ich erst merkte, dass er da gewesen war, wenn er danach umso strahlender sang. Mir kam sogar, wenn auch mit schlechtem Gewissen, der Gedanke: *Wenn man das gezielt machen könnte, im richtigen Augenblick …*

Einmal stoppte er mich abends auf dem Nachhauseweg und fasste mich am Arm. In seinem Kopf formte sich ein Gedanke, und er blieb an einer gefährlichen Ecke der 122. Straße stehen, als warte er nur darauf, dass die Schläger kamen. »Weißt du was, Joseph? Es gibt nichts auf der Welt, *nichts*...«

»Besseres als eine Frau?«

»Weißeres als wenn man Schubert vor fünf impotenten voll gefressenen Preisrichtern singt.«

»Nicht so laut, Mann. Willst du dich lynchen lassen?«

»Nichts Weißeres auf der ganzen weiten Welt.«

»Woher willst du wissen, dass sie impotent sind?

»Nichts.«

»Also ich weiß nicht, Jonah.«

»Nenn mir eines.«

»Wie wäre es mit fünf impotenten voll gefressenen Preisrichtern, die über Schubert-Sänger urteilen?«

»Gut. Noch eins.«

Ich mühte mich, ihn in Bewegung zu halten, damit keiner auf der Straße die Ohren spitzte. Aber Jonah war tief versunken in eine Art Verhör, in etwas, das ich noch nie bei ihm gesehen hatte: »Weißt du, was das Ulkigste daran ist? Wenn wir gewinnen...«

»Wir *werden* gewinnen.« Einer von uns musste es ja sagen.

»Stell dir vor, wie viel schwärzer wir den Richtern vorkommen. Allen außer uns selbst. Und wir spazieren mit *ihrem* Preis davon.«

Schon Wochen vorher bekamen wir die Regeln zugeschickt. Die Prüfung bestand aus einer von der Jury vorgegebenen Tonleiterübung und einem Vortrag vom Blatt bei mittlerem Schwierigkeitsgrad. Außerdem hatten wir drei Stücke unterschiedlichen Charakters vorzubereiten, von denen die Richter sich dann eines aussuchten. Jonah stellte ein Trio zusammen, das jeder andere exzentrisch gefunden hätte. Als Erstes frischten wir einen Dallapiccola auf, die Vertonung eines Gedichts von Machado; die Zwölftontechnik war nach wie vor Jonahs liebstes Kind, und er glaubte allen Ernstes, dass er mit diesem Lied die Herzen der Richter im Sturm erobern würde. Dann zähmten wir den Erlkönig, und Jonah machte aus dem alten Klepper einen Pegasus. Und als Letztes polierten wir Dowlands »Time Stands Still«, bis es sich in Luft auflöste. Er wusste, dass wenige seiner Konkurrenten, wenn überhaupt, so weit in die Musikgeschichte zurückgingen. Mit diesem einfachen Lied wollte er Steine zum Leben erwecken und die Lebenden zu Stein erstarren lassen.

Die lokale Vorentscheidung fand an der Musikschule von Manhattan statt. Wir gingen, als der Tag gekommen war, zu Fuß auf die andere Seite der Insel, und Jonah gab mir noch ein paar strenge Anweisungen. Es war eher eine Talentprobe, und eine lange Reihe von blutigen Amateuren sang Gassenhauer aus *Guys and Dolls*. Zum Glück war keiner aus der Fakultät von Juilliard dabei; sie waren als Preisrichter zu den Vorrunden in Jersey und Connecticut bestellt worden.

Wir waren um sechs Übungswochen zu gut. Zum ersten Mal in seinem Leben hielt Jonah sich auf der Bühne zurück. Er war geradezu verhalten, im Vergleich zu der vollen Stimme, mit der er auf den Proben gesungen hatte. Aber für die nächste, stadtweite Runde waren wir allemal noch gut genug. Dafür sorgte allein schon seine Fähigkeit im Singen vom Blatt. Es hätte schon eine Katastrophe geschehen müssen, bevor wir an dieser ersten Runde gescheitert wären. Aber sobald wir allein waren, stellte ich ihn zur Rede.

»Was war in dich gefahren? Monatelang üben wir das Zeug, und dann singst du es so schlecht wie nie.«

»Eingebung in letzter Minute, Joey. Wir dürfen nicht gleich am Anfang zeigen, was wir können. Das erhöht nur das Risiko, dass einer von den Richtern uns ein Bein stellt.« Er hatte auf dem Konservatorium viel gelernt.

»Sag mir das nächste Mal vorher Bescheid, wenn du die Spielregeln änderst.«

»Bitte tausendmal um Verzeihung, Muli. Du hast wunderbar gespielt. Und weiter geht's! Wir sind doch in der zweiten Runde, oder?«

Wir hatten zwei Wochen für weitere Verbesserungen und übten in dieser Zeit so viel wie sonst in zwei Monaten. Wir hatten in der ersten Runde gute Sänger gehört, darunter die besten unserer Bekanntschaft von Juilliard und ein paar eindrucksvolle Unbekannte aus Upper Manhattan. Die meisten hatten ein halbes Dutzend Jahre mehr Erfahrung als Jonah. Außer einer Stimme, die selbst den hartgesottensten entflohenen Sträfling dazu bringen konnte, sich zu stellen, hatten wir nichts als unbegrenzt Zeit.

Bei der New Yorker Runde in Queens hätte er uns beinahe disqualifiziert. Berauscht von mehr Talent, als gut für einen Zwanzigjährigen war, sang Jonah länger, als ihm an Prüfungszeit zustand. Er sang den Dallapiccola, der die Prüfer beeindruckte, aber nicht erfreute. Dann bat einer noch um eine Strophe des Dowland, um den Geschmack zu neutralisieren, bevor sie uns entließen. Wir gaben die erste Strophe, doch als wir am Doppelstrich anlangten, warf Jonah mir einen verschwörerischen Blick zu und sang weiter bis ans Ende des Lieds. Der Rhythmus der zweiten Strophe ist holprig wie bei einer schlechten Übersetzung und lässt sich kaum nach der Melodie singen, die so wunderbar auf die erste Strophe passt. Doch Jonah ließ die Worte hervorkommen wie die Eingekerkerten aus einem politischen Gefängnis, wenn das Unrechtsregime stürzt.

Wir hatten eindeutig gegen die Wettbewerbsregeln verstoßen. Die Richter hätten uns von der Bühne schicken können, aber nach einem kurzen Murmeln saßen sie und warteten ab. Als das Lied zu Ende war, war ihnen anzumerken, wie sie unter der schmerzhaften Stille litten. Hätte es eine dritte Strophe gegeben, hätten sie uns auch die noch singen lassen.

Wir bekamen grünes Licht für die Regionalausscheidung. Viele, die wir von Juilliard kannten, kamen nicht in die nächste Runde, darunter Sänger, deren Stimme auch die größte Sehnsucht nach Schönheit gestillt hätte. Wettbewerbe sind wie Schnappschüsse und zeigen die Kandidaten nicht immer im besten Licht. Sie schneiden aus der Zeit ein zu dünnes Präparat. Monatelang übt man zehn Stunden am Tag, immer in der Hoffnung, dass in den paar Sekunden auf der Bühne alles genauso gut geht wie in dem Jahr im Probenraum. Und nur selten kommt es so. Zufällig klangen wir gut, in dieser hauchdünnen Scheibe Zeit. Wir waren die Auserwählten, zumindest noch für ein paar weitere Tage. Wieder zurück in unserem gemieteten Studio, verbrachten wir zwei Minuten mit der Nachbesprechung.

»Was meinst du, warum mögen sie uns, Joey? Können wir wirklich so viel besser klingen als die anderen? Oder sind die Richter nur froh, dass wir keine von den Negern sind, die sie auf der Straße zusammenschlagen?«

Ich spielte ein paar Takte Dowland, unterlegt mit Charlie Parker. »Ganz sicher sein können sie sich ja da nicht, oder?«

»Da hast du Recht, Bruder. Nur weil wir den Erlkönig singen, heißt das noch lange nicht, dass wir nicht trotzdem ihre Töchter vergewaltigen. Sicher sein können sie sich nie.«

Tatsächlich konnte man nicht wissen, was sie uns zutrauten und was nicht. Man wusste nicht, was die hohen Herren sahen, wenn sie einen anblickten. Nicht einmal ich hätte sagen können, wen ich da sah, wenn ich uns beide anblickte.

»Da hätten wir also nach wie vor unsere drei Todeskandidaten«, sagte Jonah und drängte uns zurück zu den Proben. »Einen modernen Italiener, einen deutschen Romantiker und einen Engländer aus elisabethanischer Zeit ...«

Die vorletzte Runde fand in Washington statt. Selbst wenn wir hier ausschieden, waren wir so weit gekommen, dass es uns voranbrachte. Jonah war der jüngste Sänger, der noch im Rennen war. Aber Jonah hatte nur das große Ziel vor Augen. Der Wettbewerb um Amerikas neue Stimme war nur eine Geisel in diesem Feldzug.

Das Halbfinale fand im Auditorium in Georgetown statt. Wir übernachteten in einem billigen Hotel im Nordosten, ein gutes Stück entfernt. Dass wir überhaupt in ein Hotel gingen, war noch ungewohnt für uns. Der Portier fragte, ob es nur für den Nachmittag sei.

Am Abend gingen wir spazieren und fanden uns, ohne dass wir es abgesprochen hatten, auf der Mall wieder. Wir hatten die Gründungslegende unserer Familie so oft gehört, und so verschieden erzählt, dass wir die Stelle, wo unsere Eltern sich kennen gelernt hatten, mit eigenen Augen sehen mussten. *Derselbe Ort, nur später:* daran glaubten wir, auch wenn unser Vater uns ein Leben lang gepredigt hatte, dass Wo und Wann unabhängige Variablen waren.

Nie hätte ich gedacht, dass ein Ort so voller Meilensteine sich so leer anfühlen könnte. Hunderte von Menschen waren im Vorgarten der Nation unterwegs, selbst am Abend noch. Und trotzdem wirkte er verlassen. Ich hatte mir Menschenmengen ausgemalt – Zehntausende. Aber die große grüne Rasenfläche sah wie leer geräumt aus, wie bei einem Probealarm. Wir gingen das lange Rechteck entlang, sprachen beide kaum ein Wort, hielten beide Ausschau nach etwas, das doch unsichtbar sein musste: Nach dem, was unsere Eltern dazu gebracht hatte, sich wieder zu sehen, über den Tag hinaus, an dem sie ihrer getrennten Wege hätten gehen sollen.

Bei unserem Auftritt waren mehr Gespenster unter den Zuhörern als lebendige Menschen. Zum ersten Mal in meinem Leben waren meine Arme steif vor Lampenfieber. Ich wusste, dass ich diese Krankheit von Anfang an in mir gehabt hatte, dass sie gewartet hatte wie ein Aneurysma, wie der Terror in einer tickenden Zeitbombe. Diesen Augenblick suchte sie sich aus zum Explodieren. Wir traten, beide im Abendanzug, aus den Kulissen und gingen zum Mittelpunkt der Bühne, ein Weg, ein Dutzend Fußballfelder lang. Wir verneigten uns, eckig, synchron, wie zwei Spielzeugvögel, die ihre Schnäbel in das Wasser tauchen. Ich setzte mich ans Klavier, und Jonah nahm seinen Platz daneben ein. Ich blickte hinaus auf das Publikum, das erwartungsvoll applaudierte, weil schon viel über uns erzählt wurde. Plötzlich hörte ich nichts mehr. Nicht einmal ein Echo. Ich rieb mir die Fingerknöchel, um die Durchblutung in Gang zu bringen. Die Richter verlangten den Erlkönig. Ein Dutzend Komponisten neben Schubert hat Goethes Mittelalterballade vertont, aber nur diese eine Variante reitet noch immer.

Wir begannen sie in unserem üblichen Galopp. Wenn Jonah und ich uns einmal auf ein Tempo geeinigt hatten, wichen wir selten mehr als zwei Taktschläge pro Minute davon ab. Man hätte jede Schweizer Uhr danach stellen können, mit Ausnahme vielleicht derjenigen des technischen Experten dritter Klasse am Patentamt Bern, der uns das alles eingebrockt hatte. Sein absolutes Gehör hatte Jonah im Laufe der Jahre oft das Leben leichter gemacht. Aber noch nützlicher war sein perfektes Gespür für das Metrum. Wir ritten los, in dieser Dunkelheit, in der alles auf dem Spiel stand:

> Wer reitet so spät durch Nacht und Wind?
> Es ist der Vater mit seinem Kind ...

Mitten in der zweiten Zeile setzte mein Gedächtnis plötzlich aus. Ich prallte gegen einen Felsen, und mein Körper wurde so weit geschleudert, ich konnte nicht einmal mehr sehen, wo er landete. Die vollen, klar umrissenen Harmonien entwickelten sich unter meinen Fingern zum grausigen Tristanakkord. Ich hielt inne und ließ meinen Bruder allein weitergaloppieren, allein auf den gähnenden Abgrund zu.

Als er begriff, dass ich in diesem Leben nicht mehr zurückkehren würde, zog Jonah die Zügel an, hielt inne in seinem luftigen Galopp und überlegte, ob er einfach a cappella weitersingen sollte. Der ganze Saal war benommen vom zweifachen Schock seiner Stimme und ihres unvermittelten Schweigens. Jonah blieb in der Rundung des Klaviers stehen und sah mich nicht einmal an. Er blickte auf seine Schuhe, und ein grausamer Scherz huschte über sein Gesicht. Er tat einen beherzten Schritt nach vorn und sagte: »Wir versuchen es noch einmal. Diesmal mit Gefühl.«

Die Leute im Saal kicherten, hie und da kam verlegener Applaus. Nicht einmal da blickte Jonah zu mir herunter, um sich zu vergewissern, ob ich bereit war. Er legte die rechte Hand wieder auf das Klavier, so wie er gestanden hatte, bevor wir aus dem Sattel geworfen wurden. Er atmete tief durch, und seine Stimme erhob sich von neuem, ohne jeden Zweifel, dass ich folgen würde. Diese Selbstverständlichkeit war mein Verderben. Die Landschaft unter meinen Fingern verwandelte sich in Morast. Als die Tasten wieder Gestalt annahmen, sah ich, wie sie sich zu einem absurden Ballett formierten, mit Lücken, wo keine hätten sein sollen.

Ich hatte alles vergessen. Ich kannte keine Tonart, keinen ersten Akkord, keine Melodie, nicht einmal den Namen mehr. Ich wusste noch, dass es drei Lieder gewesen waren, aber welche drei, das konnte ich nicht mehr sagen. Die einzige Gewissheit war, dass ich es vergessen hatte. Panik packte mich, und jeder Fetzen Erinnerung entglitt mir, ein schwarzer Fleck gerade im äußersten Winkel meines weit aufgerissenen Auges.

Ich sah, wie die Reihen sich leerten, sah einen großen Haken, der wie im Cartoon aus den Kulissen kam und uns von der Bühne holte. Ich saß da und vergaß jedes Musikstück, das ich je gelernt hatte, der Film lief rückwärts, ich durchlief Juilliard bis zum ersten Tag, dann löschte ich Boylston, vergaß Hamilton Heights, bis ich ganz unten angekommen war, bei meiner allerersten Erinnerung: dem Gesang meiner Mutter.

Dann wandelte sich die Stimme der Mutter zur Stimme meines Bruders. Jonah schwebte von neuem in den Lüften. Ich musste nur einfach dasitzen und zuhören. Aber meine Finger spielten wohl mit, denn ich hörte das Klavier, wie es durch Nacht und Wind eilte, tief unten. Ich war nur Zuhörer, doch unter meinen unbewussten Fingern galoppierte die Melodie wie nie zuvor. Die Sache war verloren, Jonah sang mit dem Leibhaftigen auf den Schultern, der Ritt wilder denn je durch das atemberaubende Tempo. Wir erreichten das, wovon alle Musiker träumen, gnadenlose Ewigkeit, nichts lag zwischen den Noten und der jüngsten Vergangenheit, zu der sie schon im Verklingen wurden.

Man kann nicht sagen, dass Flüsse ihren Lauf geändert hätten, um diesem Klang zu folgen. Es stürzten keine Tiere tot zu Boden, keine Steine erwachten zum Leben. Die Laute, die er hervorbrachte, veränderten nichts in der Welt. Aber etwas in den Zuhörern in diesem Saal hielt den Atem an, ließ sich aufscheuchen, stand zwei Takte lang schutzlos und nackt in dem plötzlichen Lichtstrahl, dann verschwand es wieder in seiner Deckung.

Hinterher missachtete einer der Juroren seine Schweigepflicht und verriet Jonah, dass sie uns schon abgeschrieben hatten. »Und dann nahmen Sie Ihren zweiten Anlauf und vernichteten alle.« Das war das Wort, das er gebrauchte: *Vernichten.* Je tödlicher Musik war, desto besser.

Ich stellte ihm mein Ultimatum auf der Zugfahrt zurück nach Norden, im Gepäck eine Medaille und die Einladung zur Endausscheidung an Weihnachten in Durham. Wir saßen nebeneinander, aber wir berührten uns nicht. Jonahs Hände zuckten vor freigesetzter Energie, dirigierten im Dunkel eine stumme Symphonie.

»Such dir jemand anderen, Jonah.«

»Spinnst du? Du bist meine Hasenpfote. Mein schrumpfköpfiger Talisman.« Er streckte den Arm aus und fuhr mir über das Haar, seinen Glücksbringer, eine Stufe krauser als seines. Er wusste, wie sehr ich das hasste.

»Wir hatten unverschämtes Glück. Ich war am Ende. Ich hatte jede Note vergessen. Genauso gut könnte ich jetzt immer noch da liegen.«

»Ach, ich wusste doch, dass du dich wieder fängst.«

»Da wusstest du mehr als ich.«

»Das ist immer so, Joey.«

»Ich bin dir ein Klotz am Bein. Selbst wenn ich keine Aussetzer habe, bin ich nur Ballast.«

»Ballast ist gut. Hält Schiffe auf Kurs.«

»Du brauchst jemanden, der dir ebenbürtig ist.«

»Den habe ich.«

Er holte mich wieder herauf, wie bei einer Probe: Immer und immer wieder dieselben Passagen, glätten, infrage stellen, auseinander nehmen, wieder zusammensetzen. Aber ich schämte mich so sehr, ich wollte alles hinter mir lassen, und das konnte ich nur, wenn ich das Aufgeben als edle Tat hinstellte.

In seiner Verzweiflung kämpfte Jonah mit unfairen Tricks. »Wir sind im Endspiel. Alles oder nichts. Dezember. Was habe ich denn für eine Chance, dass ich noch jemanden ...«

»Beim Finale spiele ich. Da werde ich weiß Gott für dich tun, was ich kann. Aber danach ...«

»Danach sehen wir weiter.«

Mein Bruder steht, allein wie ein Neugeborener, ein wenig rechts von der Mitte der Bühne in dem alten Konzertsaal der Duke-Universität in Durham, North Carolina. Zur Seite geneigt, etwas nach Steuerbord, als suche er Rückhalt in der geschwungenen Flanke des Konzertflügels, seiner einzigen Zuflucht. Er beugt sich nach vorn, schweigend, gekrümmt wie die Schnecke eines Cellos. Seine linke Hand stützt sich auf die Kante des Flügels, in der rechten hält er einen Brief, den es längst nicht mehr gibt. Er grinst, weil es so unmöglich ist, dass er hier ist, dann holt er Luft und singt.

Für diese wenigen Minuten haben wir uns so lange lebendig begraben. Nur dafür haben wir unsere Jugend unter der Erde verbracht, dafür, dass wir *gewinnen*, dass wir den Preis wieder herauf ans Tageslicht zerren. Die Erlösung kommt aus seinem Mund, als habe er sie gerade erst entdeckt. Aber in Wirklichkeit ist seine Kunst poliert bis zum letzten Atemzug der Luftsäule, auf der dieser Preis schwebt wie ein Ball auf dem Strahl eines Springbrunnens. Die Töne kommen wie von selbst, autonom, so perfekt einstudiert, dass er genauso gut weggehen und sie allein auf der Bühne zurücklassen könnte: Musik so perfekt, dass sie fast körperlos ist, schwerelos, und nichts von Anstrengung ist in diesem Jubel zu spüren.

So sehe ich meinen Bruder, für alle Zeit. Er ist zwanzig Jahre alt; es ist Dezember 1961. Eben noch hockt der Erlkönig auf seiner Schulter, flüstert verführerisch von Erlösung. Im nächsten Augenblick tut sich in einer Falte der Zeit eine Falltür auf, und mein Bruder ist anderswo; ausgerechnet Dowland zaubert er hervor, eine hinreißende kleine Frechheit für die Ohren dieses verblüfften Liederpublikums, das gar nicht merkt, wie es ihm ins Netz geht. Er legt die Zungenspitze an den Gaumen, lässt die Luftsäule dahinter anschwellen, bis die Zunge sich mit einer kleinen Explosion von den Schneidezähnen löst, das kurze Puffen des *t*, das dem Vokal Raum schafft, von *ta* über *taiii* bis *taiiime*, bis es den ganzen Horizont des Gehörs ausfüllt – bis die Zeile selbst zu dem wird, was sie beschreibt:

Time stands still with gazing on her face,
Stand still and gaze for minutes, hours, and years to give her place.
All other things shall change, but she remains the same,
Till heavens changed have their course and time hath lost his name.

Dieses Stillstehen und Schauen singt er, den vergeblichen Versuch des Herzens, es festzuhalten. Seine Augen leuchten, das Leuchten derer, die sich befreit haben und tun können, was sie tun müssen. Diejenigen, die es sehen, erwidern das Leuchten, in diesem Augenblick gefangen, gebannt, unschuldig. Im Singen fährt Elisabeths Flotte aus zu neu entdeckten Kontinenten. Während er singt, werden nur einen Bundesstaat weiter Bürgerrechtler zusammengetrieben und ins Gefängnis geworfen. Aber in diesem Saal steht die Zeit still und hält gebannt den Atem an.

Jonah gewinnt. Ein halbes Dutzend Jahre zu jung für einen solchen Preis, tritt mein Bruder sein Erbe an; dass es ihm zusteht, daran hat er nie gezweifelt. In dem Chaos nach dem Auftritt, umgeben von Sängern, die ihn hassen, von Zuhörern noch halb in Trance von dem Klang, von Menschen, die nichts weiter wollen, als einfach nur in seiner Nähe sein, scheint er vollkommen. Er sieht unsere Schwester kaum, spürt nicht, wie entsetzlich sie leidet bei diesem letzten seiner öffentlichen Auftritte, den sie besuchen wird. Er und mein Vater vollführen einen kleinen Tanz rund um die verklingenden Noten, die aufkommende Beklommenheit. Pa tadelt Jonah für sein Deutsch, nennt ihn einen Polacken. Sagt, dass er ja beinahe einer geworden wäre, in einem anderen Leben.

»Ich wäre ein Polacke gewesen?«, fragt mein Bruder.

»Ein Beinahe-Polacke bist du. Ein kontrafaktischer Polacke.«

»Ein Polacke in einem Paralleluniversum?«

Meine Schwester und ich versuchen, den beiden den Mund zu verbieten. Aber mein Bruder lässt sich nichts mehr verbieten, mein Bruder nimmt Leute wie uns überhaupt nicht mehr wahr. Einen Augenblick lang hat er alles erreicht, was er mit Singen erreichen kann. Als die anderen uns nicht hören, bitte ich ihn noch einmal, mich gehen zu lassen, sich einen Begleiter zu suchen, der ihm gerecht werden kann. Und wieder lehnt er es ab.

Ein alter Herr, Landadel aus einer Pflanzerdynastie, stellt uns zur Rede. Ich rieche die Feindseligkeit in seinem empörten Atem. »Was *seid* ihr Jungs eigentlich?« Und mein Bruder singt ihm neunmalklug einen Vers, seine Medaille in der Hand, den Preis, der ihm gestattet einfach zu vergessen, wie die Welt um ihn her ihn sieht:

> *»I am my mammy's ae bairn,*
> *Wi' onco folk I weary, Sir …«*

Aber das Wort, das er so spöttisch singt, bringt mich zurück zu dem, was gerade erst verklungen ist. Wir stehen wieder auf der Bühne, mitten in der Stille, die er einfach nur dadurch entstehen lässt, dass er darüber singt. Ich sitze an den Tasten und zwinge meine Finger an die vorgesehenen Stellen, spiele die Verzierungen einer Renaissancelaute nach. Ich konzentriere mich, versuche nicht zu hören, was er singt, halte Abstand von der Klippe, die er für mich aufgebaut hat. Aber ich taste mich doch nahe genug an den stillen Fleck heran, dass ich höre, was für ein Preis das ist, den mein Bruder erringen will. Alle Musik ist für ihn nur ein Mittel zum Zweck, ein Schritt auf dem Weg zu diesem einen Ziel. In der zeitlosen Zeit, die er braucht, bis er an die Kadenz kommt, beginnt das Lied zu wirken. Sie erhebt sich hinter ihm, folgt ihm, wie die Götter es versprochen hatten. Aber in der Begeisterung seines Triumphes vergisst Jonah das Gelübde und wendet sich um. Ich blickte in sein freudig erregtes Gesicht und sehe darin, wie er unsere Mutter verschwinden sieht.

Nettie Ellen hört und schweigt, wie bei allem, was die weiße Welt ihr seit der Zeit der Gefangenschaft angetan hat. Nicht hasserfüllt, nur hoffnungslos. Wieder ein neues Leid. Wieder ein neuer Peitschenhieb.

All die Fragen, die sie ihrer Tochter in der Dachkammer hatte stellen wollen, sind jetzt ohne Bedeutung. Sie schärft ihr Schweigen nicht für den tödlichen Stoß. Aber die stumpfe Waffe tut auch ihre Wirkung. Sie sitzt reglos. Reglos und außerhalb der Zeit.

Zu spät bereut ihre Tochter die Gefühle, die sie nie fühlen wollte. Aber die Liebe ist stärker als die Reue, wie jedes Mal. Delia Daley sucht tastend nach der alten, ersten Absolution. *Mama, lass mich nicht allein. Ich bin doch immer noch dein kleines Mädchen.* Sie weiß, auch das ist nicht die Wahrheit, vor allem nicht die Wahrheit darüber, wer hier wen verlässt.

Auch Delia schweigt. Aber in dieser reglosen Stille streckt sie die Hand aus und berührt ihre Mutter am Arm. Der Arm fühlt nur noch mehr Gewicht. Ihre Mutter sieht nichts als die neue Prüfung, die ihr nie hätte auferlegt werden dürfen. Da ist er wieder, der fast vergessene Herr mit der Peitsche, er kommt und verschafft sich Zugang durch die Seitentür.

Die Frau, Nettie, blickt auf zu ihrem eigen Fleisch und Blut. Sie kann nicht beten, dass der Kelch an ihr vorübergeht, wo dessen Inhalt ihr bestes Sonntagskleid bereits besudelt hat. Sie kann nicht einmal nach den Gründen für Delias Handeln fragen. Ihr kleines Mädchen hat sich längst selbst zerstört mit seinen Erklärungen. Als Nettie Ellen wieder sprechen kann, sagt sie nur: »Dann sieh zu, wie du das deinem Vater beibringst.«

Der Doktor springt auf, die Rechtschaffenheit in Person. Er läuft auf und ab und im Kreis, die Bedrohung zum Greifen nah, in Spuckweite seiner Tochter, die ihm stammelnd beichtet, was sie zu beichten hat. »Was für eine selbstgefällige ... Was in Gottes Namen hast du dir dabei gedacht?«

»Daddy«, lästert sie, »auf deine alten Tage wirst du ja noch fromm.«

»Komm mir ja nicht so, Tochter. Sonst wirst du dein vorlautes Mundwerk bereuen.«

Sie sinkt in sich zusammen, ihr *Yes, Sir* verliert sich in der Dunkelheit. Gestern noch hätte dieser Mann schelmisch gegrinst über ihre Frechheit. Heute ist er wie versteinert. Und sie selbst hat ihn zu Stein verwandelt.

Er läuft zwischen den Bücherregalen in seinem Arbeitszimmer auf und ab und denkt nach. Sie hat ihn schon häufiger so erlebt, wenn der gebrechliche Körper und Geist mancher Patienten den Heilkundigen zum Todesboten machten. »Was ist bloß in dich gefahren, dass du dich auf die Seite von denen schlägst, die deinen eigenen Leuten –«

»Daddy, ich schlage mich auf niemandes Seite.«

Er dreht sich um und fährt sie an: »Wie würdest du das denn nennen?«

Sie weiß es nicht. Sie hatte gehofft, er könne es ihr sagen.

»Du bist eine farbige Frau. Farbig. Es ist mir egal, wie hell du bist. Ich weiß nicht, was für Flausen dir diese weiße Musik in den Kopf –«

»Daddy, du hast immer gesagt, nur das Weiße macht uns schwarz. Das Weiße macht uns zum Problem.«

Meine Schuhsohle, die ist schwarz. *Die Kohle, von der wir zu viel verbrennen*, ist schwarz.

»Untersteh dich, mir das Wort im Munde umzudrehen. Und tu nicht, als wüsstest du nicht, was du da machst. Du sagst aller Welt, dass dir kein Mann aus deiner eigenen Rasse gut genug –«

»Aber hier geht es doch nicht um Rasse.«

Er bleibt stehen, dann setzt er sich in seinen roten Ledersessel. Er fixiert sie mit einem bohrenden Blick, wie eine Simulantin. »Ach nein …? Erzähl das mal den Weißen. Und das wirst du tun *müssen*, junge Dame. Jede Minute deines Lebens. Auf eine Art und Weise, die du dir nicht im Traum vorstellen kannst.«

Sie müht sich, seinem Blick stand zu halten, aber seine Augen durchbohren sie. Sie muss den Blick abwenden, sonst wird sie verbrennen. Aus seinen siegreichen Augen spricht der Widerstand gegen vierhundert Jahre Gewalt aus allen Richtungen.

»Wenn es nicht um Rasse geht, worum geht es dann?«

Liebe, will sie sagen. Zwischen zwei Menschen, die beide nicht darum gebeten haben. Die beide nicht wissen, was sie tun sollen oder wo sie eine Heimat finden, die groß genug ist für die Angst, mit der sie jetzt leben müssen.

Er kehrt ihr den Rücken und wendet sich wieder seinen Büchern zu. Er öffnet den Terminkalender auf dem Schreibtisch und greift zum Stift, als wolle er einen endgültigen Schlussstrich ziehen. Er hebt die Hand, lässt sie dann schwer auf die Kladde fallen. Er dreht sich um und sieht sie von neuem an. Er senkt die Stimme, und der schreckliche, verschwörerische Flüsterton lässt ihn umso bedrohlicher klingen. »Worum *geht* es? Du als Expertin kannst mir das sicher sagen. *Was* willst du beweisen?«

Was immer sie beweisen könnte, er hat es längst widerlegt. Trotzdem starrt er sie an, blanke Ratlosigkeit, auf der Suche nach einem Weg aus der Verwirrung. *Hast du denn keinen Stolz? Habe ich dich gar nichts gelehrt in all den Jahren?*

»Ein farbiges Mädchen«, sagt sie mit tonloser Stimme; vergessen ist alles, was sie je über Stimmansatz, Körperhaltung und Atemstütze gelernt hat. »Wenn ein farbiges Mädchen heranwächst, aufs College geht, lernt was es will, sich nimmt, was es braucht, wenn es ist, was es sein will und die Gesetze dieses Landes neu schreibt –« Ihre Stimme droht zu versagen. Aber sie hält stand. »Wer soll sie aufhalten? Was ist daran falsch?«

Seine eigenen Worte, aber mit ihrer Stimme. Er hört genau, was dieses Echo sie kostet, wie viel sie riskiert. Dieses Mädchen hat mehr Rückgrat als er ihr gegeben hat. Er verstummt, ein gebanntes Publikum. Vorn aus der ersten Reihe sieht er sein Leben vorüberziehen, fremd und dabei doch vertraut, vorgezeichnet und doch offen für Veränderungen. Ihre Stimme schwebt in der Luft. Wie viel Musik könnte diese Stimme machen. Was könnte diese Musik nicht alles bewirken. Er lässt die Schultern sinken. Der eiserne Griff der Geschichte lockert sich. Er geht nicht so weit, dass er verzeiht, genauso wenig wie die Weißen ihm je verzeihen werden, dass er sich erinnert. »Nichts«, sagt er und wendet die Augen ab. »Nichts ist daran falsch.«

Das Schlimmste scheint überstanden, aber nichts an diesem Albtraum wird je wirklich überstanden sein. Die Bürde wird immer auf ihr lasten, der Beweis und die Leugnung des Beweises. Aber sie wird leben, trotz allem. Ihr Fleisch und Blut wird sie nicht verstoßen. Das Gefühl der Dankbarkeit ist so übermächtig, dass es überfließt. Ihre schluchzenden Lippen formen starren, wortlosen Dank, und sie beugt sich unter dem Gewicht der Geborgenheit.

Er bietet ihr ein Taschentuch an, aber nicht seine Schulter. Die Bedrohung ist noch immer gegenwärtig. Nur die schlimmste Krise ist für den Augenblick gebannt. Als ihre Tränen versiegen, fragt er: »Was macht dieser Mann?«

Sie kichert. Sie kann nicht anders. »Wenn ich das wüsste, Daddy.«

Sofort flammt der Zorn wieder auf. »Willst du damit sagen, der Mann ist ein Herumtreiber, der in anderer Leute Müll wühlt? Oder ein reiches Muttersöhnchen, das noch nie im Leben einen Finger krumm gemacht hat?«

Ihr Lachen stirbt noch in der Wiege. »Nein, Daddy. Er ist Professor an der Columbia-Universität. Naturwissenschaftler. Er arbeitete in der

Forschung.« Sie bemüht sich, ihr Gesicht unter Kontrolle zu halten, frei von den gekrümmten Kurven, die laut David sogar in den geradesten Linien stecken. »Er beschäftigt sich mit der Allgemeinen Relativitätstheorie.«

Ihr gebildeter Vater ist genauso verblüfft wie sie, als sie zum ersten Mal hörte, dass man mit so etwas seinen Lebensunterhalt verdienen kann. Zweifel und Ehrfurcht, die unzertrennlichen Halbbrüder, mischen sich auf Dr. Daleys Gesicht. Die Geheimnisse, die ihn beschäftigen, gehen nicht minder tief als die, an die er am liebsten nicht denkt. »Ich dachte, es gibt auf der ganzen Welt nur ein halbes Dutzend Menschen, die davon etwas verstehen.«

»Kann gut sein.« Hoffnung keimt auf, aber sie will sie um keinen Preis zeigen. Es wird ein Treffen geben. Ihr Vater, der Autodidakt, hat ein paar Fragen an den Fachmann. »Ich weiß nicht, wie viele es gibt, aber David ist einer davon.«

»David?« Ihr Vater hat seine Schwierigkeiten mit der Physik. Vor allem mit der Optik. Seit Generationen gibt es einen geheimen Maßstab in ihrer Familie, was ihn zu ihrer Mutter hingezogen hat: so hell wie möglich, so nah wie möglich an der unsichtbaren Grenze, aber niemals darüber. *Darüber* – das ist Verrat, unvorstellbar, selbst wenn auf den Schritten dorthin nie jemand die Loyalität infrage stellt. Er überlegt: Wenn nun ein anderer, nicht er selbst, diese Verbindung verböte? Wenn ein anderer erklärte, das weißeste Weiß sei für seine Tochter tabu. Dann würde er sein Leben dafür einsetzen, dass sie diesen Ausländer bekäme, selbst wenn er noch so sehr überzeugt war, dass er nicht der Richtige für sie war. »Was sagt denn seine Familie dazu?« Er fragt zögernd, unsicher, aus Angst vor der ewigen Demütigung.

»Wozu?«, fragt sie scheinheilig. Aber sie senkt den Blick.

Der Mann weiß nicht, wo seine Familie ist. Sie sind geflohen, aus dem Rheinland nach Seeland; Sicherheit für ein paar Monate, bestenfalls. Er hat schon mehrfach nach Europa geschrieben, aber keine zufrieden stellende Auskunft bekommen. Die Nachricht von Davids Brautwahl wird bei seiner Familie, wenn überhaupt, ankommen wie eine Botschaft aus einer fernen Galaxis – kalt, luftlos, ohne Belang.

»Er ist Jude, Daddy.«

Die Nachricht muss ihr Vater erst verarbeiten. »Weiß deine Mutter das?«

Delia stöhnt leise. »Ein gottloser jüdischer Ausländer.«

»Das nenne ich gründliche Arbeit. Wo zum Teufel bist du diesem Mann begegnet?«

Das wüsste sie selbst gern, aber sie kann sich nicht erinnern. Im einen Augenblick sang sie laut vor sich hin, ein willenloses Werkzeug für das Orakel der Göttin Miss Anderson, im nächsten kannte sie diesen Deutschen schon seit Jahrzehnten. Nein: Dazwischen hatte es noch einen Augenblick gegeben, eines dieser geometrischen Gebilde, die sie einfach nicht begreifen kann – endlich und doch unendlich teilbar.

Etwas ist mit ihr geschehen, mit ihrem Land, als die Altistin es mit ihrer Stimme zum Leben erweckte. Der grenzenlose Teppich der Menge verschluckte sie, eine einzige pulsierende, atemlose Kreatur aus 75 000 einzelnen Zellen, verschmolzen durch diese Stimme. Der Mann stand die ganze Zeit neben ihr, aber sie sah ihn nicht. Sie hatte in diesem meilenweiten Gewebe keinen einzigen Farbflecken wahrgenommen, ehe dieser eine sie an der Schulter berührte.

Sind Sie Sängerin von Beruf?

Delia erkannte den deutschen Akzent sofort. Der Klang, der unverwechselbare Tonfall dieser Sprache hatte sie in den letzten drei Jahren oft genug gequält.

Sie strahlte. Dann antwortete sie in stockendem Deutsch: *Noch nicht.*

Aber Sie möchten es werden? In der Zukunft?

Da erst wurde ihr klar, was er sagte. *Wieso … Meine Güte. Sie haben mich gehört? Die ganze Zeit?*

Er versuchte ernst zu bleiben, aber dann lächelte er doch. *Nein … nicht die ganze Zeit. »O mio Fernando« habe ich nicht gehört. Noch nicht.*

Ich habe laut gesungen?

Er reckte das Kinn trotzig nach vorn: Kümmere dich nicht um die Welt. *Sotto voce. Ich musste mich bücken, um es zu hören.*

Mein Gott, vor all den Leuten!

Es hat kaum einer gemerkt.

Warum haben Sie denn nichts gesagt?

Er zuckte mit den Schultern, erfüllt von dem Frieden, den nur die Musik geben kann. *Miss Anderson … klingt wie ein Engel. Aber sie war weit weg, und Sie … Sie waren direkt neben mir.*

Er stellte sich vor. Immer noch zerknirscht vor Scham, sagte sie ihm ebenfalls ihren Namen. Die Menge zerstreute sich, keiner achtete auf sie. Die Tausende, die an ihnen vorüberzogen, waren noch ganz versunken in die Musik, die sie zusammengebracht hatte. Noch waren die Individuen nicht wieder aus der Lösung ausgefallen, hatten sich noch nicht am Boden des Reagenzglases abgesetzt.

Die Menge schob sie weiter. Sie nahm innerlich Abschied von dem persönlichsten Gespräch, das sie je mit einem Weißen geführt hatte.

Aber dieser Mann, David Strom, blieb an ihrer Seite. Sie hörte, wie er sagte: *Ich habe Miss Anderson schon früher gehört. In Wien, vor ein paar Jahren.*

Sie haben sie gehört? In Ihrer Erregung vergaß Delia ganz, dass sie gerade selbst dieses unvergessliche Erlebnis gehabt hatte. Ehe sie sich versah und mit einer Leichtigkeit, die sie immer noch in Erstaunen versetzte, waren sie in ein Gespräch über die großen Sängerinnen vertieft. War Kirsten Flagstad wirklich so gut als Sieglinde, wie die Zeitungen schrieben? Wer war in seinen Augen die beste Norma, wer seine liebste Manon? Sie klang wie eine furchtbare Streberin, aber was sie eigentlich antrieb, war noch viel schlimmer. Ihre Fragen öffneten Klammern schneller, als er sie wieder schließen konnte. Wenn man in diesem Jahr nur zwei neue Schallplatten kaufen könnte, welche sollten das sein? Wie musste eine Frauenstimme beschaffen sein, wenn sie, sagen wir mal, in der Scala bestehen wollte? Hatte er jemals die legendäre Geraldine Farrar singen hören?

Der Mann lachte. *Die Farrar hat 1922 mit dem Singen aufgehört. Ich bin ein bisschen jünger, als Sie anscheinend glauben.*

Sie blieb stehen und betrachtete sein Gesicht. Er war gar nicht so alt wie ihr Vater; höchstens zehn Jahre älter als sie selbst. Er trug einen grauen Anzug, ein weißes Hemd und eine schmale burgunderfarbene Krawatte, schief gebunden. Der graublaue Filzhut in seiner Hand war völlig zerknautscht. Braune Socken und Schuhe. Armer Kerl. Wahrscheinlich hatte er sich im Dunkeln angezogen. Gut aussehend war er nicht, ganz gleich welchen Maßstab man anlegte. Die runde Stirn zeigte schon die ersten Geheimratsecken; das Nasenbein wölbte sich hoch, als sei es einmal gebrochen gewesen.

Die Augen waren auffällig groß, was ihm einen stets verwunderten Ausdruck gab. Sie kämmte sich mit zwei Fingern das eigene Haar und fuhr sich prüfend mit den Handflächen über die Wangen. Ihre Lippen waren angespannt, was ihren Lehrer, Mr. Lugati, immer wieder wütend machte. Mit seinen großen Augen sah der Mann sie an. *Sie*: nichts sonst. Nichts außer ihr selbst. Und sie war höchstens zehn Jahre jünger als er.

Sie ließ zu, dass der Mann sie ansah. Der Wunsch zu fliehen war fort, selbst entflohen. Irgendwo in der Menge hatte sie sich aus der Deckung gewagt, hatte ihre Wachsamkeit fallen lassen, an diesem öffentlichen Ort. Miss Anderson war schuld daran. *Sotto voce,* hatte der Mann gesagt. Offenbar nicht sotto genug. Laut zu singen, ausgerechnet. Während er sie noch immer ansah, sagte sie auf Deutsch: *Verzeihen Sie mir.* Aber es dauerte eine Ewigkeit, bis sie es herausbrachte.

Gab es womöglich doch Weiße, die sie nicht auf den ersten Blick dafür hassten, dass sie ihnen nicht die Absolution erteilen konnte, die sie von ihr wollten? Dieser Mann wusste offensichtlich nichts über ihr Land, nur, wie es sich anfühlte, hier zu sein. Hier auf der Mall, an diesem Ostersonntag, nicht des historischen Ereignisses wegen, nicht um zu sehen, was geschah, wenn man über Jahrhunderte die schlimmste Hölle zum Himmel erklärte. Er war einfach nur hier, um Miss Anderson singen zu hören, die Stimme, die er in Wien gehört hatte, eine Stimme, wie man sie mit Glück einmal in hundert Jahren zu hören bekommt.

Er sah sie wiederum an, und sie verlor die Orientierung. Welchen Meilenstein hielt diese Landkarte für sie bereit? Sein Blick schien frei von allem Äußerlichen, ruhte ganz in sich selbst. Sie fühlte sich wie befreit darin. Er sah sie nur hier, an diesem weiten, offenen Ort, den Miss Anderson vor knapp einer Stunde besungen hatte. *My country. Sweet land.*

Die Quadratmeile Bundesterritorium leerte sich allmählich. Die Nation von Zuhörern kehrte widerstrebend nach Hause zurück, wie sie selbst es jetzt auch tun mussten. Aber vorher hatte der Deutsche noch hundert Fragen an sie. Wie ließen sich die Noten am oberen Rand des Stimmumfangs am besten stärken? Wer waren die besten Liedkomponisten, die es derzeit in Amerika gab? Was genau war dieser »Gospel Train« und hielt er irgendwo in der Nähe?

Sie fragte, ob er Musiker sei. *Vielleicht in einem anderen Leben.* Sie wollte wissen, was er in diesem Leben tat. Er sagte es ihr, und sie fing an zu kichern. Absurd, dass man sein Geld mit der Erforschung von etwas derart Offensichtlichem verdienen konnte, etwas, woran sich so wenig ändern ließ.

In stillem Einvernehmen schlenderten sie an der lang gestreckten spiegelnden Wasserfläche entlang zu dem Denkmal, wo die Menge sich noch immer um den jüngst geweihten Ort drängte. Sie plauderten über Wien und Philadelphia, als seien sie beide auf den langen Weg geschickt worden, um einander über die Konzerte zu berichten, die der andere nicht besuchen konnte. Sie nahm sich fest vor, die Coda dieses unvergesslichen Tages ebenfalls im Gedächtnis zu behalten. Erst als sie das Denkmal erreichten, ihren imaginären Zielort, den Rand der gemeinsamen Welt, geriet ihr Gespräch ins Stocken.

Wieder sah sie den Mann an. Sie spürte, wie er ihren Blick erwiderte, ein geschichtsloser Blick. *Das war schön, dass wir über Musik reden konnten*, sagte sie. *Es kommt nicht oft vor …*

Nicht oft ist noch untertrieben, stimmte er zu.

Wieder sehen, sagte sie auf Deutsch. *Lebewohl.*

Ja, antwortete er. *Good bye.*

Dann sahen sie das Kind. Ein kleiner Junge, nicht älter als elf, hatte sich offenbar verlaufen und lief weinend am Rand der gleichgültigen Menge hin und her, verzweifelt auf der Suche nach denen, die er verloren hatte. Er rannte zur einen Seite, rief Bruchstücke von Namen und musterte ängstlich die Gesichter der Erwachsenen, die an ihm vorüberzogen. Dann, in immer größerer Panik, wiederholte er das Gleiche auf der anderen Seite.

Ein farbiger Junge. Einer von ihren Leuten, dachte sie und fragte sich, ob dieser Deutsche dasselbe dachte. Aber es war David Strom, der das Kind ansprach. *Was ist passiert?*

Das Kind hob den Blick. Das weiße Gesicht, der schroffe deutsche Tonfall ließ den Jungen Reißaus nehmen. Über die Schulter blickte er zurück zu seinen stehen gebliebenen Verfolgern. Ebenso instinktiv rief Delia im Singsang der Südstaaten: *Ist schon gut. Wir tun dir doch nichts.* Sie stürzte durch ein Loch zurück in die Vergangenheit ihrer Mutter in Carolina, und alles nur wegen der Art, wie sich die Stirn des Jungen wölbte. Er stammte womöglich aus Süd-Chicago, aus Detroit, Harlem oder Collingwood in Kanada, der Endstation der Underground Railroad, die einst die Sklaven in die Freiheit gebracht hatte. Kam vielleicht aus einer viel angeseheneren Familie als sie. Trotzdem sprach sie ihn in diesem Tonfall an.

Der Junge blieb stehen und musterte sie mit zusammengekniffenen Augen, kam zögernd näher, wie ein scheues, hungriges Tier, das vorsichtig den Köder in der Falle beäugt. Sein Misstrauen galt vor allem dem weißen Mann an ihrer Seite. Er sah Delia an. *Wohnst du hier?*

Sein Akzent überraschte sie; sie konnte ihn keinem Ort zuordnen. *Nicht weit von hier*, sagte sie mit einer vagen Handbewegung. David Strom tat das Klügste und schwieg. *Und was ist mit dir?*

Die Stimme des Jungen überschlug sich bei der Antwort. Delia war, als hätte sie *Kalifornien* gehört, aber sie war sich nicht sicher: Es war so unwahrscheinlich und der Junge schluchzte so heftig.

Alles wird gut. Wir helfen dir, deine Leute finden.

Das Gesicht des Jungen hellte sich auf. *Mein Bruder hat sich verlaufen*, erklärte er.

Delia warf David Strom einen verstohlenen Blick zu. Sie unterdrückte ein Grinsen. Doch auf dem Gesicht des Wissenschaftlers keine Spur von Heiterkeit. Nichts als das Problem, das es zu lösen galt. Und in diesem Augenblick war ihr klar: Selbst wenn es sonst nichts gab, eines würde sie für den Rest des imaginären Lebens mit diesem Mann teilen – Vertrauen.

Ich weiß, Kleiner, sagte sie. *Wir suchen ihn einfach zusammen.*

Es dauerte ein Weilchen, bis sich der Junge beruhigt hatte. Schließlich legte sich die Panik, und er schilderte ihnen ohne allzu große Widersprüche, wie sich die Katastrophe zugetragen hatte. Aber die Offenheit des Ortes und die sich zerstreuende Menge verwirrte ihn. *Wir waren da drüben!*, rief er. Doch als sie in die Nähe der bezeichneten Stelle kamen, verflog die Freude. *Nein, hier war es nicht.*

Delia sorgte dafür, dass er weiterredete, ein Mittel gegen die Angst. Sie fasste seine Hand, und der Junge ergriff sie mit kindlicher Treuherzigkeit, als hätte er sie schon sein Lebtag gehalten. *Wie heißt du?*, wollte sie wissen.

Ode.

Jody?

Ode.

Ehrlich! Sie versuchte, nicht zu überrascht zu klingen.

Das heißt, dass ich auf der Straße zur Welt gekommen bin.

Woher kommt denn der Name?

Er zuckte mit den Schultern. *Von meinem Onkel.*

Sie gingen den Weg an der spiegelnden Wasserfläche entlang zurück. Die Entfernung täuschte Ode, und er korrigierte seine Landkarte alle fünfzig Schritte, wenn sich die Landschaft vor seinen Augen veränderte. Aber mit jeder Minute, die die drei zusammengingen, nahm seine Angst um eine weitere Stunde ab. Der weiße Mann faszinierte ihn. Wieder und wieder warf Ode David Strom verstohlene Blicke zu, und Delia fügte jedem dieser Diebstähle einen weiteren hinzu. Sie beobachtete, wie das Kind sich mühte, den Mann einzuordnen. Jedes Mal, wenn der Deutsche sprach, stürzte es den Jungen in Verwirrung.

Wo kommst du her?, fragte er.

New York, antwortete Strom.

Ode strahlte. *New York? Meine Mama ist auch aus New York. Kennst du meine Mama?*

Ich wohne noch nicht lange da, sagte Strom entschuldigend.

Delia nahm Deckung hinter einem kunstvollen Hustenanfall. Ode grinste, machte sich gern zur Zielscheibe ihres Humors. Er blickte auf zu dem weißen Mann. *Du musst dir das von ihr nicht gefallen lassen, weißt du?* Ein Satz, den er irgendwo von einem Erwachsenen aufgeschnappt hatte.

Strom lächelte schüchtern zurück. *Ich weiß, ich weiß!*

Ohne zu überlegen, fasste der Junge mit seiner freien Hand die Hand des Mannes. So gingen sie, zwei erregte Erwachsene und dazwischen ein verängstigtes Kind.

Ode war so aufgedreht, dass Delia ihn bremsen musste, damit er vor lauter Plappern das Suchen nicht ganz vergaß. Sie verstand höchstens die Hälfte von dem aufgeregten Wortschwall des Jungen. So kreuzten sie auf der Mall hin und her, ein Schiff bei Flaute.

Ich würde Sie sehr gern wiedersehen, sagte David Strom über Odes Kopf hinweg. Aus seiner bebenden Stimme sprach eine ganz eigene Angst. Durch den Körper des Jungen hindurch spürte Delia, wie der Mann zitterte von der Kälte seines selbst gemachten Winters.

Er wusste es nicht. Er konnte es nicht wissen. *Verzeihung*, sagte sie. Unverzeihlich: Schon zum zweiten Mal an diesem Nachmittag. *Es ist unmöglich.*

Sie wanderten unter der Säulenkolonnade der Bäume in diesem gewaltigen Kirchenschiff, das kein Dach je überspannen konnte. Ihr *Unmöglich* ließ die Luft um sie her erstarren. Jeder Schritt schwerer als der Schritt davor. Sie konnte es ihm nicht erklären. Sie wollte ihm nicht klarmachen, dass es unmöglich war, weder jetzt noch später.

Was immer das Wort für einen Physiker bedeuten mochte, der Physiker hüllte sich in Schweigen. David Strom zeigte auf das quaderförmige Denkmal. Die Zahl der Menschen, die sich nicht von dem Ort losreißen konnte, wo Miss Anderson ihr Wunder vollbracht hatte, war mittlerweile kleiner geworden. *Da müssen wir hingehen. Von da können wir alle sehen und sind für alle sichtbar. An der Statue von dem Mann dort.*

Delia lachte erneut, der Druck nahm ihr fast den Atem. Ode lachte ebenfalls; gemeinsam lachten sie über diesen Fremden. *Weißt du nicht, dass das Lincoln ist?* Der Kopf des Jungen machte eine Vierteldrehung zur Seite. *Sag mal, von welchem Planeten kommst du eigentlich?*

Ah, sagte Strom und setzte die Puzzleteile der amerikanischen Geschichte zusammen.

Lincoln war ein Niggerhasser, erklärte der Junge.

Strom sah Delia Daley an. *Ein Rassist?*, fragte er auf Deutsch. Delia nickte und schüttelte den Kopf zugleich. Der Deutsche blickte hinauf zu dem Denkmal. Verblüfft. Was konnte ein Land dazu bewegen, ein Denkmal für einen …?

Genau, ein Rassist.

Nein, das war er nicht!, schimpfte Delia. *Wer hat dir denn den Blödsinn beigebracht?*

Na, das weiß doch jeder.

Was redest du da? Er hat die Sklaven befreit.

Hat er nicht!

Delia sah den Mann an, den Weißen, der sich verzweifelt bemühte zu verstehen. Das Hände haltende Trio ging weiter in Richtung Denkmal, zu dem, das ihnen am nächsten lag, vorbei an der provisorischen Bühne, dann hinauf zu den massigen Marmorblöcken. Und das muss wohl die Stelle gewesen sein, an der sie dann seitwärts durch ein Loch in der Zeit stürzten, ein physikalisches Zauberkunststück des Wissenschaftlers, die schwarze Magie der Labors, undurchschaubar für eine einfache Musikstudentin. Die Zeit dehnte sich und nahm sie mit. Sie stiegen so weit zu der gewaltigen sitzenden Statue empor, wie es in der immer noch dichten Menschenmenge möglich war. Sie errichteten einen Spähposten auf den weißen Marmorstufen, der Junge ganz oben, wo er, selbst weithin sichtbar, Ausschau halten konnte bis zum Horizont.

Dort oben gerieten sie in den Sog jenes *Unmöglich*, einen Sog, dem sich nicht einmal die Zeit zu entziehen vermochte. Delia spürte nicht die Veränderung, die mit ihrer Uhr vor sich ging. Sie redeten – Minuten, Stunden, Jahre –, aber nicht mehr über Musik. Mit Worten umkreisten sie das Unmögliche, in einer improvisierten Geheimsprache, damit der Junge sie nicht verstand. Aber der Junge verstand, besser als sie selbst. Der Junge und der Mann saßen auf den Marmorstufen und unterhielten sich über die Planeten, die Sterne, die Gesetze des expandierenden Universums. Der Anblick der beiden gebeugten Gestalten besiegelte ihr Schicksal. Und als der verirrte Junge aufsprang und zu rufen begann, als der Klang seiner Stimme die Zeit wieder in Gang setzte, war mehr als ein Leben vergangen.

Der Junge sah seinen Bruder, bevor der Bruder ihn sah. Dann war Ode schon unterwegs, die Botschaft dieses Tages, unleugbar. Delia und David riefen ihm nach, aber er war jetzt in Sicherheit, außer Reichweite für sie. Sie gingen bis an den Rand des Denkmals, reckten die Hälse, um zu sehen, wie das Kind seine Familie wieder fand, aber in der Menge verloren sie ihn aus den Augen, verpassten das Wiedersehen. Sie standen auf den weißen Stufen, verlassen, ohne Dank und ohne die Gewissheit, dass alles gut würde.

Dann waren sie allein, nur noch sie beide. Delia konnte ihn nicht ansehen. Sie wagte nicht nachzuschauen, ob sich die flüchtige Zukunft, die sie gerade durchlebt hatte, auch auf seinem Gesicht widerspiegelte. Schon schlossen sich die Tore zu diesem Ort, und sie hatte nicht den

Mut, ihn erneut zu suchen. Sie spürte, dass er sie ansah und wandte die Augen ab.

Es ist schon spät, sagte Delia. *Ich muss zurück, sonst bekomme ich was zu hören.*

Und das ist nicht gut?

Nein, das ist gar nicht gut. Sie sah auf die Uhr. *Mein Gott. Das ist doch nicht möglich!*

Sie schüttelte ihre Uhr, drückte sie ans Ohr, um zu hören, was sie nicht hörte. Sie hatten nicht mehr als fünfzehn Minuten mit dem Kind zugebracht, von der ersten Begegnung bis zu dem Wiedersehen mit seiner Familie. Ihr war es vorgekommen wie Stunden. Sie hatte diese Stunden in ihrem Körper gespürt. Allein auf den Stufen des Denkmals hatten sie viel länger ausgeharrt.

Ja, sagte er wie aus weiter Ferne. *So etwas kommt manchmal vor.*

Aber wie? Sie sah zu ihm auf, obwohl sie es eigentlich nicht wollte. Ja, ihm war es ebenso ergangen. Die Spuren dieser langen Reise. Sie waren immer noch zu sehen. Unabhängige Beweise.

Er kehrte die Handflächen nach oben. *Wir Physiker sprechen von Zeitdehnung. Krümmung. Dirac spricht sogar von zwei verschiedenen Zeitmaßen. Aber das hier* – er senkte den Kopf, die zerbrechliche Fracht – *ist eher ein psychologisches Phänomen.*

Mein Gott, ich kann es nicht glauben.

Er lachte leise, ebenfalls verwundert. *Da es früher ist als Sie dachten, könnten wir vielleicht noch irgendwo einen Kaffee trinken.*

Tut mir Leid. Das ist die erste der vielen Unmöglichkeiten.

Sie stiegen die letzten paar Stufen hinunter, jeder Schritt schwerer als der Schritt davor, gemeinsam vertrieben von dem verlorenen Ort.

Verzeihung, sagte sie ein drittes und letztes Mal. *Ich muss nach Hause.*

Wo ist Ihr Zuhause? Ihr Nest?

Bei diesem Wort, der Erinnerung daran, wo sie gewesen waren, schoss ihr wieder das Blut ins Gesicht. *Zu Hause ist da, wohin ich zurück muss.*

Zu Hause ist da, wohin sie ihn jetzt bringen muss, wenn sie am Leben bleiben will.

Dass sie es bis hierher geschafft haben, ist ja schon ein Wunder. Sie kann ihrem Vater nicht erklären, was sie sich selbst nicht erklären kann. Wo in aller Teufel Namen hat sie diesen Mann kennen gelernt? Sie weiß es nicht.

»Es war … auf einem Konzert, Daddy.«

»Und wie kam es, dass du das Offensichtliche übersahst?«

Sie stellt sich dumm. »Wir lieben dieselben Dinge.« Auch das eine Lüge, wenn auch aus reiner Wahrheit gemacht.

»Ach! Und wem gehören diese Dinge?«

»Es ist Musik, Daddy. Die gehört niemandem.«

»Nicht? Und wenn du hungrig bist, dann isst du Musik?«

»Er ist Professor an einer der angesehensten –«

»Die Musik schützt euch, wenn sie mit Steinen nach euch werfen? Willst du ihnen etwas vorsingen, wenn sie dich aufknüpfen?«

Sie senkt den Kopf. Die Verachtung der Welt kann sie ertragen. Aber schon der kleinste Zorn dieses Mannes bringt sie um.

Ihr Vater stützt sich mit seinem ganzen Gewicht auf die Lehnen des roten Ledersessels. Seine rechte Hand befühlt den ersten kahlen Fleck in seinem kurz geschnittenen Haar. Er lehnt sich in seinem Sessel zurück. Sie kennt dieses Zögern, seine letzte Verteidigungslinie, wenn das Einzige, was man gegen die Bitterkeit noch tun kann, ist, sie beim Namen zu nennen. Er blickt sie an mit einer Dumpfheit, die schlimmer ist als aller Zorn.

Sie tut ihm weh, schlägt ihm eine Wunde, die nicht verheilen wird, tiefer als jeder Hass. Niederlage steht in den in weite Ferne blickenden Augen. Was das berühmte Konservatorium von Philadelphia ihr seinerzeit antat, ist nichts im Vergleich zu dem Schmerz, den sie ihm jetzt bereitet. Und was noch schlimmer ist: Im Erwachsenwerden hat sie seine eigenen Worte gegen ihn gewandt.

William Daley hält sich die Hand vor Augen und dreht sie – betrachtet den Rücken, dann die Handfläche. Dreht sie noch einmal. Verschränkt die Finger, fast wie zum Gebet. »Meinst du, dein kunstsinniger Physiker fühlt sich wohl, wenn er eine Negerin nach Hause bringt?«

Ihr kunstsinniger Physiker hat sich noch nie im Gravitationsfeld der Erde wohl gefühlt. »Er sieht die Hautfarbe gar nicht, Daddy.«

»Dann sollte er zum Optiker gehen. Ich bin praktischer Arzt. Für Sehhilfen bin ich nicht zuständig.« Er erhebt sich und geht hinaus. Das erste Mal im Leben, dass er sie so stehen lässt.

Sie arrangiert eine Einladung zum Essen drei Wochen später. Drei Wochen: lang genug für alle Beteiligten, um sich an den Gedanken zu gewöhnen. Am Vorabend schleichen ihre Eltern durchs Haus, gramgebeugt, angespannt. Schon Stunden, bevor David Stroms Zug ankommt, haben sie ihre guten Sachen an.

»Er ... er achtet nicht sonderlich auf Kleidung«, versucht Delia ihnen zu sagen. Aber es hilft nichts. Nettie Ellen bindet sich zwei Schürzen über ihr Sonntagskleid, eine vorn, eine hinten. Dann geht es zurück in die Küche, wo sie schon den ganzen Tag lang Köstlichkeiten aus dem alten Familienrezeptbuch brutzelt: Schweinefleisch, Gemüse, scharfe Soßen aus längst vergangenen Zeiten in Carolina.

Bruder Michael rümpft die Nase. »Was soll denn *das* werden? Wird das etwa *jüdisches* Essen?«

In der Tat ist es ein Mahl, wie William Daley es nicht oft an seiner Tafel duldet. Doch heute ist der Arzt aus Philadelphia selbst in der Küche dabei, würzt und mariniert an der Seite seiner Gefährtin. Und dies eine Mal scheucht sie den Gatten nicht davon.

Charles lugt in die Fleischtöpfe. »Volles Rohr für den Burschen, was?«

Seine Mutter holt zum Schlag aus, aber er duckt sich. Charles legt seiner Schwester den Arm um die Schulter, halb Trost, halb Folter. »Du hast doch nichts dagegen, wenn ich vor dem Essen ein wenig Banjo spiele?«

»Oh ja.« Michael ist gleich dabei. »Minstrelshow mit Charlie Charcoal.«

Delias Schlag sitzt. »Deine Minstrels brauchen wir hier so dringend wie die Pest. Und wenn du ihn Charcoal nennst, solange Mr. Strom hier ist, wirst du verschnürt und kommst in die Wäschetruhe.«

»Warum kann er mich denn nicht Charcoal nennen? Das tun doch alle.«

Nettie Ellen zeigt mit dem Kochlöffel auf ihren ältesten Sohn. »Du heißt, wie es auf deiner Geburtsurkunde steht!«

»Sag du es ihm, Mama.« Delia versucht Michael einen weiteren Hieb zu versetzen, aber er steht gerade außer Reichweite, zieht sie mit einem leisen Char-*coal*, Char-*coal* auf. Sie macht einen Schritt auf ihn zu, droht ihm.

Michael stürmt davon. »Achtung, Achtung! Die Deutschen kommen!«

Lucille und Lorene folgen Delia, wohin sie auch geht. »Ist er groß? Was hat er für Haare? Spricht er Englisch?«

»Und ihr, sprecht ihr etwa Englisch?«, brüllt sie sie an und scheucht sie aus dem Zimmer; dann legt sie die Hände an die Schläfen, damit ihr der Kopf nicht zerspringt.

Sie holt Strom vom Bahnhof ab. Zeit für sich bleibt ihnen nicht; Nettie Ellen will, dass sie sofort nach Hause kommen und dass sie anrufen, wenn es Ärger gibt. Aber Ärger wird es für sie von jetzt an bis zu ihrem letzten Atemzug geben. Der erste Taxifahrer zeigt ihr den Finger, der zweite fährt wortlos davon. Der dritte, ein Schwarzer, beobachtet Delia die ganze Fahrt über im Rückspiegel und rollt mit den Augen. David merkt von alledem nichts. Wie jede zweite Minute der letzten vier Monate, packt Delia die Panik.

Sie will ihn noch im Taxi warnen, was ihn zu Hause erwartet. Sie nimmt mehrere Anläufe. Jeder neue klingt hässlicher als der vorherige. »Meine Familie ... ist ein wenig ungewöhnlich.«

»Das macht doch nichts«, versichert er ihr. »Das ganze Leben ist ungewöhnlich.« Er nimmt ihre Hand, unten unter dem Sitz, wo der Fahrer es nicht sehen kann. Leise pfeift er eine Melodie, nur für ihre Ohren bestimmt, eine, von der er sicher sein kann, dass sie sie erkennt. *Fear no danger to ensue, the hero loves as well as you* aus Purcells *Dido and Aeneas*, »Fürcht' nicht Schrecken noch Gefahr, der Held beschützt dich immerdar«. Die Musik macht ihr Mut, sie lächelt, doch dann fällt ihr wieder ein, wie Didos Geschichte endet.

Als sie in der Catherine Street ankommen, hat ihre ganze Familie sich in fromme Lämmer verwandelt. Ihr Vater begrüßt den Gast ein wenig weitschweifig, aber er führt ihn sogleich ins Haus. Ihre Brüder strecken ihm zur Begrüßung die Hand entgegen, eher linkisch, aber ohne Varietégesang und ohne Stechschritt. Nur die Zwillinge wirken feindselig. Sie werfen ihrer Schwester enttäuschte Blicke zu. Sie hatten sich diesen Weißen anders vorgestellt, eher wie Tarzan oder Flash Gordon oder vielleicht sogar Dick Tracy. Aber doch nicht so eine grinsende Brillenschlange, wie Dankwart aus dem Blondie-Cartoon, und um den Bauch schon die Ansätze zu einem Rettungsring.

Nettie Ellen flitzt durch die Wohnung wie ein geölter Blitz, nimmt dem Besucher den Mantel ab, weist ihm einen Platz auf dem guten Wohnzimmersofa an, umschmeichelt ihn dermaßen, dass er gar nicht mehr weiß, was er sagen soll. »Das ist also der Mann, von dem wir schon so viel gehört haben. Wie schön, Sie kennen zu lernen, Sir! Das ist ja eine bezaubernde Krawatte, die Sie da tragen! Wie gefällt es Ihnen hier? Es ist ja so ein *großes* Land, nicht wahr? Also, ich würde mich ja gern hersetzen und mit Ihnen plaudern, aber wir haben einen schönen Braten im Ofen, und wenn ich nicht Acht gebe, dann essen wir heute Abend allesamt Kohlen!«

Nettie Ellen lacht, und David Strom stimmt eine punktierte Achtelnote später ein. Etwas an dieser Verzögerung und an dem wild entschlossenen Ausdruck in seinen Augen verrät es Delia: Er versteht von dem, was ihre Mutter sagt, kein Wort.

Zum Glück schlägt ihr Vater ins andere Extrem. Da, wo Nettie Ellen den Südstaatenakzent besonders dick auflegt, damit es gemütlich klingt, ist William geradezu kalt in seiner Präzision. Mit großer Geste lässt er seine Tochter neben David auf dem Sofa Platz nehmen. Dann setzt er sich in den Sessel ihnen gegenüber.

»Na, und wie gefällt Ihnen das Leben im Big Apple, Professor Strom?«

Jetzt versteht der Besucher jedes einzelne Wort. Aber wenn er sie zusammensetzt, sieht er nur das bizarre Bild einer faulenden Frucht. Delia sucht verzweifelt nach einer Möglichkeit, es ihm unverfänglich zu übersetzen. Aber schon legt ihr Vater nach.

»Von meiner Tochter höre ich, Sie wohnen nicht weit vom Sugar. Das sind hungrige Zeiten für die Kinder von Ham.«

David Strom versteht, dass er von Essen spricht, aber darüber hinaus versteht er nichts. Er wirft Delia einen selig verwirrten Blick zu. Aber sie ist ganz mit ihrer eigenen Überraschung beschäftigt, der Überraschung darüber, dass ihr Vater ein altes Gesetz bricht. Bei jedem Mahl, zu dem die Familie sich zusammensetzt, kommt es zur Sprache, aber mit einem Außenstehenden spricht man darüber nie. Und hier bringt er gleich als Allererstes das private Thema auf. Delia sitzt schweigend dabei, wartet, dass der Nebel sich lichtet, doch als das geschieht, ist es längst zu spät, ihren Gast noch zu retten.

»Die Zeiten sind ja überall schlecht, wie man hört. Aber wieder einmal müssen unsere Leute die größte Last tragen. Jeder Zweite arbeitslos. Verstehen Sie mich nicht falsch.« Da, das weiß Delia, braucht er sich keine Sorgen zu machen. »Ich bin kein Kommunist. Eher neige ich in diesen Dingen zu Mr. Randolphs Ansichten. Aber wenn die Hälfte des eigenen Volks keinen Topf mehr auf den Tisch stellen kann, dann hat man doch allmählich Verständnis für die Plünderer, finden Sie nicht auch? Wo genau wohnen Sie, Mr. Strom?«

Davids Miene hellt sich auf. »New York. Eine wunderbare Stadt.«

William wirft seiner Tochter einen Blick zu. Delia überlegt, ob sie sich entschuldigen und irgendwo in aller Stille erhängen soll. Ihr Vater studiert das Ausmaß der Katastrophe. Es ist einfacher, das sinkende Schiff zu verlassen und auf einem anderen Kahn neu auszufahren. »Was sagen denn Ihre Leute zu Hause über diesen so genannten Nichtangriffspakt?«

»Ich ... bin mir nicht ganz sicher, ob ich Sie ...«

»Zwischen Mr. Hitler und Mr. Stalin.«

Stroms Ausdruck verfinstert sich, und eine kurze Weile lang sind er und Dr. Daley auf einer Wellenlänge. Nach Rassenfragen und Politik werden sie, da ist Delia sich sicher, weiterziehen zur dritten großen

Arena: dem Sport. Sie gibt den beiden unsportlichsten Menschen, die sie kennt, fünf Minuten, bis sie die Berliner Olympiade erreicht haben. Es dauert nur drei. Beide möchten, wenn auch aus verschiedenen Gründen, den Boden küssen, über den Jesse Owens sprintet. Wider alle Vernunft beginnt sie zu hoffen, dass die beiden Männer doch genug Gemeinsames finden, ein kleines Stückchen Erde, auf dem auch sie leben kann.

Ihre Mutter ruft aus der Küche. Delia wittert sofort, dass Absicht dahinter steckt. »Versuch mal diese Soße«, sagt Nettie Ellen. »Irgendwas fehlt da, aber ich komme einfach nicht drauf!«

Nach einer endlosen Reihe von Vorschlägen gestattet die Mutter der Tochter den Schluss, dass überhaupt nichts fehlt, dass die Soße perfekt ist. Dann entlässt Nettie sie wieder ins Wohnzimmer, zu dem Blutbad, das das Kreuzverhör inzwischen womöglich angerichtet hat. Aber wenn die beiden Männer ein heikles Thema diskutiert haben, das ihre Abwesenheit erforderte, ist nichts davon zu merken. Ihr Vater fragt den Mann, den sie – nun, sagen wir, *liebt*: »Kennen Sie den Odysseus von James Joyce?«

Der Physiker antwortet: »Nicht von Homer?«

Eilig zieht Delia sich wieder in die Küche zurück. Je schneller das Essen auf dem Tisch steht, desto schneller ist auch die Folter zu Ende. Sie ist unterwegs ins mütterliche Reich, da kommt sie darauf: Die Monumente weißer Kultur, die ihr Vater sich eins nach dem anderen vornimmt, sind keine Pilgerstätten, sondern Bunker, strategische Posten im zähen Kampf gegen eine fremde Macht, die nicht die geringste Ahnung hat, worum es in dem Kampf überhaupt geht.

Als sie zur Küchentür hereinkommt, wartet schon die nächste Katastrophe. Ihre Mutter steht am Herd und weint. Charles winkt Delia heran, um den Schaden zu begutachten. Als sie näher kommt, sieht er sie an. »Wieso hast *du* nicht daran gedacht?«

»Woran?«

Nettie Ellen schlägt mit dem hölzernen Kochlöffel an den Rand des Kochtopfes. »Keiner hat mir das gesagt. Keiner hat mir gesagt, dass ich das nicht darf.«

»Also hör mal, Mama«, stichelt Charles weiter. »Du weißt, dass die Juden kein Schweinefleisch essen. Das steht doch überall in der Bibel.«

»Nicht in meiner Bibel.« Was immer sie an Provokation in die Töpfe gerührt haben mag, diese hier war nicht vorgesehen.

»Du hättest es ihr sagen müssen«, schilt Charles seine Schwester. »Wieso hast du ihr das nicht gesagt?«

Delia steht da, am Boden zerstört. Sie weiß nicht das Geringste über den Mann, den sie hierher geschleppt hat. Er isst kein Schweinefleisch: Kann das sein? Was sie Woche für Woche am Leben hält, ein Gift für ihn. Was mag es noch geben? Der Mann, den sie mit nach Hause gebracht hat, ist wie ein Labyrinth, die seltsamen Gerüche, die Rituale hinter verschlossenen Türen sind ihr fremd, das ganze Leben, das sie nie gut genug kennen wird, die Käppchen, die Locken, die silbergefassten Bilder an den Türstürzen, die Buchstaben, die von rechts nach links fließen, fünftausend Jahre alte Gebräuche, die vom Vater auf den Sohn weitergereicht werden, Geheimzeichen, Kabbala, alles nur dazu da, sie einzuschüchtern, sie auszuschließen. Wie weit kann sie ihr Leben ändern? Wie weit will sie das? Der Vogel und der Fisch mögen sich verlieben, aber sie haben keine Sprache gemeinsam, in der das Wort *Nest* auch nur annähernd vorkommt.

Dann hört sie seine Stimme aus dem Wohnzimmer. *David.* Ihr David. Wir sind nicht von Anfang an miteinander vertraut. Im besten Falle wartet die Vertrautheit auf uns, lässt sich erlangen im Laufe der Jahre. Nur durch das Leben kann er ihr vertraut werden. Und doch kennt sie ihn schon, wenn sie ihn nur ansieht.

Es wird Beklommenheit zwischen ihnen geben. Sie werden auf Dinge stoßen, in denen sie sich noch viel fremder sind, auf Abgründe, die sie nicht überbrücken können. Aber wenigstens dies hier, das ist keine tödliche Krise. Sie streicht ihrer Mutter über den Rücken, gerade in der Mitte zwischen den beiden zerbrechlichen Schulterblättern. »Halb so schlimm, Mama.« Verschwörerisch und doch offen, aufmunternd, doch insgeheim Sabotage: Alles ist gut. Die Soße wird dem Mann mehr zusetzen als die Herkunft des Fleisches. Aber das Essen ist und bleibt ein Geschenk, gehüllt in die Düfte des unverdaulich anderen. »Halb so schlimm«, sagt sie noch einmal, tröstet sie, streichelt sie. »Weißt du, diese Wissenschaftlertypen. Die essen einfach alles.«

So viel wird immer klar sein: Das zumindest können sie nicht missverstehen. Sie und der Mann – beide Nationen innerhalb von Nationen. Vielleicht haben sie nichts anderes gemeinsam, nur dies und die Musik. Aber schon jetzt ist das genug. Schon jetzt haben sie diese Idee gemeinsam probiert. Und dies Gedankenspiel wird nun selbst zur Tatsache, nicht mehr aus der Welt zu schaffen: eine Nation innerhalb einer Nation innerhalb einer Nation.

Beim Abendessen läuft David zu Hochform auf. Binnen unnatürlich kurzer Zeit hat er so viel vom lokalen Dialekt gelernt, dass er jedem Daley folgen kann oder zumindest so tun als ob. Schon kann er die Scherze ihres Vaters von seinen Orakelsprüchen unterscheiden. Atemlos lauscht Charles der Geschichte von seiner Flucht aus Wien. Auch die Zwillinge sind fasziniert, sie können gar nicht genug von der Art bekommen, wie er mit Messer und Gabel isst, wie er beide immer gleichzeitig in der Hand hat, säbelt und spießt zur gleichen Zeit und nie eins von beiden ablegt. Er isst mit solchem Gusto, dass alle Zweifel ihrer Mutter bald zerstreut sind.

»Ein ganz erstaunliches Gericht«, sagt David und weist mit dem Messer auf das Schweinefleisch. »Nie im Leben habe ich so etwas geschmeckt!«

Es hätte nicht viel gefehlt, und Delia hätte einen Mund voll davon über den ganzen Tisch geprustet. Sie verschluckt sich, ringt um Atem, Hände in der Luft. David ist schon auf den Beinen, bevor die anderen reagieren, klopft ihr auf den Rücken, rettet sie. Der simple Akt der Berührung, selbst in diesem Notfall, lässt alle erstarren. Er hat sie *angefasst*. Aber David Strom ist auch der Erste, der sich wieder dem Sakrament des Essens widmet, als sei nichts geschehen, als sei nicht gerade an diesem Tisch jemand beinahe erstickt.

Delia überlebt das Mahl. Wie von ferne hört sie ihre Familie beim Tischgespräch, eine Musik, die sie nie gehört hat, als sie noch selbst dabei war. Heute ist dieser siebenköpfige Chor gedämpft und doch kräftig. Sie hört sie in ihrem Versteck, hört, wie sie zusammenhalten in diesem Land, das sie am liebsten allesamt tot sähe. Ihre Schwärze klebt an ihr wie ein zu enges Hemd, etwas, das sie noch nie bemerkt hat, so fest umhüllt es sie. Wie muss sie aussehen in den Augen dieses Mannes?

Aber das Abendessen verläuft besser, als sie hoffen konnte. Entspannung wäre zu viel verlangt gewesen. Doch zumindest geht es ohne Blutvergießen ab. Alle geben sich dermaßen Mühe, dass Delia es kaum mit ansehen kann. Nie hätte sie den Zusammenprall dieser beiden halben Welten überstanden, wäre da nicht die Erinnerung an den verirrten Jungen gewesen, an ihren Ode. Ohne die Gnade der Worte, die sie auf den Stufen des Denkmals gewechselt hatten, ohne diesen Blick in die Zukunft, brächte dies gemeinsame Mahl sie um.

Nach dem Abräumen führt David zu Michaels Freude Kunststücke mit Münzen vor. Er zeigt dem Jungen, wie man sich einen Löffel an die Nase hängt. Er improvisiert einen cartesianischen Taucher, ein Schauspiel, das selbst Charles und die Zwillinge beeindruckt.

Nettie Ellen tut ihr Bestes: alles, was ihre Religion von ihr verlangt. »Und Sie selbst sind ebenfalls Musiker, Mr. Strom?«

»Oh nein! Kein echter. Nur ein – wie sagt man? – Liebhaber.«

»Er ist ein gutes Stück mehr als das«, sagt Delia.

Der Liebhaber protestiert. »Mit Ihrer Tochter kann ich es nicht aufnehmen. Die ist eine Künstlerin.«

Nettie Ellen schüttelt den Kopf, verwirrt von einem Rätsel, das so groß ist wie die Welt, in die sie geboren ist. »Na, wir haben das Klavier ja auch nicht umsonst hier stehen. Ihr zwei setzt euch und macht ein wenig Musik für uns, und die Mädels und ich waschen ab.«

»Wir machen den Abwasch, Mama«, wendet Delia ein. »Du hast gekocht, da hast du dir die Ruhe verdient.«

»Unsinn. Ein jeglicher diene Gott auf seine Weise.«

Sie besteht darauf. Also setzen die beiden Musikanten sich ans Klavier, Liebhaber beide, jeder auf seiner Hälfte der Bank, sittsam darauf bedacht, dass sie sich nicht berühren. Sie spielen aus Netties Gesangbuch, »He Leadeth Me«, der Herr führet mich, den alten Psalm, schwerfällig für vier Hände bearbeitet, SATB, unverändert vom Blatt, bis David sich in die musikalische Sprache hineingedacht hat. Je mehr Delia sich für die ererbte Melodie erwärmt, desto weiter drängt sie ihn in die tiefen Regionen der Klaviatur ab, übernimmt zuerst den Tenor, dann den Bass, dann immer mehr Stimmen, von denen Strom gar nicht gesehen hatte, dass sie sich in den Noten versteckten. Dann legt sie richtig los, heizt das Tempo an, fügt Verzierungen hinzu, ein Crescendo, das – das begreift sie, noch während sie sich zum hemmungslosen Gospelton aufschwingt – zugleich eine Prüfung ist: *Bist du dir sicher?* Sie will herausbekommen, wie er sie sieht, und, das gibt sie gern zu, sie will auch sehen, ob er sie tragen kann, wenn sie die Flügel ausbreitet und fliegt.

Ihr Vater wandert durchs Zimmer, tut, als suche er nach etwas. Einmal, könnte Delia schwören, hört sie, wie er mitsummt. Vielleicht kam ja doch noch etwas Gutes heraus bei dieser wahnsinnigen Unternehmung. Vielleicht konnten sie ein Amerika bauen, das amerikanischer war als alles, was dieses Land seit Jahrhunderten vorgab zu sein.

Ihre Mutter kommt aus der Küche, Spültuch in der Hand, ihr bestes Sonntagskleid von zwei Schürzen geschützt. »Das hört sich ja wunderbar an.« Delia hört: *Den Klang kenne ich. Das da, das ist meine Tochter.*

Als sie das Kirchenlied zurück in die seligen Gefilde geleiten, tasten sie sich an eine gemeinsame Schlusskadenz heran, und dann blicken sie sich an. David Strom strahlt wie ein Leuchtturm, und sie weiß, er würde sie dort und auf der Stelle bitten, sämtliche Zeit mit ihm zu teilen, wäre da nicht die Warnung, die in ihren Zügen geschrieben steht.

»Kennst du das hier?«, fragt er. Und mit einfachen, doch musikalischen Linien umreißt er ein Lied, das sie in ihren ersten Studienjahren gelernt hat, eine Melodie, so einfach, dass sie zu den schwierigsten gehört, die sie je gesungen hat. Seine Finger machen einen kurzen Probelauf, deuten nur die Bassfiguren an.

»Du kennst es auch?« Schon im nächsten Moment schämt sie sich für die Frage. Warum sollten sie die Melodie nicht gemeinsam haben? Keine Rasse, keine Gesellschaft war so stark, dass sie ein Stück Musik ganz für sich beanspruchen konnte.

Er ist am Ende der ersten Phrase angelangt. Ohne ein Zeichen kehren sie wieder zum Anfang zurück. Auf den Punkt trifft sie in ihrem Sprung die erste Note, denn sie weiß, dass er das Sprungtuch für sie aufhält. Sie singt ganz ohne Bruststimme. Seine Finger auf den Tasten finden Sicherheit im Licht ihres Gesangs. Sie imitiert die reinen Klangkörper, die vollkommene Messing- oder Holzröhre. Ihr Vibrato wird so eng, es würde durch das Nadelöhr des Himmels passen. Sie schwebt dahin in luftigem piano, nichts regt sich außer der Bewegung der Melodie.

> Bist du bei mir, geh ich mit Freuden
> Zum Sterben und zu meiner Ruh.
> Ach, wie vergnügt wär so mein Ende,
> Es drückten deine lieben Hände
> Mir die getreuen Augen zu!

Gemeinsam kehren sie wieder zur Tonika zurück, verharren in langer Stille, in dem, worauf jede Partitur hinausläuft. Aber bevor die Stille selbst verklingt, mischt sich eine dritte Stimme hinein. Bruder Charles sitzt auf der Sofalehne, seinem improvisierten Balkon, und schüttelt bewundernd den Kopf.

»Ist das nicht das Lied, das die Weißen immer gesungen haben, nach Feierabend, wenn sie uns den ganzen Tag lang geschunden hatten?«

»Halt den Mund«, sagte Delia, »sonst schinde ich *dich*.«

»Wie weit willst du dich noch treiben lassen, Schwesterherz?«

»Ich treibe nicht, mein Lieber. Ich rudere und bin auf Kurs.«

Charlie nickt. »Wenn du am anderen Ufer ankommst, meinst du, die fischen dich aus dem Wasser?«

»Mich muss keiner aus dem Wasser fischen. Ich gehe selbst an Land und ich komme auch weiter.«

»Bis du in Sicherheit bist?«

»Von Sicherheit reden wir hier nicht, Charcoal.«

»M-hm. Und denk dran, was Mama gesagt hat. Du sollst mich nicht Charcoal nennen.«

»War das ernst gemeint?«, fragt David, zwei Schritt zurück in jedem erdenklichen Zeitmaß. »Leute haben dieses Lied gesungen, nachdem sie ... Kann das sein? Das Lied stammt von ...«

»Achte nicht darauf, was dieser Mann sagt.« Das erste Mal, dass sie ihren Bruder einen Mann genannt hat.

Ihr Vater kehrt zurück und rettet sie voreinander. »Dr. Strom?«, hebt Dr. Daley an. »Würden Sie einem Laien ein paar Fragen beantworten? Ich traue mich ja kaum zu fragen ...« Delia hält den Atem an. Ihr Vater fürchtet sich vor dem Fragen ungefähr so viel, wie das Kaninchen vor der Dornenhecke. »Aber die Sache geht mir nicht aus dem Kopf.«

Delia wappnet sich. Jetzt kommt er, der Schlag der Realität, der den Traum, in dem sie und dieser Fremde sich verborgen haben, hinwegfegen wird. Nicht einmal die Liebe kann solche Realitäten überdauern. Sie hält still und wartet ab. Was war sie für ein Dummkopf, als sie glaubte, der Engel würde an ihrer Tür vorübergehen, als sie dachte, sie könnten dieser einen, kleinen Frage ihres Vaters entgehen. Die Frage ist schließlich da, sie ist hier im Siebten Bezirk von Philadelphia allgegenwärtig, drüben in Harlem, in dem schwarzen Kranz rings um Süd-Chicago. Die Frage, die die arbeitslose Hälfte ihrer Rasse, der an jeder Ecke der Weg versperrt wird, stellen möchte. Die Frage, die keiner mit Davids Hautfarbe beantworten oder auch nur begreifen kann. Gesenkten Hauptes spricht sie die Worte, die sie längst kennt, in Gedanken vor sich hin – die eine Kleinigkeit, die ihrem Vater nicht aus dem Kopf geht.

»Stellen wir uns vor, ich fliege mit annähernder Lichtgeschwindigkeit an Ihnen vorüber ...«

Delia blickt verdattert auf. Ihr Vater ist übergeschnappt. Beide: Beide sind sie verrückter, als die ganze Giftküche dieses Landes sie machen könnte. David Strom beugt sich vor, zum ersten Mal an diesem Abend ganz in seinem Element. »Ja.« Er grinst. »Reden Sie weiter. Ich weiß, was Sie meinen.«

»Dann würden nach dem Gesetz der relativen Bewegung *Sie* mit derselben Geschwindigkeit an mir vorüberfliegen?«

»Ja«, bestätigt Strom ihm mit der gleichen Begeisterung, die er gerade zuvor noch für ihr Klavierspiel gezeigt hatte. Endlich ein Thema, zu dem er etwas zu sagen hat. »Genauso ist es!«

»Aber das verstehe ich eben nicht. Wenn wir uns beide bewegen, haben wir doch beide das Gefühl, dass die Zeit des anderen sich im Vergleich zu unserer eigenen verlangsamt.«

»Das ist gut!« David ist Feuer und Flamme. »Sie haben sich mit der Sache beschäftigt!«

William Daley knirscht mit den Zähnen. Er beobachtet sein Gegenüber genau, wartet nur auf die kleinste Spur von Herablassung, einen hochmütigen Blick, der das Gefühl der Überlegenheit verrät. Aber alles was er sieht, ist Freude, ein Verstand, der aus der Einsamkeit hervorbricht zu einer unverhofften Begegnung.

»Ihre Zeit ist langsamer als meine. Meine ist langsamer als Ihre. Das spottet doch aller Logik.«

»Allerdings.« Der Mann kichert tatsächlich. »Auch da haben Sie Recht! Aber das liegt nur daran, dass unsere Logik bei äußerst niedrigem Tempo entstand.«

»Also für mich hört sich das nach vollkommenem Blödsinn an.« Dr. Daley spricht nicht von nutzlosen Parasiten oder von Judenverschwörung. Aber dass ihn die Sache empört, ist nicht zu übersehen. »Wer von uns nimmt das Richtige wahr? Wer von uns ist derjenige, der wirklich schneller altert?«

»Ah!« David nickt. »Ich verstehe. Nun, das ist eine andere Frage.«

Nichts, was Delia danach je hören wird, kommt einem Kaffeeklatsch im Affenhaus so nahe. Die Verlangsamung der Zeit bei Lichtgeschwindigkeit ist leichter zu begreifen als diese beiden Männer. Der ganze Raum um sie herum verschwimmt. Sie muss sich entweder auf die Unterhaltung konzentrieren oder auf die Sprecher, obwohl beides gleich aussichtslos ist. Ihr Vater hat sich tatsächlich mit der Sache beschäftigt, aber der Mann, den sie in sein Haus gezerrt hat, wird nie verstehen, warum. Aber auch David scheint in einem Wettstreit gefangen, der ihr unbegreiflich ist. Seine Arbeit ist ihr in diesem Augenblick fremder als das komplizierteste Stammesritual. Es riecht nach Balsam und Weihrauch. Es ist wie ein Gebetsmantel, den der Mann sich um die Schultern gelegt hat.

Sie studiert den Weißen, dann den Schwarzen. »Die physikalischen Gesetze sind«, versichert der Fremde, »in jedem bewegten System stets dieselben.« Ihr Vater sitzt reglos da, lässt alle Vernunft fahren und versucht an das Unmögliche zu glauben.

Sie schließen einen Waffenstillstand, jeder achtet den anderen, und dieser Frieden beunruhigt Delia mehr als jeder offene Krieg. Von beiden vergessen, zieht sie sich in das letzte Bollwerk der Vernunft zurück. Obwohl es gut sein kann, dass sie auch dort ihre Rechte längst verloren hat. Vielleicht wird ihre Mutter ihr den Zutritt verweigern.

Aber Nettie Ellen steht am Herd, genau wie sie vor dem Essen stand, als Charlie sie zur Verzweiflung trieb. Jetzt sind keine Tränen mehr zu sehen. Sie hat noch das Tuch in der Hand, obwohl längst alles abgetrocknet ist. Sie starrt vor sich hin, in einen Raum, den auch Delia sehen kann. Sie regt sich nicht, als ihre Tochter eintritt. Als sie spricht, spricht sie zu der Leere vor sich. »Ihr seht stark aus, ihr zwei zusammen. Als ob keiner euch etwas anhaben könnte. Als ob ihr euch schon viel länger kennt.«

Intuitiv hat ihre Mutter diese unglaubliche Wahrheit erfasst. Die seltsamen Ideen, die dieser Mann im Kopf hat, sein gekrümmter Raum, seine verlangsamte Zeit, der Osternachmittag auf der Mall haben ihnen irgendwie Zeit genug gegeben, sich zu finden. Der Vogel kann sich in den Fisch verlieben, und aus keinem anderen Grunde als dem, dass sie beide so erstaunt darüber sind, jeder in seinem blauen Element.

»Das ist ja das Verrückte, Mama. Das was ich einfach nicht verstehe. Viel länger als es ...«

»Das ist gut«, sagt Nettie Ellen, wendet sich ab und sieht nun das Spülbecken an. »Ihr werdet euren Vorsprung noch brauchen.«

Das mag als Tadel gemeint sein, aber es ist nichts im Vergleich zu dem Schmerz, den Delia bereitet hat. Sie möchte ihre Mutter für diesen Segen umarmen, so zweifelhaft er auch ist. Aber der Segen hat ihnen beiden schon genug geschadet.

Ihre Mutter blickt auf, sieht Delia ins Gesicht. Zehn Jahre später, in einer anderen Stadt, sagt ihre Tochter: *Sie ist so winzig. Dünn wie ein Stück Seife am Ende der großen Wäsche.* »Weißt du, was die Bibel dazu sagt?« Nettie Ellen ruft sich das Bibelwort ins Gedächtnis. »Du weißt schon ...« Aber nur drei Worte murmelt sie noch, »seinem Weibe anhangen«.

Nicht zum letzten Mal verhandeln die beiden über Dinge, die zu schwierig sind für Worte. Delia nimmt ihrer Mutter das Geschirrtuch aus der Hand und hängt es an den Haken. Sie fasst ihre Mutter an den Schultern und dreht sie zu sich hin, und gemeinsam kehren sie ins Wohnzimmer zurück, um ihre fremden Männer neu zu erobern. Sie gehen nicht Arm in Arm, wie es vielleicht früher gewesen wäre. Aber immerhin gehen sie gemeinsam. Delia versucht gar nicht erst, ihre Mutter auf das vorzubereiten, was im Wohnzimmer vorgeht, denn das wäre eine Beleidigung für alle gewesen. Alle müssen zusehen, wie die anderen vorüberfliegen, jeder nach seiner eigenen Uhr.

Sie stellen fest, dass die Männer inzwischen vom Wettstreit zum Bündnis übergegangen sind. William und David sitzen einander gegenüber, jeder vorgebeugt, die Hände auf den Knien, als säßen sie draußen in der Gasse und würfen Münzen. Sie haben gegen das grundlegendste Gesetz des Universums eine Allianz geschmiedet. Keiner sieht auf, als die Frauen eintreten. Der Mediziner blickt nach wie vor finster drein, aber das Ringen, das sich in seinem Blick abzeichnet, ist das Ringen mit dem Engel der Erkenntnis. »Sie wollen also allen Ernstes behaupten, mein Jetzt läge zeitlich früher als Ihr Jetzt?«

»Ich sage, dass die ganze Vorstellung eines Jetzt sich nicht von meinem Bezugsrahmen auf den Ihren übertragen lässt. Das Wort ›momentan‹ hat keinen Sinn.«

Nettie Ellen wirft dem Mädchen einen ängstlichen Blick zu. Soll das dieselbe Sprache sein, die sie sprechen? Delia zuckt mit den Schultern: Männer und ihre verrückten Ideen. Wie Generationen vor ihr es getan haben, winkt sie einfach ab, eine Geste, die die Verbindung zur kopfschüttelnden Mutter wiederherstellt und doch auch die Nähe zum zukünftigen Bräutigam betont.

»Falls die Herren es nicht bemerkt haben«, sagt Nettie Ellen, »es ist schon spät.« Sie weist auf das Fenster, die Außenwelt, die keiner leugnen kann. Sie schließt die Uhrzeit aus den Lichtverhältnissen: nichts einfacher als das.

»Das wäre also unsere legendäre Gastfreundlichkeit.« William zwinkert David zu.

Strom springt auf. »Höchste Zeit, dass ich gehe!«

Nettie Ellen ringt die Hände. »Das ist ja gerade das Gegenteil von dem was ich sagen wollte. Ich wollte fragen, ob Sie denn wirklich noch zu so später Stunde mit dem Zug zurückfahren wollen?«

Delia beobachtet ihre Mutter und sieht, wie ungeheuer schwer es ihr fällt, spontan zu wirken. Das Angebot, das sie ohne zu überlegen in jeder anderen Welt machen würde, nur nicht in dieser, schnürt ihr die Kehle zu, droht sie zu erwürgen. Und Delia weiß auch gar nicht, ob sie es gutgeheißen hätte, hätte ihre Mutter dies Angebot ausgesprochen. Den Mann unter einem Dach mit ihren Eltern unterzubringen … Sie steht da und horcht, windet sich innerlich. Auch ihr Fremder müht sich freundlich, den Flug der Gedanken abzubremsen, die Bewegung so weit zu verlangsamen, dass er versteht, wovon die Rede ist. Die drei Gastgeber stehen da und nicken ihrem Gast zu, und jeder wartet, dass einer der anderen sagt: *Wir haben ein Gästezimmer, Sie können bleiben.*

So stehen sie eine Ewigkeit. Und dann hört die Ewigkeit auf. Michael und Charles kommen ins Zimmer gestürmt, atemlos vor Aufregung. Der Jüngere bekommt zuerst ein Wort heraus. »Die Deutschen haben Polen überfallen. Mit Panzern, Flugzeugen –«

»Das stimmt«, bestätigt Charles. »Im Radio kommt es auf allen Sendern.«

Aller Augen sind auf den Deutschen in ihrer Mitte gerichtet. Nur die seinen, die suchen die Frau, die ihn hierher gebracht hat. Sie sieht es, schneller als das Licht die Strecke zwischen ihm und ihr zurücklegt: Die Angst, die ihn zum Abhängigen macht. Alles was die Kultur dieses Mannes anfasst, verbrennt. Seine Wissenschaft, seine Musik mühen sich, diesen Krieg zu begreifen, den sie auf ihren Höhenflügen haben geschehen lassen. Und mit einem einzigen Schlag geht alles, was diesem Mann je etwas bedeutet hat, in Flammen auf.

Blitzartig begreift sie, was die Nachricht bedeutet. Und sie stellt keine Frage. Seine Angehörigen sind tot, sein Land ist unerreichbar geworden. Er hat keine Familie, keine Heimat, kein Zuhause mehr, er hat nur noch sie. Er gehört zu keiner Nation mehr, nur noch zu ihrem souveränen Staat für zwei.

MEIN BRUDER ALS OTELLO

»Was *seid* ihr Jungs eigentlich?«, fragt der Mann aus Carolina. Und die Antwort kommt über Nacht: Amerikas neue Stimme. Nicht die gegenwärtige, sondern die zukünftige. Ruhm ist es eigentlich nicht, aber auch nicht mehr die Freiheit des Unbekannten.

Als wir Durham verlassen, haben wir einen Stapel Visitenkarten in der Tasche, Leute, mit denen wir uns in Verbindung setzen sollen. »Schau sich einer meine Brüder an«, sagt Ruth. »Kommt ihr zwei jetzt ganz groß raus?« Jonah nimmt die Herausforderung nicht an. Ich hingegen werde den Druck des Musikbetriebes nie stärker spüren als in diesen Worten.

Jonah sitzt da wie die Made im Speck. Überall im Land wollen Leute ihn singen hören, manche Einladungen gehen sogar so weit, dass sie ihm die Spesen zahlen. Plötzlich zeigt sich eine Zukunft, er muss Entscheidungen fällen. Als Erstes braucht er einen neuen Gesanglehrer. Juilliard hat er eine lange Nase gedreht, auf den Affront des Abgangs noch den Gewinn des Wettbewerbs gesetzt, gegen zahllose ältere und erfahrenere Sänger und ohne jeden Unterricht. Aber nicht einmal Jonah ist so verrückt, dass er sich eine Zukunft ohne Lehrer ausmalt. Leute in seinem Beruf studieren bis zum letzten Atemzug. Und gehen danach noch zur Abendschule.

Mit seinen Lorbeeren in der Tasche könnte er zu den besten Tenören der Stadt gehen. Er denkt an Tucker, Baum, Peerce. Aber er verwirft sie alle. Sein größtes Kapital ist die Klangfarbe, sein geschliffener Silberpfeil. Die Gefahr ist zu groß, dass diese Männer etwas Groteskes aus ihm machen, seinen unverwechselbaren Ton zerstören. Seine Stimme soll klar, hell, beweglich bleiben. Er will auf Konzerttournee gehen, sein Instrument in den verschiedensten Sälen vervollkommnen, und zu seinem Traum von der Opernkarriere will er erst zurückkehren, wenn er weiß, wie er an Substanz gewinnen und trotzdem seine Reinheit erhalten kann.

Er entscheidet sich für eine Frau als Lehrer. Er wählt sie aus allen erdenklichen Gründen, nicht zuletzt der auffälligen rotblonden Haare wegen. Ihr Gesicht ist ein Schiffsbug in stürmischer See. Ihre Haut ein Vorhang aus Licht.

Was er lernen muss und was er von Lisette Soer lernen kann, ist Sinn für Dramatik. Sie ist ein lyrischer Sopran, gefragt in San Francisco, Chicago und New York, aber noch nicht ganz im Konzertbetrieb aufgegangen. Ihre Raketen zünden gerade erst. Sie ist nur ein paar Jahre jünger als Mama war als sie starb. Nur ein Dutzend Jahre älter als Jonah.

Ihre Stimme kommt an die der großen Diven nicht heran, aber sie wird immer häufiger in Rollen besetzt, auf deren Sex-Appeal sonst nur das Programmheft hinweist. Sie ist eher eine Schauspielerin, die auch singen kann, als eine schauspielernde Sängerin. Wenn sie durchs Zimmer geht, ist es, als erwache eine Statue zum Leben. Jonah schnurrt wie ein Kater, als er von der ersten Stunde zurückkommt. In seiner neuen rotschöpfigen Lehrerin findet er die Intensität, die er gesucht hat. Jemanden, der ihm alles beibringen kann, was er für die Bühne wissen muss.

Miss Soer unterstützt die Pläne ihres neuen Schülers. »Erfahrung ist alles«, sagt sie. »Geh raus in die Welt, sing auf jeder Bühne, die du haben kannst. East Lansing. Carbondale. Saskatoon, Saskatchewan. All die Orte, wo Kultur nur ab und zu als Sonderposten auf den Markt kommt. Zeig dich nackt. Lerne Angst und Kummer direkt oben auf der Bühne kennen, und was du da nicht lernst, das bringe ich dir hinterher bei.«

Gleich zu Anfang sagt sie ihm: »Such dir eine eigene Wohnung.« Er gibt diesen Befehl an mich weiter, als hätte er ihn selbst erfunden. Man kann doch nicht erwarten, dass man mit dem Singen vorankommt, wenn man noch unter dem Dach der Familie wohnt. Man schafft nie den Sprung in die Zukunft, wenn man immer in der Vergangenheit bleibt. Wachstum ist ein Pfeil, und er zeigt immer nur in eine Richtung.

Ich war bei alldem nicht vorgesehen, da war ich mir sicher. Aber so weit, dass sie Jonah vorschlägt, mich zu verstoßen, geht Lisette doch nicht. Sie beschließen, dass ich mit ihm zusammen ausziehen soll, an einen Ort, an dem wir uns entwickeln können. Ruth sitzt in der Küche, zupft an ihren Rattenschwänzen. »Das ist doch Unsinn, Joey. Wieso wollt ihr ausziehen, wo ihr hier einfach wohnen bleiben könnt?« Pa nickt einfach nur, als sei er derjenige, der deportiert werden soll, und als habe er es schon lange kommen sehen. »Liegt es dran, dass ich manchmal meine Freundinnen mit nach Hause bringe?«, fragt Ruth. »Wollt ihr weg von mir?«

»Wie wär's mit unserem Studio?«, frage ich Jonah. Aber das ist zu klein, um darin zu wohnen. »Und eine größere Wohnung im selben Haus?«

»Zu weit draußen«, sagt er. »Das Leben spielt sich im Village ab.« Und dort finden wir auch unser neues Quartier. Das Village ist pures Theater, ein einziges großes Übungsfeld für das, was Madame Soer in ihrem Lieblingsrefrain »Leben mit höchster Intensität« nennt.

Höchste Intensität ist das Wichtigste, was Lisette ihrem Schüler vermitteln kann. Ihr ganzer Körper ist voll davon. Ihre Stimme ist ein Lichtstrahl, der selbst den dicksten Orchesternebel durchdringt. Aber die Stimme allein kann ihren Erfolg nicht erklären. Es sind die Bewegungen der Tänzerin. Ihr Auftritt ist ein einziges Versprechen, selbst in Hosenrollen, das Flammenhaar unter einer gepuderten Perücke versteckt, knisternd, geschmeidig, sinnlich. Nur ein paar Schritte auf der Bühne, und alle sind hypnotisiert. Selbst ihre Unruhe ist die einer Leopardin. Das will sie meinem Bruder beibringen: Spannung als Rüstzeug für den schwerelosen Ton.

Bei Jonahs dritter Stunde lässt sie ihn einfach stehen. Er steht da, über den schwarzen Notenständer gebeugt, und zerbricht sich den Kopf, was er falsch gemacht hat. Zwanzig Minuten lang wartet er, aber sie bleibt fort. In einer Wolke gekränkter Unschuld kehrt er in unsere neue Zweizimmerwohnung an der Bleecker Street zurück. Ein ganzes Wochenende lang sage ich nur immer wieder: »Das ist ein Missverständnis. Vielleicht war ihr nicht gut.« Jonah liegt im Bett, windet sich mit Bauchkrämpfen. So sehr als Gefangenen seines Körpers habe ich ihn noch nie erlebt.

Zur nächsten Unterrichtsstunde schwebt Lisette ins Zimmer, als sei nichts geschehen. Sie geht zu ihm hin und küsst ihn auf die Stirn, weder Entschuldigung noch Vergeben. Einfach nur die unerklärliche Fülle des Lebens. »Wir nehmen noch einmal den Gounod, von deinem zweiten Auftritt an, bitte.« Am Abend liegt er wieder im Bett, überwältigt von seinen Gefühlen, spannt Muskeln an, deren Existenz er fast vergessen hatte.

Singen, sagt Lisette, ist nichts weiter als im richtigen Augenblick die richtigen Fäden zu ziehen. Aber *Schauspiel* – das heißt Teilnahme an der einen großen, Millionen Jahre alten Katastrophe des menschlichen Lebens. Die Götter, könnte man sagen, haben sich gegen uns verschworen. Wir stehen allein auf der leeren Bühne, vor uns fünfhundert Konzertbesucher, die ein Erlebnis, ein Ereignis erwarten. Dass man die Noten trifft, ist die geringste Sorge. Selbst wenn man das hohe C vier Takte lang hält, hilft das nicht viel, jemandes Weltanschauung zu verändern. »Du musst dahin gehen, wo der Schmerz echt ist«, sagt sie ihm. Ihre rechte Hand krallt sich an ihr Schlüsselbein beim Gedächtnis an vergangenen Schrecken. *Gibt es schon einen Ort in deinem jungen Leben, an dem du das erfahren hast?*

Diesen Ort gibt es, die Adresse ist ihm eingebrannt. Tiefer als sie wissen kann. Jahre hat er damit zugebracht, vor jeder Erinnerung daran zu fliehen. Doch jetzt unter Lisettes Anleitung lernt er, bewusst dorthin zurückzukehren, das Unglück gegen sich selbst zu wenden, im Feuer die einzig mögliche Antwort auf das Feuer zu finden. Unter den Fingern dieser Frau öffnet seine Stimme sich. Sie macht eine Stimme daraus, die den Naumburg-Preis bekommen, nach Paris gehen könnte, alles tun, wonach dem Sänger der Sinn steht.

Sie macht ihn mit dem Konzertagenten Milton Weisman bekannt, einem Impresario der alten Schule, der seine ersten Talente schon vor dem Ersten Weltkrieg unter Vertrag nahm und immer noch im Geschäft ist, weil die Arbeit die beste Alternative zum Tod ist. Er bestellt uns in seine gerümplige Höhle an der 34. Straße. Die Hochglanzfotos, die Lisette von Jonah gemacht hat, sind ihm nicht gut genug; er will uns leibhaftig sehen. Mein Leben lang habe ich geglaubt, bei Musik drehe sich alles um den Klang. Milton Weisman weiß es besser. Er muss die Künstler gesehen haben, bevor er überlegt, wo er sie buchen kann.

Mr. Weisman trägt einen doppelreihigen Nadelstreifenanzug mit Schulterpolstern, wie aus einem Gangsterfilm. Er führt uns in sein Büro und fragt: »Wollt ihr eine Limonade, Jungs? Ginger Ale?« Jonah und ich tragen leichte schwarze Jacken mit schmalen Krawatten, konservativ für jeden in unserem Alter, für Mr. Weisman jedoch das untrügliche Zeichen, dass er es mit Beatniks oder Schlimmerem zu tun hat. Lisette Soer trägt eine hauchzarte Diaghilev-Fantasie, eine Kreation, die das Indien der Maharadschas heraufbeschwört. Herbert Gember, der angesehene Kostümbildner am City Center, ist einer ihrer Liebhaber, oder jedenfalls vermuten wir das – vielleicht ist es auch eine reine Zweckbeziehung. Lisette zählt zu den Opernstars, die auf der Bühne schlechter angezogen sind als im Leben.

Wir plaudern mit Mr. Weisman über seine Protegés der alten Zeit. Er hat ein halbes Dutzend berühmter Tenöre unter Vertrag gehabt. Jonah will alles über diese Männer wissen: Was sie aßen, wie viel sie schliefen, wie gesprächig sie am Morgen vor einem Konzert waren. Er sucht nach einer Formel, nach einem sicheren Rezept. Mr. Weisman geht der Stoff nie aus, er kann über diese Sachen reden, solange er Zuhörer hat. Mich hätte interessiert, ob die Berühmtheiten freundlich waren, ob sie für ihre Familien gesorgt haben, ob sie glücklich aussahen. Aber das kommt nie zur Sprache.

Während er redet, ist Milton Weisman ständig in seinem voll gestopften Büro in Bewegung, verstellt die Jalousie, betrachtet uns von allen Seiten. Er blickt uns nie ins Gesicht, aber selbst aus den Augenwinkeln sieht er, was er sehen will. Der alte Konzertagent malt sich aus, wie wir im Rampenlicht wirken werden, und zieht in Gedanken die Grenzen: Chicago mit Sicherheit, Louisville vielleicht, Memphis auf keinen Fall.

Eine halbe Stunde später schüttelt er uns die Hand und sagt, er könne uns Arbeit verschaffen. Das erstaunt mich, denn wir haben ja bereits Angebote. Aber Lisette ist außer sich vor Freude. Auf dem Rückweg kneift sie Jonah unablässig in die Wange. »Weißt du, was das heißt? Der Mann hat Einfluss. Die Leute hören auf ihn.« Es fehlt nicht viel, und sie sagt: *Er macht dich zum Star.*

Sie schicken uns auf Tournee in die Provinz. »Lieder«, sagt Lisette, »sind schwieriger als Opern. Du musst bei deinem Publikum Emotionen erzeugen, ganz ohne Hilfsmittel, nur mit der Stimme. Deine Hände sind gefesselt. Wenn du die Worte in der Kehle formst, musst du die Bewegungen deines Körpers fühlen, selbst wenn du ganz still stehst. Du musst die unsichtbare Bewegung so vermitteln, dass deine Zuhörer sie sehen.«

Das ist die Beschwörungsformel, die sie uns mit auf den Weg gibt, und sie wirkt. Die Zuhörer auf dem Land reagieren mehr wie Fußballfans, nicht so steif wie das übliche Konzertpublikum. Sie kommen hinter die Bühne. Sie wollen uns kennen lernen, uns von den Tragödien erzählen, die ihr Leben verändert haben. Die Aufmerksamkeit bleibt nicht ohne Wirkung bei Jonah. Ich muss ihn jetzt genauer beobachten, wenn wir spielen. Selbst bei Stücken, die wir so oft geübt haben, dass sie uns fast in Fleisch und Blut übergegangen sind, kann es vorkommen, dass er einzelne Passagen plötzlich mit einer kleinen Zäsur oder einem

Rubato ausschmückt, winzige Nuancen, die nicht einmal ein aufmerksamer Zuhörer bemerken würde, es sei denn, ich wäre im entscheidenden Augenblick nicht auf der Hut.

Mr. Weisman kennt sich aus, er weiß, wie wir ohne Zwischenfälle von Ort zu Ort gelangen. In größeren Städten findet er bisweilen Vertreter des örtlichen Kulturlebens, die sich geradezu darum reißen, uns unter ihrem Dach zu beherbergen. In kleineren Städten entwickeln wir bald ein Gespür dafür, in welchen Hotels gepflegte junge Männer mit gepflegter Ausdrucksweise unbehelligt absteigen können. Jonah regelt die Formalitäten an der Rezeption, während ich mich dezent im Hintergrund halte. Sobald wir merken, dass es Schwierigkeiten gibt, treten wir den Rückzug an und nehmen ein Hotel weiter ab von den Konzertsälen, wo wir vor begeistertem Publikum Schumanns *Dichterliebe* aufführen.

An dem Abend, als wir in Tucson, Arizona, auftreten – in einem roten Ziegelbau, dessen Balkon eher an die Separées eines Bordells erinnert –, hören wir von James Meredith und seinem Versuch, sich an der Universität von Mississippi einzuschreiben. Wieder erscheint die Armee, zumindest der Teil, der noch nicht damit beschäftigt ist, die wankenden Diktatoren dieser Welt zu stützen. Dreiundzwanzigtausend Soldaten, Hunderte von Verletzten und zwei Tote – nur, damit ein einzelner Mensch sein Recht, auf eine Universität zu gehen, wahrnehmen kann.

In der Garderobe – grün getünchte Hohlblocksteine – reicht Jonah mir ein Notenblatt und verkündet: »Wir streichen den Ives. Das hier ist unsere Zugabe.« Ohne den leisesten Zweifel, dass es eine Zugabe geben wird. Ohne Zweifel, dass ich den Ersatz vom Blatt spielen kann. Genau genommen ist das neue Stück ein Kinderspiel im Vergleich zu dem schwierigen, polytonalen Ives – einem Lied, das nicht nur Jonahs Sehnsucht nach der Avantgarde befriedigt, sondern im Publikum auch nostalgische Erinnerungen an das volkstümliche »Turkey in the Straw« wachruft.

»Das ist nicht dein Ernst«, sage ich.

»Wieso? Kennst du die Melodie nicht?«

Selbstverständlich kenne ich die Melodie. Ich kenne sogar dieses spezielle Arrangement: »Oh Wasn't Dat a Wide Ribber?«, für Klavier und Gesang eingerichtet von dem großen Harry Burleigh. Jonah muss es die ganze Zeit mit sich herumgeschleppt haben, für genau so eine Situation. Das Arrangement ist schlicht und sehr gut für das Klavier geeignet. Es hält sich eng an die vertraute Melodie, ist aber durchzogen von flüchtigen Tönen, die das Lied in andere Gefilde entführen. Ein Blick genügt, dann könnte ich das Stück blind spielen.

»Natürlich kenne ich die Melodie, Jonah. Aber kannst du mir sagen, was du damit vorhast?«

»Das tue ich doch. Genau in diesem Augenblick.« Er nimmt mir das Notenblatt aus der Hand und bringt überall kleine Bleistiftmarkierungen an.

»Kommt nicht infrage. Wir machen das nicht, ohne es vorher zu üben.«

»Wir sind in Tucson, Arizona, Bruderherz. Wyatt Earp. Die Schießerei am O. K. Corral.« Er spricht es aus wie *Choral*. Und macht sich weiter an dem Notenblatt zu schaffen. »Das ist der Wilde Westen. Wir können uns hier unmöglich beim *Üben* erwischen lassen.«

Ich nehme das Notenblatt wieder an mich, jetzt übersät mit seinen gekritzelten Zeichen. Ich betrachte die Bleistiftmarkierungen und sehe schon die Schlagzeilen. »Du willst also die Karten auf den Tisch legen, Jonah?« Das ist unfair. Er hat nie versucht, etwas zu verbergen. Hat sich immer zu dem bekannt, was er ist: Ein dunkelhäutiger, leicht semitisch aussehender, lockiger Mischling, der zufällig europäische Kunstlieder singt. Ich hasse mich, kaum dass ich die Worte ausgesprochen habe. Es ist der Tourneestress, die schlaflose Nacht im Zug von Denver hierher. Er braucht einen Klavierbegleiter, der *gerne* auftritt, dem es Freude macht, wenn er einen Konzertsaal voll fremder Menschen umwerben kann.

Aber Jonah grinst nur. »Das wäre nun auch wieder übertrieben, Muli. Schließlich ist es nur eine Zugabe.«

Ich weiß, was er will, ohne dass er es mir erst erklären muss. Nach dem tosenden Beifall, nachdem wir zum zweiten Mal vor den Vorhang getreten sind und uns verbeugt haben, wirft mein Bruder mir einen Blick zu: *Alles klar?* Ich spiele vom Blatt, habe Angst, das Schicksal herauszufordern, und lasse das Publikum trotzdem spüren, dass dies nicht der normale Ablauf ist. Ich weiß, was Jonah will: All die wunderbaren Dissonanzen sollen ans strahlende Tageslicht kommen. Er will, dass ich die verborgenen düsteren Schatten in dieser unbekümmerten Heiterkeit hörbar mache, als Hintergrund für die optimistische Melodie. Vielleicht möchte er sogar, dass ich ein paar zusätzliche Misstöne einbaue. Er will die Melodie strahlend, heiter, in Dur, umspült von bedrohlichen Dissonanzen.

Der Ort, den wir an diesem Abend erschaffen, ist zu klein für Lisette Soer, so klein und hart und glänzend, dass niemand außer mir und meinem Bruder ihn überhaupt zu sehen vermag. Dreh dich nicht um:

Der Teufel geht um. One more river to cross – der nächste Fluss zu queren. Schließ fest die Tür, den Schlüssel dreh um. One more river to cross. Da ist Meredith, der studieren will, und da die Armee, Tote obendrein, wie letztes Jahr, wie nächstes Jahr. Wir werden uns nie finden. One more river, noch ein blutiger Jordan. Und noch einer danach.

Keiner im Publikum ahnt, wovon er eigentlich singt. Die Dinge, die heute Abend draußen in der Welt geschehen, geschehen anderswo. Der Teufel ist nah, doch keiner dreht sich nach ihm um. Ein neuer Fluss, *one more river to cross.* Aber die Menge hört das Lied: Amerikanische Hausmannskost nach all den deutschen und italienischen Delikatessen, die wir ihnen den Abend über serviert haben. Hier draußen in der Gluthitze der Wüste, wo sogar die Kakteen verdorren und die Flussläufe schon so lange ausgetrocknet sind, dass in ihren Betten das Dorngestrüpp mannshoch wuchert, nimmt das Publikum diesen uralten Refrain mit nach Hause in die stuckverzierten Haziendas, zu den Rasenflächen mit importiertem Gras aus Kentucky, in die Stadt, die sie aus den benachbarten Reservaten herausgeschnitten haben, doppelt gestohlenes Land. Und wenn sie sich zur Ruhe legen, raubt die Erinnerung an den Kunstgenuss ihnen den Schlaf. *One more river to cross.*

Jonahs Lied ändert nichts in Mississippi. Es trägt weder dazu bei, ein neues Amerika zu schaffen, noch ein altes zu begraben. Meredith hätte unsere Interpretation vermutlich nicht einmal gemocht. Aber eine unsichtbare Wirkung hat das Spiritual doch, in einer sehr viel winzigeren Nation. »Wie hat es geklungen?«, fragt Jonah mich hinter der Bühne.

Und ich sage es ihm: »Großartig.«

Als wir wieder zu Hause sind, erzählt er Lisette Soer die Geschichte. Ihr Gesicht wird so rot wie ihr Haar, als sie erfährt, dass wir eigenmächtig das Programm geändert haben. Als sie die Einzelheiten hört, lenkt sie ein, immer noch verschnupft. Es gibt eben Kräfte, an die sich sogar Strasberg und das Actors Studio nicht heranwagen. Kräfte, von denen auch sie lieber die Finger lässt.

Sie werden unzertrennlich, mein Bruder und Madame Soer; so eng wie mit ihr war mein Bruder noch mit keinem seiner Lehrer verbunden, außer mit Reményi. So nahe war er niemandem seit dem Brand. Sie bittet ihn, in einer offenen Meisterklasse zu singen, zusammen mit vier viel versprechenden Schülerinnen. Sie will, dass er sich den erbarmungslosen Ohren der Ostküste aussetzt. Sie hören bis zum späten Abend alte Plattenaufnahmen von großen, längst verstorbenen Tenören – Miguel Fleta, Aroldo Lindi – so lange, bis einer aus ihrer großen Verehrerschar auftaucht und den Jungen nach Hause schickt.

Ihre Stereoanlage ist fünfzigmal teurer als der Plattenspieler, den wir vor Jahren von unseren Eltern bekommen hatten. Nach diesen Ausflügen in die Welt des Hörens kommt mein Bruder nach Hause und schüttelt fassungslos den Kopf. »Muli, wir wussten nicht einmal, dass es diese Leute gibt. Es ist einfach unglaublich, wozu sie fähig sind!«

Lisette spricht kein Wort bei diesen Séancen, genau wie Jonah und ich, wenn wir zusammen im Dunkeln saßen und lauschten. Worte sind für sie tabu, solange die Musik spielt und in den Minuten danach. Als einzigen Kommentar fasst sie ihn am Oberarm; die langen Fingernägel des lyrischen Soprans bohren sich in sein Fleisch, mal tiefer, mal weniger tief, je nach der Intensität und Dramatik des Augenblicks, den sie mit Hilfe des elektrischen Mediums durchlebt.

Sie kennt die Musik von Generationen, hat in dem Dritteljahrhundert ihres eigenen Lebens bereits mehrere davon erlebt. Sie baut die Stimme meines Bruders auf, ohne sie wirklich zu ändern. Und doch ist die Veränderung, die sie bei Jonah bewirkt, dramatisch. Sie öffnet seine Kehle, gibt seinen Vokalen Farbe und Schliff in allen Bereichen. Sie ist die erste Lehrerin, die ihn lehrt, wie seine Zunge und seine Lippen funktionieren. Die Erste, die ihn lehrt, dass zu viel Perfektion tödlich ist. Aber ihre wichtigste Lektion ist viel härter. Miss Soer lehrt meinen Bruder, was Hunger ist.

Ich höre es, noch bevor ich es sehe. Das Leben im Village macht ihn ungeduldig. Nichts geht ihm schnell genug. Der Beat ist tot. Die Jazzszene, erklärt er, kreist nur noch um sich selbst. Seiner Faszination für die klassische Avantgarde geht der Atem aus. »Seit Henry Cowell fällt denen auch nichts wirklich Neues mehr ein.« Cage und die Zen-Buddhisten langweilen ihn nur, und selbst die Langeweile hoch vier hilft nicht weiter. Wenn wir nicht gerade auf Tournee sind, zieht er rastlos durch die Straßen und lauscht anderen Stimmen, dringt in andere Räume ein.

Der Hunger, den sie weckt, zeigt sich auf der Bühne. Wir singen in Camden, Maine, auf einer provisorischen Bühne am Strand, die bei jedem Anbranden der Wellen ein wenig ins Wanken gerät. Er singt »When I am one-and-twenty«, »Bin ich erst einundzwanzig«, und legt dabei so viel Nachdruck auf die Worte, als wolle er allein durch die Aussprache den torfweichen Text zum Diamanten komprimieren. Er sucht etwas, in den Worten, den Tönen, dem Publikum und in mir. Lisette hat ihm beigebracht, wie man verhindert, dass ein Drama rührselig wird. Auf dem musikalischen Höhepunkt, im Augenblick der höchsten Intensität, muss man auf Distanz gehen. Vergiss die lodernden Gefühlsausbrüche; du musst das Unerträgliche in deinem Innersten einschließen, die Glut auf einen winzigen Funken reduzieren.

Sein Hunger bekommt ein Ziel. Er beginnt wieder zu lesen – Mann, Hesse, die Bücher, die schon János Reményi ihm empfohlen hat, Jahrzehnte bevor Jonah auch nur hoffen konnte, sie zu verstehen. Selbst jetzt ist er noch viel zu jung dafür. Aber er schleppt sie mit zum Gesangunterricht, weil er Lisette Soer damit imponieren will. Sie ist entsetzt. Sie findet sie abstoßend, viel zu germanisch. Sie empfiehlt ihm Dumas oder doch wenigstens Hugo.

»Wusstest du, dass Dumas ein Schwarzer war?« Das ist Jonah neu. Er fragt sich, weshalb sie ihm das erzählt.

Er muss sehen, was auf ihn zukommt. Nicht mehr lange, dann muss sich der weiße Eisberg vor seinen Augen auftürmen, selbst wenn der Nebel, in dem er steckt, noch weißer ist. Aber ich schweige; die Frau tut viel für uns. Ich lerne unendlich viel von ihr, aus zweiter Hand – über Musik und vor allem über die Welt der Musik.

Wir stehen in einem Pizza-Imbiss an der Houston Street und tun so, als seien wir Studenten, die den Abend genießen und sich daran freuen, wie er mit der vorüberhastenden Menge verschmilzt. »Muli? Sag, hast du in deiner Collegezeit mal mit jemandem geschlafen?«

Einen Augenblick lang klingt er wie eine alte Ehefrau, die ihren Mann nach langer Zeit mit einem lang gehegten Verdacht konfrontiert, einem Verdacht, der sie schon längst nicht mehr beunruhigt, weil es ohnehin keine Rolle mehr spielt.

»Du meinst außer den Schauspielerinnen, Zigeunermädchen, Schwindsüchtigen und herzensguten Kurtisanen?«

Er fährt zusammen und starrt mich an, dann zeigt er mir den erhobenen Mittelfinger. »Ich meine wirklich. Nicht in deiner kranken Phantasie.«

»Oh. Du meinst wirklich.« Ich frage mich, ob ich überhaupt je den Wunsch hatte, mit einer wirklichen Person zu schlafen. In dem einen Augenblick, in dem ich tatsächlich so etwas wie Liebe empfunden hatte – als ich der Frau in dem dunkelblauen Kleid zwanzig Häuserblocks weit folgte –, war davon keine Rede. »Glaubst du denn, ich hätte auch nur an so etwas denken können, ohne dass du es gemerkt hättest?«

Seine Lippen zucken ein wenig, und er verbirgt sie hinter einem Stück Pizza. Er kaut und schluckt. »Auch nicht beinahe?«

Ich tue so, als müsse ich nachdenken, während mir das Blut in den Adern hämmert. »Nein.«

»Und danach?«

»Nein.« Du hast mich ja nie aus den Augen gelassen. »Aber wo wir schon dabei sind – «

»Wie viele … was glaubst du, wie viele Männer sie hat?« Es gibt nur eine »sie« in unserem Leben. Er will nicht, dass ich wirklich zähle, und ich tue es auch nicht.

Die Atemnot, unter der er während der Vorbereitung auf den Wettbewerb um Amerikas neue Stimme litt, kehrt zurück. Es passiert an einem Sonntagnachmittag, unmittelbar vor einem Auftritt in Boston, wo wir seit unserer Zeit an der Akademie nicht mehr gewesen sind. Zehn Minuten vor dem Auftritt beginnt er so heftig zu keuchen, dass er fast das Bewusstsein verliert. Ich sage dem Intendanten, er soll das Konzert absagen und einen Arzt rufen. Jonah protestiert, obwohl er fast erstickt. Wir treten auf – mit zwanzig Minuten Verspätung. Das Konzert ist bestenfalls mittelmäßig. Aber Jonah singt mit höchster Intensität. Nach dem Konzert strömen die Besucher hinter die Bühne. Reményi ist nicht darunter, und auch keiner von unseren ehemaligen Lehrern und Freunden.

Als wir wieder in New York sind, zwingt Lisette ihn, zum Arzt zu gehen. Sie will ihm sogar das Geld für die Untersuchung leihen. Ich bin ihr ungeheuer dankbar: Auf sie hört er mehr als auf mich. Alles in Ordnung, sagt der Arzt. »Alles in Ordnung, Muli«, wiederholt Jonah, und sein Blick huscht hektisch durch das Wartezimmer, als wollten die Wände ihn erdrücken.

Jetzt wo ich weiß, dass die Panikattacken vorübergehen, kann ich besser damit umgehen. Ich verliere nicht mehr so schnell die Nerven und kann ihn leichter beruhigen. Manchmal hat es fast den Anschein, als könne er den Zeitpunkt der Anfälle selbst bestimmen, immer gerade so, dass er der Katastrophe mit knapper Not entgeht: Die Anfälle kommen am frühen Nachmittag vor einem Konzert oder bei dem Empfang unmittelbar danach.

Allein im Januar 1963 gastieren wir in acht Orten: Große Städte auf der Suche nach jungen Talenten, mittelgroße Städte, die so tun, als seien sie groß, kleine Städte auf der Suche nach bezahlbaren Kulturveranstaltungen, Provinznester, die aus historischen Gründen an ihren europäischen Wurzeln festhalten. Vielleicht haben ihre Großväter früher in Deutschland Stehplatzkarten für das Stadttheater gekauft oder die kostenlosen Feiertagskonzerte vor dem Rathaus geliebt. Ihre Nachkommen bewahren die Formen, selbst wenn das ganze Umfeld längst verschwunden ist, so wie manche Leute ihre alten, massiven Musikschränke als Vitrinen für allerlei Nippes weiterverwenden.

Wir haben keine Ahnung, was es mit Martin Luther Kings *Confrontation*-Projekt auf sich hat, bis wir es in der Hotelhalle eines Zweisternehotels in Minneapolis mit eigenen Augen im Fernsehen sehen: Ein Polizeichef namens Bull Conner setzt fünf Wasserwerfer und eigens dafür abgerichtete Schäferhunde gegen Demonstranten ein, die unerlaubterweise »Marching to Freedom Land« singen. Die meisten Demonstranten sind Jahre jünger als wir. Jonah sieht sich diesen Marsch in die Freiheit an, von Minneapolis aus, und summt dazu »Tuxedo Junction«, *Way down south in Birmingham, I mean south in Alabam'*, ohne dass er es merkt.

Das Land im Fernsehen ist nicht unser Land. Auf den Straßen in der Reportage herrscht der Mob; es sind Bilder wie von einem osteuropäischen Aufstand, der mit Schaftstiefeln gewaltsam niedergetrampelt wird. Polizisten prügeln auf wehrlos am Boden liegende Kinder ein, zerren sie in Polizeiwagen und fahren mit ihnen davon. Der Strahl der Wasserwerfer lässt menschliche Körper hilflos über das Pflaster rollen und schleudert sie brutal gegen Ziegelmauern. Überall Chaos und Wasserfontänen, geschundene, geprügelte Gliedmaßen, zwei weiße Polizisten zerschlagen einem Jungen mit Gummiknüppeln das Gesicht, bis der schlecht bezahlte schwarze Hotelpage auf Weisung der Direktion einen anderen Sender einschaltet und ich zu einer letzten Mikrofonprobe in den Konzertsaal eile, bevor wir Minneapolis und St. Paul, die Twin Cities, mit unserer Musik beglücken.

Für den heutigen Abend wählen wir eine andere Zugabe. Jonah flüstert es mir zu, als wir vor den Vorhang treten und uns verbeugen. »Go Down, Moses«, in d-Moll. Diesmal hat er nicht einmal die Noten dabei. Wir brauchen sie nicht. Ein guter alter Freund hat mir beigebracht, wie man improvisiert, wie man Noten aus der Luft fischt, die ebenso gut sind wie geschriebene. Jonah kennt den Text nicht auswendig, aber auch er findet die Worte. Er singt sie im selben Augenblick, in dem die Kinder in ihren Zellen unten im Gefängnis von Birmingham ihr Lied vom Widerstand anstimmen: »Ain't gonna let nobody turn me round …«

Auch das Publikum weiß, wie es in Birmingham aussieht; Walter Cronkite hat es ihnen in seiner Nachrichtensendung am frühen Abend vorgeführt. Sie wissen, was dort unten passiert, *way down in Egypt land.* Es herrscht Stille, nachdem Jonah seinen letzten Ton gesungen hat: hart, strahlend und piano. Aber die Zuhörer wissen nicht recht, was sie mit dieser Mischung anfangen sollen, diesem Feldzug für eine gerechte Sache, der sich in die Gefilde der schönen Künste geschlichen hat. Selbst beifälliges Klatschen scheint irgendwie fehl am Platze.

Unsere Engagements nehmen zu – und die Proteste ebenfalls. Sie erschüttern Hunderte von Städten in Nord und Süd, auch die, in denen wir auftreten. Doch wir verpassen jedes Mal die Demonstrationen, sind entweder einen Tag vorher oder zwei Tage später da. Wir feilen an unserer neuen Zugabe und nehmen sie in unser ständiges Repertoire auf. Lisette erfährt davon nichts.

Sie kümmert sich mehr um das Bild, das wir in der Öffentlichkeit abgeben. »Jonie«, sagt sie, und er lässt sich das tatsächlich gefallen, »du stehst im Rampenlicht. Dein Markenzeichen ist die Mühelosigkeit. Hüte dich vor allem Schweren, Salbungsvollen. Such dir Stücke aus, bei denen du diese Leichtigkeit zur Geltung bringen kannst.« Sie verhindert, dass er etwas singt, das nach 1930 geschrieben wurde. Sie bewaffnet ihn mit einem Arsenal von blitzenden kleinen Schrotkugeln, keine länger als zwei Minuten. Sie füttert ihn mit Fauré. Eine Zeit lang schwört sie auf Delius. Jonah singt »Maud« und »A Late Lark«, aber es ist gerade so, als träte er in pastellfarbenen Strumpfhosen auf die Bühne.

Lisette treibt ihm die Tricks aus, mit denen er seine Schwächen verschleiert. Sie sorgt dafür, dass er alle Bereiche seiner Stimme zu einem einzigen glanzvollen Bogen verbindet. Niemand hat je das in ihm gehört, was sie in ihm hört. Niemand ihn je so herausgefordert wie sie. Die Unterrichtsstunden sind wie gesungene Duelle. Wenn sie ihn beiseite schiebt und die Führung übernimmt, klingt ihre Stimme wie Messing nach seinen Bronzetönen. Sein Instrument ist klangvoller als das ihre. Aber mit ihrer Ausstrahlung, ihrer Präsenz kann mein Bruder nicht mithalten. Sie muss die Noten nur *denken*, dann strömen sie hervor wie der mühelose Nachhall ihrer Gedanken. Ihr Gesang bestimmt sein Schicksal. Nicht einmal ich kann mich abwenden.

Sie drängt sich an ihn, presst seinen Brustkorb zusammen und versetzt ihm sanfte Schläge in die Flanke, legt ihm ihre kühlende Hand in den Nacken. Es ist eine Art liebevolle Grausamkeit, sie foltert ihn durch ihre Berührungen. Aber so lernen sie jetzt am besten, im ständigen Ringen, dem Austausch von Informationen über die Haut.

»Du musst mächtig werden«, sagt sie. »Und ich meine nicht deinen Körper; nicht einmal die Lautstärke.« Er muss lernen, nicht nur mit seinem Gesang, sondern mit seiner Seele bis in die dunklen Ecken der finstersten Konzertsäle vorzudringen. Eines Tages soll er die Opernbühnen im Sturm erobern und sich Gehör verschaffen. Aber bis dahin muss er die hohe, klare Kunst des Lieds perfektionieren, und das ist etwas völlig anderes.

Sie will, dass wir die Welt der Oper wirklich kennen lernen, in den Schützengräben, unter feindlichem Beschuss. Sie schenkt uns zwei Karten für ihren bevorstehenden Auftritt – als Fiordiligi in *Così fan tutte*, unter der Leitung von Rudolph Bing. »Mozart?«, stichelt Jonah. »Was war der doch gleich für ein Landsmann?«

Sie greift ihm unter das Kinn, wie einst Maria Theresia dem komponierenden Wunderkind. »Na ganz bestimmt kein Deutscher, Schätzchen. Wie du bald merken wirst, liebte er italienische Libretti. Und wenn er hätte wählen können, hätte er in Paris gelebt.«

Ihre Gelassenheit täuscht darüber hinweg, wie viel auf dem Spiel steht. Eine Rolle in *Così*, an der Met. Sie wirkt allenfalls ein wenig gehetzt. »Ein Augenblick entscheidet nicht über ein ganzes Leben«, sagt sie. Wir wissen, dass sie lügt.

Sie gibt uns die kostbaren Eintrittskarten und scheucht uns weg. »Macht euch einen schönen Abend, Jungs. Ich bin die mit der großen Perücke und dem weißen Reifrock.«

Wir tragen die Abendanzüge, in denen wir sonst selbst auftreten. Das ist übertrieben, aber vielleicht gibt es ja Schwierigkeiten am Eingang. Auf dem Weg hinunter zum Broadway und zur 39. Straße hoffen wir, dass man uns anstandslos einlässt. Die Karten, die wir von Lisette bekommen, sind großartig, ein paar Reihen hinter dem Block, in dem ihre Familie sitzt. Jonah wartet, dass der Vorhang aufgeht, beißt sich die Fingernägel blutig. Er leidet Höllenqualen; es ist schlimmer als alles, was er je vor einem eigenen Auftritt durchgemacht hat. Hier, auf Augenhöhe, sieht er all das, was seiner Lehrerin oben hinter den gleißenden Scheinwerfern verborgen bleibt.

»Spürst du das?«, fragt er. Ich nicke und glaube, er meine die knisternde Spannung. »Sie wollen ihr Blut. Sie wollen, dass sie sich blamiert.«

Das ist Unsinn. Schließlich ist es nur eine mittelgroße Rolle in Mozarts »schwieriger« Oper, derjenigen, die keiner so richtig versteht. Ein Verriss würde sie schlimmstenfalls für ein oder zwei Jahre zurück nach San Francisco verbannen, und ein Triumph verschafft ihr bestenfalls die Chance, Bing noch ein zweites Mal zu beweisen, was sie kann.

»Du spinnst, Jonah. Warum sollte ihr denn jemand Böses wollen?«

»Ja, was denkst du denn? Weil es Spaß macht. Das Drama, das sie in ihrem eigenen langweiligen Leben nicht kennen. Sieh dich doch um. Diese Leute lechzen danach, dass jemand auf die Schnauze fällt. Das wäre *echte* Oper.«

Aber als der Vorhang sich hebt, vergisst Jonah die Sorgen um das

Schicksal seiner Lehrerin und fragt sich stattdessen, ob Fiordiligi ihrem schwächlichen Liebhaber wohl treu bleiben wird. Vom ersten Ton der Ouvertüre ist er ganz in die Oper versunken. Liebt sie ihren Offizier denn nicht? Warum macht es ihr so wenig aus, als er ins Feld zieht? Wieso durchschaut sie diese Albanesen mit ihren Turbanen nicht, aufgemacht wie Karnevalstürken?

Er versenkt sich so tief, dass man in der Pause kein vernünftiges Wort mit ihm sprechen kann. Er wünscht Despina und Alfonso die Pest an den Hals. Nur unverbrüchliche Treue kann ihren hinterhältigen Plan noch vereiteln. Aber das Publikum rundum diskutiert die Aufführung. Sie urteilen über Orchester, Dirigenten, Sänger, Mozart – entscheiden, wen sie am Leben lassen und wer sterben muss für die Sünden der Menschheit. Ich bin inzwischen erfahren genug und weiß, dass ich den Mund halten muss, damit sie nicht ihre Wasserschläuche auf mich halten. Die Matrone neben mir blättert in ihrem Programm. »Wer *ist* dieses hübsche Ding, das die Standhafte singt?«

Ihr Begleiter, ein leichenblasser Mann, hüstelt. »Die Soer meinst du? Die ist ziemlich bekannt. Gilt als große Hoffnung. Immer gut für die zweite Besetzung bei einer Hauptrolle. Schafft es vielleicht noch ganz nach oben.«

»Aber sie ist gut, findest du nicht auch?« Ich blicke hinüber zu Jonah, doch der viel zu beschäftigt mit den Gefahren des ersten Akts ist und eifersüchtig die Unschuld seiner Lehrerin bewacht. »Hier steht nicht, von wo sie kommt. Ist sie Französin oder so etwas?«

Der Leichenblasse schnaubt nur verächtlich. »Lisa Sawyer. Vater kommt aus Milwaukee. Bierbrauer, soviel ich weiß. Was sie da unten für Bier halten.« Er blättert rasch die Seiten um. »Hmm. Das sagen sie nicht.«

Die Frau gibt ihm einen Klaps auf die Schulter. »Lästermaul. Was meinst du, sind die Haare echt?«

»›Tut sie's oder tut sie's nicht?‹ Das weiß anscheinend nur die Hälfte der Stadt.«

Diesmal bekommt er einen Schlag auf die Finger mit dem zusammengerollten Programm.

Jonah erwacht aus seiner Trance. »Was hältst du von den Tempi?«, frage ich. Er zählt mir sämtliche Stellen auf, an denen sie nicht stimmten, aus dem Gedächtnis.

Der Vorhang hebt sich zum zweiten Akt, und wieder geht es um Tod oder Leben. Während Lisettes zweiter großer Arie klammert sich Jonah an die Armlehnen, überzeugt, dass sie schwach wird und sich diesem

Pseudo-Albanier hingibt, dem Bräutigam ihrer Schwester und ihres eigenen Verlobten bester Freund. *Das tun doch alle.* Liebt sie diesen anderen? Warum klingt es, als sie schließlich nachgibt, so viel süßer als vorher die Treue? Ihr ganzer Körper seufzt, so aufregend ist ihr Fall.

Lisette ist nicht immer perfekt. Einige Höhen klingen schrill, und bei den raschen, hüpfenden Läufen schleift sie ein wenig. Und doch singt sie überirdisch. Sie ergreift von der Bühne Besitz, sie hat nie irgendwo anders gelebt als in dieser Geschichte, nie etwas anderes gespürt als den Zauber dieser einen Nacht. Fiordiligi hat geduldig gewartet, bis sie nach langem Überwintern in genau so einem geschmeidigen Körper erwacht. Nie hatte ich eine Sängerin erlebt, die so schamlos körperliches Vergnügen an ihrer Rolle hatte. Lisette ist launisch, leidenschaftlich, geht ganz und gar auf im unglücklichen Glück dieser Rolle. Als sie an ihr »Per pietà« kommt, ist Jonah schon verloren, und selbst ich vergebe ihr alles.

»Eine heiße Nummer«, meint der Leichenblasse beim langen Szenenapplaus. »Die Arie, meine ich.« Seine Begleiterin versetzt ihm einen weiteren Schlag, diesmal mit dem Handrücken.

Vom »Trinkspruch«-Quartett bis zu der umständlichen Auflösung brilliert Lisette, geradezu göttlich in ihrer Menschlichkeit. Sie strahlt das *Soziale* aus, lebt durch die Gnade derer, die vor ihr sitzen, hier in diesem Saal, vom Parkett bis hinauf zum höchsten Balkon. Sie braucht Gesellschaft, sie lebt von anderen, und doch existiert ihre Kunst in einem abgeschlossenen Vakuum. Die Kämpfe des Jahres 1963 sind ihr gleichgültig. Sie könnte ebenso gut im Burgtheater in Wien auf der Bühne stehen, 1790: Generalprobe im Paradies, am Morgen nach der letzten Revolution.

Heute Abend ist sie der Liebling der Privilegierten. Der Applaus ruft die Akteure immer und immer wieder auf die Bühne. Rosensträuße werden ihr heraufgereicht, mehr als Dorabella und Despina zusammen bekommen. Einmal blickt sie uns im Verneigen an: *Versteht ihr jetzt? Leben mit höchster Intensität?* Ein alter Trick, ein altes Rezept für die, die von der Liebe der Zuschauer leben: Der Blick, bei dem jeder im Saal sich allein angesehen fühlt.

Wir versuchen gar nicht erst, uns ins Defilee der Gratulanten einzureihen. Ganz New York hebt am heutigen Abend sein Glas auf Lisette Soer, morgen wird es schon wieder ein anderer sein. Sie würde uns in dem Gewühl der Verehrer nicht einmal sehen. Meine beiden Nachbarn beschließen ebenfalls zu gehen. Aber sie reden noch weiter über sie, vor uns in der Menschenmenge, die zum Ausgang strebt, unterwegs zu dem Leichenschmaus nach der Premiere, den es für Leute wie sie sicher gibt.

Im Foyer klingt Jonah unschlüssig. »Heute Abend hat sie die freie Auswahl, meinst du nicht auch, Muli?« Er will keine Antwort. Er will nur, dass ich ihn nach Hause bringe, in die Bleecker Street. »Komm, wir nehmen ein Taxi.«

»Sicher«, sage ich. Aber ich steuere ihn zur U-Bahn.

Als Jonah am Mittwoch zum Unterricht kommt, schäumt sie vor Wut. »Ich gebe euch Karten für die Premiere, die größte Rolle meiner Karriere, und du machst dir nicht mal die kleine Mühe und kommst hinterher hinter die Bühne und sagst mir, ob es dir gefallen hat! Ja dann eben nicht. Raus hier!« Sie schlägt ihm die Studiotür vor der Nase zu und weigert sich, sie wieder zu öffnen.

Völlig zerknirscht kommt er nach Hause. Er setzt mich an den Tisch und diktiert mir eine Premierenkritik, Note für Note, lässt keine einzige Bewegung ihrer Muskeln aus. Der Brief wird ein Meisterwerk der Musikkritik. Seine Beobachtungen gehen weit über alles hinaus, was ein gewöhnlicher Kritiker wahrnimmt. Sein Urteil ist so wohl begründet, so voller praktischer Details, dass es etwas Zwingendes, Objektives hat.

»Es war schiere Selbstsucht, dass ich nicht zu dir gekommen bin«, lässt er mich schreiben. »Ich wollte die überirdische Erscheinung noch ein wenig länger behalten, bevor ich zur Erde zurückstürzte.«

Sie antwortet ihm. »Deinen Brief werde ich in mein Album kleben, gleich neben die Notiz von Bernstein. Du hast ganz Recht: Wir müssen die Aura festhalten, so lange wir nur können. Das hätte ich gern mit dir gemeinsam getan. Kann ich meinem besten Schüler eine Privatstunde als Entschuldigung anbieten?«

Würde hat Jonah nie viel bedeutet. Jetzt ist sie nicht einmal ein Vorwand. »Sag mir, dass sie schlecht ist, Muli.« Wir versuchen zu üben. Er kann sich nicht konzentrieren. Er trifft den Ton nicht und singt taktelang weiter, bevor er es bemerkt. Ich habe mir angewöhnt, bei solchen Zerstreutheiten einfach weiterzuspielen. Nur wenn er redet, halte ich inne. »Sag mir, dass diese Frau nicht gut für mich ist.«

»Sie ist nicht schlecht. Nur intrigant. Sie weiß alles, was es über ... Schauspielerei zu wissen gibt. Aber sie weiß nicht viel über Menschen.«

»Was soll das heißen?« Er klingt beleidigt, bereit, mit fliegenden Fäusten aus seiner Ecke zu springen, sobald die Glocke ertönt.

»Sie will, dass du ihr zu Füßen liegst. Sie tut alles, damit du sie anbetest.«

Er blickt mich über den Notenständer hinweg forschend an. Sein Gesicht ist eine Maske. Auch etwas, das sie ihm beigebracht hat: Niemals Gefühle zeigen. »Was zum Teufel weißt du denn davon?«

»Nichts, Jonah. Ich weiß überhaupt nichts.«

Ich starre auf meine Klaviertasten, er auf mich. Wir sitzen lange Zeit so da, eine werkgetreue Interpretation von John Cage' *4'33"*. Schade, dass wir kein Tonbandgerät haben; unsere erste Aufnahme wäre ein Kinderspiel gewesen. Ich werde nicht das erste Wort sprechen. Aber ich bin sicher, dass er mich dazu zwingen will. Dann geht mir auf, dass er einfach mit seinen Gedanken anderswo ist. Schließlich murmelt er: »Wenn ich mir das so überlege, ich hätte absolut nichts dagegen, ihr zu Füßen zu liegen.«

Ich klimpere ein klein wenig Scriabin, ein improvisiertes *Poème de l'Extase*. Dazu braucht er kein Programmheft. Er nickt heftig, ein Grinsen, das nur für sich bestimmt ist. »Weißt du, was das Schlimme ist, Muli?«

»Was ist das Schlimme, Jonah?«

»Wenn du es unbedingt wissen willst, das Schlimme ist, dass sie so intrigant ist.«

Langsam, verführerisch, spiele ich Salomés Schleiertanz, bereit, ihr bei der ersten Falte auf seiner Stirn einen Mantel überzuwerfen.

»Ich weiß, ich weiß. Ich muss mein Leben in den Griff bekommen, andernfalls ...« Er pocht auf den Notenständer beim Gedanken an unsere nutzlose Probe. »Andernfalls werden wir nie wieder guten Gewissens Schubert aufführen können!« Er kichert wie ein Irrer. Einen erschrockenen Moment lang male ich mir aus, wie ich Pa verständigen oder einen Arzt rufen muss. Mein Schrecken stachelt ihn nur noch weiter an. »Es ist aus mit mir«, sagt er, als er sich wieder fängt. »Ich muss irgendwie mit dieser Frau zurande kommen.«

»Da gibt es eine Möglichkeit. Finde heraus, ob sie blufft.«

»Oh.« Pianissimo. »Das habe ich schon herausgefunden ... sie blufft nicht.« Er versetzt mir einen Boxhieb, zerknirscht jetzt, will retten, was noch zu retten ist. »Tut mir Leid, Muli. Ich wollte es dir sagen. Ich habe es versucht, schon vor einer ganzen Weile. Ich wusste nicht wie.«

»Bist du ... Wie lange geht das schon?«

»Keine Ahnung. Wochen? Hör mal, Muli. Ich habe doch schon gesagt, dass es mir Leid tut. Du musst nicht versuchen, mir ein schlechtes Gewissen zu machen. Schlechter kann es nicht mehr werden.«

Aber ich bin nicht wütend. Fühle mich nicht einmal hintergangen. Im Gegenteil, ich fühle mich befreit, verliere mich im Unvorstellbaren. Mein Bruder hat das Schauspielern erlernt. Er wollte es mir sagen. Versuchte es, aber er konnte es nicht. Er hat mit einem Geschöpf aus einem grausamen Märchen geschlafen, eher so alt wie unsere Mutter als wie wir. Ich habe es alles gesehen und geleugnet: seine reizbare, zerstreute Art, die zunehmende Spannung zwischen uns beiden in den letzten Wochen. Er erzählt mir die Einzelheiten, alles was ich schon vor Wochen hätte erraten sollen. Das meiste lasse ich nur ungläubig vorüberziehen.

Das erste Mal ist es wie ein Teil seines Unterrichts. Sie bringt ihm Holsts »Floral Bandit« bei, und wie immer mit den Händen. Drückt hier, formt dort eine Rundung. Jeder Muskel muss mithelfen, dass die Worte zu ihrem Recht kommen. Tja, die Worte sind muffig und diffus. Sie weiß, dass er nichts damit anfangen kann. »Jonah.« Sie zwickt ihn in die Seite, ein spöttisches Lächeln auf den Lippen. »Wenn du nicht an dieses Lied glaubst, wie kannst du dann erwarten, dass ein ganzer Saal voller Leute an dich glaubt? Ja, ich weiß. Es ist sentimentaler Blödsinn, schon uralt, als der Bursche es vor fünftausend Jahren geschrieben hat. Aber es könnte auch anders sein. Dieses Gedicht könnte der Mittelpunkt der Schöpfung sein.«

»So was nennst du ein Gedicht?«

»Du verstehst mich immer noch nicht.« Sie steht da, unmittelbar vor ihm, und greift ihm unter die Achseln, schüttelt ihn, wie eine panisch erschrockene Mutter ein Kind schütteln würde, das gerade mit knapper Not dem Tod entgangen ist. »Und bevor du das nicht begreifst, bist du nicht mehr als ein dummer Junge mit einer hübschen Stimme. Was du von diesem Blödsinn hältst, spielt keine Rolle. Du musst dich zum Instrument eines anderen machen. Von jemandem, der andere Wünsche, andere Sorgen hat. Wenn du dich nur mit dir beschäftigen willst, kannst du das Singen getrost sein lassen. Wenn du nicht auch jemand anderes sein kannst, brauchst du gar nicht erst auf die Bühne zu gehen.«

Sie zieht ihn näher heran, legt ihm beide Handflächen auf die Brust. Das hat sie schon häufiger gemacht, aber noch nie so zärtlich wie jetzt. »Musik, das bist nicht du. Sie kommt von draußen und soll auch wieder nach draußen zurück. Du selbst bist nur das Medium.« Sie schubst ihn fort, dann, als er sich umdrehen will, zerrt sie ihn am Hemd zurück. »Deswegen singen wir doch überhaupt. Neunundneunzig Komma neun neun neun Prozent« – jede Ziffer betont sie mit einem Schlag auf seine Brust – »von allem, was je geschehen ist, ist jemand anderem geschehen, nicht dir, jemandem, der schon seit Jahrhunderten tot ist. Aber in dir erwacht alles neu zum Leben, wenn du ihm Raum dazu gibst.« Sie piekt ihn aufs Brustbein, und er fasst ihre Hand. »Ah!«, sagt sie, wendet sich von ihm ab. »Ah! Willst du dich wehren?«

Überrascht lässt er das Handgelenk los.

»Ach? Diesmal doch nicht?« Sie fasst von neuem seine Hand, blickt auf, sieht sich im Zimmer um, suchend. »Sahst du sie? Kennst du ihren Namen?«

Einen Moment lang glaubt er, sie habe den Verstand verloren, wieder eine bleiche Ophelia, gescheitert an den tückischen Klippen westlicher Hochkultur. Dann geht ihm auf, dass sie eine Zeile aus dem verfluchten »Floral Bandit« zitiert. Die blasse, blutleere Frühlingsdiebin.

Sie drückt seine Hand an ihren weichen Busen. Der Jasminduft ist ihr Schweiß. Sie fängt seinen Blick ein. Ihre unglaublichen Augen, Jade vor dem Bernstein ihres Haars, grün wie die Worte des Lieds, mit dem sie ihn nun hänselt. »Was ist sie? Die Sylvia, die alle Welt preist?« Sie lächelt ihn an, steht auf Zehenspitzen, fährt ihm mit einem Finger über den Hals. Sie fasst ihn unters Kinn, schlenkert seine Hand in der ihren wie ein kleines Mädchen, wie das unschuldige anämische Kind, mit dem er einmal verlobt war.

Es ist ein Spiel für Sklaventreiber. Demütigung des Verzweifelten. Aber er spürt ihren Atem auf seiner Haut und steht still wie ein Verurteilter. Sie legt ihm den demütigenden Finger an die Lippen. »Vergebens müht des Menschen Zung' sich, sieht sprachlos Knospen sich entfalten.«

Lachfältchen erhellen jeden Winkel ihres Gesichts. Sie reckt sich, bis sie auf seiner Höhe ist. Er hört sie sagen: »Willst du mich?« Später bestreitet sie es, obwohl es keine Worte in dem Gedicht gibt, die er so missverstehen könnte.

Das ist die Lektion, in der sie ihm beibringt, wie man einem Lied Wahrheit einhaucht. Und die Nächste folgt sogleich. Als er sie an sich zieht, hält er es für seine eigene Tollkühnheit. Er malt sich aus, wie sie sich empört losreißt. Aber sie reißt sich nicht los. Ihr Mund wartet, wie schon ewig vertraut. Er drückt seine Haut an die ihre, feuchte an feuchte Lippen. Was er jetzt von ihr schmeckt, wird er für immer behalten, und er bekommt das Doppelte von dem, was er erwartet. Als die Lippen sich trennen, wendet er den Blick ab. Sie fasst seinen Kopf und dreht ihn zu sich hin. Er soll sehen, dass sie es ist. Immer noch sie. Und immer noch lächelt. Siehst du?

Der Schock ist zu viel für ihn. Er kann sie ansehen. All ihre Lachfältchen blicken ihm entgegen, applaudieren seinem Sieg, fordern ihn heraus, fragen ihn: *Wie viel möchtest du sehen?* Alles deins, sieh es nur an, fass es nur an. Wäre seine Angst nicht so groß gewesen, seine Freude hätte ihn umgebracht. Die Unterrichtsstunde wird auf ihrer Chaiselongue fortgesetzt, einem alt-wienerischen Sofa, dessen Rolle in ihrem Studio ihn schon immer beschäftigt hat. Sie zeigt ihm, wie er sie ausziehen muss. Während all dessen plappert sie sinnloses Zeug vor sich hin, halb gesungene Lautfetzen, Worttröpfchen aus dem verfluchten Gedicht. »›Denn keiner kennt der Tiefe Sang, noch kann erraten der Fiedel Klang.‹«

Sie ist vollkommener, als er sie in seinen schönsten Träumen erblickt hat. So hell wie das erste, bleiche Mädchen, das er nie sehen durfte. Ihre Flanken überraschen ihn, die Fülle der Brüste, die Grübchen hoch oben an ihren Oberschenkeln. Er muss sie in der gleißenden Sonne des Ateliers betrachten. Er fühlt sich lächerlich klein mit seinen schmächtigen Armen, seiner goldbraunen haarlosen Brust, der jugendlichen Impulsivität seiner Hände. Sie nimmt ihn in einer schaukelnden Bewegung, stößt einen überraschten Laut aus, und schon ergießt er sich über ihren gesamten Körper. Selbst das genießt sie, und ihre Freude daran vertreibt seine Scham. »Das nächste Mal«, verspricht sie. »Die nächste Lektion!« Sie presst seine Lippen zusammen, bringt ihn zum Schweigen, zieht ihn an – es kommt noch ein weiterer Schüler. *Die Dame, die vor jedem Mann Musik entzweibricht mittenmang.*

Sie lädt ihn in ihre Wohnung ein, eine abendliche Unterrichtsstunde, die er niemandem erklären muss außer mir. Er will es mir sagen, aber dann tut er es doch nicht. Das ist Musik. Das ist seine Arbeit. Als jemand anderes auf der Bühne stehen, nicht als er selbst. Wenn du nicht mehr sein kannst als du selbst, dann hast du dort oben nichts zu suchen. Ihre Höhle ist voller musikalischer Fetische – ihr Triumph in Paris, ein Verdi-Autograph, ein Foto, auf dem Gian Carlo Menotti den Arm um ihre jugendliche Hüfte legt. Die Möbel wirken, als stammten sie aus den Museen, zu denen Pa ihn in jungen Jahren schleppte. Sie zeigt ihm das Virginal aus dem achtzehnten Jahrhundert mit seinem bemalten Deckel und lässt ein paar zirpende Töne erklingen, eine sanfte, trügerische Kadenz.

Er spürt die kokette Aufforderung dieser Töne und streckt die Hand nach ihr aus, noch während sie spielt. Sie entzieht sich. »Du hast doch noch nicht einmal für mich gesungen!« Herausfordernd reckt sie das Kinn vor. »Woher soll ich wissen, ob du etwas kannst?«

Er singt noch einmal den Holst. Aber jetzt singt er, als hinge sein Leben von diesen Worten ab. Sie belohnt ihn, indem sie tut, als belohne sie sich selbst. Er hat etwas, das sie haben will: Das tut seine Wirkung in ihm, genau wie der Glaube an die höchste Intensität.

Sie ist seine Erste. Ich kann es nicht glauben. Immer habe ich mir ausgemalt, dass die Frauen sich ihm schon seit Jahren an den Hals werfen. Aber er hat sich aufgespart, war dieser einen treu, bevor er sie überhaupt kannte. Sie werden besser, Lektion um Lektion, vom ersten kehligen Laut bis zur kleinsten Feinheit der Atemtechnik. Bald sind sie so gut, dass sie immer weiterstudieren müssen. Sie zeigt ihm Dinge, die er nie vermutet hätte: Das ganze Leben öffnet sich vor ihm. Sie entdecken Orte, die es nie gegeben hat. Sie wird seine Schöpferin, seine Wärterin, seine Leiter. Sie bringt ihm bei, wo er sie berühren muss, sie spannt sich, stößt leise Laute aus, schmilzt dahin unter seinen Händen, *sforzando*, als hätte sie ihr Leben lang gewartet, dass jemand so auf ihrem Instrument spielt.

Seine Erste: Sie hat längst vergessen, was für ein Meilenstein das ist. Dazu hat sie zu viel Erfahrung gesammelt. All ihre Vergnügungen sind längst verfeinert. All die überraschten Entdeckungen längst untergegangen in Perfektion. Man könnte sagen, dieser Junge hilft ihr sich zu erinnern – das wild Entschlossene in seinem Gesicht, das schweißnass über dem ihren glüht. Sein Körper versenkt sich in den ihren und erstarrt, überwältigt von seiner Eroberung. Die Dankbarkeit, die sie in ihm weckt, bringt sie zu dem Augenblick zurück, an dem alles noch offen ist, alles ganz anders werden kann, als man es sich ausmalt. Anders als das, wozu es nun so unverrückbar geworden ist.

»Hörst du?«, fragt sie ihn eines Abends, bevor sie sich anzieht und ihn nach Hause schickt. »Hörst du, wie groß es dich macht?«

Er kichert wie ein Kind. »Ich wusste nicht, dass man es *hören* kann.«

Sie gibt ihm einen Klaps auf den Hintern. »Deine Stimme meine ich. Wie wir sie wachsen lassen.«

Er schwankt zwischen dem Unmöglichen und dem Unerträglichen. Zu viel, zu wenig: die wenigen Minuten Spiel, die sie ihm nach jeder Unterrichtsstunde gewährt. Seine Augen können sich nicht auf sie einstellen. Das arktische Weiß ihres Körpers blendet ihn. Er ist ihr Hündchen, schnüffelt an ihren Schenkeln, saugt den Jasminduft ihres Haars ein, bis sie anfängt zu kichern – »He, das kitzelt!« – und ihn wegscheucht. Seine Hände erforschen die Fremdartigkeit ihrer Haut: Den Spann ihres Fußes, die Kniekehlen, die Querfalte unter den Pobacken, die tektonischen Platten der Schulterblätter, wie sie aus dem Kontinent des Rückens emporragen. Unersättlich erkundet er jeden Zentimeter. Sie dämpft das Licht, ein kleiner Schutz vor dem gar zu intensiven Blick.

Im Halbdunkel legt er seinen Arm neben ihren. Der Kontrast zeigt ihm, wie schwarz er für sie ist. Und doch ist der Farbton seines Handrückens dem ihren näher als dem seiner eigenen Schwester. Und wo ihre Hüften sich im Dunkel berühren, gibt es überhaupt keinen Unterschied. Außer natürlich am Weg, der dorthin führt.

Sie sieht, wie er sie begutachtet, und rollt sich übermütig auf ihn. »Du! Wie kann ich dir alles zeigen?« Sie ist wie ein Kind in seinen Armen. Sie leckt ihn ab wie ein Kätzchen, gedankenverloren, als würde er es nicht bemerken oder sei gar nicht da. Dann spannt sie sich, schaudert, kommt noch einmal. Es geht so leicht, sie braucht kaum mehr als ihn zu spüren. Sie liegt da, ihr Gesicht im Kissen, die Worte sind gedämpft. Nicht zu entscheiden, an wen sie sie richtet. »Ich liebe eure Leute«, hört er.

Er erstarrt. *Wie bitte?*, möchte er sagen, aber er traut sich nicht.

Sie redet mit diesem Knebel im Mund, dumpf, versonnen, mag den undeutlichen Klang der Worte. Sein Arm, straff um ihren Hals gespannt, löst sich wieder, als sie weiterplappert. Sie dreht sich auf den Rücken, bereit zu weiterem Spiel, legt ihm die Handfläche auf die schmächtige nackte Brust, damit er sich nicht rührt. »Was mache ich nur, damit du so bleibst?«

»Liebestränke«, antwortet er ihr. »Magie und Hexengebräu.«

»Nimmst du mich irgendwann mal mit zu dir nach Hause?« Seine Hand, die zwischen ihre Beine gewandert war, spannt sich wieder. »Nicht als … Keiner müsste … Schließlich bin ich auch deine Lehrerin.« Er zieht die Hand zurück wie ein Kabel von einer Batterie. Sie merkt es nicht oder tut, als merke sie es nicht. »Ihr … habt einen Ort, der uns verschlossen ist. Wo das Leben so viel reicher ist. Ich möchte einfach nur dabei sein und ein bisschen davon spüren.«

Was für ein Ort? Was für ein Reichtum? Was für ein *ihr*? Jetzt im schwachen Lampenschein erkennt er sie: die Elendstouristin. Ein Sukkubus gönnt sich etwas, berauscht sich an der Opferrolle seines Opfers. Er wendet sich ab. Aber doch nicht so sehr, dass er sich befreien könnte. In dem Augenblick, in dem er sich zurückzieht, geht ihm auf, wie kalt, wie steril die Flucht wäre. Wohin könnte er gehen, wenn er jetzt aufstünde, sich anzöge, diese Wohnung mit ihren Barockmöbeln ein für alle Mal verließe? Ihre Krankheit ist ja auch die Krankheit der Bühne, der großen Oper, die Welt, auf die er sich eingelassen hat. Wer sonst sollte ihn nehmen?

Er ist für diese Frau ein aufregendes braunes Spielzeug, ein Abenteuer, das sie nicht selbst erfahren kann. Er wüsste nicht, wie er ihr sagen sollte, wie sehr sie es missversteht. Die Leute, die sie liebt, sind nicht seine Leute. Er hasst sie ja schon dafür, dass sie überhaupt jemand anderen in ihm liebt und nicht ihn selbst. Aber er bekennt sich nicht zu seiner Wut, zu der Ein-Mann-Nation, die er ist.

Er wartet bis zur nächsten Nacht, bis sie nackt und befriedigt in seinen Armen liegt. »Du sagst, du möchtest irgendwann mit mir nach Hause kommen?«

Sie dreht sich um, fährt ihm über die Lippen. Sie kann sich nicht mehr erinnern. Dann: *Ach so. Deine Familie.* Sie sagt nichts. Sie ist zu einer neuen Rolle weitergezogen, einer verklärten asiatischen Schönheit, zerbrechliche Chinoiserie.

»Das können wir machen. Wenn du möchtest.«

»Mein Jonie.« Sein Puls hämmert. »Wo wohnt ihr?«

»Uptown«, antwortet er unbestimmt. Sie nickt, kann es sich vorstellen. Er spürt, wie sie allen Mut zusammennimmt, um nach der Straße zu fragen. In welches pittoreske Negerviertel wird er sie führen? »Es … ist ja nur noch mein Vater da. Und du musst wissen, er ist – nicht von hier.«

»Wirklich?« Die Spannung steigt.

»Er ist Deutscher.«

Ein Schlag ins Gesicht. Nicht einmal die Schauspielerin kann so schnell reagieren. »Tatsächlich? Von wo?«

Er spürt, wie sie ihm entgleitet, wie ein Publikum, das Canteloube erwartet und Schostakowitsch bekommt. Sie fragt, was seinen Vater nach Amerika gebracht hat. »Die Nazis«, sagt er. Jetzt ist sie eine japanische Maske.

»Du bist doch nicht etwa Jude?«

Und das bringt ihn dazu, dass er es mir endlich beichtet. Er kehrt zurück in eine Gemeinschaft, die stärker ist als jede Beziehung, die er zu ihr entwickeln könnte. »Sag mir, dass sie böse ist, Muli. Sag mir, dass diese Frau nichts taugt.«

Ich sage es ihm, aber er hört nicht auf mich.

»Im vierten Akt wird sie mich erdolchen«, sagt er. »Eine halbe Stunde lang werde ich über die Bühne stolpern und Blut spucken.«

»Alles nur eine Frage der Atemtechnik.« Ich weiß nicht, was ich sonst sagen soll. Ihm kommen die Tränen. Er will lachen und mir zugleich an den Kragen. Wir kehren zu unseren Übungen zurück. Die Musik eines anderen. Andere Leute.

Seine Stimme gewinnt sehr dabei. Er weiß jetzt, wie er quälen kann bis aufs Blut. Seine Läufe sind perfekter denn je. Aber seine Phrasen dringen in neue, Angst einflößende Bereiche vor. In den Konzerten singt er dieselben Nummern wie immer, aber jedes Mal schiebt er die Grenzen ein Stück weiter hinaus. Er schwebt jetzt nicht mehr schwerelos auf Brahms' lange, dunkle Vorhaltetöne hinab. Jetzt trennt er sie ab, lässt sie hilflos auf halber Höhe hängen.

Wir nehmen den »Floral Bandit« ins Programm, als leichtgewichtiges Bonbon vor der Pause. Einmal, im Konzertsaal einer kleinen Universität im tiefsten Ohio, tut sich unter uns in der Bühne eine Falltür auf, und wir zeigen den Zuhörern das Innere dieses Lieds. Ich drücke nach wie vor die Tasten. Das Klavier muss auch weiterhin Töne hervorbringen, aber ich höre sie nicht mehr. Ich höre nur noch Jonah, die Fleisch gewordene Stimme, die selbst den lebenslangen Sünder zur Reue bewegt. Seine Melodien schweben im Äther, im stillen Mittelpunkt des Klangs.

»Was zum Teufel war das?«, frage ich hinterher, verstecke mich in den Kulissen vor dem Applaus. Er schüttelt nur den Kopf, stolpert auf die Bühne und verneigt sich noch einmal.

Die Kritiker, die ihm noch ein Jahr zuvor seine kalte Präzision ankreideten, schreiben nun von seiner Leidenschaft. Manchmal erwähnen sie auch mich: »ein Einklang, wie ihn nur die gemeinsame Herkunft hervorbringen kann.« Aber die meiste Zeit klingt es, als könne Jonah seine Lieder ebenso gut zu einer Jahrmarktsorgel singen. »Tief und emotional«, schreibt der *Hartford Courant*, »ein jugendlicher Einblick in die Tiefen und Höhen in uns allen.« All das tut Lisette für ihn. Von keinem seiner Lehrer lernt er mehr.

Aber noch ist seine Ausbildung nicht abgeschlossen. Sie verlegt den Unterricht zurück ins Studio, hebt sich die Wohnung für besondere Einladungen auf. Die Einladungen kommen seltener. Er darf tanzen, aber sie bestellt die Musik. Sie hingegen tanzt weiter, ohne ihn. Etwas an ihm erregt sie noch immer. Sie braucht ihn zur Erinnerung daran, wie sich ein *Nur* anfühlt, was ein *Immer* war. Die Kraft seiner Verzweiflung reißt sie mit.

Nach wie vor berührt sie ihn beim Singen, zeigt ihm, wo Muskeln sind, von deren Existenz er nichts wusste. Sie hält ihm neue Partien vor die Nase: Don Carlos, Pelléas, schwere Tenorrollen, vor denen selbst Männer, zehn Jahre älter als er, zurückschrecken. Eines Nachmittags sagt sie zu ihm: »Wir müssen jemanden für dich finden.«

»Jemanden wofür?«

»Jemanden für *dich*, Jonie.«

Die Stimme versagt ihm. »Einen anderen Lehrer, meinst du?«

Sie antwortet mit einem Laut tief in der Kehle, wie ein Miauen, legt ihre Hand auf die seine. »Ich könnte mir vorstellen, dass du *ihr* ein paar Sachen beibringst.«

»Ich verstehe nicht, was du sagen willst.«

»Ach, *caro*! Keine Sorge.« Sie beugt sich vor und flüstert ihm ins Ohr. »Und was du von ihr lernst, das zeigst du dann mir.«

Eine ganze Woche lang ist er wie erschlagen. Vor Mittag bekomme ich ihn nicht aus dem Bett, dann dauert es noch einmal zwei Stunden, bis ich ihn am Frühstückstisch habe. Ich muss Mr. Weisman anrufen und zwei Auftritte absagen. Ich sage ihm, Jonah hat einen Bronchialkatarrh. Weisman tobt.

Lisette ruft an. Ich überlege, ob ich ihn überhaupt an den Apparat holen soll, aber bevor ich noch zwei Worte sagen kann, weiß er, dass sie es ist. Schon ist er auf den Beinen und schubst mich beiseite. Minuten später steht er angezogen an der Tür.

»Wir müssen üben«, ermahne ich ihn. »Nächste Woche Pittsburgh.«

»Wir üben doch. Was meinst du, was ich tue?«

Als er zurückkehrt, nach Mitternacht, kann er wieder Bäume ausreißen. Am nächsten Tag nehmen wir unsere Proben wieder auf, und seine Stimme klingt so stark, er könnte die Krankheit der ganzen Welt damit heilen.

Aber die Welt will nicht geheilt werden. Im Juni, auf der Suche nach einer Konzertübertragung, hören wir im Radio eine Rede von Kennedy, sein um Ewigkeiten zu spätes Bekenntnis zur Bürgerrechtsbewegung. Vier Stunden später erschießt ein Heckenschütze, der vor dem Haus gewartet hat, den Leiter der NAACP im Staat Mississippi mit einem Schuss in den Rücken. Medgar Evers war die treibende Kraft hinter einer Wahlrechtskampagne. Der Mörder wird freigesprochen. Während der Verhandlung kommt der Gouverneur des Staates in den Gerichtssaal und schüttelt dem Mann die Hand.

Diesmal singen Jonah und ich keine spezielle Zugabe. »Sag mir, was wir machen sollen, Muli. Du kannst aussuchen, was du willst, ich singe es.« Aber ich weiß nicht, was wir machen sollen. Wir machen einfach mit dem weiter, was wir können. Holst und Brahms.

Jonah und Lisette streiten sich, ob er sich für Opernrollen bewerben soll. Das Versicherungsgeld unserer Mutter, das zusammen mit den spärlichen Konzertgagen für Unterhalt und Miete sorgt, ist fast aufgebraucht. Jonah hat genug von deutschen Liedern aus dem neunzehnten Jahrhundert.

»Noch nicht, *caro*. Nicht mehr lange. Jetzt hast du die perfekte Liederstimme.«

»Aber sie wird voller, sonorer. Das sagst du doch selbst.«

»Du hast dein Publikum da draußen. Du bekommst gute Kritiken.

Lass dir doch Zeit. Genieß es. Man kann sein Leben nur einmal beginnen.«

»Meine Stimme steht in voller Blüte.«

»Und sie wird noch dreißig Jahre weiterblühen, wenn du gut darauf aufpasst. Du bist fast so weit.«

»Ich bin *jetzt* so weit. Ich will weiterkommen. Ich gehe zum Vorsingen, egal wo. Irgend eine kleine Bühnenrolle bekomme ich doch allemal.«

»Du sollst aber nicht ›irgend eine‹ singen. Nicht, solange ich deine Lehrerin bin. Wenn du dein Debüt gibst, dann machst du es anständig.«

»Du hast Angst, dass ich zu gut werde, was?«

»Jonie, du *bist* zu gut. Bleib in der Gegenwart.«

Er ist wütend, aber er hört doch auf sie. Er traut dieser Frau, nach allem was er mit ihr erlebt hat. »Sie ist meine einzige echte Freundin«, sagt er zu mir.

»Ah ja«, sage ich.

Wir zwei, ständig in Bewegung, vorgeführt in Sälen voller Menschen, sind jeder ihrer Launen ausgeliefert. Jonahs alte Juilliard-Kumpel – diejenigen, die in der Stadt geblieben sind und nicht im Schuldienst oder als Versicherungsvertreter endeten – wollen ihn zu einem Wiedersehen bei Sammy bewegen. Brian O'Malley, der jetzt im Opernchor des City Center singt, führt nach wie vor den Vorsitz. Jonah ist der Einzige von ihnen, der noch ein Los für die Lotterie zum Ruhm in der Tasche hat. Aber auch in ihm spüren sie die Verwandlung, die Verfinsterung. Sonst haben wir niemanden, der uns nahe ist, Pa und Ruth ausgenommen, nur Säle voller fremder Menschen, die uns bewundern. Wenn das Telefon klingelt, ist es immer entweder Mr. Weisman oder Lisette Soer.

Gewiss, es kommt vor, dass wir Fremde kennen lernen. Lisette schleppt uns zu Partys – ungeheuer kultivierten Veranstaltungen, wo in gesellschaftlichen Galaxien ganze Planetensysteme umeinander kreisen, vom Mittelpunkt, wo alles um die Sonne des Tages seine Bahnen zieht, bis zu den fernsten, eisigen Asteroiden. Jonah und ich finden in der Regel unseren Platz irgendwo zwischen Neptun und Pluto. Einmal spricht ein Gast uns in gebrochenem Spanisch an, hält uns für arrivierte Puertoricaner.

Wir ziehen uns eben für eine dieser sinnlosen Partys an, einen Empfang für *The Ballad of Baby Doe*, und mit einem Male wird es mir zu viel. »Verdammt, Jonah, was wollen wir denn schon wieder bei so was?

Drei Stunden mindestens. Drei Stunden, in denen wir etwas Neues proben könnten.«

»Durch so was bekommt man Auftritte, Muli.«

»Auftritte geben uns Leute, die uns singen hören.«

»Alle einflussreichen Leute der Musikszene tummeln sich auf diesen Partys.« Das hätte von Lisette stammen können. »Die müssen uns aus der Nähe sehen.«

»Warum?«

»Damit sie begreifen, dass wir keine Wilden sind. Sie haben doch Angst, dass wir uns von hinten an die westliche Kultur ranschleichen und dann – peng.«

»Aber ich sehe aus der Nähe ein gutes Stück schwärzer aus.«

Mein Bruder hat schon seine dunkle Jacke an und bindet die Krawatte. Er streicht die Revers glatt und inspiziert sich im Spiegel. Dann kommt er herübergeschwebt, so nahe heran, dass sein Gesicht nur noch Zentimeter über dem meinen steht. Er sieht mich eindringlich an, mustert das Problem. »Ha! Wer hätte das gedacht? Wieso hast du mir das nie gesagt, Joey?«

»Du hast eine Menge Vertrauen in Leute, die oft genug bewiesen haben, dass sie keines verdienen.«

»Aber, aber, Bruder. Wir machen ihnen *Mut*. Wir stärken ihre Moral. Wir sind die neue Mode.«

»Ich will nicht die neue Mode sein, Jonah.«

Er wirft den Kopf in den Nacken. »Was willst du dann?«

»Ich will einfach nur die Musik spielen, die ich spielen kann.«

»Jetzt komm schon, Joey.« Er nimmt mir die schmale Krawatte aus der Hand, legt sie mir um den Hals und schlingt den Knoten. »Wir sagen einfach, du bist mein Chauffeur oder so was.«

Bei einer solchen Zusammenkunft, Ende Juni, stehe ich in einer Ecke, lächle unverbindlich, zähle die Pausen, bis Jonah bereit zum Aufbruch ist. Durch das Murmeln der Konversation hindurch, wie ein Radiosender, der nur schwach durch das statische Knistern dringt, erregt etwas meine Aufmerksamkeit. Die Hintergrundmusik dieser Party tritt plötzlich in den Vordergrund. Der Jazz, der aus den teuren Lautsprechern des Gastgebers kommt, ist aktueller Village-Sound, die großen Neuerungen, die Jonah und ich erst seit kurzem kennen.

Die Melodie kommt mir bekannt vor, wie ein Name, der einem so vertraut ist, dass er einem nicht mehr einfällt. Ich schließe die Augen und gebe mich dem quälenden Gefühl des *déjà-entendu* hin. Ich bin sicher, ich kenne dieses Stück, kann jede Modulation voraussagen, aber ebenso sicher bin ich, dass ich das, was ich jetzt höre, noch nie gehört habe. Ich lasse mich in Richtung Plattenspieler treiben. Die Möglichkeit zu schummeln zerstört alle Hoffnung, dass ich noch selbst auf den Namen des Stückes komme.

Ein hoch aufgeschossener Bursche in grüner Jacke und Plastik-Brillengestell, bleich und mager selbst nach den Maßstäben dieser Partys, steht neben der Stereoanlage und nickt im Takt der Musik mit dem Kopf. »Was *ist* das?« Wir sind beide überrascht über die Eindringlichkeit, mit der ich das frage.

»Ah! Das ist unser guter Miles.«

»Davis?« Der Trompeter, der Juilliard abgebrochen hatte, zehn Jahre bevor wir kamen, und den Bebop zum Cool entwickelt hatte. Der Mann, der noch vor wenigen Jahren von der Polizei zusammengeschlagen und ins Gefängnis gesteckt worden war, weil er vor einem Club, in dem er spielen sollte, auf der Straße gestanden hatte. Ein Mann so schwarz, dass ich mich fürchten würde, wenn er mir auf dem Bürgersteig entgegenkäme.

»Wer sonst?«, sagt der Grüne.

»Ein Freund von Ihnen?« Schließlich nennt er ihn beim Vornamen. Kein abwegiger Gedanke, auf dieser Party der Musikelite.

Aber nun starren die Augen mich durch die Plastikbrille feindselig an. »Ich mag diese Musik, Mann. Hast du da vielleicht was dagegen?«

Ich trete einen Schritt zurück, hebe beschwichtigend die Hände, halte Ausschau nach meinem großen Bruder. Wofür hält sich dieses verhungerte Bleichgesicht? Selbst ich könnte ihn k.o. schlagen. Ich spüre, wie die Wut sich in mir aufbaut, weil ich genau weiß, dass ich nichts anderes tun kann als nachzugeben. Dieser Dreckskerl schuldet mir eine Entschuldigung, und stattdessen erwartet er eine von *mir*. Aber bei alldem nagt es weiter an mir, quält mich mehr als die Demütigung durch diesen weißen Neger. Die Musik. Ich muss wissen, woher ich sie kenne. Ich habe schon eine Unmenge Stücke von Miles Davis gehört, doch dieses hier noch nie. Aber die sonnenverbrannten Akkordcluster, modal, atavistisch, habe ich im Kopf, als hätte ich sie selbst komponiert. Und dann geht es mir auf: Das ist gar keine Originalkomposition. Kein Stück für Trompete, sondern für Gitarre. Das ist nicht Miles, den ich da wieder erkenne, sondern Rodrigo.

Ich nehme dem Bleichgesicht die Plattenhülle aus den Händen. Meine Erregung hält ihn davon ab, mich dafür zu schlagen. Ich überfliege die Angaben, überlege, ob denn wirklich zwei Leute unabhängig voneinander auf die gleichen Ideen kommen können, genau wie die irrenden Seelen in der Wildnis der Wissenschaft, von denen Pa uns früher beim Essen erzählt hat. Der Titel auf der Hülle lautet *Sketches of Spain*. Ich bin der letzte Mensch auf dem ganzen Planeten, der davon hört: Die *Aranjuez*-Bearbeitung von einem Mann, der einmal auf Juilliard war. Musik muss mindestens hundert Jahre abgelagert sein, bevor ich merke, dass sie da ist. Und mindestens hundert Jahre weit fort scheint mit der Tag, an dem Wilson Hart und ich uns hinsetzten, um herauszufinden, was hinter dieser Melodie steckte; mehr als ein Jahrhundert scheint es mir her, seit wir sie vierhändig spielten und ich das Improvisieren lernte.

Will hatte Recht mit der Reconquista, Recht mit seiner Überzeugung, dass sich aus der Melodie noch etwas anderes machen ließ. Aber alles an diesen Skizzen mit ihren Trompetensoli ist anders als das, was Will und ich damals spielten – alles bis auf das Thema. Die Verbindungslinien laufen von Andalusien zur Sahara und wieder zurück, jede Kultur bedient sich aus der Tasche der anderen, ganz zu schweigen von den Taschen derer, die stehen bleiben und zuhören.

Ich stehe da und höre, und mir kommen die Tränen. Es ist mir egal, ob dieser weiße Neger mich sieht. Ich höre den einsamsten Menschen, der mir je begegnen wird, der den Platz in seiner Welt verloren und in der neuen keinen gefunden hatte, den Mann, der eine Musik liebt, die keine Heimat hatte, in einem Probenraum über den Tisch gebeugt, vertieft in das Komponieren von Orchestersuiten, von denen er genau wusste, dass jede Versammlung von Menschen, denen er sie zeigte, ganz egal welche, sie verspotten würde. Und er zeigte sie mir. Der Mann, der mir das Versprechen abgenommen hatte, die Musik aufzuschreiben, die ich in mir hatte. Und noch immer hatte ich keine einzige Note aufgeschrieben – was exakt dem entsprach, was ich in meinem Inneren spürte.

In jedem neu gefassten spanischen Melodiefetzen höre ich es: Ich habe meinen Freund verraten. Ich weiß nicht warum. Seit unserem Abschied damals habe ich ihn nicht mehr gesehen, habe nie versucht, Kontakt zu halten, und ich weiß auch, dass ich es nie tun werde, auch nicht am heutigen Abend, wo ich nach Hause gehen und in Gedanken ganz bei ihm sein werde. Ich weiß nicht warum. Ich weiß genau warum. *Schon gut, Bruder Joe. Ein jeglicher diene Gott auf seine Weise.* Und meine Weise ist eben diese: Liederabende in Hartford und Pittsburgh, Kostümpartys an der Upper East Side mit der Elite des Musikbetriebs. Meine Hand mit der Plattenhülle zittert. Andalusien strömt aus diesen Lautsprechern, auf dem Umweg über East St. Louis, die Trompete hat diese Melodie zur ihren gemacht, und ich kann nichts weiter tun, als schluchzend hier zu stehen und den Kopf zu schütteln. »Schon gut«, sage ich zu dem Grünen, und sein Zorn wandelt sich in Furcht. »Tolle Musik. Kein Gaul auf der Welt, der ein Vollblut ist.«

Wir treffen uns mit Pa und Ruth mindestens einmal die Woche, zum Freitagsessen in Morningside Heights, es sei denn, wir sind auf Konzertreise. Ruth wächst rasch heran, unter der Obhut unseres Vaters und seiner fünfzigjährigen Haushälterin Mrs. Samuels, mit der Ruth jetzt auf ständigem Kriegsfuß lebt. Sie hat ein ganzes Rudel von Freundinnen, die ich nicht auseinander halten kann. Sie versuchen vergeblich, ihre widerborstigen Haare zu großen Wellen zu zwingen, und stecken sich in glänzende vinylschwarze Kleider, die Mrs. Samuels »kriminell« nennt.

Ruth ist fest entschlossen: Sie will im Herbst aufs College gehen und an der New York University Geschichte studieren. »Geschichte?«, fragt Jonah verblüfft. »Wozu soll das denn nütze sein?«

»Es kann eben nicht jeder so nützlich sein wie du, Jonah«, verkündet sie mit ihrer besten Radioansagerstimme.

Eines Abends lernen wir ihre besten Freundinnen kennen. Sie wollen mit Ruth ins Kino gehen, drei Mädchen in Schwarz. Neben der hellsten von ihnen wirkt Ruth fast wie eine Lateinamerikanerin. Sie können das Lachen kaum unterdrücken, als sie Jonah und mich sehen, und kaum hat Ruth mit ihnen die Wohnung verlassen und die Tür hinter sich zugezogen, prusten sie los. Obwohl Pa es nicht gern sieht, freundet Ruth sich immer enger mit ihnen an; die Unternehmungen am Wochenende werden zur festen Einrichtung, und wenn Jonah und ich freitags zum Essen kommen, treffen wir sie nur noch selten. In diesem ganzen Sommer ist die Familie nur dreimal vollzählig versammelt. Aber Anfang August sitzen wir alle vier mit Mrs. Samuels zusammen beim Essen, als Pa plötzlich verkündet: »Wir fahren nach Washington!«

Jonah spießt die Latkes mit der Messerspitze auf. »Was willst du damit sagen, Pa? Wer ist ›wir‹?«

»Na wir. Wir alle. Die ganze Familie. Alle zusammen.«

»Ist ja interessant.«

»Was gibt es in Washington?«, will ich wissen.

»Jede Menge weißen Marmor«, antwortet Ruth.

»Es soll eine große Protestveranstaltung stattfinden.«

Jonah und ich zucken die Achseln. Mrs. Samuel schnalzt ungläubig mit der Zunge. »Habt ihr denn gar nichts über den Protestmarsch gehört? Wo seid ihr bloß die ganze Zeit gewesen?«

Wie sich herausstellt, wissen alle Bescheid, nur wir nicht. »Meine Güte. Die ganze Stadt ist voll mit Flugblättern!« Ruthie zeigt uns einen kleinen Metallbutton, der sie fünfundzwanzig Cent gekostet hat – eine Spende für das geplante Vorhaben. Sie hat für jeden von uns einen gekauft. Ich stecke meinen an. Jonah spielt mit seinem wie mit einer Münze.

Pa hält alle zehn Finger in die Höhe. »Hundert Jahre Sklavenbefreiung.«

»Bei der natürlich niemand befreit wurde«, ergänzt unsere Schwester. Pa senkt den Blick.

Jonah hebt die Brauen und sieht sich um. »Vielleicht könnte mal jemand so freundlich sein und ...«

Ruthie springt in die Bresche: »Der Marsch auf Washington für Arbeit und Freiheit, organisiert von A. Philip Randolph –«

»Verstehe«, sagt Jonah. »Und weiß einer von euch auch, für wann diese Veranstaltung geplant ist?«

Pas Stimmung hellt sich wieder auf. »Wir fahren am Achtundzwanzigsten. Ihr kommt schon am Abend vorher und schlaft hier, damit wir gleich in der Frühe den Bus von Columbia nehmen können.«

Jonah wirft mir einen Blick zu. Ich bestätige es ihm. »Geht nicht, Pa.«

Noch nie habe ich meinen Vater, der vor keinem kosmischen Rätsel zurückschreckt, so verwirrt gesehen. »Was heißt das?«

»Sie sind anderweitig beschäftigt«, spottet Ruth.

»Wir haben einen Termin«, erwidert Jonah.

»Ein Konzert? Aber auf der Liste, die ihr mir gegeben habt, steht für den Achtundzwanzigsten kein Konzert.«

»Es ist kein richtiges Konzert. Eine musikalische Verpflichtung.«

Pa runzelt die Stirn. Er sieht aus wie die berühmte Beethovenbüste, nur zorniger. »Was für eine Verpflichtung?«

Jonah sagt es ihm nicht. Ich könnte mich absetzen und sagen, dass *ich* keine Verpflichtung habe. Dass ich mit für Arbeit und Freiheit marschiere. Der Augenblick dauert eine Ewigkeit; ich bin hin- und hergerissen. Dann ist es zu spät, und ich habe meine Chance verpasst.

»Ihr solltet diese musikalische Verpflichtung absagen. Ihr solltet mit uns nach Washington fahren.«

»Warum?«, fragt Jonah, »Ich verstehe das nicht.«

»Was gibt's da zu verstehen?«, fragt Ruthie. »Alle fahren.«

»Es geht um Bürgerrechte«, erläutert Pa. »Das betrifft euch.«

»Mich?« Jonah zeigt auf seine Brust. »Wieso?« Er will Pa mit aller Gewalt dazu bringen, dass er etwas ausspricht, was er sein Lebtag nie zugegeben hat.

»Dieser Marsch ist wichtig und richtig. Ich gehe. Eure Schwester geht.« Ruth dreht an ihrem Fünfundzwanzig-Cent-Button für den Freiheitsmarsch, als hätte er sie eines Verbrechens beschuldigt.

»Pa!«, sagt Jonah. Ich stehe auf und räume das Geschirr zusammen. »Interessierst du dich jetzt auf deine alten Tage noch für Politik?«

Pa sieht an uns vorbei, sein Blick reicht ein Vierteljahrhundert zurück. »Das hat nichts mit Politik zu tun.«

»Und alt ist euer Vater auch nicht«, fügt Mrs. Samuels hinzu.

Ruth funkelt die Frau an. »Was habt ihr eigentlich gegen Politik?«

Eine Woche nach dem katastrophalen Essen kommt Jonah spät von Lisette Soer zurück. Etwas stimmt nicht. Er steht schwankend im Türrahmen. Anfangs glaube ich, er hat ihr gesagt, dass wir nun doch nicht zu ihrer kleinen Soiree kommen können, dass wir mit unserer Familie nach Washington fahren müssen, zu einem Protestmarsch, der uns betrifft. Vielleicht haben sie sich deswegen gestritten, womöglich sogar Schluss gemacht. Ich will ihm gut zureden, ihm sagen, wie wunderbar er immer war. So wunderbar wie seine Stimme. Vielleicht sogar besser. Aber sein starrer Blick lässt mich verstummen.

»Tja.« Seine Stimme klingt zittrig und tonlos. »Jetzt ist es passiert. Ein Kind.«

Ich denke: *Jetzt hat sie sich tatsächlich einen noch jüngeren Liebhaber genommen.* Doch dann begreife ich. »Sie ist schwanger?« Jonah sagt nicht einmal ja. Ich störe ihn nur bei der Suche nach einer Stelle, wo er sich abstützen kann. »Bist du sicher, dass du der ...«

Seine hochgezogenen Augenbrauen gebieten mir Einhalt. »Willst du jetzt meinen guten Ruf retten, Muli?«

Ich mache ihm einen heißen Zitronensaft und setzte mich ihm gegenüber auf den Fußboden. Es ist nicht so, wie ich denke.

»Ein *Baby*, Muli. Stell dir das vor!« Er klingt genau wie der kleine Junge, der vor langer Zeit die »Ode an die Freude« unter ein Foto des Sternenhimmels gekritzelt hat. »Ich habe gesagt: ›Ist es nicht toll? Wenn du mich heiratest, kann ich auf jeden Fall als der Vater des Kindes durchgehen, ganz gleich welche Hautfarbe es hat.‹« Er steht da mit leuchtenden Augen und geblähten Nasenflügeln, wie auf der Bühne, erfüllt von der irren Intensität, die sie ihn gelehrt hat. »Das kann man nicht von jedem behaupten, Joey!« Er kichert und lässt die Tasse fallen. Sie zerbricht, und er lacht noch lauter. Ich räume die Scherben weg, Jonah redet ununterbrochen weiter. »Sie ist verrückt geworden. Völlig übergeschnappt. Sie hat einfach nur geschrien: ›Weißt du, was das für meine Stimme bedeutet?‹«

Er versucht in den nächsten Tagen ein paar Mal bei ihr anzurufen, aber es geht niemand an den Apparat. »Sie tritt wieder in *Così* auf. Ich warte einfach hinterher auf sie.«

»Sei vernünftig, Jonah. Ein Schwarzer, der auf der Straße vor dem Bühneneingang der Met lungert. Wir haben nicht das Geld für die Kaution.«

Ich überrede ihn, dass er bis zu ihrer Soiree wartet, der intimen kleinen Feier für ihre hundert besten Freunde, derentwegen wir nicht mit Pa und Ruth in Washington marschieren können. Als wir eintreffen, ist der verdische Albtraum schon in vollem Gange. Lisette gleitet in einer veilchenblauen schulterfreien Robe durch den Raum, die nur durch schiere Magie an Ort und Stelle bleibt. Sie sieht aus, als habe sie noch nie im Leben ein Mann berührt. Flirtend schwebt sie von Gast zu Gast, verbreitet sinnliche Freude, wo immer sie ist – fast warte ich, dass sie unvermittelt zu einer Arie ansetzt, die ihrem geschwächten Herzen den Todesstoß gibt.

Ich weiß es beim ersten Blick. Wir hätten nie kommen sollen. Wir bewegen uns unauffällig zur Bar, bleiben beisammen. Ein Schwarzer im Abendanzug steht hinter der Theke. Er nimmt unsere Bestellung entgegen, und keiner von uns dreien sieht den anderen an. Jonahs Augen sind nur auf der Suche nach seiner geheimnisvollen Geliebten, warten auf eine Chance, sie allein zu sprechen. Er spürt eine Flaute, bahnt sich einen Weg durch den Cocktaildunst, steht plötzlich neben ihr. Sie streckt die Hände aus und drückt sie ihm auf die Brust, aber ich weiß nicht, was sie damit sagen will. Überall im Raum lautes Stimmengewirr: ein Dutzend manischer Gespräche, alle durcheinander. Aber mit dem Kontrapunkt groß geworden, kann ich, als ich näher komme, seine Tenorlinie aus dem Stimmenchor heraushören.

»Alles in Ordnung mit dir?«

»Mir geht's bestens. Warum fragst du?«

»Meinst du nicht, du solltest besser keinen –«

»Das ist Regina Resnik dort drüben. Ist sie nicht bezaubernd? Ich bin so froh, dass sie jetzt mezzo singt. Passt viel besser zu ihr. Komm mit, Kleiner. Ich mache euch bekannt.«

»Lass das, Lisette. Ich bringe dich um. Ich schwör's.«

»Ooooh! Seit wann bist du denn so stürmisch?«

Sie stehen an die Wand gelehnt, beide tun lässig. Beide flüstern, aber selbst das Flüstern einer ausgebildeten Stimme hört man weit. Er fasst sie am Handgelenk. An der Wand hinter Lisette hängt ein Foto von ihr als Dido, wie sie »When I Am Laid in Earth« singt, »Wenn einst im Grab ich liege«. »Jetzt sag schon«, drängt er, »was ist?«

»Entspann dich. Kein Grund zur Sorge. Trink ein Gläschen. Du bist zum Vergnügen hier.«

»Lisette. Ich lasse nicht zu, dass du das allein durchstehst. Ich kann doch für das Kind sorgen, wenn du Karriere machst. Dann kommt meine große Zeit, wenn du ...«

»Wenn ich was? Sag schon, was du sagen wolltest, Kleiner. Wenn meine beste Zeit vorbei ist?«

»Du hast mir selbst gesagt, ich kann es bis ganz nach oben schaffen. Ich bin eine gute Partie, Lisette. Ich kann für dich sorgen.«

»Du wirst mich beschützen – das willst du sagen? Du wirst mich pflegen, wenn ich alt bin, und für meine armen kleinen Kinder sorgen?«

»Ich weiß, du hältst mich selbst noch für ein Kind. Aber der Tag kommt, da sind wir beide gleich alt.«

»Der Tag kommt, an dem bist du so alt wie ich jetzt. Und dann wirst du hören, wie jung du klingst.«

»Heirate mich, Lisette. Ich kann dir ein guter Ehemann sein. Ich werde ein guter Vater für das Kind.«

»Ehemann? Kind?« Sie erstickt fast an diesen Worten.

Drei beschwipste hohe Stimmen nähern sich, reden alle gleichzeitig. »Ja was haben wir denn da? Privatstunde? Tête-à-tête? Ihr zwei seht aus, als ob ihr gerade etwas ganz Verruchtes vorhabt.«

Lisette schwebt davon und macht das Trio zum Quartett. Ich gehe zu Jonah hin. »Lass uns von hier verschwinden.«

Er ist sichtlich unschlüssig. Aber noch nicht bereit zu gehen. Er folgt ihr durch die Wohnung, ungeschickt, auffällig, verschreckt das Wild jedes Mal, bevor er auch nur in die Nähe kommt. Ich halte mich am Rand der Gesellschaft, lasse die allgemeine Hochstimmung über mich hinwegbranden. Jeder Versuch, ihn zu retten, ist zwecklos. Schließlich stellt er sie, durch Zufall, als sie sich unachtsam umdreht. Er fasst sie am Oberarm. »Ich tue alles für dich, Lisette, du kannst es dir aussuchen. Aber ich lasse nicht zu, dass du es einfach allein mit dir abmachst.«

»Und ich habe dir gesagt, dass alles in Ordnung ist, Jonah. Kein Grund zur Sorge. Hast du mich verstanden? *Keiner!*«

Mittlerweile bin ich nicht mehr der Einzige, der die Ohren spitzt. Rundum verstummen Gespräche. Lisette macht eine komische Nummer daraus und fährt Jonah durchs Haar. Jonah gibt sich alle Mühe zu grinsen. Bei der erstbesten Gelegenheit machen wir uns davon. Den ganzen Rückweg über verflucht er sie.

Er will sie gleich am Morgen anrufen. Ich sorge dafür, dass er wenigstens die drei Stunden bis neun Uhr wartet. Noch einmal sagt sie ihm am Telefon: Alles in Ordnung. Sie muss es mehrere Male versuchen, in verschiedenen Formulierungen, bevor er begreift. Keine Sorge: kein Baby.

Er braucht länger, bis er den Hörer auf die Gabel gelegt hat, als Mahler für die Auflösung eines Akkords. Er ruft nach mir, obwohl ich direkt neben ihm stehe. »Joey. Ich verstehe das nicht.«

»Falscher Alarm. Ihr solltet beide erleichtert sein.«

»Das kann es nicht sein. Das hätte sie doch gesagt.«

Ich bin nicht schwer von Begriff. Nur dumm. »Sie hat es verloren.« Ich höre die Worte. Verloren, in ihrer Unachtsamkeit.

»Wann, eine halbe Stunde vor der Party? Deshalb hat sie so gestrahlt?« Er will, dass ich den Mund halte. Nie wieder soll ich ein Wort sagen. Aber mein Schweigen triebe ihn in den Wahnsinn. »Sie lässt es sich wegmachen, Joey. Womöglich ist sie jetzt schon unterwegs. Sie liebt uns, weißt du. Aber lieber bringt sie mein Baby um, bevor sie – «

»Jonah, hör mal. Selbst wenn es von dir ist – «

»Es ist von mir.«

»Selbst wenn … du weißt doch nicht, ob sie wirklich …«

Er weiß es. Er weiß, wo wir unser ganzes Leben verbracht haben.

Pa ruft an und erzählt uns, was wir in Washington verpasst haben. »Alle Welt zusammen auf der Independence Avenue!« Jonah lässt es sich in allen Einzelheiten erzählen. Es interessiert ihn nicht, aber er braucht die Ablenkung.

Die Zeit gibt Lisette Soer Recht. Keine Sorge: kein Baby. »Erledigt«, sagt Jonah mir. Und etwas in ihm hat sie gleich mit erledigt. Sie hat den Altersunterschied zwischen ihnen überbrückt, schneller als er vorhergesagt hatte. Er sitzt auf dem Klavierhocker, das Kinn auf die Knie gelegt, wie ein Fötus. Aber er ist älter als sie.

»Sie wollte einfach nicht ihre besten Jahre dafür hergeben«, sage ich. Er hasst mich für diese Worte. »Sie wollte nicht, dass die Hormone ihr die Stimme verderben.« Sie wollte kein Baby. Wollte keinen Mann, der zwölf Jahre jünger war als sie. Wollte überhaupt keinen Mann. Keinen wie ihn.

Er nickt und weist doch jeden meiner Beschwichtigungsversuche zurück. »Sie wollte kein schwarzes Kind. Keins mit dicken Lippen. Warum ein Risiko eingehen? Wenn erst mal was Schwarzes im Spiel ist, ist alles russisches Roulette.«

Am Abend tobt er. Er schleudert einen Teller mit von mir gekochten Spaghetti zum Fenster hinaus. Er zerschellt auf der Straße, verfehlt nur knapp einen Passanten. Jetzt wo eine Tournee uns gut täte, haben wir keine Engagements. Aber er hätte auch ohnehin nicht singen können. Seine Stimme verliert ihre beiden obersten Oktaven. Er geht allein aus, und bei der Rückkehr riecht er nach Marihuana. Ich rede mit ihm über Nichtigkeiten, bis es Schlafengehenszeit ist. Jonah, kaum noch zu erkennen mit seinem aufgedunsenen Gesicht, sitzt nur dabei und kichert. Ich quassele auf einen Mann ein, der gar nicht mehr in der Lage ist zu antworten, besessen von dem Gedanken, dass der Rauch, den er inhaliert, seine Stimmbänder bereits zerstört hat.

Eine Woche später fliegt in Birmingham die Baptistenkirche in der Sechzehnten Straße in die Luft. Wir sehen es im Fernsehen und in den zwei Zeitungen, die wir am nächsten Morgen kaufen. Die Kirche ist ein Trümmerhaufen: Ziegelsteine und Schlacke, Glasscherben und verbogenes Metall. Ich stehe neben dem wartenden Auto auf dem rußigen, eiskalten Bürgersteig vor unserem Haus, an dem Tag vor acht Jahren, und versuche mein Leben wieder zu erkennen. Ich starre dies neue Foto an und schlucke den Geschmack herunter, der mir die Kehle zuschnürt, den Geschmack von Erinnerung und Vorahnung.

Die Bombenleger haben den alljährlich in der Kirche stattfindenden Jugendsonntag abgewartet. Die Explosion zerstört das Untergeschoss des Gotteshauses, wo die Kinder für diesen besonderen Anlass proben. Vier Mädchen werden getötet, drei Vierzehnjährige und eine Elfjährige. Mein Bruder kann den Blick nicht abwenden von ihren Fotos; immer wieder fährt er mit dem Finger über die strahlenden Gesichter, bis die Druckerschwärze völlig verwischt ist. Er ist wieder zehn Jahre alt und schmettert ein jubilierendes Duett für eine Gemeinde, die sich freut, dass ein kleiner Negerjunge in ihrer Kirche Bach singt. Er sieht seine eigene Tochter, heute in zehn Jahren, die Tochter, die er gerade verloren hat. Sieht diese vier toten Mädchen: Denise, Cynthia, Carole und Addie Mae.

Sieben Bombenanschläge in sechs Monaten. In den Straßen von Birmingham tobt eine blutige Schlacht; so etwas exportieren die Vereinigten Staaten sonst nur ins Ausland. Reverend Connie Lynch, ein prominentes Mitglied des Ku-Klux-Klan, verkündet lauthals: »Wenn es heute Abend vier Nigger weniger gibt, dann sage ich: ›Gut gemacht, wer immer die Bombe gelegt hat!‹« Zwei weitere schwarze Kinder kommen ums Leben: Ein Dreizehnjähriger wird von zwei Pfadfindern erschossen, ein Polizist tötet einen Sechzehnjährigen.

Das Land, in dem ich gelebt habe, ist tot. Der Präsident spricht von Recht und Ordnung, Gerechtigkeit und Frieden. Er ruft Weiße und Schwarze auf, Leidenschaften und Vorurteile beiseite zu lassen. Zwei

Monate später ist auch er tot. Malcolm sagt: *Wer Wind sät, wird Sturm ernten.*

Lisette Soer ruft meinen Bruder an, aber ich bin am Apparat. Sie will wissen, warum er drei Gesangstunden versäumt hat. Sie will, dass er sie zurückruft. Beim ersten Mal sage ich ihr, Jonah habe eine Virusinfektion. Sie schickt ihm Gänseblümchen. Beim zweiten Anruf sage ich ihr, er ist in Europa und wird vorerst nicht wiederkommen. Mein Bruder sitzt nur drei Meter entfernt; er ist kaum in der Lage zu nicken. Miss Soer hört meine Auskunft mit sprachlosem Zorn. Lisa Sawyer, die Bierbrauertochter aus Milwaukee, nennt mich einen verlogenen Affen.

»Ich weiß nicht, was Sie meinen«, sage ich. Aber mittlerweile weiß dieser Affe das ziemlich genau.

AUGUST 1963

Sie versammeln sich am Fuß des Washington-Monuments. Menschen strömen von überall herbei, wo immer es Hoffnung auf eine bessere Zukunft in diesem Land gibt. Sie kommen in klapprigen Lastwagen, direkt von den Feldern in Georgia. Sie rollen in Bussen – hundert pro Stunde – durch den Baltimore-Tunnel. Sie kommen in langen silbernen Wagons aus den Vorstädten der Nachbarstaaten, in zwei Dutzend Sonderzügen aus Pittsburgh und Detroit. Sie landen mit Flugzeugen aus Los Angeles, Phoenix und Dallas. Ein zweiundachtzigjähriger Mann kommt mit dem Fahrrad aus Ohio; ein anderer – halb so alt wie er – aus South Dakota. Ein Mann braucht eine ganze Woche, um die achthundert Meilen von Chicago auf Rollschuhen zurückzulegen, geschmückt mit einer leuchtend roten Schärpe, auf der das Wort FREEDOM prangt.

Um elf Uhr morgens sind es schon mehr als eine Viertelmillion: Studenten, kleine Geschäftsleute, Prediger, Ärzte, Friseure, Verkäufer, Gewerkschaftsvertreter, angehende Manager, Intellektuelle aus New York, Farmer aus Kansas, Krabbenfischer aus dem Süden. Eine »VIP-Maschine« bringt eine Ladung Filmstars – Harry Belafonte, James Garner, Diahann Carroll, Marlon Brando. Erfahrene Freedom Riders, kampferprobte Veteranen aus Birmingham, Montgomery und Albany stehen Seite an Seite mit frisch gebackenen Bürgerrechtlern, Menschen, die sich nach einem anderen Staat sehnen und bis heute nicht wussten, was sie dazu beitragen können. Sie schieben Kinderwagen und Rollstühle, schwenken Fahnen und Spruchbänder. Sie kommen direkt aus Vorstandssitzungen und frisch aus dem Gefängnis. Sie kommen aus einer Viertelmillion Gründen. Und haben doch alle dasselbe Ziel.

Der Marsch führt vom Washington-Obelisken zu den Stufen des Lincolndenkmals, aber wie üblich auf einem längeren Weg. Irgendwo in der Constitution Avenue gibt es Arbeit; irgendwo in der Independence Avenue lockt die Freiheit. Selbst diese gewundene Route ist das Ergebnis eines wackligen Kompromisses. Sechs verschiedene Gruppen begraben ihre Meinungsverschiedenheiten und marschieren mit vereinten Kräften, wenn auch nur auf dieser letzten Etappe.

In der Nacht davor unterzeichnet der Präsident den Befehl zur Mobilisierung der Armee, für den Fall dass es Unruhen gibt. Am frühen Morgen überspülen die Menschenfluten alle Dämme, die die viel zu schwachen Polizeikräfte errichten. Der Protestzug setzt sich von ganz allein in Bewegung, ungeführt; die Anführer müssen nachträglich von Ordnern in den unaufhaltsamen Strom eingeschleust werden. Es gibt Agitation, Streikposten, eine vierundzwanzigstündige Mahnwache vor dem Justizministerium. Aber trotz vier Jahrhunderten der Gewalt fließt an diesem Tag nicht ein einziger Tropfen Blut.

Die Fernsehkameras auf der Aussichtsplattform des Washington Monument schwenken über ein Menschenmeer, das zu beiden Seiten der spiegelnden Wasserfläche eine halbe Meile weit dahinwogt. Auf dieser halben Meile gibt es alle nur denkbaren Schattierungen: Zorn, Hoffnung, Schmerz, neuerwachte Kraft und, vor allen Dingen, Ungeduld.

Von der Mall schwappt Musik herüber – scheppernde High School-Blaskapellen, Kirchenchöre, Gospel singende Familienensembles, hastig zusammengestellte Jazzcombos mit stoisch-euphorischem Scatgesang – ein Leichenbegängnis so lang wie die Ostküste. Lieder dröhnen aus den allgegenwärtigen Lautsprechern über die offenen Flächen und brechen sich an den Klippen der öffentlichen Gebäude. Auf der Bühne eine bunte Mischung von Künstlern – Odetta und Joan Baez, Josh White und Bob Dylan, die berühmten Freedom Singers aus Albany. Aber die Woge von Musik, die die Marschierenden auf den großen Befreier zuträgt, ist selbst gemacht. Strudel und Wellenkämme aus Wörtern und Tönen: *We shall overcome. We shall not be moved.* Wildfremde Menschen, die sich nie zuvor gesehen haben, stimmen unvermittelt ein in den gleichen vielstimmigen Gesang. *The one thing we did right was the day we began to fight.* Da sind sie sich einig: Der beste Tag in ihrem Leben war der Tag, an dem sie den Kampf aufnahmen. Das Lied entwickelt eine ganz eigene Polyphonie. *The only chain we can stand is the chain of hand in hand.* Sie dulden keine Ketten, nur die Kette der

Hände, die sie sich reichen. Alles was war, trifft sich in diesem einen Jetzt. *Woke up this morning with my mind on freedom.* Heute Morgen bin ich aufgewacht und dachte an die Freiheit. *Hallelujah.*

David Strom hört die anschwellende Melodie wie im Traum. Der Klang versetzt ihn zurück zu einem früheren Ich, zu dem Tag, an dem er zum ersten Mal hier war, dem Tag, mit dem alles anfing. Der frühere Tag findet hier seinen Abschluss, in diesem Augenblick, den er schon ein Vierteljahrhundert zuvor prophezeit hat. Die Zeit ist keine Linie, die durch eine Reihe von Augenblicken verläuft. Die Zeit ist ein Augenblick, an dem alle Linien zusammentreffen.

Seine Tochter geht neben ihm; sie ist achtzehn, genau zwei Jahre jünger als ihre Mutter damals. Die Botschaft dieses früheren Tages ist auch unterwegs zu ihr. Aber sie braucht noch Zeit, eine weitere Schleife, ehe sie sie versteht. Seine Tochter geht zwei Schritte vor ihm und tut so, als wisse sie nichts von der bleichen Gestalt in ihrem Schlepptau. Seine bloße Existenz ist ihr peinlich. Er trottet hinter ihr her, versucht verzweifelt Schritt zu halten, doch sie geht nur noch schneller. »Ruth«, ruft er, »du musst auf deinen alten Vater warten.« Aber sie kann nicht warten. Sie muss den Tag verleugnen, den er in sich trägt. Sie muss *ihn* verleugnen, wenn sie eine Chance haben will, ihrem künftigen Ich eine Botschaft zu senden oder sich an ihren Weg in die Zukunft zu erinnern, an ihre nächste Begegnung mit diesem Ort.

Er kann nicht begreifen, warum sie sich seiner so schämt. Er ist nicht der einzige Weiße. Sie sind zu Zehntausenden gekommen. Er schwimmt in der Menge, genau wie damals am Ende der Virginia Avenue, als er von Georgetown herübergekommen war, nur dass die Menge diesmal viel größer ist. Sie hat sich mehr als verdreifacht. Strom blickt nach Westen und sieht sich selbst als jungen Mann, einen ahnungslosen achtundzwanzigjährigen Einwanderer vor dem Sprung in den Strudel des eigenen Schicksals. Von wo war sie aufgetaucht, an jenem Tag, die Mutter seiner Ruth? Er schaut nach Nordosten, sucht die verschwundenen Koordinaten der Frau, die mit dem Zug aus Philadelphia gekommen war. Kaum älter als dieses Mädchen, das vor ihm hergeht, führte sie sich damals schon die zukünftigen Bedrohungen und Missverständnisse vor Augen, das Leben, das das Schicksal für sie bereit hielt. »Unmöglich«, sagte sie immer wieder. Sie wusste es damals schon. *Unmöglich.*

Die Masse drängt weiter, genau wie beim ersten Mal. Er sollte nicht so denken: *beim ersten Mal.* Strom steht am Straßenrand, und die Menge zieht an ihm vorüber. Dann eine Abkürzung durch den verborgenen Radius der Zeit, und dieselbe Menge marschiert noch einmal vorbei. Es wird wieder so einen Marsch geben, einen Marsch, der dieses Jetzt in ein Damals verwandelt. Die Masse wird weiterdrängen, flussabwärts, und dann wird er wieder in sie eintauchen.

Sie singen: »We shall not be moved.« Er kennt die Melodie, aber den Text kennt er nicht. Doch sobald er ihn hört, kommt er ihm bekannt vor. Die Worte sind uralt, älter als alle Melodien. *Just like a tree that's standing by the water. We. We shall not. We shall not be moved.* Wir werden nicht weichen, wir halten Stand wie ein Baum, der am Wasser steht.

Strom begreift: Rhythmus, das ist eine geschlossene zeitartige Schleife. Der Refrain verhallt und erklingt aufs Neue. Er kreist über den Köpfen der Demonstranten und hebt wieder an, im Kanon, jedes Mal gleich, und doch immer anders und einzigartig. Wie ein Baum. Ein Baum am Wasser. Er beschleunigt seine Schritte, geht schneller als das Lied. Er arbeitete sich weiter vor, bis er seine Tochter eingeholt hat. Sie hat das gleiche Profil wir ihre Mutter, nur noch ausgeprägter: der gleiche Bronzeton in einem strahlenderen Licht. Er betrachtet das Mädchen, und der Schock der Erinnerung trifft ihn mit Wucht. Jede Erinnerung eine umgekehrte Prophezeiung. Seine Ruth bewegt die Lippen und singt ihre eigene innere Melodie. Die Zeit steht still, wir sind im Fluss.

Jetzt endlich sieht er es, nach einem Vierteljahrhundert: Deswegen hat die Frau an jenem Tag neben ihm gestanden und leise gesungen. Deswegen hat er sich zu ihr hinübergebeugt, um die Töne zu hören, die von diesen Lippen kamen. »Sind Sie Sängerin?«, hat er gefragt. Und sie hat geantwortet »Noch nicht«. Hat die Lippen zum Gesang einer anderen bewegt. Deswegen hat er mit ihr gesprochen, als es eigentlich unmöglich war, dass sie je ein Wort miteinander wechseln würden. Das hat sie dazu gebracht, ein gemeinsames Leben zu versuchen. Das bringt dieses Mädchen, ihr Fleisch und Blut, das jetzt an seiner Seite geht und so tut, als wäre es nicht so, dazu die Lippen zu bewegen und lautlos zu singen.

Schon seit zwei Jahren hat sie nichts mehr mit ihm gemeinsam gesungen. Seit ihre Brüder nicht mehr bei ihnen wohnen, verweigert sie ihm die Duette. Sie, von allen diejenige, die am schnellsten lernte, das Mädchen, das Noten lesen konnte, bevor es Worte lesen konnte. Es hatte eine Zeit gegeben, da hatten ihre Mutter und er dieses Mädchen nicht zu Bett bringen können, solange irgendwo nördlich der 52. Straße noch eine Stimme sang. Heute singt sie, wenn überhaupt noch, anderswo, mit Freunden, die ihr andere Lieder beibringen, Lieder, die ihr Vater nicht kennt.

Ruth war ihr Friedensbaby, zur Welt gekommen drei Monate nach Ende des großen Kriegs. Von Anfang an war sie die Art von Mensch, die überzeugt davon war, dass alles, was ihr begegnete, ihrer Liebe wert war. Sie liebte den Postboten von ganzem Herzen für das, was er ihr Tag für Tag schenkte. Als sie vier wurde, wollte sie ihn zur Geburtstagsparty einladen und weinte, bis sie versprachen, ihn zu fragen. Sie liebte Mrs. Washingtons Terrier, wie sie vielleicht einen Engel Gottes geliebt hätte. Sie sang Wildfremden auf der Straße etwas vor. Sie dachte, das sei überall so.

Als sie acht war, nannte ein älterer Junge im Park sie einen Nigger. Sie lief zu ihrer Mutter, die auf einer Bank saß, und fragte, was das sei. »Ach, Liebling!«, antwortete Delia. »Der Junge, der ist nicht ganz richtig im Kopf.«

Sie lief zurück zu dem Jungen. »Wieso bist du nicht richtig im Kopf?«

»Nigger«, knurrte der Junge, »Affenmädchen.«

Ruth, das Friedensbaby, das Kind der Sicherheit, schimpfte ihn lachend aus. »Ich bin kein Affenmädchen. *Das* hier ist ein Affenmädchen.« Und sie improvisierte einen Schimpansentanz für ihn, etwas aus ihrem ganz persönlichen Karneval der Tiere, schürzte die Lippen und machte ein glückliches Äffchen nach. Der Junge brach in ein ängstliches Lachen aus, hätte am liebsten nachgegeben, am liebsten mitgemacht, doch dann kam seine eigene Mutter und zerrte ihn fort.

»Ist Joey ein Nigger?«, fragte Ruth auf dem Nachhauseweg. »Und Jonah?« In Gedanken hatte sie drei Kategorien gebildet. Und ihre war die kleinste und gefährlichste.

»Kein Mensch ist ein Nigger«, antwortete Delia und nahm diesem Mädchen voller Liebe auch noch den letzten Schutz.

Wenn ihre Eltern nicht hinsahen, freundete Ruth sich mit anderen an. Sie fand sie in der gemischtrassigen Schule, in die David und Delia sie schickten und sich damit eingestanden, dass sie ihren Jungs mit der Erziehung zu Hause keinen Gefallen getan hatten. Schon vor dem Tod ihrer Mutter brachte Ruth sie mit nach Hause, Freunde in allen Schattierungen. Manche kamen sogar wieder, nach dem Schock des ersten Besuches. Und von diesen Freunden lernte sie all die Melodien, die ihre Eltern ihr nicht beigebracht hatten, Melodien, die dazu führten, dass sie eines Abends ins Arbeitszimmer ihres Vaters kam und fragte: »Was bin ich?«

»Du bist mein kleines Mädchen«, antwortete er.

»Nein, Pa. Was bin *ich*?«

»Du bist ein kluges Mädchen, und alles, was du machst, machst du gut.«

»Nein, ich meine, wenn du weiß bist und Mama ist schwarz ...«

Und auch die Antwort, die er ihr darauf gab, war falsch. »Du bist ein Glückskind. Du bist weiß *und* schwarz.« Falsch wie so vieles.

Ruth sah ihn nur an, fast schon zornig vor Scham. »Das hat Mama auch gesagt.« Als werde sie von jetzt an keinem von beiden mehr trauen können.

Ihre Kinder sollten die Ersten sein, denen all dies nichts mehr anhaben konnte, die Ersten, die unbeschwert in eine Zukunft aufbrachen, die diesen uralten versteinerten Hass überwunden hatte. Aber ihre Kinder sind nicht frei. Die Signale aus der Vergangenheit sind viel zu stark. Strom und seine Frau haben sich verrechnet; mit ihrem allzu großen Optimismus waren sie ihrer Zeit um Jahrzehnte voraus. In jeder möglichen Zukunft, die die Lippen seiner Delia an jenem Tag besangen, stirbt sie zu früh und lässt ihre Tochter in einer Welt zurück, in der sie nur immer wieder hört, wie falsch ihre Musik war. Aber in einem Punkt haben sie Recht, diesen Glauben hat Strom nach wie vor nicht verloren: Sie kennen den Schlussakkord. Sie wissen, eines Tages wird die Welt hören, wie die Kadenz klingen muss. Wie ein Baum, der am Wasser steht. Die Lippen seiner Tochter bewegen sich lautlos. Zweihundert Schritt und vierundzwanzig Jahre entfernt, da wo seine Ruth es nicht hören kann, antworten die Lippen ihrer Mutter ebenso lautlos.

Die Menge trägt sie weiter. Ruth und er schwimmen in diesem Fluss aus lebendigen Leibern, der vor dem Lincoln Memorial verebbt. Alles erschreckend gleich: der gleiche Tag, die gleiche Statue, die gleiche erwartungsvolle Hoffnung in der Luft, die gleiche brutale Wahrheit direkt neben der Mall. Mehr Plakate, mehr Spruchbänder, mehr Proteste. Die Menschen haben jetzt mehr Worte für das, was sie nicht haben. Der Klang von Abertausend Stimmen bläht sich wie ein Segel, ein gespenstischer Widerhall, das Lied eines Kontinents, der noch nicht existierte, als er das letzte Mal hier war. Aber es ist der gleiche Menschenteppich, und wieder reicht er bis zum Horizont. Strom schätzt ab, wo er und seine Tochter stehen. Er überlegt, wo er und seine Frau waren, eine Positionsbestimmung wie auf hoher See.

Die Begeisterung der Massen überwältigt ihn. Ihm wird schwarz vor Augen, und seine Knie werden weich, ein Mann, der in die Jahre kommt, geschwächt von Hitze und Aufregung. Er taumelt und klammert sich an seine Tochter. Sie stützt ihn, besorgt und beschämt zugleich. Er zeigt mit dem Finger auf den Boden. »Hier waren wir. Deine Mutter und ich.«

Sie kennt die Legende: Wie David Strom und Delia Daley sich kennen lernten, der Anfang ihrer eigenen Geschichte. Sie bittet ihn zu schweigen, lächelt betreten in die Runde. Keiner kümmert sich um sie. Eine halbe Million Augen sind auf die Rednertribüne gerichtet, eine Viertelmeile entfernt.

»Hier«, wiederholt er. »Genau hier.« Sie starrt auf den Boden. Seine Gewissheit erschüttert sie.

Für kurze Zeit herrscht hektisches Durcheinander auf dem Podium, dann verstummt der Gesang. Erst in diesem Augenblick wird ihnen klar, wie viele Melodien vorher gleichzeitig zu hören waren. Das Grummeln aus der Lautsprecheranlage braucht eine volle Sekunde, bis es bei ihnen ankommt. Die Menge beruhigt sich; sie verschmilzt zu einer gewaltigen Freiluftgemeinde, so groß wie eine ganze Stadt. Nacheinander treten die Redner ans Mikrofon, jeder in einer anderen Schattierung, und jeder sagt dieser unbeschreiblichen Menge, wohin der Weg führt. Der Erste rät zu Kompromissen, der Zweite schleudert messerscharfe Fakten. Die riesige Gemeinde feuert ihn an: »Ja, sag es schon, raus damit!« Kameras und Mikrofone halten alles fest. Sogar ABC unterbricht die üblichen Seifenopern und erlaubt der Nation einen ersten unverstellten Blick auf sich selbst.

Während der Reden wirkt Ruth manchmal zusammengesunken, dann steht sie wieder kerzengerade. Strom müht sich um eine Deutung: Wie es scheint, reagiert ihr Körper auf veränderte Druckverhältnisse. Sie zuckt nervös, als ein paar weiße Prediger versuchen, auf den fahrenden Zug aufzuspringen. Sie erwacht zum Leben, als der nur fünf Jahre als sie ältere John Lewis, der Sprecher der Studentenvereinigung für den gewaltfreien Widerstand, seine Anschuldigungen über die spiegelnde Wasserfläche schleudert. Er redet von einem Leben in ständiger Angst, einem Polizeistaat, und Ruth applaudiert. Er fragt: »Was macht die Regierung?«, und sie stimmt ein in den durchdringenden Antwortchor: »*Nichts!*« Er spricht von schmutzigen Kompromissen, vom Bösen und der einzig möglichen Antwort darauf: Revolution. Die Meile von Menschen trägt ihn, und Stroms Tochter teilt ihre jubelnde Begeisterung.

Erneut packt Strom die Angst vor dem Ersticken. Wenn diese Menge außer Kontrolle gerät, ist er tot. So tot wie seine Eltern und seine Schwester, ermordet, weil sie auf der falschen Seite standen. So tot wie seine Frau, die gestorben ist, weil sie mit ihm leben wollte. So tot wie er sein wird, wenn das Signal aus der Vergangenheit sich schließlich an ihn erinnert.

Die Sonne brennt gnadenlos, und die Reden ziehen sich hin. Jemand – das muss Randolph sein – stellt die Frauen der Bewegung vor. Eine ältere Frau erhebt sich auf der Tribüne, um zu singen, und der Anblick steigt Strom so sehr zu Kopf, dass er fast den Boden unter den Füßen verliert. Er starrt sie unverwandt an, macht sich Vorwürfe, dass er die Halluzination für echt hält. Die Ähnlichkeit ist da, aber nur gerade so sehr, dass sie einen leichtgläubigen alten Mann narren kann. Die Unterschiede überwiegen. Vor allem das Alter: Diese Frau ist eine Generation älter als die, mit der er sie verwechselt.

Dann überrollt ihn die Vergangenheit, ein Schlag ins Gesicht, wie das Straßenpflaster, das einem Fallenden entgegenstürzt. »Meine Güte. Sie ist es wirklich.«

Seine Tochter zuckt zusammen beim Klang seiner Stimme. »Wer? Wovon redest du?«

»Da. Die Frau da vorne. Das ist sie.« Der Hut ist größer, das Kleid bunter, der Körper vierundzwanzig Jahre schwerer. Aber der Klang ist unverändert, tief drinnen.

»*Wer*, Pa?«

»Die Frau, die deine Mutter und mich verheiratet hat.«

Ruth lacht gequält, und sie lauschen schweigend der Musik. Das Mädchen hört nur eine alte Frau, die ihre beste Zeit längst hinter sich hat; mit brüchiger Stimme singt sie »He's Got the Whole World in His Hands«. Eine einfältige Melodie mit einem noch einfältigeren Text. Vor ihrem inneren Auge sieht sie die gleichen Bilder wie damals in der dritten Klasse, als sie ihr dieses Lied beibrachten: Hände so groß wie das Sonnensystem halten den Erdball wie eine besonders schöne Glasmurmel. Welche Farbe haben diese Hände? Wenn er den Planenten je in seinen Händen gehalten hat, dann ist ihm ein Großteil davon schon vor langer Zeit aus den unbeholfenen Fingern geglitten. The Wind and the Rain. The Moon and Stars. You and me, sister. Seit acht Jahren, seit dem Augenblick, als sie im Angesicht des Todes versuchte, sich aus dem Griff des Feuerwehrmanns zu befreien, weiß Ruth etwas, was diese alte Frau noch immer nicht wahrhaben will.

Stroms Gedanken kreisen um ganz andere Lieder – »O mio Fernando«. »Ave Maria«. »America«. Eine Stimme, wie man sie nur einmal alle hundert Jahre zu hören bekommt – das hat Toscanini über sie gesagt, damals in Wien, in einem anderen Universum, bevor diese marode Metropole unterging. Und er hatte Recht. Denn seit Strom die Stimme gehört hat, sind mindestens hundert Jahre vergangen. Und noch länger ist es her, dass er jemanden hatte, mit dem er ihr gemeinsam lauschen konnte.

Der Augenblick verstreicht; jeder in seine Ewigkeit gebannt, warten Vater und Tochter auf das Ende des Lieds. Ruth blickt zu ihrem Vater hinüber, ihr Gesicht angespannt von dem Versuch, eine Brücke zur Vergangenheit zu schlagen. Das ist die Frau, die legendäre Gestalt, von der sie so viel gehört hat. Strom spürt ihre Enttäuschung. Er verharrt reglos in dieser Coda zum vor der Zeit verklungenen Lied seiner Frau. Er hätte nicht so lange leben, diese Stimme nie wieder hören dürfen, nicht ohne seine Delia.

Weitere Sänger folgen, und ihre Lieder handeln von anderen, härteren Erfahrungen. Mahalia Jackson singt von Demütigung und Verachtung: Ihr stimmgewaltiges »I've Been 'Buked« überrollt die Meile von Menschen und teilt die spiegelglatte Wasserfläche wie das Rote Meer. Dann kommen weitere Reden. Und danach noch mehr. Der Tag wird nie enden und auch nie wiederkehren. Die Menge wird unruhig, wartet auf die Einlösung des Versprechens. Zu viele Reden, und Ruth fallen die Augen zu. Im Traum begegnet sie ihrer Mutter im Gewimmel eines Bahnhofs. Menschen rempeln sie an, drängen sich zwischen sie. Ruths Kinder sind irgendwo in der überfüllten Bahnhofshalle verschwunden. Ihre Mutter ist empört: *Wie kannst du die Kinder aus den Augen lassen!* Aber Delia singt ihren Tadel in den höchsten Tönen und mit einem gespenstischen Akzent.

Dann wird aus Gesang wieder Sprache, der Akzent klingt plötzlich deutsch. Jemand rüttelt sie, und dieser Jemand ist ihr Vater. »Wach auf. Das musst du hören. Ein historischer Augenblick.« Sie sieht ihn wütend an, weil er ihr schon wieder die Mutter entrissen hat. Dann kommt sie allmählich zu sich. Sie hört einen mächtigen Bariton, eine bekannte Stimme, aber so hat sie sie noch nie gehört. *Wir sind auch an diesen geweihten Ort gekommen, um Amerika an die drängenden Probleme der Gegenwart zu erinnern.*

Die Gegenwart: der Grund, warum ihr Vater sie geweckt hat. Aber ein Gedanke lässt sie nicht los, zwischen dem Donnergrollen des Baritons: Ihr Vater konnte nicht wissen, was kommen würde; die Worte wurden erst ausgesprochen, als er sie schon wachgerüttelt hatte. Dann verdrängt sie den Gedanken, überlässt die Antwort auf die Frage einem späteren Ich. Etwas geht vor in der Menge, eine Art Alchemie, ausgelöst durch die schiere Kraft dieser Stimme. Die Worte hallen dreifach wider, ein versetztes Echo. Ihr Vater hat Recht: Es ist ein historischer Augenblick. Schon jetzt verschmelzen diese Worte untrennbar mit all den Malen, die sie sie in den kommenden Jahren noch hören wird.

Der Prediger beginnt zu improvisieren, verbindet Amos und Jesaja mit Schnipseln aus den Psalmen, vertraute Worte aus alten Kirchenliedern, die Ruth einst mit ihrer Familie zusammen gesungen hat. *Die ungerecht leiden, sollen erlöst werden.* Nur zu gern würde sie das glauben. *Eines Tages wird diese Nation aufstehen und tatsächlich den Leitsätzen ihres Credos folgen. Ich habe einen Traum, dass meine vier Kinder eines Tages in einer Nation leben werden ...* Sie sieht sich selbst, mit eigenen Kindern, aber immer noch ohne Nation.

Alle Täler erhöht. Alle Berge und Hügel erniedrigt. Gott stehe ihr bei. Sie kann nicht anders: Sie hört Händel. Daran sind ihre Eltern schuld; ein Geburtsfehler. Sie könnte den ganzen Text aus dem Gedächtnis singen. *Und was uneben ist, soll gerade ... und die Herrlichkeit des Herrn soll offenbart werden.*

In diesem Glauben werden wir die Dissonanzen und Misstöne unserer Nation in eine wunderbare Symphonie verwandeln. Sie hebt den Blick und sieht sich um – Brauntöne, so weit das Auge reicht. Eine unüberhörbare Melodie, ohne Zweifel, aber noch lange keine Symphonie. Ruth wendet sich ab und betrachtet den Mann an ihrer Seite. Die weiße Haut ihres Vaters erscheint ihr krank, seltsam fremd. Das schüttere graue Haar, vom Wind zerzaust, hat nichts mit ihr zu tun. Die Worte dieser Rede rollen ihm über die Wangen. Sie hat ihren Vater noch nie weinen sehen, nicht einmal bei der Totenfeier für ihre Mutter. Sie erinnert sich nur an sein wirres Lächeln, die Theorie von der zeitlosen Zeit. Erst diese Worte bringen ihn zum Weinen, diese abstrakte Hoffnung, so verzweifelt und so offensichtlich, um so vieles zu spät. Und sie hasst ihn dafür, dass er so lange gewartet hat. Dass er sich weigert, sie anzusehen.

Strom spürt den Blick seiner Tochter, aber er will sich nicht zu ihr umdrehen. Solange er ihr nicht geradewegs ins Gesicht sieht, ist seine Delia immer noch mehr als halb an seiner Seite, bei dem gemeinsamen Konzert von damals. Als der Prediger die Worte zu sprechen beginnt, die Worte, die die Jahrhundertstimme an jenem ersten Tag sang, wartet Strom schon darauf. Er weiß schon vorher, wann sie kommen müssen, und als es soweit ist, kommen sie, weil er es so will.

Die Melodie kennt er seit einer Ewigkeit. Die Hymne des britischen Empire. Beethoven schrieb einen Satz Variationen darüber. Ein halbes Dutzend europäische Länder haben ihre eigene Fahnen schwingende Version, sogar sein gefallenes Deutschland. Und doch hat er den amerikanischen Text nie zuvor gehört. Damals hat er die Worte nicht verstanden, aber jetzt versteht er sie, ein Vierteljahrhundert später an diesem Ort. *Land where my fathers died* – Land, wo meine Väter starben. Das Land gehört diesem Prediger eine Million mal mehr als Strom. Aber Strom wurde es im Hafen von New York ausgehändigt, mit weniger Fragen als hier.

Let freedom ring. Der Ruf der Freiheit soll erklingen von den lieblichen Hügeln in New Hampshire. Von den mächtigen Bergrücken in New York, den Höhenzügen der Alleghenies, den schneebedeckten Rocky Mountains, den Gipfeln im fernen Kalifornien. Vom Stone Mountain und Lookout Mountain bis zum kleinsten Maulwurfshügel in Mississippi. *From every mountainside, let freedom ring.*

Die Worte entzünden einen Funken, wie der erste Schöpfungstag. Jetzt könnten sie es gemeinsam schaffen: Diese Menge könnte über den grünen Rasen strömen, eine unaufhaltsame Armee, und mit der Kraft ihrer Seelen ihr Kapitol erobern, ihren Obersten Gerichtshof, ihr Weißes Haus. Aber sie sind zu glücklich zum Kämpfen, zu sehr in Hochstimmung.

Free at last, damit endet die Rede. Endlich frei. Und dann ist auch die Menschenmenge wieder frei. Frei zur Rückkehr in die verfallenden Städte, zu dem Leben im Käfig. Die Versammlung löst sich auf, genau wie damals. Strom wagt nicht, sich von der Stelle zu bewegen, denn er weiß, die Grenze der Offenbarung ist noch ganz nah, eine unsichtbare Linie, die nur darauf wartet, dass er sie überquert. Die Masse strömt um sie herum, verärgert über die zwei Stücke Treibgut, die ihren Fluss hemmen. Ruth ist wütend auf den Mann. Seine Tagträumereien machen sie rasend. Sie sieht, wie ihm das Offensichtliche entgeht. Rings um sie her bröckelt die schwarz-jüdische Allianz. Sie wird nicht einmal die Rückfahrt im Bus überdauern.

Ruth setzt sich allein in Bewegung. Sie ist schon zu lange allein. Ihre Brüder haben keine Zeit für die Gegenwart. Ihr Vater ist gefangen in der Vergangenheit. Sie macht sich auf den Weg, weiß genau wohin sie will; ihre Gedanken kreisen um ein Wort des Redners mit der Baritonstimme: »dieser wunderbare neue Kampfgeist.« Es scheint ihr der einzig mögliche Weg, der einzige, auf dem sie nicht für immer allein sein wird. Sie geht zurück zu der Stelle, wo die Busse aus Columbia sie abgesetzt haben. Den Weg dorthin wird sogar ihr Vater finden.

David Strom steht da, aufgelöst, bevölkert jeden Fleck in der Weite dieses öffentlichen Raums. Das ist die Stelle, wo seine Frau steht, verlegen, weil sie laut mitgesungen hat. Hier steht sie und fragt, ob er jemals die legendäre Farrar singen gehört hat. Hier ist die Stelle, wo sie um

Verzeihung bittet und wo sie sich verabschieden, für immer. Hier finden sie den verirrten Jungen. Dort, dort oben, erklärt sie ihm, warum ein Wiedersehen unmöglich ist. Was für eine Täuschung, der Gedanke, dass eine Geschichte zu Ende sein könnte.

Als er aufblickt und seine Tochter ansehen will, ist sie fort. Mit einem Male ist ihm kalt. Dass sie fort war, war zu erwarten gewesen. Die Situation fasziniert ihn, eine krankhafte Begeisterung, und er beginnt zu laufen, und der Zweiundfünfzigjährige sprintet einige Schritte hierhin, dann wieder einige in eine ganz andere Richtung. Für Panik sorgt eher die Wiederholung als jede Furcht vor einer echten Gefahr. Hier unter den Kundgebungsteilnehmern ist sie sicherer als auf jeder New Yorker Straße auf dem Nachhauseweg von der Schule. Sie ist achtzehn Jahre alt, an jeder Ecke der Hauptstadt steht ein Polizist. Und trotzdem weiß er, dass die Bedrohung unendlich ist, so weit wie die Zeit. Sie ist fort: nirgendwo und überall. Nun läuft er geradeaus, an der Vorderseite des Denkmals entlang, hastet, ruft, getrieben von seiner Vorahnung.

Er läuft zu der Stelle, wo sie den verirrten Jungen fanden. Sein Kind ist nicht da. Er geht den Weg noch einmal – nicht den Weg, den er und Ruth gekommen sind, sondern den Weg von damals, den er und Delia und der Junge gingen. Er hält auf die riesige Statue zu. Er blickt hinauf zu Lincoln, der Gestalt, die er damals nicht erkannte und die, wie der Junge ihm erklärte, niemals die Sklaven befreite. Jeder Sprecher der heutigen Versammlung hat dem Jungen Recht gegeben. Strom arbeitet sich so weit an den Sockel des Denkmals heran, wie es die dicht gepackte Menschenmenge zulässt. Sie muss doch hier sein. Aber sie ist nicht zu sehen. Sie war hier und ist schon wieder fort. Schon in der nächsten Minute wird sie wieder auftauchen. In zehn Minuten. Wie können sich zwei Wege in der Zeit jemals treffen? Das Feld ist zu weit für eine so winzige Spur.

Er überschlägt in Gedanken die Wahrscheinlichkeit: Zwei Beinpaare, willkürlich mit verschiedener Startzeit in Gang gesetzt. Die Chance, sie zu finden, ist am größten, wenn er in der nächsten Umgebung des Denkmals bleibt. Denn hier hat der Junge seine Familie wieder gefunden, damals, noch vor dem Krieg, als Liebe zwischen ihm und seiner Frau noch unmöglich war.

Und hier findet seine Tochter ihn, eine halbe Stunde später. Niemand auf der ganzen Mall ist leichter zu finden: Ein weißer, aufgescheuchter Mann, der im Gewimmel der schwarzen Leiber bald hierhin, bald dorthin hastet. Sie hätte ihn schon lange vorher gefunden, wäre sie sich nicht so sicher gewesen, dass selbst der große Wissenschaftler irgendwann auf das Naheliegende kommen würde. Sie kommt kopfschüttelnd zu ihm hin, hilflos, hoffnungslos.

Er jubiliert, als er sie sieht. »Ich wusste doch, dass ich dich hier finde!« Er bebt am ganzen Leibe aus Furcht vor der Erklärung. »Wo warst du? Wem bist du begegnet? Hast du mit jemandem gesprochen?«

Seine Not ist so groß, sie bringt es nicht fertig, ihn auszuschimpfen. »Liebe Güte, Pa. Ich habe im Bus gesessen und auf dich gewartet. Sie fahren noch ohne uns ab.«

Sie zerrt ihn zurück, so schnell wie seine Beine können. Nur ein einziges Mal bleibt er noch stehen und wirft einen Blick zurück. Keine Offenbarung. Nichts zu sehen. Ein Mann auf Rollschuhen mit einer schlaffen roten Schärpe. Gruppen von Freiwilligen, die den Abfall zusammenkehren. Er spürt, wie das Signal aus der Vergangenheit schwächer wird, und dann ist es fort: endlich frei.

FRÜHJAHR 1940 – WINTER 1941

David Strom und Delia Daley heirateten am 9. April 1940 in Philadelphia. Während die zwei im armseligen Amtsgericht des Siebten Bezirkes die Ringe tauschten, marschierten die Nazis in Dänemark und Norwegen ein.

Die Feier war klein, eine Verlegenheitslösung. Die Zwillinge trugen hellbraune Häkelwesten über ihren burgunderroten Kleidern. Charles hatte seinen guten Sonntagsanzug an. Michaels Arme und Beine ragten ein gutes Stück weit aus dem blauen Anzug heraus, der ihm an Weihnachten noch gut gepasst hatte, noch nicht einmal vier Monate zuvor. Dr. Daleys Smoking ließ den Bräutigam neben sich blass aussehen, auch wenn dieser noch nie im Leben nobler gekleidet gewesen war als in seinem grauen Zweireiher. Die Brautmutter trug das schimmernde grüne Seidenkleid, in dem sie auch begraben sein wollte. Die Braut kam in strahlendem Weiß.

Was immer sich Nettie Ellen sonst zu dieser Hochzeit gedacht haben mochte, hatte sie doch nie daran gezweifelt, dass sie in ihrer eigenen Kirche stattfinden würde, im Bethel Covenant, wo sie und William geheiratet hatten. Wo sie mit ihren Kindern zum Gottesdienst gegangen war. Der Kirche, in der Delia das Singen gelernt hatte.

»Die machen das nicht«, sagte Delia.

»Reverend Frederick? Natürlich macht er das. Er hat dich doch getauft.«

»Sicher, Mama. Aber er hat David nicht getauft.«

Nettie Ellen überlegte. »Er könnte ihn doch erst taufen, und dann verheiratet er euch zwei.«

»Meine Mutter will, dass du konvertierst.« In letzter Minute beichtete Delia es ihrem Verlobten, in dessen winziger Wohnung in Washington Heights im Dunkeln in seinen Armen. Sie hätte sich gern darüber lustig gemacht, aber es gelang ihr nicht. »Damit wir in ihrer Kirche heiraten können.«

Es dauerte lange, bis seine Antwort kam, und es war eine Antwort, die alle solchen Pläne vereitelte. »Einmal, da wäre ich beinahe konvertiert. Als ich noch ein Junge war. Mein Vater lehrte Mathematik an unserer Schule. Meine Mutter nähte Kleider, zu Hause. Vor dem Weltkrieg konnten sie froh sein, wenn sie überhaupt arbeiten durften. Dann kam Weimar, und eine kleine Weile lang war das Leben besser für die Juden. Rathenau wurde Außenminister. Die Israeliten brachen zu neuen Küsten auf.«

»Ufern.«

»Ufern. Dann wurden die Zeiten wieder schlechter. Es hieß, die Juden hätten den Krieg für Deutschland verloren. Hätten das Land verkauft. Sagt man so? Denn wie sonst hätte Deutschland so einen Krieg verlieren können? Selbst mein Vater war jetzt antijüdisch. Er wollte von dem alten Leben nichts mehr hören. Alles war Vernunft für ihn, mathematische Formeln. Er fühlte sich als Deutscher, seine Familie war seit zweihundert Jahren dort. Und schon seit langem hatten sie sich an die Wissenschaft gehalten und nicht an die Synagoge. Und dann, ich war gerade elf geworden, haben die Judenhasser Rathenaus Wagen von der Straße gedrängt und ihn mit Kugeln durchlöchert. Dann haben sie ihn noch in die Luft gejagt, nur zur Sicherheit.«

Delia fasste ihn fester an den Händen. Er erwiderte den Griff: Alles was er im Leben hatte, außer der Welt der Gedanken.

»Danach ist den meisten Juden der Weg versperrt, selbst nicht jüdischen Juden wie meinem Vater. Nur in Berufen, die keinen interessieren, die keinen Wert haben, können sie noch etwas werden. Theoretischer Physik zum Beispiel! Und selbst hier baut man Hindernisse auf. Mein Vater wollte, dass wir Chancen für die Zukunft hatten. Meine Schwester wurde Büroangestellte. Er hoffte, dass ich mein Abitur machte. Und selbst so ein Traum forderte schon das Schicksal heraus. Ich war zwei Jahre früher mit dem Gymnasium fertig, deswegen gehe ich noch heute in die Schule. Und Max Strom, der dem Judentum für immer abgeschworen hatte, und seine Rebecca, sie sind ...«

Er versank im Dunkel, suchte Zuflucht in einem neutralen Land. Delia folgte ihm, kannte den Weg aus langer Tradition.

»So ist es immer für uns gewesen. Merkwürdig schon. Als ich noch jung war, da hat mein Vater gesagt: Geh hin, konvertiere. Tu etwas für deine Karriere. Ich habe euer Neues Testament gelesen. Ich fand viel Wahres darin. ›Häufe keine Schätze an in diesem Leben, sondern häufe sie an für das Kommende.‹ Diese Worte haben mich tief bewegt. Aber zurück blieb ein Paradox.«

Sie schüttelte den Kopf, an seine Brust gelehnt. »Das verstehe ich nicht.«

»Wenn ich vorankommen will, muss ich Christ werden. Aber wenn ich das Christentum benutze um voranzukommen, verliere ich meine Seele!«

Sie lachte ein wenig, mit ihm, gegen ihn. »Wo viel Licht ist, ist auch viel Schatten.«

»*Licht?* Sagt man so.« Er richtete sich auf und kritzelte den Satz in ein eselsohriges Notizheft, zusammen mit einer Zeichnung. Damit er es eines Tages seinem Vater zeigen konnte, jenseits des Lichts.

Sie sah ihm zu, fasziniert. »Die Notizbuchindustrie wird einen ungeahnten Aufschwung erleben, wenn wir erst einmal verheiratet sind, Mr. Strom.«

»Bist du denn wirklich Christin?«, fragte er. »Glaubst du an die Bibel?«

Niemand hatte sie das je so direkt gefragt. Und auf die Idee sich selbst zu fragen war sie nie gekommen. »Ich glaube daran ... dass es irgendwo etwas Größeres und Besseres als uns gibt.«

»Ja!« Er strahlt übers ganze Gesicht. »Ja. Daran glaube ich auch.«

»Aber du nennst es nicht Gott.«

Seine Blicke beteten sie an. »Es ist größer als der Name, den ich dafür habe. Besser.«

Sie strich ihm mit dem Handrücken über die Stirn, zog mit dem Finger die Lider hoch und blickte ihm in die Augen. »Ich dachte, für Leute wie dich ist die Mathematik alles.«

»Leute wie mich? Leute wie mich! Sicher, Mathematik ist alles. Aber was ist Mathematik?«

Später, als sie aufbrach, um die Nacht bei ihrer Cousine an der Ecke 136. Straße und Lenox Avenue zu verbringen, fragte er: »Wie werden wir unsere Kinder erziehen?«

Nichts würde je wieder selbstverständlich sein. Von jetzt an würde alles langsam, zaghaft, experimentell vor sich gehen, bestenfalls eine

Stunde würden sie in ihren Gedanken dem Geschehen voraus sein. Der Vogel und der Fisch konnten sich verlieben. Aber an ihrem Nest würden sie für alle Zeiten bauen. Jede Antwort schien ein Todesurteil. Schließlich sagte sie: »Wir können sie so aufziehen, dass sie später eine Wahl haben.«

Er nickte. »Ich kann konvertieren.«

»Warum?« Sie rückte seine Brille zurecht und schob die dünne Stirnlocke nach oben. »Nur damit wir in einer Kirche heiraten können? Das wäre zu viel Schatten für das bisschen Licht.«

»Nicht um der Kirche willen. Für deine Mutter.«

Das schien ihr frommer als alle Evangelien. *Du bist christlicher als die Christen*, hätte sie am liebsten gesagt. Aber damals wäre das Kompliment ihm wie ein Fluch vorgekommen. »Nein. Wir heiraten einfach nur beim Friedensrichter. Erst einmal bringen wir das Irdische in Ordnung. Um alles andere können wir uns später kümmern.«

Die Ehe wurde in einer Amtsstube geschlossen, als sein Europa in Flammen stand. Er war sich nicht sicher, wie viele Stroms gekommen wären, selbst wenn er sie hätte finden können. Jahre zuvor, als er noch auf der Universität war, hatte seine Schwester Hannah einen bulgarischen Intellektuellen geheiratet. Sie hatten ihre Mutter mit Gewalt zu der Hochzeit schleppen müssen. *Ein Atheist, ein Sozialist, ein Slawe – was ist denn das für ein Mann! Wo wollen sie wohnen? Was wollen sie sein?*

Dafür waren die Daleys vollzählig erschienen, bis hin zu Delias Cousins und Cousinen. Es herrschte eine solche – wenn auch angespannte – Fröhlichkeit in dem Raum, dass der Richter, ein alter Spanier, dessen Haut dunkler war als die von Delia, die Miene verzog. Ob die beiden sich sicher seien, wollte er wissen. Aber das fragte er von Amts wegen alle Paare. Und alle, das verrieten ihnen die schlaffen Schultern, die schicksalsergebene Haltung des Richters, *waren* sich sicher.

Drei Kollegen aus der physikalischen Fakultät von Columbia – alle drei Flüchtlinge aus Mitteleuropa, die Stroms Liebe zur Musik teilten – kamen »zum Trost für die arme Braut«. Der glückliche Zauberer hatte ihnen in ihrer Erforschung von Raum und Zeit oft genug mit einer auf Servietten gekritzelten Formel aus einer Verlegenheit geholfen, da waren sie es ihm schuldig. Und der Tag in Philadelphia war ja fast wie ein Betriebsausflug. Aber Strom weinte vor Glück, als er sie kommen sah. Während der kurzen Zeremonie saßen sie auf der hintersten Bank in der Amtsstube und fachsimpelten in einer Sprache, die wie Griechisch klang, und verstummten erst, als der Richter ihnen einen bösen Blick zuwarf.

Franco Lugati, Delias Gesanglehrer, war der einzige andere Weiße, wenn man denn Juden und akademischen Zigeunern diesen Status zugestehen wollte. Er kam sogar noch mit zu dem Empfang, der nach der Trauung im Hause Daley stattfand. Als Geschenk für das Brautpaar hatte er ein Kammerensemble organisiert – Oboe, Fagott, zwei Violinen, Viola und Continuo –, das ihn zu Bachs Hochzeitsarie »O du angenehmes Paar« begleitete. Das Paar selbst war viel zu aufgedreht, um wirklich zuzuhören. Dr. Daley stand in Habachtstellung bei den Musikanten, als hielte er Wache. Die Instrumentalisten verabschiedeten sich eilig; gerade einmal ein rasches Glas Punsch nach der letzten Kadenz gestatteten sie sich. Lugati flocht seine Entschuldigung gleich in die Glückwünsche ein und ging bald darauf.

Als die Musiker erst einmal fort waren, fing die echte Musik an. Die Zwillinge gaben eine halb improvisierte Burleske über die Sangeskunst ihrer Schwester zum Besten, samt aufwändigen Kostümwechseln, und die Parodie war so dick aufgetragen, dass selbst David Strom wusste, wann er zu lachen hatte. Dann spielten sie – da sie ja wussten, dass ihr Vater es unter diesen Umständen kaum verbieten konnte – auf dem Klavier einen swingenden, melancholischen Zwölftakt-Blues, und Michael improvisierte dazu etwas über die Schrecken des Ehestands und die verlorene Freiheit. Charles lief nach oben und kehrte mit seinem Tenorsaxophon zurück. Aber Delia Strom, geborene Daley, schwebte längst im siebten Himmel und ließ sie alle gewähren. Sie verwies sogar ihre Schwestern auf die hinteren Plätze, übernahm selbst die erste Stimme und sang ein paar übermütige Riffs.

Und dann begann die ganze Gesellschaft zu singen. Niemand bestimmtes hatte damit angefangen, alle sorgten dafür, dass es weiterging. Manche Textzeilen verstand Strom – Bruchstücke aus dem Hohen Lied Salomos, neu gefasst an einem Ort so weit weg von Kanaan, wie man überhaupt nur kommen konnte. Aber in dieses älteste Hochzeitslied der Menschheit mischten sich Klänge, die er nicht kannte. *Bruder, bist du gekommen, ihr zu helfen? Reich mir die Hand zum Gebet. Schwester, bist du gekommen, ihm zu helfen? Reich mir die Hand zum Gebet.*

Ohne Absprache wurde aus dem Grüppchen von Gratulanten ein Chor, ein fünfstimmiger Gospel, aus dem selbst jetzt immer wieder der verminderte Septakkord herauszuhören war, der auch im größten Glück nie ganz verschwand. Zum ersten Mal in seinem Leben spürte Strom so etwas wie Geborgenheit. Das Lied entwickelte sich immer mehr zum puren Rhythmus, zum Pulsschlag, wenn auch verziert mit Ornamenten, von denen jedes ihm neu vorkam, nie gehört.

Während dieser Darbietungen saßen Stroms Kollegen beisammen auf dem Daleyschen Sofa, balancierten ihre Teller mit Braten auf den Knien. »Meine Herren, Sie sind unfreundlich«, tadelte David sie. »Das ist eine Hochzeit. Kommen Sie, reden Sie mit den anderen, bevor ich Ihnen die Ohren lang ziehe.«

Aber sie sahen ihn nur verwundert an, erzählten ihm das Neueste vom Teilchenbeschleuniger in Berkeley und dessen jüngstem Versuchsergebnis – Spuren eines Elements, das die Materie über die Grenzen der Natur hinausführte: Uran. Stroms junge Ehefrau musste kommen und ihn aus der erregten Diskussion fortzerren, zurück zu seiner eigenen Feier.

Dr. Daley, der das Grüppchen Weiße im Auge behalten hatte, hörte, was es an Neuigkeiten gab. »Die Herren sagen, die Umwandlung der Materie ist gelungen? Die Menschheit ist im Begriff, neue Elemente zu schaffen?«

So sei es, erklärten die Europäer ihm. Die ganze Naturgeschichte müsse neu geschrieben werden. Ein neuer Schöpfungstag habe begonnen. Sie rückten auf dem Sofa zusammen, und der Doktor setzte sich zu ihnen; sie zeichneten Diagramme für ihn, schrieben Listen von Atomgewichten und Ordnungszahlen. Und so spaltete sich die Gesellschaft in zwei Gruppen, nicht in Weiße und Schwarze, nicht in Einheimische und Ausländer, nicht einmal in Frauen und Männer, sondern in Sänger und Baumeister, und keiner hätte sagen können, welche von beiden Künsten die gefährlichere war und welche auf lange Sicht eher eine Chance hatte, die Wunden der Welt zu heilen.

Als alles aufgegessen war, löste die Gesellschaft sich allmählich auf. Ruhe kehrte unter den Gästen ein, die noch blieben, eine Ruhe, die erst von einem markerschütternden Schrei Nettie Ellens unterbrochen wurde. Sie verschwand in ihrer Speisekammer und kam mit einem kunstvoll dekorierten Besen zurück. »Das hätten wir gleich zu Anfang machen müssen, als wir von der Trauung zurückkamen.«

Sie stellte die gesamte Gästeschar, sogar die prometheischen Freunde des Bräutigams, im Kreis auf. Sie packte ihren Mann. »Du könntest dich auch mal nützlich machen.« Und drückte ihm den Besen in die Hand.

Alles lachte, mit Ausnahme der verlegenen Braut. Der Besen – ein lockerer handgemachter Strohbesen – war geschmückt mit Blumen und Bändern in allen Farben, die Arbeit von Lorene und Lucille unter Aufsicht ihrer Mutter. An den Bändern hingen zauberkräftige Dinge zu Dutzenden: Der Babylöffel der kleinen Delia, eine Locke der Zehnjährigen, der Ring, den sie in ihrer Grundschulzeit getragen hatte, ein Foto von ihr, wie sie einen Zwillingskinderwagen schiebt, eine Achtelnote aus Blech, das zusammengerollte Programm ihres ersten Kirchenkonzerts. Es waren auch ein paar Dinge von ihrem Mann dabei: eine Uhr, die nicht mehr lief, die Zeiger auf drei Uhr gestellt, ein einzelner Manschettenknopf mit den Insignien der Columbia-Universität, der ihm wie durch Hexerei abhanden gekommen war, und ein kleiner versilberter Davidsstern, genau die Art, die er nie getragen hatte, ein Fundstück aus einem Trödelladen in Southwark.

Dr. Daley begann mit der Beschwörungsformel, seine Kehle ein breiter kühler Fluss. »Jedes Paar braucht seine Freunde und seine Familie, wenn es gemeinsam durchs Leben kommen will. Dieses Paar hier ...« Er wartete schweigend, bis er die Stimme wieder fand. »Diese beiden werden jeden brauchen, den sie haben.«

Während er sprach, drückte der Doktor dem jungen Paar den Besenstiel in die Hand und wies sie an, das Innere des Kreises auszufegen. Sie machten zweimal die Runde, sämtliche Stunden eines ganzen Tags. Die Borsten des geschmückten Besens riefen jeden der Anwesenden zum Zeugen auf.

»Ein Paar ist kein richtiges Ehepaar, wenn es ein Paar bleiben will.«

»Hört, hört!«, rief jemand im Zirkel.

»Ein Paar, das müssen weniger als zwei sein und mehr als zwei, und beides zugleich.«

»Ganz recht«, sagte Nettie Ellen, als der Besen an ihr vorüberkam.

»Eine seltsame Mathematik ist das – die nicht-euklidische Geometrie der Liebe!«

David Strom strahlte seinen Schwiegervater an, mit einem Grinsen, das bis zu den Ohren reichte. Auch Delia betrachtete ihren Vater, aber sie hielt den Kopf schief, wie eine Tür, die aus den Angeln ist. Ihr Vater, der Doktor, der Rationalist – in seinem Herzen ein Prediger.

»Diese zwei könnten ins Gefängnis gesteckt werden für das, was sie tun. Aber nicht hier, in unserem Bundesstaat.«

»Nein, Sir!«

»Und nicht in dem Staat, in dem ihr Zuhause sein soll.«

»Ein Festtagsstaat!«, rief jemand.

»Segne und behüte«, sagte William Daley, so leise, dass die Frischvermählten gar nicht merkten, dass seine Rede zu Ende war. Der junge Ehemann musste den Besen vor die Braut auf den Boden legen. Alle zählten bis drei, und sie sprangen darüber und landeten auf der anderen Seite.

Jeder andere Laut tauchte unter in Lachen und Applaus. »Was bedeutet der Brauch?«, fragte der Bräutigam.

Die Brautmutter antwortete. »Das bedeutet, dass ihr reinen Tisch macht. Das Haus, in das ihr zieht, ist sauber und neu, vom Keller bis zum Dachboden. Alles Schlimme, was das Leben euch bisher zugefügt hat, hat der Besen weggefegt!«

Die Tochter schüttelte den Kopf, widersprach zum ersten Mal offen ihrer Mutter. Ihre Augen blickten gejagt, sie waren tränenfeucht. Sie sagten *Nein*. »Es heißt, dass wir ... Es heißt, dass wir nicht einmal ...«

David Strom starrte zu Boden, auf das Strohbündel mit seinen bunten Bändern. Er verstand genau, was seine Braut sagen wollte. Jahrhunderte außerhalb des Gesetzes, verbannt aus dem Angesicht Gottes, beraubt selbst dieses einfachsten Rechts der Menschen: *Zu heiraten.* Er blickte zu Boden, sah diesen Kreis, diese Kirche, diesen Besen, dieses improvisierte Versprechen, bezeugt und besiegelt vor den Augen derer, denen ihre Rechte ebenso verweigert waren, dies geheime, ungesetzliche Versprechen, dieses unwiderrufliche Gelübde, das stärker war als jede Unterschrift unter einem Kontrakt, haltbarer als jeder in aller Öffentlichkeit besiegelte Pakt, ein Versprechen so hart wie die ausgefegte Seele ...

Die letzten Gäste gingen, und nur ihre guten Wünsche blieben zurück. Die Daley-Kinder wurden schüchtern, beklommen; erst jetzt begriffen sie das Ausmaß der Tat der Schwester. Dr. Daley und Nettie Ellen ließen das junge Paar auf dem Wohnzimmersofa Platz nehmen und zauberten aus dem Nichts einen verzierten Umschlag hervor. Delia öffnete ihn. Darin war die Fotografie eines Spinetts.

»Wir lassen es direkt nach New York liefern«, erklärte Dr. Daley. Und seine Tochter saß da und schluchzte.

Sie verabschiedeten sich in einer langen Reihe von feierlichen Umarmungen. Gemeinsam verließ das junge Paar das Elternhaus; David trug das Gepäck, Delia klammerte sich an den Besen. In einem Mietwagen fuhren sie zurück nach New York. Der einzige Ort, den sie für ihre Flitterwochen hatten, war seine Junggesellenwohnung. Auf keiner Landkarte gab es einen Platz, an dem sie hätten bleiben können. Aber für sie wäre diese erste gemeinsame Nacht auch an den Niagarafällen nicht schöner gewesen.

Vorsichtig, tastend richteten sie sich in der Ehe ein – ein kleines Duett, ein Allegro der Ängstlichkeit. Keiner von beiden hatte ein gemeinsames Leben wie dieses vorausgesehen. Es amüsierte sie, wie anders sie es sich vorgestellt hatten. Sie beobachteten sich am Tisch, beim Geschirrspülen, im Bad, im Bett, in der Zimmertür und stellten alles, was sie über dieses Leben gehört hatten, auf den Kopf. Sie lachten miteinander, manchmal ein ungläubiges Lachen, und manchmal ging ihnen gemeinsam etwas auf, das schon lange offensichtlich gewesen war. Meistens hatten sie Glück bei diesen Verhandlungen der Liebe, denn oft genug war das, was dem einen ehernes Gesetz war, dem anderen vollkommen egal.

Es war immer neue Arbeit, sich gegenseitig zu erforschen, aber nicht härter als die Arbeit des Lebens überhaupt. Es gab Missverständnisse, aber jedes Mal blieb der, der sie erdulden musste, stark genug, um den, der sie ausgelöst hatte, zu trösten. Die Verachtung, die ihnen von außen entgegenschlug, machte die Zuflucht, an der sie bauten, nur umso stärker. Wenn sie sangen, sprachen sie dieselbe Sprache. In der Musik fanden sie immer den richtigen Ton. Keiner aus ihrem Zirkel von Musikliebhabern hörte je ein böses Wort zwischen ihnen. Aber sie nannten sich nie anders als bei ihren angestammten Namen. Einfach den anderen anerkennen: Besser konnte Liebe nicht sein. Sie waren albern miteinander, übermütig oder auf eine spöttische Weise wehleidig. Aber ihre größten Liebeserklärungen waren nicht die Worte.

Nach zwei gemeinsamen Monaten warf der Vermieter sie aus der Wohnung. Sie hatten schon darauf gewartet. Delia machte sich auf die Suche, streifte in ihrem besten Kleid, dem blauen mit den Trompetenärmeln, durch die Straßen rund um das City College in der Hoffnung auf einen Ort, an dem man sie leben ließ. Dann suchte sie weiter im Norden, in Vierteln, in denen die Grenzen weniger eindeutig waren. Ihr Mann war auf einen Gedanken gekommen. »Der Vogel und der Fisch bauen ihr Nest aus dem Nichts!« Ein kleines Weilchen lang tröstete die Vorstellung sie.

Ein Nest erschien wie von Zauberhand. Eine Kollegin in einem Chor, in dem Delia für einen Hungerlohn sang, machte sie mit Mrs. Washington bekannt, der Schutzpatronin aller Grenzgänger mit ihrem Sandsteinhaus in Hamilton Heights. Aus Dank küsste Delia ihr die Füße, bot kostenlose Dienste, scheuerte Dielen, tapezierte Wände, bis auch ihre begeisterte Hausherrin sie nicht mehr guten Gewissens arbeiten lassen konnte.

Monatelang lebten sie in einer glücklichen, zur Ruhe gekommenen Gegenwart. Dann kam Delia mit einem angstvollen Lächeln vom Arzt zurück. »Bald werden wir drei sein, David. Wie soll das gehen?«

»Du hast doch schon gesehen, wie das geht!«, antwortete er. Und das stimmte.

Sie sang ihrem Kind im Mutterleib etwas vor. Sie ließ sich ganze Opern aus Nonsensversen einfallen. Abends sangen sie und David zweistimmig an dem Spinett, das ihre Eltern ihnen geschenkt hatten. Sie presste den Bauch an das vibrierende Holz, ließ sich von den Wellen der Harmonien durchdringen.

David legte das Ohr an die Rundung und lauschte minutenlang. »Da tut sich schon was da drinnen!« Er hörte auch Frequenzen, die das Ohr nicht wahrnehmen konnte, hörte, wie die Zeit ihre Berechnungen anstellte. »Tenor«, prophezeite er.

»Das wäre schön. Tenöre bekommen immer die besten Rollen.«

Im Bett unter der grauen Wolldecke, in solcher Finsternis, dass selbst Gott sie nicht ausspähen konnte, erzählte sie von ihren Ängsten. Sie sprach zu ihrem Mann von ihren unablässigen Zweifeln, dem täglichen Argwohn, der so tief in ihr saß, dass sie ihn schon gar nicht mehr sah. Sie sprach davon, wie sie wegsah, wenn andere sie demütigten, wie sie lächelte bei kleinen Gehässigkeiten, von der Ungewissheit, der Belastung, dass Leute in jeder Minute ihres Lebens alles Erdenkliche in ihr sahen, nur nicht sie selbst. Ihre Furcht, sagte sie, war dicker als ihr Bauch. »Wie wollen wir sie denn nur großziehen?«

»Delia, meine Schöne. Kein Mensch weiß, wie man Kinder großzieht. Und trotzdem bringen die Leute es irgendwie fertig, immer wieder, seit den Anfängen der Menschheit.«

»Nein, ich meine, was sollen sie denn *sein*?« Und was nicht?

»Das verstehe ich nicht.« Natürlich nicht. Wie konnte er das?

»Vogel oder Fisch?«

Er nickte und breitete die Arme für sie. Und da es kein Anderswo mehr gab, kam sie zu ihm.

»Müssen wir das wirklich entscheiden?«, fragte er. Sie lachte, den Kopf an seinem Schlüsselbein. »Das Kind hat vier Möglichkeiten.« Sie zuckte zurück, betrachtete ihn aus Armeslänge, verblüfft. »Mathematisch gesprochen. Es kann A sein und nicht B. Oder es kann B sein und nicht A. Es kann A und B sein. Oder es kann weder A noch B sein.«

Drei Möglichkeiten mehr, als das Kind je bekommen würde. Wahlfreiheit und Rasse, das waren tödliche Gegensätze, noch weiter voneinander entfernt als Delia und der Mann, den sie geheiratet hatte. Noch eine andere Rechnung kam ihr in den Sinn: Das Kind würde zu einer anderen Rasse gehören als mindestens einer seiner beiden Eltern. Ob es wollte oder nicht.

Delia brachte das Kind in Philadelphia zur Welt. Das väterliche Haus war groß und noch größer die Erfahrung ihrer Mutter. Der Ehemann folgte, so schnell es seine Lehrverpflichtungen erlaubten. Es war Glück, dass David zur Niederkunft da sein konnte, Ende Januar 1941 in dem Krankenhaus, in dem William praktizierte, eine Dreiviertelmeile von der besseren Klinik, in der Delia einst gearbeitet hatte.

»Er ist so hell«, flüsterte die ehrfürchtige Mutter, als sie ihr Baby zum ersten Mal halten durfte.

»Der wird schon noch dunkler«, prophezeite Nettie Ellen. »Wart's nur ab.« Aber Delias Erstgeborener tat ja nie, was man von ihm erwartete.

David schrieb seinen Eltern und teilte ihnen die Neuigkeit mit, so wie er ihnen nach der Hochzeit geschrieben hatte. Er berichtete ihnen alles von ihrer neuen Schwiegertochter und ihrem Enkel, oder doch fast alles. Schrieb ihnen, wie sehr er sich auf den Tag freue, an dem sie sich alle kennen lernen würden. Dann schickte er den Brief in den immer weiter klaffenden Abgrund. Die Festung Holland war gefallen. Rotterdam, wohin seine Eltern geflohen waren, dem Erdboden gleich. Er schrieb an Bremer, den alten Schulleiter seines Vaters in Essen, erkundigte sich in Andeutungen, ohne Namen zu nennen. Aber es kam keine Antwort, von niemandem.

Die Nazis eroberten den ganzen Kontinent, von Norwegen bis zu den Pyrenäen. Frankreich und die Niederlande existierten nicht mehr. Woche für Woche fiel der Vorhang in einem neuen Theater – Ungarn, Balkan, Nordafrika. Schließlich eine Nachricht, eine hastig geschriebene Notiz, die Bremer via Spanien an der Zensur vorbeigeschmuggelt hatte:

David, ich habe Max und Rachael aus den Augen verloren. Sie sind wieder in Deutschland, wenn sie überhaupt noch irgendwo sind. Sie waren in Schiedam untergeschlüpft, aber ein Nachbar, ein Kollaborateur, hat sie verraten, und sie kamen zum Arbeitseinsatz. Auch Ihre Schwester kann ich nicht mehr erreichen; vielleicht ein Zeichen, dass sie und ihr Vihar entkommen sind. Aber ganz gleich, wo sie jetzt sind, es ist nur eine Frage der Zeit … Das ist das Ende, David. Es spielt keine Rolle mehr, als was man gilt. Alle werden zusammengetrieben, alle gleichgemacht. Keiner bleibt übrig, und sie lassen uns nicht einmal unser armseliges Masada.

David zeigte seiner Frau den Brief – er bestätigte alles, was er schon lange befürchtet hatte. Jeder hatte nun Anteil an der Zerstörung des anderen. Mit dieser offenen Wunde – *deine ganze Familie tot* – wurden sie eins.

Und der Junge wiederum wurde für die Eltern der Grund zum Leben. Entsetzt über die unzähligen winzigen Drohungen, die mit jedem Windstoß kamen, wärmten sie seine Milch auf ein Viertelgrad genau und sahen Woche für Woche neu, dass Kinder selbst die besten Absichten ihrer Eltern überlebten.

»Da ist er schon«, staunte Delia. »Schon jetzt ein kleiner Mann! Seine ganze Persönlichkeit längst angelegt, ganz egal was wir für Pläne mit ihm haben. Er spielt nur das Baby für uns, nicht wahr? Ja, das ist die Erklärung.«

Das Baby krähte seinen besorgten Eltern ins Gesicht. Als er drei Monate alt war, machten sie mit ihm einen Ausflug nach Philly. Der Junge zeigte sich für die Großeltern von seiner besten Seite, sein Plappern traf genau den richtigen Ton, beeindruckte den Großvater so sehr, dass nur noch ein Häufchen stolzer Sorge übrig blieb. Der gestandene Mediziner war ein nervöses Wrack. »Vorsicht! Gebt Acht! Ihr stoßt ihm den Kopf!«

»Es wird Zeit, dass ihr ihn taufen lasst«, sagte Nettie Ellen. »Er ist schon so groß. Nicht wahr, mein Kleiner?«

Delia antwortete mit einem einfachen Satz, wochenlang eingeübt. »Er kann sich taufen lassen, wenn er älter ist, Mama. Wenn er das will.«

Nettie Ellen hob beschwörend die Hand, wies die fremden Götter ab. »Wie willst du ihn denn dann erziehen? Soll er Jude werden?«

»Nein, Mama. Soll er nicht.«

Nettie Ellen legte sich ihren Enkel an die Schulter und sah sich im Raum um, als suche sie eine Tür, um mit ihm zu entfliehen. »Er muss doch etwas von Gott hören.«

Delia lächelte ihren Mann an, der am anderen Ende des Zimmers stand. »Oh, von Gott hört er fast jeden Abend.« Sie sagte nicht: *In Lydisch, Dorisch, auf Deutsch und Latein.*

Der Doktor verbot sich die Frage, auch wenn Delia wusste, dass sie kommen musste. Sie hielt ihn durch ihre Willenskraft in Schach, ließ ihn warten, bis sie selbst eine Antwort hatte. Verschob es auf den Tag, an dem die seltsame Mathematik ihrer neuen Familie eine fünfte Alternative ersann.

An Weihnachten sind wir alle zu Hause, Ruths zweite Winterferien, seit sie aufs College geht. Ein Dritteljahrhundert liegt das alles zurück. Die Sixties haben eben erst zu swingen begonnen. In den Charts tummeln sich langhaarige Angelsachsen, die noch dabei sind, all die verbotenen Akkorde zu entdecken, die schwarze Musiker sich schon vor Jahrzehnten angeeignet haben. Ein schwarzer Dichter geht wie im Traum seinen Weg zur Boxweltmeisterschaft. Ruth schenkt mir eine Fan-Zeitschrift für diesen dichtenden Boxer und lacht wie eine Irre, als ich sie auspacke. Danach bekomme ich mein echtes Weihnachtsgeschenk: einen Bildband über die Geschichte des Blues. Ich schenke ihr den schwarzen Pullover, den sie sich gewünscht hatte, und sie zieht ihn die nächsten zwei Tage nicht mehr aus, nicht einmal zum Schlafen.

Sie fährt mir mit den Fingern durchs Haar. »Wieso kämmst du es immer so nach unten?«, fragte sie.

»Kämmen?« Jonah lacht.

Ich weiß nicht, was ich antworten soll. »Es wächst eben so.«

»Du solltest es hochbürsten. Dann sähest du viel besser aus.«

Jonah schnaubt. »Und du besorgst ihm dann einen neuen Job?«

Irgendwie geraten die beiden dauernd aneinander. Es muss die Stimmung im Land sein. Der junge, hutlose Präsident ist tot – all seine Ausflüchte und Beschwichtigungen auf dem Rücksitz einer offenen Limousine verspritzt. Noch jetzt, ein Jahr danach, trauert unser Vater um den Mann. Der neue Präsident hat die Bürgerrechte im Gesetz verankert, aber zu spät, um den ersten der langen, heißen Sommer zu verhindern, die noch kommen sollten.

In Harlem beginnt es, und meine Schwester ist dabei. Vor fünf Monaten hat ein weißer Polizist einen Negerjungen erschossen, zwei Jahre jünger als Ruth, noch nicht einmal ein Dutzend Blocks von der Straße, in der wir einst wohnten. CORE, das Bündnis gegen Rassendiskriminierung, organisierte eine Protestveranstaltung, und meine Schwester Ruthie, frisch gebackene Aktivistin und Undergraduate an der NYU Uptown, war dabei. Sie marschierten die Lenox Avenue hinauf, eine friedliche, gesittete Demonstration. Aber dann trafen die Vordersten auf eine Polizeimauer, und das Chaos brach los, bevor Ruth oder überhaupt ein Teilnehmer wusste, was geschah.

So wie sie es uns beim Weihnachtsessen erzählt, dauerte es nur Sekunden, bis alles schreiend durcheinander lief. Ein einziges Chaos. Ruth wollte zu den geparkten Bussen laufen, aber die Menge trieb sie zurück. »Jemand hat mich gestoßen, zu einem Polizisten hingeschubst, der da auf dem Bürgersteig stand und auf alles einschlug, was sich bewegte. Ich bekam einen Schlag ab, hier.« Sie zeigt mir wo, an meinem eigenen Oberarm.

Eher vom Entsetzen als vom Schmerz getrieben, stürzte sie sich in das Meer von Zwanzigjährigen, die alle um ihr Leben liefen. Irgendwie kam sie aus dem Durcheinander heraus und fand nach Hause. Selbst jetzt, fünf Monate danach, kann sie noch nicht sagen wie. Ein weiteres Kind aus Harlem war umgekommen, Hunderte von Demonstranten wurden verletzt. Zwei Tage und Nächte lang quollen die Straßen über vor Menschen. Dann breitete das Feuer sich ins Bedford-Stuyvesant-Viertel aus und in den folgenden Wochen dieses unruhigen Sommers nach Jersey City und Philadelphia. All das geschah gerade einmal ein Jahr nachdem eine Viertelmillion Menschen – Pa und Ruth verloren mitten unter ihnen – sich auf der Mall versammelt hatten, um die größte improvisierte Rede aller Zeiten zu hören. »Ich habe einen Traum««, sagt meine Schwester und schüttelt den Kopf. »Eher ein Albtraum, wenn du mich fragst.«

Der Aufstand verpuffte, und Ruth kehrte mit ihrem geschundenen Arm ans College zurück, wo sie nun Jura statt Geschichte belegte. »Nur mit dem Gesetz kann man etwas ausrichten, Joey.« Aus der Geschichte ließ sich für das, was hier mit ihr geschah, nichts Nützliches mehr lernen.

Die Geschichte dieses Weihnachtstags, das sind nur wir vier. Pa geht in seinem Arbeitszimmer auf und ab. Jonah liegt auf dem Teppich, ganz in ein neues Geschicklichkeitsspiel vertieft, sein Geschenk von Pa. Ich sitze mit Ruth auf der Couch. Schon den ganzen Tag spüre ich, dass sie etwas auf dem Herzen hat. »Was weißt du noch von Mama?«, fragt sie schließlich, noch immer mit meinem Haar beschäftigt. Als hätte sie sich eine alte Tanznummer gewünscht. *Erinnerst du dich?* Es ist eine echte Frage, auch wenn sie die Antwort längst kennt.

Für Jonah und mich ist dieser Besuch ein Programmpunkt auf unserer jüngsten Konzertreise – achtzehn Stationen, ein Auftritt in jedem zugigen Saal des pazifischen Nordwestens –, ein paar Tage, die wir uns freigenommen haben, um den Kontakt zu unserer Familie nicht ganz zu verlieren. Es ist schon Monate her, seit ich zuletzt so mit Ruth zusammengesessen und geredet habe. Sie hat die Krawalle mitgemacht, ihren Studiengang geändert, sich neu in engen, dunklen Kleidern eingekleidet. Sie sprudelt nur so über von Ideen, die sie auf dem College aufgeschnappt hat. Sie liest Bücher von berühmten Gesellschaftswissenschaftlern, deren Namen ich noch nie gehört habe. In allem außer in der Musik hat sie mich überflügelt. Sie kommt mir vor wie eine fremde, exotische, weit gereiste Cousine. Früher war sie fast so alt wie ich. Jetzt amüsiert sie sich darüber, was für ein Tattergreis ich geworden bin.

»Von Mama?«, antworte ich. Mamas alter Trick: Immer zuerst die Frage wiederholen. Damit kauft man sich Zeit. »Nichts was du nicht auch weißt.«

Ruth lässt mein Haar los. Sie greift zu dem Bluesbuch, das sie mir geschenkt hat, und blättert darin. »Ich meine, vor meiner Zeit.«

»Da musst du ihn fragen.« Ich weise mit dem Daumen auf meinen Vater, der in einem Oval zwischen dem unwirtlichen Ess- und seinem chaotischen Arbeitszimmer kreist, die reine Quantenoszillation. Ruth rollt nur mit den Augen. Und sie hat Recht: An Pa kommt man nicht mehr heran, er ist schon auf halbem Wege in die Dimension, in der Mama nun existiert. Er kennt jede Botschaft, die die Erinnerung an unsere Mutter für uns haben mag, aber er kann sein Wissen nicht weitergeben. Ab und zu stößt er in seiner unablässigen Bewegung ein paar Triumphlaute aus, an niemand Bestimmten gerichtet, dann verschwindet er hinter seinem Tisch und zeichnet eine Kette von Symbolen auf, Geiseln, die er nimmt, um seine Gedanken festzuhalten. Seit kurzem ist das Dickicht seines uralten Rätsels undurchdringlicher denn je. Fitch und Cronin, zwei Bekannte, die in Princeton unterrichten und drüben in Brookhaven forschen, haben die Vergangenheit auf den Kopf gestellt: Auf der Ebene der subatomaren Teilchen gibt es keine Symmetrie der zeitlichen Ordnung. Keine der Gleichungen dieser Welt lässt sich einfach umkehren. Pa stapft in einem großen, geschlossenen Kreis durch das Erdgeschoss dieses neuen, noch ungewohnten Hauses, schüttelt den Kopf, singt mit solcher Regelmäßigkeit, dass es uns schon auf die Nerven geht, die erste Zeile eines Lieds vor sich hin, »Ach, süßes Geheimnis des Lebens«.

Nur wir vier sind noch da, in einem Haus, in dem keiner von uns zu Hause ist. Das alte Zuhause in Hamilton Heights ist auf einen Planeten der Erinnerung verbannt, zu dem keiner von uns mehr Zugang hat. Unser Vater hat dieses Haus in New Jersey, in Fort Lee gleich hinter der Washington-Brücke, auf ein gewaltiges Missverständnis hin gekauft; er hat tatsächlich geglaubt, wir könnten dies künstliche Nest ins Herz schließen, in einem Viertel, in dem seine drei Kinder aussehen wie Besucher von einem anderen Kontinent. Gerade Ruth könnte gut eine UN-Delegierte aus einem jener jüngst in die Unabhängigkeit entlassenen Länder sein, von denen keiner weiß, wo sie überhaupt liegen.

Auch dieses Weihnachtstreffen ist nur eine traurige Farce. Ruth hat einen Kranz und ein paar Kerzen aufgetrieben, aber keiner brachte es über sich, die Wohnung zu schmücken. Der erste Tag des Chanukkafests endete mit Fertiggerichten aus der Tiefkühltruhe. Heute am Weihnachtstag lassen wir uns etwas vom Chinesen bringen. Die Himmelsboten müssen anderswo unterwegs sein; vielleicht verkünden sie ihre frohe Botschaft oben in Palisades, wo das Observatorium der Universität steht und Hirten ihre Schäfchen zählen, die eher als wir hier unten glauben werden, dass ein neuer Stern geboren ist.

Es wird das letzte Mal sein, dass wir so zusammen sind. Überall gehen Dinge zu Ende, und selbst ich spüre an diesem Feiertag, wie sich unsere Familie in alle Winde zerstreut. Ruth sitzt auf dem Sofa, befühlt ihren Arm; fast ein halbes Jahr nach den Schlägen schmerzt die Prellung immer noch. Etwas ist mit ihr vorgegangen, seit sie auf dem College ist, aber ich kann es nicht beschreiben. Etwas, das überall im Land geschieht, und mit solchem Tempo, dass ich es schon gar nicht mehr wahrnehme. Amerikas Uhr ist stehen geblieben, und meine rast umso schneller dahin. Mama hat immer gesagt, ich sei schon alt auf die Welt gekommen. »Der Kleine ist ein alter Mann«, flüsterte sie einmal zu Pa, als sie glaubte, ich schliefe. »Und er wird älter und immer älter werden, mit jeder Wendung des Lebens.«

Jetzt bin ich Ruths Großvater. Sie sieht mich flehend an, möchte ein Wissen von mir, das nur ein Greis wie ich noch im Gedächtnis haben kann. Ich bin ihre einzige verlässliche Verbindung zu einem Raum, den die sich wandelnden Wände der Zeit vor ihr verschlossen haben. Sie hat sich in der Zeit, in der wir fort waren, verändert. Nie wieder wird sie unsere kleine Ruthie sein. Sie trägt enge schwarze Jeans und den schwarzen Pullover mit dem V-Ausschnitt, das feine lockige Haar vergebens zu einer Afro-Frisur hochgebürstet, als sei sie eingetaucht in den reißenden Fluss der Mode und habe auf halbem Weg kehrtgemacht. Seit ich sie das letzte Mal gesehen habe, hat sich ihr Körper vollständig entwickelt. Ich wende den Blick ab, als sie sich nun vorbeugt, um mich zu fragen: »Wie war das, als ich noch klein war? Wie waren wir da?«

»Du konntest schon singen, bevor du die Augen offen hattest. Du warst die Beste, Ruth. Gegen dich waren wir Waisenknaben.«

In den ganzen Ferien haben wir kein einziges Mal zusammen gesungen. Jeder von uns hat daran gedacht, aber keiner brachte das Thema zur Sprache. Jonah und ich üben jeden Tag, aber das zählt nicht. Die einzigen anderen Noten kommen von Pa, »Ah, Sweet Mystery« in millionenfacher Schleife: Ach, süßes Geheimnis des Lebens, endlich fand ich dich! Und keiner von uns singt eine zweite Stimme dazu.

»Joey, du Blödmann!« Ruth bezieht ihr Vokabular jetzt von jenseits des Flusses, aus Brooklyn, als sei sie in einer ganz anderen Familie groß geworden. Was man ja auch hätte sagen können. »Ich habe nicht nach *mir* gefragt!«

Wir blicken beide Jonah an, den Einzigen, der alt genug für echte Informationen wäre. Aber der liegt da und spielt mit seinem Puzzle und summt dazu den paradiesischen Schlusschor aus Faurés *Requiem*. Er hebt die Augenbrauen, als wir ihn erwartungsvoll ansehen – *Hmm?* –, als hätte er nicht gehört, wovon wir sprechen. »Altistinnen!«, ruft er dann. »Wir brauchen Altistinnen!« *Vee need*, ein Scherz, der nie alt wird. Er macht den deutschen Akzent so gut nach, dass selbst Pa, das, was einmal sein Körper war, innehält und lächelt. »Altstimmen!«, stimme ich pflichtgemäß ein. »Frau, wann schaffst du mir Altstimmen?«

Ruth, die echte Stimmenimitatorin, lacht über den alten Scherz. Aber sie greift ihn nicht auf. Die Altistin hat keine Note mehr gesungen, seit sie aufs College geht. Sie rümpft die Nase. »Nein! Nein, ihr Armleuchter!« Sie schlägt mit der flachen Hand aufs Sofa. Sie packt mich am Arm, beugt sich vor, beißt mich. »Was weißt du über *Mama*?«

Das ist die Frage, die meine Schwester an diesem Weihnachtsfest beschäftigt – meine Schwester, die gerade erst zehn war, als die Welt, nach der sie fragt, in Flammen aufging. Sie war die Erste von uns, die das Feuer sah, in dem all unsere Bilder verbrannten. Aber jetzt ist die Erinnerung undeutlich geworden, unzuverlässig, mit Ausnahme des Feuers, das sie noch vor sich sieht wie damals. Sie glaubt, Jonah und ich hätten unser Wissen besser bewahrt. Aber da macht sie sich etwas vor. Unsere Schwester will zurück an einen Ort, der keine Dimension hat, keinen Zugang, nicht einmal den, den wir jetzt für sie erfinden sollen.

Ich warte, was Jonah antwortet. Ruth stößt ihn mit der Schuhspitze an. Aber er summt nur weiter Faurés süße Totenmesse und schiebt seine Puzzleteile hin und her. Es ist nun einmal in diesem Leben meine Aufgabe, dafür zu sorgen, dass keiner, den ich liebe, ohne Antwort bleibt. Und bei diesem Weihnachtsfest stehe ich mehr denn je auf verlorenem Posten. Es wird Zeit, dass ich mich nach einer besseren Arbeit umsehe. »Du willst Geschichten aus den Jahren vor deiner Geburt?«

»Vorher. Hinterher. Ich kann ja nicht wählerisch sein.« Meine Schwester spricht zu ihren Händen, mit denen sie die Quasten eines Kissens zurechtzupft, ihr Weihnachtsgeschenk für Pa. Es ist golden und burgunderrot, nichts, was sie jemals in ihre eigene Wohnung ließe. »Um Himmels willen, Joey! Ich nehme alles, was du hast!« Ihre Stimme ist ein verzweifelter Aufschrei. »Ich verliere Mama. Das Bild verschwimmt immer mehr.«

Aber alles, was ich mit Gewissheit weiß, kann meine Schwester nicht brauchen. Bei den Sachen, die sie braucht, habe ich keine Gewissheit. Ich wühle im imaginären Schuhkarton der Vergangenheit, zwischen all den verbrannten Schnappschüssen. Ein mittäglicher Schatten fällt auf die Couch, genau zwischen uns. Mama ist hier. Ich kann sie sehen: Das Gesicht, das ich einmal für mein eigenes Spiegelbild hielt, sein Mund der Inbegriff aller Münder, das Auge aller Augen. Aber auch mir ist das Bild verschwommen. Ich könnte ihre Züge nicht mehr genau beschreiben. Da ich nichts zur Gegenprobe habe, kann ich nicht sagen, wie sehr ich sie schon verändert habe. »Sie sah aus wie du, Ruth. Ein wenig größer, ein wenig runder.«

Jonah brummt zur Bestätigung. Ruth blickt zu ihm hinunter, ärgerlich, skeptisch. »Wie klang ihre Stimme?«

Das Timbre ihrer Stimme steckt in meinen Knochen. So dicht gepackt, dass ich nichts davon hervorholen kann. Der Klang ist zweite Natur, aber jeder Versuch, ihn zu beschreiben, wäre schlimmer als eine schlechte Aufnahme. So nicht und so auch nicht. Ich könnte nicht sagen, wie meine Mutter klang, genauso wenig, wie ich mich singen hören kann. Nicht einmal Jonah kann diese Stimme nachahmen.

»Sie … ich weiß auch nicht. Sie hat uns immer ›JoJo‹ genannt. Uns zwei zusammen.« Ich versetze meinem reglos daliegenden Bruder einen Tritt. »Als ob wir ein einziges Kind wären, nur mit zwei Körpern.«

»Das weiß ich.« Ruth rutscht ungeduldig hin und her. Sie will etwas anderes hören.

»Sie war eine großartige Lehrerin. Im selben Atemzug hat sie uns gelobt und verbessert. ›JoJo, das ist großartig. Beinahe perfekt. Noch ein paar Mal üben, und ihr kriegt den Oktavsprung auch noch hin.‹«

Jonah nickt nur. Nebenrollen liegen ihm nicht. Mittlerweile macht er sich gar nicht mehr die Mühe, auf die Bühne zu kommen, wenn es nicht die Hauptrolle ist.

»Hatte sie Schüler?«

»Jede Menge. Erwachsene, Naturtalente, die ihre Begabung für die Musik entdeckt hatten. Teenager oder junge Leute, meist aus der Nachbarschaft.«

»Schwarz oder weiß?« Meine Schwester fragt nur, was die Welt sie fragt. Es ist die einzige Frage, die zählt, drüben in der Bronx, an ihrem College. In den unruhigen Straßen von Harlem. Unserem alten Viertel.

Ich beuge mich auf dem Sofa vor, sitze auf der Kante, damit ich zum Fenster hinaussehen kann. Eine weißere Straße könnte man sich gar nicht vorstellen. Ich überlege, wie es gewesen wäre, wäre ich in einer solchen Umgebung aufgewachsen; ein Vorstadtjunge, unterwegs auf dem Fahrrad zwischen den makellosen Häuserzeilen, schleudere lässig mein Footballei, spiele ohne zu fragen das verlogene Spiel. Nicht einmal, wenn sie gewollt hätten, wäre das hier ein Viertel für unsere Eltern gewesen. Nicht einen einzigen Gang durch diese Straßen hätte ich als Kind überlebt. Selbst jetzt, bei den paar Tagen Weihnachtsbesuch, hat schon längst ein Nachbar mit der Polizei telefoniert. Wenn ich heute Nacht vor die Tür ginge, würden sie mich festhalten und fragen, was ich hier zu suchen habe.

Mir geht durch den Sinn, wie selten Jonah und ich, selbst als wir noch in der Innenstadt wohnten, draußen gewesen waren. Wir blieben zu Hause, hielten uns an Klavier, Radio, Plattenspieler. Mama musste uns mit Gewalt aus dem Haus jagen. Ich zähle ab, wie viele von denen, die uns in unserer Kindheit quälten, Schwarze waren, wie viele weiß, wie viele genauso unbestimmbar wie wir. Wir waren alles, was man in uns sah. »Beides, glaube ich. Die meisten schwarz.«

Ich blicke Jonah an, die einzige echte Autorität. Das eine Jahr Altersunterschied zwischen uns beiden kam uns damals wie eine ganze Epoche vor. Jonah legt sein Puzzle beiseite und singt mit tiefer Gospelstimme: »›Rot und gelb und schwarz und weiß, vor Gott, da sind sie alle gleich. Jesus liebt die Kinder dieser Welt.‹«

Ruth lacht unwillkürlich. Sie lehnt sich vor und versetzt ihm einen Boxhieb in den Unterbauch, der sich nach dem Singen wieder entspannt. »Du bist ein blöder Arsch, weißt du das?«

Es soll lustig sein. Er blickt gelassen zu ihr auf. Ich mache hastig weiter, bevor ein Unglück geschieht. »Sie hat selbst auch immer noch Unterricht genommen. In Columbia, als wir noch klein waren. Ein paar Stunden hatte sie sogar bei Lotte Lehmann.«

»Und das soll was Besonderes sein?«

Ich lasse mich in die Polster sinken, mit offenem Mund. »Lotte Lehmann?«, mehr fällt mir nicht ein. Ein Name, der mir geläufiger ist als der meiner Blutsverwandten. »Du weißt nicht, wer ...«

»Ach was«, sagt Jonah, rappelt sich auf und reckt sich. »Nur so eine bescheuerte Operntussi.«

Ruth ignoriert ihn. Neuerdings für sie die beste Art, mit ihm zurechtzukommen. »Wieso hat Mama sich für klassische Musik interessiert? Könnt ihr mir einen Grund nennen, warum sie auf so eine ...« Ruth zögert, will sich nicht auf einen Krieg einlassen, dessen Ausgang ungewiss wäre. »Wie gut war sie als Sängerin?«

Wie kannst du so etwas fragen?, möchte ich antworten, aber stattdessen kommt: »Weißt du das nicht? Du hast sie doch zehn Jahre lang fast jeden Abend gehört!« Die Worte klingen heftiger als ich gewollt hatte. Ruth nimmt sie wie eine Ohrfeige. Ich setze noch einmal neu an, sanfter. »Sie war ...« Die Stimme, an der ich jede andere messe. Der Klang, den ich mit meinem eigenen nachahmen wollte. Eine Fülle, die nicht einmal Jonah hervorbringen kann, eine, die dadurch entstand, dass sie alles aufgab. »Ihre Stimme war warm. Hoch und klar, aber mit viel Körper. Nichts Sklavisches daran.« Das Wort kommt heraus, bevor ich es unterdrücken kann.

»Die Sonne, die über einem Lavendelfeld aufgeht«, sagt Jonah. Und da weiß ich wieder, warum ich alles für ihn tun werde, allezeit.

Beinahe wäre Ruth damit zufrieden gewesen. Aber sie ringt noch mit einem größeren Dämon, einem, der nur umso hungriger wird, je mehr die anderen gefüttert werden. »Wie *war* sie?«

Selbst Jonah blickt bei dieser Schärfe in ihrer Stimme auf. Ich weiß genau, was sie von uns beiden hören will. Aber ich kann ihr die Mutter, die sie braucht, nicht geben. »Als wir klein waren, ist sie mit uns durchs Zimmer gegangen und hat dabei unsere Beine auf ihre eigenen Füße gestellt. Jeder Schritt, den sie machte, war ein Ton eines Lieblingslieds. Als wäre das Lied, das sie sang, der Motor dieser großen Gehmaschine.«

Das Gesicht meiner Schwester ist wie ein zerlaufendes Aquarell. »Daran kann ich mich erinnern. ›I'm *tram-pin'*. I'm *tram-pin'*.‹«

»Sie hat kleine Sterne aus Silberpapier ausgeschnitten und an unsere Zimmerdecke geklebt und hat uns damit die Sternbilder beigebracht. Sie ließ uns Bohnen und Kartoffeln in Wassergläsern ziehen. Sie rettete Spatzen, wo immer einer in Not war. Wir hatten stets eine Pipette mit Dosenmilch dabei, Labsal für jedes geschundene Geschöpf zwischen Broadway und Amsterdam Avenue.«

»Uns Jungs hat sie mit einem dicken Nagelknüppel geprügelt«, gesteht Jonah. »Als du kamst, war sie schon ein gutes Stück sanftmütiger geworden.«

»Das ist nicht wahr«, mache ich mit. »Höchstens eine Rute mit Reißnägeln war es.«

Mit einer angewiderten Handbewegung steht Ruth auf und will gehen. Ich halte sie fest und ziehe sie zurück. Sie leistet ein wenig Widerstand, doch dann setzt sie sich wieder. Meilen im Umkreis gibt es keinen Ort, wohin sie kann.

Ich streichle ihren verletzten Arm. »Wenn sie in der U-Bahn ihre Münze in das Drehkreuz steckte und der Aufseher sie schief ansah, konnte sie sich tagelang grämen. Aber sie war zäher als Jesus. Sie konnte länger den Atem anhalten, als sie einem von uns böse sein konnte. Sie freute sich immer, wenn Leute im Haus waren. Jedenfalls wenn sie sangen.«

Aber mit all diesen Informationen kann Ruth nichts anfangen. Schließlich fragt sie: »Wie schwarz war sie?« Sie blickt mir fest ins Gesicht und wird keine Lüge verzeihen.

Schwarz ist jetzt der korrekte Ausdruck. Ruth hat ihn sich angewöhnt, nicht lange nachdem sie den jungen John Lewis beim Marsch auf Washington hatte reden hörte. *Neger* sagen jetzt nur noch Kompromissler, Beschwichtiger, Baptistenprediger. Wer *schwarz* sagt, zeigt, dass es ihm ernst ist, und nach den Vorfällen des Jahres in Harlem, Jersey City und Philadelphia hat sich der Ausdruck durchgesetzt. Das Land erfindet für seinen Makel alle paar Jahre ein neues Etikett, wie ein Lügner, der seine Ausrede immer weiter verfeinert. Ich bin mir nicht sicher, wie der derzeit korrekte Ausdruck für einen Mulatten lautet. Im nächsten Jahr wird es ohnehin wieder ein anderer sein.

Jonah streife ich nicht einmal mit meinem Blick. Seine Antwort kenne ich. »Wie schwarz?« *Ein Tropfen genügt*, möchte ich ihr sagen. Das ist doch die Regel. Keine Skala, keine Bruchteile, kein *wie viel*. In dieser Frage duldet das Land keine Abstufungen. Da sehen Amerikaner nur einen Farbton, nur ein Entweder-oder. Das weiß Ruth, seit sie zehn war. Aber jetzt ist sie darauf gekommen, dass es doch mehr zu wissen gibt. Dass es eine andere Skala gibt, eine, die auch die Graustufen verzeichnet. Ich sehe sie an. »Was genau willst du wissen?«

»Was meinst du wohl, was ich wissen will? Sei doch kein solcher Dummkopf, Joe.«

»*Dummkopf?*« Ich ziehe meinen Arm zurück. »Du sitzt hier und stellst solche Fragen nach deiner eigenen Mutter, und dann nennst du *mich*...«

Ruth wendet sich ab. Ihr Hals hat den Farbton von schönstem polierten Walnussholz. Sie macht eine Handbewegung, als würfe sie eine Angel aus. »Ja, schon gut. Tut mir Leid.« Mit mir streitet sie sich nicht. Ich bin der Friedensstifter, der Vermittler, derjenige, der Brücken baut, ich bin das, was sie mich – noch – nicht nennt. Ich fasse nach ihren schlanken Fingern. Sie dreht sich wieder zu mir hin, sieht mich mit der Andeutung eines Kopfschüttelns an, verletzt, verwirrt. Sie braucht mich, ich muss auf ihrer Seite sein. *So wie früher*, sagt ihr Blick.

Jonah hört mit dem Summen auf, doch als er redet, klingt es fast wie Gesang. »Meinst du, sie hat im afrikanischen Busch gelebt, bevor du zur Welt kamst? Meinst du, sie hat Kutteln gekocht und Maisbrot gebacken?«

Sie sieht ihn nicht einmal an. »Wer hat denn dich gefragt, weißer Mann? Wurmt dich das, wenn ich danach frage? Das stinkt dir, hm?«

Wurmt, stinkt: Meine Schwester ist wie immer auf der Höhe der Zeit. Wenn nicht sogar ihrer Zeit voraus. Oder jedenfalls mir voraus. Ein Teil von mir, der weiße, der es gern ordentlich hat, möchte nicht, dass Pa uns hört. Aber ich werde ihr nicht den Mund verbieten; ich werde nicht leiser sprechen. Wir sind mit Mama gestorben; es gibt hier niemanden mehr, den ich schützen muss.

Meine Schwester senkt bittend das Haupt, und schon bin ich wieder ihr Bruder. Ruth braucht etwas von mir, was ihr kein anderer auf der Welt geben kann. Sie glaubt, in den paar Jahren, die ich mehr als sie mit unserer Mutter gelebt habe, habe ich gelernt, was Schwarzsein *ist*. Sie weiß, dass sie es von Jonah nicht erfahren wird. Aber von mir: Ruth glaubt, ich kann ihr zeigen, wie sie den Zugang findet, wie sie hineinschlüpft wie in ein altes Hemd von Mama, das sie in einem Schrank ihrer Träume gefunden hat. Dass ich es ihr verweigere, scheint ihr pure Gehässigkeit.

»Was kann ich dir sagen, Ruth? Ihr Vater war Arzt. Einer von ein, zwei Dutzend in ganz Philadelphia. Umfassender gebildet als Pa. Ihre Familie war wohlhabender als seine. Du weißt, womit sie leben mussten, Ruth. Die Frage, wohin sie gehörten. Was willst du noch von mir hören?«

Ich sage es ihr ja schon, beantworte es ihr ja schon, mit jedem Wort, das ungesagt bleibt. Tiefschwarz. Schwärzer als ihre Mulisöhne überhaupt begreifen können. Schwärze, die ihr aufgebürdet wurde und Schwärze, die sie annahm. Schwarz in der Erinnerung und in der Phantasie. Tag für Tag Verlierer, immer nur nachgeben, immer nur lächeln, zwanzig Generationen Prügel in den Knochen, von denen man krumm ging, selbst wenn man sich gerade einmal aufrecht vorkam. So schwarz, wie es nur die Hellhäutigen kennen. Kein Tag verging, an dem sie es nicht in sich hineinfraß, an dem es sie nicht in ihrem Innersten berührte. Aber in Haut, Haar, Gesichtszügen, in allem Sichtbaren genauso hell wie ihre Mischlingstochter, die sich dafür hasst, dass sie nicht eindeutiger ist.

»Schwarz, Ruth. Sie war schwarz.«

»Schwarz, ganz recht«, bestätigt Jonah. »Einige meiner besten Gene sind schwarz.«

Ruth sagt nichts. Sie wägt die Möglichkeiten ab: Die Wahrheit ist so einfarbig, so einfältig, dass sie nichts damit anfangen kann. Sie muss ein großes Stück zurück in die Vergangenheit und kommt doch der Welt der Zukunft, die unsere Eltern sich ausgemalt hatten, nicht näher als bis zu diesem lächerlichen Bungalow in der Vorstadtwüste von New Jersey, wo keiner von uns leben kann.

»Du hast ja überhaupt keine Vorstellung, wie das ist, Joey. Anderthalb Jahre von den University Heights über den Harlem River und zurück … Ich sitze in einem Saal voller Betriebswissenschaftler, brave weiße Jungs mit Bürstenhaarschnitt, von denen jeder nur davon träumt, wie er seine Braut über die Türschwelle eines Häuschens in Levittown trägt. Die Wohlerzogenen sehen mich an wie ein geschlechtsloses Wesen, die Kretins geifern, als ob ich eine Sexpuppe zum Aufblasen wäre. Oder fragen mich, warum ich so komisch rede. Ob ich ein Adoptivkind bin. Ob ich aus Persien, Pakistan, Indonesien komme. Oder sie fragen mich nicht, trauen sich nicht, weil sie mich nicht *kränken* wollen.«

»Sag ihnen, du bist ein Mohr«, meint Jonah. »Das wirkt immer.«

Sie sieht mich an, Tränen in den Augen. Als ob ich ihr helfen könnte. Sie vor Amerika retten oder wenigstens vor ihrem großen Bruder. »Keiner weiß, was er mit mir anfangen soll. Horden von drallen irisch-italienisch-schwedischen Mädels erzählen mir mit einem Grinsen so breit wie ein Scheunentor, wie gut sie sich immer mit ihren Hausmädchen verstanden haben. Aber wenn ich zum Afro-Meeting gehe, sitzt jedes Mal irgendwo eine Schwester, die dumme Anspielungen macht, dass die Weißen jetzt schon ihre Spitzel schicken.« Sie nickt dazu, fragt mich: *Kennst du das nicht?* Was immer unsere Eltern uns als Bild von uns mitgeben wollten, es muss falsch gewesen sein.

Das sind die Dinge, die sie auf dem College lernt. Jeden Tag dringt sie in ein Viertel ein, das die Flucht ergreift vor ihr und ihrer nonexistenten Nation. Die Weißen, die letztes Jahr noch dort wohnten, sind jetzt schon auf halbem Wege nach White Plains. Die Universität hat sich Mühe gegeben, den Campus aufzuwerten, hat ihn von Marcel Breuer in echt europäischer Moderne ausbauen lassen. Aber auch die brutalsten Betonplatten, die er neben die pseudoitalienischen Arkaden von McKim, Mead & White gesetzt hat, machen nur umso deutlicher, dass das Spiel verloren ist. Bald wird University Heights die Gebäude für einen symbolischen Preis an ein »Integrationscollege« verkaufen, für die neuen Bewohner des Viertels.

Meine Schwester weiß, dass es alles ihre Schuld ist. Ich lege ihr den Arm um die Schulter, die Hand auf dem unverfänglichen oberen Ende des Schlüsselbeins. Zehn Zentimeter oberhalb der Stelle, wo der Polizist hingeschlagen hat. »Ruthie, lass dich doch nicht von denen in den Dreck ziehen. Das hast du nicht nötig.«

»Red doch nicht wie mein Großvater, Joey. Was weißt du denn schon?«

»Joey?«, sagt Jonah. »Der weiß alles. Kennst du nicht seinen Bestseller, *Mein Leben als Grauchen*?«

Ruth schnaubt nur. Meine Schwester ist überzeugt, dass auch ich längst auf der anderen Seite stehe, gleich neben dem hellhäutigen Jonah, nur weil ich Abend für Abend mit ihm auf die Bühne trotte, zum Applaus von halb blinden Greisen. Sie begreift nicht, dass ich neben Jonah dunkler aussehe als sie neben mir.

»Was ich darüber weiß? Überhaupt nichts, Ruth. Nicht das Geringste.«

»Ja wo zum Teufel wart ihr zwei denn, als ich ein Kind war? Ihr hättet mich beschützen können. Ihr hättet mir sagen können …«

Ich weiß keine Antwort. So viel Zeit ist vergangen, ich kann mich nicht mehr erinnern.

»Macht eure eigene Rasse auf«, sagt Jonah mit seinem dicksten Pa-Akzent. »Macht eure eigene Rasse auf.« Ich fahre zusammen, bringe ihn mit einem Zischen zum Schweigen und hoffe nur, unser Vater hat es nicht gehört. Meine Familie löst sich auf, schneller als damals beim ersten Mal. Ruths Worte schweben in der Luft, direkt vor unseren Augen. Über die erste Phase der Anschuldigungen ist sie hinweg, ihre nächste Attacke führt sie unter die Haut, sie geht an die Knochen. Wo waren wir denn tatsächlich gewesen, als sie aufwuchs? Irgendwo unterwegs und sangen. Wer war auf die Idee gekommen, uns schon als Kinder fortzuschicken? Warum habe ich überhaupt keine Erinnerung mehr an sie zwischen ihrem achten und ihrem achtzehnten Jahr? Meine Schwester verschwindet an einen mir unbekannten Ort. Einen, der weit schlimmer ist als der, an dem ich gelebt habe. Derselbe Ort, doch verwandelt durch den Unterschied von ein paar wenigen Jahren.

Sie öffnet den Mund, aber nichts kommt heraus. Sie versucht es noch einmal. Immerhin ein Krächzen. »Lieber Himmel, wie *alt* das alles klingt.«

»Das war schon alt, als Mama noch jung war.«

»Was haben sie sich dabei ge*dacht*?«

»Ich weiß nicht, ob denken das richtige Wort ist«, sagt Jonah.

Ich atme tief durch. »Wir sollten in der Überzeugung groß werden …« Aber das ist nicht ganz richtig. »Sie dachten, sie könnten uns so erziehen, dass wir außerhalb von …«

Die Bitternis in ihr macht sich in einem lauten Lachen Luft. »*Außerhalb?* Na, wenigstens in dem Punkt haben sie Recht behalten, was?«

Meine Augenbrauen heben sich, aber was sollen sie schon bezwecken? »Ich glaube, ich war schon sieben, als mir zum ersten Mal auffiel, dass Mama und Pa nicht die gleiche Hautfarbe hatten.«

»Du, Joey, stehst außerhalb von außerhalb.« Meine Schwester schüttelt mitleidig den Kopf. Aber in den Falten um ihre Augen Verständnis.

»Wir sollten die Zukunft sein. Wir sollten die Gegenwart überwinden. Wir sollten Rassenunterschiede überhaupt nicht sehen. Nicht einmal das Wort Rasse sollte fallen.«

»*Pa* wollte das nicht«, korrigiert Ruth.

Jonah ist zu seinem Puzzle zurückgekehrt, zu Fauré. Ruth hält sich die Ohren zu, stößt einen Schrei aus. Als der Schrei verklingt, sage ich: »Sie haben große Hoffnung auf die Zukunft gesetzt. Sie dachten, das alles kann nur wahr werden, wenn wir den Sprung in die Zukunft wagen, mitten hinein.«

»Und da sind wir ja auch gelandet, mittendrin.« Ruth rümpft die Nase. »Weich, warm und übel riechend. Das ist die Zukunft?«

»Eltern haben schon Schlimmeres getan«, sage ich.

»Was hat sie mit ihrem Schwarzsein gemacht? Nachdem sie geheiratet hatte? Nachdem sie uns drei bekommen hatte?«

Schwarzsein, ein Schmuckstück, das sie verlegt hat – ein Schlüssel, ein Notizzettel. Jonah versteht es genau wie ich. »Wahrscheinlich liegt es noch irgendwo hier rum.«

Ruth presst sich den Schädel. »Tja, dass ihr zwei es wieder findet, brauche ich ja wohl nicht zu hoffen.«

Es ist meine Schuld, wenn ich ihr nicht helfen kann. Aber sie ist meine Schwester, jeder Blutstropfen von ihr; sie kann mir nicht entfliehen, ich finde sie überall. Ich taste mich an das eine heran, was ich ihr sagen sollte, auch wenn sie es vielleicht noch so falsch versteht. Ganz gleich, was Ruth daraus macht, ich muss es ihr sagen. Sie hat einen Anspruch darauf.

»Es stimmt schon, in den ersten Jahren hat sie mehr gelacht. Getanzt. Als ob es immer und überall Musik gab, selbst wenn gar keine zu hören war.«

Ruth nickt, zeigt Anerkennung für mein Geständnis. Die Erinnerung an diese Frau gehört keinem von uns. Aber in Ruths kurzen, knappen Kopfbewegungen sehe ich Mama, wie sie leibt und lebt. Sie wird unwillkürlich eins mit unserer Mutter, ihre Reinkarnation, mit jedem Nicken. Sie bewegt sich, wie Mama sich an den Abenden bewegte, an denen unsere Familie sang, fünf Stimmen, von denen jede auf ihre eigene Entdeckungsfahrt ging.

Dann hält Ruth inne. »Was ist mit ihr geschehen?« Sie verstummt. Einen Takt lang verstehe ich sie falsch. Das ist die Frage, die ich immer *ihr* stellen wollte, hundertmal jedes Jahr seit unsere Mutter tot ist. Ich habe mir ausgemalt, wie ich Ruth frage, die es alles von Angesicht mit ansehen musste, aus nächster Nähe mit den Augen einer Zehnjährigen, Ruth, die es gesehen hat, wie Mama in dem Haus bei lebendigem Leib verbrannte. Aber dann begreife ich: Sie will fragen, was mit ihr geschah, *bevor* das mit ihr geschah.

»Ich glaube …« Schon nach der dritten Note muss ich pausieren. Atemtechnik war von Anfang an meine schwache Seite. Jonah singt ellenlange Phrasen, ohne auch nur einmal abzusetzen. Ich schnappe schon nach anderthalb Takten eines Moderatos nach Luft. »Ich glaube, es hat sie erschöpft, nach und nach. Von allen Seiten kamen die Schläge, in jeder wachen Minute, selbst wenn keiner etwas sagte. Sie war nicht einfach nur schwarz, es war schlimmer. Mauern einreißen, heiraten: Ein größeres Verbrechen konnten zwei Leute nicht begehen. Einmal hat eine Frau sie angespuckt; wir wollten zum Zahnarzt und kamen gerade aus dem Aufzug. Mama wollte uns einreden, es sei ein Versehen gewesen. Kannst du dir das vorstellen?«

»Ich denke mir, es war tatsächlich ein Versehen, Joey«, sagt Jonah. »In Wirklichkeit wollte die Frau *dich* anspucken.«

»Sie muss sich anspucken lassen *und* noch vor uns so tun, als sei nichts dabei. Das hat sie ausgelaugt, im Laufe der Jahre. So viel Scheiße konnte nicht einmal sie ertragen.«

»Joey hat ›Schei-ße‹ gesagt«, ruft Ruth in einem Singsang. Das beste Weihnachtsgeschenk, das ich ihr machen konnte. Und dieses Aufblitzen von Glück ist das Beste, was ich von ihr bekommen konnte, und auch das Beste, was ich je wiederbekommen werde.

»Ihr Gesichtsausdruck änderte sich, als wir älter wurden. Wie kann man es beschreiben, Jonah? Resigniert. Als hätte sie sich nicht vorstellen können, dass es so hart würde. Sie konnte ja nicht einmal in einen Kleiderladen mit uns gehen und uns Sachen für die Schule kaufen, ohne dass der Hausdetektiv kam und sich dazustellte. Uns fortzuschicken war die einzige Möglichkeit, die noch blieb.«

Ruths Gesicht glüht bei dieser Vorstellung. Alle Schrecken, von denen sie hört, geben ihr Recht. Sie lehnt sich zurück, erleichtert von der Bestätigung, genießt diesen Bericht über die Schwärze unserer Mutter, den ersten Beweis für den Hautton, in dem Ruth sich ihr nahe fühlen kann. Sie sieht mich mit ihren großen braunen Augen an. »Wie viele Geschwister hatte sie? Alles in allem?«

Ich blickte zu Jonah. Er hebt die Hände, senkt die Augenbrauen, ganz Bajazzo, Inbegriff unschuldiger Ahnungslosigkeit.

»Wo wohnen sie?«

Jonah erhebt sich. Mit steifen Bewegungen trollt er sich zur Küche, wo noch ein Rest von unserem Weihnachtsessen steht, Hühnchen süß-sauer. Ruths Blick folgt diesem unvermittelten Aufbruch, und eine Sekunde lang sehe ich es in ihren Zügen: *Verlass mich nicht. Was habe ich dir getan?*

»Die meisten immer noch in Philadelphia, nehme ich an. Einmal ist sie mit uns hingefahren, zu einer Verabredung mit ihrer Mutter. Gleich nach dem Krieg. Wir haben uns in einem Café getroffen. Eigentlich sollten wir uns nicht sehen. Mehr weiß ich nicht.«

Jonah kehrt aus der Küche zurück, kaut Huhn, das er direkt aus der weißen Pappschachtel fischt. Ruth würdigt ihn keines Blickes. Sie spricht jetzt nur zu mir. »Das war das einzige Mal?«

»Ihr Bruder war bei der Totenfeier. Das weißt du doch noch.«

»Meine Güte! Was sind wir für jämmerliche Gestalten. Kennen nicht mal die eigenen Großeltern.«

Der Tonfall vertreibt Jonahs Buddhalächeln. »Da müsstest du Pa fragen«, sage ich.

»Ich frage ihn seit zehn Jahren. Alle paar Monate versuche ich es neu, und die einzige Antwort, die ich bekomme, ist ein Grinsen. Ich habe es schon auf alle erdenklichen Arten versucht und ernte nie etwas anderes als Ausflüchte und Geschwätz. ›Du kennst deine Großeltern längst. Du wirst sie erkennen, wenn du sie wieder siehst.‹ Der Mann ist draußen im Weltall. Wir drei könnten für zwanzig Jahre verschwinden, und es würde ihm erst auffallen, wenn wir zurückkommen. Der kümmert sich nicht die Bohne drum, wie es uns geht und was aus uns wird. Der lebt nur für seine Spinnereien. ›Zeit ist kein Fluss. Es gibt kein Nacheinander, nur Gleichzeitigkeit.‹ Was ist denn das für ein arrogantes, sophistisches, pseudointellektuelles …«

Jonah stellt seine Schachtel mit Hühnchen süß-sauer ab. Vielleicht braucht er beide Hände, um mit ihr zu reden. Vielleicht hat er auch einfach genug davon. »He, Ruthie.« Diesmal amüsiert das Tabuwort sie nicht. »He, Kleines.« Irgendwie glaubt auch Jonah daran, dass jedes Jetzt für immer gegenwärtig bleibt. Er setzt sich zu uns auf die Couch, auf Ruths andere Seite. Er gibt ihr einen Schubs mit der Schulter, ein altes Spiel zwischen uns, ein Mannschaftssport, bei dem die beiden Brüder ihre kleine Schwester wie einen Volleyball zwischen sich hin- und herhüpfen lassen, ein Metronom. Es war ein Spiel, das uns früher endlos lange beschäftigen konnte: Langsam steigerten wir die Geschwindigkeit, Jonah gab Tempi vor, ich hielt den Takt, Ruth kicherte in diesem lebensgroßen Accelerando, bis das Kommando »Prestissimo!« kam. Jetzt gibt Jonah ihr einen kleinen Stoß, und für Ruth kommt es so unerwartet, dass sie ins Kippen kommt. Also gebe ich den Gegenstoß, aber schon bei dieser ersten Runde spüren wir die Anspannung. Sie spielt nicht mehr. Jonah kommt bis fast zum Andante, bis er einsieht, dass er das Spiel nur aufgeben kann, für immer. Auch auf seinem Gesicht sehe ich, noch kürzer als zuvor bei Ruth, eine Angst aufblitzen: *Eher tue ich dir weh als dass ich mich fortschicken lasse.*

Ruth legt uns beiden die Hand auf den Rücken, ein letzter verstohlener Gruß, eine Solidarität zwischen denen, die nirgends hingehören. Auch wenn wir noch so wenig wie Geschwister aussehen oder uns so fühlen, muss sie uns doch anerkennen, die Einzigen, die wenigstens innerlich die gleiche Farbe haben wie sie. Sie klopft mir auf die Schulter: Nichts Schriftliches, nur ein rascher Versuch, all das hinter sich zu lassen. Aus dem Klopfen wird ein Riff, ein Schlag pro Silbe – der Schwung der unwiderstehlich punktierten Motown-Rhythmen, das Einzige, was sie dieser Tage hört. »Wie ist sie auf die Idee gekommen, sich mit Musik abzugeben, die … die …«

»Die nicht zu ihr passte?« Träge stellt Jonah die Herausforderung in den Raum. Wenn sie sich mit ihm streiten will, dann kann sie das haben.

»Stimmt.« Forschheit, geboren aus Furcht. »Stimmt. Die nicht zu ihr passte.«

»Zu wem dann? Wem gehört diese Musik, Kleine?«

»Weißen deutschen jüdischen intellektuellen Männern. Leuten wie dir und Pa.«

Pa hinten in seinem Arbeitszimmer glaubt, sie habe gerufen. Mit aufgesetzt leidgeprüftem Ton ruft er zurück: »Ja, was ist? Was gibt es schon wieder?«

Jonah blickt Ruth abschätzig an, zittert beinahe dabei. Ein Brahms-Vibrato. »Du konntest singen, bevor du sprechen konntest. Du konntest Noten früher lesen als Buchstaben. Glaubst du, nur weil jemand unseren Ur-Ur-Urgroßvater auf ein europäisches Schiff geschleppt hat, gehen uns tausend Jahre Musikgeschichte nichts an?«

»Ja, schon gut. Reg dich ab.«

»Was meinst du denn, was für eine Musik sie stattdessen –«

»Reg dich ab, habe ich gesagt. Halt dein –« Sie bricht ab. Sie wird es nicht zum Äußersten kommen lassen. Nicht in diesen Ferien. Nicht in diesem Jahr. »Dann sag mir eines.« Sie wendet den Blick von Jonah ab, und das bringt sie wieder zu mir. »Warum hat sie aufgehört zu singen?«

Ich fahre zusammen. »Was redest du denn da? Sie hat nie aufgehört zu singen!«

»Wenn sie das Spiel schon so weit mitgemacht hatte, wenn sie wirklich so gut war, wie ihr sagt, wenn sie Unterricht genommen hat … Wenn sie sich all das angetan hat, warum hat sie dann auf halbem Wege aufgehört? Warum ist sie nicht Sängerin geworden?«

»Sie *ist* Sängerin geworden«, sagt Jonah.

»Kirchen. Hochzeiten.« Abschätzige Worte im Mund meiner Schwester. *Wenn dir das nichts bedeutet,* möchte ich sagen, *wirst du deine Mutter niemals verstehen.* »Ich spreche von Singen als Beruf. Auftritte, so wie ihr zwei.«

»Das dürfte unsere Schuld gewesen sein. Wir Kinder kamen, und damit war es mit den Auftritten vorbei.« Zum ersten Mal wird mir klar: Unseretwegen konnte sie keine Karriere machen. »Ich bin mir nicht sicher, ob sie das wirklich als Verlust empfunden hat. ›Der Lohn ist die Sache selbst.‹ Das hat sie immer gesagt.«

»Unsinn. Natürlich hätte sie den Verlust gespürt.« Doch bevor Ruth sich darüber empören kann, kommt Pa aus seiner Studierstube getappt, grinsend, ein bleicher, rundlicher Feriengast in den Bergen, der gerade eine gute Partie Hufeisenwerfen gespielt hat. Seine schwarzen Hosen, die noch Spuren der Bügelfalte tragen, die braunen Argyle-Socken, die grauen Slipper, der braune Gürtel, das hellblaue Hemd, das weiße Unterhemd, der rostrote Pullover sind ein Echo der Kleider, die Mama ihm vor fünfzehn Jahren gekauft hat. Der Pullover ist nachlässig geflickt, und am Rand der Stopflöcher hängen lange Fäden heraus. Er hat sich in einer Welt eingerichtet, in der es nichts Besseres gibt. Er kommt auf uns zu, die pure Erregung, und er erwartet – nein, er *weiß* –, dass die Kinder seine Freude an dieser neuen Entdeckung teilen werden. Es kommt nicht oft vor, dass er Fehler in seiner Rechnung macht. Aber wenn Pa sich verkalkuliert, dann im großen Maßstab.

Er redet mit den Händen. Die Freude sprudelt nur so aus ihm heraus, aus diesem hamsterbackigen Kobold der Naturwissenschaften. An uns, seinen letzten drei Kontakten zur Außenwelt, erprobt er den neuesten, verrücktesten Physikerwitz. »Es ist unglaublich!« Glück und Empörung spielen gleichermaßen auf seinem Gesicht, Kinder derselben Mesalliance. Der alte Herr rüstet sich zu einer Aufführung des *Faust*. Ihm treten die Tränen in die Augen, als er uns von dieser neuesten Wendung in der Welt der Quantentheorie berichtet. »Die Natur ist nicht unveränderlich in der Zeit. Der Spiegel der Zeit ist zerschlagen!«

Jonah hebt beschwörend die Hände. »Wir waren es nicht, Vaterherz. Wir haben nichts zerschlagen.«

Pa nickt und schüttelt zugleich den Kopf. Er ist wie ein Bräutigam, der am Vorabend der Hochzeit die Trinksprüche der Freunde über sich ergehen lassen muss. »Ihr werdet es nicht glauben.« Er hat beide Hände ausgestreckt, als wolle er die unsichtbaren Mächte daran hindern, dass sie die Pointe zu früh verraten. »Das elektrisch neutrale Kaon.«

Jonah zwickt sich in die Wangen, um sein Grinsen im Zaum zu halten. »Ah ja! Das elektrisch neutrale Kaon. Eine britische Beatgruppe, wenn mich nicht alles täuscht?«

»Aber natürlich! Eine Rockgruppe!« Unser Vater wedelt mit den Händen, führt jeden Scherz ad absurdum. Er nimmt seine Brille ab und beginnt noch einmal von vorn. »Das Kaon wechselt zwischen Teilchen und Antiteilchen, und man sollte annehmen, dass es umkehrbar in der Zeit ist. Aber das *ist es nicht.*« Je mehr er sich in die komplizierten Gedanken verliert, desto mehr Schwierigkeiten hat er mit den einfachsten Worten. »Stellt euch das vor, ein seltsames Teilchen, ein *antiseltsames* Teilchen, das irgendwie die Richtung unterscheiden kann. Das Einzige im ganzen Universum, was den Unterschied zwischen Vergangenheit und Zukunft kennt!«

»Das Einzige in *deinem* Universum.«

»Wie bitte, Ruth?«

»In *meinem* Universum kennt alles den Unterschied zwischen Vergangenheit und Zukunft. Alles außer dir.«

Pa nickt, geht auf sie ein. »Ich will es dir erklären.«

Ruth ist aufgesprungen. Die Reinkarnation von Mama, nur eine Spur dunkler. Ungeduldiger. »*Ich* will es *dir* erklären! Ich habe die Nase voll von Leuten, deren sämtliche Gedanken sich nur um sich selbst drehen.«

Pa blickt Jonah an, nach seinen Maßstäben der Inbegriff der Laienwelt. »Ist sie sauer?« Der absurde Ausdruck aus seinem Munde, noch dazu mit teutonischem Akzent, hat etwas von einem Big-Band-Leader mit Beatleperücke.

»Ruthie möchte wissen, ob sie eine Schwarze ist, eine Halbschwarze, eine Antischwarze oder was sonst.«

»Scheißkerl.«

Pa hört es nicht oder tut, als höre er es nicht. Partikel zerfallen, unumkehrbar, überall im Gesicht meines Vaters. Aber er bleibt der Denker par excellence. Er betrachtet seine Tochter, zu spät, und sieht, was vorgeht. »Was fehlt dir, mein Schatz?«

Sie ist verzweifelt, elend, den Tränen nahe. »Warum hast du eine Schwarze geheiratet?«

Sie sehen sich an. Er geht nicht auf den unvermuteten Angriff ein. »Ich habe keine Schwarze geheiratet. Ich habe eure Mutter geheiratet.«

»Ich weiß nicht, was du in ihr gesehen hast. Aber meine Mutter war schwarz.«

»Eure Mutter ist, wer sie ist. Als Erstes ist sie sie selbst. Und dann erst etwas anderes.«

Das Präsens dieses Satzes trifft Ruth wie ein Schlag. Am liebsten würde sie sich in seine Arme flüchten, in die Geborgenheit. »Nur Weiße können sich den Luxus leisten, die Hautfarbe zu übersehen.«

Pa rudert mit den Armen, spürt an allen Fronten Gefahr. Das ist nicht die Art, wie sein Verstand von Natur aus denkt. Sein ganzes Gesicht ist ein einziger Widerspruch, schon bevor er ihn ausspricht: »Ich bin kein Weißer; ich bin *Jude*.« Seine Hände illustrieren es, fliegen auf wie ein ganzer Schwarm von Erklärungen. Aber er ist weise genug und fängt sie im Fluge ab. Er geht lieber zu Fuß durch diese Landschaft, immer die nächste Deckung im Blick. »Abraham verband sich mit einer schwarzen Konkubine. Joseph …« Er weist auf mich, als sei ich der Hüter dieses Namens. »Joseph ehelichte eine ägyptische Priesterin. Moses lehrte, der Fremde, der zu uns kommt, den wir in unsere Familie aufnehmen, der wird bald wie ein in unserem eigenen Lande Geborener sein. Und Salomo, lieber Himmel! Salomo heiratete die Tochter des Pharaohs!«

Ich erkenne diesen Mann nicht wieder. Ganze Generationen, längst zerstoben, Vorfahren, von deren Existenz ich nicht einmal wusste, erheben sich aus ihren kieselbestreuten Gräbern. Mein Vater, überzeugter Anhänger von nichts, der Mann, dessen einziger Glaube der Logik galt, verwandelt sich vor meinen Augen in einen Exegeten der Thora. Ruth schweigt, und ich kann dieses Schweigen nicht ertragen. »Goodman!«, rufe ich. »Goodman und … Schwerner.« Ich bin selbst überrascht, dass mir die Namen im Gedächtnis geblieben sind, obwohl die beiden ja erst in diesem Sommer umgekommen waren – dem Sommer der Freiheit, als Jonah und ich in Wisconsin sangen.

»Was ist mit denen?«, fragt Ruth.

»Zwei Weiße. Zwei Juden, genau wie Pa. Zwei Männer, die diesen …
Luxus, wie du es nennst, nicht kannten.«

»Was weißt du denn schon von Luxus, Joey? Diese Männer waren
nicht älter als ihr. Eure Generation, aber sie standen da draußen, an
vorderster Front. Chaney musste sterben, weil er schwarz war. Die beiden anderen standen nur in der Schusslinie.«

Laute drängen sich in meiner Kehle, aber ich kann sie nicht formen.

»Die Juden können uns nicht helfen«, sagt Ruth. »Dieser Kampf geht
sie nichts an.« Ihre Stimme leugnet alles, was sie von Pa so gern bekäme.
Und was er ihr doch nicht geben kann.

»Uns geht dieser Kampf nichts an? *Uns*?« Unser Vater ist hart an den
Rand des Unumkehrbaren gekommen. »Wenn ein einziger Tropfen
Blut einen Schwarzen ausmacht, dann sind wir allesamt Schwarze.«

»Nicht alle.« Meine Schwester sinkt in sich zusammen. Zehn Jahre
alt. Gebrochen. »Nicht alle von uns, Pa. Du nicht.«

So verbringt meine Familie das Weihnachtsfest 1964. Unser *letztes*
Weihnachtsfest, möchte ich sagen, aber das Wort bedeutet nichts. Denn
aus jedem Letzten entwickelt sich doch ein Nächstes. Und selbst das Allerletzte hält für immer.

MEIN BRUDER ALS FAUST

Der Ruhm holte Jonah ein, als er vierundzwanzig war. Mir kam es vor,
als ob er schon seit Jahrzehnten sang. In Wirklichkeit war er nach jedem
Maßstab außer dem seiner Kunst noch immer ein Kind.

Diese Kunst stand nun auf sicherem Fundament. Von jedem seiner
Lehrer hatte er einen Stein dafür mitbekommen. Jonah hatte das Geschick, frisch zu wirken wie vor fünfzehn Jahren, als er zum ersten Mal
in das Zitatenspiel unserer verblüfften Eltern einstimmte. Er hatte
noch immer etwas Erstauntes im Blick, wenn er vor die beständig größer werdenden Scharen von Zuschauern trat, Leute, die erzählen gehört hatten, dass sich etwas Bemerkenswertes tat. Er sah sich im Saal
um, als werde er gleich die Platzanweiserin fragen, wohin er denn gehen müsse. Ich griff in die Tasten, und wie verwundert sang er seinen
ersten Ton.

Und irgendwie überzeugte Jonah sein Publikum jedes Mal neu davon, dass auch er die Reinheit seines Tons erst an diesem Abend entdeckte. Seine Miene hellte sich auf, überrascht von dem wundersamen

Vorfall. Der ganze Saal hielt die Luft an, Zeuge dieser Geburt. Es war ein frommes, künstlerisches Täuschungsmanöver, ganz im Dienste der Musik. *Seht her, ich kann fliegen!* Vier Dutzend mal im Laufe eines Jahres spielte er das. Und jedes Mal staunte ich neu.

Seine raschen Tonfolgen standen reglos in der Luft, hielten mitten im Fluge inne, jede Note hörbar, eine Folge von Momentaufnahmen – eine Kugel, wie sie eben eine Spielkarte durchschlägt, oder die Korona von Milchspritzern im Augenblick, in dem das Tröpfchen auf die Oberfläche trifft. Er hatte jetzt mehr Kraft, aber die Töne waren noch immer so messerscharf, er hätte ein Tuch damit durchtrennen können. Er war hinter das Geheimnis der Tongebung gekommen, von dem alle seine Lehrer gesprochen hatten und womit jeder etwas anderes gemeint hatte. Er traf immer den Ton. Es gab kein Schwanken, nie hatte ich das Gefühl, dass ich mit meinem Spiel eine Schwäche auffangen musste. Selbst in der höchsten Lage seiner Stimme konnte er den Ton mühelos taktelang halten. Und die Wärme umschmeichelte die Ohren wie eine sanfte Vertraulichkeit, das Flüstern eines Freundes, den man ganz vergessen hatte.

Vielleicht ist Brillanz nichts weiter als Routine. Vielleicht kann auch die verderbte Seele noch einen Heiligen spielen. Wer weiß denn, wie wir Anteilnahme hören, wie wir Trost erkennen? Aber all diese Dinge vernahm man, wenn Jonah sang, selbst wenn er in Sprachen sang, die er gar nicht verstand. Im Singen bekannte er sich zu allem, was er im Sprechen weit von sich wies. Eine Stunde lang schuf mein Bruder aus drei Oktaven etwas Göttliches.

Im Februar 1965 erschossen drei Schwarze Malcom X, nur ein paar Häuserzeilen von der Stelle, wo Pa uns Mandelbrot zu essen gegeben und das Geheimnis der Zeit erklärt hatte. Am Abend des Mordes traten wir in Rochester im Staate New York auf. Als Tausende von Selma nach Montgomery marschierten, fuhren wir von East Lansing nach Dayton. Am Abend, an dem Rochester in Flammen aufging, waren wir in St. Louis. Als Jacksonville brannte, sangen wir in Baltimore.

An jedem dieser Abende setzte Jonah Pas Geheimnis in die Tat um. Verlasse die Erde mit unvorstellbarer Geschwindigkeit, und du kannst in die Zukunft eines anderen springen. Die Schönheit seiner Musik kam damals daher, dass er nichts außer Schönheit zuließ. Solange er sang, gab es nichts anderes.

Ich hätte ewig so weiterleben können – Auftritte an Universitäten, die uns aus Fördergeldern bezahlten, Provinzstädte, die sich einen Namen in der Kulturszene machten, indem sie erstklassige neue Talente für drittklassige Gagen engagierten. Mir reichte das. Solange wir Abend für Abend auftreten konnten, brauchte ich nichts anderes. Aber Jonah wollte mehr. Wenn er auf der Bühne stand, konnte er singen:

> *Ah me, how scanty is my store!*
> *Yet, for myself, I'd ne'er repine,*
> *Tho' of the flocks that whiten o'er*
> *Yon plain one lamb were only mine.*

> Ach ja, wie wenig hab ich doch!
> Und würde dennoch nichts vermissen,
> Ja selbst, wenn aus der ganzen Herd'
> auch nur ein Lämmchen meines wär'.

Aber im Alltag entging seinem Adlerauge nicht das kleinste Detail der Musikszene. Überall kamen Karrieren in Gang. André Watts, noch nicht einmal zwanzig, trat mit Bernstein in der New Yorker Philharmonie auf. »Himmel, Muli. Was hat er denn, was du nicht hast?«

»Feuer, Kraft, Leidenschaft, Tempo, Schönheit, Tiefe. Aber abgesehen davon spiele ich genau wie er.«

»Der ist auch ein Halbblut. Mutter Ungarin. Erzähl mir doch nicht, dass du mit dem nicht mithalten kannst. Was der kann, kannst du schon lange.«

Nur nicht fliegen. Aber Jonah war ja immer überzeugt, dass jeder fliegen kann, wenn er sich nur traut von der Klippe zu springen.

Ganz oben auf der Liste von Karrieren, die er verfolgte, stand Grace Bumbry, gerade nachdem sie als »schwarze Venus« in Bayreuth Schlagzeilen machte. Wir sahen sie in einem Interview, das sie dem deutschen Fernsehen über den Rummel in Bayreuth gab. »Himmel, Muli. Sie spricht besser Deutsch als wir beide zusammen.« Jonah hängte sich ein umwerfendes Foto von ihr in die Schranktür. »Endlich mal eine Operndiva, die so sexy ist wie die Rollen, die sie singt. Carnegie mit fünfundzwanzig. Beim Met-Debüt achtundzwanzig. Ich habe noch vier Jahre, Joey. Vier Jahre, sonst gehöre ich zum alten Eisen.«

Aber diese betörende Frau war meilenweit entfernt von jenen, die Jonah im wirklichen Leben anzogen. Sie war das genaue Gegenteil derjenigen, deren Bild er bei jedem Auftritt beschwor, um die Stellen, bei denen Härte gefordert war, bis zur Dissonanz zu treiben. Seit dem Bruch mit Lisette blieben die Partytüren für uns verschlossen, und wir arbeiteten so hart wie seit dem Wettbewerb um die neue Stimme nicht mehr.

Er zog sich ganz in sich zurück, verfeinerte, feilte, polierte, arbeitete an seiner Rache mit dem einzigen Mittel, das er hatte.

Aber so groß der Hunger in ihm auch war, wusste Jonah doch, dass es nicht gut war, Mr. Weisman zu drängen. Unser Agent kannte das Musikgeschäft besser, als wir es je kennen würden. Er wusste, wie man ein Gerücht in die Welt setzte und mit wöchentlichen Dosen nährte. Immer neue Engagements kamen. Wir sangen in Städten, von denen ich nie gedacht hätte, dass sie uns auf die Bühne ließen. Wir traten in Memphis auf, tiefer im Süden, als wir je gewesen waren. Noch als wir schon in den Kulissen standen, war ich mir sicher, dass das Konzert in letzter Minute abgesagt würde. Als meine Augen sich an das Licht gewöhnt hatten, spähte ich hinunter in den Saal, um die Hautfarbe der Zuhörer zu sehen. Es war dieselbe Farbe wie immer.

Von Memphis ging es nach Kansas City und von da durch Iowa nach St. Louis. Wir schlenderten die Beale Street hinunter, wo der Blues als Baby laufen gelernt hatte. Die Straße war kurz und künstlich – zwei Häuserblocks aus lauter Musikkneipen, und alles sah wie ein Freilichtmuseum aus, das Williamsburg der einzigen echt amerikanischen Kunst.

Wie Amerika, mussten auch wir immer wieder neu entdeckt werden. Mr. Weisman, ein geduldiger Dirigent, der ein langes Crescendo aufbaute, führte uns immer näher an unsere Heimatstadt heran, bis schließlich der große wohl inszenierte Auftritt kam. Über Monate hinweg bereitete er alles für unseren Durchbruch vor. Für Anfang Juni buchte er die Town Hall. Wir mussten es aus eigener Tasche bezahlen – der Erlös der Eintrittskarten würde nur einen Teil der Unkosten decken. Wir kratzten alles zusammen, was vom Erbe unserer Mutter noch blieb, und mieteten den Saal. Danach blieb kaum noch etwas für Plakate. Jonah überreichte den Scheck mit den zusammengekniffenen Lippen eines Glücksspielers. »Ein verpatzter Einsatz, und wir müssen uns echte Arbeit suchen.«

Aber wir verpatzten keinen Einsatz. Den Schubert hatten wir an der Westküste besser gegeben, und der Wolf erreichte nicht ganz die Intensität, die er an seinen besten Abenden hatte. Aber trotzdem war das Konzert in der Town Hall ein größerer Erfolg als alles, was Jonah bisher erreicht hatte. Als der Vorhang sich hob, schwindelte mir vom Adrenalin. Aber Jonah wirkte nie ruhiger, nie entspannter, als wenn die Verzweiflung am größten war. Ich kam mir im Rampenlicht des Saals wie bei einem Verhör vor. Jonah trat strahlend in das gleißende Licht und blickte als junger Abenteurer ins Publikum.

Wir hatten lange über dem Programm gebrütet, unentschlossen zwischen Risiko und der Sicherheit des Konventionellen. Als Erstes kam der »Erlkönig«. Zur Eröffnung brauchten wir einen sicheren Sieger, und den Schubert hatten wir schon so oft gespielt, er wäre wahrscheinlich sogar noch weitergaloppiert, wenn das Pferd uns beide abgeworfen hätte. Dann, mit Goethe als Bindeglied, kamen die drei *Harfenspielerlieder* von Hugo Wolf, komplexe Kompositionen, bei denen jede Note die Katastrophe herausforderte. Danach Brahms, drei Lieder aus Opus 6.

»Wo ist die Verbindung?«, fragte ich beim Planen.

»Wie meinst du das, ›Wo ist die Verbindung?‹ Wolf konnte Brahms nicht ausstehen. Die beiden sind unzertrennlich, wie Zwillinge.«

Für ihn war das Verbindung genug. Ja, Jonah baute das ganze Konzert als einen einzigen großen Spannungsbogen aus Tod und Verklärung auf. Der erste Teil war unser Rückzug aus der Welt in die Einsamkeit des Künstlers. Der zweite Teil war die leidenschaftliche Rückkehr in das Chaos des Lebens. Sein Brahms ließ den ersten Teil des Konzertes mit einem Abgesang auf die Schönheit des neunzehnten Jahrhunderts enden. Aus dem Schlaf der Pause weckten wir das Publikum mit einem neu belebten »Wachet auf!« Jonah war auf den Gedanken gekommen, dass dieses alte Choralvorspiel, das man sonst nur von riesigen Chören gesungen hörte, ein perfektes Solo abgab. Die Selbstverständlichkeit der schwerelosen Melodie war sein angestammtes Recht. »Zion hört die Wächter singen.«

Vor seinem inneren Ohr hörte Jonah den Wächter so langsam singen, dass es klang wie eine Glockenboje in tiefer Nacht. Sein Tempo machte die vier Töne nach dem ersten Dreiklang zum Hintergrundleuchten des ganzen Universums. Die meisten Zuhörer haben keinen Begriff davon, wie viel schwerer ein leiser Ton zu erzeugen ist als ein lauter. Halsbrecherisches Tempo stiehlt jedem verhaltenen Legato die Schau, dabei ist das Letztere die größere Kunst. Verlangsamt bis fast zum Stillstand, machten mir Bachs große, weit ausschwingende Noten mehr Sorgen als jedes andere Stück unseres Programms. Jonah wollte, dass ich das Vorspiel so allmählich entfaltete, dass das Publikum den Choral ganz vergaß bis zu seinem nächsten schockierenden Einsatz. Wir tauschten die Rollen, einmal führte der eine die Melodie weiter, dann wieder der andere. Seine neun schlichten Phrasen glitten über meine kunstvollen Zwischenspiele wie Gletscher über einen vergessenen Kontinent.

Nach dem eisigen Bach kamen unvermittelt unsere drei Ohrwürmer von Charles Ives. Wir nahmen sie rasant und schroff, ganz im Stil der Neuen Welt. Aus dem Letzten, »Majority«, machte er eine komische Nummer. Bis das Publikum sich von dem Schock erholt hatte, war es schon mitgerissen von der ausgelassenen Stimmung. Jonah spielte die Rollen dieser Stücke so perfekt, dass wir sogar Lacher und beifällige Pfiffe ernteten, als wir ans Ende unserer nostalgischen Parade kamen.

Dann sprinteten wir zum Finale und schickten unsere Zuhörer beschwingt nach Hause. Es sollte noch eine Shownummer kommen, um zu zeigen, dass er auch das konnte, und damit wenigstens ein Stück dabei war, das wir noch nicht anderswo vorgetragen hatten. »Gut für die Moral, Giuseppe. Wir müssen doch dafür sorgen, dass du in Form bleibst.« Gemeinsam arrangierten wir »Fascinatin' Rhythm« und putzten es mit allen Zitaten heraus, die wir unsere Eltern je als Kontrapunkt zu diesem abgedroschenen Schlager hatten singen hören. Als besonderer Gag kam ein gleichmäßiges Accelerando hinzu, anfangs so langsam, dass keiner merkte, was wir vorhatten, doch als wir beim letzten Vers angelangt waren, wirbelte Jonah in solchem Tempo durch die Synkopen, dass es schon ein Wunder war, wie seine Lippen immer noch die Silben formen konnten. Aus schierer Nervosität trieb ich ihn sogar noch mehr an als vorgesehen. Aber als der Applaus rauschte, warf Jonah mir ein dankbares, wenn auch benommenes Lächeln zu.

Zum Abschluss sang er »Balm in Gilead«. Das Publikum wünschte sich als Letztes ein luftiges Bravourstück, etwas Fremdes, Schwieriges, Atemberaubendes. Stattdessen sang er ihnen das einfachste Lied, das er je singen sollte, nicht zu hoch, nicht zu tief, genau da wo die Stimme am kräftigsten war. Ich fragte mich, wie er auf dieses Lied verfallen war. Mama hatte es gesungen, als wir noch klein waren, aber auch nicht häufiger als eine Million anderer. Erst beim Konzert ging es mir auf. Er sang dieses Lied für Ruth. Aber Ruth war nicht da. Pa saß in der Mitte der ersten Reihe, neben sich die duldsame Mrs. Samuels. Ruths Sitz auf der anderen Seite war leer, und nur ich wusste, wie sehr dieser leere Platz ihn enttäuschte. »Es gibt eine Salbe in Gilead, der macht die Geschlagenen gesund.« Er sang es zunächst zögernd, als wolle er sehen, ob die Botschaft immer noch stimmte. Beim zweiten Vers schien das Urteil noch offen. Aber er schloss an einem Ort, an dem jedes Urteil unmöglich gewesen war, und sein Singen selbst war das einzige Indiz dafür, was dieser Balsam sein konnte.

Stiller hätte es nicht enden können, einfacher nicht beginnen. Donnernder Applaus erfüllte den Saal, noch bevor mein letzter Akkord verklungen war. Eine Zugabe war nicht vorgesehen – Jonah wollte das

Schicksal nicht herausfordern. Und erst als der Applaus nachließ und wir allein auf der unerbittlichen Bühne standen, flüsterte Jonah: »Dowland?« Ich nickte, obwohl ich gar nicht begriff, was er fragte. Zum Glück kündigte er es auch dem Publikum an, sodass ich wusste, was von mir erwartet wurde. Und wieder einmal stand die Zeit still, wie jedes Mal, wenn mein Bruder davon sang.

Jonahs Debüt muss eines der seltsamsten gewesen sein, die New York je erlebt hat. Ich hätte es gewagt genannt, hätte ich geglaubt, dass er wusste, was er tat. Aber er hatte einfach nur die Lieder ausgesucht, die er gern singen wollte.

Als wir uns zum Abschluss verneigten, sah ich Lisette Soer ganz hinten im Saal. Man kann keine Gesichter erkennen, wenn das Rampenlicht einem direkt in die Augen scheint, aber ich war mir sicher, dass sie es war. Sie applaudierte nicht. Sie hielt sich eine Hand vor den Mund und mit der anderen, vor der Brust, machte sie das Victory-Zeichen. Falls Jonah sie gesehen hatte, ließ er es sich nicht anmerken.

Hinter der Bühne war die Hölle los. Als wäre ich in einen Dokumentarfilm über mich selbst geraten. Es war wie ein Querschnitt durch alle Jahre unseres Lebens, für jede Stufe unserer Entwicklung war ein Vertreter gekommen. Ein Fremder schüttelte mir die Hand und pries begeistert mein Spiel, und erst nach einer ganzen Weile erkannte ich Mr. Bateman, meinen alten Klavierlehrer in Juilliard. Noch schlimmer erging es Jonah. Eine ältere Frau hatte ihn fest im Griff und sagte nur immer wieder: »Du weißt nicht mehr, wer ich bin, nicht wahr? Du erkennst mich nicht!« Jonah grinste verlegen, nickte mit dem Kopf, und dann begann die Frau zu singen. Aus der spröden Stimme war noch herauszuhören, wie gut sie einmal geklungen hatte, und nur die vorgerückten Jahre hatten ihr ihre Kunst genommen. Zitternd sang sie: »Wir eilen mit schwachen, doch emsigen Schritten.« Jonah erkannte die Stimme sofort, auch wenn der Name Lois Helmer ihm noch immer nicht einfiel. An diesen ersten Auftritt konnte er sich erinnern, auch wenn er kaum noch etwas über den Jungen wusste, der damals gesungen hatte. Das Glück, das Vertrauen, die Ahnungslosigkeit: Nichts Sichtbares blieb aus so großer Entfernung. Alles was noch da war, war dieses wunderbare Duett. Und so standen die beiden dort und sangen gemeinsam die ersten vier Einsätze aus dem Gedächtnis, mitten im Getriebe der geschäftigen, verlegen dreinblickenden Menge, die eine Stimme längst rostig geworden, die andere weit über den Punkt hinaus, den die Erste in ihren besten Zeiten erreicht hatte.

Ein hagerer Mann mit einem spärlichen, doch langen Spitzbart strich durch die äußeren Bereiche dieser Versammlung, fiel in der Masse der dunklen Anzüge durch seine engen schwarzen Jeans und das grün-blaue Paisleyhemd auf, bei dessen Anblick mir schwindelig wurde. In einer Flaute kam er durch den Raum auf mich zu, ein breites Grinsen, das selbst das Bärtchen nicht verbergen konnte. »Strom Zwo. Wie sieht's aus, Bruder?«

»Mein Gott. Thad West!« Es kam mir vor, als wäre in einer Opera buffa ein Nebendarsteller plötzlich von der Bühne gesprungen, um mich im Parkett zu begrüßen. Ich packte ihn bei den lässig herabhängenden Ellenbogen. »Mann, Thad! Was zum Teufel machst du denn hier?«

»Musste doch hören, was ihr Jungs heutzutage draufhabt. Ihr zwei habt den alten Kasten hier zum Swingen gebracht. Das muss ich sagen. Ihr zwei habt's raus.«

»Wo wohnst du denn jetzt?«

»Ach, weißt du. Hier und da. Mount Morris Park.«

Der Gedanke durchzuckte mich: *im* Park, nicht am. »Hier in New York? Und du hast dich nie ... Was treibst du so?«

»Oh, ich mache Musik. Was sonst?«

»Ehrlich? Was spielst du?«

Er nannte mir ein paar Namen, die mir allesamt nichts sagten. Er erzählte von Clubs, schrieb mir Adressen auf. Ich wusste nicht, was ich sagen sollte. Da stand er, mein alter Zimmergenosse aus Kindertagen. Ich spürte das Erwachsenenleben wie eine Kröte auf meiner Schulter. »Wir kommen bald mal vorbei und hören es uns an.« In einem anderen, besseren Leben.

»Macht das. Und wartet nicht zu lange. Wir spielen was ganz Besonderes für euch.«

»Hat Jonah dich schon begrüßt? Weiß er, dass du hier bist?« Ich sah mich um, entdeckte ihn, umgeben von alten Juilliard-Genossen, die allesamt auf ihn einredeten.

»Ich werde mich dem Meister nähern, wenn das Volk ihn nicht gar so sehr bedrängt.« Es war nicht grausam gemeint, aber ich bekam doch die Rechnung für mein halbherziges Versprechen. Thad liebte meinen Bruder noch immer. Aber Sehnsucht nach ihm hatte er offenbar nicht mehr.

Ich spürte, dass ich breiter grinste, als gut für mich war. »Und wo hast du Earl gelassen an diesem historischen Tag?«

»Earl ist in Vietnam, Mann.«

»Als Soldat?«

»Na als Feldprediger bestimmt nicht.«

Ich konnte es nicht glauben. Earl der Unerschrockene, der Unbesiegbare, in eine so gewöhnliche Falle gegangen. »Sie haben ihn eingezogen?«

»Das nicht. Earl hat sich freiwillig gemeldet. Wollte die Welt sehen. Sieht jetzt mehr von ihr, als ihm lieb ist, nehme ich an.«

Ein jähes Ende für meine Freude über diese unerwartete Begegnung mit meiner Vergangenheit. »Thad, Thad, Thad. Ich muss mir anhören, was du da in deinem Club spielst.«

Er lächelte, ließ sich nicht hinters Licht führen. Und plötzlich fragte er: »Kannst du dich noch erinnern, wie sie die Tür beschmiert haben? Mit rotem Nagellack?« Tief in der Kindheit vergraben, und trotzdem sehe ich diese Zeichnung, mit der sie unsere gemeinsame Tür besudelt hatten, heute noch vor mir. »Weißt du noch? *Nigel.*« Ich brauchte nicht einmal zu nicken. »War das das erste Mal, dass dir so was passiert ist?«

Ich zuckte mit den Schultern, machte eine hilflose Handbewegung. Bei so etwas ist jedes neue Mal das erste Mal. Thad war noch immer stolz auf diesen anonymen Angriff. Ein Ehrenzeichen. Er hatte seine Prügel dafür bezogen, dass er sich mit uns abgab. Thad hatte ja keine Ahnung. Er wollte nicht wahrhaben, dass das nichts weiter als die Blödheit war, die man Tag für Tag an jeder Straßenecke fand. Er wollte größeres, tieferes Leid, einen gemeinsamen Kampf, der vergessen ließ, dass er aus einem Kaff in Ohio stammte. Jetzt gehörte er dazu, lebte im Mount Morris Park, spielte sein cooles Spiel, schlug sich durch. Der einzige Unterschied war, dass er es tun konnte, solange es ihm Spaß machte, und dann einfach anderswohin gehen.

Thad machte eine ausladende Bewegung, die all die alten Leute in ihren Abendanzügen umfasste. Er schüttelte den Kopf. »Mann, sieh dich an, Strom Zwo. Was in aller Welt machst du hier? Was hätte Nigel dazu gesagt?«

Ich senkte den Blick, betrachtete meine blank geputzten italienischen Schuhe. Ich wollte, dass er stolz auf mich war. *Er* wollte, dass ich mich zu meiner Hautfarbe bekannte. Und er wollte, dass ich die Town Hall denen ließ, denen sie gehörte.

»Tu mir einen Gefallen, Strom Zwo.« Er sah sich um, setzte ein schiefes Grinsen auf. »Halt diese Bande auf Trab, ja? Lass dich nicht von denen in den Sack stecken.«

»Auf Trab.«

»Ganz genau.« Ich streckte ihm die Hand entgegen. Thad versetzte ihr einen Schlag und war fort.

Es war schon nach drei Uhr morgens, als wir nach Hause kamen, erschöpft, doch immer noch aufgekratzt. Jetzt konnten wir nur noch schlafen gehen und hoffen, dass die Zeitungen eine Kritik brachten. Sie musste nicht einmal positiv sein. Nur einfach zur Kenntnis nehmen, dass etwas geschehen war. Jonah hätte die Sterne vom Himmel herabsingen können, und doch würde der Weg in die Zukunft vor unseren Augen im Sande verlaufen, wenn der Kritiker am Abend Sodbrennen gehabt hatte. Meine Aufgabe am nächsten Morgen war, einen Ausflug in die Außenwelt zu machen und jede Zeitung zu kaufen, die zu finden war. Jonahs Aufgabe war es, im Bett zu bleiben und sich etwas einfallen zu lassen, womit wir von nun an unseren Lebensunterhalt verdienen konnten. Nachtwächter, das war die Idee, auf die er immer wieder zurückkam.

Mit diesen Planungen war er noch immer beschäftigt, als ich ihm die zerkrumpelte *Times* auf den Bauch warf. »Wache auf, du Bastard. Kulturteil, Seite vier. Howard Silverman.«

»Silverman?« Er klang erschrocken. *Nein*, würde er später sagen. *Nur verblüfft.* Hastig schlug er die Seiten um und fand die kurze Besprechung. »›Eine beinahe perfekte Stimme – und bei Mr. Strom ist das ›Beinahe‹ kein Anlass zum Bedauern.‹« Er blickte mich an, über den Zeitungsrand hinweg. »Was soll das heißen?«

»Ich glaube, es ist als Lob gemeint.«

Ich fand, es klang, als wolle er sich als Verfasser des Begleittexts für Jonahs erste Plattenaufnahme empfehlen. »›Die Stimme dieses jungen Mannes ist technisch ausgefeilt, aber er hat mehr und Besseres zu bieten als bloße Perfektion.‹« Jonah grinste diebisch. »Meine Güte.«

»Lies weiter. Es wird noch besser.«

Als Nächstes kam Silverman auf unser phantasievolles Programm, nannte die zweite Hälfte eine »frische Brise aus der Neuen Welt, eine schlüssige Alternative zu den gar zu vorhersehbaren Tendenzen im heutigen Liedgesang«. Natürlich durften ein paar kritische Bemerkungen nicht fehlen – etwas über seine bisweilen eigenwillige Phrasierung, darüber, dass die Stimme in den raschen Passagen ein wenig von ihrem Samtglanz verliere. Den größten Einwand hob Silverman sich für den Schluss auf. Der jugendliche Zauber, schrieb er, müsse sich noch in der realen Welt bewähren, er müsse sich echter Erfahrung aussetzen, bevor er zur vollen Komplexität der Emotionen heranreife. »›Mr. Strom ist jung, und seinem jugendlichen Liebreiz fehlt ein wenig die Reife. Liebhaber schöner Stimmen dürfen gespannt sein, ob die Frische dieses außerordentlichen Wohlklangs auch in reiferen Jahren erhalten bleibt.‹«

Dann kam Jonah an die Zusammenfassung. »»Alles in allem stellen Mr. Stroms dramatisches Talent, seine klare Artikulation, die – wenn auch dunkel gefärbte – Reinheit seiner Brillanz ihn schon jetzt in eine Reihe mit den besten europäischen Liedinterpreten seiner Generation. Voraussagen sind immer gefährlich, aber es ist nicht schwer sich vorzustellen, dass er zu den besten schwarzen Konzertsängern zählen wird, die dieses Land je hervorgebracht hat.«

Jonah warf die Zeitung aufs Bett.

»Das solltest du ihm verzeihen«, sagte ich. »Halb so schlimm. Dafür ist der Rest des Artikels ein einziger Liebesbrief. Er serviert dir deine Karriere auf einem Silbertablett!«

Er versuchte sich mit der großzügigen Kränkung anzufreunden. »Voraussagen sind immer gefährlich.« Er ließ jedes Wort auf sich einwirken, machte aus dem Versprechen dieses Satzes eine Drohung. Mein Bruder hatte nie versucht, als Weißer durchzugehen, aber es verblüffte ihn nun doch, mit welcher Selbstverständlichkeit er zum Neger erklärt wurde. Ich machte mich auf Jonahs Verachtung gefasst, denn ich war sicher, dass ich das Ziel sein würde.

Aber er war schon über die Verachtung hinaus, arbeitete an diesem Wort, dem einen dicken fetten Adjektiv, das da schwarz auf weiß stand, so unmissverständlich wie *lyrisch* oder *Tenor*. Er setzte diese Einschränkung wie eine Ohrfeige gegen das *Beste. Der Beste, den dieses Land je hervorgebracht hat.* Er war unentschieden bei den Tempora, spürte zum ersten Mal am eigenen Leibe, was es bedeutete, Türen aufzustoßen, die sich immer wieder schlossen, ganz gleich wie viele legendäre Gestalten schon hindurchgegangen waren. Spürte, was es bedeutete, wenn man aus dem selbstgeschaffenen Ich vertrieben und zum Symbol erklärt wurde, das anderen Stolz geben sollte und doch zugleich deren Sache verriet. Spürte, was es bedeutete, in einem Klischee zu stecken, ganz egal wie er sang.

»Unsere Eltern hätten mich Heinrich nennen sollen.«

»Das hätte auch nichts geändert.«

Schon früher hatten Leute ihn zum Nigger erklärt, brutaler als hier. Aber da war es kein berühmter Kritiker in der angesehensten Zeitung des Landes gewesen. Er lag auf dem Bett in seinem rot-grün karierten Bademantel, Zeitungsbögen über sich verstreut, und schüttelte den Kopf. Dann wandelte sich die Verblüffung in Wut. »Dieser aufgeblasene ... Was glaubt denn dieser Bastard ...«

»Jonah! Es ist ein Triumph! Howard Silverman schreibt ein Loblied auf dich in der *New York Times*.«

Er hielt inne, überrascht von meiner Vehemenz. Er starrte wieder an die Decke, sah all die Leute, die nicht einmal als Alibineger einen Platz erobern würden. Er sah unsere Mutter vor sich, wie sie vom Vorsingen am Konservatorium zurückkam. Die beste Liedersängerin, die er je kennen würde. Träge drehte er den Kopf von einer Seite auf die andere. Er sah mich an, der alte Bühnentrick mit seinen haselnussbraunen Augen. Sie kommen nicht so nahe heran, dass sie die Augenfarbe sehen können, wenn sie die Tür einschlagen und das Haus anstecken. »Du bist auch einer von diesen grinsenden Satchmos, was? Einer von denen, die glauben, sie müssen nur nett genug sein, und alles wird gut.«

»*Du* wolltest doch das verdammte Spiritual singen.«

Es folgte eine angespannte Pause, in der wir beide nach dem richtigen Tempo suchten. Er hätte mich umbringen können mit seinem Schweigen. Und lange Zeit sah es ganz danach aus. Dann antwortet er in seinem schönsten Dowlandton: »Widersprich mir nicht, Erdling. Ich zähle zu den besten schwarzen Konzertsängern, die dieses Land je hervorbringen wird.«

»›Hervorgebracht hat.‹ Ein großer Unterschied. Frag deinen Vater.« Beide suchten wir Zuflucht in einem nervösen Kichern. »Lies den Artikel zu Ende. Der aufgeblasene Bastard hat noch ein großes Finale für dich.«

Jonah las die letzten Sätze mit seiner Sängerstimme laut vor. »›Wenn dieser aufregende junge Tenor an Grenzen stößt, dann allenfalls in seinem Volumen. Alles andere ist vollkommen, und aus jeder Note, die er singt, klingt der beflügelnde Klang der Freiheit.‹«

Genau das vorsichtige Lob, das die Kritiker liebten. Wer konnte schon sagen, was es bedeutete? Es war mehr als genug, um eine Karriere darauf aufzubauen.

»Ich bin der schwarze Axel Schiøtz. Ich werde der schwarze Fischer-Dieskau.«

»Fischer-Dieskau ist ein Bariton.«

»Schon in Ordnung. Da bin ich nicht so. Einige meiner besten Freunde sind Baritone.«

»Aber würdest du wollen, dass deine Schwester einen heiratet?«

Jonah sah mich an. »Und weißt du, wer du bist? Du bist der schwarze Franz Rupp.«

»Und du wärst dann meine Marian?«

»Genau das.« Er nahm sich den Artikel noch einmal vor. »He. Vom Begleiter ist kein einziges Mal die Rede.«

»Das ist gut. Begleiter werden nur erwähnt, wenn irgendwas nicht stimmt.«

»Muli! Ich schulde dir so viel. Ich hätte gestern Abend nicht dort oben gestanden, wenn du nicht...« Er kam ins Nachdenken und sprach den Satz nicht zu Ende. »Wie kann ich das wieder gutmachen? Was willst du haben? Meine Turnschuhe – echte Red Ball Jets? Meine 78er Platten? Alles deins. Was du willst.«

»Wie wär's mit einem Frühstück? Mittagessen eher. Komm, du ziehst dich an und spendierst mir was.«

Er kroch aus dem Bett, zog den Morgenrock aus und zeigte am offenen Fenster aller Welt seinen Weltergewichtskörper. Er streifte Shorts, Tuchhose und ein Polohemd über und fragte dabei: »Wieso war Ruth nicht da?«

»Keine Ahnung, Jonah. Ruf sie doch an.«

Er schüttelte den Kopf. Das fand er nicht richtig. Wollte es gar nicht wissen. Fürchtete sich vor der Antwort. Er setzte sich wieder auf das ungemachte Bett. »Dunkel gefärbte Reinheit, c'est moi. Die einzige Frage ist: Wer wird der weiße Jonah Strom?«

»Zieh die Schuhe an. Auf geht's.«

Aber er zog sie nicht an, und mein versprochenes Essen bekam ich nie. Während er noch weitertrödelte, klingelte das Telefon. Die Times tat ihre Wirkung, eine Bombe, die an einer Million Frühstückstischen hochging, und jeder Mensch, den wir je gekannt hatten, las diesen Artikel. Jonah heimste seine ersten begeisterten Glückwünsche ein. Die zweite Welle folgte auf der Stelle, als er auflegte. Der dritte Anruf kam, bevor er wieder bei mir auf der anderen Seite des Zimmers war. Es war Mr. Weisman. Er hatte ein Angebot für einen Plattenvertrag. Das Harmondial-Label wollte eine Aufnahme mit uns machen, unser New Yorker Liederabend, genau wie wir ihn gesungen hatten.

Jonah rief die Einzelheiten zu mir herüber, so wie Mr. Weisman sie ihm durchgab. Mein Bruder begrüßte das Angebot mit Triumphgeheul. Wenn es nach ihm gegangen wäre, hätte er den Vertrag auf der Stelle unterschrieben und die Aufnahme noch am selben Nachmittag gemacht. Mr. Weisman riet davon ab. Er empfahl uns zwei weitere Jahre Konzertreisen mit ein paar spektakulären Auftritten, und dann wären wir reif für einen langfristigen Vertrag mit einer der besseren Firmen. Er machte Andeutungen, dass RCA Victor durchaus im Rahmen des Möglichen sei. Das ließ Jonah einen Moment lang zögern.

Aber mein Bruder ließ mit seiner Rakete die Erde in einem Tempo hinter sich, das der alte Mr. Weisman niemals ermessen konnte. Er war bereit zum Sprung in die Zukunft anderer, und eine Plattenaufnahme war die Chance dazu. Den Augenblick in Ewigkeit verwandeln, das vergängliche Jetzt verlängern bis ans Ende aller Zeit: Wenn ihm das jemand bot, dann war es Jonah gleichgültig, wer das war. Harmondial war jung und klein, zwei Punkte, die in Mr. Weismans Augen gegen die Firma sprachen, aber Pluspunkte waren für meinen Bruder. Er und sie würden gemeinsam groß werden. Mit vierundzwanzig fühlte Jonah sich noch unsterblich. Er konnte auf die Nase fallen und wieder hochkommen, so oft er wollte, denn schließlich hatte er unbegrenzt Zeit und Talent.

»Nur einmal ist das erste Mal«, warnte Mr. Weisman. Aber Jonah verstand nicht, was er ihm sagen wollte. Harmondial bot mehr als Jonah je zu träumen gewagt hätte. Keiner von Mr. Weismans Einwänden konnte ihn von der Überzeugung abbringen, dass dieses Angebot gut für ihn war. Es war ein Geschenk, ein Lotteriegewinn, und der Einsatz kostete ihn keinen Cent.

Zu den Aufnahmen flogen wir nach Los Angeles. Im kalifornischen Studio von Harmondial entstanden hauptsächlich Popplatten und leichte Klassik. Genau das Umfeld, sagte Jonah, das er brauche. Wir flogen Anfang August hinüber, zwei angehende Könige, und grinsten während des ganzen Flugs quer über den Kontinent wie Spitzbuben vor uns hin.

In Trance fuhren wir durch L. A., kurvten in einem gemieteten Ford Mustang durch Westwood und Hollywood. Überall junge Leute, Transistorradios am Ohr, als hörten sie Berichte über eine Invasion der Außerirdischen. Und die Invasion war ja auch längst im Gange, nur wir waren so lange durch die östliche Provinz getingelt, dass wir nichts davon mitbekommen hatten. Jetzt rollten wir den Ventura Boulevard entlang, staunende Neuankömmlinge mitten in einer Epidemie. Überall war Musik, so viel, dass wir sie gar nicht alle wahrnehmen konnten.

»Himmel, Joey! Das ist ja schlimmer als die Cholera. Schlimmer als Kommunismus. Der absolute Triumph des Drei-Akkorde-Songs!« Begierig teilzuhaben an all der Erregung, die er so lange bekämpft hatte, suchte Jonah die Skala des Autoradios ab und fand die Melodien, die uns an jeder Straßenecke entgegenschlugen. Manche dieser Songs gingen weit über Tonika, Subdominante und Dominante hinaus. Das waren die, die ihm Angst machten. Die, von denen er gar nicht genug bekommen konnte.

Ich musste fahren, und er dirigierte mich mit den Hits von 1965 durch die Stadt. *Stop! In the name of love. Turn! Turn! Turn! Over and*

Over! Und als wir uns endgültig verfahren hatten: *Help! I need some-body. Help!* Bis wir das Studio für unsere erste Aufnahme gefunden hatten, improvisierte Jonah schon über Songs, die er nach einem einzigen Hören schon auswendig kannte. *All we need is music, sweet music. In Chicago. New Orleans. New York City. They're dancin' in the streets.* Die Toningenieure waren begeistert, als sie ihn hörten. Sie ließen ihn den Soundcheck mit *My baby don't care* machen, in jeder erdenklichen Tonlage, bis hin zum höchsten Kontratenor und zum tiefsten Bariton.

»Mann, wieso singst du Schubert?«, fragte einer. »Mit so einer Stimme, da könntest du doch richtig Geld machen.«

Jonah sagte ihnen nicht, dass die zwölfhundert Dollar Vorschuss, die Harmondial zahlte, für uns ein kleines Vermögen waren. Und keiner kam darauf, warum aus dieser Idee nichts werden konnte: Bei ihm klang »I Hear a Symphony« von den Supremes, nun, symphonisch – ein Gag, den man nur einmal bringen konnte, mein Bruder, die Eintagsfliege mit ihren tongenauen, atemtechnisch korrekten Rhythm-and-Blues-Liedern, den Motown-Motetten.

Wir blieben bei Schubert, und mit dem vierten Anlauf änderte sich auch die Einschätzung der Toningenieure. In Jonahs Kehle erwachten all die toten Melodien zu neuem Leben, waren wieder Popsongs wie zu ihrer Entstehungszeit. Mit seiner Stimme gesungen, verkündeten sie: *Wir sind immer noch jung.* Etwas in dem knapp einstündigen Programm von Liedern, das wir in den nächsten Tagen aufnahmen, sagte jedem, dass die Jahrhunderte einfach nur Noten sind, die auf ihrem Heimweg an uns vorüberziehen.

All das höre ich in dieser Platte noch heute. Die Stimme meiner Mutter ist da, klingt durch die seine hindurch, aber auch die meines Vaters. Es gibt keinen Anfangspunkt. Wir tasten uns immer weiter zurück, von Unglück zu Unglück, durch jedes Land, das man uns genommen hat. Aber das Ende ist überall und immer. Wir stehen still und schauen: Das ist die Botschaft dieses Klangs, der von der Ziellinie rückwärts läuft.

Mein Bruder kicherte, als er die ersten Bänder abhörte. »Hör sich das einer an! Klingt wie eine echte Platte. Das machen wir von jetzt an immer.«

Jonah hörte Schwächen, die kein Toningenieur wahrnahm. Wir verbrachten zwei ganze Tage, in denen die Stimmung sich zusehends verschlechterte, mit dem Kampf zwischen Produktionskosten und einer unhörbaren Perfektion. Die Produzenten waren gleich von den ersten Takes beeindruckt, aber Jonah wand sich vor Schmerz. Sie erklärten uns, wie leicht sich ein Takt einmontieren ließe, um eine Schwäche zu korrigieren. Jonah war empört. »Das ist ja, als ob man einem Straßenjungen Adlerschwingen ankleben und ihn dann als Engel ausgeben würde.«

Jonah lernte, das Mikrophon zu umschmeicheln, ein Ausgleich für die Unerbittlichkeit der Technik. Unter dem Druck des Kompromisses bekamen unsere Aufnahmen die Intensität eines Livekonzerts. In dem schalltoten Raum brachte Jonah seine Stimme zum Strahlen. Er sang und schickte seine Töne in die Zukunft, zu Menschen Hunderte von Jahren weit fort.

Am Abend des dritten Tages, als wir die drei Lieder von Wolf bis auf ein paar wenige Resonanzen tatsächlich so hinbekommen hatten, wie sie vor seinem inneren Ohr klangen, setzten wir uns mit der Frau zusammen, die bei Harmondial für die Pressearbeit zuständig war. Das Mädchen kam frisch von der Schulbank. »Ich bin so froh, dass Sie beide Brüder sind.«

Ich zappelte wie ein Fisch auf dem Trockenen. Jonah sagte: »Wir auch.«

»Brüder, das macht sich immer gut. Die Leute mögen Brüder.« Ich wartete nur, dass sie fragte: *Waren Sie schon immer Brüder? Wie sind Sie zusammengekommen?* Stattdessen fragte sie: »Wie sind Sie zur klassischen Musik gekommen?«

Wir wussten beide nicht, was wir sagen sollten. Wie lernte man atmen? Dann ging es mir auf: Die Geschichte, die dieses Mädchen sich längst zurechtgelegt hatte, würde sich im Pressetext und auf dem Albumcover finden, ganz egal, was wir sagten. Selbst wenn wir ihr von unseren Familienabenden erzählt hätten, hätte sie es nicht gehört. Jonah überließ es mir, mit ein paar Strichen ein Bild zu skizzieren. »Unsere Eltern entdeckten unsere musikalische Begabung schon in frühem Alter. Sie schickten uns auf eine private Musikschule in Boston.«

»Privatschule?« Das schien dem Marketing nicht zu gefallen.

»Ein Internat zur Vorbereitung auf das Konservatorium. Ja.«

»Und Sie hatten ... Stipendien?«

»Teilweise«, antwortete Jonah. »Den Rest haben wir uns mit Geschirrspülen und als Hotelpagen verdient. Alle waren sehr großzügig zu uns.« Ich schnaubte, Jonah warf mir einen gekränkten Blick zu, und das arme Mädchen wusste überhaupt nicht mehr, woran es war.

»War die Musik, die Sie an der Schule lernten, ... ganz anders als die, mit der Sie groß geworden waren?«

Jonah konnte sich nicht beherrschen. »Also, die Tempi waren in Boylston oft reichlich schleppend. Aber daran war nicht die Schule schuld. Manche Kinder hatten einfach zu Hause nichts gelernt. Als wir erst einmal in Juilliard waren, wurde es ein wenig besser.«

Sie schrieb sich alles auf einem kanariengelben Notizblock auf. Wir hätten ihr erzählen können, was wir wollten, und Jonah nützte es weidlich aus. »Hatten Sie Vorbilder? Ich meine, was den ... klassischen Gesang angeht.«

»Paul Robeson«, antwortete Jonah. Das Mädchen schrieb sich den Namen auf. »Nicht so sehr der Stimme wegen. Die Stimme war ... schon in Ordnung. Aber was uns beeindruckte, war seine politische Einstellung.«

Anscheinend war sie noch nie auf den Gedanken gekommen, dass ein berühmter Sänger etwas mit Politik zu tun haben könnte. Mr. Weisman hatte Recht gehabt. RCA Victor war es nicht. Und nur einmal war das erste Mal. Ich sah zu, wie Jonahs Antworten in die Akten wanderten, wo sie genauso lange gegenwärtig bleiben würden wie die Musik, die wir gerade aufgenommen hatten.

Das Mädchen bat uns um ein Foto. Wir reichten ihr unsere Mappe, in der die Bilder zusammen mit den Zeitungsausschnitten steckten. »So viele Besprechungen!« Sie nahm das Foto, von dem ich wusste, dass sie es nehmen würde, dasjenige, auf dem die Zirkusnummer, die Harmondial gerade gekauft hatte, am besten zur Geltung kam. Etwas, das ihren Katalog aus den vielen aufstrebenden Labels herausstechen ließ: Eine Nummer mit zwei Brüdern, schwarz aber gut aussehend. Sie suchte sich das Bild aus, auf dem wir am bravsten, am harmlosesten aussahen, das Bild, das dem Käufer sagte: *Nicht alle Neger wollen zerschlagen, was dir wertvoll ist. Manche treten sogar gern als niedere Chargen deiner Kultur auf.*

Im Wagen, auf dem Rückweg zum Hotel, sang Jonah: »*I wish they all could be California girls.*«

»Weiß Gott, wie sie sich *uns* wünschen würde.« Jetzt war uns beiden klar, welches Wort der *Times*-Kritik uns den Plattenvertrag beschert hatte. Die aufstrebende Firma wollte sich die viel versprechende schwarze Stimme sichern, die unbesetzte Nische. Mit den Bürgerrechten kamen umso größere, schrankenlose Märkte. Die gleiche Logik hatte gerade *Billboard* dazu veranlasst, die R & B- mit den Rock-'n'-Roll-Charts zusammenzulegen. Bald würden alle alles singen, alle würden alles hören, und Harmondial hatte von der Verbrüderung den Profit.

Am Mittwochabend, zwei Tage darauf, war die Aufnahme fertig. Der Produzent wollte, dass die Platte mit Dowland endete. Ich wählte dafür das Rhythmusklavier des Studios, eine seltene Verbindung aus gedämpftem Klang und präziser Mechanik, mit der ich die Griffe einer Laute nachahmen konnte. Heute käme bei solcher Musik niemand mehr mit einem Klavier durch. Aber vor einem Dritteljahrhundert konnte jeder noch selbst bestimmen, was für ihn Originalklang war. Zeit steht still. Aber nie lange am selben Ort.

Jonahs Vortrag war auf Anhieb perfekt. Nur war der Toningenieur so verzaubert von seiner ersten Begegnung mit der Zeitlosigkeit, dass er nicht merkte, wie seine Zeiger in den roten Bereich gingen. Der zweite Versuch war bleiern, Jonahs Rache dafür, dass sie ihm den ersten verdorben hatten. Die nächsten fünf waren allesamt nicht zu gebrauchen. Es war das Ende einer harten Woche. Er bat um zehn Minuten Pause. Ich ging nach draußen, spazierte über den Gang vor dem Aufnahmeraum, damit mein Bruder einen Moment für sich sein konnte.

»Joey«, rief er, »verlass mich nicht!« Als ließe ich ihn schutzlos am Abgrund zurück. Er wollte, dass ich bei ihm sitzen blieb, aber nicht sprach. Panik hatte ihn befallen beim Gedanken, dass er eine Botschaft aussandte, die über seinen Tod hinaus Bestand haben würde. Schweigend saßen wir fünf Minuten lang beieinander, und aus fünfen wurden zehn: das letzte Jahr, in dem die Welt uns ein so langes Schweigen gestattete. Die Techniker kamen zurück, plauderten über den neuesten *Gemini*-Raumflug. Ich setzte mich ans Klavier, Jonah machte den Mund auf, und heraus kam der Klang, der alles prophezeite, was ihm im Leben noch widerfahren sollte.

»Zeit steht still, schau ich in ihr Gesicht.« Während mein Bruder das sang, hielt ein paar Autominuten vom Studio ein weißer Motorradpolizist einen schwarzen Fahrer an – einen Mann so alt wie unsere Schwester – und verlangte einen Alkoholtest. Ecke Avalon Boulevard und 116. Straße: eine Gegend aus einstöckigen Häusern und zweistöckigen Apartmentblocks. Es war warmes Wetter, und die Anwohner saßen vor den Häusern. Als Jonah mit jenem *mi, re, do* das Innehalten beschwor, liefen um die Polizeikontrolle die Menschen zusammen. Die Verstärkung des Polizisten rückte an, und aus fünfzig Neugierigen wurden dreihundert.

Die Mutter des jungen Mannes erschien und schimpfte ihren Sohn aus. Die Menge, der Polizist, der junge Mann, seine Mutter, sein Bruder rückten immer näher zusammen. Weitere Polizisten kamen, das Gedränge wurde immer größer, die Menschenmenge war nervös von den jüngsten Entwicklungen, und der Abend war schwül. Es gab ein Handgemenge, immer der einfachste Anfang. Ein Stockschlag ins Gesicht, der alle Umstehenden trifft.

Bald waren es tausend Menschen, und die Polizei rief weitere Verstärkung. Das war gegen 19 Uhr 30, als wir uns das Band abhörten: »Steh still und schau, Minute, Stund und Jahr, sie schwindet nicht.« Dem Produzenten kamen die Tränen, und dann beschimpfte er Jonah, weil er darüber lachte.

Drüben am Avalon Boulevard war die Musik verstummt. Jemand spuckte die Polizisten an, die den Mann, seine Mutter und seinen Bruder ins Gefängnis zerrten. Zwei Streifenpolizisten schritten mit erhobenen Waffen in die Menge, bereit, die nächste Welle von Aufständischen zu fassen. Um 19 Uhr 40, als Jonah und ich auf dem heißen Asphalt des Bürgersteigs vor dem Studio standen, zog sich die Polizei unter Steinhagel zurück.

Auf der Rückfahrt hörten wir die Nachricht zufällig im Autoradio. Die Meldung über die Unruhen unterbrach die Top 40. Jonah sah mich verschwörerisch an. »Lass uns mal hinfahren.«

»Hinfahren? Du spinnst.«

»Jetzt komm schon. Nur einen Blick. Wahrscheinlich ist es sowieso schon vorbei.« Ich saß am Steuer. Er sagte es so beschwörend, dass ich darauf einging. Er dirigierte mich in Richtung Süden, nach den Angaben, die er aus der Meldung aufgeschnappt hatte, und nach dem Gehör. Er lotste uns auf den South Broadway und von da auf den Imperial Highway Richtung Osten. Er ließ mich am Straßenrand halten und stieg aus. Er stand einfach nur da und horchte. »Joey. Hörst du das?« Ich hörte nur Verkehrslärm, laute Stimmen, Sirenen, den üblichen Wahnsinn des städtischen Lebens. Aber mein Bruder hörte Bereiche des Spektrums, die ich gar nicht wahrnahm, genau wie er die ganze Woche über Schwächen auf unseren Bändern gehört hatte, die kein anderer bemerkte. »*Hörst du das denn nicht? Bist du taub?*«

Er ließ mich wieder einsteigen und dirigierte mich nordostwärts. Wir bogen nach rechts ein, und dann sahen wir das Chaos vor uns. Überall in diesem hochexplosiven Viertel standen die Leute an den Straßen und warteten nur, dass jemand das Streichholz warf. Im Schritttempo fuhren wir noch eine Straße weiter ostwärts. Ich hielt an und studierte den Stadtplan, als sei die Gefahrenzone darauf verzeichnet. Der Mustang war eine gefährliche Falle – ein weißeres Auto hätten wir gar nicht fahren können. Vor uns wurde die Masse zusehends dichter, aus allen Seitenstraßen kamen sie, verstellten den Wagen den Weg und bewarfen sie mit Steinen, das Einzige, was sie statt Gerechtigkeit hatten. Die Straßen sahen aus wie fast überall in L. A. – endlose Reihen weiß getünchter Einfamilienhäuser. Nur kam hier ein Geschöpf die

Straße heruntergekrochen, ein Leviathan wie aus einem surrealen Film. Die Gesetze der Physik krümmten den Raum rund um uns. Als sähe man einen Schwarm Stare einen Bogen fliegen, bis sie die Sonne verdunkelten. Als verschwinde das Haus gegenüber in einer Nebelwolke.

Stieß die Masse auf ihrem Weg an ein Hindernis, änderte sie die Richtung. Jonah war hypnotisiert von dieser Bewegung, er fand sie erregend. Sie stürzten sich auf jedes Fahrzeug, das sich bewegte, und bombardierten es mit Steinen. Es war nur eine Frage von Minuten, bis sie die letzten Dowland-Noten rochen, die noch an uns hingen, und zum Angriff übergingen. Ich hätte wenden und die Flucht ergreifen sollen. Aber dieser unaufhaltsam vorandrängende Mob stand so weit außerhalb aller Regeln des gewöhnlichen Lebens, dass ich dasaß wie gelähmt und einfach nur abwartete, was geschah. Es war, als hätte jemand einen Bienenschwarm aufgestört. Die Masse griff einen Polizeiposten an. Schon beim Sturm der Vorhut liefen die Beamten auseinander. Keiner gab Kommandos, aber die Masse bewegte sich wie von unsichtbarer Hand gelenkt. Die vordersten Reihen schwenkten nach Westen, auf uns zu. Ich erwachte aus meiner Trance, wendete hastig und fuhr mitten hinein in den hupenden Gegenverkehr.

»Was machst du denn da?«, rief Jonah. »Wo willst du hin?« Zum ersten Mal in meinem Leben hörte ich nicht auf ihn. Irgendwie brachte ich uns zurück auf den Harbor Freeway, Richtung Norden. Unser Hotel weit draußen in View Park fühlte sich unwirklich an nach dem Drama, dessen Zeuge wir gerade geworden waren. Wir taten beide kein Auge zu.

Die Morgenzeitungen waren voll von der Geschichte. Aber was sie berichteten, war nicht das, was wir gesehen hatten. Es war unglaublich, wie sehr die offiziellen Berichte verharmlosten und verzerrten. Tapfer leugnete das Radio den Ernst der Lage. Alle im Hotel waren geschäftiger denn je. In den Straßen herrschte an diesem Donnerstagmorgen eine gezwungene Heiterkeit, die aber die gespannte Erwartung nur mit Mühe verbergen konnte. Auch wenn die Stadt sich noch so anstrengte, sich zu beschwichtigen, wappnete sie sich doch schon für die kommende Nacht.

Zum Mittag fragten wir im Studio nach, ob noch letzte Retuschen notwendig waren. Aber alles war gut: Die Aufnahmen des Vortags hörten sich im Licht des Tages sogar noch besser an. Ich war erleichtert – Jonah hätte den Dowland nicht noch einmal so singen können, nicht nach den Erlebnissen des vergangenen Abends. Selbst den Harmondial-Leuten fiel auf, wie verstört er war. Keiner wurde mit diesen Vorfällen fertig. Die Techniker machten nervös ihre Witze, als rechneten sie damit, dass auch wir uns vor ihren Augen von elisabethanischen Troubadouren in Plünderer verwandelten. Um vier Uhr nachmittags verabschiedeten die Produzenten uns mit Umarmungen und begeisterten Prophezeiungen für den Erfolg unserer ersten Platte. Für den Abend war der Rückflug gebucht. Es blieben noch ein paar Stunden.

»Joey?« Es klang, als fürchte seine Stimme sich vor sich selbst. »Ich muss mir das nochmal ansehen.«

»Noch … Nein, Jonah. Bitte. Sei vernünftig.«

»Nur ein kleiner Umweg auf der Fahrt zum Flughafen, Joey. Ich kriege das einfach nicht aus dem Kopf. Was haben wir gestern Abend gesehen? So etwas habe ich in meinem ganzen Leben noch nicht erlebt, nicht annähernd.«

»Das heißt aber doch nicht, dass du es nochmal erleben musst. Wir können froh sein, dass wir da unbeschadet rausgekommen sind.«

»*Unbeschadet?*«

Ich senkte den Blick. »Ohne körperlichen Schaden. Und das andere – was hätten wir denn …?« Aber Jonah wollte keine Entschuldigungen von mir hören. Er hatte eine Lücke in seiner Erziehung entdeckt, etwas, das kein Lehrer ihm vermitteln konnte. Er hörte ein Signal, das die Jahre, die noch vor ihm lagen, ihm sandten. Er musste noch einmal dorthin, er musste es hören. Er traute nichts anderem mehr als einem Sinn, der schließlich sein Tod sein sollte.

Jonah fuhr, ein Zugeständnis an meinen Ärger. Wir erreichten die Gegend, in der wir am Vorabend gewesen waren, um kurz nach fünf. Die Häuserzeilen an der Schnellstraße hätten ihm genügen sollen. Überall glitzerten die Scherben der eingeschlagenen Fensterscheiben, ein Teppich aus gläsernen Diamanten. Hie und da klebte der Ruß von gelöschten Bränden an Stuck und Beton. Grüppchen von Teenagern waren auf den Bürgersteigen unterwegs. Wo Weiße zu sehen waren, waren sie bewaffnet und uniformiert. Jonah steuerte den Mustang auf ein verlassenes Grundstück. Er stellte den Motor ab und öffnete die Tür. Ich protestierte nicht; wenn etwas geschieht, das man einfach nicht glauben kann, versiegen die Einwände.

Er sah mich nicht einmal an. »Komm mit, Bruder.« Er war schon am anderen Ende des müllübersäten Grundstücks, bevor ich etwas entgegnen konnte. Ich schloss meine Tür ab – lächerlich bis zuletzt – und lief, damit ich nicht den Anschluss verlor. Wieder waren Tausende zusammengekommen, doppelt so viele wie am Abend zuvor. Schon agierten nicht mehr Einzelne, sondern die Masse. Die Polizei war hilflos, noch viel hilfloser als man nach den Zeitungsberichten geglaubt hätte. Man sah es in ihren Gesichtern: *Wir haben so viel für sie getan; warum machen sie das?* Ihre Strategie beschränkte sich darauf, einen größeren Bereich abzuriegeln, sodass die Gewalt auf die Viertel der unmittelbaren Umgebung beschränkt blieb, und ansonsten warteten sie auf die Nationalgarde. Jonah suchte den Polizeikordon ab und fand eine Lücke zwischen einem Spirituosenladen und einem ausgebrannten Imbiss. Nachdem er sich vierundzwanzig Jahre lang im Haus versteckt hatte, wählte mein Bruder ausgerechnet diesen Abend, um aus der Deckung zu kommen.

Wir gingen die Gasse hinunter und schlüpften durch die Lücke in der Absperrung. In der Straße, auf die wir kamen, schienen die schlimmsten Phantasien Wirklichkeit geworden. Aus drei umgestürzten, brennenden Autos quoll schwarzer Qualm. Feuerwehrleute versuchten zu löschen, aber die Menge trieb sie mit Steinwürfen zurück und schürte das Feuer noch.

Es gab zu diesem Chaos keine Partitur. Es entfaltete sich einfach ringsum, ein Ballett, das bis an den Horizont reichte. Drei Dutzend Leute tauchten plötzlich vor uns auf und verwüsteten ein Gemüsegeschäft. Ihre Körper wirkten bei dieser Arbeit geradezu entspannt, gemächlich. Sie machten sich gemeinsam an die Arbeit, improvisierten, reichten sich Hilfsmittel – Hämmer, Äxte, Benzinkanister –, als überreichten sie die Hölzer in einem Staffellauf. Eine gespenstische Kadenz, langsam, träge, wie unter Wasser, ein langsamer, geschmeidiger Lauf, als hätten die Anweisungen für die Apokalypse sich über Generationen hinweg vervollkommnet.

»Der reine Wahnsinn, Muli«, brüllte Jonah durch das Heulen der Sirenen hindurch. »*Dancing in the Streets!*« Sein Gesicht leuchtete, jetzt endlich Auge in Auge mit dem, wonach er immer gesucht hatte. Zweitausend Aufständische zogen vorüber. Jonah, mir vier Schritte voraus, verlangsamte sein Tempo. Je mehr es ringsum zu brodeln begann, desto mehr ergriff der eine Gedanke Besitz von mir: *Er ist zu hell für hier.* Er war ein zerbrechlicher, verletzlicher Junge, der mit großen Augen zuhörte, wie die Walküren aus dem Radio geritten kamen.

Jonah blieb stehen, sah sich die Flammen an, die zu seiner Linken loderten. Unwillkürlich hatte er die Hände gehoben, als wolle er den Marodierenden winken, als gebe er ihnen die Einsätze für ihre Angriffe. Er *dirigierte*. Er schlug den Takt, brachte Ordnung in das Chaos, so wie er es immer tat, wenn er Musik hörte, die ihn besonders rührte. Beim Näherkommen merkte ich, dass er vor sich hinsummte. Auf sein Zeichen erhob sich hinter uns ein Stimmengewirr, eintönig, doch an- und abschwellend in seinem Takt, eine Mischung aus Rhythmus und Melodie. Aus tausend Kehlen der wogenden Masse erscholl dieser Ton. Ein Ton, den ich mein Leben lang nicht vergessen werde.

Die Polizei wollte vor allem verhindern, dass die Gewalt auf die weißen Viertel übergriff. Das meiste bekamen die Feuerwehrleute ab. Sie ließen die Autos brennen und konzentrierten sich darauf, die Läden zu löschen. Das Zischen der Schläuche und das Stimmengewirr der Masse verschmolzen zu einem riesigen Chor. Jonah sah zu, ganz in eine Betrachtung versunken, die ich nicht verstand. Er war berauscht von der Erregung. Vollständiger Zusammenbruch: Leben spritzten in alle Richtungen, selbst gemachte Bomben detonierten, alle Regeln der Vernunft waren außer Kraft.

Er blieb vor einem Leihhaus stehen, wo ein halbes Dutzend Kinder mit einer Mülltonne die Ladentür einwarf. Sie warfen die Tonne, liefen zurück, holten die Tonne, warfen, liefen wieder. Die Tür zerstob in einem Hagel von Glaskrümeln. Einer nach dem anderen verschwanden die Plünderer in der Höhle. Jonah stand reglos da, als warte er auf die Erscheinung. Nach einem Augenblick, in dem ich Höllenqualen litt, kamen die Schatzsucher wieder hervor, trugen einen Fernseher, eine Stereoanlage, eine Messing-Stehlampe, neue Mützen für alle und zwei Gewehre. Entschädigung für drei Jahrhunderte.

Ich hielt Abstand, blieb zwei Ladentüren entfernt. Jonah stand ein paar Schritte vor mir, direkt am Ort des Geschehens. Er stand mit gespreizten Beinen da, beugte sich vor, um das Chaos noch näher zu spüren. Er sah die Akteure laufen, als hinge die Zukunft der Welt davon ab, dass sie diese verbotenen Güter ergatterten, hier im letzten Akt des Dramas. Und mitten in diesem Traum, den sie gemeinsam träumten, blickte einer der frisch bewaffneten Jungen auf und sah, wie mein Bruder ihn anstarrte. Er kam auf Jonah zugerannt, wedelte mit seiner kurzen Flinte, als wäre sie ein Pingpongschläger. Mein Körper rührte sich nicht, ich stand in nächster Nähe und doch wie auf einem anderen Kontinent. Ich wollte rufen, aber ich spürte meine Kehle nicht mehr. Der Junge brüllte im Laufen etwas. Seine Worte zerplatzten in der Luft, die Laute kamen geflogen wie Schrotkugeln. Seine Freunde, die schon die Flucht ergriffen hatten, machten kehrt, stellten sich der Herausforderung. Auch der andere bewaffnete Junge richtete sein Gewehr jetzt auf Jonah. Es war so schwer, dass es ihm den Arm herabzog, eine schlecht gemachte Requisite.

»Was willst du hier?« Der erste Junge erreichte Jonah, der reglos da stand, die Arme gespreizt. »Mach dass du wegkommst. Ihr habt hier nichts zu suchen.« Der Junge bewegte seinen Schießprügel hin und her wie ein Schlangenbeschwörer. Seine Hände zitterten. Jonah stand, wie er immer auf der Bühne stand, an einen imaginären Konzertflügel gelehnt, im Begriff, den ersten Ton eines großen Liederzyklus zu singen. *Die Winterreise.* Er stand da, als säße ich direkt hinter ihm an den Tasten.

Im nächsten Augenblick war der zweite Junge da. Er stürzte herab wie aus einer Umlaufbahn, versetzte Jonah einen Stoß und schleuderte ihn zu Boden. Mein Bruder krümmte sich vor Schmerzen, dann lag er still, eine große Schürfwunde am Arm.

»Hat der Scheißkerl dir was getan?«, rief der erste Junge dem Zweiten zu. Jetzt standen beide über ihn gebeugt, drohten mit ihren Waffen, zitterten, zuckten. »Mach, dass du zurück in deine Berge kommst, Scheißkerl. Nach Bel Air, wo du hingehörst.« Als könne selbst der Tod diesen Eindringling nur in die weißen Viertel schicken.

Ich fand meine Stimme wieder. »Er ist schwarz. Der Mann ist ein Schwarzer.« Ich war zu weit fort. In dem Lärm konnten sie mich nicht hören. Ich krächzte. Eine kräftige Stimme war nie meine Stärke. »Der Mann ist mein Bruder.«

Die zwei Bewaffneten starrten mich an. Einer richtete seine Waffe auf mich. »Das? Das ist kein Bruder.«

»Der Mann ist schwarz.«

Ausgerechnet jetzt streckte Jonah sich lang auf dem Bürgersteig aus, als wünsche er sich tatsächlich den Tod. Er blickte hinauf in den rauchverhangenen Himmel. Seine Lippen bewegten sich. Man hätte denken können, dass er um Gnade flehte, betete. Aber aus seinem Mund kamen keine Worte, nur ein gespenstisches gleichförmiges Stöhnen.

Da wusste ich, dass einer dieser zitternden Jungen ihn erschießen würde. Ein Mord spielte hier keine Rolle: nur eine weitere Willkürtat am Ende der Zeit. Jonah bewegte die Lippen, stieß sein Stöhnen aus, zum Ende bereit. Aber dieser gleichmäßige Laut aus der Kehle der Gestalt, die da am Boden ausgestreckt lag, machte den Angreifern Angst. Die beiden Jungen wichen zurück vor dem Geheul des Zombies. Ihre Freunde mit dem Fernseher und der Stereoanlage riefen von hinten, sie sollten laufen. Die Polizei kam, sie würden schießen. Die beiden Bewaffneten sahen mich an, dann Jonah, dann blickten sie nach oben in den Krematoriumsqualm, zu dem mein Bruder emporsang. Noch immer starrten sie, dann machten sie kehrt und liefen.

Ich ließ mich neben ihn auf den Bürgersteig fallen, schluchzte, zerrte an dem zerrissenen Hemd. Meine Erleichterung wandelte sich in Wut. »Verdammt, was haben wir hier zu suchen? Weg hier. Sofort.« Ich hatte mich wieder erhoben und musste mich beherrschen, dass ich Jonah, der noch immer am Boden lag, keinen Tritt in die Rippen versetzte.

Er sah mich an, schockiert. »Was?« Blut sickerte ihm den Arm hinunter. Schmutz kam ihm in die Wunde. »Was wohl? Erfahrung, Joey. Wir müssen wissen, wie es ist.« Er lachte, obwohl er sich unter Schmerzen wand.

Ich setzte ihn auf, brüllte ihn immer noch weiter an. Ich wickelte ihm ein Stück Hemd um den verletzten Arm. »Lieber Himmel! Die wollten dich umbringen!«

»Hab ich gemerkt.« Seine Kinnlade zitterte, er bekam sie nicht unter Kontrolle. »Mittendrin. Aber du hast ihnen die Meinung gesagt, was?« Sein Hals krampfte sich zusammen, er bekam keine Luft mehr. Er lachte, wollte sich entschuldigen. Aber er konnte nur noch würgen.

Ich zog ihn auf die Füße und brachte ihn zum Gehen. Zweihundert Meter links von uns rückte ein Trupp Polizisten auf eine improvisierte Stellung von Steinewerfern vor. Ich steuerte Jonah nach rechts, im Bogen zurück zur Albion Avenue, wo wir in das Inferno hineingeraten waren. Es herrschte eine Gluthitze, der Asphalt unter unseren Füßen schmolz. Jonah bekam immer schlechter Luft. Wir mussten langsamer gehen. An einer Straßenecke blieb er stehen und streckte die Hand aus, um mich zu beschwichtigen, um die Erstickung abzuwehren. »Weiter; immer in Bewegung bleiben.«

Ich brachte ihn dazu, dass er sich an die Wand lehnte und Atem schöpfte, bis sein Herz sich beruhigt hatte. Während wir dort standen, Jonah vorgebeugt, auf mich gestützt, kam ein hellhäutiger älterer Mann vorbei und berührte uns am Rücken. Ich fuhr herum, aber der Grauhaarige ging weiter, als sei nichts gewesen. In der Hand hielt er einen Pinsel und eine Dose Farbe. Auf Jonahs nacktem Rücken und den Schößen meines Hemds hinterließ er einen fleckigen braunen Streifen. Der Mann tauchte in die Menge ein, markierte alles mit seinem Zeichen, was lange genug still hielt.

Jonah sah mein Hemd, aber seinen Rücken konnte er nicht sehen. »Ich auch? Hat er mich gut erwischt?«

»Ja. Hat er.«

Er atmete leichter. »Dann sind wir hier fertig, Muli. Pass gestempelt. Visum erteilt. Glückliche Reise.« Er machte sich wieder auf den Weg, summte vor sich hin. Ich fasste ihn am unverletzten Arm und führte ihn. Er schien wirrer als alles um ihn herum. Wir erreichten die 112.

Straße und wandten uns nach Westen, in Sicherheit. Aber sicher würden wir nie wieder sein. Aus zwei Häuserblocks Abstand sah ich die Polizeiabsperrung, durch die wir beim Hinweg geschlüpft waren. Sie war verstärkt worden. Drei Reihen Polizisten drängten nun die Front der Steinewerfer immer weiter zurück. Molotowcocktails flogen und zerplatzten flammend. Das Watts-Viertel tat alles, um den Aufstand nach Westmont, Inglewood, Culver City zu tragen. In Gegenden, wo es etwas Teureres zu verbrennen gab.

»Komm, Muli.« Er klang betrunken. »Immer weitergehen. Wir müssen nur reden, dann kommen wir schon durch.« Aber er brachte ja kaum noch einen Satz hervor. Ich wusste, was die Polizei tun würde, wenn wir auch nur in ihre Nähe kamen. Niemand kam durch diesen Kordon nach draußen. Das ganze Viertel war von tausend Polizisten umstellt, und sie hielten die Bewohner mit vorgehaltener Waffe in Schach. Hinter der Polizeimauer hatte die Nationalgarde Aufstellung genommen. Und hinter der Garde wartete das Militär. Wir waren von der Außenwelt abgeschnitten, gefangen in diesem Pferch. Mein Bruder war zu hell, um drinnen zu überleben, und ich war zu dunkel um uns nach draußen zu bringen.

Ich zerrte Jonah wieder nach Süden, durch eine unkrautüberwucherte Gasse; sie mündete auf eine Straße entlang einer Eisenbahnlinie, die uns den Weg abschnitt. Das Echo von Schüssen hallte von den Wänden wider, prasselte aus allen Richtungen gleichzeitig, irreal, wie Zündplättchenrevolver, die man in Mülleimer hält. Ich steuerte uns nach Südwesten, und plötzlich merkte ich, dass wir direkt auf den Imperial Highway zuhielten. Mitten ins Schlachtgetümmel hinein.

Eine Gruppe von Aufständischen hatte den Polizeigürtel durchbrochen und schwärmte in die umliegenden Straßen aus. Im Gegenzug marschierte die Polizei in die Zuschauer hinein und attackierte jeden, der nicht schnell genug floh; die Männer rissen sie auseinander wie ein Hund, der ein Eichhörnchen zu fassen bekommt. Leute wurden auf die Straße gestoßen, gegen Wände geschleudert, Schüsse fielen, Glas splitterte, und die aufgescheuchte Menge rannte und schrie.

Jonah blieb zurück, rang nach Luft, lehnte sich in einen Hauseingang. Er beugte sich vor, wollte der Brust ihre Spannung nehmen. Den linken Arm hatte er an den verletzten rechten gedrückt. Erschrocken wies er auf mein Bein. Ich blickte hinunter. Die Hose war zerrissen, das rechte Schienbein blutete. Wir standen da, Leute stürmten vorbei wie aus der Umlaufbahn geschleuderte Planeten, so nahe, dass wir sie berühren konnten.

Ein Schrei drang zu uns herüber. Ein einzelner weißer Polizist verfolgte knüppelschwingend zwei alte, schon blutig geschlagene Schwarze, die auf unsere Tür zuhielten und dann einen Haken schlugen, als sie uns sahen. Der Polizist, weniger wendig, stutzte einen Moment, dann entdeckte er uns. Ich malte mir aus, wie er uns sehen musste: mein verletztes Bein, Jonah zusammengekrümmt, das Hemd halb vom Leibe gerissen, sein Arm blutig, beide atemlos keuchend, mit einem braunen Farbstreifen markiert. Er kam mit erhobenem Knüppel auf uns zu. Ich hielt mir die Arme vors Gesicht, um den Schlag abzufangen. Jonah, halb erstickt, schien wie im Delirium. Er richtete sich auf und stieß instinktiv eine Art hohes H aus. Der Polizist blieb stehen. Jonahs Gesang rettete uns davor, dass wir den Schädel eingeschlagen bekamen.

Der Polizist trat einen Schritt zurück, die Hand griff nach der Pistole. Ich fasste die Hände meines Bruders und hob sie. Verblüffter als wir selbst, fesselte der Polizist uns mit Handschellen aneinander. Er trieb uns zwei Straßen weit zu einem Polizeiwagen, stieß uns mit seinem Knüppel, um zu zeigen, dass er alles unter Kontrolle hatte, scheuchte seine Gefangenen stolz vor sich her. Jonah fand seine Stimme wieder. »Warte nur, bis deine Schwester das hört. Sie wird uns wieder ins Herz schließen. Wie es früher war.«

Der Beamte scheuchte uns weiter. Er fragte sich immer noch, warum er uns nicht einfach zusammengeschlagen hatte. Wunderte sich, wie eine Stimme ihn hatte aufhalten können.

Mit einem Dutzend anderer wurden wir zu einem Behelfsgefängnis in Athens gefahren. Die ständigen Einrichtungen waren längst überfüllt. Leute wurden zu Tausenden verhaftet. Jeder Schwarze in L. A. saß hinter Gittern, und trotzdem ging der Aufstand weiter. Wir verbrachten die Nacht in einer engen Zelle, mit zwanzig anderen zusammengepfercht. Jonah war begeistert. Von dem Schmerz in seinem Arm sprach er nicht mehr. Er lauschte jedem Fluch, jedem aufwieglerischen Wort, als studiere er eine Opernrolle ein.

Die Gespräche in dieser Zelle waren eine grimmige Mischung aus Drohungen und Prophezeiungen. Die am besten reden konnten, feierten den Erfolg. »Jetzt können sie uns nicht mehr aufhalten. Und das wissen sie. Wir haben gewonnen, schon jetzt, selbst wenn sie uns allesamt einsperren und den Schlüssel fortwerfen. Mann, die mussten die *Army* holen. Sie mussten die Army holen, damit sie mit uns fertig werden. Jeder da draußen weiß das jetzt. Das vergisst so schnell keiner mehr.«

Bis zum Spätnachmittag des folgenden Tages hielten sie uns fest; dann wurden wir unserem Beamten gegenübergestellt, der zugeben musste, dass wir nichts weiter getan hatten als uns in einen Hauseingang zu ducken. Und der Hälfte der Verhafteten war nichts Schlimmeres vorzuwerfen. Unsere Geschichte hielt der Überprüfung stand – die Plattenfirma, der Leihwagen, Juilliard, unser Agent, Amerikas neue Stimme –, alles außer dem Grund, weswegen wir überhaupt an den Unruheherd gekommen waren. Wir mussten Anstifter sein, Teil einer Verschwörung von gebildeten radikalen hellhäutigen Schwarzen, die zu diesem Pulverfass kamen und die Lunte anzündeten, die Bevölkerung aufwiegelten. So wie die Polizei uns behandelte, mussten wir etwas Schlimmeres als Plündern, Prügeln, Brandstiften getan haben. Wir hatten alles – Chancen, Privilegien, Vertrauen. Wir waren die Zukunft unseres Landes, und wir hatten diese Hoffnung verraten. Unser Verbrechen war, dass wir dabei sein wollten, wenn die Stadt in Flammen aufging. Die Beamten beschimpften uns, schikanierten uns, drohten uns mit einem Prozess. Aber schließlich ließen sie uns angewidert laufen.

Die Justiz hatte keine Zeit für uns. Als der Freitagabend kam, war klar, dass der Donnerstag nur ein Vorgeschmack gewesen war. Am Freitag würde das echte Feuer lodern. Die Gewalt begann schon am frühen Morgen und baute sich unerbittlich den ganzen Tag über auf. Am Freitag tauchte Los Angeles in den Maelstrom ein.

Wir hörten die Berichte im Radio, auf dem Weg zum Flughafen. Keine Maschine flog an diesem Abend, aus Angst, sie würde mit Flinten vom Himmel geholt. Wie erstarrt saßen wir vor den Bildschirmen, sahen den immer größeren Lichtschein der Flammen. Im Vergleich dazu war Südostasien ein Kinderspiel. Die Feuerwehr zog ihre Kräfte aus Watts ab und sammelte sie im Südosten der Stadt. Heckenschützen feuerten auf die Polizei. Die Polizei schoss auf Zivilisten. Polizisten schossen aufeinander und hängten es den Massen an. Sechshundert Gebäude brannten aus, zweihundert wurden vollständig zerstört. Dutzende von Menschen kamen um, erschossen, verbrannt, von herabstürzenden Mauern erschlagen. Die Nationalgarde marschierte in Bataillonen durch die Stadt, Schulter an Schulter, säte noch mehr Zwietracht. Jonah lauschte den Nachrichten, seine Lippen wie Blei.

Wir verbrachten die Nacht auf dem Flughafen, schliefen noch weniger als die Nacht zuvor in der Zelle. Erst am späten Samstagabend ging wieder ein Flug nach New York, als schon dreizehntausend Gardisten in den Straßen von Los Angeles patrouillierten. Noch zwei Tage hielt sich die Rebellion.

Auf dem langen Flug befühlte Jonah immer wieder die Wunde an seinem Arm. Er starrte auf die Sitzlehne vor sich und erschauderte. Wir waren schon über Iowa, als ich schließlich meinen Mut zusammennahm und fragte. »Als du da am Boden lagst, da hast du etwas gesagt.«

Er wartete, dass ich weitersprach, aber ich war schon am Ende angekommen. »Du willst wissen, was ich gesungen habe?« Er sah sich um. Er beugte sich zu mir herüber und flüsterte. »Es war unvorstellbar. Ich sah die ganze Partitur vor mir. Ich blickte in die Höhe, und da war sie. Es war großartig, Joey. Unbeschreiblich. Mit nichts zu vergleichen, was ich je gehört habe.«

Nie wieder klang seine Stimme, wie sie vor jenem Abend geklungen hatte. Ich habe die Aufnahmen zum Beweis.

SOMMER 1941 – HERBST 1944

Sie hat die Melodie schon ihr ganzes Leben lang gekannt. Aber erst seit sie diesen Mann geheiratet hat, hört Delia Daley das Lied des menschlichen Hasses aus voller Kehle. Erst seit sie ihr erstes Kind zur Welt gebracht hat. Erst da übertönt der Chor der Selbstgerechtigkeit jeden anderen Laut in ihren Ohren, verflucht ihre Familie jeden Tag neu für das kleine Verbrechen der Liebe.

Sie hat eine unverzeihliche Dummheit begangen, und dafür muss sie bestraft werden. Aber sie wacht erschrocken mitten in der Nacht auf, fragt sich, wem sie denn so wehgetan hat, dass er solche Rache fordert? Was mag die Zukunft noch an unerbittlichen Anklägern bereithalten? Jedes Mal, wenn sie überlegt, welche Sünden ihr denn vorzuhalten wären, kommt sie nur auf eines: Dass sie geglaubt hat, es sei wichtiger, einen Menschen zu achten, als ihn nicht zu achten. Dass sie geglaubt hat, Rasse sei nichts Unveränderliches. Dass jede Generation nur Platzhalter sei für das, was ihre Kinder erreichen können. Dass die Zeit etwas anderes aus uns macht, uns ein wenig mehr Freiheit gewährt.

Aber sie muss feststellen, dass die Zeit nichts dergleichen tut. Die Zeit zieht gegenüber der Geschichte stets den Kürzeren. Jede Wunde, je erlitten, ist nur verschorft und schwärt unter der Oberfläche weiter. Ein kindlicher, noch nicht versklavter Teil ihres Wesens glaubte tatsächlich, an ihrer Ehe könne die Welt genesen. Und stattdessen verschlimmert sie das Verbrechen, indem sie alle ohnehin schon verletzten Parteien noch weiter vor den Kopf stößt. Sie und David sagen ja nichts weiter, als dass

Familie wichtiger ist als Schuld. Und da die Schuld so stark ist, muss sie sich darüber empören und sie strafen.

Weite Bereiche des Lebens waren ihr von jeher verschlossen. Aber selbst das, was noch übrig blieb, war mehr als sie ausfüllen konnte. Jetzt sind selbst ihre einfachsten Bedürfnisse nicht mehr zu befriedigen. Sie möchte mit ihrem Mann spazieren gehen, ohne dabei die Hausangestellte zu mimen. Sie möchte in aller Öffentlichkeit Arm in Arm mit ihm gehen. Sie möchte sich einen Film mit ihm ansehen können oder in ein Restaurant gehen, ohne dass ein Kellner sie vor die Tür setzt. Sie möchte ihr Neugeborenes auf den Arm nehmen und ein einziges Mal mit ihm einkaufen gehen, ohne dass alles im Laden erstarrt. Sie möchte nach Hause kommen, ohne dass sie über und über mit Galle besudelt ist. Zu ihren Lebzeiten wird es nicht mehr anders kommen. Aber ihre Söhne werden es noch erleben. Die Wut wallt in ihr auf, jedes Mal, wenn sie das Haus verlässt. Nur ihre Gefühle als Mutter sind groß genug, um diese Wut einzudämmen.

Früher hielt sie Borniertheit für eine Verirrung. Jetzt wo sie ihr Leben mit dem eines Weißen teilt, erkennt sie sie als den Grundzug der ganzen Spezies. Aller Hass ist nichts weiter als Sicherung des Besitzes. Ein Tropfen genügt: So sichert man sich Reichtümer. Besitz, davon handeln neun Zehntel aller Gesetze.

Gewiss, Neger nehmen sie auf. Ihre Familie, ihre Tante in Harlem, die Kirche, ihre Freunde vom College. Diese Heilige, Mrs. Washington, die ihnen ein Dach über dem Kopf gibt. Obwohl sich natürlich auch da keiner ganz wohl fühlt. Aber wenn das Weiße durch das bestimmt wird, was ausgeschlossen wird, dann bedeutet Schwarzsein für alle Zeiten Gemeinschaft. Ihr Junge ist nichts Besonderes. Drei Viertel ihrer Rasse haben weißes Blut. Die alten Rechte der Plantagen: Der Besitzer, der alles abstreitet, der Vater, der die Kinder verleugnet. Der einzige Unterschied in ihrem Fall ist, dass der Vater ihres Kindes bei ihr bleibt.

Nicht jeder Weiße, mit dem sie zu tun haben, ist ein hoffnungsloser Fall. Die Kollegen ihres Mannes, allesamt Ausländer, finden sie nicht störender als jede andere Ehefrau auch. Ihnen sind schon exotischere, dubiosere Paare untergekommen. Diejenigen, die ein Instrument spielen, kommen zum gemeinsamen Musizieren zu ihnen ins Haus, und ihnen ist jede Tonart recht. In der Gegenwart dieser Menschen kann sie aufatmen. Sie starren sie nicht an und warten, wie lange sie sich noch auf den Hinterbeinen halten kann. Aber diese Leute sind nicht ganz von dieser Welt. Sie leben tief im Inneren des Atoms oder oben in den unendlichen Weiten der Galaxien. Menschen sind für sie nur Komplikationen, die sich nicht auf Formeln reduzieren lassen. Die meisten von ihnen sind Flüchtlinge, die froh sein können, dass sie noch am Leben sind. Jeder Zweite ein Vertriebener: Polen, Tschechen, Dänen, Russen, Deutsche, Österreicher, Ungarn. Mehr Ungarn als Delia je zuvor irgendwo gesehen hat. Eine große selbst geschaffene Nation der Entwurzelten, die meisten von ihnen Juden. Wo könnte dies Grüppchen Unglücklicher anders leben als da, wo auch ihr David lebt – in dem grenzenlosen Staat, der keine Pässe kannte, im Land der Teilchen und der Zahlen?

Da ist Mr. Rabi, der David seine Anstellung verschafft hat und der, sagt David, Columbia noch in einen Vorort von Stockholm verwandeln wird. Da sind Mr. Bethe, Mr. Pauli, Mr. von Neumann – ein verrücktes Trio, einer seltsamer als der andere. Und Mr. Leo Szilard, der vielleicht wirklich wahnsinnig ist, der nicht mehr unterrichtet, sondern im King's Crown aus dem Koffer lebt, dem Hotel, in dem auch David abgestiegen war, als er ins Land kam. Mr. Teller mit seinen buschigen Augenbrauen, der so wunderbar Bach spielt, so jemand muss doch ein guter Mensch sein. Mr. Fermi mit seiner Frau, der schönen, schwarzhaarigen Laura, Fermi, der in Schweden seinen Nobelpreis entgegengenommen und sich auf dem Rückweg ins faschistische Italien nach Columbia verirrt hatte, ein weiterer geschätzter Kollege ihres Mannes.

Monatelang fürchtete Delia sich vor diesen Leuten und ging ihnen am liebsten aus dem Weg. Sie reichte ihnen die Hand, murmelte einfältige Dinge, während sie sie musterten, und versuchte vergebens zu verstehen, was sie als Antwort murmelten. Den ersten musikalischen Abend in ihrem Haus verbrachte Delia fast ganz in der Küche, verbarg sich hinter verschlossenen Türen bei erfundenen Arbeiten, und die Männer fachsimpelten derweil über Dinge, die ihre Mutter als Teufelswerk beschimpft hätte. Sie ließ Töpfe und Pfannen scheppern – ganz die Küchenhilfe, bis ein Quartett hereingestürmt kam, die Jacken voller Weinflecken und Kräckerkrümel, und sie holte: »Kommen Sie, die Musik beginnt.«

Heute tun sie ihr nur noch Leid, Männer, die sich dafür entschuldigen, dass sie einen Schritt durchs Zimmer gehen, Männer – wie dieser Mr. Wigner aus Princeton –, bei denen jede Bewegung ein Angehen gegen Geheimnisse ist, die sie nicht begreifen. Wie David ihr manchmal sagt, wenn sie im Dunkeln liegen, aneinander geschmiegt: »Je näher man hinsieht, desto weniger erkennt man den göttlichen Plan. An den Rändern des menschlichen Maßes ist es unendlich fremd.« Wer sein Zelt an einem so fremden Ort aufschlug, der musste mit Ungewohntem rechnen.

Das Grüppchen von Exilwissenschaftlern geht herzlich mit ihr um, eine Ungezwungenheit, die sie nicht zuletzt ihrer Ahnungslosigkeit verdanken. Diese Leute drückt nicht die Bürde des alten Verbrechens, die auf dem Land, in dem sie nun wohnen, lastet. Sie schrecken nicht automatisch zurück, wenn sie sie sehen. Sie brauchen sich vor ihr nicht zu rechtfertigen. In gewisser Weise teilen sie das stillschweigende Exil mit ihr. Und doch tragen auch diese entwurzelten Europäer die Krankheit in sich. Empiriker und Skeptiker einer wie der andere, führen sie ganz automatisch ihre Statistik bei allem, was ihnen begegnet, unsichtbar und doch vom Augenschein geleitet, von dem universalen Urteil, das so tief in ihnen steckt, dass sie gar nicht mehr merken, dass es ein erworbenes ist. Jeder von ihnen ist schockiert, als er sie zum ersten Mal singen hört.

Und was, wenn sie Recht haben? Wenn sie tatsächlich ist wie eine Forelle, der plötzlich Flügel wachsen? Zwanzig Generationen, und der Unterschied wird zur Tatsache. Das ist, was die Seelen zerstört, das eine, woran niemand vorbeikann. Kein Tag vergeht, an dem sie sich nicht für die Lieder rechtfertigen muss, die sie singt.

Ihr Mann hat keine Ahnung, wovon sie spricht. Das spürt sie jetzt, den Abstand zwischen ihr und ihm. Ohne den verirrten Jungen hätte sie ihn nie geheiratet, ohne die Zukunft, in die sie beide hineingestoßen wurden durch die Worte des verlorenen Kindes an jenem Tag in Washington. Sie wusste, was es diesen Mann kosten würde, Teil ihrer Rasse zu werden, ihr Erbe mit ihr zu teilen. Sie konnte nicht hoffen, dass sie ihn vor der Rache der weißen Welt schützen konnte. Und so verblüfft es sie jede Nacht neu: Je mehr die anderen ihnen zusetzen, desto enger rücken sie zusammen.

Seine Liebe zu ihr ist so einfach, so frei von Weltanschauung und Vorurteil. Sie hat bedingungslose Liebe gekannt – die unerschütterliche Fürsorge ihrer Eltern, nur umso hartnäckiger um ihrer eigenen Herkunft willen, mutig im Angesicht des Wegs, den sie eingeschlagen hat. Bei David kann sie einfach nur *sein*. Ihr gefällt die Frau, die er sieht, wenn er sie ansieht – ein Bild am winterlichen Sternenhimmel, dessen Konstellationen er mit so untrüglicher Sicherheit entdeckt.

Sie genießt es, wie er immer wieder über sie staunen kann, seine behutsamen Erkundungen, seine dankbare Überraschung. Seine Zärtlichkeit, gereift im Weinkeller des Lebens. Die Ehrfurcht, mit der seine Finger die Rundung ihres festen Bauches nachzeichnete, als er die Frucht ihrer Vereinigung barg. Bei ihm fühlt sie sich geborgen, still, leicht wie ein Spielzeug. Wenn sie beieinander liegen, der Junge in seiner Wiege zu Füßen des Bettes, ihre Scheu voreinander vervielfacht durch diesen unverhofften Besucher, diesen vor sich hinmurmelnden Dritten, dann sind sie nichts als sie selbst. Nirgendwo anders als hier. Ihre gemeinsame Melodie ist beständige Modulation, mit der auch die entlegensten Tonarten immer wieder beim *Do* anlangen.

In der harten Arbeit des täglichen Lebens hält er sich tapfer. Er ist nicht gerade häuslich, und seine Körperpflege ist noch unberechenbarer als seine unregelmäßigen Verben. Seine Art treibt sie zur Verzweiflung. Er bringt es fertig und lässt eine Schachtel Eiscreme auf der Anrichte stehen, und zwei Stunden später wundert er sich, dass sie ihm an den Schuhsohlen klebt. Aber er kann auch über sich selbst lachen. Und für einen Mann der Theorie ist er bemerkenswert geduldig. Ein Mann so gutmütig wie die Zeit lang ist.

Zum Glück ist er älter als sie und kann echte Sorgen leichter von den vielen Kleinigkeiten des Tages unterscheiden. Es ist ihre Rettung, hundertmal im Monat, dass er nur selten feste Vorstellungen davon hat, wie etwas getan werden sollte. Dass sie beide so unterschiedlich sind, macht ihm immer wieder Freude. Er übernimmt eine Redensart von ihr, den Satz, den sie ausrief, als sie ihn zum ersten Mal eine Sieben schreiben sah. Kaum eine Woche vergeht – ob sie nun Eintopf kocht, eine Rechnung bezahlt oder ein Bild aufhängt –, in der er nicht irgendwann sagen muss: »Jetzt schau sich das einer an!«

Hätten sie weniger übereinander gestaunt, sie hätten den ersten gemeinsamen Sommer gewiss nicht überstanden. Der Schmelztiegel New York heizt ihnen mächtig ein; fünf Minuten draußen auf dem Bürgersteig, und sie sind völlig ausgebrannt, nur noch wertlose Schlacke. Doch im Haus bleibt der Hochofen wirkungslos, und das Erz gehört ihnen. Sie können singen, was sie wollen, und immer wieder wird aus zwei verschiedenen Melodien eine. Sie haben die gleichen Komponisten lieben gelernt, sind auf so verschiedenen Wegen zu den gleichen Vorlieben gelangt, dass jeder die Andersartigkeit des anderen bestätigt. Ihre Harmonien leuchten umso heller vor der Dissonanz der Welt.

Erst kurz vor der Hochzeit schliefen sie zum ersten Mal miteinander. Es kam überraschend für sie, nach all den Monaten quälender Abstinenz, nach den atemlosen, mühsam gezügelten Zärtlichkeiten. Es war seine Entscheidung – *sie* brauchte dafür ganz bestimmt keinen Ring. Nachdem sie sich einmal für ihn entschieden hatte, gehörte sie ihm mit Haut und Haaren. Jedes Mal, wenn sie ihn in New York besuchte und er sie am Abend zurück zu ihrer Tante schickte, ging sie weg mit dem Gedanken: *Ist er wirklich so wenig von dieser Welt? Oder hält er sich nur um meinetwillen zurück?*

Doch dann, in der Woche vor der Hochzeit, schickte er sie nicht mehr weg. »Nächste Woche«, flüsterte David, als seine Berührungen in bisher unerforschtes Terrain vordrangen, »nächste Woche geben wir uns das Jawort vor den Augen des Staates. Heute gebe ich dir mein Wort, nur dir allein.« Hinterher war sie wieder ganz für sich und überlegte, ob es war, wie sie es erwartet hatte, aber sie konnte sich nicht mehr erinnern, was sie erwartet hatte; er lächelte, so voller Verwirrung, dass sie eine entsetzliche Ewigkeit lang glaubte, sie hätten etwas falsch gemacht.

Er machte eine Handbewegung hinter dem Rücken, eine Art Abschiedswinken an die Vergangenheit. »Ich spüre einen kleinen Jungen auf meiner Schulter. Er ist schwer. Wie ein alter Mann. Er will, dass ich irgendwo hingehe!«

»Wohin?«, fragte sie und berührte seine Lippen.

»Da wo wir hingehen!«

Und dann war der kleine Junge plötzlich da. Und ein Zweiter unterwegs. Je mehr es sind, desto geringer die Gefahr. David betrachtet ihre zweite Schwangerschaft ebenso ehrfürchtig wie die erste. Beide staunen sie über ihre Launen und Gelüste. Sie ist bald herrisch, bald lammfromm, glaubt, dass den Dingen eine Seele innewohnt und lauscht auf jedes Knarren der Dielen. Am liebsten würde sie ihren Erstgeborenen ständig an sich drücken, das zweite Kind in ihrem Leib, und ihr Mann soll über dem Ganzen wachen, als sei die Wohnung eine dunkle, weiche Höhle im Innern der Erde.

Die zweite Schwangerschaft ist ganz anders als die erste. Jonah hat in ihrem Bauch unablässig gestrampelt und getobt. Dieses Kind lässt sie in Ruhe. Beim ersten Mal waren die beiden Erwachsenen allein. Jetzt haben sie dieses quirlige, plappernde, goldbraune Wesen an ihrer Seite, das ihr eigenes ungläubiges Staunen in Worte fasst. »Mama dick. Macht neuen Jonah. Ein Baby.«

David nimmt dem Jungen alle Furcht. Spätnachmittags hocken sie zusammen auf dem Teppich im Wohnzimmer und bauen ganze Städte aus Haferflockenkartons und Konservendosen, erklären sich gegenseitig, wie die Welt funktioniert. Sie könnte ihnen ewig zusehen. Der Junge hat die Augen und den Mund von seinem Vater, den gleichen erstaunten, amüsierten Gesichtsausdruck. David versteht sogar Jonahs rätselhafte Gedanken aus der Zeit vor seiner Geburt. Er kann das Kind mit zwei hölzernen Wäscheklammern und einem Stück Schnur in Bann schlagen. Doch wenn ihr Kleiner unruhig ist oder Angst hat, wenn er sich fürchtet in dieser viel zu großen Welt, dann gibt es nur eins: Er schmiegt sich an seine Mutter und legt das Ohr auf ihre Brust, während sie singt.

Der Krieg hat sie nun endlich auch erreicht. Pearl Harbor ist fast eine Enttäuschung, so lange warten David und sie schon. Auch diese Erschütterung trennt die beiden Schwangerschaften. Delia muss sich Tag für Tag ins Gedächtnis rufen, dass sie jetzt an der Weltkatastrophe beteiligt sind, so wenig hat sich in ihrem Leben verändert seit der Ansprache des Präsidenten. Ihr Land führt Krieg gegen das Land ihres Mannes, auch wenn er seine alte Staatsbürgerschaft abgelegt und die ihre angenommen hat. David bei der Vereidigung, zusammen mit einem Saal voller lächelnder Einwanderer, die mit ihrem frisch gebackenen Wissen über Exekutive, Legislative und Judikative glänzen. David hat darauf bestanden, dass sie ihm den gesamten Text der unsingbaren Nationalhymne beibringt, Worte, die ihr die Schamesröte ins Gesicht treiben, wenn sie versucht, sie zu erklären. David, der Logiker, sucht nach einer Verständnishilfe für den doch so eindeutigen Text der Unabhängigkeitserklärung. »Aber heißt das nicht ...?« Sie muss ihm einschärfen, dass er sich mit dem Richter, der über die Einbürgerung entscheidet, nicht auf einen Streit über dieses Thema einlassen darf.

Sie beschließen, mit den Kindern nur Englisch zu sprechen. Sie wollen sie nicht verwirren, sagen sie. Später können sie immer noch eine andere Sprache lernen. Was sollen sie auch anders tun? Ihr Bruder Charlie meldet sich freiwillig – Michael und ihr Vater würden es ebenfalls tun, auf der Stelle, wenn die Armee alte Männer und Kinder nähme. Sie sorgt sich Nacht für Nacht, dass David eingezogen werden könnte. Nach Deutschland würden sie ihn sicher nicht schicken, aber sie könnten ihn ja in den Pazifik verlegen. Schließlich nehmen sie Männer mit noch viel schlechteren Augen.

»Mach dir keine Sorgen, Schatz«, sagt er.

Das treibt sie zum Wahnsinn. »Wie kannst du sagen, ich soll mir keine Sorgen machen! Sie ziehen jeden ein. Schlimm genug, dass mein Bruder im Camp in North Carolina ist. Ich will dich nicht verlieren.«

»Keine Sorge. Mich nehmen sie nicht.«

Die Art wie er das sagt lässt sie verstummen. Ein Privilegierter. Aber Professoren sind doch gewiss nicht vom Militärdienst befreit? Seine Kollegen, die zu den Musikabenden kommen, Männer, die zwischen einem Dutzend Universitäten unterwegs sind, als ob sie alle für denselben Arbeitgeber arbeiteten und die nichts gemeinsam haben als ihr kurioses Englisch, ihre Vorliebe für Geheimnisse und ihren Hass auf Hitler: Würden sie denn nicht mit allen anderen in den Krieg ziehen?

»Sie werden hier gebraucht«, erklärt David ihr.

Wie kann das sein? Er hat ihr doch immer erzählt, dass es überhaupt keine überflüssigere Arbeit gibt als ihre, nichts Theoretischeres. Außer der Musik vielleicht.

Die letzten drei Schwangerschaftswochen kann Delia nur noch kriechen. Ihre Stimme wandelt sich zum Tenor. Sie sagt ihren Schülern und sogar dem Kirchenchor ab. Sie kann weder sitzen noch liegen oder stehen. Sie kann ihren Sohn nicht mehr auf dem Schoß halten. Sie ist unglaublich dick. »Meine Frau«, sagt David im Scherz, »Erst war sie eine Bagatelle von Webern, jetzt ist sie eine Bruckner-Symphonie.« Delia versucht zu lächeln, aber die Haut ist zu straff gespannt.

Zum Glück ist er zu Hause, als es losgeht. Die Wehen setzen am 16. Juni um 2 Uhr morgens ein, und bis David sie ins Krankenhaus ein Dutzend Häuserblocks entfernt gebracht hat, hätte sie das Kind beinahe schon im Foyer bekommen. Es ist ein Junge, wieder ein hübscher Junge. »Sieht genau wie seine Mutter aus«, meint die Krankenschwester.

»Wie sein Bruder«, sagt die Mutter, noch ganz weit weg.

»Dann wären wir jetzt also vier«, sagt sein Vater immer wieder. Er klingt benommen. »Ein Quartett.«

Wieder steht auf der Geburtsurkunde »farbig«. »Wie wäre es, wenn sie ›gemischt‹ schrieben?«, fragt sie. »Das wäre fair zu allen.« Aber Gemischt ist keine Rasse.

»Diskret und stetig.« Ihr Mann, der Mathematiker. »Und die beiden sind nicht symmetrisch?«

»Nein«, antwortet sie. »Sind sie nicht.«

Das beschäftigt ihren Mann. »Die weißen Gene sind rezessiv. Schwarz ist dominant.«

Sie lacht. »So dominant nun auch wieder nicht.«

»Aber ja. Die Weißen sind zum Aussterben verurteilt. Sie sind die Ausnahme. Der so genannte reine Fall. Alles, was nicht weiß ist, ist schwarz, nicht wahr? So wollen es die Weißen.«

Die Weißen, hört sie ihren Bruder Charlie sagen, *entscheiden alles.*

»Da sollten die Weißen doch sehen, dass sie auf Dauer damit nicht durchkommen? Sie schaffen sich selbst ab, selbst wenn es nur um ein Prozent pro Jahr vorangeht!«

Sie ist zu erschöpft, zu sediert, zu froh, um darauf einzugehen. Ihr Baby ist ihr Baby. Ein Fall für sich. Rasse: Joseph. Nationalität: Joseph. Gewicht, Größe, Geschlecht: alles ihr neues Baby, ihr zweiter JoJo.

Aber nicht nur die Rasse, auch die Augenfarbe nimmt das Krankenhaus falsch auf. Sie bittet sie, es zu korrigieren: grün, zur Sicherheit ihres Jungen. Damit er später keinen Schaden daraus hat. Aber die Schwester ändert es nicht. Sie sieht das Grün nicht. Rinde und Blatt haben für sie dieselbe Farbe.

Das Baby kommt nach Hause, und Jonah inspiziert es. Die Enttäuschung des großen Bruders ist grenzenlos. Das neue Geschöpf will nichts als schlafen und trinken, trinken und schlafen. Abartig ist das, und was den siebzehn Monate alten am meisten in Wut bringt, das ist, dass beide Eltern ohne weiteres darauf hereinfallen. Sie achten sehr darauf, dass sie sich abwechselnd um Jonah kümmern – immer der, der das neue Baby gerade nicht hat.

Alles ist ganz nach Delias Wünschen. Nach allen Wünschen, die sie sich überhaupt vorstellen kann. Wenn sie doch nur an dieser Stelle die Zeit anhalten könnten. Jedem der Kinder ins Ohr summen, horchen, wie sie selbst summten. Die schlichte Melodie der Tage stets aufs Neue spielen.

Wieder prophezeit ihre Mutter, dass das Kind dunkler wird, und diesmal hat sie Recht. Er wird dunkler als sein Bruder, aber doch nicht mehr als Milch mit ein wenig Kaffee. Noch bevor er laufen kann, hilft er ihr schon. Er will seiner Mutter keine Mühe machen, nicht einmal, wenn sie ihn füttert. Sie kann es gar nicht mit ansehen. Noch bevor er sprechen kann, tut er alles, was andere von ihm verlangen.

Alle paar Monate machen sie mit den Kindern einen Ausflug nach Philly. Ihre Eltern wollen mehr. »Ich kenne sie ja kaum wieder, so sehr haben sie sich verändert«, schimpft Nettie Ellen. Die Zwillinge putzen die Jungen heraus und gehen mit ihnen, jede einen im Arm, im Viertel spazieren, zeigen sie jedem Nachbarn, der so dumm ist und stehen bleibt. Selbst Dr. Daley – dessen eigener Michael den kurzen Hosen ja noch nicht lange entwachsen ist – wird zum rührseligen Opa, nennt seine kleinen Nachfahren bei den albernsten Namen.

Einen dieser Besuche richten David und Delia so ein, dass sie zu Charlies erstem Urlaub dort sind. Ihr Bruder kommt in Uniform ins Zimmer gestürmt, und alle halten unwillkürlich den Atem an. Als Bürger zweiter Klasse ist er nach Montford Point ausgerückt, als Marineinfanterist kehrt er zurück. Angehender Infanterist jedenfalls. 51. Bataillon. Nicht dass er eine jugendliche oder romantische Zuneigung zu dieser Art von Dienst hätte. Er macht es nur, weil es ihm noch vor wenigen Monaten verwehrt war. Dr. Daley erhebt sich und schüttelt seinem Sohn die Hand. Einen Moment lang stehen sie feierlich da, dann trennen sie sich ohne ein Wort.

»Meine Güte! *Meine* Güte!« Nettie Ellen befühlt die Uniform.

»Jawohl, das ist sie«, sagt Charlie. »Das ist der Fummel, für den wir nicht gut genug waren. *Jaa*-woll. Was ihr hier vor euch seht, das ist die echte, dreidimensionale Inkarnation von Freund Frankies Resolution Achtundachtzig-null-zwo!«

»Willst du wohl still sein«, sagt seine Mutter. »Habe ich dir etwa beigebracht, lästerliche Reden über unseren Präsidenten zu schwingen?«

»Nein, Mama.« Die pure Zerknirschung, mit einem Zwinkern zu Delia. »Das hast du mit Sicherheit nicht.«

Die Zwillinge weichen ihm nicht mehr von der Seite. »Göttlich.« – »So elegant.« – »Toller Mann!« – »So gut sieht keiner aus.«

»Hör dir das an. Ohne Uniform hätten meine Schwestern das nie gemerkt«, sagt Charcoal zu David.

Nur dass er jetzt nicht mehr Charcoal ist. Dieser Mann hat nichts mehr von dem Jungen, als der er eingerückt ist. Inzwischen ist er älter als David, um ein ganzes Jahrzehnt hat er ihn überholt. Über Nacht gealtert beim Anblick von Dingen, die selbst Philadelphia noch nie gesehen hat. Beim Essen unterhält er sie mit Geschichten aus der Hölle der Grundausbildung. »Dann haben sie uns am Abend mitten im Sumpf abgesetzt. Zwei Tage mussten wir durchhalten, nur mit einem Taschenmesser und einem Feuerstein.« William Daley betrachtet seinen Sohn mit martialischem Stolz, einer Hochachtung, die fast schon Rivalität ist. Und der kleine Michael vergeht vor Neid.

»Hast du deine Tanten und Onkel schon besucht?«

»Noch nicht, Mama. Wir bekommen nicht oft Ausgang. Aber das mache ich noch.«

Nach dem Essen sitzt er mit seiner Schwester auf den Verandastufen und raucht eine Zigarette.

»Hast du das auch bei den Marines gelernt?«, fragt sie.

»Jedenfalls haben sie dafür gesorgt, dass ich es nicht mehr verstecke.« Sein Gesicht ist grimmig. Genau die Miene, die er immer hatte, wenn Leute auf die andere Straßenseite wechselten, statt an ihnen vorbeizugehen.

»Also, was ist los, Char? Was hast du den anderen verschwiegen?«

Er blickt sie misstrauisch an, bereit alles abzustreiten, worauf sie ihn nicht festnageln kann. Aber sie kann. Er drückt seine Zigarette auf den Betonplatten des Bürgersteigs aus. »Es ist ein Witz, Delia. Ein schlechter Witz. Wir stehen schon mitten im Krieg, dabei haben wir den Exerzierplatz noch gar nicht verlassen.«

Sie schaukelt ihren Erstgeborenen auf den Knien. Der kleine Joey ist im Haus, in guten Händen bei Großmutter und Tanten. Sie hält Jonah die Ohren zu, schützt ihn vor der Wut seines Onkels, lenkt sie ab. Sie sieht Charlie zu, wie er die Zigarette ausdrückt, und all ihre Hoffnungen auf etwas Gutes, auf einen gerechten Krieg zerdrückt er mit ihr.

Er atmet tief durch. »Du denkst, Philadelphia ist eine Scheißstadt? Im Vergleich zu North Carolina ist das hier die Insel der Seligen, das kannst du mir glauben. Wie hat Mamas Familie es all die Jahre da unten ausgehalten? Wie haben sie das überlebt? Man kriegt nirgends was zu essen, außer in der Kantine. Ich kann nicht mal nach Lejeune fahren, nicht mal in Uniform, ohne Begleitung eines Weißen. Ein weißer General kommt nach Montford Point und hält eine Rede vor den ersten Neger-Marines in der Geschichte des Landes. Und was erzählt er uns, mitten ins Gesicht? Wie erstaunt er ist, dass jetzt ein paar schwarze Emporkömmlinge seine ach so makellose Uniform abtragen.«

Charles nimmt seine Kappe ab und kratzt sich den kahl rasierten Schädel. »Willst du mal meine Papiere sehen? Quer über den Ausweis steht in dicken fetten Lettern ein Stempel FARBIG, für den Fall, dass mal einer kommt, der es nicht sieht. Und was lernen wir daraus? Der Präsident kann sie zwar zwingen, uns zu nehmen, aber er kann sie nicht zwingen, Marines aus uns zu machen. Was meinst du, wofür die Einundfünfzigsten vorgesehen sind? Wir dienen als Stewards. Sie schicken uns in den Pazifik, wo wir die Kammerdiener für die weißen Bataillone spielen. Wenn der Feind uns unter Beschuss nimmt, verstecken wir uns hinter Ölfässern und schießen mit Bohnen zurück.«

Der kleine Jonah befreit sich aus Delias Griff und will ein Eichhörnchen fangen. Das Tier rettet sich auf einen Baumstamm. Der Kleine, verdutzt, steht mit leeren Händen da und macht sich dann an die Erkundung des eingezäunten Gartens. Charlie beobachtet seinen Neffen mit gleichmütigem Blick. Aber lange lenkt das Kind ihn nicht ab. »Selbst nach all dem Scheiß, mit dem wir hier groß geworden sind, nach allem, was wir hier erlebt haben, hätte ich so was nicht für möglich gehalten. Das Leben in diesem Land ist ein einziger Albtraum. Hitler ist nicht anders als das Land hier, Delia. Ich wäre mir nicht mal sicher, dass es auf dieser Seite des Atlantiks wirklich jemanden gibt, der was gegen ihn hat.«

»Jetzt halt aber den Mund, Charlie.« Er tut es, aber nur weil sie seine große Schwester ist. »Red doch keinen Blödsinn.« Sie hätte gern etwas erwidert, ein Argument, das ihn vom Gegenteil überzeugt hätte. Aber sie sind beide zu alt für Beschwichtigungen. »Der Kampf ist derselbe, Char.« Und wer konnte es schon sagen? Vielleicht stimmte das. »Du bist dabei. Du musst kämpfen. Alles ein und derselbe Krieg.«

Ein Lächeln macht sich auf Charlies Zügen breit, ein Lächeln, das nichts mit ihr zu tun hat. »Wo wir schon von Krieg reden. Wenn dein kleiner brauner Bomber da noch mehr von Mamas Rosen ausrupft, sind wir allesamt geliefert.« Bevor sie auch nur einen Schritt in Richtung Jonah gehen kann, stößt Charlie einen Pfiff aus. Bei dem durchdringenden, reinen Ton bleibt Jonah wie angewurzelt stehen. »He, Soldat. Antreten. Melden zum Dienst!« Der Junge lächelt und antwortet mit einem knappen, koketten Kopfschütteln. Charles Daley, 51. Bataillon US-Marinekorps, nickt zurück. »Ein heller Bursche, dein Sohn.«

Sie fahren nicht so oft nach Philly, wie sie sollten. Sie kann die Zeit am Wachstum ihrer Söhne messen. Sie möchte das Tempo, mit dem sie sich verändern, bremsen, aber das kann sie nicht. Ihre Mutter hat Recht: Ihre Männer sind immer wieder neu und fremd, jedes Mal, wenn sie am Frühstückstisch sitzen. Sogar David, und das ist besonders unheimlich. Er verändert sich so schnell, dass sie nicht mehr nachkommt. Er ist nicht kalt – nur abwesend. Jeder Mensch auf der Welt lebt nach seiner eigenen Uhr, sagt er. Einige hinken ein, zwei Stunden hinterher, andere sind um Jahre voraus. »Und du«, sagt sie, und das ist einer der Gründe, warum sie ihn liebt, »du bist dein eigenes Greenwich.«

Jetzt ist er ihr auf Dauer voraus – nicht viel; zehn, fünfzehn Minuten vielleicht – geradeso viel, dass sie ihn verpasst. Sie sucht die Ursache bei sich selbst. Ihr Körper hat sich verändert nach der Geburt der Jungen. Aber daran kann es nicht liegen; in den Augenblicken, in denen sie sich doch begegnen, wenn seine Hand auf ihrem Rücken liegt oder er die Nase staunend in ihrem Nacken vergräbt, schlägt seine Uhr wieder im gleichen Takt wie die ihre, pendelt sich ein auf ihren Rhythmus und verweilt im süßen Nachgefühl. Sie macht sich Sorgen, dass es womöglich an den Jungen liegt, daran, dass sie ständig Aufmerksamkeit beanspruchen. Aber er liebt die beiden wie eh und je, liest Jonah unermüdlich Kinderreime vor und zaubert für Joey den ganzen Sonntag lang mit einem Taschenspiegel tanzende Sonnenflecken an die Wand.

Er ist zu viel unterwegs. Den Zugfahrplan nach Chicago kennt sie längst auswendig. Dort hat sein geliebter Mr. Fermi ein Forschungslabor eingerichtet. David fährt so oft hin, man könnte meinen, er sei dort angestellt.

»Ziehen wir um?«, fragt sie. Versucht nachsichtig zu sein, eine gute Ehefrau, aber es klingt missmutig und vorwurfsvoll.

»Nicht, wenn du es nicht willst.« Was sie nur noch mehr ängstigt. Sie gehörte nie zu den Menschen, mit denen die eigene Phantasie durchgeht. Aber das ist auch gar nicht nötig; die Phantasie hat jetzt so viel Zeit, dass sie jede Entfernung im Schneckentempo zurücklegen kann.

Am Vorabend von Jonahs zweitem Geburtstag wird David nach Chicago gerufen. Die Nachricht überrascht sie. »Wie kannst du diesen Tag verpassen?« Das erste Mal, dass sie ihrem Mann gegenüber einen so scharfen Ton anschlägt.

Er senkt den Kopf. »Ich habe es ihnen gesagt. Ich habe versucht, den Termin zu verschieben. Vierzehn Personen brauchen mich an genau diesem Tag.«

»Welche vierzehn Personen?«

Er antwortet ihr nicht. Er will nicht darüber reden. Er überlässt sie den wildesten Spekulationen. Hebt ratlos die Hände. »Meine Delia. Es ist schon morgen, auf der anderen Seite der Datumsgrenze.« Und so feiern sie eine vorgezogene Geburtstagsparty, mit Hüten aus Zeitungspapier und einem Orchester aus Kämmen und Pergamentpapier. Die Kinder sind begeistert; die Erwachsenen beklommen und unglücklich.

Tags darauf ist sie mit den Jungen allein. Sie sitzen am Klavier, auf ihrem Schoß streckt Joey die Hände nach den Tasten aus, Jonah neben ihr auf der Bank spielt die Tonika, zu der sie mit der rechten Hand »Happy Birthday« anstimmt. Sie macht mehr Fehler als Jonah. Sie weiß, was es ist. Es ist etwas Weißes. Kein Mann auf der Welt bleibt freiwillig bei einer dunkelhäutigen Frau, wenn er nicht muss. Am Abend schläft sie mit diesem Gedanken ein, und dieselbe Gewissheit lässt sie um drei Uhr nachts aus dem Schlaf auffahren. Es ist eine weiße Frau. Vielleicht geht es gar nicht um Lust. Aber um Vertrautheit. Etwas, dem er sich nicht entziehen kann, etwas Bekanntes, ein Gefühl der Geborgenheit. Nach fast drei Jahren hat er entdeckt, dass die Hautfarbe seiner Frau mehr als eine Nebensache ist. Der Abstand wird nicht geringer, indem man ihn benennt.

Vielleicht ist es nicht einmal eine Frau. Vielleicht nur weiße Machenschaften, die übliche weiße Flucht. Dinge, von denen sie nichts versteht, Dinge, die das weiße Leben ihr stets vorenthalten hat. Was hat diese Welt je anderes getan als vor ihr davonzulaufen? Warum sollte dieser Mann anders sein? Er hat einen Makel an ihr entdeckt, irgendeinen Fehler, der die Regel bestätigt. Sie hat sich getäuscht, als sie glaubte, sie könnten mit etwas so Zerbrechlichem wie der Liebe über den Besen springen, die Fesseln des Blutes überwinden.

Die Idee lässt sie nicht los, zu dieser unheimlichen nächtlichen Stunde, in der man einen Gedanken auch dann nicht verbannen kann, wenn man genau weiß, dass er der schiere Unsinn ist. Die Angst sitzt ihr unter der Haut und lähmt sie. Sogar dies lähmende Gefühl beweist, dass sie nicht zusammengehören, dass sie es niemals hätten versuchen sollen. Aber was ist mit ihren Jungen, ihrem JoJo? Die beweisen auch etwas, man muss sie nur ansehen: Sie sind der lebende Beweis für etwas, das allen irdischen Gesetzen widerspricht. Sie steht auf, um sie in ihren Betten zu betrachten. Sie sieht sie im Schlaf atmen, und das rettet sie hinüber bis zum Morgen.

Bei Tageslicht schwört sie sich zu warten, bis ihr Mann das Thema selbst anschneidet. Alles andere wäre ein Treuebruch. Er wird es ihr sagen. Und doch hat er es bisher nicht getan. Bei der Hochzeit haben sie geschworen, dass keine Lüge sie je trennen soll. Jetzt legt sie dieses kleinere Gelübde ab, damit er das größere brechen kann.

»Was ist los?«, fragt sie und bedrängt ihn. Er ist gerade erst vom Bahnhof gekommen. »Sag mir, was da draußen vor sich geht.«

»Frau.« Sie soll sich erst setzen. »Ich habe ein Geheimnis.«

»Dann vertrau es mir an, sonst teilst du dein Geheimnis mit dem heiligen Petrus.«

Er runzelt die Stirn, versucht ihre Botschaft zu entschlüsseln. »Das Gesetz und mein Ehrenwort verbieten mir, dieses Geheimnis mit jemandem zu teilen. Nicht einmal mit dem heiligen Petrus.«

Wo ich herkomme, bin ich dein Ehrenwort. In meinem Land schützen wir uns gegenseitig vor dem Gesetz.

Er versteht, was sie meint, auch wenn sie es nicht ausspricht. Er sagt ihr, was sie längst weiß. »Es hat mit dem Krieg zu tun. Höchste Geheimhaltungsstufe.«

»David«, sagt sie, fast schon geschlagen. »Ich weiß, womit du dich beschäftigst. Wie kann deine Arbeit auch nur von der geringsten …?«

Er lacht, noch ehe sie den Gedanken zu Ende gedacht hat. »Ja! Nutzlos. Meine Spezialität, vollkommen nutzlos. Aber deswegen brauchen sie mich nicht. Sie brauchen meine Hilfe bei einer anderen Sache, die damit eng zusammenhängt.«

Alles hängt irgendwie zusammen. Deswegen hat er überhaupt eine Anstellung bekommen. Wegen der legendären Fähigkeit, anderer Leute Probleme zu lösen; weil er beim Mittagessen in der Kantine auf die Rückseite von Servietten die Lösungen kritzelt, nach denen seine fassungslosen Kollegen seit Monaten suchen.

»Lass mich raten. Die Army will, dass du eine Zeitbombe baust.« Das Entsetzen auf seinem Gesicht ist schlimmer als jede nächtliche Angst. »Meine Güte.« Sie hält sich den Mund zu. »Das ist doch nicht möglich.« Sie würde lachen, wenn er es zuließe.

Aber das tut er nicht. Und dann sind nur sie beide das Gesetz. Er erzählt ihr, was er niemandem erzählen darf. Er hinterlässt keine Spuren, zeichnet keine Bilder. Aber er erzählt es ihr. Ja, es ist eine weiße Machenschaft. Aber nicht seine Idee. Sie haben ihn dazugeholt, genau wie Hunderte von anderen. Eine ungeheuerliche Sache, eine Sache, die die Zeit beendet, gebaut an geheimen Orten, hier und drüben im Westen.

»Ich tue nicht viel dabei. Nur Mathematik.«

»Wissen die Deutschen Bescheid?«

Er erzählt ihr von seinen alten Freunden aus Leipzig, von Heisenberg und den anderen, von denen, die nicht emigriert sind. »Die Physik« – sagt er achselzuckend – »ist eine deutsche Wissenschaft.«

Wenn sie ihn brauchen, muss er fahren. Daran ist nicht zu rütteln. Es könnte den Krieg beenden. Es könnte Charlie nach Hause holen und all die anderen. Ihre Jungen vor Schaden bewahren.

»Jetzt hast du mich in der Hand. Weil ich es dir erzählt habe. Wann immer du mich …« Er fährt sich mit dem Finger quer über die Kehle und macht ein gurgelndes Geräusch. Sie nimmt seine Hand. *Nicht mal im Scherz.* Er bleibt noch eine Zeit lang neben ihr sitzen, beide rühren sich nicht.

»Eines Tages«, sagt er, »eines Tages musst du mir auch etwas sagen. Etwas, was du keinem anderen Menschen je sagen kannst.«

»Das habe ich längst getan.«

An Joeys erstem Geburtstag ist David zu Hause. Die ganze Familie sitzt am Klavier und spielt vierhändig »Happy Birthday«, jeder Spieler mit einer Hand; das Geburtstagskind ist auch mit von der Partie und juchzt vor Vergnügen.

Den ganzen Sommer über ist David ständig unterwegs, auch in jener ersten Augustnacht, als die Polizei im Braddock Hotel einen schwarzen Soldaten in Uniform erschießt. Delia hört klassische Musik im Radio – den Sender, den sie anschaltet, wenn sie die Jungen ins Bett bringen will. In dieser brütenden Hitze schlafen sie nicht leicht ein, ohne Ventilator, ohne Musik und ein offenes Fenster kommen sie nicht zur Ruhe. Sie ist eingeschlafen, es ist schon nach 11 Uhr, als jemand an die Tür klopft und sie weckt. Sie springt auf, taumelt, wirft einen Morgenrock über. Das Klopfen wird immer verzweifelter, und sie hört eine atemlose Stimme vor der Tür. Barfuß geht sie zur Tür, ruft ängstlich: »Wer ist da?« Ihr Verstand rappelt sich aus dem Schlaf hoch, flieht aus einem besetzten Land. Die Tür öffnet sich, und sie stößt einen Schrei aus. Die

Jungen erwachen, Joey weint. »David?«, ruft sie ins Dunkel. »David, bist du das?«

Ihr Herz kommt wieder in Gang, als sie Mrs. Washington erkennt, ihre Hauswirtin, und sieht, dass sie in noch größerer Panik ist als sie selbst. »Lieber Himmel, Mrs. Strom. Das ist das Ende. Die Stadt brennt!«

Delia beruhigt die Frau und holt sie ins Wohnzimmer. Aber setzen will Mrs. Washington sich nicht. Das Ende der Welt will sie im Stehen erwarten. Inzwischen sind die Jungen aus dem Bett und drücken sich weinend an ihre Mutter. Das hat immerhin den Vorteil, dass Mrs. Washington sich zusammennehmen muss und mithilft, sie zu trösten. Aber im Flüsterton, als dürften die Jungen es nicht hören, erklärt sie Delia: »Sie kommen hierher. Ich weiß es. Sie kommen in die Straßen, wo die guten Häuser sind. Sie kommen her und werden uns alles nehmen, alles zerstören.«

Es hat keinen Zweck zu fragen, wer *sie* sind. Und selbst eine vernünftige Antwort klänge wie Wahnsinn. Alle Gesetze für die Welt draußen gelten nicht mehr. Das ist die einzige Information, die sie bekommen. Delia geht zum Vorderfenster und zieht die Vorhänge zurück. Ein paar Leute sind auf der Straße, wie in Trance, in Bade- und Hausmänteln. Delia zieht sich in aller Eile etwas über. »Gehen Sie nicht nach draußen!«, ruft Mrs. Washington. »Verlassen Sie uns nicht!« Die Jungs stellen sich vor sie, bereit sie zu verteidigen. Aber ein anderes Kind ruft sie nach draußen, ein leiserer, ängstlicherer Ton. Da ist jemand in Not, ein Mädchen, eine Stimme, die sie kennt und doch nicht erkennt. Eine Stimme kommt aus dem Chaos, ruft sie bei ihrem Namen, zerrt sie fort aus der Sicherheit, und sie kann nicht anders, sie muss ihr folgen.

Delia geht nach draußen, nur ein paar Schritte den Bürgersteig hinunter, dieselben Schritte, die sie jeden Tag geht. Aber alles vor ihrem Sandsteinhaus sieht anders aus. Die glühend heiße Luft ist wie eine Mauer, aus allen Richtungen kommt der Chor der Sirenen, ein gespenstisches Heulen wie von verwundeten Tieren. Sie blickt ostwärts die Straße hinunter zu einem hell orangen Lichtschein am Himmel. Dahinter erhebt sich eine Rauchwolke, nach Süden hin. Sie hört ein dumpfes Grollen, Laute wie Meeresrauschen, und als ihre Ohren sich daran gewöhnt haben, erkennt sie, dass es schreiende Menschen sind.

Große Gebäude stehen in Flammen. Der Lichtschein kommt aus der Richtung des Sydenham-Krankenhauses. Polizei-, Feuerwehr-, Luftschutzsirenen dröhnen, der erste echte Kriegslärm, seit es vor zwanzig Monaten begann. Harlem erhebt sich und gibt ein wenig von dem zurück, was es sein Leben lang hat einstecken müssen. Sie fragt jeden, der für sie stehen bleibt, was geschehen ist, aber keiner weiß es. Oder alle wissen etwas, nur keine zwei das Gleiche. Die Polizei hat einen Soldaten umgebracht, der seine Mutter verteidigte, hat ihn hinterrücks erschossen. Ein Trupp Polizisten hat sich im 28. Revier verschanzt. Es sind tausend Leute. Dreitausend. Zehntausend. Ein Feuergefecht auf der 136. Straße. Die Masse stürzt Autos um, traktiert sie mit Baseballschlägern. Straße für Straße rückt die Zerstörung nach Süden vor. Nein – nach Norden. Das Feuer kommt auf sie zu.

Sie sieht, wie die Leute ihres Viertels sich zusammenrotten. Selbst in dieser Straße, die der Aufstand bisher nicht erreicht hat, drehen sich Gruppen hypnotisierter Zuschauer in engen, ängstlichen Kreisen. Ein paar jüngere Männer laufen in Richtung der Flammen, erfüllt von einer Wut, die unter dem Druck von Jahren hart geworden ist wie Diamant. Andere fliehen nach Westen in eine Stadt, die längst in Auflösung begriffen ist. Die meisten stehen einfach nur da, wissen nicht mehr, woran sie noch glauben' sollen. Die Nacht ist ein Hexenkessel, die Luft schmeckt nach verbrannten Ziegeln. Sie dreht sich um, sieht ihre Häuserzeile an, und sieht ihr eigenes Haus bis auf die Grundmauern niedergebrannt. Das Bild ist so real, sie weiß, dass es Wirklichkeit ist. Sie fügt der von Schreien erfüllten Luft ihre eigenen hinzu und läuft, hält erst wieder inne, als sie im Haus ist, die Tür verschlossen, die Vorhänge vorgezogen.

»Weg von den Fenstern«, sagt sie den Kindern. Sie ist verblüfft über ihre Ruhe. »Kommt, wir gehen alle zusammen in die Küche. Da ist es gemütlicher.«

»Sie kommen hierher!«, ruft Mrs. Washington. »Sie kommen und stecken die guten Häuser an. Darauf haben sie's abgesehen.«

»Ruhig. Sie sind noch meilenweit weg. Wir sind in Sicherheit hier.« Eine Lüge, das weiß sie. Die Vision – ihr Haus niedergebrannt und in Trümmern – ist in ihrem Inneren nun ebenso Wirklichkeit wie jede unabänderliche Vergangenheit. Sie sollten nicht hier in dieser tödlichen Falle hocken und nur warten, dass das Ende kommt und sie holt. Aber wohin können sie gehen? Harlem brennt.

Die Jungs fürchten sich nicht mehr. Für sie ist diese Nacht ein Spiel, eines, bei dem alle Regeln außer Kraft gesetzt sind. Sie wollen Limonade. Sie wollen Eiswürfel. Delia holt ihnen alles. Sie und Jonah singen für Mrs. Washington zweistimmig »My country, 'tis of thee«, »Mein Land, von dir will ich singen«, und der kleine Joseph schlägt auf einem umgedrehten Kochtopf den Takt dazu.

Sie huscht ins Wohnzimmer und horcht, und was sie hört, bestätigt ihre Angst: Die nächtlichen Rufe kommen näher. Sie verflucht David, dass er ausgerechnet in dieser Nacht so weit fort ist. Selbst wenn sie wüsste, wo er ist, würde sie ihn jetzt nicht erreichen. Dann fällt es ihr wieder ein, und sie preist ihr Glück. Wenn er in dieser Nacht hier gewesen wäre, wäre ihnen das allen zum Verhängnis geworden.

»Nie wird sich für uns etwas ändern.« Mrs. Washington sagt es wie ein Gebet. »Für alle Zeiten wird es so bleiben.«

»Bitte, Mrs. Washington. Nicht vor den Jungen.«

Aber die beiden haben sich schlafen gelegt, jeder auf seinem eigenen Flickenteppich, weichen Inseln im Dielenmeer. Delia hält Wache, bereit mit ihnen durch die Hintertür zu fliehen, wenn die Menge das Haus erreicht. Die ganze Nacht über hört sie jemanden nach ihr rufen, eine einzelne Stimme in der brodelnden Masse. So sitzen die vier beieinander, während die Welle der Gewalt an ihre Straße anbrandet, sich auftürmt zu tosender Hilflosigkeit, bevor sie dann kurz vor Sonnenaufgang verebbt.

Lautlos kommt der Morgen. Die Wut der vergangenen Nacht ist verflogen, und verändert hat sich nichts. Verwirrt erhebt sich Delia von ihrem Wachposten. Sie geht nach vorn zum Wohnzimmer und staunt, dass es noch da ist. Sie hat es doch gesehen. Das Haus war fort, und jetzt ist es wieder da, und sie weiß nicht, wie sie von dieser einen Gewissheit zurück zur anderen gelangen soll.

Mrs. Washington drückt Delia zum Abschied inbrünstig an sich. »Gott segne Sie. Ich war halb tot vor Furcht, und Sie waren hier. Ich werde nie vergessen, was Sie für mich getan haben.«

»Ja«, antwortet Delia, noch ganz benommen. Und dann: »Nein! Ich habe doch gar nichts getan.« Aber das war es wohl, was sie gerettet hat. Dass sie stillgehalten und gewartet hat, bis der Kelch an ihr vorüberging.

Als David zwei Tage darauf zurückkehrt, versucht sie ihm von den Ereignissen zu berichten. »Hast du dich gefürchtet?«, fragt er. Die Last der fremden Sprache behindert ihn so sehr, er versucht nicht einmal zu fragen, was er wirklich wissen will.

»Wir haben einfach nur dagesessen, wir vier, und gewartet. Ich wusste, was kommen würde. Ich war mir sicher, dass alles längst entschieden war. Längst geschehen. Und dann ...«

»Und dann geschah es *nicht*.«

»Dann geschah es nicht.« Sie schüttelt den Kopf, kann es nicht glauben. »Das Haus ist noch hier.«

»Noch hier. Und wir alle ebenfalls.« Er nimmt sie in den Arm, aber das macht sie beide nur noch ungläubiger. »Was hat die Unruhen verursacht?«, fragt er. Sie erzählt es ihm: Eine Festnahme in einem Hotel. Ein Soldat, der die Polizei daran hindern wollte, eine Frau festzunehmen. »Sechs Tote? So viele Häuser verbrannt? Alles wegen der einen Festnahme?«

»David.« Erschöpft schließt sie die Augen. »Du verstehst das nicht. Du wirst es nie verstehen.«

Sie sieht, wie es ihn trifft wie eine Ohrfeige: ein Urteil. Eine Zurechtweisung. Er, stets der Wissenschaftler, versucht sich auszumalen, was in ihrem Kopf vorgeht. Aber er kann es nicht. Er kann nicht begreifen, was für ein Druck das ist, Millionen von Leben angespannt bis zum Zerplatzen, eine Sprengladung, die bei der kleinsten Berührung explodiert. Er wüsste überhaupt nicht, wo er mit seinen Berechnungen ansetzen sollte. Es ist etwas, das man ererbt, das um Jahrhunderte weiter zurückreicht als die eigene Geburt. Für einen Weißen: eine Randaliererin. Aber für diejenigen, die das Gesetz auslöscht: das ewig drohende unwiderrufliche Todesurteil.

David nimmt seine Brille ab und putzt sie. »Du sagst, ich kann das nicht verstehen. Aber unsere Jungs?«

Zwei Tage nach dem Ereignis haben die Jungen den Aufstand schon vergessen. Aber irgendwo tief drinnen wird die Erinnerung bleiben daran, wie sie sich in der Küche verstecken mussten, eines Nachts, als sie noch zu jung waren, um zu begreifen warum. Werden sie dann daran zurückdenken auf die Weise, die *sie* kennt und die ihr Vater niemals kennen wird? »Ja. Es bleibt ihnen gar nichts anderes übrig. Der größte Teil von ihnen wird es wissen.« Als ob ein solches Wissen teilbar wäre.

David blickt sie flehend an, er will aufgenommen werden. Sonst gehören seine Söhne nicht zu ihm. Jede Volkszählung wird sie trennen. Jede Statistik. Sie sieht, wie die Welt ihm seine Sklavenkinder fortnimmt, sie lebendig begräbt in einem namenlosen Grab. Wir sind nicht unsere eigenen Herren. Immer bestimmen andere, was wir zu sein haben. Er presst die Lippen so fest aufeinander, dass sie weiß sind. »Irrsinn. Die ganze Spezies.« Sie lässt diese Diagnose schweigend über sich ergehen. Ihr Mann leidet. Die Qualen seiner eigenen Familie, verloren im zerbombten Rotterdam. Die Qualen seiner Frau und seiner Kinder, wie sie sich nachts im brennenden Harlem verstecken müssen, und er ist nicht da. »Nichts ändert sich. Die Vergangenheit wird uns für alle Zeiten beherrschen. Es gibt keine Gnade. Wir entkommen nie.«

Diese Worte ängstigen sie mehr als die nächtlichen Sirenen. Das wird ihr Ende sein, die Resignation dieses Mannes, der doch so sehr darauf angewiesen ist zu glauben, dass die Zeit jeden erlöst. Und trotzdem kann sie ihm nicht widersprechen. Kann ihm kein Versteck vor der Ewigkeit bieten. Sie kann sehen, wie der Mathematiker sich abmüht mit der verrückten Logik, der er dient: farbig hier, dort weiß. Der Vogel und der Fisch können ihr Nest bauen. Aber der Ort, an dem sie es bauen, wird in Flammen aufgehen.

»Vielleicht haben sie doch keine vier Möglichkeiten zur Wahl. Unsere Jungen.«

Sie fasst ihn am Arm. »Kein Mensch hat eine Wahl.«

»Das, was wir sind, wird uns töten.«

Sie wendet den Kopf ab, als die Tränen kommen. Er legt ihr die Hand in den Nacken und spürt die steinharte Bürde. Sanft gleiten seine Finger über ihre Schultern, wie Wasser, das über Steine rieselt. Wenn Menschen Zeit hätten wie die Erosion. Wenn sie mit der Geschwindigkeit der Steine leben könnten. Er massiert ihr den Nacken und redet. Sie blickt nicht auf.

»Mein Vater war das alles leid. ›Unsere Leute. Das auserwählte Volk. Die Kinder Gottes.‹ Wir und sonst keiner. Fünf Jahrtausende waren genug. Zum Juden wurde man nicht durch Geographie, nicht durch Staatszugehörigkeit, auch nicht durch die Sprache, nicht einmal durch eine gemeinsame Kultur. Nur durch die Abstammung. Nichts hatte er mit einem Juden aus Russland oder Spanien oder Palästina gemeinsam, nichts außer, dass sie zu ›den gleichen Leuten‹ gehören. Davon hat er sogar meine Mutter überzeugt, deren Großeltern in den Pogromen umgekommen sind. Aber eins ist komisch.« Sie verzieht unwillkürlich den Mund, als seine Fingerspitzen ihn berühren. Sie weiß es; sie weiß es. Er braucht es nicht zu sagen. »Das Komische ist ...«

Dass seine Eltern trotz allem auserwählt sind.

Sie hebt den Kopf und blickt zu ihm auf. Sie muss sich vergewissern, dass er noch da ist. »Wir können ein eigenes Volk sein.« Die Erneuerung des ersten Schwurs. Alles, was zerstört wird, entsteht wieder neu. »Nur wir allein.«

»Und was erzählen wir den Jungen?«

Sie gehört zu ihm. Für diesen Mann wird sie alles tun, seine einsame Ein-Mann-Rasse. Alles, sogar lügen. Und so besiegelt sie ihren Untergang: Liebe. Sie legt ihm die Hand in den Nacken und vollendet die Symmetrie, die er begonnen hat. »Wir erzählen ihnen von der Zukunft.« Dem einzigen Ort, den sie hatten.

Er stöhnt. »Aber von welcher?«

»Der Zukunft, die wir beide gesehen haben.«

Dann erinnert er sich. Er fasst wieder Fuß im Nichts, ein Baum auf felsigem Grund, der in einer Hand voll Erde wurzelt. »Ja. Damals.« Die Zukunft, die sie hierher geführt hat. Die Zukunft, die durch sie erst möglich wird. Seine Aufgabe ist es, solche Augenblicke, solche Risse in der Zeit aufzuspüren. Dimensionen, die noch nicht existieren, werden entstehen, wenn sie sie öffnen und erkunden. Sie können sie Schritt für Schritt erschließen, ihre ideale Zukunft. Monat für Monat, Kind für Kind. Ihre Söhne werden die Ersten sein. Kinder des kommenden Zeitalters. Freie Bürger einer Gemeinschaft, in der es keine Rassentrennung mehr gibt, keine Zweiteilung, keine Teilung, wo *Rasse* einfach nicht mehr existiert: Wo sich nichts mehr vermischt, sondern alles zusammenklingt wie in einem Akkord.

Und auch Amerika muss den Sprung in seine eigene unmögliche Zukunft wagen. Der Hochmut der Nazis – das jüngste Auflodern der weißen Weltordnung – zwingt das Land zum Großreinemachen. Die Piloten von Tuskegee, die 758. Panzerdivision, die Einundfünfzigste und Zweiundfünfzigste Marineinfanteriedivision und Dutzende von anderen schwarzen Einheiten werden zum Einsatz an die schwierigsten Stellen der weltweiten Front geschickt. Wie auch immer die Zukunft nach diesem Krieg aussehen wird – das Morgen von gestern ist endgültig tot.

Im Januar 1944 bekommt Delia einen Brief von Charles. Er ist zur Küstenartillerie versetzt worden.

Wir beginnen jetzt mit unserer ersten größeren Offensive – dem Durchmarsch durch befestigte feindliche Stellungen in Georgia, Alabama und Mississippi. Wenn es uns gelingt, einen Brückenkopf zu errichten und die feindlichen Linien zu durchbrechen, wollen wir auf schnellstem Wege durch Texas, New Mexico und Arizona vordringen – gefährliches Terrain, wie du weißt, – und eine Vorpostenlinie in San Diego aufstellen. Von da werden wir uns einschiffen und auf die Japaner treffen. Im Vergleich zu dem, was man hier unten erlebt, dürfte das ein Kinderspiel sein.

Mitte Februar schickt er einen weiteren Brief, diesmal aus Camp Elliott in Kalifornien.

Grüße aus Tara West … Wir haben hier ein paar Jungs an einem Neunzig-Millimeter-Geschütz, die ein Schleppziel in weniger als einer Minute abschießen. Zeig mir einer die weiße Mannschaft, die das besser kann. Trotzdem wurden genau diese Jungs gestern Abend, als die oberen Chargen beschlossen, uns mit einem Film zu beglücken, zusammen mit dem gesamten Einundfünfzigsten auf die hintersten Ränge verbannt, hinter Tausenden von weißen Jungs. Wahrscheinlich sollten die dafür sorgen, dass wir nicht zu nah an Norma Shearer herankamen, weil es sonst womöglich zur Rassenvermischung gekommen wäre. (Ist nicht persönlich gemeint, Schwesterherz.) Nun, wir hatten keine große Lust, nach hinten zu gehen. Schließlich wurden wir ganz rausgeworfen. Das Ganze endete in einer Massenschlägerei, und zwei Dutzend kräftige Burschen landeten hinter Gittern. Morgen stechen wir mit der *Meteor* in See, keine Stunde zu früh, wenn du mich fragst. Ehrlich, ich kann es kaum erwarten, diese Gestade zu verlassen und mein Glück auf den wilden, unzivilisierten Inseln zu versuchen. Sieh zu, dass an der Heimatfront alles läuft, Delia. Ich meine, pass auf dich auf.

An diesem Abend spricht Delia im Bett mit David über seine nächste Fahrt nach Westen. »Beeilt euch mit eurer Arbeit.« Der eine schnelle Sprung in die Zukunft, der all die retten wird, die ihr lieb sind. Der Gedanke nimmt in ihr Gestalt an, da wo Gedanken noch nicht greifbar sind. Sie muss ihre Jungen vor der Gegenwart beschützen, ihnen die Freude bewahren, die noch keinen Stempel trägt; muss sich weigern zu sagen, was sie sind, und sie lehren, mit ihrem Gesang alle erfundenen Grenzen zu überwinden, hinter denen Menschen sich je verschanzt haben.

Und so erscheint es ihr wie eine Himmelsbotschaft, als eines Abends um die Mitte des Jahres – der Frühling befreit sich endlich aus dem Panzer eines unerträglich langen Winters, Joey sitzt gerade in der Babywanne, David lauscht in seinem dicken Ohrensessel, den Arm um Jonah gelegt, den New Yorker Philharmonikern – aus dem Röhrenempfänger ein Stück für großes Orchester mit dem Titel *Manhattan Nocturne* in ihre Mietwohnung weht. Es ist ein wundervolles Stück, volltönend und ein bisschen altmodisch. Eingängig. Am Ende summt sie mit, bläst das Hauptthema auf dem Bauch ihres kichernden Joey wie auf einem Kamm.

Sie hört die Musik, ohne wirklich hinzuhören. Aber die wohl geschliffenen Worte der Absage sind wie ein Omen. Die Komponistin ist ein dreizehnjähriges Mädchen namens Phillipa Duke Schuyler. Und als ob das nicht schon unwahrscheinlich genug wäre, ist das Mädchen auch noch ein Mischling. Fast hätte Delia ihren Sohn mit einer Sicherheitsnadel durchbohrt, und selbst da protestiert Joey nicht. Sie glaubt, sie hätte sich verhört, bis David mit offenem Mund in der Tür erscheint, in den Augen ein Ausdruck angstvoller Bestätigung. »Einhundert Klavierkompositionen, bevor sie zwölf war!«

Delia sieht ihren Mann an, und ihr ist, als seien sie dem Gefängnis entflohen, in das die Gesetze von einem Dutzend amerikanischer Bundesstaaten sie noch immer stecken würden. Das Mädchen hat einen IQ von 185. Konnte schon mit drei Jahren Klavier spielen und gab mit elf die ersten Konzerte. Ihre Jungen haben eine Pfadfinderin in diesem neuerfundenen Land. Der Kontinent existiert bereits, und er ist bewohnt.

Der Vater des Mädchens ist Journalist, die Mutter eine Farmerstochter aus Texas. Der Vater hat für den *Courier* einen Bericht über den Werdegang seines Wunderkinds geschrieben, mit allen Einzelheiten, und Delia treibt ein Exemplar auf. Die Grundsätze sind einfach. Frischmilch, Weizenkeime, Lebertran. Intensive Erziehung – Heimunterricht durch beide Eltern rund um die Uhr. Aber das eigentliche Geheimnis ist die alte Bauernweisheit, dass Kreuzung die Robustheit fördert. Das Grundprinzip der Viehzucht. Mischlingskinder – das kleine Genie beweist es – sind mit der Kombination ihrer Erbanlagen besser ausgestattet als beide ihre Eltern. Mr. George Schuyler geht sogar noch weiter. Kräftige Mischlingskinder sind die einzige Hoffnung des Landes, der einzige Ausweg aus der jahrhundertelangen Zerrissenheit, einem Riss, der im Laufe der Zeit sonst nur noch weiter auseinander klaffen kann. Allein für diese Zeilen wäre Mr. Schuyler in Mississippi hinter Gitter gewandert, verurteilt nach einem Gesetz, das nicht älter ist als seine Tochter. Aber für Delia sind seine Worte wie Manna in der Wüste.

Frischmilch und Weizenkeime, gemischte Rasse und täglich eine Dosis Musik, allein damit ist aus dem Mädchen ein Engel geworden. Ihr *Manhattan Nocturne* für einhundert Instrumente schlägt das kriegsgeschüttelte Amerika in den Bann. Bürgermeister La Guardia ruft in New York gar einen Phillipa-Duke-Schuyler-Tag aus. Der Klang der Vergangenheit verfliegt beim Spiel dieses kleinen Mädchens. Delia kauft alles, was an Noten von ihr zu haben ist. Sie stellt die *Fünf kleinen Stücke für Klavier*, komponiert mit sieben, auf den Notenständer. Ihre Jungs starren verzaubert das Bild der kleinen Phillipa auf dem Umschlag an und sehen etwas in ihr, was sie erst Jahrzehnte später begreifen werden. Die Stücke zählen zu den ersten, die die beiden lernen – der Grundstein für das neue Stromsche Schulhaus.

Andere haben diesen Weg vor ihnen beschritten: Das entscheidet alles in dieser gnadenlosen Welt. Der Heimunterricht beginnt ernsthaft. Sie setzt den Jungen eine kleine Melodie nach der anderen vor, und jede ist für sie ein Kinderspiel. David liegt mit ihnen auf dem Teppich, sie spielen mit Bauklötzen, und nur ein älteres, traurigeres Kind würde darin einen Unterricht in Mengenlehre sehen. David und Delia versuchen es sogar mit den Weizenkeimen und dem Lebertran, aber das schlägt bei den Jungen nicht an.

»*No problem*«, sagt David. »Wir brauchen ja keinen IQ von 185.«

»Stimmt. Alles über 150 reicht.« Aber Delia hat ohnehin das Gefühl, dass jedes Kind, das laufen und sprechen lernt, das Genie ganzer Galaxien in sich trägt, bevor der Hass es dann abstumpfen lässt.

Die kleine Vierpersonenschule blüht und gedeiht, und keiner denkt überhaupt daran, dass es eine Schule ist. Aus der Welt draußen kommt ein Zeichen, eine Bestätigung, dass sie Recht hatten mit ihrem Vertrauen. Der Oberste Gerichtshof erklärt Wahlen, von denen Schwarze ausgeschlossen sind, für ungesetzlich. Die Alliierten landen in Frankreich und arbeiten sich nach Osten vor. Der endlose Krieg wird enden, und der Schmelztiegel Amerika wird die Macht sein, die ihn beendet. Die Frage ist nur, wie schnell es geht. Aber egal wann, rechtzeitig wird es nicht sein. Seit vier Jahren haben sie nun nichts mehr von Davids Eltern gehört. Auch seine Schwester und ihr Mann sind verschollen, wahrscheinlich umgekommen, als Bulgarien unterging. Monat für Monat macht Delia ihrem Mann Mut, ermahnt ihn auf jede erdenkliche Weise, dass Schweigen noch kein Beweis ist. Aber am Ende ist es eben doch ein Beweis. Alle Nachrichten, die vom Kontinent herüberkommen, erlauben nur eine einzige Schlussfolgerung.

Sie spürt, wie er im Gegenzug versucht, sie zu schützen. Er weiß ja schon, wo seine Familie sein muss, er kann es einfach daraus schließen, dass es keine gegenteiligen Auskünfte gibt. Aber das sagt er nicht zu Delia. »Du hast ganz Recht. Alles muss offen bleiben.« Bis es nicht mehr offen ist.

Die Antwort, die ihr Mann auf diesen persönlichen Kummer hin ersinnt, ist unvorstellbar groß. Als die Amerikaner durch Ostfrankreich stürmen, nimmt Davids Anspannung zu. Er macht Andeutungen über die Ängste, die ihn quälen, versucht aber doch das Stillschweigen zu bewahren, das er geschworen hat. Sie weiß, was er befürchtet. Irgendwann werden sie einen Stolperdraht auf der Landkarte erreichen – die Maas, den Rhein –, und der wird einen deutschen Feuerstoß von Ausmaßen auslösen, wie die Welt sie noch nicht gesehen hat. Deutsche Physik. Ein

Quantenexperiment, das den ganzen Planeten umfasst: Zwei Alternativen für die Zukunft, von denen jede eine Lösung hervorbringen muss, die die andere für immer auslöscht.

Der Herbst wird bitter. Der alliierte Vorstoß erreicht Belgien. Die Briten und Kanadier erzwingen einen Zugang nach Antwerpen, bauen eine Nachschubbasis auf, und noch immer bleibt der kosmische Gegenschlag aus. Kein Anzeichen, dass Heisenberg einem Ergebnis auch nur nahe ist. Es wird immer offensichtlicher, dass die größte Wissenschaftsnation auf Erden – Davids Kollegen in Leipzig und Göttingen, die Gelehrten, die ein neues Weltbild geschaffen haben – irgendwo auf einen falschen Weg gekommen sein muss.

Aber jeder Augenblick kann jeden anderen verändern. Gerüchte schaffen Tatsachen, im selben Moment, in dem sie in die Welt gesetzt werden. An manchen Tagen spürt Delia, wie ihr Mann sich einfach dem Schicksal ergibt, wie er nichts weiter tun kann als abzuwarten, nur ein Rädchen in einer Maschine, die längst zu viel Schwung hat, als dass er sie noch beeinflussen könnte. An anderen Tagen ist er besessen vom Tatendrang, überschlägt sich fast in immer neuen, immer obskureren Unternehmungen. Das sind die Augenblicke, in denen Delia ihn am meisten liebt, Augenblicke, in denen er sie so sehr braucht, dass er es überhaupt nicht mehr bemerkt. Was kann sie ihm an Trost geben, gefangen im Wettlauf um die Rettung der Welt? Sie gibt ihm das *Hier*, das *Jetzt*, die sichere Festung ihrer Mietwohnung.

Eines Abends, es ist schon spät, die Luft ist schwül und drückend, die Jungs wälzen sich unruhig vor dem großen Standventilator, klingelt das Telefon. Manchmal läutet es eine ganze Woche lang nicht, und zu dieser Tageszeit kommt es so unerwartet, dass Delia, die eben dabei ist ihre Haare zu glätten, sich vor Schreck fast den Kopf versengt. David nimmt ab. »Ja? Wer? Vermittlung. Ah! Hallo, William.«

Schon ist sie auf den Beinen. Ihr Vater, der Telefonhasser. Der überzeugt ist, dass diese Maschine die Menschen schizophren macht. Der jeden Anruf von seiner Frau erledigen lässt. Der Ferngespräche für Unsinn hält. In zwei Sprüngen ist sie bei David, reißt ihm den Hörer aus der Hand, und ihr Mann murmelt nur noch etwas auf Deutsch. Sie nimmt den Hörer, und irgendwo in weiter Ferne, eine dünne, blecherne Stimme, sagt ihr Vater ihr, dass Charlie tot ist. Umgekommen im Pazifik. »Auf einem Korallenatoll.« Ihr Vater hält sich an das Belanglose. »Eniwetok.« Als könne der Name ihren Aufschrei verhindern. »Sie haben den Luftwaffenstützpunkt bewacht.«

»Wie?« Eine Stimme, die sie nicht kennt. Sie bekommt keine Luft, und der kleinste Gedanke braucht eine Ewigkeit. Sie stellt sich vor, dass es aus der Luft geschah, dass der Feind ihren Bruder auswählte, weil er ein so gutes Ziel war, ein dunkler Punkt auf dem weißen Sand des Paradieses.

Ihr Vater braucht einen Moment, bis er sich gefasst hat, und auch da klingt es noch eher nach einem Schluchzen. »Das solltest du lieber nicht ...«

»Daddy«, stöhnt sie.

»Sie haben eine Geschützbatterie von einem Schiff entladen. Eins der Stahltrosse ist gerissen und hat ihm ...«

Er redet weiter, aber sie hört es nicht mehr. Ihr Verstand ist schon ganz mit praktischen Dingen beschäftigt. Bewältigen durch Bearbeiten. »Was ist mit Mama? Wie geht es Mama?«

»Ich musste ihr ein Beruhigungsmittel geben. Sie wird es mir nie verzeihen.«

»Und die Kleinen?«

»Michael ist ... stolz. Er glaubt, er sei im Kampf gefallen. Die Mädchen verstehen noch gar nicht, was das bedeutet. Noch nicht.«

Die Mädchen? Verstehen es noch nicht? Sie beißt sich an dem Wort *verstehen* fest, aber ihr Verstand kapituliert. Ihr Gesicht brennt, Tränen schießen ihr in die Augen. Schluchzer brechen aus ihr hervor, aber diese Laute können nicht in ihr gewesen sein. Sie spürt, wie David ihr den Hörer aus der Hand nimmt, hört, wie er hastig ein paar Abmachungen trifft, wie er auflegt. Und dann wird sie getröstet von den gespenstisch weißen Armen des Mannes, der doch immer ein Fremder bleiben wird, nie ein Blutsverwandter und doch der Vater ihrer Kinder.

Sie fahren nach Philadelphia. Zu viert steigen sie in den Zug, der sie einst nach New York schmuggelte, unbemerkt von allen außer Charlie. Delia steht vor dem Haus, unter dem Baum, aus dem Char mit acht gefallen ist, der Sturz, von dem er die schiefe Nase und das vorstehende Schlüsselbein zurückbehielt. Ihre Mutter kommt ihr aus dem Haus entgegen. Sie taumelt schon, zwanzig Schritt bevor sie sich treffen, und Delia muss sie auffangen. Nettie Ellen hält sich die Hand vor den Mund, bringt tausend zitternde Gebete zum Schweigen. »Es kann doch noch nicht zu Ende sein. Er hat doch noch so viel zu tun.«

Der Doktor steht hinter Nettie, vom Tageslicht geblendet. Sein Haar ist über Nacht weiß geworden. Sie ziehen sich ins Haus zurück, Dr. Daley stützt seine Frau, Delia hält ihren jüngeren Sohn, und der weiße Mann hat den stillen, doch aufmerksamen älteren an der Hand. Michael ist im Haus und trägt die Uniformjacke mit dem Abzeichen des

Marine Corps, die sein Bruder ihm aus dem Ausbildungslager in North Carolina herausgeschmuggelt hat. Lucille und Lorene sitzen auf der Couch und zanken sich leise; sie blicken kaum auf, als ihre Schwester eintritt.

Ihr Bruder Charlie, für immer verstummt. Keine bitteren Briefe, kein Spott mehr, keine improvisierte Minstrelshow, keine ironischen Kommentare, keine frechen Bemerkungen, kein trotziges Schulterzucken. Das neue Schweigen dieses Hauses umschließt Delia ganz, schluckt jeden Laut.

Es gibt keine Leiche, die sie begraben können. Was von Charlie übrig ist, verrottet auf einem Atoll in der Südsee. »Sie schicken ihn nicht zurück«, sagt Dr. Daley zu Delia, als die anderen ihn nicht hören können. »Sie lassen ihn in einem Sandloch, in dem das Salzwasser drei Handbreit hoch steht. Futter für die Haie. Das ist mein Land. Ich war schon hier, bevor die Pilgerväter kamen, und jetzt schicken sie mir nicht einmal meinen Jungen zurück.« Er weist auf den goldenen Stern, den Nettie Ellen im Fenster zur Straße hin aufgehängt hat. »Immerhin brauchen wir den nicht zu bezahlen.«

Am Abend halten sie eine improvisierte Totenwache. Nur die Familie. Das Netz, das sie zusammenhält, ist groß und stark. Viele sind schon da gewesen, haben Essen gebracht, geholfen, Trost zugesprochen, geschwiegen. Aber jetzt am Abend sind nur die Angehörigen beisammen, die Einzigen, denen der Junge immer vertrauen musste, ob er wollte oder nicht. Für ihren Kummer gibt es keine Heilung, nur das Gedenken. Jeder hat eine Erinnerung parat. Bei manchen Geschichten braucht man nur ein oder zwei Worte, dann sehen alle sie vor sich. Michael holt das alte Saxophon seines Bruders und spielt die Riffs, die er ihm einfach nur durch Zusehen gestohlen hat. Dr. Daley setzt sich ans Klavier, versucht sich an genau den Rhythmen mit der linken Hand, für die er seinen Sohn immer getadelt hat. Sechs volle Takte lang hält er es durch. Dann, als er hört, was seine Finger tun wollen, kann er nicht mehr.

Die meiste Zeit singen sie – volltönende, weit ausladende Lieder, Intervalle, die zurückreichen durch Generationen. Klagelieder. Lieder über das Ausharren, über die Flucht, die Reise ans andere Ufer. Dann kommen Melodien, die eher nach Hochzeit als nach Begräbnis klingen, sie danken dem toten Jungen für die Tage, die er bei ihnen war, für ein Glück, das sie nicht nennen dürfen, sonst bringt der Kummer sie um. Jedes Familienmitglied kennt seine Stimme, keiner muss sie zuteilen. Selbst Nettie Ellen, deren Worte versiegt sind, findet im Singen die Harmonien, schlägt mit der Hand auf ihrem Oberschenkel den Takt – den Herzschlag der Erlösung. *Bound to go. Bound to go. I can't stay behind.*

Jonah sitzt verzaubert auf dem Schoß seiner Mutter, den Mund offen, versucht mitzusingen. Joey quengelt, und David nimmt ihn und geht mit ihm nach draußen. Delia findet auch, es ist das Beste so. Sie schämt sich, aber es ist einfacher. Mehr Kanaan, mehr Geborgenheit, ohne dass immer wieder Erklärungen notwendig sind. Ohne dass alle die Farbe ansehen müssen, von der Charlie immer gesagt hat, sie sei zum Leiden zu hell.

»Die Leute wollen doch kommen. Sie bringen massenhaft zu essen.« Nettie Ellens bescheidene Bitte an ihre Tochter: Bleibt doch ein paar Tage. Wir müssen zusammenbleiben, wir müssen singen, bis der Junge nach Hause gefunden hat. *Bleib einfach nur hier* – die uralte Zuflucht ihrer Rasse, ein Trost, den es nur hier gab, in der Sicherheit des *Wir*. Jeder andere Ort verrät uns. Delia hört diese unausgesprochenen Worte, aber sie kann sie nicht ertragen. Keinen weiteren Tag. Die Zugehörigkeit lastet so schwer auf ihren Schultern, sie kann nicht mehr stehen. Angetrieben von einer Geschichte, die schon Jahrhunderte vor ihrer eigenen Vergangenheit angelegt war, bevor diese Vergangenheit auch nur die Chance hatte selbst Geschichte zu werden. Sie wird ersticken, hier im Wohnzimmer ihrer Mutter mit dem Geruch nach Möbelpolitur und Melasse, dem Geruch von Arbeit und Opfer, von Glauben und Entsagung und jetzt auch noch von toten Kindern. Sie muss fliehen, nach Hause, zurück zum Projekt ihrer eigenen Familie, zurück zu der Freiheit, die ihre Vierernation erfunden hat. Heute Nacht noch muss sie in die Freiheit zurück. Morgen ist es zu spät.

Sie versucht ihrer Mutter zu sagen, dass sie nicht bleiben kann. Aber die Frau hört sie schon, bevor Delia auch nur ein Wort sprechen kann. Ein tiefer Klagelaut steigt aus Netties Kehle empor, ein Schwall von dem, was den Worten vorausgeht, was immer es Elementares sein mag, woraus Worte gemacht sind. Das Schluchzen ihrer Mutter hat Rhythmus, ihre schmale Brust ist eine Trommel. Der Schwall der Trauer schießt aus ihr hervor wie aus einem zerbombten Staudamm, wallt herauf aus einer Welt, die Delia nur vom Hörensagen kennt, Reste ihrer Vergangenheit, die sich nicht abstreifen lassen, eine Sprache, die noch kein Englisch ist, ein Land älter als Carolina, älter als die alles vernichtende Überfahrt dieses Lebens, die sie allesamt zu Gefangenen gemacht hat. Delias Mutter lässt ihr wahres Wesen sehen, so wie sie sich noch in keiner Kirche offenbart hat, geht ganz zurück bis zum Anfang, und selbst da ist dieser Tod schon da.

Und schon liegt sie Delia an der Brust, hilflos breitet die Tochter die Arme, um sie zu trösten. Eine entsetzliche Umkehr, ein Richtungswechsel der gesamten Natur. Auf ein Mal ist sie die Mutter ihrer Mutter. Ihre jüngeren Geschwister sehen die Wandlung, starr vor Schrecken. Selbst Williams Antlitz fleht die Tochter an, ungeschehen zu machen, was geschehen ist. Ihre ganze Familie blickt erwartungsvoll auf Delia, bis sie begreift. Sie betrauern auch den Tod, der noch gar nicht geschehen ist, zusammen mit dem, den sie kennen. Fünf Gesichter bitten Delia, umzukehren, was sie in Gang gesetzt hat. Ihre Mutter ringt in ihren Armen nach Atem. Die englische Sprache kehrt zurück, doch ungelenk und leise, ringt nach Worten, verflucht die Muttersprache. »Warum ist der Junge gestorben? Wollen sie denn nie etwas anderes von uns als den Tod?«

Dr. Daley bedeckt sein Gesicht mit seiner mächtigen Faust. Seine Kinder versammeln sich um ihn, und er blickt auf, grausam entblößt. Er findet einen Trotz in sich, der als Ersatz für Würde genügen muss. Er steht auf und geht nach draußen. »Daddy!«, ruft Delia. »Daddy?« Aber er kehrt nicht um.

Die Hintertür fällt ins Schloss, die Haustür öffnet sich. David und ihr Jüngster, ihre zweite Entschädigung, kehren zurück. Ihre Mutter fragt noch einmal: »Nenn mir einen Grund. Nur einen einzigen.«

David betrachtet die Ruinen, die einmal eine Familie waren. Und Joseph auch: Das ernste Kind lässt den Blick vom einen zum anderen wandern, starrt alle an. Delia sieht dem Gesicht ihres Mannes an, wie eine Erkenntnis in ihm Gestalt annimmt, der Ausdruck, der jede wache Minute ihres Lebens auf ihren eigenen Zügen stehen muss. *Du gehörst hier nicht hin. Du bist hier nicht willkommen.* Er sieht sie an. Wartet auf den kleinsten Hinweis, was er tun soll. Sie blickt auf, blickt zur Hintertür. Dieser farblose Mann, dieser Mann, den sie, sie weiß nicht mehr warum, geheiratet hat, dieser Mann, der nichts in diesem Haus begreifen kann, begreift sie. Er lässt das Kind bei den Zwillingen und schlüpft nach draußen, durch die Tür, durch die ihr Vater gegangen ist. Delia möchte ihn zurückrufen, aber sie zwingt sich, es nicht zu tun.

Sie summt beschwichtigende Laute für ihre Mutter, wiegt deren Kopf, als wären all die Jahre, in denen sie solchen Trost von ihr empfing, nur Vorbereitungen für den Tag gewesen, an dem sie selbst die Trösterin sein würde. Sie schweigt, spricht mit dem alten, verleugneten Akzent, der doch so leicht zurückkehrt. Sie spricht zu ihrer Mutter vom Paradies, von Mut und anderen Dummheiten, von Plänen so groß, dass kein menschliches Hirn sie begreifen kann. Aber in Gedanken ist sie bei den beiden Männern. Bei der ersten Gelegenheit gibt sie Lorene Zeichen, sie solle hinausgehen und nachsehen. Die kleine Schwester kommt zurück und nickt. Delia legt die Stirn in Falten, aber die einzige Erläuterung, die sie von dem Mädchen bekommt, ist eine ratlose Miene.

Delia reckt den Hals, versucht durch das hintere Flurfenster einen Blick zu erhaschen. Nichts. Unter einem Vorwand – sie muss nach den Kuchen sehen, die draußen abkühlen – schaut sie vor die Küchentür. Sie späht durch das Fliegengitter, das, durch das ihre Mutter so viele Jahre lang die Kinder im Auge behalten hat, wenn sie im Garten spielten. Delia geht ganz nahe heran und blickt die hölzerne Treppe hinunter.

Beide Männer sitzen reglos am Boden, an den dicken Stamm des Ahornbaums gelehnt. Manchmal sieht sie, wie ihre Lippen sich bewegen, aber sie reden so leise, dass nichts durch den Garten bis zu ihr dringt. Immer spricht einer für eine ganze Weile; dann, nach einer langen Pause, antwortet der andere. David untermalt seine Worte mit Handbewegungen, illustriert in der Luft die stockende Geometrie seiner Gedanken. Das Gesicht ihres Vaters ist angespannt, aber entschlossen. Seine Muskeln durchlaufen alle Reaktionen eines in die Ecke getriebenen Tiers: Erst Wut, dann Abwehr, schließlich stellt er sich tot.

Auch die Züge ihres Mannes erschlaffen, suchen nach einer Erklärung, die ihnen nicht gelingt. Aber die Hände sind unermüdlich, zeichnen ihre Gleichungen, ziehen ihren einzig möglichen Schluss. Die Finger formen geschlossene Schleifen, Linien, deren Ende wieder zum Anfang zurückführt. Ihr Vater nickt – eine kaum merkliche Bewegung des Kopfes. Keine Zustimmung, kein Sich-Abfinden. Nur ein Zur-Kenntnis-Nehmen, ein Ducken wie die Krone des Ahorns, wenn der erste Windstoß hineinfährt. Sein Gesicht entspannt sich. Aus dieser Ferne betrachtet, durch den Gazeschleier des Fliegendrahts, könnte man es für Ruhe halten.

Sie bleiben über Nacht. Wenigstens so viel gibt Delia der Mutter, die ihr alles gegeben hat. Die Charlie alles gegeben hat und zum Dank dafür einen goldenen Stern für das Wohnzimmerfenster bekommt. Aber als am nächsten Morgen die Trauergäste kommen – vom Alter gebeugte Tanten und Onkel, Nachbarn, die Kochtöpfe mit frisch gebratenem, scharf gewürztem Geflügel bringen, Patienten, die ein Leben lang zu Dr. Daley gekommen sind, die Kinder dieser Patienten, viele älter als Charlie – als jede Menschenseele, die je den Jungen gekannt hat, und jeder, der nur Charcoal den Spaßmacher kannte, als sie alle ins Wohnzimmer der Daleys strömen, sich versammeln wie der Chor einer unterdrückten Glaubensgemeinschaft, da packt Delia ihre Jungen und macht sich davon. Sie fühlt sich als Heuchlerin, als Fremde auf der Totenfeier ihres eigenen Bruders. Das will sie den anderen nicht antun; keiner soll erfahren, was mit ihrer kleinen Delia geschehen ist.

Diesmal weint Nettie Ellen nicht. Protestiert nicht einmal, dass ihre Tochter sie verlässt; nur als die Stroms sich auf den Weg zum Bahnhof machen, sagt sie: »Du bist jetzt alles, was von ihm geblieben ist.« Sie küsst ihre Enkelkinder zum Abschied und sieht ihnen nach, als sie gehen. Wie versteinert wartet sie auf den nächsten Schlag.

Dr. Daley verabschiedet Delia mit Küssen auf die Wange und schüttelt seinen Ernst gewordenen Enkeln die Hand. Zu David sagt er: »Ich habe über das nachgedacht, was du mir erzählt hast.« Er zögert lange, unentschieden zwischen seinem Zweifel und dem, was er gern glauben möchte. »Natürlich ist es Wahnsinn.« David nickt und lächelt, so eifrig, dass die Brille ihm von der Nase rutscht. Für den Doktor reicht das. Er fordert keine weitere Überzeugung, sagt nur noch: »Danke.«

Als sie wieder unterwegs sind, als die Jungen durch den Gang des Eisenbahnwagens toben, glücklich, dass sie dem Tode entronnen sind, fragt Delia. Alle im Wagen starren sie an, wie immer, manche mit verhaltener Neugier, andere mit offener Abscheu. Nur Delias helle Haut hält die bedrohten Vertreter der reinen Rasse davon ab, ihr und ihrer Familie an den Kragen zu gehen. Aber sie hat keine Zeit für diese Menschen. Sie ist ganz mit den Worten beschäftigt, die ihr Vater beim Abschied an David richtete. *Wahnsinn. Natürlich ist es Wahnsinn.* Ein Teil von ihr möchte die beiden gewähren lassen, möchte ihrem Vater und ihrem Mann wenigstens dies eine Geheimnis vor ihr gestatten. Aber der größere Part will teilhaben an dem wenigen, was sie als Trost gefunden haben. Es war nie leicht gewesen, ihren Vater zu trösten. Aber David war auf etwas gestoßen, was ihm half. Die ganze Fahrt über beherrscht sie sich. Dann, als der Zug schon einläuft, hört Delia sich von hoch oben, wie aus höheren Sphären, fragen. »David. Gestern.« Sie kann ihren Mann nicht ansehen, zu schockierend nahe ist er auf dem Sitz neben ihr. »Du und Vater. Ich habe euch gesehen, euch zwei. Von der Küchentür aus. Unter dem Ahornbaum.«

»Ja«, sagt er. Sie hasst ihn dafür, dass er es ihr nicht freiwillig erzählt, nicht ihre Gedanken liest, nicht antwortet, ohne dass sie so offen aussprechen muss, was sie braucht.

»Worüber habt ihr geredet?« Sie spürt, wie er den Kopf zu ihr dreht. Aber immer noch kann sie ihn nicht ansehen.

»Wir haben darüber gesprochen, warum man meine Leute aufhalten muss.«

Jetzt sieht sie ihn an. »*Deine* Leute?« Er nickt nur. Sie wird sterben. Wie ihr Bruder. Nicht mehr sein.

»Ja. Er wollte wissen, warum ich nicht ... kämpfe. In der Army.«

»Meine Güte. Du hast es ihm doch nicht gesagt?«

Ihr Mann breitet die Handflächen nach oben. Sagt: *Wie könnte ich?* Sagt: *Vergib mir, ja.*

Der Zug hält mit einem Ruck. Sie nimmt ihre Jungen an der Hand, und der ganze Wagen reckt noch einmal verstohlen den Hals, will sehen, ob die Kinder wirklich zu ihr gehören. Ihr Jonah albert herum, singt, versucht sich dem mütterlichen Griff zu entwinden, möchte am liebsten hinaus auf den Bahnsteig laufen. Joey blickt zu ihr auf, sucht nach Gewissheit, als ob ihn die Reise nach Philadelphia, der Tod seines Onkels, gerade erst erreicht hat. Seine Augen blicken in die ihren, schräg von unten herauf, Augen, die vor der Zeit alt geworden sind, die ihr zunicken, das selbe kaum merkliche Nicken, das sie an ihrem Vater gesehen hat, erst gestern.

Sie *muss* es wissen. Sie wartet, bis sie auf dem Bahnsteig stehen, eine Viererinsel im strömenden Menschenmeer. »David? War da noch etwas?«

Er blickt sie aufmerksam an. Sie schließen sich den anderen an, streben zum Ausgang. Noch etwas. Es gibt immer noch etwas. »Ich habe ihm gesagt, was *meine Leute* denken.« Er verdreht das Wort, spricht es aus dem Mundwinkel heraus. Sie glaubt, er ist wütend auf sie, absichtlich grausam. Er nimmt seine Söhne und steuert sie durch die Menge, hinaus auf die Straße und zu ihrer nächsten Demütigung. »Ich habe ihm erklärt, was Einstein dazu sagt. Minkowski. ›Die Judenverschwörung.‹ Vergangene Zeit und zukünftige Zeit: Beide existieren immer. Das Universum macht keinen Unterschied zwischen den zweien. Nur wir unterscheiden sie.«

Sie fasst ihn am Ellenbogen, zerrt, bis er stehen bleibt. Menschen fliegen vorbei. Sie hört ihre Verwünschungen nicht. Sie hört nur, was sie an dem Tage hörte, an dem sie sich kennen lernten – die Botschaft aus jener uralten Zukunft, die sie schon fast vergessen hatte.

»Es ist wahr«, sagt ihr Mann. »Ich habe ihm erklärt, dass das Vergangene weiterbesteht. Ich habe ihm gesagt, dass dein Bruder noch lebt.«

Ich höre mir Jonahs Aufnahme an, und das ganze Jahr kehrt zurück. Es *kehrt zurück*, als sei das Jahr anderswo gewesen, während ich an Ort und Stelle blieb. Die Nadel muss sich nur in die Spirale aus schwarzem Kunststoff senken, und er steht wieder vor mir. Von Kratzern und vom Knistern abgesehen, dem Fliegendreck, der sich in Jahren des Hörens ansammelt, entsteht von neuem der Tag, an dem wir diese Aufnahmen machten, zwei Jungs am Anfang ihrer großen Karriere, nur Stunden bevor Watts in Flammen aufging.

Pa sagte gern, dass man eine Botschaft »in die Zukunft« schicken könne. Aber in die Vergangenheit kann man keine schicken. Er hat mir nie beigebracht, wie man überhaupt eine Botschaft schicken kann, ganz gleich in welche Richtung, und hoffen, dass sie ankommt. Und selbst wenn sie den Empfänger erreicht, wird sich alles, was darin steht, längst verändert haben.

Die erste Schallplatte meines Bruders erschien, *Lifted Voice*, die erhobene Stimme – er hasste den Titel –, und bekam freundliche, sogar ein paar begeisterte Besprechungen. Puristen gaben zu bedenken, dass ein solches Programm eher etwas für einen Sänger auf dem Höhepunkt seiner Kunst sei; ein Rezensent fand die bunte Mischung »populär« und riet Jonah, doch lieber einen Liederzyklus oder eine Sammlung eines einzelnen Komponisten aufzunehmen. Die Art, wie er zeigen wolle, dass er alles könne, sei des Guten zu viel. Die meisten hörten jedoch im Gegenteil heraus, dass er tatsächlich alles konnte.

Die Hülle zeigte eine düstere Landschaft, später Caspar David Friedrich. Auf der Rückseite unser Schwarzweißporträt und eine Aufnahme von Jonah auf der Bühne, im Abendanzug. Als silberner Aufkleber prangte auf der Vorderseite ein Zitat aus Howard Silvermans Besprechung des Town-Hall-Konzertes in der *Times*: »Die Stimme dieses jungen Mannes hat mehr zu bieten als bloße Perfektion ... aus jeder Note, die er singt, klingt der beflügelnde Klang der Freiheit.«

Die Platte verkaufte sich nicht schlecht. Harmondial war zufrieden und rechnete damit, dass sich langfristig der Einsatz auszahlen würde. Sie sahen Jonah als Investition für die Zukunft. Wir zwei konnten gar nicht glauben, dass sich wirklich jemand diese Scheibe anhörte. »Mann, Joey! Tausende von Leuten haben uns in ihrer Plattensammlung, Leute, die wir überhaupt nicht kennen. In diesem Augenblick könnten sich meine Lippen irgendwo auf die von Geraldine Farrar pressen.«

»Das hättest du wohl gern.«

»Eins ihrer frühen Fotos. Eine hübsche kleine Cho-Cho-San.«

»Und irgendwo anders spießt dich gerade Kirsten Flagstads Speerspitze auf.«

Jonah stellte sich vor, dass wir, jetzt wo wir eine erfolgreiche Platte auf dem Markt hatten, nur abwarten müssten, und die Engagements kämen ganz von selbst. Mr. Weisman brachte uns tatsächlich häufiger in den großen Städten unter, und wir konnten einigermaßen von den Gagen leben. Aber wir zogen doch weiter Woche für Woche von einem Universitätssaal, von einem Festival zum anderen. Daran änderte auch die Aufnahme nichts.

Ich setze den Tonarm an den Anfang der ersten Seite – Schuberts »Erlkönig«, ein Lieblingsstück von Marian Anderson –, und schon zieht es mich wieder hinein in diese unendliche Schleife, das Klavier beginnt wieder seinen Galopp. Jonah und ich schicken die Botschaft des Liedes hinaus in die Welt, und seine Botschaft ist unverändert. Aber die Menschen, an die wir sie schicken wollten, gibt es nicht mehr.

Derselbe Präsident, der das Bürgerrechtsgesetz unterzeichnete, presste dem Kongress einen Blankoscheck zur Verschärfung des Krieges in Asien ab. Jonah und ich trugen unsere Militärausweise bei uns, wie das Gesetz es verlangte. Aber unsere Nummer wurde nicht gezogen. Wir kamen schließlich am anderen Ende des Minenfelds an, zu alt, um noch in die Falle zu gehen. Ein Jahr nach unserer Aufnahme brach im Sommer der Aufstand in Chicago los. Drei Tage später folgte Cleveland. Wieder war es Ende Juli, die Jahreszeit, zu der wir ein Jahr zuvor im Studio gewesen waren. Und auch diesmal wollten hilflose Reporter die Sommerhitze verantwortlich dafür machen. Die Bürgerrechtsbewegung rückte nach Norden vor. Wer Wind sät, hatte Malcolm gesagt, wird Sturm ernten. Zu jedem unserer Auftritte begleitete uns die Gewalt, wir sahen sie auf dem Schirm jedes Hotelfernsehers. Ich starrte den kollektiven Albtraum an und fühlte mich irgendwie verantwortlich dafür. Jedes Mal, wenn ich die Platte auflegte, um mir noch einmal anzuhören, was wir beide erreicht hatten, brannte eine neue Stadt.

»Nicht mehr lange, dann verhängen sie das Kriegsrecht.« Anscheinend gefiel Jonah die Vorstellung. Das war der Mann, der in Watts auf dem Bürgersteig gelegen hatte, der gewartet hatte, dass er erschossen wurde, und Noten aus dem Jenseits dazu sang. *High Fidelity* hatte gerade einen Artikel mit der Überschrift »Zehn Sänger unter dreißig, die uns den Liedgesang mit neuen Ohren hören lassen« gebracht und ihn auf Rang drei gesetzt. Dem Land meines Bruders ging es prächtig. Das Kriegsrecht trieb vielleicht sogar noch ein paar Leute mehr in die Konzertsäle.

Ich blickte aus den oberen Stockwerken immer gleicher Hotels auf ein Kaleidoskop von Städten, deren Namen ich bald nicht mehr auseinander halten konnte, und hielt Ausschau nach der nächsten Rauchwolke. Die Musik jenes Jahres leugnete noch die Realität – »I'm a Believer«, »Good Vibrations«, »We Can Work It Out«. Nur dass diesmal Millionen von Zwanzigjährigen, die man seit ihrer Geburt nur belogen hatte, auf die Straße gingen; sie sagten *Nein*, sie sangen *nicht mit uns*, sie riefen *tut etwas!* Ich setze die Nadel bei Hugo Wolf auf, und erst jetzt höre ich, was wir beide damals taten. Mein Bruder und ich, wir zwei allein, rannten nach Leibeskräften, um in das brennende Haus zu kommen, aus dem das ganze Land gerade floh.

Zum Jom Kippur riefen wir Pa aus San Francisco an. Nicht dass er sich an die jüdischen Feiertage gehalten hätte. Ferngespräche waren damals noch etwas, wo man alles, was gesagt werden musste, in drei Minuten herunterrasselte. Jonah machte den Anfang und berichtete über unsere jüngsten Konzerte, *prestissimo*. Dann kam ich an die Reihe und sang ihm die ersten Zeilen des Kol Nidre auf Hebräisch, ein Gesang, den ich mir nach der phonetischen Umschrift aus einem Buch beigebracht hatte. Aber mein Akzent war so schlimm, er verstand es nicht. Ich fragte, ob Ruth da sei. Pa antwortete nicht, und ich dachte, jetzt versteht er auch mein Englisch nicht mehr. Also fragte ich noch einmal.

»Eure Schwester hat mich verlassen.«

»Sie hat *was*? Pa, was redest du da?«

»Sie ist ausgezogen. Weg.«

»Wann war das?«

»Gerade eben.« Bei Pa konnte das jeder erdenkliche Zeitraum sein.

»Wo ist sie hin?« Jonah, der neben mir stand, sah mich fragend an. Pa wusste es nicht.

»Was ist passiert? Habt ihr zwei …?«

»Es gab einen Streit.« In meinem Innersten flehte ich ihn an, mir nichts zu erzählen. »Das ganze Land ist in Aufruhr. Überall Rebellion. Und am Ende kam es auch zu eurer Schwester und mir.«

»Kannst du nicht im College nachfragen? Schließlich bist du ihr Vater. Dir müssen sie die Adresse doch geben.«

»Sie hat das Studium abgebrochen«, jammerte er. Mehr Kummer in der Stimme als an dem Dezembertag vor elf Jahren in Boston, an dem er uns sagte, dass unsere Mutter tot war. Dieser erste Tod folgte noch den Gesetzen seines Universums. Die jüngste Katastrophe stieß ihn in eine Welt, die keine Theorie erklären konnte. Seine Tochter hatte sich losgesagt von ihm. Es war eine kosmische Katastrophe, die Pa nicht begreifen konnte, selbst als der Sternenhagel schon auf ihn niederging.

»Pa, was ... was ist geschehen? Was habt ihr gemacht?«

»Wir haben uns gestritten. Eure Schwester glaubt ... Es ging um eure Mutter.«

Hilflos sah ich Jonah an. Er streckte die Hand nach dem Hörer aus. Aber ich klammerte mich daran, bereit ihn mit ins Grab zu nehmen.

»Es ist alles meine Schuld.« Pas Stimme brach. Er hatte einen Blick in die Zukunft getan. Seine Kinder waren die Zukunft. Aber jetzt war eine Katastrophe gekommen, hatte sich seiner Vision bemächtigt. »Ich bin der Übeltäter. Ich kann nichts machen.« Unser ganzes Leben lang hatte er uns gepredigt: »Macht eure eigene Rasse auf.« Jetzt endlich begriff er, wie weltfremd dieser Rat vom ersten Tage an gewesen war. Kein Mensch hatte eine Rasse für sich. Keiner konnte sich aussuchen, wohin er gehörte. »Ich habe eure Mutter umgebracht. Ich habe euch drei ins Unglück gestürzt.«

Ich hörte das Blut in meinen Ohren rauschen. Das also war es, was Ruth unserem Vater gesagt hatte. Und schlimmer noch: Er glaubte ihr. Ich spürte, wie meine Lippen sich bewegten. Aber jede Beteuerung, die ich machte, würde ihn in seinem Urteil nur noch bestätigen. »Red doch keinen Unsinn, Pa«, brachte ich schließlich hervor.

»Wie ist es nur so weit gekommen?«, antwortete er.

Ich reichte Jonah den Hörer und ging ans Hotelfenster. Unten auf der Straße stritten sich in der beginnenden Abenddämmerung zwei Leute. Jonah sprach noch ein paar wenige Sätze mit Pa. »Die kommt schon wieder. Sie kreuzt wieder auf. Zwei Wochen höchstens, wart's ab.« Einige Sekunden lang horchte er noch und sagte »du auch«. Dann war der Anruf beendet.

Jonah wollte nicht darüber reden. Und folglich redeten wir nicht darüber. Er wollte proben. Ich klang, als hätte ich plötzlich das Zipperlein bekommen. Nach einer Weile lächelte er und gab es auf. »Joey. Nimm's nicht so schwer. Das ist doch nicht das Ende der Welt.«

»Nein. Nur das Ende unserer Familie.«

Etwas in ihm sagte, dass das Ende *seiner* Familie schon Jahre zurücklag. »Nicht zu ändern, Muli. Es ist nicht deine Schuld. Was willst du da noch machen? Es war abzusehen, schon seit Jahren arbeitet Ruth darauf hin. Sie hat nur auf den Augenblick gewartet, an dem sie uns einen Tritt versetzen kann – einen Tritt für das, was wir sind. An dem sie es uns heimzahlen kann, was wir ihr angetan haben. Oder nicht für sie getan haben. Was weiß ich.«

»Aber du hast doch Pa gerade gesagt, sie kommt zurück. Zwei Wochen.«

»Da meinte ich zwei Wochen in Pas Zeitrechnung.« Er schüttelte den Kopf, ganz unterdrückte Wut. Bestätigte es mit seinem Zorn. »Unsere kleine Schwester. Verachtet uns schon seit Jahren. Hasst alles an uns. Alles wofür wir in ihren Augen stehen.« Jonah ging im Zimmer auf und ab, versuchte normal zu atmen. Er schüttelte sich, und dann reckte er die Faust in die Luft. »Alle Macht dem Milchkaffee! *Chocolate is beautiful!*«

»Sie ist ein gutes Stück heller als schokoladenbraun.« Und bevor er etwas Gehässiges darauf antworten konnte, sagte ich: »Die arme Ruthie.«

Jonah sah mich wütend an. Dann tippte er sich mit dem Finger auf die Nasenspitze und nickte. »Arm dran sind wir alle.«

Als wir wieder in der Stadt waren, fuhren wir gleich hinaus nach Jersey und besuchten Pa. Wir kamen zum Abendessen, und er bestand darauf, dass er für uns kochte. Nie im Leben hatte ich ihn so durcheinander gesehen. Was immer ihm Ruth als Grund dafür genannt hatte, dass sie das Studium abbrach, dass sie fortging, ohne auch nur eine Adresse dazulassen, hatte ihn am Boden zerstört. Pas Hände zitterten, als er uns die Teller zum Tischdecken reichte. Er schlurfte nur noch durch die Küche, jeder Schritt eine Entschuldigung dafür, dass er existierte. Er wollte einen Eintopf mit Huhn und Tomaten machen, wie Mama ihn immer gekocht hatte, aber bei ihm roch es wie ein alter Spüllappen.

Jonah ließ eine ganze Parade italienischer Tenöre die Tafelmusik singen. Als das nichts half, mühte er sich nach Kräften Konversation zu machen. Aber Pa wollte nur über Ruth reden. An etwas anderes konnte er nicht denken. »Sie sagt, ich bin verantwortlich.«

»Wofür?«

Mit einer Handbewegung wischte er meine Frage beiseite.

Jonahs Vortrag war für uns beide bestimmt. »Lasst sie tun, was sie nicht lassen kann. Geht ihr aus dem Wege, dann macht sie euch auch keine Vorwürfe. Mehr will sie ja nicht. Habt ihr vergessen, was Mama uns immer eingeschärft hat? ›Ihr könnt alles sein, was ihr sein wollt.‹« Ich hörte, wie verraten er sich fühlte.

»Eure Schwester will etwas anderes. Sie hat mir ins Gesicht gesagt, dass eure Mutter gestorben ist ... weil sie mich geheiratet hat.«

Ich knallte meine Gabel auf den Teller, dass der Eintopf nur so spritzte. »Himmel nochmal! Was denkt sich diese …«

Pa redete weiter, als hielte er Selbstgespräche. »Habe ich denn mein ganzes Leben in einem schrecklichen Irrtum verbracht? War es unrecht von eurer Mutter und mir, dass wir euch in die Welt gesetzt haben?«

Jonah versuchte zu scherzen. »Also, um ehrlich zu sein, Pa – ja. Ich finde, wir hätten andere Eltern verdient.«

Pa sagte nur: »Wer weiß. Wer weiß.«

Hastig und schweigend aßen wir zu Ende. Jonah und ich spülten in aller Eile das Geschirr, und Pa stand dabei und fuchtelte mit den Armen. Wir redeten ein wenig über unsere bevorstehenden Konzerte. Jonah erzählte Pa, im folgenden Frühjahr wolle er sich an der Met bewerben. Das hörte ich zum ersten Mal. Aber er verließ sich ja immer darauf, dass sein Begleiter seine Gedanken las.

Erst als wir uns zum Gehen anschickten, kamen wir wieder auf Ruth. »Gib uns Bescheid, wenn du von ihr hörst«, sagte Jonah. Er gab sich Mühe, nicht zu eifrig zu klingen. »Glaub mir. Sie taucht wieder auf. Leute brechen nicht einfach so mit ihrem Fleisch und Blut.« Jonah wusste genau, was er sagte. Aber er zuckte mit keiner Wimper. Er war als Schauspieler genauso perfekt wie als Sänger. Mein Bruder war bereit für jede Rolle, die er sich aussuchte.

Als wir unsere Mäntel anzogen, hielt Pa es nicht mehr aus. »Ach Jungs. Meine Jungs.« Und selbst nach so vielen Jahren in seinem neuen Land reimte *boys* sich noch auf *choice*. »Bleibt doch hier, die eine Nacht. Bitte. Es ist so viel Platz hier. Und es muss doch schon viel zu spät für die Zugfahrt sein.«

Ich warf einen Blick auf die Uhr. Viertel nach neun. Jonah wollte gehen. Ich war dafür, dass wir blieben. Wir hatten zwei Auftritte in der kommenden Woche und noch längst nicht genug dafür geprobt. Aber ich gab nicht nach, und allein wollte Jonah auch nicht zurückfahren. Pa machte Jonah ein Lager auf dem Sofa im Wohnzimmer und mir eines im Arbeitszimmer. Er wollte nicht, dass einer von uns in Ruths Zimmer schlief. Man wusste ja nie, ob das Mädchen nicht mitten in der Nacht nach Hause kam.

Ich wachte im Dunkeln auf. Es war jemand im Haus. In meinem schlaftrunkenen Zustand malte ich mir aus, wie die Polizei sich Zugang verschafft hatte, auf einen Hinweis, es hielten sich Illegale hier versteckt. Dann hörte es sich an, als spräche jemand, gedämpfte Stimmen, Leute, die am frühen Morgen ihre Pläne für den Tag besprachen. Dann dachte ich, es sei das Radio, ein Sprecher mit leichtem Akzent. Es war der Akzent meines Vaters, und mit einem Male war ich hellwach. Pa sprach auf der anderen Seite der Wand mit jemandem, in der Küche, zehn Schritt von mir. Ein bernsteinfarbener Lichtschein drang durch die Ritze unter meiner Tür. Einen Moment lang kam es mir vor, als belauschten Jonah und ich wieder unsere Eltern, wie sie in der alten Küche in Hamilton Heights miteinander flüsterten, am Abend des Tages, an dem Jonahs erste Internatsbewerbung ohne Angabe von Gründen abgelehnt worden war. Jetzt flüsterte mein Vater mit seinem Erstgeborenen, und ich horchte allein. Ich stellte mir Pa und Jonah vor, beide über den Frühstückstisch gebeugt, so nahe, dass ihre Köpfe sich fast berührten. Obwohl ich staunte. Sonst brachte man meinen Bruder am Morgen nur mit roher Gewalt aus dem Bett. Ich blickte zum Fenster: noch stockdunkel. Die beiden saßen nicht beim Frühstück, sie waren gar nicht zu Bett gegangen. Stillschweigend mussten sie sich einig gewesen sein, dass sie mich auf mein Zimmer schickten und dann miteinander redeten, etwas Persönliches, das nicht für meine Ohren bestimmt war.

Ich lauschte. Pa rechtfertigte sich. »Wie kann das sein – dass es wichtiger ist als die Familie?« Ich lag da, wartete auf Jonahs Antwort, aber es kam keine. Nach einer Weile sprach Pa wieder. »Das *kann* nicht wichtiger als die Familie sein. Es kann nicht wichtiger sein als die Zeit. Ich hätte ihr erklären können, was wir gesehen haben. Hätte ich ihr von dem Kind erzählen sollen?« Ich hatte keine Ahnung wovon er sprach. Wieder wartete ich auf Jonahs Antwort und wieder hörte ich nichts. Er war vollkommen hilflos ohne mich.

Dann ein Laut, schrill, gespenstisch. Um drei Uhr morgens hört sich jeder Laut gespenstisch an. Es dauerte ein paar Sekunden, bis mir aufging, was das war: Pa lachte. Oder nein, kein Lachen. Unser Vater schluchzte, und noch immer sagte Jonah kein Wort. Immer weiter spitzte ich die Ohren, bis ich begriff: Jonah war gar nicht da. Nur ein einzelnes Paar Pantoffeln hörte man schlurfen. Nur einen Löffel in einer einzelnen Tasse, nur einen Atem. Pa war allein in seiner Küche, mitten in der Nacht – die wie vielte einsame Nacht mochte es sein? – und redete mit sich selbst.

Er sagte: »Ich habe das nicht ahnen können. Ich hätte nie gedacht, dass es so kommt.« Und dann: »War es denn ein Fehler? Haben wir alles falsch gemacht?«

Ich lag wie erstarrt auf meiner Matratze. Es gab nur eine, mit der er so reden konnte. Und diese eine konnte nicht mehr antworten. Ich wollte die Tür aufreißen, aber ich zwang mich still zu halten. Was immer ich dort draußen gesehen hätte, hätte mich umgebracht. Ich konnte nur daliegen in meinem improvisierten Bett, wagte kaum noch zu atmen, horchte verzweifelt, ob er nicht doch eine Antwort bekam. Nach einer Weile änderte sich sein Ton. Er klang weniger gequält, fast glücklich. »Ja«, sagte er, »da hast du Recht.« Und mit einer Stimme, die in ihrer Erleichterung entsetzlich klang. »Ja. Das könnte ich nie vergessen.« Ich hörte, wie er aufstand und etwas ins Spülbecken räumte. Eine Weile stand er lautlos da, blickte gewiss zum Fenster über der Spüle hinaus in die Nacht. Dann ein tiefer Seufzer. »Aber unser kleines Mädchen.« Diesmal wartete er nicht auf eine Antwort, sondern schlurfte den Flur hinunter und verschwand in seinem Zimmer.

Ich konnte nicht mehr einschlafen. Schließlich zog ich mich an und ging selbst in die Küche, die ich nun mit ganz neuen Augen sah. Im Spülstein stand Geschirr, von allem zwei: Zwei Tassen, zwei Untertassen, zwei Löffel.

Auf der ganzen Busfahrt zurück in die Stadt saß ich neben Jonah, sehnte mich danach, ihn zu fragen, ob er es auch gehört hatte, und wollte es doch nicht tun, für den Fall dass er nichts bemerkt hatte. Unser Vater unterhielt sich mit einem Geist. Stellte ihr Teetassen hin. Vielleicht redete er jeden Abend mit ihr, wenn wir nicht da waren, als könnten sie sich auch jetzt noch erzählen, was sie den Tag über erlebt hatten. Solange Jonah und ich nicht davon sprachen, konnte ich mir immer noch vorstellen, ich hätte mir das alles nur eingebildet. Als wir am Port Authority ausstiegen, sagte Jonah: »Er wird nichts mehr von ihr hören.« Und erst als er hinzufügte: »Sie könnte genauso gut tot sein«, begriff ich, dass er Ruth meinte.

Wenn Ruth mit uns reden wollte, musste sie zu uns kommen. Was immer Pa ihr in ihrer Phantasie angetan hatte, hatte er auch uns angetan. Erst jetzt wurde mir wirklich klar, wie weit die Kluft zwischen uns in den letzten drei Jahren geworden war, die drei Jahre, die Jonah und ich nun schon auf Konzertreisen waren. Ich hatte ja so gut wie nie angerufen, gerade einmal an Geburtstagen und Feiertagen. Aber auch wenn ich es selten tat, hatte ich Ruth doch immer erreichen können. Ich konnte mir nicht vorstellen, dass sie uns wirklich verstoßen wollte. Aber mit jedem Tag, den der Kontakt abgerissen blieb, wurde mir klarer, wie sehr ich sie enttäuscht hatte, einfach nur durch das Leben, das ich führte.

Wochen vergingen, und wir hörten nichts von ihr. Ich malte mir aus, dass sie in Schwierigkeiten war. Jeden Tag standen Dinge in der Zeitung. Am laufenden Band wurden Leute ins Gefängnis geworfen, weil sie Reden gehalten hatten, Versammlungen einberufen, Flugblätter gedruckt – all die Dinge, die Ruth mit solcher Begeisterung tat, seit sie aufs College gegangen war. In meinen Albträumen sah ich sie in einem Verlies tief unter der Erde, und die Wachen verweigerten mir den Zutritt, weil mein Name nicht auf der Liste stand.

Jonah ging zu seinem Vorsingen an der Met. Wieder sollte ich für ihn spielen, scheppernde Klavierauszüge der Orchesterbegleitung. Ich kam mir vor wie ein italienischer Drehorgelspieler. »Du erwartest also, dass ich dir bei etwas helfe, was mich arbeitslos macht?«

»Wenn ich bei dem Laden unter Vertrag bin, Muli, machen wir einen anständigen Menschen aus dir.«

»Und jetzt verrate mir noch einmal, warum du da hinwillst.« Seine Stimme war leicht, hell, schwerelos, sie hatte nichts Massiges, nichts Theatralisches. Er sang Lieder, als flüstere ihm Apollo im Fluge ins Ohr. Dass er zur Oper wollte, schien mir pervers. Als zwänge man ein prachtvolles Rennpferd in eine Rüstung, damit es auf einem Ritterturnier antrat. Ganz abgesehen davon, dass er seit Jahren keine Opernrollen mehr einstudiert hatte.

»Machst du Witze, Muli? Das ist der Mount Everest.«

Was so viel bedeutete wie hoch oben, weiß und kalt. Allerdings war es eine feste Anstellung. Überall auf unseren Konzertreisen hatten wir die Herzen gebrochen, seit Jahren, wir hatten das Versicherungsgeld unserer Mutter durchgebracht. Vielleicht hatte er Recht. Vielleicht wurde es Zeit, dass wir sesshafter wurden.

Jonah hatte sich wohl ausgemalt, dass er für Mr. Bing höchstpersönlich sänge. Aber Sir Rudolph hatte anderes zu tun an dem Tag, an dem Jonah zur Feuerprobe antrat. Allerdings hatte sein alter Lehrer Peter Grau den Prüfern einen Tipp gegeben, und so hörten sie bei ihm besonders aufmerksam zu. Jonah verbrachte fast einen ganzen Nachmittag damit, dass er von einem unerbittlichen Ohrenpaar zum nächsten weitergereicht wurde, sang im Labyrinth des neuen Lincoln Center in Räumen, die wie eine Turnhalle hallten, und anderen, die so knochentrocken waren, dass der Ton einfach verschwand. Manchmal begleitete ich ihn, manchmal sang er a cappella. Sie ließen ihn die ganze Skala des Repertoires vom Blatt singen. Und bei alldem saß ich an den Tasten und wusste, dass ich, wenn ich nur gut genug spielte, meinen Bruder nie wieder auf dem Klavier begleiten würde.

Ich spielte gut. Aber nicht so gut wie mein Bruder sang. An diesem Nachmittag klang er, als hätte er das letzte halbe Jahr, das wir auf Tournee waren, nur auf diesen einen Augenblick hingearbeitet. Er tat mehr, um diese Prüfer zu überzeugen, als er für ganze Konzertsäle voller Menschen in Seattle und San Francisco getan hatte. Er brachte die vollkommensten Töne hervor, zu denen er überhaupt fähig war. Die übersättigten New Yorker wanden sich, taten, als sei es eine Zumutung für ihre Ohren. Immer wieder fragten sie, wo er bisher gesungen habe, unter wem. Immer wieder fielen sie aus allen Wolken bei der Antwort: »Sie haben noch nie ein Chorsolo gesungen? Noch nie mit Orchesterbegleitung?«

Wahrscheinlich wäre es klug gewesen, der Wahrheit ein wenig nachzuhelfen, aber Jonah konnte nicht anders. »Nicht seit meiner Kindheit«, gab er zu.

Sie ließen ihn Mozart singen, Arien aus Da-Ponte-Opern. Er versetzte sich in die Rollen, als wäre nichts dabei. Sie gaben ihm Schmachtfetzen von Puccini. Er brachte frischen Wind hinein. Sie wussten nicht, in welche Nische sie ihn stecken sollten, und reichten ihn an den Programmdirektor weiter, Crispin Linwell. Linwell betrachtete meinen Bruder, wie ein Mann einen Zeitschriftenständer mustern würde, breitbeinig, in schwarzen Schnürschuhen, die Hornbrille in die Stirn geschoben, die Ärmel seines Pullovers um den Hals geknotet. Er ließ Jonah die ersten Noten von »Auf Ewigkeit« aus *Parsifal* singen, brach aber schon nach wenigen Takten ab. Er schickte Assistenten auf einen Feldzug nach oben, wo sie eine seiner liebsten Sopranistinnen, Gina Hills, aus einer hoch wichtigen Probe entführten. Die Frau kam, laut fluchend. Crispin Linwell beschwichtigte sie. »Meine Liebe, wir brauchen Sie für ein ganz besonderes Experiment.«

Miss Hills wurde ein wenig sanfter, als sie erfuhr, dass es bei dem Experiment um das erste Liebesduett aus dem zweiten Akt des *Tristan* ging. Isolde war eine Traumrolle, und sie glaubte, bei dem Vorsingen gehe es um sie. Linwell bestand darauf, dass er selbst den Klavierpart übernahm. Er legte ein leidenschaftliches Tempo vor, und dann ließ er die beiden aufeinander los.

Natürlich hatte mein Bruder diese Partitur schon häufiger angesehen. Vom Hören kannte er die Szene seit einem Jahrzehnt. Aber er hatte noch nie auch nur eine Note davon gesungen, höchstens im Unterricht oder unter der Dusche. Und noch kritischer war, dass er schon seit Ewigkeiten nicht mehr mit jemand anderem zusammen gesungen hatte. Als Mr. Linwell sein Experiment ankündigte, wusste ich, das Spiel war aus. Er wollte Jonah bloßstellen, wollte zeigen, dass er einfach nur eine hübsche Stimme hatte, aber unfähig war, im Ensemble zu singen. Nur einer von vielen allzu ehrgeizigen Konzertsängern, die bei dem Versuch strauchelten, den Sprung auf die Opernbühne zu schaffen.

Nach etwa zwei Minuten ging es Miss Hills auf, dass sie gerade eine Liebesszene mit einem Schwarzen spielte. Die Erkenntnis durchzuckte ihren Körper im Rhythmus der Töne. Ich sah mit an, wie die Verunsicherung sich in Abscheu verwandelte, als sie überlegte, warum man sie in diese Falle gelockt hatte. Sie verpasste einen Einsatz, und einen Moment lang kamen alle ins Stocken; ich rechnete fest damit, dass sie schreiend aus dem Raum laufen würde. Nur der Gedanke an ihre Karriere hielt sie fest.

Dann tat der alte, melodische Liebestrank wieder neu seine Wirkung. Töne kamen aus der Kehle meines Bruders, wie ich sie noch nie von ihm gehört hatte. Acht Takte, dann schmolz Gina Hills dahin. Sie war nicht unansehnlich, aber doch von der kräftigen Statur einer Opernsängerin. Ihr Gesicht war wie ihre Stimme: Am besten kamen sie aus mittlerer Entfernung zur Geltung. Aber mein Bruder machte eine Aphrodite aus ihr. Die ganze Kraft seines Gesanges übertrug er auf sie, und sie nahm die Gabe an. Der Sog seiner Melodien schlug sie in den Bann. Als sie zu singen begannen, standen sie fünf Schritt voneinander, zwischen ihnen das Klavier. Vier Minuten später sahen sie sich tatsächlich an, umtänzelten einander. Zwar berührte sie ihn nicht, aber sie streckte die Hand aus, als sei sie im Begriff, es zu tun. Er war nicht bereit, diese letzte Kluft zwischen ihnen zu überbrücken, die doch die Musik so unmissverständlich leugnete. Das seltsame Gefühl, vor einer Hand voll von Zuhörern das letzte große Tabu zur Schau zu stellen, schürte nur noch das Feuer ihrer Stimme.

Am Anfang hatte Jonah die Partitur in der Hand gehabt, doch als sie sich zu ihrem Duett erhoben, warf er nur noch ab und zu einen Blick aufs Blatt und legte es schließlich ganz beiseite. Gina Hills sang einen hohen, lang anhaltenden Ton, das Gesicht hochrot von der Anstrengung. Jonah steigerte sich immer weiter, Welle um Welle, bis das Grüppchen Zuhörer vergessen war und nur noch Mann und Frau blieben, nackt, verklärt, ihre Erregung die sublimste Form der Sehnsucht, die es für einen Menschenleib gab. Das war im Jahr 1967, dem Jahr, in dem der Oberste Gerichtshof auch in dem Drittel der Vereinigten Staaten, in dem es noch unter Strafe stand, für Jonah das Recht durchsetzte, eine Frau von der Hautfarbe Isoldes zu heiraten, eine Frau von unseres Vaters Rasse.

Linwell ließ die Darbietung mit einem Glissando ausklingen, erhob sich vom Klavier und spreizte die Finger. »Alle Achtung. So, Leute. Entwarnung. Alle Mann zurück ins richtige Leben.« Jetzt wo die Arie vorüber war, sah Gina Hills – ihre persönliche Variante der »Reise nach Jerusalem« – meinen Bruder nicht mehr an. Linwell fasste sie an den Schultern. »Das war nicht von dieser Welt, meine Liebe.« Miss Hills sah ihn an, glühend, ehrfürchtig. Diese Rolle war ihr wichtiger als alles andere. Zehn Minuten lang hatte sie darin gelebt, hatte den uralten Drogenrausch am eigenen Leib gespürt. Sie schwankte, noch ganz unter seinem Einfluss. Linwell hätte ihr eine Premiere gleich in der folgenden Spielzeit versprechen können, und trotzdem wäre sie benommen von dannen gewankt.

Als die Nebel sich verzogen, kehrte Linwell zu uns zurück. Seine englischen Augen fixierten mich; er überlegte wohl, ob er es riskieren konnte, mich zum Warten nach draußen zu schicken. Aber ich durfte bleiben. Er wandte sich meinem Bruder zu. »Was machen wir nun mit Ihnen?« Jonah hatte da schon ein oder zwei Ideen, aber er behielt sie für sich. Linwell schüttelte den Kopf und studierte das Blatt mit den Notizen des Nachmittags. Ich sah ihm an, was ihm durch den Kopf ging: War es noch zu früh? Würde es *immer* zu früh sein, auf der Bühne eines solchen Landes?

Er legte das Gekritzel beiseite und sah meinem Bruder ins Gesicht. »Ich habe natürlich von Ihnen gehört.« Wie bei einem Polizeiverhör. *Lügen sind zwecklos, mein Junge. Wir wissen alles über dich.* »Ich dachte, Sie sind Liedsänger. Oder nicht einmal das. Wie ich höre, singen Sie *Dowland.*« Es klang angewidert.

»Das tue ich.« *Ich.* So sagte er es. Ich war zur Adoption freigegeben, an die erste Familie, die mich haben wollte.

Linwell saß schweigend da, kämpfte mit seiner Verlegenheit. »Wäre es …« hob er an. Er wollte uns um einen Gefallen bitten. »Würden Sie …« Er wies auf das Klavier. Ich brauchte einen Moment, bis ich begriff. Er glaubte uns nicht. Er wollte den Beweis.

Jonah und ich nahmen mit solcher Routine unsere Startposition ein, ich hätte mich beinahe verneigt, so sehr war es zur Gewohnheit geworden. Er sah mich an, holte Luft, hob sich kaum merklich, und mit dem Taktschlag setzten wir gemeinsam an zu »Time Stands Still«. Als es verklang, herrschte die Stille, die das Lied beschwor. Ich fuhr zärtlich über den Klavierdeckel und sah Crispin Linwell an. Er hatte Tränen in den Augen. Dieser Mann, der schon länger, als ich auf der Welt war, keine Musik mehr zu seinem Vergnügen gehört hatte, erinnerte sich drei Minuten lang, von wo er kam.

»Warum sollte ein Mensch so etwas aufgeben?«

Jonah blinzelte; überlegte, wie ernst die Frage gemeint war. Er hätte einfach nur gelächelt, aber Mr. Linwell wartete auf eine Antwort. Ich persönlich konnte mir für jemanden, der mit dem Talent meines Bruders geboren war, jemanden, der ein kleines Eckchen Ewigkeit herunter auf die Erde holen konnte und das nun alles fortwerfen wollte für ein aufgeblasenes, vulgäres Spektakel, nur eine einzige Antwort vorstellen: *Ihr Jungs, ihr könnt alles sein, was ihr sein wollt.*

Jonah stand ans Klavier gelehnt und fuhr sich mit der Hand über den Nacken. Seine Augenbrauen spielten mit der Frage, noch immer unschuldig. »Ach, wissen Sie.« Ich kauerte mich auf meinen Klavierhocker. »Es macht einfach mehr Spaß, wenn man mit anderen singt.« Er wählte seinen tiefsten *basso profundo*. »*Ahm-a* tarred *of livin' alone.*« Ich habe das Alleinsein satt.

Crispin Linwell lachte nicht. Er lächelte nicht einmal. Er schüttelte nur den Kopf. »Seien Sie vorsichtig. Manche Wünsche werden wahr.« Er schob sich die Brille wieder auf die Nase und trommelte mit dem Bleistift auf die Klammer seines Schreibbretts, ein mechanischer Rhythmus, wie das Pochen eines Motors. Sein Körper spannte sich, er war wieder ganz Profi. »Wir werden etwas für Sie finden. Sie werden mit uns singen. Mit … anderen. Haben wir die Nummer Ihres Agenten? … Schön. Sagen Sie ihm, ich melde mich.« Er reichte uns beiden die Hand, das Vorsingen war beendet. Aber bevor wir gehen konnten, legte er Jonah noch die Hand auf die Schulter. Ich wusste, was er sagen würde, schon bevor er Atem dazu holte. Ich hatte es so oft gehört, ganze Leben weit zurück, obwohl es damals immer in der Mehrzahl gewesen war. »Mr. Strom, Sie sind einzigartig.«

Draußen auf dem Broadway, in der Spätwinterluft, johlte Jonah wie eine Wetterhexe. »›Einzigartig‹, Muli. ›Ich melde mich.‹«

»Freut mich für dich«, sagte ich.

Den ganzen Frühling hindurch warteten wir auf diesen Anruf. Mr. Weisman bot Festivals, Wettbewerbe, Konzertreisen – Wolf Trap, Blossom, Aspen –, aber von der Met kam nichts. Als Jonah Mr. Weisman drängte, in Linwells Büro nachzuhören, lachte unser Agent nur. »Die Mühlen der Oper mahlen entsetzlich langsam, und nicht gerade fein. Die melden sich schon noch. Und bis dahin sucht euch etwas Vernünftigeres zum Sorgenmachen.«

Immerhin rief Weismann Anfang des Sommers mit Neuigkeiten von Harmondial an. Mit zwar nicht hohen, aber doch gleichmäßigen Verkäufen war unsere erste Aufnahme in die Gewinnzone gekommen. Inzwischen war zum vierten Mal nachgepresst worden. Ein Tantiemenscheck war in der Post, nicht genug für die Telefonrechnung, aber doch Geld auf die Hand. Harmondial wollte mit uns über ein neues

Projekt reden, und Jonah erklärte sich am Telefon pauschal einverstanden. Zwei Tage darauf stand die Innenstadt von Newark in Flammen, eine betriebsame Stadt nur ein paar Zugminuten von unserer Wohnung: Stand in Flammen wie die Viertel von Hanoi, auf die Johnson seine Bomben warf. Das war im Juli. Detroit folgte in der Woche darauf. Einundvierzig Tote und vierzehn Quadratmeilen Schutt und Asche.

Ich war in Panik. »Wir können diese Platte nicht machen, Jonah. Sag ihnen, wir steigen aus.«

»Jetzt aber halblang, Muli. Unser Publikum braucht uns.« Er packte mich bei den Schultern und schüttelte mich, wie im Slapstick. »Was hast du denn plötzlich? Du verlierst doch nicht die Nerven? Angst vor ein klein wenig Ewigkeit? Dass die Leute dich noch hören, wenn du schon tot bist? Wir schneiden deine Patzer einfach raus.«

»Darum geht es nicht.«

»Worum dann?«

»Sag ihnen, wir können nicht. Sie sollen ... eine Weile warten.«

Er lachte. »Das geht nicht, Jonah. Es ist alles abgesprochen. Mündlich, aber für mich bist du gefesselt und geknebelt. Du bist nicht mehr dein eigener Herr, Bruder.«

»War ich das je?« Es kam nicht oft vor, dass er als Erster den Blick abwandte.

Um die Zeit, als Jonah mit den Vorbereitungen für die zweite Platte begann, terrorisierte uns jemand am Telefon. Jonah sprintete zum Apparat, im Glauben es sei Weisman oder Harmondial oder gar Crispin Linwell. Aber sobald er sich meldete, wurde am anderen Ende aufgelegt. Er hatte so viele Theorien wie es Komparsenrollen in *Aida* gab. Er überlegte sogar, ob es Gina Hills sein konnte. Eines Nachmittags im August klingelte es wieder, und ich war allein zu Haus. Jonah war in der Universität, wo er in einem Probenraum Stimmübungen machte. Ich nahm ab, und eine Stimme, die mir vertrauter war als meine eigene, fragte: »Bist du allein?«

»Ruthie! Liebe Güte, Ruthie, wo *steckst* du?«

»Keine Sorge, Joey. Alles in Ordnung. Mir geht's gut. Ist er da? Oder kannst du reden?«

»Wer, Jonah? Der ist nicht da. Was ist in dich gefahren, Ruthie? Wieso tust du uns das an?«

»*Ich* tue *euch* ...? Ach, Joey. Wenn du das immer noch nicht weißt ...« Die Stimme versagte ihr. Ich kann nicht sagen, wer von uns beiden schlechter dran war. »Joey, was machst du? Alles okay?«

»Mir geht's gut. Uns allen dreien. Pa und Jonah und mir. Alles geht … immer so weiter. Außer dass wir uns Sorgen um dich machen, Ruth. Wir wussten ja überhaupt nicht –«

»Hör auf. Zwing mich nicht aufzulegen.« Sie hielt die Hand vor den Hörer, damit ich einen Schluchzer nicht hören sollte. Dann war sie wieder da. »Ich will mich mit dir treffen.« Sie nannte mir eine Bar an der Nordwestecke des Union Square. »Nur du allein, Joey. Wenn du jemanden mitbringst, bin ich weg, das schwöre ich.«

Ich schrieb Jonah einen Zettel, dass ich zum Abendessen nicht da sein würde. Ich hastete hinüber zum Union Square und fand das Lokal, das sie mir beschrieben hatte. Ruth war da, an einem der hinteren Tische. Ich wäre ihr um den Hals gefallen, aber sie war nicht allein. Sie hatte einen Leibwächter mitgebracht. Sie saß mit einem Mann zusammen, der ein paar Jahre älter war als Jonah und ein paar Schattierungen dunkler. Er hatte eine Afrofrisur und trug Jeansweste und Paisleyhemd, dazu eine Halskette mit einer kleinen silbernen Faust, die ein Friedenszeichen hielt.

»Joseph.« Meine Schwester bemühte sich um einen souveränen Tonfall. »Das ist Robert. Robert Rider.«

»Freut mich.«

Robert Rider hob den Kopf, ein halbes Nicken. »Mich auch«, sagte er mit einem grimmigen Lächeln. Ich streckte ihm die Hand hin, aber stattdessen packte er meinen Daumen, sodass mir nichts anderes blieb, als den seinen ebenfalls zu greifen.

Ich zwängte mich auf die Bank ihnen gegenüber. Ruth sah anders aus. Sie trug ein knallgrünes Minikleid und Stiefel dazu. Ich überlegte, was sie bei unserer letzten Begegnung angehabt hatte. Ich kam in meinem üblichen olivbraunen Hemd mit der schwarzen Stoffhose, meine Uniform schon seit zwei Jahren. Etwas an ihren Haaren war anders. Ich brachte ein Nicken zustande, das hoffentlich anerkennend aussah. »Du hast dich verändert. Was hast du gemacht?«

Sie schnaubte. »Danke, Joey. Ich habe überhaupt nichts gemacht. Ich habe nur ein paar Sachen *nicht* mehr gemacht. Schluss mit der Glattzieherei. Kein Weichspüler. Überhaupt nichts mehr, nur das, was ich wirklich bin.«

Robert grinste. »Das ist richtig, Schatz. Kraus ist die Maus.« Sie schmiegte sich an ihn, legte ihre Hand auf die seine.

Eine Kellnerin kam und wollte meine Bestellung aufnehmen. Sie war schwarz, schön, um die zwanzig. Sie und meine Schwester hatten sich schon angefreundet. »Mein Bruder«, erklärte Ruth. Die Kellnerin lachte. Sie hielt es für einen Scherz. Ich bestellte Ginger Ale, und die Kellnerin lachte noch einmal.

»Du siehst gut aus, Ruth«, sagte ich. Ich wusste nicht, was ich sonst sagen sollte. Und es stimmte. Sie sah gut aus, lebendig. Nur nicht mehr wie meine Schwester.

»Jetzt kling doch nicht so verdattert.« Ich sah es an ihrem Blick: Sie fand mich blass. Aber sie würde nichts dazu sagen.

»Geht es dir gut? Was machst du? Kommst du zurecht?«

Ruth starrte mich an, verzog den Mund und schüttelte den Kopf. »Ob es *mir* gut geht? Ob *ich* zurechtkomme? Ach, Joey. Mach dir mal nicht so viele Gedanken um mich. Es gibt zwanzig Millionen Menschen in diesem Land, deren Leben ist nicht so viel wert wie du jeden Monat auf dem Konto hast.« Sie sah den Mann neben sich an. Robert Rider nickte.

»Auf meinem Konto ...« Ich ließ es sein. Ich sah mich als das, was ich war, ein Doppelagent. Meine Schwester wollte mit mir reden. Ich hörte in ihrer Stimme, wie viel Neues sie entdeckt hatte. Sie wollte, dass ich daran teilhatte. Ich musste zuhören, mit so viel Anerkennung, so viel Begeisterung, dass sie nicht aufhörte zu reden, musste mit Tricks ihre Adresse aus ihr herausbekommen, die ich dann meinem Bruder und meinem Vater weitergab.

Sie wandte sich an Robert, der in sein Bierglas starrte. »Joey hier spielt einen heißen Schubert. Wenn die Schwarzen das Wahlrecht hätten, würden sie ihn zum Kultusminister wählen.«

Robert hob das Glas und versteckte sein Grinsen dahinter.

»Bist du noch in der Stadt, Ruth?« Ich machte eine Handbewegung zum Fenster. »Oder lebst du jetzt anderswo?«

»Ach, wir wohnen mal hier, mal da.« Ich sah Robert an, aber das »wir« umfasste offenbar eine größere Gemeinschaft als sie beide. »Wir ziehen von Stadt zu Stadt. Genau wie du und Jonah. Vielleicht nicht ganz so luxuriös.« Ich merkte, dass ich zu viel grinste. »Joey verbringt sein Leben in Hotels«, erklärte Ruth. »Hast du schon mal erlebt, dass sie plötzlich kein Zimmer mehr für dich hatten, Joey? Dass sie dir ein anderes Haus empfahlen?«

Ich schwieg. Ich wusste nicht, was sie mir vorzuwerfen hatte, außer dass ich existierte. Aber auch wenn sie mich noch so herausfordernd ansah, sah ich ein Zittern auf ihren Wangen. »Jetzt sag, Joseph, was machst du so? Geht es dir gut?«

»Alles bestens. Nur du fehlst mir.«

Sie wandte den Blick ab, sah alles an, nur nicht mich. Jetzt zuckte ihr ganzes Gesicht. Robert reichte ihr eine große schwarze Ledertasche. Ruth wühlte darin und holte einen braunen Umschlag hervor. Sie legte ihn vor mir auf den Tisch. »Robert hat mir gezeigt, was hinter dem Feuer steckt.«

Bizarre Gedanken zuckten mir durch den Kopf. Meine Schwester war einer Sekte in die Fänge geraten. Sie hatte sich auf krumme Geschäfte eingelassen. Aber als ich den Umschlag öffnete, wusste ich, von welchem Feuer sie sprach. In dem Umschlag waren Fotokopien von Dokumenten, alle ein Dutzend Jahre alt. Ruth hielt den Atem an, als ich sie studierte. Hier stand etwas auf dem Prüfstand – ich, die beiden, das Land, die gesamte Vergangenheit. Ich las, so gut ich konnte, aber es war nicht leicht unter diesen forschenden Blicken.

»Unser ganzes Leben lang haben wir uns damit beschäftigt. Ich weiß, dich hat es auch nicht losgelassen. Aber erst als ich Robert kennen lernte und ihm die ganze Geschichte mit Mama erzählte … Es ist so offensichtlich, Joey. So offensichtlich, dass erst jemand kommen und es mir erklären musste.«

Ich blätterte in dem Polizeibericht über den Brand unseres Elternhauses in Hamilton Heights. Alles ging bis ins bleiernste Detail: Maße, Uhrzeiten, eine Liste des verbrannten Hausrats. So las sich also die Zerstörung meines Lebens, wenn Beamte den Bericht verfassten. Das zehnjährige Mädchen, das sich mit einem Biss aus dem Griff des Feuerwehrmanns befreien und seine Mutter retten wollte, hätte ohne Hilfe von außen keinen Absatz davon überlebt. Ich überflog die beiden letzten Seiten und blickte auf. Ruth starrte mich an, erwartungsvoll, ängstlich. »Siehst du es jetzt? Verstehst du, was das bedeutet?«

Sie wühlte in den Bögen, fand die Stelle, die sie suchte. Sie drehte das Blatt zu mir hin, markierte die entscheidende Stelle mit dem Fingernagel. In Romanen sind es oft die Fingernägel, an denen man eine Figur unbestimmter Rasse als schwarz erkennt. Ruths Nagel wies auf das Wort *Brandbeschleuniger*. Spuren von Brandbeschleunigern im gesamten Untergeschoss.

»Du weißt, was das ist?«

»Alte Putzlumpen. Halb leere Benzinkanister. Der ganze Krempel, den Mrs. Washington im Keller hatte.«

Sie zögerte, sah Robert an. Dann nahm sie einen neuen Anlauf. »Sachen, die ins Haus gebracht wurden, damit es besser brannte.«

Robert nickte. »Mit Absicht.«

»Wo … Wie kommt ihr …« Ich starrte auf das Blatt, las verzweifelt. »Hier steht nichts dergleichen.«

»Das weiß doch jeder.« Robert sagte es mit Gusto.

»Brandbeschleuniger ist nur ein anderes Wort für Brandstiftung«, fügte Ruth hinzu.

Ich saß da, schüttelte den Kopf. »Das steht hier nicht. Dieser Bericht deutet nicht einmal –«

Ein knappes, bitteres Lachen von Robert ließ mich verstummen. Ich war hoffnungslos naiv. Schlimmer noch: ein weltfremder Musiker. Solange es Brüder wie mich gab, würde der Brand für immer ein Unglücksfall bleiben, ganz wie die Behörden es wünschten.

»Und wenn es Brandstiftung war …« Ruth wartete, dass ich ihren Gedanken zu Ende dachte. Aber ihre Augen verrieten, dass sie die Hoffnung schon aufgegeben hatte.

Robert blickte zum düsteren Horizont. »Wenn es Brandstiftung war, dann war es Mord.«

Ich starrte die abgegriffenen Kopien an, suchte nach einem Faktum, das mir Halt geben konnte. »Ruth, du kannst das nicht einfach so sagen. Du hast keine Beweise. Das ist Irrsinn.«

»Da hast du Recht«, stimmte Ruth mir zu. Robert Rider rührte sich nicht.

Dann fuhr mir eine Stichflamme des Feuers, das mir meine Mutter genommen hatte, das Rückgrat herauf und zerplatzte in meinem Hirn. Der Boden unter meinen Füßen löste sich auf. Ich streckte die Hände aus, klammerte mich an den Tisch, ein Blockakkord über die gesamte Klaviatur, und doch kam kein Ton. Ein ganzes Jahrzehnt von kindlichen Albträumen, Mamas Erstickungstod in allen Variationen, wogte über mich hinweg, im vollen Tageslicht des Erwachsenen. Ich durfte diesen Gedanken nicht zulassen. Den Gedanken, den ich im Kopf hatte.

Ich blickte auf zu Ruth. Ihre Konturen verschwammen. Sie sah die Furcht in meinen Augen. »Oh, Pa hatte nichts damit zu tun.« Durch die Verachtung schimmerte ein Körnchen Mitleid. »Der ist so einfältig, der würde nie kapieren, wo das Feuer herkam. Aber er ist verantwortlich für ihren Tod, genau als ob er sie selbst angesteckt hätte.«

Der Wahnsinn dieser Worte brachte mich in die Gegenwart zurück. »Ruth. Du bist verrückt.« Sie starrte mich an, wild entschlossen, sich um jeden Preis zu behaupten. Ich blickte wieder hinab zu den Beweisen, die keine waren. »Wenn die Polizei Hinweise auf Brandstiftung hatte, wieso ist dann in dem Bericht nicht von Brandstiftung die Rede?«

»Warum sollten sie sich die Mühe machen?« Ruth ließ den Blick über das gut besetzte Lokal schweifen. »Es war ja niemand zu Schaden gekommen. Nur eine schwarze Frau.«

»Und warum haben sie dann die Brandbeschleuniger überhaupt erwähnt?«

Ruth zuckte nur mit den Schultern und starrte hinaus ins Leere. Aber Robert beugte sich vor. »Dazu muss man wissen, wie diese Leute funktionieren. Sie bringen die Fakten schon irgendwie unter, damit ihnen keiner was anhängen kann, wenn es hinterher doch anders kommt. Aber nie legen sie sich so fest, dass man eine Anklage draus machen könnte. Es sei denn, es geht nicht anders.«

»Ich verstehe das nicht. Wieso hätte es Absicht sein sollen? Wer hätte ein Interesse …?«

Ruth hob die Hand. »Ein weißer Mann, verheiratet mit einer schwarzen Frau? Sechs Millionen Menschen in New York haben diese Bombe gelegt.«

»Ruth! Es gab keine Bombe. Der Heizkessel ist explodiert.«

»Jemand hat dafür gesorgt, dass es gut brennt.«

Gewalt hatte es gegeben, immer wieder, ihr ganzes Leben lang. Worte, finstere Drohungen, Stöße, Spucken: All die verwirrenden Dinge, die ich in meiner Kindheit gesehen und geleugnet hatte. Aber doch nicht Wahnsinn in solchem Maßstab. »Hör mal. Wenn das ein Anschlag auf ein gemischtrassiges Paar war, dann war es auch ein Anschlag auf Pa. Woher willst du wissen, dass der Täter …«

»Joey. Joey.« Meine Schwester hatte Tränen in den Augen. Sie grämte sich um meinetwillen. »Warum läufst du davor fort? Siehst du denn nicht, was sie uns angetan haben?«

Robert legte seine mächtige Pranke auf den Tisch. »Wenn die Polizei einen schwarzen Verdächtigen gehabt hätte, hätte er sechs Wochen später auf dem elektrischen Stuhl gesessen.«

Ich blickte diesen Fremden an. Wie lange hatten die beiden an ihrer Theorie gebrütet? Wo hatten sie die Fotokopien her? Meine Schwester hatte diesem Mann mehr über den Tod unserer Mutter erzählt, als sie je mit mir geteilt hatte. Ich saß da und streifte Wassertröpfchen von der Außenseite meines Glases. Wir waren am selben Ort zur Welt gekommen, mit nur ein paar wenigen Jahren Abstand, Kinder derselben Eltern. Und jetzt lebte meine Schwester in einem anderen Land.

»Pa hat das Geld von Mamas Lebensversicherung bekommen.« Ich beobachtete genau, wie sie reagierte. Erst jetzt ging mir wirklich auf, wie verantwortungslos wir ihr gegenüber gewesen waren. Den größten Teil dieses Geldes hatten Jonah und ich als Startkapital für unsere Konzertkarriere bekommen. Nur ein Bruchteil war an Ruth gegangen, Schulgeld für das College. Und jetzt hatte sie die Ausbildung nicht einmal zu Ende gemacht. »Wenn die Versicherung auch nur die Spur eines Zweifels gehabt hätte …«

Ruth sah Robert an. Eine Lücke in ihrer Beweiskette. Ich wollte ihr Erleichterung verschaffen, aber ich hatte das Gegenteil getan. Robert zuckte mit den Schultern. »Die Leute von der Versicherung sind der Sache nachgegangen, so gut sie konnten. Davon kann man ausgehen. Aber als feststand, dass kein Betrug nachzuweisen war, war es für sie erledigt. Wie die Frau umgekommen war, interessierte sie nicht.«

»Ruth. Sei doch vernünftig. Du weißt, dass Pa keine Ruhe gegeben hätte, bevor der Fall aufgeklärt war. Nicht, wenn er auch nur das kleinste Indiz gehabt hätte. Auch nur die Spur eines Verdachts.«

Ruth starrte mich an. Ich ließ sie im Stich, schlug mich auf die Gegenseite. Aber sie brauchte noch immer etwas von mir, ich wusste nicht was. »Der Mann ist weiß. Er hat überhaupt keinen Begriff von den wahren Verhältnissen. Für ihn *musste* es ein Unfalltod sein. Sonst hätte er ihr Leben auf dem Gewissen gehabt.«

Und für Ruth musste es genauso dringend das Gegenteil sein. Mama ermordet, von jemandem, den wir nie finden würden. Jemandem, der uns womöglich nicht einmal gekannt hatte. Das war die einzige Deutung, die ihr das Weiterleben möglich machte. Ich schob den Stoß Papiere zusammen, ihr Beweismaterial. »Was wollt ihr jetzt damit machen?«

Sie sahen sich an, zu erschöpft für Erklärungen. Ruth schüttelte den Kopf, senkte den Blick. Robert schnitt eine Grimasse. »Kein Schwarzer bekommt so einen Fall vor Gericht.«

Plötzlich hatte ich das Gefühl, sie wollten, dass ich Pa – einen Weißen – dazu brachte, dafür zu sorgen, dass das Verfahren neu aufgerollt wurde. »Aber was wollt ihr denn da von mir?« Ich hörte, wie die Worte hervorkamen, und konnte sie nicht mehr ungesagt machen.

Ruth presste sich die Faust an die Lippen. »Keine Sorge, Joey. Von dir wollen wir überhaupt nichts.« Robert rückte ein Stück zur Seite. Er blickte zwischen ihnen beiden zu Boden, als sei ihm etwas heruntergefallen. Plötzlich bewunderte ich diesen Mann einfach nur dafür, dass er bereit gewesen war, mit hierher zu kommen. »Wir dachten nur, du willst sicher gerne wissen, wie deine Mutter …« Ruths Stimme brach. Sie nahm mir die Blätter aus der Hand und verstaute sie wieder in ihrer Tasche.

»Wir müssen es Jonah sagen.«

Eine Mischung aus Hoffnung und Hass spielte in den Augen meiner Schwester. »Warum? Damit er mich auch für verrückt erklären kann, so wie sein kleiner Bruder?« Ihre Lippe zitterte, und sie biss darauf, um sie daran zu hindern.

»Er kann einfach klarer … Er will sicher wissen, wie du darüber denkst.«

»Warum?«, fragte Ruth noch einmal, ihr Ton jetzt reine Verteidigung. »Schon seit Jahren versuche ich, ihm etwas in dieser Art zu sagen. Ich kann ihm ja nicht mal guten Tag sagen, ohne dass er mir in den Hintern tritt. Der Mann kann mich nicht ausstehen.«

Ihr Mund war zerknittert wie ein zerbeultes Auto. Ihre Augen wurden feucht, und ein glitzerndes Rinnsal lief ihr über die walnussbraune Wange. Ich fasste ihre Hand, und sie zog sie nicht zurück. »Das ist nicht wahr, dass er dich nicht ausstehen kann, Ruth. Er findet nur einfach, du –«

»Weißt du, wie das war, das letzte Mal, als ich ihn gesehen habe?« Sie wies auf ihre neue Frisur. »Er hat gesagt, ich sähe aus, als ob ich bei Motown im Background-Chor sänge. Ich klänge wie Che Guevaras Tagebuch. Er hat mich ausgelacht.«

»Das war der reine Übermut. Du kennst doch Jonah …« Aber ich war noch nicht halb mit dem Satz zu Ende, als ich begriff, was sie da sagte. »Moment. Das heißt, ihr habt euch in der letzten Zeit gesehen?« Sie wandte den Blick ab. »Er hat mir … du hast kein Wort davon gesagt!« Ich zog meine Hand zurück. Sie tastete, wollte sie wieder finden.

»Joey, es waren nur fünf Minuten. Und es war eine Katastrophe. Ich konnte nicht ein Wort mit ihm sprechen. Er brüllte mich schon an, bevor ich –«

»Einer von euch zweien hätte es mir sagen können. Ich dachte, dir ist etwas zugestoßen. Ich dachte, du bist in Schwierigkeiten, jemand hat dich …«

Sie ließ den Kopf hängen. »Tut mir Leid.«

Ich sah sie an. Das kleine Mädchen, das »Bist du bei mir« auf der Totenfeier seiner Mutter gesungen hatte. »Ruth. Ruth.« Noch eine Silbe, und ich konnte nicht mehr.

Sie sah mich nicht an, sondern suchte in ihrer Tasche nach dem Portemonnaie. Bezahlen und dann nichts wie weg. Doch dann hielt sie inne und schluchzte: »Joey, komm doch mit.«

Ich sah sie mit großen Augen an, machte eine fragende Geste. *Jetzt?* Ich wandte mich an Robert. Seine Miene schien zu sagen: *Wenn nicht jetzt, wann dann?* Das Feuer – ihre Ansichten dazu, unser Streit darüber – war nur eine Etappe in einem weit größeren Plan. »Ob ich … wo geht ihr denn überhaupt hin?«

Ruth lachte, ein solides Altistinnenlachen, tief aus dem Bauch. »Mal hierhin, mal dahin, Bruder.« Sie wischte sich die Tränen aus den Augen. »Du brauchst es nur zu sagen. Wohin du willst.«

Robert strahlte wie die Sonne. »Alles wird wahr. Wir müssen nur hart genug dafür kämpfen.«

Ich zögerte. Ein paar Sekunden lang war ich einfach nur glücklich, dass ich meine Schwester wieder gefunden hatte.

»Wir brauchen dich, Joey. Du bist klug, aufmerksam, gebildet. Leute sterben, in Chicago, in Mississippi. Mein Gott, sogar hier in Brooklyn. Die Menschen sterben in Massen, weil sie es leid sind, jeder für sich zu sterben.«

»Was wollt ihr ...«

»Wir arbeiten für den großen Tag, Bruder. Es ist gar nicht schwer. Wir sind überall.«

»Ist es eine Art Organisation?«

Ruth und Robert sahen sich an. Sie führten eine stumme Verhandlung, sie studierten meine Akte und beschlossen Stillschweigen zu wahren. Vielleicht fällte Robert die Entscheidung, aber meine Schwester trug sie mit. Warum hätten sie mir auch trauen sollen? Es war ja klar, auf welcher Seite ich stand. Ruth beugte sich vor und fasste mich am Ellbogen. »Joey, du könntest so viel tun. So viel für Leute wie uns. Warum bleibst du ...?« Sie sah Robert an. Er würde ihr nicht helfen. Ein weiterer Pluspunkt für ihn, weil er mich nicht automatisch verurteilte. »Du lebst in einer anderen Zeit, Bruder. Sieh dir doch nur das Zeug an, das du verkaufst. Sieh dir die Leute an, die es kaufen. Du begreifst gar nicht, was du da machst. Wie kannst du diese gequirlte Scheiße spielen, wo deine eigenen Leute nicht mal als Straßenkehrer Arbeit finden? Von Gerechtigkeit vor Gericht ganz zu schweigen. Du spielst für diese arroganten, machtgeilen ...« Sie dämpfte ihre Stimme. »Ist das die Welt, in der du wirklich leben möchtest? Möchtest du nicht lieber für die Zukunft arbeiten?«

Ich kam mir vor wie Methusalem. »Was ist die Zukunft, Ruth?«

»Spürst du das nicht?« Ruth wies auf das Fenster hinter mir – die Welt von 1967. Ich musste mich zwingen, dass ich mich nicht umdrehte und nachsah. »Alles ist in Bewegung. Alle alten Mauern fallen. Überall gibt es neue Musik.«

Ich hörte Jonah, wie er in seinem swingenden Falsett »Dancin' in the Streets« sang. Ich hob den Kopf. »Weißt du, wir spielen eine Menge neuer Musik. Dein Bruder ist sehr aufgeschlossen.«

Ruths Lachen klang spröde. »Das Spiel ist aus, Joey. Die Welt, für die ihr euer Leben gegeben habt, ist am Ende.«

Ich blickte auf meine Hände. Unwillkürlich hatten sie auf der Tischplatte Klavier gespielt. Als ich sie ertappte, hielten sie sofort inne. »Was sollte ich deiner Meinung nach stattdessen tun?«

Ruth sah Robert an. Wieder der warnende Blick. »Es gäbe so viel zu tun für jemanden wie dich, ich wüsste gar nicht, wo ich mit dem Aufzählen anfangen sollte.«

Eine schreckliche Ahnung beschlich mich. Ich wollte das Beweismaterial gar nicht sehen. »Ihr zwei seid doch nicht in irgendwas Kriminelles verstrickt?« Ich hatte sie ja längst verloren. Da konnte ich auch noch mehr verliern.

Meine Schwester lächelte weiter, aber ihre Züge spannten sich. Sie schüttelte den Kopf, doch nicht im Widerspruch. Robert riskierte noch weitaus mehr als ich. »Kriminell? Das ist keine vernünftige Kategorie. Überleg doch mal, wie lange das Gesetz schon gegen uns arbeitet. Wenn die Gesetze korrupt sind, muss man sich nicht mehr daran halten.«

»Wer entscheidet das? Wer bestimmt, ob das Recht –«

»Wir. Das Volk. Du und ich.«

»Ich bin hier nur der Klavierspieler.«

»Du bist alles, was du sein willst, Mann.«

Ich drückte mich ganz in die Ecke meiner Bank. »Und wer bist du, *Mann*?«

Robert sah mich an, überrumpelt, ein Angriff aus dem Hinterhalt. Ich hatte Wut zeigen wollen; stattdessen bekam ich Schmerz. Ich hörte meine Schwester sagen: »Robert ist *mein* Mann. Mein Ehemann.«

Eine Weile lang brachte ich überhaupt nichts hervor. Dann sagte ich: »Na dann meinen Glückwunsch.« Jede Chance, mich für die beiden zu freuen, hatte ich verpasst. Ich hätte auf ihrer Hochzeit gespielt, die ganze Nacht lang, alles was sie sich gewünscht hätten. Jetzt konnte ich bloß noch die Nachricht zur Kenntnis nehmen. »Das ist ja toll. Seit wann?« Ruth antwortete nicht. Und ihr Mann auch nicht. Alle drei saßen wir verlegen da, jeder in seiner eigenen Hölle. »Wann hättet ihr es mir gesagt?«

»Wir haben es dir doch gerade gesagt, Joe.«

»Wie lange haben wir hier gesessen?«

Ruth sah mich nicht an. Aber Robert stellte sich meinem Blick. »Wir wollten es überhaupt nicht sagen«, murmelte er.

Ich rückte so weit ab wie ich konnte. »*Wieso?* Was habe ich euch bloß getan?«

Ruth drehte sich um. *Was hast du jemals für mich getan?*, schien ihr Blick zu sagen. Aber dann wurde sie doch weich. »Nicht du, Joey. Wir wollten nicht, dass ... die anderen es erfahren.«

»Die anderen? Du meinst Pa?«

»Er und … dein Bruder.«

»Ruth, warum denn nur? Wie kannst du den beiden das antun?«

Sie schmiegte sich an ihren Mann, legte den Arm um ihn. Er fasste sie um die Taille. Mein Schwager. Ihr Schutz gegen alles, was ich sagen konnte. Gegen alles, was wir drei ihr jemals angetan hatten. »Sie haben sich entschieden. Ich habe nichts mehr mit ihnen zu tun.«

Alles an dieser Erklärung klang falsch, gewollt. Und aus meiner Sicht schien mir auch die *Ehe* meiner Schwester – ich konnte mich nicht an das Wort gewöhnen – von Anfang an zum Scheitern verurteilt. »Sie müssen es doch wissen. Sie freuen sich für euch.« Es klang nicht einmal kleinmütig.

»Irgendwas finden sie, womit sie mich und meinen Mann beleidigen können. Den Spaß gönne ich ihnen nicht. Untersteh dich, es ihnen zu sagen. Sie sollen nicht einmal wissen, dass du hier warst.«

»Ruth, was ist nur geschehen? Was ist in dich gefahren?«

»Nichts ist in mich gefahren, Bruder. In mir ist immer noch das, was von Anfang an da war. Von Geburt an.« Sie streckte den Arm aus, als wolle sie ihn mir als Beweisstück zeigen.

»Wie kannst du Pa so behandeln, Ruth? Der Mann ist dein Vater. Was hat er dir je –«

Sie pochte auf ihre Tasche, den braunen Umschlag. »Er wusste es. Der Mann wusste alles über diese Berichte, schon vier Wochen nach dem Brand.«

»Ruth, das kannst du doch nicht mit –«

»Kein Wort zu uns. Nicht damals. Und auch nicht als wir größer waren. Alles war immer nur ein Unfall. Nur Schicksal. Er und seine so genannte Haushälterin –«

»Mrs. Samuels? Was hat denn Mrs. Samuels damit –«

»Die zwei haben uns aufgezogen wie nette kleine weiße Kinder. Seht keine Rasse, hört keine Rasse, singt keine Rasse. Jeden Tag, von morgens bis abends hat die ganze Familie so getan als …« Sie zitterte am ganzen Leib. Robert Rider, ihr Mann, legte ihr den Arm um die Schulter, und sie ließ sich fallen. Sie legte ihm den Kopf an die Brust. Robert saß einfach nur da und streichelte ihren wilden Haarschopf. Ich hätte gern wieder ihre Hand gefasst, aber sie zu trösten stand mir nun nicht mehr zu.

»Das war die Lösung, die sie hatten, Ruth. Sie wollten die Welt voranbringen. Auf kürzestem Wege in die Zukunft, in nur einer Generation. Der Sprung in ein Leben, in dem es keine Stammeskriege mehr gab.«

»Und wohin haben sie uns gebracht?«, zischte sie. »Soll das hier die Zukunft sein?« Ich wartete, dass sie den Gedanken zu Ende dachte. Aber das hatte sie längst getan.

»Wenn Pa auch nur eine Minute lang geglaubt hätte ...« Eigentlich wusste ich gar nicht, was ich sagen wollte. »Ganz egal was er uns über dieses Feuer gesagt oder nicht gesagt hat, er hat es aus Achtung vor ihr getan. Da bin ich sicher.«

Ruth hob die Handflächen, gebot Schweigen. Sie hatte genug von mir und meinesgleichen. Sie löste sich aus der Umarmung ihres Mannes, fuhr sich mit der Hand durch die Haarkugel und betupfte beide Augen mit einem zusammengeknüllten Taschentuch. Als sie das Tuch wegsteckte, war sie wieder ruhig. Bereit für all das, was in der Welt getan werden musste und wovon ihre Eltern ihr nie ein Wort gesagt hatten. Sie nahm ihre Tasche und erhob sich, und ihre nächsten Worte schienen eher an ihre Armbanduhr gerichtet als an mich. »Du musst dich von diesem Mann trennen, Joey.«

»Dem Mann? Trennen?«

»Er hat dich immer nur ausgebeutet. Vom ersten Tage an.«

»Pa? *Pa* hat mich ausgebeutet?«

»Nicht Pa.« Ihr Mund war vor Gram verzerrt. Sie brachte den Namen nicht über die Lippen.

»Jonah?« Ich wies auf ihre Tasche, das Beweismaterial. »Jonah weiß von alldem überhaupt nichts. Du kannst nicht sagen, er streitet es ab, wenn du nie –«

»Jonah«, verkündete sie mit der Stimme eines Ansagers, der in der Met einen Starauftritt ankündigt, »weiß nicht viel über die Welt draußen vor seinem Elfenbeinturm.« Robert lachte. Ich hätte am liebsten mitgelacht. Die kleine Ruthie, unsere Stimmenimitatorin.

»Er tut was er kann. Er hält sich an das, was er am besten beherrscht.«

»Weißsein meinst du?« Sie winkte ab, bevor ich widersprechen konnte. »Du brauchst ihn nicht zu verteidigen, Joey. Wirklich nicht. Ich verrate sein kleines Geheimnis bestimmt niemandem!«

»So eine Stimme, die könnten wir brauchen.« Die Art, wie Robert das sagte, ließ mich vermuten, dass er ihn gehört hatte. Sie war heimlich mit ihm in eins unserer Konzerte gekommen. Er hatte seinen Schwager singen hören, und selbst er war davon ein wenig grau um die Nasenspitze geworden. »Die Welt steht in Flammen. Wir brauchen jeden Mann.«

»Er würde uns nur ausnützen«, sagte Ruth. Sie hasste ihn. Ich brachte es nicht fertig, mir das einzugestehen. Nicht einmal so lange, dass ich fragen konnte warum. »Wie sieht's aus, Bruder?« Sie holte ihren Geld-beutel hervor und suchte nach ein paar Dollars. Ich überlegte, wovon sie wohl lebte. Ich wusste nicht einmal, wie mein neuer Schwager sein Brot verdiente. »Du kennst jetzt die Fakten. Du weißt, was wirklich mit uns geschehen ist. Die Entscheidung musst du selbst fällen.«

»Ruth. Was denn für eine Entscheidung? Bei dir klingt immer alles nach der großen endgültigen Abrechnung.« Sie legte den Kopf schief, hob die Augenbrauen. »Was soll das für eine Entscheidung sein? Ob ich lieber Klavier spiele oder ob ich dir helfe, unsere Leute zu retten?«

»Du kannst etwas verändern. Oder auch nicht.«

»Liebe Güte! Ihr verratet mir nicht einmal, wo ihr haust. Ihr verratet mir nicht, mit was ihr euch eingelassen habt. Seid ihr Waffenschieber oder so was? Legt ihr Bomben?«

Roberts massige Hand kam über den Tisch und fasste mich am Handgelenk. Zielsicher, aber behutsam. Zu sanft, um mich zu erschre-cken. Er wäre ein prachtvoller Cellist geworden. »Es ist so: Deine Schwester und ich sind in der Partei.«

»Der kommunistischen Partei?«

Ruth lachte. Sie rieb sich die Wangen. »Gib's auf. Bei dem Jungen ist Hopfen und Malz verloren.«

Ein Lächeln huschte über Roberts Gesicht, ein Morsezeichen. »Die Panthers.« Er lehnte sich vor. »Wir helfen beim Aufbau der New Yorker Sektion.«

Ruth hatte Recht. Ich war wirklich ein Onkel Tom. Allein der Klang des Wortes machte mir schon Angst. Ich saß eine Weile lang da, drehte den Namen in Gedanken, bis er in seine Buchstaben zerfiel. »Wo ist die schwarze Lederjacke?«

»Zu Hause gelassen.« Robert grinste, ließ mein Handgelenk los, zeigte nach draußen. »Sah nach Regen aus.«

War sie aus Liebe zu ihm zur Politik gekommen, oder hatte sie sich in den Mann verliebt, weil er für ihre Politik stand? »Du willst auf Leute schießen?«, fragte ich meine kleine Schwester.

Es hatte ein nervöser Witz sein sollen. Aber sie antwortete: »Die Leute schießen auf uns.« Ich wusste nicht, was ich sagen sollte. Ich konnte keinen Atemzug tun, ohne dass ich einen aus meiner Familie verriet.

Meine Schwester sah, in welcher Klemme ich steckte. Sie nahm Auf-stellung zum Gefecht. Aber ihr Mann mischte sich ein, vermittelte. »Ein Zuhause, Brot, Bildung, Gerechtigkeit, Frieden. Darum geht es uns.«

»Und um das Recht, in der Öffentlichkeit Waffen zu tragen.«

Ruth lachte. »Joey! Du liest ja die Zeitung! Weiße Zeitungen natürlich. Aber immerhin.«

Robert nickte. »Dafür kämpfen wir, ja. Was sollen wir sonst tun? Die Polizei will, dass wir mit leeren Händen dastehen. Weiße dürfen Waffen tragen, wir nicht. Solange das so bleibt, können sie mit uns machen, was sie wollen.« Mir schien es mörderischer Wahnsinn. So mörderisch wie die Straßen von Watts. Aber ich wusste ja, dass mein Leben, vom Albtraum dieses einen Abends abgesehen, wohl behütet war, wenn auch auf seine Weise irrsinniger als alles andere. »Ein Mensch muss das Recht haben, sich zu verteidigen«, sagte mein Schwager. »Solange die Polizei uns nach Belieben abschießen kann, geht es nicht anders. Sie haben die Wahl: gleiches Recht für alle oder Prügel für alle.«

Er sagte es ohne Pathos. Die Worte gingen fast im Lärm des Raumes unter. Ich begriff, was Ruth an diesem Mann imponierte. Selbst ich sehnte mich nach seiner Anerkennung, und dabei kannte ich ihn kaum. Ruth zerrte an ihm. »Komm, Robert. Joey hat zu tun. Er hat keine Zeit für Fakten. Keine Zeit für die Zukunft.«

»Ruth!« Ich rieb mir die Augen. »Du bringst mich noch um. Was hat denn das alles mit ...« Ich wies auf ihre Tasche.

»Was das damit zu tun hat, wie unsere Mutter umgekommen ist? Ich dachte, es hilft dir vielleicht zu entscheiden, wessen Sohn du bist. Mehr nicht.«

My mammy's ae bairn. Ich sprach bedächtig, versuchte den richtigen Rhythmus zu finden. »Meine Mutter heiratete meinen Vater. Die beiden zogen uns groß, wie sie es für richtig hielten. Meine Mutter kam in einem Feuer um.« *Das Feuer hat sie nicht umgebracht.*

»Einem Feuer, das aller Wahrscheinlichkeit nach von Rassisten gelegt wurde. Tag für Tag kommen in diesem Land Menschen um, auf die gleiche Weise wie sie.«

»Deine Mutter ...« Aber ich konnte nicht mehr. Sie gehörte keinem von uns beiden. Wir hatten sie beide verloren. Noch einmal sah ich Ruth ins Gesicht. »Mama sang einen heißen Schubert.«

Sie antwortete nicht. Ein Gedanke spielte auf ihren Zügen. Ich sah ihn genau, aber ich konnte ihn nicht deuten. Sie warf viel zu viel Geld auf den Tisch und dann waren die beiden fort. Ich wollte aufstehen, ihnen nachgehen, wenigstens eine Straße oder zwei. Aber ich saß wie festgeklebt auf meiner Bank, hilflos, hoffnungslos.

Ich sagte Jonah nicht, dass ich mich mit ihr getroffen hatte. Wenn er etwas ahnte, ließ er es sich nicht anmerken. Ich habe ihn auch nie nach seinem eigenen Treffen mit ihr gefragt. Und bei Pa machte ich nicht einmal Andeutungen. Meine Loyalität gegenüber Ruth war größer als alles, was ich diesen beiden schuldig war, schon weil ich sie zuvor so sehr verraten hatte. Jedes Mal, wenn ich nun mit meinem Vater sprach, sah ich ein Bündel fotokopierter Polizeiberichte im Aktenschrank seines Gedächtnisses. Wusste er, was in diesen Berichten stand? Begriff er, was sie bedeuteten? Ich konnte nicht einmal in Gedanken die Fragen formulieren, geschweige denn sie aussprechen. Aber Pa klang anders, jetzt wo ich wusste, was er mir immer verschwiegen hatte, ganz gleich ob er es mir je hätte sagen können oder nicht.

Die Erinnerung an das Jahr verschwimmt zu einer einzigen großen Oper. Drei Astronauten verbrannten auf ihrer Abschussrampe. Ein südafrikanischer Arzt verpflanzte ein lebendiges Menschenherz in den Körper eines anderen. Israel besiegte die gesamte arabische Streitmacht binnen sechs Tagen, und selbst mein antizionistischer Vater zeigte etwas wie Ehrfurcht vor diesem biblischen Blitzsieg.

Ein Theaterstück, in dem ein schwarzer Boxer der Jahrhundertwende seine weiße Ehefrau auf offener Bühne küsste, brachte die Gemüter der Zuschauer mehr in Wallung als der historische Boxer es ein halbes Jahrhundert zuvor je getan hatte. Tracy und Hepburn schlugen sich mehr schlecht als recht mit der Aussicht auf einen schwarzen Schwiegersohn. Ein schwarzer Richter zog am Obersten Gerichtshof ein, und ich fragte mich, was der Mann meiner Schwester wohl dazu sagte. Für meine Begriffe war es zu wenig und kam zu spät. Insgesamt siebzig Aufstände gab es im Laufe des Jahres, in mehr als einem Dutzend Großstädten. Das ganze Land befand sich im Krieg mit sich selbst, und alles drehte sich um zwei einfache Worte: *Black Power*.

Zu meiner Überraschung war Jonah begeistert von diesem Ausdruck. Er liebte die Unordnung, die er in das Leben der braven Amerikaner brachte, die sich immer nur um ihre eigenen Geschäfte gekümmert hatten. Für ihn war es eine Art Guerillatheater, so ästhetisch aufrüttelnd wie das Beste von Webern oder Berg. Er tobte durch die Wohnung, schüttelte seine braune Faust und rief: »*Mulatto Power! Mulatto Power!*«, nur für mich.

Und doch machte das Jahr weiter Musik, als sei nichts gewesen, gut gelaunt, liebestrunken, sonnenverwöhnt. Die weiße Musik wurde schwarz, stahl dem *funk* seine gerechte Empörung. Der Motown-Sound machte sich selbst in Städten breit, deren Armenviertel nicht gebrannt hatten. In Monterey setzte der Pop zu einem Höhenflug an, über den sogar mein Bruder nicht mehr spotten konnte. Jonah brachte die erste

Rockplatte mit nach Hause, für die er echtes Geld bezahlt hatte. In den pompösen Uniformen einer edwardianischen Militärkapelle blickten mir die Beatles entgegen, umgeben von einem Gewimmel weiterer Gestalten, darunter ihre eigenen früheren Inkarnationen. »Das musst du dir anhören.« Jonah stülpte mir Kopfhörer wie zwei Melonenhälften über und zwang mich, den letzten Titel zu hören, das langsame, kakophonische Anschwellen des Orchesters zu einem lauten Dur-Dreiklang, der gar nicht mehr aufhören wollte. »Was meinst du, wo haben sie das geklaut? Ligeti? Penderecki? Wieder mal Pop, der sich bei der Klassik bedient, genau wie die Schnulzensänger bei Rachmaninow.«

Er spielte mir die ganze Platte vor und erläuterte mir seine Lieblingsstellen. Von englischer Music Hall zum Raga, von Sonatenzitaten bis zu Klängen, die noch kein Mensch ausgelotet hatte. »Abgefahren, was?« Keine Ahnung, woher er das Wort hatte.

Das Jahr löste sich in Wolkenstreifen auf wie die Bilder aus den Nebelkammern, die Pa studierte. Die Mode überschlug sich. Safarianzüge, Kosakenblusen, Fliegerjacken, viktorianische Samtkleider, Weltraum-Miniröcke aus silberglänzendem Vinyl, Nehrumäntel, Springerstiefel mit Netzstrümpfen, Hosenröcke mit Pelerinen: alle Jahre und Orte des Planeten, alles außer der Gegenwart. Fünfzigtausend Menschen kamen auf der Mall zusammen und protestierten gegen den Krieg; eine Dreiviertelmillion zog die Fifth Avenue in New York hinunter und demonstrierte dafür. Coltrane starb, und die US-Regierung erwies offiziell dem Blues die Ehre und schickte Junior Wells auf Afrikatournee. Che Guevara und George Lincoln Rockwell starben beide eines gewaltsamen Todes. Jonah und ich verbrachten unsere Tage unter Hippies und Krankenschwestermördern, zwischen Entlassungen in die Freiheit und Entlaubungsmitteln, zwischen Twiggy und Tiny Tim, *Hair* und dem *Nackten Affen*.

Wir saßen in einem Hotelzimmer in Montreal oder Dallas und stellten den Fernseher an, um unsere Nerven zu beruhigen, und sahen die unglaublichsten Sachen, Bilder aus dem Weltall, Unruhen in den Städten, ein Love-In, Massenmörder, ein Mann, der sich zum Kaiser krönte, Aufstände in der Dritten Welt. Jonah schüttelte nur den Kopf. »Wer braucht da noch Opern, Muli? Kein Wunder, dass die in den letzten Zügen liegen. Welche Oper könnte es mit dem hier aufnehmen?«

Wir sahen uns die großen Auftritte des Jahres an, Akt um Akt, und warteten auf den Anruf von der Met, den Anruf, der Jonahs Erlösung sein sollte und meine Verdammnis. »Sie haben Bedenken, weil ich noch nie wirklich zu Orchesterbegleitung gesungen habe.« Er beschloss, dass er seine Vita mit einem Orchesterauftritt aufpeppen musste, egal wo. Dem verblüfften Mr. Weisman erklärte er, er solle das Erstbeste buchen, wenn nur ein paar Instrumentalisten dabei seien. »Meine Stimme hat Kraft genug. Das weiß ich.«

»Es geht doch nicht um die kräftige Stimme, Sohn.« Mr. Weisman hatte eben seine Tochter verloren, die mit fünfzig an Brustkrebs gestorben war, und hatte uns beide als Söhne adoptiert. »Wir müssen einen Platz für dich finden. Die Leute wollen wissen, was sie von dir erwarten können.«

»Ich singe, was sie hören wollen. Wozu brauchen sie ein Etikett? Können sie nicht einfach zuhören?«

Er begriff nicht, warum Orchesterarbeit einen dermaßen langen Vorlauf brauchte. »Alles wird zwei Jahre im Voraus geplant! Himmel, Joey. Einmal durchspielen, Generalprobe, Auftritt. Dann bleibt es frisch.«

Er sprang für einen Tenor ein, der das *Lied von der Erde* in Interlochen singen sollte und seine Stimme verloren hatte. Der Dirigent fand niemand anderen, der bereit war, den Part so kurzfristig zu übernehmen. Jonah lernte die tückischen und spröden Tenorlieder in knapp fünf Wochen. »Solche Sachen habe ich schon als Baby gesungen, Joey.« Ich saß im Publikum, und wie alle anderen hatte ich Tränen in den Augen. Pa kam zur Premiere. Er saß da und hörte zu, wie sein Sohn sich trunken von den lautlosen Winden des Weltalls treiben ließ und für das Elend der Menschheit nichts übrig hatte als Spott. *Dunkel ist das Leben, ist der Tod.* Eine Stimme, die nichts kannte außer ihrem eigenen Feuer, steuerte ihren erratischen Kurs mit furioser Präzision, gespeist von einer Kunst, die allen Extremen der Musik gewachsen war: *Was geht mich denn der Frühling an? Lasst mich betrunken sein!*

Leute, die nie von Jonahs Liederabenden gehört hatten, wurden auf ihn aufmerksam. Das Publikum applaudierte, als wollten sie die *Symphonie der Tausend* als Zugabe hören. Die *Detroit Free Press* nannte ihn in einer Besprechung einen »himmelstürmenden Engel«. Und sie hatte Recht. Seine Stimme war nicht von dieser Welt. Sie war auf einer ausgedehnten Reise durch unsere entlegene Galaxie, auf der Suche nach einem Ort, an dem sie ein Äon oder zwei verweilen konnte.

Unmittelbar vor unserem Chicago-Debüt in der Orchestra Hall erschien der schicksalhafte *Harper's*-Artikel, der ihn als Lakaien der weißen Kultur brandmarkte. Jonah glaubte, das sei das Ende seiner Karriere. Der Auftritt würde platzen, wenn der Artikel die Runde machte. Immer und immer wieder las er mir die Stelle vor, die ihn denunzierte:

»»Und doch gibt es bemerkenswert begabte junge Schwarze, die immer noch der Kultur des weißen Mannes nachlaufen, selbst jetzt noch, wo ihre Brüder in den Straßen sterben.‹ Das bin ich, mein Junge. Den Dolch im Gewande. Steche meuchlings meine schwarzen Brüder ab.«

Aber die Orchestra Hall dachte gar nicht daran, das Konzert abzusagen. Auch wenn wir uns vorher über unsere Eltern und Emmett Till stritten und auch wenn er nur eine Stunde vor dem Auftritt einen Erstickungsanfall hatte, trat Jonah auf die Bühne und sang – Lieder von Schumann, Wolf und Brahms – und erntete tosenden Applaus.

Die Anschuldigung von *Harper's* konnte er nicht verwinden. Er hatte sich als Weißer ausgegeben und es nicht einmal gemerkt. Jungen so alt wie er wurden unterdrückt, eingesperrt, bedroht, geschlagen, erschlagen, und er war überall durchgekommen, präsentierte seine helle Haut wie einen Passierschein. All die Männer, die in Löcher gesteckt, in den Dreck gestoßen wurden, die für die anderen die Gräben schaufelten, die Prügel einsteckten, während er auf der Bühne stand und zierliche Spitzendeckchen klöppelte, die Zeit stillstehen ließ. Immer wieder las er den Artikel, legte den Kopf schief: War es am Ende wirklich so?

Er sagte seine Auftritte für die nächsten zwei Wochen ab, schob eine Erkältung vor. Aber in Wirklichkeit traute er sich nicht mehr, sein Gesicht in der Öffentlichkeit zu zeigen. Er wusste nicht mehr, was seine Zuhörer in diesem Gesicht sahen. Nicht, dass er sich je groß Gedanken darum gemacht hätte, wie andere ihn sahen. Musik war der Ort, an dem Äußerlichkeiten keine Rolle spielten und an dem der pure Klang die Welt regierte. Aber hier kam nun plötzlich jemand, der genau das Gegenteil behauptete: Musik sei etwas Sekundäres; zuerst stellten wir uns selbst zur Schau und dann erst die Musik. Wie ein Stück in den Ohren der Zuhörer klang, hing davon ab, von wem die Töne kamen. Nach einer Weile wandelte Jonahs Verwirrung über diesen Artikel sich in Faszination. Er war verblüfft, dass der Verfasser ihm das Kompliment solcher Häme machte. Die Anschuldigung zollte ihm ein Maß an Aufmerksamkeit, das er noch nie genossen hatte, machte ihn zum Akteur in einem Drama, das größer war als alles, worin er bisher aufgetreten war. Bemerkenswert begabter Schwarzer läuft der Kultur des weißen Mannes nach. Und überholt ihn womöglich noch. Immer und immer wieder kreisten seine Gedanken um diese Formel. Und dann kam eine der kleinen Modulationen, die er so perfekt beherrschte. Er legte einen Hebel um. Nachdem er sich tagelang über das Etikett, das man ihm angeheftet hatte, gegrämt hatte, beschloss Jonah nun stolz darauf zu sein.

Er kehrte auf die Bühne zurück und zeigte seine Verruchtheit wie eine Trophäe. Und als die Anrufe von Mr. Weisman kamen, Angebote für große Soli in Chor- und Orchesterwerken, schien sich das Kalkül seiner Kehrtwende zu bestätigen. Die Leute rochen die große Oper, warteten auf den Skandal und wollten dabei sein. *Harper's* brachte ihn groß heraus.

»Dem Allmächtigen sei Dank für die Revolution, Muli. Die Bewegung öffnet Türen. Schafft unseren Leuten Arbeit. Wart's ab, irgendwann meldet sich das Lincoln Center.« Er strich mir über das kurzgeschorene Haar, eine Geste, die ich immer gehasst habe. »Hm, Bruder? Die Kultur ist doch was wert. Aufstieg und Erbauung. Jetzt bekommt sogar der schwarze Al Jolson was zu futtern.«

Er hatte die Zeitschrift immer neben dem Telefon liegen und las die Anschuldigung jedem vor, der zuhörte. »Wo steckt deine Schwester, jetzt wo wir sie brauchen?«

Das wusste er besser als ich. »Sie hat es gelesen. Da würde ich drauf wetten.«

»Meinst du?« Er klang zufrieden.

Er überlegte, was er tun konnte, um den Artikel Lisette Soer zuzuspielen, János Reményi, ja sogar Kimberly Monera, die ihn in einem anderen Leben einmal gefragt hatte, ob er ein Mohr sei. Ich wartete, dass die neue Verruchtheit seine Stimme veränderte. Ich verstand nicht, wie er in so erregtem Zustand Woche für Woche auf die Bühne gehen und immer noch mit solcher Perfektion seine seidigen Töne hervorbringen konnte. Er sang Beethovens Neunte, wiederum als Vertretung, mit der Quad Cities Symphony. Als der Schlusschor kam – der längst ad absurdum geführte Traum von der brüderlichen Eintracht, die Noten, die er einmal nach dem Gehör unter ein Bild des Nordamerikanebels an unserer Zimmerwand gekritzelt hatte –, rechnete ich halb damit, dass er etwas Hässliches daraus machen würde, einen Viertelton zu hoch, ein Wiehern, bebend und majestätisch, wie die pompösen teutonischen Ganterstimmen, über die wir uns als Kinder so oft lustig gemacht hatten.

Aber im Gegenteil. Er gab sich ganz der Verlockung des Klassischen hin. Nur Tod, Schönheit, die Scheinwelt der Kunst waren echt. Geschmeidig schwebten seine Noten hinauf in lichtdurchflutete Höhen. Nun endlich war er Vollmitglied in dem exklusiven Club, dem Himmel der hohen Kunst.

Für seine zweite Platte hatte er sich eine Sammlung von englischen Liedern in den Kopf gesetzt – Elgar, Delius, Vaughan Williams, Stanford, Drake. Harmondial redete es ihm aus. Mit der Mischung aus Dekadenz und jungenhafter Unschuld, die seine Stimme nun ausstrahlte, hätte er geklungen wie ein Chorknabe, der jeden Schritt der Pubertät hinter sich hat außer dem einen, entscheidenden.

Die Firma wollte etwas Dunkleres, das zu dem neuen Bild des umstrittenen Sängers passte. Sie einigten sich auf Schuberts *Winterreise*. Eigentlich war das ein Zyklus für erwachsene Männer, für jemanden, der selbst weit genug gereist war, dass er alle Stationen dieser Reise kannte. Aber als der Vorschlag einmal auf dem Tisch lag, war Jonah nicht mehr davon abzubringen.

Diesmal fand die Aufnahme in New York statt. Jonah wollte einen klareren, direkteren Ton. Die meisten der Lieder hatte Jonah im Laufe der Zeit schon gesungen. Jetzt versammelte er sie zu einer Deutung, die mir auch heute noch den Atem stocken lässt. Statt dass er unschuldig zu seiner Reise aufbrach und in bitterer Leidenschaft endete, begann er übermütig, verschmitzt, und ging bis ganz ins andere Extrem, stand am Ende zu Tode erschöpft am Rand seines eigenen Grabes.

Auch heute noch bringe ich es nicht fertig, den ganzen Zyklus in einem Zug zu hören. In fünf Tagen am Ende seines sechsundzwanzigsten Jahres machte mein Bruder eine Reise in die eigene Zukunft. Er schickte die Botschaft des Jahres 1967 voraus in ein Jahr, in dem er sie selbst nicht mehr würde lesen können. Hellsichtig sang er von dem, was uns bevorstand, von Dingen, die er nicht wissen konnte, als er davon sang, Dinge, die ich heute noch nicht sehen würde, wenn nicht seine Zeichen auf mich warteten, telegrafische Mitteilungen aus einer unvollendeten Vergangenheit.

Zwischen der ersten und der neuen Aufnahme hatte Jonah zwei Jahre Erfahrung gewonnen. Er wusste genau, wozu jede einzelne Note in jeder Phrase da war. Er hatte jeden Ton des gesamten Zyklus im Kopf, jede Nuance. Er war ein unermüdlicher Architekt, baute Brücken für diese Winterreise des Lebens, zog Seile von Start zu Ziel mit ein paar wenigen kühnen Schwüngen, maß die ganze Spanne damit ab und gab ihr Zusammenhalt. Seine Stimme war sicherer, wendiger. Wir sangen in unserer Heimatstadt, gingen jeden Abend nach Hause in unser eigenes Bett, Zuflucht vor den Unwägbarkeiten der Arbeit des nächsten Tages. Er ging mit Begeisterung ins Studio, in den schalldichten Glaskubus, der ihn von allen Gefahren der Außenwelt abschirmte. Glücklich saß er im Kontrollraum, hörte seine Stimme aus den Monitorlautsprechern, lauschte dem heroischen Fremdling, der er noch Minuten zuvor gewesen war.

Einmal, in einer langen Pause, sprach er mit mir darüber. »Kannst du dich noch an das Sputnik-Signal erinnern, vor zehn Jahren? Wie wird das hier klingen, wenn ich längst tot bin?«

Die Wände jedes einzelnen Tages waren undurchdringlich. Die Botschaft aus der Zukunft würde uns nie erreichen. Aber er war in so mitteilsamer Stimmung, es schien mir der richtige Moment für meine Frage. »Hast du eigentlich jemals überlegt, ob damals bei diesem Feuer alles mit rechten Dingen zuging?« Ein Dutzend Jahre, und noch immer konnte ich es nicht beim Namen nennen.

Aber mehr Anstoß brauchte er nicht. »Du meinst, ob da etwas faul war?« Er fuhr sich mit den Fingern durchs Haar. Inzwischen trug er es lang genug dazu. »Es war von vorne bis hinten faul, Joey. Unfälle passieren nicht einfach so. Falls das deine Frage war.«

Zwei Jahrzehnte lang hatte ich geglaubt, mir könne nichts geschehen, wenn ich mich nur mit Geschick und Disziplin an die Regeln hielt. Ich war der Letzte, der es begriff: Sicherheit gab es nur für die, die bestimmten, was Sicherheit war. Jonah saß da, nippte an Mineralwasser mit einem Spritzer Zitrone. Ich hatte mir heiße Tücher um die Hände gewickelt; sie sahen aus wie frisch verbunden. Ich beugte mich vor, suchte nach einem Blitzen in Jonahs Augen. Wir hatten uns zu weit voneinander entfernt, wir konnten uns auf die alte Telepathie unserer Kindertage nicht mehr verlassen. Auf der Bühne funktionierte es noch; aber noch ein Jahr oder zwei, und keiner würde mehr etwas am anderen verstehen außer der Musik. An diesem Nachmittag las er ein letztes Mal meine Gedanken, als wären es seine eigenen.

»Früher habe ich jeden Abend daran gedacht. Ich wollte dich immer fragen, Joey.«

»Warum hast du es nicht getan?«

»Ich weiß nicht. Ich dachte, wenn ich dich frage, wird es wahr.« Er massierte sich den Hals, rieb die Stelle unter den Ohren, umfasste sein Kinn. Er pflegte das Instrument, von dem er lebte. Die Farbe seines Halses verriet nicht, woher er kam. Aus diesem Indiz hätte niemand geschlossen, was die Zeit ihm angetan hatte. »Spielt es denn eine Rolle, Joey? Ob es nun so war oder anders?«

Meine Hände zuckten, schüttelten ihre Bandagen ab. »Spielt es eine *Rolle*? Himmel. Natürlich.« Es war die wichtigste Frage von allen. Mord oder Unfall? Jedes Bild, das wir von uns hatten, jede Deutung meines eigenen Lebens hing von der Antwort auf diese Frage ab.

Mein Bruder steckte die Finger in das Zitronenwasser und fuhr sich damit über den Hals. »Gut. Dann will ich dir sagen, wie ich darüber denke. Das Ergebnis von zwölf Jahren Nachdenken.« Seine Stimme war tonlos, sie kam aus einem Bereich, der keinen Gesang kannte. »Du willst wissen, was geschehen ist. Du denkst, wenn du erst einmal weißt, *was wirklich war*, dann weißt du … ja was? Was die Welt mit dir machen wird. Du denkst, wenn du nur wüsstest, ob sie deine Mutter umgebracht haben, wenn du nur wüsstest, ob deine Mutter bei einem *echten* Unfall umgekommen ist … Stellen wir uns vor, es war nicht einfach nur der Heizkessel. Stellen wir uns vor, jemand hat nachgeholfen. Hast du dann deine Antwort? Dann hast du noch nicht einmal die Frage. *Warum* haben sie sie umgebracht? Weil sie schwarz war? Weil sie zu frech geworden war, die falschen Lieder sang? Weil sie die Grenze überschritten hatte, als sie deinen Vater heiratete? Weil sie sich nicht unterkriegen ließ? Weil sie ihre Mutantensöhne auf eine Privatschule schickte? War es nur eine Abschreckungsmaßnahme, die über das Ziel hinausschoss? Wussten sie überhaupt, dass sie im Haus war? Vielleicht hatten sie es auf Pa abgesehen. Vielleicht galt es uns Kindern. Jemand, der die Rassen unseres Landes rein halten wollte. Du müsstest wissen, ob es ein einzelner Irrsinniger war, ob es die Nachbarn waren, ob es eine Bande von anderswo war, zwanzig Häuserblocks weiter im Norden oder Süden. Als Nächstes müsstest du überlegen, warum dein Vater nie versucht hat …«

Er hielt inne, um Atem zu schöpfen, aber nicht weil ihm die Puste ausging. Er hätte noch ewig weitersegeln können auf seinem Luftstrom.

»Oder stellen wir uns vor, es *war* der Heizkessel. Keiner half nach, keiner fühlte sich berufen Schicksal zu spielen. Warum ausgerechnet dieser Heizkessel? Warum wohnten wir in einem Haus mit so einem Kessel? Wird die Sicherheit von Heizkesseln nicht überprüft, in den besseren Vierteln? Wie wäre sie gestorben, wenn sie in den ausgebrannten Straßen irgendwo zwischen Seventh und Lenox Avenue gewohnt hätte? Die Leute da sterben an Tetanus. An Grippe. Sie sterben, weil sie nicht lesen und schreiben können. Verbluten auf dem Rücksitz eines Autos, weil das Krankenhaus sie nicht aufnimmt. Wenn eine Frau wie Mama stirbt, in diesem Land, in ihrem Alter, dann ist daran jemand schuld. Was musst du da noch wissen? Also, Joey. Hätte es einen Einfluss auf dein Leben, wenn du die Antworten wüsstest, wenn auch die letzten Zweifel ausgeräumt wären?«

Ich musste an Ruth denken. Ich wusste nicht, was ich Jonah antworten sollte. Aber er hatte eine Antwort für mich.

»Du brauchst nicht zu wissen, ob jemand sie bei lebendigem Leibe angesteckt hat. Es reicht, wenn du weißt, ob jemand es tun *wollte*. Und auf die Frage kennst du die Antwort. Du kennst die Antwort, seit du –

was weiß ich – sechs warst? Vielleicht hat einer getan, was alle gern tun wollten. Vielleicht auch nicht. Vielleicht ist sie einen Tod gestorben, der nichts mit ihrer Hautfarbe zu tun hatte. Vielleicht kommt es wirklich vor, dass Heizkessel explodieren. Du weißt es nicht, du kannst es nicht wissen, du *wirst* es nie wissen. Genau das bedeutet Schwarzsein in diesem Land. Dass man niemals Gewissheit hat. Weißt du, was es bedeutet, wenn sie dir das Wechselgeld auf den Tisch legen und nicht in die Hand? Wenn sie schon eine Querstraße bevor sie dir begegnen die Straßenseite wechseln? Vielleicht *wollten* sie ja auf die andere Seite. Das Einzige, was du mit Sicherheit weißt, das ist, dass jeder von ihnen dich hasst. Sie hassen dich dafür, dass du sie dabei erwischst, wie sie sich selbst belügen.«

Er rollte mit der Schulter, eine Lockerungsübung für Sänger. Bereit zur Rückkehr ins Studio, bereit mit seinem Leben weiterzukommen. »Einmal habe ich Pa zum Reden gebracht. Weiß der Geier, wo du da warst, Joey. Kann ja nicht immer auf dich aufpassen. Offenbar hat er ihr vor der Hochzeit erklärt, dass es, logisch gesprochen, vier Möglichkeiten für uns gibt: A, B, A und B, weder A noch B. Die starren Kategorien gefielen ihm nicht. In der *Zeit* gab es so etwas nicht. Was wusste er über uns? Genauso wenig wie wir über ihn wissen. Sie wollten beide nicht wahrhaben, dass Rasse mächtiger ist als alles andere. War das denn nicht der Trick, mit dem die Geschichte uns hereingelegt hatte? Beide waren sie überzeugt, dass Familie eine stärkere Kraft sein konnte als Hautfarbe. Das war der Grundgedanke. Deswegen haben sie uns so aufgezogen. Ein nobles Experiment. Vier Wahlmöglichkeiten, jede davon klar umrissen. Aber selbst das Klarste ist nicht unveränderlich.«

Er richtete sich auf und hob die Arme über den Kopf, fasste nach hinten und berührte die Schulterblätter, die Stummel seiner gestutzten Flügel. So sehe ich ihn vor mir, wenn ich heute diese zweite Schallplatte anhöre. Ein Leuchten in den Augen, im Begriff ein Lied anzustimmen, in dem er sich verlieren kann.

»Aber weißt du was, Muli? Es verändert sich nichts. Die Weißen wollen sich nicht verändern, die Schwarzen können es nicht. Sicher, die Weißen ziehen weg, wenn ein Schwarzer das Nachbarhaus kauft. Aber das ist auch schon alles. Ansonsten stehen die Rassen so fest wie die Pyramiden. Älter als alle Geschichte, für die Ewigkeit gebaut. Glaub mir, selbst die vier Möglichkeiten sind schon ein Witz. In diesem Land gibt es keine Wahl.«

»Ruth hat einen Black Panther geheiratet.« Aber auch das hatte er irgendwie schon erfahren. Vielleicht hatte sie es ihm bei ihrem Treffen gesagt. Er nickte nur. Ich machte weiter, gekränkt. »Robert Rider. Sie ist jetzt auch dabei.«

»Gut für sie. Jeder braucht sein Metier.«

Ich zuckte zusammen bei dem Wort. »Sie hat den Polizeibericht. Über das Feuer, meine ich. Sie und ihr Mann ... Sie sind sich sicher. Sie sagen, wenn der – wenn Mama eine Weiße gewesen wäre ...«

»Sie sind sich sicher? Gewissheit über alles, was wir längst wussten. Aber Gewissheit darüber, was sie umgebracht hat? Die werden wir nie bekommen. Das bedeutet Schwarzsein, Muli. Dass man niemals Gewissheit hat. Daran spürst du, wer du wirklich bist.« Er legte einen grässlichen kleinen Shuffle aufs Parkett, wie aus einer Minstrelshow. Früher hätte ich vielleicht versucht, es ihm auszureden. Ihn von sich selbst zu befreien. Jetzt wandte ich einfach nur den Blick ab.

»Wenn für Pa und Mama die Familie wichtiger war als ...« Ich schmeckte die Galle in meinem Mund. »Warum zum Teufel *haben* wir dann nicht mal eine Familie?«

»Von Mamas Seite, meinst du?« Er blieb stehen, ließ den Blick zurückwandern. Er als Einziger war alt genug, dass er sich an unsere Großeltern erinnerte. »Aus dem gleichen Grunde, aus dem Ruth sich abgesetzt hat, nehme ich an.«

»Nein. Das ist nicht der Grund.«

Jonah lächelte über diesen offenen Widerspruch. Er hielt die Hände aneinander, wie eine Kirchturmspitze, und legte sie an die Lippen. »Sie haben sich zerstritten. Das weißt du doch. Es gibt keine Gewissheit, Muli. Habe ich dir das nicht gesagt? Rasse ist stärker als Familie. Sie ist stärker als alles. Stärker als Mann und Frau. Stärker als Bruder und Schwester ...« Stärker als Zeichen am Himmel. Stärker als alles was wir wissen können. Und doch gab es etwas, das war so klein, dass es sich unbemerkt an der Rasse vorbeimogeln konnte. Jonah legte mir den Arm um die Schulter. »Komm, Bruder. Wir haben zu tun.«

Wir kehrten ins Studio zurück und nahmen »Die Krähe« in einem einzigen Durchgang auf – das eine Lied in der ganzen Aufnahme, das schon beim ersten Anlauf perfekt war. Immer wieder hörte Jonah sich das Band an, suchte nach der kleinsten Schwäche. Aber er fand keine.

> Eine Krähe war mit mir
> Aus der Stadt gezogen,
> Ist bis heute für und für
> Um mein Haupt geflogen.

Krähe, wunderliches Tier,
Willst mich nicht verlassen?
Meinst wohl bald als Beute hier
Meinen Leib zu fassen?

Nun, es wird nicht weit mehr gehn
An dem Wanderstabe.
Krähe, lass mich endlich sehn
Treue bis zum Grabe!

Er sang mit der Präzision eines Laserstrahls, doch zugleich löste seine Stimme jede einzelne Note auf, gab jeder einen Hauch Billie Holiday, wie sie über das Schlachtfeld eines Lynchmords ging. Mit seinem Gesang entlockte er diesen Worten ihr tiefstes Geheimnis.

Am Abend des letzten Aufnahmetages verabschiedeten wir uns von den Technikern und traten hinaus in die Fremde unserer Heimatstadt. Midtown war ein Lichtermeer, gespeist von urzeitlichen Energien. Wir gingen die Sixth Avenue hinunter, in der Gegend der 30. Straße, tauchten ein in den geschäftigen Feierabendverkehr. Der Klang einer Sirene drang aus zehn Häuserblocks Entfernung herüber. Ich packte Jonah. Ich warf mich beinahe auf ihn.

»Nur ein Streifenwagen, Joey. Hinter einem Einbrecher auf Spätschicht her.«

In meiner Brust drehte es sich wilder als bei Schuberts Leiermann. Ich wusste, was kommen musste. Ich wartete nur, dass die Geschichte sich wiederholte, dass die nächste Runde begann, dass irgendwo in der Stadt der Aufstand losbrach. Ich wusste, was geschah, wenn wir seine Stimme für die Ewigkeit festhalten wollten. Wir gingen den ganzen Weg zu Fuß, vom Tonstudio bis zum Village. An diesem Abend heulten in New York nicht mehr Sirenen als an jedem anderen. Aber ich zuckte bei jeder zusammen, bis aus dem Amüsement meines Bruders Verachtung wurde. Als wir in Chelsea anlangten, stritten wir uns schon.

»Watts war also meine Schuld? Das denkst du allen Ernstes?«

»Das habe ich nicht gesagt. Das denke ich nicht.«

An der 4. Straße ließ er mich stehen und machte sich allein davon. Ich ging zur Wohnung, blieb die ganze Nacht auf und wartete auf ihn. Er kam erst am nächsten Tag zurück. Und da war das Thema tabu. Nie wieder würde ich diese Art von Gespräch mit ihm führen. Nie fragte er, woher ich von Ruth gewusst hatte. Auch sie war jetzt tabu. Jetzt, wo wir über so vieles nicht mehr redeten, blieb mir endlos viel Zeit, über das nachzudenken, was ich ihm anvertraut hatte. Ich überzeugte mich davon, dass es kein Verrat an Ruth gewesen war. Sie hatte gewollt, dass ich es ihm sage. Sie hatte mich zu Stillschweigen verpflichtet, wie Jesus seinen Jüngern verboten hatte, von den Wundern zu erzählen, die er wirkte.

Jedes Mal, wenn die Black Panthers Schlagzeilen machten, wurde mir flau im Magen; jedes Mal rechnete ich damit, dass Ruths oder Roberts Name unter den Opfern auftauchen würde. Huey Newton, der Parteigründer, wurde verhaftet und des Mordes an einem Polizeibeamten in Oakland bezichtigt. Ruth hatte mit dem Mann ungefähr so viel zu tun wie ich mit Präsident Johnson. Aber zwei Wochen lang quälte es mich, so als hätte sie irgendwie mitgeholfen, den Abzug zu drücken. *Ein Mensch muss das Recht haben, sich zu verteidigen. Solange die Polizei uns nach Belieben abschießen kann.*

In Albany stürzte ein billig gebautes Regierungsgebäude ein. Niemand wurde verletzt, es gab keinerlei Hinweise auf einen Anschlag. Aber nervöse Politiker versuchten, den Einsturz mit den New Yorker Panthers in Verbindung zu bringen, die lautstark für ihre Rechte eintraten – der Sektion, die Ruth und Robert Rider aufbauen halfen.

Ich hatte die Welt nie so recht verstanden, und mein eigenes Leben noch weniger. Aber jetzt war es Meyerbeer ohne Untertitel. Meine Schwester würde mir schreiben. Sie und ihr Mann würden nach einer Zeit des Straßenkampfs zur Besinnung kommen. Sie würden für Dr. King arbeiten. Solche Phantasien gingen mir Tag für Tag durch den Kopf, obwohl ich nie daran glaubte. Aber dann gab es auch die Tage, an denen ich unsere zarten hundertjährigen Lieder vor gut betuchtem Publikum spielte, Leuten, die sich freuten, dass wenigstens diese zwei Neger noch brav geblieben waren; an solchen Tagen kam es mir vor, als warte Ruth auf einen Brief von *mir*.

Vier Wochen nach Abschluss der Plattenaufnahmen rief Mr. Weisman an. Er hatte ein Angebot von der Met. Jonah ließ sich in aller Ruhe die Einzelheiten durchgeben, als hätte er nie gezweifelt, dass dieser Anruf kommen würde. »Toll.« Es hätte nicht anders geklungen, wenn ihm gerade jemand fünfzig Prozent Rabatt auf seine nächste Wäschereirechnung geboten hätte. »An was denken sie?«

Weisman sagte es ihm. Er wiederholte die Antwort laut für mich. »Poisson in *Adriana Lecouvreur*?« Ich zuckte mit den Schultern, hatte keine Ahnung. Die Oper war ein Vorzeigestück für Sopranistinnen. Kanarifutter nannten wir solche Sachen immer. Keiner von uns hatte sie sich je angehört. »Was ist das für eine Rolle?«, rief Jonah in den Telefonhörer, nun schon deutlich lauter.

Die Rolle, erklärte Mr. Weisman, spiele keine Rolle. Mit siebenundzwanzig werde mein Bruder mit Renata Tebaldi auf der Bühne stehen. Er, ein Liedersänger ohne nennenswerte Orchestererfahrung, habe sich zur Oper berufen gefühlt. Und die Welt der Oper sei bereit, ihm eine Chance zu geben.

Jonah legte auf und löcherte mich. Aber ich wusste nichts. Wir holten den Opernführer aus dem Regal. Wir liefen zum Plattenladen, »The Magic Flute«, und kauften eine Billigausgabe, eine Aufnahme aus den Vierzigern mit angesehenen Sängern. Wir hörten uns die ganze Oper in einem Zuge an. Als die Platte auslief, sagte er: »Nennst du das etwa eine Rolle?«

Ich wusste nicht, was ich sagen sollte. »Andere Leute müssen ganz klein anfangen.«

»Andere Leute singen nicht so gut wie ich.«

»Sie fangen anderswo an. Du könntest auch draußen in Santa Fe singen. Du könntest am Lyric in Chicago singen oder an der Bostoner Oper oder in San Francisco.«

»Eine ganze Reihe von Leuten hat in New York angefangen.«

»Aber in der City Opera. Sieh es doch ein, du hast noch nie in einer Oper gesungen. Und dann willst du gleich einen Platz ganz oben. Du kannst doch nicht erwarten, dass sie dir die Hauptrolle geben.«

»Hauptrolle muss es nicht sein. Aber ich spiele nicht den Statisten.«

»Dann nimm diese Rolle und bring sie groß raus. Wenn sie sehen, was du kannst, bieten sie dir –«

Er schüttelte den Kopf. »Du wirst das nie begreifen, was? Mit Unterwürfigkeit kommt man nicht weit. Diesem ganzen Getue. Wer als kleiner Fisch anfängt, der endet auch als kleiner Fisch, im Bauch eines anderen. Wenn du erst einmal vor ihnen zu Kreuze gekrochen bist, dann behandeln sie dich ein Leben lang als Kriecher. Wem gehörst du, Joey? Du gehörst zur Armee von Angsthasen, wenn du dich nicht wehrst. Mehr wollen sie doch nicht: Sie wollen sehen, wer du bist, sie wollen einschätzen, wie groß die Gefahr für die Hackordnung ist, die sie bestimmen. Wenn du dich erst mal als Diener hergibst, kannst du dich auch gleich aufhängen. Dann ist dein Leben – dein *eigenes* Leben – das Einzige, worüber du noch entscheiden darfst.«

Er trug Mr. Weisman auf, der Met mitzuteilen, dass Poisson für seine Begriffe keine geeignete Rolle für sein Operndebüt sei. »Eine verdammte Beleidigung ist das«, erklärte er dem alten Herrn im Nadelstreifenanzug am anderen Ende der Leitung. Dann legte er auf. »Sie fürchten, meine Stimme ist zu rein. Sie fürchten, dass ich den Saal nicht füllen kann mit meinem leisen Liederinstrument. Wie klingt das für deine Ohren, Joey? Ich will's dir sagen. Meine Stimme ist zu weiß und ich bin zu schwarz. *Poisson.* Scheiß drauf.«

In gewissem Sinne war ich froh über die Entscheidung. Keiner gab der Met einen Korb und bekam noch eine zweite Chance. Wir konnten so weitermachen wie bisher. Irgendwie würden wir es hinbekommen, dass Konzertreisen und Festivals und Stipendien genug zum Leben abwarfen. Der Naumburg-Wettbewerb stand an; den Preis konnte er einheimsen, wenn er sich nur ein wenig anstrengte. Irgendwas würden wir schon finden. Ich würde nebenher als Tellerwäscher arbeiten, wenn es sein musste.

Aber Jonah behielt Recht. Die Met meldete sich wieder, und das schneller als selbst er erwartet hätte. Das kalkulierte Risiko, mit dem er das Musik-Establishment vor den Kopf stieß, zahlte sich offenbar aus. Sie kehrten mit weit höherem Einsatz ins Spiel zurück. Er konnte seinen großen Auftritt haben. Sie holten ihn nach ganz vorn ins Rampenlicht. Die Met bot ihm die Hauptrolle in einer neuen Oper von Gunther Schuller an, *Die Heimsuchung.*

In Boston, als Kinder, waren wir Schuller einmal begegnet. Jahre später machte Jonah eine Third-Stream-Phase durch, die tatsächlich mehrere Wochen anhielt. Eine Oper von diesem Komponisten war mit Sicherheit eine faszinierende Sache. Eine Nordamerikapremiere sorgte für mehr Aufmerksamkeit als selbst Jonah verlangen konnte. Er hatte in diesem Spiel gute Karten.

»Du musst ja diesen Linwell regelrecht verhext haben«, meinte Mr. Weisman, als er anrief und von dem Angebot berichtete. »Was hast du ihm vorgesungen?«

»Worum geht es in der Oper?«

Das Libretto, erklärte Weisman, basiere auf einer Fabel von Kafka, übertragen auf die sozialen Konflikte im Amerika unserer Tage.

»Und die Rolle?«

Über die Rolle wusste Mr. Weisman nichts. Nicht einmal den Namen der Gestalt konnte er ihm sagen. Vielleicht habe Jonah nicht ganz verstanden: Es handle sich um die Hauptrolle in der Premiere eines neuen Werks eines angesehenen Komponisten, eines Stückes, das in Hamburg vor begeisterten Zuschauern ein ganzes Jahr lang gelaufen sei.

Wozu er da noch Fragen stelle? Ein Sänger könne den Erzengel Gabriel mit seinem Gesang in die Tasche stecken, er könne einen Triumph nach dem anderen an einer Provinzoper feiern, er könne mit der Muse selbst ins Bett gehen und sich trotzdem noch glücklich schätzen, wenn er einmal im Leben ein solches Angebot bekam.

Aber Jonah wollte die Partitur sehen, bevor er sich festlegte. Es schien eine vernünftige Vorsichtsmaßnahme. Ich verging selbst nach Jahren des knapp bezwungenen Lampenfiebers noch fast vor Angst bei dem Gedanken, dass Jonah sich auf ein Projekt dieser Größe einlassen wollte, vor so vielen Menschen. Insgeheim hatte ich eine leise Hoffnung, dass er die Produzenten mit der Frage nach der Partitur so sehr verärgerte, dass sie ihr Angebot zurückzogen. Außerdem konnte es auch immer noch sein, dass das ganze Land in den Abgrund stürzte, bevor die Noten eintrafen.

Aber die Vereinigten Staaten hielten doch noch ein paar Wochen durch und Jonah bekam sein Exemplar der *Heimsuchung*. Wir verbrachten zwei wunderbare Tage damit, die Oper einmal komplett zu spielen. Für diese Sünde werde ich mich am jüngsten Tag verantworten müssen; der Himmel verzeihe mir, aber ich habe immer mit Begeisterung vom Blatt gespielt. Jonah war ein wahres Wunder, er sang sämtliche Rollen, und ich klimperte dazu eine zweihändige Klavierreduktion. In dieser Partitur gab es alles: serielle Passagen, Polytonales, Jazz – eine große Wundertüte voller Klänge, durch und durch amerikanisch. »Zitateraten«, sagte Jonah einmal, als wir beide Schulter an Schulter auf der Klavierbank saßen. »Wie in alten Zeiten.«

Und auch die Geschichte war, obwohl sie von Kafka stammte, schieres Amerika. Ein junger, lebensfroher Student wird verhaftet und vor einem surrealen Tribunal einer Reihe geheimnisvoller Verbrechen angeklagt, von denen er allesamt nichts weiß. Er wird für schuldig befunden und vom Mob zerrissen. Der Mann wird nie beim Namen genannt. Die ganze Partitur hindurch heißt er immer nur »der Neger«.

Wir begriffen bald, was das bedeutete, aber wir lasen trotzdem weiter. Keiner von uns hatte Lust, die Sprache darauf zu bringen. Wahrscheinlich hatte er seine Entscheidung schon vor dem Ende des ersten Akts gefällt. Aber wir machten immer weiter, und Jonah ließ sich nichts anmerken. Ich wusste nicht, auf welches Ergebnis ich hoffen sollte. Als wir am letzten Schlussstrich angekommen waren, verkündete er: »Tja, Muli, das wäre das.«

»Es ist gute Musik«, sagte ich.

»Oh, die Musik ist wunderbar. Ein paar Augenblicke sind sogar großartig.«

»Es ... könnte wichtig sein.« Ich weiß nicht, warum ich mir überhaupt die Mühe machte etwas zu sagen.

»*Wichtig*, Muli?« Er kreiste das Opfer ein. »Wichtig für die Musik, meinst du? Oder wichtig für die Ge*sellschaft*?« Er gab dem Wort einen

Ton, der nicht ganz Verachtung war. Verachtung hätte zu viel Interesse gezeigt.

»Es ist zeitgemäß.«

»*Zeitgemäß?* Was soll denn das nun wieder heißen, Muli?«

»Es geht um Bürgerrechte.«

»Tatsächlich? Ich wusste doch, dass es um irgendwas gehen muss.«

»Es ist sexy.« Das einzige Wort, das ihn innehalten ließ.

»Da ist was dran.« Er schwankte, als überlege er, ob er Mr. Weisman bitten sollte, herauszufinden, wer für die weibliche Hauptrolle vorgesehen war. Aber dann verschwand alle Kompromissbereitschaft wieder, und er war entschlossener denn je. »Auf gar keinen Fall. Um keinen Preis der Welt.«

»Jonah«, sagte ich, wollte ihn am Boden halten. Aber er schwebte schon.

»Selbstmord für jede Karriere. Mag sein, dass Europäer so was schlucken. Aber hier hat es keine Chance. Hier sieht das aus wie …«

»Selbstmord? Deine Chance, vor Tausenden von Leuten zu singen? Besprechungen im ganzen Land? Jonah, die Leute können doch zwischen einem Sänger und seiner Rolle unterscheiden. Und selbst wenn ihnen das Stück nicht gefällt …«

»Die denken nicht daran. Ich höre schon genau, was sie sagen. Dafür zahlen wir doch kein gutes Geld. Muli, die Kunst kann dieses Land nicht mit seinen eigenen Waffen schlagen. Sie sollte es gar nicht erst versuchen.«

Ich fragte nicht, was die Kunst stattdessen tun solle. Immer wieder kam mir Ruth in den Sinn, ich fragte mich, was sie wohl sagen würde, wenn sie hörte, dass ihr Bruder den Neger spielte, wie es für sie wohl klingen würde, im Vergleich zu dem noch viel kriminelleren Schubert. Nichts was Jonah jemals sang, würde einen Einfluss auf die Befreiung der Schwarzen haben. Ich überlegte, was für eine Musik die Panthers wohl hörten, im Autoradio, unterwegs auf heißem Asphalt, nachts in ihren Betten. Wie mein Bruder wussten auch Ruth und Robert zweifellos genau, wozu Kunst nicht da war.

»Es könnte etwas nützen«, sagte ich zu ihm. »Etwas Gutes tun. Du könntest … etwas verändern.«

»Verändern?«, schnaubte er. »*Was* verändern?« Ich wandte den Blick ab. »Wohl kaum, Joey. Wer sollte das sein, den ich beeinflusse? Meinst du, eine Konzertbesucherin geht anders aus dem Saal, als sie gekommen ist, weil sie in der *Musik* etwas gehört hat? Sie hören nicht zu, Joey. Sie horchen nicht in sich hinein. Sie hören nur auf den, der singt. Sie wissen alles, nur nicht, wer sie sind. Und das ist der Denkfehler an diesem Stück hier. Es ist zu gut. Es ist zu ernsthaft. Es hat von seinen Zuhörern eine zu hohe Meinung.«

»Das heißt, wenn sie dir Rodolfo angeboten hätten oder Alfredo –«

»Oder Tristan. Genau das will ich sagen. Lasst mich singen, was ich ein Leben lang gelernt habe.«

»Rodolfo? Nicht eine einzige Stunde hast du –«

»Lasst mich die Sachen singen, die ich besser singen kann als jeder andere auf der Welt. Rollen, die auch ein anderer Tenor von meinem Kaliber angeboten bekäme. Wem würde ich denn damit schaden, wenn ich solche Rollen annähme?«

»Wem würdest du schaden, wenn du diese hier annähmest?«

»Diese hier? *Den Neger?*«

»Es ist ein Unterschied, Jonah.«

»Zweifellos. Zwischen was und was?«

»Zwischen … feiger Unterwürfigkeit und Kompromissen für die Kunst. Zwischen jemandem, der sein Leben selbst bestimmt, und jemandem, der den anderen seine eigenen Regeln aufzwingen will.« Ich war bereit, mich vor ihm zu demütigen, nur damit er eine Rolle annahm, von der ich überhaupt nicht wollte, dass er sie nahm. »Jonah, es ist nichts Schlimmes daran. Wenn man ein Teil von etwas ist. Wenn man wählen kann, ob man eher das eine oder eher das andere sein möchte. Wenn man irgendwo nach Hause kommt. Irgendwo hingehört.«

»Hingehört? Ins große Depot der Negerrollen? Ein leuchtendes Vorbild für meine Leute vielleicht? Ein Vorkämpfer?« Seine Stimme klang entsetzlich. Mit dieser Stimme hätte er alles singen können. Jede Rolle, jede Tonlage.

»Etwas anderes, als du jetzt bist.«

Er nickte, aber es war keine Zustimmung. Er wollte nur verhindern, dass ich weitersprach, bevor er sicher war, wie er mich am besten vernichtete. »Warum bietet die Met mir diese Rolle an? Diese spezielle Rolle hier?«

Gewissheit bekommst du nie. Das ist Schwarzsein. Ich ließ nicht locker. »Weil du sie singen kannst.«

»Ich bin sicher, sie haben Dutzende von willigen Tenören in ihrem Stall, die diese Rolle auch *singen* können. Männer mit Opernerfahrung. Warum nehmen sie nicht die? Für *Othello* nehmen sie doch auch jemanden mit schwarzer Schminke, nicht wahr?«

Ich hörte ein schmächtiges, durchsichtiges, beinahe blau schimmerndes Mädchen fragen: *Ihr zwei, seid ihr Mohren?* Es hatte sie niemals gegeben. Wir hatten sie erfunden. »Würdest du den Othello singen, wenn sie ihn dir anböten?« Auch Jonahs Gesicht müssten sie schwarz schminken, damit er echt aussah.

»Ich lasse mich nicht auf einen Typ festlegen, bevor ich auch nur eine einzige Rolle gesungen habe.«

»Alle sind auf einen Typ festgelegt, Jonah. Jeder. So funktioniert der menschliche Verstand nun einmal. Nenn mir einen Sänger, der nicht für eine bestimmte ... Keiner ist einfach nur er selbst.«

»Es macht mir nichts aus, wenn ich ein Neger bin. Ich will nur kein Neger*sänger* sein.« Er griff in die Tasten, spielte vier Takte, die wie Coltrane klangen. Er hätte Klavier spielen können wie ein König, hätte er nicht so gut gesungen.

»Das verstehe ich nicht.«

»Ich will nicht der Caruso des schwarzen Amerikas sein. Der Sidney Poitier der Oper.«

»Du möchtest kein Mischling sein.« Ich saß mit ihm auf der obersten Stufe der Treppe zur Untergrundbahn, Kenmore Square, Boston. »Darauf läuft es doch hinaus.«

»Ich will zu überhaupt keiner Rasse gehören.«

»Das –« Beinahe hätte ich gesagt: *Das ist die Schuld deiner Eltern.* »Das ist ein Luxus, den sich nur ein reinrassiger Weißer leisten kann.«

»›Ein reinrassiger Weißer?‹« Er lachte. »Ein reinrassiger Weißer. Ist das so etwas wie ein wohl modulierter Sopran?« Er lief im Käfig unseres Wohnzimmers auf und ab. Es hätte auch eine Betonzelle im Zoo in der Bronx sein können, mit nichts als einem Häufchen Stroh und einem Wassertrog. Er fuhr mit den Fingern über die Fugen zwischen den Backsteinen. Er hätte nicht aufgehört, bis die Kuppen wund waren, hätte ich ihn nicht am Handgelenk gepackt. Er ließ sich wieder auf den Klavierhocker fallen. »Joey, ich bin ein Trottel gewesen. Wo sind denn die Männer?«

»Die Männer?«

»Genau. Ich meine, wir haben die Price, die Arroyo, wir haben Dobbs, Verrett, Bumbry – all die schwarzen *Frauen*, die plötzlich aus allen Ecken des Landes auftauchen. Aber wo sind die Männer?«

»George Shirley? William Warfield?« Aber selbst ich musste zugeben, dass ich mich an Strohhalme klammerte.

»Warfield. Das wäre ein Beispiel. Hervorragende Stimme, und trotzdem hat die Oper dem Mann praktisch die Tür vor der Nase zugeschlagen. Beginne deine Karriere als Porgy, und kein Mensch wird je wieder etwas anderes in dir hören.«

»Es passt einfach nicht zur schwarzen Kultur. Ich meine, welcher Schwarze will wirklich Opernsänger sein?«

»Das gilt für die Frauen genauso. Und trotzdem tauchen sie auf, aus den unglaublichsten Gegenden – aus Georgia, Mississippi. Der hundertundelften Straße. Sie stehlen den anderen die Schau, es steht in keinem Verhältnis ...«

»Das sind eben Diven. Bei Männern funktioniert das nicht. Denk doch an dich in Juilliard. Als Liedersänger warst du wunderbar. Kein Mensch hat etwas für dich im Opernfach getan.«

»Genau das, genau das. Davon rede ich ja gerade. Und warum? Die Tür ist aufgebrochen, Recht und Ordnung nehmen sich endlich der Sache an, und da stehen sie oben auf der Bühne, der Weiße und die schwarze Frau, das ist doch, ja irgendwie pikant, auf eine nette altmodische Art, wie damals auf den Plantagen. Dieselbe Herrschaft, nur neu eingekleidet. Dann kommt ein kräftiger schwarzer Mann mit einer weißen Frau, ja was zum Teufel ist denn *das*? Jetzt aber Schluss, das Stück wird abgesetzt! Alles kommt nur darauf an, wer oben liegt und wer die –«

»Jonah.« Ich konnte ihn nur mit großen Augen ansehen. »Warum ist es so wichtig? Wozu brauchst du diese Rolle? Du hast doch schon eine Karriere. Eine, von der die meisten Sänger nur träumen können, ganz gleich welcher Hautfarbe.«

Er hielt in seinem Auf und Ab inne und stellte sich hinter mich. Er legte mir die Hände auf die Schultern. Ich hatte ein Gefühl, dass es das letzte Mal war. »Was habe ich denn schon, Joey? Vielleicht fünfzehn Jahre, bevor meine Stimme verbraucht ist?« Die Zahl schockierte mich, die groteske Übertreibung. Dann rechnete ich. »Ich wollte einfach gern mal ein bisschen Lärm zusammen mit anderen machen. Ein bisschen Harmonie, solange ich noch gut in Form bin.«

Er lehnte das Angebot, den Neger zu singen, ab. Er war derjenige, der Nein sagte, im vollen Bewusstsein, dass es keine dritte Anfrage geben würde. Aber hätte er ja gesagt, so hätte er sich nur noch mehr versklavt. So blieb er wenigstens mit einer Hand an dem, was er für das Ruder hielt.

Und er behielt Recht. Die Met brachte, nachdem die erste Wahl für die Hauptrolle abgesagt hatte, *Die Heimsuchung* gar nicht erst heraus. Die Oper kam mit der Originalbesetzung, die im Jahr zuvor in Hamburg Triumphe gefeiert hatte, nach New York. Genau wie Jonah vorausgesagt hatte, ließen die Kritiker kein gutes Haar daran. Das Libretto sei nichts sagend, ja gedrechselt und verlogen. Wenn man Bürgerrechte wolle, könne man die Zeitung lesen oder einen Ausflug in den Süden machen. In der Oper suche man das Drama der menschlichen Leidenschaften. Für alles andere seien die Tickets zu teuer.

Die erste amerikanische Inszenierung der *Heimsuchung* fand an der Westküste statt, an der San Francisco Opera. Die Hauptrolle sang ein Tenor namens Simon Estes. Auf der anderen Seite der Bucht, an der sie das expressionistische Drama aufführten, hatten sich Huey Newton und die Polizei ihre Schießerei geliefert. Mit jeder neuen Inszenierung eines Werkes werden die Karten neu gemischt. Zwischen San Francisco und New York lagen mehr Welten als zwischen Kafka und den Bürgerrechtlern. Die Westküstenkritiker waren begeistert, und für Mr. Estes, um einige Hauttöne dunkler als mein Bruder, war es der Beginn einer großen Karriere.

Nicht dass die Karriere meines Bruders zum Stillstand gekommen wäre. Still stand nur die Zeit. Unsere zweite Platte kam heraus, und wochenlang wartete ich mit angehaltenem Atem. Nicht dass ich etwas auf Kritiker oder Verkaufszahlen gegeben hätte – mir wäre es am liebsten gewesen, sie wäre einfach in der Versenkung verschwunden. Jonah spürte meine Anspannung und lachte nur. »Was ist los, Joey? Welches Unheil haben wir diesmal über die Welt gebracht?«

Ein Monat verging, und nichts geschah. Kein Erdbeben, ausgelöst von unseren harmlosen Schallwellen. Die Kerner-Kommission legte ihren Bericht über die Gewalt im Lande vor: »Unsere Nation entwickelt sich zu einer zweigeteilten Gesellschaft, einer schwarzen und einer weißen, getrennt und ungleich.« Doch diesmal blieben sogar die Städte ruhig, in denen sich unsere Platte gut verkaufte.

Die Zeitschrift *Gramophone* brachte eine Besprechung der neuen LP und nannte es anmaßend, dass ein so junger, unerfahrener Mann sich an Schuberts Winterreise heranwage, »solange er nicht selbst in Hörweite dieser Jahreszeit« sei. Der Rezensent war der große Kenner der Gesangkunst, Crispin Linwell. Linwells Artikel war von einer solch traumwandlerischen Brutalität, dass er etwas in Gang setzte, was in der Welt der klassischen Musik einer Prügelei gleichkam. Die Kontroverse entwickelte ihre eigene Dynamik, und die Platte wurde in mehr großstädtischen Tageszeitungen besprochen, als ich es je für möglich gehalten hätte. Einige empörte Hüter der großen Kultur stießen ins gleiche Horn wie Linwell und nannten Jonah frühreif, wenn nicht gar unverschämt. Einige andere, selbst zu unerfahren, um zu wissen, in welchen Sumpf sie sich wagten, fanden Jonahs jugendliche Neuinterpretation des Zyklus ebenso aufregend wie Angst erregend. Ein Kritiker, der sich nicht nur mit der Platte, sondern auch mit der ganzen Kontroverse beschäftigte, wies darauf hin, dass Jonah Strom nur wenige Jahre jünger sei als Schubert selbst zu der Zeit, als er die Lieder komponierte. Wenn die Rezensenten überhaupt auf den Gesang eingingen, dann benutzten sie das Wort *Perfektion* wie einen sanften Tadel.

Der Erste, der das Thema Hautfarbe in die Debatte warf, war ein Kritiker im *Village Voice*. Die Frage, wie Schubert angemessen zu interpretieren sei, zählte eigentlich nicht zu den Themen, mit denen sich diese Zeitung beschäftigte. Der Rezensent gab sich denn auch gleich zu Beginn als Jazzfreund zu erkennen, der Kunstlieder nur nach dem Genuss angemessener Stimulanzien erträglich fand. Aber um Schubert, so der Verfasser, gehe es auch gar nicht. Es gehe darum, dass das weiße Kulturestablishment versuche, einen begabten, jungen schwarzen Sänger zu denunzieren, nicht etwa weil er zu jung sei für die Werke der Meister, sondern zu anmaßend. Im Anschluss daran zählte der Autor ein halbes Dutzend weiße Sänger aus Europa und Amerika auf, die das Werk unter großem Beifall in noch jüngeren Jahren als Jonah interpretiert hatten.

Ich zeigte Jonah den Artikel und erwartete einen Wutausbruch. Aber als er mit Lesen fertig war, kicherte er nur. »Ist er das? Er muss es sein. Dieser Tonfall? Die Geschichte, dass er Kunstlieder nur ertragen kann, wenn er was geraucht hat?« Ich hatte überhaupt nicht auf den Verfasser geachtet. Jonah gab mir die Zeitung zurück. »T. West! Wer sonst? Unser Thaddyboy. Dieser verdammte weiße Nigger.«

»Sollen wir ihn anrufen? Ich habe seine Nummer von ... von früher.« Ein altes, uneingelöstes Versprechen. Aber Jonah schüttelte nur den Kopf, zurückhaltend, beinahe ängstlich.

T. Wests Vorwurf schlug ein wie eine Bombe. Crispin Linwell beeilte sich, in einer Erwiderung im *Gramophone* zu beteuern, dass die Frage der Hautfarbe nicht das Geringste damit zu tun habe, wie er eine Interpretation von klassischer Musik beurteile. Er habe mit Dutzenden von schwarzen Künstlern gearbeitet, sogar ein oder zwei engagiert. Die Zeitungen, die auf diesen Zug aufsprangen, argumentierten in der Regel ebenso: Rasse sei kein Thema in der Konzertszene. Es komme allein auf das Talent an. Die Meisterwerke der klassischen Musik kennten keine Hautfarbe und kümmerten sich nicht um solche Nebensächlichkeiten. Jeder könne vor diesem Altar beten.

»Genau das haben unsere Eltern auch geglaubt«, sagte Jonah und las weiter.

Ein Leitartikel im *Chicago Defender* dankte dem weißen Kulturestablishment für seine Farbenblindheit. »Und farbenblind müssen sie sein, wenn die kulturellen Eliten mit Blick auf das Klassikpublikum behaupten, dass Rasse kein Thema ist, wenn es um zeitlose Wahrheiten geht. Aber in einem verdunkelten Konzertsaal sind natürlich alle Katzen grau.« Selbst dieser Leitartikel erwähnte Jonahs Gesang mit keinem Wort, erklärte ihn lediglich zu einem »nicht versiegenden Quell des Erstaunens«, was immer das heißen sollte.

Wochenlang ging unsere Platte so gut, als hätten wir sie bei einer der großen Firmen herausgebracht. Wir bekamen Briefe, die uns rieten, bei unserer Urwaldmusik zu bleiben. Wir bekamen Briefe, die uns Mut machten nicht aufzugeben und dem toten Zeug auch weiterhin neues Leben einzuhauchen – kämpferische, enthusiastische Briefe von Hörern, über deren Gesichter, deren Hautfarbe wir nichts wussten. Aber wer konnte zu dem Zeitpunkt noch sagen, was jemand in unsere Musik hineinhörte? Ich hasste unsere Berühmtheit und glaubte immer noch, wenn erst einmal Gras über die ganze Aufregung gewachsen sei, könnten wir in das Reich der reinen Musik zurückkehren. Bis zum Schluss glaubte ich an die Existenz eines solchen Ortes.

Aber der Wirbel um Linwell hatte offenbar auch unseren Fluch gebrochen. Ich hatte Unruhen erwartet, die Strafe dafür, dass wir wieder einmal versucht hatten, die Zeit anzuhalten. Dieser Sturm im Wasserglas, ausgetragen in ein paar auflagenschwachen Zeitschriften, die sich einer aussterbenden Kunst widmeten, war alles, was unsere Plattenaufnahme diesmal auslösen sollte. Ich war ein Dummkopf gewesen, ein Träumer. Jetzt ging mir auf, wie eitel ich war mit meiner alten magischen Vorstellung, das Schicksal der Welt hänge davon ab, ob ich beim Gehen auf die Fugen zwischen den Steinplatten trat.

Dann wurde King ermordet. Er starb auf dem Balkon des Lorraine Motel in Memphis, nur ein paar Blocks südlich der Beale Street, am Tag, nachdem er in einer Rede verkündet hatte, er habe auf dem Gipfel des Berges gestanden – *I've been to the mountaintop*. Die Stimme der Versöhnung wurde auf die einzig mögliche Weise zum Schweigen gebracht. Er hatte einen Streik der Müllarbeiter angeführt, jetzt war er Vergangenheit. *How long? Not long.* Ich hörte die Nachricht im Radio, als ich gerade die Wohnung sauber machte. Der Ansager war fassungslos; er unterbrach eine Sendung mit Höhepunkten aus Donizettis *Lucia di Lammermoor*, und statt die Musik langsam auszublenden, drehte er sie einfach ab und gab mit stockender Stimme die Nachricht bekannt. Danach wusste er offenbar nicht weiter. Die Rückkehr zu Donizetti war unmöglich, auch wenn Dr. King seine Musik immer besonders geliebt hatte. Das Schweigen dauerte so lange, dass ich mich schon fragte, ob der Sender womöglich ganz den Betrieb eingestellt hatte. Tatsächlich war der Ansager einfach ins Plattenarchiv gegangen, um dort nach einer passenden Totenklage zu suchen. Aus Gründen, die nur er kannte, wählte er William Billings' schlichtes, unbeholfenes Klagelied Davids: »Wär ich doch tot an deiner statt, oh Absalom, mein Sohn, mein Sohn.«

Ich schaltete das Radio aus und ging nach draußen. Es war schon dunkel. Unwillkürlich lenkte ich meine Schritte in Richtung Norden. Die Straßen wirkten so unverändert, so normal, obwohl die meisten Passanten es gewiss schon gehört hatten. Ich ging einfach aufs Geratewohl, suchte nach Jonah, wollte ihm entgegenlaufen, um es ihm zu erzählen.

Die ersten Molotowcocktails flogen in Memphis, eine Stunde nach dem Attentat. Am Ende der Woche herrschte in 125 Städten Krieg. Die Feuer in Washington waren schlimmer als alles, was dort seit 1812 geschehen war. Die Schlacht auf der Vierzehnten Straße konnte nur mit Hilfe von dreizehntausend Bundessoldaten eingedämmt werden. Die Stadt verhängte eine Ausgangssperre und erklärte den Ausnahmezustand. Der Bürgermeister von Chicago forderte seine Polizisten auf, rücksichtslos auf die Randalierer zu schießen. Der Gouverneur von Maryland rief den permanenten Ausnahmezustand aus, als ein Viertel von Baltimore in Flammen aufging. In Kansas City schleuderte die Polizei Benzinkanister in eine wütende Menge, die protestierte, weil die Schulen zur Beerdigung von King nicht geschlossen blieben. Nashville, Oakland, Cincinnati, Trenton: überall Aufstände.

Der vierte Sommer der Gewalt in Folge: Die Revolution war da. Und Jonah und ich standen daneben und sahen zu, als sei es eine Matineeaufführung von Verdis *Requiem*. Unsere Konzerte in Pittsburgh und Boston wurden abgesagt, und es gab nie einen neuen Termin – Opfer in einem Konflikt, in dem Musik nicht einmal eine Statistenrolle spielte. Was konnten ein bisschen Gesang und Tanz schon ausrichten gegen die herausragendste Kunstform des Landes?

Seit einigen Monaten schon war mir unser Leben immer unwirklicher vorgekommen. Jetzt verlor ich jedes Gefühl dafür, was *wirklich* überhaupt bedeutete. Jonah wusste es. »Es geht los. Schluss mit dem Versteckspiel. Offener Kampf, Stamm gegen Stamm – das ist es doch, was alle wollen. Etwas woran man sich festhalten kann. Seit einer Million Jahren bringen wir uns gegenseitig um, und immer geht es darum, wer dazugehört und wer nicht. Warum sollten wir das jetzt ändern?«

Mein Bruder hatte nie ein allzu komplexes Menschenbild gehabt.

Jetzt hatte er es auf einen einzigen Punkt reduziert. Die Menschen wollten lieber in eingebildeter Sicherheit sterben, als in beflügelnder Angst leben. Er hatte genug gesehen. Jonah kehrte dem Feld der irdischen Politik endgültig den Rücken, und nichts, was ich tat, konnte ihn zur Umkehr bewegen. Jeder neue Tag bestätigte ihn nur in seiner Überzeugung. Wir alle wussten nicht, was wir mit unserem Leben anfangen sollten, so wie das Leben nun einmal war.

Wir waren in einem geliehenen Impala unterwegs zu einem Konzert in Storrs, Connecticut – gerade so hellhäutig, dass wir nicht angehalten und durchsucht wurden –, als Jonah sich vom Beifahrersitz zu mir herüberlehnte und mir zuflüsterte: »Ich weiß, warum sie ihn umgebracht haben.«

»Wen meinst du mit ›sie‹?«

»Sie haben ihn umgebracht, weil er so deutlich gegen Vietnam gesprochen hat.«

»Viet –, du spinnst ja.«

Er machte eine weit ausholende Handbewegung, so weit wie die Straße vor uns. Gefahr auf allen Seiten. »Denk an seine Angriffe, letztes Jahr. ›Amerika ist der weltweit größte Lieferant von Gewalt.‹ Schwarze werden losgeschickt, um Gelbe zu töten. Jetzt tu nicht so. Zeig mir den Mann, der Macht hat und sich von so einem Negerprediger das Spiel vermasseln lässt.«

Ich nahm den Fuß vom Gas. »Willst du damit sagen, die Regierung … Die CIA …« Ich kam mir vor wie ein Idiot, als ich diese Buchstaben aussprach.

Jonah zuckte die Achseln. Ihm war es egal, welches Akronym den Finger am Abzug gehabt hatte. »Sie brauchen den Krieg, Joey. Er ist wie ein Hausputz. Die Mächte des Guten. Die Welt sicher machen. Folgsam, strebsam, gemeinsam.«

Die Haut in meinem Nacken erstarrte zu einem Schuppenpanzer. Er war den gleichen Weg gegangen wie das gesamte Land. Mit seinem üblichen Sinn für effektvolle Auftritte hatte mein Bruder den letzten kleinen Schritt flussaufwärts getan. Aber etwas in mir atmete auf bei seinen Worten. Wenn er nun ebenfalls dort angekommen war, dann gab es keinen Konflikt mehr. Ruth konnte zurückkehren. Ich konnte ihr erzählen, was mit ihm geschehen war. Wir konnten zusammen sein, alle drei, so wie noch nie zuvor. Keine Feinde außer der ganzen Welt. Und ich würde glauben, was immer die beiden mir erzählten.

Mir setzte der Krieg nicht so sehr zu; hauptsächlich wollte ich ihm entgehen. Aber jetzt starben deswegen Menschen in 125 Städten. Bei jeder langen Autofahrt suchte Jonah im Radio nach Protestsongs. Er verwob ein kontrapunktisches *Dies Irae* mit den Melodien aus dem Radio, das gleiche Talent, das schon meine Eltern bei der abendlichen Hausmusik in Erstaunen versetzt hatte, so sehr, dass sie glaubten, es sei ihre Pflicht, ihn auf ein Internat zu schicken. Die fatale Leichtigkeit, die ihm das Leben schwer machte. Und wenn die drei, vier vorhersehbaren Funk- oder Folk-Akkorde nicht zu seinen Harmonien passten, verfluchte er die unmusikalischen Arrangements und drohte damit, den nächsten Plattenladen in die Luft zu sprengen.

Der Krieg ergriff von uns Besitz. Alles wurde zur Volksabstimmung. Love-ins, Sit-ins, Haschpartys, das öffentliche Verbrennen von Wehrausweisen, Benefizveranstaltungen an der Upper West Side, in denen militante Kämpfer und unerschrockene Philanthropen Seite an Seite standen: Der Krieg war allgegenwärtig. Mein Bruder saß neben mir auf dem dick gepolsterten Beifahrersitz eines Chevrolet und sang seine eigene Melodie zu den Worten »There's something happening here«. Die alte Ordnung lag in den letzten Zügen; Hoffnung keimte auf, schwang sich empor und begann zu atmen. Mein Bruder summte eine Begleitung zu »Stop, hey, what's that sound«. Aber keiner konnte sagen, was das für Klänge waren und was für eine Zukunft sie einläuten wollten.

Der Krieg nahm uns Phillipa Schuyler. Das erstaunliche kleine Mädchen, die robuste Kreuzung und gefeierte Heldin des Phillipa-Duke-Schuyler-Tags, deren *Five Little Piano Pieces* zu den ersten Klavierstücken zählten, die Jonah und ich je gespielt hatten, starb in Da Nang. Das musikalische Wunderkind verbrannte auf dem Rückweg von Hue bei einem Hubschrauberabsturz in der Kampfzone. Das Land hatte dieses Mädchen nur einen winzigen Augenblick lang geliebt, nur solange sie klein genug war und als Kuriosität durchging. Als es mit der Altklugheit vorbei war, wandten sich all diejenigen, die sich durch robuste Kreuzungen in ihrer Existenz bedroht sahen, mit der versammelten Kraft der Reinrassigen gegen sie. Sie floh nach Europa und spielte mit großem Erfolg vor gekrönten Häuptern und hohen Staatsmännern. Sie unternahm internationale Konzertreisen unter dem Namen Felipa Monterro, eine Frau ungeklärter Rasse, Nationalität und Geschichte. Sie veröffentlichte fünf Bücher und schrieb Artikel in verschiedenen Sprachen. Sie arbeitete als Korrespondentin für eine Zeitung. Und fiel vom Himmel und starb bei einer erfolglosen humanitären Mission zur Rettung von Schulkindern, deren Dorf zu nah an der Front lag. Sie war siebenunddreißig.

Jonah war am Boden zerstört, als er davon hörte. Er hatte das Mädchen geliebt, allein ihrer Musik und der Erzählungen unserer Eltern wegen. Er hatte sich ausgemalt, wie sie eines Tages von ihm hören würde; sie würden sich treffen, und wer konnte sagen, was dann geschah? Das Gleiche hatte auch ich geglaubt.

»Jetzt gibt es nur noch uns, Muli«, sagte er. Nur noch uns und Zehntausende wie uns, denen wir nie begegnet waren.

Von Hue und Da Nang – Orten, die keiner unserer Atlanten verzeichnete – kam der Krieg zu uns nach Hause. In der Columbia-Universität endete eine vom SDS angeführte Demonstration damit, dass eine Gruppe von Zwanzigjährigen das Rektorat besetzte und dort eine autonome Volksrepublik ausrief. Auf diesem briefmarkengroßen Campus, wo unser Vater arbeitete, spielte sich eine Miniaturausgabe des jüngsten amerikanischen Unabhängigkeitskriegs ab. Ein halbes Dutzend Gebäude wurde besetzt, belagert und gestürmt, und der Kampf dauerte länger als der letzte Krieg zwischen Arabern und Israelis.

Pa musste sich keine Sorgen um sein Forschungslabor machen. Er hatte seine Wissenschaft von jeher im Kopf mit sich herumgetragen. Doch nicht einmal den schützte er hinreichend. Er erfuhr erst von der Schlacht um Morningside Heights, als er am zweiten Tag das südliche Ende des Campus Walk entlangging und in der Ferne ungewöhnliche Bewegungen wahrnahm. Als guter Empiriker wollte er der Sache auf den Grund gehen. Wenige Minuten später war er mittendrin. Die tausend Polizisten, die die Studenten im Auftrag von Rektor Kirk vom Campus vertreiben sollten, erreichten damit genau das, was zu erwarten gewesen war: Tränengas, Steine, Schlagstöcke, Menschen, die in alle Richtungen flohen. Pa sah, wie ein Polizist auf die Beine eines am Boden liegenden Studenten einprügeln wollte und eilte hinzu, um Einhalt zu gebieten. Ein Stockhieb traf ihn ins Gesicht, und er ging zu Boden. Er hatte noch großes Glück, dass der aufgehetzte Polizist nicht auf ihn schoss.

Sein Wangenknochen war zertrümmert und musste neu aufgebaut werden. Ich wusste nicht, wie ich Ruth erreichen sollte und ob es sie überhaupt interessiert hätte. Jonah und ich besuchten Pa nach der Operation im Krankenhaus. Auf dem Flur vor seinem Zimmer verstellte eine Schwester uns den Weg, bis wir sie davon überzeugen konnten, dass wir seine Söhne waren. Sie konnte es nicht glauben. Wir hatten nicht die gleiche Hautfarbe. Vielleicht hielt sie uns für die Schläger, die ihn so zugerichtet hatten, und dachte, wir seien gekommen, um das Angefangene zu Ende zu bringen.

Pa war noch ganz benommen von der Narkose. Er schielte unter dem Verband hervor. Anscheinend erkannte er uns und versuchte, sich in seinem Krankenhausbett aufzurichten und zu singen. Er machte eine matte Handbewegung in Richtung auf seinen Mumienkopf und brummte: »*Hat jede Sache so fremd eine Miene, so falsch ein Gesicht!*« Hugo Wolfs »Heimweh«, ein Lied, das Jonah schon gesungen hatte, bevor der Text eine Bedeutung bekam.

Jonah salutierte. »Wie geht es dem Mann mit dem eisernen Schädel? Fühlst du dich besser? Was sagen die Ärzte?«

Wieder antwortete Pa mit einem Lied, diesmal war es Mahler:

> Ich hab' erst heut' den Doktor gefragt,
> Der hat mir's in's Gesicht gesagt:
> »Ich weiß wohl, was dir ist, was dir ist:
> Ein Narr bist du gewiss!«
> Nun weiß ich, wie mir ist!

Er klang wie ein Schwarm Wildgänse auf dem Weg gen Süden. Der Ton schlug mir auf den Magen. Jonah gackerte wie ein Schwachsinniger. »Pa! Hör auf. Du darfst den Mund nicht bewegen. Sonst hält der Knochen nicht.«

»Komm. Lass uns singen. Ein kleines Trio. Wo sind die Altstimmen? Altistinnen! Wir brauchen Altistinnen.«

Jonah stachelte ihn nur noch weiter an, aber nach einer Weile beruhigte er sich. Er reckte den Hals und sagte »Meine Jüngele«, als seien wir gerade erst ins Zimmer gekommen. Er konnte den Kopf nicht drehen. Wir saßen an seinem Bett, solange Jonahs Geduld reichte. Als wir aufbrechen wollten, wurde Pa wieder munter. »Wohin geht ihr?«

»Nach Hause, Pa. Wir müssen üben.«

»Gut. Im Kühlschrank steht noch Suppe. Hühnersuppe von Mrs. Samuels. Und im Brotkasten ist Mandelbrot für euch. Das mögt ihr doch.«

Wir sahen uns an. Ich wollte ihn bremsen, aber da platzte Jonah schon heraus: »Nicht *das* Zuhause.«

Pa sah uns durch seinen Verband hindurch an und gab uns mit einer Handbewegung zu verstehen, dass wir die Witze lassen sollten. »Sagt eurer Mutter, mir geht es gut.«

Draußen auf der Straße kam Jonah mir zuvor. »Das sind die Medikamente. Wer weiß, was sie ihm gegeben haben.«

»Jonah.«

»Hör zu.« Seine Stimme klang hart und bestimmt. »Wenn er seinen Posten verliert, dann können wir anfangen uns Sorgen zu machen. Vorher nicht.« Wir gingen schweigend bis zur U-Bahn. Schließlich fügte er hinzu: »Ich meine, in seinem Metier spielt es doch eigentlich keine Rolle, ob jemand eine Meise hat.«

Wir spielten in Columbus, Ohio State, in einem winzigen, mit dunklem Holz getäfelten Saal. Es konnten nicht mehr als dreihundert Zuhörer sein, die Hälfte davon zum Studentenpreis, neugierig auf den viel diskutierten Sänger. Wir hätten mit der Reise Verlust gemacht, wären nicht noch Auftritte in Dayton und Cleveland dazugekommen. Jonah muss etwas gespürt haben, etwas von dem, was schon mit Riesenschritten auf ihn zueilte. Dort, zufällig in diesem Konzertsaal vor einem Publikum, das nicht wusste, wie ihm geschah, sang er eine Stunde und zehn Minuten lang, als sei er nicht von dieser Welt.

Einmal als Kind, noch vor Mamas Tod, träumte ich, ich stünde auf der obersten Treppenstufe des Hauses in Hamilton Heights. Ich lehnte mich vor und hob mich unvermittelt in die Höhe. Ich konnte fliegen. Ich konnte schon immer fliegen, ich hatte es nur vergessen. Ich musste mich nur einfach nach vorn beugen, dann geschah es von selbst. Fliegen war so einfach wie atmen, es war leichter als das Gehen in den Straßen, in denen meine Eltern mich absetzten. Und so sang Jonah an jenem Abend, gestrandet im tiefsten Ohio. Einem Eisvogel gleich stieß er aus luftiger Höhe auf die scheuesten Töne hinab und packte zielsicher seine silberne Beute. Seine Einsätze kamen präzise, jede Note sicher und klar. Stets wusste er, welchen Ton er auf einen Punkt zuspitzen und welchen er lang anhalten musste. Seine Stimme war schillernd und wandlungsfähig wie ein Kolibri: Bald huschte sie hierhin und dorthin, bald schwebte sie reglos auf der Stelle, getragen von einem Flügelschlag, der selbst die Luft erstarren ließ. Sein Gesang breitete die Schwingen, war scharf wie eine Raubvogelklaue, ohne eine Spur von Anstrengung, ohne das leiseste Zittern. Seine Verzierungen waren so klar und eindeutig wie Gertenhiebe, seine langen Noten schwollen an wie das Rauschen des Meeres im Inneren einer Muschel.

Die Technik diktierte nicht mehr, welche Töne er hervorbringen konnte und welche nicht. Er beherrschte die gesamte Palette des menschlichen Gesangs. Jede erpresserische Drohung, die er je erfahren hatte, gab ihm einen Gegenstand zum Singen, einen Grund zur Flucht. Den richtigen Ton hatte er schon immer getroffen. Aber jetzt kannte er die Bedeutung der Noten. In seinem Mund schwebte die Hoffnung, kauerte die Angst, jubilierte die Freude, zerfleischte die Wut sich selbst, erwachten Erinnerungen. Der Zorn des Jahres 1968 nährte ihn und fiel von ihm ab, erstaunt über das, was er daraus machte.

Sein Gesang sagte: *Halt. Die Entscheidung ist gefallen. Nur das Zuhören zählt.* Ich musste mich zwingen weiterzuspielen. Ich stockte, segelte in seinem Kielwasser. Um ihm gerecht zu werden, um dem zu entsprechen, was ich hörte, übertrafen meine Finger sich selbst. Einen winzigen Augenblick lang war auch ich nicht mehr stumm, konnte den Weg beschreiben, den wir gegangen waren. Wenn ich so spielte, dann liebte ich Jonah, nicht weil er mein Bruder war. Ich liebte ihn – hätte mein Leben für ihn gegeben und hatte es ja längst getan –, weil er ein paar Momente der Ewigkeit lang frei war, dort auf der Bühne, an die Krümmung des Flügels gelehnt. Er streifte ab, was er war, was er wollte, die elende Hülle des Ichs. Sein Gesang erreichte eine überwältigende Gelassenheit. Für eine Weile konnte er allen, die zuhörten, beschreiben, was er dort draußen sah.

Seine Musik war wie Seide auf Obsidian. Das minuziös geschnitzte Scharnier eines Elfenbeintriptychons, nicht größer als eine Walnuss. Ein Blinder an einer Straßenecke, verirrt in der winterlichen Stadt. Die trotzige Mondscheibe, gefangen im Astwerk einer wolkenlosen Nacht. Er legte alles in die Noten, sichtlich erregt über die Kraft dieses Schöpfungsakts. Und als er fertig war, als er die Hände sinken ließ und die Muskeln über seinem Schlüsselbein erschlafften – die Stelle, die ich immer im Auge behielt wie die Spitze eines Dirigentenstabs –, da vergaß ich, den Fuß vom Pedal zu nehmen. Statt den Deckel zu schließen ließ ich die Vibrationen des letzten Akkords weiterreisen und wie den Nachhall seiner Worte in der Luft ihrem natürlichen Ende entgegenschweben. Das Publikum wusste nicht, ob die Musik vorbei war. Die dreihundert Konzertgäste aus dem mittleren Westen brachten nicht fertig, sich in das, was sie da gerade erlebt hatten, hineinzudrängen, es zu stören mit etwas so Banalem wie Applaus.

Die Leute klatschten nicht. Nie vorher war uns so etwas passiert. Der Raum um Jonah wurde immer mehr zum Vakuum. Meinem Zeitgefühl kann ich nicht trauen; mein Verstand lief noch in dem Tempo, bei dem Dreißig-Sekunden-Noten dahinkriechen wie Luftschiffe bei einer Flugschau. Aber das Schweigen war vollkommen, es schluckte sogar das Knarren der Stühle, das dauernde Husten, das zur Kulisse jedes Konzerts gehört. Die Stille wuchs, bis jede Möglichkeit, sie noch mit Beifall zu füllen, verpasst war. In stiller Übereinkunft regte das Publikum sich nicht.

Ein ganzes Leben – vielleicht zehn volle Sekunden – verging, dann entspannte Jonah sich und ging von der Bühne. Er ging direkt an mir vorbei und sah mich nicht an. Nach einer weiteren Ewigkeit, in der die Zeit wie eingefroren war, erhob ich mich von meinem Klavierhocker und folgte ihm. Ich fand ihn in den Kulissen stehen; er nestelte an den Zugseilen zum Schnürboden. Mein Blick sagte: *Was ist da geschehen?* Seiner antwortete: *Ist mir doch egal.*

Und genau in dem Augenblick brach der Bann, das Publikum regte sich. Nachdem sie sich einmal für Stille entschieden hatten, hätten sie stillschweigend nach Hause gehen sollen, aber dazu fehlte ihnen der Mut. Der Applaus begann verhalten und unsicher. Aber bald machte die Lautstärke den zögernden Anlauf mehr als wett. Die bürgerlichen Anstandsregeln hatten auch an diesem Abend noch einmal gesiegt. Jonah wollte nicht zur Verbeugung hinausgehen. Er hatte genug von Columbus. Ich schubste ihn, dann folgte ich lächelnd mit einem Schritt Abstand. Sie holten uns viermal zurück auf die Bühne und hätten uns auch noch ein fünftes Mal geholt, doch nun weigerte Jonah sich wirklich. Nach dem dritten Applaus gab es sonst immer eine Zugabe, ein Bonbon. Aber an diesem Abend wäre das unmöglich gewesen. Wir wechselten nicht einmal die üblichen Blicke. Er zerrte mich zum Bühneneingang hinaus, bevor jemand nach hinten kommen und uns beglückwünschen konnte.

Fast im Laufschritt kehrten wir zu unserem College-Gästezimmer zurück. Fünf Jahre zuvor hätten wir den ganzen Rückweg lang übermütig gekichert, trunken vom Erfolg. Aber an diesem Abend waren unsere Gesichter ernst, gezeichnet von dem Überwirklichen, das wir erlebt hatten. Schweigend betraten wir das Gästehaus. Er hatte seine Schleife schon aufgezogen und den burgunderroten Kummerbund abgenommen, bevor wir auch nur im Fahrstuhl waren. Im Zimmer verlor er sich in Gin und Tonic und geschwätzige Fernsehshows. Eine Weile lang hatte er über dem Lärm des Daseins geschwebt. Dann stürzte er sich mit einem Kopfsprung wieder mitten hinein.

Auch die Welt, in die wir zurückkehrten, zerfiel. Ich konnte Ursache und Wirkung, Vorher und Nachher nicht mehr unterscheiden. Robert Kennedy wurde erschossen. Wer konnte schon sagen warum? Der Krieg war verantwortlich – aber welcher? Weiterhin ernteten sie den Sturm. Unmöglich noch die Übersicht zu behalten, welche Zukunft sich da gerade entschied oder welche Rechnungen beglichen wurden. Von nun an würden alle wichtigen Entscheidungen von Scharfschützen gefällt. Paris kochte über, dann Prag, Peking, sogar Moskau. In Mexiko reckten zwei der schnellsten Männer der Welt auf dem olympischen Siegertreppchen in stummem Schrei ihre schwarze Faust in die Höhe, ein Zeichen für die ganze Welt.

Im Spätsommer kam Chicago. Die Stadt hatte sich noch nicht von dem Befehl zum gezielten Todesschuss erholt. Am 18. August sollten wir auf einem Sommerfestival in Ravinia auftreten. Aus einem Gefühl heraus sagte Jonah ab. Vielleicht war es die Drohung der Hippies, sie würden das Leitungswasser der Stadt unter LSD setzen. Wir blieben in New York und sahen uns das Spektakel im Fernsehen an. Der Parteitag zum Präsidentschaftswahlkampf endete im Blutbad. Es kam, wie es in den letzten Jahren bei jeder Schlacht um unsere Seelen gekommen war: Sechstausend Soldaten wurden eingeflogen, ausgerüstet mit jeder erdenklichen Waffe vom Flammenwerfer bis zur Panzerfaust. »Das ist Demokratie«, sagte Jonah immer wieder mit einer Geste hin zum Fernsehschirm. »Aktives Wahlrecht.« Erfüllt von seiner eigenen Hilflosigkeit sah er zu, wie das Land in die selbst gemachte Hölle ging.

Im Oktober stieg er aus. Er kam zu mir und hielt mir eine Einladung zu einem einmonatigen Aufenthalt in Magdeburg unter die Nase; die Reise sollte vor Weihnachten beginnen und bis ins neue Jahr dauern. »Das ist was für dich, Joey. Der tausendste Jahrestag der Ernennung zum Erzbistum. Die ganze Stadt steht Kopf und feiert ihren einen Augenblick im Rampenlicht der Geschichte.«

»Magdeburg? Da kannst du nicht hin.«

»Was soll das heißen, ich kann da nicht hin, Bruder?«

»Magdeburg ist in Ostdeutschland.«

Er zuckte mit den Schultern. »Tatsächlich?«

Vielleicht habe ich vom eisernen Vorhang gesprochen. So lange ist das schon her.

»Ja und? Ich habe eine offizielle Einladung. Eine historische Feier. Ich bin praktisch Staatsgast. Ihr Auslandsamt, oder wie das heißt, besorgt mir ein Visum.«

»Ich mache mir auch keine Sorgen, dass sie dich da nicht reinlassen. Ich mache mir Sorgen, dass sie dich *hier* nicht wieder zurücklassen.«

»Wer käme denn auf so eine Idee?«

»Ich meine es ernst, Jonah. Kollaboration mit dem Feind. Dafür hetzen sie dich für den Rest deines Lebens. Sieh dir doch an, was sie mit Robeson gemacht haben.«

»Ich meine es auch ernst, Joey. Wenn sie mich hier nicht mehr haben wollen, bleibe ich drüben.« Ich konnte es nicht mit ansehen. Ich wandte mich ab, aber er drehte eine kleine Koboldpirouette, und schon hatte ich sein Gesicht wieder vor mir. »Liebe Güte, Muli. Das Land hier ist ein Trauerspiel. Warum würde denn jemand in so einem Scheißland leben wollen, wenn er nicht muss? Was habe ich denn hier für Chancen? Ich kann mich abrackern bis zum Umfallen, und wenn ich lange genug brav bleibe, bekomme ich meine Lizenz als offizieller schwarzer Künstler. Oder ich gehe nach Europa und *singe*.«

Ich packte ihn bei den fuchtelnden Armen. »Setz dich hin. So. Bleib einfach sitzen. Du machst mich wahnsinnig.« An den Schultern drückte ich ihn auf den Klavierhocker. Ich zeigte mit dem Finger auf ihn wie ein Dirigent, der einen Musiker zur Ordnung ruft. »Nichts gegen Europa. Leute ... wie wir gehen in Scharen nach Europa. Deutschland, warum nicht? Für ein Weilchen. Aber geh nach Hamburg, Jonah. Geh nach München, wenn du unbedingt nach Deutschland willst.«

»München hat mir kein Flugticket und kein stattliches Stipendium geboten.«

»Und Magdeburg hat das?«

»Deutschland, Joey! Das Land deiner Vorfahren! Die Deutschen haben die Musik erfunden. Musik ist der Quell ihres Lebens. Dafür ist ihnen kein Opfer zu groß. Das ist wie ... Schusswaffen hier.«

»Sie wollen dich benutzen. Kalter Krieg. Propaganda. Du bist ihr lebendes Exempel. An dir zeigen sie, wie Amerika seine –«

Mit einem lauten Lachen griff er in die Tasten und spielte eine Prokofiewsche Parodie der Internationalen. »So bin ich, Joey. Verrate mein Heimatland. Genauso ein Verräter wie dieser Kommandant Bucher.« Er sah mich an mit einem breiten Grinsen. »Aufgewacht, Mann! Haben die Vereinigten Staaten uns etwa nicht benutzt, unser ganzes Leben lang?«

Die Vereinigten Staaten hatten ihm die Hauptrolle in einer Opernpremiere an der Met angeboten. Aber Künstler durfte er nur sein, wenn er das Kainsmal trug. Angeblich kannte die Musik keine Grenzen. Aber sie verschaffte ihm leichter eine Fahrkarte in das letzte stalinistische Land der Erde als eine Eintrittskarte zum weißen New Yorker Establishment. Ich blickte ihn flehend an, sein schwarzer Begleiter, ein Onkel Tom im Schwalbenschwanz, immer bereit, sich missbrauchen, sich ausnutzen zu lassen, am allermeisten von seinem Bruder; ich war bereit, das alles auf mich zu nehmen, wenn wir nur weiter so leben konnten, als gehörte alle Musik uns.

Er strich mir über den Kopf, fest überzeugt davon, dass diese rituelle Demütigung uns für immer zusammenhalten würde. »Komm doch mit, Joey. Komm. Telemanns Geburtsstadt. Wir machen einen drauf.« Jonah verabscheute Telemann. *Das Einzige, was der Mann je für die Musik getan hat, war, dass er eine Stelle abgelehnt hat, die sie dann Bach geben mussten.* »Aus unseren Auftritten in diesem Lande in den letzten

Monaten kann man es schwerlich ablesen, aber wir zwei haben einen Marktwert. Leute zahlen Geld, um zu hören, was wir können. Drüben wird alles vom Staat unterstützt. Warum sollen wir uns da nicht unser Stück vom Kuchen holen? Wir sind doch schließlich Söhne des Landes, oder?«

»Was denkst du dir dabei? Jonah.«

»Hm? Ich denke mir überhaupt nichts. Ich sage nur, wir können uns doch auch mal auf ein Abenteuer einlassen. Wir sprechen die Sprache. Die Eingeborenen werden staunen. Ich werde hier so schnell keine Frau ins Bett bekommen. Und du auch nicht, oder, Muli? Lass uns doch mal sehen, wie die Fräuleins dieser Tage so drauf sind.« Sein Blick blieb lange genug auf mir haften, dass er sehen konnte, wie seine Worte wirkten. Auf den Gedanken, dass ich auch einmal nein sagen könnte, war er nie gekommen. Er wechselte die Tonart hektischer und willkürlicher als später Strauss.

»Jetzt komm schon, Joey. Salzburg. Bayreuth. Potsdam. Wien. Wo immer du hinwillst. Wir können einen Ausflug nach Leipzig machen. Eine Pilgerfahrt zur Thomaskirche.«

Er klang verzweifelt. Ich verstand nicht warum. Wenn er so sicher war, dass er in Europa mit offenen Armen empfangen wurde, wozu brauchte er dann mich? Und wenn erst einmal die Angebote für Konzerte und Orchestersoli kamen, oder sogar – sein unerreichtes Ziel – für Opern, was wollte er dann mit mir? Ich reckte hilflos die Hände in die Höhe. »Was sagt Pa dazu?«

»Pa?« Er stieß die Silbe aus wie ein Lachen. Auf den Gedanken, es unserem Vater zu sagen, war er nicht gekommen. Unserem Vater, dem unpolitischsten Menschen, den es je gegeben hatte, und der einmal hundert Kilometer von Magdeburg gewohnt hatte. Unserem Vater, der geschworen hatte, nie wieder einen Fuß in das Land seiner Geburt zu setzen. Ich konnte nicht mitfahren. Unser Vater brauchte mich hier. Vielleicht meldete unsere Schwester sich. Wer sollte sich hier um alles kümmern, wenn ich zuließ, dass mein Bruder mich monatelang fortschleppte? Jonah hatte keine Pläne und brauchte auch keine. Er brauchte eigentlich überhaupt nichts, nichts außer mir, und ich verstand nicht warum.

Ich führte mir vor Augen, wie viel ich aufgeben sollte. Als ich nicht mit dem erwarteten Ja reagierte, wirkte er verwirrt. In seine Manier des überschwänglichen Werbers mischte sich nun Panik, und schließlich lief alles auf eine einzige, vorwurfsvoll vorgebrachte Frage hinaus: »Also, kommst du nun mit?«

»Jonah.« Getrieben von seinem Blick löste ich mich von meinem Körper und betrachtete uns beide aus der Höhe. »Hast du mich nicht lange genug herumgezerrt?«

Er brauchte eine Sekunde, bis er mich hörte. Und dann hörte er nichts außer Verrat. »Sicher, Muli. Wie du willst.« Er nahm Kappe und Cordjacke und ging. Zwei Tage lang ließ er sich nicht blicken. Er kehrte gerade rechtzeitig für unseren nächsten Auftritt zurück. Und drei Wochen später packte er seine Koffer und war zum Aufbruch bereit.

Er hatte sein Visum und seinen Flugschein mit offenem Rückflug. »Wann bist du wieder hier?«, fragte ich.

Er zuckte mit den Schultern. »Mal sehen, was sich ergibt.« Wir hatten uns nie die Hände gereicht, und so taten wir es auch jetzt nicht. »Pass auf dich auf, Muli. Und lass die Finger von Chopin.« *Entscheide selbst, was du mit deinem Leben anfangen willst*, hätte er sagen sollen. Aber das wollte er nach wie vor für mich entscheiden. Das Einzige, was er sagte, war: »Bis dann. Schreib mir, wenn du Arbeit findest.«

AUGUST 1945

Delia ist in der U-Bahn unterwegs, als sie die Schlagzeile sieht. Nicht in einem offiziellen Negerabteil, aber mit diesen Gesetzen nimmt es hier keiner so genau. Die Farbe der Fahrgäste ändert sich mit den Straßen über ihnen. Sicherheit, Trost, Geborgenheit – das kleine bisschen Beistand, das einem ein Wohnviertel bietet, ganz gleich ob man freiwillig oder erzwungenermaßen dort wohnt. Freiheit und das Gegenteil von Freiheit verlaufen ineinander, leichter denn je in diesen letzten Kriegstagen. Sie kennt die verwischte Grenze aus nächster Nähe – Dinge, die ihr aufgedrängt werden, bis es ihr vorkommt als hätte sie selbst es so gewollt; selbst gewählte Dinge so verbissen verteidigt, dass sie wirken wie Zwang.

Dienstagmorgen. David ist zu Hause mit den Jungen. Sie fährt nur eben in die Stadt, um einen Eisbeutel für den Kleinen zu kaufen. Er ist auf der Treppe vor der Haustür gefallen und hat sich den Knöchel verstaucht. Nur ein einziger Aufschrei. Aber der Knöchel ist blau und geschwollen, dicker als ihr Handgelenk, und das arme Kind braucht das bisschen Beistand, das nur ein Eisbeutel leisten kann.

Sie fährt zwei Stationen weit bis zu einer Apotheke, in der man sie bedient. Man kennt sie dort – Mrs. Strom, Mutter von zwei Jungen. Zwei Stationen – fünf Minuten. Aber die Schlagzeilen liest sie in Sekunden, schnell wie ein Blitz. Drei Zeilen Großbuchstaben über die ganze

Seite. Nicht ganz so groß wie bei der Schlagzeile im Mai, als das Ende der europäischen Apokalypse verkündet wurde. Aber sie springen ihr von den Seiten entgegen, eine stumme Explosion.

Ein tiefschwarzer Mann neben ihr sitzt über die Zeilen gebeugt, schüttelt den Kopf, will es nicht glauben. Die Nacht hat einen »Regen der Zerstörung« gebracht. Eine Bombe mit der Kraft von zwanzigtausend Tonnen TNT. Die Ladung von zweitausend B-29-Bombern. Sie versucht sich eine Tonne TNT vorzustellen. Zwei Tonnen. Zwanzig – ungefähr so viel musste der U-Bahn-Wagen wiegen, in dem sie saß. Dann das Zehnfache, davon wiederum das Zehnfache und noch einmal das Zehnfache.

Wie gebannt starrt ihr Nachbar auf die Buchstaben. Er lässt den Blick immer wieder vom einen Ende zum anderen wandern, und sein ganzer Kopf ist ein einziges steifes, ungläubiges *Nein*. Er hat seine Mühe nicht mit den Worten, sondern mit den Ideen, für die sie stehen sollen. Für das, was diese Worte sagen, gibt es noch keine Worte. Sie liest heimlich mit, blickt ihm über die bebenden Schultern. ANBRUCH EINES NEUEN ZEITALTERS. Sein Blick bleibt unverändert. UNDURCH-DRINGLICHE STAUBWOLKE ÜBER DER GANZEN STADT. Delia denkt: diese Stadt. WISSENSCHAFT STAUNT ÜBER MÄCHTI-GEN BLITZ. SELBST ARBEITER KANNTEN GEHEIMWAFFE NICHT.

Sie hatten es schon am Vorabend im Radio gehört. Die Bestätigung für das, was ihr Haushalt schon lange wusste. Aber erst jetzt, wo sie es schwarz auf weiß sieht, in diesem U-Bahn-Wagen voller Neger, begreift sie es wirklich. Der TAG DER ATOMKRAFT ist angebrochen, auch wenn der Wagen noch genauso aussieht wie immer. Der tiefschwarze Mann neben ihr schüttelt den Kopf, betrauert den Tod von Zehntau-senden braunhäutiger Menschen, aber für alle anderen im Abteil geht der Tag weiter, als sei nichts geschehen. Eine Frau ihr gegenüber, im ro-ten Seidenhut, prüft in einem Taschenspiegel ihren Lippenstift. Der Junge im zerbeulten Filzhut links von ihr studiert seine Sportzeitung. Ein kleines Mädchen, zehn, in Ferienstimmung, hüpft den Gang hin-unter und findet ein blitzendes Zehncentstück, das ein Unglücklicher verloren hat.

Seht ihr es denn nicht?, brüllt sie in ihrem Inneren dem ganzen Wagen entgegen. *Es ist vorbei. Damit ist der Krieg vorbei.* Aber dieser Krieg ist nicht vorbei. Nicht für Leute wie sie. Nur eine Schlagzeile, und dann wird die Seite umgeschlagen. DÜSENFLUGZEUG EXPLODIERT – MAJOR BONG UMGEKOMMEN. KYUSHU DEM ERDBODEN

GLEICH. CHINESEN WEITER AUF DEM VORMARSCH. Nur ein weiterer erdrückender Kriegsbericht nach einem ganzen Leben im Krieg.

SELBST ARBEITER. Wie wollten die Reporter das wissen, einen Tag nach dem Abwurf? Sie hat es gewusst, schon seit fast einem Monat, seit dem Test in der Wüste. WISSENSCHAFT STAUNT ÜBER MÄCHTIGEN BLITZ. Sie kennt genug Wissenschaftler, sie weiß, wie wenig die staunen, auch wenn ihre Entdeckung noch so blitzt. In der Wolke, die sie einhüllt, verpasst Delia Strom beinahe ihre Haltestelle. Sie macht einen Sprung durch die schon halb geschlossenen Türen. Sie steigt die Treppe hinauf und geht zu ihrer vertrauten Apotheke. Noch vor einem Moment wusste sie genau was sie wollte. Aber als die Verkäuferin sie fragt, hat sie es vergessen. Etwas für ihr krankes Kind. Die Verletzung ist kaum der Rede wert, die Medizin noch belangloser.

Ein schlammfarbenes Etwas. Zähes graues Gummi mit einem festen weißen Verschluss. Während der ganzen Rückfahrt drückt sie es an sich. Die Flasche kommt ihr vor wie ein Schoßhund mit abgezogenem Fell, halb so groß wie ihr Kleiner und doppelt so zäh. Wieder zu Hause angekommen, kühlt sie seinen verletzten Fuß damit. Schon jetzt ist es so heiß, sie haben ihm sein Krankenlager direkt am Fenster aufgebaut, und sein kleiner geschwollener Fuß hängt über die Fensterbank ins Freie. Ihr Joey kann nicht verstehen, warum seine Mama ihm nun auch noch mit Eis zu Leibe rückt. Aber er erduldet seine Qualen mit einem Lächeln, das ihr vergeben soll.

Ihr Ehemann, der staunende Wissenschaftler, findet sie in der Küche, wo sie wütend einen Kochtopf mit einem Scheuerkissen attackiert. »Alles in Ordnung?«

Sie lässt das Kissen fallen und hält sich am Rand des Spülbeckens fest. Sie ist wieder schwanger, im fünften Monat, die anfängliche Übelkeit ist vorbei. Der Schwindel, den sie jetzt spürt, hat andere Gründe. »Alles«, sagte sie, »ist wie es ist.«

Vor zwei Jahren, als Charlie noch am Leben war, als es ihr Fleisch und Blut noch vor Schaden hätte bewahren können, da wollte sie diese Bombe. Jetzt will sie nur noch ihren Mann zurückhaben, die Welt, die sie kennt. Die hunderttausend braunen Leiber. Wie viele davon waren Kinder gewesen, so klein wie, noch kleiner als ihr JoJo? Hunderte von Leuten hatten daran mitgewirkt: Wissenschaftler, Ingenieure, Bürokraten. Viel konnte er nicht beigetragen haben. Nichts was die anderen nicht auch ohne ihn herausgefunden hätten. Er hat ihr nie gesagt, woran er im Einzelnen arbeitet. Selbst jetzt kann sie ihn das nicht fragen.

Am Abend im Bett würde sie gern flüstern: *Hast du es gewusst?* Natürlich hat er es gewusst. Aber darüber, was ihr David im Kopf hat, kann sie bestenfalls Vermutungen anstellen. Er hat doch immer nur mit der Welt gespielt, hat nichts weiter als einen bunten, faszinierenden Flitter darin gesehen. Wie Newton sagt er, er sammle Muscheln am Ufer des Ozeans. Die Arbeit seines Lebens, ausgewählt, weil sie noch nutzloser ist als die Philosophie. Arbeit, mit der er sich entziehen, sich verstecken wollte, und sie hatten ihn trotzdem aufgespürt und vertrieben. *Juden und Politik vertragen sich nicht.* Er hat ihr von der Berufungskommission erzählt: »Sind Sie gläubiger Jude?« Wie er fast gelogen hätte, aus Prinzip, nur um sie zu zwingen, Farbe zu bekennen. Und wie sie ihn trotzdem abgelehnt hatten: »Wir nehmen niemanden, der seinem angestammten Glauben abschwört.«

Sie sieht ihm zu, wie er sich auszieht, seine zerknitterte Hose über einen Stuhl hängt, wie seine schockierend weiße Haut zum Vorschein kommt, weit fremder, als sie sich vor ihrer Ehe ausgemalt hatte. Fremder noch als die Fremdheit des anderen Geschlechts. Dieser Weiße, dieser Mann, dieser ungläubige Jude, dieser Deutsche teilt das Zimmer mit ihr. Aber das Zimmer, das sie teilen, ist noch fremdartiger als sie beide.

Viel kann er doch an dieser Bombe nicht getan haben. Was sollte etwas so Flüchtiges wie Zeit schon mithelfen, um aus einem Atom zwanzigtausend Tonnen TNT zu machen? Er hat es ihr erklärt, wie es dazu gekommen ist; sein Verstand wurde gebraucht, seine Phantasie, die sich ausmalen konnte, wie es im tiefsten Inneren der Materie zugeht. Trotzdem versteht sie nicht, wie ihn das zum Bombenbauer machen konnte. Seine Kollegen haben ihn mitgenommen – Columbia, Chicago, New Mexico, all die endlosen Eisenbahnfahrten –, als Maskottchen, als den Clown, der ihnen ihre Rätsel löste. Immer war er der, der anderen half zu finden, was sie suchten.

Vier Monate zuvor ist er als permanentes Mitglied in die Fakultät aufgenommen geworden, obwohl er weniger Publikationen vorzuweisen hat als jeder andere Professor dort. Seine Kollegen legten die Regeln großzügig aus, gaben ihm seine Anstellung im Grunde für den einen Aufsatz, den er noch in Europa publiziert hatte, den, von dem seine Freunde sagen, dass er seinen Namen noch für Jahre in der Diskussion halten wird. Sie hat versucht ihn zu lesen, aber sie ist an den Seiten abgeglitten wie an einem gläsernen Berg. Seither nur noch zwei weitere Beiträge, und die hat er geschrieben, als er krank im Bett lag. Seine amerikanischen Forschungen haben einfach nie Gestalt angenommen. Die lange Reihe von Entdeckungen, die auf der Ersten aufbauen sollten, existiert nur in seinen Gedanken.

Trotzdem hat die Universität ihm eine Lebensstellung verschafft, wenn auch aus schierem Eigennutz. Selbst jene, die überzeugt sind, dass aus Davids Arbeit nie etwas werden wird, haben von ihm mehr profitiert als von jedem anderen Kollegen. An erster Stelle die Studenten. Die Schüchternen, die, die kein Englisch sprechen, selbst wenn es ihre Muttersprache ist. Diejenigen, die ins Licht der Öffentlichkeit kommen, als stiegen sie aufs Schafott. Diejenigen, die immer das gleiche weiße Hemd mit kurzen Ärmeln, die gleiche Baumwollhose anhaben, selbst mitten im Winter. Sie lieben diesen Mann und drängen sich in seine Hörsäle. Sie würden ihr Leben für ihn geben. Die Ersten haben bereits angesehene Stellen bekommen – Stanford, Michigan, Cornell –, ihre Arbeit beflügelt von der Kunst des Denkens, die sie von ihrem geliebten Lehrer gelernt haben.

»Was ist dein Geheimnis?«, hat sie ihn einmal gefragt. Sie, die selbst Gesangschüler hat.

David zuckte mit den Schultern. »Jenen ohne Talent kann man nichts beibringen. Und die mit Talent brauchen keine Lehrer.«

Allein mit seiner Lehrtätigkeit wäre er für die Fakultät ein Gewinn gewesen. Aber es gibt mehr – viel mehr. Er spaziert durch die Flure, einen Füllfederhalter in der Hand, eine Taschenpartitur von Händels *Salomo* unter dem Arm, und wartet, dass sich beim Klang seiner Schritte Bürotüren öffnen, dass jemand ihn hereinholt. Oder er sitzt in der Cafeteria, studiert seine Partitur, summt vor sich hin, bis ein ratloser Kollege sich auf den Platz neben ihm fallen lässt und über die neueste unlösbare Frage klagt. Um den Lohn einer Tasse Kaffee zeigt er ihnen dann den Weg zu Antworten, skizziert sie in groben Zügen auf einer Papierserviette. Nicht dass er die Aufgabe wirklich *lösen* würde. Von allem, was außerhalb seines kleinen Winkels der Zeit liegt, hat er bestenfalls eine vage Ahnung. Er ist nicht besonders geschickt bei Formeln, auch wenn er mit Begeisterung die Spiele spielt, die sie »Fermi-Probleme« nennen. Fragen wie: Wie lang ist die Flugstrecke, die eine Krähe im Laufe ihres Lebens zurücklegt? Wie viel Portionen Haferflocken ergäbe ein Haferfeld von hundert Hektar? Wie viele Noten hat Beethoven zu Papier gebracht? Wenn er ihr solche Fragen stellt, antwortet sie: »Lang.« – »Eine Menge.« – »Genug für uns.«

Aber um den Preis einer Tasse Kaffee gibt er ihnen etwas Unschätzbares. Sie ziehen von dannen, die magische Serviette in der Hand, prägen sich die gekritzelten Zeichen ein, bevor sie verblassen, überzeugt, dass sie ja auch von sich aus darauf gekommen wären, hätten sie nur ein wenig mehr Zeit gehabt. Aber so geht es schneller, leichter. Keiner könnte sagen, was David macht. Nichts Greifbares. Er nimmt ihnen einfach nur die Scheuklappen ab. Führt sie durch ihren hermetischen Raum, bis sie die verborgene Tür finden. Er malt ihnen etwas auf die Serviette, verlässt sich eher auf Bilder als auf Gleichungen. Seine Kollegen werfen ihm vor, dass es im Grunde gar kein Denken ist. Sie sagen, er springe einfach vor in die Zukunft zu einem Punkt, an dem das Problem schon gelöst ist, und dann komme er mit den Umrissen der Lösung, die sie erst noch finden müssen, zurück.

Seine Bilder sind die versteinerten Fußabdrücke, die er aus zukünftigen Welten zurückbringt: Kobolde, die die Treppe hinauf- oder hinabsteigen. Schlangen von Kinobesuchern, die vor zwei getrennten Türen anstehen. Zickzackpfeile, deren Vorder- und Hinterende sich in einem wirren Geflecht verbinden – eine experimentelle, erweiterte Notenschrift. Zum Dank dafür, dass er ihre Blockade löst, setzen die anderen ihm dann zu, wollen wissen, wie er immer wieder mit einem einzigen Geistesblitz den Blickwinkel findet, aus dem man alles erkennt.

»Ihr müsst das Zuhören lernen«, sagt er. Wenn Teilchen, Kräfte und Felder den gleichen Gesetzen gehorchen wie Zahlen, dann müssen sie klingen wie kosmische Harmonien. »Ihr denkt mit den Augen; das ist euer Fehler. Kein Mensch kann vier unabhängige Variablen sehen, die eine Oberfläche in fünf oder noch mehr Dimensionen beschreiben. Aber ein Ohr, das sich einstimmt, kann die Töne hören.«

Die Kollegen tun es als bloße Metapher ab. Sie glauben, er will etwas vor ihnen verbergen, will seine Geheimmethode für sich behalten, bis sie ihm die eine sensationelle Erkenntnis beschert, nach der er forscht. Vielleicht will er auch einfach nur weiter Kaffee schnorren.

Delia hingegen glaubt ihm und versteht was er sagt. Ihr Mann folgt seinem Gehör. Melodien, Intervalle, Rhythmen, Notenwerte: Sphärenmusik. Andere bringen ihm ihre unlösbaren Rätsel – Teilchen die rückwärts fliegen, Phantomerscheinungen an zwei Orten gleichzeitig, in sich zusammenfallende Gravitationsfelder. Noch während sie diese Dinge beschreiben, hört ihr David den Kontrapunkt der Komposition. Damit, das begreift sie jetzt, wo sie im Bett liegt und ihm beim Ausziehen zusieht, hat er ihnen beim Bombenbauen geholfen. Er hat nicht wirklich mit daran gearbeitet, er hat nur dafür gesorgt, dass die Gedanken der Erbauer zum Vorschein kamen. Alles nur spielende Jungen. Der ewige Jagdinstinkt.

Ihr Mann knöpft den Hemdkragen auf und befreit sich unter Verrenkungen aus den Ärmeln. Die Stoffschläuche hängen schlaff an ihrem windschiefen Bügel. Sie wird seinen Schrank in Ordnung bringen, wenn er am Morgen wieder zur Universität gegangen ist. Er zieht in Unterhemd und Boxershorts durch das Zimmer, den Frieden der Nacht schon in den Augen. Der Krieg ist vorüber oder wird binnen kurzem vorüber sein. Er wird wieder arbeiten können, frei von aller lästigen Politik, dem Kräftemessen mit all seinen Übeln, auf die er, ein ungläubiger Jude mit einem Hang zur Gelehrsamkeit, sich freiwillig nie eingelassen hätte. Das Leben kann weitergehen, endlich wieder sicher, auch wenn es nie mehr so sein wird wie vor dieser Sicherheit. So ist er, ihr Mann, der an diesem Augustabend über die Dielen tappt, die Strecke zu ihrem Bett schwerer zu berechnen als jedes Fermi-Problem.

Ist es so, wie du es dir ausgemalt hast?, möchte sie fragen. Ein Zahnrädchen im größten Bauprojekt aller Zeiten. Nichts. Sie würde ihn gern genauer fragen, was er getan hat, welchen einzelnen Teil dieser Erfindung er möglich gemacht hat. Aber er langt bei ihr an, bevor sie den Mut findet. Sein Gewicht drückt ihr Bett nieder, und wie an jedem Abend sehen sie erst, als sie nebeneinander liegen, wie unterschiedlich sie sind. Er sieht sie an, das größere Geheimnis. Er legt die Hand auf den gerundeten Bauch, das dritte Leben, das sie in diesem Hause neu begründet haben. Er sagt etwas Zärtliches, das sie nicht versteht, weder Englisch noch Deutsch, in einer Sprache älter als beide, eine uralte Segensformel.

Es ist August, zu heiß für die kleinste Berührung. Er reibt sie mit einem Tüchlein mit Alkohol ein, aus einer Flasche, die sie dafür auf dem Nachttisch haben. Eine kleine Weile lang spürt sie die Kühle. »Dir ist doch heute nicht übel gewesen?«

Sie belügt ihn nie, und so sagt sie zu den Rissen in der Decke: »Ein wenig. Aber es hatte nichts mit dem Baby zu tun.«

Er sieht sie an. Begreift er es? Immer die gleiche Frage. Und keiner kann ihr eine Antwort geben, die nicht selbst wieder die Antwort schuldig bliebe. Er wendet den Blick ab von ihrem Bauch, in dem die Frucht heranwächst. Er setzt sich auf das Bett. Er zieht das Unterhemd über den Kopf, entblößt die Brust, die sie noch immer unbegreiflich findet. Er legt sich auf den Rücken, die Schultern an die Matratze gedrückt, die Hüften in die Höhe, wie ein Ringer, der sich aus einem Würgegriff befreit. Mit einer einzigen langen Bewegung zieht er die Boxershorts herunter. Noch einmal windet er sich wie ein Fisch, dann ist er nackt, seine Unterhose ein lautloses Geschoss in Richtung Stuhl. Wie viele Abende hat sie ihm nun schon beim Ausziehen zugesehen? Mehr als eine Krähe an Meilen fliegt. Wie viele werden ihr noch bleiben? Weniger als die Noten eines Beethoven-Allegros.

Sie liegt im Bett, nur Zentimeter von dem Mann, der mitgeholfen hat – ja wobei? Bei der Geburt eines neuen Zeitalters. Der seinen vor Ehrfurcht starren Freunden geholfen hat, das Unmögliche zu denken, und dann ließen sie es Wirklichkeit werden. Sie könnte ihn danach fragen, aber vielleicht bekäme sie nur Verwirrung als Antwort. Näher als unmittelbar neben ihn kann sie nicht kommen. Jeder Mensch eine Rasse für sich. Jeder von uns ein Ich, in das sich kein anderer hineinversetzen kann. Wie ist dieser Mann in dieses Bett gekommen? Und wie sie? Gerade einmal fünf Jahre verheiratet, schon kann sie es nicht mehr sagen. Und noch weniger könnte sie voraussagen, was fünf weitere ihnen bescheren werden. Sie malt sich aus, wie es sein wird, sie – ihre eine, einsame Rasse – in fünf Jahren dieses neuen Zeitalters. Dann fünfzig Jahre voran und noch weiter. Sie sieht sich gefesselt, sieht, wie sie sich befreit, wie etwas Neues aus ihr wird. Sie spürt das, was der unergründliche Mann an ihrer Seite ihr immer wieder versichert: »Alles was nicht gegen die Gesetze der Natur verstößt, muss früher oder später geschehen.«

Er liegt nackt neben ihrer eigenen Nacktheit. Er oben auf der dünnen Decke, sie halb darunter. Sie kann nicht ohne Zudecke schlafen, ganz egal wie warm es ist. Hunderttausend Menschen umgekommen in einem Blitzschlag aus heiterem Himmel, und sie kommt nicht ohne Decke aus. Auch sie wollte diese Bombe. Auch sie hat ihn zur Eile angetrieben. Eine Macht so böse, dass sie die Macht des Bösen brechen konnte. Jetzt ist der Krieg vorüber, und das Leben – was immer sie daraus machen – beginnt von neuem. Jetzt muss der Frieden sich dem Schrecken stellen, den der Krieg hinterlässt. Nun muss die Welt ein einziges Volk werden oder Milliarden Völker.

Aber nur einer ist ihr Mann, und der liegt neben ihr, ein Leib für sich. Er stützt sich auf, die Hände im Nacken, die Ellbogen formen einen Schiffsbug, sein Kopf ist die Galionsfigur. Im Profil sieht er seltsam aus, eine fremde Spezies. Hätte er diese Ehe auf sich genommen, wenn er gewusst hätte, was das Leben bereithielt? Der ewige Kampf, wenn sie auch nur vor die Tür gingen, bis zur nächsten Straßenecke, zum Einkaufen. Die Male, wo sie tun mussten, als seien sie Fremde, bestenfalls Bekannte, Herr und Dienerin. Die unterschwelligen Angriffe, die gemurmelten Drohungen – genau das, wovor er in dieses Land geflohen war. Der Kleinkrieg, den nie ein Blitz beenden wird.

Sie hätte es nie zulassen dürfen, denn anders als er hatte sie gewusst, was kommen würde. Wie sehr sie ihn in das alles hineinziehen würde.

Wie viel sie unmöglich machen würde. Und doch kamen die Kinder, so unausweichlich wie Gott. Jetzt wo sie da sind, mussten sie ja wohl geboren werden. Ihre beiden kleinen Männer, ihr JoJo, die keine Chance hatten, nicht zu sein. Und dieses neue Leben, das in ihr schlummert, weich und rund wie im Inneren eines Erdhügels: Auch das eine Geschichte, die es immer schon gab. Sie und dieser Mann sind nur hier, um die drei in die Welt zu bringen.

Ihr Mann dreht sich zu ihr hin. »Wo schicken wir sie in die Schule?«

Er liest ihre Gedanken, so wie er es jeden Tag getan hat, seit dem Tag, an dem sie sich zum ersten Mal begegneten. Sie braucht keinen weiteren Beweis dafür, dass dieser Krieg ihr Krieg ist, die Aufgabe ihres Lebens. Schule würde die beiden umbringen. Im Vergleich zu den Lektionen, die sie dort täglich zu lernen hätten, wäre gewöhnliche Schulhofgrausamkeit ein Pfadfinderausflug. Ihr JoJo, wie ein Vexierbild aus einer Zeitschrift: Weiß wie Papier vor dem einen Hintergrund, pechschwarz vor dem nächsten. Schon jetzt gehören sie nirgendwohin. Ihr Ältester hat das absolute Gehör. Sie hat es auf den Prüfstand gestellt: unfehlbar. Und anscheinend bringt er es seinem Bruder bei. Sie spielen miteinander, malen, singen keinen falschen Ton selbst in den kompliziertesten Kanons. Sie lieben einander, lieben ihre Eltern, sehen keinen Unterschied in den Schattierungen. All das würde die Brutalität der Schule zerstören.

»Wir können sie selbst unterrichten, hier zu Hause.« Sie spricht aus, was er denkt.

»Wir können sie selbst unterrichten. Du und ich, die beiden in einer Klasse.«

»Ja.« Sie dämpft seine Lautstärke. »Wir zwei zusammen, wir können ihnen eine Menge beibringen.«

Er lehnt sich zurück, zufrieden mit der Aussicht. Vielleicht ist das typisch weiß, typisch Mann. In sich ruhend, selbst an einem Tag wie diesem. Selbst nach allem, was mit seiner eigenen Familie geschehen ist. Nicht lange, und seine Zufriedenheit lässt ihn ihr abendliches Ritual beginnen. Heute ist er an der Reihe. Er summt eine Melodie. Sie weiß nicht, was es ist. Den Namen kennt sie nicht, aber ihr Verstand wälzt die Melodie um. Etwas Russisches: Taiga, Zwiebeltürme. Eine Welt so fern der ihren, wie es diese Welt überhaupt nur zulässt. Und als sein gemächliches Wolgalied die zweite Strophe beginnt, ist sie dabei mit dem Diskant.

Das ist ein Spiel, das sie Abend für Abend spielen, häufiger als Sex und genauso wärmend. Einer beginnt, der andere stimmt ein. Sie findet eine zweite Stimme, selbst wenn sie die Melodie noch nie gehört hat, selbst wenn sie vom Dachboden einer Kultur kommt, zu der sich kein Mensch mehr bekennt. Das Geheimnis liegt in den Zwischenräumen. Man muss eine zweite Stimme finden, die sich halb von der Melodie löst und dennoch zu ihr gehört. Musik, die sich aus einer einzigen Note entwickelt und dann im gleichen Rhythmus mitschwingt.

Summen im Bett, sanfter als die Liebe, so leise, dass die beiden schlafenden Kinder nicht wach werden. Das dritte, gleich unter der Bauchdecke, hört gewiss gerne zu. Sie singt, im Einklang mit einem Mann, der so wenig von ihrer Vergangenheit weiß wie sie von den melancholischen Melodien der Zarenzeit. Seine ganze Familie verloren, und doch wissen sie nicht einmal genug, um zu trauern. Seine Fingerabdrücke auf einer Bombe, die hunderttausend Menschen umgebracht hat. Es ist August, zu heiß für die kleinste Berührung. Aber als das Lied verklingt und sie sich schlafen legen – kein Schutzengel wacht über sie aus dem jüngst entvölkerten Himmel –, da fährt er ihr doch mit den Fingern über den Rücken, und ihre Hand greift hinter sich und ruht, für die nächste halbe Stunde zumindest, auf der vertrauten Fremde seines Schenkels.

Ihr Vater schreibt David einen langen Brief, begonnen am Tag nach dem zweiten Bombenabwurf und beendet drei Wochen darauf. »Lieber David.« So beginnen ihre Briefe immer: »Lieber William.« – »Lieber David.«

Diese unglaubliche Nachricht erklärt alles, was du mir in den vergangenen zwei Jahren nicht anvertrauen konntest. Jetzt erst begreife ich, was für eine Belastung das für dich gewesen sein muss, und ich danke dir dafür, dass du es so weit mit mir geteilt hast, wie unter den Umständen möglich war.

Wie ganz Amerika singe ich das Lob jeder höheren Macht, die es geben mag, erleichtert, dass dieses Kapitel in der Geschichte der Menschheit abgeschlossen ist. Glaube mir, ich weiß, wie lange es sich noch hingezogen hätte, wäre der Wissenschaft nicht der Bau dieser »kosmischen Bombe« gelungen. Nicht zuletzt danke ich dir um Michaels willen. Aber so viel anderes an dieser neuesten Entwicklung ist mir unbegreiflich, dass ich dir schreiben will in der Hoffnung auf Aufklärung.

Delia sieht ihrem Mann zu, wie er liest, die Augen zusammenkneift, verwirrt von den Worten.

Ich zweifle nicht, dass die erste Detonation sein musste. Sie scheint mir eine politische Notwendigkeit, ein wissenschaftlicher Triumph, moralisch gerechtfertigt. Doch dieser zweite Abwurf ist kaum mehr als ein Akt der Barbarei. Welcher zivilisierte Mensch könnte eine solche Tat gutheißen? Wir haben Zehntausende weiterer Menschen getötet, ohne dass wir dem Land auch nur eine Chance gegeben hatten zu begreifen, was geschehen war. Und wozu? Doch wohl in erster Linie, um unsere absolute Überlegenheit vor Augen zu führen, unsere Ansprüche auf genau die Weltherrschaft, die wir doch – in diesem Glauben war ich – ausgezogen waren zu beenden …

David Strom sieht fassungslos die Tochter seines Anklägers an. »Ich verstehe das nicht. Will er sagen, dass *ich* dafür verantwortlich bin?« Er reicht das Blatt seiner Frau, und sie überfliegt es. »Er kann mir doch keine Vorhaltungen für die Bombe machen. Sicher, ich habe für die Regierung gearbeitet. Wie die Hälfte aller Wissenschaftler in diesem Land. Mehr als die Hälfte! Ich habe mir ein paar Gedanken über Neutronenabsorption gemacht. Später habe ich geholfen, die Probleme der Implosion zu lösen. Ich habe mehr Arbeit in elektronische Abwehrmittel gesteckt, die nie gebaut wurden, als in die Bombe.«

Delia fasst ihren Mann am Arm. Wie mag ihre Berührung sich für ihn anfühlen? Seine Worte erleichtern sie ein wenig, deuten die Antwort auf die Frage, die sie nicht stellen kann, zumindest an. Aber nun steht dieser Brief, dies Blatt Papier zwischen ihnen. Die Frage, die ihr Vater stellt, lastet schon seit Wochen auf ihr. Und jetzt sieht sie, dass ihr Mann sie sich noch gar nicht gestellt hat. David nimmt das Blatt zurück, nimmt seine Strafübung wieder auf, die Lektüre in der fremden Sprache.

Dieses Land muss die Gefahr seines Tuns begreifen. Mit Sicherheit ist ihm bewusst, wie dieser Akt einmal in den Geschichtsbüchern dastehen wird. Wäre das Land bereit gewesen, diese Bombe auch auf Deutschland zu werfen, das Land deines geliebten Bach und Beethoven? Hätten wir damit auch eine europäische Hauptstadt vernichtet? Oder war dieser Massenmord an Zivilisten von vornherein nur für die dunkleren Rassen gedacht?

Das ist zu viel für David. »Jawohl!«, brüllt er. Noch nie hat sie solche Vehemenz in seiner Stimme gehört. »Natürlich hätte ich sie auch auf Deutschland geworfen! Denkt doch nur, was Deutschland Leuten wie mir angetan hat, allen meinen Verwandten, meinem Volk! Wir haben sämtliche deutschen Städte bombardiert, Tag und Nacht. Jede Kathedrale in Schutt und Asche gelegt. Wir mussten diese letzte Bombe bauen, bevor Heisenberg sie baute. Alle Deutschen …«

Sie nickt, fasst ihn am Ellbogen. Auch ihr Vater hat Davids Militärarbeit nach dem wenigen, was David ihm erzählen konnte, begrüßt. Auch der Doktor war überzeugt, dass sie die amerikanische Zukunft so schnell wie möglich einläuten müssten. Aber ihr Vater hatte nicht gewusst, was er da unterstützte.

Sei versichert, dass ich dir keine Vorhaltungen mache; aber es gibt ein paar Dinge, die ich wissen muss. Du hast aus nächster Nähe gesehen, worüber ich nur spekulieren kann. Ich hatte mir einen anderen Sieger, einen anderen Frieden ausgemalt, einen, nach dem es nie wieder Weltherrschaft geben würde. Wir kämpften gegen Faschismus, Völkermord, all die Auswüchse der Macht. Jetzt haben wir zwei Städte dem Erdboden gleich gemacht, zwei Städte, in denen nichts ahnende braunhäutige Menschen lebten … du wirst es vielleicht nicht verstehen, dass ich diese Bombenabwürfe mit Fragen der Rasse in Verbindung bringe. Vielleicht müsstest du einen Monat in meiner Klinik verbringen oder ein Jahr in einem Viertel wie meinem, dann würdest auch du verstehen, was ich mir von diesem Krieg versprochen habe. Ich hatte gehofft, dass dieses Land mir etwas Besseres bescheren würde. So wie der Krieg jetzt endet, welche Hoffnung haben wir da für den Frieden?

Ohne Zweifel wird diese außerordentliche Wendung unseres Schicksals in deinen Augen anders aussehen, David. Deshalb schreibe ich. Wenn du mir erklären könntest, was ich missverstanden habe, wäre ich dir zu großem Dank verpflichtet.

Einstweilen sei versichert, dass ich dich weder für die herrschende Macht noch für das Barbarentum, weder für Europa noch für die Geschichte oder für sonst etwas halte, außer für meinen Schwiegersohn, der hoffentlich auf mein Mädchen aufpasst und auf meine fabelhaften Enkel. Ich hoffe, ihr verbringt den Labor Day bei guter Gesundheit. Ich freue mich über jede Antwort. Dein William.

David legt den Brief aus der Hand und sagt kein Wort. Er *horcht*; schon dafür muss sie ihn immer lieben. Er hofft auf das kleinste bisschen Harmonie. Er wartet, dass er die Musik hört, die ihm die Antwort bringt. »Ich kann hinfahren.« Seine Stimme rau wie ein zerschlissenes Seil. »Ich kann nach Philadelphia fahren und ihn besuchen.«

»Unsinn«, sagt sie, will ihn beschwichtigen und verfehlt ihr Ziel doch weit.

»Aber ich muss mit ihm sprechen. Wir müssen uns verständigen, von Angesicht zu Angesicht. Wie kann ich ihm schreiben, wenn nichts, was ich sagen muss, in meiner eigenen Sprache ist?«

Sie nimmt ihn in die Arme. »Der Doktor kann kommen und einen Hausbesuch machen, wenn er mit dir reden will. Wann ist er denn zum letzten Mal hier gewesen? Er kann die Jungs besuchen und sein Ohr an meinen Bauch halten. Ihr Männer trinkt einen Brandy, und dann könnt ihr diskutieren, wie es am besten mit der Welt weitergeht.«

»Ich trinke keinen Brandy, das weißt du doch.« Sie muss lachen, so niedergeschlagen sagt er es. Aber das Lachen muntert ihn nicht auf.

Es ist eine inspirierte Idee. Sie bringt ihre Einladung vor, gerade als Dr. Daley mit sich ringt, ob er den großen Ärztekongress zu neuesten Entwicklungen der Immunologie und Antibiotik besuchen soll, eine Veranstaltung des Mount-Sinai-Krankenhauses und der Columbia-Universität. So kann er Arbeit und Vergnügen verbinden, ganz nach seinem praktischen Geschmack. An einem Septemberabend trifft er bei ihnen ein. Beim ersten Klopfen springen Jonah und Joseph auf und stürmen zur Tür. Sie rufen »Opapa« aus voller Kehle; schon den ganzen Tag haben sie auf seine Ankunft gewartet. Delia sieht ihnen vom anderen Ende des Flurs nach, wie sie darum rangeln, wer ihrem Großvater die Tür aufmachen darf. Joseph schont das verletzte Bein noch ein wenig. Aber vielleicht bildet sie sich das auch ein. Sie steht da mit Schaumlöffel und Kelle, aber im Nu sind die Hände frei, und sie eilt ebenfalls zur Tür, zwei Schritt hinter ihren Jungen.

Sie spürt den Zorn, als ihr Vater eintritt. Zuerst denkt sie: *Die Bombe, die moralischen Fragen, die er mit David diskutieren will.* Aber es geht um etwas, das sie viel unmittelbarer betrifft. Er beugt sich nicht zu den Jungen hinunter, er nimmt sie nicht in den Arm. Er gestattet ihnen gerade einmal, dass sie sich an sein Bein klammern, dann schreitet er den Korridor hinunter, die Rechtschaffenheit in Person.

Sie hat so etwas schon oft miterlebt, öfter als ihr lieb ist. Schon als sie nicht älter war als Joseph jetzt. In den Augen ihrer Jungen sieht sie, wie das Gift bereits seine Wirkung tut: *Was haben wir ihm denn getan?* Die Frage, auf die auch sie nie eine Antwort fand. Jetzt sind ihre Jungen an der Reihe, unter dem Erbe zu leiden, vor dem sie sie nicht schützen kann.

Ihr Vater nähert sich, und sie will ihn umarmen. Er gibt ihr nur einen flüchtigen Kuss aufs Kinn. Sie spürt, wie er sich an das letzte bisschen

Würde klammert, das so mächtig in ihm wirkt, spürt, wie er versucht, seine Wut hinunterzuschlucken, eine Zyanidkapsel wie ein Agent, der hinter feindlichen Linien gefasst wird. Aber sie weiß, das wird ihm nicht gelingen. Er wird kämpfen und scheitern, genauso spektakulär wie die Welt in seinen Augen gescheitert ist. Aber fragen kann sie ihn nicht; sie kann nur mitspielen, eine freundliche Miene dazu aufsetzen, auch wenn sie insgeheim wartet, dass der Sturm losbricht.

Es dauert bis nach dem Essen. Das Mahl selbst – Truthahn, Broccoli, Zuckermais – verläuft höflich, wenn auch angespannt. David merkt es nicht, oder er ist raffinierter als Delia gedacht hat. Er fragt nach dem Kongress, und William antwortet im Telegrammstil. Stattdessen spricht er von dem Chaos, das sie in Potsdam angerichtet haben, und von Trumans aussichtslosem Programm zur Bekämpfung des Elends. David kann nur hilflos grinsen, er weiß über beides nicht das Geringste. Delia spürt, wie beide das Thema Japan vermeiden, den Schatten der Bombe, die Morgenröte des neuen Zeitalters. Den Fall, der an diesem Abend eigentlich verhandelt werden soll.

Nach dem Apfelkompott stehlen ihre Söhne sich zum Stutzflügel, Dr. Daleys Hochzeitsgeschenk und mit Abstand ihr liebstes Spielzeug. Sie klimpern Tonleitern. »Spielt mir ein schönes altes Lied«, sagt Dr. Daley. »Das könnt ihr doch, oder? Ihr zwei spielt jetzt mal etwas Feines für euren Opa.«

Die beiden Jungs – vier und drei – schwingen sich auf die Klavierbank und spielen einen Bachchoral: »O Ewigkeit, du Donnerwort.« Jonah bekommt natürlich die Melodie. Joseph steuert den Bass zu. Zwei Jungen erforschen spielerisch das Geheimnis der Harmonie, haben ihren Spaß an der vorübergehenden Dissonanz, toben in dem Gewirr der verschiedenen Stimmen, trollen durch die Transformationen. »O Ewigkeit, du Donnerwort, O Schwert, das durch die Seele bohrt, O Anfang sonder Ende! O Ewigkeit, Zeit ohne Zeit, Nimm du mich, wenn es dir gefällt, Herr Jesu, in dein Freudenzelt.« Niemand im Zimmer kennt den Text. Heute geht es nur um die Töne. Die Jungen spielen ihre Läufe, kommen sich in die Quere, treten einander an die baumelnden Schienbeine, lehnen sich zurück bei den schnellen Passagen, beugen sich übermütig vor bei der kleinsten Verlangsamung, sind ganz in der Musik zu Hause. Die Musik steckt in ihnen. Einfach *in* ihnen, eine aufblühende Chrysanthemenblüte der Töne. Es macht sie glücklich, jeder von ihnen jongliert mit seiner Melodie, und doch treffen die einzelnen Linien sich immer wieder an den richtigen Stellen. Atmen diesen perfekten Abschluss eines Tages, der keinem gehört.

Irgendwann wird ein Abend kommen, ein Leben entstehen, das keine Erinnerung daran hat, von wo es kommt, keinen Gedanken an alles, was auf dem Weg dorthin geschehen ist. Kein Diebstahl, keine Versklavung, kein Mord. Etwas wird gewonnen und vieles verloren, wenn die Zeit aufhört zu sein. Aber noch ist es nicht soweit. William Daley betrachtet diese beiden Jungen mit ihren musikalischen Kunststückchen. In diesem Blick steckt jeder Ton, den die Musik verschweigt. Er schüttelt den Kopf mit weiten, ungläubigen Bewegungen. Die Jungen erwarten, dass er begeistert ist, vielleicht sogar verblüfft, wie jeder Erwachsene, dem sie bisher vorgespielt haben. Sie klettern von der Bank und suchen sich neue Beschäftigung. William starrt seine Tochter an, so wie er einst seinen Sohn Charles anstarrte, wenn er schwarze Musik auf dem Wohnzimmerklavier spielte. Der Blick bohrt sich tief in sie: ihr Bundesgenosse, ihr Ankläger. *Alles was du willst.* Lautete so nicht das Credo? *Jedem Herrn ebenbürtig. Jederzeit dein eigener Herr.* Dr. Daleys Kopf hält drohend in seiner Bewegung inne. »Was habt ihr mit ihnen *vor*?« Er könnte alles meinen. Alles was du willst.

Delia erhebt sich und räumt den Tisch ab. »David und ich haben beschlossen, dass wir sie zu Hause unterrichten.« Bis zum Satzende ist sie schon fast in der Küche.

»Was du nicht sagst.«

»Wir haben lange überlegt, Daddy.« Sie kehrt zum Tisch zurück. »Wo können sie mehr lernen als hier? David weiß alles über Mathematik und Naturwissenschaften.« Sie macht eine Handbewegung zu ihrem Mann, der es mit einem Nicken quittiert. »Ich bringe ihnen Musik und Kunst bei.«

»Bekommen sie auch Geschichtsunterricht?« Ein Satz wie ein Peitschenhieb, und alles, was er unter Geschichte versteht, steckt schon darin. Seine Finger krampfen sich um das Wasserglas, damit seine Tochter es ihm nicht fortnehmen kann. »Wo sollen sie lernen, wer sie sind?«

Lautlos sinkt sie wieder auf ihren Stuhl. Sie geht ganz in dieser Rolle auf, so wie Mr. Lugati es ihr für die Bühne beigebracht hat. *Wir arbeiten hart, wir machen unzählige Proben, damit wir die innere Ruhe finden können, die uns frei macht für den Auftritt.* Sie greift tief zurück in ihre Erinnerung, damit sie diesen Atem, diese Luftsäule wieder findet. »Da wo ich es auch gelernt habe, Daddy. Da wo du es gelernt hast.«

Seine Augen schleudern Blitze. »Weißt du, wo ich gelernt habe, wer ich bin? Wo *ich* es gelernt habe?« Er wendet sich an David, der es anderswo gelernt hat. Und das, begreift Delia jetzt, ist sein unverzeihliches Verbrechen. »Du hast vorhin nach dem Kongress gefragt? Du wolltest wissen, wie es mir auf dem *Kongress* ergangen ist?«

David sieht ihn fragend an. Hier geht es nicht mehr um Immunologie. Nicht um Antibiotika.

»Ich wünschte, ich könnte es euch erzählen. Aber ihr müsst wissen, den größten Teil davon habe ich verpasst. Ich durfte unten im Foyer bleiben, zuerst vom Hausdetektiv festgehalten, dann von einer kleinen, aber tüchtigen Polizeieskorte. Sicher ein Missverständnis. Ich konnte doch wohl kaum Dr. William Daley aus Philadelphia, Pennsylvania sein, denn Dr. Daley ist ein richtiger Arzt mit Brief und Siegel, und ich bin ja nur ein Nigger, der aus Dickköpfigkeit in eine Versammlung von kultivierten Medizinern will.«

»Daddy. Das Wort sagen wir hier im Haus nicht.«

»Nicht? Deine Jungs werden es aber schon lernen müssen, irgendwann zwischen zwei hübschen vierstimmigen Chorälen. Alles was das Wörterbuch dazu weiß. Verlass dich drauf. Heimunterricht!«

Ihr Haus steht in Flammen. »Daddy, ich ... ich verstehe dich nicht. Du hast mich doch selbst im Glauben erzogen, dass ich ...«

»Das ist wahr, junge Dame. Ich habe dich erzogen. Da sind wir uns einig.«

Sie sieht ihre helle Haut, gespiegelt im Braun seiner Augen. Hat er es vergessen? Glaubt er wirklich, sie ist eine Weiße geworden, eine Überläuferin zu etwas, das genauso eine Erfindung ist wie das, was ihnen auferlegt ist?

»»Du bist Sängerin‹«, sagt sie. »»Du wirst deine Stimme ausbilden. Du sorgst dafür, dass du so verdammt gut wirst, dass sie nicht anders *können* – dass sie dir zuhören *müssen.*‹«

Er macht eine ärgerliche Bewegung. *Da hast du es doch!* »Seit fünf Jahren bist du mit der Ausbildung fertig. Was ist aus deiner Karriere geworden?«

Sie prallt zurück, als hätte er sie geohrfeigt.

»Sie hat viel zu tun«, antwortet David. »Sie ist Ehefrau, Mutter von zweien. Und ein drittes ist unterwegs.«

»Und was macht *deine* Karriere? *Dich* haben familiäre Verpflichtungen nicht von einer akademischen Laufbahn abgehalten.«

»*Daddy.*« Die Heftigkeit, mit der dieser Tadel aus der Tiefe ihrer Kehle kommt, überrascht sie selbst.

Aber er wird sich nicht demütigen lassen, nicht zweimal am selben Tag. Er fährt sie an. »Ich kann dir sagen, wo deine Karriere ist. Du darfst auf der Gasse vor dem Konzertsaal warten. Eingang für Farbige. Der aber auf absehbare Zukunft vernagelt bleibt.«

»Ich habe mich doch gar nicht richtig für Engagements beworben.«

»Was soll das heißen, ›nicht richtig‹? Entweder hast du oder du hast nicht.«

»Ich kann mehr tun, wenn die Jungs größer sind.«

»Wie lange hält eine Stimme?«

So viele Vorwürfe auf einmal, sie weiß gar nicht, worauf sie zuerst antworten soll. Ein klügeres Baby hat's nie gegeben, ob schwarz oder weiß, und trotzdem hat sie nicht Jura studiert, nicht für den Kongress kandidiert, ist nicht einmal eine mittelmäßige Sängerin geworden. Hat ihre Rasse nicht vorangebracht. Alles was sie zustande gebracht hat ist zwei kleine Jungs aufzuziehen, und auch das offenbar eher schlecht als recht.

Ihr Vater verfällt in einen tiefen Basston, wie sie ihn noch nie bei ihm gehört hat. Und er spricht in jenem ländlichen Singsang, dem Südstaaten-Tonfall ihrer Mama, auch wenn er, von einem einzigen widerwilligen Besuch abgesehen, schon seit über fünfzehn Jahren nicht mehr in Carolina gewesen ist. Das war nicht der Süden der Baumwolle, des Tabaks, es war Land so öde, dass nichts wuchs außer armseligen Bohnen und Erdnüssen. Land das nicht einmal so viel abwarf, dass man die Steuern davon bezahlen konnte. Seine Stimme ahmt genau den Ton seines eigenen geschundenen Schwiegervaters nach, eines Mannes, dem Delia nur drei peinliche Male in ihrem Leben begegnet ist. Aber es ist kein Spott. »*Niemals* werden diese Leute dich singen lassen.«

»Miss Anderson haben sie singen lassen.«

»Aber ja. Ein bisschen Jahrmarktsrummel im hohen Haus. Sie kann auch ein Tänzchen einlegen, wenn sie will. *That's entertainment!* Dressierte Pudel. Aber wenn die Nummer vorbei ist, geht's brav wieder ab in die Sklavenhütte.«

Delia sitzt da, die Hände reglos auf dem halb abgeräumten Tisch. Ein Gangster ist in ihren Daddy gefahren, den Mann, der sich durch Joyces *Ulysses* gequält hat, der mit Universitätsrektoren korrespondiert, der sich von David die Relativitätstheorie hat erklären lassen. Den Mann, der sein ganzes Erwachsenenleben damit verbracht hat, den Geschundenen Erleichterung zu verschaffen. Aus seiner Praxis gezerrt, von seiner Frau getrennt, aus dem Viertel fortgeholt, das ihn seit Jahren als Heilkundigen vergöttert, befingert in einem Hotelfoyer, festgehalten wie ein Taschendieb, ein Junkie. Was die Welt in ihm sieht, wird stets das Bild zerstören, das er der Welt von sich zeigen will. Früher oder später muss für jeden ein solches Erwachen kommen. Die Erkenntnis, wer man wirklich ist.

Dr. Daley setzt sich selbst an den Stutzflügel. Er spielt den Choral, den die Jungen gespielt haben, aus dem Gedächtnis. Die ersten vier Takte sind im Großen und Ganzen so, wie der Kantor sie einst in seinem Provinznest schrieb. Delia ist verblüfft, wie gut er spielt. Wenn auch wie jemand, der in einer fremden Sprache spricht. Sie hat ihn so gut wie nie spielen gehört, höchstens einmal ein paar Schnipsel Joplin. »Und ein Weinen kam von fern / Von Kindern unterm Baum des Herrn.« Ein paar Takte Boogie-Woogie bei Charlies Totenfeier. Und jetzt das. Nach dem Gehör. Einfach nur nach dem Gehör.

William zuckt vor den messerscharfen lutherischen Tönen zurück, als hätte das Klavier ihn gebissen. »Weißt du, was ich höre, wenn ich solche Musik höre? Ich höre ›Verfluchet seist du, Kanaan‹. Ich höre: ›Weiß – darf rein, Braun – mal schau'n, Schwarz – lass sein.‹«

Seine Tochter hebt den Blick wie ein geprügelter Hund. Sie will leise sein, *piano*. Leise ist schwieriger als laut, das hat ihr Lugati immer gepredigt. »Es tut mir Leid, dass die Leute auf dieser Konferenz solche Dummköpfe waren, Daddy.« *Und nur noch ein Grund*, hätte sie gern gesagt, *sie mit ihren eigenen Waffen zu schlagen.*

»Mount Sinai. Keine Dummköpfe. Das beste Krankenhaus weit und breit.« Seine Augen loten die Tiefen der Strafen aus, die ihm erst noch bevorstehen. Er lässt sich so leicht erniedrigen, sein Leid ist grenzenlos. Eine Stunde lang festgehalten, gedemütigt: lächerlich. Nicht der Rede wert. Das wischt man vom Anzug und geht weiter. Aber wenn man sich das gefallen lässt, kann man auch gleich zulassen, dass sie einen in den Wandschrank sperren, im Bahnhof an den Stand des Schuhputzers ketten, zusammenschlagen, weil man in eine falsche Straße einbiegt, einen aufknüpften am erstbesten Baum. Da wird auch das standhafteste Ich irgendwann ans Licht gezerrt.

David streift seinen Gebetsmantel des Schweigens ab und spricht. »Ich habe nachgedacht. Über das was geschehen ist. Es ist ein statistischer Irrtum.«

William richtet sich kerzengerade auf. »Was soll das heißen?«

»Das sind Leute, die schnell verurteilen.«

Dr. Daley starrt ihn an. Dann wendet er sich ratlos an seine Tochter. Sie macht einen Schmollmund. »Vorschnell urteilen.«

»Ja. Sie urteilen, bevor sie sehen. Kurzschlüsse. Sie sehen nicht die Fakten, sie urteilen nach dem, was ihnen das Wahrscheinlichste ist. Kategorisch. So funktioniert der menschliche Verstand. Das können wir nicht ändern. Aber wir können die Kategorien ändern.«

»Wahrscheinlichkeit, Unsinn. Nichts als blanker Hass. Zwei Spezies. Das ist alles was sie sehen. Darauf kommt es an, auf die Spaltung. Und die wird ihnen verflucht nochmal gelingen. Sie haben nicht gesehen was ich anhatte. Sie haben nicht gehört wie ich rede. Ich habe ihnen ganze Kapitel aus ihrem *Scheiß*-Ärztehandbuch rezitiert …«

»Mein Vater hat mir gesagt, so etwas kommt vor.« Ihre Stimme *spinto*, bebend vor Erregung. Sie will nur noch heil aus dieser Sache heraus. »Mein Vater hat mir beigebracht, dass ich mich durchbeißen muss. Dass ich so groß sein muss, dass sie mich nicht wegschubsen können.«

»Und was wirst *du* deinen Kindern sagen?«

Jonah sucht sich diesen Augenblick zu seiner Rückkehr aus. Und wo er auftaucht, ist Joey nicht weit. Zwei verirrte Kinder im Wald, bahnen sich einen Weg durch das undurchdringliche Dickicht der Erwachsenenwelt. William Daley fasst den älteren Enkel an den Schultern. Im Lampenlicht findet er den Beigeton des Jungen unbegreiflich. Irgendwo zwischen *darf rein* und *mal schau'n*. Eine schräge Harmonikanote, weder *fis* noch *f*. Dazwischen, wie die Skala des Radios, die man um Millimeterbruchteile verstellen muss, um einen von zwei sich überlagernden Sendern zu empfangen. Wie eine geworfene Münze, die unbegreiflich auf der Kante stehen bleibt, bevor die Gesetze der Wahrscheinlichkeit sie dazu verdammen, auf die eine oder auf die andere Seite zu fallen. Er sieht diesen Jungen an und sieht ein Geschöpf aus der Zukunft. Eine Erinnerung stellt sich ein, ein nutzloser Aphorismus, den er einmal im Ödland Emersons gefunden hat: »Jedermann sieht einen Engel in seinem zukünftigen Ich.«

»Joseph«, sagt er.

»Jonah.« Der Junge kichert.

Wütend sieht der Doktor seine Tochter an. »Warum zum Teufel hast du beiden den gleichen Namen gegeben?« Und zu dem Jungen sagt er: »Jonah, sing mir etwas vor.«

Jonah stimmt einen langen, traurigen Kanon an. »An den Wassern, den Wassern von Babylon, standen wir und weinten, und weinten um dich, Zion.« Der Himmel weiß, was er sich bei diesen Zeilen denkt. Joey, ein Jahr jünger, hört, dass es ein Kanon ist, wartet und setzt auf den Punkt genau ein, wie er es Abend für Abend mit seinen Eltern tut. Aber am heutigen Abend stimmt keiner von beiden ein, und der Kanon bricht nach nur zwei Runden ab.

»Singt mir noch etwas«, ordnet Opapa an. Und die Jungs präsentieren ihm mit Freuden einen weiteren Kanon: »Dona nobis pacem.« William hebt den Finger in die Höhe, zwingt sie schon zum Innehalten, bevor das dritte Wort heraus ist. »Was ist mit unserer eigenen Musik?« Er sieht die Jungen an, aber die Antwort kommt von ihrer Mutter.

»Was heißt denn schon ›unsere Musik‹, Daddy? Was ist die Musik des gebildeten Zehntels, der schwarzen Aristokratie? Der am meisten verachteten Menschen im am meisten verachteten Volk der Erde?«

Er verfällt in Predigerton. »Schon vor den Pilgervätern«, sagt er und betrachtet weiter seine Enkel, »waren wir hier und haben unsere Musik gemacht.«

»Aber *wir*, wann hat die Musik zu *uns* gehört? Unserem Haus, unserer Familie? Welche Musik war denn wirklich unsere? Ich hatte Mamas Kirchenlieder, das ganze Gesangbuch. Und einen Stapel Schellackplatten von dir, ›Meisterwerke der Klassik‹. Heimlich habe ich zusammen mit Charlie die verruchten Klänge aus New York und Chicago gehört. All die Sachen, die du uns verboten hast. Die wir im Radio nicht hören durften. ›Wenn ihr klingt wie Wilde, dann dürft ihr euch nicht wundern, wenn sie euch auch wie Wilde behandeln.‹ Ich wusste, welche Musik dir Angst machte, und von welcher du dachtest, du müsstest sie kennen. Aber außer ein paar alten Ragtimes, die du gespielt hast, wenn du dachtest, es höre dich keiner – ach was habe ich mich immer gefreut, wenn du die gespielt hast! –, außer diesen Ragtimes hätte ich ja gar nicht sagen können, welche Musik du *mochtest*. Ich wusste überhaupt nicht, dass du ...« Sie wies auf das Spinett, den rauchenden Colt.

»Ihr wollt, dass diese beiden Jungen singen? Ihr wollt, dass die beiden Freude haben ... Dieser hier.« Er zeigt auf den dunkleren, macht eine ausgreifende Bewegung, schiebt die Schrecken zukünftiger Zeit weit fort. Er bringt es nicht über sich, seiner eigenen Zukunft ins Auge zu blicken. »Diesem Jungen hier werden sie den Weg verstellen, in fünfundzwanzig Jahren. Er will ein Konzert besuchen. Aber sie sagen ihm, das müsse ein Irrtum sein. Er wolle sicher zur Bühne am anderen Ende der Stadt. Was da drin zu hören ist, das sind nicht seine Lieder. Das sind schwierige, kultivierte Klänge. Die könnte er ohnehin nicht verstehen.«

»›Dein ist, ja dein, was du gesehnt, dein, was du geliebt, was du gestritten!‹« Worte als kämen sie von nirgendwoher, von keinem Menschen.

Dr. Daley dreht sich zu ihr um, nimmt die Herausforderung an. Früher hätte er gefragt, von wem diese Zeilen stammten. Jetzt fragt er: »Wer hat dich auf solche Gedanken gebracht?«

Delia erhebt sich, als sei der Tag der Auferstehung schon gekommen. Sie schwebt zu ihrem Vater hin. Bevor er zurückweichen kann, steht sie schon hinter ihm, eine Hand auf seine angespannte Schulter gelegt, die andere fährt über den kahlen Fleck auf seinem ehrwürdigen Schädel. »Was gefällt dir, Daddy? Welche Musik möchtest du hören?«

»Welche Musik ich mag?«

Sie nickt, lächelt durch die Tränen. Summt leise ein paar Töne. Bereit wieder sein kleines Mädchen zu sein, auf sein erstes Zeichen hin.

Er überlegt so lange, er geht in Gedanken den ganzen Katalog durch. »Ich wünschte wirklich, es ginge hier um Musik.« Nur aus Verwirrung lässt er es zu, dass sie ihn streichelt. »Du hast deine Babys genau zwischen den Rassen ausgesetzt, nicht wahr? Mitten im Niemandsland.«

Sie steht da, umgeben von einer unwirklichen Ruhe. »Wir waren schon immer im Niemandsland, Daddy. Seit jeher.«

»Nicht immer.«

Und dann ihr Fehler: »Jeder hat sein eigenes Niemandsland. Alle stehen zwischen den Rassen.« Sie versucht etwas vom Südstaatenton ihrer Mutter hineinzulegen.

Aber ihr Vater antwortet mit einer Heftigkeit, dass sie ihn vor Schreck abrupt loslässt. Er fährt sie an, wenn auch leise und besonnen. »Nein, meine kleine Opernsängerin im Niemandsland. *Nicht alle.* Manche Leute sind nicht einmal das, was sie sind. Meinst du, nur weil ihr Vater ein Weißer ist, wird die Welt –«

»*Ein Weißer?*« Jonah kichert. »Ein Mann kann doch nicht weiß sein! Wie ein Gespenst, meinst du?«

William Daley starrt Delia an, fassungslos. Sein Gesicht, gramverzerrt, wartet auf Erklärungen. Aber wie erstarrt von diesem *pianissimo*, von der Wirkung ihrer Worte, bleibt sie stumm.

Der Junge ist übermütig. »Ein *weißer* Mann. *Du* erzählst einen Blödsinn.«

»Sing doch noch etwas für deinen Opapa«, sagt seine Mutter. »Sing ›Herr, erleuchte meine Seele‹.«

»Was bringst du den Kindern bei?« Eine Stimme, die wie aus der Tiefe der Erde empordringt. Eine Stimme, die alle Lieder verstummen lässt. Die Stimme Gottes, die sich zu Adam und Eva erhebt und fragt, ob sie wirklich glaubten, sie könnten etwas vor ihm verbergen. Ihr Verstand löst sich aus der Blockade. Adam und Eva, geht ihr auf: Die beiden müssen doch auch ein gemischtes Paar gewesen sein. Wie hätten sie sonst die Völker der Erde hervorbringen können?

»Wir haben uns unsere Gedanken gemacht, Daddy.«

»Tatsächlich. Ihr habt euch Gedanken gemacht. Und was ist bei diesen Gedanken herausgekommen?«

David befreit sich aus dem Dickicht. Er beugt sich vor und will ihre Überlegungen erläutern. Aber Delia hebt die Hand, gebietet Schweigen. *Jederzeit dein eigener Herr.* »Wir haben beschlossen, die Kinder jenseits aller Rasse zu erziehen.«

Ihr Vater dreht sich um, reibt sich die Ohren, als sei er plötzlich taub geworden. Der Schlag dröhnt noch in seinem Kopf. »Kannst du das noch einmal sagen?«

»Heute in einem Vierteljahrhundert«, hebt David an. Beide Neger achten überhaupt nicht auf ihn.

»Wir haben einen Entschluss gefällt.« Jedes dieser Worte klingt, selbst für Delia, zu stark betont. »Wir entscheiden nicht für sie. Das sollen sie später selber tun.« Alles was sie sein wollen. »Wir erziehen sie für eine Zeit, in der die Farbe nicht mehr zählt.«

»›Die Farbe nicht mehr zählt.‹« Der Doktor horcht die Worte ab, sagt sie sich laut vor, so wie er sich die Symptome eines Patienten einprägt. »Das heißt, du willst sie als Weiße erziehen.«

Die Jungen haben das Interesse verloren, wenn sie je welches hatten. Sie spazieren wieder an den Stutzflügel und wollen noch einen Choral spielen. Delia hält sie davon ab. »Nicht jetzt, JoJo. Warum geht ihr zwei nicht ein Weilchen auf euer Zimmer und spielt da?«

Noch nie hat sie ihnen das Musikmachen verboten. Jonah spielt in rasendem, doppeltem, vierfachem Tempo, hastet durch den gesamten Choral, bevor die Worte Gültigkeit bekommen. Sein Bruder sieht ihm zu, erschrocken. Delia packt den Gesetzesbrecher, lässt ihn baumeln wie ein Pendel, dann stellt sie ihn auf die Füße und schubst ihn in Richtung Kinderzimmer. Der Ordnung halber gibt sie ihm noch einen Klaps auf den Po, und der Übeltäter verschwindet heulend den Gang hinunter, und sein kleiner Bruder folgt ihm nach und weint aus Mitgefühl, hinkt im Gedanken an den eigenen Schmerz.

Eine Zeit, in der die Farbe nicht mehr zählt. Meine Mutter spricht diese Worte zu meinem Großvater Ende September 1945. Ich bin drei Jahre alt. Was soll ich da schon behalten haben? Mein Bruder liegt auf dem Bauch in der Tür unseres Zimmers und spioniert die Erwachsenenwelt aus. Er hat nur einen Gedanken im Kopf: Er will zurück zu dem Klavier und etwas Krach machen. Den klingenden Thron zurückerobern, der allein die Welt in Ordnung bringen kann und ihn zum Mittelpunkt aller Liebe macht.

Meine Eltern und mein Großvater sitzen über den Tisch gebeugt, drücken sich in den Lichtkegel inmitten grenzenloser Schatten. Sie müssten doch merken, wie eng ihr Kreis ist und wie groß die Finsternis. Aber etwas treibt sie weiter, etwas, das nicht sie ist, das sich nur für sie ausgibt. Etwas, das sie brauchen, ergreift so vollkommen Besitz von ihnen, dass sie aufeinander losgehen, um es nicht zu verlieren. Ich sehe sie am anderen Ende des Ganges, eine Kugel aus brennendem Schwefel in einer unendlichen schwarzen Schale.

Mama sagt: *Wir müssen es schaffen. Irgendwie. Jemand muss den Sprung wagen.*

Opapa sagt: *Eine Zeit, in der die Farbe nicht mehr zählt? Weißt du, was das heißt? Wir leben ja längst in einer Welt, in der unsere Farbe nicht zählt. In der man die Schwarzen versteckt. In der man tut, als gebe es uns gar nicht. Wenn die Farbe nicht mehr zählt, dann spielen wir das Spiel der Unterdrückung mit, das Weiße mit uns spielen seit –*

Mit der Welt geht es zu Ende. Das haben Jonah und ich schon gelernt, und dabei wissen wir noch so gut wie nichts. Mein Bruder wird einfach zu ihnen hinlaufen, sie mit einem Lied umschmeicheln, bis alles wieder gut ist. Aber selbst Jonah ist in den Strudel der Rache geraten. Sein Schmerz ist sein eigener, und er wiegt schwerer als der Schmerz der Welt. Beim Spielen zu Unrecht ausgescholten.

Opapa sagt: *Was glaubt ihr denn, was sie erleben, im ersten Augenblick, in dem sie vor die Haustür gehen?*

Mama sagt: *Alles wird sich vermischen. Dann gibt es keine Rassen mehr.*

Opapa sagt: *Mischung gibt es nicht.*

Pa sagt: *Noch nicht.*

Opapa sagt: *Wird es nie geben. Sie sind das eine oder das andere. Und das eine können sie nicht sein, nicht in dieser Welt. Sie gehören zur anderen Seite, Kind. Das weißt du doch. Warum willst du das nicht einsehen?*

Mama sagt: *Die Menschen müssen sich entwickeln. In was für einer Welt willst du denn leben? Dinge müssen sich verändern, die Welt muss vorankommen.*

Opapa sagt: *Die Welt kommt voran. Sie verändert sich. Für Schwarze wird sie schlechter von Tag zu Tag.*

Mama sagt: *Auch die Weißen werden sich verändern.*

Opapa sagt: *Die Weißen? Sich verändern? Nur wenn du sie mit vorgehaltener Waffe zwingst.*

Mama sagt: *Sie müssen es; es geht nicht anders.*

Und Opapa antwortet: *Niemals. Nie im Leben. Was ich heute Morgen gesehen habe, ist die einzige Zukunft, die unsereiner je bekommen wird.*

Dann geht das Donnerwetter erst richtig los. Ich kann mich nicht mehr erinnern, was es auslöste, genauso wenig wie ich mich an mein damaliges Ich erinnern kann. Sie reden und reden. Jonah liegt auf dem Fußboden, in unserer Tür, und schläft. Ich kann natürlich nicht schlafen, nicht wo es den Erwachsenen so schlecht geht. Opapa geht im Esszimmer auf und ab, ein Riese im Käfig. Er schlägt mit der flachen Hand an die Wand. *Eine Zeit, in der die Farbe nicht mehr zählt. In der deine eigene Mutter nicht mehr zählt. Deiner Brüder und Schwestern. Eine Zeit, in der ich nicht mehr zähle!*

Mama regt sich nicht. *So meinen wir das nicht, Daddy. Was wir tun, ist etwas anderes.*

Und was tut ihr? Was steht auf ihrer Geburtsurkunde? Glaubt ihr, darüber könnt ihr euch hinwegsetzen?

Mehr Worte fallen, Worte, die ich nicht höre, nicht verstehe, an die ich mich nicht erinnere. Worte schlimmer als Wut. So messerscharf, dass sie durch jede Haut gehen. Dann steht mein Großvater in der Wohnungstür. Die Tür ist offen zum Septemberabend, ein schwarzes, kaltes Loch. *Niemals*, sagt er. Und was kann danach noch kommen? *Wenn ihr es so wollt, ist das eure Sache*, sagt er. *Ich kann es nicht begreifen.* Mama sagt etwas, dann sagt Pa etwas, und Opapa sagt: *Wie könnt ihr es wagen?* Und dann ist er fort.

Ich weiß nur noch, wie meine Eltern sich von der zugeschlagenen Tür abwenden, beide am ganzen Leibe zitternd. Ich sehe sie, wie sie mich sehen, in der Zimmertür, meinen Eisbeutel in der Hand. Ich halte ihn hoch, weil sie ihn doch brauchen.

Danach ist Mama lange Zeit krank. Sie hat einen dicken Bauch und bekommt wieder ein Baby. Wie hypnotisiert sehe ich zu, wenn sie isst. Sie beobachtet mich, sie weiß, was ich denke, und versucht zu lächeln. Jetzt wo sie beschlossen hat, dass sie noch ein Baby haben will, muss sie es füttern. Das Baby sitzt im Bauch und bekommt von allem etwas ab.

Etwas ist aus unserem Leben verschwunden und ich weiß nicht was. Ich stelle mir vor, dass das Baby es wieder zurückbringt. Deshalb wollen sie es haben. Damit Mama wieder glücklich wird und alles, was zerbrochen ist, wieder heil.

Ich frage, was für ein Baby es wird. *Wie meinst du das?*, fragen sie zurück. *Ob es ein Junge oder ein Mädchen wird?* Sie erklären mir, dass man das noch nicht wissen kann. *Weiß es denn nicht, was es wird?*, frage ich.

Sie lachen. *Doch, das Baby weiß es. Aber wir können ja nicht hineinsehen. Wir müssen abwarten, bis es kommt.*

Wir warten bis Oktober, dann November, seltsame Gegenden mit noch seltsameren Namen. Mir ist ganz elend von so viel Warterei. *Ist es immer noch nicht da? Kommt es denn nie raus?*

Morgen vielleicht, sagen sie. *Warte mal bis morgen.*

Und ein paar Mal jeden Tag frage ich: *Ist denn immer noch nicht morgen?*

Wochenlang lässt das Morgen auf sich warten. Und dann, über Nacht, ist es plötzlich gestern. Alles Vergangenheit, unerreichbar fern. Und mein Vater liegt auf einem Bett im Mount-Sinai-Krankenhaus im Sterben. Nur eines muss ich noch von ihm wissen – er muss mir sagen, was an jenem Abend geschehen ist. Aber er ist zu krank, zu wirr von den Medikamenten, zu schwer von der Erde – und dann zu leicht, zu frei –, um sich noch zu erinnern.

LIEDER EINES FAHRENDEN GESELLEN

Jonah verließ die Vereinigten Staaten Ende 1968. Kein Feuilleton vermeldete seinen Aufbruch. Zu einem Zeitpunkt, zu dem fast jeder andere schwarze Sänger, Schauspieler, Schriftsteller oder Künstler die Geburt einer eigenen Nation feierte, ließ mein Bruder das Land im Stich. Er schrieb aus Magdeburg. »Die Leute lieben mich, Joey.« Er klang wie Robeson auf seiner ersten Reise in die Sowjetunion. Alles war besser als das Leben in Amerika. »Die Ostdeutschen sehen mich an und sehen einen Sänger. Ich habe nie diesen Blick verstanden, mit dem Amerikaner mich immer angestarrt haben – erst jetzt, wo ich erlebe, dass es auch anders sein kann, begreife ich das. Schön, wenn man wenigstens für eine Weile mal etwas anderes ist als eine Farbe.«

Was er über die Magdeburger Festspiele schrieb, hörte sich nach einem Pfadfinderlager für Künstler an. »Die Unterbringung ist ein wenig spartanisch. Mein Zimmer erinnert mich an unsere Bude in Boylston, nur dass ich hier nicht deinen Krempel wegräumen muss.« Das von dem Mann, dem ich in all der Zeit, die wir zusammenwohnten, die Wäsche gewaschen hatte. »Das Essen besteht hauptsächlich aus den hartnäckigeren Gemüsesorten, die gekocht werden, bis sie allen Widerstand aufgeben. Doch der unerschöpfliche Vorrat an kunstsinnigen Frauen entschädigt für alle Entbehrungen. Das nenne ich Kultur.«

Er schwärmte von der Musik, von all den Weltklassesängern, die zu der Feier zusammengekommen waren. Einige davon, das las ich zwischen den Zeilen, machten ihm eine Heidenangst. Aber sie sangen gemeinsam, und das beflügelte ihn. Die ganze Kindheit lang hatte er allein im Hinterhof Basketball gespielt, und nun durfte er endlich in einer richtigen Mannschaft spielen. Er genoss die Spannung, wenn er auf ein Dutzend anderer Musiker gleichzeitig horchen musste, die perfekte Harmonie, die er mit vollkommen Fremden fand.

Europäische Journalisten fragten ihn, warum sie noch nie von ihm gehört hätten. Er hielt sie nicht davon ab, in ihren Artikeln vom Rassismus der Amerikaner zu schreiben. Er hatte Angebote aus einem Dutzend Städte bekommen, darunter Prag und Wien. »Wien, Muli. Mal dir nur die Möglichkeiten aus. Mehr Arbeit als ein Imbisskoch in Lauderdale am langen Wochenende. Du musst einfach herkommen. Das ist mein letztes Wort zu diesem Thema.«

Der Brief brauchte Wochen, bis er mich erreichte, denn ich hatte unsere Wohnung im Village aufgegeben. Allein konnte ich sie mir nicht leisten. Für kurze Zeit wohnte ich bei Pa in Fort Lee; er freute sich riesig und war jeden Abend neu überrascht, wenn er nach Jersey zurückkehrte und ich immer noch da war. Ich hörte ihn nachts durchs Haus geistern, mit Mama reden, und oft hatte ich das Gefühl, dass sie ein besserer Gesprächspartner für ihn war als ihr Sohn es je sein würde.

Bleiben konnte ich dort nicht. Es machte mir nichts aus, dass mein Vater sich Nacht für Nacht mit einer Toten unterhielt. Aber den Argwohn, mit dem mir die wohlanständige Nachbarschaft begegnete, hielt ich nicht aus. Eine Woche gab mir die Polizei, bis feststand, dass ich nicht der Gärtner war. Das erste Mal, dass sie mich auf die Wache schleppten, hatte ich keinen Ausweis dabei und nur die unglaublichste Geschichte: Ich sei Konzertpianist, derzeit arbeitslos, Juilliard-Schüler ohne Abschluss, schwarzer Sohn eines weißen deutschen Physikers, der in Columbia unterrichte. Selbst als sie sich schließlich bereit erklärten, Pa anzurufen und meine Angaben zu überprüfen, dauerte es noch den ganzen Abend, bis ich freikam. Das zweite Mal, zwei Wochen später, hatte ich mich mit einer ganzen Brieftasche voller Belege gewappnet. Aber diesmal gestatteten sie mir nicht einmal einen Telefonanruf. Sie sperrten mich die Nacht über ein und ließen mich um neun Uhr am nächsten Morgen gehen, ohne Erklärung oder Entschuldigung.

Ich ging nicht mehr vor die Tür. Zwei Monate lang blieb ich zu Hause und übte. Ich ließ alle, die ich kannte, wissen, dass Jonah fort war. Ich war arbeitslos und würde mit jedem auftreten, solange nur ein bisschen Geld dabei heraussprang. Ich hörte Jonah sagen: *Du verkaufst dich unter Preis. Du musst dir Gehör verschaffen.*

Es lag nahe, dass ich in dem Metier blieb, für das ich mein Leben lang gelernt hatte. Aber das war die Begleitung meines Bruders. Jonah und ich hatten jahrelang als perfekt eingespieltes Duo gelebt. Jetzt, wo mein Spiel so ausgefeilt war, wie es je werden würde, fehlten mir die Verbindungen, ohne die kein Musiker überleben kann. Ich unternahm ein paar Vorstöße. Ich bewarb mich bei einer gediegenen Mezzosopranistin, einem Bariton, und verabredete ein Treffen in einem Probenraum in der Stadt. Als sie mich sahen, schreckten die Sänger zurück, ein peinlicher Reflex: *Das muss ein Missverständnis sein.* Sie erläuterten die Partitur in allen Einzelheiten, denn dass ich Noten lesen konnte, war unvorstellbar.

Es ist schwer, gut zu spielen, wenn man sich vorkommt wie ein Fisch auf Stelzen. Und es ist auch nicht leicht, gut zu singen, wenn man gerade frisch aus der Bahn geworfen ist. Meistens endeten diese Versuche mit gegenseitigem Lob und verlegenem Händeschütteln. Ich spielte für eine attraktive Sopranistin, die aussah wie Frederica von Stade und die meine Art zu spielen offenbar mochte. Kein Begleiter habe ihr je so viel Freiheit und Sicherheit zugleich gegeben, sagte sie. Aber ich sah, wie sie sich all die Schwierigkeiten ausmalte, die sie bekäme, wenn sie mit einem Schwarzen durchs Land zog, und ehrlich gesagt war auch mir bei dem Gedanken daran nicht wohl. Wir schieden im besten Einvernehmen. Sie zog weiter zu einer bescheidenen, doch soliden Karriere, und ich kehrte nach Hause zurück zu kalten Nudeln und weiteren Etüden.

Ich spielte für Brian Barlowe, drei Jahre bevor die Welt von ihm hörte. Er klang wie der römische Soldat am Fuße des Kreuzes. Er hatte das gleiche Selbstvertrauen, das Jonah früher gehabt hatte, die absolute Gewissheit, dass die Welt ihn für das, was er konnte, lieben würde. Nur stand bei Brian, anders als bei Jonah, diese Gewissheit auf sicherer Grundlage. Ich hätte Jonahs Stimme jederzeit vorgezogen. Aber Barlowe wusste, wohin er gehörte. Seine Zuhörer mussten an nichts anderes denken als an die angenehmen Laute, die aus seiner Kehle strömten. Ein Barlowe-Konzert verließen sie überzeugter denn je von ihrem angestammten Recht auf Schönheit.

Im Laufe eines Monats spielten wir an drei Tagen zusammen. Brian war ein ausgesprochen vorsichtiger Mensch, er wollte seinen Aufstieg zum Ruhm mit äußerster Präzision in Szene setzen. Jedes Mal war ich benommen von dem Druck, unter den ich mich setzte, dem Wunsch ihm zu zeigen, dass ich seine Gedanken lesen und selbst ihm noch mehr entlocken konnte. Aber bis Barlowe genug von meinem Spiel überzeugt war – und, was noch wichtiger war, zu dem Schluss gekommen, dass ich einen Hauch Verruchtheit beisteuerte, der seinem Auftritt das gewisse

Etwas gab –, bis er sich entschlossen hatte und mir eine Chance anbot, bei der er sicher war, dass ich sie mit Begeisterung annehmen würde, war mein Herz schon nicht mehr dabei. Brian Barlowe rund um den Erdball zu folgen, ihn auf den Gipfel seines Ruhms zu begleiten, hätte mich nie so glücklich machen können wie der Augenblick, in dem ich dem Mann seine Notenblätter zurückgab und ihm eine Absage erteilte.

Allmählich ging es mir auf: Ich konnte keinen anderen Sänger begleiten, nur meinen Bruder. Wenn ich für andere spielte, für Leute, die ohne die Gefahr sangen, dass man ihnen das Singen verbot, schwang sich das Lied nie ganz zu himmlischen Höhen auf. Ein Konzert mit Jonah war immer ein Schwerverbrechen. Bei weißen Sängern war es einfach nur Ware für Geld. Ich spürte die Freude des Musizierens nicht mehr, auch wenn die Noten so aufregend blieben wie zuvor.

An beiden Handgelenken entzündeten sich Ganglien: zwei Zysten wie Galläpfel, offene Wundmale. Spielen war unmöglich. Ich versuchte alle erdenklichen Körperhaltungen, selbst geduckt über die Klaviatur auf einem winzigen Schemel, aber nichts half. Wochenlang tat ich nichts; ich aß, schlief, pflegte meine Handgelenke. An jedem Wochenende sah ich die Stellenangebote in der Zeitung durch. Ich malte mir aus, dass ich Nachtwächter in einem Bürohochhaus werden könnte. Einmal pro Stunde würde ich, Taschenlampe in der Hand, meine Runde über den Friedhof der verlassenen Büros machen, den Rest der Zeit säße ich an einem schäbigen Schreibtisch mit meinen Partituren.

Ich musste raus aus New York. Zufällig hörte ich, dass unten in Atlantic City Barpianisten für die Saison gesucht würden. Dafür war meine dunkle Haut beinahe ein Vorteil. Ich antwortete auf eine Anzeige und fuhr zum Vorspielen hin, zu einem Club namens The Glimmer Room. Die Bar kam mir vor wie ein Fossil aus den Teergruben von La Brea – ein Überbleibsel aus einer anderen Zeit. Seit Eisenhower hatte sich hier nichts verändert. An den Wänden hingen signierte Publicityfotos von Unterhaltungskünstlern, von denen ich noch nie gehört hatte.

Fünf Minuten lang spielte ich für einen Mann namens Saul Silber. Meine Handgelenke schmerzten noch immer, und ich hatte seit Juilliard, in einem Probenraum mit Wilson Hart, nicht mehr improvisiert. Aber Mr. Silber erwartete keinen Count Basie. Seit Aufkommen des Transistorradios war der Glimmer Room nicht mehr das, was er einmal gewesen war, und Woodstock war ein hölzerner Pflock in seinem Herzen. Der Laden starb schneller als die umliegende Stadt. Mr. Silber verstand nicht warum. Er wollte einfach nur die Blutung stillen.

Er war weiß und unförmig wie ein Blumenkohl. »Spiel mir, was die jungen Leute heutzutage hören.« Er hätte ein besser assimilierter Onkel meines Vaters sein können. Er sprach mit einem Akzent – dem leisesten Hauch durch die Schule von Brooklyn gegangenen Jiddisch –, den vielleicht auch Pas Nachkommen benutzt hätten, wäre er bei seinen eigenen Leuten geblieben und andere Kinder bekommen hätte. »Irgendwas Exotisches, fang doch damit an.«

Ich wartete, dass er einen Titel nannte, aber er gab mir nur mit einer Handbewegung zu verstehen, ich solle anfangen, die Zigarre in der Hand wie ein Dirigentenstab. Ich hob an zu einem beherzten »Sittin' on the Dock of the Bay«, einer Nummer, die ich auf der Fahrt im Autoradio gehört hatte. Seit mein Bruder mich verlassen hatte, konnte ich so etwas ohne Skrupel mögen. Ich genoss die chromatische Abwärtsbewegung, die hämmernden gefühlsgeladenen Oktaven. Nach ein paar Takten verzog Mr. Silber das Gesicht und winkte ab.

»Nein, nein. Spiel mir das hübsche. Das mit dem Streichquartett.« Er summte die ersten drei Noten von »Yesterday« mit einer Schmalzigkeit, die drei Jahre zu spät war oder dreißig zu früh. Ich hatte die Melodie Tausende von Malen gehört, aber noch nie selbst gespielt. Da saß ich also im Glimmer Room, auf dem Höhepunkt meines musikalischen Könnens. Ich hätte jeden Satz jedes Mozart-Klavierkonzertes nach dem Gehör nachspielen können, hätte es welche gegeben, die ich nicht längst kannte. Das Problem mit Popsongs, wenn ich einmal einen davon zur Erholung zwischen Etüden auf dem Klavier spielte, war, dass ich ganz automatisch die Akkordfolgen ausschmückte. »Yesterday« kam als Mischung von barockem Generalbass und Kirmesorgel heraus. Ich kaschierte meine Unsicherheit mit einer Folge von Läufen. Mr. Silber muss es wohl für Jazz gehalten haben. Er setzte ein typisches Showbiz-Lächeln auf, als ich am Ende angekommen war. »Ich zahle dir hundertzehn Dollar die Woche plus Trinkgeld und so viel Ginger Ale zum halben Preis wie du trinken kannst.«

Es schien mir eine Menge Geld, im Vergleich zu dem, was ein Tellerwäscher bekam. Ich versuchte gar nicht zu handeln. Ich unterschrieb den Vertrag, ohne jemanden um Rat zu fragen. Ich schämte mich zu sehr, ihn Milton Weisman vorzulegen, dem ja in einer gerechteren Welt ein Anteil zugestanden hätte.

Ich mietete eine Einzimmerwohnung, von der aus ich zu Fuß zum Glimmer Room gehen konnte. Ich ließ die Sachen aus unserem Village-Apartment kommen; den Flügel ließ ich zu meinem Vater bringen. Jetzt hatte er zwei Klaviere und niemanden, der darauf spielte. Unser altes Radio fand einen Platz neben dem Bett, und ich stellte einen Hitparadensender ein. Mit meinen ersten beiden Wochengagen kaufte ich mir einen ganzen Mülleimer voller Langspielplatten – kein einziger Song älter als 1960. Und damit begann meine Lehrzeit in echter Kultur.

Ich trat von acht Uhr abends bis drei Uhr morgens auf, mit zehn Minuten Pause pro Stunde. Mein Repertoire in den ersten Wochen war dürftig. Mr. Silber machte mir Vorhaltungen, weil ich zu viele alte Stücke spielte. »Nicht immer nur Sachen für alte Leute. Nix Gershwin. Gershwin ist für Greise, die sich beim Hufeisenwerfen in den Catskills den Hexenschuss geholt haben. Ich will diese *neuen* Sachen, die *modernen* Sachen.« Der Mann vollführte einen kleinen Tanz, den er wohl für Twist hielt. Wäre ich in der Lage gewesen, ihn in ohrenbetäubenden »Purple Haze« zu hüllen, hätte ich es gespielt, bis Mr. Silber um ein wenig Irving Berlin gefleht hätte.

In einem einzigen Monat lernte ich mehr Melodien, als ich je wieder lernen würde. Ich konnte mir den ganzen Nachmittag Funk, Folk oder Fusion anhören, und am Abend legte ich dann ein passables Imitat davon vor. Mit den Noten hatte ich nie Schwierigkeiten. Schwierigkeiten hatte ich, meine eigenen Versionen so swingend, so beweglich zu halten wie die Originale. Bis Mitternacht klang ich jämmerlich bieder. Aber dann sorgte die Erschöpfung dafür, dass ich den Groove fand. Die Melodien, die ich bis in die frühen Morgenstunden spielte, hatten eine Tendenz zu Harmonien, die außerhalb ihrer Reichweite lagen. Ich ließ ihnen diese Sehnsucht, rau, schmachtend, nie aufzulösen.

Ich brauchte Monate im Glimmer Room, bis ich begriff, dass die meisten Menschen von der Musik keine Erhabenheit, sondern einfach nur Gesellschaft wollten; sie wollten eine Melodie genauso erdenschwer wie sie selbst, fröhlich unter der drückenden Last des Daseins. Letzten Endes wünschen wir uns, dass unsere Freunde so unbedarft sind wie wir selbst. Unter allen Melodien leben nur die für immer in den Herzen ihrer Hörer, die uns vergessen lassen.

Wenn ich nicht spielte, hörte ich Radio. Ich hatte zwei Leben, die ich aufholen musste. Jetzt wo mein Bruder am anderen Ende der Welt war, konnte ich den ganzen Tag über Ohrwürmer summen. Als ich erst einmal meine innere Uhr überwunden und mich auf den Rhythmus der Nachteule eingestellt hatte, konnte ich bis tief in die Nacht spielen und musste trotzdem nicht fürchten, dass jemand mich hörte. Manchmal fühlte die Klaviatur sich wie eine Pappattrappe an, so wie Lehrer in armen Schulen sie im Unterricht benutzen. Selbst wenn nicht viel los war, herrschte im Glimmer Room ein solcher Lärm aus Gläserklirren, Buhrufen, beifälligen Pfiffen, heiserem Lachen, Raucherhusten, Kellnerinnen, die ihre Bestellungen zur Bar hinüberriefen, der Klimaanlage, die an- und wieder ausging, und dem diffusen Gemurmel anzüglicher Bemerkungen, dass kein Mensch mich hören konnte, selbst wenn er es in einer sentimentalen Anwandlung versucht hätte. Ich war einfach Teil des Ambiente. Genau das wünschte sich Mr. Silber. Ich sollte ja den Deckel des Konzertflügels nicht einmal einen Spalt weit öffnen. Manchmal, wenn ich über die Tasten gebeugt saß, war ich mir nicht sicher, ob das Instrument überhaupt Töne hervorbrachte.

Trotzdem fühlte ich mich wie ein Betrüger, wenn ich zwei Nächte hintereinander einen Titel auf exakt die gleiche Weise spielte. Man wusste ja nie, was jemand zufällig mitbekam. Jeden alten Trick der Barpianisten erfand ich neu, bis zurück in Sklavenzeiten. Eine unterkühlte Version von »Misty«. Ein leicht missgestimmtes »I Feel Good«. Ein »Love Child«, das gerade die Vaterschaftsklage fallen gelassen hatte.

Der Glimmer Room war weiß, so weiß wie die Fassade, die der sterbende Vergnügungsort Atlantic City nach außen hin präsentierte. Aber auch er wollte nicht Teil des allgemeinen weißen Sterbens sein. Für die Dauer eines Abends wollten die aufgeputzten, zahlungskräftigen Gäste dem langen Siechtum entfliehen, der Rechtschaffenheit, die ihnen über Generationen den Rücken gestärkt und ihre Privilegien gewahrt hatte. Für eine Nacht wollten sie dies alles hinter sich lassen. Sie sahen mich und sehnten sich nach dem Blues, der fünfzehn Jahre zuvor aus den Tanzlokalen verschwunden war. Und selbst wenn bei dem allgemeinen Geräuschpegel nur die Hälfte der Noten zu ihnen durchdrang, waren sie doch überzeugt, dass sie echte Soul-Klänge hörten.

Ich versuchte ihren Geschmack zu treffen. Dabei halfen mir nur ein verstimmtes Klavier und eine abgebrochene Ausbildung in Juilliard. Zum Glück ist der Werkzeugkasten der Musik nicht groß. Alles hängt irgendwie zusammen, alles kommt von überallher. Es gibt keine zwei Lieder, die nicht mindestens entfernte Vettern in einer Familie voller Inzucht sind. Eine erhöhte Terz oder eine übermäßige Quinte, eine verminderte None, ein paar Synkopen hier, eine unerwartete Achtelnote da, und jede Melodie schafft den Sprung über die Grenze. Die nächtliche Musik in einer belebten Bar kannte nicht nur zwei Farben; sie hatte mehr Schattierungen und Zwischentöne als der bunteste Malkasten. Wenn die Supremes das *Notenbüchlein der Anna Magdalena Bach* interpretieren konnten, dann konnte ich es auch mit den Supremes versuchen.

Wochenlang verschwand ich in der Geborgenheit meiner sicheren

Ecke im Glimmer Room, hinter einer Klavierlampe, einem großen Glas Ginger Ale und dem Glas für Trinkgelder mit ein paar kecken Dollarscheinen als Köder. Meine Handgelenke heilten, und ich fühlte mich wohl in der Anonymität. Mein größter Feind war die Zeit gegen zwei Uhr früh, wenn ich mich fühlte wie vor eine Wand gelaufen, wenn ich verzweifelt überlegte, was ich noch spielen sollte, und meine Finger nicht mehr spürte. Es kam vor, dass ich mitten in einem Stück von einem Vorstadtquintett, das sich einbildete, es hätte die Submediante erfunden, völlig den Faden verlor. Meine Finger spielten auch dann noch weiter, wenn ich vergessen hatte, wohin die Reise ging, und durch freie Assoziation gelangte ich schließlich zu halb vergessenen Czerny-Etüden. Aus Mangel an Material versah ich die Seufzer der unerwiderten Liebe mit Augmentationen und Diminutionen, mit Stretti und Inversionen, als kämen sie geradewegs aus dem *Wohltemperierten Klavier*. Ich holte alte Schubertlieder, die ich für Jonah gespielt hatte, aus der Versenkung, präsentierte sie wie Hits aus den Top 40, und mit diesem erweiterten Repertoire rettete ich mich über die Runden, bis das Lokal schloss. Anschließend ging ich nach Hause in meine Wohnung und schlief bis zum Nachmittag.

Wenn ihm mein Melodiengemisch zu exotisch wurde, pfiff Saul Silber mich zurück. »Spiel die Sachen, die das Jungvolk hören will.« Mit »Jungvolk« meinte er die betuchten mittelalten Paare, Enddreißiger auf der Suche nach Atmosphäre in dieser Welt des leeren Scheins. »Spiel die Schokoladenmusik. Das Mahagonizeug.« Silber bestellte Musik wie ein Innenarchitekt Bücher für die Bibliotheken neureicher Emporkömmlinge: nach Größe und Farbe.

Silbers Mahagonizeug war so schwülstig und üppig, dass ich ihm kaum gerecht werden konnte. Nur manchmal, kurz vor Schluss, wenn die ganz Unermüdlichen eine allerletzte Runde bestellten, ging ich auf seine Wünsche ein und verlor mich ganz darin. Ich unterlegte die Melodie mit überraschenden Begleitstimmen, bis ich mich in die Wohnung meiner Kindheit zurückversetzt fühlte, vor dem Brand, als meine Mutter und mein Vater alle Melodien und alle Epochen einträchtig miteinander verbanden. Mir war, als säße ich neben Wilson Hart am Klavier, in einem Übungsraum in Juilliard, auf der Suche nach den verborgenen Wurzeln der Musik. Dann, eines Nachts, als meine Finger schon beinahe aus eigenem Antrieb den Weg zurück zur Quelle all dieser Improvisationen suchten, dem entflohenen Sklaven, blickte ich auf und entdeckte ihn, ganz für sich, den ersten Schwarzen im Glimmer Room, von den Tellerwäschern und dem Klavierspieler abgesehen.

Er wirkte massiger als bei unserem letzten Treffen vor beinahe zehn Jahren. Sein Gesicht war voller und trauriger, aber seiner Kleidung nach zu urteilen hatte er es zu etwas gebracht. Ein leichtes, melancholisches Lächeln umspielte seine Lippen, und er lauschte als Einziger jeder Note, die ich spielte. Der Anblick des Mannes verblüffte mich so sehr, dass ich mitten im Akkord innehielt und einen Freudenschrei ausstieß. Ich richtete mich auf dem Klavierhocker auf. Wilson Hart, der Mann, der mir das Improvisieren beigebracht hatte, hatte mich aufgespürt, hier an diesem gottverlassenen Ort, hatte mich gefunden, wo ich mich nicht einmal selbst finden konnte.

Meine Finger setzten sich wieder in Bewegung, stolpernd vor Scham. Ich hatte ihm ein Versprechen gegeben, damals im Übungsraum von Juilliard hatte ich ihm versprochen, dass ich alle Noten aufschreiben würde, die ich in mir hatte. Dass ich etwas komponieren würde, komponieren und aufschreiben. Und da saß ich nun mit meinem Glas für Trinkgelder auf dem Notenständer, und spielte in einer Bar, die in eine andere Zeit gehörte, nicht schöpferisch, nur noch erschöpft. Und doch hatte Wilson Hart mich hier aufgespürt. Er war gekommen, um mir zuzuhören, als hätten wir gestern erst gemeinsam improvisiert. All diese Noten waren immer noch irgendwo in mir, unversehrt. Alles, was ich je verloren hatte, würde wiederkommen, jetzt wo er da war, dieser Mann, dem ich nie gedankt hatte für alles, was er mir gezeigt hatte. Die zweite Chance würde ich nicht verspielen.

Meine Hände, die von den Tasten aufgeflogen waren, landeten wieder auf dem abgebrochenen Akkord und öffneten ihn. Ich hatte »When a Man Loves a Woman« gespielt, hauptsächlich, weil ich Zeit gewinnen und mich eine Viertelstunde lang daran festhalten konnte – das ideale Gegenmittel zu der Nichtigkeit von Nancy Sinatra, die ein Betrunkener sich gewünscht hatte, der schon im nächsten Augenblick zur Tür hinaus war. Als meine Hände die Melodie wieder fanden, ergriffen sie von ihr Besitz, präsentierten sie meinem alten Freund auf einem silbernen Tablett. Ich war Bach in Potsdam, Parker in Birdland: Es gab nichts, was ich mit dieser einfachen Akkordfolge nicht machen konnte. Ich verwob sie mit jedem erdenklichen Kontrasubjekt aus Wilsons und meiner gemeinsamen Vergangenheit. Ich brachte Rodrigo ins Spiel, Wilsons geliebten William Grant Still, sogar Schnipsel aus Wilsons eigenen Kompositionen, an denen er in den Jahren unserer Bekanntschaft so systematisch gearbeitet hatte. Ich ließ Anspielungen einfließen, die keiner außer ihm erkennen konnte. Ein paar Takte lang wiederholte ich das Motiv ostinato, regelmäßig wie ein Herzschlag – »when a man loves a woman, down deep in his soul« –, und ich hätte jede beliebige Melodie damit verbinden und zu einem Ganzen verschmelzen können.

Auf der anderen Seite des Raumes lauschte Wilsons massige Gestalt wie gebannt meinem Spiel. Sein Lächeln verlor die Traurigkeit. Seine Arme umklammerten den Tisch, und einen Augenblick lang dachte ich, er werde ihn hochheben und im Takt zu meinem Spiel herumwirbeln lassen. Er verstand jede Botschaft, die ich in meine Musik einfließen ließ. Auf der Zielgerade legte ich noch einmal ordentlich zu und schloss mit einer bombastischen plagalen Kadenz, einem gewaltigen Amen, bei dem mein alter Freund vor lauter Freude den Kopf schüttelte. In der Dunkelheit des Glimmer Room fragten seine Augen: *Wo um alles in der Welt hast du das gelernt?*

Ich sprang auf und lief zu ihm hinüber. Es war noch zu früh für meine Pause, aber meinetwegen konnte Mr. Silber mich durch einen Hitparadenvirtuosen seiner Wahl ersetzen. Wilson schüttelte den Kopf immer heftiger, als ich näher kam, und mit jedem Schritt spürte ich, wie sehr mir seine tiefe Menschenliebe gefehlt hatte. Er war der einzige Mensch, in dessen Gegenwart ich mich je vollkommen zu Hause gefühlt hatte. Sein Lächeln bekam einen fragenden, überraschten Ausdruck, aber es löste sich erst auf, als er sah, wie mein eigenes Risse bekam und zu Bruch ging. Im Licht der Kerze auf seinem Tisch verschwand Wilson Hart und verwandelte sich in einen Fremden aus Lahore oder Bombay – einem Land, das ich noch nie gesehen hatte. Ich blieb drei Meter vor ihm stehen, meine Vergangenheit zerbrach vor meinen Augen. »Es – es tut mir Leid. Ich dachte, Sie sind ein anderer.«

»Aber ich *bin* ein anderer«, protestierte der Mann mit einem undefinierbaren Akzent. »Und Sie *spielen* wie kein anderer.«

»Verzeihung.« Ich flüchtete in die Sicherheit meines Klaviers. Natürlich war es nicht Wilson Hart. Wilson Hart hätte nie einen Club wie diesen betreten, nicht einmal aus Versehen. Man hätte ihn aufgehalten, bevor er die Tür erreichte. Ich ließ mich auf den Klavierhocker fallen und spielte »Something«, beschämt und ohne jedes Gefühl. Als ich am Ende des Titels wieder den Mut hatte aufzublicken, war der Fremde fort.

Vielleicht lag es daran, dass sie nie zuvor ein so reich bestücktes Zitateraten gehört hatten, vielleicht auch daran, dass sie glaubten, ich hätte etwas *Neues* erfunden – jedenfalls begann eine kleine Schar unter den Gästen tatsächlich zuzuhören. Sie saßen an den Tischen direkt um das Klavier und beugten sich vor, wenn ich spielte. Anfangs dachte ich, es sei etwas nicht in Ordnung. Ich hatte mich daran gewöhnt, dass meine

Töne ungehört in den Tiefen des Weltalls verhallten. Aber jetzt hatte sich etwas verändert. Ich hatte ein Publikum, und ich war nicht einmal sicher, ob mir das gefiel. Das ganze aufmerksame *Zuhören* erinnerte mich viel zu sehr an die Welt, aus der ich gekommen war. Ich fand es beunruhigend.

Am Ende des Sommers nahm Mr. Silber mich eines Nachts vor dem Nachhausegehen beiseite. Die Saison war fast vorüber, und ich wusste noch nicht, wie ich über den Winter kommen sollte. Ich fühlte mich nicht in der Lage, aus Atlantic City wegzugehen. Für die Arbeitssuche fehlte mir die Kraft. Eine Rückkehr zu der Musik, die ich verraten hatte, war unmöglich. Ich litt an einer Erschöpfung, die mit einem Vielfachen meines eigenen Gewichts auf mir drückte. Zum ersten Mal überhaupt sehnte ich mich danach, einfach nicht mehr zu existieren. Mr. Silber legte mir die Hand auf die Schulter und sah mich an. »Junge«, sagte er, vielleicht auch »mein Junge«. Er nannte mich beides. »Du hast etwas.« Er suchte nach einem beifälligen Ton, bei dem er sich nicht zu viel vergab. »Ich weiß, wir haben dich nur für die Hochsaison engagiert, aber wenn du nichts anderes vorhast, hätten wir auch weiter Verwendung für dich.«

Ich hatte nichts anderes vor. Weder in diesem Jahr noch irgendwann in der Zukunft. Ich wollte nur, dass jemand Verwendung für mich hatte.

»Mit dir am Klavier können wir das ganze Jahr über Leute anlocken.«

»Mir gehen die Ideen aus«, wandte ich ein. »Ich habe den Anschluss verpasst.«

»Das Zeug, das du gespielt hast? Du weißt schon, das verrückte Zeugs? Deine Musik eben? Mach einfach weiter so. Wann immer dir danach zumute ist! Spiel einfach drauflos; und wenn du es einmal hast, bleib dabei und verändere nichts. Die Gage muss ich dir allerdings auf hundert Dollar kürzen. Nachsaison, verstehst du.« Vorsorglich, damit ich nicht auf die Idee kam abtrünnig zu werden und ein paar Straßen weiter im Shimmer Room zu spielen, versprach er mir, dass das Ginger Ale von jetzt an und für immer kostenlos sei.

Der Sommer ging zu Ende, und die Touristen verschwanden. Die Stadt wurde härter, verschlossener. Aber Mr. Silber behielt Recht mit seiner Prophezeiung: Der Glimmer Room hatte auch weiterhin genug Gäste, dass die Livemusik sich bezahlt machte. Ich erkannte die Gesichter von Wiederholungstätern, von echten *Einheimischen* aus Atlantic City: Eine deprimierende Vorstellung, über die ich lieber gar nicht nachdenken wollte, obwohl ich jetzt selbst einer von ihnen war. Manchmal kamen die Stammgäste in der Pause zu mir herüber. Sie redeten langsam und deutlich, als sei ich ihrer Sprache nicht ganz mächtig. Als sei ich jemand, der schon diverse Drogentherapien hinter sich hatte. Ich bemühte mich nach Kräften, ihren Vorstellungen zu entsprechen, redete mit leiser Stimme und ließ den einen oder anderen gemurmelten Brocken Straßenslang aus Brooklyn in meine Antworten einfließen. Es geht doch nichts über eine undeutliche Aussprache – man wirkt sofort authentisch damit.

Eine Frau kam jetzt jedes Wochenende. Sie war mir gleich beim ersten Mal aufgefallen. Ihr Begleiter hatte eine große Schmalztolle und war gut zehn Zentimeter kleiner als sie. Nach den ersten paar Monaten im Glimmer Room hatte ich aufgehört, auf die vielen gut aussehenden Frauen zu achten, aber diese eine erregte meine Aufmerksamkeit. Sie war der Typ empfindliche Treibhausblüte, für den Jonah immer eine besondere Vorliebe hatte. Ich wäre am liebsten losgestürmt und hätte ihn gesucht, hätte ihm von meiner Entdeckung berichtet und ihn damit zurück nach Amerika gelockt. Ihr schmales, makelloses Gesicht hatte die Farbe von Zuckerwatte, mit hohen Wangenknochen und einer Bilderbuchnase. Das beunruhigend glatte, glänzend schwarze Haar trug sie in einer kecken Pagenfrisur. Sie kleidete sich bewusst gegen die Mode und hatte eine Vorliebe für weiße Blusen und lodengrüne Röcke zu dunklen Strümpfen und Schnürstiefeletten.

Sie blickte in die Welt wie aus einem Bilderrahmen. Vielleicht war sie als Teilnehmerin an einem der zahllosen Schönheitswettbewerbe nach Atlantic City gekommen und dann einfach hängen geblieben. Vielleicht war sie die Tochter eines alteingesessenen Muschelfischers oder der Spross einer vom Glücksspiel ruinierten Familie. Ich entwickelte jedes Mal eine andere Theorie. Ich spürte, wie es mich glücklich machte, wenn sie kam. Mehr nicht. Einfach nur das schöne Gefühl, dass ich spielte, was ich gern spielte, dass jetzt der gute Teil des Abends beginnen konnte. Und ich war froh, als der Mann mit der Rockertolle nicht mehr mitkam. Die Art, wie er ihr die Hand ins Kreuz legte und sie durch den Raum steuerte, hatte mir nicht gefallen. Vielleicht war das auch eine Art von Rassismus, aber ich wollte nicht, dass jemand, der aussah wie er, meine Musik mochte.

Sie setzte sich immer an einen winzigen Zweiertisch fast schon in der Rundung des Flügels. Die Kellnerinnen hielten ihn für sie frei. Da saß sie dann stundenlang und nippte an ihrem Amaretto-Cocktail. Von Zeit zu Zeit kamen Männer und wollten mit ihr flirten; sie setzten sich ihr gegenüber, mit dem Rücken zu mir. Doch nach einer Viertelstunde war sie sie jedes Mal wieder los. Sie wollte keine Gesellschaft. Nur die Musik. Es war mir schon seit Wochen aufgefallen. Selbst wenn sie ins Leere starrte und das glatte schwarze Haar ihr Profil verdeckte, sah ich es. Sie sang leise mit. Bei fast jedem Song, den ich spielte. So gut ich die Melodie auch versteckte, sie fand sie und brachte sie zum Vorschein. Sie kannte sogar die zweiten Strophen.

Ich stellte sie auf die Probe, entführte sie unbemerkt auf musikalische Entdeckungsreisen. Ihr Repertoire war riesig, weit größer als das meine. Ich lernte die Melodien oft erst am späten Nachmittag, kurz bevor ich zur Arbeit kam. Aber für die Frau mit dem samtschwarzen Haar waren sie alte Bekannte. Wenn ich zu einem verjazzten Schubert oder Schumann überleitete und diese fremden Klänge für einen Abend unbemerkt in die verrauchte Bar schmuggelte, richtete sie sich auf, lauschte aufmerksam, den Kopf zur Seite geneigt, und staunte, dass eine so schöne Melodie existieren konnte, ohne dass sie ihr jemals begegnet war. Ich behielt sie im Auge, denn ich wollte herausfinden, welche Stücke ihr besonders gefielen, welche ein Leuchten auf das schneeweiße Gesicht zauberten. Bei »Incense and Peppermints« hatte ihr geflüsterter Gesang etwas geradezu Feierliches. Aber bei »The Shoop Shoop Song« konnte sie kaum still sitzen bleiben. Bei »Monday Monday« wirkte sie niedergedrückt, aber bei »Another Saturday Night« geriet ihr ganzer Körper in Bewegung. Ich brauchte eine Weile, bis ich den Schlüssel fand. Doch als ich das Muster einmal durchschaut hatte, funktionierte es fast immer. Ihr musikalischer Geschmack folgte dem einfachsten Gesetz auf der Welt: Sie liebte die Musik der Schwarzen und Farbigen, den »Shim-Sham-Shimmy with the black and tan«.

Als ich erst einmal wusste, was sie mochte, spielte ich es. Ohne dass wir je einen Blick wechselten – mit einer Fähigkeit, die mir fast das Herz stillstehen ließ, starrte sie immer genau dann, wenn ich zu ihr hinübersah auf einen unbestimmten Punkt irgendwo in weiter Ferne – gab ich ihr zu verstehen, dass ich für sie spielte. Mein Spiel war wie ein laufender musikalischer Kommentar zu ihrem Abend. Ich spielte »Respect«, wenn irgendwelche Männer versuchten, sich an sie heranzumachen, »Shop around«, wenn ich bemerkte, wie sie selbst ihre Blicke schweifen ließ und das Männerangebot musterte, »I Second That Emotion«, wenn sie in den frühen Morgenstunden verstohlen gähnte und mir damit aus der Seele sprach. Sie liebte meine heimlichen Ausflüge in die dreißiger und vierziger Jahre – zu Lena Horne, Billie Holiday, der musikalischen Schmuggelware, von der Mr. Silber nichts hören wollte. Kühl wie eine Statue aus Eis saß sie da und sang leise mit, wenn ich Lieder spielte, die so alt waren wie ich. Sie selbst konnte keine Minute früher als 1950 zur Welt gekommen sein. Doch je weiter meine Reise in die Vergangenheit führte, desto mehr taute sie auf.

Durch Zufall stieß ich schließlich auf ihre Erkennungsmelodie. Ich spielte schon ungefähr drei Monate für sie, insgesamt an vielleicht zwanzig Abenden. Wir hatten noch kein einziges Wort gewechselt, hatten uns nur ein- oder zweimal flüchtig zugelächelt und das Lächeln sofort wieder unter Verschluss genommen. Trotzdem wusste ich, wenn auch nur, weil sie mir selbst nicht aus dem Sinn ging, dass sie schon seit Wochen an mich dachte. Wir hatten eine gemeinsame Bestimmung und umkreisten sie vorsichtig, unsicher, wie wir uns ihr nähern sollten.

Ich mühte mich zu zeigen, was meine Rechte konnte, wandelte auf den Spuren von Fats Waller, allerdings nur mit mäßigem Erfolg. Mr. Silbers Abneigung gegen die älteren Titel ließ ein wenig nach, jetzt im Winter, wo die Gäste ebenfalls nostalgische Gefühle entwickelten. So konnte ich jeden Abend ungestraft einige alte Titel spielen. Mir fehlte nur Jonah, um die wundervollen Texte des madagassischen Prinzen Andy Razaf zu neuem Leben zu erwecken und mein kleines Kaminfeuer in lodernde Flammen zu verwandeln. Ich sang sie mit verhaltener Stimme selbst, oder beobachtete, wie die Lippen meiner weißen Königin mit dem ebenholzschwarzen Haar die Worte formten. »Oh what did I do to be so black and blue?« Einen nach dem anderen dieser wunderbaren Songs nahm ich mir vor, und so kam ich schließlich zu »Honeysuckle Rose«. Mein Arrangement war so üppig mit Nektar versüßt, so reich an Stempeln und Staubgefäßen, dass Mr. Silber die Melodie nicht erkannt hätte, selbst wenn er versehentlich zugehört hätte. Aber die Wirkung auf mein privates Ein-Personen-Publikum war frappierend. Woher ihre Vorliebe für ausgerechnet dieses Lied rührte, konnte ich mir nicht vorstellen. Schon bei den ersten Akkorden verwandelte sie sich in die sinnlichste aller schweigenden Sirenen. Die Melodie ergriff ganz und gar Besitz von ihr. Es war der letzte Song vor der Pause; sie lächelte mir direkt ins Gesicht, einen kecken Zug um die Wangen, und ihre Lippen verkündeten: *Don't need sugar, you just have to touch my cup*, wer braucht Zucker, du bist honigsüß genug.

Willst du?, fragten meine Augenbrauen. Sie lächelte, halb schüchtern, halb starr vor Angst. *Ja.*

Mit einer Kopfbewegung bedeutete ich ihr, sie solle aufstehen und singen. Ich spielte mit der Rechten ein Riff und gab ihr mit dem gekrümmten Zeigefinger der Linken das Zeichen zum Näherkommen. Sie zeigte auf sich, und ich nickte ernst. In einer seltsamen Reflexbewegung wies sie mit dem Finger auf den Boden: *Jetzt?* Wieder nickte ich, noch ernsthafter als zuvor. *Wann sonst?* Ich improvisierte, trat zwei Takte lang auf der Stelle, bis sie all ihren Mut zusammengenommen hatte und aufgestanden war. Ich bin nicht sicher, wovor sie Angst hatte. Sie trug ein langes, schmales weinrotes Kleid, das sich gierig an ihren Körper schmiegte, und bewegte sich wie ein Fohlen bei den ersten Gehversuchen. Sie trat neben die geschwungene Flanke des Flügels und begann zu singen, ein süßer, klarer, kräftiger Alt. »Every honeybee fills with jealousy.« Zuckersüß. Meine Honeysuckle Rose.

Ein oder zwei Gäste applaudierten, überrascht von der unverhofften Gesangdarbietung. Sie machte eine hastige Verbeugung und suchte mit den Augen nach einem Fluchtweg. Bevor sie mir entkommen konnte, stand ich auf und streckte ihr die Hand entgegen. »Ich bin Joseph Strom.«

»Oh! Ich weiß!«

»Tja. Ich nicht.«

»Wie bitte?« Die Stimme versetzte mir einen Stich: Ein durchdringender, näselnder, typischer New-Jersey-Tonfall, der beim Singen ganz verschwand.

»Ich weiß es nicht. Wer *Sie* sind, meine ich.«

Sei duftete süß, ein undefinierbarer Geruch. Ihr Gesicht lief hibiskusrot an, und sie drehte eine pechschwarze Haarsträhne verlegen um den Finger. Dann verriet Teresa Wierzbicki mir ihren Namen.

Inzwischen war es ernsthaft Winter geworden; die Stadt war wie ausgestorben. Aber wir machten Spaziergänge am Strand, als wäre es schönster Frühling. Sie war in der Gegend groß geworden und arbeitete tagsüber in der Konfektfabrik, nach den Muscheln und Krebsen die älteste Attraktion des Ortes. Karamell war ihr Parfüm, sie trug es vierundzwanzig Stunden am Tag. Ihr Arbeitstag endete um fünf Uhr, wir trafen uns um sechs, machten unseren Spaziergang bis sieben, und um acht ging dann ich zur Arbeit. Ohne Planen wurde eine Routine daraus, zweimal die Woche. Ich hätte ihr stundenlang zuhören oder zusehen können. Sie wandte beim Gehen den Blick zur Seite, beobachtete mich, als könnte ich ihr entwischen, bewegte sich mit steifem, perzverbrämtem Staunen.

Ein paar Mal wollte ich sie zum Essen ausführen, aber anscheinend aß sie nie. Sie war schüchtern, wenn sie mit mir sprach. »Meine Stimme klingt schrecklich«, entschuldigte sie sich bei dem Sand unter ihren Füßen. »Rede du. Ich höre dir gern zu.« Am liebsten mochte Teresa die Spaziergänge am windigen, menschenleeren Meeresufer; mager, zu dünn angezogen, hielt sie die Nase in den Wind, summte unablässig dabei, und ich ging frierend nebenher und fühlte mich auffälliger als je zuvor.

Ich hatte Angst, wenn die Leute uns zusammen sahen. Schließlich waren wir nicht in New York, und mit den Spaziergängen am Strand forderten wir den Ärger regelrecht heraus. Hätten wir es in der Saison getan, wäre ich gelyncht worden, Teresa wäre wieder allein an den Gestaden gewandelt und Mr. Silber hätte seinen Laden zumachen müssen. In der Nachsaison war es den meisten, die noch da waren, egal. Aber trotzdem zogen wir auch jetzt noch so viele giftige Blicke auf uns, hätten damit unsere eigene Schlangenfarm betreiben können. Das war das Gefühl, das meine Eltern jeden Tag ihres gemeinsamen Lebens ertragen hatten. Und ich hätte nie so sehr lieben können, dass ich das überstanden hätte.

Das einzige Mal, dass wir wirklich angesprochen wurden, von einem dicken älteren Mann, der aussah, als könne ihm auch die größte Rassenmischung nicht mehr weiter schaden, ließ Teresa eine derartige Schimpfkanonade los – etwas über Christus am Kreuz, geifernde Greise und einen Fleischerhaken –, dass auch ich am liebsten die Flucht ergriffen hätte. Unter ihren Flüchen machte der Mann sich davon, fuchtelte nur noch wild mit den Armen. Mit gespielter Lässigkeit gingen wir weiter. Ich schwieg betreten, bis Teresa zu kichern begann.

»Meine Güte, wo hast du so fluchen gelernt?«

»Meine Mutter war früher Nonne«, erklärte sie.

Aber sie war ein Unschuldsengel. Sie hätte dem Papst unter die Soutane kriechen können, und ich wäre mir trotzdem sicher gewesen. Wir berührten uns nie. Sie fürchtete sich vor mir. Ich dachte, ich wüsste warum. Aber das stimmte nicht, und ich brauchte Wochen, bis ich auf die echte Erklärung kam. Ich war ein Unnahbarer für sie, ein Stern am umgestülpten Goldfischglas ihres Firmamentes. Mein Name erschien in der Zeitung, in den Anzeigen des Glimmer Room. Es gab eine Menge Leute in der Stadt, die wussten, wer ich war, ja die meinetwegen in den Club kamen. Außerdem war ich ein echter Musiker, mit einer Ausbildung und allem, jemand der schon nach einmal Hören Lieder genauso nachspielen konnte, wie sie im Radio klangen.

Terrie konnte keine Noten lesen. Aber trotzdem ist mir kaum je ein musikalischerer Mensch begegnet. Sie verfolgte das Auf und Ab der Hitparaden mit einem Ernst, den die meisten Menschen den Gedanken an ihren eigenen Tod vorbehalten. Ein einziger verminderter Akkord an der richtigen Stelle öffnete ihr das Herz, und die Seele kam zum Vorschein. Musik stieg aus dem Erdboden auf und bemächtigte sich ihrer Füße. Wenn sie für längere Zeit von Musik abgeschnitten war, verlor sie alle Energie. Aber schon der einfältigste Trip von Tonika zu Dominante und zurück ließ ihre Lebensgeister neu erwachen.

Sie saugte einen Song aus bis auf die letzte Kalorie. Und von irgendetwas musste sie sich ja ernähren. Sie lebte von Akkordfolgen und von den Ausdünstungen ihrer Bonbonfabrik. An Wochenenden kochte sie mir in ihrer Wohnung etwas, verbrachte den ganzen Sonntag mit dem Radio in der Küche und zauberte schwere Cremesuppen oder Nudelgerichte mit Meeresfrüchten. Ihre Linguini mit weißer Muschelsoße mussten einst in Atlantis auf den Tisch gekommen sein. Dann setzte sie sich mir gegenüber an den wackligen Klapptisch, eine Kerze zwischen uns, mein Teller mit Essen voll geladen, ihrer mit zwei Häppchen, die sie hin- und herschob, bis sie sich irgendwie in Luft auflösten.

Bei jedem meiner Besuche musste ich mich neu an den Geruch gewöhnen. Das Aroma von Karamell, von all den Süßigkeiten, die sie am Fließband herstellte, war bis in Möbel und Wände gedrungen. Wenn mir übel von so viel Süße wurde, drängte ich sie zum nächsten Spaziergang über den eiskalten Bohlenweg. Wir machten lange Fahrten in ihrem Dodge, bis hinunter zum Cape May und hinauf nach Asbury Park. Hauptsächlich hörten wir dabei Radio. Der Dodge hatte einen Empfänger mit fünf kleinen Kunststofftasten, die, wenn man fest drückte, die rote Plastiknadel auf der Skala zu ihren fünf Lieblingssendern schnellen ließen. Mit Gusto hielt sie mit der rechten Hand das Steuerrad und reichte mit der linken – überkreuz wie in einer vertrackten Scarlatti-Sonate – hinüber und suchte den perfekten Soundtrack für ein bestimmtes Straßenstück: Country & Western, Rock 'n' Roll, Rhythm & Blues oder, am häufigsten, jahrzehntealten rauchigen Jazz. Sie hörte sich alles an, was gefühlvoll genug war, und mochte es. Und mir machte selbst die abgedroschenste Melodie Freude, wenn sie sie mit ihrer klaren, zerbrechlichen Stimme sang.

Ihre Plattensammlung stellte die, die Jonah und ich seit Jugendtagen zusammengetragen hatten, weit in den Schatten. Genau wie bei ihren Autofahrten ging es darin kreuz und quer. Mehrere Besuche lang mühte ich mich vergebens, das Prinzip herauszufinden, nach dem sie geordnet waren. Als ich es schließlich aufgab und sie fragte, lachte sie verlegen. »Nach Stimmung.«

Ich ließ den Blick an der Reihe entlangwandern. »Du meinst, ob es fröhliche oder traurige Musik ist?«

Sie schüttelte den Kopf. »Nein, ob sie mich fröhlich *machen*.«

»Wirklich?« Sie nickte, in der Defensive. »Dann verändern sie ihre Position?« Ich sah noch einmal hin, und es wurde eine große *Billboard*-Liste daraus, eine Hitliste der Stimmungen dieser Frau.

»Sicher. Jedes Mal, wenn ich eine rausnehme und spiele, bekommt sie hinterher einen neuen Platz.«

Ich hatte es gesehen und gar nicht begriffen, was sie da tat. Ich lachte und hasste mich sogleich dafür, als ich sah, was das Lachen auf ihrem Gesicht auslöste. »Wie kannst du da etwas wieder finden?«

Sie sah mich an, als sei ich schwer von Begriff. »Ich weiß doch, was ich mag, Joseph.«

Und das stimmte. Ich beobachtete sie. Sie zögerte kein einziges Mal, weder wenn sie etwas hervorholte noch wenn sie es zurückstellte.

Einmal, an einem Sonntagabend, als Teresa in der Küche war und einen glasierten Schinken briet, erforschte ich dieses Spektrum ihrer Glückseligkeit. Die Regel, die ich selbst schon im Glimmer Room herausgefunden hatte, fand ich hier in der Reihenfolge der Platten bestätigt. Petula Clark war ganz nach links in die Vorhölle verbannt, Sarah Vaughan thronte am anderen Ende der Skala. Kalt, hell und neu hatte bei Teresa keine Chance. Sie mochte es dunkel, verraucht, je älter desto besser.

Düstere Gedanken stellten sich ein. Ich täuschte diese Frau, die sich gerade mit einem Braten für mich mühte, ich war unter falschen Vorzeichen in ihre Wohnung gekommen. Ich hatte mir nie überlegt, was für ein Spiel wir beide spielten, welches Bild sie sich von mir gemacht hatte, bevor wir uns auch nur an den Händen berührt hatten. Jetzt sah ich den Menschen vor mir, für den sie mich all die Wochen gehalten hatte, einen armseligen Hochstapler, und ich konnte mir ausmalen, was geschehen würde, wenn sie dahinter kam, wer ich wirklich war.

Ich sah mir die Platten am oberen Ende der Sammlung genauer an, den Olymp ihres Pantheons: Musik, die nur ein paar Straßen von dem Haus, in dem ich aufgewachsen war, gespielt wurde, während wir mit Byrd und Brahms groß wurden, den Lektionen des Strom-Experimentes. Sie liebte all das, was ich nur in den paar flüchtigen Monaten kennen gelernt hatte, in denen es Jonah in seiner Unruhe in die Village-Jazzclubs gezogen hatte, in der kurzen Zeit, in der das für uns schon als Tabubruch galt. Aber Teresa glaubte, das sei meine Musik, das habe ich im Blut, in meinen Fingern, dabei stahl ich es nur von Schallplatten, gerade einmal am Nachmittag, bevor ich abends im Club spielte. Mein schlechtes Gewissen war so groß, meine Achtung vor mir selbst so sehr am Boden, dass ich, als sie mit dem Tablett mit unserem Sonntagsessen hereinkam, nichts anderes hervorbrachte als: »Du magst aber schwarze Musik.«

Sie stellte die dampfenden Teller auf den improvisierten Tisch. »Wie meinst du das?«

»Schwarze Musik. Du magst sie lieber als …« *Deine eigene*, hätte ich beinahe gesagt. *Wie bist du dazu gekommen?*

Teresa warf mir einen Blick zu, den ich auf ihrem Gesicht noch nie gesehen hatte, den ich aber von Kassierern, Kartenkontrolleuren, Fremden kannte, seit ich dreizehn war; ein Blick, der wusste, dass ich, wenn die Revolution kam, mir alles zurückholen würde, was die weiße Welt mir über Jahrhunderte gestohlen hatte. Sie kam zu mir herüber und musterte ihre Platten mit kritischem Blick. Sie stand da, schüttelte den Kopf, als sie ans rechte Ende kam, ihre ganz privaten Tops of the Pops. »Aber das sind doch die Sänger, die jeder mag. Das liegt nicht dran, dass sie schwarz sind. Es sind einfach die besten.«

Beim Essen war ich so aufgewühlt, dass ich kaum schlucken konnte. Wir saßen uns an dem Klapptisch gegenüber und schoben beide unseren Braten auf dem Teller hin und her. Ich konnte nicht fragen, was ich sie gern gefragt hätte. Aber ich hielt auch das Schweigen nicht aus. »Wie bist du auf diese ganzen Oldies gekommen? Ich meine, Cab Calloway? Alberta Hunter? Weißt du denn nicht, dass man keinem über dreißig trauen darf?«

Ihre Miene hellte sich auf. Die Frage war leichter als die Vorige. »Oh! Das ist mein *Vater*!« Sie sagte es mit dem fürsorglich tadelnden Tonfall, den wir für diejenigen haben, die die Dummheit begangen haben, unsere Eltern zu werden. »Jeden Sonntagmorgen. Die Woche war nicht zu Ende, bevor er nicht seine Lieblingsplatten gespielt hatte. Ich fand es schrecklich. Mit zwölf lief ich schreiend aus dem Haus. Aber am Ende mag wohl jeder das, was er am besten kennt, nicht wahr?«

»Was ist aus ihm geworden?«

»Wem?«

»Du sagst ›gespielt *hatte*‹.«

»Oh. Mein Vater?« Sie blickte auf das Schlachtfeld auf ihrem Teller. »Der spielt sie immer noch.«

Genau wie ich. Teresa spürte, wie erregt ich war. Das muss ich ihr lassen. Sie hörte mich, auch wenn ich nicht spielte. »Sollen wir einen Ausflug machen?«, fragte sie.

»Sicher. Warum nicht. Es sei denn, du möchtest lieber hier etwas hören.«

Wir waren aus dem Takt. »Und was?«

»Alles. Was du willst.«

Sie ging zu der langen Plattenreihe und stand unentschlossen davor. Ich hatte ihre Rangordnung durcheinander gebracht, und das für immer. Sie ging nach rechts und holte Ella Fitzgerald hervor, eine Platte mit Gershwin, Carmichael und Berlin, alles Diebesgut, das sie von den Weißen zurückholte. Teresa setzte die kratzende Nadel auf, und die Stimme erklang, ein Scatgesang wie am Jüngsten Tag. Sie wiegte sich ein wenig im Takt, sang lippensynchron mit, wie immer. Sie schloss die Augen und legte die Hände auf die Hüften, tanzte mit sich selbst. Dann und wann waren ein paar Worte zu hören, ein unfreiwilliges pianissimo, eifrig bemüht, die verlorene Unschuld wieder einzufangen.

Summend schwebte sie zu ihrem zerschlissenen ziegelroten Sofa. Nach dem ersten Song ging ich und setzte mich neben sie. Sie war überrascht. Sie hielt still. Nie war die Sprache darauf gekommen, dass wir uns nicht berührten. Ich glaube, sie wäre für immer bei mir geblieben, wäre auf dem Abstand geblieben, auf dieser unausgesprochenen Distanz, von der sie glaubte, ich brauchte sie, und keinen Schritt näher gekommen. Sie stieß einen langen Seufzer aus. »Aaaah, Sonntag.«

»*Sunday*«, sang ich, »*maybe Monday.*«

»*Maybe not*«, übernahm Teresa. Sie drehte sich zu mir hin, zog die Beine auf das Sofa. Sie betrachtete ihre Schenkel, leicht angewinkelt, die Farbe von feinem Porzellan. Ihre Lippen bewegten sich lautlos, wie sie es schon so lange im Dunkel des Clubs getan und mir Abend für Abend Gesellschaft geleistet hatten. Es war, als käme der Gesang, die Wärme der Plattenaufnahme über ihre lautlosen Lippen. *Still, I'm sure to meet him one day, maybe Tuesday will be my good news day.* Meine rechte Hand senkte sich auf ihr Bein und spielte die Begleitung dazu. Ich schloss die Augen und improvisierte, tastete mich vor von Akkorden zum freien Spiel, sorgsam darauf bedacht, dass ich den Anstand wahrte, die Oktave zwischen Knie und hochgerutschtem Rocksaum.

Teresa hielt den Atem an und machte sich zu meinem Instrument. Ich drückte jede Note so präzise, als wäre das Bein tatsächlich meine Klaviatur. Sie hörte die Musik mit ihrer Haut. Ich spürte, wie sie die Tonfolgen meiner Finger spürte. Das *We'll build a little home for two* umspielte ich mit einem Obbligato, und es passte sich so gut ein, dass ich beinahe überrascht war, dass es im Original nicht vorkam. Beim *from which I'll never roam* machte ich einen kleinen Spaziergang vom Unverbindlichen zu den hohen Tasten unter dem Rock. Bei den letzten Zeilen stimmte Teresa leise und harmonisch ein, Noten, die sie schon hundertmal in dieser Wohnung vor sich hin gesungen hatte, vielleicht sogar mit jemand anderem, bevor ich aufgetaucht war.

Als das Lied zu Ende war, ließ ich die Hand auf ihrem Bein liegen, auf den lautlosen Tasten. Ich brachte es einfach nicht fertig sie wegzuziehen. Ihre Muskeln zuckten in freudigem Schauder. Ich spürte den eigenen Pulsschlag in meiner Handfläche. Teresa stand auf. Meine versteinerte Hand rutschte herunter. »Ich habe was für dich.« Sie ging ans andere Ende des Zimmers zu ihrer mit Nippes übersäten Kommode. Hinter einem geschnitzten indischen Elefanten holte sie einen Umschlag hervor. Vielleicht steckte er schon seit Wochen dort. Sie kam damit zum Sofa und drückte ihn mir in die Hand. Vorn darauf stand der Name Joseph in einer runden Kinderhandschrift. Meine Hände zitterten, als ich ihn öffnete, so wie sie früher nach wichtigen Konzerten mit Jonah gezittert hatten. Ich wollte den Inhalt hervorholen, ohne ihn zu zerreißen. Teresa saß daneben, legte mir den Handrücken an den Hals, als binde sie mir eine neue Seidenkrawatte um.

Ich mühte mich weiter mit dem Umschlag und wartete schon, dass sie ihn mir wegnahm und für mich öffnete. Endlich hielt ich die Karte in der Hand. Terrie hatte sie selbst gebastelt, zwei Tiger, die sich argwöhnisch im Kreis um den Stamm eines Baums verfolgten, der wie eine Palme aussah. Innen stand in derselben Kinderschrift: »Ich will, wenn du willst.«

Der Brief wäre vielleicht für alle Zeiten ungeöffnet auf der Kommode stehen geblieben, hätte immer weiter darauf gewartet, dass meine Hand einmal die ihre berührte, und sei es aus Versehen. Aber er war da, bereit für den Augenblick, in dem ich bereit war. Die stille Geduld, die in dieser selbst gezeichneten Prophezeiung lag, rührte mich, und ich saß auf dem Sofa und weinte. Sie führte mich zu ihrem Bett und hüllte mich in Laken, die nach Karamell rochen. Sie schlüpfte aus ihren Kleidern und stand da, bereit für mich. Ich konnte die Augen nicht abwenden. Ich saß hoch oben auf einer Klippe und blickte hinunter in ein unvermutet aufgetauchtes gewundenes Flusstal. Ich hatte mir sie wie Sahne, wie Musselin, wie Chinaporzellan vorgestellt. Aber ihr Körper – ihr schlanker, sanft geschwungener Leib – schimmerte in allen Farben. Ich fuhr mit den Fingern darüber, ging ganz nahe an jeden Zentimeter dieses neuen Terrains heran, das Hellblau der Adern an ihrem Hals, das Terrakotta der Brustwarzen, ein blaugrüner Fleck knapp über der Hüfte, wo sie sich gestoßen hatte. Ich konnte mich gar nicht satt sehen an dem Regenbogen, bis sie, verlegen geworden von meinem Vergnügen an ihr, sich vorstreckte und das Licht löschte.

In dieser Nacht gab sie mir mich selbst zurück. Ich war mit einer Frau im Bett. Nie zuvor hatte ich die ganze Melodie gehört, vom Anfang bis zum Ende. Aber ich kannte genug Takte, dass ich so tun konnte als ob. Ich spürte, wie ihre Beinmuskeln sich bei meiner Berührung überrascht zusammenzogen. Unsere Haut berührte sich, schockiert von dem Farbunterschied, selbst im Dunkeln. Sie summte etwas, ihren Mund an meinem Bauch, aber ich konnte die Melodie nicht erkennen. Ihr Mund machte einen Laut wie ein Staunen, als ich in sie eindrang. Ihre Kehle hielt den zeitlosen Takt, und jedes Stöhnen war wie Musik.

Danach hielt sie mich fest, ihre Entdeckung. »Die Art wie du spielst, ich wusste es. Einfach nur aus der Art wie du spielst.«

»Du müsstest meinen Bruder hören«, sagte ich, schon halb eingeschlafen. »Der ist der große Musiker.«

Ich schlief wie ein Toter, auch wenn Teresas Hände noch immer die Gletscherspalten in meinem Rücken schmelzen ließen. Als ich erwachte, beugte sie sich über mich wie Psyche, ein Glas Orangensaft in der Hand. Im Zimmer war es strahlend hell, und sie war schon angezogen, in ihrem Kittel für die Bonbonfabrik. *My honeysuckle rose.* Ich rückte zur Seite, damit sie sich aufs Bett setzen konnte. »Ich bin schon spät dran. Der Schlüssel ist in der Spieldose auf der Anrichte, wenn du ihn brauchst.«

Ich nahm ihre Hand, als sie sich erhob. »Ich muss dir noch was sagen.«

»Psst. Ich weiß.«

»Mein Vater ist weiß.«

Das war nicht das, was sie erwartet hatte. Aber staunend sah ich, wie schnell ihre Überraschung verschwand. Sie rollte mit den Augen. Solidarität der Unterdrückten. »Das ist ja 'n Ding. Meiner auch.« Sie beugte sich noch einmal herunter und küsste mich auf den Mund. Ich spürte ihre Lippen, überlegte, wie sich meine wohl für sie anfühlten.

»Kommst du heute Abend?«, fragte ich.

»Kommt drauf an. Spielst du die guten Sachen?«

»Wenn du singst.«

»Oh«, sagte sie, schon in der Tür. »Ich singe alles.«

Ich zog mich an und machte das Bett, zog die Laken über unseren noch feuchten Flecken glatt. Ich hüpfte durch ihre Wohnung wie ein glücklicher Einbrecher, der diese Neue Welt einfach nur ansehen wollte. Ich betrachtete all ihre Sammlerstücke, ein Privatrundgang durch ein entlegenes ethnographisches Museum. Ihr Leben: Keramikfrösche, eine Uhr in Sonnenform, violette Badetabletten und Schwämme,

Hausschuhe mit aufgestickten schielenden Augen, ein Buch über die pittoresken Scheunen von Ohio mit der Widmung »Alles Gute zum Geburtstag von Tante Gin und Onkel Dan. Vergiss nicht, du wolltest uns besuchen!« Unter uns bleiben wir Fremde. Die Rasse sorgt nur dafür, dass es sichtbar wird.

Ich öffnete ihren Schrank und betrachtete ihre Kleider. Eine Reihe Unterröcke hing an Haken entlang einer Wand, schwarze und weiße Schläuche, deren Säume manchmal unter ihren Kleidern hervorblitzten und die sich an sie schmiegten wie eine zweite Haut. Ich ging in die Küche und schnitt mir zum Frühstück etwas von dem Schinkenbraten ab. Ich aß ihn kalt, ich wollte keinen von ihren Kochtöpfen schmutzig machen. Ich war schon oft in der Wohnung gewesen, aber noch nie allein. Ich wusste, was die Polizei mit mir machen würde, wenn ein gesetzesfürchtiger Nachbar ihnen einen Tipp gab. Allein dafür, dass ich hier in der Wohnung dieser fremden Frau war, hätten sie mich für alle Ewigkeit hinter Gitter gesteckt. Es wäre vernünftig gewesen zu gehen. Aber wenn ich ging, konnte ich nur zu meinem eigenen Leben zurück.

Ich ging zu ihrer Plattensammlung, dem sichersten Ort in diesem Haus voller Sprengsätze. Es gab kein einziges Stück klassische Musik in ihrer Wohnung, außer ein paar aufgepeppten Melodien, die längst Allgemeingut geworden waren. Ich begann meine Suche in den obersten Rängen ihrer Charts, wollte einen Song finden, den ich am Abend im Club für sie spielen konnte, etwas das ich nur für sie lernen würde. Ich legte Thelonious Monk auf und wusste, dass jede Note von ihm meine dürftigen Fähigkeiten überforderte. Oscar Peterson: Ich lachte nach vier Takten, begeistert, entmutigt. Ich spielte Armstrong und die Hot Seven, eine Platte, deren Rillen Teresa beinahe glatt geschabt hatte. Ich dachte, ich wüsste alles über den Mann und seine Musik, aber das Wenige, was ich wusste, tauchte unter in der Flut der Töne. Ich hörte mir Musiker an, die ich nur dem Namen nach kannte: Robert Johnson, Sidney Bechet, Charles Mingus. Ich ließ mich von den leidenschaftlichen Noten eines Thomas A. Dorsey umbranden. Ich öffnete Teresas Schatzkästchen mit Bluesplatten: Howlin' Wolf, Ma Rainey. Junior Wells' Mundharmonika schnitt mich mit ihren Zungen in Streifen. Ganz oben waren die Hohepriesterinnen versammelt. Carter, McRae, Vaughan, Fitzgerald: In jeder dieser Stimmen hörte ich Teresa klagen und jubilieren, hörte, wie sie sich in der vertrauten Ekstase verlor, jeden Abend, wenn sie aus der Fabrik nach Hause kam, wie sie sang, bis ihr wahres Ich hervorkam, im Dunkeln allein.

Stundenlang hörte ich Musik. Song folgte auf Song in solchem

Tempo, dass sie sich schließlich alle gegenseitig durchdrangen. Das ganze klaustrophobische klassische Repertoire konnte dieser Musik in Breite, Tiefe, Höhe nicht das Wasser reichen. Ein gewaltiges Halleluja drang aus Teresas Lautsprechern, ein Schwall, der jedes Flussbett überschwemmte, das dieses Land sich ausdenken konnte, um ihn einzudämmen. Das war nicht eine einzige Musik. Es waren Millionen von Musiken. All diese Lieder, alle eine große Familie, Begrüßungs- und Abgesang auf der größten Party aller Zeiten, bis in die frühen Morgenstunden im Niemandsland dieser Nation. Das war das Haus am Ende der langen Nacht, einladend, warm, immer wieder neu und subversiv. Und ich stand auf der Schwelle, ausgeschlossen, kam zu spät, um mich noch in die Party einzuschmuggeln, lauschte den Tönen, die durch die Fenster drangen und die Straße in alle Richtungen erhellten. Ich hörte Stimmen durch die geschlossenen Fensterläden. Ohne Hemmungen hörte ich zu, achtete nicht darauf, ob jemand kam und mich abführte; ich war gefangen in Klängen, die selbst gedämpft aus dieser Entfernung lebendiger und drängender waren, beglückender als alles, was ich je schaffen würde.

Mitten in dieser freudigen Erregung ließ mich ein Song von Cab Calloway, eine Aufnahme von 1930, abrupt innehalten. Zweimal las ich den Titel, der nur aus einem einzigen Wort bestand, holte hastig die Platte aus ihrer Hülle, und es gelang mir sogar, die Nadel ohne einen Kratzer an der richtigen Stelle aufzusetzen. Calloway trällerte wie eine schlechte Al-Jolson-Parodie, der Song hieß »Yaller«:

> *Black folk, white folk, I'm learning a lot,*
> *You know what I am, I know what I'm not,*
> *Ain't even black, I ain't even white,*
> *I ain't like the day and I ain't like the night.*
> *Feeling mean, so in-between, I'm just a High Yaller ...*

Schwarze, Weiße, hört mir zu. Ihr wisst was ich bin, ich weiß was ich nicht bin, ich bin nicht schwarz, ich bin nicht weiß, nicht wie der Tag und nicht wie die Nacht, ein armes Leben, ein kleiner Gauner, denn ich bin nichts weiter als ein Hellbrauner. Dreimal hörte ich es mir an, dann kannte ich den Song, als hätte ich ihn selbst geschrieben. Ich weiß nicht, was in mich gefahren war, aber ich spielte ihn an jenem Abend im Glimmer Room, nach Teresas Ankunft. Hoffnung ist niemals einfältiger, als wenn sie in Greifweite ist. Sie ging an ihren Platz, direkt am Klavier, und strahlte von unserem neuen Geheimnis. Sie sah atemberaubend aus in einem kurzen braunen Etuikleid, das mir schon in ihrem Schrank aufgefallen war. Ich brachte den Song im letzten Set unter, als außer ihr niemand mehr zuhörte. Ich beobachtete ihr Gesicht und wusste schon im Voraus, wie sie reagieren würde. Die Lippen, die sich zu jeder anderen Melodie des Abends bewegt hatten, erstarrten, der Mund, der Lieder ohne Worte gesummt hatte, als wir uns liebten, schwieg bei dieser Darbietung, fest zusammengebissen.

Sie ging, bevor ich zu Ende gespielt hatte. Aber am nächsten Abend war sie wieder da, so zaghaft und verlegen, dass ich mich vor Schmerzen wand. Ich fuhr mit ihr zurück zu ihrer Wohnung, auch wenn nur ein paar Stunden blieben, bis sie zur Arbeit musste. Wir lagen wieder beieinander, aber das Lied lag wie ein Totgeborenes zwischen uns. Als ich am nächsten Morgen, nachdem sie gegangen war, noch einmal ihre Plattensammlung ansah, war der Calloway nicht mehr da.

Wir entwickelten eine Routine. Sie kam nun jeden Abend in die Bar, und jedes Mal holte ich sie für mindestens einen Song auf die Bühne. Anfangs machte es Mr. Silber rasend. »Glaubt ihr etwa, ich habe Geld für zwei Künstler an einem Abend?« Aber ich versicherte ihm, dass es kostenlos sei, auch wenn sämtliche Kollegen meines Vaters Stein und Bein schworen, dass es so etwas in unserem Winkel des Universums nicht gab. Als Mr. Silber erst einmal sah, wie sehr die Liebeslieder, die dieses seltsame Mädchen sang, seinen Gästen gefielen, war er Feuer und Flamme. »Meine Damen und Herren«, kündigte er nun an, »darf ich um Applaus bitten für das Glimmer-Room-Duo!«

Wir probten nie. Sie kannte all ihre Lieder auswendig, und ich lernte sie von ihr. Ich konnte voraussehen, was sie tun würde, und in den wenigen Fällen, in denen ihre eigene Begeisterung uns zum Kentern brachte, hatten wir unseren Kahn im Handumdrehen wieder flott. Schließlich war es kein Scriabin. Und doch vermittelte Teresa eine musikalische Ekstase, die Scriabin bestenfalls andeuten konnte. Ihr ganzer Körper nahm den Rhythmus auf. Getragen von meinen Akkorden, ließ sie sich gehen, eine sinnliche, glutvolle Entdeckungsreise. In ihrem tiefen Register gab es ein Knurren, das beinahe androgyn war. Das Publikum lag ihr zu Füßen, und an jedem Abend saßen etliche in dem dunklen Raum, die Jahre ihres Lebens für mehr von ihr gegeben hätten.

Einmal stand sie oben auf der Bühne, sang Smokey Robinsons »You Really Got a Hold on Me«, als wäre es hochexplosiver Sprengstoff. Wir segelten im perfekten Einklang dahin, doch ganz unvermittelt streifte unser Schiff ein Riff und ich blickte auf. Teresa war fast sofort wieder im Takt, keiner außer ihr Begleiter hatte den Schnitzer überhaupt bemerkt.

Aber für den Rest des Liedes klang sie angespannt. Den Grund für den Stimmungswandel vermutete ich in dem älteren Mann, der in der Mitte der Strophe hereingekommen war und sich einen Platz hinten im Raum gesucht hatte, ein Mann, dessen bohrendem Blick Teresa sichtlich auswich.

Es war nicht der Verehrer mit der Schmalztolle, mit dem ich sie anfangs gesehen hatte. Aber ebenfalls ein Weißer, einer, dessen Macht über sie nicht zu übersehen war, nicht einmal für den Mann am Klavier. Teresa sang »I don't like you, but I love you«. Ich trottete mit ihr dahin, löste dann und wann eine Dissonanz auf, überlegte, ob ihre Zurückhaltung mir galt oder dem anderen, dem Mann, den ich noch nie gesehen hatte und der auch nicht aussah, als ob ich ihn gern kennen lernen wollte. »You really got a hold on me.« Sämtliche Dämonen, die die Musik doch im Bann halten sollte, all die Dinge, die sie gefangen hielten, kamen in dieser Melodie zum Ausdruck. Gegen Ende wurde sie immer verhaltener, flüsterte die letzte Zeile fast nur noch, traute sich nicht aufzublicken. Als sie es schließlich doch tat, erhob der Mann sich von seinem Platz. Er beugte sich vor, und es sah aus, als spucke er, auch wenn ich nichts aus seinem Mund kommen sah. Dann ging er zur Tür.

Teresa drehte sich zu mir um und rief etwas. Panik und der Applaus verhinderten, dass ich sie hörte. Sie rief noch einmal: »›Ain't Misbehavin'.‹« *Ich habe nichts Böses getan.* Das einzige Mal, dass ich ein Kommando von ihr bekam. Ich griff gehorsam in die Tasten, meine Finger marschierten. Aber es war zu spät. Der Mann war fort. Auch wenn sie sie selbst bestellt hatte, würgte Teresa die Melodie nun ab. Sie sang tapfer bis zum Ende, aber die Unschuld kam nur noch verzerrt heraus.

Später wartete sie auf mich, als sei nichts geschehen. Und was war denn schon geschehen? Aber es nagte an mir, und als sie in ihrer schüchternen, ängstlichen Art fragte, ob ich mit ihr nach Hause kommen wolle, antwortete ich: »Ich denke mir, du hättest mich lieber nicht bei dir.«

Sie sah mich an, als hätte ich ihr ins Gesicht geschlagen. »Warum sagst du das?«

»Ich könnte mir vorstellen, du bist lieber allein.«

Sie fragte nicht nach Erklärungen, sondern ging wortlos fort. Das machte mich nur umso wütender. Ein paar Abende darauf war sie wieder im Club, aber ich ging in den Pausen nicht zu ihr und bat sie auch nicht zu singen. Danach blieb sie eine Woche lang fort. Ich vergrub mich in meiner Wohnung und wartete auf ihren Anruf. Als der Anruf nicht kam, sagte ich mir, dass die Sache damit wohl erledigt war. Wer konnte schon wissen, was geschehen war? Keiner von uns weiß auch nur das Geringste über einen anderen.

In der folgenden Woche wartete sie vor dem Club, als ich zur Arbeit kam. Sie hatte ihren Kittel aus der Bonbonfabrik an. Ich sah sie schon aus einem ganzen Häuserblock Entfernung, hatte Zeit genug, mich auf meinen Einsatz vorzubereiten. »Wieso bist du nicht bei der Arbeit?«

»Joseph. Wir müssen reden.«

»Müssen wir das?«

Mit einem Male war ich der Schläger, der uns im Winter am Strand zugesetzt hatte. Mit zusammengekniffenen Augen schleuderte sie mir ihre Worte entgegen. »Du eingebildeter kleiner Pinscher.« Sie packte mich und versetzte mir einen Stoß. Dann lehnte sie den Kopf an die Clubwand und weinte.

Ich rührte mich nicht. Es brachte mich fast um, aber ich zwang mich, sie nicht anzufassen. Ich hätte alles für sie getan, und trotzdem verriet sie es mir nicht. Die Selbstgerechtigkeit hatte mich fest im Würgegriff. Ich wartete, bis Teresa sich beruhigte. »Wolltest du mir etwas sagen?«

Wieder begann sie zu schluchzen. »Was willst du hören, Joseph? *Was*?«

»Ich habe dich nie nach deinem früheren Leben gefragt, Teresa. Aber gibt es da alte Geschichten? Du könntest so anständig sein und mir sagen, was los ist.«

»›Alte ...‹«

Sie wollte es nicht gestehen. Ich fühlte mich betrogen – von ihr, von den Regeln des Anstands, von ihrem hübschen Gesang, von der geschwungenen Regenbogenlandschaft ihres Leibs. »Willst du mir nicht von dem Burschen von neulich erzählen?«

»Dem ...« Ihre Verwirrung war vollkommen. Dann hellten sich ihre Züge auf. »Joseph! Ach, Joe! Ich dachte, du ... ich dachte, das sieht jeder ...«

»Was? Was sieht jeder? Wieso hast du nicht ein einziges Wort gesagt? Oder ist es ein großes unaussprechliches Geheimnis?«

»Ich dachte ... ich wollte kein großes ...« Sie senkte beschämt den Kopf. Für uns alle drei, nehme ich an. »Das war mein Vater.«

Ich fuhr zurück. »Dein Vater war da und wollte dich hören?«

»Uns«, würgte sie hervor. » *Uns* hören.« Und er war angewidert gegangen, bevor sie ihn mit seinem Lieblingslied zurückerobern konnte. Ich ließ die Szene vor meinem inneren Auge ablaufen. Sonntag für Sonntag hatte ihr Vater sie Musik hören lassen, in die sie sich verliebt hatte, und jetzt hasste er sie dafür. Ihr Liebhaber, von dem sie geglaubt hatte, er sei in dieser Musik zu Hause. Meine eigene Sonntagsmusik, die die unsichtbare Spucke dieses Mannes nur noch schwerer gemacht hätte. Spucke, die für mich bestimmt war, aber seine Tochter traf.

Ich stützte mich an der Backsteinwand des Glimmer Room, neben ihr. »Bist du – hast du seitdem mit ihm gesprochen?«

Sie schüttelte nicht einmal den Kopf. »Mam holt ihn nicht an den Apparat, wenn ich anrufe. Sie spricht selbst kaum ein Wort mit mir. Ich bin zu ihrem Haus gefahren, und sie – er kam an die Tür und hat die Kette vorgelegt.«

Sie schluchzte nur noch. Ich nahm sie mit in den menschenleeren Club, denn dort konnte ich den Arm um sie legen, ohne dass die Polizei kam. Als Mr. Silber seine Nachtigall weinen hörte, polterte er in die Küche und machte ihr eine Tasse dünnen Tee.

»Das darfst du nicht zulassen.« Ich strich ihr über das Haar, wenn auch halbherzig. »Familie ist wichtiger als … das hier. Du musst es wieder in Ordnung bringen. Nichts ist so einen Streit wert.«

Sie sah mich an mit ihren rot verquollenen Augen. Entsetzen breitete sich darin aus wie verschütteter Wein. Sie klammerte sich an meinen Arm, drückte ihr Gesicht fest an meine Brust. Ich kam mir vor wie jemand, der gerade ein Kind überfahren hat und für den Rest seiner Tage mit der Erinnerung daran leben muss.

Teresa nutzte es nie aus, aber sie hatte jetzt niemanden mehr außer mir. Nur noch mich und die Karamellfabrik. Wenn ich jetzt in ihre Wohnung kam, war es eine gute Tat. Uns fiel nichts mehr ein, was wir zueinander sagen konnten, aber Teresa merkte es nie. Sie konnte schweigen und lächeln, wenn ich schon längst nicht mehr wusste, was ich sagen sollte.

Der Gedanke an ihren Vater wurde mir zur Obsession. Ich versteckte Fragen nach ihm in unserem Tischgespräch. Das ärgerte sie, aber ich musste einfach mehr wissen. Wo arbeitete er? Er war Elektroinstallateur in der Stadt. Wo war er aufgewachsen? Saddle Brook und Newark. Politische Überzeugung? Lebenslang Demokrat, genau wie meine Eltern. Zu dem, was ich wissen wollte, kam ich nie; immer verstummte sie vorher.

Uns fiel nichts mehr ein, was wir zusammen tun konnten, nicht einmal für die paar Stunden, die wir gemeinsam frei hatten. Ich schlug Gesangunterricht vor. Ich könne ihr ein paar Tricks beibringen. Sie war begeistert. Sie konnte gar nicht genug davon bekommen. Sie wollte alles wissen, was ich über Ansatz, Atemstütze, das Öffnen der Stimme wusste – all die Schnipsel, die ich im Laufe der Jahre von Jonah aufge-schnappt hatte. »Richtiger Gesang. Wie in der Oper.« Sie lauschte die-sen Geheimnissen mit der gleichen Begeisterung wie ihre Kolleginnen in der Fabrik den Geschichten von Prinz Charles und Fürst Rainier.

Ich brachte ihr bei, was ich wusste. Aber je mehr sie lernte, desto schlechter wurde sie. Als ich sie kennen lernte, war sie eine gute Sänge-rin gewesen. Besser noch: Alles, was sie sang, war schön. Jede Melodie bekam etwas Verletzliches bei ihr. Für jedes Lied traf sie genau den rich-tigen Ton. Sie war bezaubernd, und das ohne jede Kunst – frisch, klar, unwillkürlich sexy, ganz Rhythmus, der von ihr Besitz ergriff und sie erst wieder losließ, wenn das Lied zu Ende war. Aber jetzt, ausgestattet mit dem neuen Wissen, bekam sie einen theatralischen, glatten, runden Ton, der unecht wirkte. Ich hatte ihr schon den Vater genommen. Jetzt nahm ich ihr auch noch die Stimme. Auch die Freunde, die sie gehabt haben mochte, bevor sie sich mit mir einließ, gab es nicht mehr. Wir waren immer nur zu zweit. Teresa konnte nachts nicht mehr schlafen und aß nur das Allernotwendigste. Ich brachte diese Frau um. Dabei hatte ich sie doch nie um etwas gebeten.

»Ich hätte gern mehr Zeit zum Singen«, sagte sie. »Meinst du, ich sollte ein paar Stunden weniger arbeiten?«

Ganz und gar meine Schuld. Ich hätte es wissen sollen, ich hätte Ab-stand halten sollen. Zwei Monate nachdem ihr Vater auf den Boden des Glimmer Room gespuckt hatte, fand ich sie weinend auf dem Sofa sit-zen. »Sie haben mich vor die Tür gesetzt. Meine Eltern. Sie haben die Türschlösser ausgewechselt.«

Jetzt begriff ich endlich. Der Song, den sie bestellt hatte, als der Mann schon halb draußen war: Daddys Lieblingslied. Und der Song, bei dem sie mitgesungen hatte, der, bei dem ich mich in sie verliebt hatte: beide vom selben Komponistenduo. Die Songs der Sonntagmorgenliturgie, gepredigt von ihrem alten Herrn. »Wie hat er dich genannt? Dein Vater. Er hat doch sicher einen Kosenamen für dich gehabt.«

Sie wollte es mir nicht sagen. Aber das brauchte sie auch nicht, *good-ness knows. My honeysuckle rose.*

Wir richteten uns in einer einfachen Routine ein, die das Leben leicht genug für uns beide machte. Sie stellte ihre Wohnung zur Verfügung, damit wir eine gemeinsame hatten. Ich achtete besser auf meine Worte. Ich sagte ihr, ihr Hackbraten mit Tomatensoße sei das Beste, was ich je gegessen hätte, und zahlte wochenlang den Preis dafür. Irgendwie rutschte mir heraus, Taubenblau sei meine Lieblingsfarbe, und am nächsten Samstag fand ich sie dabei, wie sie die Küche taubenblau strich. In meine Wohnung gingen wir so gut wie nie. Ich glaube, wir verbrachten keine einzige Nacht dort. Ohne zu fragen, gab sie alles auf, was sie nicht mit mir gemeinsam tat. Ich schämte mich und wusste nicht weswegen. Ich liebte sie.

Eines Nachmittags im Sommer 1970 war ich allein in meiner Wohnung. Es klopfte an der Tür, was selten genug vorkam. Ich öffnete verblüfft und brauchte volle drei Sekunden, bevor ich meine Schwester und ihren Mann Robert erkannte, meinen Schwager, mit dem ich in diesem Leben erst vierzig Minuten verbracht hatte, drei Jahre zuvor. Ich stand da und starrte sie an, irgendwo zwischen Freude und Furcht, bis Ruth sich räusperte. »Joey, kannst du uns reinlassen?«

Ich begrüßte sie begeistert. Ich umarmte Ruth, bis sie um Gnade flehte. Ich sagte nur immer wieder »Ich kann's nicht glauben«, und Ruth antwortete jedes Mal »Glaub es, Bruder«.

»Was glauben?«, fragte Robert. Seine Stimme klang müde, aber er musste doch lachen über diese Begrüßung.

»Wie habt ihr mich gefunden?« Ich dachte, sie müsse sich bei Pa gemeldet haben. Die beiden redeten wieder miteinander. Wer sollte ihr sonst gesagt haben, wo ich war?

»Dich?« Ruth sah Robert mit einem traurigen Grinsen an. »Finden ist nicht schwer, Joey. Dich loszuwerden, das ist das Problem.«

Ich wusste immer noch nicht, was ich ihr getan hatte. Aber das war mir gleich. Meine Schwester war da. Sie war in mein Leben zurückgekehrt. »Seit wann seid ihr hier? Wo wohnt ihr jetzt?«

Ihr Schweigen brachte mich in Verlegenheit. Ruth sah sich in meiner winzigen Wohnung um, kaum mehr als eine Zelle; sie schien zu fürchten, dass irgendwo etwas in den Schränken lauerte. »Wohnen? Jetzt? Ulkige Frage.«

Robert setzte sich auf meinen wackligen Küchenstuhl und schlug die Beine übereinander. »Könnten wir hier bleiben? Bei dir? Nur einen Tag oder zwei.«

Sie hatten kein Gepäck. »Natürlich. Jederzeit.«

Ich fragte nicht nach den näheren Umständen, und von sich aus erzählten sie nichts. Was immer es war, das hinter ihnen her war, es lauerte gleich hinter der nächsten Straßenecke. Ich sah, wie sie sich anblickten und eisern schwiegen. Sie hatten nicht vor, mich zum Komplizen zu machen. »Setzt euch. Mann, bin ich froh, euch zu sehen. Hier, macht es euch gemütlich. Kann ich euch was zu trinken anbieten?«

Meine Schwester hielt mich an den Handgelenken fest wie eine wohl-
meinende Pflegerin, beschwichtigte mich, grinste. »Joey, wir sind's
nur.«

Robert, der Mann, mit dessen Schicksal meine Schwester ihr eigenes
verknüpft hatte, ein Riese, über den ich nicht das Geringste wusste, fixierte mich mit seinem durchdringenden Blick. Er schien mir in allem
das genaue Gegenteil von mir: aufrecht, würdevoll, solide, in sich ruhend, engagiert. Seine Aura füllte den ganzen Raum. »Was macht die
Musik?«

Ich ließ den Kopf hängen. »Immerhin spiele ich. Ich spiele, was die
Leute hören wollen. Und ihr?«

»Ha.« Er legte die Hände an den Kopf, konzentrierte sich. »Wir auch.
Wir spielen auch, was die Leute hören wollen.«

»Ich habe gelesen, dass Huey frei ist«, sagte ich.

»Joey!«, rief Ruth vom Küchenfenster, wo sie mit den Vorhängen
hantierte. »Wann hast du Zeit gefunden, das zu lesen? Ich dachte, du
bist jetzt Nachtclubkünstler.«

Sie musste sich umgesehen haben. Hatte die Plakate am Club entdeckt. »Es ist ein aufgeklärter Laden. In den Pausen darf ich Zeitung lesen.«

»Huey ist frei, das ist wahr.« Robert sah mich an, versuchte abzu-
schätzen, wo ich stand. »Aber alles, was der Mann tun wollte – die ganze
Bewegung –, fällt auseinander.«

»Robert«, warnte Ruth.

»Schon gut. Das weiß doch jeder.«

Ich war auf dem Laufenden geblieben, wenn auch nur um ihretwil-
len. Die Schießerei an der UCLA. Hampton und Clark, die beiden Pan-
ther-Anführer in Chicago, in einer illegalen Polizeiaktion im Schlaf erschossen. Bobby Seale in Connecticut vor Gericht, angeklagt wegen
Mordes an einem Polizeispitzel. Das FBI führte Krieg an allen Fronten.
Hunderte von Black Panthers waren umgebracht oder ins Gefängnis
gesteckt worden, oder sie flohen ins Ausland. Eldridge Cleaver nach
Kuba. Lange Zeit hatte ich mir ausgemalt, dass Ruth und Robert genau
wie Jonah außer Landes waren. Und wenn ich sah, wie elend sie jetzt
hier saßen, hätte ich es ihnen gewünscht.

»Hast du von der Sache in New York gehört?« Die Intensität, mit der
Robert mich ansah, versetzte mich in Panik.

»Ich habe … in der Zeitung stand …« Ich hatte die offiziellen Berichte einfach nicht glauben können. Einundzwanzig Panthers verhaftet, angeschuldigt der Verschwörung, öffentliche Gebäude in die Luft

zu jagen und Dutzende von Polizisten zu töten. Die Gruppe, an deren Aufbau meine Schwester und ihr Mann mitgeholfen hatten.

»Die Zeitungen, Mann. Du musst dich entscheiden, ob du den Zeitungen glauben willst oder dem Volk.« Er reckte den Kopf, ein trotziger tausendjähriger Junge, der aufbegehrte, der es einfach nicht mehr aushielt, wie dieses Land alles, was menschlich war, in den Dreck zog. Ich glaubte weder den Zeitungen noch dem Volk. Ich glaubte nicht einmal mir selbst. Ich wollte auf der Seite stehen, auf der meine Schwester stand.

»Ich bin halb verhungert«, sagte Ruth.

Das schien ein Geschenk des Himmels, endlich etwas, wobei ich mich nützlich machen konnte. »Es gibt ein italienisches Lokal gleich hier in der Straße.«

Robert und Ruth sahen mich an und konnten nicht glauben, wie schwer von Begriff ich war. Robert holte vier zerknitterte Dollarnoten aus der Tasche. »Könntest du uns was mitbringen? Egal was, Hauptsache es ist warm.«

Ich lehnte das Geld ab. »Bin gleich wieder da, mit den besten Muscheln, die ihr je gegessen habt.«

Seine Dankbarkeit brachte mich fast um. »Da hast du was gut bei mir, Bruder.«

Über dieses letzte Wort dachte ich auf dem ganzen Weg zur Seepromenade und zurück nach. Als ich wieder an die Tür kam, hörte ich, wie sie sich stritten. Sie verstummten im Augenblick, in dem ich meinen Schlüssel ins Schloss steckte. »Aus dem Ozean frisch auf den Tisch«, sagte ich, und selbst ich hörte, wie einfältig es klang. Aber Ruth war begeistert. Zuerst küsste sie meine Hand, dann biss sie sie. Die beiden stürzten sich auf das Essen. Es musste lange her sein, seit sie zuletzt etwas bekommen hatten. Ich wartete, bis der größte Hunger gestillt war. Dann versuchte ich aus Robert etwas herauszubekommen. Nachhilfestunden für den verhinderten Juilliard-Absolventen.

Robert tat mir den Gefallen. Wir sprachen über all die Dinge, die geschehen waren, seit wir uns zuletzt gesehen hatten, den Kampf der letzten drei Jahre. Ich führte den gewaltfreien Widerstand ins Feld, auch wenn der ja längst begraben war. Robert lachte mich nicht aus, aber er machte mir auch keine Hoffnung. »Ein kleines Grüppchen hat uns alle zusammen ins Loch gesteckt, und sie stehen mit Flinten an den Luken. Je länger sie das tun, desto nötiger haben sie es.«

Meine Schwester hob beschwörend die Hände. »Es sind ja nicht nur die Mächtigen im Lande. Die Armen unter den Einwanderern, die zweite Generation, die machen munter mit. Das erste Wort, das sie lernen, wenn sie den Fuß in dieses Land setzen, ist *Nigger*. Sie hetzen die Besitzlosen gegeneinander auf. Das reine Kapo-System.«

Ich hörte wortlos zu, speicherte alles. Als die Muscheln alle waren, wussten wir nichts mehr zu sagen.

»Joey«, sagte Ruth. »Du hast eine Freundin.«

»Woher willst du das wissen?« Ich sah mich in der Wohnung nach verräterischen Indizien um, Bildern, Zetteln, zweiter Zahnbürste. Nichts.

»Du siehst gut aus. Gesund.« Ruth schien erleichtert. In dem Augenblick, in dem meine Schwester das sagte, liebte ich Teresa wieder wie an dem Tag, an dem sie zuerst für mich gesungen hatte. »Eine Weiße?«

Robert stand auf und streckte sich. »Genug jetzt. Feuerpause. Lass den Mann mal verschnaufen.«

»Wieso? Das ist doch eine ganz normale Frage. Wenn er ein schönes neues Auto hätte, würde ich auch wissen wollen, was für ein Modell es ist.«

Robert sah mir ins Gesicht. »Schon in Ordnung, Bruder. Schau dir mich an. Ich gehe mit einer Deutschen ins Bett.«

»Wenn ich dich mit ihr erwische, drehe ich euch beiden den Hals um.«

»Ihr Vater hat sie verstoßen«, sagte ich. »Teresa, meine ich.« Es hörte sich lächerlich klein an im Vergleich zu dem, womit Robert und Ruth zu kämpfen hatten.

Robert fuhr sich über seine Afrohaare. »Schlimme Sache. Vielleicht machen wir sie zum Ehrenmitglied.«

»Teresa.« Ruth gab sich Mühe, es so wenig spöttisch wie möglich zu sagen. »Wann lernen wir sie kennen?« Meine Schwester wollte mir entgegenkommen. Einen Platz außerhalb dieser Welt finden, groß genug, dass wir beide dort wohnen konnten.

»Jederzeit. Heute Abend.«

»Vielleicht das nächste Mal«, sagte Robert. »Das hier ist ja nicht gerade ein Kaffeeklatsch.«

Seine Worte schleuderten die beiden heraus aus meiner einfältigen Welt; jetzt waren sie wieder zwei Agitatoren auf der Flucht. Wir saßen schweigend da, horchten auf verräterische Laute draußen auf der Straße. Schließlich sagte Ruth: »Es geht nicht darum, dass wir dir nicht trauen, Joey.«

»Das verstehe ich«, log ich. Aber das Einzige, was ich verstand, war ihre Unruhe, die Panik von gehetzten Tieren.

Robert sprach in seine gefalteten Hände. »Je weniger wir sagen, desto besser für dich.« Er hätte Professor an einer Universität sein können.

Ruth lehnte sich zurück und seufzte. Meine kleine Schwester, jetzt Jahrzehnte älter als ich, und sie entfernte sich immer weiter von mir, in wachsendem Tempo. »Wie geht es dem Negercaruso?« Sie sagte es mit zusammengebissenen Zähnen.

»Was soll ich sagen? Er singt. Irgendwo in Europa. Die letzte Nachricht kam aus Deutschland.«

Sie nickte. Hätte gern mehr gewusst und wollte doch nicht fragen. »Da passt er hin.«

Ihr Mann stand auf und spähte durch die Küchenvorhänge. »Mittlerweile wäre ich selbst gern da.«

»Was du nicht sagst.«

»Lieber heute als morgen.«

Der Gedanke amüsierte Ruth. Sie lästerte auf Deutsch, mit jedem Kosenamen, den Pa je für Mama gehabt hatte.

»Ich muss zur Arbeit«, sagte ich. »Brötchen verdienen.« Ich streckte meine Finger aus, spielte damit, sang ohne nachzudenken »Honeysuckle Rose«.

»Ich würde ja zu gern zuhören«, sagte Ruth.

»Kann ich mir vorstellen.«

»Der kleine Joey Strom, der endlich lernt, wo die Musik spielt.«

Ich musterte sie, die tief liegenden dunklen Augen. »Schäm dich doch nicht für mich, Ruth.«

»Schämen?« Sie sah mich entgeistert an. Wieder loderten aus dem Haus die Flammen und sie stand auf der eiskalten Straße und biss den Feuerwehrmann. »Ich mich schämen? Schäm *du* dich nicht für *mich*!«

»Für *dich*! Wie könnte … Du bist da draußen und … opferst dich für Sachen, von denen ich überhaupt nicht wüsste, dass es sie gibt, wenn ich dich nicht hätte.«

Die Muskeln in den Wangen meiner Schwester spannten sich. Einen Moment lang glaubte ich, sie würde weinen. Aber die Spannung löste sich wieder. Diesmal bot sie mir keinen Platz in der Bewegung an, machte keine Andeutungen, dass die armselige Welt selbst jemanden wie mich zu ihrer Rettung brauchen kann. Aber immerhin streckte sie eine rosa Handfläche aus und legte sie mir auf die Brust. »Und was spielst du?«

»Nenn eine Melodie und ich klimpere sie.«

Ihr Grinsen ging über das ganze Gesicht. »Joey ist ein Neger.«

»Nur in Atlantic City.«

»Halb Atlantic City ist schwarz«, sagte Robert. »Sie wissen es bloß noch nicht.«

»Das musst du dir von dem Mann hier erklären lassen. Eigentlich ist nämlich ganz Amerika afrikanisch. Komm, Schatz. Erzähl's ihm.«

Robert lächelte über die Art, wie sie das sagte. »Morgen. Heute Abend will ich schlafen. Ich bin erledigt.«

»Nehmt mein Bett, ihr zwei. Ich bleibe bei Teresa.«

»Teresa.« Meine Schwester lachte. »Und weiter?« Ich musste ihr Wierzbicki buchstabieren. Ruth lachte noch einmal. »Weiß dein Vater, dass du eine Katholikin vögelst?«

Am nächsten Tag kehrte ich von Teresa zurück. Unterwegs ging ich in den Laden und holte Bier, Hühnchen, frisches Brot, Zeitschriften – all die Dinge, die es bei mir nicht gab. Aber als ich in die Wohnung kam, war sie leer. Ein halbes Blatt Notenpapier, beschrieben in der Handschrift meiner Schwester, lag auf dem Küchentisch.

Joey,

wir mussten weg. Glaub mir, es ist besser so. Sie sind uns auf den Fersen, und du willst ja nicht noch tiefer in die Sache hineingeraten als ohnehin schon, weil du mich zur Schwester hast. Gestern hast du uns das Leben gerettet. Und es war schön zu sehen, dass sie dich noch nicht ganz kleingekriegt haben. Noch nicht! Robert sagt, du bist in Ordnung, und ich habe mir abgewöhnt, meinem Mann zu widersprechen, weil er nämlich nie nachgibt.

Pass du auf dich auf, dann passen wir auch auf uns auf. Wer weiß? Vielleicht leben wir alle drei lang genug, dass wir nochmal Muscheln zusammen essen.

Blut ist dicker als Wasser, stimmt's, Bruder?

Schmeiß diesen Zettel weg, wenn du ihn gelesen hast.

Unterschrieben war er nicht. Aber unten stand noch, als Postskriptum: »Sieh zu, was du bei deinem Bruder für uns tun kannst.«

Das Blatt verbrannte mir beinahe die Finger. Ich warf es nicht fort, als ich es gelesen hatte. Ich legte es mitten auf den Wohnzimmertisch. Blut ist dicker als Wasser. Ich wollte, dass die Schergen es auf Anhieb fanden, wenn sie, gleich in welcher Gestalt, in meine Wohnung eindrangen. Ich weigerte mich zu überlegen, was die beiden vielleicht getan hatten, welches Pseudoverbrechen man ihnen zur Last legte, in was für eine Klemme sie geraten sein mochten. Wir waren als Illegale auf die Welt gekommen. Schon das Beharren auf Veränderung war ein Verbrechen. Jetzt konnte ich nur warten, dass ich von ihnen hörte, wo immer und wann immer sie wieder auftauchten. Ich würde Geduld brauchen.

Teresa erzählte ich nie von diesem Besuch. Es wäre mir auch nie gelungen, sie und die beiden zusammenzubringen. Ich hätte immer zwischen ihnen gestanden, hätte die eine vor der anderen schützen wollen, so wie Jonah einmal zwei Gesanglehrer täuschen wollte. Niemals würde ein Ganzes aus mir werden. Meine Einzelteile passten nicht zusammen. Und ich wollte auch gar nicht, dass sie passten.

Kurz nach dem Besuch – früh genug dass mein Verstand, der überall Verbindungen sah, einen Zusammenhang vermutete –, schickte Pa mir einen Brief von Jonah, der erste seit Magdeburg. Der Kommunismus hatte anscheinend seinen Reiz verloren. Seine Reise durch Ostdeutschland hatte er hinter sich – »Musste meine Pilgerfahrt nach Leipzig ohne dich machen, Muli« –, war in Ensemblekonzerten in Berlin aufgetreten – »keine Lieder allerdings; ich konnte dir doch nicht untreu werden« –, dann kehrte er in den Westen zurück und sang *Das Lied von der Erde* in Köln. Von da zog er weiter nach Holland und gewann den ersten Preis im Gesangwettbewerb von s'Hertogenbosch, als sei nichts dabei.

Keine Ahnung, was jetzt als Nächstes kommt. Anscheinend steht mir die ganze Welt offen, oder zumindest von hier bis Zeeland. Kein Mensch hier steckt meinen Gesang in eine Sparte, jedenfalls in keine, die kleiner ist als *Musik* – obwohl ich höchstens vierzig Prozent von dem verstehe, was die Leute sagen; kann also sein, dass sie mich den Fürsten der Finsternis nennen und ich es gar nicht merke. Lass dir sagen, Muli, in den Vereinigten Staaten, da bist du wie ein Gefangener. Immer noch ein Sklave, selbst hundert Jahre nach der so genannten Befreiung. Du hast überhaupt keine Ahnung davon, wie sehr sie dich unterdrücken, bis du die Unterdrückung überwunden hast. Möchtest du wissen, wie das ist, wenn du zum ersten Mal im Leben deine Ketten los bist? Dann komm her, bevor die amerikanische Kultur sich so weit ausgebreitet hat, dass sie uns selbst hier draußen zu Negern macht.

Er hatte die Adresse einer Agentur in Amsterdam dazugeschrieben, wo er immer zu erreichen sei. Aber »immer« war bei meinem Bruder nicht lange.

Zusammen mit dem Brief von Jonah schickte Pa auch einige eigene Zeilen. Er war nie nach Atlantic City gekommen, um mich spielen zu hören, und ich hatte ihn auch nicht dazu ermuntert – im Gegenteil. Er hatte keinen Begriff davon, was ich Abend für Abend spielte – die Surf-gesänge, die kaum verschleierten Drogenhymnen, die Liebeslieder auf Autos, Haartrockner und anderes motorbetriebenes Spielzeug. Für Pa war ich ein Konzertpianist, der sich mit Auftritten seinen Lebensunter-halt verdiente. Sein Brief war kurz und randvoll mit Fakten. Mit seiner Arbeit gehe es gut voran; er mache Fortschritte bei dem Problem, das ihn schon seit drei Jahrzehnten beschäftige. »Wo Mach und das Quan-tum zusammentreffen, kann die Zeit nicht existieren!« In der Physik geschahen wieder die verrücktesten Dinge, just die, die er dreißig Jahre zuvor vorhergesagt hatte. Multiple Universen, Parallelwelten. Wurmlö-cher. Natürlich kein Wort über die verrückten Dinge, die die Welt rings um ihn in ihren Grundfesten erschütterten.

Im letzten Absatz, als hätte er es nur dazugeschrieben, um das halb leere Blatt noch zu füllen, hieß es: »In zwei Tagen gehe ich zu einer Un-tersuchung ins Krankenhaus. Mach dir bitte keine Sorgen. Meine Symptome sind zu unangenehm, als dass ich sie hier beschreiben könnte. Die Ärzte wollen nachsehen, wie es in meinem Inneren aus-sieht, und dazu müssen sie mich aufschneiden!«

Der Brief traf am Tag nach der Operation bei mir ein. Ich rief zu Hause an, aber da meldete sich niemand. Er hatte mir keine Telefon-nummer gegeben, nicht einmal den Namen des Krankenhauses, in dem er operiert werden sollte. Ich rief bei Mrs. Samuels an, und sie nannte mir die Nummer der Klinik. Ich merkte an ihrer Stimme, dass sie nicht diejenige sein wollte, die die schlechte Nachricht überbrachte. Ich ging zu Mr. Silber und bat um zwei Tage Urlaub.

»Und wer soll für meine Gäste spielen? Soll ich mich vielleicht selbst ans Klavier setzen? Soll ich so tun als könnte ich spielen, wie dieser Satchmo?«

Ich erzählte Mr. Silber nichts über meinen Vater. *Mein Vater liegt im Krankenhaus* hätte für ihn so viel geheißen wie *Fetter Schwarzer stirbt an Komplikationen von Diabetes Typ II.* Und wenn ich ihm gesagt hätte, dass es Bauchspeicheldrüsenkrebs war, hätte Mr. Silber sich nach den Einzelheiten erkundigt. Dieser Gedanke war mir von Grund auf zuwi-der. *Dein Vater ist Jude?* Ich konnte diesem Mann doch nicht eine ge-meinsame Herkunft aufdrängen.

Teresa erzählte ich es. Sie wollte mich begleiten, gleich beim ersten Besuch. »Nicht diesmal«, sagte ich. »Aber vielleicht später.« Ich musste sie nicht bitten zu warten. Sie wusste, wie lang die Zeit war. Sie hatte ihr ganzes Leben mit Abwarten verbracht.

Im Krankenhaus die übliche Farce. *Sein Sohn?* Der Chirurg im

Mount-Sinai-Hospital versuchte gar nicht erst, seine Überraschung zu verbergen. Doch sein ungläubiges Staunen hatte schon viel früher begonnen, in dem Augenblick, als er das Skalpell ansetzte. »Dieser Krebs ist schon lange da. Möglicherweise seit Jahren.« Ich wusste genau seit wann. »Ich kann nicht verstehen, wie jemand so lange damit leben konnte und erst jetzt –«

»Er ist Wissenschaftler«, erklärte ich. »Er lebt in einer anderen Welt.«

Als ich ins Zimmer trat, saß Pa im Bett und begrüßte mich mit einem beinahe schuldbewussten Lächeln. »Du hättest nicht extra herkommen müssen!« Mit einer Handbewegung wischte er sämtliche Diagnosen vom Tisch. »Du musst dein Leben leben! Du hast deine Arbeit, da unten in Ocean City! Wer soll jetzt für deine Zuhörer spielen?«

Ich blieb zwei Tage. In der Woche darauf kam ich wieder, diesmal mit Teresa. Sankt Teresa. In den folgenden vier Monaten fuhr sie ein halbes Dutzend Mal mit mir nach New York. Schon allein dafür hätte ich sie heiraten sollen. In diesen Krisenzeiten zeigte sie, was in ihr steckte. Sie regelte alles – all die alltäglichen Kleinigkeiten, die ich auf unseren Konzertreisen immer für Jonah geregelt hatte und für die mir jetzt die Kraft fehlte. Sie hätte mich nicht begleiten müssen. Mir nicht zur Seite stehen und mit ansehen müssen, wie ich meinen Vater verschwinden sah. Wegen mir hatte sie schon den eigenen Vater verloren. Es lastete nur noch schwerer auf mir, dass sie mir so bereitwillig beistand, als ich den meinen verlor.

Pa hatte sie gleich ins Herz geschlossen. Er war glücklich, dass ich jemanden gefunden hatte, und dann auch noch solch eine Lichtgestalt. Anfangs fühlte er sich schuldig, wenn wir ihn besuchten. Doch bald war er auf unsere Besuche angewiesen. Pa wurde aus dem Krankenhaus entlassen, und Mrs. Samuels zog zu ihm in das Haus in Fort Lee, wie sie es im Geiste schon viele Jahre zuvor getan hatte. Wann immer Teresa und ich auftauchten, zog sie sich diskret zurück. Ich habe diese Frau nie wirklich kennen gelernt. Vielleicht hätten mein Vater und Mrs. Samuels geheiratet, wenn auch nur eins seiner Kinder ihnen ein klein wenig Mut gemacht hätte. Aber ich wollte keine weiße Stiefmutter. Und Pa hätte auch nie den Sprung von der Weltlinie geschafft, die er selbst gezeichnet hatte. Wie hätte er seiner zweiten Frau erklären sollen, dass er immer noch nächtliche Zwiegespräche mit der ersten führte?

Terrie und ich waren an seiner Seite, als es mit ihm zu Ende ging. Er muss unsere Anwesenheit wie einen Urteilsspruch empfunden haben. Ich wartete, bis ich es nicht mehr ruhigen Gewissens hinausschieben konnte. Dann schrieb ich Jonah und schickte den Brief an die Adresse der Agentur in Amsterdam. Ich wollte nicht sagen, dass Pa im Sterben lag, aber ich schrieb ihm so deutlich wie möglich, dass er nach Hause kommen solle. Der Brief würde ihn von Bühne zu Bühne quer durch ganz Europa verfolgen, und es konnte Wochen dauern, ehe wir von ihm hörten. Ich hatte keine Möglichkeit, Ruth zu verständigen, und wusste auch nicht, wie sie die Nachricht aufgenommen hätte.

Pa genoss unsere Gesellschaft, das Wenige, was es an Gesellschaft gab. Genau genommen verbrachten wir, wenn Teresa und ich zu Besuch kamen, gar nicht viel Zeit miteinander. Je näher das Ende rückte, desto weniger kümmerte er sich um das, was rings um ihn geschah. Er arbeitete bis zum Schluss, besessener als ich es je erlebt hatte. Die Wissenschaft war seine Medizin, sie verlängerte ihm das Leben. Er arbeitete, bis er schließlich so voll gepumpt mit Schmerzmitteln war, dass er gar nicht mehr wusste, dass er noch arbeitete. Er versuchte mir zu erklären, worum es ging. Einige Wochen lang schien er verzweifelt. Er musste beweisen, dass das Universum eine bevorzugte Drehrichtung hatte. Ich hatte nicht die leiseste Ahnung, was er damit meinte.

Er musste zeigen, dass mehr Galaxien in die eine Richtung rotierten als in die andere. Er suchte nach einer grundlegenden Asymmetrie, mehr Galaxien, die sich gegen den Uhrzeigersinn drehten als im Uhrzeigersinn. Er trug Berge von astronomischen Fotos zusammen, arbeitete fieberhaft mit Bleistift und Zirkel, stellte Vermutungen über Rotationsachsen an und trug die Ergebnisse seiner Messungen in riesige Tabellen ein. Die Arbeit war ein Wettlauf, den er unbedingt gewinnen musste. Jeden Tag kam er ein Stückchen weiter voran, mit einem Stückchen weniger Kraft.

Ich fragte ihn, warum die Antwort auf diese Frage für ihn so wichtig sei. »Ach, weißt du, die Antwort kenne ich längst. Aber den mathematischen Beweis zu finden, das wäre wunderbar!«

Ich fragte so sanft wie möglich: »Warum wäre das so wunderbar?« Wie konnte etwas so unbegreiflich Fernes für ihn so wichtig sein? Ich weiß nicht, ob er den Unterton hörte – meinen Groll darüber, dass er nach einer anderen Uhr lebte und starb, im Gravitationsfeld eines anderen Systems, meine Wut darüber, dass er Klängen lauschte, die ihrer Zeit voraus sind, so weit voraus, dass das menschliche Ohr sie nicht wahrnehmen kann. Im Grunde war es eine harmlose Leidenschaft, die er pflegte. Sie machte niemanden zum Sklaven und profitierte nicht von fremdem Elend. Aber sie linderte dieses Elend auch nicht und befreite keine einzige Seele. Jetzt, wo ich etwas hatte, woran ich ihn messen konnte, begriff ich, dass mein Vater der weißeste Mensch auf der ganzen Welt war. Wie Mama auf den Gedanken hatte kommen können, diesen Mann zu heiraten, und wie die beiden hatten glauben können, sie könnten irgendwo in diesem Land ein gemeinsames Leben aufbauen, war ein Geheimnis, das er mit ins Grab nehmen würde.

Wenn Teresa und ich Pa besuchten, saßen wir am Ende immer im Wohnzimmer und spielten Cribbage, während er in seinem Arbeitszimmer verbissen rechnete. Ich verbrachte Stunden damit, meine polnische Heilige auf tausenderlei Umwegen um Verzeihung zu bitten.

»Das macht nichts, Joseph. Es ist ganz in Ordnung. Ich freue mich, wenn ich einfach nur sehe, wo du groß geworden bist.«

»Wie oft habe ich dir schon gesagt, wo ich groß geworden bin! Lieber wäre ich in der Hölle groß geworden als hier.«

Rasch wollte sie ihren Fehler korrigieren, aber es war zu spät. »Können wir rüberfahren in die Stadt? Dahin wo du ...« Mitten im Satz merkte sie, dass sie es damit nur noch schlimmer gemacht hatte. Wir widmeten uns wieder dem Cribbage, einem Spiel, das sie mir beigebracht hatte, einem Spiel, das sie mit ihrer Mutter gespielt hatte. Das traurigste, weißeste, undurchschaubarste Spiel, das die Menschheit je erfunden hat.

Eines Abends saßen wir zusammen im Lampenschein und betrachteten die Bilder, die das Unglück meiner Familie überdauert hatten. Es gab ein halbes Dutzend aus der Zeit vor dem Brand. Sie hatten ein Vierteljahrhundert lang an einer Pinnwand im Büro meines Vaters in der Universität gehangen. Jetzt waren sie heimgekehrt in ein Zuhause, das keiner der Menschen, die auf den Bildern zu sehen waren, wiedererkannt hätte. Eines zeigte ein Paar mit einem Baby. Ein gedrungener Mann mit kurzen, schon ein wenig schütteren Haaren stand neben einer schmalen Frau in gemustertem Kleid, das Haar zurückgekämmt und zu einem Knoten gesteckt. Die Frau hatte ein Bündel im Arm, in eine flauschige Decke gewickelt. Teresa zeigte mit dem Fingernagel auf das verschnürte Baby. »Du?«

Ich zuckte mit den Schultern. »Jonah vermutlich.«

Eine diskrete Pause. »Wer sind die beiden?«

Ich konnte es ihr nicht sagen. An den Mann konnte ich mich dunkel erinnern, aber auch das kam vielleicht nur von dieser Fotografie. »Meine Großeltern.« Und dann, der Gipfel der Einfalt: »Die Eltern meiner Mutter.«

Der Tag kam, an dem mein Vater zu krank zum Arbeiten geworden war. Er saß immer noch mit seinen Sternenkarten und seinen Zahlentabellen da, den Kopf über die ellenlangen Gleichungen mit den griechischen Buchstaben gebeugt. Aber er konnte sich keinen Weg durch die Rechnungen mehr bahnen. Er schien eher verwundert darüber als unglücklich. Die Medikamente hatten ihn schon in eine Welt entführt, in der es keinen Schmerz mehr gab. Vielleicht staunte er auch nur, dass die Fakten einfach nicht mit der Theorie mithalten konnten.

»Und?«, fragte ich. »Hat das Universum nun eine bevorzugte Richtung?«

»Ich weiß es nicht.« Seine Stimme hätte nicht ungläubiger klingen können, wäre er gerade dahinter gekommen, dass er nie existiert hatte. »Anscheinend ist es dem Universum gleich, ob es sich in die eine oder in die andere Richtung dreht.«

Zuletzt wollte er singen. Das hatten wir schon seit Jahren nicht mehr getan. Ich hätte nicht einmal genau sagen können, wann wir aufgehört hatten. Mama war gestorben. Jonah war Profi geworden. Ruth hatte in einer Art Abscheu ihre Engelsstimme aufgegeben. Und so war unser Familienchor verstummt. Dann, eines Tages im ersten Winter dieses neuen, fremden Jahrzehnts wollte mein sterbender Vater das Versäumte nachholen. Aus den turmhohen Stapeln seiner Berechnungen zog er ein Bündel Notenblätter hervor, Madrigale. »Kommt. Wir singen.« Er drückte jedem von uns ein Blatt in die Hand.

Ich blickte Teresa an, die nach einer Ecke suchte, in die sie sich verkriechen konnte. »Teresa kann keine Noten lesen, Pa.«

Er lächelte: Wir sollten ruhig unseren kleinen Spaß haben. Doch als er begriff, dass ich es ernst meinte, blickte er fassungslos. »Wie kann das sein? Du hast gesagt, sie singt mit dir?«

»Das tut sie. Sie ... lernt es auswendig. Nach dem Gehör.«

»Wirklich?« Die Idee faszinierte ihn, als sei ihm erst in diesem Augenblick aufgegangen, dass so etwas möglich war. Eine unverhoffte Offenbarung auf dem Sterbebett. »Wirklich? Dann lernen wir das Lied auswendig, zusammen mit ihr.«

Ich wollte kein Terzett mit einem vor Schrecken starren Mädchen und einem todkranken Mann singen. Auch ich hatte mein altes Grundvertrauen in die Welt der Töne verloren. Und wir drei konnten Pa unmöglich das geben, was er brauchte – einen Blick in eine Welt, die unerreichbar geworden war. Musik war immer sein Dank für das unwahrscheinliche Glück seines Lebens gewesen, die Tatsache dass er davongekommen war, sein Kaddisch für die, die das Schicksal hatten erleiden müssen, das für ihn bestimmt gewesen war. »Wie wär's, wenn T. und ich dir etwas vorsängen? Direkt aus dem Glimmer Room, Atlantic City!«

»Das wäre sogar noch schöner.« Seine Stimme versiegte, kaum noch zu hören.

Ich weiß nicht wie, aber Sankt Teresa wuchs in diesem schweren Augenblick über sich hinaus. Zumindest sie glaubte noch an die Musik. Ich spielte auf dem Klavier, das schon seit Jahren unberührt in Fort Lee stand. Und die weiße katholische Elektrikertochter aus der Bonbonfabrik sang wie eine Sirene. Die Nebel um mich lichteten sich, und ich ging ihr entgegen. Wir stimmten »Satin Doll« an, so weit entfernt von dem Monteverdi, den Pa ausgesucht hatte, wie überhaupt nur möglich. Aber der, der diese Puppe gemacht hatte, hatte ja selbst einmal gesagt, dass es nur zwei Arten von Musik gebe. Und dies hier war die gute.

Pas Gesicht war längst aschfahl, das Lachen in seinen Augen glasig. Aber als Teresa und ich jetzt in Fahrt kamen, etwa auf Höhe der zweiten Strophe, ging noch ein letztes Mal ein Leuchten darüber. Für meinen Vater war die Freude an der Musik stets die Freude an einem planvollen Kosmos gewesen – harmonisch, systematisch, komplex: Planeten eines Sonnensystems, die ihre Bahnen in- und umeinander zogen, jede davon nachgezeichnet durch die Stimme eines Menschen aus seiner Familie. Aber das Vergnügen, das ihn und seine Frau zusammengehalten hatte, war die Freude des Schatzsuchens gewesen. Beide hätten bis zu ihrem letzten Atemzug geschworen, dass es keine zwei Melodien gab, die nicht zusammenfinden konnten, wenn man nur Tempo und Tonart gut genug anpasste. Als Teresa und ich uns nun von dem Song treiben ließen, den Ellington aufgeschrieben hatte, ging mir auf, dass das mindestens so nahe am Jazz war wie an den tausend Jahren Notenblättern, die ihrem Spiel als Grundlage dienten.

Während mein bleiches Bonbonmädchen auf diesem Lied dahinglitt, süßer und schwereloser, als ich sie je gehört hatte, tauchte ich in einen unterirdischen Fluss und kam mit alten Scherben wieder hervor, Bruchstücken von Machaut bis Bernstein, und baute sie in meine Begleitung ein. Teresa muss gehört haben, wie die Laute, die sie trugen, plötzlich fremd wurden, aber sie segelte unbeirrt weiter. Wer kann sagen, wie viele Zitate Pa erriet? Die Musik war da, sie fügte sich ein. Das war alles, was zählte. Und für die siebeneinhalb Minuten, die mein Mädchen und ich diesen Song auf Kurs halten konnten, war auch meine Familie noch einmal da, im Klang unserer Töne vereint.

Baby, shall we go out skippin'? Einmal im Leben muss man frei sein, einmal, bevor man stirbt. Bekenne dich zu deiner Leidenschaft, sagte das Lied. Selbst eine aufgeschriebene Melodie musste beim Singen jedes Mal neu erfunden werden. Dieses kleine Boot war schon auf jede nur erdenkliche Weise auf den Wellen getanzt, schon eine Million Mal und mehr, bevor diese Frau und ich es zum ersten Mal gehört hatten. Aber was Teresa für meinen Vater sang, das war neu, das war etwas, das noch keiner kannte. Diese Begegnung zwischen uns und den Tönen gab es nur dies eine Mal, hier und jetzt. Diese Noten wussten, wer *meine Leute* waren, all die Leben zwischen dem Ausdenken und dem Aufschreiben. Diese Musik ist die Sprache von uns allen. Sing, wo du bist, so gut es geht. Sing all die Dinge, die das Leben dir versagt hat. Keinem gehört eine Note, nicht eine einzige. Nichts überflügelt die Zeit. Sing zu deinem eigenen Trost, sagte das Lied, denn keiner wird je für dich singen. *Speaks Latin, that satin doll.*

In einer perfekten Welt hätte Pa Musik gemacht, statt sie nur zu hören. Aber am Ende seines Lebens war mein Vater auch ein guter Zuhörer. Er rührte sich kaum, nur in seinem Inneren. Sein Gesicht wurde offener. Als wir zur letzten Strophe ansetzten, schien er bereit, zu all den wirbelnden Lichtpunkten in seinem Inventar der Galaxien zurückzukehren. Wir kamen ans Ende des Lieds, und Teresa und ich grinsten uns an. Wir hatten unsere Körper verlassen und waren ganz in dem Lied aufgegangen. Pa wiegte sich noch ein wenig weiter im Takt, nach einem Rhythmus, den wir Lebenden nicht zu hören bekommen. »Eure Mutter liebte dieses Lied.«

Das schien mir unmöglich. So weit konnte ich nicht zurück. Ich war mir nicht einmal sicher, ob mein Vater die Melodie erkannt hatte.

Pas Zustand verschlechterte sich zusehends, und noch immer hatte ich keine Nachricht von Jonah. Täglich hatte ich hundert mögliche Erklärungen dafür, jede unfreundlicher als die vorhergehende. Als das Jahr zu Ende ging, fragte Pa, wo Jonah sei. »Ich glaube, er singt Mahler in Köln.« Je näher der Tod kam, desto beherzter log ich. Ich ließ es klingen, als fände das Konzert gerade in dieser Woche statt. Schließlich hatte mein Vater uns einmal erklärt, dass es jetzt kein Jetzt mehr gab.

»In Köln, sagst du? Aber natürlich.«

»Wieso ›natürlich‹, Pa?«

Er sah mich verblüfft an. »Na, von da kommt doch seine Familie.«

»Wirklich?«, fragte Teresa. »Ihr habt Verwandte in Deutschland? Die könnten wir doch besuchen!«

Ich legte den Arm um sie, nahm ihr so sanft es ging ihre Illusionen. Ich war nie auf den Gedanken gekommen, dass sie gern verreist wäre. Es war nie die Rede davon gewesen.

Pa war auf seiner eigenen Reise in die Vergangenheit, mit doppelter Lichtgeschwindigkeit. »Die Familie meines Vaters. Seit Jahrhunderten im Rheinland. Meine Mutter kam aus einer Immigrantenfamilie, das weißt du.«

Ich wusste nichts. Es gab so vieles was ich nicht wusste.

»Sie kamen aus dem Osten. Ich könnte nicht einmal sagen, wie die Gegend heutzutage heißt. In der Ukraine. Es ging ihnen nicht gut dort. Und so –« Er krächzte ein kleines Lachen, und es klang munter wie eh und je. »Und so kamen sie nach Deutschland.«

Seine drei Kinder waren die letzten dieser Linie. Auch das eine Wahl, die er getroffen hatte: Er ließ die Vergangenheit einmünden in einen neuen Pfad, und damit bewahrte er sie. Erst jetzt wurde mir das Maß dessen, was ich verloren hatte, klar. »Das hättest du uns erzählen sollen, Pa. Wenigstens etwas von unserer Verwandtschaft.«

Ein Flackern kam in seine Augen bei dem Gedanken, dass all seine Gleichungen falsch gewesen waren. Sein Blick wurde trübe von seinem eigenen kolossalen Betrug. Aber dann, dem Tod so nahe, kam er wieder zu sich selbst. Er tätschelte mir den Arm. »Ich mache euch bekannt. Du wirst sie mögen.«

Kein Arzt hatte mich auf das Tempo vorbereitet, mit dem er verfiel. Einmal, vor Jahrhunderten, hatte Pa mich gefragt: »Wie schnell ist die Zeit?« Jetzt weiß ich es: niemals eine Sekunde pro Sekunde. Die Uhr meines Vaters schnarrte in rasendem Tempo ab. Ein paar Tage zuvor war er noch durchs Haus geschlurft, jetzt lag er auf seinem letzten Eisenbett im Mount-Sinai-Hospital. Hastig schrieb ich noch eine weitere Notiz nach Amsterdam: »Wenn du kommen willst, dann beeil dich.« Teresa schickte ich zurück nach Atlantic City, auch wenn sie noch so sehr protestierte. Sie musste ihre Arbeit behalten; schließlich hatte sie wegen mir schon alles andere verloren. Es gab Dinge, die ich noch von Pa erfahren musste, Dinge, die nur im Kreis der kleinsten Rasse ausgetauscht werden konnten: ein Vater, ein Sohn.

Eines Nachmittags, als das Morphium aus seiner Tropfflasche ihn noch im Mittelgrund zwischen dem Komponierten und dem Improvisierten hielt, zwischen Ausflucht und Verschwinden, fragte ich ihn. Er musste inzwischen begriffen haben, dass ich das Einzige seiner drei Kinder war, das ihm auf dieser letzten Station seines Lebens zur Seite stand.

»Pa?« Ich saß auf einem Plastikstuhl an seinem Bett, und wir starrten beide auf die grün getünchte Wand aus Hohlblocksteinen. »Wie war das damals … an dem Abend, an dem du und Großvater …«

Er nickte – nicht um mich zu unterbrechen, sondern damit ich es nicht laut sagen musste. Sein Gesicht war verzerrt, von einem schlimmeren Schmerz. Ein ganzes Leben lang hatte er sich geweigert, darüber zu sprechen, und jetzt öffnete und schloss sein Mund sich wie bei einer Forelle, die am Boden des Bootes liegt und in diesem fremden Meer aus Luft ertrinkt. Er rang so schwer um die erste Silbe, beinahe hätte ich gesagt, er solle es doch sein lassen, solle sich ausruhen. Aber jetzt wollten wir beide, dass es herauskam. Das war wichtiger als der Wunsch, noch ein letztes Mal zu zeigen, wie nahe wir uns waren. Mein Vater war verantwortlich dafür, dass ich die Familie meiner Mutter verloren hatte, und er hatte mir nie erklärt, warum es so gekommen war. Aber was immer es mir helfen konnte, es konnte nicht so wichtig sein, dass es diese Qual auf seinem Sterbebett gerechtfertigt hätte. Ich saß da, ein unerbittlicher Richter, und wartete, dass er sich mit seiner Aussage ans Messer lieferte.

»Ich ... ich habe deinen Großvater geliebt. Er war ein so prächtiger Mann. Ein starker Mann. Wie sagt man? Großzügig. Vornehm. Alles wollte sein Verstand in sich aufnehmen. Er wäre ein wunderbarer Physiker geworden.« Einen Herzschlag lang sah das geschundene Gesicht meines Vaters glücklich aus. »Und ich glaube, er mochte mich auch. Ich war mehr als nur ein Schwiegersohn für ihn. Wir haben oft diskutiert, über alle erdenklichen Dinge, in New York, in Philadelphia. Er war so leidenschaftlich, immer hat er gekämpft für das Recht eurer Mutter, das Recht auf Glück, überall auf der Welt. Als wir ihm erzählten, dass dein Bruder unterwegs war, stöhnte er. ›Ihr macht mich zum Großvater vor der Zeit!‹ An den Feiertagen fuhren wir mit euch Jungs nach Philadelphia. Alles war so freundlich. Gewiss, es gab Schwierigkeiten mit – wie sagt man – dem Austausch.«

»Der Verständigung.«

»Ja. Natürlich. Ich vergesse mein Englisch. Der Verständigung. Aber er kannte mich. Er verstand mich.«

»Und du, hast du ihn verstanden?«

»Was er nicht über mich wusste, das wusste ich selbst auch nicht! Vielleicht hatte er Recht. Ja. Vielleicht hatte er das.« Mein Vater verstummte versonnen. Ich dachte, er wolle schlafen. Ich hätte ihm Ruhe gönnen sollen, aber ich rührte mich nicht. »Er machte mir Vorwürfe wegen meiner Arbeit im Krieg. Du weißt, ich habe damals einige Aufgaben gelöst. Ich habe geholfen, bei diesen Waffen.«

Ich nickte. Wir hatten nie darüber gesprochen, aber ich wusste es.

»Er stellte mich zur Rede. Er sagte, die Bombardements seien genauso rassistisch gewesen wie alles, was Hitler gemacht habe. Ich habe ihm erklärt, dass ich mit den Bombardierungen nichts zu tun hatte. Bei keiner dieser Entscheidungen war ich dabei gewesen. Ich erklärte ihm, dass es nichts mit der Frage nach Schwarz oder Weiß zu tun habe. Er antwortete, es gebe nichts – nichts auf der ganzen Welt –, was nicht mit Schwarz oder Weiß zu tun habe. Aber die Weißen wüssten das nicht. Ich sei nicht weiß, entgegnete ich; ich sei Jude. Das verstand er nicht. Ich versuchte ihm zu erklären, mit welchem Hass ich in diesem Lande leben musste, Anfeindungen, über die ich mit keinem Menschen sprach. Wir erklärten ihm, dass es für euch Kinder nicht mehr um Schwarz oder Weiß gehen werde. Euer Großvater war ein Denker. Ein Gelehrter. Aber er antwortete, wir täten Unrecht damit, wie wir euch Kinder aufzögen. Er sagte, es ... es sei ein Verbrechen. Dass wir – sünden. Sagt man so? Ein Zeitwort?«

»Sündigen.«

»Er sagte, dass wir sündeln, wenn wir euch Jungs aufziehen, als gäbe es den Kampf Schwarz gegen Weiß nicht. Als ob wir schon angekommen seien in unserer eigenen Zukunft.«

Ich schloss die Augen. In der Zukunft, die mein Vater sich erträumte, würde die Menschheit niemals ankommen, nicht einmal aus Versehen. Wenn mein Großvater, mein eigener Vater ... Die Worte brachen aus mir hervor, bevor ich überhaupt wusste, was ich dachte. »Es hätte nicht alles oder nichts sein müssen, Pa. Du hättest es uns wenigstens erklären können ... Wir hätten alle zusammen versuchen können ...«

»Verstehst du, in diesem Land, an diesem Ort. Da ist alles von Anfang an alles oder nichts. Immer das eine oder das andere. Nichts darf beides zugleich sein. Und auch da haben deine Mutter und ich uns schuldig gemacht.«

»Wir hätten wenigstens darüber reden können. Alle zusammen. Über unser Leben.«

»Gewiss hätten wir das. Aber wie? Das war es ja, was euer Großvater ... was William wissen wollte. Wir haben versucht darüber zu reden, zusammen, als Familie, an jenem Abend. Aber als erst einmal die Worte gefallen waren ... als es so weit gekommen war ...«

Und jetzt kam es wieder so weit. Mehr als je vom Krebs war sein Gesicht nun vom Schmerz der Erinnerung gezeichnet. Ich war wieder ein kleiner Junge, kauerte in der offenen Kinderzimmertür und hörte, wie meine Welt, die meines Vaters, die meiner Mutter, in Scherben fiel.

»Es gebe einen Kampf zu kämpfen, sagte er. Und wir – wir seien Verräter. Nein, sagten deine Mutter und ich; wir kämpfen diesen Kampf. Wir kämpfen dafür, dass ihr Kinder frei werdet, frei euch zu entscheiden. Frei von allem.«

»Deine Mutter und ich«, das klang nicht mehr wie eine Einheit. Und »*Frei von allem*« eher wie ein Todesurteil.

Mein Vater lag aufgestützt auf seinem Bett, der Art von elektrisch verstellbarem Bett, das sich in jede Position bringen lässt, nur in keine bequeme. Er sprach mit halb offenem Mund, die Augen geschlossen, seine Stimme kam aus der Ferne eines Ortes, an den ich ihn verbannt hatte. »Entsetzliche Dinge haben wir gesagt an jenem Abend. Grauenhafte Dinge. ›Wer hat ein Recht auf Schmerz?‹ – das war das Spiel, das wir gespielt haben. ›Wer hat am meisten gelitten?‹ Ich hielt ihm vor, es seien niemals so viele Neger umgebracht worden wie Juden. Er widersprach. Das verstand ich nicht. Er sagte, kein Mord könne so schlimm sein wie die Sklaverei. Jahrhunderte davon. Kein Jude sei je versklavt worden, sagte er. Und damit machte er mich zum Zionisten. Oh doch, antwortete ich, sie wurden versklavt. In biblischen Zeiten, entgegnete er. Das zählt nicht. Wie lange darf es her sein, damit es noch zählt?, fragte ich. Ja, wie lange? Wann ist das Vergangene vorbei? Niemals vielleicht. Aber was hatte das mit uns beiden zu tun – mit diesem Mann und mir? Nichts. Wir mussten im Jetzt leben, in der Gegenwart. Aber wir kamen einfach nicht dorthin.«

Ich legte ihm die Hand auf die Schulter, spürte wie knochig sie war unter dem dünnen Krankenhaushemd. Die Hand wollte sagen: *Hör auf. Das musst du nicht tun.* Aber Pa verstand es als Ansporn.

»Deine Mutter schwieg. Ließ zu, dass alles ans Licht gezerrt wurde. Ihr Vater und ich redeten ja auch genug für die ganze Menschheit. Er ... sah mich als Vertreter des Mördervolks. Ich ... führte dagegen meine Familie an. Meine Eltern, meine Schwester in den Verbrennungsöfen. Ich nahm sie als Beleg. Für etwas. Für den Hass, der mir widerfahren war. Hass auf etwas, das ich überhaupt nicht war.«

»Das verstehe ich, Pa.« Ich hätte alles getan, um die Büchse der Pandora, die ich da geöffnet hatte, wieder zu verschließen.

»Schließlich ging William, aber er gab uns zu verstehen, wir hätten ihn vertrieben. Er sagte, wir wollten nicht, dass ihr zwei eure Familie in Philadelphia seht. ›Wenn die beiden nicht schwarz sein sollen, können sie auch keine schwarze Familie haben.‹ Das machte eure Mutter wütend. Sie sagte Dinge, die sie besser nicht gesagt hätte. Alles, was ihr Vater ihr je beigebracht hatte, alles, woran er glaubte ... Aber das hatten wir ja nie gesagt. Wir hatten nie gesagt, dass ihr nicht schwarz sein werdet. Nur dass ihr *ihr selbst* werden solltet: Dass es am Anfang offen sein soll. Dass es eine Entwicklung sein sollte, kein Zustand. Diesen Gedanken nannte er ›Weißfärberei‹.«

»Und dafür ein Vierteljahrhundert? Man bricht doch nicht wegen einem einzigen Abend allen Kontakt ab. Wegen ein paar bösen Worten.

In jeder Familie gibt es Streit. Alle sagen manchmal Dinge, die sie später bereuen.«

»Deine Mutter und ich, wir beide, wir kannten die Zukunft. Eure Zukunft hatte zu uns gesprochen. Hatte uns ja überhaupt erst Mut gemacht! Und hatte uns vor die Wahl gestellt. Wir dachten, wir wüssten, wie das Leben für euch würde. Aber euer Großvater ...« Seine Miene verfinsterte sich. Informationen fehlten, verschwanden, Briefe ungeöffnet, ungeschrieben. »Euer Opapa sah nicht, was wir sahen.«

Es gab etwas, das stärker war als die Familie, leidenschaftlicher als die Liebe, schlimmer als alle Vernunft. Groß genug, sie alle in Stücke zu reißen. Das war es, was mein ganzes Leben bestimmt hatte. Das war die Macht, deren Krankenschwestern mich nicht an das Sterbebett dieses Mannes lassen wollten, weil es nicht sein konnte, dass ich sein Sohn war. Und trotzdem wusste ich noch immer nicht, was dieses Etwas von uns wollte und wie es so stark geworden war. »Und das war alles, Pa? Der Streit eines einzigen Abends genügte für so viel Unversöhnlichkeit? Einmal hitzige Reden, und dafür haben wir – hat Mama ihre Eltern nie wieder gesehen?«

»Ja weißt du, das ist eine seltsame Sache. Ich war gar nicht auf den Gedanken gekommen, dass dieser Abend ein Bruch für immer sein könnte. Und William auch nicht. Lange Zeit glaubte ich, er werde kommen, wir müssten nur abwarten, er werde einsehen, dass er uns Unrecht getan hatte. Aber wahrscheinlich wartete er genauso auf uns. Und während wir warteten, machte sich hier wie dort die Selbstgerechtigkeit breit.« Er schloss die Augen, dachte nach. »Und auch Scham. Uns selbst konnten wir nicht finden. Keiner hatte den Mut, zum anderen hinzugehen. Solche Macht hat unsere Herkunft über uns. Und dann, nachdem eure Mutter tot war ...« Wieder legte ich ihm die Hand auf die Schulter. Aber er war ja längst verurteilt. »Nachdem eure Mutter tot war, war es unmöglich geworden. Die letzte Chance vertan. Ich schämte mich zu sehr, ich konnte diesen Mann nicht um Verzeihung bitten. Natürlich habe ich sie benachrichtigt. Aber ich dachte ... ich lebte ja in der Furcht, dass sie meinetwegen gestorben war. Dass ich schuld an ihrem Tod war.«

Unmöglich, hätte ich gerufen, wäre da nicht seine eigene Tochter gewesen, die genau das Gleiche gesagt hatte. Ich konnte ihn weder verurteilen noch freisprechen. Aber etwas konnte ich noch tun. »Pa? Ich könnte sie ... finden. Jetzt. Ich könnte es ihnen sagen.«

»Was sagen?« Dann begriff er, was ich ihm vorschlug. Er ließ den Kopf ins Kissen sinken. All seine Forschungen über die Zeit hatten ihn zu der Erkenntnis geführt, dass es nur die Wahrnehmung war, die Dinge in Zukunft und Vergangenheit schied. Seine Augen blitzten, als wäre seine Familie schon hier in diesem grünen Zimmer um ihn versammelt, als wären alle falschen Weltlinien neu gezeichnet. Dann zuckten seine Lippen, die Wangen fielen ein, er wurde bleich, fast schon ein Toter. Er schüttelte den Kopf. Und mit diesem Kopfschütteln warf er die letzte Leine los, mit der er noch ans Leben vertäut gewesen war.

Danach schwanden seine Kräfte rasch. Immer wieder verlor er das Bewusstsein, aber jedes Mal kehrte er zurück. Wir sprachen nicht mehr viel, nur noch über praktische Dinge. Am übernächsten Morgen schrie er auf, blind vor Schmerzen: »Es ist nicht richtig. Wir haben einen entsetzlichen Fehler gemacht. Wir haben unser Haus für Brennholz zerhackt.« Seine Augen blickten mich noch immer an, doch mit einem so verzweifelten Unverstand, sie kannten mich nicht mehr. Was die Krankheit ihm nicht nahm, nahm das Morphium. Das Spiel der Muskeln rund um seine Augen verriet mir, dass er alle erdenklichen Laute hörte, die wunderbarste Musik. Aber die Mauer, von deren anderer Seite die Töne kamen, war unüberwindlich. Die Augen blickten flehend ins Leere, baten, dass ich ihm etwas von meiner Erinnerung abgab. Der entsetzliche Verdacht stand ihm im Gesicht geschrieben, dass er alles, was ihm durch den Kopf ging, nur erfand.

Ich musste an den Tag zurückdenken, an dem er mit uns nach Washington Heights hinaufgestiegen war und uns den magischen Stoff zu essen gegeben hatte, Mandelbrot. Den Tag, an dem er uns erklärt hatte, dass jedes Ding im Universum sich nach seiner eigenen Uhr bewegte. Ein einziger Blick auf das Zifferblatt seines Gesichts und ich sah, wie unterschiedlich unser beider Uhren nun gingen. In den fünf Sekunden, die ich für den Blick brauchte, glitten ganze Jahrzehnte über diese stille Bucht. In meinen wenigen Atemzügen hörte er das ganze Repertoire. Vielleicht war auch, während meine Uhr raste, während die Zeiger sich vor seinen Augen immer schneller drehten, seine eigene bereits stehen geblieben, gestrandet beim ersten Takt eines ewigen Kurkonzerts auf der Promenade seines Verstands.

Und dann, ein letztes Mal, sprang die Zeit doch wieder an. Ich saß an seinem Bett, blätterte in einer sechs Monate alten Gesundheitszeitschrift, wie sie das Krankenhaus wie Beweismaterial in allen Zimmern liegen hatte. Ich überlegte, ob heute der letzte Tag sein würde. Aber das überlegte ich schon seit drei Tagen. Schon seit Ewigkeiten hatte Pa nichts mehr gesagt. Ich redete mit ihm, als wäre er noch da, auch wenn ich wusste, dass meine Worte ihm vorkommen mussten wie wirbelnde

Galaxien. Ich saß an dem fahrbaren Esstisch, hatte die Zeitschrift darauf ausgebreitet und las, wie man mit einer Gürtelrose lebte. Mit einem Ohr horchte ich auf ihn, auf Veränderungen in seinem Atem. Es war das gleiche Gefühl wie in den Jahren, in denen ich Jonah am Klavier begleitet hatte, als ich, über meine Partitur gebeugt, auf das kaum hörbare Zeichen wartete, dass er mir auf unbekannte Pfade entfloh.

Und dann kam es. Pa richtete sich in seinem schräg gestellten Bett auf und öffnete die Augen. Er krächzte etwas, und ich brauchte einige Sekunden, bis ich es verstand. »Wo ist mein Liebling?« Ich wartete, gelähmt. Das Aufrichten würde ihn erschöpfen, er würde zurücksinken. Aber dann, lauter, entsetzter, rief er: »Wo ist sie? Wo ist mein Schatz?«

Ich ging zu ihm hin, wollte ihn beschwichtigen, ihn wieder auf sein Lager betten. »Alles in Ordnung, Pa. Ich bin hier. Ich bin's, Joseph.«

Seine Augen schossen Blitze. Mein Vater, der ein ganzes Leben lang nie wütend auf mich gewesen war. »Ist sie in Sicherheit?« Das war die Stimme eines Fremden. »Du musst es mir sagen.«

Wieder stand ich vor den Trümmern zweier Leben, wusste nicht, an welches ich mich halten sollte. »Pa. Sie ist nicht mehr hier. Sie ist ... tot.« Selbst jetzt brachte ich das *verbrannt* nicht über die Lippen.

»Tot?« Aus dem einen Wort sprach der größte Unglauben. Es musste ein Missverständnis sein, etwas, das er nicht begriff.

»Ja. Das weißt du doch.«

»Tot?« Und dann bäumte sein ganzer Körper sich auf wie unter Elektroschock. »Tot? Liebe Güte! Nein. Das kann nicht sein. Alles –« Er schlug nach den Infusionsschläuchen und wollte aus dem Bett. Schneller, als er die Füße auf dem Boden hatte, war ich auf der anderen Seite und hielt ihn fest. »Sie kann nicht tot sein!«, rief er. »Das ist unmöglich. Wann? Wie?«

Ich fasste seinen abgemagerten Leib und drückte ihn sanft zurück auf das Bett. »Bei einem Feuer. Als unser Haus verbrannte. Vor fünfzehn Jahren.«

»Oh!« Er packte mich am Arm. Ich spürte, wie sein ganzer Körper sich entspannte vor Dankbarkeit. »Oh! Gott sei Dank.« Erleichtert ließ er sich zurücksinken.

»Lieber Himmel, Pa. Was sagst du da?«

Er schloss die Augen, und ein Lächeln umspielte seine Mundwinkel. Seine Hand tastete, bis sie die meine fand. »Ich meine doch meine Ruth.« Er ließ sich in die Kissen sinken. »Wie geht es ihr?« Die Worte erschöpften ihn.

»Es geht ihr gut, Pa. Ich habe sie gesehen, vor gar nicht langer Zeit.«

»Wirklich?« Freude und Ärger rangen miteinander. »Warum hast du mir nichts erzählt?«

»Sie ist verheiratet. Ihr Mann heißt Robert. Robert Rider. Er ist …« Ein prächtiger Mann. Ein starker Mann. »Großzügig.«

Pa nickte. »Das hatte ich vermutet. Wo lebt sie jetzt?«

»Ich weiß es nicht, Pa.«

»Sie ist doch nicht in Schwierigkeiten?«

»Nichts Ernstes.« Meine Zeiten als Konzertpianist mochten vorüber sein, aber Improvisieren hatte ich gelernt.

Das Morphium machte sich wieder bemerkbar. Er war abwesend, und ich dachte, er schlafe ein. Aber nach einem Augenblick sagte er: »Kalifornien. Vielleicht ist sie in Kalifornien.«

»Wer weiß, Pa. Kalifornien könnte gut sein.«

Er nickte, beruhigt. »Hatte ich vermutet.« Als er die Augen wieder aufschlug, standen Tränen darin. »Sie hat mich verstoßen. Hat mir gesagt, ihr Kampf ginge mich nichts an.« Bitterkeit stand in seinen Zügen, als könne das, was kam, doch noch alles zerstören, was gewesen war. Er atmete schwer. Ich setzte mich aufs Bett, beschwichtigte ihn, so wie ich Jonah beschwichtigt hatte, wenn seine Anfälle kamen. »Wenn du sie siehst, musst du ihr etwas von mir sagen. Sage ihr …« Er mühte sich klar zu sprechen, wartete ab, bis die Botschaft aus der Vergangenheit ihn eingeholt hatte. Dann schloss er die Augen und lächelte. »Sage ihr, an jedem Punkt, auf den man das Teleskop richtet, findet man eine neue Wellenlänge.«

Dreimal musste ich ihm versprechen, dass ich ihr das sagen würde. In dieser Nacht, ohne dass er noch ein weiteres Wort sprach, starb mein Vater. Es war kaum mehr als ein Taktwechsel. Eine plötzliche, unvorbereitete Änderung der Tonart. In jedem Musikstück, das das Spielen wert ist, baut sich eine Spannung auf, treibt die Akkorde voran, drängt zu der einen schnellen Verdichtung der Luft, der dann die endlose Stille jenseits des Schlussstrichs folgt.

Pa starb. Es gab kein letztes Röcheln, keine Entleerung des Darms. Ich hatte ihm gesagt, dass er gehen konnte. Statt dass er den nächsten kleinen Schritt in seine lokale Zukunft machte, bog er die Schleife zurück und schloss sie für alle Zeit da wieder an, wo er schon einmal gewesen war. Ich rief die Pfleger. Und dann krümmte sich auch meine eigene Lebenslinie, fort von seiner, nahm Richtung auf einen unbekannten Ort.

Ich hatte geglaubt, der Tod werde anders sein, diesmal, wo ich wusste, dass er kam. Er war anders. Endgültiger. Mama hatte nie eine

Chance gehabt zu verschwinden, so plötzlich war sie gegangen. Aber für mich war sie nie wirklich tot gewesen bis zu dem Augenblick, in dem der Mann, der noch fünfzehn Jahre nach ihrem Tod in der Küche mit ihr geredet hatte, zu ihr zurückgekehrt war. Pa war fort und hatte das, was mich noch immer mit ihr, mit uns, verbunden hatte, mitgenommen. Mit seinem Ende endete auch meine Vergangenheit. Jetzt war alles starr geworden, unveränderlich. Der Vogel und der Fisch konnten sich verlieben, aber das einzige Nest, das die Welt ihnen ließ, war das Grab.

Es waren Hunderte von Dingen zu erledigen, und ich wusste nicht, wo ich anfangen sollte. Das Krankenhaus half; offenbar hatten sie schon öfter Fälle wie mich erlebt. Pa hatte mir keinerlei Anweisungen gegeben. Er hatte keine Vorkehrungen für das Unvermeidliche getroffen. Jonah und Ruth waren nicht zu erreichen. Es schien mir die beste Lösung, ihn zu verbrennen. Für Mama war es schließlich auch gut genug gewesen. Und das war noch die leichteste meiner Aufgaben. Gerade in dem Moment, in dem ich am dringendsten fort aus dieser Welt gemusst hätte, wo ich nur oben am Sternhimmel zwischen den sich drehenden Galaxien sein wollte, wurde ich zurück auf die Erde geholt und musste unzählige Entscheidungen über Dinge fällen, die mir nichts bedeuteten. Alle wollten meine Unterschrift: Die Universität, der Staat, die Gemeinde, die Bank – all die geschäftigen Gemeinschaften, mit denen Pa immer einfach dadurch zurechtgekommen war, dass er sich nicht um sie kümmerte.

Teresa stand mir per Telefon aus Atlantic City bei. Zu einem langen Wochenende kam sie herauf. Je hilfloser ich war, desto tüchtiger und selbständiger wurde sie. Alles, was sie in Angriff nahm, war eine Belastung weniger für mich. »Du machst das prima, Joseph. Alles vernünftige Entscheidungen.« Mit jedem Schritt leistete sie praktische Hilfe für den Erben einer Familie, die der eingeschworene Feind jedes Sinns für das Praktische gewesen war. Sie war bei mir, tröstete mich über die Millionen Tode, die jede Entscheidung forderte, die Strafe für den Überlebenden.

Als ich die wichtigsten Entscheidungen gefällt, alles nicht Umkehrbare in die Wege geleitet hatte, meldete sich Jonah. Seine Telefonstimme kam durch das Rauschen, ein zeitversetztes Echo. »Joey. Ich habe gerade erst deine Nachricht bekommen. Ich war unterwegs. Ich … bin nicht mehr bei dem alten Management.«

»Lieber Himmel, Jonah. Wo zum Teufel hast du gesteckt?«

»Nicht böse sein, Joey. Ich bin in Italien. Ich habe an der Scala gesungen.«

Die eine Nachricht, die Pas Tod aufwiegen konnte: Mein Bruder hatte nicht aufgegeben, er hatte erreicht wofür unsere Eltern uns aufgezogen hatten. »Ehrlich? La Scala? Als was?«

»Ach ... das ist doch nicht wichtig, Joey. Nichts Großes. Sag, wie geht es Pa?«

Erst da begriff ich. Jonah wusste es nicht. Ich war mir sicher gewesen, er würde es spüren, in seinem Inneren, wie ein Zugvogel. Er hätte es wissen müssen, in dem Augenblick in dem es geschah. »Er ist gestorben. Mittwoch vor einer Woche.«

Für lange Zeit hörte man nur Atmen und das Rauschen des Transatlantikkabels. In einem Schweigen so lang wie ein Grabgesang rekapitulierte Jonah ein Leben. »Gott, Joey. Verzeih mir.« Als sei es geschehen, weil er uns verlassen hatte.

Selbst am Telefon hörte ich, wie ihm die Luft ausging, wie einer seiner Erstickungsanfälle kam. Er wollte verhindern, was doch schon geschehen war. Als er wieder sprechen konnte, fragte er nach Einzelheiten, all den Nicht-Ereignissen von Pas letzten Tagen. Er wollte jedes Wort hören, das unser Vater gesagt hatte. Jeden kleinen Schnipsel, den Pa vielleicht für ihn hinterlassen hatte. Aber ich hatte nichts. »Er hat ... ich musste ihm versprechen, dass ich Ruth eine Botschaft übermittle.«

»Was war es?«

»Er sagte: ›An jedem Punkt, auf den man das Teleskop richtet, findet man eine neue Wellenlänge.‹«

»Was zum Teufel soll das heißen, Joey?«

»Es ... hatte mit seiner Arbeit zu tun, glaube ich. Er hat bis zuletzt gearbeitet. Es half ihm ein wenig.«

»Wieso Ruth? Was kann sie denn mit so etwas ...« Wieder hatte sie ihn verraten, hatte ihm Pas letzte Botschaft gestohlen.

»Jonah. Ich habe keine Ahnung. Er war so krank, so voller Schmerzmittel, er war schon fort, lange bevor er ging.«

»Ist Ruth da?«

Ich erzählte ihm, dass ich seit ihrem unverhofften Besuch nichts mehr von ihr gehört hatte. Er hörte zu, sagte aber nichts.

»Was hast du mit der Leiche gemacht?« Als wäre es ein Mord gewesen.

Ich berichtete ihm von all den Entscheidungen, die ich gefällt hatte. Er sagte nichts. Sein Schweigen war wie ein Tadel. »Was hätte ich denn anderes tun sollen? Du hattest uns schließlich im Stich gelassen. Du lässt mich allein mit all diesen Sachen, und dann willst du –«

»Joey. Joey. Du hast das wunderbar gemacht. Perfekt.« Jetzt kam die

Trauer, Stakkato-Schluchzer. Es hörte sich beinahe wie Lachen an. Etwas war von ihm gegangen, und es würde ihm für den Rest seines Lebens fehlen. »Willst du, dass ich zurückkomme?« Er fragte es so leise, es war kaum zu verstehen. »Soll ich?«

»Nein, Jonah.« Ich hätte mir nichts sehnlicher gewünscht. Aber bitten wollte ich ihn nicht.

»Ich könnte nächste Woche da sein.«

»Das brauchst du jetzt nicht mehr. Alles erledigt. Vorbei.«

»Du brauchst keine Hilfe? Was machst du mit dem Haus?« Dem Haus in Jersey, von dem Pa sich ausgemalt hatte, es könne auch unser Zuhause sein, in einem anderen Universum.

»Es gibt ein Testament. Die Mehrheit der Kinder soll entscheiden.«

Er rang mit etwas. »Was möchtest du?«

»Verkaufen.«

»Selbstverständlich. Unbedingt.«

Unser Vater war bei diesem Telefonat mit dabei. Pa wollte, dass ich frage. Selbst jetzt wollte er es noch wissen. »Was hast du gesungen, an der Scala?«

Wieder herrschte Schweigen. Er fand, dass ich zu schnell zu den Lebenden zurückgekehrt war. Aber ich war der Einzige, den Jonah jetzt noch hatte. Mich und Ruth, von der wir beide nicht wussten, wo sie war.

»Joey, das wirst du nie glauben. Ich habe unter Monera gesungen.«

Der Name kam aus so großer Ferne, ich war mir sicher, dass auch das alles längst tot sein musste. »Meine Güte. Wusste er, wer du bist?«

»Irgend so ein schwarzer amerikanischer Tenor.«

»Hast du ihn nach ...«

»Ich brauchte nicht zu fragen. Ich habe sie gesehen. Nach der Premiere kam sie hinter die Bühne.« Er hielt inne, musste sich zum Weitermachen zwingen. »Sie ist ... alt. Erwachsen. Und verheiratet. Mit einem tunesischen Geschäftsmann aus Neapel. Er sieht aus wie ich. Nur dunkler.«

Wieder war ich sein Begleiter, wartete auf die Zäsur, hielt alles in der Schwebe, bis sein Einatmen die nächste Strophe einläutete.

»Sie hat sich entschuldigt. Auf Englisch, das ihr Mann nicht versteht. ›Du hättest einen Brief verdient gehabt.‹ Wie alt waren wir, Joey? Vierzehn? Das Jahr, in dem Mama ... Damals, als Pa ...« Nur die lebenslange Übung ließ seine Stimme nicht versagen. »Echte Schwarze sterben an Schussverletzungen, nicht wahr? Überdosen. Unterernährung. Verseuchtem Wasser. Woran sterben Mulatten, Joey? Es stirbt doch keiner an Enttäuschung, oder?«

»Wie geht es jetzt weiter? Bleibst du bei der Oper?« Ich musste auf dem Laufenden bleiben. Ich musste es Pa erzählen.

»Muli?« Er war in einem Tempo unterwegs, in dem ich ihn nicht mehr fassen konnte. »Oper ist ganz anders, als wir uns immer vorgestellt haben. Vollkommen anders. Ich musste erst nach Italien kommen, bevor ich das begriff. Die Heimat der Oper. Zu den Einheimischen, die die Sprache sprechen. Oper, das ist die Kindheit eines anderen. Der Albtraum eines anderen. Ich glaube, ich gehe für ein Weilchen nach Paris.«

»*Frankreich?*« Unter allen Sprachen, in denen er sang, beherrschte er Französisch am schlechtesten. »Was willst du machen? Singst du wieder Lieder?« Ich sagte es so kühl, wie ich konnte. Wie eine geschiedene Ehefrau, die ihrem Mann rät, doch wieder auszugehen.

»Ich habe genug davon, Joey. Ich will nicht mehr alleine singen. Es sei denn, du ... Wo soll ich denn noch einmal einen telepathischen Begleiter finden?«

Ich war mir nicht sicher, ob das eine Bitte oder eine Abwehr war. »Was hast du vor?« Ich sah ihn vor mir, wie er in der Metro Chansons von Maurice Chevalier sang und mit einem Schlapphut die Centimes auffing.

»Es muss doch ein Leben jenseits von Oper und Liedern geben. Hat deine Mutter dir das nie gesagt? Ein jeglicher diene Gott auf seine Weise.«

»Und was ist deine Weise?« Jede neue Antwort schien tödlicher als die vorhergehende.

»Wenn ich das wüsste. Irgendwo hier draußen muss sie sein.« Wieder schwieg er, schämte sich, dass er am Leben war. Ich spürte, wie er mit sich rang, ob er mich noch einmal fragen sollte, ob ich nicht zu ihm nach Europa kommen wolle. Aber die Chance zu einer weiteren Absage gab er mir nicht. Als er wieder sprach, redete er nicht mehr zu mir allein. »Joey? Mach eine kleine Gedenkfeier für ihn. Nur für uns. Spiel ihm etwas Schönes. Etwas aus alten Zeiten.«

»Das haben wir schon gemacht.«

Ich spürte, wie er ihn durchbohrte, der Dolchstoß der Freiheit, die er sich selbst gewünscht hatte. »Du bist sicher, dass ich nicht doch zurückkommen soll?«

»Du musst nicht. Es sei denn du willst.« So viel konnte ich ihm zugestehen.

»Joey, vergib mir.«

Auch das konnte ich mir leisten.

Ich brauchte Tage, bis ich begriff, dass ich nicht mehr zum Krankenhaus gehen musste. Das Einzige, was jetzt noch zu tun blieb, war die Auflösung von Pas Haushalt. Ich tauchte auf, holte Atem, las Zeitungen, informierte mich, was in der Welt geschehen war, während ich im Vorzimmer des Todes wartete. Die Nationalgarde hatte ein paar College-Studenten getötet. Das FBI verhaftete Priester, die Leuten halfen, ihre Einberufungsbescheide zu verbrennen. Hoover warnte die Nation vor »extremistischen, rein schwarzen Hassorganisationen«. Er meinte meine Schwester und ihren Mann, die kriminellen Elemente, die mein Land bedrohten.

Ich wollte Fort Lee so schnell wie möglich hinter mir lassen. Zuerst musste ich das Haus durchsehen, die Sachen darin. Für die wenigen Erinnerungsstücke, die das Aufheben wert waren, mietete ich einen Lagerraum. Die komplette väterliche Garderobe, unverändert seit 1955, stiftete ich der Heilsarmee. Das Klavier, das Pa für mich gekauft hatte, verkaufte ich ebenso wie die besseren Möbelstücke und legte mit dem Geld ein Sparkonto auf den Namen Ruth und Robert Rider an.

Ich suchte in Pas chaotischem Schreibtisch nach der Anschrift der Familie meiner Mutter. Ich fand sie in seinem Adressbuch, einem mit dickem Gummiband zusammengehaltenen Bündel kleiner Karteikarten. Die Karte, in der Handschrift meines Vaters, war jünger als sie aussah. Sie war geknickt, eselohrig, mit Fingerabdrücken, eine gefälschte Antiquität. Oben auf der doppelten roten Linie stand in Großbuchstaben der Name DALEY. Darunter eine Adresse in Philadelphia. Keine Telefonnummer.

Ich zog die Karte aus dem Bündel und legte sie auf die Anrichte in der Küche. Hundertmal am Tag sah ich sie an, drei Tage lang. Ein einziger Anruf bei der Telefonauskunft, und binnen zwei Minuten hätte ich mit meiner unbekannten Verwandtschaft sprechen können. *Hallo, hier ist euer Enkel. Hier spricht euer Neffe. Euer Vetter.* Sie würden mich fragen: *Wo wohnst du? Was machst du? Wieso sprichst du so seltsam?* Und was sollte ich dann sagen? Ich konnte doch Pas Tod nicht als Vorwand nehmen, um Kontakt zu knüpfen. Ihre eigene Tochter war umgekommen, und es hatte uns trotzdem nicht wieder zusammengebracht. Jedes Mal, wenn ich die Karte ansah, kam mir der Abstand größer vor. Die Kluft wurde so weit, ich kam nicht einmal bis an den Rand der Klippe auf meiner eigenen Seite. Der Riss war so tief, man konnte nichts tun, man konnte ihn nur einfach lassen, wie er war.

Unter den Adresskarten meines Vaters gab es keine mit dem Namen STROM. Jedes Mal, wenn er in seinen letzten Tagen auf seine Familie zu sprechen kam, war es eine Qual für mich gewesen. Es gab niemanden auf seiner Seite, den ich benachrichtigen konnte. Wir können einen Sprung in die Zukunft machen, hatte er uns so oft erklärt, als wir noch Kinder waren. Aber wir können keine Botschaft zurück in die eigene Vergangenheit schicken. Ich konnte nichts weiter tun, als Pas Tod zu den Akten zu nehmen, eine Botschaft an ein zukünftiges Ich, das wissen würde, was es damit zu machen hatte.

Mit dem Rest des Inventars war ich gnadenlos. Ich hielt erst inne, als ich an die Arbeitsunterlagen meines Vaters kam. Von dem, womit er sich in letzter Zeit beschäftigt hatte, hatte ich kaum einen Begriff; nur dass er unbedingt den Beweis für eine vorherrschende Richtung im Universum finden wollte. Tage verbrachte ich mit den gefährlich hohen Papierstößen in seinem Arbeitszimmer, aber schließlich sah ich ein, dass ich nie allein damit zurechtkommen würde. Anders als die Musik hatte seine Physik ja eine Bedeutung in der wirklichen Welt, so abstrakt sie auch inzwischen geworden war. Schon seit Jahren hatte er nichts Größeres mehr veröffentlicht. Aber der Gedanke, dass in den handschriftlichen Notizen, in den Tabellen, die über das ganze Zimmer verstreut waren, vielleicht etwas Wertvolles verborgen lag, machte mir Angst.

Ich rief Jens Erichson an, Pas besten Freund in Columbia, ein Hochenergiephysiker, der auch ein begabter Sänger war. Er war etwa so alt wie Pa und unter all seinen Kollegen derjenige, der am besten beurteilen konnte, was in den Papieren der letzten Monate steckte. Er begrüßte mich herzlich. »Mr. Joseph! Ja natürlich erinnere ich mich an Sie, aus alter Zeit, bevor Ihre Mutter ... Ich war manchmal bei Ihnen zu Hause, zum gemeinsamen Musizieren.« Er war begeistert, als ich ihm erzählte, dass ich Musiker geworden sei. Die nicht ganz so glorreichen Einzelheiten erzählte ich ihm nicht.

Ich entschuldigte mich immer wieder. »Ich sollte Ihnen das nicht aufbürden. Sie haben mit Ihrer eigenen Arbeit zu tun.«

»Unsinn. Wenn im Testament nicht die Rede von einem Nachlassverwalter ist, dann weil David davon ausging, dass ich es mache. Selbstverständlich. Er hat uns ja allen weiß Gott oft genug geholfen, im Laufe der Jahre.«

Wir vereinbarten einen Termin, und er kam vorbei. Ich führte ihn zum Arbeitszimmer. Unwillkürlich entfuhr ihm ein Seufzer, als er sah, auf was er sich eingelassen hatte. So hatte er es sich nicht vorgestellt. Zwei Tage arbeiteten wir wie Archäologen, verpackten die Papiere in Kartons und beschrifteten sie. Wir brauchten dazu Handschuhe, einen

Staubwedel und eine Kamera, mit der wir die Position der Papiere im Raum dokumentierten. Begleitet von meinen zerknirschten Dankesbekundungen nahm Dr. Erichson die Kisten mit zur Universität. Ich übergab das Haus einem Grundstücksmakler und kehrte nach Atlantic City zurück.

Ich ging zum Glimmer Room, aber ich war nicht überrascht, als ich hörte, dass Mr. Silber meine Dienste nicht mehr benötige. Er hatte einen neuen Klavierspieler engagiert, einen strohblonden Burschen aus White Plains namens Billy Land, der sich das Spiel auf einer Hammond B3 selbst beigebracht hatte und alles von Jim Morrison und den Doors in mindestens drei verschiedenen Tonarten spielen konnte, manchmal alle drei gleichzeitig. Jeder bekam, was er wollte. Ich war ein freier Mann. Ich überlegte, ob ich Teresa bitten sollte, mir einen Posten in der Bonbonfabrik zu besorgen.

Nach drei Wochen meldete Dr. Erichson sich. »Es gibt einige interessante Notizen. Mit Ihrem Einverständnis gebe ich sie an Kollegen weiter, die auf diesem Felde forschen. Was die anderen neunzig Prozent angeht ...« Er mühte sich um die rechte Formulierung. »Hat Ihr Vater je mit Ihnen über die Vorstellung einer bevorzugten Rotationsrichtung des Universums gesprochen?«

»Oft.«

»Die Idee stammt von Kurt Gödel in Princeton.« Ein Flüchtling wie er selbst, ein Leidensgenosse, von dem mein Vater gesagt hatte, er sei der bedeutendste Logiker seit Aristoteles. »Die Theorie ist schon ein Vierteljahrhundert alt. Gödel hat Gleichungen gefunden, die mit Einsteins Allgemeiner Feldtheorie im Einklang sind. Ich weiß nicht, wie ich das erklären soll. Danach verläuft die Zeit nicht geradlinig, sondern ist möglicherweise gekrümmt.«

Eine Kindheitserinnerung tauchte plötzlich auf. Längst vergessene Tischgespräche aus einem früheren Leben. »Geschlossene zeitartige Kurven.«

Dr. Erichson klang überrascht, fast schon verlegen. »Er hat Ihnen davon erzählt?«

»Das ist Jahre her.«

»Nun ja, am Ende ist er darauf zurückgekommen. Aus mathematischer Sicht ist nichts dagegen einzuwenden. Ungewöhnlich, aber einfach. Wenn man die Prämissen akzeptiert, gelangt man geradewegs zu dieser Lösung. Zu der Krümmung. In den Randbereichen der Gravitation lässt die Allgemeine Relativitätstheorie zumindest die mathematische Möglichkeit einer Verletzung der Kausalität zu.«

»Das verstehe ich nicht.«

»Ihr Vater hat sich mit Zeitschleifen beschäftigt. Auf einer solchen Schleife können Dinge sich stetig auf ihre lokale Zukunft zubewegen und dabei trotzdem in ihrer eigenen Vergangenheit landen.«

»Eine Zeitreise.«

Dr. Erichson lachte. »Jede Reise ist eine Zeitreise. Aber Sie haben Recht. Das war offenbar das, wonach er gesucht hat.«

»Ist die Vorstellung real? Oder bloß ein Zahlenspiel?«

»Ihr Vater hielt alle Gleichungen, die in der Physik zulässig sind, in gewissem Sinne für real.«

Alles, was möglich ist, muss existieren. Das hatte er immer gesagt, sein ganzes Leben lang. Das war sein Glaubensbekenntnis, seine Freiheit. Es war das, was ihn neben der Musik am meisten bewegte. Vielleicht *war* es Musik für ihn. Was immer die Zahlen erlaubten, musste geschehen, irgendwann. Ich wusste nicht, wie ich fragen sollte. »Diese Schleifen sind real? Die Physik lässt sie tatsächlich zu?«

»Wenn eine physikalische Theorie die Verletzung der Kausalität zulässt, ist sie falsch. Ich kenne keinen Wissenschaftler, der das nicht sagen würde. Das ist das eherne Gesetz, auf dem alle anderen aufbauen. Im Rahmen der Allgemeinen Relativitätstheorie würden diese Gleichungen tatsächlich zutreffen, vorausgesetzt die Galaxien im Universum haben eine bevorzugte Rotationsrichtung. Wenn das wahr ist, muss die allgemeine Relativitätstheorie ausgebessert werden.«

Die Sternenkarten. Die endlosen Tabellen. »Was hat er herausgefunden? Was waren seine … Schlussfolgerungen?«

»Tja, ich habe nicht die Zeit, mich wirklich damit zu beschäftigen. Dem ersten Eindruck nach zu urteilen hatte er noch keine bevorzugte Rotationsrichtung entdeckt.«

Eine andere Richtung, wo immer man hinsah. »Und wenn er sie entdeckt hätte?«

»Tja, die Gleichungen existieren. Dann würde die Zeit eine Schleife bilden. Wir könnten unser Leben immer wieder leben. Immer wieder von vorn.«

»Wenn er keine bevorzugte Rotationsrichtung gefunden hat, heißt das, dass es keine gibt?«

»Das kann ich nicht beantworten. Ich habe nicht so viel Zeit für diese Fragen wie Ihr Vater. Verzeihen Sie.«

»Aber wenn Sie eine Wette abschließen würden?«

Er überlegte lange, wälzte ein Problem, das wir nicht erfassen konnten, egal wie lange wir darüber nachgrübelten. »Selbst bei einer geschlossenen zeitartigen Kurve ...« Er war einer von Pas Leuten, einer von denen, die alles genau verstehen mussten. »Selbst dann könnte man nur in eine Vergangenheit reisen, wenn man schon einmal selbst dort *war*.«

Ich übersetzte seine Worte in ein Bild, aber es verwandelte sich vor meinen Augen in etwas anderes. Mein Vater hatte einen Weg gesucht, der ihn zurück zu meiner Mutter führte; er hatte ihr eine Botschaft bringen wollen, um das, was uns zugestoßen war, abzuwenden und zu korrigieren. Aber in Dr. Erichsons Universum war die Zukunft nicht korrigierbar und die Vergangenheit war unveränderlich.

»Also keine Zeitreisen?«

»Nicht in dem Sinne, der Ihnen helfen könnte.«

»Was geschieht ist unabänderlich.«

»Allem Anschein nach ja.«

»Aber man kann Dinge verändern, die noch nicht geschehen sind?«

Er überlegte lange. Dann sagte er: »Ich könnte nicht einmal sagen, was die Frage bedeutet.«

HERBST 1945

Sie dreht sich um und sieht ihren JoJo, den kleinen, in der Tür stehen; er hält ihr einen Eisbeutel hin für eine unheilbare Verletzung. Die zugeworfene Haustür bebt noch, ein Nachhall der Erregung ihres Vaters. Delia Strom dreht sich um, ihr schwindelt, und da steht ihr kleiner Junge, schon damals Opfer seiner Selbstlosigkeit, betrachtet, was ihn unter seinen Füßen zerquetschen wird. Er steht einfach nur da, bietet ihr seine Gabe dar, ängstlich, bereit, alles wegzugeben. Opfer von etwas, das größer ist als Familie. Mächtiger als Blut.

Sie hebt den Jungen auf, drückt ihn schluchzend an sich. Das ängstigt das Kind noch mehr als alles, was gerade geschehen ist. Jetzt ist auch sein Bruder wieder wach, zieht an ihrem Bein, versichert ihr, dass alles wieder gut wird. David, der Rechenkünstler, hat den Blick auf die Glasscheibe der Tür geheftet, hält Ausschau nach jedem Schatten, der sich draußen auf der Straße bewegt. Sie dreht sich wieder zu ihm hin. Er hat die Hand am Türknauf, bereit, ihrem Vater nachzulaufen. Aber er regt sich nicht.

Keiner von den Jungen fragt, wo ihr Opapa ist. Es könnte für sie genauso gut schon morgen sein. Nächste Woche. Opapa hier; Opapa fort. Sie stecken noch tief in ewiger Gegenwart. Aber sie sehen sie weinen. Sie haben den Streit gehört, auch wenn sie nicht wissen, worum es ging. Schon da verliert sie sie an dieses Größere, dies Phantom, das schließlich ganz Besitz von ihnen ergreifen wird. Schon tragen sie ihr Etikett. Schon jetzt die Zweiteilung, die getrennten Eingänge, das Aufrechnen.

»Nichts«, sagt David, späht noch immer durch die Scheibe. Sie weiß nicht, was er meint. Ihr Vater hat sie mit diesem Mann allein gelassen, diesem farblosen Mann mit seinem Akzent, dem Mann, der mitgeholfen hat, die letzte, die blendend weiße Waffe zu bauen. »Nichts zu sehen. Kommt. Wir gehen zu Bett. Darüber können wir uns morgen noch Sorgen machen.«

Ein Mann, der Deutsch spricht. Die Sprache Hitlers. Nicht ein einziges Mal hat sie ihm das vorgehalten, den ganzen Krieg hindurch nicht. Sie hat an seiner Seite Lieder gesungen – deutsche Melodien, deutsche Texte –, vier lange Jahre lang, immer mit dem Gedanken, dass die Nachbarn es hören und der Polizei melden könnten. Aber sie hat doch mitgeholfen, ihre mehrstimmige Wache zu halten, diese Laute zu verteidigen gegen all den Missbrauch, der mit ihnen getrieben wurde. Beide hatten sie diesen Krieg unterstützt: Krieg gegen die auf Rasse begründete Macht, gegen den endgültigen Albtraum von Reinheit. Der Geist, den die Alliierten in Berlin töteten, hätte auch in Amerika besiegt sein müssen. Aber hier in ihrem Land ist nichts besiegt. Nichts außer ihrer eigenen lächerlichen Ignoranz. Ihr Vater hat sie im Stich gelassen. Hat sie sitzen lassen dafür, dass sie einen Krieg vergessen hat, der hundertmal länger und zerstörerischer ist, die schleichende Vernichtung eines ganzen Volkes. Hat sie verlassen, weil sie ihn verlassen hat. *Du hast dich entschieden. Du weißt, auf welcher Seite du stehst.* Aber sie hat sich für nichts entschieden, sie wollte einfach nur fertig sein mit dem Krieg, wollte leben in dem Frieden, für den sie und die ihren den Preis schon so vielfach gezahlt haben.

Es gibt keinen Frieden. Die Sorgen können bis morgen warten. Morgen – *es ist ja schon morgen* – schämen sie sich so sehr, dass sie sich nicht einmal in die Augen sehen. David geht zur Arbeit, und worin diese Arbeit besteht, darüber kann sie bestenfalls Vermutungen anstellen. Er lässt sie mit den Jungen allein, so wie ihr Vater sie mit ihrer Familie allein gelassen hat. Allein mit zwei Kindern, vor denen sie jeden Zweifel verbergen muss, den es auf der Welt überhaupt nur gibt. Sie liest ihnen aus fremden Büchern vor. Sie spielt mit ihnen – Spielzeugautos, Bauklotzhäuser, die nach den Idealen eines anderen gestaltet sind. Am Nachmittag singen sie zusammen, und die Jungen überbieten sich darin, die Noten zu nennen, selbst zu musizieren. Wenn ihr Vater Recht hat, dann hat alles Übel dieser Welt Recht. Wenn er Recht hat, dann muss sie ihren Kindern sagen: *Das* hier ist nicht deins und *dies* hier nicht und *dies* auch nicht ... Sie kann doch ihre Jungs nicht schon vorab zu Lynchopfern machen, heute nicht und auch an keinem anderen Tag. Aber wenn ihr Vater Recht hat, dann muss sie sie darauf vorbereiten. Wenn er Recht hat, dann hat die Vergangenheit Recht, dann ist sie unausweichlich, unveränderlich.

Aber die Entschlossenheit ihres Vaters bekräftigt nur die eigene. Sie gibt nicht auf. Ja natürlich: Sie wird ihnen Wärme, ein Zuhause geben, Musik, gemeinsamen Gesang, wird sie eintauchen lassen in den Fluss, so tief, dass sie ihr ganzes Leben lang darin schwimmen können. Sie muss dafür sorgen, dass sie die Reichtümer auch bekommen, die ihnen von Geburt an zustehen. *Neger. Amerikaner.* Natürlich müssen sie wissen, wie unheilvoll die Geschichte dieser Wörter ist. Aber sie weigert sich, ihre Persönlichkeit nur durch das zu bestimmen, was sie nicht sind. Sie sollen nicht von vornherein verurteilt sein durch die Vorstellung, dass alles bereits entschieden ist. Sie kann ihnen nichts geben außer Freiheit. Der Freiheit, selbst zu entscheiden. Frei wie jeder andere, frei, sich zu etwas zu bekennen, jede Melodie zu singen, die ihrem inneren Ohr gefällt.

Aber vielleicht hat ihr Vater ja doch Recht. Vielleicht ist es nur ihre helle Haut, die sie überhaupt auf solche Gedanken bringt. Vielleicht ist die Vorstellung von der Wahlmöglichkeit nur eine weitere Lüge. Es gibt auch eine Art von Freiheit, die sie keinem Menschen wünschen würde. Sie geht mit ihren Jungen spazieren, Richtung Westen, zum Fluss hin, dem nächsten Stück Grün zwischen all diesem Stein; zu dritt gehen sie hinaus in die Welt, für jedermann sichtbar. Sie betrachtet ihren Dreiklang von Hauttönen mit den Augen der Passanten im Park. Wie immer zuckt sie zusammen vor der Feindseligkeit. Sie hört, wie ihre Nachbarn diese Freiheit nennen, die sie ihren Kindern geben möchten. *Was bildet die sich denn ein. Hält sich wohl für weiß.* Aber was ist mit der anderen Familie dieser Jungen, den Großeltern, von denen sie nichts weiß? Ausgelöscht, der Endlösung dieser Welt, die keine Zwischentöne kennt, zum Opfer gefallen. Sind das denn nicht genauso ihre Wurzeln?

Im Park toben die Jungs auf einer Betontreppe, als sei sie der herrlichste Spielplatz. Jede Stufe ist eine Tonhöhe, ein Laut, den sie singen, wenn sie darauf springen. Sie nehmen die Treppe als Orgel, ein ganzes Register von Pedalen, spielen Läufe darauf, hüpfen in Terzen, schreiten einfache Melodien ab. Zwei andere Kinder, weiße, sehen, mit welcher Begeisterung sie dabei sind, und machen mit, hüpfen die Treppe hinauf und hinunter, johlen ihre eigene Tonleiter dazu, bis ihre Eltern kommen und sie abführen, und ihre abgewandten Blicke entschuldigen sich bei Delia für die ewige Unverbesserlichkeit von Kindern.

Aber der Vorfall kann ihren JoJo die Freude nicht verderben. Die Kletterpartie über die Tonleiter ist nicht aufzuhalten. Sie kann es ihnen jetzt erklären oder einfach warten, bis die weiße Welt ihnen die einfältige Botschaft selbst überbringt. Eine Wahl, die ihr keine Wahl lässt. Sie weiß, was vernünftig wäre, die beste Absicherung gegen die Macht, die bei der ersten Gelegenheit die beiden lynchen wird. Der erste Angriff, die erste im Hass geflüsterte Silbe wird sie brandmarken. Sie werden Schlimmeres erleiden müssen als ihre Mutter, werden die schwerste Strafe dafür zahlen müssen, dass sie in kein Raster passen. Aber eines muss Delia glauben können: Das erste Lied, das ein Kind hört, wird in ihm weiterklingen. Und dieses Erste – nur das Erste – gehört keinem Menschen. Sie kann ihnen ein Lied beibringen, das stärker ist als Zugehörigkeit. Mächtiger als Identität. Ein einzigartiges Lied. Ein Ich fester als jede Rüstung. Sie kann ihnen beibringen, dass sie mit der Selbstverständlichkeit singen, mit der sie atmen, die Lieder all ihrer Vorfahren.

Als David nach Hause kommt, ist er wieder der Mann, den sie kennt. Die beiden Jungen: ihre, ihre gemeinsamen. Ihr ganzer Leib zittert vor Erleichterung, als habe sie sich gerade aus einer Schneewehe befreit, in die sie bis zum Hals versunken war. Wenn zwei Leute das Gleiche lieben, dann müssen sie sich doch auch gegenseitig lieben, ein klein wenig zumindest. Er nimmt sie an der Tür in die Arme, noch bevor er den Hut abgesetzt hat. »Das ist nicht für immer«, sagt er. »Wir kommen alle wieder zusammen, alle am selben Ort.« Aber es kann kein *wieder* geben, da sie nie zusammen waren. Nicht alle am selben Ort. Kein einziges Mal.

Nach Abendessen und Singen, nach Radio und den Gutenachtgeschichten für die Jungen liegen sie nebeneinander im Bett. Sie reden bis tief in die Nacht, leise, damit sie die Jungen nicht wecken. Ihr JoJo hört es aber doch. Die Worte gehen ein in ihre Träume und werden sie quälen bis zum letzten Tag.

»Er ist wütend auf mich«, sagt David. »Aber ich finde, ich habe mir nichts vorzuwerfen. Ich habe getan, was mein Land von mir erwartete. Was jeder an meiner Stelle getan hätte.«

Das macht nun *sie* wütend. Er tut, als sei ihr Daddy im Unrecht. Er sollte sich entschuldigen, selbst wenn er im Recht ist. Gerade *weil* er im Recht ist. Einen Moment lang hasst sie beide, weil beide sie im Stich lassen. »Er ist wütend auf *mich*«, flüstert sie zurück. Aber sie sagt nicht warum. Auch das ist verlorenes Vertrauen. Dass sie glaubt, David werde es nie verstehen.

»Wir können ihn morgen anrufen. Ihm erklären, dass es alles eine Verwirrung war. Ein Missverständnis.«

»Das war es nicht«, zischt sie. »Es *war* kein Missverständnis.« Sie spürt, wie der Körper ihres Mannes sich spannt, die ersten Anzeichen des Ärgers über sie, darüber, dass sie widerspricht. Muss denn jeder Mensch seine Vergeltung haben?

»Was ist es dann?«

»Ich weiß es nicht. Es ist mir egal. Ich kann das alles nicht mehr hören. Ich will nur einfach fertig sein damit.«

Seine Hand kommt über die Bettdecke und findet die ihre. Er glaubt, sie meint den Streit vom Vorabend. Ein lokales Scharmützel. »Es wird vorübergehen. Es muss. Wie kann eine solche Wut für immer bestehen?«

Er glaubt, sie meint den *Rassenhass*. »Es *ist* ja schon vorüber.«

Er hört ihr zu. Das muss man ihm zugute halten. »Du wünschst dir, dass es vorüber ist. Aber wie sollte es enden? Wie sollte eine bessere Welt aussehen? Ich meine, tausend Jahre von heute? Zehntausend? Wie wäre es richtig? Wie sähe der Ort aus, nach dem wir suchen müssen?«

Das hat sie sich im Grunde nie klargemacht, nicht einmal sich selbst, geschweige denn einem anderen. An jedem perfekten Ort, der ihr einfällt, sieht sie schon die Schlange, wie sie sich im Grase windet. Sie will nicht mehr weiterreden, will sich nur noch auf die Seite drehen und schlafen. Sie weiß keine Antwort. Aber er fragt sie. Darum geht es, um die Bedingungen des Kontrakts, den sie aushandeln müssen.

»Der richtige Ort ... der Ort, den ich mir vorstelle ... Das wäre ein Ort, an dem niemand Herr über einen anderen ist. Niemand besitzt etwas allein. Niemand fühlt sich überlegen. Jeder ist einfach nur er selbst.«

Sie schließt die Augen. Das ist der Ort, der ihr ein wenig Ruhe verschafft. Der Einzige, an dem sie leben kann. Der einzige vernünftige Landeplatz. Wenn es der richtige Ort für das Leben in tausend Jahren ist, warum dann nicht auch für ihre Jungen? Denn Geduld ist Unterwerfung, und wer wartet, wartet vergebens.

»Dann ist das der Ort, an dem wir leben wollen. Morgen rufen wir deinen Vater an.«

»Er wird das ... nicht verstehen.«

»Wir rufen an. Wir reden mit ihm.«

Was für eine Einfalt. Ihr Vater hat Recht, in jedem einzelnen Punkt. Sie will der Wahrheit ja nicht ins Gesicht sehen, sie will sich daran vorbeimogeln. Sie hat kein Recht, ihn anzurufen und mit ihm zu reden. Das Einzige, was ihr noch zusteht, ist unerbittlicher Tadel.

»Vergiss nicht, was wir gesehen haben«, sagt David. »Vergiss nicht, wie die Zukunft aussieht.«

Aber sie ist sich nicht einmal mehr sicher, ob das, was sie gesehen haben, überhaupt von dieser Welt war. Nein: Es ist zu früh für dieses Leben, es ist zu weit fort, zu weit, als dass ihre Kinder es je erreichen könnten. Etwas in diesem Land braucht die Rasse. Ein tief verwurzeltes Stammesdenken, etwas, das in den Seelen steckt und sich in nichts Größerem und nichts Kleinerem sicher oder geborgen fühlt. An dem Tag, an dem die Gewalt sie einholt, dem Tag an dem ihre Jungen mit Jahrhunderten des Mordens Bekanntschaft machen, werden sie sie dafür hassen, dass sie sie nicht mit einer Kaste für diese kastenbesessene Gesellschaft ausgestattet hat. Aber bis zu dem Tag wird sie ihnen – so weltfremd, so aussichtslos das sein mag – eine eigene Persönlichkeit geben. Das Traumbild für Wirklichkeit nehmen.

Sie wird die Wurzeln ihrer Kinder nicht kappen. »Morgen rufen wir an«, sagt sie. Aber der folgende Tag kommt und vergeht ohne Telefonat. Beschämung und Schuldbewusstsein halten sie ab. Sie kann den Gedanken nicht ertragen, dass sie sich noch einmal die Anschuldigungen anhören muss, die Worte, die ihr wie Messer ins Fleisch schneiden. Sie hat keine andere Lösung als dieses Überrumpeln, diesen kriminellen Sprung in die Zukunft, die Abkürzung über tausend Jahre.

Das Baby kommt. »*Das Baby kommt*«, das hat ihr Joseph als Antwort auf alles, als großes Heilmittel parat. Das Kind hat dies Mysterium zu seinem eigenen gemacht, das neue Leben aus dem Nichts. Er drängt Delia, mehr zu essen, damit das Baby schneller kommt. Er will wissen, an welchem Tag das Baby kommt und wie viele Tage es noch bis zu dem Tag sind.

Drei Wochen vergehen, und kein Wort aus Philadelphia. Dann ein Monat. Die im Feuer geschmiedete Härte, die ihren Vater dies Land ertragen lässt, lässt ihn nun auch seine Tochter ertragen. Sie kann mit seinem Schweigen nicht leben, nicht jetzt, wo ein weiteres Kind unterwegs ist. Etwas Entsetzliches geht vor, getrieben von Liebe, etwas, das sie in ihrem eigenen Inneren genauso wenig in Ordnung bringen kann wie bei ihrem Vater, eine Furcht so groß wie die Furcht sich zu verlieren, unterzugehen.

Schließlich hält sie es nicht mehr aus. Sie gibt auf, schreibt ihrer Mutter einen Brief. Der älteste Trick jedes Kindes – sich immer an den schwächeren Elternteil halten. Die Feigheit fängt schon mit dem Umschlag an. Sie tippt die Anschrift mit der Maschine und gibt keine Absenderadresse an, damit ihr Daddy ihn nicht ungeöffnet fortwirft. Sie schickt ihn aus New Jersey, damit der Poststempel sie nicht verrät. Sie lügt vom ersten Satz an: Dass sie nicht wisse, gar nicht verstehen könne, was geschehen sei. Sie schreibt ihrer Mama, sie müsse mit ihr reden – sie müssten sich gemeinsam etwas einfallen lassen, um die Sache wieder in Ordnung zu bringen. »Egal wo. Ich komme nach Philadelphia. Es muss nicht zu Hause sein. Nur ein Ort, wo wir reden können.«

Als Antwort kommt nur eine kurze Notiz. Kaum mehr als eine Ortsangabe – Haggern's, eine Cafeteria am Rande ihres alten Viertels, wo sie und ihre Mutter oft gewesen sind, wenn sie gemeinsam einkaufen gingen – mit Datum und Zeitpunkt. »Du hast Recht. Zu Hause wäre im Augenblick kein guter Ort.«

Dieser Satz bringt Delia fast um. Als Nervenbündel besteigt sie den Zug nach Philly. Mittlerweile sieht man ihr die Schwangerschaft an, ihr Bauch wölbt sich von dem neuen Kind weit vor. Sie muss sich mit ihrer Familie ausgesöhnt haben, bevor es auf die Welt kommt. Es sind zwar noch Wochen, aber sie fühlt sich so schwer, die Wehen könnten jede Minute beginnen. Sie nimmt die Jungen mit – der Ausflug ist zu lang, um sie bei Mrs. Washington zu lassen. Ihre Mutter wird sich freuen, wenn sie die beiden sieht. Das macht das Treffen einfacher.

Schon eine Viertelstunde vor dem Termin sitzt sie bei Haggern's. Zu ihrer Überraschung kommt auch ihre Mutter mit Eskorte, begleitet von den Zwillingen. Sie waren einkaufen. Das lastet schwerer auf Delias Brust, als sie begreifen kann. Ihre Mutter sieht verstohlen, verschwörerisch aus. Aber die Freude beim Anblick der Enkel glättet die Falten auf ihrem Gesicht.

Kann es denn wirklich sein, dass sie Lucille und Lorene so lange nicht gesehen hat? Nur ein paar Monate, aber sie sehen anders aus, mit einem Mal erwachsen, mit langen Röcken und gestärkten Blusen, eine ungewohnte Kraft in ihrem Schritt. »Wie groß ihr zwei geworden seid! Dreht euch mal um. Lasst euch ansehen! Ihr habt ja richtig Figur bekommen, und das über Nacht!«

Ihre Schwestern starren Delia an, als hätte sie ihnen Vorwürfe gemacht. *Daddy hat mit ihnen darüber gesprochen.* Aber sie betrachten auch verstohlen ihren dicken Bauch, mit einer Mischung aus Neid, Furcht und Hoffnung. Nettie Ellen setzt sich auf den Platz gegenüber von Delia und den Jungen. Sie beugt sich über den Tisch und streichelt ihnen die hellen Wangen. Aber noch während sie sie tätschelt, raunt sie schon ihrer Tochter zu: »Was in Gottes Namen hast du dir dabei gedacht? Wie konntest du so etwas zu deinem Vater sagen?«

»Mama, es ist ganz anders.«

»So. Und wie ist es?«

Delia fühlt sich unendlich müde, älter als die Erde. Wie ein toter Flussarm, träge, gewunden, voller Schlick. Und sie fühlt sich ungerecht behandelt. Verraten von dem, worauf sie sich felsenfest verlassen hat. Verletzt von denen, die das Maß ihrer Verletzung ermessen können. Dieser entsetzliche Abend – David und ihr Vater, wie sie die Anschuldigungen aufrechnen: eine Olympiade des Leidens. Schmerz als moralisches Druckmittel. Zwei Männer, die nicht verstehen, wie ähnlich sie sich sind. Eigentlich sollten die beiden jetzt hier sitzen, an diesem Tisch einander gegenüber. Nicht diese alte Allianz der Unterdrückten, Mütter gegen Männer. Delia blickt ihrer Mutter ins Gesicht, forscht nach einem kleinen Beweis, dass die alte Allianz noch gilt. »Er mag die Art nicht, wie ich meine Kinder großziehe.«

»Es gefällt ihm nicht, dass du den Leoparden ihre Flecken abschrubben willst.«

»Mama«, fleht sie. Sie senkt den Blick.

»Mädels? Seht mit euren Neffen mal nach, ob es diesen Kaugummiautomaten bei Lowie noch gibt.« Sie fischt in ihrer Tasche nach zwei Fünfern, mit denen ihre Enkelkinder den Automaten füttern können. Dasselbe Samstagsritual, das sie und Delia schon vor Urzeiten zusammen spielten.

Delia sucht in ihrer eigenen Tasche, will ihrer Mutter zuvorkommen. »Hier. Hier, nehmt das hier.«

Die Zwillinge wollen von keiner von beiden Geld. »Wir sind doch keine Kinder«, sagt Lucille.

Lorene schlägt in die gleiche Kerbe. »Jetzt komm schon, Mama. Wir wissen doch, was los ist.«

Nettie Ellen fasst die beiden mit einer verschwörerischen Geste. »Weiß ich das denn nicht, Kind? Aber eure Neffen, die brauchen ein wenig Beistand.«

Dieser unterschwellige Appell bezwingt die beiden. Sie schnappen sich die Jungen, so wie sie es zu Kriegszeiten immer getan haben, als sie die beiden Kleinen in Kinderwagen durchs Viertel schoben. Sie stellen ihre Schwester in den Schatten, sie zeigen, wie bedingungslos Liebe sein soll. Dann sind Delia und ihre Mutter allein. Allein wie damals in ihrem Probenraum unter dem Dach, als Delia zum ersten Mal von dem Mann erzählte, in den sie sich verliebt hatte. Wie prachtvoll ihre Mutter sich damals gehalten hatte, nach dem ersten Schock. Wie solide, wie vernünftig diese Frau war, der doch die Geschichte nichts außer ewigem Misstrauen ans Herz legte. Wie gut sie alle gewesen sind, ihre Familie. So schwarz, dass alle Flecke darin verschwinden.

»Ich bin so müde, Mama.«

»Du? Von was willst du denn müde sein?« Der Tadel nicht zu überhören: *Ich war schon müde, bevor du überhaupt auf der Welt warst. Ich habe dich nicht großgezogen, damit du klein beigibst.*

»Ich halte es einfach nicht mehr aus, dass sich immer alles nur um die Rasse dreht, Mama.« *Der Fisch und der Vogel können sich verlieben. Aber das einzige Nest, das diese Welt ihnen zugesteht, ist* kein Nest.

Eine goldbraune Kellnerin kommt und nimmt ihre Bestellung auf. Nettie Ellen bestellt, was sie immer bei Haggern's bestellt, schon seit ewigen Zeiten. Einen schwarzen Kaffee und ein Stück Blaubeerkuchen. Delia nimmt ein Schokoladen-Doughnut und ein kleines Glas Milch. Ihr ist nicht nach essen zumute, und sie wird es nicht herunterbringen. Aber sie muss es bestellen. Sie hat es jedes Mal bestellt, wenn sie hier war. Die Kellnerin geht mit beschwingten Schritten, und Nettie Ellen sieht ihr nach. »Du hältst es nicht aus, dass du farbig bist. Das ist es.«

Delia betrachtet die Anschuldigung, probiert sie an wie ein Kleid. Eine Gefängniskluft. Etwas Gestreiftes. »Ich halte es nicht mehr aus, dass jeder glaubt, er *weiß*, was farbig ist.«

Ihre Mutter sieht sich in dem Lokal um. Ein Junge, noch keine zwanzig, in weißer Hose, weißem Hemd und mit einer kleinen Papiermütze auf dem Kopf, steht am Grill. Zwei alte Kellnerinnen auf stämmigen Beinen tragen Teller vom Tresen zu den Holztischen. Ein junges Paar am Tisch gegenüber steckt die Köpfe zusammen, trinkt mit zwei Strohhalmen aus einem gemeinsamen Glas Limonade. »Wer sagt das? Hier sagt dir bestimmt keiner, was farbig ist. Nur die Weißen tun das. *O-fay.*«

Ihre Mutter spricht das Hasswort, für das sie Delia einmal, mit zwölf, den Mund mit Seife ausgewaschen hat. Etwas hat sich verändert. Entweder die Regeln oder ihre Mutter. »Meine Jungen sind ... anders.«

»Sieh dich doch um, Kind. Jeder hier ist anders. Kein Mensch ist wie der andere.«

»Ich muss ihnen die Freiheit geben, dass sie –«

Ihre Mutter sieht sie grimmig an. »Komm mir ja nicht mit Freiheit. Dein Bruder ist im Krieg geblieben – für das Wort. Ein Schwarzer, der für die Freiheit von fremden Menschen in fremden Ländern gekämpft hat, und hier zu Hause hätte er die Freiheit nie bekommen, auch wenn er noch am Leben wäre.«

»Eine Menge Leute sind im Krieg umgekommen, Mama. Weiße Leute. Schwarze Leute. Gelbe Leute.« Die anderen Großeltern ihrer Jungen.

»Dein Mann nicht. Der hat –« Aber sie behält es für sich, was sie dem Vater ihrer Enkelkinder vorwerfen möchte.

»Mama, es ist anders, als du denkst.«

Sie blickt sie forschend an. »Aber ja. Wann ist schon mal etwas so, wie *ich* denke?«

»Es ist kein Entweder-oder. Wir wollen ihnen nichts vorenthalten. Wir wollen ihnen nicht weniger geben, sondern mehr. Wir geben ihnen Raum, die Möglichkeit zu wählen, das Recht, sich ihr Leben zu suchen, wo immer sie –«

»Deshalb hast du einen Weißen geheiratet? Damit deine Kinder so hell sind, dass sie Sachen machen können, die du nicht tun durftest?«

Delia weiß, warum sie einen Weißen geheiratet hat. Sie könnte exakt den Augenblick nennen, in dem die Entscheidung fiel. Aber selbst wenn sie eine Million Jahre dafür hätte, könnte sie ihrer Mutter nicht begreiflich machen, was damals auf der Mall geschehen ist, an dem Tag, an dem sie in ihre Zukunft schaute.

Die Mutter blickt zum Fenster von Haggern's hinaus und betrachtet die Passanten. »Du hättest bei uns bleiben können. Du hättest jede Woche in der Kirche singen können, für die Menschen, die Seine Botschaft brauchen. Was willst du denn in einem vornehmen Konzertsaal, wo man sich nicht mal rühren darf, geschweige denn mitsingen? Es hätte so viele Orte gegeben, an denen du mit uns hättest singen können, die hätten dir für dein ganzes Leben gereicht. Mehr Ecken, an denen du hier unten singen kannst, als oben im Himmel.«

Mein Lobpreis Gottes ... die Art Musik, die ich studiert habe ... Jede Antwort, die Delia hätte, fällt sofort in sich zusammen. Die Kellnerin kommt mit dem Kuchen und rettet sie. Eine Dampfwolke steigt von Nettie Ellens Blaubeerkuchen auf. Die Kellnerin setzt ihn vor ihr ab. »Ist das nicht ein Prachtstück? Frisch aus dem Ofen. Hatte sich ganz nach hinten verzogen und dachte, er ist zu fein zum Essen.«

»Haben Sie ihn schon probiert?«, fragt Nettie Ellen.

»Ha! Sieht der Laden hier vielleicht aus, als ob die uns ein Stück abgeben?«

»Dann nehmen Sie sich eins und schreiben Sie's auf meine Rechnung. Na los, machen Sie schon!«

»Tausend Dank, Ma'am, aber ich muss auf meine Figur achten. Mein Liebster will mich schlank und rank. ›Dünn wie ein Stück Seife am Ende der großen Wäsche‹.«

»Mein Mann sagt immer, ich müsste mehr essen.«

»Da können wir gerne tauschen. Hat er einen Sohn?«

»Einen.« Früher waren es zwei. »Aber wenn Sie von dem Kuchen naschen wollen, müssen Sie noch ein Jährchen oder zwei warten.«

»Sagen Sie mir Bescheid.« Die Kellnerin winkt ihnen zum Abschied und wischt zugleich alle eitlen Sorgen dieser Welt beiseite. »Ich bin hier.«

Delia wird als Verbannte sterben. Einst lebte auch sie in dieser Welt. Ihre Jungen werden sie nie kennen lernen. Niemals die respektlose Schlagfertigkeit eines Volkes, das jede Verstellung sofort durchschaut. Die Welt, in der es mehr Ecken zum Singen gibt als im Himmel. »Die Farbigen müssen stärker werden, Mama.« Ein Satz, den sie ihr Leben lang von ihrem Daddy gehört hat.

»Die Farbigen? Stärker? Dafür ist auf der Welt kein Platz. Sie haben die Farbigen in so viele kleine Stücke geschlagen, es gibt keine größere Nichtigkeit auf der Welt. Die *Weißen* müssen stärker werden. Die Weißen haben doch nie Platz für jemand anderen gehabt, immer nur für sich selbst.«

Schweigend stochern sie in ihrem Kuchen. Wenn doch nur die Kinder zurückkämen. Wenn sie zurückkämen und ihnen beiden bewiesen, dass sich nichts geändert hat. *Immer noch deine Jungen. Immer noch deine Enkelkinder.*

»Weiß ist nur eine einzige Farbe. Alles andere ist schwarz. Und du willst sie aufziehen, sodass sie eine Wahl haben? Du hast aber keine Wahl. Und sie auch nicht. Die Wahl treffen die anderen für sie!« Nettie Ellen legt ihre Gabel ab. Sie blickt ihrer Tochter ins Gesicht. »Meine eigene Mutter. Meine eigene Mutter. Hatte einen Vater, der war weiß.«

Die Worte treffen Delia wie ein Hieb. Nicht die Tatsache; die hatte sie sich schon lange aus dem, was geflüstert wurde, zusammengereimt. Aber dass ihre Mutter es hier so sagt. Laut und in der Öffentlichkeit. Sie schließt die Augen. Mit diesem Schmerz könnte sie überall sein. »Was … war er für ein Mann, Mama?«

»Woher soll ich das wissen? Ich habe ihn nie gesehen. Kein einziges Mal hat er sich bei uns blicken lassen. Keinen Cent hat er uns je gegeben, damit aus den Kindern mal was wird. Könnte jeder gewesen sein. Könnte der Großvater von deinem eigenen Mann gewesen sein.«

Delia lacht, aber es kommt ein grässlicher Laut heraus, ein tiefes

Gurgeln. »Nein, Mama. Davids Großvater ... war nie in seinem Leben in Carolina.«

»Willst du mir auch noch Widerworte geben?«

»Nein, Mama.«

»Aber das ist was, was ich nie verstanden habe. Wenn Weiß so allmächtig ist, wieso wiegt dann ein Dutzend von ihren Urgroßvätern nicht einen einzigen von unseren auf?«

Nun muss Delia doch lächeln. »Das ist doch genau, was ich sage, Mama. Jonah und Joey, die Hälfte von dem, was sie ... kommen sie denn nicht genauso –«

»Habt ihr irgendwas von seinen Eltern gehört?«

David hat hundert Briefe geschrieben, in Dutzenden von Archiven nachforschen lassen: Rotterdam, Westerbork, Essen, Köln, Sofia – all der Untergang, mit deutscher Gründlichkeit in Akten festgehalten. »Bisher nicht, Mama. Aber wir geben nicht auf.«

Beide Frauen lassen die Köpfe hängen. »Weiße haben ihre Großeltern umgebracht. Das kannst du nicht vor ihnen verheimlichen. Du kannst sie nicht belügen. Sie müssen auf die Welt vorbereitet sein. Mehr will dein Vater doch gar nicht sagen, Kind.«

»Es bleibt nicht immer so. Die Dinge ändern sich, selbst jetzt, in dieser Minute. Wir müssen dafür sorgen, dass die Zukunft kommt. Sie kommt nicht von selbst.«

»Zukunft! Das Hier und Jetzt, um das müssen wir uns kümmern! Bisher haben wir ja nicht mal das!«

Delia sieht sich um, ein ganzes Lokal voller Leute ohne Gegenwart. Sie weiß nicht wie, aber wenn sie ihre Söhne singen hört, wenn sie auf ihre kleinen Entdeckungsreisen ins Reich von Kanon und Imitation gehen, dann findet sie ihr Hier und Jetzt, und es ist groß genug, um darin zu leben.

Und mit dem verblüffenden Gespür, das Delia so oft das Leben schwer gemacht hat, als sie noch jung war, liest ihre Mutter ihre Gedanken. »Ich habe mich nie darum gekümmert, welche Musik du singst. Ich habe es nie verstanden. Aber alles, was du gesungen hast, war gut, solange es von Herzen kam. Und solange du dich nicht deswegen für etwas hieltest, was du nicht warst. Für was sollen die Jungen sich halten?«

»Darum geht es doch, Mama. Wir wollen es ihnen nicht vorschreiben. Dann müssen sie niemals von einem anderen –«

»Weiß? Du erziehst sie als Weiße?«

»Unsinn. Wir wollen sie ... für eine Welt erziehen, in der die Farbe nicht mehr zählt.« Die einzige stabile Welt, die einzige, in der sie überleben können.

»Das heißt weiß. Nur Weiße können glauben, dass so etwas nicht mehr zählt.«

»Nein, Mama. Wir erziehen sie …« Sie sucht nach dem richtigen Wort, aber das Einzige, was sie findet, ist *nichts*. »Sie sollen das werden können, was in ihnen steckt. Sie selbst. Das kommt an erster Stelle.«

»Kein Mensch ist so wichtig, dass er sich selbst an erste Stelle setzen sollte.«

»Mama, das meine ich doch nicht.«

»Kein Mensch soll sich das einbilden.« Vier lange Takte Schweigen. Dann: »Was bekommen sie von dir, für all das, was du ihnen wegnimmst?«

War es wirklich Diebstahl? Mord? Die Kinder kommen zurück und retten Delia vor der Antwort. Sie kommen hereingetobt, alle vier in bester Laune. Die Mädels tun, als seien sie riesige mechanische Krallen, die quietschenden Neffen die wehrlosen Kaugummikugeln. Mit nichts als einer gehobenen Augenbraue bringt Nettie Ellen sie zur Ordnung.

»Omama«, sagt Jonah, »die Tanten sind verrückt!«

Sie legt den Arm um den Jungen, streichelt sein fremdartiges Haar. »Wieso sind sie verrückt, Kind?«

»Sie sagen, eine Eidechse ist nur eine Schlange mit Beinen. Und sie sagen, singen ist genau wie sprechen, nur schneller.«

Ihre Kellnerin kommt und fragt, ob die Kinder etwas wollen. Sie ist verblüfft, als sie die Jungen anschaut. Delia sieht, wie sie sie mustert, die Hautfarbe taxiert, sich gottweißwas für eine Geschichte als Erklärung zurechtlegt. Die Kellnerin zeigt auf Jonah. »Das ist aber nicht der, auf den ich warten soll, oder?«

Nettie schüttelte den Kopf, Delia senkt den Blick, Tränen in den Augen.

Die Kinder bekommen Kuchen. Eine Viertelstunde lang sind Delia, ihre Mutter, ihre Schwestern und ihre Kinder glücklich vereint, reden, essen, brauchen für nichts außer füreinander einen Namen. Sie und ihre Mutter wollen beide die Rechnung zahlen. Sie überlässt sie ihrer Mutter. Dann stehen sie draußen, auf dem Bürgersteig vor Haggern's. Delia schmiegt sich an ihre Schwestern, wartet auf die Einladung – *Natürlich, Kind!* –, mit in das große Haus zu kommen, nur ein paar Straßen entfernt. Ihr Zuhause. Sie wartet eine entsetzliche Ewigkeit lang auf dem schwankenden Asphalt.

»Mama«, hebt Delia an, die Stimme so angespannt wie am Tag ihrer ersten Gesangstunde. »Mama. Ich brauche deine Hilfe. Bring mich wieder mit Vater zusammen.«

Nettie Ellen packt sie energisch an den Ellbogen, heftig von der Erregung. »Das ist nicht schwer. Ihr habt euch doch gar nicht zerstritten. Nur eine Meinungsverschiedenheit. Wie es im Buche steht: ›Auch das geht vorbei.‹ Du rufst ihn einfach an und sagst ihm, dass es dir Leid tut. Dass du im Unrecht warst.«

Delia spannt sich. Das ist die Bedingung, wenn sie dazugehören will: Sie und ihr Mann, das, worüber sie nachgedacht und was sie entschieden haben, müssen als falsch hingestellt werden. Vielleicht war es ja falsch, was sie entschieden hat, vielleicht war jede ihrer Entscheidungen falsch, aber richtig ist auf jeden Fall, dass sie auf ihrem Recht besteht, diese Entscheidungen zu fällen. In der einen Welt, die es wert ist, dafür zu kämpfen, gehört jedem jedes Lied. Das hat ihr Vater ihr vor langen Jahren klargemacht, und jetzt sorgt er dafür, dass sie sich auch daran hält.

Sie gehen ihrer Wege, in verschiedene Richtungen – Nettie und die Zwillinge zum Haus des Doktors, Delia und die Jungen zum Zug nach New York. Zum Abschied umarmt Delia noch einmal ihre Schwestern. »Tut mir den Gefallen und wachst nicht so schnell. Schließlich will ich euch ja noch wiedererkennen, wenn ich euch das nächste Mal sehe.«

Sie versucht es – versucht ihren Vater anzurufen. Sie wartet noch eine Woche, hofft, dass in den sieben Tagen die Messer stumpfer werden. Aber schon die ersten Worte des Telefonats sind eine Katastrophe, und von da an wird es nur noch schlimmer. Am Ende sagt auch sie entsetzliche Dinge, Dinge, die zu sagen sie gar nicht imstande ist, Dinge die nur dazu da sind, dass sie sie für alle Zeiten bereut.

Die Zeit der Niederkunft kommt. Am liebsten würde sie sich in Stein verwandeln. Sie möchte sich ins Bett legen und nie wieder aufstehen. Nur die Jungen halten sie aufrecht. Nur die Vorfreude darauf, dass sie Gesellschaft bekommen. Sie schreibt Nettie Ellen einen weiteren Brief, ganz Tochter ihrer Mutter.

Mama,
    das Baby kommt. Diese Woche oder nächste ist es soweit. Länger kann ich es nicht mehr halten. Ein starkes Kind. Wahrscheinlich kommt es auf seinen Großvater und will unbedingt raus in die Welt. Es wäre so schön, wenn du wieder helfen könntest, wie bei Jonah und Joey. Es wäre eine große Hilfe, wenn eine Frau da wäre, die sich um die Jungen kümmern kann. Du weißt ja, wie hilflos Männer sind, wenn es

hart auf hart kommt. David wäre auch froh. Sag mir, was wir tun können, damit es möglich ist. Es wäre doch nicht richtig, wenn wir dein neues Enkelkind bekämen und du wärest nicht dabei! Deine Delia.

Jede Manipulation ist erlaubt. Sie ist zu allem bereit, was Versöhnung verspricht. Und nicht im Mindesten auf die Zeilen vorbereitet, die sie als Antwort bekommt.

Kind,

es war nicht einfach für mich, deinen Vater zu heiraten und seine Kinder auszutragen. Vielleicht hast du dir das nie vor Augen geführt. Er und ich kamen aus verschiedenen Welten. Aber ich liebte den Mann und gab ihm das Versprechen, wie es geschrieben steht: »Rede mir nicht ein, dass ich dich verlassen und von dir umkehren sollte. Wo du hingehst, da will auch ich hingehen, wo du bleibst, da bleibe ich auch. Dein Volk ist mein Volk, und dein Gott ist mein Gott. Wo du stirbst, da sterbe ich auch, da will ich auch begraben werden.« Es gibt nichts was ich über das stelle. Erwarte nichts anderes von mir. Ich weiß, das gleiche Versprechen musst du deinem Mann und dir selbst geben. Ich verstoße dich nicht, und du weißt, dass wir allzeit warten, dich wieder bei uns aufzunehmen, wann immer du willst und wann immer du es brauchst.

Unterschrieben ist es mit »Mrs. William Daley«. Als sie die letzten Worte liest, windet Delias ganzer Leib sich schon in den Wehen. Als ihr Mann sie findet, ist die Fruchtblase bereits geplatzt. Er muss einen Krankenwagen rufen, der Mutter und Tochter mit Blaulicht ins Hospital bringt. Als sie hört, dass sie ein Mädchen zur Welt gebracht hat, sagt sie: »Ich weiß.« Und als ihr Mann fragt: »Wie nennen wir sie?«, antwortet sie: »Sie heißt Ruth.«

DON GIOVANNI

Ein halbes Dutzend Lokale in Atlantic City hätte mich anstellen können. Auch wenn die große Zeit der Livemusik zu Ende ging, war sie doch in den frühen siebziger Jahren noch keine Seltenheit, und was ich spielte, störte niemanden außer mich selbst. Wir waren im Krieg. Nicht Kapitalismus contra Kommunismus, nicht die Vereinigten Staaten gegen Vietnam, Studenten gegen ihre Eltern, Nordamerika gegen den

Rest der Welt. Ich spreche vom Krieg der lauten gegen die leise Musik, der elektrischen gegen die akustische, der komponierten gegen die improvisierte, von Rhythmus contra Melodie, Schock contra Wohlanständigkeit, dem Krieg der Langhaarigen gegen die Kurzhaarigen, der Vergangenheit gegen die Zukunft, Rock gegen Folk gegen Jazz gegen Metal gegen Funk gegen Blues gegen Pop gegen Gospel gegen Country, schwarze Musik gegen weiße Musik. Jeder musste Farbe bekennen, und Musik war die Fahne, die man hochhielt. Wer man war, das zeigte man dadurch, welchen Sender man auf dem Radio eingestellt hatte. »Whose side«, fragte der Song. »Whose side are you on?«

Das Erfolgsgeheimnis der Sachen, die ich im Glimmer Room gespielt hatte, war, dass sie sich nie festlegten. Mein Überleben als Musiker hing davon ab, dass ich Musik spielte, mit der sich niemand identifizierte. Wahrscheinlich hätte man jeden einzelnen Song einem Bluttest unterziehen und feststellen können, zu welcher der Kriegsparteien er gehörte. Aber ich spielte mit einem seltsamen, fremdartigen Akzent, den keiner so recht zuordnen konnte. Bis ich einen Song durch die Mangel meiner im Selbststudium erworbenen Improvisationskünste gedreht hatte, ihn ausgeziert hatte mit Schnipseln aus dreihundert Jahren vergessener Klaviermusik, konnte keiner mehr sagen, ob er nun Freund oder Feind war.

Ich konnte den Gedanken, wieder als Barpianist aufzutreten, nicht ertragen. Für das Haus in Fort Lee fand sich ein Käufer. Ich zahlte die Steuern und legte den Rest von Pas Hinterlassenschaft auf drei Bankkonten an, für jeden von uns eins. Von meinem Anteil konnte ich eine zwar nicht unbegrenzte, aber doch stattliche Zahl von Monaten leben, ohne dass ich Musik klimpern musste, die mir nichts bedeutete. Teresa drängte mich sogar, zu Hause zu bleiben. Sie glaubte, ich trauere. Sie dachte, ich bräuchte Zeit, um wieder auf die Füße zu kommen, und versorgte mich nach Leibeskräften. Sankt Teresa kochte für mich, machte Spaziergänge mit mir und hielt mir Blicke schleudernd all die Hüter des reinen Stammbaums vom Leibe, die mich am liebsten auf der Stelle gelyncht hätten.

Diese Wochen hätten ein ganz normales Leben sein können, wäre ich nicht so kleinmütig gewesen. »Liebling?«, sagte ich im Dunkeln, von meiner geliehenen Hälfte des Kissens her. Wir waren inzwischen so weit, dass sie nur noch einen einzigen Ton brauchte, dann wusste sie, welches Lied es war. »Du musst dich mit deinem Vater versöhnen. Ich kann das nicht ertragen. Das schlechte Gewissen bringt mich um. Du musst zu ihm. Das ist wichtiger als alles andere.«

Sie lag schweigend neben mir, hörte, was ich mich nicht zu sagen traute. Wir wussten beide, dass diese Versöhnung nur auf eine einzige Weise möglich war. Sie hatte ihren Vater längst abgeschrieben, hatte ihre Familie aufgegeben für ein höheres Ideal. Und mit so viel Heroismus konnte ich beinahe leben. Der schwache Punkt war nur, dass ich dieses höhere Ideal war.

Sie kaufte mir ein kleines elektrisches Wurlitzer-Klavier. Es musste die Ersparnisse von zwei Jahren Arbeit in der Bonbonfabrik gekostet haben und war doch nur ein Zehntel von dem Instrument, das ich nach dem Tod meines Vaters für ein paar Hundert Dollar verkauft hatte. Am Tag, an dem es geliefert wurde, erschien sie in meiner Wohnung, verbarg vor Aufregung und Furcht ihr Gesicht in den Händen. »Ich dachte, du brauchst doch etwas zum Üben. Zum Arbeiten. Bis du ... so lange du keine ...«

Hätte sie mir ein Messer in die Brust gestoßen, hätte sie mich nicht schwerer treffen können. Ich betrachtete das Klavier, das in seiner Versandkiste lag wie ein Lynchopfer im offenen Sarg. Ich konnte es ihr nicht sagen, aber das kleine Ding war ein doppelter Invalide. Es hatte nur vierundvierzig Tasten, halb so viel wie ein anständiges Klavier. Selbst das einfachste Arrangement würde sich den Kopf an der Zimmerdecke stoßen. Und die Mechanik war so widerspenstig wie eine Tür mit automatischem Türschließer. Es fühlte sich an, als spielte ich in dicken Handschuhen. Es hatte weniger Ähnlichkeit mit einem Klavier als der Glimmer Room Ähnlichkeit mit den Konzertsälen gehabt hatte, in denen Jonah und ich früher aufgetreten waren. Als ich ihr Geschenk ansah, saß Teresa mit angehaltenem Atem dabei, die Hand vor dem Mund, ihrer Familie entfremdet, alle Ersparnisse verprasst. Wir würden noch alle an wahnwitziger Aufopferung sterben. An falsch investierter Liebe.

»Das ist ja phantastisch. Ich weiß gar nicht, was ich sagen soll. Das hättest du doch nicht tun sollen. Das kann ich nicht annehmen. Wir schicken es zurück.« Sie sah mich an, als hätte ich gerade ihren Hund überfahren. »Natürlich behalten wir es. Komm. Lass uns singen.« Mit bleiernen Fingern spielte ich ein paar Arpeggien, dann legte ich los mit »Honeysuckle Rose«. Alles was sie sich erhofft hatte. Den Gefallen konnte ich ihr doch wenigstens tun.

Das kleine, schwarze, verkrüppelte Klavier war das Kreuz, das ich zu tragen hatte. Bald spielte ich lieber darauf als auf einem Konzertflügel, so wie jemand mit einem verrenkten Rücken vielleicht lieber auf dem Fußboden schläft als auf einer Matratze. Ich spielte es gern in ausgeschaltetem Zustand. Dann gab es dumpfe, diffuse Töne von sich, als spielte ich unter einer Glocke. Ich wollte alles so klein wie möglich machen, ein Auftritt in einer Schuhschachtel. Je kleiner der Maßstab, desto besser, wenn ich denn überhaupt spielen musste.

Teresa wollte keine Gegenleistung für ihr Geschenk, sie wollte mich einfach nur froh machen. Das setzte mir am meisten zu. Sie glaubte, ich müsse spielen, ich bräuchte es als Rettungsanker. Diese Frau, die im Leben schon so viel gearbeitet hatte, hätte mich vor die Tür setzen sollen. Aber solange sie mir helfen konnte, meine Musik am Leben zu halten, hätte es ihr nichts ausgemacht, wenn ich nie wieder etwas verdient hätte. Wir hatten unser eigenes Klavier. Eine Zeit lang sangen wir fast jeden Abend, jetzt wo keine Auftritte mich mehr daran hinderten. Zum ersten Mal seit meiner Kindheit spielte ich nur um des Spielens willen. Auf unseren Konzertreisen waren Jonah und ich niemals allein gewesen. Wir waren immer jemandem verantwortlich gewesen, zuerst den Noten auf dem Blatt, dann den Leuten unten im Publikum. Selbst wenn wir probten, im Stechschritt unsere Runden drehten, gab es immer schon andere Ohren, die zuhörten. Teresa und ich waren ganz allein. Statt im Gleichschritt zu marschieren, konnten wir uns anrempeln, stolpern, uns im Wege stehen und schließlich doch über die Ziellinie torkeln, wobei jeder dem anderen den Vortritt lassen wollte. Keine Notenblätter stützten oder behinderten uns, kein Zuhörer, kein Publikum machte uns Vorschriften. Wir brauchten auf niemanden zu hören, nur auf einander.

Sie war bedrückt und verzagt, wenn wir nicht richtig in Schwung kamen. Sie hatte eine stockende Art zu singen, abgeschaut von Sarah Vaughan, die es von Ella Fitzgerald hatte und die wiederum von Louis Armstrong, und der hatte es von den Liedern, die in seinem Waisenhaus gesungen wurden. Ich lauschte angespannt und dachte jedes Mal, *Das schafft sie nie*. Sie wurde wütend, wenn ich diesen Schluckauf mit dem Klavier nachzumachen versuchte. Sie war ganz Rhythmus und Melodie, die synkopierte Flucht vor dem Rest ihres Lebens. Ich war Harmonie und Klang, stopfte jede Pause mit Akkorden, mit Sexten, verminderten Nonen, mit mehr Noten auf einmal, als die Textur verkraften konnte. Aber irgendwie machten wir gemeinsam Musik. Unsere Lieder kehrten der Welt draußen den Rücken, kümmerten sich um nichts, waren an manchen Abenden schon beinahe zu schön und beglückten niemanden außer uns beiden.

Wenn Teresa in der Fabrik war und ihre Bonbons verpackte, las ich Zeitung oder sah fern. Ich übte nicht mehr, nur am Spätnachmittag prägte ich mir einen Song oder zwei ein, bevor Teresa nach Hause kam. Ich nahm mir die Zeit und lernte, was in der Welt seit dem Tod von Richard Strauss so alles geschehen war. All die Tage vor dem Fernseher vermischten sich in meinem Gedächtnis, bis ich nicht mehr sagen konnte, wie viele Monate vergangen waren. Ich sah mir den My-Lai-Prozess an und erlebte mit, wie jede Chance auf einen ehrenvollen Frieden verspielt wurde. Ich sah das Attentat auf Wallace, ich sah, wie Nixon wieder gewählt wurde und seine Chinareise machte. Ich sah den immer währenden Krieg zwischen Arabern und Israelis neu aufflammen, und wieder einmal geriet die Welt an den Rand des Abgrunds. Ich sah, wie Biafra starb und Bangladesch, Gambia, die Bahamas und Sri Lanka auf die Welt kamen. Ich sah, wie eine Hand voll Indianer ein Stück Land zum eigenen, unabhängigen Staat erklärte, der siebzig Tage bestand. Und alles, was ich bei alldem spürte, war ein benommenes Gefühl der Scham.

Ein kleines Weilchen hatte ich Anteil an meiner Nation, an den Menschenmengen, die in Sprechchören durch die Straßen zogen, die Stimme bebend von der Überzeugung, dass ihre Stunde endlich gekommen war. Und dann war es genauso schnell mit der Nation wieder vorbei. Systematisch liquidierte die US-Regierung die Black Power. Newton und Seale, Cleaver und Carmichael, die Anführer der Bewegung wurden ins Gefängnis gesteckt oder aus dem Land vertrieben. Allmählich sickerte durch, was in Attica geschehen war, ein Inferno, wie kaum eine Nation es erlebt hatte. Gefängniswärter in San Quentin brachten George Jackson um. Er war im gleichen Jahr geboren wie Emmett Till, wie mein Bruder. Im offiziellen Bericht hieß es, er habe einen bewaffneten Aufstand angeführt. Gefängnisinsassen erklärten, dass es ein geplanter Mord gewesen sei. Die Studentenbewegung wurde zerschlagen, die Panthers vom FBI gehetzt. Irgendwo dort draußen versteckten meine Schwester und Robert sich, auf der Flucht, irgendwo zwischen den anderen doppelt Geschlagenen, zwischen all denen, die alles dafür taten, das Land von denen zurückzuholen, die es gestohlen hatten, und die dafür ihr Leben ließen.

Wenn ich mich nicht mit Nachrichten betäuben konnte, sah ich mir Fernsehserien an, Talk- und Gameshows. Was diese Höhepunkte unserer Unterhaltungskultur an Flucht vor dem Albtraum der Gegenwart zeigten, konnte nichts, nicht einmal das, was Jonah und ich in den Jahren unserer Konzertreisen getan hatten, überbieten. Armstrong starb, dann Ellington. Das, was die Musik meines Landes hätte sein sollen, bekam einen anderen Puls. Der Ersatz, der offizielle Soundtrack für alle Jahreszeiten, der in jede Nische der Kultur hineindrängte wie eine

Schlingpflanze, die ein Schrottauto überwuchert, kannte als Rhythmus nur die Betonung des zweiten und vierten Taktschlags, und als Harmonie galt, dass man von Zeit zu Zeit einen Akkord mit einer verminderten Septime zierte. Es gab keinen Ort in Hörweite mehr, an dem ich hätte leben wollen. Es war undenkbar geworden, dass ich je wieder vor anderen Leuten spielte. Unmöglich.

»Hast du mal überlegt, ob du nicht komponieren könntest?«, fragte Teresa eines Abends beim Geschirrspülen.

»Mir fehlt nichts«, antwortete ich. »Ich kann mir Arbeit suchen.«

»Joseph, das meine ich doch nicht. Ich dachte nur einfach, wo du so viel Zeit hast, hättest du vielleicht ...«

Etwas in mir, was das Aufschreiben wert war. Mit einem Schlag war mir alles klar – warum ich mich davor fürchtete, mir noch einmal eine Stelle als Barpianist zu suchen. Ich hatte Angst, dass Wilson Hart eines Tages tatsächlich auftauchen könnte, da wo ich gerade vor mich hinklimperte, und die Mappe mit den versprochenen Kompositionen sehen wollte. *Du und ich, Mix. Sie werden unsere Musik hören, bevor wir aus diesem Laden hier raus sind.* Ich war dazu verflucht, jeden, den ich liebte, zu enttäuschen, jeden, der glaubte, dass doch etwas in mir steckte, was das Aufschreiben wert war.

Terries Geduld mit mir setzte mir mehr zu als alle Schikanen. Am nächsten Tag ging ich in die Stadt, kaufte mir eine Schachtel Bleistifte und einen Packen cremefarbenes Notenpapier. Ich kaufte Bögen mit Violin- und Klaviersystemen und Bögen einfach nur mit unverbundenen Notenlinien – alles was auch nur halbwegs seriös aussah. Ich hatte keine Ahnung, was ich damit anfangen sollte. Ich legte die leeren Blätter in Stapeln oben auf das elektrische Klavier und ordnete die Bleistifte in hübschen Reihen an, jeden zur tödlichen Waffe gespitzt. Teresas mühsam im Zaum gehaltene Begeisterung beim Anblick dieser Komponistenfestung schmerzte mich mehr als der Tod meines Vaters.

Den ganzen Tag über, während ich nervös auf Teresas Rückkehr wartete, tat ich, als komponierte ich. Fragmente von Phrasen krochen über das cremefarbene Papier, Spinnennetze in den Ecken unbewohnter Ferienhäuser. Ich hielt eine Tonfolge fest, Motiv für Motiv. Manchmal fügten sie sich beinahe zu Melodien, jeder einzelne Laut akribisch festgehalten. Manchmal blieben sie auch einfach Folgen von Dreiklängen, ohne Rhythmus, ohne Taktstriche. Ich schrieb für kein Ensemble, für kein bestimmtes Instrument, nicht einmal für Klavier und Stimme. Mein imaginäres Publikum war überall zu Hause, und ich konnte nicht einmal sagen, ob ich Popsongs schrieb oder trockene akademische Abstraktionen. Ich radierte nie etwas aus. Wenn ich mit einer Phrase nicht mehr weiterkam, begann ich einfach in der nächsten Zeile neu. Wenn ein Blatt voll war, drehte ich es um und füllte die Rückseite. Dann nahm ich das nächste.

Es waren die längsten Tage meines Lebens, weit länger als meine Tage im Probenraum in Juilliard, länger sogar als die Tage, die ich am Sterbebett meines Vaters verbracht hatte. Einmal rechnete ich es aus: Ich schrieb im Schnitt 140 Noten die Stunde – zweidrittel Dreiklänge alle drei Minuten. Manchmal verbrachte ich einen halben Nachmittag damit, einen Notenkopf auszumalen.

Was ich zu Papier brachte, war entsetzlich hölzern. Eine Marionette, die einfach nicht aufstehen und singen wollte. Aber dann und wann, mit langen Zeitspannen dazwischen, immer, wenn ich an nichts dachte und ganz vergaß, worauf ich überhaupt hinauswollte, brachte ich unversehens ein kleines Stückchen Musik zustande. Ich spürte einen unwiderstehlichen Sog über die Phrase hinaus, in den nächsten Bogen einer Melodie, die schon da war, bevor mein Bleistift sie fixieren konnte. Mein ganzer Körper ging mit, buchstäblich mitgerissen, von der bleiernen Bürde von Jahren befreit. Die Ideen sprudelten schneller, als ich aufschreiben konnte, und ich musste alles in einer panischen Kurzschrift festhalten, damit es nicht verloren ging. Solange ein solcher Schaffensrausch anhielt, war ich in allen zwölf Tönen zu Hause, konnte damit in Noten fassen, was das Leben nur angedeutet hatte.

Aber dann machte ich jedes Mal den Fehler und spielte die Themen, die wie von selbst aus mir emporgekommen waren. Und schon nach ein paar Tönen hörte ich es. Alles, was ich aufschrieb, kam von anderswo her. Mit einer kleinen Veränderung im Rhythmus, einer leichten Verschiebung in der Tonhöhe waren meine Melodien einfach gestohlen, ein Abklatsch all der Musik, deren Interpret ich einmal gewesen war. Ich verkleidete sie nur ein wenig und verbarg sie in modischer Dissonanz. Ein Schütz-Choral, den wir zu Hause gesungen hatten, Lieder von Mamas Totenfeier, der Anfang von Schumanns *Dichterliebe*, ein Stück, das Jonah besonders mochte, weil es zwischen Dur und Moll oszillierte und sich nie in die eine oder in die andere Richtung auflöste: Nicht eine einzige eigene Idee steckte in mir. Ich konnte nichts weiter – und selbst das nur unbewusst –, als wieder zu beleben, was sich meines eigenen Lebens bemächtigt hatte.

Wenn Teresa dann schließlich von der Arbeit nach Hause kam, versuchte sie vergebens, ihre Spannung beim Anblick der immer höher werdenden Notenstapel zu verbergen. Im Notenlesen hatte sie noch keine großen Fortschritte gemacht, und so merkte sie nicht, wie wenig es zu lesen gab. Manchmal stellte sie sich noch in ihrem klebrigen Arbeitskittel ans Klavier und sagte: »Spiel was für mich, Joseph.« Ich spielte ein paar Takte, sicher, dass sie niemals heraushören würde, von wo sie zusammengestohlen waren. Mein Gekritzel machte Teresa glücklich. Die 120 Dollar pro Woche, die sie verdiente, reichten kaum für ihren eigenen Lebensunterhalt. Aber sie fütterte mich bereitwillig mit durch und hätte es mit Freuden bis ans Ende aller Zeit getan, überzeugt wie sie war, dass ich neue Musik für die Welt schuf.

Am Abend beschworen wir dann wieder das Traumbild unserer zweistimmigen Harmonie und retteten uns damit bis in den frühen Morgen. Manchmal fiel uns nichts Besseres ein, als gemeinsam fernzusehen. Dramen über weiße Menschen, die unter der Last des Landlebens zu leiden hatten, fernab der Zivilisation, in längst vergangener Zeit. Komödien über bigotte Unterschichttypen und ihre liebenswerten Boshaftigkeiten. Hochwichtige Sportereignisse, an deren Ausgang ich mich nicht mehr erinnere. Was es eben im Amerika der siebziger Jahre so zu sehen gab.

Teresa wollte keine Nachrichtensendungen sehen, aber ich drängte sie. Schließlich gab sie nach und ließ zu, dass wir uns beim Abendessen David Brinkley ansahen. Mein Gefühl, dass die Welt zugrunde ging, verschwand allmählich, und zurück blieb der Eindruck, dass sie längst zugrunde gegangen war. Ich verfiel der unwiderstehlichsten Sucht überhaupt: dem Bedürfnis, die großen Ereignisse aus der Ferne zu verfolgen. Ich tat es mit dem Fanatismus des spät Konvertierten; ich hatte ein ganzes ahnungsloses Leben aufzuholen. Der Fernsehschirm lieferte mir Sturm und Drang, all die mächtigen, scharf umrissenen Enthüllungen der Kunst, in einer Fülle, neben der meine musikalischen Versuche banal und unbedeutend schienen.

Eines Abends saßen wir vor dem Bildschirm, und plötzlich sah ich die Massachusetts Avenue vor mir, gerade auf Höhe des Drugstores, in dem ich einst ein Namenskettchen für Malalai Gilani gekauft und nicht gewusst hatte, dass mein Name darauf gehörte. Mein Leben bis zu jenem Abend, das, ging mir schlagartig auf, war das Thema des Stückes, das ich so verzweifelt schreiben wollte, des Stückes, das ich in Gedanken schon in all den Stunden in den Probenräumen von Boylston niedergeschrieben hatte. Teresa war die erwachsen gewordene Malalai, oder Malalai war so, wie ich mir Teresa als Mädchen vorstellte. Natürlich stand kein Name auf dem Kettchen; ich hatte damit gewartet, bis ich alt genug war.

Die Kamerafahrt ging weiter die Massachusetts Avenue hinunter, und auf Teresas kleinem Fernsehschirm erschien der Tunnel meines Lebens. Dann, mit einem jener absurden Schnitte, von denen sich nur Leute, die sich nicht auskennen, täuschen lassen, machte die Kamera einen unmöglichen Sprung von den Fens in den Süden von Boston, auf die andere Seite von Roxbury. Kinder stiegen aus einem Bus. »Für die Kinder begann der heutige erste Schultag mit einer Fahrt ins ...« Aber wir achteten nicht auf die Stimme, die mit Fernsehautorität erklärte, was ja offen zu sehen war. Stöcke und Steine flogen, die Gesichter des Mobs waren wutverzerrt. Teresa klammerte sich an meinen Arm, als die Kinder, die schon warteten, den anderen ihre Begrüßung entgegenjohlten: »*He, Nigger! He, Nigger!*«

Es sah aus wie eine jener archaischen Szenen, die, wie man hörte, selbst in den Sümpfen des Südens ausgestorben waren, bevor ich den Kinderschuhen entwachsen war. Ich hätte nicht mehr sagen können, in welchem Jahr wir uns gerade befanden. Das Jahr, in dem wir vor dem Fernseher saßen. Teresa blickte starr auf den Schirm, traute sich nicht mich anzusehen, traute sich nicht wegzusehen. »Joseph«, sagte sie, mehr zu sich als zu mir. »Joe?« Als ob ich ihr die Erklärung geben könnte. Einem weißen Mädchen aus Atlantic City, das diese Szene mit ansah. Einem Mädchen, dem sein Vater jahrelang erklärt hatte, wer für all den Ärger im Lande verantwortlich war. Und in ihrem Blick sah ich, wie ich in ihren Augen aussah. Sie wollte, dass dieser Fernsehbericht zu Ende war, und wusste doch, dass er nie zu Ende gehen würde. Sie wollte, dass ich etwas sagte. Wollte, dass es vorbeiging, als gebe es nichts zu sagen.

Ich zeigte auf den Bildschirm, immer noch aufgeregt, dass ich mein altes Viertel wieder gesehen hatte. »Da bin ich zur Schule gegangen. In die Boylston Academy of Music. Sechs Straßen weiter und dann links.«

Ich wusste es schon so lange, aber ich hatte Jahre gebraucht, bis ich es zugab. Krieg. Totaler, unablässiger, ewiger Krieg. Alles, was man tat oder sagte oder liebte, stand auf der einen oder auf der anderen Seite. Gerade einmal eine Viertelminute waren die Schulbusse von Southie den Nachrichten wert. Vier Takte Andante. Dann kam Mr. Brinkley zum nächsten Thema – der Raumfahrtkrise. Offenbar wusste jetzt, wo die Menschheit ein halbes Dutzend Mal den Fuß auf den Mond gesetzt und ein paar Hundert Pfund Gestein mit zurückgebracht hatte, keiner mehr, wie es weitergehen sollte und wohin sonst im Universum man noch wollte.

Später am Abend lag ich neben Teresa, spürte die Anspannung ihres ganzen Körpers. Sie hätte gern etwas gesagt, aber nicht einmal das war ihr bewusst. Es war ein Schweigen, das uns verschiedenen Rassen zuwies. Welche meine war, wusste ich nicht. Nur dass es nicht Terries war.

»Gott hätte mehr Kontinente schaffen sollen«, sagte ich. »Mehr und dafür kleiner. Die ganze Welt ein Südpazifik.«

Teresa hatte keine Ahnung, was ich sagen wollte. Sie tat in der Nacht kein Auge zu. Ich weiß es – ich lag neben ihr und lauschte. Aber als wir uns am nächsten Morgen fragten, beteuerten wir beide, dass wir gut geschlafen hätten. Von da an sah ich mir nicht mehr gemeinsam mit ihr die Nachrichten an. Wir sangen wieder oder spielten Cribbage; sie arbeitete in der Fabrik, ich plünderte die großen Melodien dieser Welt.

Ein weiteres Jahr verschwand, und ich hörte nichts von meiner Schwester. Wo immer sie und Robert sich versteckt hielten, es musste weit fort von meinem Amerika sein. Wenn sie jetzt, wo die sechziger Jahre schon vergessen waren, unter neuen Namen auferstanden waren, dann hatten sie nicht riskiert mich zu verständigen. Irgendwann in den verlorenen Monaten vor dem Fernseher war ich dreißig geworden. Jonahs dreißigsten Geburtstag im Jahr zuvor hatte ich mit einer Kassette gefeiert, auf der Teresa und ich einen Song von Wesley Wilson zum Besten gaben, »Old Age is Creeping Up on You«, wozu Teresa eine schräge Pigmeat-Pete-Imitation beisteuerte und ich ein wenig Catjuice Charlie. Ob Jonah das Band je bekam, habe ich nicht erfahren. Vielleicht fand er es geschmacklos.

Er schrieb. Nicht oft und nie ausführlich, aber er hielt mich auf dem Laufenden, mit kleinen Schnipseln, Zeitungsausschnitten, Besprechungen, Briefen, Amateuraufnahmen. Selbst Berichte über neidische alte Schulfreunde, die im Klassikghetto geblieben waren, schickte er mir. Mein Bruder machte Karriere, erklomm Sprosse um Sprosse der Leiter in den Parnass und wusste, dass er irgendwann oben ankommen würde. Er war noch immer einer der Jüngeren unter den jungen Stimmen, ein Hauch frischer Wind aus einem unerwarteten Winkel der Welt, ein aufsteigender Stern in gleich fünf verschiedenen Ländern.

Er wohnte jetzt in Paris, wo kein Mensch ihm das Recht streitig machte, alles zu singen, was in seinen beträchtlichen Stimmumfang fiel. Wenn jemand ihm die Zugehörigkeit zu dieser Kultur absprechen wollte, dann deswegen, weil er Amerikaner war. Kein Mensch in Europa warf ihm vor, dass seine Stimme zu klar, zu *hell* sei. Dort hörte man nur seine geschmeidigen Höhenflüge. Die Tür zu einer großen Zukunft stand ihm offen. Sein Gesang galt als »mühelos«, das größte Kompliment, das man dort vergab. Der Tenor für die siebziger Jahre. Und auch das war als Kompliment gemeint.

Jetzt, wo keiner mehr seine Stimme zu leicht fand, trat Jonah oft in Orchesterwerken auf. Kritiker lobten, wie er selbst den komplexesten, vielschichtigsten Werken des zwanzigsten Jahrhunderts die Schwere nahm und sie transparent machen konnte. Er trat mit Dirigenten auf, mit deren Aufnahmen wir groß geworden waren. Er sang Hindemiths *Das Unaufhörliche* mit Haitink und dem Concertgebouw Orchester. Er sang das Tenorsolo in Szymanowskis Dritter Sinfonie – dem *Lied der Nacht* – mit den Warschauer Sinfonikern als Vertretung für den erkrankten Józef Meissner, der allerdings schon nach zwei Auftritten wieder auf dem Posten war. Die französischen Kritiker, stets allem Neuen aufgeschlossen, nannten das damals noch wenig bekannte Werk »sinnlich« und den Vortrag des Sängers, der immer mehr Aufmerksamkeit auf sich zog, »schwebend, ätherisch, von beinahe unerträglichem Wohlklang«.

Das Werk, mit dem Jonah sich neuerdings am meisten identifizierte, war jedoch Michael Tippetts düsteres Kriegsoratorium *A Child of Our Time*, die Antwort der Gegenwart auf Bachs Matthäuspassion. Nur, dass Tippetts Protagonist nicht der Sohn Gottes war, sondern ein Junge, den alles Göttliche im Stich gelassen hatte. Ein jugendlicher Jude, der sich in Paris versteckt; der aus Zorn über das, was die Nazis seiner Mutter antaten, einen deutschen Offizier erschießt und damit das große Pogrom in Gang bringt. An die Stelle von Bachs protestantischen Chorälen wollte Tippett etwas Allgemeingültigeres setzen, etwas, das in der Lage sein sollte, alle musikalischen Grenzen zu überschreiten. Was er brauchte, fand er durch Zufall in einer Radiosendung mitten im Krieg, einem Konzert des Hall-Johnson-Chors mit Negerspirituals.

Es war ein hybrides Werk, und Jonah war wie geschaffen dafür. Wie die Europäer ihn zu dieser Musik in Verbindung setzten – was sie hörten und sahen –, weiß ich nicht. Aber im Laufe der nächsten Jahre sang mein Bruder dieses bedrückende Oratorium unter vier Dirigenten und mit drei Orchestern – zwei britischen, einem belgischen. 1975 nahm er es mit den Birminghamer Sinfonikern auf. Es machte ihn berühmt, überall außer in seinem Heimatland. In den Bündeln von Zeitungsartikeln, die er mir schickte, oft nicht einmal mit einem Gruß dazu, war von seinem Ton die Rede, der noch immer jung war, eine Engelsstimme in dieser säkularen Welt.

1972 hatte er mich angerufen, von Paris, in Tränen aufgelöst, weil Jackie Robinson gestorben war. »Tot, Muli. Rickey warf den armen Burschen in die Arena, und dann musste er für alle Zeiten den Ball schlagen. ›Ich brauche einen Mann, der tapfer genug ist, sich nicht zu wehren.‹ Was ist das denn für ein Scheiß, Joey? Eine Lage, in der man nur verlieren kann, und der Mann hat trotzdem gewonnen.« Ich hatte keine Ahnung, warum er anrief. Mein Bruder verstand nicht das Geringste von Baseball. Mein Bruder hasste Amerika. »Wer ist denn jetzt der große Star, Muli?«

»Unter den Sängern, meinst du?«

»Baseball, du Blödmann.«

Da konnte ich ihm nicht weiterhelfen. Die Spiele der Yankees waren nicht gerade mein täglich Brot.

Jonah seufzte, und über das Transatlantikkabel kam es mit einem langen Echo. »Muli? Das ist schon eine komische Sache. Ich musste erst hierher kommen, bevor ich begriffen habe, was für ein Träumer ich bin. Diese ganze Geschichte mit der Stadt des Lichts. Alles Einbildung. Hier gibt's genauso viele Rassisten wie überall. Im Vergleich zu New York fühlt man sich hier wie in Alabama. Ich muss meine Geburtsurkunde zeigen, bevor sie mir einen Käse verkaufen. Im dreizehnten Arrondissement hat mich einer verprügelt. Richtig zusammengeschlagen. Keine Sorge, Bruder, ist schon ein halbes Jahr her. Ging mit Fäusten auf mich los. Einen Zahn habe ich eingebüßt. Ich sitze da, gebe ihm rechts und links Ohrfeigen wie ein Kastrat und denke, *Aber hier gibt's doch überhaupt keine Rassenkrawalle!* Ich denke an Josephine Baker, Richard Wright, Jimmy Baldwin. Ich rufe diesem Kerl zu: »He, ihr *liebt* doch mein Volk.« Stellt sich heraus, dass er mich für einen Algerier gehalten hat – der Akzent, die braune Farbe. Sich für den Befreiungskrieg rächen wollte. Meine Güte, Muli. Bis wir endlich im Grab liegen, haben wir für jede Sünde gebüßt, außer für unsere eigene.«

Er spielte den Clown für mich. Aber wer sonst würde ihm so einen Auftritt schon abnehmen? Paris war nicht schlimmer und nicht besser als jede andere Weltstadt. Was ihn quälte, war, dass er damit seine Zuflucht verloren hatte. Er hatte gehofft, dass er ein völlig neuer Mensch werden könnte, ein Zuhause finden, das ihm ein Visum auf Lebenszeit gab. Aber das würde er niemals bekommen, egal auf welchem Kontinent.

»Ich weiß nicht, wie lange ich es hier noch aushalte, Joey.«

»Aber wo willst du dann hin?«

»Ich denke an Dänemark. Ich habe viele Verehrer in Skandinavien.«

»Jonah, du hast auch viele Verehrer in Frankreich. Nie im Leben habe ich so begeisterte Kritiken gesehen.«

»Ich schicke nur die guten.«

»Findest du das wirklich vernünftig, aus Paris wegzugehen? Für deine Karriere, meine ich. Wie erreiche ich dich dann?«

»Das ist doch einfach, Mann. Ich melde mich.«

»Brauchst du Geld? Es gibt ein Bankkonto ... dein Anteil an dem Haus ...«

»Ich bin flüssig. Lass es auf der Bank. Kauf Aktien dafür oder so was.«

»Es ist auf deinen Namen.«

»Toll. Solange ich meinen Namen nicht ändere, habe ich Geld.« Noch rasch ein Accelerando. »Du fehlst mir, Mann« – und dann legte er auf, bevor auch er mir fehlen konnte.

Je mehr ich komponierte, desto dreister wurde ich. Meine Noten bewegten sich nur noch in eine einzige Richtung, rückwärts. Nicht einmal ich konnte unbegrenzt von Teresas Stipendium schnorren. Da ich für keine anständige Arbeit geeignet war, bot ich in einer Anzeige Klavierunterricht an. Ich formulierte ewig an diesem Inserat: »In Juilliard ausgebildeter« – ich behauptete nicht, dass ich meinen Abschluss dort gemacht hätte – »Konzertpianist mit pädagogischem Geschick ...« Es beschäftigte mich, dass das Wort *Konzertpianist* immer noch seine Wirkung tat, selbst bei Leuten, die längst nicht mehr in Konzerte gingen.

Manchmal erschraken die Eltern, wenn sie den Mann hinter der Anzeige sahen. Sie ließen mich zur Probelektion kommen. Dann kam eine Ausrede, etwa, dass das Kind doch lieber Kornett blasen wollte. Mir machte das nichts aus. *Ich* wäre ja auch nicht zu mir zur Klavierstunde gekommen. Ich konnte mir ohnehin nicht erklären, warum heutzutage noch jemand Klavierspielen lernen wollte. Noch ein paar Jahre, dann traten Moog-Synthesizer an unsere Stelle. Für die besten Musiker hatte die elektronische Zukunft ja bereits begonnen: *Morituri te salutant.*

Aber irgendwie stellten sich doch Klavierschüler ein. Ein paar davon spielten offenbar sogar gern. Ich hatte achtjährige Kinder aus Unterschichtfamilien, die beim Spielen vor sich hin summten. Ich hatte ältliche Wiedereinsteiger, die einfach noch einmal vor dem Ende ihrer Tage den *Minutenwalzer* in weniger als hundert Sekunden spielen wollten. Ich unterrichtete Naturtalente, die mit einer Stunde Üben pro Woche auskamen, und ich unterrichtete wackere Biedermänner, die in die Grube fahren würden, ohne dass sie je die Melodien gespielt hatten, die sie in ihren Träumen nicht losließen und die immer gerade außerhalb der Reichweite ihrer Finger lockten. Kein einziger meiner Schüler würde je auf einem Podium spielen, höchstens beim Talentwettbewerb ihrer Schule. Sie oder ihre Eltern hingen immer noch der längst aus der

Mode gekommenen Überzeugung an, dass ein wenig Klavierspiel einem Menschen das entscheidende bisschen mehr Freiheit gab. Ich versuchte für jede und jeden den richtigen Weg zu finden, die richtige Nische in den Jahrhunderten des Repertoires. Ein Knabe aus der Mittelschicht, Stammbaum bis zurück zur *Mayflower*, war Feuer und Flamme für die alte John-Thompson-Methode seines Vaters und versuchte selbst das hinterwäldlerischste Volkslied prestissimo zu spielen. Die Tochter zweier Flüchtlinge aus Ungarn, die nach den Ereignissen von '56 nach Amerika gekommen waren, kicherte sich durch Bartóks *Mikrokosmos* und verzog jedes Mal die Miene bei den sanften Dissonanzen der Gegenbewegung, hörte darin ein fernes Echo von etwas längst Vergessenem, etwas, das man nicht einmal mehr das kollektive Gedächtnis ihrer Nation nennen konnte. Schwarze Schüler hatte ich nicht. Die Schwarzen von Atlantic City gingen anderswo zur Schule.

Ich gab mir Mühe, die sterbenden Noten wieder zum Leben zu erwecken. Ich ließ meine Schüler in den zähesten Tempi beginnen und verdoppelte sie alle vier Takte. Ich setzte mich neben sie auf die Klavierbank und spielte die linke Hand, während sie die rechte spielten. Dann wechselten wir und begannen wieder von vorn. Ich erklärte ihnen, dass dies eine Übung war, die ihnen helfen sollte, die beiden Hirnhälften zu trennen, wie man es für beidhändiges Spiel brauchte. Ich erzählte ihnen, dass jedes Musikstück ein kleiner Aufstand war, der sich entweder zur Demokratie entwickelte oder zum Scheitern verurteilt war.

Eine Schülerin war ein High School-Mädchen namens Cindy Hang. Ihren echten Vornamen, ihren Geburtsnamen, wollte sie mir nicht verraten, obwohl ich mehrfach fragte. Sie sei Chinesin, sagte sie – die einfachste Antwort. Ihr Vater, ein Bankangestellter aus Trenton, der sie und einen jüngeren kambodschanischen Jungen adoptiert hatte, nannte sie Hmong. Ihr Englisch war weich, es klang wie Klavierspiel mit Pedal, aber in der Grammatik war sie ihren einheimischen Klassenkameraden um Längen voraus. Sie sprach so wenig wie möglich, und wenn ich es zuließ, überhaupt nicht. Sie hatte erst spät mit dem Klavierspiel begonnen, vor vier Jahren, mit dreizehn. Aber sie spielte wie ein gestürzter Engel.

Ich fand ihre Technik verblüffend. Ich konnte mich gar nicht satt hören und gab ihr lächerliche Stücke zu spielen – Busoni, Rubinstein –, Shownummern und Schmalz, die ich unerträglich fand. Und ich wusste, in ein paar Wochen würde ich sie beschwingter hören, als ich je für möglich gehalten hätte. Als würde man die Bibel in die Sprache der Wale übersetzen, unverständlich, fremd, aber doch immer noch als das zu erkennen, was es war. Ihre Finger schufen die harmonische Struktur von Grund auf neu. Sie horchte mit den Fingern, wie ein Safeknacker, der die Zahnräder selbst noch durch die Handschuhe spürt. Sie berührte die Tasten so zärtlich, als wolle sie schon vorab um Verzeihung dafür bitten, dass sie sie drückte. Aber schon die leiseste Berührung kam mit der Macht des Vertriebenen daher.

Nach jeder Unterrichtsstunde mit Cindy Hang kam ich mir wie ein Verbrecher vor. »Es gibt nichts, was ich ihr beibringen kann«, sagte ich zu Teresa. Selbst diese kleine Bemerkung war schon ein Fehler.

»Oh, ich könnte mir vorstellen, dass es da eine ganze Menge gibt.«

Sie sagte es mit einem Ton, den ich noch nie bei ihr gehört hatte. Aber ich biss nicht an. »Alles, was ich ihr beibringe, zerstört nur ihre Kunst. Wie sie die Tasten streichelt, das ist unnachahmlich.«

»Streichelt?« Als hätte ich sie geschlagen.

»Terrie, Liebling. Das Mädchen ist erst siebzehn.«

»Eben.« Ihre Stimme klammerte sich an dieses Nichts.

Von da an wurde es schlimmer. Nach jeder Stunde mit Cindy spürte ich, wie Teresa tat, als sei nichts gewesen. »Wie war es?«, fragte sie zum Beispiel. Und ich antwortete genauso beiläufig: »Nicht schlecht.« Ich hatte eine lange Liste von Stücken im Kopf, die ich dem Mädchen nicht zu spielen geben durfte – *Liebesträume*, die *Mondscheinsonate*, »Prelude to a Kiss«, Fantasien aller Art. Und während all dessen spielte Cindy Hang eifriger denn je, spielte von Mal zu Mal besser und wunderte sich gewiss, dass ihr Lehrer umso abweisender wurde, je größere Fortschritte sie machte.

Ich hatte keinerlei Verlangen nach dem Kind verspürt, bis Teresa es mir unterstellte. Dann wurde Cindy in kleinsten, stets zu leugnenden Schritten allmählich zur Obsession. Nacht für Nacht begegnete sie mir in meinen Träumen, das Schicksal führte uns zusammen bei einer Massendeportation, Bilder aus dem Krieg. Wir wussten immer genau, was der andere brauchte, ohne dass wir ein Wort sagen mussten. In Gedanken kleidete ich sie in Marineblau, ein dreiviertellanges Kleid mit Trompetenärmeln, mittlerweile seit vier Jahrzehnten aus der Mode. Alles stimmte, bis auf das Haar, das in meinen Träumen lockiger war. Im Traum legte ich mein Ohr an die braune Vertiefung unterhalb des Schlüsselbeins, die ich auch im wachen Zustand sah, wenn sie aufrecht auf der Bank saß und mir vorspielte. Als mein Ohr ihre Haut berührte, klang das Pulsieren des Blutes darunter wie Gesang.

Cindy Hangs Haut war perfekt – ein unverfängliches Braun, wie bei der Hälfte der Menschheit. Ich liebte das Mädchen, weil es so verletzlich war, so ganz und gar verwundert darüber, wo es gelandet war, liebte in jeder tastenden Bewegung ihrer Finger die zaghaften Versuche sich zurechtzufinden. Ich liebte ihre Musik – sie klang als käme sie von einem anderen Planeten, als könne sie auf dem hiesigen niemals zu Hause sein. Wochenlang redete ich mir ein, dass alles in Ordnung sei. Aber ich wollte etwas von Cindy Hang, etwas, von dem ich gar nicht wusste, dass es da war, bevor Teresa in ihrer Eifersucht es mir zeigte.

Wir spielten gemeinsam, Mozarts D-Dur-Sonate für Klavier vierhändig, Köchelverzeichnis 381. Ich gab sie ihr zu spielen, nur damit ich neben ihr auf dem Klavierhocker sitzen konnte. Es gibt nur vier wirklich profunde Takte in dem Stück, der Rest ist Geklimper. Aber ich freute mich darauf wie noch nie auf etwas in meinem Leben. Es brachte mich *da capo* dorthin zurück, wo ich begonnen hatte. Wir spielten gemeinsam den mittleren Satz, ein wenig langsamer als angegeben. Sie übernahm den oberen Part, ich lieferte das Fundament. Meine Noten waren gemessen, getragen. Ihre waren leicht und sprunghaft, wie das Hüpfen eines Vogels. Mir war, als ginge ich über einen bunten Rummelplatz, ein glückliches Kind auf meinen Schultern.

Einmal war unser Spiel vollkommen. Unter unseren Fingern fand das harmlose kleine Stück seine Bestimmung. Wir kamen ans Ende, und meine Schülerin und ich spürten beide, was uns da gelungen war. Cindy saß schweigend neben mir, gesenkten Hauptes, den Blick auf die Tasten geheftet, wartete, dass ich sie berührte. Als ich es nicht tat, blickte sie auf, mit einem verlegenen Lächeln, wollte mir gefallen. »Können wir es noch einmal versuchen? Ganz von Anfang?«

Ich rief ihren Vater an. Cindy sei ausgesprochen talentiert, sagte ich, »eine echte Musikerin«, aber sie sei über das hinaus, was ich ihr beibringen könne. Ich sei gern behilflich, jemanden zu finden, der sie weiterbringe. Im Grunde meines Herzens war ich sicher, dass jeder andere Lehrer alles in ihr, was schön und unerklärlich war, ersticken würde. Die unwillkürliche Virtuosität dieser Fremden würde keine einzige echte Klavierstunde überleben. Aber alles, was ein anderer Lehrer mit ihr tat, war besser als das, was ich mit ihr tun würde, wenn sie auch nur noch ein einziges Mal bei mir Unterricht nahm.

Cindys Vater war so perplex, dass er keine Einwände machte. »Möchten Sie mit ihr sprechen? Es ihr selbst erklären?«

Ich muss etwas Lächerliches gesagt haben, denn ich kann mich nicht mehr erinnern. Ich verabschiedete mich, ohne dass ich noch einmal mit ihr sprach. Monatelang sagte ich nichts zu Teresa. Wenn ich es ihr gesagt hätte, hätte es nur ihre Befürchtungen bestätigt. Als ich es schließlich beichtete, war sie am Boden zerstört, so elend wie nur die Wahrheit machen kann. Zwei Wochen lang schlich sie durchs Haus, versuchte es wieder einzurenken. »Vielleicht solltest du das Unterrichten aufgeben, Joseph. Du hast seither überhaupt nicht mehr an deiner eigenen Musik gearbeitet.«

Ich träumte nicht mehr von Cindy Hang, nur ihr seltsames, surreales Klavierspiel kam mir noch in den Sinn. Unter ihren Händen waren die europäischen Weisen zu etwas geworden, das sie selbst noch nie in sich gesehen hatten. Einen solchen Klang habe ich nie wieder gehört. Als Einzige unter meinen Schülern hätte dieses Mädchen das Zeug zum Pianisten gehabt. Aber ihr Spiel hätte auf dem Weg zur Bühne sterben müssen.

Cindys Verbannung brachte Terrie und mich für eine Weile wieder näher zusammen. Teresa hatte so viel aufgegeben für das Leben mit mir, mehr als ich je wieder gutmachen konnte. Diese Gewissheit lastete auf mir wie eine Gefängnisstrafe. Von Tag zu Tag wuchs die Überzeugung, dass ich ein Leben mit mir nicht zulassen durfte. Sie wollte sich opfern für jemanden, der sein Leben ganz in den Dienst dessen stellte, was ihr das Wichtigste auf der Welt war. Sie wollte einen Musiker heiraten. So einfach war das. Sie wollte, dass ich ihr Mann wurde. Sie glaubte, dass eine Unterschrift, ein offizielles Papier unsere ewigen Ängste vertreiben, die Mauern einreißen könnte. *Das ist mein Mann*, könnte sie dann gehässigen Kassiererinnen sagen, den Männern, die uns drohend auf der Straße nachgingen, den Polizisten, die von ihren Streifenwagen aus jeden unserer Schritte im Auge behielten. *Das ist mein Mann*, würde sie sagen, und dann wüssten sie nicht, was sie darauf antworten sollten.

Manchmal am Abend, mutig geworden von der Nähe in der Dunkelheit, brachte sie das Thema flüsternd auf. Sie malte mir ein Phantasiebild aus, ein Haus, einen souveränen Staat nur für uns, mit eigener Flagge und eigener Hymne, vielleicht sogar mit wachsender Bevölkerung. Ich widersprach nie, und im Dunkeln hielt sie die Bereitschaft, mit der ich lauschte, für Zustimmung.

Jetzt, wo Entscheidungen für die Zukunft zu fällen waren, sanken meine musikalischen Leistungen auf beinahe null. Und die Welt jenseits der Klaviatur war noch schlimmer. Schon eine halbe Stunde in diesem Vakuum erschöpfte mich vollkommen. Ein kleiner Einkauf wurde zur Besteigung des Mount Everest. *Vielleicht sollten wir heiraten*, dachte ich. *Heiraten und irgendwohin ziehen, wo man leben kann.* Aber ich wusste nicht wie. Wenn ich es einfach Teresa überließ? Wenn sie die ganze Abwicklung übernahm und mir sagte, wenn es vorbei war ...

Ich war wie gelähmt. Ich überlegte, wie groß die Aussichten waren, dass ich starb, bevor ich das unausgesprochene Versprechen einzulösen hatte. Ich hatte die dreißig überschritten, das Alter, jenseits dessen man niemandem mehr trauen konnte. Teresa war ebenfalls nicht mehr weit von dieser Hürde entfernt, die Grenze, auf deren anderer Seite eine unverheiratete Frau wohl immer unverheiratet bleiben würde. Ich hätte es ganz natürlich finden sollen. Es war schließlich das, womit ich groß geworden war: Ein Paar, zwei Farben. Aber ein Vierteljahrhundert hatte mir jede natürliche Regung ausgetrieben. Alle Lektionen meiner Familie liefen auf das eine hinaus: Keiner heiratet jenseits seiner Rasse und bleibt am Leben.

Für Teresa war ich halb weiß. Wir sangen gemeinsam und verstanden uns bestens. Nach ihren Begriffen wusste sie genau, wer ich war. Sie sah, wie ich mich abmühte, versuchte, weiße Musik zu schreiben. Alles, was ich vor ihr verbarg, bestärkte sie nur in diesem Glauben. Einmal wollte sie etwas über die Familie meines Vaters wissen. Sie wollte dazugehören. »Von wo kommen sie?«

»Deutschland.«

»Das weiß ich, Dummkopf. Von wo in Deutschland?«

Gar nicht so leicht zu beantworten. »Bis zum Krieg haben sie in Essen gewohnt. Mein ... Vater stammte aus Straßburg.«

»Stammte?«

Ich lachte. »Na ja, ursprünglich kamen sie natürlich alle aus Kanaan.«

»Wo ist das?« Ich konnte ihr nur übers Haar streichen. »Und wo sind sie jetzt?« Kein Zögern. So ahnungslos war sie.

»Fort.«

Darüber musste sie nachdenken. Ihre eigene Familie hatte sie verstoßen, aber trotzdem wusste sie, wo alle waren. Nach wie vor schickte sie jedem Cousin und jeder Cousine Geburtstagskarten, auch wenn kaum noch eine zurückkam. »Fort?« Dann begriff sie, und danach brauchte sie keine Erklärung mehr.

Sie fragte nach Mamas Familie. Ich erzählte ihr, was ich wusste. Mein Großvater, der Arzt, Frau und Kinder in Philadelphia. »Wann lerne ich sie kennen, Joe?« Niemand nannte mich Joe. »Ich würde gern mit dir hinfahren. Wann du willst.« Ich konnte es ihr nicht erklären. Keine zwei Menschen konnten einander fremder sein.

Nur durch Zufall begriff ich, was ich ihr wirklich antat. Nach wie vor suchte ich jede Woche einen Titel aus ihrer Plattensammlung aus, den ich für sie lernte. Nach dem Abendessen setzte ich mich an das Wurlitzer-Klavier, stimmte uns mit ein paar Arpeggien ein, dann kam das Vorspiel. Sie musste die Melodie erraten haben, bis der Auftakt der ersten Strophe kam. Und sie verpasste nie ihren Einsatz, sang mit strahlender Miene, als hätte ich gerade ein Geschenk hervorgezaubert, das sie nun auspacken durfte. Einmal, im April 1975, war ein Song an der Reihe, den ich bis zu jenem Nachmittag noch nie gehört hatte, »There's a Rainbow Round My Shoulder«. Teresa sang die ersten Zeilen:

> *Hallelujah, how the folks will stare,*
> *When they see the diamond solitaire,*
> *That my little sugar baby is gonna wear!*
> *Yes, sir!*

Gott, die Leute werden gaffen, zeigt mein Schatz die Finger her, werden staunen wie die Affen, sehen sie den Solitär.

Sie brach ab, halb lachend, halb weinend. Sie kam, legte mir die Arme um die Schultern, und ein paar Takte lang konnte ich, gefesselt wie ich war, nur noch über fünf Noten improvisieren. »Ach Joe, Liebster. Wir müssen es einfach tun. Wir müssen es legal machen!«

Ich sah sie an und sagte wie ein Windhund aus den Dreißigern: »Alles was du willst, Süße. Schluss mit dem Lotterleben.« Die Worte machten sie so glücklich, als stünden wir schon vor dem Altar. Die bloße Absicht schien genug.

Zwei Wochen später, als ich wieder in den Platten nach einer Shownummer suchte, fiel mir ein Stück buntes Papier auf, das aus einem Stoß Bücher auf ihrem Schreibtisch hervorlugte. Die Farbe machte mich neugierig, und als ich es herauszog, sah ich, dass es eine selbst gebastelte Einladung zur Hochzeit war. Quer über die Mitte wölbte sich ein großer Regenbogen. Oben stand in ihrer runden Handschrift: »*There's a rainbow round my shoulder.*« Im Inneren des Bogens: »*And it fits me like a glove.*« Ich passe schnuckelig hinein. Darunter hatte Teresa auf drei Bleistiftlinien geschrieben: »UHRZEIT«, »DATUM«, »ORT«, alle drei vertrauensvoll offen gelassen, bis die Einzelheiten mit mir geklärt waren. Dann folgte: »Kommt und helft uns feiern! Wir schließen den Bund fürs Leben – Teresa Maria Elisabeth Clara Wierzbicki und Joseph Strom.« Und am unteren Blattrand stand, nun schon krakeliger: »*Hallelujah, we're in love!*«

Die Klinge drang mir in die Brust bis zum Heft. Sie wollte eine große Feier, sie wollte es öffentlich machen. Einen verstohlenen Besuch beim Friedensrichter hätte ich vielleicht noch fertig gebracht, unter der Bedingung, dass nie jemand etwas davon erfuhr. Aber eine Feier mit Hochzeitsgästen: unmöglich. Was glaubte sie denn, an wen wir diese Einladung schicken konnten? Meine Familie war tot, ihre hatte sie verstoßen. Wir hatten keine gemeinsamen Freunde, niemanden, der auf eine solche Party gekommen wäre. Ich malte es mir aus, wie wir den Mittelgang einer kuriosen Kirche hinuntergehen würden, teils katholisch, teils methodistisch, teils Synagoge, ihre polnischen Arbeitskolleginnen auf der einen Seite, meine Black Panthers auf der anderen, und beide Fraktionen würden sich misstrauisch beäugen. Wir zwei in einem Raum voller Leute, wie wir eine dreistufige Hochzeitstorte anschnitten. *Hallelujah, how the folks would stare.*

Ich steckte das unvollendete Muster wieder zwischen ihre Bücher, genau wie ich es gefunden hatte. Aber sie merkte es doch. Sie spürte es an meinem Umgangston, zu gut gelaunt, zu liebevoll. Immer wartete ich auf den Tag, an dem sie mir das fertige Werk präsentierte. *Hier: Das habe ich für dich gemacht.* Aber der Tag kam nie. Teresas selbst gebastelter Lobgesang verschwand von ihrem Schreibtisch, abgelegt in der Schachtel für unerfüllte Träume, die sie für niemanden öffnete.

Ich gab die Heuchelei des Komponierens auf. Ich packte meine Kritzeleien in einen Karton und verbannte ihn in die hinterste Ecke.

Nicht lange danach meldete sich Jonah wieder. Er war nie bis nach Skandinavien gekommen. »Hallo, Bruderherz«, begann der Brief. »Hier gibt's große Neuigkeiten. Ich habe meine Berufung gefunden.« Als wären die Auftritte mit dem London Symphony Orchestra und dem Orchestre Philharmonique de Radio-France ein Irrweg gewesen.

Es geschah in Straßburg, wo ich den munteren Tenor zur millionsten Aufführung der allmächtigen NEUNTEN in dieser Saison gab, bei einer durch und durch bescheuerten Veranstaltung in der neuen »Hauptstadt Europas«, mit Solisten, einem Dirigenten und Musikern aus zwei Dutzend Ländern. Bin mir nicht ganz sicher, wofür ich dabei stehen sollte. Wir holten Schwung für das donnernde Finale, und da endlich, ganz plötzlich, ging mir auf, was für eine groteske Geschichte das ist. Mein ganzes Leben lang habe ich den Lakaien für Kulturimperialisten gespielt. Alle Menschen werden Brüder! Heilige Einfalt, auf was für einem Planeten lebt der Mann? Nicht auf unserem; nicht auf dem Planeten der Affen.

Hab's schon noch mit Anstand zu Ende gesungen. Aber seither habe ich so eine Art Allergie. Eine Allergie gegen alles, was nach 1750 entstanden ist. Habe drei Auftritte abgesagt, alles dicke fette Pralinés aus dem neunzehnten Jahrhundert. Einen Großangriff auf die *Schöpfung* unten in Lyon habe ich noch durchgestanden, aber es hätte nicht viel gefehlt, und ich wäre davongelaufen … Wieder zurück in Paris, habe ich zufällig einen Chor aus Flandern gehört, ein Dutzend Sänger, im Museum Cluny. Wie aus einer anderen Welt. Als ob man nach einem langen, ungemütlichen Flug landet und die Ohren wieder aufgehen. In den Riesenhallen, mit 150 Leuten auf der Bühne, da hatte ich vergessen, was Singen wirklich ist … Tausend Jahre Partituren, Joey. Und wir tun, als zählten nur die letzten anderthalb Jahrhunderte. Es ist ein ganzes Schloss, und wir wohnen in einem winzigen Anbau … Tausend Jahre! Hast du überhaupt eine Vorstellung, wie groß dieses Haus ist?

Groß genug, dass mein Bruder sich darin verlieren konnte.

Es hat eine Weile gedauert, bis ich meine Stimme von all den Zirkustricks und dem ganzen pompösen Getue befreit hatte, für das mich die Leute in den letzten Jahren gebauchpinselt haben. Aber jetzt bin ich wieder clean. Ich bin diesem Chor, dem Kampen-Ensemble, nach Gent gefolgt und habe endlich wieder einen Lehrer, der den Namen verdient, nach der langen, einsamen Zeit in der Wüste: Geert Kampen – ein wahrer Meister, und selten ist mir eine musikalischere Seele begegnet. Ich bin nur eine von vielen Stimmen in seinem kleinen Collegium, und wir sind auch längst nicht die Einzigen, die sich mit diesen Sachen beschäftigen. Die Vergangenheit ist plötzlich in Mode gekommen. In den Niederlanden ist es schon eine ganze Schule, und mittlerweile kommt auch Paris auf den Geschmack. Da ist etwas im Gange. Eine neue Bewegung, die die alte Musik wieder ans Licht holt. Ich meine die wirklich alte. Wart's nur ab, Muli. Noch ein paar Jahre, dann hört ihr auch in den Staaten davon. Ihr hinkt ja immer hinterher, selbst wenn's um Sachen von vorgestern geht! Aber wenn es soweit ist, wirst du sehen: Das ist eine ganz neue Art von Nostalgie …

Ich habe schon gelernt, dass man in den flandrischen Läden nicht Französisch sprechen sollte, obwohl man mit Deutsch auch nicht gerade willkommen ist. Selbst wenn ich Englisch rede, werden die Leute nie so ganz das Gefühl los, dass ich ein türkischer »Gast«arbeiter bin, der den Einheimischen ihre Maloche in den Bergwerken wegnehmen will. Aber solange ich singe, bin ich in Sicherheit. Es ist mir auch gelungen, das Beste aus Paris herüberzuretten, und ich habe sie mit in die Zivilisation genommen. Sie heißt Celeste Marin.

Sie weiß alles über dich, und wir können es beide gar nicht erwarten, dass du deinen Hintern hierher bewegst und die neue Frau an meiner Seite und meine neue Stimme kennen lernst. Aber warte nicht zu lange. Selbst die Vergangenheit währt nicht ewig.

Je weiter ich las, desto größer wurde meine Panik. Als ich an die Mitte kam, hätte ich ihm am liebsten ein Telegramm geschickt. Mein Bruder hatte ein Maß an Erfolg erreicht, mit dem er das wahnwitzige Experiment unserer Eltern beinahe rechtfertigte. Und jetzt, kurz vor dem Durchbruch zum echten Ruhm, wollte er alles aufgeben für eine Art Sekte. Mein eigenes verkorkstes Leben verlor das letzte bisschen Sinn. Solange ich mich als derjenige fühlen konnte, der sich geopfert hatte, um Jonah zum Start in seine Karriere zu verhelfen, war mein Leben nicht ganz und gar vertan. Aber wenn er jetzt alles hinwarf, dann war ich wirklich verloren. Ich wollte ihm schreiben, aber ich brachte nichts zustande. Ich hatte ja nichts zu sagen außer: *Tu's nicht. Verspiel deine Chance nicht. Bleibe bei deiner Berufung. Lästere nicht Beethoven. Zieh um Himmels willen nicht nach Belgien. Und vor allen Dingen heirate keine Französin.*

Ich kaufte einige Aufnahmen des Kampen-Ensembles; der Laden musste sie erst besorgen. Ich hörte sie mir heimlich an, wenn Teresa nicht zu Hause war, versteckte sie wie Pornohefte an Ecken, an denen sie nie darauf stoßen würde, nicht einmal durch Zufall. Die Platten mit ihren Krummhornklängen hatten einen fremdartigen Charme, wie ein Stück Schmiedeeisen, auf das man in einem Trödelladen stößt, etwas, das einmal für einen Farmer lebenswichtig war, das aber längst für keinen Menschen auf der Welt mehr einen Nutzen hat. Nichts in dem komplexen Gewebe aus Kontrapunkten ähnelte auch nur entfernt einer Melodie, die man summen konnte. Die Sänger nahmen ihre Stimmen zurück, bis sie fein wie Nadelspitzen waren, hielten die Phrasen so fest am Zügel, dass nichts wogte oder vibrierte. Alles was wir an der Musik geliebt hatten, kam hier höchstens in Andeutungen vor, wartete erst noch auf seine Geburt. Ich verstand nicht, was Jonah daran so begeisterte. Er war ein Meisterkoch, der die Geheimnisse der feinsten Soßen kannte, und nun gab er alles auf und lebte von Nüssen und Beeren. Das schien mir ein zu bequemer Ausweg. Aber ich durfte nichts sagen, ein zweitrangiger Klavierlehrer mit fünfzehn Stunden die Woche, ein verkrachter Komponist, der sich von einer Fabrikarbeiterin aushalten ließ. In Atlantic City.

Wenn ich tagsüber allein zu Hause war, holte ich meine geschmuggelten Platten hervor und hörte sie mir an. Beim dritten Mal trat aus der ältesten unter den Kampen-Aufnahmen ein Lied von Orlando di Lasso hervor. »Bonjour mon cœur.« Ich kannte die Melodie schon aus der Zeit, bevor sie aufgeschrieben war. »Hallo, mein Herz, hallo, mein süßes Leben, mein Auge, meine Freundin.« Und in diesem Stück hörte ich mich, wie ich es zum ersten Mal gehört hatte. Ich war in dieser engen Gasse in die falsche Richtung geflohen, schon bevor wir auf unsere Konzertreisen gegangen waren, vor den Gefängniszellen in Juilliard, vor Boylstons Kammerchor, schon bei unseren allerersten Familienabenden, wo jeder von uns seinen eigenen Part sang. »Hallo, meine Schöne, mein Lenz, meine frische Blume.« Nach den ersten vier Noten des Liedes stand ich draußen vor dem steinernen Raum, in dem ich diese Melodie zum ersten Mal gehört hatte. Ich bin sieben; mein Bruder ist acht. Mein Vater hat mit uns einen Ausflug an die Nordspitze von Manhattan gemacht, zu einem Kreuzgang, wo Sänger ihre geheimnisvolle Kunst entfalten. »Mein Spatz, meine Taube. Guten Morgen, mein sanfter Rebell.« Und nach dem Konzert sagt mein Bruder: »Pa, wenn ich groß bin. Dann will ich das machen, was die Leute da gemacht haben.«

Damals wusste ich nicht, wer »die Leute da« waren. Und ich wusste es auch jetzt nicht. Ich wusste nur, dass wir etwas anderes waren. Als ich das Lied nun hörte, drängte es mich plötzlich, die Cloisters wieder zu sehen, einen Ort, an dem ich seit Jahrzehnten nicht mehr gewesen war. Wenn ich wieder dort in diesen Räumen stand, kamen vielleicht Erinnerungen zurück, führten mich wieder auf den rechten Weg, halfen mir dahinter zu kommen, was mit Jonah geschah. Ich fragte Terrie, ob sie Lust auf einen Ausflug in die Stadt hätte, und ihre Augen blitzten wie Bonbons.

»Im Ernst? Manhattan? Nur wir zwei?«

»Wir zwei und sechseinhalb Millionen potenzieller Massenmörder.«

»New York, New York! Mein Schatz und ich in der großen Stadt!« Anscheinend war es schon eine ganze Weile her, seit wir zuletzt einen Ausflug gemacht hatten. Ich hatte sie unter die Erde gezogen, ins tiefste Innere meines Verlieses, und sie war mir in die Isolation gefolgt, um der Musik willen. Aber wir hatten feststellen müssen, dass es keine sichere Zuflucht gab, nicht einmal in der Einsamkeit. Gerade da nicht. »New York City! Wir fangen bei Bloomingdale's an und arbeiten uns nach Süden vor. Und wir hören erst auf, wenn wir einen Anzug für dich haben.«

»Ich habe doch einen Anzug.«

»Einen modernen. Einen schönen, in dem du auftreten kannst, mit ausgestellten Beinen und ohne Sicherheitsnadeln am Bund.«

»Wofür brauche ich einen Anzug?« Teresa wand sich unter meinen Worten, das Blitzen erlosch. »Schuhe sind wichtiger«, sagte ich, und ihre Miene hellte sich wieder ein klein wenig auf.

Ich schlug vor, dass wir nach dem Einkaufen doch noch die Cloisters besuchen könnten. Teresa glaubte, es sei eine Sportarena. Sie machte große Augen, als ich es ihr erklärte. »Ich wusste überhaupt nicht, dass du katholisch bist!«

»Ich auch nicht.«

Wir verbrachten den Vormittag mit Einkaufen in der Öffentlichkeit, ein Kompendium all meiner ganz privaten Höllen. Teresa begegnete den Schikanen auf die bewährte Weise, tat bei allem, was kein direkter Angriff war, als merke sie es nicht. »Was trägt ein Pianist heutzutage auf der Bühne? Was ist schick dieses Jahr?«

»Das hier nicht«, war alles, was ich herausbrachte.

Ihre Laune schwand zusehends. Damit wir es überhaupt bis nach Washington Heights schafften, ließ ich mich zu einem entsetzlichen braunen Zweireiher überreden, dessen einziger Daseinszweck darin bestand, mein Guthaben noch weiter zu schmälern. »Bist du sicher? Findest du ihn wirklich gut? Die Mädels werden dir zu Füßen liegen. Das kannst du mir glauben.«

Wir ließen ihn zu Änderungen im Laden, und das gab mir eine weitere Woche, in der ich vom Kauf zurücktreten konnte und nur die Anzahlung verlor. Wir nahmen den A-Train nach Norden. Teresa ließ sich an ihrer Halteschlaufe baumeln und sang mir auf der ganzen Fahrt Ellington und Strayhorn ins Ohr, wie eine unbedarfte Touristin aus der Provinz. Ich spürte das gelangweilte Grinsen sämtlicher anderer Fahrgäste und summte nur leise mit.

Seit ich zum letzten Mal da gewesen war, hatten sie Cloisters umgebaut – Steine versetzt, das Ganze verkleinert, Gewölbe und Kapitelle waren schlichter geworden. Teresa konnte es nicht glauben, als ich ihr die Geschichte dieser mittelalterlichen Jahrmarktsbude erzählte. »Du meinst, jemand ist überall rumgezogen und hat einfach Stücke von Klöstern gekauft?«

»Die Wege des weißen Mannes sind unerforschlich.«

»Joseph. So was sollst du nicht sagen.«

»Was?«

»Du weißt schon was. Wie kann man denn ein Kloster *kaufen*?«

»Hm. Wie *ver*kauft man eins?«

»Ich meine, kauft man ein spanisches und bekommt ein portugiesisches zum halben Preis dazu?« Ich drückte sie, bis ihr die Puste ausging.

»Und dann wird alles wieder zusammengesetzt wie bei einem großen Puzzle? Kauf mir doch auch eins, Joseph. So hübsche Säulen. Würde sich das nicht wunderbar im Garten machen?«

»Dazu müssten wir erst mal einen Garten haben.«

»Gerne. So was wie hier. Gibst du es mir schriftlich?«

Sie war begeistert von dem Einhorn-Teppich und weinte, als sie sah, dass das Tier in seinem Garten gefangen war. »*Uni-corn*«, sagte ich laut.

»Hm?«

»Nichts.«

Ich hatte dorthin gewollt; Teresa verstand nicht, warum diese Kunstwerke aus einer anderen Welt mir nun keine Freude machten. Ich stürmte durch die Säle, achtete noch weniger auf die Ausstellungsstücke als Jonah und ich ein Vierteljahrhundert zuvor. Ich trat in den kalten steinernen Raum, in dem wir damals das Konzert gehört hatten, und sah wieder meinen Bruder, wie er von seinem Stuhl kletterte und die hübsche Dame berührte, die gekommen war, um für uns zu singen. Aber darüber hinaus keine Botschaft. Nach einer Stunde kehrten wir in unsere eigene Zeit zurück. Teresa war glücklich; ich war wieder genauso niedergeschlagen wie zuvor bei Jonahs Brief. Er war weitergezogen, in eine andere Welt, und ich fand nicht den Schlüssel dazu.

»Komm, wir gehen zu Fuß.« Teresa nickte, ging bereitwillig auf jeden meiner Vorschläge ein. Wir spazierten durch den Fort Tryon Park. Ich hielt in der Menschenmenge Ausschau nach zwei Jungen, sieben und acht Jahre alt, aber ich sah uns nicht unter so vielen Gleichfarbigen, die allesamt Spanisch sprachen. Die ersten Dominikaner kamen und würden im Laufe des nächsten Jahrzehnts die Nordspitze der Insel neu besiedeln, so wie eine Million Puertoricaner in meiner Kindheit Brooklyn und East Harlem kolonisiert hatte. Die alten Juden waren noch da, diejenigen, die sich geweigert hatten südwärts zu ziehen, in eine Stadt voller kubanischer Flüchtlinge. Fremde, die meinen Vater gegrüßt hätten, wichen ängstlich vor mir zurück. Es stand ihnen im Gesicht geschrieben: Sie waren Vertriebene in ihrem eigenen Viertel.

»Irgendwo hier muss eine Bäckerei sein«, sagte ich zu meiner polnisch-katholischen Schickse. »Gleich um die Ecke.«

Aber ich verirrte mich. Wir suchten eine Straße nach der anderen ab, kamen an die Steinstufen – die jetzt vollkommen anders aussahen –, verfolgten unsere Schritte zurück, bis Terrie die Geduld verlor. »Warum fragst du denn nicht einfach?«

Einen Fremden ansprechen: Nie im Leben wäre ich auf die Idee gekommen. Wir fragten einen Lieferwagenfahrer. »Bäckerei Frisch?« Genauso gut hätte ich Provenzalisch sprechen können.«»Das habt ihr wohl geträumt.« Schließlich blieb eine Passantin stehen, eher erschrocken als vor Mitleid, eine Frau im silberfarbenen Kostüm mit einem Türkis- und Rosenquarzarmband. Sie machte einen Spaziergang im Sonntagsstaat, als wäre nicht die ganze Stadt um sie herum seit dem Krieg zum Teufel gegangen. Sie schien verblüfft, dass sie verstehen konnte, was ich sagte. Sie hätte meine Tante sein können. Aber wenn sie das gewusst hätte, wäre sie vor Schreck tot umgefallen.

»Frisch? Oben auf der Overlook Terrace?«

»Ja, genau da!« Ich trat ein wenig zurück, öffnete die Hände, zum Zeichen, dass ich nichts Böses wollte.

Meine Tante schnaubte. »Da bräuchten Sie mehr als eine Wegbeschreibung. Frisch gibt es nicht mehr, schon seit Ewigkeiten. Zehn Jahre müssen das sein, seit sie zugemacht haben, mindestens. Wonach suchen Sie, Jüngele?« Ihre Stimme war brüchig, ihre Strafe dafür, dass sie in dieses Land gekommen war, in dem alles sich vermischte.

Auch Teresa sah mich an. Ja, was *suchte* ich?

»Mandelbrot«, antwortete ich kleinlaut.

»Mandelbrot!« Sie musterte mich, konnte sich nicht erklären, woher ich das Geheimwort kannte. »Warum haben Sie das nicht gleich gesagt, Jüngele? Da brauchen Sie doch nicht zu Frisch. Bis zur nächsten Straßenecke, dann links. Einen halben Häuserblock weiter, auf der linken Seite, da ist eine Bäckerei.«

Ich dankte ihr überschwänglich, mein Dank so groß wie die Nutzlosigkeit dieser Information. Ich fasste Teresa am Arm und steuerte sie die Straße hinunter, in die Richtung, die mir meine Tante gewiesen hatte.

»Mandelbrot, Joseph?« So wie sie es sagte, klang es, als wäre es einfach nur ein Brot.

»Das konnte man früher hier kaufen.«

»Mandelbrot! Warum hast du mir nie gesagt, dass du Mandeln magst? Ich hätte dir doch eins backen ...« Teresa sah mich unglücklich an, als sei es ihr Fehler. *Du hättest doch deine Freundin mitbringen können, wir hätten sie mit ins Bett genommen.*

Wir fanden den Laden. Er hatte nicht die geringste Ähnlichkeit mit der Bäckerei Frisch. Was sie uns dort als Mandelbrot verkauften, hätte genauso gut Zimtschnitte sein können. Wir setzten uns auf eine Bank und aßen. Unser Tag in der Stadt ging zu Ende. Ich blickte die Straße hinunter und sah einen Mann, der in einem Abfallkorb aus Maschendraht wühlte. Das Morgen war das Licht am Horizont, es eilte in raschem Lauf, um den Anschluss an das Gestern zu bewahren. Das war die Straße, durch die Pa uns geführt hatte, auf der er uns erklärt hatte, dass jede Uhr des Universums ihre eigene Zeit hatte. Dieselbe Bank, obwohl *dieselbe* offenbar nichts bedeutete.

Wir hatten beide den ganzen Tag über nichts gegessen, aber Teresa würgte an ihrem Mandelbrot wie an einer Hostie beim Abendmahl. Sie rupfte kleine Bröckchen ab und warf sie den Tauben zu, und dann verfluchte sie die Vögel, als sie in Scharen kamen. Ich saß neben ihr, gefangen in einer Schleife meines eigenen Lebens. Die Jungs und ihr Vater gingen an uns vorüber, als wir auf dieser Bank saßen, aber sie wussten noch nicht, wie sie uns sehen mussten. Es gab keinen Ort, an den ich von diesem Hier und Jetzt aus gehen konnte. Ich erhob mich und wollte weiter, aber ich konnte mich nicht rühren. Teresa hing an mir, hielt mich fest an diesem Ort. »Joseph. Mein Joe. Wir müssen es legal machen.«

»Es?« Der Versuch, alle Uhren zu zerschlagen.

»Uns.«

Ich setzte mich wieder. Ich beobachtete den Mann am Mülleimer, der ein glänzendes Päckchen Aluminiumfolie auseinander faltete. »Terrie, es ist doch schön, wie es ist. Bist du denn nicht glücklich?« Sie senkte den Blick. »Warum sagst du immer ›legal machen‹? Hast du Angst, dass sie dich verhaften? Brauchst du einen Vertrag, für den Fall, dass du mich mal verklagen musst?«

»Verträge können mir gestohlen bleiben. Die Justiz ist mir egal.« Sie weinte, presste die Worte zwischen zusammengebissenen Zähnen hervor. »Du sagst immer wieder ja, aber nichts geschieht. Genau wie bei deiner Musik. Du sagst, du willst, aber dann tust du's nicht. Die ganze Zeit warte ich auf dich. Aber ich habe längst das Gefühl, eigentlich schlägst du mit mir nur die Zeit tot. Du glaubst, du findest eine Bessere, eine, die du wirklich heiraten willst, eine, mit der du –«

»Nein. Das ist nicht wahr. Nie im Leben werde ich jemanden finden, der … besser zu mir ist als du.«

»Wirklich, Joseph? Ehrlich? Warum willst du es dann nicht beweisen?«

»Was müssen wir denn beweisen? Geht es bei der Liebe um Beweise?« *Worum sonst?*, dachte ich, noch während ich die Worte sprach. *Das ist Liebe, genau das.* Teresa legte den Kopf auf die Knie und weinte. Ich streichelte ihr den Rücken, meine Hand beschrieb große, weit ausholende Ovale, wie ein Kind, das seine ersten Os malt. Ich habe Schreiben bei Mama gelernt, aber ich kann mich nicht erinnern, dass sie es mir beigebracht hätte. Ich streichelte Terries Rücken, als die Schluchzer sie schüttelten, spürte, dass meine Hand von einem fernen, fremden Ort kam.

Ein Mann im schwarzen Anzug und einem zerknautschten Filzhut, älter als das Jahrhundert, schlurfte vorbei. Als er das Schluchzen hörte, beschleunigte er sein Schlurfen zum Kriechen. Als er sah, dass unser Kummer keine Gefahr für ihn war, blieb er stehen. »Ist es krank, das Kind?«

»Ihr fehlt nichts. Es ist nur ... Leid.« Er nickte, kniff die Augen zusammen und sagte etwas in Pas Sprache, das ich nicht verstand. Aber ich hörte heraus, dass er mich tadelte. Dann schlurfte er weiter, blieb alle zwanzig Schritte stehen. Überlegte, ob er die Polizei rufen sollte.

Ich wusste, wie wichtig Teresa die Ehe war, auch wenn sie sich nicht dazu durchringen konnte, es zu sagen. Wenn wir heirateten, lenkte ihre Familie vielleicht ein und nahm sie wieder auf. Wenn wir blieben, wie wir waren, bestätigten wir nur, was sie schon immer gewusst hatten. Für immer würde sie in Sünde mit einem leichtfertigen Schwarzen leben, dem sie nicht einmal so viel bedeutete, dass er ihr einen Ring dafür gab.

Aber die Ehe war undenkbar. Sie war so falsch, dass ich es nicht einmal annähernd in Worte fassen konnte. Mein Bruder und meine Schwester machten sie unmöglich. Mein Vater und meine Mutter. Ehe, das bedeutete, dass man zu etwas dazugehörte. Dass man eine Heimat fand, einen Hafen. Einen Ruhepunkt. Der Fisch und der Vogel konnten sich verlieben, aber das Hier und Jetzt würde jeden Zweig davonfegen, den sie für ihr Nest herbeischleppten. Ich weiß nicht, zu welcher Rasse Teresa mich gerechnet hätte, aber es war jedenfalls nicht die ihre. Rasse war allemal stärker als die Liebe, ergriff Besitz von jedem liebenden Verstand. Es gab keinen Mittelweg. Meine Eltern hatten es versucht, und was dabei herausgekommen war, war mein Leben. Ich fand nicht, dass ich dieses Experiment noch einmal machen sollte.

Plötzlich saß ich wieder in einem kalten Dezember am Kenmore Square in Boston. Mein Bruder hatte eine Ohrfeige dafür bekommen, dass er ein Mädchen aus einer anderen Kaste geküsst hatte, das erste Mal in seinem Leben, dass ihm etwas missglückt war; jetzt erklärte er mir, dass wir die einzige Rasse waren, die sich nicht reproduzieren konnte. Damals hielt ich ihn für verrückt. Aber nun schien es mir selbstverständlich. Ganz egal mit welcher Musik Teresa und ich unsere Kinder großgezogen hätten, es wäre nicht eine einzige Melodie darunter, die ihre eigene wäre, die sie nehmen konnten, ohne zu fragen, ohne gefragt zu werden, die sie so selbstverständlich singen konnten, wie sie atmeten. Teresa glaubte, Rasse bedeute nichts für sie. Sie glaubte, das habe sie hinter sich, dafür habe sie lang genug gebüßt. Aber sie hatte ja keine Ahnung. Und ich wusste nicht, wie ich ihr das begreiflich machen sollte. »Teresa. Terrie. Wie soll das gehen?«

Ich wusste gar nicht recht, was ich sagen wollte. Aber Teresa wusste es genau. Sie blickte trotzig auf. »Wie das gehen soll? Mit uns beiden meinst du?« Es klang entsetzlich, wie ein hysterischer Anfall. Ich hatte Angst, dass sie die Nerven verlor. Ich sah mich um, hielt Ausschau nach dem nächsten Telefon. »Wie wir hier *sitzen* können?« Sie schüttelte den Kopf, rot vor Wut, ein Widerspruch, so vehement, dass jeder Trost unmöglich schien. »Wie wir zusammen *leben* können? Miteinander *reden*?« Die Worte kamen in einem einzigen wütenden Schwall. Sie richtete sich halb auf, dann ließ sie sich wieder auf die Bank fallen. Sie wandte sich von mir ab, halb erstickt, ihre Lippen bewegten sich, aber es kam kein Laut. Sie fuchtelte mit den Armen, prügelte auf die Luft ein. Ich malte ihr weiter meine großen beschwichtigenden Os auf den Rücken, bis sie sich wütend umdrehte und meine Hand wegschlug. Ich traute mich nicht, mich zu regen. Zu ihr hin, von ihr fort – beide Katastrophen gleich groß. Mein Verstand war dumpf, ohne Ton, ohne Farbe. Hätte diese Frau ein Messer gehabt, dann hätte sie zugestochen. Aber schließlich beruhigte Teresa sich wieder. Die Macht der Zeit. Pa hatte es mir einmal erklärt. Zeit ist das, woran wir erkennen, in welche Richtung die Welt unterwegs ist: immer nur abwärts, von wilder Jagd zur letzten Erschöpfung.

Wir kehrten nach Atlantic City zurück, auch wenn das, was uns antrieb, nicht mehr ganz unser freier Wille war. Wir blieben zusammen, aber in einer Art Totenstarre. Die gescheiterten Hochzeitspläne kamen nie wieder auf, außer in unseren Gedanken, und da jede Minute, die wir uns sahen. Die Zeit tat ihre Wirkung. Nach zwei weiteren Monaten Talfahrt rief mein Bruder an. Teresa war am Apparat. Aus der Verzögerung, nachdem sie sich gemeldet hatte, dem elektrisch bedingten Warten, wusste ich, dass er es war. Ihre Hand mit dem Hörer zitterte aufgeregt. Ja, da sei Teresa, *die* Teresa, und ja, sie wisse, wer er sei – wo er sei, alles über ihn –, und ja, sein Bruder sei da, und ja, aber nein, doch, und sie kicherte, auf Anhieb verführt von dem, was er an leichtfertigem Flirt ins Mikrophon hauchen mochte. Sie reichte mir den Hörer, so zärtlich, wie sie seit unserem fatalen Ausflug nach New York nicht mehr gewesen war.

»Sie hat eine hübsche Stimme, Muli. Singt ihr miteinander?«

»Etwas in der Art.«

»Wie hoch ist ihre höchste Note?«

»Jonah, wie geht es dir?«

»Bist du sicher, dass sie Polin ist? Sie klingt überhaupt nicht polnisch. Wie sieht sie aus?«

»Mal es dir selber aus. Was macht Celeste?«

»Die mag Belgien leider gar nicht, fürchte ich. Für sie sind das alles Barbaren hier.«

»Und stimmt das?«

»Na ja, sie essen Pommes frites zu ihren Muscheln. Aber dafür singen sie vom Blatt, als hätten sie es in der Wiege gelernt. Du musst herkommen und es dir selber ansehen.«

»Wann immer du willst. Hast du ein Ticket für mich?«

»Jawoll. Wann kannst du los?« Es folgte ein langes *rallentando*, wie in einem spätromantischen Lied, genau das, was wir gemeinsam immer so mühelos hinbekommen hatten. Gedankenlesen in beide Richtungen, mit vorgehaltener Pistole, zwei bewegliche Ziele. Es funktionierte noch immer. »Wir brauchen dich hier, Muli.«

»Weißt du, was du da verlangst? Du hast ja keine Ahnung. Ich habe schon seit Jahren nichts Anständiges mehr gespielt.« Zu spät blickte ich auf zu Teresa, die mit dem Kaffeetopf hantierte. Sie sah mich entgeistert an. »Nichts Klassisches, meine ich.«

»Im Gegenteil, Bruder. *Du* weißt nicht, was *ich* verlange. Pianisten gibt's hier an jeder Straßenecke; sie verkaufen Bleistifte, damit sie über die Runden kommen. Oder stehen Schlange beim Arbeitsamt. Wenn wir nur einen Klavierspieler bräuchten, würde ich nicht anrufen.«

»Jonah. Sag mir einfach, was du willst. Kurz und schmerzlos.«

»Ich gründe eine A-cappella-Gruppe. Ich habe zwei hohe Stimmen, so schön, dass du vor Scham vergehen wirst. Polyphonie der Gotik und der Renaissance. Nichts später als 1610.«

Ich lachte laut. »Und was soll ich dabei? Braucht ihr mich als Buchhalter?«

»O nein. Dafür stellen wir einen echten Ganoven an. Dich brauchen wir als Bass.«

»Du machst Witze. Wann habe ich das letzte Mal ernsthaft gesungen? Meine letzte Gesangstunde, das war noch auf der Schule.«

»Eben. Jeder andere, den ich gehört habe, ist durch Ausbildung verdorben. Du hast wenigstens nichts, was wir dir erst wieder austreiben müssen. Ich unterrichte dich.«

»Jonah. Du weißt doch, dass ich nicht singen kann.«

»Wer spricht denn von *Singen*, Muli? Es ist nur der Bass.«

Er erläuterte es mir. Er war auf der Suche nach einem vollkommen neuen Stil, so alt, dass er aus dem allgemeinen Gedächtnis verschwunden war. Noch wusste keiner, wie diese Sachen überhaupt zu singen waren; sie improvisierten alle. Sangeskunst war ein alter Hut – Vibrato, Tonstärke, Schmelz, gelackter Glanz, das ganze Arsenal von Tricks, mit denen man einen riesigen Konzertsaal füllte oder ein ganzes Orchester übertönte, all das musste verschwinden. Und an die frei gewordene Stelle mussten Helligkeit, Klarheit, Exaktheit treten, Engel, die auf Nadelspitzen balancierten.

»Das Ende des Imperialismus, Muli. Wir kehren zurück in eine Welt, wie sie vor dem neunzehnten Jahrhundert war. Wir lernen zu singen wie alte Instrumente. Stimmen für die Gedanken Gottes.«

»Du wirst doch jetzt nicht auch noch fromm?«

Er lachte und sang »*Gimme that old-time religion*«. Aber er sang es in einem hohen, klaren Stil, *conductus*, etwas aus der Schule von Notre-Dame, achthundert Jahre alt. »*It's good enough for me*«.

»Du spinnst«, sagte ich.

»Joey, alles dreht sich darum, wie die Stimmen sich mischen. Sich verbinden. Ineinander aufgehen. Das ganze Ensemble atmet wie ein einziger Sänger. Genau das, was Musik für uns bedeutet hat, als wir noch Kinder waren. Fünf Stimmen, als wären sie eine einzige lebendige Seele. Und da sitze ich hier und überlege: Unter all den Menschen auf der Welt, wer versteht mich da am besten? Mit wem habe ich das meiste genetische Material gemeinsam? Wessen Kehle ist meiner eigenen am ähnlichsten? Wer hat mehr Musikalität im kleinen Finger als andere in der ganzen –«

»Lass doch die Lobhudelei, Jonah.«

»Widersprich nicht einem Älteren und Klügeren. Vertrau mir, Muli. Habe ich je etwas getan, was sich als falsch erwies?« Ich musste lachen. »In letzter Zeit, meine ich.«

Er kam zu den praktischen Fragen. Erläuterte mir, was er singen wollte; wie er diese noch ungeborene Gruppe bekannt machen wollte. »Ist das realistisch?«, fragte ich.

»Du meinst, ob wir davon leben können?«

»Ja. Das meine ich.«

»Was hast du gesagt, wie viel haben wir von Pa geerbt?«

Ich hätte mir denken können, dass es darauf hinauslief: unser ganzes Leben bezahlt vom Tod unserer Eltern. »Jonah. Das kann ich nicht machen.«

»Joey. Das kannst du nicht *nicht* machen. Ich brauche dich hier. Ich brauche dich bei dieser Sache. Wenn ich es ohne dich mache, ist es nichts wert.«

Als ich auflegte, sah ich Teresa zusammengekauert in der Ecke sitzen, eine weiße alte Jungfer, in deren Wohnung gerade ein junger Schwarzer eingebrochen ist. Sie wartete auf einen Bericht von mir. Ich brachte keinen zustande. Hätte es nicht einmal gekonnt, wenn ich verstanden hätte, was da geschehen war.

»Du gehst zu ihm, nicht wahr? Du gehst zu ihm nach Europa.« Ich versuchte etwas zu sagen. Was als Einwand begann, endete mit einem Schulterzucken. »Scheiß auf dich«, sagte Sankt Teresa. *My honeysuckle rose.* »Dann verschwinde. Hau ab. Du hast mich sowieso nie gewollt. Du hast nie gewollt, dass aus uns beiden etwas wird.« Sie richtete sich auf, blickte in alle Richtungen, auf der Suche nach einer Waffe. Teresa brüllte mich an, aus voller Kehle, und die ganze Welt hörte mit. Wenn die Nachbarn die Polizei riefen, würde ich den Rest des Jahrzehnts im Gefängnis verbringen. »Von Anfang an, habe ich mich aufgegeben für dich, nur weil ich dachte, aus uns beiden könnte ...« Sie schluchzte. Ich hätte zu ihr hingehen sollen, aber ich konnte mich nicht rühren. Als sie wieder aufblickte, waren die Worte spröde, wie tot. »Und all die Zeit hast du nur gewartet, dass er anruft und dir ein besseres Angebot macht.«

Sie lebte ihre Rolle, wie jede große Künstlerin. Sie stürzte sich auf das Regal mit ihren Schallplatten, Hunderten davon, und mit der Stärke einer Mutter, die ein Automobil anhebt, unter dem ihr Kind begraben liegt, riss sie es von der Wand, und über den Raum, der einmal unserer gewesen war, ergoss sich ein Müllhaufen aus Musik.

NOVEMBER 1945 – AUGUST 1953

Ruthie kommt. »Es ist ein Wunder«, sagt Pa. Aber das sehe sogar ich. Zuerst ist sie hellgelb, wie eine geschälte Kartoffel. Aber nach ein paar Wochen ist sie braun, als hätte die Kartoffel ihre Schale zurückbekommen. Nichts behält seine Farbe, jedenfalls nicht für lange. Anfangs ist Ruth kleiner als die kleinste Geige, aber schon bald ist sie so groß, dass ich sie nur noch mit Mühen halten kann. So dick wie Mama war, bevor Ruthie kam; und jetzt ist Mama wieder wie früher.

Ich frage sie, ob Ruth auch in unsere Schule kommt. Mama sagt, das ist sie doch schon. Mama sagt, jeder Mensch geht in die Schule, sein ganzes Leben lang. »Du auch?« Ich kichere verlegen bei dem Gedanken.

»*Du* gehst noch zur Schule?« Sie lächelt und schüttelt den Kopf, als ob sie nein sagen wolle. Aber das will sie nicht. Es ist das traurigste Ja, das ich je gehört habe.

Jonah lernt schneller als ich, aber Mama erklärt mir, das liegt daran, dass er einen Vorsprung hat. Ich strenge mich an, aber das treibt meinen Bruder nur weiter, sodass er mir immer den entscheidenden Schritt voraus bleibt. Jeden Tag machen wir etwas Neues, lernen etwas, was wir nie zuvor gesehen haben. Manchmal ist es selbst für Mama neu. Die kleine Ruthie liegt einfach nur dabei und lacht uns an. Pa ist auf der Arbeit und bringt Erwachsenen Physik bei, denn jeder geht ja sein Leben lang zur Schule. Wenn Pa nach Hause kommt, spielen wir noch mehr Schule, sogar beim Essen und bis in den Abend hinein, und zum Abschluss des Tages singen wir dann alle zusammen. Lieder über Tiere und Pflanzen, über die amerikanischen Präsidenten, über Bundesstaaten und Hauptstädte; mit Rhythmus und Metrum lernen wir Bruchrechnung, mit Akkorden und Intervallen Zeitgefühl. Experimente mit vibrierenden Saiten bringen uns die Naturwissenschaft nahe. Wir lernen Vögel an ihren Rufen erkennen, Länder an ihren Nationalhymnen. Aus Arien lernen wir unsere ersten Worte Deutsch, Französisch, Italienisch. Ein Lied für alles und alles ein Lied.

Wir gehen ins Museum, in den Park, sammeln Blätter und Insekten. Wir machen Aufgaben, füllen Fragebögen auf verschmiertem Zeitungspapier aus – Tests, erklärt uns Mama, die der Staat fordert, zum Beweis, dass wir in unserer Schule genauso viel lernen wie andere Jungs in ihrer. Jonah und ich erledigen sie im Eiltempo, ein Wettbewerb, wer den ganzen Bogen in kürzerer Zeit beantwortet hat. Aber Mama ermahnt uns, »Beim Laufen hilft es nicht, schnell zu sein«, und lässt uns noch einmal von vorn beginnen.

Das Leben wäre ein Vorgeschmack aufs Paradies, wenn es immer so wäre. Aber das ist es nicht. Wenn die anderen Jungen in unserer Straße aus der Schule nach Hause kommen, schickt Mama uns hinaus zum Spielen – »mindestens eine Stunde«. Die anderen haben immer etwas an uns auszusetzen, etwas, wofür wir immer neue Strafen verdienen. Sie verbinden uns die Augen und schlagen mit Stöcken auf uns ein. Sie nehmen uns als Zielscheibe. Jonah ist so klein, er bräuchte gar nicht erst versuchen sich zu wehren. Wir verstecken uns in finsteren Gassen, erfinden etwas, was wir hinterher Mama erzählen, und singen die ganze Stunde über lustige Kanons voller Dissonanzen, so leise, dass unsere Peiniger uns nicht hören.

Mama hat immer eine Antwort auf die Welt. Wenn wir zusammen

unterwegs sind, beim Zahnarzt, im Kaufladen oder in der Untergrund-bahn, und jemand sagt etwas oder wirft uns böse Blicke zu, erklärt sie uns: »Die wissen ja gar nicht, wer wir sind. Die halten uns für jemand anderen. Die Leute sitzen alle in einem undichten Boot«, sagt Mama, »und haben Angst, dass es untergeht.« Und auch auf diese Angst hat sie eine Antwort. »Singt besser«, sagt sie. »Singt mehr.«

»Die Leute hassen uns«, sage ich zu ihr.

»Nicht euch, JoJo. Sie hassen sich selbst.«

»Weil wir anders sind«, erkläre ich ihr.

»Vielleicht haben sie gar keine Furcht vor dem anderen. Vielleicht fürchten sie sich, weil ihr genauso seid wie sie. Wenn sich herausstellte, dass wir gar nicht anders sind, was bliebe dann noch für sie?« Darüber denke ich nach, aber sie erwartet keine Antwort. Sie legt uns beiden die Hand auf den Kopf. »Leute, die euch etwas verbieten wollen, haben Angst, dass ihr das Verbotene schon habt.«

»Und warum wäre das so schlimm?«

»Sie stellen sich alles Gute am Menschen wie eine Sache vor, die man besitzt. Wenn ihr mehr davon bekommt, dann bekommen sie weniger. Aber das ist Unsinn, JoJo. Man kann jederzeit mehr Schönheit schaffen. Jeder kann das. Man muss nur wollen.«

Monate später: »Was tun wir, wenn sie uns schlagen?«

»Ihr habt eine bessere Waffe als jeder andere.« Mehr braucht sie nicht zu sagen, so oft haben wir es schon gehört. *Die Kraft eures Gesanges.* Ich widerspreche nicht. Ich mache mir gar nicht mehr die Mühe zu sagen, dass ich nicht weiß, was sie damit meint.

Einmal komme ich nach Hause, mein oberer rechter Eckzahn ist von einem drei Jahre älteren Jungen ausgeschlagen. Ich sage meiner Mutter nichts. Sie würde sich nur grämen. Als sie die neue Lücke sieht, ruft sie: »Wie schnell du groß wirst, JoJo! Bald bist du ein Mann!« Aber es dauert Wochen, bis der neue Zahn kommt. Ich lächle sie an, bei jeder Ge-legenheit. Einmal wendet sie den Blick ab, weint über den zahnlosen Knaben, der noch treuherzig dazu grinst. Ich brauche fünfzig Jahre, bis ich diese Tränen verstehe.

Warum müssen wir überhaupt nach draußen? Das wollen wir Jun-gen wissen. Warum können wir nicht drinbleiben und lesen, Radio hö-ren, Flohhüpfen spielen oder im Keller seilspringen, wie Joe Louis? Meine Eltern lesen immer gegenseitig ihre Gedanken. Auf all diese Fra-gen geben sie dieselben Antworten. Sie üben es vorher. Sie wissen es, wenn der andere einen von uns schon zu etwas überredet hat oder von etwas abbringen will.

»Diese Familie ist nicht fair«, sagt Jonah. »Das ist keine echte Demokratie!«

»O doch, das ist sie«, versichert uns Pa. Oder vielleicht auch Mama. »Aber die Stimmen der Großen zählen doppelt.«

Einer bringt den Satz zu Ende, den der andere angefangen hat, einer greift die Melodie des anderen auf. Manchmal summen sie laut beim Frühstück oder bei der Hausarbeit und landen beide genau an derselben Stelle, selbst wenn beide die Melodie schon seit Wochen nicht mehr gesungen haben. Spontaner Einklang. Im selben Tempo, derselben Tonart.

Ich frage Pa: »Von wo kommen wir denn nun – aus Deutschland oder aus Philadelphia? Was haben wir für eine Sprache gesprochen, bevor wir Englisch lernten?«

Er blickt mich forschend an, will herausfinden, was ich wirklich frage. »Wir kommen aus Afrika«, sagt er. »Wir kommen aus Europa. Wir kommen aus Asien, denn eigentlich liegt Russland in Asien. Wir kommen aus dem Nahen Osten, wo die ältesten Völker herstammen.«

Aber da widerspricht Mama. »Kann sein, dass sie da ihr Sommerhäuschen hatten, Schatz.«

Zehn Namen kenne ich: Max, William, Rebecca, Nettie, Hannah, Charles, Michael, Vihar, Lucille, Lorene. Ich sehe Familienfotos, wenn auch wenige. An unglücklichen Abenden, wenn Ruth krank ist oder Mama und Pa sich nicht verstehen, sende ich Botschaften an diese Namen.

Jonah fragt: »Welche Farbe hatte Adam?« Er grinst, denn er weiß, dass er mit der Frage gegen die Regeln verstößt.

Mama sieht ihn ärgerlich an. Aber Pa strahlt. »Das ist eine ausgezeichnete Frage! Wie viele gibt es schon, auf die Religion und Wissenschaft genau die gleiche Antwort geben? Alle Völker der Erde müssen gemeinsame Vorfahren haben. Wir bräuchten nur ein besseres Gedächtnis.«

»Oder ein schlechteres«, sagt Mama.

»Stellt euch das vor! Ein einziger Ort, von dem wir alle herstammen.«

»Außer ein paar Hengsten, die im Neandertal über den Zaun gesprungen sind.«

Pa wird rot, und wir Jungen lachen, auch wenn wir keine Ahnung haben, was diese Alberei soll. »Noch vorher, meine ich. Der Ursprung.«

Mama zuckt mit den Schultern. »Vielleicht kam der Erste durchs Fenster geflogen. Von irgendwo draußen.«

»Ja«, sagt Pa nachdenklich. »Womöglich hast du Recht!« Mama lacht, stößt ihm in die Rippen. »Doch, ehrlich! Das ist wahrscheinlicher, als dass wir von hier stammen. Überleg doch, wie jung die Erde ist und wie groß die Welt draußen!«

Mama schüttelt den Kopf, verzieht die Miene. »Tja, Kinder. Euer Vater und ich sind da gerade auf etwas gekommen. Adam und Eva waren klein und grün.«

Wir Jungen lachen. Unsere Eltern sind übergeschnappt. Sie reden puren Unsinn. Wir verstehen kein Wort. Aber Jonah bekommt doch etwas mit und ich nicht. Er ist schneller, mit dem Vorsprung, den er hat. »Marsmenschen?«

Meine Mutter nickt ernsthaft, unser großes Geheimnis: »Wir sind allesamt Marsmenschen.«

Alle Völker dieser Welt: Wir kennen sie aus dem Geographie-, aus dem Geschichtsunterricht. Zehntausende von Stämmen, und kein einziger davon ist unserer. »Wir gehören nirgendwo dazu«, sage ich meinen Eltern eines Abends, als sie uns zu Bett bringen. Ich will, dass sie das wissen. Und dann will ich sie beschützen.

»Wir gehören zu *uns*«, sagt Pa. Monat für Monat schickt er Briefe nach Europa. Nachforschungen. Das macht er schon seit Jahren.

»Ihr seid den anderen voraus«, fügt Mama hinzu. »Wartet's nur ab, eines Tages ist die ganze Welt wie ihr.« Wir denken uns eine Nationalhymne aus, ganz aus Takten, die wir aus anderen Hymnen stehlen.

»Glauben wir an Gott?«, frage ich.

Und sie sagen: »Ein jeder Junge glaube auf seine Weise.« Oder etwas in dieser Art, genauso unnütz, genauso unmöglich.

Meine Mutter singt in der Kirche. Manchmal nimmt sie uns mit; Pa ist nie dabei. Sie singt Sachen, die sie kennt, aber wir nicht. »Von wo kommen die Lieder?«, fragt Jonah.

»Von da, woher alle Lieder kommen.«

Schon damals nimmt Jonah ihr das nicht ab. »Und wohin gehen sie?«

»Ah!«, sagt sie. »Immer zurück zum *Do*.«

Wir stehen neben ihr in der Bankreihe, haben die Hände an ihre Hüften gedrückt und spüren durch das Kleid hindurch, wie der Körper vom Singen vibriert, die Noten, die mit solcher Kraft und Klarheit hervorkommen, dass Leute sich unwillkürlich umdrehen und sehen wollen, wer da singt. Wir gehen in Kirchen, in denen alle tun, als merkten sie es gar nicht. Wir gehen in andere, in denen alle jubilierend mitsingen, mitklatschen, die Melodie aufgreifen und in einem Dutzend improvisierter Codas ausklingen lassen. Einmal lässt der donnernde, wogende, ekstatische Chor eine dicke Frau vor uns in Zuckungen ausbrechen. Ich denke erst, sie tut nur so, und lache darüber, aber dann bin ich stumm. Sie wiegt sich hin und her, zuerst im Rhythmus der Musik, dann schneller, schließlich doppelt, dreimal so schnell. Ihre Arme gehen hin und her wie bei einem Langstreckenläufer, und die Brüste hüpfen auf und ab. Ein Mädchen, vielleicht ihre Tochter, hält sie fest, schwankt selbst und singt dabei immer weiter mit der Gemeinde mit. »Es kommt der Tag. Es kommt der Tag. An dem die Mauern fallen.« Die Frau neben ihr, eine Wildfremde, fächelt ihr mit dem Taschentuch Luft zu, sagt »Lass es nur kommen, Schwester, lass es kommen«, sieht nicht einmal hin. Folgt einfach nur dieser Woge der Musik.

Womöglich stirbt sie. Meine Mutter sieht den Schrecken auf meinem Gesicht. »Keine Sorge, JoJo. Sie kehrt einfach nur zurück.«

»Wohin?«

Meine Mutter zuckt mit den Schultern. »Dorthin, wo sie war, bevor sie hierher kam.«

Jede Kirche, in die wir gehen, klingt anders. Meine Mutter singt überall und geht weit über den Lauf der Noten hinaus. Leuchtet wie der Horizont in der Ferne, an den sämtliche Klänge zurückkehren. Was man mehr liebt als das eigene Leben, muss einem doch schließlich ganz gehören. Was man besser kennt als den eigenen Weg nach Hause, darauf hat man ein Recht.

Am Abend singen wir. Wir tauchen ganz ein in die Musik. Sie bietet uns ein klein wenig Sicherheit, hier in unserer Straße, ganz egal, von wie weit sie gekommen sein mag. Niemals komme ich auf die Idee, dass diese Töne gar nicht uns gehören, dass sie das letzte Aufflackern des längst aufgegebenen Traums eines anderen sind. Alles, was wir singen, kommt erst jetzt auf die Welt, hier, an diesem Abend. Das Land, aus dem es kommt, ist das Spinett, die Regierung sind die Finger meiner Mutter, sein Volk unsere Kehlen.

Mama und Pa können direkt nach dem Notenblatt singen, Sachen, die sie noch nie zuvor gesehen haben, und trotzdem klingt es, als sei es etwas, was sie schon von Geburt an kennen. Wir singen ein Lied aus England, »Come Again, Sweet Love Doth Now Invite«. Bald steigen wir alle zusammen die Tonleiter hinauf – »*to see, to hear, to touch, to kiss, to die*«, sehen, hören, fühlen, küssen, sterben –, bauen es Stufe um Stufe auf, bis wir auf dem Höhepunkt wieder umkehren, das *Sterben* am Ende des Satzes ein Spielzeug, das wir behutsam vom einen zum anderen reichen. Fünf Phrasen, leuchtend, unschuldig, lassen die Gesellschaftsspiele der Höflinge aus der Zeit dieses Liedes wiederaufleben, die rauschenden, vom Sklavenhandel finanzierten Feste.

Jonah ist begeistert. Er will mehr vom selben Komponisten. Wir singen ein weiteres Lied: »Time Stands Still«. Die Zeit steht still. Erst ein halbes Jahrhundert später, erst jetzt wo ich diese Worte niederschreibe, finde ich den Weg zurück, taste mich suchend zurück zu diesem Lied. Jetzt sehe ich wieder den Tag und den Ort vor mir, den wir immer gesucht haben, wenn wir auf unseren Konzertreisen dies Lied sangen. Jetzt erst verstehe ich die Botschaft dieses ersten Mals. Denn die Prophezeiung ist ja nur eine vorweggenommene Erinnerung an etwas, das die Vergangenheit schon seit Ewigkeiten sagt. Alles, was wir jemals tun, ist einen Anfang zu vollenden.

»Zeit steht still, schau ich in ihr Gesicht.« Ich sehe hin, und die Zeit bleibt stehen. Das Antlitz meiner Mutter im weichen Licht dieses Lieds. Wir singen ein fünfstimmiges Arrangement, Jonah so langsam, dass jede Note einzeln schwebt, der Stumpf einer Säule, um den sich Weinlaub rankt. Das ist sein Traum: Er will alle Bewegung dieser Melodie zum Stillstand bringen und einen einzigen Akkord daraus machen.

Er möchte, dass wir nie aufhören. Aber als das Lied verklingt, ist er ein letztes kleines trügerisches Jetzt lang selig, die Seligkeit, die in diesem Akkord steckt. »Du magst die alten Lieder?«, fragt Pa. Jonah nickt, obwohl er noch nie auf den Gedanken gekommen ist, dass manche dieser Melodien älter sind als andere. Sie sind alle exakt so alt wie unsere Eltern: einen Tag jünger als die Schöpfung.

»Wie alt ist das Lied?«, frage ich.

Unser Vater hebt die Augen. »Siebenundsiebzig drei viertel Ruths.«

Meine Schwester juchzt vor Vergnügen. Sie wedelt mit den Armen. »Nein, nein!« Sie legt eine Hand ans Kinn, stützt den Ellbogen in die andere, das Bild eines Denkers. Schon jetzt ist es geradezu unheimlich, wie sie bestimmte Haltungen und Posen nachmachen kann, wie sie sich Äußerlichkeiten aneignet, als verstünde sie sie. »Oder wartet, es ist … ja!« Der Finger schießt in die Höhe, ihr Nicken ein *Heureka*. »Sechsundsiebzig drei viertel Ruths. Die erste Ruthie dürfen wir nicht mitzählen.«

»Wie viele Mamas?«

Pa muss nicht einmal rechnen. »Etwas über elf.«

Mama sieht ihn böse an. Er will sie umarmen, aber sie schubst ihn fort. ›Fast zwölf!‹

Das verstehe ich nicht. »Wie alt ist Mama?«

»Achteinhalb Hundertstel von diesem Lied.«

»Und du? Wie viele Hundertstel?«

»Ah! Das ist eine andere Frage. Ich habe euch nie gesagt, wie alt euer alter Herr ist, nicht wahr?« Er hat es uns schon eine Million mal erzählt. Er ist null Jahre alt, er ist alterslos. Er ist 1911 in Straßburg zur Welt gekommen, damals Deutschland, heute Frankreich, an dem Tag, der damals der 10. März war, doch in den Stunden, die für immer verschwanden, als das Elsass kapitulierte und schließlich seine Uhren nach Greenwich ausrichtete. Das ist die Legende, die sich um seine Geburt rankt, das Geheimnis seiner Existenz. So geriet er schon als kleiner Junge in die Fänge der Zeit.

»Nicht mal neun«, ärgert ihn Mama. »Euer alter Herr ist ein *alter* Herr. Nur neun von den langen Leben eures Vaters, und ihr wäret wieder zurück bei Dowland!«

Meine Eltern kommen aus verschiedenen Zeiten.

»Nein«, widerspricht mein Vater. »Durch null darf man nicht dividieren!«

Ich frage nicht, wie viele Jonahs das wären, wie viele Joes.

»Jetzt aber genug mit diesen Dummheiten.« Mama ist die absolute Herrscherin über alle amerikanischen Stroms, jetzt und für alle Zeit. »Wer hat nur die ganze Mathematik ins Haus gelassen? Lasst uns lieber sehen, dass wir mit dem Zählen vorankommen.«

Steh still und schau, Minute, Stund und Jahr, sie schwindet nicht. Unser Vater entdeckt, dass die Zeit keine Schnur ist, sondern eine Reihe von Knoten. So singen wir. Nicht geradlinig, sondern wir kehren immer wieder in Schleifen zu uns zurück; wir finden die Harmonien zu Passagen, die wir zuvor gesungen haben, die Begleitmusik zu Abenden, an denen wir erst noch singen werden. Das ist der Abend – oder könnte es gewesen sein –, an dem Jonah die geheime Sprache der Harmonie entschlüsselt und das elterliche Spiel der improvisierten Zitate erlernt. Mama beginnt mit Haydn; Pa steuert seine verrückten Verdi-Variationen bei. Der Fisch und der Vogel auf Wohnungssuche polstern ihr Nest aus mit allem, was passt. Dann Jonah, der aus dem Blauen heraus ohne eine falsche Note Josquins *Absalon, fili mi* anstimmt. Und für dieses Kunststück in so zartem Alter erntet er von meinen Eltern einen Blick, so erschrocken, wie wir ihn ängstlicher selbst bei einem Fremden nie gesehen haben.

Und dann, später, als Einstein zu unserem musikalischen Abend kommt und mit den anderen musizierenden Physikern seine Geige spielt, muss er meinen Eltern nur einen einzigen kleinen Schubs geben, und schon können sie nicht anders und schicken ihren Jungen fort.

»Das Kind ist begabt. Sie hören gar nicht, wie begabt es ist. Sie sind zu nahe daran. Es ist unverzeihlich, dass Sie nichts für ihn tun.«

Das Nichts, das meine Mutter ihm gegeben hat, ist ihr Leben. Das ist ihre unverzeihliche Sünde: der immer gleiche Rhythmus der Liebe. »Das Kind ist begabt.« Und was glaubt dieser Mann mit der weißen Mähne, woher es die Begabung hat? Jeden Tag hat sie diese Begabung gefördert und hat alles dafür gegeben. Sie vernachlässigt ihre eigene Kunst, ihr eigenes Wachstum, ihre Karriere. Aber auch das ist Schwarzsein: Eine Welt voller Weißer, für die alles, was man macht, nicht gut genug ist, egal, was es ist. Verkauft euren Jungen in die Sicherheit, schickt ihn fort, lasst ihn fliegen, seine Meisterschaft entwickeln, bringt ihn über diesen Fluss, egal wie. Und sie sagen nie, was das für ein Land ist, in das wir ihn schicken, dort am anderen Ufer des Flusses.

Vielleicht stirbt sie, ohne die Entscheidung je infrage zu stellen. Vielleicht denkt sie bis zuletzt, die Begabung des Jungen habe ihr keine andere Wahl gelassen. Glaubt an die Pflicht, die ihr die Schönheit auferlegt, ein williges Opfer der hohen Kultur. Vielleicht stirbt sie und weiß gar nicht, dass es keine bessere Schule gibt als ihre. Denn hier steht ihr Sohn, ihr Ältester, und stiehlt jede Note der Musik, all das, was man ihr verweigert hat. Ich sehe den Blick, den meine Eltern tauschen. Sie wägen den Preis ihres Experimentes ab, kalkulieren die Kosten ihrer Gemeinschaft.

Was wäre aus Ruthies Begabung geworden, wäre Mama am Leben geblieben? Mit vier Jahren überflügelt meine Schwester uns ja schon alle, hält selbst bei den kompliziertesten Melodien mit, hoch und klar, egal wie die Intervalle ringsum wechseln. Bald ist sie eine geniale Stimmenimitatorin, macht Pa nach, dann Mama, stellt in perfekter Parodie jede Marotte ihrer Brüder bloß. Schnauft wie der Postbote. Stottert salbungsvoll wie der Radiokommentator, den unsere Eltern so gern hören. Vertrottelt wie der alte Gemüsemann an der Ecke – immer weiter, bis Mama unter Tränen um Gnade fleht. Sie imitiert nicht einfach nur, sie erweckt diese Gestalten zum Leben. Ruth scheint etwas über die menschliche Einbildungskraft zu wissen, was sie unmöglich in ihren vier Jahren gelernt haben kann. Sie verkörpert die Menschen, die sie nachahmt.

Aber meine Schwester ist um ein ganzes Leben jünger als wir. Drei Jahre liegen zwischen uns: Lang genug, dass wir einander nicht mehr erkennen. Jeder von uns ist das Kind seines eigenen kurzen Augenblicks. Noch viereinhalb Jahre, dann wird Mama an einem Ort sein, an dem keine Jahre sie mehr erreichen können.

Ihr Tod kappt für uns alle Leinen, und wir treiben ruderlos in der Zeit. Jetzt bin ich fast doppelt so alt wie meine Mutter damals. Ich bin durch die Windungen eines Wurmlochs gekrochen, um noch einmal einen Blick auf sie zu werfen, ihr Spiegelbild im Licht ihrer Familie. Ihr Gesicht steht still und schaut, betrachtet all das, was es nicht mehr erleben wird. Jetzt ist es so alt und so jung wie alles, was stehen geblieben ist.

Da ich nichts habe, woran ich sie überprüfen könnte, kann ich meiner Erinnerung nicht trauen. Mit der Erinnerung ist es wie mit der Stimme. Eine Note muss zuerst im Bewusstsein Gestalt annehmen, bevor die Stimme sie zum Ausdruck bringen kann. Wenn der Ton erklingt, hat er schon einen langen Weg hinter sich. Schon öffnet sie sich mir in diesem Blick, einem Blick, der Jahre braucht, bis er bei mir anlangt: Ihr Entsetzen, als sie hört, was für ein Wunderkind ihr Sohn ist. Das ist die Erinnerung, die ich auf die Reise schicke, mein Schlüssel zu der Frau, wenn alle anderen Schlüssel längst verschwunden sind. Sie tauscht diesen Blick mit ihrem Mann, die beiden begreifen, was sie da in die Welt gesetzt haben, das verstohlene, entsetzliche Eingeständnis: *Unser Kind gehört einer anderen Rasse an als wir.*

Auch für mich hat sie einen solchen Blick. Nur einmal, und so flüchtig, dass er schon vorüber ist, ehe er beginnt. Aber unmissverständlich: Er kommt drei Tage vor meinem Aufbruch nach Boston, wo ich von nun an zusammen mit meinem Bruder zur Schule gehen soll. Sie gibt mir Unterricht, und wir wissen beide, dass es unsere letzte Privatstunde zu zweit ist. Wir gehen das *Notenbüchlein der Anna Magdalena Bach* durch. Die meisten Stücke sind inzwischen schon zu einfach für mich, obwohl ich das nie sage. Auch große Interpreten spielen sie noch als Erwachsene, versichern wir uns. Es ist ein Buch für die ganze Familie, sagt Mama, etwas, das Bach angelegt hat, damit seine Frau ein musikalisches Zuhause hat. Ein Familienalbum, wie die Polaroid-Fotos, die meine Eltern aus früheren Jahren von uns haben. Aufgehobene, lieb gewordene Ansichtskarten.

Pa ist in der Universität. Ruth sitzt auf dem Fußboden, drei Schritt vom Klavier, spielt mit ihrem Puppenhaus und den Wäscheklammern, die es bewohnen. Mama und ich blättern in dem Album. Eigentlich stünde Sozialkunde auf dem Stundenplan – die Entwicklungsländer –, aber wir schwänzen, weil die Zeit so knapp ist. Es ist keiner da, der uns ausschimpfen könnte. Wir spielen ein paar einfache Tänze, ziehen sie in die Länge, lassen sie tanzen, so leicht wie Regen in der Wüste, die Tropfen schon zerstoben, bevor sie auf die Dächer treffen.

Dann widmen wir uns den Arien, unserem liebsten Teil des Notenbüchleins, denn da kann einer von uns singen und der andere spielen. Wir nehmen die Nummer 37, »Willst du dein Herz mir schenken«. Mama singt, schon da ein Wesen aus einer anderen Welt. Aber von hier, in der einzigen Welt, in der ich je gelebt habe, kann ich das nicht hören. Ich leite über zur Nummer 25, aber noch vor dem dritten Takt verstummt Mama. Ich halte ebenfalls inne, weil ich nicht weiß, was los ist, aber sie macht mir hektische Zeichen, ich soll weiterspielen. Ruthie die Stimmenimitatorin hat ihre Wäscheklammernfamilie beiseite gelegt und steht, wie sie es tausendmal bei Mama gesehen hat, in Sängerpose vor einem Saal voller Zuhörer, Mama wie sie leibt und lebt in einem Drittel der Originalgröße. Die Stimme der kleinen Ruth ist die Stimme der Erwachsenen, die schon in ihr steckt. Als meine Mutter aufhört, singt sie »Bist du bei mir« zu Ende, singt es an ihrer Stelle, für sie, *als* sie.

Meine siebenjährige Schwester hat die deutschen Worte nach dem Gehör gelernt, einfach nur nach den zwei- oder dreimal, die Mama das Lied gesungen hat. Ruth versteht kein einziges Wort von dem, was sie da in der Sprache ihres Vaters singt. Aber sie singt so sicher, als wisse sie genau, wohin jedes Wort gehört. Sie singt das Lied, das Pa und Mama im Wohnzimmer unserer Großeltern spielten, als er zum ersten Mal dort zu Besuch war. *Ach, wie vergnügt wär' so mein Ende.*

Ich spiele die letzten Noten, und Ruth läuft souverän in den Hafen ein. Mama steht mit gefalteten Händen, reglos und doch Dirigentin. Als das Lied verklingt, starrt sie mich ungläubig an. Sie bittet mich, die einzige andere Seele in Hörweite, um eine Erklärung. Dann geht sie zu Ruth, lobt sie, fährt ihr übers Haar, bringt nur ein paar ungläubige Laute hervor. »Ach mein Mädchen, mein kleines Mädchen. Kannst du denn wirklich *alles*?«

Aber einen Moment lang fragt sie mich, was ich davon halte. Pa ist nicht da; ich bin der einzige verfügbare Mann. Vielleicht bin ich der – der sie jetzt, ein halbes Jahrhundert später, betrachtet –, den sie fragt. Sie senkt den Blick, voller Vorahnung. Von mir möchte sie Erklärungen für das, was kommen wird. Sie hört es in Ruths Lied: hört, was auf sie wartet. In ihrem panischen Blick in die Zukunft fordert sie Dinge von mir, die ich nicht halten kann. Ihr Blick nimmt mir ein Versprechen ab: Ich muss auf sie Acht geben, auf diese ganze sangesvergessene Familie, später, wenn ich der Einzige sein werde, der sich an diesen Blick in die Zukunft erinnert. *Pass auf dieses Mädchen auf. Pass auf deinen Bruder auf. Pass auf diesen hoffnungslosen Flüchtling auf, der selber nichts sehen kann, was kleiner ist als eine Galaxie.* Sie blickt mich an, den Blick nach vorn gerichtet über die Jahre, sieht mein späteres Ich, erwachsen, unglücklich, der einzige Mensch, der zwischen ihr und dem letzten Wissen steht. Sie hört die Wirkung, bevor sie die Ursache hört: Ihre eigene Tochter singt für sie, das eine Lied, das gut genug für ihre Totenfeier ist.

Sie schickt mich nach Boston, damit mein Bruder Gesellschaft hat. Als der Tag kommt, an dem ich wirklich fortmuss, lächelt sie, wenn auch noch so gequält. Nie wieder ist von diesem Augenblick die Rede, nicht einmal in ihren Augen. Am Ende muss ich glauben, ich hätte ihn erfunden.

Aber ich war da, bei der Probe. Und auch bei Ruths Auftritt war ich dabei. Und ich bin immer noch hier, auf die Bühne geholt für eine Zugabe, auch wenn all meine Mühen nicht einem Einzigen das Leben gerettet haben. Ein halbes Jahrhundert nach dem Tod meiner Mutter höre ich die Kadenz, die sie damals schon hörte. Sie sieht nicht voraus, was ihr widerfahren wird; eher könnte man sagen, dass sie sich daran *erinnert*. Denn wenn Prophezeiung einfach Erinnerung ist, die wieder in eine längst aufgeschriebene Melodie einstimmt, dann muss die Erinnerung schon alle Prophezeiungen kennen, die sich erst noch erfüllen.

MEISTERSINGER

Als er mich am Flughafen Zaventem in Brüssel abholte, hielt er wie ein Chauffeur, der auf einen unbekannten Fahrgast wartet, ein handgeschriebenes Schild mit der Aufschrift PAUL ROBESON in die Höhe. Auch das Leben in den Hauptstädten Europas hatte seinen Humor offenbar nicht erwachsener gemacht.

Ich war sogar froh, dass er mir einen Anhaltspunkt gab. Ohne das alberne Schild hätte ich ihn in der Menge womöglich gar nicht erkannt. Er hatte sich einen Bart stehen lassen, einen kleinen Spitzbart, irgendwo zwischen W. E. B. Du Bois und Malcolm X. Die Haare trug er fast schulterlang, und sie waren glatter, als ich je gedacht hätte. Er wirkte irgendwie *massiger* – ein besseres Wort fiel mir nicht ein –, obwohl er seit Juilliard nicht zugenommen hatte. Die meergrün glänzende Jacke und die stahlgraue Hose machten seinen Auftritt noch eindrucksvoller. Er wirkte blass. Aber das war auch kein Wunder in einem Land, wo die Sonne ihre Gastspiele häufiger absagte als eine empfindliche Diva. Er sah aus, wie Christus in den vergangenen zwei Jahrtausenden eigentlich hätte dargestellt werden müssen: Kein Nordmann in wallender Toga, sondern ein dunkelhäutiger Semit vom äußersten Rand Nordostafrikas, der ältesten umstrittenen Grenze zwischen zwei Kontinenten.

Ich hatte nicht mit einem derart begeisterten Empfang gerechnet. Er schwenkte sein Schild und vollführte dazu eine kleine Allemande. Ich setzte meine Koffer vor seinen Füßen ab und riss ihm das Schild aus der Hand. »Muli, Muli.« Er umarmte mich und rieb mir dabei so heftig über den Schädel, dass die Kopfhaut schmerzte. »Wie in alten Zeiten, Bruder.« Es war wichtig, dass ich da war, aber ich wusste nicht wieso. Er schnappte sich den größeren Koffer und stöhnte, als er ihn anhob.

»Selbst schuld«, sagte ich. »Beinahe hätten sie mich mit der ganzen Erdnussbutter nicht durch den Zoll gelassen.«

Er schnüffelte. »Ah! Der entscheidende Beitrag meines Landes zur Weltkultur. Das Zeug wird uns umhauen – auf einem knusprigen Baguette.«

»Ich musste die Hälfte meiner Kleider wegwerfen, weil ich sonst keinen Platz dafür gehabt hätte.«

»Wir müssen dich sowieso neu einkleiden«, sagte er mit einem verächtlichen Blick auf meinen Aufzug. Ich sah mir die umstehenden Männer an: Sie schillerten alle in den gleichen seekranken Farben wie Jonah. Wir drängten uns durch das Spalier der Wartenden zur Eingangstür. »Bist du gut weggekommen?«

Ich zog die Schultern hoch und ließ sie wieder fallen. Ich hatte Teresa verlassen, und mir war, als wäre ich aus dem Bett gesprungen und hätte dabei den Collie getreten, der treu auf dem Vorleger über mich wachte. Mein ganzer Körper fühlte sich hohl an, von den Schlüsselbeinen bis hinunter zu den Knien, als hätte mir jemand mit Stahlwolle das Fleisch von den Knochen geschliffen. In der Zeit nach dem Tod meines Vaters, als meine Empfindungen völlig abgestorben waren, hatte Teresa mich gepflegt, und alles nur, damit ich das jetzt spüren konnte: diese rasante Schussfahrt über den Abgrund des Nichts, hinaus in die völlige Unabhängigkeit. Was ich auch sah, schien vom Tode gezeichnet. Selbst dieser Flughafen trug die schaurigen Farben einer gotischen Kreuzigung.

Draußen über dem Atlantik, umgeben von dichten Wattewolken, war mir, als löse sich die Haut von meinem Körper ab. Der Klapptisch, das Taschenbuch in meiner Hand, der Sitz unter mir, alles zerstob. Die Entscheidung nach Europa zu gehen schlug über mir zusammen wie die Fluten des Roten Meers. Ich hatte eine Frau, die für mich da war, verlassen, weil ich wieder für meinen Bruder da sein wollte. Ich hatte endgültig die Hoffnung aufgegeben, dass meine Schwester sich bei mir meldete, und hatte keine Adresse hinterlassen. Nach einem solchen Abschied konnte nie wieder alles gut werden. Nie hatte ich mich so elend gefühlt. Und niemals so frei.

Jonah sah, wie schlecht es mir ging. Ich machte den Mund auf und wollte seine Frage beantworten, aber ich brachte kein Wort heraus. Rings um uns her dicker Zigarettenqualm, der Anisgeruch von salzigen schwarzen Lakritzbonbons, Werbeplakate für Produkte mit Preisen in exotischen Währungen, deren Wert ich nicht einmal erahnen konnte, unverständliche Lautsprecherdurchsagen, Lederkostüme und seltsam geschnittene pastellfarbene Kleider – ein einziger Schwindel erregender Strudel. Ich hatte kein Zuhause. Ich hatte meine Gefährtin verlassen. Ich hatte alles, was sicher und anständig war, aufs Spiel gesetzt. Es gab niemanden, der mich vor dem Alleinsein retten konnte, das mir seit jeher bestimmt war – nur meinen Bruder, und der war noch entwurzelter als ich. Ich öffnete den Mund. Ich schnappte wie ein Fisch auf dem Trockenen, aber es kam kein Ton.

»Sie wird es überleben«, sagte Jonah; er legte mir den Arm um die Schultern und summte ein pulsierendes Organum, ebenso fremd wie alles andere. »Hier solltest du lieber kein Geld tauschen. Der reine Diebstahl. Celeste wartet beim Wagen. Wir stehen im Parkverbot. Ganz Europa steht im Parkverbot. Komm schon. Du musst sie unbedingt kennen lernen.«

Wir bahnten uns einen Weg durch die karbolgeschwängerte Flughafenluft, hier mit einem Hauch von Menthol versetzt. Gesprächsfetzen schwappten über uns hinweg, Schnipsel von Nachrichtensendungen über den Untergang von Babel. Eine Gruppe von gespenstischen, strohgerahmten Windmühlengesichtern ließ mich *Holländer* denken, bis sie portugiesisch zu palavern begannen. Ein Häuflein dunkelhäutiger Schmuggler mit buschigen schwarzen Augenbrauenwülsten hielt ich für Albaner, aber sie beschimpften sich in einem dänischen Singsang. Türken, Slawen, Hellenen, Tataren, kriegerische Hibernier: Allesamt nicht zuzuordnen. Ich kam mir vor wie in New York. Nur die Amerikaner waren auf den ersten Blick zu erkennen. Selbst wenn sie auf Litauisch brabbelten, erkannte ich meine Landsleute. Das waren die mit den weißen Schuhen und mit den J'AIME LA FRANCE-Aufklebern auf dem Bordgepäck.

Jonah zerrte mich durch die Schalterhalle wie durch einen Film der Nouvelle Vague. *Europa.* Eigentlich hätte ich etwas fühlen müssen, einen Schock der Vertrautheit; schließlich hatte ich mein ganzes Leben damit verbracht, die Alte Welt in der Wildnis der Kolonien zu neuem Leben zu erwecken. Aber ich fühlte nichts. Man hätte mich ebenso gut mit dem Fallschirm über der Antarktis abwerfen können. Eine eisige Kälte kroch mir die Beine empor, als wir die Rolltreppe hinunterfuhren.

Wir traten vor dem Terminal ins Freie. Die flandrische Frühlingsbrise erstickte mich fast. Ich brauchte Teresa wie die Luft zum Atmen. Und doch war ich absichtlich an einen Ort gekommen, an dem sie für mich unerreichbar war.

Wir überquerten die Straße und steuerten dem Parkplatz zu. Jonah hielt den Verkehr in Schach, ein Karajan, der die dahingaloppierenden Berliner Philharmoniker mit gebieterischer Geste zu einem Ritardando bändigte. Die Reihen von Peugeots und Fiats kamen mir vor, als wären sie alle mit dem Gesicht zur Straße geparkt, kein Einziger länger als ein richtiges Auto breit war. Direkt vor uns verstauten ein Zigaretten rauchender Vater und eine elegante, aufgeregt gestikulierende Mutter ihre pastellfarbene Kinderschar in einen winzigen Kleinwagen. Fünf Spielzeugautos weiter lehnte eine mahagonifarbene Frau in einer blendend weißen Bluse und einem roten Wickelrock an einem grünen Volvo. Ich konnte den Blick nicht von ihr wenden. Die Farbkombination – rot wie die Sünde, weiß wie Schnee, grün wie Gras, und dazu die tiefbraune Haut – war wie die Flagge eines Landes, das gerade erst seine Unabhängigkeit erlangt hatte. Sie war atemberaubend, und drei Schattierungen dunkler als alles, was ich in Belgien erwartet hatte. Ich war davon ausgegangen, dass ich das auffälligste Wesen diesseits des Urals sein würde. Ich lächelte beim Gedanken an die provinzielle Landkarte in meinem Kopf. Wie auch immer diese Frau hierher gekommen war, der Weg, den sie zurückgelegt hatte, war mindestens so unwahrscheinlich gewesen wie der meine.

Wir schleppten meine Koffer über die Straße und steuerten geradewegs auf die Frau zu. Ich bekam es mit der Angst zu tun, weil ich dachte, Jonah wolle sie ansprechen, obwohl seine französische Freundin irgendwo in Hörweite wartete. Ich schubste ihn an der Schulter, um ihn zum Kurswechsel zu bewegen, aber er schubste nur zurück. *Nicht gleich am ersten Tag*, dachte ich. Als wir nur noch zehn Schritte entfernt waren, zu nah um noch unauffällig beizudrehen, wandte die Frau sich um. Noch ehe ich meine Unschuld beteuern konnte, schenkte sie mir ein strahlendes Lächeln. »*Enfin! Enfin!*«

Jonah redete wie ein Wasserfall, ohne meine Tasche abzusetzen. »*Désolé du retard, Cele. Il a eu du mal à passer la douane.*«

Sie antwortete mit einem sprudelnden Wortschwall, und ich verstand kein einziges Wort. Anscheinend freute sie sich über mein Kommen, aber auf ihn war sie wütend. Jonah amüsierte sich königlich. Ich völlig in der Luft, irgendwo zwischen den Azoren und Bermuda. Meine brünette Celeste mit der gestreiften Bluse und dem Schlapphut legte den hübschen Hals in die maßgeschneiderte Kerbe einer Guillotine und winkte zum Abschied. Ich streckte Celeste Marin die Hand entgegen, der einzigen Celeste, die es gab. Sie sagte etwas zur Begrüßung, aber ich hörte nur Laute. Ich murmelte »*Enchanté*«, holpriger als der unbedarfteste Berlitz-Schüler. Sie kicherte, zog mich an sich und küsste mich viermal auf beide Wangen.

»*Seulement trois fois en Belgique!*« Der Tadel meines Bruders klang makellos, unerbittlich wie ein Lied von Massenet. Dank jahrelangen Stimmtrainings war sein Gehör so gut entwickelt, dass er mühelos den Einheimischen mimen konnte. Celeste schimpfte wie ein Rohrspatz. So viel verstand ich. Aber als sie sich umwandte und mir eine komplizierte Frage stellte, die ich nicht mit einem einfachen *oui* oder *non* beantworten konnte, blieb mir nichts anders übrig als den Kopf zur Seite zu neigen und in möglichst weltmännischem Ton »*Comment?*« zu fragen.

Celeste war am Boden zerstört. Jonah lachte. »Das war Englisch, Muli, du krausköpfiger Einfaltspinsel.« Celeste warf meinem Bruder ein paar weitere Beschimpfungen an den Kopf. Er gurrte und schmeichelte. »*Encore une fois.*«

Jetzt, wo ich gewarnt war, verstand ich sie. »*Wie fühlst du dich, zum ersten Mal in einem fremden Land?*«

»Es ist ein vollkommen neuartiges Gefühl«, erwiderte ich.

Wir warfen das Gepäck in den Kofferraum und machten uns auf den Weg. Celeste saß auf dem Beifahrersitz, ich duckte mich auf die Rückbank. Wir fuhren fünfzig Kilometer weit auf einer Straße, die – abgesehen von den dreisprachigen Schildern und den Städten mit ihren ziegelgedeckten Häusern und gotischen Kirchtürmen – nicht viel anders aussah als die Interstate 95, und währenddessen bombardierte mein Bruder mich unablässig mit Fragen über die neuesten Entwicklungen in den Staaten. Die meisten konnte ich nicht beantworten. Hin und wieder wandte Celeste sich zu mir um und offerierte mir Käse und Orangen. Wenn sie sich danach wieder nach vorn drehte, starrte ich fasziniert auf ihre erstaunliche Haarpracht. Ich brauchte dreißig Kilometer, bis ich so viel Französisch hervorgekramt hatte, dass ich sie fragen konnte, woher sie stammte. Sie nannte den Namen einer Stadt – eine Aneinanderreihung wohlklingender Silben. Ich fragte noch einmal: Fort de France.

»*Est-ce que cela est près de Paris?*«

Beinahe wäre mein Bruder auf den Mittelstreifen gefahren. »*Nicht ganz, Muli. Martinique.*«

Zum Glück dauerte die Fahrt nach Gent nicht lange. Freunde von

Mijnheer Kampen hatten ihnen ein Reihenhaus vermietet, das seit dem späten siebzehnten Jahrhundert nicht mehr verändert worden war. »Fünfzig Dollar im Monat. Sie wollen nur nicht, dass sich Hausbesetzer da einnisten. Es ist in der Brandstraat«, verkündete Jonah, »der Feuerstraße«. Der Gedanke schien ihm zu gefallen. Das Grundstück war so schmal, dass ein Cembalo mit zwei Manualen gerade hineinpasste. Aber das Haus war hoch, insgesamt vier Stockwerke. Mein Zimmer lag in der obersten Etage, ein Krähennest mit Bett, Waschbecken, Kommode und zwei Regalen voller Bücher, die ich nicht lesen konnte. Jonah begleitete mich nach oben und setzte sich einen Augenblick.

»Sie ist umwerfend«, sagte ich.

»Ich weiß.«

»Und was sagt sie zu deiner Arbeit?«

»*Meiner* Arbeit? Habe ich dir das nicht erzählt? Sie ist unsere Sopranistin.«

Ich vergrub mich in meiner Dachkammer und schlief zwei Tage lang. Als ich wieder zu mir gekommen war, sangen wir. Jonah nahm mich mit in ein umgebautes Lagerhaus zweihundert Meter von der Brandstraat, in dem Kampens Ensemble seinen Proberaum hatte. Hier zeigte mir mein Bruder, was mit ihm geschehen war. Er warf seine Strickjacke auf den blanken Fußboden, senkte die Schultern wie eine Leiche, die sich für die Seebestattung bereitmacht. Er rollte dreimal mit dem Kopf. Dann öffnete er seine stumme Kehle wie der silberne Schwan.

Ich hatte es vergessen. Vielleicht hatte ich es auch nie gewusst. In diesem leeren Lagerhaus sang er, wie ich ihn seit seiner Kindheit nicht mehr hatte singen hören. Selbst die letzte Unebenheit in seiner Stimme war wie weggebrannt, alle Unreinheiten beseitigt. Er hatte endlich einen Weg gefunden, wie er die Uressenz aus der unedlen Materie gewinnen konnte. Ein Teil von ihm hatte diese Erde bereits verlassen. Mein Bruder, der Preisträger, der Liederinterpret, der Solist der großen Symphonien, hatte zu seinem überwältigenden *Nein* gefunden. Er sang Perotin, Musik, die bei uns in der Schule allenfalls in den Geschichtsstunden vorgekommen war, ein unförmiger Homunculus, die unfertige Vorstufe dessen, was danach kommen sollte. Bei Jonah war es genau umgekehrt: Er fand mehr Gutes in der Knospe als in der vollen Blüte. Er hatte die Frische des *Immer* entdeckt, des *Beinahe*. Bei ihm klang dieser Riesenschritt zurück in die Vergangenheit wie der Sprung in eine ferne Zukunft. Die Erfindung der Diatonik, alles, was nach dem Überschwang der musikalischen Pubertät geschehen war, war ein schrecklicher Fehler. Er hielt sich so eng an den Klang eines hölzernen oder metallenen Instruments, wie es die menschliche Stimme nur zuließ. Sein Perotin verwandelte das verlassene Lagerhaus in eine romanische Krypta, erfüllt von dem Klang eines Kontinents, der noch für ein weiteres Jahrhundert schlummern und ganz in sich ruhen sollte, eher er den Blick nach außen wandte und sich anschickte, die Welt zu erobern. Seine langen, getragenen Töne kannten nichts außer sich selbst und wiesen den Weg in eine erreichbare Unendlichkeit.

Seine Stimme war jung und unverbraucht. Er hatte alle Etiketten abgestreift, die andere ihm angeheftet hatten. In Amerika hatte er zu dunkel ausgesehen und zu hell geklungen. Hier im mittelalterlichen Gent verwischten sich Hell und Dunkel im Angesicht längerer Schatten. Seine Stimme griff nach etwas, das die Welt längst aufgegeben hatte. Was immer diese Töne einst bedeutet hatten, er gab ihnen einen neuen Sinn. Unsere Eltern hatten versucht uns für eine Zukunft zu erziehen, in der die Farbe nicht mehr zählte. Jonah hatte beschlossen, mit seinem Gesang in eine Zeit *davor* zu reisen, vor der Eroberung, vor dem Sklavenhandel, vor dem Genozid. Das kommt dabei heraus, wenn ein Junge die Geschichte nur aus dem Musikunterricht kennt.

Seine Stimme klang wie die Stimme des Kindes, mit dem ich einst gesungen hatte, damals beim Auftakt zu unserem Leben. Aber unter die kindliche Unbeschwertheit mischte sich ein düsterer Unterton, eine andere Form von Heiterkeit, der Klang der verlorenen Unschuld. Was einst Instinkt war, war jetzt höchste Kunst. Durch gezielte Lockerung hatte er seinen Stimmumfang nach oben erweitert. Doch schon lastete das Gewicht der Zeit auf seiner Stimme und zog sie hinab, der Erde und dem Vergessen entgegen. Schon auf dem Höhepunkt gab es erste Anzeichen für die Mattheit, die Patina, die jede Stimme im Laufe der Zeit ansetzt. Aber seine Töne kamen mit einer schlafwandlerischen Sicherheit, präzise wie Radar, wie ein meditierender Mönch, der in seiner einsamen Zelle plötzlich schwerelos schwebt.

Er zeigte mir seine neue Stimme wie eine kaum verheilte Wunde. Er war wie jemand, der ein Unglück überlebt hat und danach vollkommen verändert ist. Er sang nur dreißig Sekunden lang. Sein Gesang war zurückhaltender als früher, sodass er sich überall einfügen konnte und doch unüberhörbar präsent blieb. Alles, was mit uns geschehen war, und alles, was niemals geschehen würde, war mir wieder gegenwärtig, und die Erinnerung trieb mir die Tränen in die Augen. Dieses eine Mal machte er sich nicht über mich lustig, sondern stand einfach nur da, mit gesenkten Schultern, den Kopf in die Richtung geneigt, in die der Ton entschwunden war. »Jetzt du, Joey.«

»Nein. Nie im Leben.«

»Genau. Das *Nie* ist genau das, worauf es ankommt.«

Er arbeitete mit mir, zwei ganze Tage lang. Erst nach Stunden ließ er mich zum ersten Mal einen Ton singen. Er führte mich zurück zu den Wurzeln, weckte meine Erinnerung. »Mach dich frei von allem. Erst wenn du alles loslässt, merkst du, was du mit dir herumschleppst. Lass deinen Körper locker am unteren Ende des Nackens baumeln. Früher hast du genau gewusst, wie das geht. Ein Baby hat eine bessere Körperhaltung als jeder Erwachsene. Verkrampf dich nicht«, flüsterte er von seinem Beobachtungsposten über dem Schlachtfeld. »Du denkst viel zu viel. Sei einfach nur da. Lass los. Lass dich fallen, sei eins mit dir selbst.« Er öffnete mich von innen heraus, bis ich nur noch eine leere Röhre war. Der mühsame Weg zur Mühelosigkeit. Wir arbeiteten tagelang, bis ich ihn nicht mehr hörte, nur noch eine Stimme in meinem Inneren, die immer wieder sagte: *Mach ein Instrument aus deiner Ruhe.*

Am dritten Tag sagte er: »Atme aus und sing einen Ton.« Mittlerweile wusste ich, dass ich nicht fragen durfte welchen. Er versetzte mich aus einer Trance der Ruhe in schlichte Schwingungen. »Die Stimmgabel Gottes!« Er wollte nichts weiter als eine solide Basis. Er verwandelte mich in einen einsamen Menhir auf grünem Feld; ich war sein Fundament, sein Bass, der Fels, auf dem er seine vollkommenen Luftschlösser bauen konnte.

Alles, was ich über das Singen wusste, war falsch. Zum Glück wusste ich nichts. Jonah bestand nicht darauf, dass ich alles vergaß, was ich je über Musik gelernt hatte. Nur alles, was man mir seit dem Verlassen unseres häuslichen Klassenzimmers beigebracht hatte.

Er hieß mich den Mund öffnen, und zu meinem Erstaunen kam ein Ton heraus. Ich hielt den Ton vier Takte lang, dann acht, dann sechzehn. Eine Woche lang sangen wir nur lang angehaltene einzelne Noten, dann noch eine Woche, so lange, bis ich alles Gefühl für die Zeit verlor. Wir sangen immer wieder die gleichen Noten, ließen sie einander umkreisen, bis sie zu einer Einheit verschmolzen. Dabei lieferte ich den gedämpften Grundton und er die brillanten Farben. Gemeinsam erkundeten wir die Grenzen meiner Stimme. Ich spürte, wie jede Frequenz aus meinem Inneren herausströmte, klar und eindeutig, eine Naturgewalt. Wir sangen lange Unisono-Passagen, als wollten wir niemals enden. Ich hatte völlig vergessen, was Glück war.

»Wieso bist du so überrascht?«, fragte er. »Natürlich kannst du das. Du hast es Abend für Abend getan, in einem anderen Leben.«

Bei den Ensembleproben wollte er mich nicht dabeihaben. Ich sollte an nichts anderes denken als an schlichte, lang angehaltene Töne. Wenn Celeste oder die anderen Kampen-Schüler – eine flämische Sopranistin namens Marjoleine de Groot, Peter Chance, ein faszinierender britischer Kontratenor, der Aachener Hans Lauscher – in dem Lagerhaus zusammenkamen und in unterschiedlichen Konstellationen probten, wurde ich in meine Dachkammer verbannt, um über das tiefe C zu meditieren.

Hin und wieder gönnte Jonah mir eine Pause. Mit einem Stadtplan bewaffnet erkundete ich wie ein Tourist meine neue Stadt. Jonah gab mir ein handgeschriebenes Blatt mit wichtigen Informationen, das ich vorzeigen sollte, falls ich mich verlief. »Sei vorsichtig. Geh immer schön langsam. Und sag nichts auf Türkisch. Sonst wirst du verprügelt, genau wie daheim.«

Hundert Schritte von unserer Haustür entfernt konnte ich nicht mehr sagen, in welchem Jahrhundert ich mich befand. Ich beschloss, Flandern und die flämische Sprache zu einem Teil meiner selbst zu machen, so wie Jonah es mir mit meiner Stimme gezeigt hatte. Ich wanderte ziellos durch die Straßen dieser Stadt, mit der es seit 1540 ständig bergab gegangen war, und sog alles in mich auf. Die Scherben des alten Gent ragten aus der rußigen Masse der Vergangenheit, Juwelen, die die Geschichte übersehen hatte, bevor es unterging. Ich stand lange vor den Gildehäusern an der Koornlei und schlenderte durch das Foltermuseum im Schloss s'Gravensteen. Irgendwann ging ich auch in die St.-Bavo-Kathedrale und fand mich unversehens vor dem größten Gemälde aller Zeiten. Das Bild von der Anbetung des Lamms in der Mitte des aufgeklappten Altars war erfüllt von der mystischen Stille, die mein Bruder mit seiner Stimme beschwor.

In dieser Stadt war ich nirgendwo zu Hause. Aber in Amerika war ich es auch nicht mehr. Ich hatte einfach nur die Qualen der Staatsbürgerschaft eingetauscht gegen die Freiheit des Fremdlings. Ich kleidete mich wie die Einheimischen, trennte mich von meinen Tennisschuhen und sprach nie ein unbedachtes lautes Wort. Aus viertausend Meilen und achthundert Jahren Abstand sah ich, wie ich auf das Land gewirkt hatte, in dem ich geboren war.

Nach zwei Monaten wagten wir uns zum ersten Mal an ein richtiges Lied: Hildegard von Bingens »*O ignis spiritus paracliti, vita vite omnis creature*« – »O tröstendes Feuer des Geistes, lebendiges Leben der Schöpfung«. Jonah übernahm den Text, ich sang die zweite Stimme unisono dazu. Als wir mit dem Ergebnis zufrieden waren, widmeten wir uns tausend Jahre alten Kanons. Jonah wollte die Geburtsstunde der geschriebenen Musik neu erleben, sein Ziel war unser genauer Gegenpol, ein Punkt, den wir in tausend Jahren eigentlich nie hätten erreichen sollen. Aber wir erreichten ihn trotzdem, *idem et idem.* Ich sollte seinen Gesang ergänzen, sodass unsere Stimmen zu einem einzigen Ton verschmolzen; an diesem fremden Ort sollte die alte Telepathie zu neuem Leben erwachen. Nach unseren jahrelangen Konzertreisen konnten wir uns noch immer ohne Worte verständigen, bewegten uns noch immer in vollkommenem Einklang, wie Fische in einem Schwarm, nicht ich mit ihm, nicht er mit mir, sondern beide gemeinsam, als seien wir eins.

Am Klavier folgten meine Finger in der Regel den Anweisungen des Kopfes. Aber meiner Stimme gelang das nur selten, trotz der größeren Nähe zum Gehirn. Biswelien stürmte Jonah einfach davon und ließ mich atemlos zurück wie ein Kind, das beim wilden Spiel auf dem Schulhof nicht mehr mithalten kann. Doch durch unser ständiges Training erreichte ich das erforderliche Tempo, das Tempo der Stille, das Tempo von Hildegards Flug jenseits der Planetenbahnen: *vita vite omnis creature.*

Und so bekam ich schließlich meine Stimme zurück, Jahre früher, als es gerecht gewesen wäre. Der Sänger, der ich zu Beginn meines Lebens gewesen war, feierte Auferstehung. Jonah befreite mich von mir selbst, nahezu unversehrt. »Woher hast du das gewusst? Wie konntest du wissen, dass ich nach all den Jahren immer noch da drin war?«

»Du hast gesungen. Die ganze Zeit über. Leise. Beim Klavierspielen.«

»Ich? Unsinn. Du lügst.«

»Wenn ich's dir sage, Joseph. Ich lüge nicht mehr. Ich habe es genau gehört.«

Es spielte keine Rolle, woher er es wusste oder was er gehört hatte. Ich konnte singen. Ich hatte eine Aufgabe: eine dunklere Variante desselben genetischen Materials, stark genug für den Bass. Als ich endlich so weit war – die äußere Bestätigung seines inneren Ohrs –, holte Jonah Celeste dazu. Zum ersten Mal seit unserer Schulzeit machten mein Bruder und ich zusammen Musik mit einem anderen Menschen.

Ich war Celeste in Gent nicht näher gekommen als auf dem Flughafenparkplatz am Tag meiner Ankunft. Zwischen ihr und meinem Bruder herrschte eine Übereinstimmung, wie es sie nur zwischen zwei Menschen geben kann, die einander unbegreiflich sind. Sie redeten unablässig, aber nie zur selben Zeit über dasselbe Thema. Wenn wir drei zusammen waren, drohte ich in dem reißenden Fluss französischer Silben zu ertrinken. Dann wieder sprach Celeste mit mir in einem unbekümmerten englischen Kauderwelsch, bei dem ich nur nicken und beten konnte. Nachts hörte ich ihr Liebeswerben, drei Stockwerke tiefer in unserem uralten Haus. Sie summten Pendereckis Threnodie, Reich oder Glass, die neuen Minimalisten, die jüngsten Idole der Avantgarde. Ihre Stimmen kletterten in gebundenen Viertelnoten empor zu lang angehaltenen dissonanten Intervallen, bis sich die Spannung in Appoggiaturen wieder löste. Sie wollten eine neue Spezies aus sich machen, und dafür brauchten sie einen neuen Balzgesang.

Daher kannte ich Celeste Marins Stimme schon, bevor wir zusammen sangen. Diese Tochter aus der karibischen Geldaristokratie – einer Dynastie von gemischtrassigen Rum Magnaten – sang mit typisch kreolischer Hingabe. Aber die französischen Terzette aus dem vierzehnten Jahrhundert trafen mich unvorbereitet. Beim ersten gemeinsamen Versuch gab ich nach acht Takten auf. Ihre Stimme *war* Jonahs Stimme, nur wieder im Sopran, wie vor seinem Stimmbruch. Wie auch immer sie am Pariser Konservatorium gesungen hatte, bevor sie Jonah kennen lernte, jetzt klang sie mehr wie ein weiblicher Jonah, als Ruth und Mama es jemals getan hatten.

Wir probierten ein Stück – ein Chanson von Solage: »Die Lüge hält die Welt in ihrem Bann«. Eine wachsende Welle der Begeisterung trug uns voran. Die letzte Note verhallte, schwebende Staubkörnchen im göttlichen Licht. Ich war wie berauscht. Seit Ewigkeiten hatte ich mich nicht mehr so euphorisch gefühlt und zugleich so voller Angst. Am Abend konnte ich nicht einschlafen, weil mir bewusst war, was wir besaßen. Wie sich herausstellte, ging es Jonah ebenso. Ich hörte ihn auf den hölzernen Stufen zu meinem Krähennest. Er trat ohne anzuklopfen in mein Zimmer und setzte sich in der Dunkelheit an das Fußende meines Bettes. »Himmel, Joey. Das ist es. Wir haben es geschafft.« Ich sah, wie die schemenhafte Gestalt in die Luft boxte wie ein Teenager, der sich mit dem Ball ganz allein vor der Torlinie findet. »Mein Leben lang. Mein ganzes Leben habe ich darauf gewartet.« Aber er konnte nicht sagen, worauf.

»Und was ist mit den anderen?« Ein Hunger hatte mich gepackt. Ich würde nicht zulassen, dass die anderen uns auch nur einen Taktschlag lang zurückhielten, eher würde ich sie beiseite stoßen.

Jonah lachte in der Dunkelheit. »Wart's ab.«

Ich wartete, bis zur nächsten Woche, als Jonahs handverlesenes Gesangsensemble sich zur Probe versammelte. Die anderen traten seit zwei Jahren in unterschiedlichen Konstellationen miteinander auf und hatten ihre Kunst immer weiter verfeinert. Sie hatten die Zuhörer in den gotischen Geisterstädten der Niederlande, Frankreichs und Deutschlands mit ihrem Gesang verblüfft. Sie wussten, wozu sie gemeinsam fähig waren, und konnten ihr Geheimnis nur schwer für sich behalten. Aber fünf Sechstel sind von der Perfektion ebenso weit entfernt wie jeder andere Bruchteil. Mit jeder neuen Stimme beginnt eine Gruppe wieder ganz von vorn, bei null.

Vor dieser ersten Probe war ich von Lampenfieber wie gelähmt. Diesen Menschen gehörte die Welt, von der ich einen ersten Blick aus der Ferne erhascht hatte. Sie hatten ihr ganzes Leben mit Singen verbracht; ich war ein Klavierspieler auf dem Wege der Genesung, der gerade erst zum Singen zurückfand. Die Sprachen, in denen wir sangen, waren ihnen von Kind auf vertraut; ich konnte die Laute nur nachahmen und das Beste hoffen. Mein Bruder setzte für mich seinen Ruf aufs Spiel. Ideale Voraussetzungen dafür, dass ich auf meine vorwitzige Nase fiel. Ich hatte nichts als die zurückliegenden Tage, eine vage Ahnung, wie die Zukunft aussehen könnte.

Wir sangen vom Blatt: Ein Chanson von Dufay – »Se la face ay pale« – und anschließend die älteste aller Parodiemessen, aufbauend auf der gleichen Melodie. Es war, als öffneten wir eine Grabkammer, die seit einem halben Jahrtausend verschlossen war. Zehn Jahre später sollte das Streben nach Originalklang den Einsatz von Frauenstimmen ganz verbieten. Aber einen kurzen Augenblick lang dachten wir, wir hätten die Zukunft klar vor Augen und die Vergangenheit sicher im Griff.

Wenn der Körper den Grenzen seiner Hülle entflieht, beginnt er zu schweben. Wie viele Menschen, gefangen im Fluss der Zeit, können auch nur für einen einzigen Augenblick aus der Strömung heraustreten und am Ufer des Flusses verweilen? Jonah übernahm den Tenor, und die Frauenstimmen setzten zum Flug an, drei Schritte Anlauf, dann der Sprung in die Schwerelosigkeit. Sie segelten empor bis zum Schlussstein des höchsten Gewölbes. Ihre Sicherheit gab mir Kraft, und die Noten rollten ohne viel Zutun vom Blatt, sobald ich sie ansah.

Das polyphone Geflecht war so dicht, dass jede neue Stimme, wenn sie die vorherige aufgriff, klang, als kehre diese an den Anfang zurück. Ich war vor einen Garderobenspiegel getreten und sah mich selbst vervielfacht. Hin und wieder kehrten die befreiten Stimmen zurück zu der Einheit, aus der sie hervorgegangen waren. Das Universum, das hatte Pa zumindest nach seinen eigenen Maßstäben einmal bewiesen, ließ sich mit Hilfe eines einzigen Elektróns beschreiben: Wenn es sich auf unendlich verschlungenen Pfaden in der Zeit hin und her bewegte, dann bildeten die Verbindungslinien zwischen den einzelnen Punkten alle existierende Materie.

Als wir ans Ende kamen, hallte die von uns erschaffene Stille nach wie eine Glocke. Peter Chance, der wie ein Engel von van Eyck sang und wie ein geschlechtsloser Anthony Eden sprach, kramte einen Bleistift hervor und machte mit winziger Schrift kritische Anmerkungen auf seinem Notenblatt. »Wie wär's mit einer kleinen Wette auf unsere Zukunft?«

Celeste bat Jonah um eine Übersetzung. Marjoleine de Groot erfüllte die Bitte mit einem Lächeln, denn Jonah starrte verzückt zu den Dachbalken empor. Wir beobachteten einander mit dem typischen Musikerblick, der alles wahrnimmt, ohne den anderen anzusehen. Jeder hatte Angst vor dem nächsten Mal. Am liebsten hätten wir die Notenblätter aus der Hand gelegt und diesen Augenblick für alle Zeiten festgehalten. Aber Jonah kehrte auf die Erde zurück und zog eine weitere Messe aus seiner Mappe. »Sollen wir es mit dem Victoria versuchen?«

Der Victoria war noch besser als der Dufay, selbst mit ein paar kleinen Fehlern. Dem Klangschauer des Probelaufs folgte eine erste Ahnung, was wir gemeinsam erreichen konnten. Das himmlische Signal war bald stärker, bald schwächer, wie ein Radiosender bei Gewitter. Aber die Botschaft war klar. Wir setzten zum Sprung an, vollführten unsere Kapriolen und Kehrtwendungen. Ich war der Richtige für sie. Mein Bruder hatte es gewusst. Als die letzten Noten verhallten, musterte Hans Lauscher mich aufmerksam und sagte: »Du bist eingestellt. Wie viel nimmst du die Stunde?« Sein Akzent ließ mich erschaudern, denn ich hörte die Stimme meines Vaters.

Celeste beglückwünschte mich überschwänglich in ihrem karibischen Argot. Marjoleine umarmte mich und klopfte mir auf die Schulter, als hätte ich gerade ein Kopfballtor in einem Qualifikationsspiel gegen die Niederlande erzielt: Das Maximum an übermütiger Freude, das ihr flämisches Temperament zuließ. »Wenn du wüsstest, mit wie vielen Bassisten wir es schon versucht haben! Gute Stimmen, aber sie passten einfach nicht zu uns. Warum bist du nicht früher gekommen? Wir hätten so viel Zeit sparen können.« Ich warf Jonah einen verstohlenen Blick zu. Er grinste ungerührt, zufrieden mit seinem Doppelspiel, stolz, dass er es von Anfang an gewusst hatte.

Die Verschmelzung von sechs nicht gerade einfachen Persönlichkeiten zu einer Einheit gelang nicht über Nacht. Es galt viele Spannungen zu überwinden, und der komplizierte Tanz gehorchte ganz eigenen musikalischen Regeln. Wir hatten unsere tägliche Dosis an hysterischen Ausbrüchen und Beschwichtigungen. Bei den Proben standen wir im Kreis hinter schwarzen Notenständern, alle auf Strümpfen, nur nicht der allzeit korrekte Hans. Manchmal zeichneten wir unseren Gesang mit einem alten Tonbandgerät auf; anschließend lagen wir alle sechs auf dem Dielenboden unserer Lagerhausbühne, dirigierten unser vergangenes Leben und begleiteten die fossile Aufnahme mit unserem Unisonogesang.

Wir waren wie Synchronschwimmer. Zehn gestikulierende Hände modellierten die widerspenstigen Noten, schwankten wie der flandrische Weizen im Wind. Besonders Celeste und Marjoleine brauchten den Tanz, bei dem sich der Bogen der Musik mit der fließenden Bewegung ihrer Muskeln verband. Peter Chance, der im Knabenchor des King's College gesungen hatte und nach dem Stimmbruch in Cambridge geblieben war, genoss die neue Bewegungsfreiheit, die ihm die Gruppe gewährte. Hans Lauscher bewegte immerhin die Schultern, was für ihn fast so viel war, als tanze er *Schwanensee*. Selbst Jonah, der Mama einst dafür getadelt hatte, dass sie beim Singen nicht still hielt, und der in den Jahren als Liedersänger unnatürlich steif und unbeweglich an der Seite des Flügels gestanden hatte, geriet in Bewegung. Er beugte die Knie und legte sich mit dem ganzen Körper in eine Phrase, als wolle er sich hinauf in den leeren Raum schwingen. Die Musik erinnert uns daran, wie kurz die Zeit ist, in der wir einen Körper haben.

Wenn wir richtig in Fahrt gerieten, war Jonah in Hochstimmung. Im Kielwasser seines allmächtigen Tenors konnten wir überallhin segeln, und keiner konnte uns etwas anhaben. Doch wenn wir strauchelten und in einem Feuerball zur Erde stürzten wie Ikarus, war seine Geduld so dünn wie abgestreifte Schlangenhaut. Dann verbrachten sechs gekränkte Primadonnen Stunden mit dem Versuch, den Kadaver wieder zum Leben zu erwecken.

Wir waren wie eine Kommune oder eine junge Kirche, in die jeder seine besonderen Fähigkeiten einbrachte. Hans war ein Quell teutonischer Gelehrsamkeit, eine wandelnde Manuskriptbibliothek, die es jederzeit mit Wien oder Brüssel aufnehmen konnte. Peter Chance, der in Cambridge Renaissancegeschichte studiert hatte, war unsere Autorität in Sachen Aufführungspraxis. Celestes Spezialgebiet war die Artikulation: Sie sorgte dafür, dass die Vokale weicher, runder und geschmeidiger klangen, und präzisierte zugleich unsere Intonation und das polyphone Wechselspiel. Marjoleine war unsere Übersetzerin, sie erklärte den Sinn der Worte und setzte Akzente, in jeder Sprache, in der wir sangen. Ich war für die Analyse der Gesamtstruktur zuständig und erkundete, wie man lang angehaltene Noten und schnelle Passagen wirkungsvoll zueinander in Beziehung setzen oder die subtilen rhythmischen Wellenbewegungen herausarbeiten konnte.

Der Herrscher über das Ganze aber war Jonah. Sein Gesicht war unser Dreh- und Angelpunkt, erfüllt von einem besessenen Willen. Unser Altersunterschied war keine schlüssige Erklärung für all das, was er mir jetzt voraushatte. Eins stand fest: Er hatte das alles nicht *gelernt*. Er erinnerte sich, ließ diese tote Welt wieder lebendig werden, als sei es immer die seine gewesen. Dank Kampens Hilfe hatte er ein Gespür für die Sprache der frühen Musik entwickelt. Schon eine Woche nachdem er ein Stück zum ersten Mal gesehen hatte, wusste er, wie er seinen überirdischen Klang wecken konnte. Mit traumwandlerischer Sicherheit fand er Zugang zu dem verborgenen Universum in jeder Komposition, entdeckte den inneren Puls einer Melodie, konnte Text, Harmonie und Rhythmus zueinander in Beziehung setzen und so die Botschaft enthüllen, die nur in der Spannung dazwischen existierte. Er führte uns durch ein kontrapunktisches Dickicht zu den Augenblicken der Ruhe, die das Leben ihm verweigerte.

Er formte die Gruppe wie ein Kyrie. Er ließ uns lange auf unseren ersten Auftritt warten. Als wir zum ersten Mal vor Publikum sangen, waren wir schon seit Monaten für diesen Augenblick bereit. Alle Mitglieder arbeiteten weiter außerhalb der Gruppe. Marjoleine leitete drei Kirchenchöre. Celeste war Backgroundsängerin bei ärmlichen Popaufnahmen. Hans und Peter sangen und unterrichteten. Jonah nahm diverse Engagements an, sang alte Musik, vor allem mit Geert Kampen, dessen mittlerweile fest etabliertes Ensemble unser Leitstern war. Aber wir sechs zusammen hielten uns immer noch zurück, weil wir den Augenblick fürchteten, an dem wir nicht mehr die Einzigen waren, die wussten, was möglich war.

Wir sangen für Kampen im Chor der St.-Bavo-Kathedrale. Die Kirche war menschenleer bis auf eine Hand voll verblüffter Touristen. Es war, als sängen wir für Josquin persönlich. Als der letzte Ton verklungen war, saß Kampen im Chorgestühl, die Stirn unter dem weißen Haarschopf verborgen. Ich fürchtete schon, wir hätten ihn mit unserer Interpretation verärgert. Er saß einfach nur da, fünf ganze Takte lang, dann wurden seine Augen hinter der winzigen Nickelbrille feucht. »Wo haben Sie das gelernt?«, fragte er Jonah. »Sicher nicht von mir.« Und obwohl mein Bruder heftig protestierte, fügte er hinzu: »Jetzt müssen Sie mein Lehrmeister sein.«

Voces Antiquae traten zum ersten Mal beim Flandern-Festival in Brügge auf und dann beim Holland-Festival in Utrecht. Wir bauten unseren Brückenkopf im fünfzehnten Jahrhundert – Ockeghem, Agricola, Mouton, Binchois, ein buntes Gemisch aus regionalen Stilen. Aber unsere Erkennungsmelodie wurde Palestrinas Messe *Nigra sum sed formosa*, ein privater Scherz zwischen Jonah und mir. Es ging um Daley und Strom, kein Außenstehender würde das verstehen. Jonah bestand darauf, dass wir alles aus dem Gedächtnis sangen. Er wollte das Risiko. Solisten haben es da leichter. Wenn sie in zu tiefes Wasser geraten, schwimmen sie, bis sie wieder Boden unter den Füßen haben, und nur der Knabe in der vierten Reihe mit der Taschenpartitur merkt etwas. Bei Ensembles muss die geistige Landkarte für alle gleich sein. Wenn sich da einer verirrt, gibt es keinen Weg mehr zurück.

Die Notenschrift lässt sich mit nichts auf der Welt vergleichen – sie ist ein Abbild der Zeit. Die Idee ist so bizarr, es ist fast schon ein Wunder: Genaue Anweisungen darüber, wie sich Gleichzeitigkeit nachschaffen lässt: Wie man etwas Fließendes hervorbringt, das Bewegung und Augenblick zugleich ist, Fluss und Momentaufnahme in einem. *Du* machst dieses hier, und *du, du* und *du*, ihr macht inzwischen das hier. Weniger die Melodielinien werden in einer Partitur festgehalten; eher beschreibt sie die Zwischenräume zwischen den beweglichen Punkten. Und man kann nie sagen, was die Summe der Einzelteile ergibt, es sei denn, man spielt es nach. Und so wurden unsere Aufführungen Teil jener unendlichen Zahl von Hochzeitsgesellschaften, Taufen, Totenfeiern, auf denen die Karte des fließenden Jetzt immer wieder neu aufgerollt wurde.

In den Weltlinien, die diese Partituren nachzeichneten, wurde Jonah endlich eins mit sich selbst. In wilder Synchronizität schlugen seine sechs Stimmen Purzelbäume umeinander, und jede schuf die anderen, indem sie die fehlenden Stücke ergänzte. Wir sangen den Palestrina, ein Werk, das, wenn ich einmal die Art von Überschlagsrechnung anstellen wollte, die Pa so geliebt hatte, etwa hunderttausendmal aufgeführt worden war. Oder wir erweckten ein Manuskript von Mouton zum Leben, das Hans Lauscher entdeckt hatte und das seit seiner Entstehung vor fünf Jahrhunderten kein Mensch gehört hatte. In beiden Fällen reihten wir uns ein in die Reihe aller Aufführungen, die es je gegeben hatte oder die noch kommen sollten.

Deshalb bestand Jonah darauf, dass wir die Sicherheit des Notenblattes aufgaben. Wir nahmen die schriftlichen Instruktionen in uns auf, lebten, aßen, atmeten sie, bis sie verschwanden, bis wir das Geschriebene wieder neu komponierten, im Moment, in dem wir es aufführten. Er wollte, dass wir auf der Bühne standen, den Mund öffneten und die

Musik einfach kommen ließen; wir sollten sein wie Medien, die nur das Sprachrohr waren für die Seele, die von ihnen Besitz ergriff. Er ließ uns aus so vielen Eingängen wie möglich auf die Bühne kommen, in Alltagskleidung, als begegneten wir uns zufällig auf der Straße. Damals war es noch eine Selbstverständlichkeit, dass man in Abendgarderobe auftrat. Jahrelang hatte Jonah sich verkleidet. Der größte Schock, der für ihn vorstellbar war, war der des Alltäglichen. Wir kamen einfach zusammen, und es war, als könnten wir ganz unvermittelt in Zungen reden. Wir standen so weit auseinander, wie die Bühne erlaubte, wie Körper bei einem physikalischen Experiment. Damit waren die Stimmen so deutlich wie möglich geschieden, die größte Raumwirkung erzielt. Die Mischung der Stimmen, der präzise Einsatz, der synchrone Schluss wurden entsprechend schwieriger, und jeden Abend forderten wir das Schicksal neu heraus. Aber mit so viel Raum zwischen uns waren wir sechs Solisten, die sich nur zufällig zu einem einzigen Kristall formiert hatten.

Unser Ton glitzerte wie Goldmünzen frisch aus der Prägeanstalt. Jonah wollte jedes Intervall zur Geltung bringen. Jede Auflösung strahlte wie ein gerade noch abgewandtes Unglück, bei jeder Dissonanz litt eine Seele Höllenqualen, jede *tierce de Picardie* befreite ein Leben von den Qualen des Diesseits. Ein Kritiker in *De Morgen* machte uns, noch trunken von dem Erlebnis, den größten Vorwurf, den wir zu hören bekamen: »Wenn man ihnen etwas vorhalten will, dann dass der Ton zu göttlich ist. Zu viele Gipfel, nicht genug Täler.«

Und selbst dieser Vorwurf war ja voller Dankbarkeit. Überall sehnten Menschen sich nach Erlösung, wenigstens ein paar Sekunden lang. Es überraschte uns alle, alle außer Jonah, wie populär wir binnen kurzem wurden. Schon im ersten Jahr wollte jedes staatlich bezuschusste Musikfestival in Europa uns einladen. In jener vornehmsten aller sterbenden Welten waren wir der Liebling des Tages. Unsere Aufnahme der Palestrina-Messen für EMI – ein Label, so groß, dass es hundert Harmondials in die Tasche stecken konnte – wurde mit zwei Preisen ausgezeichnet und verkaufte sich so gut, dass wir davon die Miete in der Brandstraat noch bis ins nächste Jahrhundert hätten zahlen können.

Tausend Jahre vergessener Musik kamen wieder zu ihrem Recht, in einem Dutzend Ländern, überall zur gleichen Zeit. Nicht nur unser Ensemble; Kampen, Deller, Harnoncourt, Herreweghe, Hillier – eine ganze Lawine war in Gang gekommen, alle mit dem Ziel, die Vergangenheit zu neuem Leben zu erwecken. Museen präsentierten schon seit Jahrzehnten tote Musik, jeder Kurator mit eigenen Ideen zur Rekonstruktion. Aber in all den Jahren hatte das Publikum diese Konzerte bestenfalls als exotisches Dekor wahrgenommen. Unsere jetzige Generation von Musikern hatte ihr Profil feiner geschärft, hatte dieser Musik eine Aura verliehen, untermauert von wissenschaftlicher Arbeit. Aber das allein konnte nicht erklären, warum ein paar Jahre lang der *creator spiritus* lebendiger war, als er je wieder sein sollte.

»Ich habe eine Theorie«, sagte Hans Lauscher in einem Hotel in Zürich.

»Jetzt wird's gefährlich«, warnte Marjoleine. »Ein Deutscher mit einer Theorie.«

Jonah hob die Hände wie ein Schiedsrichter. »Kein Streit, Leute. Wir sind hier in der Schweiz. Neutraler Boden.«

Hans quittierte es mit der Theorie eines Lächelns. »Wieso stürzen sich plötzlich alle auf eine tote Musik, die niemandem etwas bedeuten kann? Ich denke, das ist die Plattenindustrie. Die Märkte sind überschwemmt, der Verkauf stagniert. Wie viele Neuaufnahmen von Mozarts *Requiem* kann man noch bringen? Wie viele *Unvollendete*? Aber jetzt, wo sie groß und fett geworden sind, haben sie Hunger. Sie brauchen etwas Neues für die Kunden.«

»Und sei es auch Altes«, fügte Peter Chance hinzu.

»Musik ist immer neu«, entschied Jonah. Und so sollten wir auch singen: Als könne der Augenblick ewig währen.

Ich sehe uns noch vor mir, nach einem Konzert im Castello di San Giorgio in Mantua, lange nach Mitternacht in einer warmen Mainacht. Die Lichter der Stadt zeichneten dramatisch die Umrisse von Burg und Palast. Wir kamen auf den Marktplatz, der unverändert geblieben war, seit am Hof der Gonzaga das Madrigal entstanden war. Wir zogen durch diese reale Traumwelt wie durch eine Theaterkulisse. »Was haben wir für ein Glück!«, rief Celeste.

»M-hm«, stimmte Peter Chance zu. »Die reinsten Glückspilze.« Wie üblich war ich der Einzige, dem die Worte fehlten.

»Wie sind wir nur hierher gekommen?«, fragte Marjoleine. »Ich wollte Opernsängerin werden. Bis vor ein paar Jahren habe ich nichts von der Musik vor Lully gewusst.« Sie blickte Hans an, unseren Schriftgelehrten.

Er hob abwehrend die Hände. »Ich bin Protestant. Meine Eltern würden sich im Grabe umdrehen, wenn sie wüssten, dass ich lateinische Messen singe. Du!«, sagte er zu meinem Bruder und schwang seinen Finger, als fechte er mit ihm. »Du hast uns alle verführt.«

Jonah sah sich um, betrachtete den Platz im Licht des Gonzaga-

Mondes, dessen Wankelmut er erst am Abend im Lied beschworen hatte. »Ich kann nichts dafür. Ich bin nur ein armer Negerjunge aus Harlem.«

Peter Chance stieß einen Laut aus, halb Kichern, halb Empörung. Er blickte Celeste an und schüttelte theatralisch den Kopf, ein Zeichen an alle. Jonah antwortete auf den Unglauben des Chorknaben aus Cambridge im gleichen Ton, nur mit amerikanischem Akzent. Und dort, im gedämpften Mondlicht der Piazza Sordello, fiel der Groschen. In fünf verschiedenen Währungen.

»Das ist ein Witz, oder?« Noch nie hatte Chance so durch und durch britisch geklungen. »Das kann doch nicht dein *Ernst* sein!«

»Das hast du nicht gewusst? Er hat es nicht gewusst!« Ein Bastardton, halb Erheiterung, halb Verblüffung.

»Nun, ich habe natürlich gewusst, dass es … farbige Vorfahren gibt. Aber liebe Güte, du bist doch kein *Schwarzer*.«

»Nicht?«

»Na ja, nicht wie …«

»Wir haben es ausgerechnet«, erklärte Celeste stolz. »Wir vermuten, dass ich genauso viele – *comment dit-on?* – *arrière-parents blancs* habe wie die beiden hier.«

Peter inspizierte mich, und auch ich sah ihn mir genauer an. »Und wie viele weiße Urgroßeltern waren das?«

Jonah lachte. »Tja, das ist eben das Kreuz, wenn man schwarz ist. Schwer zu sagen. Aber mehr weiße als schwarze.«

»Ja das ist es doch gerade, was ich sage. Wie kannst du dich … wo du aussiehst wie …?«

»Willkommen in den Vereinigten Staaten.«

»Aber wir *sind* hier nicht in den verfluchten Vereinigten …« Kopfüber kullerte Peter Chance den Hügel hinunter, den wir für ihn aufgeschüttet hatten. Unten rappelte er sich auf und rieb sich verdutzt die Augen. »Seid ihr *sicher*?«

»Was meinst du, Joseph, sind wir uns sicher?« Jonahs Lächeln wie der Vesuv an einem gemütlichen Tag.

Ein lange verlorener Abend kam mir in den Sinn, der letzte, an dem ich meinen Großvater gesehen hatte. »So steht es auf unseren Geburtsurkunden.«

»Aber ich dachte … ich habe immer geglaubt, ihr seid … *Juden*?«

»Deutsche«, sagte Hans. Er hatte sich an eine mittelalterliche Mauer gelehnt und studierte die Manschetten seines Hemdes. Ich hätte nicht sagen können, um wie viele Kategorien es jetzt ging.

Jonah nickte. »Denkt an Gesualdo. Ives. Eine progressive Sprache. Vollkommen archaisch. *C'est la mode de l'avenir.*«

Celeste hakte sich bei ihm unter. Sie schnalzte ärgerlich mit der Zunge. »*C'est pratiquement banal.*«

»*C'est la même chose*«, steuerte ich bei. Bis an mein letztes Stündlein würde ich der Onkel Tom bleiben. Es war meine Natur.

Zu sechst standen wir unter den Arkaden des Palazzo Ducale. Schon sah Peter Chance uns mit anderen Augen als zuvor. Jonah hätte gern mit einer einzigen Bemerkung diese Gruppe gesprengt, alles zerstört, was er aufgebaut hatte. Aber er hatte ja schon jeden anderen Ort, an dem er hätte leben können, in Brand gesteckt. Ich rechnete damit, dass die anderen sich verlegen davonmachen würden, jeder zu seinen eigenen *gens*. Aber sie blieben. Jonah stand auf der Piazza, ein Herzog, der seinen Höflingen eine gute Nacht wünscht. »Ich würde sagen, wir geben an diesem ganzen Alte-Musik-Rummel den Engländern die Schuld. Den Engländern mit ihren verdammten Chorknaben.«

»Warum nicht?« Hans Lauscher ergriff die Gelegenheit. »Schließlich hat ihnen alles mal gehört, zu irgendeiner Zeit.«

»Eine Verschwörung der Briten«, stieß auch Marjoleine ins selbe Horn. »Die konnten ja noch nie mit Vibrato singen.«

Nichts änderte sich nach diesem Abend, jedenfalls nichts Sichtbares. Die Voces Antiquae sangen auch weiterhin zusammen, ihr Einklang beängstigender denn je. Von Irland bis Österreich waren wir, in der Welt der Alten Musik, gefeierte Stars. Wir waren es wider Willen. Denn was Jonah von diesem klaren, durchscheinenden Klang wirklich gebraucht hätte, das war, dass er ihn befreite von allen Etiketten, ihn anonym machte, so weit den Augen der Öffentlichkeit entzog wie nur möglich. Aber ein letztes Mal ließ die Musik ihn im Stich.

Seit ich nach Europa gekommen war, hatte ich mich um die Entwicklungen in den Vereinigten Staaten kaum noch gekümmert. Ich verfolgte das Zeitgeschehen nicht mehr und noch weniger die aktuelle Musik. Dazu hatte ich keine Zeit; ich musste schon hart an mir arbeiten, dass ich halbwegs das Niveau der anderen erreichte. Das Wenige, was ich hörte, bestätigte nur meine Vermutungen; das Land war merkwürdiger geworden, als ich mir überhaupt vorstellen konnte. Der Appetit auf *law and order* war so unersättlich wie die Gier nach Drogen und Verbrechen. In einer wallonischen Zeitschrift las ich, dass bei einem durchschnittlichen amerikanischen Mann die Wahrscheinlichkeit, dass er ins Gefängnis kam, größer war als die, dass er in ein Kammerkonzert ging. In einem Hotel in Oslo sah ich die Schlagzeile einer englischen Zei-

tung: VIERZEHN TOTE BEI RASSENKRAWALLEN IN MIAMI –
POLIZISTEN FREIGESPROCHEN. Ich wusste, wie die Anklage gegen die Polizisten gelautet hatte, noch bevor ich eine Zeile von dem Artikel las. Die Zeitung war schon einen Monat alt, und das verstärkte mein Entsetzen nur noch. Vielleicht war seither noch viel Schlimmeres geschehen, und ich würde erst davon erfahren, wenn es längst zu spät war. Jonah fand mich im Foyer. Ich reichte ihm den Bogen. Ihm eine Zeitung zu geben, das war, als hätte man Gandhi einen Stapel Pornohefte in die Hand gedrückt. Er las den Artikel, nickte und bewegte die Lippen dazu. Das hatte ich vergessen: Mein Bruder sprach leise mit, wenn er las.

»Wir sind noch nicht so lange weg, wie es uns vorkommt.« Er faltete die Zeitung ordentlich zweimal der Länge nach und reichte sie mir zurück. »Unser Zuhause wartet auf uns, wann immer wir es brauchen.«

Zwei Abende darauf, in Kopenhagen, ging mir auf, warum er mich um den halben Erdball geschleppt hatte. Wir waren mitten im *Agnus Dei* von Byrds Messe zu fünf Stimmen, über die Bühne verteilt, sangen so strahlend wie Sterne, die frisch aus den Gaswolken des Nordamerikanebels geschleudert wurden. Er sandte eine Botschaft hinaus zu anderen Wesen, die nie begreifen würden, wie groß der Abstand zwischen uns war. Und dafür brauchte er mich. Ich sollte seinem mönchischen Ensemble ein wenig Glaubwürdigkeit geben. Jonah hatte uns alle fünf angeworben für einen Krieg, der die Schande endgültig besiegen sollte; er wollte sehen, was Bestand hatte – die strahlenden Töne der Vergangenheit oder die schrillen Polizeisirenen unserer Zeit.

Wir verdienten ein wenig Geld, aber Jonah wollte nicht aus der Brandstraat fort. Stattdessen steckte er ein Vermögen in die Renovierung des Hauses, stopfte es mit Holzschnitten und alten Instrumenten voll, die keiner von uns spielte. Die Panikanfälle und die Atemnot, die ihm jahrelang zu schaffen gemacht hatten, verschwanden fast ganz. Was immer sie an jugendlichen Albträumen beschworen hatten, war überwunden, zur Ruhe gelegt.

Wir hatten zwei Pressefotos für Voces Antiquae, beide schwarzweiß. Bei dem ersten machte ein Trick der Beleuchtung uns einander in der Hautfarbe sehr ähnlich. Das zweite verteilte uns über das Spektrum der Breitengrade, von Celeste Marin, die für den Äquator stand, bis zu Peter Chance und der fahlen Sonne des Polarkreises. Die meisten Zeitschriften nahmen das Zweite, verkauften uns als Vereinte Nationen der Musik. Ein Radiofeature beim Bayrischen Rundfunk nannte als unsere Herkunft »das heilige unrömische Reich«. Ein überdrehter britischer

Journalist sprach von »polychromer Polytonalität«. Jeder Schreiberling stellte die ethnische Vielfalt unseres Ensembles heraus und sah uns als Beweis für die universelle, transzendente Wirkung der westlichen klassischen Musik. Nie war die Rede davon, dass das frühe Repertoire, das wir sangen, ebenso nahöstlich und nordafrikanisch war wie europäisch. Jonah machte das alles nichts aus. Er hatte seinen Klang gefunden, einen, der mit jedem neuen Monat klarer, feiner, unverwechselbarer wurde.

Eines Tages im Winter 1981 kamen er und Celeste nach Hause und kicherten wie Schulkinder, die auf ein ganzes Wörterbuch voller verbotener Wörter gestoßen sind. Sie trug einen Blumenkranz um die Stirn, züchtige weiße Margeriten, doch in ihrem Haar sahen sie wie tropische Treibhausblüten aus. »Joseph Strom der Erste.« Jonah salutierte. »Wir haben ein Geheimnis.«

»Das ihr gar nicht schnell genug an die große Glocke hängen könnt.«

»Da könntest du Recht haben. Kannst du raten, was es ist, oder soll ich dir einen Tipp geben?«

Ich sah sie an und konnte es nicht glauben. »Dieses Geheimnis, hat es etwas mit Mendelssohn zu tun?«

»In manchen Ländern schon.«

Celeste kam mit wiegenden Schritten auf mich zu und gab mir einen Kuss. »Mein Bruder!« Vier Jahre lang hatte ich nun mit ihr gesungen, in zehn Ländern, und doch hatte ich noch immer das Gefühl, dass sie von einem Ort kam, der weit ferner lag als Martinique.

Ihre Hochzeitsreise machten sie in den Senegal: eine Pilgerfahrt zu den imaginären gemeinsamen Wurzeln. »Es ist unglaublich hier«, schrieb er auf seiner Ansichtskarte aus Dakar. »Besser als Harlem. Wohin man auch blickt, jeder ist schwärzer als man selbst. So wohl habe ich mich in meinem ganzen Leben noch nicht gefühlt.« Aber sie kamen in bedrückter Stimmung zurück. Etwas war auf dieser Reise geschehen, worüber sie nie sprachen. Sie hatten sich ein grasüberwachsenes Gefängnis an der Küste angesehen, wo seinerzeit die Verträge ausgehandelt wurden, die Waren gelagert. Was immer Jonah in Afrika gesucht hatte, er hatte es gefunden. Und hatte nicht vor, es sich so schnell noch einmal anzusehen.

Wir machten zwei weitere Plattenaufnahmen. Wir bekamen Preise, Stipendien, siegten in Wettbewerben. Wir gaben Meisterklassen, traten live im Radio auf, hin und wieder sogar im Fernsehen, bei BRT, NOS und RAI. Alles fühlte sich unwirklich an. Ich lebte in einer Welt, die nur aus Tönen bestand, und ansonsten musste ich nur aufpassen, dass ich immer rechtzeitig zum Zug oder Flugzeug kam. Mein Bass wurde besser, leichter, müheloser, die monatelange Arbeit zahlte sich aus.

Ich kam in ein Alter, wo ich alle sechs Wochen Geburtstag hatte. Ich wurde vierzig und merkte es gar nicht. Es ging mir auf, dass ich große Teile meines vierten Jahrzehnts meinem Bruder gewidmet hatte, genau wie zuvor mein drittes. Jonah hatte darauf gewettet, dass ich zum Singen zurückkehren würde, und wir strichen den Gewinn dieser Wette ein. Ein wirklich imposanter Bass wäre ich nie geworden; dazu hatte ich um ein ganzes Leben zu spät begonnen. Aber ich war das Fundament für Voces Antiquae, und unser Klang stammte von uns allen zusammen. Allerdings spürte ich, jetzt wo ich am Höhepunkt meiner Sangeskunst angekommen war, auch schon, wie mein Ton an Glanz verlor, Konzert um Konzert, Note um Note. Sänger sind nicht ganz so schlimm dran wie Basketballspieler, aber auch ihre Karriere ist zum frühen Niedergang verdammt. Die Ewigkeit, die wir jeden Abend für fünfzig Minuten beschwören, hält, wenn wir Glück haben, zwei Dutzend Jahre lang.

Ich konnte es nicht glauben, als mir irgendwann aufging, dass ich nun schon über ein halbes Jahrzehnt in Europa war. Im ersten Jahr hatte ich gelernt, was es hieß, für alle Zeiten Amerikaner zu sein. In den nächsten beiden lernte ich, wie ich mein Amerikanertum verbergen konnte. Irgendwann hatte ich eine unsichtbare Linie überschritten, und nun konnte ich nicht mehr sagen, wie viel von meinen Ursprüngen überhaupt geblieben war. In all den Jahren hatten wir kein einziges Mal einen Fuß auf den Kontinent gesetzt, auf dem wir geboren waren. Es kamen nie genug Angebote, um eine Tournee rentabel zu machen, und einen anderen Grund zur Rückkehr gab es nicht. Das Land hatte einen Schauspieler zum Steuermann berufen, einen, der verkündete, dass ein neuer Morgen in Amerika angebrochen sei, und der den größten Teil des Nachmittags verschlief. Undenkbar, dass wir jemals dorthin zurückkehrten.

Mittlerweile konnte ich Unterhaltungen in fünf Sprachen folgen und mich in dreien verständlich machen, Englisch und Latein nicht mitgezählt. Jetzt, wo ich nicht mehr jede wache Stunde mit Üben verbringen musste, sah ich mir auf unseren Reisen die Sehenswürdigkeiten an. Manchmal lernte ich Frauen kennen. In Augenblicken, deren Einsamkeit ich kaum ertragen konnte, dachte ich an die Jahre zurück, die ich mit Teresa verbracht hatte. Aber dann wieder kam mir selbst das Leben allein schon kompliziert genug vor. Ich war ein Mann von vierzig Jahren, lebte in einem Land, das ich mir als meines ausgesucht hatte und das mich für einen Gastarbeiter hielt, zusammen mit meinem einundvierzigjährigen Bruder und seiner zweiunddreißigjährigen Frau, die mich beide behandelten wie ihr adoptiertes Kind.

Alles, was ich hatte, gehörte ihm. Mein Vergnügen, meine Ängste, meine Leistungen, mein Versagen: All das war das Werk meines Bruders. So war es schon immer gewesen. Jahre würden vergehen, und auch dann würde ich noch für ihn da sein. Ein Monat kam, da brauchte ich etwas, was ich vor ihm geheim halten konnte, sonst würde ich für immer in seinem Schatten verschwinden. Es spielte keine Rolle, was es war. Es kam nur darauf an, dass es für meinen Bruder unsichtbar blieb, nicht von ihm gefördert, ihm keine Rechenschaft schuldig.

Diesmal gab ich mich mit wenigem zufrieden. Ich zog durch Europa mit einem einzigen Notizbuch, einer Kladde in Halbleinen mit acht Notensystemen pro Seite. Auf langen Zugfahrten zu entlegenen Konzertsälen, in Hotels und Garderoben, in den öden Viertel- und halben Stunden, die ein Künstler mit Warten verbringt, horchte ich in mich hinein nach Melodien, die das Aufschreiben wert waren. Komponieren konnte man es nicht nennen. Eher war ich ein Medium, das Botschaften aus dem Jenseits empfing. Ich saß da, den Bleistift über den leeren Linien, und wartete, weniger auf eine Vision als auf die Rückkehr einer Erinnerung.

Genau wie bei meinen ersten Kompositionsversuchen schrieb ich Melodien aus meinem Leben auf, nur so weit verändert, dass man sie nicht mehr erkannte. Wenn ich das, was ich aufschrieb, lange genug studierte, fand ich immer eine verborgene Quelle, eine, die, so gut sie auch getarnt war, doch nur auf ihre Entdeckung wartete. Aber anders als in Atlantic City, wo mich diese Entdeckung gequält hatte, war ich nun sehr erleichtert, wenn die Geiseln freikamen. Drei Nachmittage arbeitete ich an einer längeren Passage, und erst als ich sie endlich zu Papier gebracht hatte, als ich mich davon befreit hatte, erkannte ich sie als eine Neufassung von Wilson Harts Kammerfantasie, dem Stück, das ich vor so vielen Jahren als Neufassung von »Motherless Child« erkannt hatte. Ich hatte ihm versprochen aufzuschreiben, was ich in mir hatte, und hervor kam nur das, was einmal seines gewesen war.

Aber es war meine Handschrift, das musste genügen. Mein Notizbuch füllte sich mit schwebenden, unverbundenen Fragmenten, jedes davon rief nach einer endgültigeren Fassung, die sie doch nie bekamen. Die Melodien spiegelten die Geschichte meines Lebens, die eine Hälfte das, was ich wirklich erlebt, die andere das, was ich nie zustande gebracht hatte. Nichts davon würde je werden, was es sein wollte. Ich stol-

perte nur halb blind vor mich hin und stieß lange nach der Zeit Käfig-
türen auf.

Jonah beobachtete mich oft bei meinen Mühen. Einmal fragte er sogar. »Was ist das für ein geheimnisvolles Hobby, Joseph? Geschäft oder
Vergnügen?«

»Geschäft«, antwortete ich ihm. »Alte Rechnungen.«

»Schreibst du eine schöne tausendjährige Messe für uns?«

»Für das hier sind wir nicht gut genug.« Damit war sichergestellt,
dass er nie wieder fragen würde.

In der Welt, in der wir lebten, war unsere Zukunft vorgezeichnet; wir
konnten nichts daran tun. Aber die Vergangenheit war täglich neu. Wir
standen an vorderster Front einer Bewegung, die dafür sorgen würde,
dass die Geschichte nie wieder das sein würde, was sie einmal gewesen
war. Kein Monat verging ohne eine neue musikalische Revolution, und
immer wieder wurde der Ursprung der Musik neu definiert. Die Hälfte
dieser Revolutionen stand auf recht wackligen Füßen, und die Fachge-
lehrten gingen mit der gleichen Heftigkeit aufeinander los wie die Politiker bei der Raketenabwehr-Debatte. Was die älteste Aufführungspraxis anging, waren Voces Antiquae den neuesten Entwicklungen voraus.
Wir besetzten jede Stimme mit nur einem einzigen Sänger, dreihundert
Jahre nachdem und fünf Jahre bevor es die große Mode war. Jonah verpasste diesen ätherischen Klang allem, was lange genug stillhielt und
sich die Behandlung gefallen ließ. Er war ein überzeugter Anhänger von
Rifkins umstrittener Theorie, dass Bach seine Vokalmusik für nur einen
Sänger pro Stimme geschrieben habe. Jonah brauchte keinen anderen
Beweis dafür als den Klang; auch noch so viel Belegmaterial für oder
gegen die These hätte seine Überzeugung nicht ändern können.

Er wollte Bachs sechs Motetten aufführen – nur wir und noch zwei
angeheuerte Helfer für die achtstimmige Extravaganz *Singet dem Herrn
ein neues Lied*. Die anderen – vor allem Hans – waren dagegen. Die Musik war ein ganzes Jahrhundert jünger als die neuesten Stücke, die wir
bisher gesungen hatten. Sie war vollkommen anders als die, deren Aufführung wir zur Perfektion entwickelt hatten. Jonah konnte unsere Zurückhaltung nicht verstehen. »Jetzt kommt schon, ihr Armleuchter.
Eins der größten Meisterwerke aller Zeiten, und in all seinen zweihun-
dertfünfzig Jahren ist es nie anständig gesungen worden. Einmal vor
meinem Tode will ich das hören, und zwar so, dass es nicht klingt wie
ein Sherman-Panzer, von dem gerade eine Kette abfällt.«

»Das ist Bach«, protestierte Hans. »Dafür gibt es Experten. Leute die
diese Stücke in- und auswendig kennen.«

»Leute, die *glauben*, sie kennen sie. Genau wie sie dachten, sie kennen Rembrandt, bis dann der ganze Schmutz runterkam. Kommt, wir singen dem Herrn ein *neues* Lied. Johnny Bach. Ein neuer Bach für neue Ohren.«

Das wurde der Slogan des Projektes, und EMI bewarb die Aufnahme damit. Egal wie umstritten die Begründung sein mochte, die Aufführung gab uns Recht. Das Entscheidende an Bach ist, dass er im Grunde nie für die menschliche Stimme schrieb. Er stellte sich ein weniger unbeholfenes Instrument vor, das seine Botschaft ins Weltall tragen sollte. Seine Melodielinien sind vollkommen unabhängig voneinander. Zwischen ihren Harmonien schafft er eine weitere, eine zusätzliche Dimension. Die meisten Aufführungen streben nach strahlender Größe und enden in zähem Brei. Voces Antiquae wollte Leichtigkeit und endete hoch oben am Himmel. Die Wendigkeit unserer Stimmen, selbst im Autobahntempo, war phänomenal. Wir arbeiteten in diesen Werken einen Kontrapunkt heraus, den selbst Hans noch nie bemerkt hatte. Jede Note war zu hören, selbst diejenigen, die in diesem Dickicht des Einfallsreichtums lebendig begraben waren. Manchmal schwindelte uns, aber dann bekamen wir die flüchtigen Dissonanzen nur noch sicherer zu fassen. Wir führten diese Motetten zurück an ihre mittelalterlichen Wurzeln und scheuchten sie voran bis zu ihren ungezogenen romantischen Kindern. Als wir mit ihnen fertig waren, hätte kein Mensch mehr sagen können, aus welchem Jahrhundert sie stammten.

Vom ersten Tage an war unsere Platte Zündstoff. Es wurde eine regelrechte Prügelei daraus, erstaunlich erbittert, wenn man bedachte, wie wenig auf dem Spiel stand und wie wenige sich darum scherten. Nicht dass es *Le sacre du printemps* oder etwas in dieser Größenordnung gewesen wäre. Aber die Flaks feuerten. Das Neue schockierte niemanden mehr; nur das Alte brachte die Leute noch auf die Barrikaden. Wir wurden geschmäht für unseren saft- und kraftlosen Bach oder gepriesen dafür, dass wir ein Denkmal, das seit Jahrhunderten Patina angesetzt hatte, blank schrubbten. Jonah las keine einzige der Kritiken. Er fand, wir hatten uns gut geschlagen. Ausgezeichnet sogar. Aber zufrieden war er nicht. Er hatte dieser Musik ihre Geheimnisse entlocken wollen. Aber die würde sie erst preisgeben, wenn wir alle längst tot waren.

Wir gingen mit den Motetten auf Tournee, aber dann kehrten wir zu unseren Wurzeln zurück. In ganz Deutschland ließen wir die Renaissance wiederaufleben. Wir sangen in Köln, Essen, Göttingen, Wien – jeder Stadt, von der Pa uns je erzählt hatte. Aber bei keinem dieser Konzerte kam hinterher ein verlorener Verwandter hinter die Bühne. Wir sangen in der Kapelle von King's College, ein Heimspiel für Peter Chance, eine atemberaubende Entdeckung für die Brüder Strom. Jonah legte den Kopf in den Nacken und betrachtete das Fächergewölbe, dem kein Foto auch nur halbwegs gerecht werden kann. Er hatte Tränen in den Augen, presste bitter die Lippen zusammen. »Die Wiege aller anglikanischen Chorknaben.« Es war eine Heimkehr an einen Ort, der niemals sein Zuhause sein konnte.

Fünf Tage waren wir in Israel. Ich hätte gedacht, dass die Messen der Gegenreformation und die Chansons französischer Höflinge absurd klingen müssten in diesem Land des ewigen Kriegs. Aber unsere Zuhörer ließen uns erst nach mehreren Zugaben wieder gehen. Die Erinnerung war erfinderisch. Jeden Fetzen, den der Wind daherblies, konnte sie einfangen und in ihr Nest weben. In Jerusalem, der letzten Station der Tournee, sangen wir in einem futuristischen holzgetäfelten Auditorium, das ebenso gut in Rom, Tokio oder New York hätte stehen können. Unmöglich zu sagen, was das Publikum dachte: Zwei Geschlechter, drei Religionen, vier Rassen, ein Dutzend Nationalitäten und so viele Gründe, diesen Gesängen des Todes zu lauschen, wie es Plätze im Saal gab.

Von meinem Standort ganz vorn an der Rampe fiel mir eine Frau in der zweiten Reihe auf, ihr Gesicht von sechzig Jahren Leben gezeichnet, ein Inventar der Weisheit. Beim vierten Akkord unseres ersten Stückes, eines Kyrie von Machaut, wusste ich es: Das war meine Tante Hannah, die Schwester meines Vaters, die Einzige seiner Familie, bei der immer noch denkbar war, dass sie den Krieg überlebt hatte. Sie und ihr bulgarischer Mann Vihar waren schon vor meiner Geburt untergetaucht, und damit war die Spur abgerissen. Mein Vater, der Empiriker, hatte es nie fertig gebracht, sie für tot zu erklären. Das Partikel Hannah war im Vergleich zur gesamten Historie so klein, sein Lauf ließ sich nicht messen. Der Holocaust hatte alle Adressbücher verbrannt. Aber hier saß Tante Hannah, zu uns ins Konzert gekommen. Sie musste die Plakate gesehen haben, die unsere Tournee ankündigten. Sie hatte den Namen gesehen, *ihren* Namen, zwei Männer im richtigen Alter, mit der richtigen Herkunft … Sie hatte sich eine Karte gekauft, ein Platz nahe an der Bühne, damit sie unsere Gesichter studieren konnte, nach Zeichen der Verwandtschaft darin forschen. Es war geradezu unheimlich, wie ähnlich sie Pa sah. Zeit, Ort, nicht einmal der Albtraum, der ihrer beider Lebenswege getrennt hatte: Nichts konnte diese Verwandtschaft auslöschen. Sie sah Pa so ähnlich, ich hatte keine Zweifel, dass auch Jonah es sehen würde. Aber wenn ich in dieser ersten Konzerthälfte zu ihm hinübersah, entdeckte ich kein Anzeichen, dass er das Publikum überhaupt bemerkte. Zwischen dieser so vertrauten Fremden, die mich genau beobachtete, und meinem Bruder, der mich nicht ansah, brauchte ich schon die Routine eines ganzen Lebens, dass ich trotzdem weitersingen konnte.

In der Pause stürzte ich mich auf Jonah. »Ist dir nichts aufgefallen?«

»Mir ist aufgefallen, dass deine Augen hin- und hergingen wie ein –«

»Hast du sie nicht gesehen? Die grauhaarige Frau in der zweiten Reihe, kräftige Statur?«

»Joseph. In der zweiten Reihe sitzen *nur* grauhaarige dicke Frauen.«

»Das ist deine Tante.« Wenn ich schon den Verstand verloren hatte, dann sollte mein Bruder es auch wissen.

»*Meine* Tante?« Er piekte sich mit dem Finger auf die Brust und kalkulierte im Geiste die Wahrscheinlichkeit. »Unmöglich. Das ist dir klar, oder?«

»Jonah. Alles ist unmöglich. Schau dir uns an.«

Er lachte. »Da hast du Recht.«

Wir gingen wieder auf die Bühne. Bei unserem ersten gemeinsamen *tacet* sah ich, wie er nach unten spähte. Er warf mir einen Blick zu, nur einen Sekundenbruchteil lang. *Wenn irgendwo auf der Welt ein Mensch unsere Tante ist, dann dieser hier.* Und sie für ihren Teil sezierte uns mit ihren Blicken. Nur wenn sie Jonah ansah, ließ sie die Augen von mir. Und beim Schlussapplaus fixierte sie mich mit einem Blick, der den letzten Zweifel vertrieb: *Strom, Jüngele, hast du denn geglaubt, ich würde dich nie finden?*

Die Reihe von Gratulanten, die hinter die Bühne kamen, war endlos an diesem Abend. Dutzende von Leuten, noch ganz beglückt von der Stunde, die sie gerade in einer anderen Zeit verbracht hatten, wollten, einfach indem sie in unserer Nähe waren, uns die Hände schüttelten, den Augenblick hinauszögern, an dem sie in ihre eigene zurückmussten. Ich hörte bei den Komplimenten kaum zu. Ich suchte die ganze Menschenmenge ab. Ich wollte eine Familie finden, so klein sie auch war, so entfernt die Verwandtschaft. Die Aufregung war nur Entsetzen, das sich noch nicht sein eigenes Ende ausgemalt hatte.

Nach und nach gingen die Leute, und da sah ich sie. Sie hielt sich im Hintergrund, wartete, dass es ruhiger wurde. Ich packte Jonah und zog ihn mit zu unserer Blutsverwandten, schob ihn wie einen Schild vor mir her. Sie lächelte, als sie uns auf sich zukommen sah, auch wenn es aussah, als hätte sie am liebsten die Flucht ergriffen.

»Tante Hannah? Ist es möglich?«

Sie antwortete auf Russisch. In einem Pidgin aus allen erdenklichen Sprachen verständigten wir uns. Sie kannte den Namen Strom nur von unseren Schallplatten. Mit geschlossenen Augen hörte sie zu, als wir unseren Teil der Geschichte erzählten, ihr erklärten, für wen wir sie hielten. Sie sahen genau wie die geschlossenen Augen meines Vaters aus.

»Diese Tante von euch. Ich habe Tausende von euren Tanten gekannt. Ich war eine davon.« Sie atmete tief durch und schlug die Augen auf. »Aber heute bin ich hier. Hier, um euch das zu sagen.«

Jeder Muskel in ihrem Gesicht war unserer. Wir wollten nicht aufgeben, suchten weiter nach Belegen für Verwandtschaft: Ortsnamen, das Wenige, was wir über die russischen Wurzeln unserer Großmutter wussten, wir klammerten uns an alles, was doch noch eine Verbindung sein konnte. Lächelnd schüttelte sie den Kopf. Genau das gleiche Kopfschütteln wie bei Pa. Und da begriff ich, was diese Geste gewesen war. Der ewige Schmerz des Judentums. Ein Kummer so groß, dass die einzige Antwort, die er auf die Frage nach unserer Herkunft hatte, das Schweigen war.

Sie sprach kaum Englisch und erschauderte beim Deutschen. Das wenige Russisch, das wir kannten, kam von Rachmaninow und Prokofjew. Aber ihre Worte waren klar wie die Stille: *Ihr gehört zu uns, für alle Zeit. Nicht von Gesetzes wegen, aber das Gesetz zählt nicht. Ihr könntet konvertieren. Zurückkehren. Neu lernen, sogar zum ersten Mal.* »Wisst ihr«, sagte sie uns zum Abschied, »wenn ihr eure Familie sucht – der halbe Saal heute Abend, das waren Verwandte von euch.«

Wir sangen im Papstpalast beim Festival in Avignon, Ende Juli 1984, als meine Familie mich fand. Die Nachricht kam von unserer Konzertagentur in Brüssel, die ein Telegramm von unserem alten Agenten Milton Weisman bekommen hatte. Mr. Weisman sollte im Jahr darauf sterben, ohne dass er je ein Faxgerät besessen oder von E-Mail gehört hatte. Milton Weisman – der letzte Mensch auf der weiten Welt, der ein Telegramm geschickt hätte.

Die Agentur hatte es in einen Briefumschlag gesteckt und per Kurier an unser provenzalisches Hotel gesandt. Der Portier gab es mir mit dem Zimmerschlüssel, und ich dachte, es sei ein Formular, das ich noch unterschreiben müsse. Ich las es erst, als ich auf meinem Zimmer war.

Schlechte Nachrichten von zuhaus. Dein Bruder ist umgekommen. Rufe deine Frau an, sobald dich dies erreicht. Mein Beileid. Vergib diesem Boten. Milton.

Ich las es noch einmal und verstand noch weniger als beim ersten Mal. Einen schrecklichen Augenblick lang dachte ich, es sei tatsächlich Jonah, der tot sei, gestorben in einem absurden Paralleluniversum, das erst jetzt die Verbindung zu meiner Welt fand und an die Stelle derjenigen trat, die ich in meiner Einfalt für die echte gehalten hatte. Dann war der Tote nicht Jonah, sondern ein Bruder, den ich gar nicht gekannt hatte. Dann ging es gar nicht um mich, meinen Bruder, meine Frau, sondern um einen Splitter der Strom-Familie, der gefangen hinter schalldichtem Glas lebte; ich konnte sehen, wie sie mit schreckensstarrer Miene daran klopften, aber ich hörte nichts.

Ich ging zum Zimmer von Jonah und Celeste. Meine Hände zitterten so sehr, ich musste zweimal pochen, bevor sie mich bemerkten. Jonah öffnete und sah sofort, was mir im Gesicht geschrieben stand. Ich konnte ihm nur das Telegramm in die Hand drücken. Ich folgte ihm ins Zimmer. Jonah las das Blatt und legte es aufs Bett, den Blick noch immer darauf geheftet. Er hob die Hände. »Er muss ein uralter Mann sein, inzwischen. Das ist die Erklärung.«

»›Vergib diesem Boten‹?«

Jonah nickte, akzeptierte einen Einwand, von dem ich gar nicht wusste, dass ich ihn gemacht hatte. »Dann ruf an.«

»Aber wen? Meine *Frau*?« Doch ich wusste, wen Milton Weisman damit meinte. Er stammte aus einer anderen Zeit. Ein Mann, dessen Moral und dessen Wortschatz so alt waren wie die Künstler, die er vertrat. Eine Telefonnummer hatte er nicht genannt. Er ging davon aus, dass ich sie hatte.

Minutenlang saß ich auf Jonahs Bett, den Hörer in der Hand, wie ins Gebet vertieft. Ich versuchte mich an eine Nummer in Atlantic City zu erinnern, die ich früher genauso im Schlaf gewusst hätte wie die Noten von »Honeysuckle Rose«. Wenn ich sie wiederfinden wollte, musste ich alles andere vergessen, vor allem die Hoffnung auf Erinnerung. Schließlich wählten meine Finger. Das Gedächtnis der Muskeln, genau wie die Klavierstücke, die in den Fingern immer noch da waren, selbst wenn ich sie längst vergessen hatte. Eine hohe Tonfolge am anderen Ende signalisierte *die Staaten*. Farben tief aus meinem Inneren kamen bei diesen Tönen an die Oberfläche. Ich saß da und genoss sie – Coltrane, Sahneeis, die Sonntagsausgabe der *Times*, der schleppende Tonfall der Atlantikküste. Wie ein Penner, der das Schaufenster eines Schnapsladens studiert.

Die Nummer existierte nicht mehr. Eine Stimme mit spanischem Akzent nannte mir eine andere. Der Mut verließ mich zusehends, als ich die neue Nummer wählte. Dann nahm sie ab. Einen Moment lang war es, als riefe ich an, um zu sagen, dass ich später zum Frühstück kam. Auch das die Erinnerung der Muskeln, die bestehen bleibt, bis die Muskeln still stehen. Ich hörte, wie ich fragte: »Teresa?« Und eine Sekunde später, bevor sie etwas antworten konnte, hörte ich mich ein zweites Mal fragen. Es war das Echo meiner Stimme, das so lange brauchte, bis es zu mir zurückkehrte, auf der Schleife von Europa hinaus ins Weltall, nach Amerika, wieder hinauf zu dem Fernmeldesatelliten und zurück zu mir auf europäischen Boden. Ein einstimmiger Kanon.

Sie erkannte mich sofort. Sie stammelte, wollte meinen Namen sagen und brachte ihn nicht heraus. Schließlich kam ein komisches, krächzendes »Jo-ey!« Der Name, bei dem sie mich fast nie genannt hatte, so sehr hatte sie mich geliebt. Sie lachte, und auch bei diesem Laut konnte ich hören, wie er zerbrach, sah, wie das Unkraut darüber wucherte.

»Teresa. Terrie. Ich habe ein merkwürdiges Telegramm bekommen. Von Milton Weisman ...« Ich konnte kaum sprechen, so sehr irritierte es mich, wie meine eigene Stimme zurückfederte wie ein aus dem Rhythmus geratener Kontrapunkt.

»Joseph, ich weiß. Ich habe ihn gebeten, dir zu schreiben. Es tut mir so Leid. Es ist schrecklich.«

Ihre Worte waren pure Dissonanz. Ich konnte keine Tonart bestimmen. Ich zwang mich zu warten, damit unsere Worte nicht im Satellitenecho zusammenprallten. »Was ist geschehen? Das schreibt er nicht.«

Ich hörte, wie sie stutzte. Dann wendete sie, ein schwerer Frachter, der zurückkommt, um mich aus dem Wasser zu fischen. »Deine Schwester. Sie hat mich angerufen. Stell dir das vor. Sie muss sich meinen Namen gemerkt haben von ...« Von damals, als ich die beiden nicht miteinander bekannt gemacht hatte. Wie in einer Zeitkapsel kamen die Tränen, Tränen darüber, dass eine Frau, die Teresa einmal hatte lieben wollen, schließlich doch noch zu ihr gekommen war.

»Ruth?« Nur eine Silbe, und schon war Jonah, der im Sessel gesessen und zugehört hatte, bei mir am Hörer. Ich streckte die Hand aus, hielt ihn auf Distanz. »Was ist geschehen. Ist sie ...?«

»Ihr Mann«, schluchzte Teresa. »Es ist so schrecklich. Sie sagen, er war ... Er hat es nicht geschafft, Joseph. Er ist nicht mehr ... Er hatte überhaupt keine ...«

Robert. Die Woge der Erleichterung – *Ruth noch am Leben* – schlug über mir zusammen: *Robert tot*. Ein Peitschenhieb, der mir den Atem raubte. Teresa sprach schon weiter, bevor ich wieder hören konnte. Sie erklärte mir, was geschehen war, aber ich musste es mir immer und immer wieder erklären lassen. Bis heute. Sie erzählte es in allen Einzelheiten, Details, die sie unmöglich wissen konnte und die mir nichts bedeuteten.

Ich muss ihr ins Wort gefallen sein. »Gibt es eine Möglichkeit, sie zu erreichen?«

»Ja.« Sie war atemlos, verlegen. Nun gehörte sie doch noch zur Familie. »Sie hat mir eine Nummer gegeben, für den Fall ... Warte.« Und in den Sekunden, die Teresa brauchte, um ihr Adressbuch zu holen, lebte ich all die Leben, die mein eigenes mir ausgetrieben hatte. Ich saß reglos da und wartete. Robert Rider war tot. Der Mann meiner Schwester – erschossen. Ruth tauchte aus dem Nichts auf, weil sie wollte, dass ich es erfuhr. Sie hatte mich bei der Frau gesucht, die immer wissen würde, wo sie mich finden konnte, der Frau, bei der Joseph, treu wie er war, sein Leben lang bleiben würde. Dabei hatte ich diese Frau schon vor Jahren aus meinem Gedächtnis verbannt.

In den Sekunden, die ich auf Teresa wartete, kam sie mir unendlich großherzig vor, unendlich verletzlich. Ich hatte ihr so wehgetan, dass es kaum in Worte zu fassen war, und trotzdem war sie jetzt wieder für mich da und wollte helfen. Alles Gute ging verloren. Je mehr der Tod bekam, desto gefräßiger wurde er. Was ist schon das Leben? Gerade einmal eine Hand voll Wochen. Das Beste, was wir haben, zerbricht, oder wir werfen es gedankenlos fort. Teresa kam wieder an den Apparat und diktierte mir eine Nummer. Ich schrieb sie auf, ohne hinzusehen. Ich hatte vergessen, wie ellenlang amerikanische Telefonnummern waren. Wir gingen sie noch einmal durch, Teresa korrigierte meine Fehler, und dann waren wir fertig.

»Ich liebe dich«, sagte ich zu ihr. Und bekam als Antwort ein Schweigen. Ich hätte alles Mögliche erwartet, aber damit hatte ich nicht gerechnet. »Teresa?«

»Es ... tut mir so Leid, Joseph. Ich habe sie ja nicht mal gekannt. Ich wünschte, ich hätte sie kennen gelernt. Aber mir ist zumute, als wäre es mein eigener ...« Als sie die Stimme wieder fand, zwang sie sich zu einem munteren Ton. »Weißt du eigentlich, dass ich verheiratet bin?« Ich brachte nicht einmal einen überraschten Laut zustande. »Da staunst du, was? Mit Jim Miesner. Ich weiß nicht, ob ihr euch mal begegnet seid.« Der Mann mit der Schmalztolle, mit dem ich sie zum ersten Mal in der Bar gesehen hatte, mein Vorgänger. »Und ich habe ein wunderschönes kleines Mädchen! Sie heißt Danuta. Ich wünschte, du könntest sie sehen.«

»Wie – wie alt ist sie?«

Sie zögerte. Nicht die Verzögerung von Satelliten. »Fünf. Na, fast sechs.« Ihr Schweigen hatte etwas von Abwehr. Aber jeder hat das Recht zu leben, wie gut für ihn ist. »Ich ... habe mich wieder mit meiner Familie versöhnt. Meinem Vater. Genau was du immer gesagt hast. Du hattest Recht, mit allem.«

Ich verabschiedete mich, so förmlich, dass es wie eine Maschine klang. Schwankend richtete ich mich auf. Jonah sah mich erwartungsvoll an. »Es ist Robert.«

»Robert.«

»Robert Rider. Dein Schwager. Die Polizei hat ihn erschossen, schon vor über einem Monat. Es gab ein Handgemenge. Bei einer Verhaftung. Ich ... habe die Einzelheiten nicht mitbekommen.«

Jonahs Schultern spannten sich. Welche Einzelheiten? Mit dem Tod waren die Einzelheiten erledigt. Ich sah ihm an, wie verstoßen, wie ausgeschlossen er sich fühlte. Mich hatte Ruth versucht zu erreichen, nicht ihn. Die Anrufe, die Nachrichten, waren für mich allein. Nicht ein einziges Mal hatte sie nach ihm gefragt. »Wie geht es ihr?«

»Teresa wusste es nicht.«

»Ich meinte Teresa.« Er zeigte mit dem Finger auf die eigene Brust. *Gib das mir.* Ich wusste erst nicht, was er meinte, bis ich sah, dass ich den Zettel mit der Telefonnummer schon ganz zerknittert hatte. Ich reichte ihn ihm. »Vorwahl zwei-eins-fünf. Wo ist das?«

Keine Nummer, die ich kannte. Er wies auf das Telefon. Ich schüttelte den Kopf. Ich brauchte Zeit. Zeit, all die Zeit wieder zusammenzusetzen, die sich gerade vor meinen Augen aufgelöst hatte.

Am Abend traten wir auf. Ich war sicher, dass es eine Katastrophe werden würde. Aber irgendwie überstanden wir das Konzert, sangen wie von selbst, so viel hatten wir geprobt. Es war der langsamste Josquin aller Zeiten. Diejenigen im Publikum, die nicht empört oder zu Tode gelangweilt waren, fielen durch die Ritzen des Auditoriumsbodens in die Unendlichkeit von Raum und Zeit. Man konnte sich streiten, was man davon hielt, aber keiner würde jemals wieder so etwas hören.

In der Nacht lag ich wach und dachte an Ruth. Unsere Schwester war uns so weit voraus gewesen. Sie hatte den Sprung in die Zukunft schon gemacht, als Jonah und ich noch nicht einmal in der Gegenwart angelangt waren. Sie hatte gesehen, was kommen würde. Sie lebte den Albtraum, noch bevor ihre älteren Brüder überhaupt aus dem Traum erwacht waren. Ich hatte mir immer vorgestellt, dass Ruth daran litt, dass sie so hellhäutig war; zu hell, um die schlimmsten Kränkungen des Rassismus zu erfahren. Aber an diesem Abend, in einem geschäftigen Hotel in Avignon, wo die meisten Gäste mich für einen Marokkaner hielten, begriff ich es endlich. Die schlimmsten Kränkungen des Rassismus sind farbenblind.

Auch Jonah konnte nicht schlafen. Und was ihn wach hielt, war nicht der Josquin. Um drei Uhr morgens hörte ich ihn vor meiner Zimmertür. Er zögerte, wusste nicht, ob er anklopfen sollte. Ich rief ihn, und er trat ein wie jemand, der zu einer Verabredung kommt. »Pennsylvania«, sagte er. Ich konnte mir nur im Dunkeln die Augen reiben. »Vorwahl zwei-eins-fünf. Das ist Ost-Pennsylvania.« Ich überlegte, wie das zu meiner Schwester passte. Pas letzte Phantasie hatte sie in Kalifornien gesehen. Und seither hatte ich mir immer vorgestellt, dass sie dort lebte. Jonah ging ans Fenster und zog den Vorhang zurück. Am Horizont funkelte der Papstpalast wie eine riesige illuminierte Handschrift aus gotischer Zeit. »Ich habe nachgedacht.« So wie er es sagte, klang es, als seien es Jahre gewesen. »Ich denke, sie hat Recht. Ich denke, Ruth hat Recht. Was das … Feuer angeht, meine ich. Es kann nicht anders gewesen sein.«

Er blickte zum Fenster hinaus, hinaus auf all die Gewalt, die er so lang und so erfolgreich geleugnet hatte. Das Wenige, was Jonah über Robert wusste, wusste er von mir. Die Umstände von Roberts Tod waren für uns beide unerforschlich wie Gott. Aber sein Tod bekräftigte die eine, zentrale Tatsache unseres Lebens, diejenige, die wir stets im Abstrakten gelassen hatten, so abstrakt wie die Kunst, der wir uns verschrieben hatten. Wir taten, als kämen wir nicht aus einem Land, in dem Mord an der Tagesordnung war. Wir versteckten uns in Konzertsälen, unserer Zuflucht vor den echten Klängen dieser Welt. Aber dreißig Jahre zuvor – ein ganzes Menschenleben –, lange bevor wir verstanden hatten, wie wir diese Ereignisse zu deuten hatten, hatte willkürliche Gewalt uns in alle Winde zerstreut. Jetzt, mit Jonahs Worten, wurde die Erkenntnis zur Selbstverständlichkeit. Und genauso offensichtlich wurde, dass ein Teil von mir das von Anfang an gewusst hatte.

Lange Zeit stand er so am Fenster, ohne ein Wort. Und auch ich brachte es nicht fertig, etwas zu sagen. Aber Jonah war mein Bruder. Es gab nichts, was wir nicht im Laufe unseres Lebens gemeinsam getan hatten. Wir kannten nichts von der Welt außer einander. Er hatte es mir beigebracht und ich ihm: Alle Musik lebte und starb in den Pausen dazwischen. Irgendwann gegen vier sagte er: »Ruf sie an.« Er hatte die Uhr im Auge behalten, kannte den Zeitunterschied, hatte bis zum letzten Augenblick gewartet, an dem ein solcher Anruf noch mit Anstand zu machen war.

Ich wuchtete mich aus dem Bett, warf einen Morgenmantel über, und wieder saß ich da mit einem Telefonhörer in der Hand. Ich wollte ihn Jonah geben, aber der winkte ab. Mir hatte sie ihre Nachricht geschickt, nicht ihm. Ich wählte die Nummer, so methodisch, als ob ich Tonleitern übte. Wieder das Klimpern einer amerikanischen Telefonglocke, gefolgt von transatlantischem Echo. Zwischen den Tönen verwarf ich tausend Worte, mit denen ich mich hätte melden können. *Ruthie. Ruth. Ms. Strom. Mrs. Rider.* Lachen, Weinen, Flehen um Verzeihung. Nichts klang echt. *Ruth. Hier ist Joseph. Dein Bruder.*

Dann das Klicken, als auf einem anderen Kontinent der Hörer abgenommen wurde, der Klang einer Stimme, die alles, was ich mir zurechtgelegt hatte, unmöglich machte. Statt meiner Schwester ein alter Mann. »Hallo?«, fragte er. Ein Mann, der klang, als wäre er hundert Jahre alt. Ich erstarrte, als ich diese Stimme hörte, es war schlimmer als das schlimmste Lampenfieber. »Hallo? Wer ist da? Wer spricht da?« Im Hintergrund Stimmen, die fragten, ob etwas nicht in Ordnung sei.

Ganze Leben schlossen in einer Schleife wieder an ihrem Anfang an. »Dr. Daley?«, fragte ich. Und als er es mit einem Brummen bestätigte, sagte ich: »Hier spricht Ihr Enkel.«

DIE HEIMSUCHUNG

Bei meinem Telefonat mit Philadelphia wich Jonah mir nicht von der Seite. Aber er wollte den Hörer nicht nehmen, als ich ihn ihm hinhielt. Sprechen ohne Gesang machte ihm Angst. Er wollte mich als Puffer und Bindeglied zwischen sich und der Welt, aus der wir kamen. Mein Großvater holte Ruth an den Apparat. Sie wollte mir berichten, was mit Robert geschehen war, aber sie brachte kaum ein Wort heraus. Keine Wut, keine Wärme, keine Erinnerung sprach mehr aus ihrer Stimme. Nur noch der Schock. Der Monat seit dem Tod ihres Mannes hatte ihr nicht zurück ins Leben geholfen. Und auch Jahre sollten nicht helfen.

Zwei tonlose Sätze murmelte sie. Dann gab sie den Hörer an unseren Großvater zurück. William Daley verstand nicht ganz, welcher von Ruths beiden Brüdern ich war. Ich sagte ihm, ich würde ihn gern besuchen kommen. »Junger Mann, vor sechs Wochen bin ich neunzig geworden. Wenn du mich noch besuchen willst, dann nimmst du besser das erste Flugzeug, das du bekommen kannst.«

Ich erklärte Jonah, dass ich nach drüben wolle. Er verzog die Miene bei dem Gedanken, halb Versuchung, halb Abscheu. »Du kannst nichts mehr in Ordnung bringen, Joey. Das weißt du, oder? Du kannst nichts ungeschehen machen.« Doch auch wenn er mich mit der einen Hand festhielt, stieß er mich mit der anderen fort. »Aber geh nur, geh sie besuchen. Selbstverständlich. Einer von uns muss es tun. Für Ruth. Jetzt wo sie wieder da ist.« Offenbar hielt er es immerhin für denkbar, dass ich die Sachen in Ordnung brachte, die noch nicht geschehen waren.

Ich kaufte ein Ticket mit offenem Rückflug. Ruth war wieder da. Aber eigentlich war sie ja nie fort gewesen. Wir waren diejenigen, die in die Fremde gegangen waren.

Mein Onkel Michael holte mich am Flughafen von Philadelphia ab. Es war nicht schwer, ihn in der Menschenmenge zu finden. Ich musste nur hinsehen. Und auch er erkannte mich sofort, als ich aus der Ankunftsschleuse kam. Es war ja auch nicht schwer. Verwirrter Knabe mittleren Alters und unbestimmter Rasse, der halb aufgeregt, halb verschämt die Gesichter der Wartenden mustert. Ich ging auf ihn zu, schob meine zwei Stücke Bordgepäck vor mir her wie zwei widerspenstige Kinder. Mein Onkel kam mir entgegen, genauso aufgeregt wie ich, aber er hatte beide Hände frei. Einen Moment lang zögerte er, dann fasste er mich mit einer seltsamen, beglückenden Selbstverständlichkeit bei den Schultern. *Ich kenne dich nicht. Kann mir gar nicht erklären warum. Aber das werden wir ändern.*

Es amüsierte ihn, wie verlegen zwei Wildfremde miteinander sein konnten. Und Wildfremde waren wir, obwohl Blutsverwandte in einem anderen Leben. »Erinnerst du dich an mich?« Ich erinnerte mich tatsächlich. Vier Minuten lang hatte ich ihn gesehen, mit dreizehn, vor einem Dritteljahrhundert, bei der Totenfeier für meine Mutter. Und was mich noch mehr verblüffte: er erinnerte sich an mich. »Du hast dich verändert. Du bist …« Er schnippte mit den Fingern, suchte nach einem Wort.

»Älter geworden?«, schlug ich vor. Er klatschte in die Hände, dann zeigte er auf mich: *Das ist es.*

Er nahm eine der beiden Taschen, und wir machten uns auf den langen Weg zum Parkplatz. Er erkundigte sich nach dem Flug, nach Europa, nach meinem Bruder. Ich fragte, wie es Ruth gehe – sie war am Leben; Dr. Daley – ebenfalls, und noch bemerkenswert munter. Michael erzählte mir von seiner Frau, seinen Kindern, dem Leben, das er jetzt führte. Er war im Personalbüro der Penn State. »Meinen Nebenjob als Chauffeur mache ich nur nach Feierabend und nur, wenn verschollene Verwandte von den Toten heimkehren.« Immer wieder sah er mich an, kam aus dem Staunen über diese Verwandtschaft nicht heraus. Wir konnten es beide nicht fassen, wie ähnlich wir uns sahen. Ich hatte den Eindruck, er überlegte, ob sein eigener Neffe denn wirklich ein Weißer sein konnte.

Sein Auto war ein Ozeandampfer. Jahre in einem Land, in dem alles kleiner ist, verändern den Maßstab. Michael ließ den Motor an, und eine Schallwelle schlug mir aus dem Lautsprecher entgegen. Nur zwei Takte, aber in einer Lautstärke, die ich nicht mehr gewohnt war, von einer Rhythmusgruppe, die wuchtiger war als die Sklavenzeit lang. Es war Ewigkeiten her, dass ich so etwas zuletzt gehört hatte. Beinahe verlegen beugte Michael sich vor und schaltete es aus.

»Nicht. Meinetwegen musst du es nicht abstellen.«

»Nur alter R & B. Meine Medizin. Meine Kirche. Das höre ich, wenn ich allein bin.«

»Hörte sich wunderbar an.«

»Man sollte ja denken, ein Mann schon gut in den Fünfzigern ist über so was hinaus.«

»Erst wenn wir tot sind.«

»Amen. Und nicht mal dann.«

»Früher habe ich solche Sachen selber gespielt.« Er warf mir einen verblüfften Blick zu. »In Atlantic City. Soloklavier, mit Trinkgeldglas auf dem Notenständer. Liberace goes Motown. Die alten osteuropäischen Einwanderer, die da Urlaub machen, konnten gar nicht genug davon bekommen.«

Michaels Hustenanfall war so heftig, ich überlegte, ob ich das Lenkrad festhalten sollte.

»Menschen sind schon merkwürdig.«

Er pfiff eine kleine Melodie. »Da hast du Recht. Einer merkwürdiger als der andere.« Er schaltete die Musik wieder ein, aber er dämpfte die Lautstärke. Wir lauschten gemeinsam, und jeder hörte, was er brauchte. Als wir in der Innenstadt anlangten, sangen wir schon zusammen. Michael schmetterte lauthals in einem urkomischen Falsett, und ich improvisierte die Bassstimme. Michael lächelte, als er meine Harmonien hörte. Ein wenig Theorie kann einen Mangel an Seele gut verkleiden – in den einfacheren Tonarten zumindest.

Wir verließen den Highway und kamen in Wohnviertel. Nach Jahren im alten, buckligen Gent verblüfften mich selbst mittlere Apartmenthäuser mit ihren Ausmaßen. Wir näherten uns dem Haus, in dem er aufgewachsen war. Michaels Stimmung sank. »Auch nicht mehr was es mal war. Geht ziemlich den Bach runter mit der Innenstadt. Selbst der armseligste Krauter produziert jetzt offshore. Und dann sollen wir es gewesen sein, weil wir Crack rauchen.«

Eine fremde Sprache. Ich hätte nicht einmal gewusst, wonach ich fragen sollte.

Michael blickte zum Fenster hinaus, sah das alte Viertel mit meinen Augen. Der Kummer über diesen Niedergang stand ihm ins Gesicht geschrieben. »Du hättest diese Straße früher sehen sollen. So gepflegt. Und heute? Nicht mehr wiederzuerkennen. Schon seit fünf Jahren versuchen wir, den Doktor hier herauszubekommen. Aber er weigert sich. Er will in dem Haus sterben, in dem er gelebt hat. Will nicht wahrhaben, wie alles verfällt. Entweder kracht die alte Bude eines Tages über ihm zusammen, oder sein Körper gibt auf, je nachdem, was früher kommt. ›Was soll denn aus Mama werden, wenn wir das Haus an Fremde verkaufen?‹«

»Mama?« Meine Großmutter. Nettie Ellen Daley. »Sie ist auch noch ...«

»Nein. Das nicht. Seit vorletztem Jahr unter der Erde. Aber der Doktor glaubt es immer noch nicht so ganz. Ein sturer Bursche, das wirst du noch merken. Meine Schwestern und ich kommen fünfmal die Woche her, den ganzen Weg. Bei uns sind die Haushälterinnen schneller verschwunden als bei einem Hund die Schokolade.«

Tatsächlich schien die ganze Straße unter dem Schock der Gegenwart zu taumeln. Selbst die prachtvollsten alten Häuser waren ohne Erben gestorben. Wir bogen in die Einfahrt eines weitläufigen Hauses, das den Wellen, die von allen Seiten anbrandeten, noch trotzte. Michael schaltete das Radio aus. Er sah, wie ich lächelte. »Alte Gewohnheit.«

»Nicht seine Art von Musik?«

»Bring bloß nicht die Sprache drauf.«

Wir waren noch Meter vom Haus. »Und sein Gehör ist wirklich so gut?«

»Das kannst du glauben. Von irgendwo müsst ihr es doch haben, oder?«

Der Schock dieses Gedankens hallte noch in mir nach, als eine Gestalt aus dem Haus trat und uns entgegenkam. Eine kräftige, sinnliche Frauengestalt, eine Schattierung heller, als ich sie in Erinnerung hatte. Ich war so schnell draußen, dass ich überhaupt nicht merkte, wie ich aus dem Auto stieg. Michael blieb noch hinter dem Steuer sitzen, ließ uns einen Moment Zeit für uns allein. Sie senkte den Blick, als ich näher kam. Sie wollte mich nicht ansehen. Dann schlang ich die Arme um meine Schwester.

Ruth ließ sich die Umarmung nicht widerstandslos gefallen, aber sie hielt länger still, als ich sie je im Leben im Arm gehalten hatte. Volle drei

Sekunden: Das war genug. Sie trug ein rotes Gewand und dazu einen grün-schwarzen Kopfschmuck; selbst ich sah, dass er afrikanisch wirken sollte. »Ruth. Lass dich ansehen. Wo bist du gewesen?«

»In der Hölle. In Amerika. Und du, Joseph?« Die Augen, tiefer denn je in ihren Höhlen, hatten allen Glanz verloren. Die Haltung ihrer Arme kam mir seltsam vor. Ich war noch länger von ihr fort gewesen als sie von mir.

»Du hast mir gefehlt.« Fast schon ein Ritual.

»Warum kommst du jetzt, Joey? Jede Woche werden Schwarze umgebracht. Warum hast du gewartet, bis es ...?«

Deinetwegen, Ruth. Deinetwegen komme ich zurück. Nichts anderes wäre stark genug gewesen.

Ein Junge, fünftes Schuljahr vielleicht, tauchte neben uns auf. Ich hatte ihn nicht kommen sehen und fuhr zusammen, als er so plötzlich da stand. Er war dunkel, näher an Michael als an Ruth und mir. Michael war ausgestiegen, und ich drehte mich zu ihm um, froh über die Ablenkung. Ich wies auf den Jungen. »Deiner?«

Michael lachte. »Mann, du warst wirklich lange weg. Deine Zeitmaschine klemmt. Meine älteste Tochter hat einen, der fast so groß ist wie der hier!«

»Das ist meiner«, sagte Ruth.

»Ich gehöre niemandem«, protestierte der Junge.

Meine Schwester seufzte. »Kwame. Das ist Joseph. Dein Onkel.« Der Junge sah uns an, als wäre es eine Verschwörung, als wollten wir ihn um sein Erbe betrügen. *Das ist nicht mein Onkel.* Er brauchte es nicht zu sagen. Man hörte es auch so. Ruth seufzte noch einmal. »Oakland. Da haben wir gelebt. Oakland.« Ich spürte dieses Wort, wie es mir kalt über den Rücken lief, wie eine Prophezeiung. Kalifornien. »Da haben wir gearbeitet. Gemeindearbeit.«

»Und dann haben die Bullen meinen Dad umgebracht«, sagte Kwame.

Ich legte ihm die Hand auf die Schulter. Er schüttelte sie ab. Ruth legte die Hand auf genau die gleiche Stelle, und er ließ es sich gefallen, aber mehr auch nicht. Ruth steuerte ihr Kind in Richtung Haus, und wir Männer folgten. Der Vater meiner Mutter wartete gleich hinter der Tür. Das kurz geschnittene Haar war weiß wie die Niagarafälle. Eine Aura umgab ihn, wie die Marken, die die Flut an einem Strand zurücklässt, und ließ noch spüren, was für ein großzügiger Mann er einmal gewesen war. Er trug einen stahlgrauen Anzug. Alle hatten sich fein gemacht für diesen Besuch, alle außer mir. Er legte den Kopf in den

Nacken, damit er mich durch die untere Hälfte seiner Brille betrachten konnte. »Jonah Strom.«

»Joseph«, sagte ich und streckte ihm die Hand entgegen.

Mein Widerspruch ärgerte ihn. »Bis heute kann ich nicht begreifen, warum sie euch beiden denselben Namen gegeben hat. Aber egal.« Und auf Deutsch: *»Es freut mich, Herr Strom.«* Er nahm meine Hand, gerade in dem Augenblick, in dem ich sie sinken ließ. *»Ich heiße Sie willkommen zu unserem Haus.«*

Ich stand mit offenem Munde da. Lachend nahm Onkel Michael mein Gepäck, um es nach oben zu tragen. »Lass dir nichts vormachen. Daran hat er die letzten drei Tage geübt.«

»Er kann dir auch ein Hotel reservieren oder Geld wechseln«, sagte Ruth.

Dr. Daley blickte finster drein, als werde er gleich in Sturm und Drang ausbrechen. *»Sie nehmen keine Rücksicht auf andere.«* Er musste schon länger als drei Tage geübt haben.

Ruth legte ihm den Arm um die Schultern. »Schon in Ordnung, Opapa. Er ist kein Fremder. Er ist einer von uns.«

Aus dem Flur zu meiner Rechten kam Babygeschrei. Ein verblüffender Laut: Der Ruf eines Geschöpfes, das ganz und gar dem Unbekannten ausgeliefert war. Ruth war schon in Bewegung, bevor ich den Schrei überhaupt gehört hatte. Sie verschwand in einem Zimmer am anderen Ende des Flurs, murmelte etwas vor sich hin und kehrte mit einem strampelnden Kind zurück, das sich nach Kräften mühte sich loszureißen, in die Freiheit oder in den Tod.

»Auch meiner«, sagte Ruth. »Das ist der kleine Robert. Fünf Monate. Robert, das ist dein Onkel Joey. Von dem habe ich dir noch gar nicht erzählt.«

Michael hatte mich im oberen Stockwerk einquartiert. »Das war das Zimmer meines Bruders. Wir stecken Kwame in das alte Zimmer der Zwillinge.« Ich entweihte ein Heiligtum. Aber wohin sollte ich sonst gehen? »Schlaf erst mal«, sagte mein Onkel zu mir. »Das hast du wahrscheinlich nötig.« Dann fuhr er zu seinem eigenen Zuhause.

Ruth kam und wollte sehen, ob alles in Ordnung war. Sie hatte den kleinen Robert im Arm, der von Zeit zu Zeit mit dem Händchen nach mir patschte, um sich zu vergewissern, dass ich echt war. Meine Schwester redete unablässig mit ihm, manchmal Worte, manchmal einfach nur Laute. Nur einmal hielt sie inne und fragte: »Geht's dir gut?«

»Jetzt schon.«

Sie schüttelte den Kopf, blickte das Baby an, aber sprach zu mir. »Brauchst du irgendwas?«

»Du nennst ihn Opapa.«

Der kleine Robert sah mich an. Seine Mutter weigerte sich. »Ja. Kwame auch. Schon seit Jahren.« Dann drehte sie sich zu mir: *Hast du vielleicht was dagegen?* »Er hat uns erzählt, ihr hättet ihn immer so genannt.«

»Ruth?«

»Nicht jetzt, Joey. Morgen vielleicht. In Ordnung?«

Mit einem Male wurde ihr ganzer Körper schlaff, als sei eine Sehne durchtrennt worden. Sie beugte sich vor, und das Baby schien plötzlich unerträglich schwer. Sie ließ sich ans Fußende des Bettes sinken. Ich setzte mich neben sie und legte ihr den Arm um den Rücken. Ich konnte nicht sagen, ob es ihr ein Trost war. Sie begann zu schluchzen, ihre Muskeln hoben und senkten sich rhythmisch. Es war nur ein leichtes Zucken, beherrscht, weniger als ein winterlicher Ast, der am Hausdach scheuert. Erst als auch der kleine Robert zu weinen begann, fand sie die Kraft zu sprechen.

»Das ist alles so alt, Joey. So alt.« Sie zwang sich zur Ruhe. Sie hätte alles Erdenkliche damit meinen können. Jedes menschliche Leid war älter als die Worte, in die man es fassen konnte.

»Das Nummernschild hing schief. Es war ein Donnerstagabend, er war auf dem Nachhauseweg. Nicht einmal besonders spät – neun Uhr fünfunddreißig. Nicht mal ein besonders verrufenes Viertel. Er kam von einer Stadtratssitzung. Wir wollten ein Asyl bauen. Der Mann arbeitete Tag und Nacht. Ich war zu Hause mit Kwame und ...« Sie hob den kleinen Robert in die Höhe, ihr Gesicht schmerzverzerrt. Ich umarmte sie fester: Morgen war früh genug. Oder nie.

»Zwei Polizisten zwangen ihn zum Anhalten. Ein Weißer, ein Latino. Weil sein hinteres Nummernschild ein bisschen schief hing. Am Tag vorher hatte Robert noch gesagt, das müsse er anschrauben. Er stieg aus. Er stieg immer aus, wenn die Polizei ihn anhielt. Er wollte auf gleicher Höhe mit ihnen sein. Er stieg aus und wollte ihnen sagen, dass er das mit dem Schild wusste. Aber die wussten längst alles über das Schild. Das kam bei der Verhandlung heraus. Als sie ihn anhielten, hatten sie schon die Anfrage losgeschickt. Die zwei Bullen sahen einen kräftigen, gefährlichen ehemaligen Panther aus dem Auto steigen und auf sie zukommen. Robert hatte seine Brieftasche immer vorn in der Jacke. Sagte, er wolle nicht auf seinem Vermögen sitzen. Er steckte die Hand in die Jacke, um seine Papiere herauszuholen, und die Bullen sprangen hinter ihre Türen in Deckung, Pistolen gezückt, brüllten ›Keine Bewegung‹. Er zog die Hand heraus, weil er die Hände heben wollte. Ich weiß es. Ich weiß genau wie er …«

Ruth reichte mir das Baby. Sie zuckte mit den Händen. Wusste nicht, wo sie sie lassen sollte. Dann fasste sie sich an den Kopf, als müsse sie das, was von ihrem Verstand geblieben war, wieder zurechtrücken.

»Warum muss ich das überhaupt erzählen? Du weißt es doch alles, noch bevor ich den Mund aufmache. So alt. Das älteste Lied in dem ganzen elenden Gesangbuch.« Selbst ihre Worte klangen alt. Ich musste mich anstrengen, damit ich verstand, was sie sagte. »Egal was man mit seinem Leben anfängt, dieses Land macht ein Klischee aus einem. Reduziert jeden von uns auf seine Rasse.«

Der kleine Robert begann zu schreien. Ich hatte keine Ahnung, was ich tun sollte. Seit zwanzig Jahren hatte ich kein Baby mehr auf dem Schoß gehabt. Ich ließ ihn hüpfen, in einem punktierten Rhythmus, und das schien er zu mögen. Ich summte, lange, tiefe Noten, ein Generalbass. Staunend legte mein Neffe mir die Hand auf die Brust. Er spürte das Vibrieren, und aus dem Weinen wurde ein verblüfftes Lachen. Der Ton riss Ruth aus ihrem Brüten. Sie stand auf und ging auf und ab, hin und her immer um das Bett. Der kleine Robert quietschte, hielt mir die Hand an die Brust, wollte mehr.

»Der Witz an der Sache ist, dass sie ihn nicht erschossen haben, Joey. Wenn sie ihn erschossen hätten, hätte es vielleicht einen Aufstand gegeben, sogar in Oakland. Sie taten genau das, was sie in Jahren der Ausbildung gelernt hatten. Sie zielten mit Gummigeschossen auf die Beine und zertrümmerten ihm tatsächlich die rechte Kniescheibe. Streckten ihn auf dem Bürgersteig nieder, und er lag da und schrie vor Schmerz. Als der Schock nachließ, brüllte er sie an, hielt ihnen die ganze amerikanische Geschichte vor. Sie hätten ihm wahrscheinlich gern eine echte Kugel in den Schädel gejagt, einfach nur dafür, dass er die Dinge beim Namen nannte. Die Sanitäter kamen. Zweiundzwanzigeinhalb Minuten nach dem Anruf. Sie brachten ihn auf den Operationstisch und schnitten ihm das Knie auf. Im Autopsiebericht heißt es, er sei an Komplikationen bei der Narkose gestorben.«

Sie verstummte und nahm mir den kleinen Robert wieder ab. Er weinte, streckte die Arme nach meiner Brust aus. Er wäre mit einem Hechtsprung in meine Arme gekommen, nur damit er noch einmal das Brummen spüren konnte. Erst als Ruth selbst ebenfalls summte, beruhigte er sich. Ich lauschte diesen Tönen. Unausgebildet, ein wenig heiser. Aber so mächtig wie der Ozean in einer Vollmondnacht.

»Der Mann ist an keinen Komplikationen gestorben, Joey. Im Gegenteil, er ist an Vereinfachung gestorben. Abstrahiert bis zum Nichts.« Das letzte Wort war kaum zu hören, nur noch ein Hauch. »Es gab ein Verfahren, aber keinen Prozess. Der eine wurde für zwei Wochen vom Dienst suspendiert, der andere für drei. Keinerlei Verschulden nachzuweisen. Angemessene Reaktion in einer äußerst prekären Lage. Was so viel heißt wie mitten im Krieg. Das weiß jeder. Wenn ein Nigger mit dem Gesetz in Konflikt kommt und die Hand in die Tasche steckt ...«

Ihre Stimme verlor auch das letzte bisschen Resonanz. Hätte jemand ihr eine Waffe in die Hand gedrückt, hätte sie auf die Straße gehen und abdrücken können, ohne Ziel, ohne Bedenken. Ruth wanderte, ihr Kind im Arm, wie benommen durch das Zimmer unseres toten Onkels, summte dem Jungen etwas vor, als er es von ihr forderte.

»Das weiß doch jeder. Das älteste Lied, der älteste Tanz. Wir hören ihn überhaupt nicht mehr, so tief steckt er in uns drin. Verstehst du, es war gar kein Lynchmord. Nur Notwehr. Kein Verbrechen; nur ein Unfall. Kein Rassismus; nur eine bedauerliche Überreaktion auf der Grundlage der Informationen, die ... Erzähl mir mal eine neue Geschichte, Joey. Keine, die aus jedem von uns einen ... Einer von den Bullen hat mir einen tränentriefenden Entschuldigungsbrief geschickt, per Einschreiben.«

»Welcher?«

»Spielt das eine Rolle? Der Weiße. Aber spielt es eine Rolle? Nichts ... nichts von alldem wäre geschehen, wenn ...« Wenn dies nicht diese Welt wäre. »Was willst du sonst noch wissen, Joey? Was soll ich dir noch erzählen?« Sie hielt inne in ihrem rastlosen Auf und Ab und sah mich an, eine Stadtbibliothekarin, die einem ratlosen Benutzer behilflich sein will. Was konnte ich noch wissen wollen? Über Roberts Tod, über Robert, über die Polizei, über die Anhörung, über Oakland, über die Justiz, über das älteste Lied aller Zeiten, über das Lied der Lieder, das alle anderen übertönt? *Wie könnt ihr singen? Wie könnt ihr bei alldem diese Lieder singen?* »Du kannst mich ruhig fragen. Ich weiß alle Einzelheiten. Ich weiß alles, was dort geschehen ist, auch wenn ich nicht dabei war. Das ist die Falle, die sie für mich aufgestellt haben, Joey. Immer wieder neu. Wie soll ich mit dieser Sache je fertig werden? Was soll ich dir erzählen?«

Ich rechnete damit, dass sie jeden Moment die Beherrschung verlor. Dann ging mir auf, dass sie überhaupt nicht zu mir sprach. Diese beiden letzten Fragen waren für ihren Sohn bestimmt, der auf ihren Arm saß, mich anlächelte und versuchte zu singen.

Ruth wandte sich wieder mir zu, wie in Trance. »Du solltest jetzt schlafen.« Es klang wie ein Vorwurf. Aber es war zu spät für mich, noch meinen Lebenswandel zu ändern. Nicht mitten in der Nacht.

Auf Schlaf hätte ich lange warten können. Noch um zwei Uhr morgens lag ich wach, wälzte mich in meinem Bett hundertmal hin und her, bevor der Minutenzeiger der Uhr eine einzige Umdrehung gemacht hatte. Ich wusste nicht, wo ich war: Im oberen Stockwerk, in einem fremden Bett, in einem Haus, dessen verbotenes Bild mich mein ganzes Leben lang begleitet hatte, auch wenn ich es nie wirklich vor mir gesehen hatte. Wenn ich eindöste, heulten in meinen Träumen die Polizeisirenen, Pistolenschüsse knallten.

Um halb sechs hielt ich es in meinem gepolsterten Sarg nicht mehr aus und ging nach unten. Ich wollte dort sitzen, bevor die anderen erwachten, mich heimlich in dieses Haus zurückschleichen, das ich vor so langer Zeit verloren hatte. Als ich nach unten ging, sah ich Jonah, wie er hinter unserem Onkel Michael die Treppe hinaufstürmte, und ein Junge von knapp vier Jahren mühte sich, mit den beiden Schritt zu halten. Eine Naturgewalt stand am unteren Treppenende und rief: *In meinem Haus wird nicht getobt!* Das Haus war zusammengeschrumpft, wie ein Fötus in Formaldehyd. Nur die Konturen der Treppe blieben und der Klang unserer Schritte.

Aber ich war nicht der Erste, der aufgestanden war. Dr. Daley saß am Küchentisch, über die Zeitung des Vorabends gebeugt. Er trug ein frisches Hemd und eine andere Krawatte. Er blickte auf, als er mich hörte. Er hatte auf mich gewartet, trotz der frühen Stunde. Er blickte mich forschend von seinem Stuhl aus an, fragte mich wortlos, was wir tun sollten mit einer so ungeheuerlichen Verschwendung. Wer brachte Leute dazu, das fortzuwerfen, was sie am allerwenigsten verlieren wollten?

»Kaffee?«

»Gern.«

»Wie magst du ihn?«

»Ich ...«

Ein Anflug von Heiterkeit umspielte seine Mundwinkel. »*Milchkaffee? Halb und halb?*«

»Etwas in der Art.«

Er wies mir einen Platz an und brachte mir Kaffee, genau richtig, als hätte er mir schon oft zugesehen, wie ich ihn machte. Die gleiche Farbe wie die Hand meiner Schwester. Dr. Daley setzte sich mir gegenüber und faltete die Zeitung ordentlich zusammen. »Willst du meine Definition des Lebens hören? Aber natürlich willst du das. Kleinkrieg und Kaffee, Tag für Tag. Also gut. Fangen wir an – hast du mit deiner Schwester gesprochen?«

»Kurz.«

»Du weißt also, zu was du heimgekehrt bist.« Ich nickte, obwohl ich nichts wusste. Das Nicken galt dem Wort »heimgekehrt«. Einen Moment lang schwieg er, eine Grabrede, die er schon zu oft in seinem Leben hatte halten müssen. Er kniff die Lippen zusammen und kehrte zurück in die unbewohnbare Welt. »Dann zum nächsten – dein Vater.«

Erst nach einem langen Schluck begriff ich, dass es eine Frage war. Aber ich wusste nicht, wonach er fragte. »Ich … mein Vater?«

»Ja. David. Wie geht es ihm?« Er sah mich nicht an. Kein Mensch wusste auch nur das Geringste über den anderen.

»Wer kann das wissen?«, sagte ich. Mehr brachte ich nicht heraus.

Mein Großvater blickte auf, stellte die Diagnose. Kaum merklich hob und senkte sich sein Kinn. »Verstehe. Wie lang ist das her?«

»Zehn Jahre. Nein – zwölf. Fast dreizehn. 1971.«

»Verstehe.« Er vergrub das Gesicht in den Händen. Er hatte länger ausgehalten als alle anderen. »Deine Schwester wird es wissen wollen. Das ist dir klar?«

»Da wäre ich mir gar nicht sicher. Nach allem, was geschehen ist.«

Er starrte mich ärgerlich an. »Natürlich will sie es wissen! Meinst du, eine einzige Woche ist vergangen, in der sie nicht an ihn gedacht hat?«

Allmählich verstand ich, was es geheißen hatte, diesen Mann zum Vater zu haben. Lange Zeit saßen wir schweigend. Ich trank meinen Kaffee; er starrte finster vor sich hin. Schließlich schnaubte er: »›Wer kann das wissen?‹« Er nickte, amüsierte sich über die Formulierung. »Dein Bruder?«

Mein Bruder. Mein halbes Leben hatte ich damit verbracht, Fragen nach meinem Bruder zu beantworten. »Dem geht's gut. Er wohnt in Belgien. Singt alte Musik.«

Mein Großvater bewegte nicht einmal den Kopf. *Für solche Albernheiten habe ich keine Zeit. Ich habe dir eine einfache Frage gestellt. Willst du nun antworten oder nicht?* »Bekomme ich meinen ältesten Enkel noch einmal zu Gesicht, bevor ich sterbe?«

Ich spürte, wie das Blut mir ins Gesicht stieg. »Das … Wer kann das wissen? Bei Jonah weiß man nie.«

Opapa grinste wissend. »Immer noch seinen eigenen Kopf. So war er schon mit sechs Monaten. Und was meinst du, findet er seine Freiheit?«

Er klang wie ein Richter, auch wenn er das Urteil noch suspendierte.

Aber ich hatte meine Vermutung, wie es ausfallen würde. »Du musst ihn singen hören.« Die einzige Antwort, die groß genug war für die Frage.

Dr. Daley erhob sich und nahm meine leere Kaffeetasse. Ich stand auf und wollte helfen, aber er scheuchte mich auf meinen Platz zurück. »Die Aussichten sind nicht groß, dass mir das in diesem Leben noch vergönnt ist.« Er spülte meine Tasse und stellte sie mit zitternden Fingern auf die Ablage, neben seine. »Schon mehr als einmal habe ich versucht deiner Schwester zu erklären, was uns auseinander gebracht hat. Sicher, der Wahnsinn, der so tief in uns sitzt, egal welche Farbe die Haut hat. Aber täusche dich nicht. Wir haben ihm unseren eigenen Stempel aufgedrückt. Dein Vater und ich. Deine Eltern ...«

Er kehrte zurück an den Frühstückstisch und ließ sich wieder auf seinem Stuhl nieder, an dem Platz, an dem er seit einem halben Jahrhundert sein Frühstück aß. Der Tisch war immer noch derselbe, auch wenn sich alles in seiner Umgebung verändert hatte.

»Deine Eltern glaubten, sie könnten die Regeln umschreiben. Die Regeln, die die Vergangenheit diktiert.« Er blickte hinaus auf den Frühlingsrasen, versuchte sich vorzustellen, was die beiden sich ausgemalt hatten. »Sie wollten einen Ort, an dem es ebenso viele Kategorien wie Einzelfälle gab. Aber sie mussten euch ja trotzdem *hier in dieser Welt* großziehen.« Seine Stimme klang verzweifelt, ein Wettlauf gegen die Zeit. »Sie wollten einen Ort, an dem jeder seine ganz persönliche Hautfarbe haben konnte.« Er schüttelte den Kopf. »Aber genau das bedeutet doch Schwarzsein. Es gibt keinen Farbton, der nicht darin enthalten ist. Ihr hattet genauso wenig zwei Farben wie jeder andere von uns. Eure Mutter hätte das wissen müssen.«

Wir hörten Schritte auf der Treppe, und meine Schwester trat in die Küche. Sie hatte den kleinen Robert auf dem Arm, aber sie trug eine schwerere Bürde. Sie hatte dasselbe rote Gewand an wie tags zuvor. Meine Schwester die Witwe. Ihr Gesicht war verquollen, so früh am Morgen. »Das Kind hat mir keine Minute Ruhe gelassen.« Wie auf Stichwort krähte der Kleine vor Vergnügen. Wie hielten die beiden das aus?

»Das ist dein Beruf.« Unser Großvater, sein Leben lang praktischer Arzt, stand auf und brühte Kaffee für Ruth. Offenbar ein altes Ritual. An mich gewandt, fuhr er fort: »Ich habe alles nur noch schlimmer gemacht.«

Ruth brauchte keine Einführung. Sie hatte auf der Treppe genug gehört. Sie schüttelte den Kopf. »Du hast nichts getan, Opapa. Es war ein

Hirngespinst. Mama hat einen Weißen geheiratet. Im vollen Bewusstsein.«

»Ich war zu stolz. Das hat eure Mutter mir immer vorgehalten.« Er stutzte. »Eure Großmutter, meine ich.« Er brachte Ruth ihren Kaffee – schwarz, mit einem Löffel Zucker. »Ich hatte Angst. Angst, dass ich mich in ihrer Idee verlieren könnte. Ich war verbohrt und selbstgerecht. Ich fürchtete –«

»Du hattest Angst vor der ganzen weißen Scheiße«, fiel Ruth ihm ins Wort. »Arschlöcher, einer wie der andere.«

»In meinem Hause wird nicht geflucht.«

»Ja, Opapa.« Sie senkte das Haupt, eine Neunjährige im Angesicht dieses Neunzigjährigen.

»Ich habe eure Großmutter für meine Prinzipien büßen lassen. Durch meine Schuld hat sie ihre Tochter, ihre Enkelkinder verloren. Ich durfte nicht dabei sein, als ihr ...«

Ruth stand auf und tauschte das Baby gegen eine Tasse Kaffee. Sie nahm einen Schluck. Dann ging sie an den Herd, kochte Brei und zerdrückte Obst für den kleinen Robert. »Das ist nicht wahr, Opapa. Es war nicht deine Schuld.« Der alte Mann hielt sich die Hand an den Kopf, als wolle er den Aufprall der Worte mildern. »Großmutter stand immer auf deiner Seite.«

»Und auf wessen Seite stand ich?«, fragte Dr. Daley, an niemand Bestimmten gerichtet. Niemanden, der ihn hören konnte. »Hypodeszenz. Habt ihr das Wort schon einmal gehört?« Ich nickte. Ich war der Inbegriff dieses Wortes. »Es bedeutet, dass ein Mischlingskind immer der Kaste mit dem geringeren Status angehört.«

Mit der einen Hand fütterte Ruth den kleinen Robert, mit der anderen machte sie eine weit ausladende Bewegung. »Es bedeutet, dass die Weißen gar nicht auf so viel aufpassen können, wie sie sich zusammengestohlen haben; dass sie die Herren nicht mehr von den Sklaven unterscheiden können, es sei denn, sie spielen die Reinrassigen. Und rein sind sie ja. Die reine Erfindung. Ein Tropfen genügt? Und das seit den Anfängen der Menschheit? Jeder Weiße in Amerika ist ein Schwarzer, der nur so tut, als sei er weiß.«

Er überlegte einen Moment lang. »Hypodeszenz bedeutet, dass wir alle anderen bei uns aufnehmen sollen. Alle, die nicht weiß sind.«

»Amen«, sagte Ruth. »Jeder, den nicht die Inzucht zum Kretin gemacht hat, ist schwarz.«

»Jeder. Jedes Halbblut und Viertelblut und Zweiunddreißigstelblut. Da hätten wir auch für euch Platz gehabt.«

»Du solltest dir keine Vorwürfe für das machen, was andere Leute getan haben.«

Er hörte sie nicht. »Wir alle! Habt ihr denn geglaubt, ihr drei seid allein?« Er sah mich flehend an, als müsse ich nur nicken, und das alte Unrecht wäre getilgt. »Habt ihr geglaubt, ihr seid die Ersten auf der Welt, denen das widerfährt? Eure Großmutter war halb weiß. Meine Familie. Gezeugt von ihren Besitzern. Der Name sogar. Die ganze Rasse. Seht euch doch nur im Spiegel an. Seit dreihundert Jahren fließt europäisches Blut in unseren Adern. Ich habe oft überlegt, wie Amerika aussähe, wenn die Regel umgekehrt gewesen wäre. Wenn ein Tropfen *weißes* Blut genügt hätte, um einen Amerikaner weiß zu machen.«

»Opapa«, warf Ruth beschwichtigend ein, »im Alter wirst du doch noch senil.«

»Eine mächtige Nation. So gut, wie sie sich in ihren Idealen darstellt.«

»Es wären jedenfalls nicht diese Vereinigten Staaten hier. So viel steht fest.«

Dr. Daley sah seiner Enkelin zu, wie sie seinen Urenkel fütterte, ein Wesen zu vorwitzig, zu aufgeweckt für diese Welt. »Ich habe zugelassen, dass dieser Wahnsinn meine Familie zerstört.«

»Meine hätten sie so oder so zerstört«, sagte Ruth.

Wir saßen da und schwiegen. Nur das Baby war mutig genug für ein paar zögernde Laute. Bald würde auch er Bescheid wissen. Sein Weg war vorgezeichnet, noch bevor er seinen eigenen Namen sprechen konnte: sein Vater, seine Großmutter, die ganze Kette des Leidens bis zurück zum Anfang aller Zeit. Hier konnte ich nicht bleiben. Und ich konnte auch nicht nach Europa in seinem Dornröschenschlaf zurückkehren. Man hatte mir beigebracht, dass ich aus meinem Leben etwas machen müsse. Aber alles, was ich aus mir machen konnte, wäre eine Lüge.

Ruth war vor mir in dieser Zukunft angekommen. Sie hatte immer gewusst, dass ich sie eines Tages einholen musste. »Eins hat mich an dieser Ein-Tropfen-Regel immer gewundert. Wenn Schwarz plus Weiß Schwarz ergibt und wenn die Zahl der gemischten Ehen pro Jahr auch nur ein kleines bisschen über null liegt …« Ruths Augen leuchteten bei dem Gedankenspiel, genau die Art von Rechenaufgabe, die ihr Vater so sehr gemocht hatte. Das, womit einst die Sklavenhalter ihr Eigentum geschützt hatten, war jetzt die einzige Waffe ihrer Opfer. Der Zeitpfeil war schwarz; ein buntes Völkchen würde sich versammeln, während die Reinrassigen ihren privilegierten Selbstmord begingen. »Rechnet es aus. Nur eine Frage der Zeit, dann ist ganz Amerika schwarz.«

»Aber ich dachte ...« Ich hasste mich für meine eigene Stimme. »Ich dachte, du bist dagegen, dass Schwarze und Weiße heiraten.«

»Schätzchen, ich bin dagegen, dass überhaupt jemand einen Weißen heiratet. Wer über die Grenzen heiratet, den werden die Grenzen sein Leben lang verfolgen. Aber solange Leute so blöd sind und das tun, profitiere ich gerne davon.« Sie sah unseren Großvater an, der langsam den Kopf schüttelte, ein Ausdruck endgültiger Resignation. »Wieso? Kannst du nicht rechnen?«

»Vergiss es. Sobald sie sehen, worauf es hinausläuft, heben sie die Regel auf.«

Ein Laut wie Donnerhall brach los, wie zur Bestätigung dieses Satzes. Mein Neffe Kwame erschien auf der Treppe, eine silberne Kiste in der Hand, zwei über Drähte damit verbundene Schaumstoffkissen auf den Ohren. Pulsierende Schallwellen gingen von ihm aus, ein Stakkato von Synkopen, die ich keinem Tonsystem zuordnen konnte. Durch das Gewummer war ein rhythmischer Hassgesang zu hören. Das Pulsieren war so stark, dass es die Luft erbeben ließ. Ich war entsetzt bei dem Gedanken, wie es sich im Inneren seines Kopfes anfühlen musste.

Mit Zeichen gab Opapa seinem Urenkel zu verstehen, dass er den Kopfhörer abnehmen und das Band anhalten solle. Der Junge gehorchte, unter wütendem Knurren, das kein Erwachsener deuten konnte. Der Doktor erhob sich wie ein Prophet aus dem Alten Testament. »Wenn du dir das Gehirn durchschütteln willst, dann geh und schlag mit dem Kopf an die Wand.«

»Mann, Alter, diss mich nicht«, antwortete Kwame. »Die Musik ist mega.«

»Nennst du das etwa Musik? Das hat ja nicht einmal eine Melodie. Nicht mal die Wilden im Urwald machen so was.«

»Ach, Opapa. Das haben wir doch schon so oft durchgekaut. Das ist unser Sound. Das Beste, was wir je für unser Seelenheil getan haben. Der direkte Nachfolger der alten Dirty Dozens; da wurde auch geschimpft, was das Zeug hielt.«

»Was weißt du schon von den Dozens?« Ruth wurde bleich vor Wut, und der alte Herr tätschelte ihr den Arm. »Mach dir um mich keine Sorgen. Ich weiß. Du hast es am selben Ort gelernt wie ich. Von irgendeinem Propheten, der um jeden Preis unser Erbe bewahren will.«

Ruth stöhnte auf. »Mach dir mal keine Gedanken um unser Erbe! Jeder weiße Junge möchte ein Stück davon abhaben, auf allen fünf Kontinenten.«

»Das sind doch alles Loser«, skandierte Kwame. »Mit ihrem Ghetto-blaster. Bleichgesicht peilt das nicht, unsern Sound, den rafft der nicht.«

Er nickte im Rhythmus mit dem Kopf, wiegte sich stolz hin und her. Sein kleiner Bruder kicherte und streckte die Hand nach ihm aus. Kwame verschwand wieder unter seinem Kopfhörer, unerreichbar für uns. Ruth, ganz mit Babybrei beschmiert, legte den Arm um unseren makellosen Großvater. Er wehrte sich nicht. »Du bist schlimmer als mein eigener Vater. Der hat auch immer an meiner Musik rumgemäkelt. Ich habe mir geschworen, dass ich das niemals tun würde, wenn ich mal eigene Kinder hätte.«

»Ehrlich?«, fragte ich ungläubig. »Er hat dir Vorhaltungen wegen *Musik* gemacht?«

Sie stöhnte, als hätte sie Prügel bezogen. »Am laufenden Band. James Brown. Aretha. Alles, was mir etwas bedeutete. Alles, was auch nur halbwegs Soul hatte. Er wollte, dass ich werde wie ihr. Wie er. Was meinst du, Joey, warum hassen die Leute eure Musik so sehr?«

Aus dem gleichen Grunde, aus dem sie sie einmal geliebt hatten – weil sie einfach nur sie selbst ist, nicht an einen Zweck gebunden. Auch unser Großvater stöhnte, ein leises altes Gospel-*subito*, erinnerte sich an alte Urteile, missbrauchtes Vertrauen, Bündnisse, die an zu viel Treue starben. Er sah seinen eigenen Grabstein vor sich und las darauf, in Granit gemeißelt, die Dinge, die er seiner Tochter gesagt hatte. Er fasste Ruth beim Handgelenk und betrachtete sie mit einem verzweifelten Blick. »Was ist denn nur an der Musik, dass jeder sich ihretwegen das Leben ruinieren will?«

»Wann ist er gestorben?«, fragte Ruth später am Tag.

Einen verrückten Augenblick lang dachte ich, wir hätten die Rollen getauscht. »Er? Nicht lange nach deinem Besuch bei mir. Ich habe mir ewig den Kopf zerbrochen, wie ich dich verständigen könnte.«

»Darauf, hier zu fragen, bist du nicht gekommen.« Es war eine einfache Feststellung, und sie half mir, den Anschluss an Ruths Vergangenheit zu finden. Sie weinte ein paar stille, verirrte Tränen, kein Trost darin. Sie weinte für sich allein, und es machte ihr nichts aus, dass ich es hörte. Sie hatte so viele zu betrauern. Es dauerte lange, bis sie wieder sprach. »Der alte Bastard. Meinst du, er hat wirklich nie begriffen, was er uns angetan hat?«

Ich fühlte mich nicht berufen, meinen Vater zu verteidigen. Ich hätte mich nicht einmal selbst verteidigen können.

»Woran ist er gestorben?« Ich muss länger geschwiegen haben, als mir bewusst war. »Ich habe ein Recht, das zu wissen. Es könnte auch in meinen Söhnen stecken.«

»Krebs.«

Sie zuckte zusammen. »Welche Art?«

»Bauchspeicheldrüse.«

Sie nickte. »Das bekommen wir auch.«

»Er hat ein bisschen Geld hinterlassen. Ich habe ein Sparbuch auf deinen Namen angelegt. Mit den Zinsen dürfte es inzwischen eine ganz anständige Summe sein.«

Sie rang mit sich. Abwehr contra Bedürftigkeit: Beides weit größer, als ich je gedacht hätte. Sie sah mich mit gehetzter Miene an. Sie konnte sich nicht entscheiden, ob sie dieses Erbe annehmen durfte oder ob sie es mit verstoßen musste. »Später, Joseph. Das braucht Zeit.«

»Er hat dir eine Botschaft hinterlassen.« Seit einem ganzen Jahrzehnt hatte ich nicht mehr daran gedacht. »Etwas, das ich dir sagen soll.«

Ruth duckte sich, als hätte ich sie geschlagen. Ich drehte die Handflächen nach oben. Ich fühlte mich nicht schuldig. Ich wollte nur meine Botschaft überbringen, dann war meine Arbeit getan.

Sie presste sich die Hände an die Schläfen, hasste mich dafür, dass ich ihr das nicht erspart hatte. Sie ballte die Fäuste, ein letztes Aufbäumen vor der Kapitulation. »Lass mich raten: ›Ich weiß, im Grunde deines Herzens bist du ein gutes Mädchen. Ich verzeihe dir.‹«

»Ich soll dir sagen, an jedem Punkt, auf den du das Teleskop richtest, findest du eine neue Wellenlänge.«

»Was ist denn das für ein Scheiß? Was soll ich damit anfangen?« Sie hatte sich eine andere Botschaft gewünscht, auch wenn sie es sich nie eingestanden hätte. Diese hier ließ sie nur umso einsamer zurück.

»Er war sehr krank, Ruth. In seinen letzten Tagen hat er alle möglichen Dinge gesagt. Aber ich musste ihm versprechen, dass ich dir das ausrichte, wenn ich jemals die Chance dazu hätte.«

Pas letzte Worte waren so unverständlich, lange konnte ihre Wut sich daran nicht entzünden. Auf einen derart aussichtslosen Kampf konnte sie sich nicht einlassen. »Der Mann hat ja noch nie mit mir reden können.« Sie ließ ihren Tränen freien Lauf. »Vom ersten Tag an nicht.«

»Ruth. Das mit Robert ... geht mir nicht aus dem Sinn.« Sie würgte einen winzig kleinen Laut des Spottes hervor. *Tatsächlich?* »Sei mir nicht böse. Aber kann ich dich etwas fragen?«

Sie zuckte mit den Schultern: *Du kannst mich nichts fragen, was ich mich nicht schon selbst gefragt habe.*

»Was habt ihr zwei gemacht, damals in New York?«

Sie sah mich an, verblüfft. »Was wir ge*macht* haben?«

»Als ihr zu mir nach Atlantic City kamt. Da wart ihr in Schwierigkeiten. Und zwar in ernsten. Die Polizei war hinter euch her.«

Sie wandte den Blick ab, selbst für Verachtung zu erschöpft. »Du wirst es wirklich nie, niemals begreifen, nicht wahr, Bruderherz?« Es klang wie Mitleid.

»Du sagst, die Polizei habe Roberts Autonummer durch ihren Computer gejagt. Sie hätten ...«

Meine Schwester atmete tief ein, als wolle sie in ihrem Inneren Platz für mich schaffen. »Wir haben ein Asyl für Straßenkinder betrieben. Das haben wir ge*macht*. Haben ihnen Cornflakes gegeben und sie dazu *Black is beautiful* singen lassen. Alles andere war Hoover. Der hat aus uns den Staatsfeind Nummer eins gemacht. Mitten in der Nacht riefen FBI-Agenten an, drohten, dass sie unser Hirn auf dem Bürgersteig verspritzen würden. Dass sie uns bis ans Ende unserer Tage hinter Gitter stecken. Aber wir waren ja längst hinter Gittern, Joey. Das ist unser Verbrechen. Es macht ihnen ein schlechtes Gewissen, was sie uns angetan haben. Das war unsere Arbeit in New York. Und dann haben wir in Oakland weitergemacht. Bis sie sich Robert geholt haben, und er ist in ihrem Krankenhaus gestorben.«

Das war das letzte Mal, dass ich ihr eine weiße Frage gestellt habe.

Das Haus meines Großvaters war ein offenes Haus, wo es für nichts feste Pläne gab. Alles in der Catherine Street hatte seinen Sinn, aber das Tempo wechselte. An meinem zweiten Abend versammelte sich die Verwandtschaft. Mein Onkel Michael erschien mit fast der gesamten Familie: mit Frau, zwei Töchtern und den Kindern meiner Cousinen. Ich traf meine Zwillingstanten Lucille und Lorene wieder, lernte ihre Männer und etliche Kinder und Enkelkinder kennen. Ich war ein Kuriosum, das alle bestaunten: das Wunderkind, der bunte Hund. Wenigstens einen kurzen Blick mussten alle auf mich geworfen haben. Aber in einer Familie von dieser Größe bleibt keine Neuigkeit lange interessant. Alle umschwärmten mich, hörten sich das wenige an, was ich zu erzählen hatte, und dann widmeten sie sich wieder Dr. William, dem Patriarchen, oder dem kleinen Robert, dem Benjamin des Clans.

Ruth und Robert waren schon seit Jahren hier ein und aus gegangen; gleich nach ihrem Besuch bei mir in Atlantic City waren sie auf ihrer Suche nach einer Zuflucht hier gelandet. »Es war kinderleicht, Joey. Du hättest es jederzeit auch tun können.«

Die Daleys hatten eine beschwingte Art, die gute Laune von Leuten in einem Bombenkeller, denen die improvisierte Fröhlichkeit die Furcht vertreibt. Wenn drei oder mehr von ihnen zusammen waren, wurde immer musiziert. Sobald eine kritische Masse erreicht war, begannen alle zu singen. Auf das erste Chaos folgten Verhandlungen – *He, das ist meine Melodie! Was soll das heißen, seit wann gehört jemandem eine Melodie? Das habe ich schon gesungen, bevor du überhaupt auf der Welt warst* –, aber schließlich fand der Daley-Tabernakelchor stets seine unverwechselbare fünfeinhalbstimmige Harmonie.

Ich sang mit, wo ich einen Platz für mich fand, sang Scat oder Nonsenssilben, wenn ich die Texte nicht kannte. Mein Alte-Musik-Bass fügte sich gut in das Ensemble der vollen Stimmen ein, so gut, dass mich überhaupt niemand bemerkte. Es gab keine herausragenden Stimmen, aber es gab auch niemanden, der nur so tat als ob. Sie bestanden darauf, dass selbst Dr. Daley den einen oder anderen Refrain sang, mit einem Brummen, das neun Jahrzehnte Leben auf der Schulter hatte. Keiner durfte nur Zuhörer sein; jeder musste seinen Beitrag leisten, und jeder diente Gott auf seine Weise.

Michael holte Charles' altes Tenorsaxophon hervor, und der Geist seines Bruders lebte fort in jedem Klacken der Klappen. Lucilles ältester Sohn William spielte Bassgitarre so geschmeidig wie eine Laute. Fast jeder konnte auf dem Klavier im Wohnzimmer klimpern, vier-, sechs-, manchmal achthändig. *Das kannst du glauben. Von irgendwo müsst ihr es doch haben, oder?* Ich konnte froh sein, wenn ich eine der inneren Melodielinien hinbekam, und ich brauchte alle zehn Finger zum Mithalten. Keiner erwartete ein Solo von mir, oder jedenfalls nicht mehr Soli als von allen anderen.

Das alte Klavier war ein Minenfeld. Ein halbes Dutzend Tasten, darunter das mittlere C, schnarrten oder schepperten nur noch oder klemmten einfach. »Das gehört zum Spiel«, erklärte Michael. »Du musst Musik machen, ohne dass du in die Schlaglöcher fällst.« Mitten in einem großen improvisierten Chorus hielt ich inne und begriff, was das für Tasten waren, auf denen ich spielte. Es waren die Tasten, auf denen meine Mutter spielen gelernt hatte.

Solange das Haus voll mit singenden Verwandten war, wirkte Ruth so friedlich, wie ich sie seit Mamas Tod nicht mehr gesehen hatte. An diesem Abend, meinem ersten musikalischen Familienfest im Hause Daley, saß sie auf dem Sofa, im Arm einen widerspenstigen Sohn, ein friedlich schlafendes Baby auf dem Kissen, und ihr ermordeter Mann saß neben ihr. Endlich in Sicherheit, sang sie, und als ich sie hörte, hätte ich am liebsten das Singen für alle Zeit aufgegeben. Ich ging zu ihr, stellte mich neben sie. Sie schlug die Augen auf und lächelte mich an. »Deswegen sind wir zurückgekommen.«

»Du vielleicht«, sagte Kwame, der jedes einzelne Wort auch unter seinen Kopfhörern mitbekam.

»Wie lange seid ihr schon hier?«

»Jetzt, meinst du? Gleich, nachdem Robert ...« Sie sah sich um, dann legte sie den Kopf in die Hände, musste den Albtraum von neuem vertreiben. »Aber wie lange ist das?«

Meine Tanten Lucille und Lorene leiteten den Chor der Bethel-Gemeinde, der Kirche, in der sie, ihre Eltern, ihre Kinder geheiratet hatten, in der meine Mutter getauft worden war und in der sie allesamt das Singen gelernt hatten. Beide hatten Jura studiert, doch zum Kummer ihres Vaters und zur Freude ihrer Mutter zogen sie die Kirche dem Gerichtssaal vor. Lucille spielte Orgel und Klavier, und Lorene dirigierte den Chor, der zum guten Teil aus den Kindern der beiden bestand. Am zweiten Sonntag nach meiner Ankunft beschloss Ruth, dass wir hingehen und sie uns anhören sollten. »Und zwar alle«, warnte sie Sohn, Großvater und Bruder in einem.

Dr. Daley protestierte am heftigsten. »Lasst mich in Frieden sterben, als gottlosen Heiden.«

»Der Mann hat Recht«, sagte Kwame. »Geht den Frommen an den Kragen, Heiden auf die Barrikaden.«

»Ich bin nicht für deine Mutter zur Kirche gegangen. Und auch nicht für deine Großmutter.«

»Aber mir tust du den Gefallen«, sagte Ruth.

»Geh du nur. Ich bleibe hier, mit dem jungen Mann hier, und wir plaudern ein wenig über Nietzsche und Jean-Paul Sartre.«

Ich brachte es nicht übers Herz ihm zu sagen, dass dieser ungläubige Jude in den letzten fünf Jahren mehr katholische Messen gesungen hatte, als die meisten Gläubigen in ihrem ganzen Leben besuchen.

Ich war nicht der Hellhäutigste in der Kirche. Nicht einmal auf unserer Seite des Ganges. Das Credo der Bethel-Gemeinde war, dass Farbe zwar mit zur Rechnung gehörte, dass sie aber nicht die einzige Variable in dieser Gleichung war. Ruth merkte, wie ich ein rothaariges Mädchen im Chor anstarrte, eine bleiche, präraffaelitische Schönheit. »Oh doch, Bruder, sie ist schwarz.«

»Woher willst du das wissen?«

»Schwarze spüren das.«

»Du mich auch.«

Meine Schwester unterdrückte ein Grinsen. »In der Kirche flucht man nicht, Joey. Warte bis nachher auf dem Parkplatz. Aber glaub mir, sie ist nicht nur schwarz, ihr seid sogar verwandt. Eine Cousine dritten Grades oder so.«

Wie nicht anders zu erwarten, klang der Chor wie ein Familientreffen im Hause Daley. Doch erst als der Solopart kam, begriff ich, weshalb ich hier war. Das Lied war ein altbewährtes Schlachtross aus dem neunzehnten Jahrhundert, »He Leadeth Me«, der Herr führet mich, und das Solo sang eine hübsche Frau mit einer kurzen Afrofrisur, etliche Jahre jünger als ich. Die erste Strophe war noch sehr schlicht, genau wie sie in dem alten methodistischen Gesangbuch steht. Aber die Solistin war so hinreißend, dass selbst Kwame, der auf jeder Ecke eines alten Gemeindeblättchens die Graffiti übte, mit denen er bald Oakland verzieren würde, aufblickte, um zu sehen, woher diese Töne kamen.

Bei der zweiten Strophe hielt es mich kaum noch auf meinem Platz. Das Mädchen hatte eine Stimme, die die Gletscher von Alaska zum Schmelzen bringen würde. Einen Ton, so rein und präzise, dass die NASA damit Satelliten hätte steuern können. Sie lehrte die fußkranke Melodie das Fliegen, wickelte sie um die ausgestreckten Finger, schleuderte sie zwischen den Beinen hindurch und ließ sie über dem Kopf kreisen. Jeder Ton in dem sprühenden musikalischen Wasserfall war wie ein funkelnder Kristall. Ich sah Ruth fragend an, aber die blickte nur stur vor sich hin und grinste, tat, als merke sie nichts.

Die Stimme verlor alle Erdenschwere, streifte Hülle um Hülle ab, bis sie blendend hell erstrahlte. Und nach jeder Strophe setzte der Chor ein mit seinem Refrain, gleichmäßig wie ein Herzschlag: »He leadeth me. He leadeth me.« Dann die Überleitung zur nächsten Tonart: »He leadeth me.« Das solide Gospelfundament war für die Solistin wie ein Fels, von dem sie ihren frohlockenden Lobgesang aufsteigen lassen konnte. Sie drang vor bis in die Ionosphäre des Gehörs und schwebte dahin, mit strahlenden Augen, getragen von der entrückten Demut höchsten Entzückens, so nah an der Erkenntnis der eigenen Tiefe, wie eine Seele überhaupt nur kommen kann. Ich konnte kaum glauben, dass sie diese Höhenflüge mit einer solchen Sicherheit improvisierte. Aber ebenso unvorstellbar war, dass jemand diese lebendigen Gefühlswallungen vorab auf ein Notenblatt gebannt hatte.

Welle um Welle rollte das Kirchenlied über uns hinweg. Hände reckten sich in die Höhe. Fassungslos, angesichts von so viel Schönheit. Ich blickte Dr. Daley an und hatte nur noch eine Frage: Wer? Er nickte feierlich. »Das ist Lorenes Mädel.« Ich konnte diese Frau nicht heiraten; sie war meine Cousine. »Das ist Delia.«

Als ich den Namen hörte, sah ich wieder meine Schwester an. Auf dem langen Weg zu mir war ihr Lächeln fast ganz zerbrochen.

»Unglaublich. Was für eine Stimme. Sie braucht eine Ausbildung, die besten Lehrer.«

»Arschloch«, zischte meine Schwester mich an, gerade so laut, dass die Reihe vor uns es hörte. »Glaubst du vielleicht, sie kommt frisch aus dem Dschungel? Sie *hat* die besten Lehrer. Hörst du das nicht?«

»Wo? Bei wem?«

»Die reißen sich buchstäblich um sie. Am Curtis Institute.«

Nach dem Gottesdienst warteten wir an der Kirchentür. Meine Cousine Delia entdeckte mich sofort. Ich war wohl nicht schwer zu erkennen. Ruth wollte uns bekannt machen, aber das Mädchen winkte ab. Sie starrte mich an. »Na du hast vielleicht Nerven.« Etliche Kirchgänger reckten die Hälse und wollten sehen, was los war. »Kommst hier hereinspaziert, als sei nichts geschehen. Aber so leicht kommst du mir nicht davon. Du wirst mir büßen für das, was du angerichtet hast.«

In Gedanken ließ ich meine Sünden Revue passieren. Ich war bereit, jedes Geständnis zu unterzeichnen, jede Strafe anzunehmen. Ich spürte die Energie, die von dieser Frau ausstrahlte. Ruth und Dr. Daley standen rechts und links von mir, stumme Gerichtsdiener. Ich kannte mein Verbrechen. Und meine Familie hatte es lange vor mir gekannt. Ich konnte nur abwarten, bis das vernichtende Urteil gesprochen war.

»Wer ist auf die Idee gekommen, den Bach so zu singen?«

Es dauerte so lange wie ein halber Choral, bis ich die Erleichterung spürte. Und noch einmal eine halbe Phrase, ehe ich eine Antwort parat hatte. »Oh! Jeder hat seinen eigenen Bach.« Sie blickte nach wie vor finster drein, schüttelte ärgerlich den Kopf. »War er dir zu schlicht?« Keins unserer Sakrilege hatte man uns so oft vorgehalten wie das: die Besetzung jeder Stimme mit nur einem Sänger. Den Glauben, wir bekämen im Himmel eine Privataudienz.

Meine Cousine funkelte mich an, eine glutvolle Carmen. »Du schuldest mir ein Auto.«

»Ich ... ein Auto?« Fast hätte ich schon die Brieftasche gezückt.

»Ich hatte eure kleinen Motetten beim Autofahren im Kassettendeck. Schnurstracks über die rote Ampel an der Ecke Sechzehnte und Arch. Wumm! Ich habe nicht mal gemerkt, dass ich auf der Kreuzung war, aber dann kam von der Seite ein Ford Escort und stutzte mir die Flügel. Schöne Eskorte zurück auf den Boden der Tatsachen. *Singet dem Herrn ein neues Lied*?«

»Ja, so hieß sie.«

»Und genau das habt ihr ja auch getan. Oh, ja! Das war eine tolle Platte!«

Selbst die einfachsten Gedanken kamen nur mit Verzögerung. »Es hat dir gefallen? Du fandest es richtig?«

»Es hat mich mein Auto gekostet. Ein hübscher kleiner Dodge Dart, und so ein schönes Rot.«

Jeder außer einem Musiker würde sagen, dass Stille immer gleich klingt. Aber Ruths Schweigen auf dem Heimweg hatte einen ganz neuen Klang.

Wenig später konnte ich Delia selbst Bach singen hören. Sie trat in mehreren Kirchen der Stadt als Solistin in der H-moll-Messe auf. Jonah hätte bei dem Gedanken an eine Besetzung dieser Stärke womöglich die Nase gerümpft, aber wenn er das gehört hätte, wäre selbst er bekehrt worden. Delias *Laudamus te* brachte die ganze Verzückung zum Ausdruck, die der Lateinisch schreibende Lutheraner in das Stück hineingelegt hatte. Jede gesungene Note war vollkommen, genau so wie der Meister sie geschrieben hatte. Trotzdem hatte ihr Gesang etwas Swingendes, Tanzendes, ein Ungestüm, als gebe es kein Morgen. Und das gibt es ja auch nicht. Niemals. Das betörende, überirdische Werk hatte seine Interpretin gefunden. *Das ist das Lob Gottes*, sagte Delias Stimme. *Das ist Musik. Lasst euch ja nichts anderes erzählen.*

Zwei Abende später sang sie Villa-Lobos' *Bachiana Brasiliera Nr. 5*. Das Werk war schon lange zur Karikatur seiner selbst geworden, genauso zuschanden gespielt und unhörbar geworden wie Wilson Harts geliebter Rodrigo, erstickt an lauter Liebe. Aber in Delia Banks' geschmeidiger, schwereloser Interpretation klang es für mich wieder wie am ersten Tag: Verzweifelt, mystisch, sinnlich, besessen, eine einzige endlose Sequenz, geboren aus einem langen Atemzug. Man könnte nicht einmal sagen, dass ich das Stück noch nie anständig gesungen gehört hatte. Ich hatte es *überhaupt* noch nie gehört. Ihre Interpretation stellte alle Aufnahmen in den Schatten, die ich je gehört hatte. Und doch würde sie nie aufgenommen werden.

Einmal aß ich mit ihr zu Mittag, nur wir beide, beinahe verstohlen, in demselben Lokal, in dem meine Mutter und meine Großmutter sich einst heimlich getroffen hatten. »Überall Gespenster«, sagte Delia. »Wir können von Glück sagen, dass sie nicht eifersüchtig sind.«

Ich wusste nicht, was ich zu ihrer Musik sagen sollte. »Du könntest ... Such dir ein Leben aus, und du bekommst es.« Die Zeiten hatten sich geändert. Oder würden sich ändern müssen, allein um dieser Frau willen. »Du kannst in jedem Konzertsaal auftreten.« Ich kannte die Widerstände, aber trotzdem war ich mir sicher, dass ich nicht übertrieb. Ein Mensch konnte sein ganzes Leben mit Musik verbringen und dennoch froh sein, wenn er auch nur ein einziges Mal eine solche Stimme zu hören bekam. Und ich hatte gleich zwei davon in meiner nächsten Verwandtschaft.

Meine Cousine schenkte mir ihr schönstes Bühnenlächeln, das Lächeln, mit dem sie die Herzen ihrer Zuhörer eroberte, bevor sie den ersten Ton anstimmte. »Danke, Sir. Ein schönes Kompliment, gerade von einer verirrten Seele wie dir.«

»Ich meine es ernst.«

»Das weiß ich.« Die Kellnerin kam, und Delia schäkerte mit ihr. Als sie wieder fort war, sah meine Cousine mich an und schüttelte den Kopf. »Hast du auch mal in Salzburg gesungen?«

»Mehrfach. Eine wunderschöne Stadt. Würde dir gefallen.«

»Ich weiß. Ich hab' den Film gesehen. Den mit der singenden Nonne. Und auf dem Festival d'Art lyrique in Aix-en-Provence, habt ihr da mal gesungen?«

»Wir haben sogar einen Preis gewonnen.« Doch als ich antwortete, ging mir auf, dass Delia es längst wusste.

»Bist du glücklich?« Aber auch darauf kannte sie die Antwort schon. »Dann frag mich, ob *ich* glücklich bin. Frag mich, von was für einer Karriere ich träume. Ich habe alles, was ich auf dieser Welt brauche. Ich habe meine Kirche. Wer braucht eine größere Bühne als die? Ich habe Leute, die ich liebe und die mit mir singen, sie geben mir Halt, sie beflügeln mich. Jedes Stück, das wir singen, machen wir uns zu Eigen, ganz gleich, woher es ursprünglich kommt. Ich habe ein Repertoire, das mir für zwei Leben reicht. Ein kurzes und ein langes.«

Ich versuchte es mit einer Kombination aus Taktik und moralischem Zeigefinger. »Du bist es … der Quelle dieser Gabe schuldig, dass du dein Licht nicht unter den Scheffel stellst. Dass du mit diesem Gesang möglichst viele Menschen froh machst.«

Über diese Worte dachte Delia nach. Sie quälten sie, eine Schlange in ihrem Garten. »Nein. Es geht nicht darum wie viele. Bist du glücklich? Du kannst niemanden glücklich machen, wenn du nicht selber glücklich bist.«

Sie hatte meine Röntgenbilder aufgehängt, und was sie da im Licht der Lampe sah, gefiel ihr gar nicht. Ich musste zum Gegenangriff übergehen, bevor sie mich in die Enge trieb. »Fürchtest du dich?«

Den Gedanken fand sie lustig. »Vor wem?«

Ich hätte ihr eine ganze Liste aufschreiben können: all die Leute, die uns den Tod wünschten, nur weil wir mit dem einzigen Pass reisten, den wir hatten. Sie wusste, was sie riskierte – kannte die offensichtlichen und die unterschwelligen Gefahren –, selbst wenn sie nur am anderen Ende der Stadt sang. Dem aus dem Weg zu gehen war vielleicht keine Furcht. Womöglich war es sogar das Gegenteil. »Also einfach nur Lust und Laune?«

»Oh, ich singe, was mir auf den Notenständer kommt.«

»Aber nur geistliche Musik.«

Delia spielte mit dem Salzstreuer. »Alle Musik ist geistliche Musik. Das Gute daran jedenfalls.« Und es war tatsächlich so: Selbst der schwüle, sinnliche portugiesische Sirenengesang hatte ein himmlisches Feuer entfacht.

»Ich habe gehört, was du aus dem deutschen Provinzkantor gemacht hast. Ich weiß, dass es nicht darum geht, wem was gehört.«

»Doch, immer.« Und nachdem das gesagt war, konnte es nicht mehr anders sein. Keine Kultur, die nicht jemandem gehörte, kein Besitz ohne Unterdrückung.

»Das heißt, du stellst dich gegen Europa?« Kranke, machtgierige Herrenmenschen, allzeit bestrebt den Engeln zu dienen.

»Gegen Europa?« Delia rollte mit den Augen. »Unsinn. Auch wenn Europa mich mehr Autos gekostet hat, als wir heute hier zur Sprache bringen wollen. Wer gegen Europa ist, der muss zu viel von sich amputieren. In jedem Lied, das wir singen, gibt es weiße Noten. Aber das ist doch gerade das Schöne. Wir machen unser eigenes kleines Land auf, mit dem, was wir uns gegenseitig stehlen. Sie kommen her in unsere Einöde und holen sich alles, was wir haben. Und dann schleichen wir uns rüber in ihre Viertel, tief in der Nacht, und holen uns ein kleines Stückchen zurück, etwas, von dem sie noch nicht einmal gemerkt haben, dass sie es mitgenommen haben, etwas, das sie überhaupt nicht wiedererkennen würden! Auf die Weise haben alle etwas davon, und alles wird bunter.« Sie schüttelte den Kopf. Ein kleines, volltönendes Knurren kam aus ihrer Brust. »Nein. Antieuropäisch kann man nicht sein, wenn alles zum Teil europäisch ist. Aber proafrikanisch müssen wir sein, und das aus dem gleichen Grund.«

Aber ihre Kirche liebte sie doch gewiss viel zu sehr, um sie für sich zu behalten. »Tausende könnten dich hören. Hunderttausende.«

»So viele wie deinen Bruder?« Sie bereute diese Worte schon im Augenblick, in dem sie sie aussprach.

»Du könntest den Menschen beibringen, die Dinge in einem ganz neuen Licht zu sehen.«

»Einem neuen Licht! Glaubst du denn immer noch an die heilende Kraft der Musik? Bach? Mozart? Die Nazis haben sie genauso gerne gehört. Musik hat noch niemanden geheilt. Sieh dir doch deine arme Schwester an. Sieh dir ihren Mann an. Und dann sag mir, welche Musik du dazu spielst. Hast du auch nur ein einziges Lied, das du jetzt singen könntest und das ihr helfen würde? Ein einziges Lied, das sie trösten könnte und das nicht vor Scham sterben würde, wenn es sie sieht?«

Es war noch nicht zu spät für mich, ein Handwerk zu erlernen. Auf ehrliche Weise mein Brot zu verdienen. Schreibmaschine schreiben konnte ich recht gut. Ich konnte Archivar in einer Anwaltskanzlei werden. Ich atmete tief durch, warf einen Blick zurück auf meine längst vergangenen Tage als Bassist der Voces Antiquae. »Ein Lied kann immer nur so gut sein wie sein Zuhörer.«

»Der Zuhörer ist deine *Schwester*. Ein Lied für *sie*.«

Ich überlegte, ob ich eine Meinung dazu hatte. »Vielleicht singen wir für uns selbst.«

»Das ist das Mindeste. Ohne das geht es nicht. Aber wenn es *nur* das ist, dann ist es nichts wert. Wir brauchen eine Musik, die jeden anspricht. Die jeden mitsingen lässt. Nichts für ein Publikum!«

»Popsender im Radio.«

»Geschenkt.«

»Gospel, ist das Musik für alle?« Ich hatte noch eine Liste für sie auf Lager, wenn sie es so haben wollte.

»Für jeden, der Ohren hat.«

»Das ist es doch gerade. Unsere Ohren hören nur das, was sie irgendwann kennen gelernt haben.«

»Oh, die Leute erkennen schon, was gut ist. Jede gute Musik erzählt von dem, was uns widerfahren ist. Gibt es denn jemanden auf der Welt, dem mehr widerfahren ist als uns?«

»Uns?«

»Ja, uns.«

Mit diesen Worten stoppte sie die, die mir schon auf der Zunge lagen. Das Einzige, was ich darauf noch antworten konnte, war das, wofür ich mich am meisten schämte. »Ich sehne mich danach. Ich will hören, wie …« Alle die missbrauchten, diskreditierten, kompromittierten alten Schlachtrösser. Sie konnte sie erlösen. Nur eine schwarze Stimme war dazu fähig. »Ich möchte, dass diese Musik … erlöst wird.« Wollte hören, dass diese Musik endlich das war, was sie immer nur vorgespiegelt hatte.

Einen Moment lang strahlte Delia bei diesem Gedanken. Aber ich war der Teufel, der sie dazu verführen wollte, Steine in Brot zu verwandeln. »Du verstehst das einfach nicht. Ich habe meine Kirche. Meinen Jesus.«

»Ist der nicht auch Europäer?«

Sie grinste. »Unserer kommt von weiter aus dem Süden. Schau. Ich habe meine Arbeit. *Unsere* Arbeit. Hörst du, wie großartig das klingt? Ich mache dir ja keine Vorwürfe, dass du lebst, wie du es für richtig hältst. Du bist in einer Zeit groß geworden, als wir noch dachten, wir könnten das, was sie haben, nur bekommen, wenn wir ihnen alles nachmachten. Aber wir sind wir und werden niemals sein wie die Weißen, und was ist daran schlimm? Wir sind genauso stark wie sie – sogar stärker, wenn man mal alles zusammennimmt. Warum steckst du so viel Arbeit in etwas, das du nicht retten kannst und das gar nicht gerettet werden will?«

Aus dem gleichen Grunde, aus dem wir überhaupt singen. Ich sah mich im Restaurant um. Jeder nur erdenkliche Farbton. Keiner kümmerte sich groß darum, dass ich dabei war, keiner kümmerte sich um mein Unglück. Ich sah meine Cousine an. Der durchschnittliche Hautton dieses Landes musste irgendwo in der Mitte zwischen uns beiden liegen. »Das hieße also ›*separate but equal*‹? Nicht gleich, aber gleichberechtigt?«

»Genau das. Was ist denn daran so schwer? Zwei Kulturen, ein Recht.«

»Gleichberechtigung mit der herrschenden Kultur?«

»Sie beherrschen nur die, die sich beherrschen lassen.«

»Ich dachte, es dreht sich alles darum, dass es niemals Gleichheit –«

»Das hat sich geändert. Jetzt haben wir die Wahl.«

Aber wenn es unmöglich war – unmöglich, eine Musik außerhalb von uns selbst zu suchen, unmöglich, die Tonart zu finden, eine Melodie, die über diese Zeit und über diesen Ort hinaus Bestand hatte ... Ich wollte mehr als dieses imaginäre Jetzt, diesen künstlichen Unterschied, mehr als den argwöhnisch beäugten Waffenstillstand, der so tat, als sei er der Frieden, nach dem wir uns immer gesehnt hatten. Ich mühte mich nach Kräften. Ich drehte und wendete ihre Worte häufiger, als es Richtungen zum Drehen gab. »Das hieße, man kann nur singen, was man ist?«

Der Kaffee kam. Als die Kellnerin wieder ging, hatten sie über Kochrezepte geplaudert, sich gegenseitig ihr Leid über ihre Boyfriends geklagt und Telefonnummern ausgetauscht. Dann waren wir zwei wieder allein. Delia legte die Hände um den heißen Kaffeebecher, ein Bild wohligen Vergnügens. »Wo waren wir? Nein, im Gegenteil. Ich denke, es heißt eher: Man kann nur sein, was man auch singt.«

»Meine Schwester hätte Sängerin werden können. Mit ihrer Stimme hätte sie jeden erobert.«

»Joseph Strom!« Mit einem Ruck blickte ich auf. Einen Moment lang war sie meine Mutter, die einen neunjährigen Jungen zurechtweist. Meine Cousine hatte Tränen in den Augen. Sie schüttelte den Kopf, entsetzt über meine Worte. »Hör ihr doch *einmal* zu. Nur ein einziges Mal.«

Das tat ich. Früher oder später wäre ich auch selbst darauf gekommen. Ich begleitete Ruth auf einem ihrer Abendspaziergänge durch das Viertel. Unser Onkel und unsere Tanten erklärten sie für verrückt; sie spiele mit ihrem Leben. Nicht einmal mit hochgekurbelten Autofenstern fuhren sie gern durch diese Straßen. Opapa brachten die Ausflüge in Rage. Aber sie winkte nur ab. »Da draußen bin ich sicherer, als wenn ich vor dem Rathaus stünde. Dem schlimmsten Junkie würde ich mein Leben eher anvertrauen als einem Polizeibeamten dieses Landes.«

Überall saßen Menschen auf den Veranden, sie lebten im Freien, wie ich es aus Gent gewohnt war, wie man es in Amerika aber nur noch bei den Ärmsten der Armen sah. Meine Schwester grüßte jeden, an dem wir vorüberkamen, manche sogar mit Namen. »Ich male mir gern aus, wie unsere Großeltern hier spazieren gegangen sind, als sie noch jung waren.«

»Denkst du eigentlich auch manchmal an Pas Eltern, Ruth? Ich will mich nicht streiten. Ich möchte nur ... Ich frage mich ...«

Sie hob beschwichtigend die Hand und nickte. »Ich habe es versucht. Ich kann nicht einmal ... Ich bin geradezu süchtig nach den Berichten von Überlebenden. Ich sehe mir jede Fernsehdokumentation über den Holocaust an. Man müsste tot sein, damit das Gedächtnis dafür ausreicht. Du fragst, woran ich denke, wenn ich an unsere ... *anderen* Großeltern denke? Dass die Herrenmenschen sie genauso gekriegt haben wie uns.«

»Obwohl sie weiß waren.«

»Sie waren nicht weiß. Sie gehörten nicht einmal zur selben Spezies. Nicht zu denen, die die Öfen angeheizt haben. Und wir wurden gleich mitverbrannt, die paar, die es von uns gab.«

»›Wir‹?«

Sie hörte den Vorwurf und nickte. »Das andere ›Wir‹, meine ich.«

Man musste schon tot sein, um ein solches Erbe zu überleben. Wir gingen an einer Zeile hundertjähriger Häuser entlang, die jetzt zimmerweise vermietet wurden. Ruth summte leise vor sich hin, aber die Melodie erkannte ich nicht. Als wieder Worte kamen, war es, als spräche sie zu jemandem auf der anderen Seite der Straße. »Es ist ganz einfach, Joey. Die einfachste Frage überhaupt. Wenn sie kommen und uns zusammentreiben, in welche Abteilung kommst du dann?«

»Keine Frage. Keine Wahl.«

»Aber sie *haben* uns schon zusammengetrieben, Joey.« Sie breitete die Arme aus, wies auf das ganze Viertel. »In dieser Minute treiben sie uns zusammen. Sie werden uns verfolgen, solange es einen Kalender gibt.«

Ich versuchte mir das vorzustellen. Aber ihre nächste Bemerkung schleuderte mich aus Pas Weltall auf die Erde zurück.

»Du hättest diese Weiße heiraten sollen, Joey. Ich bin sicher, sie war ein anständiges Mädchen.«

»Ist. Sie ist immer noch ein anständiges Mädel. Aber ich nicht. Ich bin nicht anständig.«

»Unvereinbar?« Ich sah sie an. Um ihren Mund lag etwas wie Anteilnahme.

»Unvereinbar.«

»Zwei Menschen eben.«

Ich wartete. Dann begriff ich, dass das schon der ganze Satz war. »Zwei Menschen. Genau das.«

»Mama und Pa hätten sich scheiden lassen müssen. Wenn sie am Leben geblieben wäre.«

»Meinst du?« Was wir jetzt über sie erzählten, konnte den beiden nicht mehr wehtun.

»Natürlich. Sieh dir doch die Statistik an.«

»Die Zahlen lügen nie«, sagte ich mit dem deutschen Akzent unserer Kindertage.

Sie zuckte zusammen und musste doch lächeln. Eine robuste Kreuzung. »Robert und ich waren auch unvereinbar. Und es war trotzdem gut.«

»Was ist mit seinen Eltern?«

Ruth blickte mich an, sah Gespenster. »Hast du das nicht gewusst? Dein eigener Schwager?« Aber mit dem Vorwurf nahm sie auch die Schuld auf sich. »Habe ich dir das nie erzählt? Aber wann hätte ich das auch tun sollen? Robert ist bei Pflegeeltern groß geworden. Weißen. Leuten, die nur auf das Geld aus waren.«

Wir gingen zwei Blocks weit. Zweimal wurden wir angebettelt; der Erste musste ein versetztes Auto auslösen, damit er seine Frau ins Krankenhaus fahren konnte, der Zweite brauchte etwas zur Überbrückung, bis ein Missverständnis bei der Bank geklärt war. Bei beiden brachte meine Schwester mich dazu, dass ich ihnen fünf Dollar gab.

»Die versaufen es nur«, sagte ich. »Oder kaufen Stoff damit.«

»Ach ja? Und was hättest du Großes für die Menschheit damit getan?«

Jedes dritte Grundstück war ein Elefantenfriedhof aus Einkaufswagen, Waschmaschinen und ausgeschlachteten Chevrolets, deren letzte Straße vier Hohlblocksteine waren. Ein Grüppchen Kinder in Kwames Alter spielte auf einem Trümmergrundstück Basketball, dribbelte zwischen großen Glasscherben, manövrierte geschickt um alte Ölfässer herum und warf den Ball in einen Korb, der anscheinend aus einer alten Fernsehantenne gebastelt war. Jeder Zentimeter Beton war mit Graffiti besprüht, kunstvolle Signaturen von denen, die ihre Unterschrift auf nichts anderes setzen durften. Die Armut war in diesem Viertel so groß, nicht einmal meine Schwester konnte sich damit identifizieren. Die Hochöfen des Fortschritts waren angeheizt und verschlangen alles, was sie an Brennstoff fanden.

Die Welt, in der mein Bruder und ich hatten leben sollen, war tot. Ich konnte sie nicht begreifen, diese achtziger Jahre. Der Sturz nach dem Aufschwung war so tief, dass die Menschheit weit hinter dem Punkt gelandet war, an dem sie zum Sprung angesetzt hatte, weit hinter aller Hoffnung.

Meine Jahre in Europa hatten mir die Augen geöffnet für das Land, das in meinem Pass stand. Drei Monate zuvor war ich mit den Voces auf Konzertreise an der Adria gewesen und hatte lateinische Verse gesungen, die vor Jahrhunderten ein Mönch aufgeschrieben hatte: »Lehre mich lieben, was ich nie kennen kann, lehre mich kennen, was ich nie sein kann.« Und nun ging ich mit meiner Schwester durch die Ruinen von Philadelphia, wollte sein, was ich nicht wissen konnte, wollte wissen, was ich nicht lieben konnte. Jedes Lied, das die Ohren verschloss vor diesem Massaker, war eine Lüge.

Meine Schwester sah diese Landschaft mit ganz anderen Augen. »Wir müssen die Kontrolle über unsere eigenen Viertel übernehmen. Nicht dass es viel helfen würde. Aber es wäre ein Anfang.«

Immer wieder ein neuer Anfang. Und danach ein weiterer. »Ruth?« Alles Elend, das ich hier sah, konnte ich ertragen, aber nicht das meiner Schwester. »Wie lange willst du noch hier bleiben?«

»Du denkst immer noch wie ein Weißer, stimmt's?« Ich sah sie an, spürte, wie mein Körper sich spannte. Aber dann fasste sie mich am

Arm und hakte sich bei mir unter. »Weißt du was? Mein Oakland, das sieht genauso aus wie hier.«

»Dann könntest du doch einfach herziehen.«

Sie schüttelte den Kopf. »Nein, das könnte ich nicht, Joey. Da drüben, da steckt seine ganze Arbeit drin. Da drüben ist er … gestorben.« Wir gingen schweigend weiter, bis wir um die letzte Straßenecke bogen und Opapas Haus wieder in Sicht kam. Ruth blieb stehen und schluchzte: »Was soll ich nur machen, Joey? Ein Zehnjähriger auf dem Weg in die Hölle und ein zweiter, gerade mal ein halbes Jahr alt, und der Vater ermordet.«

»Wie meinst du das? Ist Kwame in Schwierigkeiten?«

Sie schüttelte den Kopf. »Du bist und bleibst ein klassischer Musiker, was, Joey? Ein schwarzer Junge in Schwierigkeiten. Wer hätte das gedacht?« Ich löste mich von ihr, und in einer heftigen Bewegung riss sie die Arme in die Luft. Dann ließ sie sie wie einen Ascheregen sinken und hielt sich die Hände vors Gesicht. »Das kann ich nicht. Ich kann es nicht. Das schaffe ich nie.«

Mein erster Gedanke war, das muss ich gestehen, *schaffen wohin?* Aber dann begriff ich und legte ihr beide Hände auf die Schultern. Sie schüttelte sie ab. So schnell wie ihre Tränen gekommen waren, versiegten sie auch wieder. »Schon gut. Schon gut. Keine Krise. Nur eine von diesen allein erziehenden Müttern. Davon gibt es Millionen.«

»Wie viele von euch haben Brüder?«

Ruth umklammerte meinen Arm wie eine Schraubzwinge. »Du hast doch keine Ahnung, Joey. Du begreifst nicht das Geringste.« Sie spürte, wie ich zusammenzuckte, und packte noch fester zu. »Nein, so meine ich das nicht. Ich meine, was hier passiert ist, seit ihr euch abgesetzt habt. Das ganze Land ist vor die Hunde gegangen. Permanenter Belagerungszustand. Wie soll denn ein Junge, ein kleiner Junge hier leben?« Ich spürte, wie ihr Schaudern sich auf mich übertrug. Nie im Leben würde ich mich wieder in Sicherheit fühlen. »Ist dir an ihm denn nichts aufgefallen? Ist es dir wirklich nicht aufgefallen?«

»Kwame? Nein. Na ja, er … zieht sich wie ein Verbrecher an.«

Sie lachte schallend, aber ich spürte den Schmerz. »Das tun doch alle Kinder. Und die Hälfte der Erwachsenen obendrein.«

»Er hasst Polizisten, das ist mir auch noch aufgefallen.«

»Gesunder Menschenverstand. Überlebenstraining.«

Wir standen noch immer vor dem Haus unseres Großvaters. Ich sah ihn am Fenster, wie er eine Gardine zurückzog und zu uns hinaussah. Dr. Daley, praktischer Arzt: Bedroht von dem Viertel, dessen guter

Geist er einmal gewesen war. Mit heftigen Bewegungen gab er uns Zeichen, wir sollten hineinkommen. Ruth nickte und hob einen Finger in die Höhe, bat sich noch eine Minute aus. Da er keine unmittelbare Gefahr sah, ließ er den Vorhang sinken und zog sich zurück.

Ruth kam noch näher heran. »Kwame ist anders als Robert. Sicher, er hat Roberts ungebrochenen Kampfgeist. Aber Robert hatte immer einen Plan, ein Gegenmittel. Er arbeitete immer an einer Antwort. Die nächste Aufklärungskampagne, die nächste Demonstration. Kwame hat die Wut, aber nicht eine einzige Antwort. Robert hat ihn auf Kurs gehalten. ›Wenn du so richtig wütend bist‹, sagte er immer, ›dann musst du versuchen anders zu sein als sie, so anders, wie du nur irgend kannst.‹ Wenn er durchdreht, tue ich, was Robert immer getan hat. Ich gebe ihm ein Blatt Papier und Buntstifte. Oder ich setze ihn vor einen Malkasten. Kwame kann – ach, die unglaublichsten Sachen. Aber seit ... Die letzten Male, die ich versucht habe, ihn hinzusetzen ...«

Jetzt erschien der Junge selbst am Fenster und beobachtete uns. Durch die Glasscheibe, selbst durch die Kopfhörer mit ihrem hämmernden Puls, hörte er, wie wir über ihn redeten. Wut und Gleichgültigkeit lieferten sich eine erbitterte Schlacht auf seinem Gesicht. Meine Schwester blickte hinüber zu ihrem Sohn, lächelte ihn trotz aller Panik an. Aber wer kann sich vor einem Kind verstellen, das schon den Tod gesehen hat? Sie drehte sich zu mir um und packte mich am Hemd, knapp unterhalb des Kragens. »Um wie viel Geld geht es, Joey? Mein Anteil an dem ... was übrig geblieben ist?«

Ich hatte Ruths Drittel des Erbes in sicheren Papieren angelegt, und Zins und Zinseszins sammelten sich schon länger an, als ihr Sohn auf der Welt war. Es wog zwar die Erfahrungen dieses Jungen nicht auf, aber es war eine erkleckliche Summe. Ich nannte ihr einen ungefähren Betrag. Sie ergänzte ihn durch ihre eigene skeptische Überschlagsrechnung. »Wir haben auch etwas gespart, Robert und ich. Und Opapa bietet es mir immer wieder an – das, was Mama nie von ihm bekommen hat. Wir bekämen auch Unterstützung. Es gibt Quellen – nicht viele, aber es gibt Institutionen, die uns helfen. Das wäre es, was Robert gewollt hätte. Sein letzter großer Plan, bevor er ... Er hat so hart daran gearbeitet, ich sehe alles genau vor mir.«

Ich traute mich nicht zu fragen, wovon sie sprach. Sie setzte sich wieder in Bewegung und zog mich zur Tür. »Joseph Strom. Wie fändest du es, wenn du deinem Neffen Musikunterricht gäbest?«

Ich sträubte mich, aber ich spürte, wie fest sie mich im Griff hatte.

»Ruth. Mach keine Witze. Wie könnte ich … Er würde mich mit Haut und Haaren auffressen.«

Sie lachte und schüttelte den Kopf, zerrte mich zur Tür. »Ach, Kwame ist doch harmlos, Junge. Warte mal, bis du ein ganzes Klassenzimmer voller Zehnjähriger hast! Warte mal, bis der kleine Robert so weit ist.«

Und so ging ich also mit meiner Schwester und ihren zwei Söhnen nach Oakland. Es war kinderleicht. Als Ruth mir Roberts Schule beschrieb, wusste ich, dass ich nur nach einem Grund gesucht hatte, nicht mehr nach Europa zurückzukehren. Und hier hatte ich nun etwas, das groß genug war als Schutzwall gegen die Trümmer der Vergangenheit. Nichts anderes hatte Anspruch auf mein Leben. Ich musste es nur noch Jonah beibringen.

Kurz vor unserem Aufbruch riefen wir ihn von Philadelphia aus an. Ich musste es ein paar Mal versuchen, bis ich ihn zu Hause in Gent antraf. Als er meine Stimme hörte, tat er, als säße er schon seit Wochen neben dem Telefon und wartete. »Verdammt noch mal, Muli. Du lässt mich am ausgestreckten Arm verhungern. Was ist los?«

»Warum hast du nicht einfach angerufen, wenn du von uns hören wolltest?«

»Das würde ich nicht gerade ›von euch hören‹ nennen, oder?«

»Ich gehe nach Kalifornien. Ruth baut eine Schule auf.«

»Und du wirst da …«

»Blödmann. Ich unterrichte.«

Er überlegte einen Moment lang, bevor er etwas sagte. Vielleicht war es auch die transatlantische Verzögerung. »Du lässt uns also im Stich. Es ist dir egal, was aus Voces Antiquae wird.« Die Alte-Musik-Welle war in vollem Schwange, täglich kamen großartige neue, vibratofreie Stimmen hinzu. Ich war immer das schwache Glied in der Kette gewesen, der Amateur, der Benjamin. Jetzt hatte mein Bruder eine Chance, mich durch einen echten Bass zu ersetzen, eine ausgebildete Stimme, jemanden, der den anderen gerecht wurde und ihnen auf jene letzte Stufe des internationalen Ruhms helfen konnte, die uns bisher versagt geblieben war. Den Verlust meiner Stimme musste er nicht betrauern. Er musste mir nur zu verstehen geben, wie schmählich ich ihn verraten hatte.

»Tja, es war eine schöne Zeit zusammen, nicht wahr?« Die Stimme kam aus einer zukünftigen Vergangenheit. Er klang Lichtjahre entfernt, konnte es gar nicht erwarten, dieses Telefonat zu beenden und mit der

Suche nach meinem Nachfolger zu beginnen. »Und wie geht es deiner Schwester?«

»Willst du mit ihr sprechen?«

Von der Anrichte in der Küche her, wo sie so getan hatte, als höre sie nicht zu, schüttelte Ruth den Kopf. »Ich weiß nicht, Joey«, sagte Jonah. »Will sie denn mit mir sprechen?«

Ruth verfluchte mich leise, als ich ihr den Hörer reichte. Sie hielt ihn wie eine Keule. Ihre Stimme war tonlos und leise. »JoJo.« Nach einer Weile: »Lange her. Bist du jetzt ein alter Mann?« Sie hörte zu, wie tot. Dann richtete sie sich auf, zeigte Widerspruch. »Komm mir bloß nicht damit. Nur ... nein.« Und nach einer weiteren Pause: »Nein, Jonah. Das solltest *du* tun. Das passt zu dir.«

Noch einmal hörte sie zu, dann reichte sie den Hörer an Opapa weiter. »*Hallo. Hallo?*«, brüllte er auf Deutsch hinein. »*Dieses ist mein Enkel?*«

Die Worte waren wie Messerstiche. Ruth litt noch mehr. Sie kam zu mir und flüsterte, leise, damit man es am europäischen Ende nicht hörte: »Bist du dir wirklich sicher? Du hattest Arbeit da drüben. Vielleicht gehörst du doch dorthin.«

Aber sie wollte bloß meine Stimme hören. Sie konnte dieses Telefonat nicht ertragen. Wir redeten, damit wir Opapa nicht hörten, und waren doch hilflos ausgeliefert. Er und Jonah unterhielten sich für drei oder vier Minuten, über nichts, über alles – fassten ganze Dekaden zusammen in ein paar Hundert Worten. Opapa wollte von Jonah alles über Europa wissen, über die polnische Gewerkschaftsbewegung, über Gorbatschow. Weiß Gott, welche Antworten Jonah für ihn erfand. »Wann kommst du nach Hause?«, fragte Opapa. Ruth redete umso hektischer, als könne sie diese Frage damit auslöschen. Aber das ist ja gerade das Geheimnis an Lauten: Selbst wenn sie alle gleichzeitig da sind, hebt keiner den anderen auf. Sie summieren sich immer weiter, auch wenn kein Akkord so viele Noten auf einmal halten kann.

Eine Sekunde lang Schweigen, dann blies Opapa heftig zum Sturm. »Du hast ja keine Ahnung. Du lebst hinter dem Mond. Du musst herkommen und es dir anhören. Jeder Tanz, jedes Lied in diesem Land hat jetzt Farbe bekommen.« Ruth und ich gaben unsere Pantomime auf. Sie sah mich an, aber bevor ich auch nur mit den Schultern zucken konnte, war unser Großvater schon in voller Fahrt. »Du denkst, du bist ein Verräter, weil du da draußen bist? Ein Kundschafter bist du. Ein Doppelagent ... Gut, so kannst du es meinetwegen auch nennen. Nenn mir ein Stück klassische Musik, das nicht besser klingt, wenn die Putzfrau es singt. Der kleine Winkel der Welt, den du da erforschst, wird bald überrannt werden von Schwarzen, wenn wir erst einmal das kleinste bisschen Interesse daran zeigen. *Sie werden noch besser sein als im Basketball.*«

Ruth warf mir einen fragenden Blick zu. Ich konnte mich kaum ernst halten, als ich es ihr übersetzte.

Sie tauschten improvisierte Abschiedsgrüße, und dann legte mein Großvater auf. »Interessanter Mann, euer Bruder. Er wusste nicht, dass die Sowjetunion einen neuen Parteichef hat.« Er kicherte, ließ die Schultern locker hängen. »Und ich hatte den Eindruck, dass er auch von Basketball nicht viel versteht.«

»Was hat er zu dir gesagt?«, fragte ich Ruth.

»Ich soll mehr reisen. Dann würde ich nicht mehr so viel an die Vergangenheit denken.«

Die ganze Familie fand sich zu unserem Aufbruch ein. Mein Onkel Michael, meine Tanten Lucille und Lorene, die meisten von ihren Kindern und Enkelkindern – ich kannte immer noch nicht alle beim Namen. Am Abend vor unserem Aufbruch versammelten sie sich, um uns gute Reise zu wünschen. Wir sangen. Was hätten wir sonst tun sollen? Delia Banks war dabei, ihre Stimme so üppig wie ein blühender Kastanienbaum und so zart wie eine Nelke. Diesmal sang sie kein Solo, von zwölf ätherischen Takten abgesehen. Lieder wurden nacheinander, durcheinander, gleichzeitig gesungen, sie redeten miteinander und übereinander, und alles kreiste um ein einziges Thema: sie selbst. Auch die Daleys spielten das Spiel mit den verrückten Zitaten, es wurde aus einer anderen Quelle gespeist, das Wasser kälter, erfrischender. *Was denkst du denn, wo eure Mutter das herhatte?* Es war ein Abschied, aber er hatte nichts Trauriges. Im nächsten Jahr würden wir uns wieder hier treffen und im Jahr darauf auch, wir und all unsere Toten, so wie unsere Toten sich hier schon ohne uns Jahr für Jahr getroffen hatten. Und wenn nicht hier, dann nur eine verminderte Septime von hier entfernt.

Spät am Abend, nachdem die letzten Verwandten gegangen waren, kam Opapa ins Zimmer seines toten Sohnes, das Zimmer, das ich seit Wochen bewohnt hatte. Er hielt ein quadratisches Stück Papier in der Hand, dick und glänzend. Er setzte sich in den alten Sessel seines Jungen, neben dem Bett, auf dem ich mich schon ausgestreckt hatte. Ich richtete mich auf, aber er gab mir Zeichen, ich solle nur liegen bleiben.

»Die meisten Erinnerungsstücke hat deine Schwester bekommen. Schon vor Jahren habe ich ihr gegeben, was ich hatte. Ich konnte ja nicht ahnen, dass du noch auftauchen würdest. Aber die zwei habe ich noch für dich gefunden.« Eine Polaroid-Aufnahme von meinem Bruder und mir, wie wir Weihnachtsgeschenke auspacken, eine Aufnahme, die Pa gemacht und seinen Schwiegereltern geschenkt hatte. Und ein älteres Foto, eine Aufnahme mit einer Boxkamera, das Bild einer Frau, die nur meine Mutter sein konnte. Ich konnte den Blick nicht von ihr lassen. Mit langen Zügen sog ich es ein wie ein Erstickender die erste Luft. Es war das erste Mal, dass ich sie ansehen konnte, seit dem Brand unseres Hauses. Auf dem winzigen Schwarzweißabzug blickte eine junge Frau – weit jünger, als ich jetzt war – mit unbestimmbarer Hautfarbe, aber eindeutig afrikanischen Zügen, melancholisch lächelnd in das Objektiv, sah auf dem belichteten Negativ schon alles, was ihr widerfahren würde. Sie trug ein wadenlanges Kleid mit weit auslaufenden Trompetenärmeln, die große Mode ein paar Jahre vor meiner Geburt.

»Welche Farbe hat dieses Kleid?«, hörte ich mich aus ferner Vergangenheit fragen.

Er blickte mich forschend an. Er sah den Hunger in mir, und der Anblick brachte ihn fast um. Er wollte etwas sagen, aber dann blieb er stumm.

»Marineblau«, antwortete ich an seiner Stelle.

Lange Zeit saß er reglos da, dann nickte er. »Ganz recht. Marineblau.«

Wir verabschiedeten uns von unserem Opapa. Er ließ nicht zu, dass wir so taten, als könnten wir ihn in diesem Leben noch einmal wiedersehen. Ruth umarmte mit unserem Großvater zugleich alle Menschen, von denen sie sich nie hatte verabschieden können. Und er trug sie ja auch alle in sich. Er kam mit nach draußen, als wir in den Wagen stiegen, und plötzlich wirkte er älter als neunzig. Er nahm meine Hand. »Ich bin froh, dass wir uns noch begegnet sind. Bis zum nächsten Leben, in Jerusalem.«

Mein Großvater hatte Recht: Die Musik von ganz Amerika hatte Farbe bekommen. Unsere Fahrt quer über den Kontinent war der Beweis. Es war eine Fahrt zurück zu den Tagen, an denen Jonah und ich kreuz und quer durch die Vereinigten Staaten und Kanada gezogen waren. Das Land war in den Jahren seither unendlich viel größer geworden. Nach wie vor waren Radiowellen das Einzige, was so große Entfernungen durchmaß. Alles, was wir aus dem Äther fischten – selbst die Country-Sender, deren Musik der Wind über die Ebenen der Great Plains wehte –, hatte mindestens ein Tröpfchen schwarzes Blut in den Adern. Afrika hatte mit den Liedern Amerikas das gemacht, was einst die Plantagenbesitzer mit Afrika gemacht hatten. Nur bekannten sich diesmal die Väter zu ihren Kindern.

Ruth und ich wechselten uns ab, einer fuhr, der andere betreute den kleinen Robert. »Mit dir ist es beinahe leicht«, sagte sie. »Die Hinfahrt war die Hölle.«

»Ich habe geholfen, Mama«, protestierte Kwame. »Ich habe getan, was ich konnte.«

»Natürlich hast du das, Schatz.«

Wer am Steuer saß, durfte den Sender aussuchen, obwohl sich meistens doch Kwame durchsetzte, der um jeden Preis seinen nervtötenden Bass brauchte. Besonders mochte er die Stücke, deren Rhythmus an die Wasserfolter der Chinesen erinnerte, diejenigen, die einem die Töne wie mit dem Klistier in den Gehörgang zwängten.

»Wie heißt das?«

»Hip Hop«, erklärte Kwame und gab selbst diesen zwei Silben einen Rhythmus, für den ich hätte üben müssen.

»Ich bin zu alt. Nicht mal aus der Ferne könnte ich mir das anhören.«

Meine Schwester lachte mich nur aus. »Du bist schon zu alt auf die Welt gekommen.«

In diesem Land hatten sich Musikrichtungen herausgebildet, die ich einfach nicht mehr begriff. Nur in medizinischen Dosen konnte ich sie überhaupt ertragen. Ab und zu in diesem dreitägigen Marathon, bei dem ich aufholte, was ich an musikalischer Bildung versäumt hatte, wurde ich rückfällig und suchte nach etwas, das ich aus früheren Zeiten kannte. Die Flut der Gegenwart – die Musik, die die Leute brauchten, die ihnen wirklich half – war so sehr gestiegen, dass nur noch ein paar kleine Inseln der Erinnerung aus dem Wasser ragten. Wenn ich überhaupt einen Klassiksender fand, war nie etwas anderes zu hören als Vivaldis *Vier Jahreszeiten* oder Barbers *Adagio für Streichorchester*. Bald würde von tausend Jahren Musikgeschichte nur noch eine Hand voll Stücke übrig sein, verarbeitet zu Anthologien für intime Stunden, originellen Geschenken oder Wundermitteln, mit denen sich der Intelligenzquotient eines Babys steigern ließ.

»Heißt das, dass ich jetzt einer unterdrückten Minderheit angehöre?«, fragte ich Ruth.

»Darüber können wir uns Gedanken machen, wenn sie anfangen, auf euch zu schießen.«

Kultur war das, was das eigene Fegefeuer überstand. Das, woran man sich hielt, wenn nichts anderes mehr funktionierte. Aber es dauerte nicht lange, bis auch das nichts mehr half.

Irgendwo hinter Denver stieß ich auf einen starken Sender, etwas, das sich binnen drei Noten als ein Stück von Bach entpuppte. Kantate Nr. 78. Ich warf einen Blick auf den Rücksitz, wo mein Neffe mit den Armen fuchtelte. Sein Blick gab mir zu verstehen, dass es nicht einmal seine Verachtung verdiente. Die Musik hätte vom Mars stammen können oder auch von noch weiter fort. Diesem Jungen, und Hunderten von der gleichen Sorte, sollte ich Musik beibringen.

Der Eröffnungschor verklang. Ich wusste genau, was jetzt kam, auch wenn ich das Stück seit Ewigkeiten nicht mehr gehört hatte. Zwei Takte Stille, dann das Duett. »Wir eilen mit schwachen, doch emsigen Schritten.« Mein Bruder mit zehn Jahren, so alt wie Kwame jetzt, war tatsächlich mit beherzten Schritten diese Folge von hohen Tönen entlanggehüpft, beflügelt von der Begeisterung über seine eigene Stimme. Auch hier wurde der Sopranpart von einem Jungen gesungen, genauso gut wie mein Bruder seinerzeit, genauso trunken von den Tönen. Die tiefere Stimme, diesmal ein Kontratenor, erwachte in diesem harmonischen Wettlauf zum Leben, verjüngt von dem Versuch, mit dem Jungen Schritt zu halten, genau dem Jungen, der auch der erwachsene Sänger einmal gewesen sein musste. Es waren beides hohe, klare Stimmen, und sie sangen mit Lichtgeschwindigkeit. Ich warf Ruth einen Blick zu, um zu sehen, ob sie sich erinnerte. Aber wie hätte sie sich erinnern können? Die Stimmen schwebten, die Musik war gut, und mein Leben kehrte zu seinen Anfängen zurück. Ich raste mit diesen Noten dahin, unterwegs zu dem, woran sie sich erinnern wollten, bis das rote Blinklicht im Rückspiegel mich zur Besinnung brachte. Ich warf einen Blick auf den Tachometer: neunundachtzig Meilen die Stunde.

Bis ich an den Randstreifen gefahren war und der Streifenwagen hinter uns hielt, zitterte Ruth schon am ganzen Leibe. »Nicht aussteigen«, schrie sie. »Steig ja nicht aus!« Kwame kauerte auf dem Rücksitz, drückte sich an die Tür, bereit, nach draußen zu springen und dem Bullen die Pistole aus der Hand zu reißen. Der kleine Robert brüllte wie am Spieß, als ob der Schmerz unserer Rasse tatsächlich schon im Mutterleib begänne. Meine Schwester wollte ihn trösten, aber es war eher, als ränge sie ihn nieder.

»Das wär's«, sagte Kwame. »Wir sind erledigt.«

Der Polizist hinter uns las unsere Nummer, spielte genüsslich mit seiner Beute. Als er schließlich ausstieg, stießen wir alle drei einen Seufzer aus. »Gott sei Dank«, sagte Ruth und konnte ihr Glück nicht fassen. »Dem Himmel sei Dank.« Der Mann war schwarz.

Ich kurbelte das Fenster herunter und hielt ihm meinen Führerschein hin, bevor er überhaupt danach fragen konnte. »Sie wissen, warum ich Sie angehalten habe?« Ich nickte. »Ist das Ihr Wagen?«

»Er gehört meiner Schwester.« Ich wies auf Ruth. Mit der einen Hand besänftigte sie das Baby, mit der anderen hielt sie Kwame in Schach.

Der Beamte zeigte mit dem Finger. »Wer ist das?«

Ich folgte der Richtung, in die er wies: Auf das Radio, aus dem noch immer die Kantate 78 ertönte. Im Eifer des Gefechts hatte ich vergessen es abzuschalten. »Bach«, sagte ich und sah den Polizisten entschuldigend an.

»Das weiß ich, Mann. Ich meine, wer singt da?«

Er nahm meinen Führerschein und zog sich in den Streifenwagen zurück. Zwei lebenslange Gefängnisstrafen später reichte er ihn mir zurück. »Habt ihr eine bessere Verwendung für die hundertzwanzig Dollar?«

Kwame verstand die Frage, bevor ich so weit war. »Wir machen eine Schule auf.«

Der Polizist nickte. »Das nächste Mal bitte nicht ganz so allegro, verstanden?«

Nach zwanzig Meilen auf der Schnellstraße brach Ruth in lautes Gelächter aus. Die Nerven. Sie konnte sich gar nicht mehr beruhigen. Ich überlegte, ob ich anhalten sollte. »Ihr verdammten Weißen.« Zwischen den hysterischen Schluchzern rang sie nach Luft. »Ihr kommt doch wirklich jedes Mal mit einem blauen Auge davon.«

DEEP RIVER

So ist der Lauf der Zeit: Sie stürmt dahin wie ein nervöser, vom Lampenfieber gepackter Nachwuchsmusiker bei seiner allerersten Talentprobe. Ein Blick ins Publikum jenseits der Rampe, und monatelanges Üben im Takt des Metronoms endet in einem rasenden Galopp. Die Zeit hat kein Gespür für Tempi. Sie ist schlimmer als Horowitz. Die Noten auf dem Papier bedeuteten nichts. Ich landete in Oakland, und plötzlich lief mein Leben doppelt so schnell wie zuvor.

Ich zog ins Obergeschoss eines vom Zahn der Zeit angegangenen Lebkuchenhauses, zehn Blocks von meiner Schwester entfernt, nicht weit von der Interstate. Bis zum Preservation Park brauchte ich zu Fuß zwanzig Minuten. Aber in klaren Nächten konnte ich mit bloßem Auge den Polarstern erkennen. Der De Fremery Park lag näher. Die Sozialprogramme, die die Panthers dort ins Leben gerufen hatten, gehörten längst der Vergangenheit an, aber die Kundgebungen gab es noch immer, genau wie die Verbrechen, gegen die sie protestierten.

Ich fühlte mich an der East Bay wie eine vermummte Gestalt auf dem Maskenball im vierten Akt. Wenn ich in den ersten Wochen abends durch mein neues Wohnviertel nach Hause ging, spürte ich all die Ängste, das schlechte Gewissen, das mein Land mir eingeimpft hatte. Ich wusste genau, wie ich aussah, wie ich klang und mich bewegte. Nie war ich auffälliger gewesen, nicht einmal in Europa. Auch ich hätte, wenn ich nach einem Opfer Ausschau gehalten hätte, mich ausgesucht.

Aber im Grunde sieht keiner den anderen. Das ist unsere Tragödie und irgendwann vielleicht auch unsere Rettung. Wir kennen nur grobe Orientierungspunkte: Bei Verwirrung links abbiegen. Geradeaus bis zur Verzweiflung. Wenn nichts mehr hilft, anhalten, umkehren, und schon ist man am Ziel. Nach sechs Monaten kannte ich die Namen sämtlicher Nachbarn. Nach acht Monaten kannte ich ihre Schwächen und Vorlieben. Nach zehn verstanden wir uns. Es hätte länger dauern können, aber ich war ein geborenes Mitglied im Club der Außenseiter. Das einzig Überraschende an Oakland war, wie groß und eng die Gemeinschaft der Ausgeschlossenen sein konnte.

Von Anfang an waren Jonah und ich wie Weiße aufgetreten, und unter all unseren Darbietungen war uns das am schwersten gefallen: glaubwürdig und gut zu sein. Jetzt spielte ich in einem anderen Konzert, einem Konzert ohne Eintrittskarten, zu dem jeder Zutritt hatte, der sich die Mühe machte hinzugehen.

Nach weniger als einem Jahr kam ein Brief von Onkel Michael. Dr. Daley war im Schlaf gestorben, kurz vor seinem einundneunzigsten Geburtstag. »Das erste Mal, dass er etwas ohne Mühen getan hat«, schrieb Michael.

Was mich betrifft, wird nichts je wieder ohne Mühen sein. Ich fühle mich hilflos wie ein Zwölfjähriger. Mit ihm geht eine Ära zu Ende. Wir haben alle die Orientierung verloren … Lorene sagt, er hätte nur darauf gewartet, seine verlorenen Enkel kennen zu lernen … Wir ersparen euch all die Überraschungen, auf die wir gestoßen sind, als wir seine Sachen durchgingen. Der Tod enthüllt jedes Geheimnis. Aber eines solltet ihr doch erfahren. Erinnerst du dich an den Mahagonischreibtisch in seinem Arbeitszimmer, Ruth? Wir wollten ihn aufheben, zusammen mit ein paar anderen Erinnerungsstücken aus dem alten Haus. Als wir das Ding aus der Ecke zogen, entdeckten wir hinter der Wandverkleidung eine vergilbte Mappe. Sie war voll mit

Zeitungsausschnitten über dich, Joseph, Artikel über dich und deinen Bruder. Er hatte sie jahrelang heimlich aufbewahrt, da wo Mama sie nicht finden konnte. Er hatte sie so lange versteckt, bis er sie selbst ganz vergessen hatte ...

Und wenn euch das noch nicht das Herz bricht, kommt es noch schlimmer. Vor zwei Jahren, nach Mamas Tod, habe ich den Mädchen geholfen, ihre Kommode auszuräumen. Und sie hatte genauso eine versteckte Mappe mit Zeitungsausschnitten. Heimliche Souvenirs. Wir haben es dem alten Herrn nie erzählt. Da sieht man, was Blutsfehden anrichten. Ob die Weißen sich so etwas auch antun?

Der Brief nahm mir die Luft, als hätte mir jemand die Lunge aus dem Leib gerissen. Ein Mann und eine Frau, seit Jahrzehnten verbunden zu einer eigenen Nation, und das Experiment meiner Eltern hatte sie gespalten. Jetzt war niemand mehr da, den man um Verzeihung bitten konnte. Ich hatte niemanden, dem ich Abbitte leisten konnte, niemanden außer mir selbst. Ich las den Brief und war das ganze Wochenende krank. Als ich schließlich die Kraft hatte aufzustehen, wollte ich arbeiten.

Da war ich bei Ruth an der richtigen Adresse. Sie hatte sämtliche Schulen von Oakland abgegrast und ein Dutzend der engagiertesten Lehrer in der ganzen Bay Area für ihr Vorhaben gewonnen, allesamt alte Bekannte. Sie hatten nur auf sie gewartet, ebenso Opfer des Erziehungssystems wie der unbelehrbarste Schulabbrecher. Ruth und ihre Mitstreiter hatten so viel an praktischer Erfahrung, dass die Theorie bei ihnen keine Chance hatte. Unter Steinen und in den Matratzen betagter Witwer entdeckten sie verborgene Geldquellen. Sie scheuten vor nichts zurück, nicht vor Bettelbriefen an öffentliche Einrichtungen, nicht vor Wohltätigkeitsbasaren und auch nicht vor kleinen Schwindeleien. Dank einer größeren anonymen Spende, an die keinerlei Bedingungen geknüpft waren, konnten sie eine Stiftung ins Leben rufen. Wir richteten uns ein in einem verlassenen Lebensmittelladen; die Miete kostete uns kaum mehr als die Versicherungsbeiträge und die Steuern. 1986 öffnete die New Day Elementary School – vom Kindergarten bis zum 3. Schuljahr – ihre Pforten und war binnen drei Jahren offiziell anerkannt. »Die ersten vier Jahre sind entscheidend«, sagte Ruth. Guter Unterricht war eine Frage der Finanzen. Viele unserer Eltern leisteten ihren Beitrag in Form von ehrenamtlicher Arbeit.

Sie stellte mich zur Probe ein, bis ich ein Diplom hatte wie alle anderen. Ich unterrichtete tagsüber und drückte abends selbst die Schulbank. Meinen Abschluss in Musikerziehung bekam ich zur gleichen Zeit wie Ruth ihren Doktortitel in Pädagogik. Meine Schwester verblüffte mich Woche für Woche aufs Neue. Ich hatte nie gedacht, dass ich noch einmal einen Beitrag dazu leisten würde, in der wirklichen Welt etwas zu verändern. Ruth hatte sich nie mit etwas anderem abgegeben. »Es ist nur ein winziger Schritt. Eine Blume, die sich einen Weg durch den Beton bahnt. Sie sprengt den Stein nicht. Aber es ist ein Anfang.«

In den ersten vier Jahren als Lehrer an der New Day Elementary School lernte ich mehr als in den vierzig Jahren davor. Mehr darüber, was mit einer Melodie geschieht auf dem Weg zurück zu ihrem Ausgangspunkt, zum einfachen *do*. Anscheinend blieb mir doch noch etwas Zeit, Klänge zu erproben, die nicht die meinen waren, für Tonleitern und Rhythmen, die Hymnen all der Nationen, die von meinem Ursprungsort unerreichbar waren. In der New Day School entwickelten wir eine Idee, bestechend in ihrer Einfachheit. Es gab nur eine Art Publikum. Es gab nur eine Art von Musik.

Wir hatte Worte und Töne und Satzmelodien. Zahlen und Muster und rhythmische Formen. Sprechen und Schreien. Vogelzwitschern und Vibrationen; Lieder zum Pflanzen und Lieder zum Beschützen; Gebete des Erinnerns und des Vergessens, Klänge für jedes Lebewesen, jede Erfindung unter den Sternen und für jeden Himmelskörper am Firmament. Alles redete mit allem, in einer Sprache aus Tönen in der Zeit. Wir rappten die Tempora. Wir skandierten die unregelmäßigen Verben. Wir lernten Naturwissenschaft, Geschichte, Geographie und jeden anderen organisierten Schmerzens- oder Freudenschrei, der jemals auf einem Zeugnisformular stand. Aber wir hatten kein Unterrichtsfach namens Musik. Alles war ein einziges Lied, jedes Mal, wenn ein Kind den Kopf drehte. Eine okkulte Rechenaufgabe, bei der die Seele sich nicht bewusst ist, dass sie zählt.

»Ich will gar keine Wunder«, sagte Ruth. »Ich will einfach nur, dass im Durchschnitt mehr Grundschulkinder lesen können als Familien in unserem Bezirk wohnen.«

Wir hatten nicht viel Geld für Instrumente. Alles, was fehlte, bauten wir selbst. Wir hatten Steel Drums und Glasharmonikas, Gitarren aus Zigarrenkisten und Glockenspiele. Wir schrieben unsere eigenen Arrangements, und jede neue Welle von Kindern lernte sie von Grund auf neu. Jeder Jahrgang hatte seine Komponisten, seine Chorsänger, seine Primadonnen und soliden, verlässlichen Ensemblemusiker. Meine Schüler brüllten und heulten für mich fast so, wie sie es auch ohne mich getan hätten. Ich gab ihnen nur Raum dafür, mehr nicht.

Einmal kritisierte mich Ruth deswegen. »Joey, lass uns zusammen in einen Plattenladen gehen. Man könnte meinen, du hättest seit dem Jahr, in dem du nach Europa gegangen bist, aufgehört –«

»Kein Platz mehr, Ruth. Meine Notenlinien sind voll.«

»Blödsinn. Du wirst die neue Musik lieben. Und deine Schüler werden viel –«

»Hör auf. Wir haben eine Abmachung.« Sie sah, dass ich zitterte, und nahm meinen Arm. Ich senkte die Stimme um mehrere Dezibel. »Das ist mein Beitrag, den ich für dich leisten kann. Ich gebe diesen Kindern etwas, was kein anderer Mensch auf der Welt ihnen jemals geben wird. Keiner außer mir.«

Sie streichelte mich, ebenso erschrocken wie ich selbst. »Du hast Recht Joey. Tut mir Leid. Du bist der Musiklehrer. Und ich bin nicht die Polizei.« Es war das einzige Mal, dass wir uns über den Lehrplan stritten.

Jetzt hätte ich heiraten können. Das Bild von Mama, das mein Großvater mir geschenkt hatte, stand gerahmt auf dem Regal mit den Büchern zur Musikerziehung: Die Frau, mit der ich mein Leben verbringen würde, der Geist, der mich daran gehindert hatte, Teresa zu heiraten, war heimgekehrt. Ich lebte inmitten von Frauen, die überall da gewesen waren, wo auch meine Mutter gewesen war, die vorgesungen und Hürden genommen hatten, an denen Mama gescheitert war, Frauen, die mich von Albträumen erlösen konnten, deren Existenz ich nicht einmal ahnte, Frauen mit einem Leben voller Brüche, die womöglich perfekt zu mir gepasst hätten. Aber ich hatte keine Zeit für die Frauen. Ich hatte nur Zeit für meine Kinder und ihre Lieder.

Ich arbeitete mehr für Ruth, als ich es je für Jonah getan hatte. Die Arbeit nahm mich ganz in Beschlag, und zum ersten Mal im Leben hatte ich eine Aufgabe, die ohne mich nicht erledigt worden wäre. Das hätte genügen sollen; es war alles, was mir in Europa gefehlt hatte. Aber es war nicht genug. Etwas in mir suchte nach wie vor nach dem Fluchtweg. Der Ort, von dem ich gekommen war, lag im Sterben, weil er keine Möglichkeit hatte, dorthin zu gelangen, wo ich war.

Ich war nicht der einzige Schiffbrüchige in der Flaute dieser Gegenwart. Mein Neffe Kwame war nie Schüler der New Day School geworden. Als unser Projekt in Gang kam, war er schon zu alt dafür. Ich sah ihn nur ein- oder zweimal im Monat, wenn ich sonntags bei Ruth zu Mittag aß. Die Wahrheit war, dass Ruth sich so hingebungsvoll ihrem zarten Pflänzchen im Beton widmete, dass ihr eigener Sohn schließlich Privatunterricht in der Schule für Schlüsselkinder bekam. Zwischen elf und dreizehn wuchs er unglaublich schnell und war schließlich doppelt so groß wie zuvor. Nach dem Stimmbruch sprach er so tief und schleppend, dass ich ihn kaum noch verstand. Er machte mir fast schon Angst, einfach nur durch seine Körperhaltung und die Art zu sprechen. Oakland suchte und fand ihn und hatte die Antwort auf die Frage nach dem Tod seines Vaters. Der Rhythmus versprach Freiheit: immer wieder der gleiche Trick. Seine Kleidung verriet seinen Zorn; er kleidete sich wie ein Nachwuchsverbrecher, mit einem übergroßen Hemd aus schwarzem Segeltuch, viel zu weiten Jeans und einer Baseballkappe der Dodgers, deren Schirm er nach hinten über den breiten Nacken gezogen hatte; später zog er sich dann einen Strumpf über dem Kopf. Er spreizte die Finger wie Chopsticks, ein typischer Rapper. Das Einzige, was ihm noch fehlte, war die abgesägte Schrotflinte.

Ich wollte ihm Klavierunterricht geben. Es war ein einziges Desaster. Ich war sein Onkel, was immer das bedeuten mochte. Der Geist seines Vaters war immerhin so stark, dass er mich nicht auf der Stelle für verrückt erklärte. Aber mit meinen Akkorden wusste er nicht das Geringste anzufangen. Für ihn war ich so vernagelt, dass ihm die Schimpfworte dafür fehlten. Mit seinen riesigen Händen konnte er mühelos ein Zehntel der Klaviatur greifen, es war großartig. Aber zehn Minuten Üben pro Woche war zu viel verlangt. Als bäte man jemanden, nur um des Seelenheils willen einen Stein mit sich herumzuschleppen.

Mit jeder Unterrichtsstunde mussten wir der Wahrheit ein bisschen mehr ins Auge sehen. »Spielt das Ding auch ›Dopeman‹? Spielt das Ding ›Fuck tha Police‹?«

Er konnte mich nicht verletzen. Das war längst geschehen, vor viel zu langer Zeit. »Es spielt, was du willst. Du musst nur gut genug werden, dass du ihm sagen kannst wie.«

Was beherrscht uns? Was können wir beherrschen? Kwame versuchte, seinen Rap zu spielen, der sich nicht in Notenlinien zwingen ließ. Es war, als wolle er mit einem Spaten eine Skulptur schaffen. Das Ergebnis machte ihn einfach nur wütend. Er brachte eine Platte mit zum Unterricht und wollte, dass wir damit arbeiteten. Eigentlich wollte er mich provozieren. »Das wird dir gefallen. Wreckin' Cru.« Das Abbruchkommando. »Uralter Scheiß. Die benutzen noch ein Keyboard.«

Ich schaute auf das Datum. Achtzehn Monate alt. Er spielte mir einen Titel vor, eine Nummer mit einem wilden, willkürlichen Synthesizer-Riff. Ich spielte es für ihn nach, Note für Note. Ich musste alles geben, was in mir steckte.

»Scheiße«, murmelte Kwame, matt und tonlos.

Mehr aus Neugier, als um ihn zu beeindrucken, spielte ich die Melodie von neuem, diesmal in einem hämmernden Rhythmus und unterlegt mit einem kräftigen, reich verzierten barocken Bass. Dann versuchte ich es mit einer Fuge. Die Bearbeitung der Bearbeitung. Das ganze System lebt vom Diebstahl. *Nenn mir eine einzige Melodie, die noch nicht gestohlen worden ist.*

Als ich innehielt, starrte mein Neffe mich einfach nur kopfschüttelnd an. »Du bist so was von abgedreht, weißt du das.«

»Ist mir klar.«

Er hatte seine Masche – dieser rappende Sohn einer promovierten Erziehungswissenschaftlerin –, aber seine Masche war echt. Er folgte der Melodie, die er in seinem Innersten hörte. Kwame war erfüllt von einer leidenschaftlichen, zornigen Glut, die meinem eigenen Spiel immer gefehlt hatte. Wir gehen durchs Leben und spielen uns selbst. Schwarz, nicht schwarz. Noch zehn Jahre weiter, und sie würden ihm auch diese Musik nehmen. Jeder wohlhabende weiße Jugendliche von Vancouver bis Neapel würde sie dann spielen.

Seine beiden Onkel hatten diesen Diebstahl einst besungen, eine fast vergessene, uralte Melodie mit noch älteren Worten. Wir waren in einer ehemaligen Reederei in Den Haag aufgetreten, die mit dem transatlantischen Dreieckshandel ein Vermögen verdient hatte. *Was wir lieben, ist, was bleibt.* Kwame rappte für mich, Lieder über das Töten von Polizisten und Koreanern, über Frauen, die in ihre Schranken verwiesen werden müssen. Er kicherte, wenn ich mit ihm über die Texte sprechen sollte. Ich war mir nicht sicher, ob er sie überhaupt verstand. Ich selbst konnte jedenfalls nichts damit anfangen. Aber sein Körper verstand jede Zuckung dieser geschmeidigen, urtümlichen Rhythmen: der einzige Ort, den er zum Leben hatte.

Er kam mit roten Augen zum Unterricht, die Glieder schwer, die Muskeln in seinem Gesicht schlaff und amüsiert über die Welt der Weißen. In seinen Kleidern hing der süßlich-beißende Geruch von brennendem Hanf, den ich von den ein Vierteljahrhundert zurückliegenden Streifzügen meines Bruders durch das Village in Erinnerung hatte. Jonah hatte eine Zeit lang experimentiert und dann war er darüber hinaus gewesen. Ich rechnete damit, dass es bei Kwame genauso gehen würde. Ich überlegte, ob ich Ruth etwas sagen sollte. Aber das hätte nur das bisschen Vertrauen untergraben, das ihr Sohn zu mir aufgebaut hatte.

Eines späten Abends im Winter 1988 kam Ruth zu mir in die Wohnung, Robert im Schlepptau. Das Kind war zwar erst vier, aber schon schlau genug, dass er wusste, was die Erwachsenen wollten, wenn sie beschwichtigende Laute ausstießen. Er stand dabei und zupfte seine Mutter an den Knien, versuchte sie zum Lachen zu bringen. Sie bemerkte es nicht einmal.

»Joey, der Junge hat mein Auto zu Schrott gefahren. An einem Telefonmast, zwei Blocks von unserem Haus. Dieser Schlägertyp, sein Freund Darryl, saß neben ihm auf dem Beifahrersitz und hatte eine offene Whiskyflasche auf dem Schoß. Weiß der Himmel, wo sie die gestohlen haben.«

»Ist ihm was passiert?«

»Nein. Jedenfalls nicht bis ich ihn in die Finger bekommen habe. Er kann von Glück sagen, dass wir vor der Polizei da waren.« Sie lief in meinem winzigen Wohnzimmer auf und ab. Ich kannte sie gut genug und versuchte gar nicht, sie zu trösten. Sie wollte nur jemanden, der ihr zuhörte. »Ich verliere ihn. Ich verliere meinen Ältesten.«

»Du verlierst ihn nicht. Du weißt doch, wie Kinder sind, Ruth.«

»Seit Robert tot ist, verliere ich ihn.«

»Das ist alles nur Kinderkram. In dem Alter schlägt man schon mal über die Stränge. So was gibt sich.« Sie schüttelte den Kopf, kämpfte mit etwas, das sie mir noch nicht gesagt hatte. »Raus damit«, sagte ich.

Sie wand sich. »Womit?«

»Mit dem, was du mir bisher verschwiegen hast.«

Sie sackte in sich zusammen. Sank zwischen mir und ihrem jüngeren Sohn auf das Sofa. »Er hat angefangen mich zu ... beschimpfen.« Ihre Stimme zitterte, und sie bewahrte nur mit Mühe die Fassung. Sie warf Robert einen Blick zu, und der erhob sich wie auf Kommando und ging in mein Schlafzimmer zum Spielen. Ruth beugte sich zu mir herüber. »Wir haben uns gestritten. Er hat mich ›weiß‹ genannt. Weiß! ›Du bist so weiß, Frau. Kleiner Blechschaden, na und. Wer interessiert sich schon für so ne alte Schrottkiste.‹ Wo hat er das bloß her? Der Junge ist gerade mal vierzehn und wirft mir seine Gene vor! Hasst mich, weil ich ihn infiziert habe.«

Sie zitterte am ganzen Körper. Ich konnte nichts für sie tun. Keinen Trost anbieten, nicht einmal ansatzweise. »Das ist erst der Anfang«, sagte ich. »Warte, bis er sechzehn, siebzehn ist. Dann geht es erst richtig los.«

»Um Himmels willen, Joey. Du meinst, es wird noch schlimmer? Das halte ich nicht durch.«

Aber sie hielt es doch durch. Auch wenn Kwame tat, was er konnte. Ruths Schule feierte erste Erfolge – sie gewann Auszeichnungen, bekam staatliche Fördermittel, war Gegenstand einer Sendung im regionalen

Fernsehen –, aber ihr jugendlicher Sohn ging seiner eigenen Wege. Ich habe nicht einmal die Hälfte der Geschichten erfahren; Ruth schämte sich, mir alles zu erzählen. Kwame ließ sich nicht mehr blicken. Er erschien nicht mehr zu den Unterrichtsstunden, die uns beide nur wütend machten. Sechs Wochen nachdem ich ihn zuletzt gesehen hatte, fragte Ruth, ob er gute Fortschritte mache.

Kwame ließ sich die Worte BY ANY MEANS auf den Bauch tätowieren. Er formte seine kurz geschorenen Haare zu streng geometrischen Gebilden und trug ein Shirt mit der Aufschrift SICK IS auf der Brust und MY MUSE auf dem Rücken. Er brachte schlechte Noten nach Hause und schwänzte die Schule. Je mehr Ruth versuchte, an ihn heranzukommen, desto mehr kapselte er sich ab.

Dann wurden Kwame und vier Freunde – darunter sein Beifahrer Darryl – auf dem Schulklo erwischt, neben einer Toilette, in der so viele Amphetamine schwammen, dass man damit ein Rennpferd hätte vergiften können. Es war nicht klar, wer die Anführer waren und wer die Mitläufer. Bei der Anhörung in der Schule sagte Ruth, ihr Sohn brauche vor allem eine Disziplin, deren Sinn er einsehe, etwas, das sowohl ihm als auch der Schule nütze. Aber nachdem Kwame zu seiner Verteidigung einen Text von Ice Cube zitiert hatte, entschied sich der Direktor für den Schulverweis.

Ruth fand für ihn eine Privatschule, die auch jugendliche Straftäter aufnahm. Ein Internat wie das, was seine beiden Onkel Jahrhunderte zuvor besucht hatten, allerdings mit einem etwas anderen Lehrplan. Diese Schule war rein berufspraktisch ausgerichtet. Ruth konnte es sich nicht leisten, Kwame dorthin zu schicken, selbst wenn ich ihr etwas dazugab. Aber wenn sie ihn nicht dorthin geschickt hätte, wäre sie bankrott gewesen.

»Jede Nacht«, erzählte sie, »immer derselbe Traum. Ein Uniformierter hält ihm die Pistole an den Kopf und drückt ihn auf den Asphalt.«

Ich hatte den Eindruck, dass die neue Schule ihm gut tat. Wenn ich Kwame jetzt sah, wirkte er unbeschwerter, weniger verletzlich, nicht mehr so fahrig wie zuvor. Er fuchtelte immer noch mit seinen abgewinkelten Unterarmen durch die Luft und vergrub die Finger in den schützenden Achselhöhlen. Aber er war schlagfertiger geworden, und in seinen Schmähreden machte er häufiger auch sich selbst zur Zielscheibe des Spottes. Zusammen mit zwei Freunden gründete er eine Band namens N Dig Nation. Kwame rappte und stand am Plattenspieler. Seine Rhythmen waren so komplex und so unregelmäßig, dass ich sie nicht aufschreiben konnte, geschweige denn mit den Händen klatschen. Die

Band spielte vor einem stampfenden High School-Publikum, und von Mal zu Mal wurde die Menge größer und ekstatischer.

Jonah und Celeste schrieb ich regelmäßig zu Weihnachten und zum Geburtstag eine Karte. In ein paar ausführlichen Briefen berichtete ich über unser Projekt: Über Ruths unermüdliche Energie, Kwames Schwierigkeiten, meine eigenen Lehrmethoden, die Riege der Wunderkinder in der derzeitigen ersten Klasse, das Sortiment an Schlaginstrumenten, das wir für den Unterricht angeschafft hatten. Von dem quälenden Gefühl der inneren Leere schrieb ich nicht. Ich schickte alles in die Brandstraat. Ein Jahr lang erhielt ich keine Antwort. Ich war nicht einmal sicher, ob er überhaupt noch in Europa war.

Im März 1989 rief er an. Es war kurz nach Mitternacht. Als ich den Hörer abnahm, erklang das Hornmotiv aus dem dritten Satz von Beethovens Fünfter. Nach den ersten vier Noten sollte ich eigentlich eine Terz tiefer einsetzen. Ich tat es nicht. Ich hörte einfach nur zu; nach zwei Takten hielt er inne und sagte in vorwurfsvollem Ton. »Peinlich, peinlich! Beim nächsten Mal müssen wir dir Zeichen geben, damit du den Einsatz nicht verpasst.«

»Oder es mit einem anderen Stück probieren«, murmelte ich im Halbschlaf. »Was gibt's, Bruder?«

»Sei doch nicht so ein Miesepeter, Joey. Gut, ich habe ein Weilchen nicht geschrieben. Aber jetzt rufe ich an, okay? Das gibt's.«

»Wer ist gestorben?«

»Alle, die ich kenne oder die mir lieb waren. Wir kommen in die Staaten. Die Gruppe.«

»Mach keine Witze! Du? Hierher?«

»Ich rufe extra an, damit du es mir nicht hinterher vorhältst.«

»Voces Antiquae machen ihre erste Nordamerikatournee.«

»Das hätten wir schon vor Jahren tun können. Die Zeit wäre reif gewesen. Hat dir der Gesualdo gefallen?« Ich zögerte so lange, dass keine weiteren Erklärungen nötig waren. »Du hast ihn gar nicht gekauft. Du hast ihn dir nicht einmal in einem Plattenladen angesehen. Und was ist mit den Sachen davor? Dem Orlando di Lasso? Den Hoquetus-Gesängen?«

Ich holte tief Atem. »Jonah. Lassus? Hoquetus? So was gibt es hier nicht. Nicht in meinem Viertel.«

»Wieso? Du wohnst doch an der Bay, oder? Gibt es in Berkeley keine Plattenläden?«

»Ich habe zu tun. Das Unterrichten ist mehr als ein Vollzeitjob. Ich könnte dir nicht mal sagen, wann ich zuletzt anderswo war als in der

Schule, zum Einkaufen oder in der Wäscherei. Ehrlich gesagt kann ich dir nicht einmal sagen, wann ich zuletzt in der Wäscherei war. Berkeley ist für mich so fern wie Sansibar.«

»Ja hat man –? Du bist doch Musiklehrer, oder?«

»Du würdest staunen, was das alles heißt. Aber was ist das für eine Tournee? Ich kann gar nicht glauben, dass du dich noch mal als Zielscheibe für deine Landsleute hergibst.«

»Zwölf Städte, acht Wochen.« Er war gekränkt, aber er versuchte es sich nicht anmerken zu lassen. »Wahrscheinlich kann ich froh sein, dass es noch zwölf Städte in den Vereinigten Staaten gibt, die Oldie-Shows veranstalten, hm?«

»Aber nur wenn du Dallas und Fort Worth als zwei Städte zählst.«

»Anfang Juni sind wir in eurem Kaff.«

»Meinem … Unmöglich.«

»Was heißt unmöglich? Ich werde doch wohl noch wissen, wo ich auftrete.«

»Ich sage, dass jemand wie du unmöglich in Oakland singen kann.«

»Oakland, San Francisco, das ist doch ein und dasselbe.«

Mein Lachen verbrannte mir die Kehle. »Wenn ihr kommt, zeige ich dir die Gegend. Wie geht es denn den anderen? Was macht Celeste?« Diesmal war es *seine* lange Pause, die mir alles verriet. Zu spät fragte ich: »Wie lang ist es her?«

»Lass mal überlegen. Im letzten Jahr. Aber kein Grund zur Aufregung. Alles freundschaftlich. Wie sagt man? Im gegenseitigen Einvernehmen.«

»Was ist geschehen?«

»Du weißt doch, wie das ist mit diesen Mischehen. Die halten nie.«

»War … jemand anderes im Spiel?«

»Kommt darauf an, was du unter ›im Spiel‹ verstehst.« Er erzählte mir alles. Kimberly Monera, das blonde, bleiche, blutlose Gespenst, hatte versucht, sich wieder mit ihm anzufreunden. Mit einem braunen Kind im Gepäck, die tunesische Ehe gescheitert, von ihrem berühmten Vater verstoßen, war sie in Nordeuropa aufgetaucht. Sie hatte Jonahs Aufenthaltsort ausfindig gemacht und ihm erklärt, dass er immer der Mann ihrer Träume geblieben sei, dass ihr in ihrem ganzen von Musik zerstörten Leben kein anderer je so nahe gekommen sei. »Ich habe nichts getan, Joey. Habe sie nicht einmal angerührt, außer dass ich sie wieder in Richtung Italien gedreht und ihr zum Abschied auf die Schulter geklopft habe.«

»Das verstehe ich nicht.«

»Denkst du, ich?« Er klang wieder, wie er mit vierzehn geklungen hatte. »Und sobald sie fort war ... nichts mehr.«

»Was meinst du damit, ›nichts mehr‹?«

»Ich meine damit, dass ich nichts mehr *spürte*. Null. Wie betäubt. Ich wollte Celeste nicht mal mehr ansehen. Nicht mehr in einem Zimmer mit ihr sein. Kann es ihr nicht verdenken, dass sie die Nase voll hatte. Schlafen, Essen, Trinken, Spielen, Singen – alles, was mir einmal Freude gemacht hatte. Einfach weg.«

»Wie lange hat das gedauert?«

»Wie lange? Was haben wir denn heute für ein Datum?«

Ich geriet in Panik, als sei immer noch ich derjenige, der dafür sorgen musste, dass die Show weiterging. »Aber du machst doch noch Aufnahmen. Du singst. Ihr habt Pläne für eure erste Amerikatournee.«

»Es ist merkwürdig. Hör dir die Aufnahmen an. Hör genau hin. Irgendwie hat es Wunder für meine Stimme gewirkt.«

Ich spürte, wie er mich wieder in seinen Bann zog. Ich musste mich wehren. »Schick mir eine von den Platten. Die Adresse hast du ja. Schick mir eine, dann höre ich sie mir an.«

Er erkundigte sich nach Ruth, dann nach seinen Neffen. Ich gab ihm eine Kurzfassung. Als ich auflegte, hatte die Dumpfheit, von der er sprach, längst auch von mir Besitz ergriffen. Unsere Radarstrahlen konnten die Welt des anderen nicht mehr erfassen. Ohne seinen Anruf hätte er in San Francisco auftreten können, und ich hätte es verpasst, hätte nicht einmal beiläufig davon erfahren.

Drei Wochen später kam ein Päckchen mit CDs. Beigelegt war eine kurze Notiz. »Ich lasse euch Karten schicken. Für euch vier oder für die, an die du sie verscherbeln kannst. Bis Juni.«

Das Bild auf der Gesualdo-CD schockierte mich. Die neu formierten Voces Antiquae standen in der Halbtotale im Portal einer gotischen Kirche. Sie waren allesamt weiß. Aus dieser Entfernung war kein Unterschied zu erkennen. Immerhin holte ich die Schachtel aus der Zellophanhülle und legte die Scheibe in den Player. Aber ich konnte mich nicht dazu bringen, es mir anzuhören.

»Komm mit«, bettelte ich bei Ruth. »Nicht um seinetwillen. Tu es für mich. Wann habe ich dich zum letzten Mal um einen Gefallen gebeten?«

»Es vergeht keine Woche, in der du mich nicht um etwas bittest, Joseph. Du willst mehr Sachen haben als die Naturwissenschaftler.«

»Ich meine, für mich persönlich.«

Sie nahm die Plattenhülle und betrachtete das Umschlagbild des Gesualdo. Ihre Hände zitterten, als könne er sie selbst damit noch zurückstoßen. Sie musterte das Gruppenfoto. Sie verzog ein wenig den Mund. »Welcher von denen ist Jonah? Nur ein Witz.« Sie nahm das Booklet heraus und las den ersten Absatz. Die Formulierungen ärgerten sie, und sie reichte mir die Platte zurück.

»Was meinst du? Sollen wir ein paar Takte hören?«

Ihre Stimme klang rau. »Frag die Jungen.«

Die echte CD in ihrer echten Plastikbox faszinierte Kwame. Das war lange vor der Zeit, als es Schwarzgebranntes an jeder Straßenecke gab. »Ich habe einen Onkel, der in einer Band singt? Mann, klasse. Leg auf, Bruder. Lass mal hören, was der draufhat.« Aber mein Neffe hielt nicht einmal die erste Hemiole aus. »He, mir platzt der Kopf, Mann. Willst du mich verarschen?«

Der kleine Robert, neben ihm, quietsche vor Vergnügen. »Echt Mann, das ist für 'n Arsch, Mann.« Ich starrte ihn an. Er grinste, dann hielt er sich die Hand vor den Mund.

Ich ging wieder zu Ruth. »Na, was halten sie davon?«, fragte sie. Einen Moment lang schien sie zu hoffen, dass sie es gut fanden.

»Sie sagen, sie warten lieber auf das Video.«

Sie hob die Hände. »Was erwartest du, Joe? Das ist nicht unsere Welt.«

»Unsere Welt kann überall sein. Überall, wohin wir gehen.«

»Sie wollen uns da nicht haben. Und deswegen haben wir dafür keine Zeit.«

»Beides geht nicht, Ruth. Entweder sie entscheiden oder wir.« Sie schwieg. »Er möchte, dass du mitkommst, Ruth. Er möchte, dass wir alle vier kommen.«

Ich hielt ihr die Eintrittskarten hin, die Jonah geschickt hatte. Sie betrachtete sie, aber sie rührte sie nicht an. »Fünfundvierzig Dollar? Können wir die nicht zu Geld machen? Denk an all die Mahlzeiten, die wir damit in der Suppenküche ...«

»Ruth. Tu es doch für mich. Es quält mich so sehr.«

Sie überlegte. Sie überlegte lange. Aber der größte Schmerz in meinem Leben war bedeutungslos im Vergleich zu dem, was sie quälte. Sie lächelte versonnen, aber es galt nicht mir. »Kannst du dir vorstellen, dass Robert und ich uns in Schale werfen, um zu so einem Konzert zu gehen? Nicht ohne dass wir einen Beutel voll Stinkbomben dabeihaben, mein Lieber.« Dann, ohne mich anzusehen, vergab sie mir mein Vergehen. »Geh du, wenn du willst. Du solltest gehen.« Ich wandte mich um. »Er kann gern herkommen, wenn er will.«

Am Freitag des Konzerts fuhr ich allein zur Grace Cathedral auf der anderen Seite der Bucht. Ich kannte das Tourneegeschäft gut genug, um mich nicht vorher bei Jonah zu melden. Natürlich meldete er sich auch nicht bei mir. Ich saß unerkannt in dem pseudofranzösischen Kirchenschiff, erstaunt über die große Zahl von Zuhörern, die zu dem Konzert erschienen waren. Wann immer ich in der Vergangenheit als Interpret klassischer Musik aufgetreten war, hatte das Publikum nur aus missmutigen und uralten Menschen bestanden. Überwiegend aus uralten. Entweder gehörte diese Kunst tatsächlich einer vergangenen Epoche an, oder manche Menschen erwachten eines Tages, gebeugt vom Alter und erfüllt von der Sehnsucht, ein Repertoire kennen zu lernen, das schwerer war als die Bürde des Lebens, bevor der Tod kam und all ihre Bindungen löste. Klänge, die fast so alt waren wie der Tod, Klänge, die ihnen niemals gehört hatten, Klänge, die niemandem mehr gehörten. Denn die Toten kannten keinen Besitz.

Dieses Publikum aber war jung, lebendig, gepflegt – und neugierig. Ich hörte zwei Paaren hinter mir zu, während die Spannung vor dem Konzert wuchs. Sie verglichen die Qualitäten der Tallis Scholars und des Hilliard Ensembles als handele es sich um zwei edle Weine aus Burgund. Die Platten, von denen die Rede war, kannte ich nicht. Dafür war ich zu lange aus dem Geschäft. Ich drehte mich um und sah, wie die Reihen sich füllten. Kaum mehr als ein Dutzend schwarzer Gesichter. Aber natürlich konnte man das nicht nach dem Augenschein beurteilen.

Das Publikum verstummte, und das Ensemble betrat die Bühne. Der Applaus verblüffte mich. Die Kirche war voller Fans, Menschen, die jahrelang darauf gewartet hatten, diese Töne zu hören. Plötzlich packte mich die Panik: Ich war nicht angezogen. Ich wusste nicht, was wir sangen. Wie sollte ich auf die Bühne kommen, ohne mich bis auf die Knochen zu blamieren? Eine Sekunde später war ich wieder ein glücklicher Niemand.

Die sechs Sänger – darunter zwei, die ich noch nie gesehen hatte – schlenderten wie beiläufig an ihre Positionen auf der Bühne. Sie waren eleganter gekleidet als damals zu meiner Zeit. Aber sie bemühten sich noch immer um die gleiche sorgfältig einstudierte provokante Lässigkeit. Mein Bruder blieb stehen, wandte sich um und starrte über die Köpfe des Publikums ins Leere. Die anderen schienen wie gebannt von der Stille. Einen schrecklichen Augenblick lang standen sie reglos, so wie wir immer gestanden haben mussten, holten tief Atem, den Blick nach innen gekehrt. Dann erklangen die ersten kristallklaren Quinten. Alle sechs waren unbeschreiblich, nicht in Worte zu fassen. Jonah aber schwebte über der Bühne. Seine Stimme klang, als komme sie aus dem Jenseits, als sei er nur für einen Augenblick der Erinnerung von den Toten zurückgekehrt. Alle Zuhörer in der Kathedrale hielten die Luft an vor Staunen. Mein Bruder hatte mir bei unserem Telefonat verraten, was diese Vollkommenheit speiste. Er hatte den reinen, unerschöpflichen Quell der Gleichgültigkeit entdeckt; er wusste, wie herrlich alle Töne für uns klingen werden, wenn sie einst hinter uns liegen.

Nach dem zweiten Beifallssturm hatte ich das Gefühl, er hätte mich gesehen, auf meinem Platz in der zehnten Reihe. Aber sein Lächeln war selbst für einen lässigen Gruß zu flüchtig. Während des restlichen Konzerts gab es kein Anzeichen dafür, dass er überhaupt etwas empfand außer körperloser Anmut. Nicht nur die Hautfarbe hatte er hinter sich gelassen. Er hatte das ganze Leben hinter sich gelassen.

Ich war so voller Ungeduld, dass ich von der zweiten Hälfte des hinreißenden Konzerts kaum etwas wahrnahm. Je berückender die Musik, desto mehr fühlte ich mich, wie ich dasaß und zuhörte, wie ein Verbrecher. Bis zur zweiten Zugabe, John Sheppards *In manus tuas*, hatte ich mir jeden winzigen Verrat, den ich jemals begangen hatte, in Erinnerung gerufen. Mit wildem Applaus entlockte das Publikum ihnen zwei weitere Zugaben.

Als ich mich endlich in das Defilee der Gratulanten einreihte, war ich mit den Nerven am Ende. Jonah stürzte auf mich zu, als er mich vorn in der Schlange entdeckte. Aber beim Näherkommen verdüsterte sich seine Miene ein wenig. »Du bist allein? Nicht böse sein, Joey. So habe ich das nicht gemeint.«

»Natürlich bin ich allein.« War es jemals anders gewesen?

»Sie wollten nicht mitkommen?« Es schien seine schlimmsten Befürchtungen zu bestätigen.

Sämtliche Lügen, die wir uns je aufgetischt hatten, kamen mir in den Sinn. Ich ersparte sie ihm alle.

Wir waren umringt von neidischen Bewunderern, die einfach nur diesen Sängern nahe sein wollten, Sängern, die alle Ketten abgestreift hatten und Töne hervorbrachten, von denen andere nur träumen konnten. Die Umstehenden musterten uns mit dem Blick von Menschen, die lauschen, auch wenn sie tun, als hörten sie nicht hin. Jonah starrte mich an. »Warum? Warum wollte sie nicht mitkommen? Wie lang…« Ich zuckte die Achseln. Er verzog den Mund. »Na gut.« Er legte mir die Hand um die Schultern und führte mich zurück in den Kreis der anderen alten Stimmen. »Na, wie fandest du den Taverner? Warst du der Stimme Gottes je näher als da?«

Und dann waren die anderen da. Hans Lauscher begrüßte mich mit unbeholfener Herzlichkeit. Marjoleine de Groot schwor, dass ich jünger aussah als bei meiner Abreise. Peter Chance klopfte mir auf die Schulter. »Wie lang ist das jetzt her?«

Ich lächelte nach Kräften. »Seit mindestens 1610.«

Ich hatte das Gefühl, dass ich alle aufhielt. Jonah musste sich wieder um seine Fans kümmern. Er war die Freundlichkeit selbst. Er signierte Programmhefte und lächelte für Fotos mit gewichtigen Geldgebern. Wildfremde Menschen wollten ihn zum Essen einladen, ihn mit Berühmtheiten bekannt machen, Partys zu seiner Ehre veranstalten. Auch wenn es bei diesem Ensemble keinen Leiter gab, hörten doch auch die Unmusikalischsten, woher der Zauber rührte. Die Aristokratie des Computerzeitalters sehnte sich danach, dass mein Bruder sie so sehr liebte, wie sie ihn. Ich stand daneben und sah zu, wie Jonah seine Bewunderer in Bann schlug wie ein begnadeter Wunderheiler. Erst nach Mitternacht waren wir wieder allein.

»Du hast mir versprochen, dass du mir dein Provinznest zeigst«, sagte Jonah.

»Jetzt nicht. Zu spät am Abend. Sie würden auf uns schießen. Komm vorbei und sag Ruth guten Tag. Morgen früh.«

Er schüttelte den Kopf. »Sie will das nicht.«

»Nein? Oder willst du etwa nicht? Einer muss den ersten Schritt tun, Jonah.«

Er legte mir die Hände auf die Brust. »Du hast ein paar ganz neue, kraftvolle Töne in dir, Bruder.« Sein Lächeln verschwand, als ich nichts darauf antwortete. Er zog die Hand zurück. »Ich kann nicht. Ich kann mich ihnen doch nicht aufdrängen.«

»Dann komm am Montag in die Schule. Schau dir die Kinder an. Sie wird da sein. Es ist ganz einfach.«

»Ich wünschte, das ginge. Aber wir reisen morgen weiter.« Es klang fast, als sei er erleichtert.

»Dann komm wenigstens am Vormittag. Einfach nur so. Ich lad dich zum Frühstück ein.«

»Einverstanden. Sag mir, wie ich hinkomme.«

Er kam zu meiner Wohnung. Bis ich die Tür öffnete, hatte er genug Zeit gehabt, sein Gesicht unter Kontrolle zu bringen. »Wir haben schon schlimmer gewohnt«, erinnerte ich ihn.

»Sieht besser aus als meine eigene Bude. Die Wohnung in der Brandstraat hat Celeste behalten.« Er bestaunte all die amerikanischen Luxusgüter in meiner Küche – Erdnussbutter, Maiskolben, Cornflakes. »He, was ist denn das!« Er hielt eine Pappschachtel mit Haferflocken in die Höhe, von der ihn unter dem Aufdruck DOPPELPACK zwei kleine Mischlingskinder anstrahlten.

»Multikulti ist der letzte Schrei«, erklärte ich.

»Das war unser Problem, Muli, damals vor Jahrtausenden. Wir hatten nicht das richtige Marketing!«

Auch wenn ich noch so sehr meine Zweifel hegte, nahm ich ihn mit zu dem Laden, in dem ich immer frühstückte. Wir gingen zu Fuß. Jonah sah sich die Häuser an, von denen sich manche tapfer hielten, während andere längst aufgegeben hatten in einem Häuserkampf, dem er sein Leben lang aus dem Weg gegangen war. Er ging neben mir her, nickte. Ich erläuterte ihm, was er sah – wo es eine Zwangsräumung gegeben hatte, wo sie jemandem das Haus abgegaunert hatten, wo jemand ins Gefängnis gekommen war. Meine Nachbarn winkten oder riefen mir Sonntagsgrüße zu. Ich grüßte zurück, stellte aber niemanden vor.

»Erinnert mich an unser altes Viertel«, sagte Jonah.

»Welches alte Viertel?«

»Hamilton Heights. Unsere Kindheit.«

Ich blieb stehen, fassungslos. »Das hat kein bisschen Ähnlichkeit mit New York. Es könnte nicht weiter von unserer Kindheit weg sein, wenn du –«

»Das weiß ich, Joseph. Aber es kann mich doch trotzdem erinnern.«

Bei Milky's herrschte das übliche bunte Sonntagmorgentreiben. Eltern meiner Schüler, Kollegen, Nachbarn, Kellnerinnen, Stammgäste: Alle erkundigten sich nach Ruth und den Jungen, nach den neuesten Ausbauplänen für die Schule, alle wollten wissen, wen ich denn da mitgebracht hätte. Milky selbst begrüßte uns im leuchtend grünen chinesischen Seidenpyjama mit einer dunkelblauen Matrosenjacke darüber. »Dein Bruder, sagst du? Du willst mich wohl verscheißern, Joe Strom.«

Erst als wir einen Platz gefunden hatten, konnte ich wieder durchatmen. Jonah grinste mich von der anderen Seite des nackten Tisches an. »Du scheinheiliger Bastard. Du bist ja berühmter als ich.« Er bestand darauf, dass er von allem das Gleiche bekam wie ich. »Heute Abend sind wir in Denver. Die Alpen. Da kriege ich so oder so keine Luft.«

Während des ganzen Frühstücks ließ er sich von seinen Neffen erzählen. Ich nannte ihm die Fakten: Kwames aufsässiger, kämpferischer Rap. Der kleine Robert, die Lichtgeschwindigkeit, mit der er lesen, schreiben und vor allem rechnen lernte. Jonah nickte immer nur, wollte mehr wissen.

Als wir aufbrachen, folgte ein weiterer wohlwollender Spießruten-lauf. Mittlerweile war dieser abgedrehte Fremde mit dem makellosen T-Shirt und den Bügelfalten in seinen Khakis schon als Stammgast akzeptiert, und alle meine Freunde drängten ihn, am nächsten Sonntag wiederzukommen.

»Ich bin hier«, log Jonah. Schamlos. »Heizt schon mal die Pfanne an.« Milky und die anderen lachten, und ich war wütend auf meinen Bruder. Noch zwei Wochen, und auch er hätte dazugehört.

»Komm mit zu Ruth«, bat ich draußen vor dem Diner.

»Geht nicht. In fünfzig Minuten treffe ich mich mit den anderen am Flughafen.«

»Das schaffst du sowieso nicht.«

»Ich stelle meine Uhr zurück.« Wir machten uns wieder auf den Weg zu meiner Wohnung, Jonah gedankenverloren. »Und dir geht es also gut hier? Das ist das Leben, das du dir gewünscht hast?«

Ich nickte, bereit ihn zu belügen. Ruth, die Schule, meine Schüler: Sie waren wichtig. Aber, wenn ich ehrlich war, das Leben, das ich mir gewünscht hatte, waren sie nicht. Mir fehlte etwas, und ich hätte nicht einmal sagen können was. Es gab da noch etwas aus meiner Vergangenheit, das ich nicht an mich heranließ. Noch immer hatte ich das Stück aus meinem Inneren nicht festgehalten, das ich Wilson Hart versprochen hatte. Aber ich hörte nicht mehr, in welche Richtung meine Noten gingen. Die Chance sie aufzuschreiben hatte ich verpasst.

Wir waren wieder bei meinem Wohnblock angekommen. Ich betrachtete meinen Bruder, wie seine Kleider in der sanften Brise flatterten. Nein, gut ging es mir nicht. Nicht ganz. Nicht einmal annähernd, wenn ich ehrlich war. Ich arbeitete nach wie vor für jemand anderen, und wieder für einen Verwandten. Aber die Genugtuung, das zu hören, gönnte ich Jonah nicht. »Jawoll«, sagte ich. »Das ist das Leben. Alles was man sich wünschen kann.«

»Was bringst du ihnen an Musik bei, deinem vierten Schuljahr? Was lernen sie bei dir?«

»Kindergarten bis dritte Klasse. Und bei mir lernen sie alles.«

»Tatsächlich? Alles?«

»Du weißt schon. Die guten Sachen. Töne in der Zeit.«

»Was ist das für ein Alles?« Es war zu spät, mich noch zu ducken. Er beobachtete mich. Aber er schaute auch auf die Uhr, schon auf dem Sprung.

»Ich gebe ihnen, was ihnen gehört. Ihre Musik. Ihre Identität.«

»Was gehört ihnen denn, Joey? Und kannst du es ihnen geben? …

Du gibst ihnen *ihre* Musik? Ihre *Identität*? Womit sollen sie denn identisch sein? Das Einzige, womit man identisch ist, ist man selbst, und auch das nur an den besseren Tagen. Stereotypen, das gibst du ihnen. Aber kein Mensch ist ein anderer. Ihre Musik ist genau das, was ihnen *keiner* geben kann. Viel Glück beim Suchen.«

Ganz tot war er doch noch nicht. Der Pakt war unterzeichnet, besiegelt, aber der Teufel hatte seine Seele noch nicht geholt. Ich fasste ihn am Ellbogen, um ihn zu beruhigen. »He, Maestro. Reg dich ab. Ich lasse mir sogar von ihnen ihre eigenen Lieder beibringen. Ich tausche sie ein gegen ein paar alte. Gegen Sachen, die kein anderer kennt. Sie bekommen alles Mögliche von mir, ein wenig Gospel, ein wenig Blues, patriotischen Singsang sogar. Ist das nun ihre Musik oder nicht? Woher soll ich das wissen? Liebe Güte, es ist doch nur Musik.«

Inzwischen standen wir vor meiner Tür. Mit einer Handbewegung fragte ich, ob er mit heraufkommen wolle, aber er schüttelte den Kopf. Er ließ den Blick noch einmal über mein Viertel schweifen. »Unglaublich, Joey. Du gibst dich als Schwarzer aus. Tust, als gehörtest du hier dazu. Weißt du noch, wie sie Jonah Strom immer den schwarzen Fischer-Dieskau genannt haben?«

»Kein Mensch hat dich so genannt, Jonah. Außer dir selbst.«

»Na, jedenfalls bist du jetzt der schwarze Joseph Strom.« Er klopfte mir auf die Schulter, drehte sich um und stieg wieder in seinen Leihwagen. Da hatten wir also Stolz und Neid. Doch noch nicht tot. Immerhin zwei von sieben. »Keine Sorge, Bruder. Ich verrate dich nicht.«

Zum Abschluss ihrer Tournee traten Voces Antiquae in New York auf, und ich konnte nicht anders, ich besorgte mir die Zeitungen. Es war ihre große Stunde im Rampenlicht, oder wenigstens ihre fünfzehn Minuten. Die New Yorker Kritiker überschlugen sich vor Begeisterung, jeder beeilte sich zu beteuern, wie lange er schon auf solch einen Klang gewartet habe. Jonah schickte mir den Ausschnitt aus der *Times* – »Ars antiqua ist wieder nova« –, wollte nicht riskieren, dass ich ihn verpasste. Die Besprechung pries ihn als vielleicht die klarste Männerstimme in der Alten Musik weltweit. An die Ecke dieser Lobeshymne hatte er seine Visitenkarte geheftet, und darauf stand: »Mit Grüßen vom besten schwarzen Konzertsänger«.

Damit war seine Rache vollendet, er war rehabilitiert. Die Musikwelt lag ihm zu Füßen, und er hatte einen Ton gefunden, der nicht mehr für etwas anderes stand, sondern nur noch für sich selbst. Aber er und ich wussten, dass das Strahlen dieser Nova von einem Stern stammte, der schon ausgebrannt war.

Eine weitere Überraschung hatte er noch für uns parat. Jetzt, wo er ganz für sich stand, gehörte er allen, nur nicht mehr sich selbst. Sein Triumph war in aller Munde, alle versuchten seinen Klang nachzuahmen. Ruhm ist das letzte Mittel, mit dem eine Kultur ihre Abtrünnigen unschädlich macht. Ein paar Monate nach der Nordamerikatournee wurde die Gesualdo-Aufnahme der Gruppe mit dem Grammy ausgezeichnet. Im Dezember 1990 verlieh man ihnen den paradoxen Titel des »Alte-Musik-Ensembles des Jahres«. Ich sah tatsächlich ein Poster von ihnen, wie ein Fahndungsfoto der Polizei, an der Wand eines Musikgeschäfts in Oakland, wo ich Schlegel für meine Schüler kaufte.

Der Clou kam ein halbes Jahr später, als man schon seit drei Monaten keinen Fernseher mehr einschalten konnte, ohne dass Rodney King zusammengeschlagen wurde. Eines Morgens erschien Ruth in meinem besenkammergroßen Büro in der Schule, in der Hand die neueste Nummer von *Ebony*. »Ich kann es nicht glauben. Ich be*greife* das nicht.« Sie warf mir die Zeitschrift auf den Tisch, vollkommen außer sich. Sie biss sich auf die Lippen, um die Tränen zu unterdrücken. Ich schlug die Titelgeschichte auf: »50 Vorbilder für das Amerika von morgen«. Ich blätterte die Liste durch, Wissenschaftler, Techniker, Ärzte, Sportler und Künstler, überlegte bei jedem Kandidaten, was sie denn so in Rage gebracht hatte. Ich musste fast den gesamten Artikel durchsehen, bevor ich ihn entdeckte. Ich blickte zu meiner Schwester auf. Ihre Augen schwammen in Tränen. »Wie ist das möglich, Joey? Kannst du mir das sagen?« Sie stampfte mit dem Fuß. »Schlimmer, als wenn er in einer Minstrelshow aufträte.«

Ich sah mir noch einmal die unglaubliche Seite an. »Keine Ahnung. Der Gauner *lebt* nicht mal in Amerika. Aber so weit unten auf Platz zweiundvierzig, da kann er keinem was anhaben.«

Sie stieß einen grässlichen Laut aus. Ich brauchte zwei Sekunden, bis ich mir sicher war: *Sie lachte.* Ein irres Lachen. Sie streckte die Hand aus. »Gib das Ding wieder her. Das muss ich meinen Söhnen zeigen.«

Ich war dabei, als sie es ihnen zeigte, abends beim Essen. »Euer Fleisch und Blut«, sagte sie. »Ich habe diesen Jungen gekannt, als er nicht größer war als ihr. Da könnt ihr sehen, was man erreichen kann, wenn man sich auch nur ein bisschen anstrengt. Seht euch doch nur an, mit was für Stars er da zusammen ist. Was die schon alles für uns getan haben.«

»Die Hälfte von denen ist doch praktisch weiß«, erklärte Kwame.

Ruth starrte ihn an, bis er den Blick senkte. »Welche Hälfte? Das möchte ich wissen.«

»Diese ganzen Technokraten. Hier der Motherfucker. Der kapiert überhaupt nicht, was für ein Scheißer er ist. Aufsichtsratsvorsitzender? Vorsitzender auf 'm Bahnhofsklo.«

»Der hier«, sagte der kleine Robert, zeigte auf ein Foto und lachte, »der ist ein Weißer, oder?«

»Was macht ihn zum Weißen?« Ruth war hartnäckig.

»Das da«, sagte Kwame und tat die ganze Zeitschrift damit ab. »Das weiße Drecksblatt.«

»Und was wenn ich euch sagen würde, dass die Hälfte aller Weißen schwarz ist und keine Ahnung hat?«

»Dann würde ich sagen, fick dich ins Knie. Verarscht ihre eigenen Kinder.«

Ihre Mutter warf mir einen flehenden Blick zu. »Sie hat Recht«, sagte ich. »Ein Weißer muss immer beweisen, dass er weiß ist, bis an den Anfang aller Tage. Und wer kann das schon?«

Mein Neffe musterte mich abschätzig: ein hoffnungsloser Fall. »Was ist denn das wieder für 'n Scheiß? Echt bescheuert, Mann.«

Der kleine Robert hob beide Arme und verkündete: »Der Ursprung des Menschengeschlechts liegt in Äthiopien.«

Kwame nahm seinen kleinen Bruder in den Schwitzkasten und fuhr ihm mit der Hand über den Schädel, bis der Siebenjährige vor Vergnügen juchzte. »Da hast du Recht, Klugscheißer. Du bist meine Hoffnung für die Zukunft. Du bist die fünfzig Größten, alle in einem.«

Robert war die Art von Kind, dem die Schule seiner Mutter auf den Leib geschneidert war. Er bewältigte das Pensum in einem Tempo, das seine unbedarfteren Altersgenossen in Angst und Schrecken versetzte. Jedes kleine bisschen Wissen, das seine Aufmerksamkeit erregte, katapultierte er an den Himmel wie einen glitzernden Stern. Bei jeder Geschichte jubilierte er vor Vergnügen. »Stimmt das auch?«, wollte er bei den Büchern, die man ihm zu lesen gab, wissen. »Ist das wirklich passiert?«

Er war das Ebenbild seiner Mutter, konnte Stimmen nachmachen, legte den Kopf schief und kniff die Augen zusammen wie der lächerlichste Erwachsene. Aus Legosteinen baute er einen marschierenden Roboter, der eine halbe Stunde lang den ganzen Unterrichtsbetrieb in der ersten Klasse zum Erliegen brachte. Mathematik war ein Kinderspiel für ihn. Er löste Aufgaben, die für den Unterricht zwei Klassen höher gedacht waren. Mit Spielgeld und einer Weltkarte erläuterte er, wie der Welthandel funktionierte. Er zeichnete die unglaublichsten Sachen.

Beim Geschichtsunterricht lauschte er so aufmerksam, dass er das Atmen vergaß; er begriff noch nicht ganz, dass alles, was dort erzählt wurde, längst vorbei war. Er weinte, als er von den Sklavenschiffen hörte, den verschlossenen Luken, den Versteigerungen, den zerstörten Familien. Für Robert geschah alles, was einmal geschehen war, auch weiterhin, irgendwo.

Aber er blieb nur in der Luft, solange keiner hinsah. Sobald ihm jemand ein Kompliment machte, beobachtete er sich selbst im Fluge und stürzte ab. Wenn die Welt ein schwarzes Kind lobt, verliert das Kind vor Schreck allen Schwung. Das hatte ich am eigenen Leib erfahren. Man musste Robert nur klarmachen, wie begabt er war, schon entschuldigte er sich dafür. Er wollte doch nur geliebt werden. Etwas Besonderes sein hieß Außenseiter sein. In meiner Klasse leuchtete er wie die Morgenröte. Im Chor stützte seine Stimme den ganzen Alt. Aber jedes Mal, wenn seine staunenden Kameraden sich über seine Künste lustig machten, versteckte er sein Licht wieder für einige Wochen unter dem Scheffel.

Als sie in der Klasse etwas über ihren Lieblingsmusiker erzählen sollten, brachte er die Nummer von *Ebony* mit. Inzwischen war sie schon Monate alt, aber sie beschäftigte ihn noch immer. Die ganze Klasse kicherte, als er seinen Vortrag hielt, und als ich sie zur Ruhe mahnte, wurde es nur noch schlimmer. All diese Schwarzen, die unsere Zukunft bestimmen sollten, fünfzig an der Zahl. Und einer davon sollte Roberts Onkel sein, der tausend Jahre alter Musik eine Zukunft gegeben hatte. Bei einem Bruder, so hatte seine Mutter ihm erklärt, wusste man nie, wozu er fähig war. Stolz stellte Robert ihn vor, doch zweifelnd und verlegen zugleich.

Zwei Tage nach diesem Vortrag kam er mit einem Stapel Papier in die Klasse, jedes Blatt mit großen Buntstifthieroglyphen beschrieben. »Das ist von mir. Das habe ich geschrieben.« Mit eifrigen Worten erklärte er uns das ausgeklügelte Notationssystem, das er erfunden hatte, ein System, das auch die kleinsten Veränderungen in Tonhöhe und -dauer festhalten und vieles bewahren konnte, was auf den herkömmlichen Notenlinien verloren ging. Er hatte verschiedene *Stimmen* geschrieben, er dachte nicht nur in Melodielinien, sondern auch in einer Folge von vertikalen Augenblicken. Es waren sinnvolle Akkorde – mit Verzögerungen, Wiederholungen, Akkorde, die Früheres wieder aufgriffen, ehe sie zum Ausgangspunkt zurückkehrten. Sein Bruder hatte das kleine elektrische Keyboard, das ich ihnen geschenkt hatte, für ein Butterbrot verkauft. Ein anderes Instrument hatte Ruth nicht im Haus. Robert hatte nicht nur ein Notationssystem von Grund auf neu erfunden, er hatte auch sämtliche Harmonien mit dem inneren Ohr komponiert.

»Wie hast du das gemacht? Woher *hast* du das?« Ich wurde gar nicht müde zu fragen.

Er zuckte mit den Schultern, duckte sich, sackte zusammen, eingeschüchtert von meiner Ehrfurcht. »Das kommt von mir. Ich hab's … einfach gehört. Meinst du, es klingt nach was?«

»Das müssen wir ausprobieren. Wir spielen es.« Man konnte sehen, wie ihm bei dem Gedanken schwindelte. »Was hast du dir denn vorgestellt?« Er sah mich verdattert an. »Ich meine, welche Instrumente?«

Er zuckte mit den Schultern. »Eigentlich … gar keine.«

»Etwas Gesungenes?« Er nickte. Obwohl es ihm erst in dem Augenblick aufgegangen war. »Hast du auch einen Text dazu?«

Er schüttelte den Kopf, wild gestikulierend. »Keine Worte. Nur Musik.« Worte würden die Musik verderben.

Er zeigte den anderen, wie sie seine Noten lesen mussten, und wir führten das Stück in der Aula auf. Robert dirigierte. Für die Dauer seines Stückes stieg seine Seele auf einem senfgelben Blitz empor zu dem eisblauen Himmel. Fünf Stimmgruppen sangen in stetem Wechsel, so wie es in seinen Noten stand, prallten aufeinander, arrangierten sich. Sein ruppiger Kontrapunkt kam aus einer anderen Umlaufbahn, einer, die bis dahin keiner gesehen hatte. Die Laute in seinem Kopf ließen ihn den Lärm in der Turnhalle vergessen. Aber im Augenblick, in dem das Stück vorüber war, brach der Lärm über ihn herein.

Der Applaus war so stürmisch, dass Robert beinahe das Atmen vergaß. Er riss die Augen auf, suchte nach einem Notausgang. Die Kinder pfiffen und johlten, forderten ihn heraus. Er verbeugte sich und warf dabei den Notenständer um. Der ganze Saal brüllte vor Lachen. Ich machte mir schon Sorgen, dass er da oben auf der Bühne ersticken würde. Jeder Muskel in seinem Gesicht wollte sagen: *Ist doch nichts Besonderes. Nicht der Rede wert.* Er schreckte vor jeder Bewunderung zurück und reckte sich doch zugleich, um über die Köpfe der anderen hinweg Ausschau nach der einzigen Meinung zu halten, die für ihn zählte: der seines vergötterten Bruders.

Nach dem Konzert kam Kwame in seinen hängenden Jeans herangeschlurft. Er hatte den eigenen Unterricht geschwänzt, damit er hier dabei sein konnte. Er machte seine üblichen Armbewegungen, die ich niemals zu deuten vermochte, halb Spott, halb Lob. Er verzog das Gesicht. »Wie heißt das Stück?«

Robert wurde immer kleiner. »Ich habe es ›Legende‹ genannt.«

»Was denn für 'ne Legende? Denkst du, *du* bist 'ne Legende? Ohne Mix is' nix. Auf welcher Seite stehst du, Mann?« Keiner von beiden sah mich an. Das konnten sie sich nicht leisten.

Ich rechnete damit, dass der Junge zusammenbrechen würde, vor den Augen der versammelten New Day School. Auch Kwame sah es. Er versetzte seinem versteinerten Bruder einen Boxhieb. »He. *He,* sag ich, das ist cool, Mann. Das hat Groove. Das nächste Mal wenn Dig in der Stadt ist, kommst du mit und hörst dir mal 'nen anständigen G-Funk an, damit du weißt, wie das geht.«

In seinem letzten Jahr an der technischen Schule lebte Kwame nur noch für seine Band, die nach und nach seinen gesamten Horizont ausfüllte. Sie waren Meister in ihrem Fach, schleuderten Worte, von denen ich keines mehr verstand, aber mit einem unbestreitbar pulsierenden Rhythmus. Etwas anderes hatte er nicht. Ruth versuchte zu ihm zu halten bei all seinen Eskapaden, sie stellte ihn zur Rede und stützte ihn doch, ohne dass er es merkte. »Hast du schon mal überlegt, wie es nach der Schule weitergeht?«

»Mama, du nervst.«

»Ich helfe dir nur suchen.«

»Ich und die Band. Wir packen das. Nichts Großes. Aber wir packen's.«

»Wenn du rappen willst, brauchst du ein Thema. Du musst dir etwas suchen, was dich zusammenhält, solange du an dir arbeitest.«

Bei mir machte sie sich Luft. »Gott, ich wünschte, ich wäre keine Pädagogin. Ich würde dem Bengel rechts und links Ohrfeigen versetzen, bis er zur Vernunft kommt.«

Im August überfuhr ein Wagen aus der Wagenkolonne eines chassidischen Rebbe in Brooklyn eine rote Ampel, stieß mit einem anderen zusammen, schleuderte auf den Bürgersteig und tötete einen Jungen aus Guyana, einen Jungen, so alt wie Robert. Drei Tage lang kochte Crown Heights. Kwame und N Dig Nation schrieben einen langen Rapsong darüber, der den Irrsinn dieses Vorfalls aus jedem erdenklichen Blickwinkel beleuchtete. Der Song hieß »Black Vee Jew«, Schwarze contra Juden. Vielleicht bezog er Stellung, vielleicht enthüllte er auch nur. Bei Kunst weiß man das nie.

»Dein Großvater war Jude«, sagte ich zu ihm. »Du bist selbst Vierteljude.«

»Weiß ich doch. Irres Ding. Was hältst du von dem Act hier, Bruder Onkel?«

Was immer der Text bedeutete, es war der erste Song, mit dem die

Jungs ins Radio kamen – echtes Radio, ein Sender für die ganze Bay Area. Kwame war wie berauscht. »He, damit kann man Knete machen.« Die Band verdiente fünfhundert Dollar pro Nase damit. Kwame gab es für eine neue Stereoanlage aus.

Ende September rief Ruth mich an, vollkommen aus der Fassung. Alle drei Mitglieder von N Dig Nation waren verhaftet worden; sie waren in einen Musikladen in West Oakland eingebrochen und hatten zwei Dutzend CDs gestohlen. »Die machen ihn fertig. Die drehen ihn durch die Mangel. Die bringen ihn um, und keiner kann was beweisen.« Ich brauchte eine Viertelstunde, bis ich sie wenigstens so weit beschwichtigt hatte, dass ich den Namen der Wache erfuhr, auf der sie Kwame festhielten. Den nächsten hysterischen Anfall bekam Ruth, als wir dorthin fuhren und sie ihren Sohn in Handschellen sah.

»Wir haben überhaupt nichts gestemmt«, erklärte Kwame uns beiden. Er saß hinter einer Eisenstange, da, wo die Polizisten ihn gegen die Wand gedrückt hatten, war die Seite seines Gesichts aufgeschrammt. Er schlotterte vor Todesangst. »Nur mal 'n bisschen Action.«

Ich hatte das Gefühl, Ruth hätte den Jungen am liebsten selbst zu Tode geprügelt. »Willst du wohl reden, wie ich es dir beigebracht habe!«

»Wir kaufen dauernd Sachen von dem Mann. Die Tür stand offen. Wir wollten es uns ja nur anhören, und dann hätten wir ihm das Zeug zurückgebracht.«

»Schallplatten? Ihr habt *Schallplatten* gestohlen? Seid ihr denn von allen guten –«

»CDs, Mama, und wir haben sie auch nicht gestohlen.«

»Was um alles in der Welt habt ihr euch dabei gedacht, *Schallplatten* zu stehlen?«

Er sah sie mit solchem Unverstand an, dass es beinahe schon Mitleid war. »Wir müssen das machen, Mann. Wir müssen denen zeigen, was wir draufhaben. Tritt die Arschlöcher in den Arsch. Verstehst du?«

Ruth hielt sich wunderbar bei der Gerichtsverhandlung. Sie bat um ein Urteil, das ein Leben rettete, statt ein Leben zu vergeuden. Aber der Richter biss sich an dem, was er Kwames »Vorgeschichte« nannte, fest und entschied, dass der Gesellschaft am besten damit gedient war, wenn dieser jugendliche Straftäter für zwei Jahre hinter Gittern verschwand. Er betonte immer wieder, ein wie schwer wiegendes Vergehen ein Einbruch sei, und jedes Mal sagte Kwame: »Es war kein Einbruch.« Das Eigentumsrecht sei das Herz der amerikanischen Gesellschaft, erklärte der Richter, und Diebstahl reiße der Gesellschaft dieses Herz heraus. Als das Urteil verlesen wurde, murmelte Kwame, gerade so laut, dass ich es hören konnte: »So ein Wichser. Schlimmer als tot.«

Zwei Tage darauf schickte meine Schwester ihren Sohn ins Gefängnis. »Dein Vater war auch im Gefängnis. Du weißt warum. Was wirst du jetzt daraus machen? Das will die Welt von dir wissen.« Sie weinte dabei, weinte um alles, was diesem Jungen je widerfahren war. Um das Unglück, das ihm schon Generationen vor seiner Geburt widerfahren war. Kwame konnte den Kopf nicht lange genug oben behalten, um ihr in die Augen zu sehen, und sie fasste ihn ans Kinn und hob ihn für ihn. »Sieh mich an. *Sieh mich an.* Du hast eine Verantwortung in der Welt.«

Kwame nickte. »Merke ich mir.« Dann winkte er und war fort.

Als Ruth mit mir allein war, brachen die Schleusen. »Wenn ein weißer Teenager ins Gefängnis kommt, ist das eine Randnotiz auf seinem Lebenslauf. Jugendsünden. Später lacht man drüber. Aber kommt ein schwarzer Junge in den Bau, dann ist es einer mehr, der auf der Strecke bleibt. Das Urteil gilt der ganzen Rasse. Das ist ein Loch, aus dem er nie wieder rauskommt. Und es ist meine Schuld, Joseph. Ich habe sie hierher geholt. Wir hätten ja nicht zurück in diesen Hexenkessel kommen müssen. Sie hätten auch irgendwo in der Vorstadt unter Schlafwandlern groß werden können.«

»Das ist nicht deine Schuld, Ruth. Du kannst dich doch nicht verantwortlich fühlen für ein halbes Jahrtausend –«

»Begreifst du, was er Robert damit angetan hat? Ein großer Bruder bleibt ein Held fürs ganze Leben. Ein natürliches Vorbild. Dieser Junge sitzt in seinem Zimmer und zählt an den Fingern eine völlig neue Mathematik ab. Er hat sich die planare Geometrie beigebracht, ohne jede Hilfe. Aber er kann nicht mal fehlerfrei bis zwanzig zählen, wenn sein Bruder ihn dabei schief ansieht. Er will nichts sein, was von ihm nicht gutgeheißen wird. Dabei könnte er alles sein. *Er könnte alles sein, was er sein will …*«

Wir hörten es beide im selben Augenblick, im Augenblick, in dem die Worte aus ihrem Munde kamen. Ruth sah mich an, ihre Nasenflügel bebten. »Ihr Sohn ist ins Ausland gegangen, ihr Enkel sitzt hinter Gittern.« Dann kamen nur noch Schluchzer. »Joey, was haben wir ihr angetan!«

Robert kam in die dritte Klasse, die letzte an der New Day School. Er kam jetzt in das Alter, in dem es Mord war, wenn Ruth ihn zu etwas ermutigte. Wenn sie etwas an ihm lobte, gab er es sofort auf. Er konnte, fast ohne hinzusehen, ein ganzes Blatt mit den unglaublichsten geometrischen Zeichnungen füllen. Aber wenn sie es an die Wand hängte, riss er es herunter und verbrannte es.

»Ich verliere ihn, Joseph. Noch schneller, als ich Kwame verloren habe.«

»Du hast Kwame nicht verloren.« Kwame hatte im Gefängnis eine Ausbildung als technischer Zeichner begonnen.

Wir besuchten ihn fast jedes Wochenende. »Das ist für Scheintote hier«, erklärte er mir. Ich konnte nur staunen, wie präzise er es beschrieb. »Weißt du was? Sie haben dieses Gefängnis für uns gebaut. Und dann haben sie dafür gesorgt, dass wir auch reinkommen. Aber ohne mich. Wenn ich wieder draußen bin, dann kann der Laden hier versauern.« Er und seine Mutter hatten sich ein kleines Ritual ausgedacht, das sie bei jedem Abschied wiederholten. *Wie lang? Nicht lang. Wir seh'n uns in der neuen Alten Welt.*

Anfang 1992 schrieb Jonah, dass er Ende April in der Stadt sei und beim Berkeley-Festival singen werde. Selbst der fremde Kontinent war nicht mehr weit genug fort. Ich antwortete auf einer Spendenpostkarte der Schule: »Letztes Mal habe *ich* mir *dich* angehört.« Und unter die Adresse der Schule schrieb ich das Datum seines Konzertes, die Uhrzeit 1 Uhr 30 nachmittags und die Raumnummer meiner Klasse.

Nicht dass meine Klasse ein Starpublikum gebraucht hätte. Da wo ich herkam, gab es kein Publikum mehr. Es gab nur noch den Chor, und wir hätten geprobt, egal wer zum Begutachten kam und wer nicht. Ich war Musiklehrer an einer Grundschule. Ich lebte für meine Arbeit, und das hörte man dem Gesang meiner Kinder an. Und doch hatte ich Jonah Uhrzeit und Raum meiner besten Klasse geschickt – echte Wunderkinder, darunter sein Neffe Robert, den er noch nie gesehen hatte. Ich erzählte ihnen, dass vielleicht Besuch vorbeikäme. Aber selbst bei dieser kleinen Ankündigung fühlte ich mich nicht wohl.

Ich arbeitete hart daran, dass dieser Tag wirken würde wie jeder andere. Jonah würde ohnehin nicht kommen – dafür hatte ich mit der Wahl des Datums gesorgt. Am Nachmittag vor einem Konzert unternahm er nie etwas. Aber wenn es in einem Paralleluniversum doch anders kam, dann waren wir bereit und würden ihm eine Musik vorführen, wie er sie noch nicht gehört hatte.

Als der Zeitpunkt näher rückte, packte mich ein Lampenfieber, das schlimmer war als der Anfall, der uns seinerzeit beinahe Jonahs Triumph in seinem ersten großen Wettbewerb gekostet hätte. Kinder spüren alles, und meine machten sich über mich lustig, wobei der Spott, wie es die Regel vorschrieb, gesungen wurde. Ich brachte sie einigermaßen zur Ruhe und begann mit einem behutsamen Crescendo, unserer üblichen Aufwärmübung. »I'm still standing« bis an die oberste Grenze ihres kichernden Stimmbereichs, dann ganz sanft wieder nach unten. Mein Bruder ließ sich nicht blicken. Wie nicht anders zu erwarten. Außerhalb des Konzertsaals war nichts von ihm übrig. In seiner Vollendung hatte er sich aufgelöst. Ich spürte die Erleichterung darüber, dass mir diesmal die Begegnung erspart bliebe.

Wir sangen unsere Lieder. Nicht *trotz*. Nicht einmal *ohnehin*. Jetzt, wo niemand zu beeindrucken war, blieb das reine Vergnügen: Das Einzige, was wir haben, wenn wir nur genau genug hinsehen. In einer immer größer werdenden Spirale schraubten wir uns zu unserer täglichen Ekstase hinauf. Zuerst sangen wir den Grundrhythmus, auf dem alles andere aufbaute – das was mein Vater früher immer den »Klang der Zeit« genannt hatte. Zwei Kinder an Tom-Toms sorgten für den Groove, und der konnte bleiben, wie er war, solange wir überhaupt in Bewegung blieben. Dann kam der Beat dazu, Burundi-Trommeln, ein langer, entspannter vierundzwanzigschlägiger Zyklus, in den ein weiteres halbes Dutzend Schlaginstrumente einstimmte, ein Rhythmus, wie sie ihn mit Begeisterung ihr ganzes Leben lang gespielt hätten, vielleicht auch noch länger.

Als wir sämtliche Bälle in der Luft hatten, kamen die Melodien. Für die Kinder war das Routine. Sie hatten es so oft geübt, dass sie perfekt waren, jedenfalls nach Grundschulmaßstäben. Ich saß am Klavier und dirigierte zugleich, hob den Finger und wies damit auf ein Mädchen im grünen Pullover, die Haare zu Zöpfchen geflochten; sie grinste, hatte schon gewusst, dass ich sie aussuchen würde, bevor ich es wusste.

»Woran denkst du, wenn du morgens aufwachst?« Ich warf ihr die Frage über die Trance des kreisenden, pulsierenden Rhythmus hinweg zu. Das Mädchen, meine Klassenbeste Nicole, war bereit.

> Frühstück ist fertig,
> und ich freu mich schon drauf!

Es herrschte ein einziges Tohuwabohu, aber der Rhythmus trug uns weiter. Sie sang ihr Solo, dann fügte sie dem Singsang ihre eigene Schleife hinzu. Wir nahmen ihre Stimmlage als Leitton, unsere Bodenstation, und machten uns auf den Weg. Ich wies auf einen weiteren Lieblingsschüler, den eifrigen, schlaksigen Judson, der den Fuß im Takt mitwippen ließ, in Turnschuhen, so breit wie seine Brust. »Was hast du gestern Abend gedacht, bevor du einschliefst?«

Ich bin gelaufen,
durch 'nen silbernen Tunnel,
kein anderer so schnell.

Die beiden umkreisten einander, fanden ihre Einsätze, probierten Tonhöhen und Synkopen, bis sie passten. Ich holte weitere in dieses Spiel hinein. »Was ist für dich der sicherste Ort auf der Welt?«

Ein Platz auf dem Berg,
wo die Straße hinführt,
da sitz ich und schau
über alles hinweg.

»Was hast du auf dem Schulweg gesehen? Wann fühlst du dich am wohlsten? Wer wirst du sein, nächstes Jahr um diese Zeit?« Alle kamen mit auf das Karussell, bei manchen kappte ich eine Phrase, bei anderen zierte ich eine Note aus, gab dem einen mehr Tempo, bremste den anderen, bis alles zusammenhielt. Ein halbes Dutzend Sänger war gleichzeitig in der Luft und hielt sich bei den Händen, im unablässigen Wandel und doch unveränderlich. Ich ließ sie in einem Diminuendo verstummen, dann schickte ich fünf neue ins Rennen. Wieder gab ich den Ausgangston vor und gruppierte dann meine Sänger um die Dominante. *Deine fünf Lieblingsworte. Der perfekte Sonntagnachmittag. Dein Name, wenn du einen anderen Namen hättest.* Mit Handbewegungen ließ ich sie alternieren: eins bis fünf, fünf bis eins.

Als Nächstes kamen die Modulationen. Ich gab eine Note vor und zeigte mit dem Finger, und dann transponierten drei Sänger ihre Phrasen an diesen neuen Ort in der Tonleiter. Mit acht wussten sie es noch: Ein Ton für jeden Ort, an den wir gehen.

Ein Grinsen machte sich breit auf den Gesichtern des Chors, aber das lag nicht an meinen Bemühungen. Wie Fische in einem Aquarium bestaunten die Sänger etwas hinter meinem Rücken. Ich drehte mich um, dirigierte trotzdem weiter, und sah Jonah in der Tür zum Klassenzimmer, sein eigener Mund offen, ein Musterbeispiel, wie man die Kehle öffnete, damit der prachtvollste Ton herauskam. Ich konnte nicht innehalten, um ihn zu begrüßen – ich hatte die Hände voller Noten. Er gab mir zu verstehen, ich solle mich umdrehen und weitermachen, dafür sorgen, dass die Feder weiter auf dem Atem Gottes schwebte.

Ich ließ die ersten beiden Gruppen verstummen, schickte sie in eine Warteschleife und machte die dritte bereit zur Reise durch die Molltonarten. *Nie im Leben hast du solche Angst gehabt. Lieber würdest du tot umfallen als diese fünf Worte zu hören.* Ich hielt meinen Finger in die Höhe, suchte jemanden, der *Nichts lastet schwerer auf mir als das* singen konnte, und landete bei Robert. Er brauchte nur zwei Taktschläge. Auch er hatte auf seinen Einsatz schon gewartet.

>Mein Daddy ist tot
>und mein Bruder gefangen.

Wann ist der Punkt erreicht, an dem alles still steht, der Punkt, an dem die Zeit beginnt? Nicht beim Big Bang, nicht mal beim kleinen. Bestimmt nicht, wenn man den Takt seines ersten Liedes lernt. Nicht bei dem ersten Jetzt, das an den Anfang zurückkehrt. Alle Augenblicke beginnen mit dem einen, an dem wir sehen, wie alle enden müssen.

Robert spann seinen Faden, verwob ihn Schlinge um Schlinge mit dem elementaren Bass. Eine düstere Wolke senkte sich über den Chor, aber unser Lied hatte den Stimmungswechsel schon vorbereitet. Jetzt hatten meine Jongleure so viele Töne in der Luft, dass wir alles singen konnten, wonach uns der Sinn stand. Ich flocht die Melodien ineinander, ließ sie an- und wieder abschwellen, verlangsamte sie, dann gab ich ihnen wieder Tempo, kappte sie, zog sie in die Länge, löste ein Solo heraus, stellte Quartette zusammen, ließ alles nach Belieben zwischen den Tonarten wandern.

>Mein Daddy ist tot,
>Da bin ich gelaufen,
>Zu dem Platz auf dem Berg,
>Frühstück ist fertig, und da sitz ich und schaue,
>Doch mein Bruder, der ist gefangen.

Sie wussten längst, was sie zu tun hatten. Um den seltsamen Besucher kümmerten sie sich gar nicht mehr, hatten ihn schon wieder vergessen. Wir hielten uns prächtig, machten unser Lieblings-Rondo daraus. Wenn wir zu weit vom Pfade abwichen, machten wir kehrt, bis schließlich der ganze Chor »I'm still standing« brüllte. Ich zog sämtliche Register, alles, was ich je von meinen Schülern über Musik gelernt hatte. Ich schämte mich, dass ich es so nötig hatte, ihn zu beeindrucken. Als ob man sich für Freude rechtfertigen müsse oder als ob Freude etwas rechtfertigte. Und meine Beschämung feuerte mich nur noch weiter an, aus meinen Stimmen das Äußerste herauszuholen.

Wir schwangen uns in nie erreichte Höhen auf, kehrten zurück, und ich ließ die Wasser zu einer weiteren großen Woge anschwellen, bevor wir auf Meereshöhe zurückkehrten. Doch als wir auf dieser letzten Woge ritten, hörte ich einen Laut wie Glockenläuten. Es kam mit der Wucht eines Unwetters. Ich hatte keinen Einsatz dazu gegeben, die Stimmen meiner Schüler hätten ihn nicht hervorbringen können, aber er fügte sich in ihre Harmonien ein, Noten, so lang und leicht, dass sie beinahe zeitlos waren. Ich brauchte einen Augenblick, eine Ewigkeit, bis ich begriff, was das war: Mein Bruder sang. *Time stands still.* Die Melodie kam ganz vom anderen Ende unseres Lebens. Aber die Worte waren erst vom Tag zuvor:

Der Fisch und der Vogel können sich verlieben.

Ich wollte mich nach ihm umdrehen, doch Jonah scheuchte mich zurück. Er trat vor, stellte sich in die hinterste Chorreihe und sang mit. Die Töne kamen mit einer solchen Resonanz, es klang wie ein Gong. Aber meine Kinder machten begeistert mit, ich dirigierte weiter, und nach und nach stimmten alle wieder ein. Verstohlen sah ich zu Jonah hinüber. Er gab mir mit einer gehobenen Augenbraue ein Zeichen wie in alten Zeiten, und auf ging's.

Ganz egal welche Purzelbäume ich mit meinem Chor auch schlug, irgendwie kam er immer mit. Diesmal musste er *meine* Gedanken lesen. Mich begleiten. Ein paar Takte Irrlicht, Dichterliebe, Kindertotenlieder, Dies Irae, ein altes, gebrochenes Kyrie eleison: Alles fügte er ein in unseren Gesang, verwandelte ihn durch jede neue Harmonie, die sie ihm zuwarfen. Er ließ sich auf sie ein. Er sang mit der hohen, klaren, messerscharfen Präzision, deren Vervollkommnung er sein ganzes Leben gewidmet hatte. Auch die Kinder spürten die Kraft. Immer dieselben acht Worte, bei Bedarf ausgefüllt mit Scatgesang, als habe er das schon immer gekonnt.

Wir kreisten in einem riesigen Wirbel, drifteten von einer Tonart zur anderen. Seine Stimme, inmitten der Kinderstimmen, war eine Leuchte in der Finsternis. Wir hätten für immer in der Luft bleiben können, wäre da nicht ein kleines Missgeschick gewesen. Als er ins Klassenzimmer geschlüpft war, hatte Jonah die Tür offen gelassen. Und so schwappte jede Runde von »I'm still standing« den Gang hinunter – *a little bit louder now, a little bit softer now* –, und jeder, der Ohren hatte, konnte hören. Ich merkte gar nicht, dass wir die anderen störten, bis sich ihre Stimmen in den Chor mischten.

Ein nüchterner Sozialkundelehrer kam und wollte uns zur Ruhe mahnen, doch dann stimmte er mit ein. Die Mathematiklehrerin der ersten Klasse steckte mit ihrem Händeklatschen alle an. Kinder aus den umliegenden Räumen drängten hinzu, bis selbst Stehplätze nicht mehr zu haben waren. Und kein einziger, der nur Zuschauer war – alle machten mit. Je größer der Chor wurde, desto mehr Leute zog er an. Doch dann öffnete sich eine Bresche in unserer Klangmauer – nichts, wozu ich ein Zeichen gegeben hatte. Doch schon beim nächsten Auftakt wusste ich, dass es nur eines sein konnte. Ich sah sie in der Tür stehen, noch bevor ich mich umdrehte: die Leiterin dieser Schule.

Ich wusste nicht, wie viel Ruth mit angehört hatte. An ihrem Gesicht hätte man es nicht ablesen können. Aber hier sangen ihre Kinder, zum letzten Mal klein, und da stand ihr Bruder und sang für sie, zum ersten Mal seit wir klein gewesen waren. Jeder einzelne Ton blieb er selbst in dem sich verändernden Akkord. Und dann kam noch ein neues Obbligato hinzu. Wo die Melodielinie herkam, konnte ich nicht sagen. Sie hatte sie sich einfallen lassen. Improvisiert. Der Text aber stand schon lange fest:

Doch wo bauen sie ihr Nest?

Ruths Stimme war wie ein Dolchstoß. Verweigerung, Klage: Die einzige Antwort auf seine trotzige Hoffnung. Mir war wieder zumute wie in Philadelphia, als ich sie dort singen gehört hatte. Ein Gefühl, dass unendlich viel verloren gegangen war. Selbst jetzt, ein Schatten ihrer selbst, war ihre Stimme so lieblich, und doch war sie der Beweis, dass der Traum der Musik nie mehr sein konnte als ein Traum.

Eine nach der anderen ließ ich die Melodien in den Hafen einlaufen. Die kreisenden Rhythmen kamen zur Ruhe, der Pulsschlag verebbte, und tosender Beifall brach los, ein Applaus aller für alle. Kinder stürmten in alle Richtungen, ein spontaner Aufstand, der die Unterrichtsstunde für beendet erklärte. Ein Grüppchen umringte Jonah. »Wie haben Sie das gemacht?«, wollte Judson wissen. Zur Antwort sang Jonah ihm Monteverdi.

Beklommen stand meine Familie mitten in diesem Freudentaumel. Robert drückte sich an die Seite seiner Mutter, schuldbewusst, ertappt. Sie hielt sich in meiner Nähe, als könnte ausgerechnet ich ihr Sicherheit bieten. »Robert«, erklärte Ruth dem Jungen, mit der gleichen Mischung aus Furcht und Mattigkeit, mit der sie den Fisch und den Vogel heimatlos davongeschickt hatte, »das ist dein Onkel.«

»Weiß ich doch«, sagte der Junge ärgerlich. Er war so aufgeregt, er konnte keinem der Erwachsenen ins Auge blicken. Er zeigte auf mich. »Dein Bruder.«

Dann stand Jonah neben uns. »Habt ihr das gehört? Habt ihr das gehört?« Er wollte seine Schwester umarmen. Ruth trat einen Schritt zurück. »Nicht! Du kannst nicht einfach … Nach so langer Zeit …« Die Stimme versagte ihr. Aber die Tränen kämpfte sie nieder.

Robert ballte die Fäuste, bereit sie zu verteidigen. Jonah berührte Ruth flüchtig am Arm, eine Begrüßung, die unverbindlich genug blieb. Dann wandte er sich zu mir und klopfte mir auf die Schulter. »Du bist ein Meister. Der Karajan der Musik. Das nenne ich Pädagogik. Taktstock statt Rohrstock.« Er blickte hinunter auf den Jungen, halb so groß wie er. Die Ähnlichkeit war enorm, und ich sah, wie verblüfft er war. »Schwestersohn«, sagte er ehrfurchtsvoll.

»Soll das so was wie 'n Neffe sein?«, fragte Robert, der eine Schwäche für Rätsel aller Art hatte.

Jonah nickte feierlich. »Es ist sogar *sehr* so was wie ein Neffe.« Er blickte Ruth an. »Unglaublich. Er ist wunderbar.«

»Wieso sollte das unglaublich sein?« Die Erinnerung von zwanzig Jahren.

»Das nicht. Aber mein Glück, dass ich ihn sehen darf.«

Robert sah ihn misstrauisch an. »Du machst komische Sachen mit deiner Stimme.«

»Dass ich überhaupt hier stehe. Dich wiedersehe.«

Ruth warf den Kopf in den Nacken. »Du bist dicker geworden«, sagte sie. Sie musterte ihn. Jonah streckte die Arme aus und blickte an sich herunter. »Ich meine …« Sie sah sich selbst an.

»Sag nicht dicker. Sag solider.«

»Warum bist du hier? Warum bist du zurückgekommen?«

Widerstrebend verließen die Chorsänger den Raum und begaben sich zu ihrer nächsten Unterrichtsstunde. Meine Schüler.

Jonah stürmte zur Tür, gab jedem beim Hinausgehen einen Klaps in die Hand. Damit gewann er Zeit. Er kehrte zurück, richtete das Wort an Robert und sah sich dabei im Raum um. »Sieh sich das einer an. Ich hatte ja keine Ahnung. Das ist also deine Schule.«

»Die von meiner Mama«, sagte Robert.

»Deine«, sagte Ruth. Jetzt kamen die Tränen. Aber dafür hatte sie ihre Stimme wieder gefunden.

»Großartig war das«, sagte Jonah. »So viel Spaß beim Singen habe ich nicht mehr gehabt seit …« Er sah Robert an. »Seit ich du war. Diese

Töne! Das ist die Musik der Zukunft. Kein Mensch hat so etwas je gehört.«

Ruth quittierte es mit einem ungläubigen Lachen. »Vielleicht keiner wie du.«

»Ich meine das ernst. Was für ein *Sound*. Da könnten wir was draus machen. Groß ins Geschäft kommen. Glaubt mir, die Leute warten auf so was!«

Ruth schüttelte den Kopf, aber sie musste doch grinsen. »Die Leute kennen das seit Ewigkeiten.«

»Ich nicht.«

»Sag ich doch.«

»Ruth. Ich bin hier. Ich bitte dich um etwas. Du kannst mich doch nicht einfach wegstoßen.«

»Du bist weggegangen.«

»Du hast deine Arbeit«, sagte ich.

Davon wollte er nichts hören. »Seit fast zwei Jahren läuft das auf Autopilot. Es gibt nichts Neues mehr in der Alten Musik. Die Zeit der Himmelsstürmer ist vorbei. Ich will wieder auf die Erde zurück.«

»Du?« Ich horchte auf ironische Töne, aber es war ihm ernst. »Du kannst nicht aufhören. Eine sterbende Kunst. Wer soll sie denn am Leben halten, wenn du aussteigst?«

»Da mach dir mal keine Sorgen. Die Musik des Abendlandes ist in guten Händen. Bei Millionen von Koreanern und Japanern.«

Da spürte auch Ruth es. In wie bodenlose Tiefe er gestürzt war. Meine Schwester fasste ihren Sohn bei den Schultern, hielt ihn vor sich wie einen Schild. Sie streckte den Arm aus und packte Jonah im Nacken. »Manche sterben und sind nicht klüger als bei ihrer Geburt.«

»Alle«, sagte ich.

Jonah lächelte. Seine Schwester sprach wieder mit ihm, berührte ihn sogar. Da konnte sie noch so große Gemeinheiten sagen.

»Wie sieht's aus, Neffe?« Jonah blickte hinunter zu Robert. Dem Boten der Zukunft. »Singst du mit mir?«

»Meine Mama sagt, du bist ein Land für dich. Du machst immer deine eigenen Regeln.«

»Wo hast du das gehört?«, fragte Ruth. »Nie im Leben habe ich ...«

»Hast du mal was ausgefressen?«

Jonah betrachtete sein Ebenbild in halber Größe. »Dauernd. Ich und dein Onkel JoJo hier? Es gab kein Gesetz, das wir nicht gebrochen haben. Wir haben Gesetze gebrochen, von denen hast du noch nie gehört.«

Robert blickte mich ungläubig an. Aber auch an seinem Unglauben zweifelte er, als er sah, wie mir die Erinnerung kam. »Wart ihr auch mal im Gefängnis?«

Jonah schüttelte den Kopf. »Sie haben uns nie gefasst. Ein paar Mal waren wir in der Zeitung, mit Fahndungsfotos sogar. Aber wir haben uns nie schnappen lassen.« Und er legte den Finger an die Lippen, verpflichtete den Jungen zur Verschwiegenheit.

»Habt ihr mal einen umgebracht?«

Jonah überlegte. Jede Ausflucht war unmöglich geworden. »Ein paar. Einmal habe ich eine Frau in einen Ofen gesteckt. Da war ich kaum älter als du.«

Der Junge sah Hilfe suchend seine Mutter an. Ruth presste sich die Hand auf die bebende Lippe. Robert sah mich an, das letzte Bollwerk der Vernunft. Ich machte eine Handbewegung in Richtung Klassenzimmer. »Ich muss hier noch aufräumen.«

Ruth befreite sich aus ihrem eigenen Würgegriff. »Und ich muss mich wieder um die Schule kümmern. Und du, junger Mann? Solltest du nicht eigentlich ganz woanders sein? Hmm? Bei Mrs. Williams im Mathematikunterricht?«

»Weißt du, was du noch brauchst?« Ich hörte es in Jonahs Stimme. Die Sehnsucht geliebt zu werden. »Einen afrikanischen Namen. Wie dein Bruder.«

Beide blieben stehen, Mutter und Sohn. »Was weißt du denn über afrikanische Namen?« *Woher weißt du etwas über seinen Bruder?*

»Also hör mal. Wir sind ein paar Mal in Afrika gewesen. Auf Tournee. Senegal, Nigeria, Zaire. Die Leute da lieben uns. Wir haben mehr Verehrer in Lagos als in Atlanta.« Er fasste seinen Neffen bei den Schultern. »Ich werde dich Ode nennen. Guter Bini-Name. Das heißt so viel wie ›am Wege geboren‹.«

Das Kind blickte fragend seine Mutter an. Ruth hob die Hände. »Wenn der Mann das sagt.«

»Was bedeutet Kwame?«

»Keine Ahnung. Ode ist der einzige afrikanische Name, den ich kenne. So haben sie mich genannt, das letzte Mal als ich dort war.«

»Ode?«, fragte Robert, immer noch ungläubig.

»Roger«, sagte sein Onkel.

»Ode«, sagte Robert und wies mit dem Finger auf mich. Verstanden?

Ich hob die Hände. »Soll mir recht sein. Von jetzt an also Ode. Bis du mir was anderes sagst.«

Er stürmte zu seiner letzten Unterrichtsstunde davon, viel zu spät.

Die Erwachsenen, allein zurückgelassen, verstummten. Ruth und Jonah tauschten Gefangene, mühten sich beide verzweifelt, den Sprung über zwanzig Jahre zu schaffen. Wir begleiteten ihn hinaus auf den Parkplatz, und zum Abschied kam er noch einmal auf seine Idee zurück.

»Jetzt kommt schon. Die Vogel-und-Fisch-Combo. Was spricht denn dagegen? Eine ganz neue Spezies. Alter Wein in neuen Schläuchen. Singet dem Herrn ein neues Lied. Überlegt mal, was für ein Spaß das für die Kinder wäre. Ihr seid doch Pädagogen. Das Beste, was ihr für eure Schule tun könnt.«

»Wie soll das denn für die Schule gut sein?« Selbst in ihrem Misstrauen war Ruth noch ganz Direktorin. Ich betrachtete sie durch Jonahs weit aufgerissene Augen.

Aber der Graben, der sie trennte, war zu tief, die Verwirrung zu groß. »Kommt doch. Die Klassiker gehen auf die Straße. Macht euer Baby hipper *und* smarter. Der Markt ist da. Das Land wartet auf so etwas.«

Sie ließ den Blick sinken, schüttelte den Kopf, konnte nicht glauben, wie fern sie einander waren. Sie musste lachen. »›Das Land wartet.‹ Du meinst das wirklich ernst, oder?« Sie blickte zum Himmel. »Liebe Güte. Wo soll ich bloß anfangen?«

Er lächelte zurück, ein letzter verzweifelter Versuch. »Du fängst damit an, dass du unter den Kindern die besten raussuchst, und ich besorge uns einen Agenten.«

»Wo hast du die letzten Jahre gelebt, Mann? Hast du keine Augen im Kopf?«

»Die Augen sind nur durchschnittlich. Aber meine Ohren sind ausgezeichnet.«

»Dann höre eben hin. Hör doch ein einziges Mal *zu*.«

»Habe ich. Was ihr hier macht, ist gut, Ruth. Besser als das eine, besser als das andere. Besser als Stellung beziehen. Robuste Kreuzung.«

Er war für sie ein so hoffnungsloser Fall, sie wusste sich keinen Rat. Aber er wollte eine formelle Kapitulation. Für ihn war es keine Frage. Vom ersten Ton an war ihm klar gewesen, dass er für diesen Chor sein Leben lang geübt hatte. Und doch waren es ja gerade diese Mühen eines ganzen Lebens – seine unbeugsame Willenskraft, seine kompromisslose Selbstbefreiung, sein Streben zu immer neuen, unsichtbaren Zielen, die Art, wie er sich fernab von jedem Klischee Note um Note selbst vervollkommnet hatte –, was verhindern würde, dass dieser vielstimmige Chor jemals der seine würde.

Als er wieder sprach, war er wie ein Kind, verängstigt und schutzlos.

»Denkt mal drüber nach. Hat ja keine Eile. Ich lasse mir was einfallen. Ich rufe noch mal an, bevor wir nach L. A. weiterfliegen.«

Ruth hätte ihn mit dem kleinsten Kaliber erschießen können, mit dem winzigen Wörtchen Nein. Aber sie tat es nicht. Jonah stand vor ihr. »Zwanzig Jahre. Weswegen?« Sie biss sich auf die Lippe und schüttelte den Kopf – nicht über die Frage, sondern über ihn. Er nickte. »Diesmal wird es nicht so lang.« Sie ließ es geschehen, dass er sie umarmte, hielt sogar noch still, als er sich schon wieder löste. Mich umarmte er nicht; wir hatten uns ja erst vor drei Jahren gesehen. Stattdessen drückte er mir noch einen Artikel in die Hand, den er aus der *New York Times* vom Vortag ausgeschnitten hatte. 24. April: »Neue Aufschlüsse der Wissenschaft über die Ursprünge der Zeit.«

»Das musst du lesen, Joey. Eine Botschaft von Pa, von jenseits des Grabes.«

Jonah fuhr davon. Ruth winkte sogar ein wenig, als er schon zu weit fort war, um es zu sehen. Sie kam gar nicht auf den Gedanken, über seine Vorschläge zu sprechen. Wir mochten die Zukunft unseres Bruders sein. Aber er war nicht die unsere.

Er rief nicht mehr an, vor der Weiterreise nach L. A. Dazu war der Zeitplan doch zu eng. Ihr Auftritt beim Berkeley-Festival war ein Triumph, nach allem, was man hörte. Am vorletzten Apriltag flogen er und Voces Antiquae nach Los Angeles. Ihre Maschine war eine der letzten, die dort landeten, bevor der Flughafen für ankommende Flüge gesperrt wurde.

Ruth rief früher an, am Mittwochabend. Sie sprach so leise, ich dachte zuerst, das Telefon sei gestört. »Joey, Joey«, sagte sie nur immer wieder. Ich rechnete damit, dass einer ihrer Jungen tot war. »Sie haben sie alle laufen lassen. Alle vier. Unschuldig in allen Punkten der Anklage. Sechsundfünfzig Schläge, auf Video festgehalten; die ganze Welt hat es gesehen, und sie tun, als sei nichts gewesen. Das ist doch nicht möglich. Nicht einmal in Amerika.«

Jonahs Ausschnitt aus der *Times* war der erste Zeitungsartikel gewesen, den ich seit Monaten gelesen hatte. Ich kümmerte mich nicht mehr um das Zeitgeschehen. Nachrichten waren für mich nichts weiter als ein grausamer Hohn. Nichts weiter als die Illusion, dass nach wie vor Dinge in der Welt geschahen. Ich hatte damit abgeschlossen. Meine Neuigkeiten kamen aus der New Day School. Ich hatte ganz vergessen gehabt, dass der Urteilsspruch im Rodney-King-Prozess erwartet wurde. Ruth berichtete mir von dem Freispruch, aber ich hatte diesen Freispruch schon vor Ewigkeiten gehört, jedes einzelne Wort.

Jetzt zogen die Nachrichten mich wieder in ihren Bann. Ich schaltete den Fernseher ein, noch während ich mit Ruth telefonierte. Ein Bild aus einem Aufklärungshubschrauber zeigte einen Mann. Zuerst dachte ich, es sei King, aber es war ein anderer Mann, von der anderen Farbe. Live für die Kameras wurde er aus dem Führerhaus seines Lastwagens gezerrt und gesteinigt. »Siehst du das?«, fragte ich sie. Etwas in mir wollte, dass es ihr wehtat. Wollte, dass sie in all diesen Dingen genauso wenig Sicherheit kannte wie ich. »Siehst du, wohin es uns bringt, wenn wir Stellung beziehen wollen?«

»Das hört nie auf«, sagte meine Schwester immer wieder. Und da hatte sie Recht.

Den ganzen Donnerstag über lief im Lehrerzimmer von New Day der Fernseher. Unterricht wurde nur pro forma gehalten. Alle kamen immer wieder zurück und wollten sehen, was geschah. Wir waren nicht einmal entsetzt. Nur benommen, Gefangene an einem Ort, der uns immer wieder einholen würde. Ein Flammenschein stand über der Skyline der sterbenden Stadt, und die Feuerwehr wurde der vielen Brände nicht mehr Herr. Die Polizei zog sich zurück und überließ die Straße den Plünderern jeglicher Couleur. Die Nationalgarde hatte ihre Brückenköpfe gebildet, griff aber noch nicht ein, weil der Nachschub an Munition ausblieb. Läden gingen in Flammen auf, alles brannte wie Zunder. Die Zahl der Opfer stieg. Eine Lehrerin der dritten Klasse nahm ein Fernsehgerät mit in den Unterricht, dachte, die Kinder könnten etwas daraus lernen. Nach fünf Minuten stellte sie es wieder ab, weil sie schon mehr als genug gelernt hatten. Überall tobte der Aufstand, und als die Nacht sich über den zweiten Tag senkte, breitete die Hölle sich so rasend aus, dass man fast meinen konnte, es stecke ein höherer Wille dahinter.

Ruth wollte nicht allein nach Hause gehen. Sie verlangte, dass ich zum Abendessen mitkam. Und während wir aßen, verbrannte auch die letzte Hoffnung. »Was machen sie da?«, wollte mein Neffe wissen. »Was geschieht da? Ist das Krieg?« Meine Schwester starrte nur auf den Fernsehschirm, biss sich auf die Lippen. Nie zuvor hatte ich erlebt, dass sie eine Frage von Robert unbeantwortet ließ.

»Wo steckt dein Bruder?«, fragte sie. »Warum zum Teufel ruft er uns nicht an?« Ich sagte ihr nicht, dass er auf dem Bürgersteig in South Central lag und in den Himmel starrte, dass er sang, was dort geschrieben stand. Auch Ruths Frage blieb unbeantwortet.

Um 2 Uhr 40 am Freitagmorgen rief er an und gab die Antwort. Ich muss wohl von ihm geträumt haben, denn ich sprach schon mit ihm, bevor ich das Telefon klingeln hörte. Er klang aufgeregt, schien an der Schwelle zu einer großen Entdeckung. »Joey? Muli? Ich bin hier. Ich bin *wieder* hier.« Ich musste erst zu mir kommen, bis ich hörte, unter welchem Schock er stand. »Ist dir klar, was das bedeutet? Ich bin wieder hier. Ich habe alles gehört, jedenfalls bis sie mein Ohr erwischt haben. Jede Note. Sag ihr das. Das musst du ihr sagen.«

Ich rüttelte mich wach, versuchte ihn zu beschwichtigen. »Jonah. Gott sei Dank, dass du in Sicherheit bist. Das Schlimmste ist vorbei. Das haben sie am Abend in den Nachrichten gesagt. Die Verhältnisse sind schon fast wieder normal.«

»Normal? *Das hier* ist das Normale, Joey. *Das hier!*«, brüllte er.

»Jonah. Hör mir zu. Es ist halb so schlimm. Bist du im Hotel? Dann bleib drin. Die Army –«

»Drin? *Drin?* Du hast wirklich nie etwas kapiert, was? Idiot!« Die nackte Wahrheit. Unser ganzes gemeinsames Leben lang hatte er mich für einen Idioten gehalten. Und er hatte Recht. Aber schon stürmte er weiter, konnte auf keinen von uns beiden warten. Er rang nach Atem. »Seit gestern Nachmittag bin ich hier mittendrin. Ich bin hingegangen, Muli. Ich wollte tun, was ich tun musste. Ich wusste es ja im Voraus, was ich tun würde. Ich stand an einer brennenden Straßenecke und wollte einen improvisierten Chor zusammenbekommen. Wollte »He's got the whole world in his hands« singen. Das musst du ihr erzählen. Du musst es ihr sagen. Sie hat mich falsch verstanden, von Anfang an. Du darfst nicht zulassen, dass sie so von mir denkt.« Seine Stimme war gewaltig, der Auftritt seines Lebens. Er hatte die Lektion seiner alten Lehrerin, seiner Liebhaberin beherzigt: *Wenn du nicht mehr sein kannst als du selbst, brauchst du gar nicht erst auf die Bühne zu gehen.*

»Ich sage es ihr, Jonah.« Ich musste es ihm ein paar Mal versprechen, bevor er sich halbwegs beruhigte.

Er kicherte zwischen den Worten. »Das Konzert hatten sie abgesagt. Nehme an, die Freunde der Alten Musik wollten doch lieber nicht zum Jüngsten Gericht. Meine Europäer drehten durch. Sie saßen in der Falle, im Land ihrer schlimmsten Albträume. Sie verbarrikadierten sich im Hotel. Aber ich musste da wieder hin, Joey. Du und ich zusammen, am Abend unserer ersten Schallplattenaufnahme.« Er musste den Faden seines Lebens wieder aufnehmen, irgendwo dort draußen in den brennenden Straßen.

Er ging mitten hinein, dahin, wo der Aufruhr am heftigsten tobte, ließ sich ganz von seinem hoch entwickelten Gehör leiten. »Wie sahst du aus?«, fragte ich.

»Wie ich *aussah*? Ja wie ich!« Er brauchte einen Moment; er war noch immer benommen. »Baumwollhose und ein gestärktes Hemd. Ich weiß: der reine Selbstmord. Aber unter dem Hemd ein schwarzes T-Shirt mit dem Aufdruck KEINE ANGST, ES IST NUR KUNST. Der Taxifahrer weigerte sich, weiter als bis zur Interstate zu fahren. Ich muss die letzten zwei Meilen zu Fuß gegangen sein. Obwohl ich mich nicht erinnern kann. Völlig daneben, Joey. Was für Menschenmassen. Du weißt es ja noch. Ich ging ein in diese Menge, ich mündete in den Ozean. Nahm meine erste Gesangstunde. *Dum, dum, dum.* Es war nichts da. Nichts außer Feuer. Götterdämmerung mit einem Etat von zwei Milliarden Dollar. Muli. Ich habe immer geglaubt, Oper, das sei der Albtraum eines anderen. Ich hatte ja keine Ahnung, dass dieser andere *ich* bin.

Ich hielt einfach auf die Rauchwolken zu. Habe mich immer wieder umgedreht; ich wollte wissen, wo du bleibst. Schließlich landete ich in einer Geschäftsstraße. Sämtliche Läden brannten. In ganzen Straßenzügen gab es keine einzige heile Fensterscheibe mehr, und die Scherben schimmerten wie Kolophonium. An der Straßenecke flogen Betonbrocken, so groß wie meine Hand. Hätte nicht sagen können wer gegen wen. Latinos, Koreaner, Schwarze, Weiße in Uniform. Ich hätte genauso gut singen können. Stand da mitten im Kreuzfeuer. Ein Stück Bordstein, groß wie ein Absatz, traf mich an der Schläfe. Ich stand da, schnippte mit den Fingern, zuerst auf der einen, dann auf der anderen Seite. Mein linkes Ohr ist taub. Das *mir*, Joey. Stocktaub! Hör dir das an!« Ich hörte, wie er den Telefonhörer ans andere Ohr legte. »Hörst du das? Nichts!

Da endlich komme ich zu mir. Ich fange an zu laufen. Blut kommt in Strömen aus dem verletzten Ohr. Aber zweimal können sie mich doch nicht treffen. Verstehst du, ich dachte, ich bin in Sicherheit. Mich wird schon keiner holen. Es kann ja keiner sagen, welche Farbe ich habe. Ich bin ein Niemand. Sicherer, als ich seit … Etwas zerrt an mir, wie Brahms. Als ob all das hier weiterginge, als ob es bis in alle Ewigkeit weiterginge. Es gibt einen Grund dafür, dass ich zurückgekehrt bin. Auf der anderen Straßenseite, am anderen Ende des Blocks, plündern Kids einen Werkzeugladen. Weißt du noch? Die Arme voll. Bohrmaschine. Eine Werkbank. Eine elektrische Säge. Sie sehen mich da stehen. *He, schnapp dir was, du Motherfucker, oder bist du dir zu fein dafür?* Einer bleibt stehen, und ich denke, jetzt ist es so weit. Jetzt erschießt er mich. Er bleibt stehen und reicht mir einen Eimer Farbe und eine Hand voll Pinsel. Als wäre er Gott und hätte ein Geschenk nur für mich. Ich hole mein Geld raus und will die Farbe bezahlen. Den geplünderten Laden. Er brüllt vor Lachen.

Als wäre es meine Berufung, Joey. Irrsinn war das! Ich zog durch die Straßen und markierte die Leute. Den ersten Strich verpasste ich mir selbst. Ich kam mir vor wie der Engel des Herrn, erteilte jedem, den ich fand, die Absolution. Passah. Jeder bekam einen braunen Strich, zum Zeichen, dass er dazugehörte. Jedenfalls hatte ich mir das so vorgestellt. Aber dann kam ich an einen, der wollte keinen Farbstrich von mir. Stieß mich gegen eine Wand, und sämtliche Farbe, die ich noch hatte, lief an mir runter. Und im nächsten Augenblick liege ich auch schon am Boden, ein Polizist presst mir mit seinem Stock den Hals auf die Straße. Sie schleppen mich zu einer Grünen Minna und karren mich zum Revier. Sie nehmen meine Aussage auf. Hätte ihnen sonst was erzählen sollen. Tun, als wäre ich jemand anderer. Und stell dir vor, die Scheißer haben mich nicht mal dabehalten! Ich konnte mich nicht einmal verhaften lassen. Tausende von Leuten halten sie fest, weil sie gegen die Ausgangssperre verstoßen, aber mich schicken sie weg. Zu viele echte Ganoven. *Was* singen Sie? *Wo* kommen Sie her? Und sie haben mir geglaubt. Dachten, so was Bescheuertes kann sich gar keiner ausdenken. Schicken mich weiter zu ihrem Scheiß-Krankenhaus! Zum Teufel mit den Burschen. Aber ich bin wieder abgehauen. Bin gleich hierher zum Hotel gegangen und habe dich angerufen.«

Noch einmal musste ich ihm versprechen, dass ich es Ruth sagen würde, gleich am Morgen. Ich schärfte ihm ein, dass er auf der Stelle ins Krankenhaus zurück und sein Ohr versorgen lassen müsse. Er solle noch einmal anrufen, sobald er mit einem Arzt gesprochen habe.

»Arzt, Joey? Die sind alle beschäftigt. Mit den echten Sachen. Tod und so was. Was meinst du, was die das schert, wenn ein Ausländer mit einem blutigen Ohr kommt?« Er schnappte nach Luft. Am anderen Ende der schlechten Leitung konnte ich ihn mit dem Ersticken ringen hören. Mit dem Tod, den er mit all den panischen Anfällen seiner Jugend nacherlebt hatte.

Ich redete, bis ich ihn beschwichtigt hatte, wie ich es schon so oft getan hatte. Ich ging mit ihm durchs Hotelzimmer. Immer wieder sagte ich ihm, er müsse Hilfe holen, aber er wollte nicht auflegen. »Sag es ihr, Joey. Sag ihr, dass ich dort gewesen bin. Sag ihr, dass niemand für immer fort ist. Jeder geht anderswohin. Zum nächsten Mal. Es gibt immer ein nächstes Mal.«

Schließlich überredete ich ihn aufzulegen. »Geh zum Arzt, Joey. Dein Ohr.« Ich versuchte zu schlafen, aber ich konnte es nicht. In meinen

Wachträumen sah ich die Hüllen aufplatzen, die uns zusammenhielten, wie Schmetterlingslarven, und wir strömten heraus wie Regen, der zum Himmel zurückkehrt.

Am nächsten Morgen tauchte Jonah nicht zum Frühstück auf. Hans Lauscher fand ihn, kurz nach zehn Uhr. Er lag ausgestreckt auf dem Bett, noch angezogen, oben auf der Bettdecke. Auf der einen Seite des Kissens war ein großer Blutfleck, und Hans glaubte, er sei verblutet. Aber mein Bruder hatte einfach aufgehört zu atmen. Der Fernseher in seinem Zimmer lief, ein Sender für Lokalnachrichten.

REQUIEM

Wir begruben Jonah in Philadelphia, im Familiengrab. Im Monat darauf flogen Ruth und ich zu seiner europäischen Gedenkfeier. Sie fand in Brüssel statt, in einem halben Dutzend Sprachen, allesamt gesungen. Es gab keine Grabrede, keine Nachrufe, nur Musik. Dutzende von Sängern erwiesen ihm die letzte Ehre, Sänger, mit denen er in den letzten Jahren gemeinsam aufgetreten war. Unser Stück war das jüngste von allen und mit Sicherheit das am schlechtesten vorgetragene. Ruth sang »Bist du bei mir«, das kleine Lied, das Bach nie geschrieben hat.

> Bist du bei mir, geh ich mit Freuden
> Zum Sterben und zu meiner Ruh.
> Ach, wie vergnügt wär' so mein Ende,
> Es drückten deine lieben Hände
> Mir die getreuen Augen zu!

Wir hörten uns an, als hätten wir seit der Trauerfeier für unsere Mutter nicht mehr gesungen. Als machten wir gerade erst Bekanntschaft mit der Musik, seien eben erst darauf gestoßen. Als würden wir nie zur Tonika zurückfinden. Als sei die Tonika auf Wanderschaft gegangen, ständig in Bewegung, als bliebe das *Do* nie an seiner Stelle. Als müsse jeder einmal jedes Lied gesungen haben, bevor alles zu Ende ging. Ruth sang, wie sie ihn in Erinnerung hatte, ohne einen Taktstrich, der uns trennte. Und er lebte in ihrer Stimme.

Meine Schwester war zum ersten Mal im Ausland. Sie stand oben auf dem Mont des Arts, dem Kunstberg, und weinte vor Staunen über jede kleine Banalität am Straßenrand. Lange Zeit konnte sie das Gefühl, das von ihr Besitz ergriffen hatte, nicht beschreiben. Dann hörten wir mitten auf der Grande Place, wie ein schwarzes Paar mit heller Haut und kantigen Gesichtszügen die Zunfthäuser auf Portugiesisch bewunderte.

»Kein Mensch hier hat eine Ahnung, woher ich komme. Keiner interessiert sich dafür, wie ich hergekommen bin. Sie versuchen es nicht einmal zu erraten. Ich bin ihnen vollkommen gleichgültig.« Die grenzenlose Freiheit machte ihr Angst. »Wir müssen zurück nach Amerika, Joey.« Zurück in unser entsetzliches Utopia, den Traum der Zeit. Das, wofür die Zukunft erfunden worden war, eine Zukunft, die immer wieder neu geschaffen wurde.

»Wie weit ist es nach Deutschland?« Ich sagte es ihr, und sie schüttelte den Kopf, verschüchtert. »Das nächste Mal.«

Der kleine Robert stellte sich auch Wildfremden mit seinem afrikanischen Namen vor. Er fand es aufregend, wenn jemand fragte, ob er aus dem Kongo komme. Auf dem Rückweg nach Kalifornien parlierte er mit den Stewardessen auf Französisch und auf Flämisch.

Wenn unser Vater Recht hatte, dann fließt die Zeit nicht, sondern *ist* einfach. In einer solchen Welt sind wir alles, was wir je waren oder sein werden. Aber in einer solchen Welt können wir auch nie etwas anderes werden oder gewesen sein, als wir jetzt sind.

Und so stehe ich mit meinen beiden Neffen am Rand der spiegelnden Wasserfläche. Ihre Mutter haben wir trotz ihrer Proteste im Smithsonian Museum zurückgelassen. »Ich verstehe nicht, warum ich nicht mitkommen darf. Ich werde auch kein Wort sagen.«

»Wir haben das doch schon tausendmal durch«, sagt ihr Ältester noch ein weiteres Mal. »Du hast es mir versprochen, vor der Abfahrt.«

»Was soll das denn für ein Bündnis sein, wenn die Frauen zu Hause bleiben müssen?«

»Wer sagt, dass die Frauen zu Hause bleiben müssen? Die Frauen können sich in unserer Bundeshauptstadt frei bewegen, können hingehen, wo sie wollen. Warum gehst du nicht zur Howard-Universität? Da hat dein Opa doch ...«

»Maya Angelou wird da sein. Die ist auch eine Frau. Sie wird sogar eine Rede halten.«

»Mama, du hast es versprochen. Bitte ... tu uns den Gefallen, ja?«

Und so sind nur wir drei Männer auf der Mall. Man wird mich entdecken und nach Hause schicken. Gleich werden meine Neffen mich bitten, im Hotel auf sie zu warten.

Kwame steht in dieser gewaltigen Menge, erschüttert von der schieren Masse. Es ist ein milder Oktobertag, aber er zittert. Er kann sich nur mit Mühe auf den Beinen halten, schwankt wie eine Strandhütte in schwerer Brandung. Das hier ist sein Tag, seine Buße, sein Fluchtplan, und alles hängt davon ab, dass es funktioniert. Aber es verschlägt ihm den Atem, als er sieht, wie viele außer ihm noch gekommen sind.

Schon seit zwei vollen Jahren ist er nicht mehr im Gefängnis gewesen. Eine Verwarnung wegen erhöhter Geschwindigkeit, ein Räumungsbefehl, aber keine Sklavenarbeit mehr. »Das ist vorbei«, sagt er. »*Der* Kwame ist tot.« In den zwei Jahren, die er auf freiem Fuß ist, hat er viermal die Arbeit gewechselt und in drei neuen Bands gespielt. Die Jobs sind jedes Mal härter geworden, die Musik ein klein wenig melodischer. Vor zwei Monaten hat er eine Stelle als Schweißer angetreten. Als er die Zusage bekam, sagte er: »Da bleibe ich jetzt eine ganze Weile, Onkel JoJo.« Ich antwortete, da sei ich mir sicher.

Er steht in der wogenden Menge und redet mit einem Wildfremden, einem bronzefarbenen Mann, fast in meinem Alter. Er trägt ein Sweatshirt der Universität von Arizona und hat einen Sohn dabei, Jahre jünger als Robert. »Eigentlich mag ich den Burschen nicht sonderlich«, sagt der Fremde, halb entschuldigend.

»Das geht allen so«, versichert Kwame. »Der Mann will Hass schüren. Aber das hier, das ist größer als er.«

»Wusstet ihr, dass Farrakhan ausgebildeter Konzertviolinist ist?«, sage ich, selbst auf die Gefahr hin, dass ich Kwame verärgere. Verächtlich und bewundernd zugleich. Erinnerung an die Vergänglichkeit.

»Was du nicht sagst. Ehrlich?« Beide Männer sind amüsiert – auch wenn der eine es gutheißt und der andere nicht.

»Fragt sich nur, wie man mit so einer Krawatte überhaupt Geige spielen kann.« Das ist das Letzte, was unser unbekannter Freund sagt, bevor die Menge ihn verschluckt.

Kwame blickt dem Mann nach, als er mit seinem Sohn an der Hand verschwindet. Plötzlich durchzuckt ihn die Erinnerung. Schuldbewusst ruft er: »Robert!«

»Ode«, erwidert eine zornige Stimme aus zwei Schritt Entfernung.

»Ganz wie du willst, Bruder. Aber du bleibst in der Nähe, klar?«

»Ich bin doch nicht taub«, erwidert der Elfjährige mürrisch. Aber nur seinem Bruder zuliebe.

Kwame ist sein Gott, und der Ältere kann nichts daran ändern. Als Kwame ins Gefängnis kam, erfand der kleine Robert die kompliziertesten Zahlenspiele und ausgeklügeltsten Rechnungen. Als er zurückkam, wollte sein kleiner Bruder nichts weiter als ihm ins Verderben folgen. »Schule ist was für Blöde«, erklärte der Junge. Entschlossen, stolz und ebenso scharfsinnig wie der Gott, dem er nacheiferte. »Für Blöde und Hausnigger.«

»Wer sagt denn so was? Gib mir sofort seine Adresse. Ich muss mal ein paar Takte mit dem Typen reden.«

Aber für den Jungen war jedes Wort eine Prüfung, ein Test seiner Coolness. »Erzähl doch keine Märchen. Wenn du die Schule so toll findest, wieso gehst du dann nicht mehr hin?« *Wenn du die Weißen so magst, wieso bist du dann vorbestraft?*

»Komm mir ja nicht auf dumme Ideen, Schlaukopf. Lass den Quatsch. Dein eigener Vater. Dein Vater hat Mathematik studiert, Kleiner. Weißt du das nicht?« *Und dein Großvater. Von irgendwo musst du es doch haben, oder?*

Sein kleiner Bruder zuckte nur mit den Schultern. Hip Hop, die weltweit kommende Kultur, zeigte doch nur, wie sinnlos das Leben als Onkel Tom war. Gestern war gestern, heute ist heute.

»Mensch Kleiner, du bist doch mein Ticket in die Zukunft. Was ist denn aus deinen großen Zielen geworden?«

Ode hatte dafür nur ein müdes Lächeln, denn er durchschaute den Trick. In seinen Augen gab es nichts Größeres. Nichts Größeres als seinen Bruder, den Ex-Knacki.

Das ist die Buße für meinen älteren Neffen, deswegen sind wir gekommen. Er hätte uns nicht dazu gebracht, nach Washington zu fliegen, er hätte keine drei Schritte getan, wenn es um etwas so Unwichtiges wie Selbsterkenntnis gegangen wäre und nicht um seinen Bruder. Kwame weiß, wer er ist. Wir sind nur wegen Robert hier, Robert, der alle zwei Minuten in der Menge zu verschwinden droht, auf der Suche nach einer Ecke, an der mehr Action ist.

Ich drehe mich um und blicke über die spiegelnde Wasserfläche hinweg zu den Stufen des Denkmals. Die Frau, die auf diesen Stufen gesungen hatte, weil sie nicht im Saal singen durfte, ist gestorben, im April zwei Jahre zuvor, gerade als Kwame aus dem Gefängnis kam. Eine Altistin hat mit ein paar Schnipseln Schubert und Donizetti das Leben meiner Neffen verändert. Nein, das ist nicht richtig. Nicht verändert. Sie hat es geschaffen.

Kwame folgt meinem Blick die Mall hinunter. Aber das Gespenst kann er nicht sehen. Beim Anblick des Lincolndenkmals verzieht mein Neffe die Miene. »Verfluchter Niggerhasser. Weiß gar nicht, warum wir den immer noch verehren. Sklavenbefreier! Dass ich nicht lache.«

»Du kommst schon noch drauf«, sage ich. Kwame starrt mich nur fassungslos an, als sei ich jetzt endgültig übergeschnappt. Ich packe ihn an der Schulter und schüttle ihn. »Du hast die Wahl zwischen einem alten Niggerhasser und einem antisemitischen Rattenfänger. Zwischen einem Stück Marmor und einem Stück Dreck. Keine leichte Entscheidung, was, Bruder?«

Die Brüder zu unserer Rechten sehen uns vorwurfsvoll an. Die vor uns drehen sich um und lächeln.

Dann tut sich etwas auf der Rednertribüne, und die Kundgebung beginnt. Gleich werden Kwame und Robert nach vorne gehen wollen, nur ein kleines Stückchen, aber ohne mich. Ein stillschweigendes Einverständnis: *Nimm's nicht persönlich, Onkelchen, aber diese ganze Sache mit der Heilung ist ja eigentlich nichts für dich.* Aber in diesem Leben wird die Bitte nicht ausgesprochen, auch wenn ich noch so sehr darauf warte.

Die Zeitungen werden widerwillig von einigen hunderttausend Demonstranten berichten. Aber es ist eine Million, ohne Zweifel. Es sind Abermillionen; ganze Generationen. Noch nie habe ich eine so große Versammlung erlebt. Ich hatte Klaustrophobie erwartet, Agoraphobie, ein würgendes Gefühl wie Lampenfieber. Aber ich fühle nur einen Ozean aus Zeit. Dinge, die zu sich selbst finden. Das Gefühl wächst, seltsam und wunderbar und so unvollkommen wie alles Menschliche, nur um ein Vielfaches größer.

Ich weiß nicht, was meine Neffen sehen. Ihre Gesichter zeigen nur freudige Erregung. Eine Million ist nichts für sie. Nichts im Vergleich zu dem, was sie aus dem Fernsehen kennen, im Vergleich zu den Riesenleinwänden, den gigantischen, weltweit übertragenen Konzerten, den globalen Attraktionen, die sie Tag für Tag ins Haus geliefert bekommen. Aber vielleicht sind sie ja genau da, wo auch ich bin, ebenso beeindruckt von dieser millionenfachen improvisierten Umkehr, dieser Sehnsucht nach Erlösung. Vielleicht spüren auch sie, wie das Gemeinsame über alle Unterschiede triumphiert. Ohne Mischung keine Bewegung. Das ist es, was der Millionenprediger meint, auch wenn er glaubt, er sage etwas anderes. Wer ist denn wirklich sich selbst genug? Solange wir nicht von all den Orten kommen, an denen wir gewesen sind, werden wir nicht an die Orte gelangen, zu denen wir unterwegs sind.

Kwame reckt den Hals, weil er das Podium und die Redner sehen will. Robert – Ode –, erschöpft von so vielen Reden, findet einen Freund in seinem Alter. Sie mustern sich zunächst argwöhnisch, dann suchen sie eine freie Stelle und bringen sich neue Breakdance-Schritte bei. Die Prominenten, Sänger und Dichter absolvieren ihre Auftritte und räumen dann das Feld für den Prediger. Er hat die Menge fest im

Griff. Er redet von Moses, Jesus, Mohammed. Dann ein paar abfällige Bemerkungen über Lincoln, über die Gründerväter der Nation, und selbst Kwame jubelt. Er sagt, dass alle Propheten unvollkommen sind. Er sagt, wir sind jetzt tiefer gespalten als beim letzten Mal, als wir alle schon einmal hier versammelt waren. Er gerät vom Thema ab, kommt auf abstruse Zahlenspiele. Aber am Ende ist er immer wieder bei der Zwei. Bei der langen Trennung.

»Und so stehen wir heute hier, in diesem historischen Augenblick.« Die Stimme verhallt, dünn und blechern, verliert sich in der endlosen Weite, die sie ausfüllen muss. »Wir stehen hier stellvertretend für all diejenigen, die nicht dabei sein können. Wir stehen auf dem Blut unserer Vorfahren.«

Die Menschen ringsum rufen Namen. Wie in einer riesigen Kirche. Meine Neffen kennen das schon, von anderswo. »Robert Rider«, ruft Kwame, und seine Stimme ist brüchig, nicht weil er sich erinnert, sondern weil er keine Erinnerung hat. »Delia Daley.« Er könnte auch noch weiter zurückgehen.

»Wir stehen auf dem Blut all derer, die auf den Sklavenschiffen gestorben sind ... in dem Bruderkrieg ...«

Die Umstehenden nennen die Namen ihrer Toten, und weil er meine Gegenwart spürt, sagt mein Neffe: »Jonah Strom.«

Die Vorstellung ist so absurd, dass ich lachen muss. Durch den Tod verwandelt, hat mein Bruder nun doch noch seinen Auftritt auf der politischen Bühne. Dann höre ich, wie der kleine Robert seinem neuen Freund stolz erklärt: »Mein Onkel ist bei den Unruhen in Los Angeles umgekommen.« Und in einer anderen Welt war es ja wohl wirklich so. Der letzte Eintrag in seiner Vita, in seiner langen Erfolgsgeschichte.

»Eine vollkommenere Gemeinschaft.« Der Prediger weiß nicht, wovon er redet. Wenn es diese Gemeinschaft erst einmal gibt, wird niemand mehr seine Aufrufe zur Loyalität brauchen, wenn die Loyalität uns nicht ohnehin alle vorher umbringt. Ich stehe in dieser Millionenmenge, eine Milliarde Meilen entfernt, und grinse wie der Idiot, für den mein Bruder mich immer gehalten hat. Ein alter deutscher Jude hat es mir erklärt, vor langer Zeit: Die zunehmende Vermischung zeigt uns die Richtung des Zeitpfeils. Ich habe die Zukunft gesehen, und die Zukunft gehört den Mischlingen.

Kwame wählt ausgerechnet diesen Augenblick, um mir etwas zuzuflüstern. »Der Typ ist ein Schwachkopf. Jeder Idiot sieht doch, wo es langgeht. Es gibt nur eine Richtung. Am Ende hat jeder ein paar Trop-

fen von allem in sich. Was soll der ganze Scheiß? Lass uns endlich anfangen und nicht immer nur drüber reden.«

Ich schüttele den Kopf und frage ihn: »Was glaubst du eigentlich, von
wem du das hast?«

Der Prediger will alle Rekorde brechen. Und die Menge hilft ihm
nach Kräften. Wir recken die Arme in die Luft. Wir spenden mit vollen
Händen. Wir umarmen wildfremde Menschen. Wir singen. Dann sagt
uns der Konzertviolinist: »Gehet hin. Kehret nach Hause zurück und
tuet Buße … Kehret nach Hause zurück als neue Menschen.« Am
Schluss sind wir da, wo solche grandiosen Erweckungsbewegungen bisher noch immer angekommen sind und auch immer ankommen werden. Zu Hause: An dem einzigen Ort, der uns Zuflucht bietet, wenn es
keinen anderen Ort mehr für uns gibt.

Aber unser Mann hat höhere, ehrgeizigere Ziele. Die Reden enden
und die Versammlung löst sich in allgemeinen Umarmungen auf.
Kwame drückt mich an sich, ein linkisches Versprechen. Verlegen lassen
wir einander los und sehen uns nach Robert um. Aber der ist verschwunden. Wir sehen den Jungen, mit dem er zusammen war, doch
der hat keine Ahnung, was aus Robert geworden ist. Kwame schüttelt
ihn, schreit ihn fast an, und das verängstigte Kind fängt an zu weinen.

Mein Neffe taucht ein in seinen schlimmsten, ewigen Albtraum. Ein
Albtraum, der auch der meine ist. Es ist alles seine Schuld. Er hat den
Kleinen hierher gebracht, weil er ihn schützen wollte, ein Gegenmittel
gegen den eigenen Einfluss. Er hat Ruths Warnungen samt und sonders
in den Wind geschlagen. Hat ihr tausendmal versprochen: »Es kann
nichts passieren.« Die ganze Zeit über hatte er den Jungen fest im Griff,
in dieser riesigen Menge. Und jetzt, im ersten unachtsamen Augenblick, haben wir das Kind verloren, als habe es nur auf die erstbeste Gelegenheit zur Flucht gewartet.

Kwame ist außer sich. Er läuft hektisch hin und her, in alle Richtungen gleichzeitig, wo immer er eine Kindergestalt sieht, stößt rücksichtslos alle beiseite. Anfangs versuche ich noch mit ihm Schritt zu halten.
Aber dann bleibe ich stehen und werde mit einem Mal ganz ruhig, so
ruhig, dass ich fast schon glaube, es sei der Tod. Ich weiß, wo Robert ist.
Ich könnte es Kwame sagen. Ich sehe das ganze Stück, den ganzen Liederzyklus vor mir und höre die Noten, die meine Augen lesen. Das
Stück, an dem ich schreibe, das Stück, das mich schreibt und das schon
vor meiner Geburt begonnen hat. Die Hymne für das Land in meinem
Inneren, die endlich geboren werden will.

Ich will es meinem Neffen sagen, aber ich bringe es nicht heraus.

»Keine Panik«, sage ich. »Lass uns hier bleiben. Er ist ganz in der Nähe.«
Ich weiß sogar ganz genau, wie nah der verlorene Junge ist. So nah wie
ein Versprechen an einen längst vergessenen Freund. So nah wie die
Spur der Melodie, die endlich in mir aufkeimt und mich drängt, sie zu
komponieren.

»Halt die Schnauze, Mann«, brüllt Kwame. »Ich muss nachdenken.«
Mein Neffe kann sich nicht einmal selbst hören. Sein verzweifelter Verstand spielt alle denkbaren Möglichkeiten durch. Er stellt sich vor, was
alles passiert sein könnte, fest überzeugt, dass jemandem wie uns immer nur das Schlimmste zustoßen kann. Er hat seinen Bruder inmitten
von einer Million Männern verloren, die in alle Richtungen auseinander gehen. Das ist die endgültige Strafe für all seine Taten und Versäumnisse.

Und dann kehrt sein Bruder aus der Unterwelt zurück, direkt vor unseren Augen. Er kommt die Stufen des Lincolndenkmals hinunter und
läuft auf uns zu. Er winkt fröhlich, als kehre er von einem Ausflug zurück, nach kaum mehr als fünf Minuten. Tatsächlich kann es kaum länger gedauert haben. Aber für Kwame war es eine neuerliche Gefängnisstrafe. Lebenslänglich.

Aus Erleichterung wird Zorn. »Wo zum Teufel hast du gesteckt,
Klugscheißer? Was hast du dir dabei gedacht?« Gepeinigt, vaterlos. Jeder Vergangenheit hilflos ausgeliefert. Wenn ich nicht dabei wäre,
würde er den Jungen schlagen.

Der Ausdruck überraschten Staunens verschwindet aus Roberts Gesicht. Er starrt den Ort an, zu dem er zurückgekehrt ist. Er zuckte mit
den Schultern und verschränkt die Arme schützend vor der Brust.
»Nirgends. Ich hab mich nur unterhalten. Mit Leuten.« Die Frage, die
ihm auf der Zunge lag, bleibt unausgesprochen. Auch Kwame, gesenkten Hauptes nun, hört, dass all die Versprechen, die er gerade gemacht
hat, ihn im Grunde nur verspotten, dass sie verhallen wie Musik.

»Na?«, begrüßt Ruth uns, gespannt, was wir zu erzählen haben. »Wie
war es? Seid ihr beeindruckt?«

Alle drei schweigen wir, jeder von uns Jungen aus seinem eigenen
Grund.

»Jetzt kommt schon. Erzählt. Was haben die Redner gesagt? War es
so, wie ihr es euch …?«

»Ruth«, flehe ich.

Ihr Ältester legt das Kinn auf den Scheitel seiner Mutter und weint.

Erst auf dem langen Flug zurück über den Kontinent kommt Ode mit seiner Frage. Und auch da fragt er nicht uns, sondern seine Mutter. Es wird schon dunkel, als wir an den Flughafen kommen, und den ganzen Flug über ist es Nacht. Wir steigen durch die Wolkendecke hinauf ins Freie, und nichts ist mehr über uns als das Dunkel. Kwame, auf der anderen Gangseite, schreibt einen Song über den Protestmarsch. Er muss ihn hervorbringen. Er hat den ganzen Song im Kopf, im Gedächtnis. Er reicht mir die Kopfhörer seines Discmans. »Toller Trip. Neue Crew aus L. A. Hör dir mal den irren Bass an.«

Ich habe es in zwei Noten heraus. »Gregorianischer Cantus firmus.« Ein Credo, das schon ein Jahrtausend alt war, als Bach es sich zu Eigen machte.

»Echt?« Seine Augen funkeln, er überlegt, ob er mir trauen kann. »Motherfucker macht ein Scheiß-Sample.« Er nimmt die Kopfhörer zurück und klatscht sich in einem fremdartigen, ungleichmäßigen Rhythmus auf die Schenkel. Die Panik des Tages ist bloß noch Erinnerung. Wieder werden die Noten neu gemischt. »Meine Crew und ich, wir müssen endlich abheben.«

Auch das eine ewige Wahrheit. »Meine auch«, sage ich ihm. Auch ich habe mein Stück fertig in meinem Inneren, es wartet auf das Aufgeschriebenwerden – das Stück, das schon vor so langem *mich* geschrieben hat. Ich spüre meine Crew in meinem Inneren, spüre, wie sie endlich abhebt. Und der erste Sprung wird natürlich, wie immer, *zurück* sein.

Der kleine Robert sitzt am Fenster, seine Mutter neben ihm. Von Ohio bis Iowa zappelt er hin und her, reckt den Hals, will etwas durch die kleine quadratische Scheibe sehen. Aber es gibt nichts zu sehen außer tiefschwarzer Nacht.

»Wonach hältst du Ausschau, Schatz?«

Sofort sitzt er still, schämt sich, dass sie ihn erwischt hat.

»Erzähl's mir. Hast du etwas da oben gesehen?«

»Mama, wie hoch sind wir?«

Sie weiß es nicht.

»Wie weit weg sind wir vom Mars?«

Sie hat sich noch nie Gedanken darüber gemacht.

»Wie lange würde es dauern …? Mama?«

Mehr Fragen als er ihr seit seinem siebten Jahr gestellt hat. Sie sieht, wie seine alte Sandkastenliebe, die Mathematik, wieder bei ihm anklopft. Ein Signal, das in der Ferne leuchtet. Sie macht sich auf die nächste Frage gefasst, betet insgeheim, dass sie nicht bei all diesen Fragen gar nicht begreift, was sie bedeuten.

»Mama, Wellenlänge ist doch so etwas wie Farbe, nicht?«

Sie ist sich beinahe sicher. Nachdenklich nickt sie. Notfalls wird sie improvisieren.

»Aber Tonhöhe ist auch Wellenlänge, oder?«

Sie nickt, diesmal langsamer. Aber immer noch Ja.

»Was meinst du, auf welcher Wellenlänge sind sie – die auf den anderen Planeten?«

Sie verzieht das Gesicht. Die Antwort müht sich ins Freie zu kommen, aus der Tiefe, in die sie sie vor so langer Zeit verbannt hat. Meine Schwester gibt Worten neues Leben, die ich schon vor Jahren vergessen hatte. Worten, die darauf warten, dass die Vergangenheit sie erreicht. Sie richtet sich kerzengerade auf, als wolle sie das Flugzeug zum Innehalten bringen, zum Wenden, damit sie mit dem Fallschirm über der Mall abspringen könnte. Keine Zeit zu verlieren. »Wo um alles in der Welt ...? Wo hast du das gehört ...?«

Sie spürt, wie ihr Sohn sich in seinen Panzer zurückzieht, wie der Bann bricht. Ein schmerzliches Lachen, eine halb fertige Melodie. Sie sieht jemanden auf sich zukommen, von dem sie glaubte, er sei tot und begraben. Ja natürlich, die Botschaft war für *ihn*, für ihren Jungen. Nicht über die Farbe hinaus; in die Farbe *hinein*. Nicht oder; *und*. Und immer wieder ein neues Und dazu. Immer wieder neue Frequenzen. Wo sonst sollte denn ein solcher Junge leben?

Sie beugt sich über ihn und versucht es zu sagen. »Mehr Wellenlängen, als es Planeten gibt.« Ihre Stimme hat alle Farbe verloren. »Eine andere an jeder Ecke, auf die du dein Teleskop hältst.«

OF THEE I SING

Der Junge hat sich verlaufen, wandert ziellos in der gleichgültigen Menge hin und her, den Tränen nahe. Ein farbiger Junge, einer von ihren Leuten. Er stürmt in die eine Richtung, bleibt stehen, hoffnungslos, dann stürmt er wieder in die andere zurück. Die Menge ist nicht feindselig. Nur noch ganz in Gedanken.

Ihr Deutscher, dieser hilflose Ausländer, dem sie gerade für immer Lebewohl gesagt hat, ruft dem Kind etwas zu: »Was ist passiert?« Beinahe hätte der Junge Reißaus genommen, und sie hätten ihn für immer verloren.

»Ist schon gut«, sagt sie. Eine Stimme aus der Vergangenheit. »Wir tun dir doch nichts.«

Und er kommt zu ihnen. Als hätte seine Mutter ihn nie vor fremden Menschen gewarnt. Er kommt zu ihnen wie magisch angezogen von diesen seltsamen Gestalten. Sie kann sich nicht erklären, warum er sie so ungläubig ansieht. Aber dann begreift sie.

Er will wissen, wo sie wohnt. »Nicht weit von hier«, antwortete sie, obwohl sie genau weiß, was er eigentlich fragen will.

»Mein Bruder hat sich verlaufen.«

»Ich weiß, Kleiner. Wir suchen ihn einfach zusammen.«

Er sagt ihr, wie er heißt. Ein Name, den sie noch nie gehört hat. Sie will den Jungen dazu bringen, dass er ihnen die Stelle zeigt, wo er seinen Bruder aus den Augen verloren hat. Aber die langen Fluchtlinien von Washington, der Fluss der sich auflösenden Menge und die wachsende Furcht nehmen ihm jeden Anhaltspunkt. Er zerrt sie an eine Stelle, überlegt es sich anders, zerrt sie anderswohin.

Das rettet sie vor ihrer eigenen Verwirrung. Sie ist noch immer unsicher auf den Beinen, erschüttert von Miss Andersons überirdischer Kraft. Die Fäden dieser Klänge hüllen sie ein wie Spinnweben, die sie vergeblich abzuwischen versucht. Da ist etwas zwischen ihr und diesem Mann, eine Verbindung, die einen Augenblick lang aufblitzte und an die sie nicht einmal denken will. Nein, keine Verbindung, nur gemeinsame musikalische Vorlieben. Keine Kraft außer der Stimme, die sie gerade gehört haben. Aber es ist mehr: Er hat sie singen gehört, laut und vernehmlich, und hat es als Geschenk empfunden, als etwas vollkommen Normales. Das Erschrecken darüber, dass sie dies eine Mal nicht einfach nur als Rasse wahrgenommen und auch nicht als »eine von uns« vereinnahmt worden war. Darüber, dass er sie einfach nur als Mensch gesehen hatte, als jemanden, der Musik kennt und den richtigen Ton trifft. Der jedes Recht hat, diese Noten zu singen.

Sie ist froh, dass der Junge da ist. Seine handgreifliche Not hält sie noch für eine Weile zusammen. Sie haben sich schon Lebewohl gesagt. Der riesige Kontinent der Unwissenheit dieses Deutschen, das süße Land der Freiheit, das ihm nicht den leisesten Anhaltspunkt zum Verstehen gibt, liegt unüberwindlich vor ihnen. Sie kann es ihm nicht erklären. Kann ihm nicht klarmachen, in welchen Krieg er hineingeraten ist auf seiner Flucht, gerade erst der anderen Gewalt entronnen. Die Liste der Dinge, die sie niemals übereinander wissen können, ist länger als unendlich. Wie stets muss die Neugier schon in der Wiege sterben. Aber für diese wenigen Augenblicke ist der verirrte Jungen eine Aufgabe, die sie zusammenhält.

Der Deutsche fasziniert diesen Jungen namens Ode. Er hat etwas Unbegreifliches, etwas, das sich nicht in Worte fassen lässt. »Wo kommst *du* her?«, will er wissen, und der Mann antwortet ohne mit der Wimper zu zucken: »New York«.

»Meine Mama ist auch aus New York. Kennst du meine Mama?«

»Ich wohne noch nicht lange da.«

Der Junge geht zwischen ihnen, hat sie beide an der Hand gefasst. Die Angst macht das Kind Jahre jünger. Er ist so verängstigt, wirkt nicht älter als sieben. Er spricht so schnell und überdreht, dass man ihn kaum verstehen kann.

»Ich würde Sie sehr gern wiedersehen«, sagt David Strom über den Kopf des Jungen hinweg.

Was sie schon die ganze Zeit befürchtet hat, gewusst. Sie hat gehofft, dass es nicht so kommt, und doch mit angehaltenem Atem darauf gewartet. »Verzeihung«, sagt sie, obwohl sie selbst nicht verzeihen kann. »Es ist unmöglich.« Sie will sagen: *Es ist ein Naturgesetz. Genau wie die, mit denen Sie sich beschäftigen. Es hat nicht das Geringste mit mir oder Ihnen zu tun. So sind die physikalischen Gesetze der Welt, in der wir leben. Die simplen Tatsachen.*

Aber der Physiker antwortet nicht. Er zeigt auf das Denkmal, wo Miss Andersons Worte noch nicht ganz verhallt sind. »Da müssen wir hingehen. Von da können wir alle sehen und sind für alle sichtbar. An der Statue von dem Mann dort.«

Ode ist entsetzt, dass er Lincoln nicht erkennt. Delia ist entsetzt, dass der Junge den großen Befreier als Rassisten bezeichnet. David Strom ist viel zu verblüfft, um über etwas entsetzt zu sein.

Sie lassen sich auf den Stufen nieder. Sie hält Ausschau nach einem verzweifelten Neger auf der Suche nach dem verlorenen Familienmitglied. Er tröstet derweil den Jungen. Er tut es mit einer mühelosen Selbstverständlichkeit, die sie überrascht. Vom ersten Augenblick an verstehen sie sich. Binnen einer Minute reden sie über Sterne und Planeten, Frequenzen und Wellenlängen, gewaltige Entfernungen, die keine Botschaft je überbrücken kann, Materie, so dicht, dass der Raum in sie hineinstürzt, Orte, an denen alle Regeln der Geometrie im Zerrspiegel des Schöpfers aus den Fugen geraten. Sie hört, wie der Mann dem Jungen erklärt: »Alles, was sich bewegt, hat seine eigene Uhr.« Dann widerspricht er sich selbst und behauptet, dass es gar keine Zeit gebe, dass die Zeit einfach nur unveränderliche Veränderung ist, nicht weniger und nicht mehr.

Dieser Gedanke fesselt den Jungen so sehr, dass er für eine kleine Weile vergisst, dass er sich verlaufen hat. Wie jeder Junge hat er eine ganze Million von Fragen – ob die Naturgesetze auch für Raketen gelten, wie schnell das Licht ist, Fragen nach der Krümmung des Raums, nach Botschaften in der Zeit, die plötzlich freigesetzt werden. Wie? Wo? Wer? Sie sieht den beiden zu, wie sie Pläne für Reisen in sämtliche Dimensionen spinnen. Sie hört die Stimme ihrer eigenen Vorurteile: *Wozu soll ein schwarzer Junge mit so was seine Zeit vergeuden?* Aber dann denkt sie: *Gehört der Himmel etwa auch den Weißen, genau wie »O mio Fernando«?*

Der Junge sprudelt über vor Ideen. Sie hört die Antworten des Mannes; nichts nennt er unmöglich, immer hält er alles in der Schwebe mit dem Vielleicht, mit dem er auch der unmöglichen Altstimme gelauscht hat. Mit dem er Delia selbst gelauscht hat: erst den Noten, dann der Melodie. Sie runzelt die Stirn: *Natürlich gibt es keine Zeit. Natürlich gibt es nichts als die unveränderliche Veränderung. Die Musik weiß, dass es so ist. Sobald man seine Stimme erhebt und singt.*

Er sitzt auf den Stufen, in seinem zerknitterten Anzug, und redet mit dem Jungen. Als sei es die einfachste, die natürlichste Sache von der Welt. Und der Junge beruhigt sich, stellt Fragen über Fragen und kommt aus dem Staunen nicht heraus. So sieht sie ihn auf Jahre hinaus, Jungen an einem Tisch, Fragen und Antworten. Und dann sieht sie ihn nicht mehr. Ihr Herz krampft sich zusammen, eine Todesstarre so greifbar, dass sie nichts dagegensetzen kann.

Plötzlich springt der Junge erschrocken auf, alle Freude verflogen. »Wieso seid ihr zwei zusammen? Wisst ihr denn nicht Bescheid über Schwarze und Weiße?«

Sie weiß Bescheid. Auf der anderen Seite des Potomac, nur ein paar Hundert Meter von der Stelle, an der sie sitzen, ist die Liebe zwischen einem weißen Mann und einer schwarzen Frau ein schlimmeres Verbrechen als Diebstahl, schlimmer als Körperverletzung, genauso hart bestraft wie fahrlässige Tötung. David Strom wirft Delia einen fragenden Blick zu, sucht die offizielle Erklärung der Erwachsenen. Aber sie hat keine Erklärung.

Der Junge schüttelt den Kopf. Gerade sie sollte es doch besser wissen. »Der Fisch und der Vogel können sich verlieben. Doch wo bauen sie ihr Nest?«

Jetzt fährt der Deutsche zusammen, wie vom Blitz getroffen, mehr als ein Reflex. »Woher hast du das?« Der Junge vergräbt die Hände ängstlich in den Achselhöhlen. »Das ist ein jüdisches Sprichwort. Wo hast du dieses Sprichwort gelernt?«

Der Junge zuckt mit den Schultern. »Meine Mama hat es gesungen. Mein Onkel.«

»Bist du Jude?«

Unwillkürlich muss Delia lachen, doch dann lässt der Schreck sie verstummen. Die Augen dieses Mannes blicken sie flehend an, bitten um eine Erklärung. Am liebsten würde sie auf der Stelle sterben.

Der Wissenschaftler kann es nicht glauben. »Das ist ein jüdisches Sprichwort. Meine Großmutter hat das immer gesagt. Meine Mutter. Sie wollten sagen, man darf niemals ... Sie dachten, die Zeit ...«

Aber sie weiß, was sie sagen wollten. Sie kennt seine Leute, auch ohne Worte. Es steht ihm ins Gesicht geschrieben: Das, was sie mit diesem Verbot verhindern wollten, und das Verbot, das sie trotzdem vernichtet hat.

Er ist fassungslos. »Wie kannst du das kennen, wenn du nicht ... Das ist erstaunlich. Gibt es das denn bei euch auch?«

Es steht ihnen ins Gesicht geschrieben, ihnen beiden: eine Gefahr, so groß, dass sie ein solches Verbot hervorbringt. Es gibt keine größere Bedrohung als die der Auslöschung durch zu viel Nähe. Diese Bedrohung war es, derentwegen die Stimme des Jahrhunderts im Freien singen musste. Bedrohung durch Gesang. Wir haben keine Angst vor Unterschieden. Unsere größte Angst gilt der Ähnlichkeit, der Gleichheit, die uns auslöscht. Diese Bedrohung übersteht keine Rasse.

Sie erinnert sich an alles, alles, was vor ihnen liegt. Das Lied ist überall in ihr. Jetzt hat es genau ihre Stimmlage: *my country, thee, thee*. Sie kennt diesen Jungen. Er will mit aller Macht geboren werden, er treibt sie mit seinem Wollen voran.

»Der Vogel und der Fisch, die machen einen Vosch. Der Fisch und der Vogel, die machen einen Figel.« Er skandiert die Worte, rappt sie, ein drängender, galoppierender Rhythmus. Ein Kontinent erhebt sich. Synkopierte Töne in der Zeit. Er will nur weitermachen, alle denkbaren Kombinationen durchspielen. Will sich selbst ins Leben singen, und das mit meinem Stück, mit meinem Lied.

Bei dem unbändigen, mitreißenden Rhythmus geht dem Mann ein Licht auf. Jetzt erkennt auch er diesen Jungen. Wer soll es denn sonst sein? Was sonst? Das Unausweichliche ergreift Besitz von ihm, durchzuckt ihn mit der ganzen Wucht der Erkenntnis. »Der Vogel kann sein Nest auf dem Wasser bauen.«

Meine Mutter lässt den Blick schweifen über die weite Strecke, die vor ihnen liegt. »Der Fisch kann fliegen.« Sie schlägt die Augen nieder und errötet.

»Sie werden ja rot«, ruft mein Vater aus. Er lernt schnell.

»Ja.« Meine Mutter nickt. Zustimmend und mehr als das, schlimmer als das. »Ja, das gibt es bei uns auch.«

ZEITTAFEL

Diese Zeittafel fügen die Übersetzer hinzu, um dem Leser die Orientierung in den Ereignissen der amerikanischen Geschichte und damit im Buch zu erleichtern. Es sind nur Ereignisse erwähnt, auf die der Roman Bezug nimmt.

1683	Der Quäker William Penn gründet die Stadt Philadelphia (der Name bedeutet »brüderliche Liebe«) als Hauptstadt von Pennsylvania.
1817	In Richmond / Virginia wird die American Colonization Society für die Rückkehr der Schwarzen nach Afrika gegründet. Zunächst werden sie nach Sierra Leone geschickt, ab 1822 in eigens dafür erworbenes Land, das den programmatischen Namen Liberia erhält.
1861–1865	Abraham Lincoln Präsident der USA. Amerikanischer Bürgerkrieg.
1889	Der damals größte Erddamm der Welt, der den Conemaugh River aufstaut, bricht nach starken Regenfällen und eine 40 Meter hohe Wasserwand überflutet u. a. die Stadt Johnstown; 7000 Menschen ertrinken.
ab etwa 1914	»Great Migration«, massenhafte Zuwanderung von Schwarzen aus dem Süden der USA in den industrialisierten Norden.
1918	Einer großen Grippeepidemie fallen weltweit etwa 20 Millionen Menschen zum Opfer. Allein in den USA sterben rund 500 000.
1922	Walther Rathenau deutscher Außenminister (ermordet am 24. 6. 1922).
25. Oktober 1929	»Schwarzer Freitag«, Börsenkrach in New York, Beginn der Weltwirtschaftskrise.
1931	Angelo Herndon, schwarzer Gewerkschafter und Kommunist, wird als Anführer einer Demonstration von schwarzen und weißen Arbeitslosen ver-

	haftet; später zu 20 Jahren Zwangsarbeit verurteilt.
9. März 1931	»Scottsboro Boys«: Neun schwarze Jugendliche werden in Scottsboro, Alabama, angeklagt und – bis auf einen – zum Tode verurteilt, weil sie angeblich zwei weiße Landstreicherinnen vergewaltigt haben.
27. Februar 1933	Reichstagsbrand in Berlin.
7. April 1933	»Gesetz zur Wiederherstellung des Berufsbeamtentums« schließt Juden in Deutschland vom Beamtentum aus.
1936	Olympiade in Berlin; Jesse Owens gewinnt vier Goldmedaillen.
März 1938	»Anschluss« Österreichs an das Deutsche Reich.
29. September 1938	Münchner Abkommen.
7. November 1938	Attentat auf den Pariser Gesandtschaftsrat von Rath durch Herschel Grynszpan. Dieses Attentat liefert den Vorwand für die organisierten Pogrome, die in der Nacht vom 9./10. November im ganz Deutschland stattfinden (»Kristallnacht«).
19. Dezember 1938	Uranspaltung durch Otto Hahn und Fritz Strassmann.
26. Januar 1939	Bohr berichtet auf einem Physikerkongress an der Universität von Washington über die Uranspaltung.
Ostersonntag 1939	Marian Anderson gibt ein Freiluftkonzert vor dem Lincolndenkmal in Washington.
23. August 1939	Hitler-Stalin-Pakt (Nichtangriffspakt zwischen Deutschland und Russland).
1. September 1939	Beginn des Zweiten Weltkriegs. Deutscher Überfall auf Polen.
April 1940	Einmarsch deutscher Truppen in Dänemark und Norwegen.
Juni 1941	Präsident Roosevelt verbietet in der Resolution 8802 die Diskriminierung von Schwarzen in der Armee.
7. Dezember 1941	Japanischer Angriff auf die amerikanische Pazifikflotte in Pearl Harbour.
26. August 1942	Erster schwarzer Rekrut beim US Marine Corps in Montford, North Carolina.

1. Dezember 1942	Inbetriebnahme des ersten Kernreaktors durch den Physiker Fermi in Chicago.
ab 1942	Unter dem Tarnnamen »Manhattan Project« arbeiten zahlreiche bekannte Physiker an der Entwicklung der amerikanischen Atombombe (u. a. Fermi, Bohr, Oppenheimer).
ab 1943	In den USA werden Großanlagen zur Urangewinnung errichtet. Unter der Leitung von Robert Oppenheimer wird in Los Alamos (New Mexico) ein Laboratorium aufgebaut, wo im Rahmen des »Manhattan Project« die ersten Atombomben gefertigt wurden.
1. August 1943	Rassenunruhen in Harlem.
3. April 1944	Der Oberste Gerichtshof der Vereinigten Staaten erklärt die Regelung, wonach Schwarze nicht an den innerparteilichen Vorwahlen für die Präsidentschaftskandidatur teilnehmen durften, für verfassungswidrig.
6. Juni 1944	Landung der Alliierten in der Normandie.
16. Juni 1945	Erster Atombombentest in der Wüste von New Mexico.
17. Juli – 2. August 1945	Die Potsdamer Konferenz (USA, England, Russland) wiederholt die Forderung nach bedingungsloser Kapitulation Japans und legt unter anderem die politischen und wirtschaftlichen Grundsätze für die Behandlung des besiegten Deutschen Reiches fest.
6. August 1945	Das amerikanische Fliegerass Richard Ira Bong stirbt bei einem Flugzeugabsturz.
6. August 1945	Abwurf einer amerikanischen Atombombe auf Hiroshima. Ungefähr 80 Prozent der Stadt werden zerstört. Von den 350 000 Menschen, die sich zum Zeitpunkt der Explosion in der Stadt aufhalten, sterben ungefähr 90 000.
9. August 1945	Abwurf einer weiteren Atombombe über der japanischen Stadt Nagasaki. Dabei werden 60 000 bis 70 000 Menschen getötet.
1949	Die UdSSR zündet ihre erste Atombombe. In China übernehmen die Kommunisten die Macht.

13. Juli 1951	Arnold Schönberg (geb. 1847) stirbt in Los Angeles.
19. Juni 1953	Julius und Ethel Rosenberg werden hingerichtet. Die Anklage bei der Verhaftung im Jahr 1950 lautete auf Spionage und das Weiterleiten atomarer Geheimnisse an die UdSSR.
1950–1954	Senator Joseph McCarthy ist Vorsitzender des Senatsausschusses zur Untersuchung »unamerikanischer Umtriebe«, der eine antikommunistische Verfolgungswelle großen Ausmaßes einleitet.
17. Mai 1954	Der Oberste Gerichtshof entscheidet im Prozess Brown gegen die Erziehungsbehörde von Topeka, dass die Behinderung in der freien Wahl der Ausbildungsstätte aus Gründen der Hautfarbe verfassungswidrig ist. Damit steht fest, dass die Rassentrennung in den Schulen gegen die Verfassung verstößt.
7. Januar 1955	Marian Anderson singt in der Metropolitan Opera in New York die Rolle der Wahrsagerin Ulrica in Verdis »Maskenball«.
28. August 1955	Der 14-jährige Emmett Till wird in Money, Mississippi, von weißen Farmern gelyncht.
1. Dezember 1955	Rosa Parks weigert sich in Montgomery, Alabama, ihren Platz im Bus für einen Weißen freizumachen und wird daraufhin verhaftet und zu einer Geldstrafe verurteilt.
5. Dezember 1955	Beginn des einjährigen, von Martin Luther King organisierten Busboykotts in Montgomery, mit dem gegen die Rassentrennung in öffentlichen Verkehrsmitteln demonstriert wird.
August 1956	FBI-Direktor J. Edgar Hoover startet das Geheimprogramm COINTELPRO (Counterintelligence Program) zur Unterwanderung vermeintlich staatsfeindlicher Organisationen. Es richtet sich zunächst gegen die kommunistische Partei, ab 1967 geraten schwarze nationalistische Organisationen wie die Black Panther Party verstärkt ins Blickfeld.
September 1957	»Little Rock Nine«: In Little Rock, Arkansas, hebt ein Gericht die Verfügung auf, die die Rasseninte-

gration in den oberen Klassen der High School verbietet. Gouverneur Faurus setzt die Nationalgarde ein, um die Ordnung zu wahren. Neun Schwarze werden am Betreten der Schule gehindert. Der Gouverneur zieht die Truppen auch nach einem Gespräch mit Präsident Eisenhower nicht zurück. Der Bundesgerichtshof erlässt daraufhin eine Verfügung, die Faurus verbietet, die schwarzen Schüler am Betreten der Schule zu hindern. Nach dem Abzug der Nationalgarde brechen Unruhen aus. Eisenhower entsendet 1000 Fallschirmjäger nach Little Rock, und am 25. 9. können die Schwarzen die Schule betreten.

4. Oktober 1957	Die UdSSR schießt den ersten künstlichen Satelliten namens »Sputnik« ins All.
31. Januar 1958	Nachdem die UdSSR drei Monate zuvor den ersten Sputnik ins All geschickt haben, folgen die USA mit einem eigenen Satelliten namens Explorer I.
8. November 1960	John F. Kennedy wird mit knapper Mehrheit zum Präsidenten der Vereinigten Staaten gewählt.
April 1961	Die vom amerikanischen Geheimdienst geplante und unterstützte Landung von Exilkubanern in der Schweinebucht scheitert.
5. Mai 1961	Erster bemannter Raumflug der USA (Alan B. Shepard in Mercury 3). Der Raumflug dauerte 15 Minuten.
14. Mai 1961	So genannte »Freedom Riders«, die »Freiheitsfahrten« in Omnibussen unternehmen, um gegen die immer noch bestehende Rassentrennung in öffentlichen Verkehrsmitteln zu demonstrieren, werden in Alabama vom Mob angegriffen.
13. August 1961	Beginn des Mauerbaus in Berlin.
September 1962	Der Versuch des Schwarzen James Meredith, sich an der University of Mississippi einzuschreiben, führt zu schweren Rassenunruhen. Präsident Kennedy schickt Truppen.
Oktober 1962	Kubakrise; die Aufstellung sowjetischer Mittelstreckenraketen in Kuba führt beinahe zur militärischen Konfrontation zwischen USA und UdSSR.

	Kennedy fordert am 22. 10. 1962 Abbau und Rückführung aller Raketen und Abschussanlagen, verhängt eine Seeblockade und erreicht am 28. 10. das Einlenken Chruschtschows.
1963	Die USA verstärken ihre Militärpräsenz in Südvietnam (Ende 1963 befinden sich 16 300 »Militärberater« im Land).
Januar 1963	Martin Luther Kings »Confrontation Project«. Der Polizeichef von Birmingham, Alabama, Bull Conner, setzt Wasserwerfer und Hunde gegen Demonstranten – darunter viele Kinder – ein.
12. Juni 1963	Medgar Evers, Leiter der NAACP (National Association for the Advancement of the Colored People) im Staat Mississippi wird vor seinem Haus in Jackson ermordet.
28. August 1963	Großer Marsch auf Washington; Martin Luther King und 200 000 Bürgerrechtler fordern Arbeit und Freiheit. Bei der anschließenden Kundgebung spricht A. Philip Randolph für die schwarzen Gewerkschafter und Martin Luther King hält seine berühmte Rede »I have a Dream«.
15. September 1963	Bei einem Bombenanschlag auf eine Baptistenkirche in Birmingham, Alabama, werden vier schwarze Mädchen im Alter von 11 und 14 Jahren getötet und 20 Personen verletzt.
22. November 1963	Präsident John F. Kennedy wird in Dallas ermordet.
1963–1969	Lyndon B. Johnson Präsident der USA.
1. Dezember 1963	Malcolm X. drückt in einer Rede Genugtuung über die Ermordung Präsident Kennedys aus.
25. Februar 1964	Cassius Clay (Muhammad Ali) wird Boxweltmeister im Schwergewicht.
1964	Der Krieg in Vietnam nimmt unter der Regierung Johnson immer größere Ausmaße an.
21. Juni 1964	Andrew Goodman, Michael Schwerner und James Chaney, zwei jüdische und ein schwarzer Bürgerrechtler, werden in Mississippi vom weißen Mob gelyncht.
2. Juli 1964	Präsident Johnson unterzeichnet das Civil Rights Law zur Gleichberechtigung der Rassen, Ge-

schlechter, ethnischen und religiösen Minderheiten.

16. Juli 1964	Rassenunruhen in New York, nachdem ein Polizist einen zehnjährigen schwarzen Jungen bei Krawallen erschossen hat.
2. August 1964	Der US-Zerstörer ›Maddox‹ wird im Rahmen einer heimlichen Operation gegen Nordvietnam im Golf von Tongking von drei nordvietnamesischen Schnellbooten angegriffen.
7. August 1964	In der so genannten Tonkin Gulf Resolution unterstützt der Kongress den Präsidenten in seiner Entschlossenheit, als Oberbefehlshaber über die Truppen in Vietnam alle erforderlichen Maßnahmen zu ergreifen.
21. Februar 1965	Ermordung von Malcolm X.
21. März 1965	Martin Luther King führt einen Marsch von Selma/Alabama nach Montgomery an, um gegen die Diskriminierung der Schwarzen bei der Wahlrechtsregistrierung zu protestieren.
11.–16. August 1965	Schwere Rassenunruhen in Watts (Los Angeles), nachdem ein weißer Polizist einen schwarzen Autofahrer wegen des Verdachts auf Trunkenheit am Steuer angehalten hat. (35 Tote, mehr als 4000 Verhaftungen, Sachschaden ca. 40 Millionen Dollar).
21.–29. August 1965	Die bemannte amerikanische Raumkapsel Gemini 5 umrundet die Erde 120-mal.
1966	Gründung der Black Panther Party (ursprünglich mit dem Ziel, die schwarzen amerikanischen Staatsbürger dazu aufzufordern, ihr verfassungsmäßig garantiertes Recht auf Selbstbewaffnung in Anspruch zu nehmen.)
15. Juli 1966	Beginn von Rassenunruhen in den Slums von Chicago.
18. Juli 1966	Ausbruch von Rassenunruhen in Cleveland.
1967	In ihrem letzten gemeinsamen Film »Rat mal, wer zum Essen kommt« spielen Spencer Tracy und Katherine Hepburn ein Elternpaar, das sich plötzlich mit einem schwarzen Schwiegersohn (Sidney Poitier) konfrontiert sieht.

27. Januar 1967	Während eines Bodentestes des Raumschiffes Apollo in Cape Kennedy bricht in der Kommandokapsel ein Feuer aus, und die drei Astronauten kommen ums Leben.
3. April 1967	Beginn des Gerichtsverfahrens gegen den Serienmörder Richard Speck, der in einem Wohnheim für Krankenschwesterschülerinnen acht Bewohnerinnen vergewaltigt und getötet hatte.
16. April 1967	Rassenunruhen in Cleveland.
2. Juni 1967	Die Beatles veröffentlichen das Album »Sgt. Pepper's Lonely Hearts Club Band«.
5.–10. Juni 1967	Sechstagekrieg zwischen Israel und seinen arabischen Nachbarn Ägypten, Jordanien und Syrien.
12. Juni 1967	Das in 16 Bundesstaaten der USA immer noch bestehende Eheverbot zwischen Weißen und Farbigen wird vom Obersten Gerichtshof für verfassungswidrig erklärt.
16.–18. Juni 1967	Popfestival in Monterey.
Juli 1967	Blutige Rassenunruhen in mehreren amerikanischen Großstädten, vor allem in Newark (12. bis 17.7.), Cincinnati und Detroit (23.–30.7.). 83 Menschen sterben, rund 4000 werden verletzt und über 8000 verhaftet. Präsident Johnson setzt Bundestruppen gegen die Aufständischen ein.
25. August 1967	George Lincoln Rockwell, der Gründer der American Nazi Party, wird von einem Heckenschützen aus den eigenen Reihen erschossen. Er war unter anderem dafür eingetreten, alle Schwarzen nach Afrika zu deportieren und alle Juden zu sterilisieren und zu enteignen.
2. Oktober 1967	Thurgood Marshall wird als erster Schwarzer Richter am Obersten Gerichtshof der USA.
9. Oktober 1967	Che Guevara wird in Bolivien erschossen.
12. Oktober 1967	Desmond Morris veröffentlicht »The Naked Ape«
17. Oktober 1967	Uraufführung des Musicals »Hair«.
21. Oktober 1967	Demonstration gegen den Vietnamkrieg in Washington.
26. Oktober 1967	Mohammed Reza Pahlewi krönt sich in einer glanzvollen Zeremonie in Teheran selbst zum Kaiser von Persien.

28. Oktober 1967	Huey Newton, der Gründer der Black Panthers, wird wegen Mordes an dem Polizisten John Frey verhaftet.
Dezember 1967	Howard Sacklers Theaterstück »The Great White Hope« erregt die Gemüter, weil darin zum ersten Mal ein leidenschaftlicher Bühnenkuss zwischen einem schwarzen Mann und einer weißen Frau gezeigt wird.
3. Dezember 1967	Der südafrikanische Herzchirurg Christiaan Barnard führt die erste Herztransplantation durch.
23. Januar 1968	Das US-Spionageschiff »Pueblo« unter Kommandant Bucher wird vor der Küste von Nordkorea aufgebracht; die 82-köpfige Besatzung bleibt bis zum Dezember des Jahres in koreanischer Haft.
1. März 1968	Die von Präsident Johnson 1967 eingesetzte Kerner-Kommission, die sich mit den Ursachen der gewalttätigen Ausschreitungen in schwarzen Wohnvierteln seit der Mitte der 60er Jahre befasst hatte, legt ihren Bericht vor und macht Vorschläge zur Gegensteuerung (Bekämpfung der Armut, aber auch Ausbau der Polizei, Justizreform).
4. April 1968	Martin Luther King wird in Memphis, Tennessee, erschossen, wo er den Streik der Müllabfuhrarbeiter für höhere Löhne unterstützt. Nach seinem Tod kommt es in 125 Städten zu schweren Rassenunruhen.
23.–30. April 1968	Nach Studentenprotesten gegen den Vietnamkrieg wird die Columbia University in New York geschlossen, und Studenten, die die Universitätsgebäude besetzt halten, werden von der Polizei gewaltsam entfernt.
Mai 1968	Studentenunruhen in Paris.
5. Juni 1968	Robert Kennedy wird in Los Angeles erschossen.
19.–25 August 1968	Anlässlich des Nominierungsparteitags der Demokraten in Chicago liefern sich Kriegsgegner, Polizei und Militär mehrtägige blutige Straßenschlachten.
21. August 1968	Truppen des Warschauer Pakts beenden den »Prager Frühling«.

September 1968	FBI-Chef J. Edgar Hoover bezeichnet die Black Panthers als »die größte Bedrohung für die nationale Sicherheit des Landes«.
24. Oktober 1968	Tommie Smith und John Carlos, die Gewinner der Gold- und Bronzemedaille im 200-m-Lauf, demonstrieren bei der Siegerehrung für die Black-Power-Bewegung, indem sie dem Sternenbanner den Rücken zukehren und während des Abspielens der Nationalhymne die geballte Faust gen Himmel recken.
24. November 1968	Eldridge Cleaver, eines der Gründungsmitglieder der Black Panthers, verlässt die USA und geht ins Exil (Algerien, später Kuba).
17. Januar 1969	Bei einer Schießerei auf dem Campus der Universität von Los Angeles werden zwei Anführer der Black Panthers, John Huggins und Apprentice »Bunchy« Carter, getötet, möglicherweise von eingeschleusten Polizeibeamten bzw. von vom FBI angeheuerten Personen.
20. Januar 1969	Amtsantritt von Richard Nixon.
2. April 1969	In New York werden 21 Mitglieder der Black Panthers verhaftet und wegen der angeblichen Planung eines Bombenattentats auf New Yorker Kaufhäuser, U-Bahnen und Polizeistationen angeklagt.
Mai 1969	Bobby Seale, Mitbegründer der Black Panthers, wird unter Mordverdacht in Connecticut verhaftet.
15.–17. August 1969	Popfestival in Woodstock.
20. November 1969	Eine Gruppe von Indianern besetzt die Insel Alcatraz in der San Francisco Bay.
4. Dezember 1969	Die Polizei dringt mitten in der Nacht in die Wohnung des Black-Panther-Vorsitzenden von Chicago, Fred Hampton, ein und erschießt ihn und Mark Clark. Außerdem schießen sie auf weitere sechs Panthers und verletzen dabei drei schwer, darunter Hamptons schwangere Verlobte.
1970	Der westafrikanische Staat Gambia (unabhängig seit 1965) wird parlamentarische Republik.
15. Januar 1970	Ende des Bürgerkriegs in Nigeria, der 1967 durch

die Sezession des Ibo-Staates Biafra ausgelöst worden war. Biafra hat zuvor bedingungslos kapituliert.

Mai 1970 | Huey Newton, der Mitbegründer der Black Panthers, wird aus dem Gefängnis entlassen.

Januar 1971 | Der katholische Priester und Bürgerrechtsaktivist Philip F. Berrigan, der wegen der Verbrennung von Einberufungsunterlagen eine sechsjährige Haftstrafe abbüßt, wird zusammen mit fünf weiteren Angeklagten beschuldigt, die Entführung von Henry Kissinger und Bombenanschläge auf die Versorgungstunnel unter Regierungsgebäuden in Washington geplant zu haben.

März 1971 | Leutnant William L. Calley wird wegen seiner Beteiligung am Massaker von My Lai, bei dem US-Infanteristen am 16. März 1968 etwa 450 unbewaffnete südvietnamesische Zivilisten ermordet hatten, des Mordes angeklagt und verurteilt.

26. März 1971 | Unabhängigkeit von Bangladesch.

13. Mai 1971 | Die 1969 verhafteten 21 Panthers werden nach einem jahrelangen politischen Prozess von allen Punkten der Anklage freigesprochen.

6. Juli 1971 | Louis Armstrong stirbt.

21. August 1971 | Der Black-Panther-Anführer George Jackson wird im Gefängnis von St. Quentin von Gefängnisbeamten wegen angeblichen Waffenbesitzes erschossen.

9. September 1971 | Häftlingsrevolte im Staatsgefängnis Attica, New York. Mehr als 1000 Häftlinge bringen die Haftanstalt in ihre Gewalt und nehmen 38 Aufseher als Geiseln. Am 13. September endet der Aufstand mit einem Massaker. Kampfhubschrauber werfen Tränengas auf den besetzten Gefängnishof, Militär und Polizei stürmen das Gefängnis. 32 Häftlinge und 9 als Geiseln genommene Wächter sterben, 85 Menschen werden verletzt.

Februar 1972 | Chinabesuch Richard Nixons.

Mai 1972 | Sri Lanka, vormals Ceylon, wird Republik und gibt sich eine neue Verfassung.

5. Mai 1972 | Der Gouverneur von Alabama, George Wallace,

	ein Befürworter der strikten Rassentrennung, wird während des Wahlkampfs um die Nominierung als Präsidentschaftskandidat der Demokraten bei einem Attentat schwer verletzt.
24. Oktober 1972	Tod des schwarzen Baseballstars Jackie Robinson.
7. November 1972	Richard Nixon wird zum zweiten Mal zum Präsidenten der Vereinigten Staaten gewählt.
1973	Die Bahamas erhalten ihre volle Unabhängigkeit als parlamentarische Monarchie im Commonwealth (Staatsoberhaupt ist die britische Königin).
27. Februar bis 8. Mai 1973	200 bis 300 Mitglieder der American Indian Movement besetzen Wounded Knee im Staat South Dakota und fordern Reformen im Verhältnis zwischen Washington und der indianischen Bevölkerung der USA.
Oktober 1973	Israelisch-Arabischer Krieg (Jom-Kippur-Krieg).
25. Oktober 1973	Nach der sowjetischen Drohung, Militär in den Mittleren Osten zu verlegen, versetzen die USA weltweit ihre Truppen in Alarmbereitschaft. Bildung einer UN-Friedenstruppe, an der keine der Großmächte beteiligt ist.
24. Mai 1974	Duke Ellington stirbt.
12. September 1974	Angriffe auf schwarze Schüler, die im Zuge der als »busing« bezeichneten Maßnahme zur Aufhebung der de facto nach wie vor bestehenden Rassentrennung in Bostoner Schulen mit dem Bus zu einer Schule im Süden von Boston gebracht werden.
15.–20. Mai 1980	Schwere Rassenunruhen in Miami nach dem Freispruch von vier Polizisten, die einen Schwarzen erschlagen haben sollen.
4. November 1980	Ronald Reagan wird zum 40. Präsidenten der Vereinigten Staaten gewählt.
11. Mai 1985	Nach dem Tod von Konstantin Tschernenko wird Michail Gorbatschow mit 54 Jahren zum jüngsten Generalsekretär der KPDSU. Den Verfall des Kommunismus versucht er durch die Einführung von Glasnost (Offenheit) und Perestroika (Umstrukturierung) aufzuhalten.

3. März 1991	Bei einer Verkehrskontrolle in Los Angeles wird der schwarze Autofahrer Rodney King von vier weißen Polizisten fast zu Tode geprügelt. Der Vorfall wird zufällig von einem Videoamateur gefilmt. Die Polizisten werden wenig später festgenommen, sind jedoch gegen Kaution bald wieder auf freiem Fuß.
August 1991	Antisemitische Unruhen im New Yorker Stadtviertel Crown Heights, nachdem ein Auto aus der Wagenkolonne des chassidischen Rebbe Menachem Schneerson bei einem Unfall von der Fahrbahn abgekommen war und den schwarzen Gavin Cato, einen siebenjährigen Einwandererjungen aus Guyana, getötet hat.
29. April 1992	Urteilsverkündung im Fall Rodney King: Der Richter entscheidet auf Freispruch und provoziert damit in den von Afroamerikanern, Koreanern und Latinos bewohnten Stadtteilen von Los Angeles einen sechs Tage währenden Aufruhr mit 54 Toten, über 2300 Verletzten, 700 ausgebrannten Häusern und Tausenden von geplünderten Läden.
8. April 1993	Marian Anderson stirbt im Alter von 96 Jahren an Herzversagen in Portland, Oregon.
16. Oktober 1995	Der von dem schwarzen Nationalisten Louis Farrakhan organisierte »Million Man March« mobilisiert eine große Zahl männlicher Schwarzer zu einem Protestmarsch in Washington. Die Demonstranten werden unter anderem dazu aufgerufen sich auf ihre wichtige Rolle als Oberhaupt der Familie zu besinnen, um so zusammen am Wiederaufbau der schwarzen Gemeinde mitzuwirken. Frauen sind von der Teilnahme an dem Protestmarsch ausgeschlossen.

Richard Powers
Das Echo der Erinnerung
Roman
Aus dem Amerikanischen von
Manfred Allié und Gabriele Kempf-Allié
Band 17457

»Er gehört zum Besten, was die US-Literatur
derzeit zu bieten hat«
Susanne Weingarten, BRIGITTE

Ein verschlafener Ort in der Mitte der USA, eine halbe Million Kraniche, die jedes Frühjahr auf einem tausend Meilen langen Zug nach Norden hier Rast machen, eine Landstraße in einer Februarnacht. Mark überschlägt sich mit seinem Auto und
kommt noch einmal davon. Allerdings ist nichts mehr so wie
davor. Seine Schwester versucht alles, um sein Leben wieder
herzustellen und wird von ihrem eigenen dabei eingeholt.

In einem Roman voller Spannung erforscht Richard Powers,
was Familien im Innersten zusammenhält: das zerbrechliche
Geflecht aus Gefühl und Erinnerung. Die ergreifende Geschichte eines Geschwisterpaares und ein Panorama des heutigen Amerikas vereinen sich im neuen gewaltigen Roman des
Bestsellerautors.

»Richard Powers hat eine Schöpfungsgeschichte
geschrieben. Staunend steht man davor.«
Thomas Steinfeld, Süddeutsche Zeitung

Fischer Taschenbuch Verlag

Joyce Carol Oates
Ausgesetzt
Roman
Aus dem Amerikanischen von Silvia Morawetz

Band 15826

Ausgesetzt – den Fängen der Familie entkommen, sucht eine
junge Frau die Freiheit auf dem College. Doch hier vibriert
kein Aufbruch, sie trifft nur auf stickige Enge. Sie rebelliert.
Unerschrocken und unerfahren verliebt sie sich in den
schwarzen Philosophen Vernor, der sie in eine Welt abge-
hobener Gedanken und obsessiver Lust entführt. Sie scheint
endlich in ihrem eigenen Leben angekommen. Doch dann
ein verstörender Anruf. Der längst tot geglaubte Vater liegt
im Sterben. Die Reise zu ihm wird zur Entdeckung der eigenen Vergangenheit. Joyce Carol Oates, die geheimnisvolle
Ikone der amerikanischen Literatur hat mit »Ausgesetzt« ihr
persönlichstes Buch vorgelegt, »ein Glücksfall für Amerika«.
News Week

»Oates so präzises wie inspiriertes Werk
grenzt an Hexerei.«
Jeannne Moreau

»Ein Buch, das unter die Haut geht.«
Berliner Zeitung

»Meisterhaft erzählt.«
Der Spiegel

Fischer Taschenbuch Verlag

Jonathan Safran Foer
Alles ist erleuchtet
Roman
Aus dem Amerikanischen von Dirk van Gunsteren

Band 15628

Der literarische Überraschungsbestseller aus den USA

Ein junger Amerikaner reist durch die Ukraine. Lebt sie
noch, die Frau, die seinem jüdischen Großvater während
der Nazizeit das Leben gerettet hat? In einem klapprigen
Auto macht er sich auf die Suche nach einer gespenstischen
Vergangenheit. Seine Reiseführer sind ein alter Ukrainer
und dessen Enkel Alex, der ein herrlich verrücktes Englisch
spricht. Ein wundersames Road-movie, ein unwiderstehlich verspieltes Buch: herzzerreißend, komisch und tief-
traurig.

»Ein witziges, fast weises Buch.«
Cosmopolitan

Fischer Taschenbuch Verlag

fi 15628 / 2